btb

Kalter November

Ein neuer Fall für Kommissar Claes Claesson: Die Leiche der Schwesternschülerin Malin wird in einer Meeresbucht gefunden. Die stille und zurückhaltende junge Frau hatte gerade ihre Ausbildung in einem Krankenhaus begonnen und war frisch verliebt. Nun steht Malins neuer Freund Alf auf der Liste der Verdächtigen: Warum hat er ihr Verschwinden nicht gemeldet? Doch es gibt noch eine weitere Spur: Zeugen berichten von einem Unbekannten, den sie vor dem Schwesternwohnheim beobachtet haben. Die Ermittlungen führen Claesson schließlich weit zurück in die Kindheit Malins. Liegt hier die Antwort für ihren traurigen Tod?

Tödliche Blumen

Ein brutaler Mord erschüttert eine kleine südschwedische Stadt: Eine alte Dame wird in der Waschküche eines Mietshauses erschlagen aufgefunden. Die einzige Zeugin, ein elfjähriges Mädchen, wird kurz darauf entführt. Während man versucht, das kleine Mädchen zu finden, offenbaren sich schreckliche Geheimnisse. So war die Dame nicht halb so liebenswürdig wie allgemein vermutet. Die Zeugin wird bald gefunden. Aber warum schweigt sie?

Autorin

Karin Wahlberg arbeitet als Ärztin an der Universitätsklinik von Lund. In Schweden standen ihre Krimis um Kommissar Claes Claesson und seine Frau Veronika, eine erfolgreiche Chirurgin, monatelang auf den Bestsellerlisten. Auch in Deutschland sind sie mittlerweile kein Geheimtipp mehr.

Karin Wahlberg bei btb

Die falsche Spur. Roman (72927)
Ein plötzlicher Tod. Roman (73076)
Verdacht auf Mord. Roman (73582)
Der Tröster. Roman (73790)

Karin Wahlberg

Kalter November
Tödliche Blumen

Zwei Romane in einem Band

btb

Die schwedische Originalausgabe von »Kalter November« erschien 2003 unter dem Titel »Ett fruset liv«, die schwedische Originalausgabe von »Tödliche Blumen« erschien 2004 unter dem Titel »Flickan med majblommorna« Wahlström & Widstand, Stockholm.

Mix
Produktgruppe aus vorbildlich
bewirtschafteten Wäldern und
anderen kontrollierten Herkünften
Zert.-Nr. GFA-COC-1223
www.fsc.org
© 1996 Forest Stewardship Council

Verlagsgruppe Random House FSC-DEU-100
Das für dieses Buch verwendete FSC-zertifizierte Papier *München Super* liefert Mochenwangen

Einmalige Sonderausgabe Mai 2009
Kalter November
Copyright © 2003 by Karin Wahlberg
Copyright © der deutschsprachigen Ausgabe 2005 by btb Verlag
in der Verlagsgruppe Random House GmbH, München
Tödliche Blumen
Published by arrangement Agreement with Grand Agency
Copyright © 2004 by Karin Wahlberg
Copyright © der deutschsprachigen Ausgabe 2005 by btb Verlag
in der Verlagsgruppe Random House GmbH, München
Published by arrangement Agreement with Grand Agency
Umschlaggestaltung: semper smile, München
Umschlagmotiv: plainpicture / Zommer, K.
Satz: IBV Satz- und Datentechnik, Berlin
Druck und Einband: CPI – Clausen & Bosse, Leck
NB · Herstellung: BB
Printed in Germany
ISBN 978-3-442-73943-1

www.btb-verlag.de

Kalter November

*Aus dem Schwedischen von
Lotta Rüegger und Holger Wolandt*

MEINER SCHWESTER EVA

PROLOG

Samstag, 3. November 2001

Sie wartete. Die Zeit kroch im Schneckentempo. Sie konnte sich zu nichts aufraffen.

Ihr CD-Wechsler begann die nächste Scheibe mit angenehmer Musik abzuspielen. Sie schloss die Augen, wiegte die Hüften, hob die Fußsohlen sanft im Takt der Musik und schwebte weit, weit weg. In ihrem Inneren schwoll es an. Sie lächelte.

Fast den ganzen Herbst über hatte sie sich leicht gefühlt. Zumindest leichter als sonst. Sie freute sich über diese Veränderung, versuchte aber gleichzeitig, jene leise Unruhe, die im Prinzip stets präsent war, zu unterdrücken. Jene Angst vielleicht, vielleicht zu scheitern. Und wie würde sie das nur überleben? Aber daran wollte sie jetzt noch nicht denken! Über die Zukunft weiß man nichts! Man weiß, was man hat, aber nicht, was man bekommt!

Diese Binsenwahrheiten wirbelten wie Beschwörungen in ihrem Kopf herum.

Aber genauso gut konnte sie Glück haben. Schließlich konnte ja alles glatt gehen, auch wenn es nicht so kam, wie sie es sich vorgestellt hatte. Das musste nicht notwendigerweise bedeuten, dass es schlechter wurde.

Sie fröstelte, warf den Kopf mit wehendem Haar zurück, lächelte selig und umarmte sich selbst, als wollte sie das Gefühl festhalten, das wie ein Wasserfall in ihrem Inneren sprudelte.

Gleichzeitig versuchte sie, alle Bedenken von sich zu schieben. Ihr Herz pochte.

Es würde noch einige Minuten dauern, bis er kam. Es war ein Genuss, noch alles vor sich zu haben, den ganzen Abend mit allem, was er möglicherweise bereithielt. Vielleicht einen Wendepunkt. Aber was das rein konkret besagte, konnte sie sich nicht vorstellen. Und genau das war so herrlich. Viel konnte geschehen, und noch war nichts zerstört.

Sie stellte sich ans Fenster und spähte hinaus, aber sie würde ihn nicht sehen, denn der Weg verlief auf der anderen Seite des Hauses. Außerdem war es dunkel. Hoch oben leuchtete der Mond wie ein weißer Ball vor tintenschwarzem Himmel. Über die leuchtende Oberfläche huschten Wolkenschleier wie flatternde Gardinen in der Zugluft. Sie konnte sich nicht entsinnen, woher sie diese Bilder hatte, aber momentan war sie recht rührselig. Unvermittelt stellten sich Gedanken und Ideen ein.

Der Druck auf ihrer Brust war gewichen, und sie fühlte sich schwerelos. In ihr kribbelte so etwas wie Reisefieber, obwohl sie nicht vorhatte zu verreisen. Sie war verliebt.

Draußen herrschte eine suggestive Stimmung, was gut passte. Es war Allerheiligen, und sie wollten losziehen. Es konnte also gar nicht besser werden, dachte sie und verspürte erneut ein Gefühl der Rastlosigkeit. Beine und Arme wollten einfach nicht stillhalten. Sie trat auf der Stelle und begann, an der Kerze herumzupulen, die im Fenster stand. Sie kratzte mit den Fingernägeln am Kerzenwachs und bog den Docht hin und her, bis er sich ablöste, ohne zu bemerken, was sie eigentlich tat. Es spielte auch keine Rolle.

Bald würde er wohl kommen. Sie hatten vor, einen Abendspaziergang über die Friedhöfe zu machen, um Grablichter auf die Gräber zu stellen, um die sich niemand mehr kümmerte. Hatte man keine eigenen Toten, zumindest nicht hier, dann lieh man sich eben welche, hatte sie sich zurechtgelegt. Mehr war nicht geplant. Von anderen Betätigungen davor oder danach war nicht die Rede gewesen. Kein Wort darüber, zu ihm oder zu ihr zu gehen oder überhaupt irgendwohin. Alles war offen.

Er war schüchtern, dachte sie und lächelte. Gleichzeitig lauschte sie gespannt zum Korridor hin, auf dem es vollkommen still war. Wahrscheinlich hatten sich die letzten Mitbewohner endlich auf den Weg gemacht. Es waren Ferien, und nur sie war noch da. Schön! Es ging niemanden etwas an, was sie tat oder nicht tat.

Ihr Radiowecker stand auf 18.58 Uhr, als es zum ersten Mal etwas zögernd klingelte. Trotzdem zuckte sie zusammen. Eifrig band sie sich ihr Haar mit einem rosa Gummiband zu einem Pferdeschwanz zusammen, schlug hastig ihr Tagebuch zu und legte es in die Schreibtischschublade. Tagebücher musste man verstecken. Zeitweise waren sie ihr einziger privater Besitz gewesen. Die gingen niemanden etwas an. Auch er sollte nicht versehentlich in einem aufgeschlagenen Tagebuch lesen.

Dieses Jahr endet gut. Ich habe eine Freundschaft geschlossen. Vielleicht mehr als eine Freundschaft???

Dies war ihr letzter Eintrag, den sie mit drei hoffnungsvollen, kräftigen Fragezeichen beendet hatte. Besser konnte sie sich einfach nicht ausdrücken. Das Gefühl war großartig. Worte reichten nicht aus. Es drängte und pulsierte in ihr, während sie ein paar unruhige Schritte machte, schließlich den Spiegel fand und feststellte, dass sie recht okay aussah.

»Wunderbar!«, dachte sie beim zweiten Klingeln, während sie auf den dunklen Korridor des Studentenheims lief, der mit einer düsteren Textiltapete ausgekleidet war. Alles wirkte schäbig und abgenutzt.

Sie sah ihn hinter der abgeschlossenen Glastür am einen Ende des Korridors im beleuchteten Treppenhaus stehen. Er war groß und schlaksig und hielt eine Plastiktüte in der einen Hand. Die Jacke war aufgeknöpft, und sein Schal hing herab.

Dieser schmächtige Mann, der keine Angst in ihr hervorrief, war fast auf die Minute genau um sieben Uhr eingetroffen, wie sie es vereinbart hatten. Nicht zu spät und auch nicht zu früh. Ein gutes Zeichen.

Als er sie im Halbdunkel des Korridors entdeckte, lächelte er. Sie öffnete die Glastür und trat verlegen einen Schritt zurück. Gleichzeitig strich sie sich ihr seidiges Haar hinter die Ohren, weil sie nicht wusste, was sie sonst mit ihren Händen anfangen sollte. Sie wollte ihn anfassen, berührte ihn aber nicht.

»Wie gut, dass du gekommen bist«, sagte sie und vernahm ihr eigenes Kichern. Peinlich, aber sie konnte es nicht unterdrücken. Um davon abzulenken, betrachtete sie die Plastiktüte, die an seiner Hand baumelte, und fragte: »Hast du Lichter gekauft?«

Er hielt die Tüte hoch, nickte und lächelte über das ganze Gesicht. Wieder musste sie kichern, aber dieses Mal war es ihr nicht peinlich. Mit weit ausholenden Schritten folgte er ihrem wippenden Pferdeschwanz. Sie führte ihn an geschlossenen Türen auf beiden Seiten des Flurs vorbei. Ihr Zimmer lag ganz hinten, neben der Küche. Sie hatte ihre Tür einen Spalt aufgelassen, und ein Lichtkegel fiel auf den düsteren PVC-Fußboden. Stimmungsvolle Musik drang auf den Flur.

»Wohnst du hier?«

Verlegen blieb er in der Tür stehen, als wagte er sich nicht weiter vor. Aber sie hatte trotzdem das Gefühl, als füllte er das ganze Zimmer aus. Das war an sich auch nicht weiter schwer, denn es war nicht groß.

»Wir haben also eine Mission«, sagte sie exaltiert und begann eifrig, sich ihre Jacke überzuziehen. »Brauche ich Handschuhe?«

»Ja, es ist kalt.«

Er war zum ersten Mal hier. Sie hatte ihn bisher nie mitgenommen, da sonst alle von ihm geredet hätten. Über ihn und über sie und über alles Mögliche, auf das sie keinen Einfluss hatte. Ihr Geheimnis hätte sich herumgesprochen, es hätte Gerüchte gegeben, und dann wäre alles nicht mehr so leicht gewesen. Und auch nicht so wunderbar.

Es konnte schließlich sein, dass nichts daraus wurde. Sie hatte keine Lust, Erklärungen abzugeben, mit gesenktem

Blick dazusitzen und sich zu schämen. Sie konnte sich nichts Schlimmeres vorstellen.

Sie merkte, wie er sich vorsichtig und ein wenig neugierig im Zimmer umsah. Alles Notwendige war vorhanden: ein Bett, ein Schreibtisch, ein Regal, ein Sessel und eine Kommode. Die Möbel waren abgenutzt und sahen in allen Zimmern gleich aus. Der Teppich gehörte ihr. Sie hatte ihn bei IKEA gekauft. Er war rund und rot. Wie ein riesiger Farbklecks. Sie hatte eingesehen, dass sie nicht mehr vorsichtig sein musste.

»Gemütlich hier«, sagte er etwas zögernd, und sie war sich nicht sicher, ob er es auch wirklich meinte. Schließlich war es unpersönlich und eine Spur kalt, und sie konnte nicht verstehen, warum er überhaupt etwas über das Zimmer sagen musste, aber vermutlich war das so etwas, was man sagte, um etwas gesagt zu haben.

»Ich weiß nicht, ob es so wahnsinnig gemütlich ist«, entgegnete sie, »aber für mich ist es im Augenblick gerade richtig.«

Sie versuchte den Anschein zu erwecken, ihr Leben im Griff zu haben.

»Isst du hier auch?«, fragte er. Er schien nach einer Kochplatte zu suchen.

»Nein, in der Küche.«

Was fast der Wahrheit entsprach. Morgens saß sie dort. Im Übrigen war der Alltag in einem Wohnheim anstrengend, das spürte sie bereits beim Erwachen. Trotzdem brachte sie es nicht über sich, das Frühstück aufs Zimmer zu tragen. Die anderen würden sie dann vielleicht komisch finden. Also saß sie jeden Morgen in der Küche an der Wachstuchtischdecke, die vom vielen Abwischen ganz matt war, und trank ihren Tee und aß Butterbrote. Die Küche war runtergekommen, zugig und oft schmutzig, aber auf ihre Art heimelig. Pflichtschuldig saß sie dort, aß ihre Butterbrote mit Überwindung und versuchte, genauso unausgeschlafen und lustlos auszusehen wie die anderen.

Aber einmal am Tag musste reichen, abends nahm sie sich ein Tablett und schlich damit auf ihr Zimmer. Den anderen fiel das vermutlich nicht auf, alle aßen zu unterschiedlicher Zeit zu Abend. Einige aßen gar nichts. Sie konnte es darauf schieben, dass sie während des Essens lernen musste. Falls es jemandem auffiel, was bisher nicht der Fall gewesen war. Aber falls!

Sie schloss die Zimmertür ab, und sie begaben sich durch den dunklen Flur ins Treppenhaus. Die Glastür fiel schwer hinter ihnen ins Schloss.

»Bist du als Einzige dageblieben?«, fragte er, als sie die Treppe hinuntergingen.

»Ja, aus meinem Stockwerk schon. Ich bin gern allein. Angenehm!«, sagte sie und atmete übertrieben erleichtert aus. Als ob sie aus freien Stücken allein zurückgeblieben wäre. Als hätte sie sich sogar angestrengt. Zum Teil stimmte das sogar, denn sie hatte ihn ja treffen wollen. Es war ihr jedoch wichtig, nicht den Eindruck zu erwecken, als klammerte sie.

Und er war pünktlich gewesen! Das hatte bestimmt etwas zu bedeuten.

Zu Anfang hatte er beiläufig erwähnt, er könne sich etwas verspäten, worauf sie schweigend den Kopf in den Nacken geworfen hatte, was ihm nicht entgangen war. Nur leicht verspäten, hatte er sich rasch anders besonnen. Es hatte sie beeindruckt, wie er sie so gut verstanden hatte. In der Werkstatt sei einiges zu erledigen, was er nicht aufschieben könne, hatte er erklärt und sie vorsichtig angeschaut. Sein Blick war etwas ängstlich gewesen. Vielleicht hatte er befürchtet, sie bereits jetzt zu verlieren, noch ehe sie zueinander gefunden hätten. Sie hatte einfach zu Boden gesehen. Kein Mucks kam über ihre Lippen. Sie bettelte nicht, drohte nicht, überredete ihn nicht und vergoss auch keine Tränen. Sie sah vollkommen gleichgültig aus und bewirkte damit allerhand. Vielleicht konnte er ihre Gedanken wirklich lesen, verstand, dass sie dann vielleicht nicht mehr da sein würde – wenn er sich verspätete –, aber dass das nicht nur mit ihm etwas zu tun hätte. Sie wollte wissen, wann er zu kommen gedachte. Damit sie alle Hindernisse aus dem Weg räumen konnte.

Niemand kannte Alf, das war das Beste an ihm, und natürlich auch, dass er nicht so viel fragte, dachte sie, und öffnete die schwere Haustür mit der Schulter.

Alf – was für ein ungewöhnlicher Name! Aber er hieß nun mal so, und sie mochte ihn.

Der Abend war sternklar und daher kalt, kälter, als sie gedacht hatte. Sie nahm ihre Handschuhe aus den Taschen und zog sie an, während sie den Kiesweg Richtung Stadt entlangschlenderten. Die hohen Bäume auf beiden Seiten waren kahl. Das Laub hatte seine Farbe verloren und lag überall verstreut, welke Reste eines vergangenen Sommers. Sie mochte den Herbst, er verhieß den Beginn von etwas Neuem.

Ein Windstoß fuhr ihnen in den Rücken und schob sie den Abhang hinunter. Trockenes Laub wirbelte raschelnd um ihre Füße. Sie redeten die ganze Zeit. Schwatzten und lachten. Sie zwei. Er und sie. Ihre Welt, geschlossen und im Augenblick eine Quelle der Wärme unter dem klaren und kühlen Novemberhimmel.

»Wir fangen mit dem Nordfriedhof an, und dann nehmen wir uns den Schlossfriedhof vor«, sagte er. »Wenn du das schaffst ...«

Warum sollte sie das nicht schaffen? Sie war stark, sie machte schon nicht schlapp, aber er hatte das vermutlich nicht böse gemeint. Bisher hatte sie nie das Gefühl gehabt, dass er sie rumschubsen oder zu Dingen überreden wollte, die ihr widerstrebten.

»Aber natürlich«, antwortete sie kess. »Was glaubst du?! Hast du übrigens Streichhölzer dabei?«

Sie blieb stehen. Ihr fragendes, lächelndes Gesicht leuchtete blauweiß im Mondschein.

»Klar«, erwiderte er und klopfte mit der Hand auf die Jackentasche, sodass die Streichholzschachtel klapperte. »Du bist sicher die große Schwester, so wie du immer alles im Griff haben musst«, scherzte er, während sie dicht nebeneinander weitergingen.

Sie schluckte und erstarrte ein wenig. Er schien nichts zu

bemerken. Sie versuchte mit aller Kraft, sich zusammenzureißen. Sie wollte nicht abweisend oder absonderlich wirken. Er sollte nicht auf den Gedanken kommen, sie sei eine von den Zickigen. Noch nicht. Nicht so früh, das würde nie gehen. Vorsichtig schaute er sie von der Seite an, und sie wich seinem Blick aus. Sie atmete ruhig, schluckte wiederholte Male und setzte alle Energie daran, das Klebrige, das in ihr herumrumorte, niederzuhalten.

»Er versteht natürlich nichts«, dachte sie und fragte sich, ob sie es wohl wagen konnte, ihm die Wahrheit zu erzählen. Aber das war natürlich ein Risiko. Ein großes Risiko. Sie würde ihn in die Flucht schlagen. Außerdem ging es schon wieder zurück, dieses Schlammige und Schwere hatte sich fast gänzlich aufgelöst, und der innere Film war im Begriff, zum Stillstand zu kommen. Für dieses Mal war die Gefahr glücklicherweise gebannt. Rasch warf sie einen Blick auf ihn. Mit Erleichterung stellte sie fest, dass er aussah wie immer. Das beruhigte und erfreute sie geradezu. Offenbar hatte er nichts gemerkt. Alles war ihr recht, solange sie nicht absonderlich wirkte.

»Hast du heute irgendwelche Fahrräder verkauft?«, fragte sie und schluckte. Sie merkte, dass der unangenehme Kloß ganz weg war, und sah vor ihrem inneren Auge, wie er mit öligen Ketten hantierte. Das war ihre schlichte Vorstellung vom Umgang mit Rädern und den dazugehörigen Reparaturen. Oder wie er einen Platten flickte, genauso wie er es auch immer getan hatte.

Aber das war ein vollkommen falscher Gedanke! An ihn durfte sie jetzt nicht denken! Denn sonst tauchten die Bilder wieder auf und vermengten sich, wie bei einem Film, der immer schneller lief, bis ihr schwindlig und übel wurde und sie sich über die Kloschüssel beugen, würgen und sich übergeben musste.

»Heute war nicht geöffnet, aber ich musste einiges montieren und anderes erledigen. Ich bin immer im Verzug«, erwiderte er und schien erleichtert darüber zu sein, dass das Gespräch nicht abgebrochen war.

Sie dachte daran, wie angenehm doch so eine unkomplizierte Tätigkeit sein musste, zumindest aus ihrer Perspektive. Fahrräder reparieren. Solide. Nichts, worüber man hätte diskutieren müssen.

Am Fuße des Hanges windete es schon weniger. Sie waren schnell gegangen, fast schon gerannt, und ihr war warm geworden, sie schwitzte. Sie öffnete ihre Jacke, zog die Handschuhe aus und steckte sie in die Taschen.

»Pass auf, dass du dich nicht erkältest«, sagte er, und sie lachte über seine Ermahnung.

»Mir kommt es vor, als wärst du derjenige, der alles im Griff hat«, sagte sie, ohne ihn zu fragen, ob er denn ein großer Bruder sei.

Sie spürte seine Hand neben sich, seine warmen Finger berührten ihre und umschlossen schließlich ihre Hand.

Als sie zum Friedhofstor kamen, waren sie nicht mehr zwei einsame Nachtwanderer Hand in Hand. Eine Autokolonne zog sich vom Zentrum bis zum Parkplatz. Dunkle Gestalten stiegen aus und wurden lautlos vom Tor verschluckt. Viele waren natürlich alt und bewegten sich langsam und gebeugt vorwärts.

Der Hauptweg führte zu einer Kapelle, einem unansehnlichen Kalksteingebäude. Im Schein der brennenden Fackeln wirkte der weiße Stein goldgelb. Nach allen Seiten lagen Gräber mit unzähligen Grablichtern, die in der Nacht flackerten.

Sie blieben stehen und betrachteten sie schweigend.

»Irre Stimmung«, sagte er und zuckte etwas verlegen die Achseln, als sei ihm diese ganze Andacht zu viel. Aber er ließ ihre Hand nicht los. »Wo sollen wir anfangen?«, fragte er flüsternd.

Sie schaute sich um. Der Friedhof war größer, als sie gedacht hatte. Sie würden es zeitlich nicht schaffen, außerdem hatten sie nicht genug Grablichter dabei.

»Irgendwo müssen wir wohl anfangen«, sagte sie und zuckte mit den Schultern. »Warum nicht gleich da drüben?«

Sie deutete auf den ältesten Teil des Friedhofs, der weitgehend im Dunkeln lag, weil hier nur wenige, weit verstreute Grablichter standen.

»Dort gibt es bestimmt viel zu tun«, sagte sie und schaute ihn an, um sich seiner Zustimmung zu versichern.

Ein Licht für die Vergessenen. Wie gute Lichterträger hatten sie sich in die Nacht begeben.

Alfs Großeltern lagen auf dem anderen Friedhof, und dort würden seine Eltern eine Kerze anzünden. Sie selbst hatte keine Angehörigen in der Stadt.

Sie setzten vorsichtig einen Fuß vor den anderen in Richtung zunehmender Dunkelheit. Die gefrorenen Grashalme knisterten unter ihren Schuhsohlen, als sie Schulter an Schulter, ihre Hand in der seinigen, zwischen den dicht stehenden, mannshohen Grabsteinen hindurchgingen. Hier und da brannte ein Flämmchen.

Neugierig blieb sie vor einem Grab stehen, dessen Stein kleiner war als die anderen. Mit weicher Rundung ragte er so wenig auf, dass der Eindruck entstand, als bäte er vornübergekauert um Entschuldigung. Die benachbarten Grabsteine und Eisenkreuze schienen sich großtuerisch aus der Erde zu erheben. Sie beugte sich vor, um die Inschrift zu entziffern.

»1895 bis 1970, Anna Jonsson«, las sie laut im schwachen Licht von Mond und Sternen. »Nur ein Name«, fügte sie hinzu.

»Sie lebte vermutlich allein«, sagte Alf.

»Sie wurde fünfundsiebzig. Ich frage mich, ob sie alle diese Jahre allein war.«

Ihre Stimme klang etwas betrübt.

»Vielleicht hat sie ja aus dem Vollen geschöpft und wahnsinnigen Spaß gehabt«, erwiderte er, um die Stimmung aufzulockern.

»Kann sein«, meinte sie nachdenklich und wandte sich ihm zu. »Soll ich eine Kerze anzünden?«

»Klar, okay«, sagte er und nahm ein Grablicht aus der Tüte, reichte es ihr und suchte dann nach seinen Streichhölzern in der Jackentasche.

Sie beugte sich vor, schob das Laub beiseite und drückte das Licht ordentlich in die Erde. Als sie das Streichholz an den Docht hielt und der Feuerschein über den Stein flackerte, sah sie, wie stumpf seine Oberfläche war. Gelbbraunes Moos wuchs in den Poren des Granits und den Vertiefungen der eingehauenen Schriftzüge, die sich jetzt leichter lesen ließen.

»Ich habe falsch gelesen«, sagte sie und stand auf. »Sie starb bereits 1910.«

»Dann wurde sie nur fünfzehn«, erwiderte er.

Schweigend dachten sie darüber nach.

»Vielleicht ist es gar nicht so merkwürdig, dass alle anderen Gräber größer sind«, meinte sie nachdenklich. »Da liegen schließlich mehrere. Ganze Familien.«

Sie schwieg.

»Sie muss irgendwie übrig geblieben sein«, sagte sie dann so leise, dass es kaum zu hören war.

»Was meinst du damit? Übrig geblieben?«, wollte er wissen.

»Eine Fünfzehnjährige gehört doch wohl zu ihrer Familie.«

»Aber damals war man doch wohl schon mit fünfzehn erwachsen und musste auf eigenen Beinen stehen und sich selbst versorgen, als Hausangestellte oder Knecht, oder man musste nach Amerika auswandern.«

Er verstummte, da auch sie schwieg.

In der Nähe waren leise Stimmen zu vernehmen. In der Ferne brauste die Autobahn.

»Immerhin erhielt sie ein Grab und einen Grabstein. Das hatten damals vermutlich nicht alle«, sagte er, als kenne er sich aus.

»Was geschah mit den anderen?«, fragte sie zweifelnd.

»Tja, keine Ahnung«, erwiderte er und zuckte mit den Achseln. Damit war das Thema erschöpft.

Vorbei an Reihen mit Kleinbauern, Direktoren und Gattinnen, die ein langes und hoffentlich inhaltsreiches Leben geführt hatten, setzten sie ihren Weg fort und erblickten auch einzelne Steine von Leuten, deren Leben kurz gewesen war.

Am schlimmsten war es mit den Kindern. Die Kleinen, die starben, und die Erwachsenen, die zurückblieben und die Gräber mit Blumen und Andenken schmückten.

Allmählich ließen sie die älteren Teile des Friedhofs hinter sich und gingen quer über den breiten Kiesweg weiter zum neueren Teil, in dem lange Reihen von Urnen in der Erde gelassen worden waren. Dicht an dicht standen oder lagen Grabsteine, glänzende und matte, zierliche und schlichte, und fast ebenso dicht leuchteten die Grablichter.

Der Gedenkhain lag mitten auf dem Friedhof und zog mit hellem Licht die Leute an. Aus großen Glaskästen, die in der Nacht zu schweben schienen, leuchtete es, ebenso von allen Grablichtern, die den nierenförmigen Teich in der Mitte des Gedenkhains umgaben. Wie ein zusammenhängender Lichtring spiegelten sich die Flammen im schwarzen Wasser. Sie stellten sich dicht nebeneinander und gaben sich der Stimmung hin. Sie stand vor ihm und spürte seine Brust im Rücken. Andere Friedhofsbesucher gingen langsam und feierlich um den Teich, traten vorsichtig im Kies auf, damit es nicht knirschte, und vermieden es, den Rasen zu betreten, der im Spätherbst sehr empfindlich war. Viele hielten ihre Köpfe gesenkt, und in ihren Gesichtern war stille Andacht zu lesen.

»Über die Zukunft wissen wir nichts«, dachte sie und spürte seinen warmen Atem im Nacken. »In der Zukunft liegt die Hoffnung. Das Leben muss nicht unbedingt eine kleine Hölle sein. Nicht die ganze Zeit.«

Eine Art Verzückung beschwingte sie jetzt schon zum zweiten Mal an diesem Tag. Liebe und Optimismus hatten glücklich von ihr Besitz ergriffen, und das erste Gefühl bedingte vermutlich das andere.

Als sie rein zufällig über den Teich schaute, war sie nicht vorbereitet. Aber vielleicht war sie trotzdem nicht überrascht. Nicht ganz. Sie war von Geburt an mit einem inneren Seismografen ausgestattet und ständig auf Erdbeben gefasst.

Ein bleiches Gesicht hob sich aus der hinteren Reihe ab. Rasch wandte sie ihren Blick den Sternen entgegen, reflexartig, wie man die Hand von einer glühend heißen Kochplatte wegzieht. Vielleicht konnte sie entkommen, musste es nicht sehen und musste sich der Wirklichkeit nicht stellen.

Auffordernd hatte sich das Gesicht ihr zugewandt. Zwei Augen starrten, und genauso flüchtig wie ein Windhauch an einem Sommertag waren sie verschwunden, sowohl Augen als auch Gesicht.

»Verdammt! Nicht hier«, dachte sie. »Nicht auch noch hier!« Warum konnte sie sich nicht ganz verstecken? Untertauchen. Verschwinden, aber trotzdem verweilen in dem, was endlich auch sie erreicht hatte.

Aber die Zeit holte sie immer ein.

Immer.

Es handelte sich nicht um von schlechten Nerven hervorgerufene Halluzinationen oder Hirngespinste. Unsicher ließ sie den Blick schweifen und suchte ängstlich die Dunkelheit ab. Sie hatte sich nicht getäuscht.

Zwei schwarze Augen schlichen herum. Wie Raubtieraugen. Scharf, schnell und rücksichtslos.

Die Augen strichen an einer Familie vorbei, die sich auf der anderen Seite des Teichs versammelt hatte. Sie verschwanden hinter einer Kiefer, tauchten wieder auf, glitten in einem Bogen weiter, immer näher.

Es stach in ihrer Brust. Ein peitschenhafter Schmerz, woraufhin ihr Herz in rasendem Tempo schlug, ihr Blut ans Trommelfell pochte. Sie kniff die Augen zu, verzog das Gesicht und fasste sich reflexartig an die Brust.

»Was ist?«, wollte Alf wissen, und sie spürte seine Hand auf ihrer Schulter.

Sie schluckte. Zweimal schluckte sie und ließ dann den Arm langsam sinken. Als sie die Augen wieder öffnete und sich umsah, war nichts Erschreckendes mehr zu erkennen. Überhaupt nichts.

Sie drehte sich um.

»Ach nichts«, erwiderte sie, lächelte und küsste ihn aufs Kinn.

ERSTES KAPITEL

Am Freitag, dem 16. November, war Kriminalkommissar Claes Claesson gerade damit beschäftigt, eine Kommode umzustellen.

Er hatte bereits die halbe Treppe erklommen, als er sich gezwungen sah, die Kommode anders anzuheben, um sie um die Ecke zu kriegen. Sie war verdammt schwer, obwohl er die Schubladen rausgenommen hatte. Er fluchte leise vor sich hin und konnte einfach nicht fassen, warum sie nicht begriffen hatten, dass das Möbelstück im Untergeschoss ebenso gut stand. Wieso hatte er nicht damit warten können, das Monstrum hochzuschleppen, bis Veronika wieder zu Hause war?

Er stützte die Schmalseite der Kommode auf einer Treppenstufe ab, erklomm eine Stufe und lehnte das Möbelstück gegen den Oberschenkel, um die Hände frei zu haben. Gerade als er so dastand, eingeklemmt zwischen Wand, Treppengeländer und der alten Kommode, die einen Drang nach unten hatte, klingelte das Telefon. Es hätte ihm egal sein können. Aber er packte erneut zu, bog den Rücken nach hinten und wuchtete das großmütterliche Erbstück das letzte Stück hoch.

Und da, mitten in der Bewegung, verspürte er das Knacken. Wie ein Pistolenschuss traf ihn der Schmerz in den Rücken. Er wankte zum Telefon im Obergeschoss und riss den Hörer von der Gabel. Niemand.

Sachte legte er den Hörer zurück und dachte daran, wie sich die Sünde doch manchmal sofort strafte. Voller Schmerz verzog er sein Gesicht.

Er sah sofort ein, dass dieses brennende Stechen im Kreuz nicht nach einer Viertelstunde verflogen sein würde. Wahrscheinlich nicht einmal nach ein paar Stunden. Schlimmstenfalls konnte der Schmerz tagelang, wochenlang andauern, vielleicht sogar länger ... aber da zügelte er seine ihm durchgehenden Gedanken. Es hatte keinen Sinn, den Teufel an die Wand zu malen. Jedenfalls nicht sofort!

Kriminalkommissar Claes Claesson hatte einen freien Tag, es war ein ganz gewöhnlicher Freitag, die Geschäfte waren geöffnet, und das Gemeinwesen funktionierte wie gewöhnlich. Der Tag musste also maximal genutzt werden. Die körperliche Beeinträchtigung hätte daher nicht ungelegener kommen können. Außerdem passten Verletzungen und Krankheiten nicht in sein Weltbild. Bisher war er relativ verschont geblieben und deshalb nicht zu der Einsicht gelangt, dass das, was andere befiel, auch ihn heimsuchen konnte.

An diesem Vormittag war Veronika mit Klara beim Babyschwimmen, und es galt, alle Dinge zu erledigen, bei denen ein Kleinkind für gewöhnlich im Weg war. Ansonsten hätte er selbst mit zum Schwimmen gehen können, obwohl es ihm etwas widerstrebte, zwischen den Babys und stolzen Müttern herumzuplantschen. Das lag nicht so sehr an den Kindern, sondern eher an ihren Müttern. Und manchmal musste man, wie gesagt, Prioritäten setzen.

Er hatte eigentlich alle Hände voll zu tun – das bittere Los eines Hausbesitzers. So nach und nach hatte er eingesehen, dass er nie alles würde erledigen können. Der Tag, an dem sämtliche Dachpfannen an Ort und Stelle lagen, alle Fenster frisch gestrichen und alle Zimmer neu tapeziert waren, die Türen der Küchenschränke renoviert, der Rasen gemäht und die Büsche gestutzt, die Lampen aufgehängt waren ... und so weiter ohne Ende ... und zwar alles gleichzeitig, dieser Tag würde nie kommen. Es hatte mit anderen Worten also gar keinen Sinn, sich zu hetzen. Ein Haus erforderte Unterhalt, und das bedeutete kurz und gut, dass man nie fertig wurde und also auch nie frei. Ständig gab es dieses oder jenes zu tun. Eine

Lebensaufgabe, wenn man es so sehen wollte. Eine Lebensaufgabe, die man gleichmütig hinnehmen musste. Schließlich war er ein Mann der Tat, und manchmal sehnte er sich nach dem zufriedenen Gefühl, etwas vollbracht zu haben. Handfeste Resultate sozusagen als Ausgleich. Seine Arbeit war anstrengender geworden. Immer mehr Leute ließen sich krankschreiben. Burn-out. Was war das überhaupt?

Eigentlich erwartete ihn nach dem Umstellen der Kommode eine Liste mit so genannten Erledigungen. Er hatte vorgehabt, eine Dichtung für die Toilette, neue Schrauben für das sich von der Wand lösende Küchenbord sowie das eine oder andere Werkzeug im Baumarkt zu besorgen. Immer stolperte er dort über Dinge, die er noch zu brauchen glaubte. Vielleicht konnte er sogar noch bei der Fußbodenfirma vorbeischauen und sich PVC-Böden mit Schachbrettmuster für die Küche ansehen. Veronika hatte sich in den Kopf gesetzt, dass das hübsch und praktisch war, und er hatte nichts dagegen. Sie hatten vorgehabt, sich dort zu treffen. Nach dem Babyschwimmen. Wenn die Zeit reichte, wollte er noch ins Sportgeschäft, um neue Joggingschuhe zu kaufen. Er war es leid, ständig die Fersen zu spüren.

Und jetzt stand er im Badezimmer und suchte nach einem Schmerzmittel, während dieses volle Programm auf ihn wartete und der Tag kaum begonnen hatte, denn es war gerade erst neun Uhr.

»Hexenschuss! Verflucht noch mal!« Fühlte sich das so an?

Es tat so verdammt weh, dass er sich überlegte, ob er sich an diesem Tag überhaupt noch würde bewegen können. Mit einem Mal verließ ihn jegliche Energie.

Kovepenin, Panodil, Lanzo, Trimetroprim, Zyrlex las er auf den Schachteln. Er wusste nicht recht, an welche Pillen er sich heranwagen sollte. Mit Panodil konnte er beginnen, das wusste er, das war schließlich dasselbe wie Alvedon. Aber reichte das? Sollte er vielleicht dem Panodil noch mit einer Lanzo nachhelfen? Das klang vertraut und gleichzeitig wirkungsvoll und gut. Vielleicht verstärkte sich dann der Effekt... Typisch!

Wenn er ausnahmsweise mal akut medizinische Hilfe benötigte, dann war Veronika nicht zu Hause.

Etwas weiter hinten im Medizinschrank entdeckte er ein Röhrchen Treo Comp. Bei diesem Mittel war er sich absolut sicher, dass es ordentlich wirkte. Er warf eine Brausetablette in den Zahnputzbecher, und es zischte.

Fünfzehn Minuten später, vielleicht waren es auch nur zehn, ging es ihm kaum besser. Auch noch nicht nach dreißig Minuten. Er war fix und fertig.

Die Schmerzen schienen einfach nicht nachzulassen. Das war bitter.

Er rundete das Ganze mit einer Lanzo ab, obwohl er eigentlich nicht zu den Leuten gehörte, die Tabletten schluckten, aber die Not kennt kein Gebot. Wieso haftete eigentlich einem Hexenschuss so was Lächerliches an? Die Komik der Buckligen. Obwohl ein Gallenstein schlimmer war. Und Hämorrhoiden. Einfach lächerlich.

Aber die Schmerzen ließen nicht nach. Ihm blieb nur noch eins, nämlich – obzwar widerstrebend – sich selbst leidzutun. Und noch etwas bemächtigte sich seiner immer mehr: die große Unruhe wegen eines Körpers, der auf Grund unerbittlich zunehmenden Alters seinen Dienst versagte. Dabei war er noch nicht einmal fünfundvierzig. Verdammt!

Noch nie hatte er einen klassischen Hexenschuss gehabt, dieses fürchterlich schmerzhafte und invalidisierende Leiden. Sein Körper war normal gebaut, von durchschnittlicher Größe und verfügte nicht über diesen schmalen, etwas zu langen Rücken, den man für gewöhnlich mit verschobenen Wirbeln und überdehnten Bändern in Verbindung bringt. Seine Kondition war akzeptabel, obwohl sie natürlich hätte besser sein können. So war es immer. Das meiste hätte besser sein können, wenn er wie verrückt trainiert und sich nach allen Regeln der Kunst in Form gehalten hätte. Er hatte viel Mühe darauf verwendet, einen Mittelweg zu finden. Er hatte ab und zu eine Joggingrunde gedreht, auch noch nach Klaras Geburt – aber Hallenpolo und Krafttraining hatte er schon lange aufgegeben. Jetzt hatte er Gelegenheit, das bitter zu bereuen. Wenn man jung war, konnte man es sich erlauben zu schummeln, aber nicht, wenn die Jahre einen einholten. Mist!

Er wollte sich hinlegen, um die Muskeln auszuruhen oder die Wirbel oder was es nun war, was kaputtgegangen oder eingeklemmt war. Vielleicht handelte es sich ja um eine Entzündung. Die Frage war nur, wie er es zum Bett hinunterschaffen sollte.

Wie es ihm zu guter Letzt gelungen war, konnte er anschließend nicht mehr rekonstruieren. Gnädigerweise befiel ihn eine Art kurzzeitige Bewusstlosigkeit just in jenem Augenblick, als er die schwierigsten Bewegungen vollführte. Der stechende Schmerz glich einer detonierenden Sprengladung. Assoziationen wie Guillotinen und Folterwerkzeuge flimmerten rasch vorbei. Tapete, Decke und Türen verflüchtigten sich seltsamerweise. Sein Bewusstsein schwand. Ein milder, grauer Nebel breitete sich über alles.

Aber welche Wonne dauert ewig? Als er erwachte, lag er quer auf dem Doppelbett. Er starrte an die Decke, bis es ihm vor Augen flimmerte, versuchte, sich zu bewegen und ein Kissen heranzuziehen, stöhnte jedoch laut auf und kapitulierte.

In diesem Zustand fand Veronika ihn.

»Lumbago«, sagte sie mit trockener Doktorinnenstimme.

Er hätte jetzt viel lieber einer anderen Stimme gelauscht, einer weniger effektiven, liebevolleren. Aber es war nun einmal so. Offensichtlich!

Nach oberflächlicher Untersuchung setzte sie sich auf die Bettkante und strich ihm mit dem Handrücken über die unrasierte Wange. Er vermied es, ihr in die Augen zu schauen, da er etwas gegen Mitleid hatte. Zumindest wenn es sich auf ihn selbst bezog. Obwohl er sich ziemlich sicher war, dass sie ihn nicht verhätscheln würde. Veronika war von sachlicher und praktischer Veranlagung.

»Wie bitte?«, fragte er mit abwesender Stimme und begutachtete weiterhin die Decke. »Was ist es, sagst du?«

»Hexenschuss.«

»Das ist mir auch klar«, erwiderte er verärgert.

»Jedenfalls scheint bei dir der Ischiasnerv nicht betroffen zu sein«, fuhr sie geduldig fort und klang immer noch mehr wie eine Ärztin als wie die Frau, die er liebte. »Ich werde dir einen Chiropraktiker oder Manualtherapeuten besorgen«, sagte sie, beugte sich vor, hob Klara vom Fußboden auf und setzte das Kind auf ihren Schoß.

Klara gab vergnügte Laute von sich, als sie ihn sah, ihren Papa, der dort im Bett lag, und sie streckte die Arme aus, winkte fröhlich und wollte von ihm hochgehoben werden. Beharrlich ruderte sie mit ihren knubbeligen Armen, ließ sie dann aber sinken und hielt inne. Mit großen Augen sah sie ihn ernst an, und er fragte sich, was wohl in ihr vorging. Er versuchte, sie anzulächeln und hoffte, der wortlose Kontakt zwischen Vater und Tochter funktioniere. Aber sie begriff, dass etwas nicht in Ordnung war. Ihre Unterlippe begann zu zittern. Ein Tropfen Spucke fiel herab. Sie blinzelte. Deutlich konnte er die hellen Wimpern von seiner liegenden Position aus erkennen. Sie waren recht lang, aber nicht sonderlich kräftig, fand er und zwickte sie vorsichtig in den einen großen Zeh.

Da begann sie zu weinen. Anfangs noch zögernd, dann immer geller, schließlich schrie sie aus vollem Hals. Da drehte er unter Schmerzen seinen Kopf zur Wand und kniff die Augen zu, um dem herzerweichenden Geräusch zu entrinnen. Er konnte nicht mehr. Jedenfalls nicht an diesem Tag. Er musste sich ausruhen, schlafen und sich woandershin träumen.

»Ist ja schon gut, das ist nicht schlimm«, sagte Veronika tröstend zu ihrer Tochter und nahm sie in die Arme.

»Aber ...«, sagte er.

»Was, aber?«

»Kannst du das nicht wieder hinbiegen?«

Flehend schaute er sie an. Ihren bisherigen Vorschlägen begegnete er mit Skepsis. Insgeheim hätte er gerne einmal davon profitiert, eine Ärztin im Haus zu haben, das war doch sicherlich nicht zu viel verlangt.

»Nein«, sagte sie. »Aber ich kann dir ein paar bessere Schmerzmittel geben. Im Übrigen kennen wir Ärzte uns mit Hexenschuss nicht sonderlich gut aus.«

Sie klang irritierend professionell, fast schon munter. Mitleid würde ihm zumindest erspart bleiben. In diesem Punkt konnte er vermutlich vollkommen sicher sein, aber er wusste nicht, ob ihm dieser muntere Ton so viel besser gefiel.

»Sicher?«, fragte er.

»Ja. Sicher! Krankengymnastinnen, Chiropraktiker und Manualtherapeuten kennen sich mit Hexenschuss aus«, sagte sie und stand auf.

Klara hatte sich beruhigt, betrachtete ihn aber weiterhin skeptisch wie einen Fremden.

»Na dann«, sagte er mit schwacher Stimme und schüttelte den Kopf. Es war ihm bewusst, wie jämmerlich er klang, er konnte es aber nicht verhindern.

»Du Ärmster«, sagte sie mit einem unberührten Lächeln, den Kopf spöttisch zur Seite geneigt. »Ich glaube nicht, dass du sterben wirst, zumindest nicht daran«, meinte sie und verschwand mit Klara auf dem Arm aus dem Schlafzimmer.

Kurz darauf steckte sie rasch noch einmal den Kopf zur Tür herein.

»Übrigens, Lanzo ist gegen Magengeschwüre, aber sicher auch nicht schädlich. Hungrig? Was zu essen?«

Vorsichtig schüttelte er den Kopf. Überhaupt keinen Hunger.

Sobald sie das Schlafzimmer verlassen hatten, begann die Tochter zu quengeln. Ihr Gejammer und ihr leises Weinen drangen von unten aus der Küche. »Sie will bei mir sein«, dachte er zufrieden. Obwohl mit ihm nicht viel anzufangen war. Er war indisponibel, wie sein Vater gesagt hätte.

Manchmal klappte es eben nicht, dachte er. Pläne funktionieren nicht, nichts wird, wie man geglaubt hat.

Vielleicht hatte auch das einen Sinn? Er musste versuchen, es so zu sehen.

ZWEITES KAPITEL

Das Meer toste, und die Luft war salzgeschwängert. Marco Korpi zündete sich eine Zigarette an und bereute es bereits im selben Atemzug. Es kratzte in der Brust. Eigentlich sollte er nicht rauchen, aber jetzt brannte sie.

Die Stimmen der Kinder drangen durch den Wind, Lachen und Gekreische mischten sich. Sie rannten herum und verfolgten einander über Stock und Stein. Ida lief voraus, Petter hinterher, und sie kreischte und lachte glucksend, wenn er sie eingeholt hatte, sie einfing und festhielt. Ihre Arme kreisten wie Windmühlenflügel, ihre Beine zappelten, ihr Lachen erreichte immer höhere Töne, bis sie fast keine Luft mehr bekam. Sie drehte und aalte sich hin und her, bis sie sich schließlich befreit hatte und durch das nasse Moos weitertoben konnte. Marco sah ihre spöttischen Blicke, wenn sie den Kopf nach hinten drehte, während sie stolpernd weiterrannte. Hänselnd brachte sie ihren Bruder dazu weiterzulaufen.

Marcos Gummistiefel versanken tief im Moos. Träge, entspannende Schritte, Kiefernduft und der Geruch von Erde, grau bedeckter Himmel und feuchtkalte Luft waren genau, was er brauchte. Besser, als zu Hause im Weg zu sein, dachte er. Allmählich ließ ihn die Arbeit der letzten Woche los.

Ritva wollte die Kinder aus dem Haus haben. Wie immer, wenn sie Gäste erwarteten, war sie gehetzt, reizbar und wirbelte besessen herum. Sie wollte decken und vorbereiten ohne »zwei störende Erscheinungen«, die alles auf den Kopf stellten und die dürftige Ordnung zerstörten, die sie am Vorabend zu Stande gebracht hatten. Recht oft schien alles im Fluss zu sein. Fast immer, um genau zu sein.

Ein paar Arbeitskollegen würden gegen sechs kommen. Auch ihre Ehefrauen waren eingeladen. Ritva war immer überempfindlich und schrie herum, wenn sie gestresst war. Er hatte ihr beim Großeinkauf geholfen und die Getränke besorgt, drei Sorten Bier und Wein für die Damen. Dann war er direkt zum Kindergarten gefahren und hatte die Kinder geholt. Aus einem entspannten Nachmittag mit ein paar Stunden ganz allein im Fitnessstudio, den er sich sonst zu gönnen pflegte, wurde an diesem Freitag nichts. Aber er kam an die frische Luft. Und er war Papa.

Am nächsten Tag würden sie einen Kater haben, Ritva und er. Mit den Kindern würde es dann zäh werden, dachte er und machte einen tiefen Lungenzug. Er musste so husten, dass es ihm in der Brust brannte und Tränen in die Augen trieb. Diese verdammten Zigaretten! Der Kater würde leichter zu ertragen sein, wenn er das Rauchen ließe, dachte er und tastete mit den Fingern nach dem Paket in seiner Tasche. Halb voll. Er überlegte, ob er neue kaufen oder sich mit den vorhandenen begnügen sollte. Ein langer Abend mit Rationierung. Er konnte immer noch bei irgendwem schnorren, aber es widerstrebte ihm, zu Kreuze zu kriechen. Das war kleinlich-knickerig und zeugte von schlechtem Charakter. Oder was auch immer. Sobald er es sich vornahm, konnte er mit dem Rauchen aufhören, dachte er selbstsicher. Wenn Ritva nicht dauernd auf ihm herumhacken würde. Aber wenn er auf der überdachten Veranda stand und paffte, litt er nicht sonderlich. Eigentlich stellte sein regelmäßiges, heimliches Verhältnis zu den Glimmstängeln – allein in der Kälte bei der kleinen Sitzecke im Garten – einen nicht unbeträchtlichen Genuss dar. Die Zigaretten waren eine Quelle der Freude, leider. Eine nicht ganz zu vernachlässigende Gefahr für die Gesundheit. Das wusste er sehr gut und spürte es auch gelegentlich in der Luftröhre. Er war nicht dumm.

Er hörte Idas Mädchenstimme, ihr unschuldiges, spielerisches Geplapper, das vom Wind davongetragen wurde. Sie hopste immer weiter, rotwangig und die Mütze schief auf dem Kopf. »Die Kinder sind viel zu wenig draußen«, kam ihm in den Sinn. Das galt für ihn im Übrigen auch.

Windgepeitschter Wald löste die nassen Dünen ab. Wacholder und verkrüppelte Kiefern beugten sich zur Erde. Er sah, dass die kleine Ida ein paar Tannenzapfen gefunden hatte. Ohne Ziel und sonderliche Kraft warf sie sie hoch in die Luft, aber sie war ja noch klein, die Motorik noch unausgeglichen, und die Tannenzapfen flogen in alle Richtungen, und sie rannte hinterher. Petter hatte einen langen Ast gefunden, mit dem er in der Luft herumfuchtelte. Er rief nach seiner Schwester und warnte sie vor dem stärksten Ritter der Welt. Aber sie bekam keine Angst. Sie spielte einfach unbeirrt mit ihren Tannenzapfen weiter. »Dieses Kind ist stur wie die Sünde«, dachte Marco Korpi zärtlich.

Er drückte seine Zigarette aus und sah auf die Uhr. Bald drei. Sie waren jetzt schon eine Stunde draußen. Zeit, nach Hause zu gehen. Ritva hatte jetzt ein paar Stunden Ruhe gehabt und musste zufrieden sein. Es war ungemütlich, und er hatte Lust auf einen Kaffee.

Er dachte daran, wie selten er doch mit den Kindern draußen war. Immer hatte er etwas zu tun. Es wurde einfach nichts daraus, und für Spiele hatte er auch keinen Sinn. Nicht wie Ritva, aber sie war schließlich Profi. Sie tat den ganzen Tag nichts anderes, als Kinder in Schach zu halten. Sie konnte gut mit den Kleinen umgehen, besser als er. Er sah, wie Ida umfiel, und erwartete den Schrei. Er machte sich bereit, zu ihr zu eilen, aber nichts kam. Das Kind blieb still. Sie rappelte sich wieder auf mit lauter Tannennadeln an der Hose, ignorierte sie aber und rannte einfach weiter. Sie bog Richtung Wasser ab, und da lief er ihr hinterher. Aber sie blieb stehen, drehte sich um, entdeckte ihren großen Bruder im Wald und rannte auf ihn zu. Petter hatte den Stecken nicht weggeworfen, und Marco vermutete, dass er ihn im Auto mit nach Hause nehmen wollte. Ida begann an der Jacke ihres Bruders zu zerren, und dieser fuchtelte verärgert mit den Armen, um sich loszureißen. Er peitschte und schlug mit dem Stecken, und Marco befürchtete, Ida könnte einen Schlag abbekommen. »Zetermordio!«, dachte er. Die Kinder wurden langsam müde. Er musste versuchen, ihr Spiel zu beenden, und sie ins Auto verfrachten, ob sie wollten oder nicht. Er näherte sich ihnen mit so großen, schweren Schritten, dass das Moos ins Schwanken geriet – aber da war der Streit auch schon zu Ende, und sie fuhren damit fort, spielend herumzurennen.

»Wir haben eine schwere Jahreszeit vor uns«, dachte er. Ob er es sich wohl leisten konnte, mit der Familie in Skiferien zu fahren? Das wäre etwas, worauf sie sich freuen könnten, irgendwann im Februar einen ordentlichen Hang im Sonnenschein herunterzufahren. Jetzt waren die Kinder alt genug dafür. Wenn es ihnen gelang, ein wenig zu sparen, würde er Ritva bitten, sich nach einer Pauschalreise umzusehen.

Ida lief weiterhin im Kreis um ihren Bruder herum und brachte ihn dazu, ihr zum Strand zu folgen. Marco schaute genauer hin. Die Kinder trugen Gummistiefel, konnten also in seichtem Wasser herumplantschen. Die Gefahr, dass sie reinsprangen, schien ihm minimal. Das Wasser war kalt, und sie hielten sich am Ufer. Er musste jedoch darauf achten, dass sie nicht stolperten oder stritten und anfingen, sich zu schubsen.

Gerade als er um das braunfleckige Heidelbeergestrüpp herumkam und überlegte, ob ihm noch Zeit für eine weitere Zigarette blieb, ehe sie nach Hause fuhren, merkte er, dass die Kinder etwas am Ufer entdeckt hatten. Sie beugten sich vor und standen erstaunlich still und konzentriert da. Vielleicht eine Flaschenpost, die an Land getrieben war, dachte er naiv. Oder ein toter Fisch.

Aber es war schlimmer.

Petter schrie ihm etwas zu, aber seine Stimme verschwand im Wind, obwohl dieser inzwischen schwächer war. Die Kinder hatten sich ihm zugewandt und riefen und schrien mit angespannter Haltung. Sie wirkten außer sich, und er bekam Angst. Er ahnte nichts Gutes und rannte auf sie zu. Noch immer konnte er nicht hören, was sie schrien.

Das Meer toste. Es war noch nicht dunkel. Einige Vögel glitten niedrig übers Wasser.

Die Kinder standen auf einer braunen Grasfläche, die zum Wasser hin in einen schmalen Streifen grobkörnigen Sand überging. Er sah es sofort, wandte aber instinktiv den Blick ab. Nasse Sandkörner wurden vor- und zurückgespült. Spärliches, wintermüdes Schilf raschelte im Wind. Das Wasser war trüb, Sand und Schlick waren aufgewühlt.

Trotzdem sah man unausweichlich, was an der Oberfläche trieb.

»Was mache ich jetzt?« Ihn befiel ein Gefühl der Unwirklichkeit, das ihn erst lähmte, aber dann packte er die Kinder, zerrte sie ein Stück vom Strand weg und stellte sie nebeneinander hin. Mit barscher Stimme befahl er ihnen, sich nicht vom Fleck zu rühren.

»Versprecht mir das!«, sagte er und schaute streng in die zwei Kindergesichter, die außer sich vor Schrecken waren.

Aber es war zu spät, sie hatten bereits gesehen, was es zu sehen gab. Als er sich ein wenig beruhigt hatte, sah er ein, wie sinnlos es war, sie schonen zu wollen.

Vorsichtig trat er näher, wollte noch einmal schauen, wollte sich vergewissern, dass er sich nicht getäuscht hatte. Er wollte sich ganz sicher sein, ehe er versuchte, ein Telefon zu finden. Sein Handy hatte er idiotischerweise zu Hause gelassen.

Wie eine gelbe Blase wölbte sich die Vorderseite einer Jacke über die Wasseroberfläche. Vielleicht war sie aus Nylon. Weißer Schaum umspülte ein Gesicht, das aus Gummi zu sein schien, dachte er respektlos, gleich einer Gummimaske aus einem amerikanischen Science-Fiction-Film. Eine Totenmaske, aschgrau und zäh.

Sie war jung. Eine Frau mit langem Haar, in dem sich schwarzer Tang und struppiges Schilfrohr verfangen hatten. »Wie eine Meerjungfrau«, dachte er und kam sich fast frevlerisch vor. Gleichzeitig versuchte er, sich zu erinnern, ob er etwas über eine verschwundene Frau gehört oder gelesen hatte. Hatte er in der *Allehanda* etwas über eine Ertrunkene gelesen? Hatte jemand davon gesprochen, dass eine junge und vermutlich hübsche Frau vermisst wurde, nicht nach Hause gekommen, nicht bei der Arbeit erschienen oder einfach unerklärlich verschwunden war? Nein, er konnte sich nicht erinnern. Jedenfalls nicht, solange er mit klopfendem Herzen wie gelähmt dastand.

Aber dann sah er die Kinder, die schweigend und erschrocken dicht beieinander standen. Er beeilte sich, nahm sie an die Hand, trieb sie an, und sie rannten stolpernd zum Auto. Erst wollte er zum Campingplatz laufen und sehen, ob jemand in einem der Wohnwagen war, aber das war ein zu großes Risiko. Kaum jemand würde jetzt, da sich der Winter näherte, dort wohnen. Und falls doch, so konnte es die vollkommen falsche Person sein. Vielleicht jemand, der mit der toten Frau zu tun hatte und den er nicht treffen wollte, jemand, der gefährlich war. Schließlich musste er an die Kinder denken. Kein Wunder, dass man in einer Situation wie dieser an Verfolgungswahn litt.

Die Kinder nahmen schweigend auf dem Rücksitz Platz. Petter half Ida mit dem Sicherheitsgurt, ohne dass er ihn darum gebeten hätte. Marco Korpi, einunddreißigjähriger Vater zweier Kinder, fuhr mit quietschenden Reifen los.

»Papa, ist die Frau krank?«, fragte Ida schließlich, und ihm fiel auf, dass ihre Stimme vorsichtiger klang als sonst.

»Kinder spüren, wenn etwas nicht so ist, wie es sein sollte«, dachte er und bemühte sich, eine gute Antwort zu finden. Gleichzeitig suchte er die Straße nach einem entgegenkommenden Fahrzeug ab, das er hätte anhalten können. Er wollte ihr eine vernünftige Antwort geben, eine Antwort, die nicht zu barsch und schroff klang und trotzdem begreiflich war. Aber sein Sohn kam ihm zuvor.

»Sie ist tot, das ist doch klar«, sagte der sechsjährige Petter voller Überzeugung zu seiner kleinen Schwester.

Damit war es gesagt. Petter klang forsch, vielleicht sogar zu unberührt, dachte Marco. Da sah er die Scheinwerfer eines entgegenkommenden Autos. Er betätigte intensiv die Lichthupe, gleichzeitig bremste er ab und kurbelte das Seitenfenster herunter. Er schwenkte den Arm, um das Auto zum Anhalten zu zwingen.

In dem schwarzen, staubigen Ford saß ein rotgesichtiger alter Mann, der skeptisch war und glaubte, dass Marco ihn anlog. Aus welchem Grund auch immer. Aber der Alte hatte ein Handy, und sie wählten den Notruf. Anschließend wurde sich Marco klar darüber, dass der Mann nichts mit der Polizei zu tun haben wollte. Wieso, das ging ihn nichts an.

Claes Claesson hatte um drei Uhr einen Termin beim einzigen Chiropraktiker der Stadt erhalten. Veronika hatte ihn vereinbart. Sie hatte einen Kollegen angerufen, einen Orthopäden, und dieser hatte den Chiropraktiker empfohlen. Er verstehe sein Handwerk.

Eine gute Viertelstunde vor dem Termin schaffte Veronika ihn mit dem Volvo in die Praxis. Sie wollte gleichzeitig den Großeinkauf erledigen. Klara war auch dabei. War er früher fertig als sie, musste er sie anrufen oder warten.

»Erstaunlich, dass es in unserem Kaff überhaupt einen Chiropraktiker gibt«, sagte sie, als sie ihn absetzte.

Er sah sie argwöhnisch an, hätte aber im Augenblick ohnehin alles ausprobiert. Eine Arbeitswoche mit solchen Qualen war nichts, worauf man sich freute. Obwohl er kaum erwartete, dass ihm mit Quacksalbermethoden geholfen werden könnte.

Mit behutsamen Schritten ging er die Treppe hoch und klingelte. Eine Stimme forderte ihn auf einzutreten, und er öffnete.

Dennis Bohman stand am Fenster seines Behandlungszimmers und telefonierte. Er bedeutete Claes Claesson, in der Diele abzulegen und Platz zu nehmen. Claesson zog seine Jacke aus, setzte sich jedoch nicht. Skeptisch schaute er sich um, suchte mit raschem, routiniertem Blick Wände und Ecken ab, als sei er im Dienst und einem Dealer oder einem Geheimbordell auf der Spur, er wusste nicht genau, was, aber jedenfalls etwas in dieser Art. Aber alles war frisch renoviert und bedeutend einladender als das Treppenhaus, das dunkel und schmutzig gewirkt hatte. Die Diele war in mattem Graublau gestrichen. Zwei leichte Stahlrohrstühle flankierten einen kleinen Tisch mit einem Zeitschriftenstapel.

Dennis Bohman beendete sein Telefonat und erschien in der Tür. Er war rund dreißig, trug einen Kurzhaarschnitt, wirkte gesund und schien weder Sonnenstudios zu frequentieren noch Dopingpräparate zu schlucken, was Claesson beruhigte.

»Willkommen!«, sagte Dennis Bohman und drückte ihm kräftig die Hand. »Kommen Sie rein, dann schaue ich mal, wie ich Ihnen helfen kann.«

Claesson folgte ihm ergeben in ein kahles Zimmer mit Wandschautafeln, die Muskeln und Wirbel zeigten. In der Mitte stand eine Pritsche.

»Bitte ziehen Sie sich aus«, sagte Bohman.

Claesson konnte sich nicht erinnern, wann er sich zuletzt vor einem anderen Mann entkleidet hatte. Vermutlich beim Militär.

»Sie haben sich also verhoben«, meinte Bohman und betrachtete Claessons ungelenken Kampf mit den Jeansbeinen. Die Füße steckten fest, und er konnte sich nicht vorbeugen und sie runterziehen.

»Ja, an einer Kommode«, antwortete Claesson stöhnend.

»Hatten Sie schon früher Probleme mit dem Rücken?«

»Nein, noch nie.«

Bohman sah ihm noch ein wenig bei seinem unbeholfenen Entkleiden zu und ging ihm schließlich zur Hand.

Claesson stand in Unterhose und Socken auf dem kalten Fußboden und versuchte die Bewegungen auszuführen, die der Chiropraktiker ihm ansagte. Er scheiterte kläglich. Seine Schmerzen machten ihn stocksteif.

Als er anschließend bäuchlings auf der Pritsche lag und spürte, wie sich Bohmans warme und kräftige Hände an seinem elenden Rücken zu schaffen machten, wusste er, dass er am rechten Ort war. Ja, verdammt, das war er wirklich! Der Typ wusste, was er tat. Es war zwar nicht angenehm, aber Böses soll man mit Bösem vertreiben ...

Erschöpft, aber zufrieden erhob er sich und zog sich an. Das war schon besser. Nicht perfekt, aber er konnte schließlich nichts Unmögliches verlangen.

Er erhielt einen weiteren Termin für Dienstag und bedankte sich. Da klingelte sein Handy.

»Eine Wasserleiche«, sagte Kriminalkommissar Janne Lundin, der beim Dezernat für Gewaltverbrechen Wochenendbereitschaft hatte und schon am Morgen seinen Dienst angetreten hatte. Lundin war zu Hause und stand an seinem Telefontischchen in der Diele.

Bisher hatte es keine sonderlichen Vorkommnisse gegeben, es war richtig ruhig gewesen, aber offenbar hatte es sich dabei um die Ruhe vor dem Sturm gehandelt. Jetzt war eine Leiche entdeckt worden – eine junge Frau –, und Lundin hatte Claesson zum Fundort beordert. Claesson hatte ihn gebeten, ihm einen Wagen mit Fahrer zu schicken, was er getan hatte. Ein jüngerer Polizist, Jesper Gren, würde den Kollegen abholen. Claesson hatte beiläufig erwähnt, dass er Probleme mit dem Rücken habe, und gestresst geklungen.

Jetzt sprach Lundin gerade mit Louise Jasinski. Sie einigten sich darauf, jeder den eigenen Wagen zu nehmen und sich an der Abfahrt zum Fröjdeberga-Campingplatz zu treffen.

Nachdem sie aufgelegt hatten, begann er, nach der Nummer von Benny Grahn zu suchen. Er meinte, sie im Kopf zu haben, konnte sich dann aber doch nicht besinnen. Wenn er sich recht erinnerte, dann hatte er sie ins Telefonverzeichnis der Familie geschrieben. Er zog die Schublade des hübschen und etwas wackligen Telefontischchens heraus. Mona hatte die Deckel des Telefonverzeichnisses bestickt. Lange war's her, dachte er und begann zu blättern. Während des ersten Jahres ihrer Ehe hatte sie seiner Meinung nach recht sinnlose Dinge gebastelt, später aber damit aufgehört. Die Pullover jedoch, die sie inzwischen verfertigte, waren schön und wurden allgemein geschätzt.

Während er blätterte, spürte er, wie die Anspannung zunahm. Es pochte hinter seinem Brustbein, und der Magen zog sich zusammen. Er war bereit, und sein Adrenalinspiegel stieg, obwohl er sehr viel Routine hatte. Nicht einmal in seinem Alter blieb ihm das erspart, dachte er und überlegte sich gleichzeitig, wie lange sein Organismus noch durchhalten würde. Aber er wollte nicht aufhören. Ihm gefiel seine Arbeit. Während seiner Ausbildung hatte er geglaubt, dass er irgendwann in einer verheißungsvollen Zukunft zu einer inneren Ruhe finden würde. Diese Unberührtheit würde ihn dann unnahbar machen und vor allem dazu führen, dass er sich besser fühlte. Aber so war es natürlich nicht gekommen. Insgeheim war ihm und seinen Kollegen bewusst, dass sie von diesen Kicks lebten. Sie brauchten diese Spannung und Anspannung, sonst hätten sie sich vermutlich eine andere Arbeit gesucht.

Grahn stand nicht im Telefonverzeichnis der Familie. Lundin hatte sich offenbar geirrt. Er ging zur Kleiderstange und suchte in der Innentasche seiner Winterjacke nach seinem Kalender. In diesem Moment trat Mona durch die Haustür. Sie war mit ihrem Hund Jycken draußen gewesen.

»Was ist los?«, fragte sie sofort, denn sie besaß ein gutes Gespür.

»Arbeit«, antwortete er.

»Musst du los?«

Sie wirkte eher besorgt als enttäuscht.

»Ja. Wahrscheinlich wird es spät.«

»Für einen Kaffee hast du keine Zeit?«

Er schüttelte den Kopf.

»Nein«, sagte er, »aber ich hätte jetzt nichts dagegen gehabt.« Er betrachtete seine freundliche und rundliche Ehefrau, die ihren Wintermantel auf einen Bügel hängte.

»Ist es was Ernstes?«, fragte sie und verstand im selben Moment, dass dem so war.

»Ja«, antwortete er, und sie hörte, dass er bereits unterwegs war, zumindest im Geiste.

»Eile?«

»Nein, eigentlich nicht. Tote bewegen sich nicht vom Fleck.«

»Was du nicht sagst! Soll ich dir eine Thermosflasche fertig machen?«, wollte sie wissen und nahm Jycken seine Leine ab.

»Nett von dir, aber das ist nicht nötig.«

Kaum jemand hatte mit der so genannten Partnerwahl so viel Glück gehabt wie er, dachte er und war sich ganz und gar bewusst, dass sie es vor allem Mona, seiner tatkräftigen Ehefrau, zu verdanken hatten, dass sie nicht gezögert hatten und die Sache nicht im Sand verlaufen war. Mona war sein bester Freund. Nicht Jycken. Mona.

»Ja, wirklich schade, dass du wegmusst«, sagte sie und ging in die Küche, um Jycken, einer etwas zu wohl genährten Mischung aus einem Stöberhund und einem Beagle, sein Trockenfutter zu geben.

Man wusste nie im Voraus, wie der Arbeitstag wird, dachte er und setzte sich auf den Hocker neben dem Telefon. Es war fast unmöglich, sich vollkommen zu entspannen, wenn man Bereitschaft hatte. Aus einer Flaute konnte plötzlich ein Orkan werden. Viele Male hatte er irgendwelche Veranstaltungen verlassen müssen oder war mitten in der Nacht geweckt worden. Er würde nie vergessen, wie er die Schulabschlussveranstaltung seines Sohnes Lasse noch vor dem Auftritt des Sechsjährigen hatte verlassen müssen. Mona hatte ihm mehrfach versichert, Lasse habe das nicht sonderlich viel ausgemacht, schließlich sei sie ja da gewesen, und ihr Sohn sei bei den wenigen Zeilen, die sie ihm vorher wochenlang vorgekaut hatten, kein einziges Mal stecken geblieben. Trotzdem hätte er diesen Dienst mit jemand anderem tauschen und sich mehr anstrengen sollen. Aber damals war die Arbeit immer vorgegangen.

Er wählte Bennys Nummer. Ihm wurde die Arbeit eigentlich nie langweilig, dachte er, während er wartete. Das war nur wenigen vergönnt. Obwohl nicht alle mit der Unberechenbarkeit fertig wurden. Er erinnerte sich an einige Kollegen, die ausgeschieden oder auf Verwaltungsposten verschwunden waren. Mit zunehmendem Alter waren die meisten das Gerenne leid und suchten sich eine Arbeit im Büro. Trägheit und Personalknappheit hatten ebenfalls ihre Spuren hinterlassen.

Er ließ es klingeln und wartete darauf, weitergeschaltet zu werden oder einen Anrufbeantworter anspringen zu hören.

Nein, rumzuhocken und in Papieren zu blättern lag ihm nicht, obwohl es vielleicht angebracht gewesen wäre, jetzt, da er auf die sechzig zuging. »Ein Glück, dass man sich selbst kennt«, dachte er. Berichte zu lesen war noch nie sein Ding gewesen. Es ging zwar, aber nur verdammt langsam, und dessen war er sich sehr deutlich bewusst. Schreiben lag ihm noch weniger. Er verwechselte häufig die Buchstaben. Lese-Rechtschreib-Schwäche hieß das – oder Legasthenie, aber dieses vornehmere Wort hatte damals, als er klein gewesen war, noch niemand gekannt. Erst als sein Sohn dieselben Probleme in der Schule bekommen hatte wie er selbst, wurde ihm klar, was Sache war. Mit Hilfe wohl überlegter Strategien, sehr viel Übung und einer loyalen Frau war er gut zurechtgekommen. Richtig gut sogar. Aber deswegen musste er seine Schwächen noch lange nicht herausfordern und sich größeren Prüfungen unterziehen als nötig. Man musste schließlich auch Rücksicht auf sich selbst nehmen.

Niemand nahm ab, also wählte er stattdessen die Handynummer. Draußen war es grau und diesig. Der Winter näherte sich und wurde mit jedem Jahr anstrengender und dunkler.

Benny antwortete schließlich mit rauer, belegter Stimme, als sei er gerade beim Essen. Außerdem klang es so, als befände er sich im Freien. Ein Auto war im Hintergrund zu hören.

»Wo bist du?«

»Vor Kirres Wurstbude«, antwortete Benny und schluckte den Bissen herunter.

Lundin trug dem eine Wurst verzehrenden Kollegen sein Anliegen vor, das nicht gerade Begeisterung auslöste. Benny Grahn von der Spurensicherung, allgemein bekannt als Technik-Benny, seufzte tief und äußerte wie erwartet, in letzter Zeit sei es einfach zu viel gewesen. Das stimmte tatsächlich und war nicht nur das übliche Gejammer. Sie waren nicht nur zu wenig Leute: Die Missetaten waren Schlag auf Schlag gekommen, und nichts deutete darauf hin, dass sich die Zukunft erfreulicher gestalten würde. Eher im Gegenteil. Eine neue Art von Bandenkriegen war immer mehr in Mode gekommen. Häufiger als früher wurde scharf geschossen, da mehr Waffen in Umlauf waren, und zwar nicht nur in Kreisen naturliebender Elchjäger.

»Du weißt doch selbst, wie das ist. Wir waren doch gestern wegen dieser Messergeschichte unterwegs, und die Spuren sind noch nicht analysiert. Irgendwann müssen wir auch die Arbeit im Labor erledigen, die sich auftürmt. Außerdem hat sich noch einer von der Spurensicherung krankschreiben lassen. Vor zwei Tagen. Er war vollkommen platt. Grippe, behauptet er, aber das soll glauben, wer will. Der sitzt zu Hause und starrt an die Wand. Außerdem, wer könnte nicht eine Grippe gebrauchen, um wieder einigermaßen zu Kräften zu kommen? Bei so wenigen Leuten verkraftet man Ausfälle einfach nicht. Wir können auch so fast schon nicht mehr den Bereitschaftsdienst garantieren«, sagte Grahn und machte eine kurze Pause. »Aber das weißt du ja alles«, fügte er hinzu, und Janne Lundin brummte zustimmend in der Hoffnung, die Litanei wäre bald vorbei. Er musste los, aber schließlich waren sie auch Menschen, dachte er und sagte daher nichts.

»Außerdem ist einer von uns auf längere Zeit krankgeschrieben«, fuhr Benny Grahn fort. »Du weißt schon, Palm, der Ärmste, er hat Krebs und ist richtig übel dran. Ich frage mich, ob er überhaupt je zurückkommen wird, und falls er es tut, bekommt er vermutlich einen Schock, wenn das hier so weitergeht.«

Lundin glaubte, Grahn sei nun fertig, aber der holte nur Luft und setzte erneut an: »Und wann bekommen wir von der Spurensicherung endlich mal psychologische Unterstützung? Wir kriegen immer die ganze Scheiße ab, und damit wird vielleicht ein alter Fuchs wie ich fertig, aber denk nur an die Jüngeren!«

»Ja, du, da sollten wir uns drum kümmern«, sagte Lundin ruhig. »Aber jetzt müssen wir los!«

Benny Grahns Wortschwall endete abrupt.

»Okay. Ich höre ja schon auf zu jammern. Wir reden später darüber.« Er lachte rau. »Der Wagen steht bei mir zu Hause. Ich komme, und zwar sofort.«

»Gut!«

»Hattest du was anderes erwartet?«

»Offen gestanden, nein«, erwiderte Lundin, da ihn Benny bisher noch nie im Stich gelassen hatte.

»Verdammt, gleich ist es ganz dunkel. Wir müssen wohl die Lampen aufbauen«, murmelte Grahn mehr zu sich als zu Lundin, ehe er auflegte.

Marco Korpi stand mit einem Kind an jeder Hand auf dem Weg, als sie endlich eintrafen. Es war bereits vier Uhr, aber noch nicht dunkel, sondern es herrschte eine wunderschöne Dämmerung. Den ganzen Tag war es nicht recht hell gewesen, aus dem diesigen Novembergrau war nie richtiges Tageslicht geworden. Von diesem Wetter bekamen manche Leute Depressionen, andere waren nur froh, dass sie mit gutem Gewissen zu Hause bleiben konnten.

Die Kinder waren schweigsam und still und drückten sich an ihren Papa. Mit großen Augen schauten sie ernst auf die Polizisten und Streifenwagen, die eilig auftauchten. Ihr Vater hatte einen soliden Händedruck, der zu seinem kräftigen und breiten Gesicht passte. Er hatte hohe Wangenknochen und energische Augen. Marco hatte bereits festgestellt, dass Ritva mehr als genug Zeit haben würde, das Fest in aller Ruhe vorzubereiten. Gerade auch wegen der Kinder wollte er nach Hause fahren, gleichzeitig interessierte es ihn aber, was weiter passieren würde. Er war neugierig. Polizeiliche Arbeit kannte er bisher nur aus dem Fernsehen, und schließlich war er es ja gewesen, der sie gefunden hatte. Die Tote. Oder, um genauer zu sein, die kleine Ida auf Entdeckungsreise. Er fragte sich, wie die Kinder langfristig damit fertig würden.

Janne Lundin war groß wie ein Baumstamm und hatte sich eine Pelzmütze aufgesetzt, die ganz oben wie ein Wattebausch hin und her wippte. Louise Jasinski hatte über den Anblick bereits spöttisch gelacht. Sie war recht klein, und die beiden bewegten sich am Fundort wie Laurel und Hardy. Claesson, der von Jesper Gren mitgenommen worden war, ging, genauer gesagt, wankte mit ungewöhnlich weißem Gesicht herum.

Lundin hatte auch Erika Ljung herbeordert. Er drehte sich zu ihr um und lächelte sie an. Sie lächelte zurück.

Erika Ljung war die Jüngste in der Gruppe. Sie musste so oft wie möglich dabei sein, um Routine zu sammeln. Das fanden alle, besonders Lundin, der die Rolle ihres Mentors übernommen hatte. Auch sollte sie andere Erfahrungen machen als jene traurigen und traumatischen des letzten Frühjahrs: In ihren eigenen vier Wänden war sie schwer misshandelt worden. Sie schien darüber hinweg zu sein. Jedenfalls erweckte sie diesen Eindruck. Aber was wusste man schon? Was blieb ihr denn auch anderes, als weiterzumachen, weiterzuarbeiten und sich jedem neuen Tag zu stellen? Die Schläge würden sie trotzdem auf die eine oder andere Art immer verfolgen, der Schmerz ebenfalls. Vielleicht auch die Erniedrigung. Das Gefühl der Ohnmacht angesichts der Macht des Stärkeren über den Schwächeren. Aber sachte, sachte würde all das verschwinden. Und am Ende war sie ja nicht die Schwächere gewesen, hatte nicht den Kürzeren gezogen. Zumindest nicht aus Lundins Perspektive. Und schließlich zählte das Ergebnis, dachte er. Sie war frei, während ihr ehemaliger Lebensgefährte hinter Gittern saß. Ihr lag die Zukunft zu Füßen. Sie musste einfach nach vorn blicken und aus dem Vollen schöpfen. Bei ihrem Aussehen, schön wie der Tag, sollte das kein Problem sein, aber das sagte Lundin nicht laut. In Zeiten wie diesen wusste man nie, was noch politically correct war.

Der Gerichtsmediziner konnte nicht kommen, das tat er

sonst immer, aber dieses Mal klappte es einfach nicht, hatte er unverblümt am Telefon erklärt.

»Wie sind die Kinder damit fertig geworden?«, wollte Claesson wissen.

»Weiß nicht«, sagte Lundin, der als einer der Ersten eingetroffen war. »Man fragt sich, wie viel sie eigentlich verstehen.«

»Recht viel«, meinte Claesson. »Du erledigst den Rest!«

»Klar. Ich glaube, das ist bereits geregelt«, antwortete Lundin.

Claesson stellte sich ans Ufer. Sie hatte gut ausgesehen, die Tote. Das Gesicht war im Großen und Ganzen unbeschädigt und bot einen erträglichen Anblick. Aber der Gesamteindruck – das schwarze Wasser, der feuchte Sand und die Starre der Gesichtszüge – war erschreckend.

»Allzu lange kann sie hier nicht gelegen haben«, dachte er erst, überlegte es sich dann aber anders. Um diese Jahreszeit war das Wasser kalt. Mit anderen Worten: keine größeren Zersetzungsprozesse. Sie konnte gut eine Weile dort gelegen haben, ein paar Wochen oder so, dachte er und wusste, dass der Gerichtsmediziner in dieser Frage das letzte Wort hatte.

Ein schwarzes Blatt lag wie festgeklebt auf dem einen Auge der toten Frau. Der andere Augapfel schimmerte wie eine grauweiße Mondsichel unter einem etwas geschwollenen, bleichgrünen Lid hervor. »Wie ein Mensch und gleichzeitig wie ein Wassergeschöpf«, dachte er. Es schauderte ihn bei seinem grotesken Vergleich.

Er entdeckte die Armbanduhr der jungen Frau und wurde plötzlich ganz wach. Eine Herrenuhr. Oder doch nicht? Die Moden änderten sich, Frauen hatten heutzutage Muskeln und trugen handfeste Accessoires, dachte er. Aber das Modell kam ihm bekannt vor. Hatte nicht Louise – oder war es Erika – auch so eine?

Das Gelände wurde abgesperrt. Die Spurensicherung legte sofort los, und Benny übernahm das Kommando. Er deutete mit der Hand, gab Anweisungen und überwachte. Er war der König, bis der technische Teil der Fundortuntersuchung abgeschlossen war. Die anderen hielten sich zurück und warteten ab.

Zwei uniformierte Polizisten nahmen das kurze Protokoll der Leute auf, die Anzeige erstattet hatten: das des Vaters und der Kinder. Anschließend wurden die drei zum Präsidium geschickt, wo eine formellere Vernehmung durchgeführt und sie psychologisch in dem Maße betreut werden sollten, wie das an einem Freitagabend möglich war. Danach mussten die Kinder endlich nach Hause. Irgendwie würde auch dafür Sorge getragen werden.

Die aufgestellten Scheinwerfer warfen ein kaltes Licht. Scharf umrissene, längliche Schatten bewegten sich im gemächlichen Tempo der Leute von der Spurensicherung. Sie erledigten ihre Arbeit methodisch und gründlich. Es wurde dunkel, der Wald und der Nachthimmel rückten näher. Der Wind hatte etwas abgenommen, aber weit draußen toste das Meer, und die Wellen rollten über die tote Frau hinweg ans Ufer. Überall waren Leute, wo auch immer sie hergekommen sein mochten. Die Presse drängte sich gegen die Absperrung. Kamerablitze flammten auf, und es wurde gemurmelt und leise geredet.

Benny befahl, die Leiche aus dem pechschwarzen Wasser zu heben.

»Siehst du was?«, fragte Claesson Lundin, da es ihm nicht gelang, sich vorzubeugen. Lundin schüttelte den Kopf.

»Nicht das Geringste«, antwortete er. »Aber sie heben sie sicher gleich ins Licht.«

Gemeinsam mit Louise, Erika und einigen anderen Polizisten und Leuten von der Spurensicherung bildeten sie einen Halbkreis am Ufer. Schweigend verfolgten sie, wie das Netz eingeholt und die tote Frau schließlich aus dem Wasser gehoben wurde. Da explodierten eine Menge Blitze im Hintergrund.

Lundin drehte sich um. Er sah, wie sich ein junger Mann in einiger Entfernung aus der Zuschauermenge löste und langsam näher kam. Er war vermutlich im Schutz der Dunkelheit abseits der Scheinwerfer unter der Absperrung hindurchgegangen. Wo zum Teufel steckte Gren? Lundin konnte ihn nirgends entdecken. Stand er hinter einem Baum und erleichterte seine Blase? Der junge Mann näherte sich vorsichtig. Lundins Ärger nahm zu, aber er wollte weiterhin das Bergen der Leiche verfolgen und griff daher nicht ein. Seine ganze Konzentration war auf den toten Körper gerichtet.

Die Frau war vollständig angekleidet. Ihre Jacke schien aus Nylon zu sein, war gefüttert und schwer von dem ganzen Meerwasser, das sie aufgesogen hatte. Eine kanarienvogelgelbe Jacke, vielleicht auch postgelb, je nach Vorliebe. »Die muss leicht wiederzuerkennen sein«, dachte er und flüsterte dies auch Louise und Erika zu, die neben ihm standen. Beide nickten. Eine deutliche Personenbeschreibung erleichterte notfalls immer die Identifizierung. Falls sich bei der Toten kein Ausweis fand und sie nicht die bittere und traurige Antwort auf eine schon vorliegende Vermisstenanzeige war. Lundin bereitete sich innerlich bereits darauf vor, die Trauerbotschaft überbringen zu müssen.

Die Frau trug normale blaue Jeans. Der Reißverschluss und der Knopf am Bund waren geschlossen. Ihre Füße steckten in stabilen braunen Stiefeln. Ordentlich gekleidet und vor allen Dingen nicht entkleidet. Brieftasche, Führerschein oder andere Papiere hatte sie nicht bei sich, auch kein Handy, was in diesem Land der weit verbreiteten Mobiltelefone verblüffend war. In ihren Jackentaschen fand man drei verschieden große Schlüssel an einem Ring – vermutlich für ein Fahrrad, eine Haustür und ein Vorhängeschloss –, einen vollkommen durchweichten Zettel mit einem unleserlichen Text, einen Zwanzigkronenschein und einen gestrickten schwarz-weißen Fäustling. Der zweite Handschuh war nirgends zu entdecken.

»Das muss bis morgen warten«, sagte Benny Grahn und leuchtete der Toten mit seiner Taschenlampe ins Gesicht.

»Geringfügigere Verletzungen«, sagte er laut. »Vermutlich hat sie sich die Haut an Steinen aufgeschürft. Im Übrigen ist sie relativ wohl erhalten. Das Wasser ist schließlich kalt.«

Benny ging in die Hocke und klappte den Kragen der gelben Jacke herunter. Er versuchte den Kopf zurückzubeugen. Er bat einen Mann von der Spurensicherung, auf den Hals zu leuchten, während er die Haut eingehend in Augenschein nahm.

»Hier finden sich Hautabschürfungen und Blutergüsse«, sagte er. »Und zwar mehrere.«

Die anderen traten schweigend von einem Bein aufs andere. Es wurde langsam kalt. Sie warteten darauf, dass er weitersprach, aber er schwieg.

»Willst du damit sagen, dass es sich vermutlich nicht um Selbstmord handelt?«, fragte Claesson schließlich.

»Yes.«

»Ein Selbstmord hätte etwas weniger Arbeit gemacht, wenn man es mal ganz drastisch sieht«, meinte Lundin, und niemand widersprach ihm.

»Dann schaffen wir sie weg«, sagte Benny.

»Das Primäre ist jetzt erst einmal die Feststellung der Identität«, meinte Claesson.

»Yes«, stimmte Benny erneut zu.

Claesson bewegte sich nicht. Er fror. Janne Lundin drehte sich um, um zu seinem Wagen zu gehen, den er oben auf dem Weg geparkt hatte. Da erblickte er den Rücken des jungen Mannes, den er fast vergessen hätte. Der Jüngling schien sich zu entfernen.

»Wer zum Teufel ist das?«, fragte Lundin den neben ihm stehenden Jesper Gren. Der aber sah vollkommen ratlos aus.

Also folgte Lundin dem Mann mit großen Schritten und legte ihm seine Pranke auf die Schulter, ehe er unter der Absperrung hindurch verduften konnte.

»Entschuldigung, wer sind Sie?«

»Ich heiße Mattias«, erwiderte er und schob vorsichtig seine Haare beiseite, die ihm ins Gesicht hingen. Lundin konnte nicht erkennen, ob er beschämt, verlegen oder sogar etwas verängstigt aussah. Dazu war es zu dunkel.

Louise Jasinski und zwei weitere Polizisten in Uniform hatten sich inzwischen zu ihnen gesellt.

»Mattias sagen Sie. Haben Sie auch einen Nachnamen?«, fragte Lundin, und seine Stimme klang nicht gnädig.
»Bredvik.«
»Mattias Bredvik. Heißt von uns jemand so?«
Lundin wandte sich an seine Kollegen. Niemand sagte etwas.
»Ich bin kein Polizist«, meinte Mattias Bredvik.
»Ach nein! Was haben Sie dann hier zu suchen?«
Er antwortete nicht.
»Sind Sie zufällig hier vorbeigekommen?«
»Nein. Ich habe davon gehört.«
»Im Polizeifunk?«
»Ja.«
»Und was haben Sie für eine Arbeit, wenn ich fragen darf?«
»Ich schreibe.«
»Sie schreiben. Was denn?«
»Artikel.«
»Journalist also?«
Bredvik blickte stumm zu Boden.
»Na?«, mahnte Lundin. »Raus mit der Sprache!«
»Ja, so könnte man sagen. Aber ich habe gerade erst angefangen.«
Lundin wippte schweigend auf den Fußsohlen vor und zurück. Seine baumlange, schwankende Gestalt konnte bei Menschen, die ihn nicht kannten, den Eindruck erwecken, er sei wütender, als er es in Wirklichkeit war. Louise und Erika wechselten einen raschen Blick im Halbdunkel außerhalb der Lichtkegel der Scheinwerfer. Klar, er war wütend, die Wut hatte ihn gepackt, als hätte der Blitz eingeschlagen, aber trotzdem wurde er irgendwie nie gefährlich. Nicht so wie Claesson. Es hatte nur den Anschein. Und das wussten sie, aber Mattias Bredvik wusste das nicht.
Jesper Gren, ein weiterer Polizist in Uniform und einer der Männer von der Spurensicherung, der sich ihnen angeschlossen hatte, hielten in der Bewegung inne. Sie warteten andächtig. Ein Show-down hatte immer seinen Reiz.

»Es ist nun einmal so, dass es gewisse Regeln gibt, ungeschriebene und andere, in dieser besten aller Welten«, sagte Lundin schließlich mit erstaunlich milder Stimme, nachdem er den jungen Mann mit seiner körperlichen und behördlichen Überlegenheit ausreichend lange eingeschüchtert hatte, »und jetzt bekommen Sie, weil Sie noch am Anfang Ihrer Karriere zu stehen scheinen, eine kurze Belehrung darüber, was man nicht tut.«

Er ging mit dem jungen Mann, der den Kopf hängen ließ, langsam auf sein Auto zu.

»Und ich werde Ihnen dann auch noch erläutern, wie wir uns gegenseitig helfen können«, hörten sie ihn noch sagen.

Die anderen blieben schweigend zurück. Jesper Gren versuchte so unsichtbar wie möglich zu sein, was ihm in seiner schwarzen Winteruniform ganz gut gelang. Es war ihm klar, dass sich auf Grund seiner Unachtsamkeit ein Unbefugter eingeschlichen hatte. Aber man konnte schließlich nicht immer an alles denken, dachte Jesper Gren und seufzte tief.

Sie fuhren ins Präsidium. Claesson hatte nicht vor, lange zu bleiben. Formell war er nicht im Dienst, er fühlte sich schlapp und wollte nur noch nach Hause. Lundin war für die Kontakte mit der Presse zuständig und würde eine Erklärung abgeben, nachdem er sich mit Claesson abgesprochen hatte. Dieser wollte auch am Samstag im Präsidium auftauchen, obwohl er eigentlich freihatte. Lundin würde nämlich Montag bis Mittwoch der folgenden Woche eine Fortbildung besuchen, die er sich nicht entgehen lassen wollte. Claesson hätte den Fall spätestens dann übernehmen müssen und beschloss daher, gleich von Anfang an dabei zu sein, obwohl er in letzter Zeit versuchte, seine freien Tage auch wirklich in Anspruch zu nehmen. Aber die Ermittlungen in einem Mordfall stellten immer eine Motivation dar, selbst wenn man einen Hexenschuss hatte. Da wurden alle Kräfte mobilisiert.

Eine junge Frau, von den Wellen angespült. Ein vergeudetes Leben.

Die Zahl der Morde war im Land nicht nennenswert gestiegen, hingegen die Zahl der Mordversuche und anderer Verbrechen, daher hatten sie alle Hände voll zu tun. Morde kamen in ihrer Gegend vor, waren jedoch, über einen längeren Zeitraum gesehen, eher selten. »Glücklicherweise«, dachte Claesson und stellte fest, wie müde und gereizt ihn doch die Schmerzen machten und wie viel Kraft es ihn kostete, sie von sich fern zu halten, damit sie ihn nicht gänzlich vereinnahmten.

Die jüngsten Mordfälle der Gegend hatten sie gelöst, was das Selbstvertrauen aller gestärkt hatte, obwohl die letzten Ermittlungen im August einen bitteren Nachgeschmack hinterlassen hatten. Eine Oberärztin des Krankenhauses war als Rache für langjähriges Mobbing in ihrem Haus erschossen worden. Tragisch. Ähnliches hatte er vorher noch nie erlebt. Der Racheakt war einerseits nachvollziehbar gewesen, aber Rache war nur selten süß. Sie hatten die Täterin zwar gefasst, aber leider hatte es dann noch einige Überraschungen und üble Konsequenzen gegeben. Ein Kollege, ausgerechnet der ordentliche Peter Berg, war in den Bauch geschossen worden, und außerdem hatte es einen verzweifelten Selbstmord gegeben. Solche Ereignisse hinterließen Spuren. In der Zeit unmittelbar danach war er von üblen Gewissensbissen und verschiedenen anderen Gefühlen heimgesucht worden. Seine Selbstvorwürfe hatten sich mittlerweile gelegt, tauchten aber manchmal immer noch auf. Die Presse war unerbittlich gewesen. Die Medien hatten keine Gnade gekannt. Außerdem war er teilweise immer noch wahnsinnig wütend auf Peter Berg, auf sein jugendliches Ungestüm und sein Bedürfnis, den Helden spielen zu müssen. Claesson wusste jedoch nicht, wohin mit dem Zorn, denn schließlich galt es, den Ärmsten zu rehabilitieren, damit er wieder als Polizist arbeiten konnte.

An diesem späten Freitagabend saß Claesson im Präsidium und wurde seiner Aufgabe, alles zu koordinieren, gerecht. Eigentlich hatte er nur vorgehabt, kurz vorbeizuschauen und dann rechtzeitig nach Hause zu gehen, um am nächsten Tag besser in Form zu sein und bessere Arbeit leisten zu können.

Aber die Stunden waren einfach vergangen, bis er sich vor Schmerzen nur noch krümmte. Er hatte das Gefühl, in einen Schraubstock geklemmt zu sein. Ihm fiel selbst auf, wie sehr er seine Schultern hochzog, aber es gelang ihm einfach nicht, sie zu lockern. Seine ganze Schulterpartie hatte sich verspannt und schmerzte, sein Hals versteifte sich, und ein quälender Kopfschmerz machte sich bemerkbar.

Bereits im Verlauf des Tages hatte er eingesehen, dass die nächste Zeit anstrengend werden würde. Falls dem guten Dennis Bohman nicht etwas Revolutionäres zur Behandlung seines Rückens einfiel und er sich seine Muskeln und Wirbel noch einmal ordentlich vornahm. Ihm schwebte eine ruckartige Heilung vor. Aber das war natürlich zu viel verlangt, das sah er ein. Er versuchte tief durchzuatmen, anstatt, wie er sich angewöhnt hatte, nur ganz flach nach Luft zu schnappen, um nicht an die Schmerzgrenze zu stoßen. Langsam einatmen, langsam ausatmen, aber es half nicht.

Er schob die Unterlippe vor, zog die Mundwinkel herunter und fasste sich mit der Hand an sein unrasiertes, raues Kinn. Sein eigener Missmut ärgerte ihn. Er ermahnte sich selbst, auf eine positivere Schiene überzuwechseln. Gleichzeitig reckte er sich, hob die Arme über den Kopf und senkte die Schultern, so gut es ging. »Frohen Mutes geht ja anscheinend alles besser«, dachte er etwas säuerlich.

Die tote junge Frau fiel ihm wieder ein. Gewiss, er hatte Grund zur Klage, aber trotz all seiner Rückenschmerzen, seiner zunehmenden Müdigkeit und seiner stark eingeschränkten Beweglichkeit brachten sich immer wieder eine gelbe Jacke und ein ovales, verschlossenes Gesicht in Erinnerung. Ein durchtrainierter und schlanker Körper, ordentlich gekleidet für eine geplante Verabredung oder vielleicht für einen Einkaufsbummel, für die Arbeit, für einen Freund, der kein Freund war. Oder war sie nur jemandem in den Weg geraten? Er würde es herausfinden, er und alle anderen intensiv Arbeitenden, die an den nun in Gang gesetzten Ermittlungen beteiligt waren.

Drei Fragen mussten beantwortet werden. Was war passiert? Wieso? Und die wichtigste: Wer hatte die Hände um den dünnen Hals gelegt und die Grenzen des Erlaubten definitiv überschritten, sich über die Unantastbarkeit des Lebens hinweggesetzt und die dünne Haut zwischen Menschlichkeit und Bösem durchstoßen?

»Ein toter Mensch lebt nicht mehr, das klingt platt und selbstverständlich«, dachte Claesson. »Verletzungen können wieder heilen, aber der Tod ist endgültig. Die Erinnerung an sie wird jedoch weiterleben. Irgendwie. In den Gedanken derer, die sie umgaben.«

Claesson stand auf und begab sich mit steifen, schwankenden Schritten auf den Gang. Jesper Gren, der sich gerade eine frische Prise prima Tabak unter die Lippe geschoben hatte, trat behäbig auf ihn zu. Claesson war das kleine Intermezzo am Fundort zwischen Lundin und dem jungen Journalisten keineswegs entgangen. Er wusste, dass dies zum Teil dadurch verursacht worden war, dass Gren wieder einmal nicht aufmerksam genug gewesen war. Jetzt hoffte Gren auf eine Gelegenheit, seinen guten Willen unter Beweis zu stellen und die Scharte wieder auszuwetzen. Das begriff Claesson, als der nicht besonders schlaue, aber sehr loyale Polizist ihn etwas unbeholfen fragte, ob er ihn auch wieder nach Hause bringen solle. Schließlich hatte er ihn abgeholt und zum Fundort der Leiche gefahren. Gren wusste, dass sich sein hoher Vorgesetzter kaum bewegen konnte. Was allerdings auch niemandem, der über zwei Augen verfügte, hätte entgehen können.

»Lieb von ihm, dass er es von selbst anbietet«, dachte Claesson. »Lieb« und »goldig« waren zwei Ausdrücke, mit denen Veronika seinen Wortschatz bereichert hatte. Er schaute auf die Uhr. Halb elf. Viel zu spät.

»Danke für das Angebot«, sagte er und holte seine Jacke.

Als er nach Hause kam, war alles still. Die Lampe in der Diele brannte. Auf der Fußmatte stand ein Paar ihm unbekannter halbhoher, modischer Damenstiefel mit dicker Gummisohle.

Er erriet recht schnell, wem sie gehörten. Ihre Jacke hing an einem Haken, und die Tür zum kombinierten Arbeits- und Gästezimmer, das auch als Abstellkammer diente, war geschlossen. Offenbar war sie ohne Vorwarnung gekommen. Man konnte nicht behaupten, dass er freudig überrascht war. Hingegen wollte er alles daran setzen, dass das Ganze so schmerzlos wie möglich über die Bühne ging. Gewisse Beschlüsse waren einfach unvermeidlich.

»Es ermüdet ungemein, Schmerzen zu haben«, dachte er zum hundertsten Mal an diesem Tag. Er zog sich im Badezimmer aus, wickelte sich ein Handtuch um die Hüften, hielt sein Gesicht unter kaltes Wasser und schluckte eine Schmerztablette, ehe er die Zähne bürstete. Er dachte an das Opfer, und zum ersten Mal erfasste ihn eine Art abgrundtiefer Angst, eine Qual, die darauf beruhte, dass er selbst jetzt Vater war. Er hatte nie ein hartes Herz gehabt. Hartherzig waren nur wenige seiner Kollegen. Ein Mord erschütterte sie immer, manchmal mehr, manchmal weniger, je nach Opfer. Klar, bei bestimmten üblen Burschen fanden sie schon mal, dass es kein sonderlicher Verlust war, aber ein verlorenes Menschenleben blieb deswegen trotzdem immer ein verlorenes Menschenleben. Wer für die Todesstrafe war, wusste nicht, wovon er redete. Aber Kinder durften nicht vor ihren Eltern sterben, dachte er jetzt mit einer neuen Klarheit. Klara, seine kleine Klara, wie konnte er sie nur ausreichend beschützen? In Zukunft würde er kaum eine ruhige Stunde haben.

Umständlich kroch er ins Bett. Veronika bewegte sich.

»Hallo«, sagte sie schlaftrunken. »Wie ging's?«

»Weiß nicht. Wir haben gerade erst angefangen«, antwortete er leise.

»Cecilia kam unerwartet heute Nachmittag«, flüsterte sie.

»Ich weiß. Ich habe ihre Kleider gesehen.«

»Sie ist geflüchtet. Ihr Freund hat Schluss gemacht, und sie wollte nicht in Lund bleiben.«

»Die Ärmste!«

»Ja. Aber für einen kommen tausend andere nach. Das

weißt du doch«, sagte sie und spielte mit seiner spärlichen Brustbehaarung.

»Das ist mir noch nie aufgefallen.«

»Mir auch nicht. Aber sie ist jung und hübsch, das ist jedenfalls meine Meinung als Mutter. Eine Trennung ist kein Beinbruch.«

»Nicht? Ich dachte, wenn man jung ist, dann geht die Welt unter, wenn einer Schluss macht.«

Sie schwieg.

»Ja, so war es vermutlich«, gab sie ihm Recht.

»Sie ist also nach Hause zu Muttern gefahren«, sagte er und legte seine Hand auf ihre weiche Hüfte.

Sie rückte näher und presste sich an ihn. Es schmerzte in seinem Rücken, aber er biss die Zähne zusammen. Er genoss ihre kurzen geflüsterten Unterhaltungen mitten in der Nacht.

»Genau«, sagte Veronika und legte ihren Kopf an seinen Hals, sodass er ihr Haar im Gesicht hatte. Er blies es beiseite und strich mit der Hand über ihre kräftigen Locken.

»Ganz nett, sie hier zu haben«, fuhr Veronika fort. »Auch nett für Klara. Schließlich sind sie Schwestern.«

»Ja, das sind sie«, erwiderte er. Seine Begeisterung hielt sich deutlich in Grenzen, aber es gelang ihm nicht, sich zu verstellen.

Er hatte sich nie ganz an Cecilia gewöhnen können, und es wäre eine Übertreibung gewesen zu behaupten, dass er sie mochte. Ihr Verhältnis war nach wie vor angespannt, und irgendwie hatte er die Hoffnung aufgegeben, dass sich das je ändern würde. Es fiel ihm schwer, sich in Gegenwart dieser ziemlich hübschen, überaus gut gekleideten jungen Dame ungezwungen zu verhalten – seiner so genannten Stieftochter. Furchtbarer Ausdruck. Aber sie war die einzige Schwester, die Klara je haben würde, dachte er. Cecilias Vater hatte in seiner neuen Ehe noch zwei Söhne, und Veronika und Claes waren eindeutig zu alt, um weitere Kinder zu bekommen. Er vielleicht noch nicht. Aber das kam sowieso nicht infrage, er konnte es sich jedenfalls nicht vorstellen.

»Wie geht es deinem Rücken?«, fragte sie.

»Tja. Es könnte besser sein. Ich bin es langsam leid, dass es nicht nachlässt.«

»Oh, du Ärmster«, sagte sie und strich ihm über die Brust, legte das eine Bein über ihn und drückte ihren nackten Körper noch enger an ihn.

»Ich kann mich nicht bewegen«, sagte er und legte ihr seine Hand zwischen die Beine.

Am selben Abend rief Louise Jasinski gegen fünf zu Hause an, um Janos zu bitten, einkaufen zu gehen. Er sei nicht zu Hause, erwiderte die Jüngste. Louise fragte nicht nach, wo er sich rumtrieb, und Sofia erzählte auch nichts. Vermutlich wusste sie es nicht. Sicherheitshalber fuhr Louise auf dem Heimweg bei Kvantum vorbei und kaufte eine Kleinigkeit ein. Sie brauchte an diesem Freitagabend eine ordentliche Mahlzeit – und die Mädchen auch.

Sie war verärgert und spürte beim Einparken, wie die Müdigkeit von ihr Besitz ergriff. Trotzdem fiel ihr auf, dass nur eines der Mädchenfahrräder vor der Garage stand. Die Ältere war nicht da. Also war Gabriella mit ihren Freunden unterwegs. Sie hoffte, Janos habe mitgeteilt, wann sie wieder zu Hause sein musste. Sonst blieb ihr nichts anderes übrig, als sie per Handy zu jagen und mit SMS zu bombardieren. Darüber würde sich Gabriella nicht freuen. Eine Mutter, die sich um ihre Tochter kümmerte, war einfach peinlich.

Louise verstand ihre Tochter plötzlich nicht mehr recht, was nicht überraschend kam. Naiv war sie nie gewesen. Sie begriff natürlich, was in der Heranwachsenden vorging, hatte aber keinen Einfluss darauf, und das war unbehaglich. Es fühlte sich an, als schwankte der Boden unter ihren Füßen. »Alles sehr heikel«, dachte sie, hob die Einkaufstüten aus dem Kofferraum und schloss das Auto ab.

Die Älteste war ein kluger Kopf. Vielleicht war es unbekömmlich, dass ihr die schulischen Dinge so leicht fielen, dachte Louise hilflos. Gabriella hatte zu viel Zeit für anderes.

Sie war inzwischen einfach vollkommen unausstehlich geworden. Verschlossen, stur, ausweichend und meistens beleidigt. Das hatte in der sechsten Klasse fast unmerklich angefangen und war in der siebten schlimmer geworden. Vermutlich normal, aber trotzdem verdammt lästig und aufreibend. Egozentrisch und glitschig wie Seife unter der Dusche. Auf die Einhaltung gewisser Regeln zu pochen war eine Sisyphusarbeit, die gute Kondition und gute Nachtruhe erforderte. An Letzterer mangelte es. Gute Zusammenarbeit beider Eltern wäre von Vorteil gewesen, aber davon konnte wirklich nicht die Rede sein.

Louise gehörte nicht zu den Leuten, die Scheuklappen tragen. Sie hatte auch nie etwas idealisiert. Sie war eher unverblümt. Und wie die wenigsten hatte sie auch überhaupt nicht vergessen, wie es gewesen war. Kindheit und Jugend trägt man immer mit sich. Sie erinnerte sich noch gut – was leider nicht sonderlich beruhigend war. Jedenfalls nicht unmittelbar. Möglicherweise bei näherem Nachdenken. Sie hatte überlebt und sich zusammengerissen. Aus ihr war sogar etwas geworden. »Man darf die Hoffnung nicht aufgeben«, dachte sie müde in dem Versuch, sich aufzumuntern, als sie über die Schuhe auf der Fußmatte im Windfang stieg.

»Mama! Ich hab einen wahnsinnigen Hunger«, rief die Jüngste, sprang vom Sofa, stürzte durch die Diele und umarmte sie. Ein flüchtiger Liebesbeweis, der Gold wert war.

»Hallo, Kleine«, sagte sie und tätschelte die Wange ihrer Tochter, während diese in den Einkaufstüten wühlte.

»Pommes frites«, rief sie fröhlich und fuchtelte mit den Händen. »Danke, Mama! Lecker!«

»Schließlich ist Freitag«, meinte Louise und schnäuzte sich in ein Blatt Toilettenpapier aus dem Gästeklo.

»Hast du Chips gekauft?«, fragte die Tochter und fand dann, was sie gesucht hatte.

»Ja, aber nicht vor dem Essen.«

Louise nahm Sofia die Chipstüte ab, bevor sie sie öffnen konnte.

»Ist Papa zu Hause?«
»Er sitzt oben.«
»Wie immer«, dachte Louise, trug die Tüten in die Küche und begann die Sachen in den Kühlschrank einzuräumen. »Er lebt in seiner eigenen kleinen Welt, ganz abgeschieden von der Familie. Mittlerweile.«
»Wo ist Gabriella?«
Sofia machte sich in der Küche zu schaffen.
»Unterwegs.«
»Wo?«
»Das hat sie nicht gesagt.«
»Hat sie gesagt, mit wem sie zusammen ist?«
Die Tochter schüttelte desinteressiert den Kopf. Die Welten der Schwestern berührten sich zurzeit überhaupt nicht, es lagen Ozeane dazwischen.
Sofia half ihr in der Küche. Es war angenehm, ihrem Geplauder über Klassenkameraden, die Schule, das beste Pferd und die Kleider, die sie sich wünschte, falls sie welche zum Geburtstag bekam, zuzuhören.
»Und dieses Jahr machen wir kein Topfschlagen, Mama!«, sagte sie plötzlich.
»Sag nur, wie du es haben willst, dann kriegen wir das schon hin«, meinte Louise. »Kannst du übrigens den Tisch decken und Papa bitten runterzukommen?«
Man musste ihn aus seinen höheren Sphären auf die Erde zurückholen, was vermutlich nicht seinen Wünschen entsprach.
Janos nahm neben seiner Tätigkeit als Lehrer an einer Weiterbildung teil. Dagegen hatte sie im Prinzip nichts einzuwenden, aber es hatte zur Folge, dass er immer über Büchern hing, wenn er sich nicht in der Schule oder andernorts aufhielt. Jedenfalls war er nur sehr selten daheim und wirkte dann abwesend. Zumindest kam es ihr so vor.
Sie aßen, die Kerzen brannten. Sofia erzählte, und selbst Janos schwieg nicht bloß. Er antwortete ab und zu, allerdings recht einsilbig. Er wirkte, als würde ihn etwas bedrücken. Louise besaß ein gutes Gespür, ein sehr gutes sogar.

Sie räumten gemeinsam ab. Janos verschwand wieder ins Obergeschoss, und Sofia warf ein fast unerträglich sentimentales, aber harmloses Video mit garantiert glücklichem Ausgang ein. Sie saßen mit der Chipstüte zwischen sich zusammen auf dem Sofa, und es gelang ihr, sich ein wenig zu entspannen.

Um zehn war Gabriella immer noch nicht zu Hause. Sie hatte sich auch nicht gemeldet. Louise versuchte, sie auf ihrem Handy anzurufen und schickte mehrere SMS, aber ohne Erfolg. »Natürlich ist sie nicht dumm, sie hat es abgestellt«, dachte Louise. »Sie hat sich mehr Bewegungsfreiheit verschafft. Aber sie ist doch erst dreizehn! Noch ein Kind!« Die Unruhe hallte in ihrem Hinterkopf.

Um halb elf ging Louise hoch zu Janos. Die Schreibtischlampe brannte, der Computer lief, aber er war nicht da. Sie glaubte, aus dem Badezimmer Gemurmel zu hören.

»Janos?!«

Das Murmeln verstummte.

»Ich komme«, ertönte es hinter der verschlossenen Tür.

Er betätigte die Wasserspülung und kam zum Vorschein.

»Was ist los?«, fragte er und sah vollkommen desinteressiert aus – aber waren seine Wangen nicht gerötet?

»Weißt du, wo Gabriella ist? Sie ist noch nicht zu Hause, obwohl es schon halb elf ist.«

»Sie kommt schon, vermutlich ist sie mit Lotta unterwegs. Keine Panik«, sagte Janos, ging wieder in sein Arbeitszimmer und setzte sich auf den Schreibtischstuhl.

»Da ist doch weiter nichts dabei«, fügte er noch hinzu und begann, in seinen Papieren zu blättern.

War das Schamröte, die sie auf seinen Wangen bemerkt hatte, oder war er so in seine mathematischen Formeln oder Ähnliches vertieft, dass er davon einen roten Kopf bekam und anfing, laute Selbstgespräche zu führen?

Aber jetzt ging es um Gabriella.

Sie wählte die Nummer von Lottas Eltern, obwohl es ihr widerstrebte. Sie waren so vornehm, hatten so genannte Ambitionen für ihre Tochter und zwangen sie dazu, nichts auszulassen: Ballett, obwohl das Mädchen ein Trampel war, Tennis und Golf, obwohl sie keinen Ball treffen konnte, aber gute Noten schaffte sie mühelos, dachte Louise. Und lügen und ihre Eltern hinters Licht führen, das konnte sie. Sie führte ihre Umgebung richtig an der Nase herum. Louise konnte sie in gewisser Weise sogar verstehen und hatte ihr Streben nach Freiheit fast ein bisschen ermuntert, obwohl es vielleicht sogar unmoralisch war. Es blieb dem Mädchen fast keine andere Wahl, wenn sie sich nicht in eine ferngesteuerte Puppe verwandeln wollte. Im Augenblick hätte sich Louise jedoch etwas mehr Autorität und Kontrolle gewünscht. Klare Anweisungen und vor allem, dass sie von sich hören ließen.

»Hier ist Gabriellas Mutter, es tut mir Leid, dass ich so spät noch störe«, begann Louise das Telefongespräch.

Es war Viertel vor elf.

»Das macht gar nichts«, erwiderte Lottas Mutter höflich. »Worum geht es?«

»Gabriella ist noch nicht zu Hause und hat auch nicht von sich hören lassen. Ich frage mich, ob sie vielleicht bei Ihnen ist?«

»Nein, das ist sie nicht«, lautete die Antwort. »Lotta ist auch nicht zu Hause. Aber sie kommt sicher bald.«

Es wurde still.

»Wir machen uns keine Sorgen«, fuhr Lottas Mutter mit ihrer korrekten Sekretärinnenstimme fort. »Noch nicht, wir können uns auf Lotta verlassen.«

Als ob es sich um einen Vertrauenswettbewerb handelte, dachte Louise säuerlich.

»Ja dann«, sagte sie kurz angebunden.

»Aber es kann natürlich sein, dass sie unter schlechten Einfluss geraten ist.«

Wessen? »Sag es nur, dann kann ich dir was erzählen«, dachte Louise. Sie wurde so wütend, dass ihre Schläfen schmerzten, biss aber die Zähne zusammen. Ein Streit wäre taktisch unklug gewesen, sie wollte den Kontakt aufrechterhalten. Vielleicht brauchte sie ihn noch.

Louise rief nach dem Gespräch immer wieder die abgeschalteten Handys der Mädchen an.

Die Eltern hatten sich geeinigt, wieder miteinander zu telefonieren, falls die Kinder bis halb zwölf nicht nach Hause gekommen waren oder sich gemeldet hatten. So weit war es Louise immerhin gelungen, Lottas Eltern trotz ihres hundertprozentigen Vertrauens in ihre Tochter aufzurütteln. Vielleicht waren die Mädchen ja unfreiwillig in irgendwas reingezogen worden, weiter wagte sie gar nicht zu denken. Reingezogen, vielleicht gezwungen. Heutzutage gebe es ja die übelsten Gestalten, hatte Lottas Mutter gesagt. Man müsse sich nur all die Ausländer anschauen!

»Nicht alle«, dachte Louise Jasinski. »Ausländer – ein für alle Mal abgestempelt.«

Ihr ausländischer Ehemann war zwar im Augenblick ein Idiot, aber das hatte weniger mit seiner Herkunft zu tun. Er kümmerte sich um nichts und war langweilig, aber er war nicht kriminell.

Um halb zwölf waren die Mädchen immer noch nicht zu Hause, auch nicht um Mitternacht, aber da war Louise bereits einem Nervenzusammenbruch nahe und hatte nicht nur tausend Telefonate geführt, sondern auch Janos und Lottas Eltern einen Tritt gegeben, sich zusammen mit ihr auf die Suche zu machen. Und sich. Wenn es ihnen nicht gelang, die Mädchen zu finden, dann war sie sich nicht zu fein, die Kollegen in der Stadt um Hilfe zu bitten.

In ihrem Inneren festgesetzt hatte sich das frische Bild einer jungen Frau, von den Wellen an den Strand gespült, langsam hin und her schaukelnd.

DRITTES KAPITEL

Samstag, 17. November

Lundin hatte sich gerade wahnsinnig über den viel zu aufdringlichen und ungemein spekulativen Artikel *Die Unbekannte Tote im Schilf* mit großem, qualitativ schlechtem Bild auf der ersten Seite der Tageszeitung aufgeregt. »Rotznase«, dachte er. Aber zugegeben, vielleicht war der Artikel ja geradezu hilfreich für die Identifizierung. Außerdem hatte es keinen Sinn, sich zu ärgern. So war es doch immer. Die Presse ging ihre eigenen Wege. Das gehörte zum Spiel, und oft konnte man voneinander profitieren.

Gerade griff er nach seiner Tasse, als er einsehen musste, dass er seinen Kaffee nicht allein, wie er es vorzog, würde genießen dürfen. Nicht dass er geizig oder auch nur missgünstig gewesen wäre, aber er wusste es zu schätzen, wenn ihm jegliche Kommentare zu seiner großen und wahrhaftigen Passion für Gebackenes erspart blieben. Vielleicht nicht so sehr für süße Backwaren wie Kuchen und Teilchen und anderen Unsinn, sondern für frische Brötchen und reelle Zimtschnecken. Gab es etwas Schwedischeres als Zimtschnecken? Oder etwas, das angenehmer duftete – würzig und warm wie die tröstenden Arme der Mutter eines allein gelassenen, kleinen Kindes?

Weiter kam er nicht mit seiner poetischen Analyse der magischen Kräfte von Zimtschnecken während seines zweiten Frühstücks am Samstagvormittag im Präsidium. Die Zimtschnecke wartete im Übrigen in ihrer Tüte. Vermutlich musste er sie später heimlich essen.

Louise Jasinski riss die Tür auf und ließ sich ihm gegenüber auf einen Stuhl fallen. Sie sah aus, als sei sie von einer Dampfwalze überfahren worden. Zweimal.

»Ich kann es genauso gut gleich sagen«, trompetete sie. »Mit mir ist heute nicht viel anzufangen.«

Er wehrte sich, indem er einen großen Schluck Kaffee trank.

»Wieso das?«, erkundigte er sich dann, bezweifelte aber, ob er wirklich hören wollte, was sie auf dem Herzen hatte, oder die Kraft dazu hatte.

»Die Nacht war eine Katastrophe«, rief sie gefühlvoll und rieb sich die Augen. »Eine Ka-ta-stro-phe. Ich habe kaum ein Auge zugemacht«, fuhr sie leidenschaftlich fort und nahm die Hände von den Augen. Er sah, dass sie immerhin nicht weinte.

Stumm schaute er sie an. »Das verheißt nichts Gutes«, dachte er und begann routinemäßig zu überlegen, wer sie vertreten könnte. Schließlich war er ein Mann mit konstruktiver Veranlagung. Also plante er ihre Vertretung, ehe sie noch ausgeredet hatte. Das geschah schon fast von selbst.

Er wusste immer noch nicht, was eigentlich vorgefallen war. Jetzt war er ganz Ohr, aber sie schien den Faden verloren zu haben.

»Was ist denn los?«, fragte er daher vorsichtig.

»Die Älteste ist gestern Abend nicht nach Hause gekommen«, sagte sie mit fast normaler Stimme. »Sie ist erst dreizehn ... Wir haben auf ihrem Handy angerufen, konnten sie aber nicht erreichen ... Verstehst du?«

Louise wandte ihm ihr aufgebrachtes Gesicht zu.

»Doch«, sagte er, verschränkte die Arme hinter dem Kopf, lehnte sich zurück und begann vor- und zurückzuwippen.

Sie schaute auf ihre Hände. Sie hatte noch ihre Jacke an und drehte ihre Handschuhe hin und her. Sie sah wirklich ziemlich erledigt aus. Ihre Haare waren strähniger als sonst, das Gesicht gelbbleich und farblos, als hätte sie einen Kater.

»Und dann?«, erkundigte er sich vorsichtig.

»Um drei kam sie nach Hause. Schlich sich ins Haus. Natürlich!«

Sie verdrehte die Augen. Hellblau, aber weder unschuldig noch gutgläubig, mehr ungestüm, dachte er und wartete auf die Fortsetzung.

»Und glaub bloß nicht, dass wir vorher nicht gesucht hätten. Ich konnte nicht einfach zu Hause sitzen und warten, sondern habe fast das ganze Viertel aufgescheucht.«

»Hm«, sagte Lundin und nickte.

»Wenn man an die Tote von gestern denkt ...«

Jetzt wurde ihre Stimme leiser.

»Ich weiß, dass wir deswegen hier sind, aber ich muss erst noch mein Herz ausschütten«, fuhr sie fort.

»Tu das«, sagte Lundin, der inzwischen die Hoffnung aufgegeben hatte, ihm könnte die ganze Geschichte erspart bleiben, andererseits musste er vermutlich doch keine Vertretung finden. Außerdem mochte er Louise. Sie war tüchtig und energisch, konnte manchmal aber auch recht anstrengend sein. Die Ausdrücke »warten« und »später« kamen in ihrem Wortschatz nicht vor. Bei ihr galt nur »sofort«.

»Wie auch immer. Es zeigte sich, dass sie mit ihrer Freundin bei einem Jungen gewesen war.«

Sie schluckte.

»Er hatte ein paar Freunde zu Besuch. Den Rest kannst du dir vorstellen«, sagte sie und schaute ihn an, als sei er jemand, der sich mit allem auskannte, besonders mit Jugendlichen.

Er kannte sich tatsächlich aus, wusste jedoch nicht, welchen Film er in den Videorekorder seiner Erinnerung einlegen sollte, den brutalen oder den unschuldigen, er zog also nur fragend die Brauen hoch und hörte auf, mit dem Stuhl zu wippen.

»Alles ganz unschuldig, soweit ich es beurteilen kann«, sagte sie und klang wieder wie sonst.

»Das ist erfreulich.«

»Die Jungen sind aus der Klasse über ihr, also vierzehn«,

fuhr sie fort. »Sie haben ein Video angeschaut und sich unterhalten. Ja, du weißt schon, und dann ist es spät geworden.«

»Alkohol?«, kam es Lundin über die Lippen.

»Nein, um Gottes willen, ich hoffe nicht, und auch sonst nichts«, sagte sie und verstummte. Lundin fragte sich, ob Louise jetzt darüber nachdachte, ob sich ihre Tochter mit den Blumen und Bienen auskannte und damit, wie man es vermied, sich zu vermehren, oder ob sie an Drogen dachte.

Aber er erkundigte sich nicht. Es gab viel zu viel zu tun, und er wollte loslegen.

»Nein, jetzt müssen wir loslegen! Ich hänge nur schnell meine Jacke auf«, sagte Louise und stand abrupt auf.

»Übrigens«, meinte sie und suchte mit den Augen den Schreibtisch ab, »hast du was Leckeres für mich?«

Obwohl sie mitten in einer dringenden Ermittlung steckten, wirkte sie wie ein bettelnder, schwanzwedelnder Hund. Mit anderen Worten: wie immer. Und das freute ihn irgendwie.

»Klar, ich kann dir eine Zimtschnecke opfern«, antwortete Lundin ritterlich und hob die Tüte hoch, die versteckt auf dem Boden gestanden hatte. Zum ersten Mal an diesem Tag grinste Louise breit.

Nach und nach trafen sie alle im Konferenzzimmer ein, unterhielten sich leise und warteten darauf, dass Benny von der Gerichtsmedizin kommen würde. Er sei auf dem Weg, hieß es. Louise Jasinski war fast wieder die Alte, allerdings mit blaugrünen Ringen um die Augen.

»Wissen wir, wer sie ist?«, fragte Peter Berg, der ganz ausgeruht wirkte.

»Nein«, antwortete Lundin. »Wie war der Urlaub?«

»Schön. Warm und angenehm«, antwortete Berg, der auf den Kanarischen Inseln gewesen war.

Vermutlich nicht alleine, dachte Louise, die ihre Unterhaltung mit anhörte. Sie hatte gerüchteweise gehört, Peter Berg habe eine Frau kennen gelernt. Louise glaubte, dass nicht nur sie, sondern alle Kollegen ahnten, wie sie sich getroffen hatten, und zwar im Zusammenhang mit einem komplizierten Fall mit Selbstmord und Mord, den sie letzten Sommer gelöst hatten. Eine furchtbare Geschichte. Irgendwo hatte es da eine junge, allein stehende Mutter gegeben. Konnte sie das sein?

»Hat Claesson frei?«, fragte einer von den Ermittlern namens Jönsson.

»Eigentlich schon, aber er kommt heute, da ich ab Montag auf Fortbildung bin«, antwortete Lundin.

»Glaubst du, das macht Spaß?«

»Ja, davon gehe ich aus«, antwortete Lundin.

»Ich meine, heute reinzukommen«, sagte Jönsson.

»Das war mir schon klar«, erwiderte Lundin, als Benny Grahn gerade zur Tür hereinkam, die sich gleich wieder öffnete. Claesson trat mit vor Müdigkeit und Schmerzen blassem Gesicht ein und nahm umständlich Platz.

»Solltest du dich nicht krankschreiben lassen?«, fragte Louise und sah ihn mit Falkenaugen an.

»Weshalb denn?«, erwiderte Claesson und zwang sich zu einem Lächeln. »Es ist doch so langweilig, sich zu schonen.«

Benny Grahn stand auf. Die Besprechung hatte begonnen.

»Ich komme geradewegs von der Gerichtsmedizin«, sagte er immer noch ganz außer Atem. »Wir haben es mit einer Unbekannten zu tun, etwa fünfundzwanzig, aufgefunden in Salzwasser, also der Ostsee. Sie ist relativ wohl erhalten, Handflächen und Fußsohlen sind schrumplig, aber es ist möglich, Spuren zu sichern. Bereits am Fundort wurden Blutergüsse am Hals festgestellt. Es gibt Hautabschürfungen und mehrere Abdrücke von Fingernägeln, als hätte jemand wiederholte Male zugepackt. Sie hat sich gewehrt und ist dabei verletzt worden. Es gibt jedoch keine Verletzungen, die von einer Stichwaffe herrühren, nur von Fingern und Fingernägeln.«

»Und die Augen?«, wollte Janne Lundin wissen.

»Klar, kleine, punktuelle Blutungen«, bestätigte Benny. »Das Gutachten des Gerichtsmediziners war erst mal vorläufig, stante pede sozusagen«, sagte er und hielt einen Finger in die Luft, »als Erstes vermuteter Tod durch Ertrinken und zum anderen«, er streckte einen zweiten Finger in die Luft, »starker Verdacht auf Tod durch Erdrosseln und zum Dritten«, jetzt ragte ein dritter Finger in die Luft, »vermutlich von einer anderen Person verursacht.«

»Du meinst die Spuren von Fingernägeln«, sagte Louise Jasinski.

»Genau! Die sind deutlich zu erkennen. Sie hat sich also vermutlich nicht erhängt oder auf andere Art selbst erdrosselt. Das Zungenbein weist keine Fraktur auf, aber möglicherweise gibt es andere Frakturen, das erfahren wir laut Gerichtsmediziner nach der Röntgenuntersuchung. Es besteht mit anderen Worten starker Mordverdacht«, schloss er und hatte seine Hand bereits wieder auf den Tisch gelegt.

»Anzeichen sexueller Gewalt?«, wollte Claesson wissen.

»Nein, jedenfalls nicht auf den ersten Blick«, antwortete Benny. »Für den Nachweis von Sperma oder Ähnlichem hat sie zu lange im Nassen gelegen.«

»Und wir wissen also nicht, wer sie ist«, fuhr Janne Lundin fort. »Es gibt niemanden auf der Liste vermisster Personen, auf den die Beschreibung passen würde. Sie hatte auch keine Papiere oder ein Handy bei sich.«

»Ich hätte nicht gedacht, dass es in diesem Land jemanden unter, sagen wir mal, dreißig gibt, der kein Handy besitzt«, sagte Benny stöhnend. »Aber solche Leute gibt es offenbar. Oder es ist verloren gegangen.«

»Oder liegt zu Hause und wird aufgeladen«, meinte Louise, deren Mann immer nach dem Netzteil suchte.

»Sie hat eine kleine Tätowierung an der Außenseite der linken Wade, genauer gesagt, am linken Fußgelenk oberhalb des Knöchels. Einen Marienkäfer«, sagte Benny. »Die Kleider übrigens wirken ordentlich und unversehrt. Vielleicht könnte sich eine von den Damen sie anschauen und sich ein Urteil darüber bilden, was sie für ein Typ Mensch sie war?«

Sein Blick schweifte zu Louise und dann zu Erika Ljung, die mit bis zu den Ellbogen aufgekrempelten Pulloverärmeln dasaß, sodass ihre braunen Unterarme zu sehen waren.

»Du meinst, wir sollen nachschauen, ob sie ein anständiges Mädchen war?«, fragte Louise mit eindeutig kritischem Unterton.

»Nun, äh, ich dachte eher an Hinweise darüber, in welchen Kreisen wir suchen sollen ...«

»Okay«, meinte Louise etwas ruhiger. »Wir schauen uns die Kleider später an.«

Sie fing Erikas Blick auf, und diese nickte zustimmend.

»Am Tatort hatte ich den Eindruck, dass sie recht gewöhnlich gekleidet war.«

»Ach«, sagte Lundin, »und was meinst du damit?«

»Gewöhnlich für ihr Alter. Jeans und eine modische Jacke, knallgelb, was an sich nicht so gewöhnlich ist, aber ob es sich um so ein Designerteil handelt oder was von H&M, konnte ich natürlich nicht sehen. Trug sie Schmuck?«

»Eine dünne Goldkette mit einem kleinen Tropfen dran, ebenfalls aus Gold, möglicherweise aber auch nur Modeschmuck. Wir müssen uns das näher ansehen. Und einen breiten Silberring mit einem Muster. Sie trug Ohrringe und einen Stecker. Kleine Ohrringe«, sagte Benny.

Erika Ljung fuhr sich unwillkürlich an die Ohrläppchen. Dort glänzte und funkelte es.

»Wie lange, glaubt ihr, hat sie dort gelegen?«, fragte Peter Berg, der nicht mit dabei gewesen war und die Tote nur auf einem Foto gesehen hatte.

»Tage oder Wochen«, sagte Benny. »Um diese Jahreszeit ist das Wasser kalt. Es konserviert gut. Ihre Uhr ist nicht stehen geblieben, das hilft uns also nicht weiter. Qualitätsuhr, und die Batterien funktionieren jahrelang. Die Uhr ist im Übrigen groß, eine Herrenuhr.«

»Das ist im Augenblick Mode«, warf Erika Ljung ein. Sie war die Jüngste und vermutlich die Modebewussteste. »Bei den Armbanduhren werden keine Unterschiede mehr gemacht«, meinte sie, und viele schrieben das auf.

Lundin wandte sich an Benny: »Hast du sonst noch was am Tatort gefunden?«

»Noch nicht, aber wir arbeiten heute weiter.«

»Viele haben von sich hören lassen«, meinte Lundin, der eine Liste vor sich liegen hatte. »Bisher jedoch kein Treffer, aber das kommt schon noch.«

»Du warst übrigens sehr gut gestern«, meinte Jönsson.

Lundin sah in fragend an.

»Ich meine, im Fernsehen.«

»Freut mich«, erwiderte Lundin, kratzte sich verlegen an der Wange und schaute zu Boden.

Claesson hatte bisher geschwiegen. Lundin leitete die Ermittlungen am Wochenende. Darauf hatten sie sich geeinigt. Claesson würde also verschwinden können, wenn sein Rücken das verlangte. Am Montag musste er wieder auf dem Damm sein, ob er wollte oder nicht.

»Dann müssen wir wohl oder übel das Terrain durchkämmen, überall anklopfen und alle durch die Mangel drehen, die angerufen haben und noch anrufen werden«, meinte Lundin und stand auf.

»Hast du noch eine Frage?«, fragte er Claesson, der Anstalten machte aufzustehen.

»Nein«, erwiderte dieser und breitete die Hände aus. »Vielleicht sollten wir im Verlauf des Tages eine gute Aufnahme des Gesichts anfertigen lassen, also eine besseres als die, die wir bisher haben, für den Fall, dass wir ein Foto an die Zeitungen geben müssen, wenn niemand das Opfer kennt.«

»Du meinst, dass sie so viel zu tot aussieht«, meinte Louise.

Darauf antwortete Claesson nichts.

»Vermutlich ist es gut, darauf vorbereitet zu sein, aber im Verlauf des Tages kommt die Sache sicher in Bewegung«, sagte Lundin voller Überzeugung. »Besonders nach diesem Zeitungsartikel, der mehr einer geheimnisvollen Kriminalgeschichte gleicht als einer Reportage.«

»Die Jacke müsste uns ebenfalls weiterhelfen«, fuhr Claesson fort. »Die Feststellung der Identität ist vermutlich eine Kleinigkeit.«

»Stimmt. Eine deutlichere Personenbeschreibung muss

man lange suchen«, meinte Lundin und gähnte hinter vorgehaltener Hand. »Verdammt, ich bin todmüde.«
»Ach was«, sagte Louise. »Komm, lass uns gehen!«

Am selben Samstagmorgen, genauer gesagt am Vormittag, es war schon nach elf, schlug die Krankenschwester Isabelle Axelsson in einem Zustand zwischen Schlaf und Wachheit mit Mühe ihre Augen auf. Sie lag in ihrem Bett zu Hause in ihrer Wohnung, so viel war ihr trotz ihrer zunehmenden Panik klar. Sie konnte nicht durch den Mund atmen. Irgendwas aus fester Materie hinderte sie daran. Von Todesangst erfüllt, starrte sie kurzsichtig an die Decke. Die Lampe und der weiße Stuck schienen wie in einem Nebel weit über ihr zu schweben.

Nervös begann sie, an ihrem Mund zu fingern. Weder hatte sie ein unbekannter Eindringling geknebelt, noch hatte sich ein Gebiss verkeilt, woher dieses Gebiss auch immer gekommen sein mochte: Ihre Zähne saßen, wo sie sollten.

Ein angebissenes Butterbrot mit Leberpastete hing zwischen ihren Zähnen.

»Meine Güte!«, dachte sie, schob die Zeitung auf ihrer Brust beiseite, setzte sich entsetzt im Bett auf und suchte ihre Brille.

In solchen Augenblicken wusste sie nicht, ob sie lachen oder weinen sollte. Das sagte sie sich immer wieder. Erleichtert legte sie das angebissene Brot auf einen Teller neben ein unberührtes mit Käse. Vielleicht sollte sie wirklich darüber lachen? Sie erwog einen Augenblick, sich zu einem befreienden Lachen aufzuraffen, aber dieser mentale Purzelbaum gelang ihr nicht. »Jedenfalls werde ich es niemand erzählen«, dachte sie energisch. Aber mit demselben Atemzug war ihr bereits bewusst, dass sie gegen diesen Vorsatz bei erster sich bietender Gelegenheit verstoßen würde. Es fiel ihr viel zu leicht, sich über sich selbst lustig zu machen.

Samstagvormittag und genau dreiundzwanzig Minuten nach elf laut Anzeige des Radioweckers. Um Viertel nach sieben an diesem dunklen und feuchtkalten Morgen hatte sie sich in einem der unterirdischen Verbindungsgänge des Krankenhauses umgekleidet, ihre Mütze aufgesetzt, den Schal umgelegt und war nach ihrem zweiten Nachtdienst bei Nieselregen nach Hause geradelt. Ihre Glieder waren natürlich schwer gewesen, und ihr Gehirn war schon seit Stunden abgeschaltet oder lief jedenfalls auf Sparflamme. Das geschah immer zwischen drei und vier. Frieren, Müdigkeit und Benommenheit kamen in Wellen, gegen die sie sich kaum zur Wehr setzen konnte. Ein weiches Kissen und eine warme Decke warteten verheißungsvoll auf sie.

Sie war selbst schuld. Mit einer Schülerin oder mit einer Studentin, wie es heutzutage hieß, hätte sie keine Nachtdienste zu übernehmen brauchen. Es fiel ihr schwer, sich plötzlich umzustellen, was die Bezeichnung anging. Aber Monica, eine nette Kollegin, hatte sich überraschend freinehmen müssen, und es war Isabelle wichtig, für die Leute in die Bresche zu springen, die sie als ihre Freunde betrachtete. Das waren bei weitem nicht alle, aber Monica war okay und auch schon so alt, dass sie nicht nur an sich selbst dachte, fand Isabelle und kniff die Lippen zusammen. Die junge Generation war da ganz anders. Fraglich, wie das auf Dauer gehen sollte. Die Egofixierung hatte ihren Preis. Mit Freundlichkeit und Solidarität kam man weit. Das war ihre Erfahrung, davon war sie überzeugt. Schließlich wusste man selbst nie, wann man ein freies Wochenende brauchte. Und wenn man nie half, konnte man auch die Unterstützung der anderen nicht in Anspruch nehmen. Das ging einfach nicht, dachte sie. Aber manche glaubten das! Also war es dieses Mal so ausgegangen, zwei Nächte hintereinander, aber ihr war das egal, da die Schülerin, also die Studentin, ohnehin nicht aufgetaucht war. Kein einziges Mal in der vergangenen Woche. Sie gab ohne weiteres zu, dass ihr das nicht unangenehm gewesen war. Sie fand es anstrengend, ihre Arbeit zu machen, wenn ihr ständig jemand über die Schulter schaute, sie beobachtete und neugierig Fragen über Selbstverständlichkeiten, aber auch über komplizierte Zusammenhänge stellte. Ethische Problemstellungen beispielsweise. Fragen, die Isabelle ganz benommen machten und bei denen sie sich genauestens Rechenschaft über ihren eigenen Standpunkt ablegen musste, um sie beantworten zu können. Natürlich war es auch interessant, einer Krankenschwester in der Ausbildung sein Wissen weiterzugeben, zu sehen, wie ihr Selbstvertrauen wuchs und wie die zukünftige Kollegin immer sicherer wurde. Aber dann hatte man keine Minute seine Ruhe, nicht mal beim Mittagessen!

Sie war also nicht sonderlich enttäuscht gewesen, als die Schülerin nicht aufgetaucht war. Allerdings war die junge Dame beim vorigen Praktikum vor Allerheiligen auch nicht sonderlich aufdringlich gewesen, eher reserviert. Vielleicht sollte sie dem Mädel beibringen, mehr zu verlangen, überlegte sie. Aber wie sollte sie ihre Worte wählen, damit die Schwesternschülerin anschließend nicht gekränkt war? Die Ärmste sah sehr empfindlich aus. Ihr liebes Lächeln war mehr ein Flehen, ihr doch bitte jede Zurechtweisung zu ersparen. Mit Leuten, die ihr eine deutliche Antwort gaben, hatte sie es leichter. Aber vielleicht kam das noch, dachte sie. Schließlich kannten sie sich noch nicht lang. Und sie war lieb. Etwas anderes konnte sie nicht sagen. Sicher wurde aus ihr einmal eine nette Krankenschwester. Eine, die den Leuten zuhörte. Nicht so eine kesse, selbstsichere, von denen es immer mehr und schon zu viele gab.

Isabelle hatte sich sofort beim Nachhausekommen zwei Brote gemacht. Eines mit Käse und eines mit Leberpastete. Sie hatte die Brote auf einen Teller gelegt, sich ein Glas Milch eingegossen und alles zum Bett getragen, sich ausgezogen und sich mit der Zeitung hingelegt. An all das erinnerte sie sich natürlich. Wie behaglich die Daunendecke ihre erschöpften und verfrorenen Glieder gewärmt hatte. Sie hatte auch noch die Kissen hinter ihrem Kopf aufgetürmt und das Tablett an sich herangezogen, die Zeitung aufgeschlagen und angefangen zu essen. Daran erinnerte sie sich ebenfalls noch. Aber was dann passiert war, lag im Dunkeln. Wie eine donnernde Lawine war der Schlaf über sie hereingebrochen.

»Das ist schädlich«, dachte sie. »Man muss sich davor in Acht nehmen, so müde zu werden. Es könnte auch etwas Gefährliches passieren.«

Es schauderte sie.

Jetzt konnte sie sich allerdings auf zwei freie Tage freuen. Dann würde sie wieder eine Zeit lang Tagdienst verrichten. Tage und Nächte erhielten einen anderen Takt, einen biologisch normalen Rhythmus mit Wachheit, wenn es hell war, und Schlaf bei Dunkelheit, so wie der Mensch eben geschaffen war. Sie nahm sich vor, sich besonders gut um ihre Studentin zu kümmern, wenn sie denn auftauchen würde. Vermutlich am Montag. Vielleicht hatte sie nach Allerheiligen eine Extrawoche freigenommen.

Ein vollkommen unverplanter Tag lag vor Isabelle. Am Abend wollte sie zu ihrem Lesekränzchen, und darauf freute sie sich. Das letzte Mal hatte sie es ausfallen lassen müssen. Sie hatte versucht, ihren Dienstplan zu ändern, aber das war nicht gelungen. Dieses Mal würde sie also gut vorbereitet sein. Sie hatte das Buch gelesen, ein gutes Buch, außerdem hatte sie die Zeit gehabt, weitere Bücher zu lesen, und konnte den anderen viele Tipps geben.

Das Beste am Lesekränzchen war, dass sie sich trafen, zusammen aßen und lachten. Seit Madeleine weggezogen war, war es auch nicht mehr so bierernst. Früher hatte sie sich wahnsinnig über Madeleines hoch spezialisierte Kommentare aufgeregt und darüber, dass sie immer schwere und hoffnungslos unlesbare Bücher vorschlug, um zu beweisen, wie kultiviert sie war. Sie hatte auch immer mit demselben belehrenden Ton, den sie vermutlich auch im Klassenzimmer anwendete, den Vorsitz übernommen. Madeleine gehörte zu den Leuten, die ihr Leben mit einem ständig erhobenen Zeigefinger lebten. Es war doch wohl in Ordnung, dass Liebesgeschichten und große Gefühle in Büchern vorkamen. »Wieso ist das nicht fein genug?«, dachte Isabelle sauer und trotzig und holte das Buch des Abends hervor und legte es auf das Tischchen in der Diele, damit sie es nicht vergessen würde.

Es würde nicht spät werden, das wusste sie sicher. Mit jedem Jahr, das verging, kam sie von ihren Büchertreffen früher nach Hause. Als sie alle noch jünger gewesen waren, hatten die Lesekränzchen bis Mitternacht gedauert. Sie hatten Wein getrunken und sich engagiert über das Leben unterhalten. Da waren sie noch neugierig und lebhaft gewesen, aber jetzt wurden einige bereits gegen halb neun müde und konnten sich mit Müh und Not gerade noch bis kurz nach zehn aufrecht halten. Und wenn eine den Anfang gemacht hatte, dann gingen die anderen nach und nach auch. Irgendwie fehlte dann was, und die Stimmung wurde trist. Als hätten sie keine Kraft mehr zum Leben, sondern wären träge geworden und sehnten sich nur noch danach, auszuruhen, zu schlafen und sich auf den Tod vorzubereiten. Vermutlich verstand man das unter Altern, und es war sicher gut, dieses Faktum zu akzeptieren, dachte sie. Sich nicht zu wehren, obwohl sie erst vierundfünfzig war. Aber es war trist, so etwas wie Selbstaufgabe. Vermutlich war es nur eine Frage der Zeit, bis jemand vorschlagen würde, sie sollten sich bereits nachmittags treffen, damit niemand die Angst haben müsste, auf dem Heimweg in der Dunkelheit niedergeschlagen zu werden.

Sie lebten in einer schweren Zeit. Die Ära der Unschuld, in der man nicht einmal die Haustür hatte abschließen müssen, war vorüber, dachte sie, während sie unter die Dusche stieg.

Sie drehte den Heißwasserhahn auf und blieb lange stehen, um auch innerlich, bis zum Kern, warm zu werden. Sie bildete sich ein, dass dieser Kern das Rückgrat war, wusste aber, dass das vermutlich falsch war. Der Gedanke hatte sich jedoch zu einer fixen Idee ausgewachsen.

Sie wollte bei ihrem Vater vorbeifahren. Ihr Bruder tat das nämlich nie. Das blieb ihm erspart und das nur aus dem einen Grund, dass er ein Mann und der Liebling war und das immer noch, obwohl er sich nie blicken ließ. Merkwürdigerweise blieb es ihm aus diesen beiden Gründen erspart, obwohl es umgekehrt hätte sein müssen, aber das machte ihr nicht viel aus. Dass sie manchmal vorbeischaute also, dachte sie, während sie sich abtrocknete. Ihr Bruder rief ab und zu an, um Papa bei Laune zu halten, das wusste sie, und ihr Vater schmolz dann immer dahin wie ein Klacks Butter in einer heißen Bratpfanne. Oder wie das jetzt hieß. Es war einfach so.

Es reichte, wenn sie irgendwann am Nachmittag bei ihm auftauchte. Schlimmstenfalls konnte sie es auch bis zum nächsten Tag aufschieben. Sie wollte das Gefühl haben, trotz aller Verpflichtungen selbstständig zu sein.

Sie stellte sich ans Fenster und föhnte ihr Haar. Der Ausblick munterte sie nicht gerade auf. Eine nasse Straße, ein Parkplatz, zwei Rasenflächen, keine Büsche, Bäume oder Beete. Kaum zu glauben, dass die Straße Syrénvägen, Fliederweg, hieß. Zwei Findlinge flankierten den Anfang des asphaltierten Wegs zur Haustür. Diese nassen, grauen Steine waren die einzige Erhöhung.

Traurige Gegend, aber jetzt wohnte sie schon so lange dort, dass sie aufgehört hatte, von einem Umzug zu träumen. Die Wohnung war schön, praktisch und nicht teuer. Sie musste sich einfach mit ihr abfinden.

Sie machte das Radio an und wollte schon Kaffee aufsetzen, kam dann aber zu dem Schluss, dass sie besser was kochen sollte. Ein leichtes Mittagessen. Weniger unnütze Kalorien. Aber sie hatte nicht die Kraft dazu. Wenn sie zu wenig geschlafen hatte, schrie ihr Körper förmlich nach Junkfood. Genau wie bei einem Kater. Triefige Kohlenhydrate, pappsüß und fettig. Vorzugsweise einen Kopenhagener. Sie sehnte sich nach diesem fettigen und knusprigen Gebäck, hatte aber natürlich keinen. Sie hatte überhaupt nie Junkfood auf Vorrat. Bestenfalls Rosinen oder im Kühlschrank ein Stück alte, harte Marzipanmasse zum Backen. Sie wollte gar nicht erst in Versuchung kommen. Jetzt lief es also auch wieder auf Kaffee und Butterbrote hinaus, zum zweiten Mal an diesem langweiligen und grau bedeckten Tag. Im Radio lief Volksmusik, ein Walzer. Ihr fiel ein, dass sie waschen könnte. Der Wäschekorb quoll über. Wahrscheinlich war die Waschküche frei.

Während die Kaffeemaschine blubberte, holte sie den Wäschekorb aus dem Schlafzimmer und das Waschpulver aus dem Bad. Gerade als die Wohnungstür hinter ihr ins Schloss fiel, begannen die Zwölfuhrnachrichten.

Als sie wieder nach oben kam, aß sie rasch. Sie wollte noch einen schnellen Spaziergang machen, während die Waschmaschine lief. Eigentlich war es wenig verlockend, sich nach draußen zu begeben, es war grau und diesig, aber sie spürte, dass ihre Haut Feuchtigkeit und Abkühlung brauchte. Sie musste Luft in ihre Lungen bekommen und mehr Sauerstoff ins Blut. Die stickige Luft im Haus hatte sie über.

Je schlechter das Wetter war, desto besser fühlte man sich anschließend, dachte sie, zog warme Kleider an und suchte ihre schweren Stiefel und die Autoschlüssel hervor. Sie wollte ein Stück aus der Stadt rausfahren, um Kiefern und das Meer zu sehen.

Das sollte sie öfter mal tun, damit sie etwas anderes sah als die Station und ihre Wohnung, die ihr mittlerweile sogar gefiel. Den Fahrradweg zur Arbeit kannte sie inzwischen in- und auswendig. Sie trat fast schon reflexartig in die Pedale. Vielleicht sollte sie sich eine neue Route durch die Stadt suchen, nur um etwas Abwechslung zu bekommen, oder gleich eine neue Arbeit, dachte sie, als sie die Autoheizung einschaltete.

Neue Perspektiven taten sich auf. Das passierte immer dann, wenn sie von Sicherheit und Voraussagbarkeit genug hatte. Dann überkam sie Abenteuerlust. Normalerweise verlor diese sich aber wieder, und Isabelle ließ sich erneut auf den Trott ein. Bis Sehnsucht und Träume ein weiteres Mal erwachten.

Die Windschutzscheibe beschlug. Sie wischte sie mit ihrem Handschuh ab und schaltete das Gebläse ein. Gleichzeitig wurde sie langsamer. In einer Weile würde sie besser sehen.

Vielleicht sollte sie ja doch Gemeindeschwester werden. Die arbeiteten selbstständiger. Es war angenehm, sich seine Arbeit selbst einteilen zu können. Das war ihr über die Jahre immer deutlicher geworden.

Alte Schnulzen aus dem Radio ließen sie dahinschmelzen.

Die Sicht durch die Windschutzscheibe war jetzt klarer, und sie fühlte sich besser, obwohl es draußen ungemütlich war und wenig verlockend, aus dem Auto zu steigen, aber schließlich konnte sie nicht einfach nur rumfahren.

Deswegen bog sie auf einen Kiesweg ein. Sie wusste, dass er zu einer Badestelle und einem Campingplatz führte, aber dort war es natürlich ebenso ausgestorben wie auf dem Marktplatz an einem richtig heißen Sommertag. Sie parkte ihren weißen Golf ein kleines Stück vom Ufer entfernt.

Das Meer dröhnte, und der Wind wehte kalt. Sie zog sich ihre Kapuze über. Sie wollte nicht sofort aufgeben. Einen kleinen Spaziergang würde sie machen, wo sie schon einmal da war.

Erstaunlicherweise standen auf dem Campingplatz immer noch ein paar Wohnwagen, und zwar nebeneinander hinter den riesigen Dünen, als würden sie sich zusammenkauern und beieinander Schutz suchen. Der Wind peitschte vom Meer heran. Er kam von der Seite und drang sogar durch ihre Windjacke.

Über der mit einem Gitter gesicherten Tür der Rezeption brannte eine einsame Lampe, was darauf hindeuten konnte, dass tatsächlich jemand in den Wohnwagen wohnte. Aber es war keine Menschenseele zu sehen. Das Wetter war allerdings auch saumäßig, und man hatte allen Grund, die eigenen vier Wände nicht zu verlassen. Keine Menschenseele. Außer ihr. Was immer sie nun dort verloren hatte. Aber ihre Neugier trieb sie ein Stück weiter und an den Wohnwagen vorbei. Der Platz sah wenig einladend und verlassen aus. Die Erde war nass, und matschige Wagenspuren kreuzten eine Wiese, auf der im Sommer vermutlich Fußball gespielt wurde.

Die Wohnwagen waren sahnegelb und vom Sand und den salzigen Winden gestreift. Vor einem von ihnen stand an einen Baum gelehnt ein Fahrrad. An einer Wäscheleine zwischen einem Ast und einem Wohnwagengiebel flatterte ein Spüllappen einsam im Wind. Es konnte jedoch sein, dass Fahrrad und Lappen seit dem Sommer vergessen worden waren. Obwohl das Fahrrad nicht abgeschlossen war. Das widerstrebte Isabelles Ordnungssinn, und sie trat näher. Irgendwas war mit diesem Fahrrad. Vielleicht hatte sie es schon einmal gesehen. Schwarz lackiert und zerkratzt. Der Sattel war braun. Eigentlich hätte er gleichfalls schwarz sein müssen, dachte sie. Schwarzes Fahrrad – schwarzer Sattel. An der einen Seite des Gepäckträgers hing ein verbogener Fahrradkorb.

Ab und zu hatte einer ihrer Patienten den Campingplatz als Adresse angegeben, und sie hatte dann immer an Sonderlinge, Eremiten und Zigeuner gedacht. Jedenfalls wohnten sie alle sehr naturnah, dachte sie und trat noch näher heran, so nahe, dass der Eindruck entstehen konnte, sie würde herumschnüffeln oder hätte dort etwas zu besorgen.

Aus den Augenwinkeln versuchte sie, durch die kleinen Fenster zu schauen. Sie sah, dass in einem der Wohnwagen Licht brannte, in einem anderen lief der Fernseher. Es kam ihr in den Sinn, dass es dort vermutlich behaglich und gemütlich war. Und einfach. Wenige Sachen, weniger aufzuräumen, größere Freiheit.

Sie verließ den Campingplatz und ging den Strand entlang. Aber dort windete es so stark, dass sie sich hinter die Dünen und in den windgeschützten Wald flüchtete. Dann war es bereits zwei Uhr, und sie hatte die Waschküche vergessen und stattdessen angefangen, sich zu überlegen, wohin sie in Ferien fahren sollte. Bis dahin war es zwar noch lang hin, aber planen konnte sie schon mal. Und träumen.

»Gibt es irgendwelche brauchbaren Reifenabdrücke?«, wollte Claesson wissen.

Er hatte eine Pause gemacht und den Papierberg, der sich allmählich aufgetürmt hatte, erst einmal ignoriert. Er musste sich bewegen und ging jetzt langsam in der hektischen Aktivität herum, die im Präsidium ausgebrochen war.

»Weiter den Weg hoch gibt es einige, aber die sind unterschiedlich alt und von unterschiedlicher Qualität. Unten am

Fundort gibt es keinerlei Reifenspuren«, sagte Benny Grahn, der gerade auf die Toilette wollte. »Du hast doch selbst gesehen, wie es da aussah. Da kommt beim besten Willen kein Auto runter.«

Benny hatte sich rasiert und dabei geschnitten. Um das zu entdecken, musste man kein Kriminalbeamter sein. Geronnenes Blut war auf der rechten Wange verteilt. Er ging immer vorgebeugt, wenn er mitten in einer anstrengenden und belastenden Arbeit steckte, sonst nicht. Eine typische Haltung, die extrem gestresste Leute gerne einnahmen, die keine Zeit hatten, aufzuschauen oder sich umzusehen, sondern stattdessen den Boden fixierten, um sicher zu sein, dass sie nicht gestört wurden, dachte Claesson und versuchte gleichzeitig, sich selbst so weit aufzurichten, wie es ging.

»Was glaubst du, ist der Fundplatz auch der Tatort?«

»Tja«, meinte Benny und kratzte sich vorsichtig an der Wange.

Claesson wartete darauf, dass es wieder bluten würde.

»Es würde mich nicht wundern, wenn sie ein Stück im Wasser getrieben wäre«, sagte Benny, hörte auf, am Schorf zu kratzen, und hob den Kopf. »Nicht dass ich dafür schon einen Beweis hätte. Ich habe das nur so im Gefühl. Ich habe noch ein paar Leute zusätzlich angefordert, damit alles schneller geht.«

Claesson nickte und sagte: »Ich will noch mal hinfahren. Hast du Zeit? Eigentlich sollte ich hier bleiben. Die ganze Zeit kommen neue Hinweise und müssen sortiert werden, aber ich möchte mir gern bei Tageslicht noch mal ein Bild machen. Oder wie man die Suppe da draußen nennen soll. Es ist wahnsinnig diesig. Außerdem hält Lundin die Stellung.«

Claesson merkte, dass er Benny stresste. Der hatte einiges in seinem Büro zu tun, Spuren mussten im Labor analysiert und am Computer ausgewertet werden, Aufgaben waren zu verteilen.

»Na gut. Ich hole die Autoschlüssel«, sagte Benny Grahn dann jedoch und zog ab.

Claesson hatte begonnen, sich an den Gedanken zu gewöhnen, als Krüppel zu gelten. Er musste sich herumfahren lassen.

»Jedenfalls taucht sie in unseren Registern nicht auf«, sagte er zu Technik-Benny auf dem Weg nach unten.

»Also keine Nutte und keine Fixerin?«

»Nein, wahrscheinlich nicht«, antwortete Claesson, dem Bennys Wortwahl nicht gefiel. »Ich finde auch nicht, dass sie wie eine Prostituierte aussieht. Ich weiß, der Schein kann trügen, aber sie wirkte mehr wie ... tja, wie soll ich sagen ... wie eine anständige junge Frau.«

»Anständig – wie willst du das wissen?«, warf Benny ein.

Claesson errötete.

»Es spielt keine Rolle, was sie war«, gab er zurück. »Mord ist Mord. Im Übrigen hat sie bisher niemand vermisst.«

»Nein, und immer kommt einem das gleich seltsam vor. Aber vielleicht wohnte sie weit weg von ihren Angehörigen. Man selbst würde sich irgendeinen Freund wünschen, der bemerkt, dass man verschwunden ist, und Alarm schlägt.«

»Das kommt drauf an ...«, erwiderte Claesson vage.

»... ob man entdeckt werden will oder nicht«, beendete Benny den Satz. »Diese junge Dame hätte vermutlich davon profitiert, wenn jemand ein wachsames Auge auf sie gehabt hätte. Vielleicht wäre sie dann noch am Leben.«

»Das ist das, was man nicht weiß«, meinte Claesson.

»Ich weiß auch, dass man das nicht weiß«, erwiderte Benny mürrisch, da es in ihrer Diskussion überwiegend um Selbstverständlichkeiten ging.

Benny setzte aus der Parklücke zurück. Ein Stück weit fuhren sie schweigend. Im Grunde genommen, hatten sie ein gutes Verhältnis. Sie schätzten sich auch auf einer professionellen Ebene – und mittlerweile sogar als Freunde, kam es Claesson in den Sinn.

Sie fuhren Richtung Norden aus der Stadt. Bei der Badebucht kam rechter Hand das Meer in Sicht. Zu dieser Jahreszeit waren Sprungturm und Stege verlassen. Sie würden wieder in Gebrauch genommen werden, wenn die Sonne hoch am Himmel stand.

»Jetzt müssen wir wieder so einen Winter überstehen«, meinte Benny.

»Ja, das fällt einem nicht gerade leicht.«

Der Weg verschwand im tropfnassen Wald, der linker Hand dunkel und dicht aufragte. Ein richtiger Märchenwald mit sowohl Laubbäumen als auch Nadelholz. Die Erde war mit dickem, saftigem Moos bedeckt. Hier waren vor wenigen Monaten noch viele Heidelbeeren und Pilze gewachsen. Zum Meer hin war die Vegetation spärlicher, vereinzelte Tannen nahmen erst alles Licht, aber dann wuchsen überwiegend Kiefern, die krummer und seltener wurden, je näher sie am Wasser standen.

Sie brauchten etwa dreißig Minuten. Benny parkte seinen Wagen am Fröjdeberga-Campingplatz.

»Es ist noch ein Stück zu gehen«, meinte er und schielte zu Claesson hinüber.

»Schon okay.«

Claesson setzte die Füße so vorsichtig auf, wie es ging, und rollte mit den Fußsohlen ab, um den stechenden Schmerz im Kreuz zu vermeiden. Das funktionierte halbwegs. Unfreiwillig verspannte er dabei jedoch alle anderen Muskeln, Hals-, Schulter-, Bauch- und Brustmuskeln, und das beeinflusste seine Atmung. Er begann, leise zu keuchen. Es fiel ihm schwer, im feuchten Sand zu laufen. Die Dünen wölbten sich aufs Meer zu, Strandhafer zitterte im Wind wie die letzten Härchen eines fast kahlen Schädels. Im Übrigen war es eigentlich recht erfrischend rauszukommen. Der Wind war schneidend, aber nicht einmal sonderlich stark. Himmel und Meer verschwammen in einer graugrünen, undeutlichen Linie.

Orte zur falschen Jahreszeit zu besuchen gab Claesson immer das Gefühl, die Zeit sei aus den Angeln geraten. Weihnachten unter Palmen oder Campingplätze an einem frösteligen Novembertag waren zwar schlimm, riefen aber auch eine gewisse wohlige Melancholie hervor, getragen vom Bewusstsein der vergehenden Zeit und des vom eigenen Tun und Altern unbeeindruckten Wechsels der Jahreszeiten.

Der Ort war bewohnt, aber nicht viele zogen einen Wohnwagen einem festen Dach über dem Kopf vor.

»Vor einigen Jahren wurde in die Wohnwagen eingebrochen. Erinnerst du dich?«, fragte Benny.

»Ja. Ein paar Obdachlose. Recht tragisch. Einer von ihnen ist erfroren, wenn ich mich recht erinnere«, sagte Claesson.

»War die Todesursache nicht eine Überdosis?«

»Schon möglich«, erwiderte Claesson. Er war jetzt so lange dabei, dass er sich unmöglich an alles erinnern konnte. Als er angefangen hatte, waren noch alle Mordfälle spannend gewesen. Viele Verbrechen folgten jedoch demselben Muster, und die Arbeit wurde eintönig, hatte er mit der Zeit festgestellt. Er brachte Fälle durcheinander und vergaß. Nicht alles, aber vieles. Sonst hätte er wohl nicht überlebt.

»Da steht ein Fahrrad. Scheint jemand zu Hause zu sein. Lass uns anklopfen«, sagte er.

»Tu das. Früher oder später müssen wir das ohnehin, aber ich mache inzwischen eine Runde«, sagte Benny, schließlich war er der Spürhund.

Eine Frau um die dreißig öffnete. Das erstaunte Claesson. Er hatte sich eine ältere Person vorgestellt. Einen verdreckten Alten, ein bärtiges Original oder jemanden mit schwarzem, pomadisiertem Haar oder Ringen in den Ohren mit artistischer, künstlerischer oder poetischer Begabung. Er hatte natürlich an Zirkusleute gedacht und wurde deswegen neugierig, als er bemerkte, dass die Frau einen weiten Rock aus einem dunklen, glänzenden Stoff und ein tief ausgeschnittenes Top trug, das ihren üppigen Busen zur Geltung brachte. So ein Dekolletee war ihm in seinem Berufsalltag noch nie untergekommen.

Er stellte sich vor und versuchte, so unberührt zu wirken wie möglich. Sie starrte ihn ernst an und schien nicht zu glauben, dass er derjenige war, für den er sich ausgab. Ihr Misstrauen stand ihr ins Gesicht geschrieben. Er sah sich gezwungen, ihr seinen Ausweis zu zeigen, und sie betrachtete diesen zweifelnd und eingehend, ohne ihre Miene zu verändern. Aber dann durfte er endlich eintreten und kam sich vor wie ein Elefant im Porzellanladen, als er sich in den Wohnwagen drängte und an den winzigen Tisch mit Tischdecke quetschte. Eine Kaffeetasse und ein Aschenbecher standen darauf. Es roch nach Essen. Alles war aufgeräumt.

»Ich habe eben gegessen und wollte gerade los«, sagte sie und strich sich mit der Hand über den Rock. »Zum Tanzen. Training.«

Das erklärte die Kleidung, dachte Claesson und schrieb sich ihren Namen auf. Jeanette Johansson.

»Wohnen Sie allein hier?«

»Ja«, antwortete sie kurz. »Ist das etwa nicht erlaubt?«

»Doch, natürlich. Ich will darauf hinweisen, dass mein Besuch nichts mit Ihnen zu tun hat. Ich möchte nur wissen, ob Sie vielleicht etwas gesehen haben. Wir brauchen Hilfe, wie ich bereits gesagt habe. Eine junge Frau ist hier in der Nähe tot aufgefunden worden. Sie haben vielleicht davon gehört?«

»Nein«, sagte sie trotzig. Sie hatte eine halbe Sekunde gezögert, und er glaubte ihr nicht.

Er fragte sich, wieso sie log.

»Ich dachte, dass Sie vielleicht fernsehen«, meinte er.

»Das tue ich auch, aber davon habe ich nichts gehört. Vielleicht sollte ich ja zu irgendwelchen Freunden in die Stadt ziehen?«

Er sagte nichts. Darauf wusste er keine Antwort.

»Tun Sie, was Sie für das Sicherste halten«, antwortete er diplomatisch.

»Es könnte ja ein Verrückter sein, der es auf wehrlose Frauen abgesehen hat.«

»Wir wissen nicht, was genau vorgefallen ist. Noch nicht. Das versuchen wir gerade herauszufinden. Ist Ihnen vielleicht hier in der Gegend etwas Ungewöhnliches aufgefallen?«

Sie starrte ihn an.

»Nein, nichts. Aber, wissen Sie, was«, sagte sie dann verbindlich, »Sie können ja die beiden anderen fragen, die auch noch hier wohnen. Die sind nicht berufstätig. Ich bin schließlich tagsüber nicht hier. Im Übrigen wohne ich hier, um meine Ruhe zu haben.«

Er nickte.

»Was für einen Weg nehmen Sie zur Arbeit?«

»Den normalen in die Stadt. Es gibt nur einen, den da oben.«

Sie machte eine Kopfbewegung hoch zum Weg. Die Goldringe an ihren Ohrläppchen baumelten hin und her, und das schwarze, hochgesteckte Haar geriet beunruhigend in Bewegung.

»Sie arbeiten also in der Stadt.«

»Ja. Ich bin Kindergärtnerin und arbeite in der Grynets Förskola.«

Er schrieb diese erstaunliche Information auf. Er fand nicht, dass sie wie eine Erzieherin aussah.

»Und Ihnen ist nichts Besonderes aufgefallen, als Sie in letzter Zeit zur Arbeit gefahren sind? Oder auch sonst? Sagen wir mal in den letzten zwei Wochen?«, fuhr er fort.

Je mehr Zeit vergangen war, desto vager wurden die Zeugenaussagen. Das wusste er. Erneut sah sie ihn schweigend an.

»Vielleicht«, meinte sie und schien selbst über ihre Antwort zu staunen. »Aber ich komme nicht drauf, was das war.«

»Ach so? Immer mit der Ruhe. Denken Sie nach«, sagte er und versuchte, durch die kleinen Fenster zu schauen, um sie nicht unter Druck zu setzen.

Draußen ging Benny, die Hände in den Hosentaschen und den Blick zu Boden gerichtet, zwischen den anderen Wohnwagen herum. Insgesamt waren es fünf.

Keine Reaktion. Irgendwas war mit ihr, davon war er überzeugt. Entweder wollte sie sich an etwas nicht erinnern, oder es war so verschwommen und diffus, dass sie es nicht greifen konnte. Manchmal brauchten die Leute Zeit. Besonders wenn sie schon älter waren, aber Jeanette Johansson war kaum über dreißig, und ihre grauen Zellen sollten noch intakt sein. Wenn sie nicht drogenabhängig war, aber darauf deutete nichts hin. Ein langjähriger Süchtiger konnte das jedoch sehr gut verbergen. Obwohl – eine Kindergärtnerin? Er ließ den Gedanken fallen.

Sie sah immer noch so aus, als würde sie nachdenken, jedoch ohne Resultat.

»Vielleicht lügt sie ja doch? Vielleicht weiß sie ja sehr gut, wonach sie in den dunklen Ecken der Erinnerung zu suchen vorgibt? Wenn sie lügt, dann kommt es aber früher oder später ans Licht«, dachte er und beschloss, die Sache vorerst auf sich beruhen zu lassen.

»Wo steht Ihr Auto?«, fragte er.

»Ich habe kein Auto. Jedenfalls seit einer Woche nicht mehr«, antwortete sie und errötete leicht. Das war seltsam.

»Wie kommt das?«

»Der Schrotthaufen hat den Geist aufgegeben. Ich musste ihn abschleppen lassen. Ich hatte noch keine Zeit, mich nach einem neuen umzusehen. Ich brauche dazu auch Hilfe. Ich kann mir kein teures Auto leisten, und bei Gebrauchtwagen muss man sehr aufpassen, dass man nicht übers Ohr gehauen wird. Das kann einen teuer zu stehen kommen.«

»Da haben Sie vermutlich Recht«, sagte Claesson. »Wie kommen Sie dann in die Stadt?«, fragte er der Ordnung halber, obwohl ihm klar war, dass sie vermutlich mit dem Fahrrad fuhr, das vor dem Wohnwagen stand.

»Mit dem Rad«, antwortete sie dann auch. »Das geht recht gut, jedenfalls solange das Wetter nicht zu schlecht ist. Knapp zwanzig Kilometer sind schließlich nicht so schlimm. Nur wenn ich einkaufe und große Tüten nach Hause schaffen muss, wird es beschwerlich. Und bei Sturm.«

»Glauben Sie, dass Sie sich jetzt daran erinnern können, was Ihnen aufgefallen ist?«, versuchte er es noch einmal.

Jeanette Johansson hatte diesen Schmollmund, der ihn als jungen Mann immer zum Schmelzen gebracht hatte. Ihre Stirn war ganz glatt, die Brauen waren schwarz geschminkt und die Lippen dunkelrosa.

»In der Tat gelingt mir das nicht, obwohl ich das gern getan hätte«, antwortete sie, und ihm war vollkommen klar, dass er nicht wusste, woran er mit ihr war. Es hatte jedoch keinen Sinn weiterzumachen.

»Ich will Sie nicht unter Druck setzen. Ich geben Ihnen meine Telefonnummer, dann können Sie mich sofort anrufen, wenn Ihnen etwas einfällt. Egal, was. Sie können gerne von sich hören lassen, auch wenn Sie selbst finden, dass es unwichtig ist.«

Sie lächelte, als sie sich die Hand gaben. Er drehte sich noch einmal um, ehe die Tür des sahnegelben Wohnwagens hinter ihm zufallen konnte.

»Noch etwas. Sie dürfen sich nicht wundern, wenn ich noch einmal vorbeikomme – oder sonst jemand. Gelegentlich befragen wir ein und dieselbe Person mehrmals«, sagte er, und sie erweckte nicht den Anschein, als würde sie sich sonderlich darauf freuen, als sie die Wohnwagentür schloss.

»Was für ein Törtchen!«, kommentierte Benny, der sich ihm wieder angeschlossen hatte.

»Allerdings. Was gefunden?«

»Nur das hier«, meinte Benny und zeigte ihm ein dickes rosa Gummiband, das er in eine Plastiktüte gelegt hatte.

»Ein Haargummi«, meinte Claesson.

»Das kann irgendwem gehören und schon seit dem Sommer hier liegen«, sagte Benny. »Aber dann müsste es schmutziger sein. An der Klammer, die es zusammenhält, hängen ein paar Haare. Mit denen können wir die DNA feststellen.«

»Jedenfalls staunt man immer noch«, meinte Claesson und dachte an die Frau, von der er sich eben verabschiedet hatte. Er erzählte von ihren Qualitäten und ihrem bürgerlichen Beruf, während sie Richtung Fundplatz gingen.

In den beiden anderen bewohnten Wohnwagen hatten sie niemand angetroffen, als sie angeklopft hatten.

»Hier ist es wirklich recht schön«, meinte Claesson.

»Ja – und menschenleer«, erwiderte Benny.

»Es ist angenehm, auf Tannennadeln zu gehen. Die geben

nach. Man wippt beinahe. Wenn ich fitter wäre, würde ich jetzt gern joggen gehen«, sagte Claesson.

»Wirklich?«

Benny, der einen Bierbauch hatte, klang erstaunt.

»Es passiert immer öfter, dass ich mir die Joggingschuhe anziehe. Es fällt mir schwer, im Augenblick Zeit für was anderes zu finden.«

»So ist das mit kleinen Kindern. Man muss wirklich jede sich bietende Gelegenheit beim Schopf packen. Es hat keinen Sinn, was zu planen«, meinte Benny geläutert.

»Das ist mir auch schon aufgefallen.«

»Es gibt Gerüchte, dass du deinen Teil des Erziehungsurlaubs nehmen willst«, sagte Benny, und seiner Stimme war anzumerken, wie neugierig er war.

»Hast du das nicht getan?«

Die Ironie war deutlich aus der Gegenfrage herauszuhören.

»Nein, wirklich nicht! Als meine klein waren, haben das noch nicht viele getan.«

Claesson und Grahn waren bis auf den Monat gleich alt. Bennys Kinder waren jedoch schon fast erwachsen. Er hatte rechtzeitig angefangen. »Besser spät als nie!«, dachte Claesson.

In der Nähe der Absperrungen sahen sie zwei dick vermummte Gestalten. Sie wirkten, als würden sie eine Expedition in die Antarktis planen. Sie hatten ihre Mützen in die Stirn gezogen, und ihre Fäustlinge waren so riesig wie Topfhandschuhe.

Auch diesen beiden älteren Gentlemen, die sich, wie sie erzählten, ebenfalls für die Abgeschiedenheit und die Natur entschieden hatten, war nichts Ungewöhnliches aufgefallen. Hingegen hatten sie sich selbst eine klar definierte Aufgabe gestellt, nämlich die Arbeit der Polizei von früh bis spät zu verfolgen. Zwei perfekte Zeugen, wenn sie nur etwas gesehen oder gehört hätten.

Die beiden Schlitzohren sahen sich an, nachdem Claesson seine Frage gestellt hatte.

»Nö«, antwortete der eine träge.

»Nö«, erwiderte auch der andere und schüttelte langsam den Kopf.

»Was hätten wir denn hören sollen, wenn man fragen darf?«, sagte der eine.

»Schüsse oder so?«, erkundigte sich der andere.

»Nein, nicht unbedingt«, meinte Claesson. »Irgendwas, das Ihnen aufgefallen ist und von der Normalität abweicht.«

»Beispielsweise die Geräusche eines Motors?«, wollte der eine wissen.

»Oder Reifenquietschen?«, fragte der andere.

»Ja, genau das«, bestätigte Claesson und betrachtete fasziniert die Inkarnation der trottelig-hinterhältigen Katzen Bill und Bull aus den Kindergeschichten um Pelle Ohneschwanz.

»Aber so was hört man ab und zu«, konstatierte der eine.

»Also Geräusche von Autos«, verdeutlichte der andere.

»Natürlich«, meinte Claesson. »Aber gelegentlich ist es doch so, dass man sich später noch daran erinnern kann. Oder nicht?«

Sie sahen sich an.

»Das schon«, meinte der eine. Der andere begnügte sich damit, stumm zu nicken.

»Glauben Sie, dass Sie sich in Ihre Wohnwagen setzen und darüber nachdenken könnten, wann Sie Autos gehört haben? An welchen Tagen und zu welchen Tageszeiten? Können Sie mir das aufschreiben und mir den Zettel geben?«

Der eine Alte kratzte sich etwas ungelenk mit dem Handschuh am Kinn.

»Das wird nicht leicht werden. Schließlich fahren hier immer mal wieder irgendwelche Autos rum.«

»Das ist mir klar, dass das nicht leicht ist«, erwiderte Claesson. »Vielleicht geht es ja auch nicht, aber falls irgendwas in Ihrer Erinnerung auftaucht, wäre es gut, wenn Sie das aufschreiben und dann von sich hören lassen würden.«

»Das versteht sich«, sagte der ältere der beiden und nahm die Visitenkarte entgegen, die Claesson ihm hinhielt.

»Kann er überhaupt lesen?«, überlegte sich Claesson und verließ sie.

Als sie ins Präsidium zurückkamen, war es bereits dunkel. Jemand hatte versucht, Claesson telefonisch zu sprechen. Offenbar war er auf seinem Handy nicht zu erreichen gewesen.

Er wählte die Nummer. Eine Frauenstimme antwortete, den Namen verstand er nicht. Aus dem Hintergrund erklangen heiße Rhythmen. Er sagte seinen Namen.

»Hier ist Jeanette Johansson.«

So schnell!

»Ist Ihnen jetzt eingefallen, was Sie mir erzählen wollten?«, fragte er.

»Nein, eigentlich nicht ...«

Im Hintergrund herrschte ein solcher Lärm, dass er kaum verstehen konnte, was sie sagte. Sie hörte ihn offenbar auch kaum.

»Warten Sie! Ich suche mir nur schnell eine ruhigere Ecke«, sagte sie.

Er hörte, wie eine Tür geöffnet wurde, dann war es leise.

»Hören Sie mich?«, fragte sie.

»Ja.«

»Sie hatten doch gesagt, dass ich von mir hören lassen soll, wenn was ist.«

»Ja.«

»Als ich heute von zu Hause wegging, sah ich eine Frau, die rumlief und in die Wohnwagen glotzte.«

»Kannten Sie sie?«

»Nie gesehen. Etwas älter. Sie war übrigens schon mal vorbeigegangen, ehe Sie bei mir angeklopft haben.«

»War sie allein?«

»Ja. Ich habe das Kennzeichen aufgeschrieben.«

»Das war gut. Sehr gut.«

Sie leierte eine Reihe Buchstaben und Ziffern herunter, die er sich aufschrieb.

»Haben Sie gesehen, was es für ein Auto war?«, erkundigte

er sich, obwohl er wusste, dass er das früher oder später ohnehin erfahren würde.

»Ein weißer Golf.«

»Wo stand der?«

»Ein Stück vom Parkplatz der Badestelle entfernt. Recht weit unten am Ufer.«

»Und Sie glauben, dass das ihrer war?«

Sie verstummte.

»Wem hätte er sonst gehören sollen? Das war das einzige Auto weit und breit.«

Ein Auto und eine einzelne Person an einem vollkommen ausgestorbenen Platz. Die einfachste Schlussfolgerung war, dass beides zusammengehörte. Claesson wusste jedoch, dass das nicht unbedingt der Fall sein musste. Er dankte Jeanette Johansson, dass sie sich die Mühe gemacht hatte, ihn anzurufen, und ermunterte sie, das wieder zu tun, falls ihr noch etwas einfiele.

Von der Zulassungsstelle erfuhr er, dass der Wagen auf Isabelle Axelsson angemeldet war. Sie wohnte am Syrénvägen. Er fuhr dorthin, aber niemand war zu Hause. Die Fenster der Wohnung waren dunkel. Der Wagen stand auf dem Parkplatz vor dem Haus.

Das hatte bis morgen Zeit. Er würde eine Streife vorbeischicken, und die sollte sie bei ihm im Präsidium abliefern.

Sie fingen mit Weißwein an. Die Bücher lagen ausgebreitet auf dem runden Couchtisch. Sie hatten sich in die beigen Polster sinken lassen und blätterten, tauschten ein paar rasche Tipps aus, aber sprachen meist über anderes und vor allem durcheinander.

Die Gastgeberin des Abends war wohlhabend. Ihr Mann besaß ein florierendes Unternehmen, das Antennen herstellte. Die Einrichtung war nüchtern, und die Größe des Hauses zeugte von finanzieller Unabhängigkeit und von Überfluss. »So viel Platz zu haben, wenn man nur zu zweit war!«, dachte Isabelle Axelsson jedes Mal etwas neidisch, wenn sie dorthin kam. Das konnte einen doch nur viel Zeit kosten. Die Böden, die Fenster, der Garten. Aber es kam vermutlich jemand. Eleonora konnte sich Freizeit kaufen.

Jetzt saßen sie auf Rohseide, und die Stimmung war gut, um nicht zu sagen: ausgelassen. Isabella war inzwischen munterer, ihre Lebensgeister waren erwacht, aber sie wusste, dass sie vermutlich recht bald wieder müde werden würde. Es war also wichtig, dass sie nicht zu viel Wein trank. Zwei durchwachte Nächte ließ man nicht im Handumdrehen hinter sich.

Die Gruppe Frauen in ihren besten Jahren zwischen vierzig und sechzig war auffallend gemischt. Sie waren sich in unterschiedlichen Konstellationen begegnet, und sie hatten Überlegungen über Literatur ausgetauscht, aber hauptsächlich über das Leben, während die Jahre vergangen waren, man geheiratet, sich wieder getrennt und Kinder zur Welt gebracht hatte, die ihrerseits herangewachsen waren, um zu heiraten und eigene Kinder zu bekommen, die über alles geliebten Enkel. Und so war es immer weitergegangen. Jetzt befanden sie sich in einer Phase, in der keine mehr die Kraft hatte, den anderen noch etwas vorzumachen.

Auch ihre Karrieren waren nicht immer reibungslos verlaufen. Einige hatten höhere Stellungen, verdienten gut und hatten viel zu sagen, andere waren so genannte klassische Arbeitnehmer, vorzugsweise im momentan von Krisen geplagten öffentlichen Sektor. Mit anderen Worten arbeiteten sie an Schulen, in der Krankenpflege, beim Sozialamt oder in Kindergärten. Nur sehr wenige verdienten mehr als ihre Männer, aber sie hatten keine Lust mehr, sich noch länger darüber zu ereifern. Es wehten neue Winde, wenn auch nur stoßweise, und das gab ihnen Hoffnung, nicht zuletzt für ihre Töchter. Sie selbst hatten die Waffen gestreckt. Als seien sie in ein Stadium eingetreten, in dem anderes von größerem Interesse war. Das Leben außerhalb und nach der Arbeit. Trotzdem war es gut zu wissen, dass jeden Monat Geld kam, für manche war es auch bitter nötig, und zwar für die, die nicht von einem Mann versorgt wurden. Vielleicht hatte sie eine Art Resignation befallen oder eher eine Anpassung an die Wirklichkeit. Die Zukunft war nicht düster, es gab Gesetze zur Gleichberechtigung und individuelle Lohnverhandlungen, Letzteres eher ein Grund für Verdruss, außer für die, die etwas extra bekamen. Das Kunststück, Dinge auf sich beruhen zu lassen und stattdessen im Hier und Jetzt zu leben, gelang ihnen inzwischen recht gut. Das funktionierte, solange sich keine größeren Gewitterwolken auftürmten.

Wie diese Frauen einmal zueinander gefunden hatten, war mehr oder minder ein Rätsel und ließ sich nur mit Mühe und viel Zeit zurückverfolgen. Es ergab sich ein Netz aus Kontakten via Nachbarn, Arbeitskollegen und Verwandte, die ihrerseits wieder jemanden kannten, der von einer ungewöhnlich buchinteressierten Frau wusste, die überdies nett war und somit eingeladen werden konnte. Aber jetzt wurde niemand Neues mehr eingeladen. Darüber hatten sie nicht diskutiert, sondern einfach gespürt, dass es so sein musste. Zu einem gewissen Zeitpunkt im Leben waren die Dinge so, wie sie waren. Scheidungen, die aus verschiedenen Gründen – Untreue, Alkohol oder Entfremdung – nötig gewesen waren, lagen bereits hinter ihnen, und neue Beziehungen zeichneten sich nicht ab, obwohl die meisten von ihnen Singles waren, wie man das heutzutage so hübsch nannte.

Wahrscheinlich waren sie eine recht normale Gruppe Frauen im Schweden von heute, obwohl sie sich natürlich einzigartig vorkamen.

Der Regen peitschte gegen die Fensterscheiben, und die Kerzen in den Zinnleuchtern auf dem Esszimmertisch brannten. Sie fanden es gemütlich in der häuslichen Wärme und Gemeinschaft, die gleichzeitig ausgelassen und gemächlich-entspannt war. Schließlich war Samstagabend, und die Arbeitswoche lag hinter ihnen. Sonntag konnten alle ausschlafen.

Eine der Frauen erzählte von ihrem Sohn, der gerade nach Australien gefahren war, eine andere von einer geplanten Reise nach Istanbul und eine dritte von ihrer Tochter, die in Malmö einen Fußpflegesalon eröffnet hatte. Eine musste ihr Herz ausschütten und sich über ihren neuen Chef beklagen. Die zwei, die vorzeitig in Rente gegangen waren, rieten ihr, es ihnen gleichzutun. Diese Lösung leuchtete ihr jedoch nicht ein. Sie sei immer noch zu was gut, sagte sie und bekam rote Flecken auf Hals und Wangen. Die anderen verstummten.

Gerade als sie sich zur Vorspeise, Toast mit Lachsmousse, zu Tisch begeben und Weißwein nachgeschenkt hatten, räusperte sich Catharina. Sie war achtundvierzig und Arzthelferin. Jetzt wollte sie die Aufmerksamkeit der anderen auf sich lenken. Das war wirklich nicht das Leichteste.

Das Gemurmel ging weiter. Sie erhob die Stimme.

»Habt ihr von der Frau gehört, die tot aufgefunden worden ist?«, fragte sie über den Tisch in einem Ton, der eher informativ als sensationslüstern war. »Üble Geschichte!«

Die anderen legten das Besteck hin und kauten fertig.

»Doch, davon habe ich gelesen«, meinte eine dünne Frau, die Rose hieß und eine Raucherstimme hatte. Sie fuchtelte mit den Händen, und ihre Goldarmreifen klirrten.

Zum ersten Mal an diesem Abend verstummten alle. Ausnahmsweise war die Aufmerksamkeit nur auf ein Thema gerichtet.

»Sicher ein Fall von Misshandlung«, seufzte eine bleiche und etwas gedrungene Frau mit tief liegenden, wachen Augen, die Ann-Britt hieß.

»Wisst ihr, wer es ist?«, fragte Catharina.

Damit war es gesagt.

Sie verstummten und schauten sich an.

»Stand nicht in der Zeitung, sie sei bisher noch nicht identifiziert worden?«, meinte Rose und wischte mit ihrer Serviette einen Weintropfen von der Unterlippe. »Wo ist die Familie des Mädchens? Unweigerlich denkt man an die eigenen Kinder«, fuhr sie mit großen, verängstigten Augen fort.

Sie gehörte zu den Älteren der Gruppe und hatte zwei erwachsene Töchter und drei Enkel.

»Wir leben in einer brutalen Welt«, warf Ann-Britt ein.

»Wenn man sich Angst machen ließe, käme man zu nichts mehr.«

»Aber worum geht es eigentlich? Ich habe nichts mitbekommen«, sagte schließlich eine muntere Sportlehrerin, die Lotta hieß, ehe noch Isabelle diese Frage stellen konnte.

»Gestern Abend hat man eine tote Frau beim Fröjdeberga-Campingplatz gefunden«, antwortete Catharina und trank noch einen Schluck Wein.

»Ich war heute dort, und es sah nicht aus wie an einem Mordplatz«, sagte Isabelle.

»Sie lag im Wasser«, verdeutlichte Rose, die die Zeitung gelesen und sich die Fakten gemerkt hatte.

»Was hast du denn dort gemacht?«, fragte Lotta neugierig.

»Ich war einfach unterwegs. Eine Runde mit dem Auto«, antwortete Isabelle. »Ich hatte doch Nachtdienst und wollte etwas rauskommen. Da hat es mich dann einfach dorthin verschlagen. Wisst ihr, dass da Leute in den Wohnwagen wohnen?«, fuhr sie fort und sah in die Runde.

Niemand erwiderte ihren Blick, und sie kam sich unerwünscht und gleichzeitig unwirklich vor. Nie hörten sie ihr zu. Was wollte sie hier eigentlich? Im Grunde genommen, war der Lesezirkel gar nicht so nett, wie sie immer dachte.

»Niemand weiß, wie lange sie da im Wasser gelegen hat, hieß es im Fernsehen«, fuhr Catharina rasch fort und riss somit das Wort wieder an sich. »Vielleicht mehrere Wochen. Vielleicht länger«, meinte sie und spießte ihr letztes Stück Toast mit der Gabel auf.

»Mein Gott, irgendjemand muss sie doch vermissen?!«, meinte die üppige, aber durchtrainierte Lotta, die bedeutend jünger wirkte als ihre dreiundfünfzig. Wahrscheinlich lag das daran, dass sie nicht rauchte und sich die ganze subkutane Speckschicht weggehungert hatte.

»Keiner der Polizisten wusste wohl, wie lange sie dort gelegen hatte. Vielleicht nur einen Tag oder so«, sagte eine andere Frau, die Emmy hieß, Sozialarbeiterin war und schon vieles gesehen hatte. Sie hatte für hochdramatische Übertreibungen nicht viel übrig. »Es gibt sicher eine natürliche Ursache«, sagte sie in leicht belehrendem Ton, der einigen aus der Runde auf die Nerven ging.

»Was für eine denn, wenn man fragen darf?«, erkundigte sich Catharina und sah sie kritisch an.

Emmy schob die Unterlippe vor und zog die Schultern hoch.

»Vielleicht ist sie ja über Bord gefallen. Zum Beispiel.«

»Schon, aber da stand auch was von Gewalteinwirkung«, fuhr Catharina fort.

»Genauer gesagt von Erwürgen«, meinte Rose.

»So um die zwanzig«, sagte Catharina und hielt der Gastgeberin des Abends, Eleonora, ihr Glas hin. Diese goss ihr den letzten Schluck aus der Flasche ein.

»Danach trinken wir einen Roten«, sagte Eleonora, aber niemand hörte ihr zu.

»Ob die Eltern vielleicht verreist sind? Was glaubt ihr?«, überlegte Isabelle ängstlich und hatte das Gefühl, auf eine diffuse und unbehagliche Art und Weise in die Sache verwickelt zu sein, da sie sich in der Nähe des Platzes befunden hatte, an dem die junge Frau an Land getrieben war.

»Vielleicht ist sie gar nicht von hier? Vielleicht war sie auf Reisen?«, meinte Lotta und stützte ihren fülligen Busen auf dem Tisch ab.

»Wer wäre denn so bekloppt, hier jetzt Ferien zu machen? Bei diesem grauen und nassen Wetter?«, wollte die patente Emmy wissen. »Ich glaube eher, dass es sich um eine Flüchtlingsfrau ohne Aufenthaltsgenehmigung handelt. Die haben es schwer. Die halten sich versteckt«, meinte sie. Schließlich musste sie es als Sozialarbeiterin wissen.

»Das kriegen die schon raus«, meinte Ann-Britt neunmalklug. »Die Polizei arbeitet daran. Ein Glück, dass uns das nicht betrifft. So müssen wir das sehen.«

»Wie wahr«, dachte Isabelle immer noch mit einem diffusen Unbehagen in der Magenregion.

Der Abend nahm mit anderen Themen seinen Verlauf, bis

sie die Lokalnachrichten im Fernsehen einschalteten, eine Unterbrechung mitten beim Essen.

»Vor vierundzwanzig Stunden wurde eine tote Frau in der Nähe des Fröjdeberga-Campingplatzes im Wasser aufgefunden«, sagte der Reporter.

»Das stimmt«, entgegnete ruhig der Kriminalkommissar, ein gesetzter und Vertrauen erweckender älterer Herr.

»Sie wissen immer noch nicht, wer sie ist?«

»Nein, aber wir arbeiten intensiv daran, sie zu identifizieren. Wir wissen nicht, woher sie kommt.«

»Wie alt ist sie?«

»Es handelt sich um eine junge Frau.«

»Eine Schülerin?«

Der Reporter klang eifrig. Er schob dem Kriminalkommissar das mit einem Windschutz überzogene Mikro näher ans Gesicht.

»Nein«, antwortete er sachlich. »Es ist schwer, das Alter genau zu schätzen, vermutlich ist sie über zwanzig und unter dreißig.«

»Wissen Sie etwas über die Todesursache?«

»Ja, aber das wollen wir nicht näher kommentieren.«

»Handelt es sich um ein Sexualverbrechen?«

»Kein Kommentar.«

»Ist es nicht eigenartig, dass Sie diese junge Frau nach vierundzwanzig Stunden immer noch nicht identifiziert haben?«

»Das kommt schon mal vor. Wir beachten alle Hinweise. Es handelt sich um eine Frau, die zwischen zwanzig und dreißig Jahre alt ist, mit langem aschblondem Haar, etwa hundertsiebzig Zentimeter groß, schlank, mit gelber Daunenjacke und Blue Jeans.«

Ein Foto erschien auf dem Bildschirm.

Helles Haar, kleine Nase, starrer Blick, die Augenlider halb geschlossen. Sie ließ sich sehr leicht wiedererkennen. Die Frau war tot. Das Foto einer Toten zur besten Sendezeit.

Isabelle schnappte nach Luft, sagte aber nichts. Sie wollte nicht, dass die anderen sie anschauten, um später hinter ihrem Rücken zu tuscheln und sich zu überlegen, warum sie nichts erzählt hatte. Was sie da auf dem Bildschirm sah, war so bedeutend und erschütternd, dass sie sich erst einmal sammeln musste, um nichts Unpassendes zu sagen, das sie später möglicherweise bereute.

Aber es kostete Kraft, das Geheimnis für sich zu behalten. Langsam stieg eine leichte Übelkeit in ihr auf. Sie ging auf die Toilette, ließ sich niedersinken und versuchte auszuatmen. Sie wollte rasch nach Hause und wünschte sich, dass dort jemand gewesen wäre, mit dem sie hätte reden können. Dass sie nicht so allein gewesen wäre. Mit den Kindern konnte sie das nicht besprechen. Das war ausgeschlossen. Man belastete seine flügge gewordenen Kinder schließlich nicht mit den eigenen Problemen. Linda würde im Übrigen auch nur mit den Schultern zucken und Tobias nicht das Geringste kapieren. Der Kontakt zu ihm war schwierig, was ihr großen Kummer bereitete. Er war ihr Sorgenkind. Im Zweifelsfall konnte sie mit ihrem Vater reden, aber das würde ihr vermutlich auch nicht sonderlich weiterhelfen. Jedenfalls hatte er Zeit, ihr zuzuhören. Andererseits sprachen sie nur selten über persönliche Probleme. Meist lief es hinaus auf Geplauder über Wind und Wetter und das, was in der Zeitung gestanden hatte. Dazu tranken sie Kaffee oder ein Bier. Vermutlich hatte es keinen Sinn, dachte sie und verbrachte den Rest des Abends schweigend im Kreis ihrer vortrefflichen Freundinnen.

Der Ärger über ihre eigene Trägheit nahm ebenso rasch zu wie ihr schlechtes Gewissen. Warum hatte sie sich nicht mehr angestrengt? Warum hatte sie nicht mehrmals bei der Hochschule für Krankenpflege angerufen? Wenn sie das getan hätte, dann wäre das Mädchen vielleicht noch am Leben!

Sie fühlte sich an diesem Abend ganz besonders müde und sensibel. Das Dasein hatte jegliche Proportionen verloren. Vermutlich ginge es ihr besser, wenn sie einfach ausschlafen dürfte. Eine Tablette und ein langer, tiefer Schlaf. Oder etwas mehr Wein, sodass sie ganz müde wurde. Sie hatte noch ein paar Flaschen zu Hause und konnte bis zur Besinnungslosigkeit trinken. Sie musste sich noch so lange auf den Beinen halten, bis sie zu Hause war. Aber sie wagte nicht aufzubrechen, bevor der Abend zu Ende war. Die anderen konnten misstrauisch werden.

Aber wieso sollte sie überhaupt irgendeine Schuld auf sich nehmen? Sie hatte der jungen Frau, der Ärmsten, doch nichts getan. Sie war nett zu ihr gewesen. Genauso nett wie zu allen anderen Schwesternschülerinnen, den schüchternen, den langsamen und den etwas forscheren. Nicht dass diese Schülerin vor Witz gesprüht hätte, aber sie war wohl einfach kein draufgängerischer Typ.

Isabelle versuchte, ihre Gedanken zu ordnen, was ihr nicht leicht fiel angesichts des unheimlichen Gefühls, selbst in die Sache verwickelt zu sein. Sie wusste nur nicht, wie – und das machte ihr Angst. Hatte sie im Laufe der Jahre nicht genug ausgestanden?

Steif saß sie am Couchtisch, mit Kaffee und Likör vor sich, und versuchte zu lächeln, zum richtigen Zeitpunkt zu nicken und ihren Lesezirkelfreundinnen in die Augen zu schauen, aber eigentlich hörte und sah sie gar nichts. Ihre Gedanken drehten sich im Kreis, der Druck nahm zu.

Sie hatte damals die Nummer dieser Person an der Hochschule für Krankenpflege gewählt, um die Abwesenheit zu melden. Aber es hatte niemand abgehoben, und kein Anrufbeantworter war angesprungen. Aber immerhin hatte sie angerufen. Wenigstens einmal. Wie auch immer sie das beweisen sollte. Es müsste einfacher sein, die Zuständigen für die Auszubildenden zu erreichen. Schließlich konnte sie nicht den halben Tag am Telefon verbringen, wenn auf Station so viel zu tun war. Alle wussten ja, dass Schwestern wahnsinnig viel am Bein hatten. Viel zu viel. Die Aufgaben überwältigten einen förmlich. So viel war zumindest sicher.

Wieso befielen sie immer so leicht Schuldgefühle? Eigentlich müsste sie endlich erwachsen werden und ihnen ein Ende bereiten. Schließlich konnte nicht sie am gesamten Elend dieser Welt schuld sein. Und keinesfalls brauchte sie die Schuld am Tod dieser zierlichen und etwas reservierten jungen Frau auf sich nehmen. Keinesfalls. Sie saß auf dem Sofa und lächelte und versuchte, so zu tun, als wäre nichts. Als wäre alles wie immer. Und doch tauchte das schwer zu beschreibende Gesicht der Schwesternschülerin vor ihr auf. Drängte sich vor. Die bleichen, kindlich-süßen Gesichtszüge. Ihre Art, den Kopf etwas vorgebeugt zu halten, als wollte sie um etwas bitten, sich schützen, um Nachsicht ersuchen, darum, sie freundlich zu behandeln. Und freundlich war Isabelle gewesen. Oder? Eine schreckhafte Schwesternschülerin konnte man doch nur freundlich behandeln.

Auf Station würde es für sie unangenehm werden. Das Gerücht, dass sie versagt hatte, würde sich verbreiten. Dass sie ihren Aufgaben nicht gewachsen war! Und es gab mehr als eine, die sich darüber freuen würde.

VIERTES KAPITEL

Sonntag, 18. November

Claes Claesson befand sich in einem Traum ohne Ende. Er versuchte zu laufen, kam aber nicht vom Fleck. Er wurde verfolgt, wusste jedoch nicht, wovon oder von wem. Fast bis ans Ende seiner Kräfte abgehetzt, versuchte er zu entkommen. Er spürte den Atem im Nacken und hatte Angst, es nicht zu schaffen. Gejagt, sein fliehender Körper schwer wie Blei. Sein Herz trieb ihn voran, aber die Beine verweigerten ihren Dienst.

Er erwachte mit einem Ruck und sah schlaftrunken Klara an, die neben ihm im Doppelbett lag. Sie stieß im Schlaf jämmerliche Laute aus. Irgendwann im Laufe der Nacht hatte Veronika sie ins Bett geholt, ohne dass er das gemerkt hatte. Von ihrem Vorsatz, ihre Tochter solle in ihrem eigenen Bett schlafen, waren sie immer mehr abgerückt. Klara zog es vor, sich mit ihnen zusammenzudrängen. Bei ihnen war es warm und geborgen.

Er schaute sie an. Sie lag, die Arme über dem Kopf, auf dem Rücken und kuschelte sich an Veronikas Rücken. Er lächelte, hatte Lust, sie zu berühren, wollte sie aber auch nicht wecken.

Die Vorstellung, ein Kind zu bekommen, und dann wirklich Vater zu sein waren zwei grundverschiedene Dinge, dachte er. Er nahm die schlaflosen Nächte, die Unfreiheit und alle Nachteile für diese Seligkeit gerne in Kauf. Ihr runder Kopf, ihre warmen, weichen Arme, ihr Leben, das dem seinen entsprungen war. »Die Fürsorge für die eigenen Nachkommen ist angeboren«, dachte er, »aber manchmal läuft was schief, klappt einfach nicht.«

Der Radiowecker stand auf sieben Uhr dreiundvierzig. Hätte er keinen Hexenschuss gehabt, hätte er versucht, noch einmal einzuschlafen. Er konnte sich nicht erinnern, wann er zuletzt aus einem Albtraum erwacht war. Der Rücken bereitete ihm Probleme, machte ihn anfälliger für Stress. Der Rücken und die Tatsache, dass die Spuren weggespült worden waren. Aber sie würden sicher noch etwas finden, obwohl die Voraussetzungen – rein technisch – nicht die besten waren. »Aber die Ermittlungen haben im Prinzip gerade erst begonnen«, dachte er.

Erst eine Schmerztablette, dann Kaffee. Gegen Mittag wollten sie sich im Präsidium treffen. Vorher musste er auf Klara aufpassen, bis Cecilia sie übernehmen konnte. Veronika wollte einen Ausflug mit ihrer Freundin und Kollegin Else-Britt machen. Sinn und Zweck der Aktion war es, Veronika die Möglichkeit zu geben, etwas ohne Kind zu unternehmen. Sie wollten auf irgendeinen Weihnachtsmarkt, und er war unendlich dankbar, dass ihm das erspart blieb. Der Ausflug war natürlich in Gefahr geraten, als aus seinem freien Wochenende plötzlich intensive Arbeitszeit wurde. Ihm war aufgefallen, wie enttäuscht Veronika gewesen war. Ihr Versuch, sich tapfer zu geben, misslang, und er versuchte einen Kompromiss zu finden. Cecilia wollte ihre Mutter nicht begleiten und konnte es sich vorstellen, auf ihre Halbschwester aufzupassen. Aber erst einmal wollte sie ausschlafen. Ihr Liebeskummer hatte ihr eine Reihe schlafloser Nächte beschert, und jetzt hatte sie keine Kraft mehr. Zum ersten Mal verspürte Claes für Veronikas erwachsene Tochter, für diese junge Dame, die bisher mit ihrer kühlen Selbstsicherheit immer nur abweisend gewirkt hatte, ein Gefühl der Sympathie. Erst am Abend wollte sie ausgehen, sie hatte sich mit ein paar ehemaligen Klassenkameraden verabredet.

In seiner Manteltasche lag die Telefonnummer der Frau, die

auf dem Fröjdeberga-Campingplatz gesehen worden war. Als es auf acht zuging, konnte er sich nicht länger beherrschen und wählte ihre Nummer. Eine belegte und schlaftrunkene Stimme antwortete. Er entschuldigte sich und nannte seinen Namen.

Am anderen Ende wurde es still.

»Entschuldigen Sie, aber warum rufen Sie bei mir an?«, fragte sie, und ihre Stimme klang skeptischer, als er erwartet hatte.

»Wir haben erfahren, dass Sie gestern auf dem Fröjdeberga-Campingplatz waren. Stimmt das?«

»Wer hat das gesagt?«

»Das ist unwichtig. Ich möchte gerne wissen, ob es stimmt.«

»Ja, natürlich stimmt das. Aber ...«, sagte sie dann, und es klang, als zögerte sie.

»Darf ich fragen, was Sie dorthin führte?«

»Gar nichts. Ich bin einfach nur rumgefahren, weil ich mal aus der Stadt rausmusste. Früher bin ich immer dorthin gefahren, hauptsächlich, um am Strand spazieren zu gehen, der dort schließlich schön ist. Ich bin also einfach irgendwie dorthin geraten. Ich hatte Nachtschicht. Ich bin Krankenschwester«, informierte sie ihn, als würde das beruhigend klingen.

»Wissen Sie, dass dort ganz in der Nähe eine Frauenleiche aufgefunden wurde?«

Zwei Sekunden verstrichen.

»Nein«, erwiderte sie mit einer Stimme, die das Gegenteil vermuten ließ.

»Ihnen ist nicht zufälligerweise etwas Ungewöhnliches aufgefallen?«

»Nein. Ich bin zwischen den Wohnwagen herumgelaufen, hauptsächlich, weil es mich überraschte, dass dort tatsächlich Leute wohnten«, antwortete sie.

»Haben Sie jemanden dort gesehen?«

»Nein, keine Menschenseele.«

»Sie waren also allein dort?«

»Ja.«

»Haben Sie irgendein Auto bemerkt?«

»Nein«, antwortete sie rasch, überlegte es sich aber sofort anders. »Doch, neben den Wohnwagen standen zwei Autos. Ich vermutete, dass sie den Bewohnern gehörten.«

Claesson war klar, dass sie von den Karren der beiden Alten sprach, einem Volvo Amazon und einem Ford Escort, beide älteren Datums.

Klara gab im Obergeschoss Geräusche von sich. Er ging rauf und holte sie, ehe sie Veronika weckte, machte ihr dann ein Fläschchen und setzte sich schließlich mit seiner Tochter auf dem Schoß an den Küchentisch. Er schaute aus dem Fenster, während sie schmatzend trank. Im Apfelbaum vor dem Fenster hatte er einen Futterspender aufgehängt, aber die Vögel schienen noch nicht wach zu sein.

Sein Hexenschuss hatte sich etwas beruhigt. Er kniff die Augen zusammen und sah, dass die Sonne vielleicht heute zum Vorschein kommen würde. »Seit dem letzten Mal ist wirklich schon eine ganze Weile vergangen«, dachte er und betrachtete weiterhin den Garten. Einige späte Herbstastern mit ihren lilafarbenen, strahlenförmigen Blüten zitterten in den von Raureif bedeckten Beeten, die den Gartenweg säumten. Sogar einige Rosen hatten bislang überlebt. Die hoch aufragende Heckenrose mit den orangeroten Hagebutten hob sich leuchtend vom Hintergrund der schmutzig grauen Straße ab, und die Vogelbeeren der Eberesche hingen immer noch in warmem Rot vor dem gelbgrauen Himmel. Der übrige Garten war kahl und welk, aber noch lang würde kein Schnee fallen, alles aufhellen und sich wie eine funkelnde Decke auf den Rasen legen.

Schritte waren zu hören. Cecilia, mit nackten Beinen und in einem großen T-Shirt, auf dem Weg zur Toilette.

»Bist du schon auf?«, fragte sie und steckte ihren Kopf ins Zimmer.

»Klar«, antwortete er und lächelte. Klara schaukelte auf seinem Knie.

»Wie spät ist es?«

»Halb neun.«

»Oh! Noch nicht später. Dann lege ich mich noch einen Augenblick hin«, sagte sie und trottete weiter.

»Gerade mal zweiundzwanzig, da ist man müde«, dachte er.

Isabelle Axelsson war mitten in der Nacht erwacht. Etwas Dunkles rumorte in ihrem Kopf und breitete sich auf ihren ganzen Körper aus, der steif war und schmerzte. Vollkommen verspannt lag sie da und konnte nicht wieder einschlafen. Obwohl oder gerade weil es sie so angestrengt versuchte. Hellwach starrte sie an die Decke. »Ich muss schlafen«, dachte sie. »Muss den Schlaf nachholen, sonst klappe ich zusammen.« Es war zwar Sonntag, aber Montag musste sie wieder arbeiten.

Eine fast lähmende Schwäche hatte sie ergriffen. Außerdem hatte sie Durst. Ihre Zunge klebte wie ein Blatt Papier im Mund. Sie richtete sich auf, ohne Licht zu machen, ging in die Küche und trank rasch ein paar Gläser Wasser. Dann schlüpfte sie wieder ins Bett, wälzte sich auf den Rücken und streckte Arme und Beine von sich. Reglos lag sie da, um zur Ruhe zu kommen. Sie rührte sich nicht und zählte leise ihre Atemzüge. Ein, aus. Geöffnete Hände, geöffneter Mund, entspannter Unterkiefer, geschlossene Augenlider. Ein – aus, ein – aus. Tiefe, tiefe Atemzüge, langsam und regelmäßig. Die inneren Sturmwogen verebbten und glätteten sich zu einer ruhigen, glatten Wasserfläche, die sich nicht im Geringsten kräuselte. Sachte glitt sie in den Schlaf, schlummerte langsam ein.

Da schepperte es in ihrem Inneren. Sie war sofort wieder hellwach, richtete sich kerzengerade auf, knipste die Nachttischlampe an und schaute sich hektisch im Schlafzimmer um.

»Was ist eigentlich mit mir los?«

Sie musste diesen durchwachten Nächten ein Ende bereiten. Sie hatte keine Kraft mehr, die Zeiten waren einfach vorbei, schließlich war sie über fünfzig. Sie durfte einfach nicht mehr Tag und Nacht vertauschen, bis sie nicht mehr wusste, wo ihr der Kopf stand. Sie spürte, wie die Panik langsam von ihr Besitz ergriff. Würde sie verrückt werden vor Schlafmangel? Oder konnte sie nicht schlafen, weil sie verrückt wurde?

Und die Ereignisse um sie herum. Wurde sie in was reingezogen, womit sie nichts zu tun hatte? Alles wurde außerdem immer unversöhnlicher, je länger sich die nächtlichen Schatten streckten.

Sie hob das Rollo ein wenig an. Draußen herrschte farblose Dunkelheit.

Was hatte sich ihrer eigentlich bemächtigt? Ein schlechtes Gewissen, das ihr keine Ruhe ließ, oder eine unverzeihliche Tat, die sie tatsächlich begangen hatte? Oder eben auch nicht. Alle Ausreden, die sie sich vorhin noch zurechtgelegt hatte, waren plötzlich wie weggeblasen. Sie existierten nicht mehr.

Wieso hatte sie sich nicht mehr bemüht, diese Person an der Hochschule für Krankenpflege zu erreichen? Hätte sie die Abwesenheit des armen Mädchens sofort gemeldet, dann hätte ihr niemand anschließend Vorwürfe machen können. Sie hätte alles daransetzen sollen, jemanden ans Telefon zu bekommen, oder eine E-Mail schicken müssen. Nichts verfing, wenn das Aktenkundige, die Formalien bis zum i-Tüpfelchen korrekt waren, dachte sie. Ihr wurde abwechselnd heiß und kalt. Nachlässigkeit führte immer zu Problemen. Ein halbherziger Versuch anzurufen war nicht genug. Alle würden wahrscheinlich glauben, sie wolle sich rausreden. Niemand würde ihr glauben. Vor allem, weil sie nicht gleich eine Meldung wegen unentschuldigten Fehlens geschrieben hatte.

An jenem Tag hatte auf der Station Chaos geherrscht, aber wenn sie erzählte, wie es wirklich gewesen war, dann würde ihr trotzdem niemand glauben. Weder die Polizei noch Nelly, die saure Oberschwester, noch sonst jemand. »Das reicht nicht«, würden sie denken. »Sie will sich rausreden. Für ein Telefonat ist immer Zeit.«

»Das war wohl mein letztes Mal als Mentorin«, dachte sie zum unzähligsten Mal niedergeschlagen, wie eine alte Schallplatte mit einem Kratzer. Das Vertrauen in sie war ein für alle Mal angeknabbert. Sie kam sich vor wie das abgenagte Kerngehäuse eines Apfels. Ihr ganzes Leben erschien ihr wie eine endlose Belehrung. Ihre Schülerin, die zarte Studentin, war tot.

Wenn sie nur nicht ...

Sie würde mit dieser Unterlassungssünde leben müssen. War sie dazu im Stande?

Ihr Gewissen und ihre Furcht setzten ihr zu. Sie warf sich auf die Matratze zurück, sodass diese vibrierte, und rollte sich zu einer kleinen, festen Kugel zusammen. Sie kniff die Augen zu, um ihre Gedanken zu verdrängen. Sie lag mit trockenem Mund auf der Seite und öffnete vorsichtig die Augen einen Spalt weit, bis langsam die Dämmerung kam. Sie hörte den Zeitungsausträger, dann ließ ihre Anspannung nach, und sie schlief endlich wieder ein.

Das Klingeln des Telefons hallte durch die Wohnung. Sie hörte es aus weiter Ferne, ein unwirkliches Indiz dafür, dass sie in der Tat immer noch am Leben war. Ein Telefonanruf an einem Sonntag im Morgengrauen! »Ein schlechtes Omen«, dachte sie und unterließ es aufzustehen. Entweder es war etwas passiert, oder die Station wollte, dass sie für jemanden einsprang. Vielleicht würde man sie herbeizitieren. Sie hatte nicht vor abzuheben.

Stur klingelte es weiter. Sie ärgerte sich immer mehr und richtete sich schließlich mit Mühe auf.

»Kommissar Claes Claesson«, sagte der Mann am anderen Ende. Um Gottes willen, ein Polizist! Ihr Puls überschlug sich fast.

Der Mann entschuldigte sich, sie geweckt zu haben. Seine Stimme klang sehr nett, geradezu milde, und das überrumpelte sie an diesem trüben Morgen. Aber sie war auf der Hut, ließ sich nicht in eine Falle locken. Sie konnte sich zu Nutze machen, dass er sie in der Tat geweckt hatte.

Trotzdem war sie nervös. Ob er wohl merkte, dass sie einen trockenen Mund und kein sonderlich reines Gewissen hatte?

Zum ersten Mal in ihrem Leben hatte ein Polizist sie angerufen! Das bedeutete, dass es ernst war. Der lange Arm des Gesetzes wollte, dass sie nachdachte. Jetzt musste sie genauestens darauf achten, was sie sagte und was sie für sich behielt. Sie bemühte sich, ihre diffusen Schuldgefühle von sich zu schieben, um bloß nichts Falsches zu sagen. Sie war kurz angebunden und vermied Smalltalk.

Daher war das Gespräch mit Kriminalkommissar Claes Claesson an diesem Sonntagmorgen bereits nach wenigen Minuten beendet. Dann starrte sie ins Leere. Offenbar konnte sie nicht einmal an einem stinknormalen Samstagmorgen ins Grüne fahren, ohne in irgendwas reingezogen zu werden. Ihr Auto war beim Fröjdeberga-Campingplatz gesehen worden. Jemand hatte heimlich ihre Autonummer aufgeschrieben und ihr hinterherspioniert, als sei sie eine Verbrecherin. Eine Kriminelle!

Ein Wirbelwind unbehaglicher Gefühle zerrte an ihr. Es galt, sich so weit wie möglich rauszuhalten. Vielleicht würde man sie zu Unrecht verdächtigen? So was kam vor. Unschuldige wurden nie rehabilitiert und mussten weiter im Gefängnis sitzen.

In einem der Wohnwagen war jemand zu Hause gewesen, jemand, der sie gesehen hatte und sofort misstrauisch geworden war. Aus seinem Versteck war er ihr mit den Blicken gefolgt und hatte alle ihre Schritte und jede noch so kleine Bewegung beobachtet. Ein Glück, dass sie sich nicht zum Pinkeln hingehockt hatte! Sie musste lachen.

In welchem der Wohnwagen der Spion wohl seinen Posten bezogen hatte? Vielleicht in dem mit dem Fahrrad? Das Fahrrad schien in Gebrauch gewesen und erst kürzlich auf matschigen Wegen gefahren worden zu sein. Die Schlammspritzer auf dem schwarzen Lack waren frisch gewesen.

Ihr Kater machte ihr zu schaffen. Der Kopf dröhnte, es pochte in den Schläfen, und sie hatte einen schlechten Geschmack im Mund. »Ich sollte keinen Wein mehr trinken«, dachte sie, wusste aber, dass sie ihre Meinung ändern würde, sobald es ihr wieder besser ging. Zwei Aspirin und eine Tasse starker Kaffee würden sie schon wieder auf die Beine bringen. Und eine Kanne Wasser.

Sie schlug die Zeitung auf, las begierig die erste Seite und quälte sich durch Fakten, die sie eigentlich nicht erfahren wollte. Man wisse nicht, wer die Tote sei, las sie.

Sollte sie den freundlichen Kommissar, der sie so früh angerufen hatte, diesen Claesson, zurückrufen und ihm mitteilen, wie es sich verhielt? Dass sie wisse, wer die Tote sei. Instinktiv schreckte sie davor zurück. Später, vielleicht, falls sie mit der Feststellung der Identität nicht weiterkommen sollten. Es gab zu viele Verbindungen zu ihr, und man wusste nie, ob man sich auf die Polizei verlassen konnte. Vielleicht glaubten sie ja, sie sei irgendwie in die Sache verwickelt. Sie kannte das Opfer und war außerdem in der Nähe des Platzes gesehen worden, an dem es gefunden worden war. Das war nicht gut. »Sagt man nichts, dann hat man nichts gesagt«, dachte sie. Das war ein einfacher Grundsatz. Eine weitere gute Regel war, nichts zu übereilen. Über wichtige Fragen schlief man erst mal eine Nacht.

Sie beschloss also, den Tag zum Nachdenken zu nutzen. Ein Tag mehr oder weniger würde schon keine so große Rolle spielen.

Schon Weihnachtsmarkt! Sie zwang sich zu einer künstlichen Begeisterung. Mit rot geränderten Augen las sie die Anzeige hinten in der Zeitung. Den jährlichen Weihnachtsmarkt auf dem Gutshof hatte sie noch nie besucht. Nur selten nutzte man das, was man in greifbarer Nähe hatte. Dieser Tag war wie geschaffen für Wichtel und Engel. Was konnte heute besser passen, als der Wirklichkeit zu entfliehen? Somit würde es ihr erspart bleiben, gestresst in ihren vier Wänden auf und ab zu tigern.

Also kleidete sie sich recht umständlich und langsam an. Ihre Gedanken gingen immer noch im Kreis.

Hatte ihre junge Schülerin bemerkt, dass ihr Status auf der Station alles andere als glanzvoll war? Die Älteren taugten irgendwie nicht mehr. So schien es zumindest. Neue, unverbrauchte Krankenschwestern wurden eingestellt, was das Zeug hielt. Selbstbewusste Mädels mit hohen Löhnen. Ihre Einkommen waren fast höher als jenes von Isabelle, denn heutzutage war es seltsamerweise so, dass diejenigen, die lange gearbeitet hatten und sich auskannten, sich mit ihrem Lohn zufrieden geben mussten, während die Neuangestellten durch Verhandlungen einen höheren Verdienst erzielen konnten. Man musste eben wechseln, wenn man mehr verdienen wollte, sagten sie selbstbewusst. Ansonsten sei man eben selber schuld. »Heutzutage muss man die Schuld immer bei sich selbst suchen«, dachte Isabelle müde. Sie konnte sich auch eine Arbeit in einem Büro suchen, in der Verwaltung. Die wurde besser bezahlt als die Pflege von Patienten. Nelly sprach oft davon, dass man nicht stagnieren dürfe. Die neuen Schwestern seien die Zukunft, sie würden die gesamte Krankenpflege revolutionieren. Außer an Weihnachten. Dann waren Isabelle und ihre Altersgenossinnen wieder gut genug – diejenigen, deren Kinder nicht mehr zu Hause wohnten.

Auch dieses Jahr würde nicht viel aus Weihnachten werden. Vielleicht war der Weihnachtsmarkt ja ein guter Ersatz, auch wenn er schon im November stattfand. Isabelle hatte auch dieses Jahr wieder einen Heiligabend auf Station vor sich. Linda wollte mit ihrem Freund auf die Kanarischen Inseln, und Tobias würde mit seinem Papa Weihnachten feiern. Was Vater und Sohn vorhatten, konnte sie sich mühelos vorstellen: Sie würden einen Schnaps nach dem anderen trinken. Aber nächstes Jahr wäre sie dann an der Reihe, alle bei sich zu haben. Sie würde sich nicht unterkriegen lassen und nicht Kolleginnen gegenüber klein beigeben, die Überstunden abfeiern oder mithilfe anderer Tricks versuchen würden, Weihnachten freizubekommen. Ausnahmsweise würde sie unerbittlich sein. Sie würde einen Baum kaufen und das traditionelle Weihnachtsessen zubereiten. Sie würden ausgiebig tafeln und die üblichen Zeichentrickfilme im Fernsehen ansehen. Dann würden sie Nüsse knacken, getrocknete Feigen und Twist-

Pralinen essen und sich alle albernen Fernsehprogramme ansehen, bis sie einschliefen. Tobbe, Linda und sie, vielleicht auch Lindas Freund, der dann vermutlich schon wieder ein anderer war.

Isabelle ereiferte sich bei diesen Gedanken, aber ihre Kraft ließ nach, als das Gesicht des toten blonden Mädchens vor ihrem inneren Auge auftauchte. Hatte die junge Frau sie nicht an Linda erinnert? Etwas anmutiger und vorsichtiger – Linda konnte stachlig wie ein Igel sein –, aber vom Aussehen her ähnlich. Aber vielleicht bildete sie sich das nur ein. Gefühle und Gedanken uferten aus, wenn man müde war. Wenn nur Linda nichts zustieß.

Sie musste bei ihrem Vater vorbeigehen, entschied sie. Vielleicht konnte sie das ja nach dem Weihnachtsmarkt tun. Er hatte sie am Vortag angerufen und ganz kurz von einem gelben Punkt erzählt, den er vom Fenster aus gesehen hatte, von einem gelben Punkt, der sich mit der Geschwindigkeit eines Fahrrads die Hamngatan entlangbewegt hatte. Darüber hatte er etwas in der Zeitung gelesen. Sie hatte ihm nur mit halbem Ohr zugehört. Aber jetzt fröstelte sie. Vermutlich war es ja eine Sinnestäuschung gewesen. Es sei recht lange her, dass er diesen radelnden Punkt bemerkt habe, und sie wusste, dass es mit seiner Sehkraft nicht zum Besten bestellt war. Seit vielen Jahren war er nicht mehr beim Optiker gewesen. Vielleicht sollte sie dafür sorgen, dass er zum Augenarzt ging. Wahrscheinlich hatte er grauen oder grünen Star, es bereitete ihr Mühe, sich an den Unterschied zu erinnern. Aber er sah schlecht, so viel war sicher.

Er wünschte sich Leberwurst, Leberwurst auf Roggenbrot und Bier. Das ließ sich zumindest leicht beschaffen. Sie musste nur beim Konsum vorbeigehen, der auch sonntags geöffnet war. Am besten sofort. Trotzdem. Sie zögerte.

Sie hatte ihre neue lange Hose angezogen und einen marineblauen Rollkragenpullover. Draußen war es feuchtkalt, und der Himmel war gleichmäßig grau, aber das störte sie nicht. Keine höhnische Sonne und kein ärgerlich klares Licht. Sie ließ den Motor an und dachte an den Kommissar. Er klang nett. Hatte nicht Veronika Lundborg, eine ihrer Ärztinnen, ein Kind mit ihm? Das war ein Gottesgeschenk, in letzter Minute noch ein Kind zu bekommen, und noch dazu mit einem netten Mann. Die gab's schließlich nicht im Überfluss!

Als Else-Britt vor dem Haus hupte, küsste Veronika Claes flüchtig auf die Wange.

»Ist es okay, dass ich verschwinde?«

»Klar. Wird schon alles klappen«, erwiderte er und zwang sich zu einem Lächeln.

»Sicher?«

»Absolut«, sagte er nachdrücklich, um ihr Gewissen zu entlasten. Er lachte breit, mit Lachfältchen um die Augen und seinen gleichmäßigen Zähnen. Sie mochte dieses unkomplizierte Lachen, eilte leichtfüßig aus dem Haus und warf erleichtert die Tür hinter sich zu.

Sie winkte ihnen zu – Klara saß auf Claes' Arm im Küchenfenster – und dachte, dass es genau so sein würde, wenn er seinen Erziehungsurlaub nahm. Dann würden die beiden zu Hause bleiben, und sie würde zur Arbeit gehen. »Ich hoffe nur, dass er Cecilia rechtzeitig weckt, damit er pünktlich zur Arbeit kommt«, dachte sie, war sich aber gleichzeitig bewusst, dass das nun seine Angelegenheit war. Ein bisschen schlechtes Gewissen wegen Cecilias Benehmen hatte sie aber trotzdem. Vielleicht war ihre Älteste tatsächlich etwas verwöhnt, darüber hatte sie früher nie nachgedacht, jedenfalls nicht, solange sie allein gewohnt hatten.

»Sehnst du dich zurück zur Arbeit?«, fragte Else-Britt und fuhr Richtung Ringvägen.

Es war halb elf, und das hoffnungsvolle Morgenlicht war einem grauen Nebel gewichen. Wieder einmal. Else-Britt setzte den Scheibenwischer in Gang. Es regnete zwar nicht, aber die Nässe lag in der Luft.

»Ja und nein«, antwortete Veronika. »So ist es wohl mit den meisten Dingen. Alles ist eine Frage der Dosierung. Zu viel vom einen oder anderen wird langweilig. Aber es wird sicher schön, wieder das Gehirn zu gebrauchen.«

»Vielleicht macht es Klara ja Spaß, in die Kindertagesstätte zu gehen«, warf Else-Britt ein.

»Bestimmt«, meinte Veronika, aber der Gedanke daran, ein jammerndes Kind abzugeben, widerstrebte ihr. Sie sah das schon deutlich vor sich, aber was sollte sie tun?

Ein Weilchen herrschte düsteres Schweigen. Beide kannten die Sorgen, die einem Kleinkinder bereiteten. Sie wollten beides – Kinder, Familie und gleichzeitig Karriere machen –, was natürlich seinen Preis hatte. Manchmal hatten sie das Gefühl, als wateten sie in zähem Kleister.

»Lass uns über was anderes reden«, meinte Veronika, und Else-Britt war ganz ihrer Meinung. »Weißt du«, fuhr Veronika fort, »man müsste noch einmal jung sein.«

»Wirklich?«, erwiderte Else-Britt skeptisch. »Soweit ich mich erinnern kann, war das recht anstrengend.«

»Jedenfalls nimmt Cecilia das Leben leicht. Es gefällt ihr in Lund. Keine Verpflichtungen. Nichts ist sonderlich kompliziert.«

Else-Britt hielt vor dem Stoppschild bei der Auffahrt zum Ringvägen. Zweifelnd betrachtete sie Veronika von der Seite, deren Begeisterung bereits wieder verebbte. Sie hatte den Freund vergessen, der Schluss gemacht und die Frechheit besessen hatte, die Liebe ihrer Tochter zu verschmähen.

Der Gutshof war in ein Eldorado für Weihnachtsfreunde verwandelt worden. Es war warm, duftete nach Glögg und Pfefferkuchen, und die Leute drängten sich von einem Zimmer ins nächste und gerieten in Verzückung über handgezogene Kerzen, Weihnachtsläufer, handgewebte grün-rote Tücher, Engel aus Glanzpapier, Knallbonbons als Christbaumschmuck und Wichtel in allen Größen und Ausführungen. Veronika und Else-Britt ließen sich von der Stimmung anstecken, kauften aber nur wenig. Beide hatten kistenweise Weihnachtsschmuck zu Hause, der geerbt, gekauft oder von den

Kindern in der Kindertagesstätte gebastelt worden war. Sie kauften Bonbons, und Veronika schwang sich sogar auf, einen großen Strohbock zu erwerben, um ihn neben den Weihnachtsbaum zu stellen. Der Verkäufer mit dem geröteten Gesicht war sehr jovial, und Veronika erzählte ihm, der Bock sei für die kleine Klara.

Aber dann waren sie die Drängelei und das Auf-die-Zehen-getreten-Werden leid und ließen sich vom Kaffeeduft zu einer großen Bauernküche locken. Safrangebäck, Pfefferkuchenherzen und Schmalzgebäck lagen in großen Körben, alles sah sehr einladend aus, aber es herrschte ein unglaubliches Gedränge, da sie nicht die Einzigen waren, die Kaffee trinken wollten. Sie scharrten in den Startlöchern, um zum ersten frei werdenden Tisch zu stürzen. Die größte Hoffnung setzten sie auf ein zurückhaltendes Rentnerpaar, das gerade den letzten Schluck Kaffee trank. Wie Raubtiere warfen sie sich auf die Stühle, als die beiden Anstalten machten, sich zu erheben.

Die Kerzen auf den Tischen und am Weihnachtsbaum brannten. Es herrschte eine beschauliche, gemütliche Stimmung, die sie mit freundlichen Gedanken über die bevorstehende Weihnacht erfüllte. Auf einmal hatten sie nichts mehr gegen den ganzen verfrühten Weihnachtsklimbim einzuwenden.

»Das muss man einfach mitmachen«, meinte Veronika. »Eins löst das andere ab. Eben war noch Mittsommer, bald ist Advent, dann kommen Weihnachten, Neujahr und Ostern, und dann ist wieder Mittsommer an der Reihe.«

»Und wir können nichts daran ändern«, meinte Else-Britt, und sie machten sich über einen Teller Plätzchen her. Automatisch kamen sie auf das bevorstehende Weihnachtsfest zu sprechen.

»Was habt ihr vor?«, fragte Veronika.

»Meine Schwiegermutter kommt«, erwiderte Else-Britt trocken.

»Oh je!«, rief Veronika. »Und wie ist die?«

»Sie wird die ganze Küche auf den Kopf stellen«, antwortete

Else-Britt. »Sie ist eine alte Bäuerin, weißt du. Wenn's nach mir ginge, könnte man die Sülze und die Wurst auch ruhig kaufen. Ich habe am zweiten Weihnachtsfeiertag Hintergrunddienst, dann werde ich mich vermutlich erholen können.«

Sie lachten.

»Und du?«

»Mir bleibt meine Schwiegermutter erspart. Wir fahren zu Claes' Schwester nach Stockholm«, sagte Veronika zögernd, weil sie ein etwas schlechtes Gewissen hatte. Ihrer Meinung nach hatte Gunilla mit ihren vier Söhnen schon genug am Hals. Aber Gunilla behauptete, dass sie ihre neue Schwägerin und die neue Nichte Klara ordentlich kennen lernen wolle.

»Stell dir vor, wenn wir selber irgendwann einmal Schwiegermütter sind«, fuhr Veronika fort. »Nicht auszudenken.«

»Aber wir beide werden uns nicht so einmischen«, meinte Else-Britt lächelnd.

»Bist du dir da sicher?«

Die Zeit verging wie im Fluge, während sie mit geröteten Wangen vertraulich beisammensaßen.

Veronika erhob sich, um mehr Kaffee zu holen. Als sie sich in der Schlange anstellte, stieß sie auf Isabelle Axelsson von der Chirurgie. Sie stellten fest, dass sie sich schon lange nicht mehr gesehen hatten. Isabelle meinte, man würde sich auf Veronikas Rückkehr nach dem Ende des Mutterschutzes freuen. Danach folgten ein paar Floskeln über das Befinden und Ähnliches. Isabelle berichtete, bei der Arbeit sei alles wie immer. Anschließend entstand eine seltsame Pause, die Veronika nicht zu deuten wusste. Ihr sechster Sinn sagte ihr jedoch, dass etwas in der Luft lag. Irgendwas stimmte nicht. Isabelle war einfach nicht wie sonst. Sie wirkte abwesend, und ihr Gesicht glänzte speckig. Sonst erschien sie doch immer so gepflegt. Isabelle war allein gekommen, erfuhr Veronika, die mit gefüllten Kaffeetassen dastand und sich gerade mit ein paar unverbindlichen Worten verabschieden wollte. Mit einem Mal sah sie jedoch ein, dass sie Isabelle nicht einfach so stehen lassen konnte. Sie lud sie also an ihren Tisch ein, obwohl sie lieber mit Else-Britt allein geblieben wäre. Vielleicht würde das Else-Britt stören und enttäuschen, aber was blieb ihr übrig? Sie kannten sich alle drei, und manchmal musste man sich eben überwinden, auch wenn es einem widerstrebte.

Isabelle strahlte so dankbar, dass Veronika ein richtig schlechtes Gewissen bekam. Else-Britt verzog keine Miene. Sie trieben einen weiteren Stuhl auf und nahmen die etwas niedergeschlagene Krankenschwester zwischen sich.

Fast unverzüglich rückte Isabelle Axelsson mit der Sprache heraus.

»Sie haben vorgestern eine Tote gefunden«, sagte sie mit entsetzter Miene. »Du weißt das vielleicht?«, fragte sie und blickte Veronika an, die nickte.

»Es stand in der Zeitung«, meinte Else-Britt und strich sich über den flachsblonden Zopf, der ihr bis zur Taille reichte.

»Ich glaube, ich kenne sie«, sagte Isabelle nervös mit versagender Stimme.

In Nilssons Konditorei war leises Zeitungsgeraschel zu vernehmen. Der Kaffeelöffel des alten Rolle klirrte gegen die Tassenkante. Es war Sonntag gegen zehn Uhr, und das Café hatte gerade aufgemacht. Ein paar Autos fuhren gemächlich vorbei. Die Stadt schlief noch halb. Es duftete nach frischem Gebäck. Nilssons war die einzige Bäckerei, in der selbst am Sonntag die Backöfen nicht kalt wurden.

Rolle war zu seinem Winterstaat übergegangen. Die gestrickte Mütze lag auf dem Tisch. Er trug eine graue Wollhose, eine Strickjacke und einen Schal, ordentlich um seinen wie bei einem Vogel Strauß hoch aufragenden Hals gewickelt. Trotz schwacher Sehkraft, einer schlechten Brille und lausiger Beleuchtung versuchte er, die Zeitung zu lesen. Eine grauweiße Unterhose schaute aus seinem Hosenschlitz hervor. Umständlich rührte er in seiner Kaffeetasse, in die er einen Schuss Sahne gegeben hatte. Er drehte seinen verkrümmten Oberkörper etwas zur Seite, damit ein wenig Tageslicht auf die Zeitung fallen konnte, die er ganz dicht vor seine grobporige Nase hielt. Sein Unterfangen misslang. Das Wetter war nach wie vor neblig grau und äußerst deprimierend.

Ein paar Tische weiter saßen drei Frauen mit Blöcken und Ordnern. Mehr Gäste gab es nicht. Pia und Carola hatten Caffè Latte beziehungsweise Cappuccino bestellt, Nahla Tee. Sie aßen Brötchen mit Käse und Schinken.

Die drei studierten gemeinsam an der Hochschule für Krankenpflege und wollten eine Gruppenarbeit über professionelle Verhaltensweisen fertig stellen. Das Referat musste am nächsten Tag gehalten werden. Sie warteten noch auf eine Mitstudentin, dann konnten sie anfangen. Sie kannten sich. Fast ein Semester lang hatten sie jetzt problemorientiert in der Gruppe gearbeitet.

»Wo zum Teufel bleibt Rebecka?«, fragte Pia, eine ehemalige Profischwimmerin mit Kurzhaarfrisur und jungenhaftem Aussehen. Inzwischen spielte sie Hallenhockey. Verärgert schaute sie auf die Uhr. Sie war schnelle Bälle gewohnt und wollte fertig werden. Je schneller, desto besser. Sie war ungeduldig. Sie schob ihre Papiere hin und her und kaute auf ihrem Bleistift.

»Sie kommt schon noch«, erwiderte Carola, die sehr groß war und sich träge bewegte, aber eine rasche Auffassungsgabe besaß. Sie war die Älteste von ihnen, schon über dreißig.

»›Was bedeutet für dich Gesundheit?‹«, las Pia von einem Blatt vor. »Wir sollen uns also gegenseitig befragen. ›Würdest du wissen wollen, ob du Krebs hast?‹ Da geht es wohl um Ehrlichkeit.«

Sie sah die beiden anderen fragend an. Diese hatten nicht einmal die Zeit, den Mund aufzumachen, da hatte sie schon selbst geantwortet.

»Natürlich würde ich das wissen wollen. Schließlich geht es um meinen Körper und mein Leben.«

»Man hat ein Grundrecht darauf, es zu erfahren«, betonte Carola. »Mir wäre es nicht recht, wenn andere mehr über mich wüssten als ich selbst.«

Sie klang etwas neunmalklug. Die anderen starrten sie an

und erwarteten ganz offensichtlich, dass sie das näher erklärte, aber sie sprach nicht weiter.

»Ja, das ist doch klar. Schließlich können sie nicht hinter deinem Rücken zu den Angehörigen sagen, dass du krank bist«, meinte Pia und wippte ungeduldig auf ihrem Stuhl.

Nahla schaute sie an. Sie schien etwas sagen zu wollen, schwieg dann aber. Die anderen kannten das schon.

»Was meinst du?«, fragte Carola sie daher.

»In meiner Heimat erzählt es der Arzt immer zuerst den Angehörigen. Dann müssen die entscheiden, ob der Kranke das verkraftet«, meinte Nahla.

»Meine Güte, wie gemein!«, rief Pia, die immer am schnellsten in Wallung erriet. Sie war auch die Jüngste. »Die können einem ja alles Mögliche erzählen!«

»Aber in meinem Land mögen wir einander, wenn wir zu einer Familie gehören. Wir wollen nicht, dass jemand unnötig leidet«, antwortete Nahla mit leiser Stimme.

Carola, die schon einiges erlebt und etliche Jahre als Pflegehelferin im Krankenhaus gearbeitet hatte, schien nachzudenken.

»Eigentlich«, sagte sie und hielt inne, um nach den richtigen Worten zu suchen, »eigentlich kann es auch ganz schön sein, nicht alles zu wissen und so zu tun, als sei alles besser, als es ist. Vielleicht will ich wissen, um welche Krankheit es sich handelt, wenn ich jetzt krank werde, auch wenn es Krebs ist! Aber ich will nicht wissen, wie viel Zeit mir noch bleibt. Das ist so hart. Daran zerbricht man vielleicht. Das raubt einem dann die ganze Kraft.«

»Aber wie viel Zeit einem bleibt, kann man sowieso nie wissen«, wandte Nahla ein.

»Nein, diese Frage können die Ärzte nie beantworten«, meinte Pia.

»Nein, aber man spürt doch sicher, wenn man wahnsinnig krank ist. Und wenn sie erst mit der Chemo anfangen, dann muss einem doch klar sein, dass irgendwas richtig im Argen liegt«, fuhr Carola fort.

»Dann ist es vielleicht genauso gut, dass man die Wahrheit erfährt«, konstatierte Pia.

»Sonst fühlt man sich nur allein gelassen«, setzte Carola ihren Gedanken fort.

»Warum das?«, fragte Nahla.

»Ich meine, wenn die Angehörigen Bescheid wissen, aber nicht der Kranke, kann man sich doch fragen, wer geschont wird. Derjenige, der im Bett liegt, muss dann alles allein tragen, die Krankheit und die Unruhe«, meinte Carola, der von der lebhaften Diskussion warm geworden war.

Die Tür ging auf. Alle drei drehten sich gleichzeitig um, aber es war nicht Rebecka, sondern eine Frau, die sie nicht kannten. Sie war ganz in Schwarz gekleidet und hatte ein kleines Kind an der Hand.

»Meine Güte, wie können die sich in diesen Zelten und Kopftüchern überhaupt bewegen?«, rutschte es Pia heraus.

Sie biss sich sofort auf die Unterlippe, errötete und blinzelte Carola verlegen und Hilfe suchend an.

»Das macht nichts«, meinte Nahla und zupfte ihr eigenes Kopftuch zurecht.

Ihre Haut war olivenfarben, ihre Augen waren rund und braun. Ihre Zähne leuchteten weiß. Sie zeigte ein schwer zu deutendes Lächeln – abwehrend oder gekränkt? Die anderen beiden waren zu beschämt, um es erraten zu können, und gleichzeitig neugierig.

»Du trägst zumindest normale Kleider, lange Hosen und so«, sagte Pia, als würde das die Sache besser machen. Sie rutschte auf ihrem Stuhl hin und her. »Ich meine, schließlich wohnen wir in einem kalten Land mit modernen Frauen, die lange Hosen tragen, Fahrrad fahren und Sport treiben und so... und das schon lange. Wir brauchen uns nicht zu verstecken... und... und... Du tust das schließlich auch nicht. Nur die da drüben«, sagte sie und schaute auf die Frau, die ein graues Kopftuch trug. Unruhig begann sie dann, die Krümel auf ihrem Teller hin und her zu schieben und holte schließlich einen weiteren Ordner aus ihrem Rucksack hervor.

Die Lage entspannte sich, als Rebecka atemlos hereinstürmte. Ihre große Umhängetasche schlug gegen ihren Oberschenkel. Sie erinnerte an ein Reh, langbeinig, schmal und geschmeidig.

»Wisst ihr, was!«, rief sie erregt, noch ehe sie sich gesetzt hatte. Die anderen drei starrten sie an. »Etwas Schreckliches ist passiert!«

Sie warf die Zeitung auf den Tisch. Sie schauten auf das Porträt.

»Mein Gott!«, sagte Carola fassungslos, und Nahla hielt sich die Hand vor den Mund, als müsse sie einen Schrei unterdrücken.

Am selben Vormittag stieg Louise Jasinski hinter dem Präsidium aus ihrem Auto. Tropfen fielen von den drei Ulmen, die den Parkplatz von den Hinterhöfen trennten. Sie holte tief Luft. Sie musste die Gelegenheit nutzen, wenn sie schon einmal an der frischen Luft war. Sie hatte nicht das Fahrrad zur Arbeit genommen, was ihr ein schlechtes Gewissen bereitete, aber am Morgen war sie so müde gewesen, dass sie der Bequemlichkeit nachgegeben hatte.

Sie war immer noch nicht richtig wach, als sie ihre Umhängetasche auf den Schreibtisch pfefferte und ihre Jacke aufhängte. Sie freute sich bereits darauf, am Abend früh zu Bett zu gehen. Falls ihr das, wie sie hoffte, gelingen würde. Vorher musste sie noch einen ganzen Sonntag hinter sich bringen. Wahrscheinlich gab es viel zu tun. Das Eisen musste geschmiedet werden, solange es noch glühte und der Fall noch einigermaßen frisch war.

Es war still wie im Grab, genau wie am Vorabend, als sie das Präsidium verlassen hatte. Auf dem Schreibtisch lagen mehrere Papierstapel. Wenn sie mit diesem neuen Mord fertig waren, wollte sie endlich einmal zu Hause Ordnung schaffen. Aufräumen setze Energien frei, meinten manche. Sie überlegte sich, wie viel Energie wohl freigesetzt würde, wenn sie sich die Kleiderschränke, die Abstellkammern und die Garage vorknöpfte. Wahrscheinlich genug, um bis zum Mond zu kommen.

Aber zu Hause war sie meist müde und lustlos. Sie flüchtete sich vor den Fernseher und hing ihren Gedanken nach, und diese waren in letzter Zeit nicht sonderlich freudig.

»Janos, dieses Schwein!«

Sie nahm einen Kamm aus ihrer Tasche und versuchte ihrem Haar mehr Fülle zu geben, während sie aus dem Fenster blickte. Draußen war keine Menschenseele zu sehen. Die Straßen waren nass, die Fassaden feucht. Vielleicht würde die Sonne hervorbrechen, wenn die graue Schicht dünner wurde. Aber das war in diesem düsteren Novembermonat vielleicht zu viel verlangt.

Immerhin war der Samstagabend ruhig gewesen. Beide Mädchen waren zu Hause geblieben. Zwar hatte sie es von ihnen verlangt, beinahe erzwungen, aber sie hatten nicht protestiert. Es schien beiden gefallen zu haben, sogar Gabriella. Mit einem Gesicht, das weiß wie ein frisch gewaschenes Laken gewesen war, hatte sie sich auf dem Sofa vor dem Fernseher zusammengekauert und war sofort eingeschlafen. Vorher hatte Louise ihrer ältesten Tochter mitgeteilt, sie habe bis auf weiteres Hausarrest. Aber wahrscheinlich würde man schon bald darüber reden können, je nach Betragen.

»Ich bin nicht nachtragend«, dachte Louise, »nur im Augenblick etwas empfindlich. Was Janos davon hält, ist mir egal. Jedenfalls im Augenblick.«

Sie kniff die Lippen zusammen. Sie hatte einen Kloß im Hals. Es war ihr wichtig gewesen, aus dem Vorfall mit Gabriella Freitagnacht keine große Affäre zu machen, und darauf war sie im Nachhinein stolz. Sie hatte geschwiegen, und das war gut. »Vielleicht ist das ja wahre Mutterliebe«, dachte sie und sah Peter Berg wie einen begossenen Pudel die Straße entlangkommen. Er stellte sein Fahrrad unter das Wellblechdach.

Der schwere Kopf ihrer Tochter hatte auf ihrer Schulter gelegen. Sie spürte immer noch sein Gewicht und seine Wärme. Sie brauchte das.

Sie legte den Kamm zurück, feuchtete ihre Fingerspitzen an und strich sich über die Brauen. Sie erinnerten an dünne, dunkle Vogelflügel. Die Haut unter ihren Augen war von kleinen Fältchen durchzogen und grau. Janos hatte mit dem Rücken zu ihr gelegen, und sie hatte neben ihm unter der Daunendecke gefröstelt. Ein Kamin ohne Feuer. Dann hatte sie die schwarzen und langen Minuten gezählt. Sie hatte ins Dunkel gestarrt und lautlos geatmet. Sie hatte den anderen Körper gespürt, den Rücken und den Abstand, obwohl dieser nur ein paar Zentimeter betrug. Eine Kluft. Ein Abgrund. Festgefahren.

Ihre Unterlippe spannte. Sie kreuzte die Arme über der Brust und hielt sich an sich selber fest, während ihre Gedanken weiterhin um Janos kreisten. Gewiss, er war rein physisch zu Hause gewesen, aber mental den ganzen Abend abwesend. So etwas spürte man einfach, und zwar sehr gut, dachte sie und ließ die Arme baumeln. Immer wieder ballte sie die Hände zu Fäusten und öffnete sie wieder. Sie waren eingeschlafen.

Sie fand, dass man sich mit Janos ungefähr genauso gut unterhalten konnte wie mit den Topfpflanzen am Küchenfenster. Aber diese hellten zumindest das feuchtgraue Herbstwetter auf. Über diesen Vergleich musste sie lächeln. Aber was sollte sie jetzt tun? Sie hatte nicht die Kraft, in sich zu gehen. Nicht schon wieder. Sie wusste, dass sie eine Ehefrau war, die ihre Arbeit sehr ernst nahm, und sie fühlte sich wohl dabei. Aber irgendetwas fehlte ihr. Wärme. Und Innigkeit.

Stoßweise holte sie tief Luft und merkte, dass ihre Rührseligkeit und ihr Wunsch nach Einigung plötzlich in etwas anderes umschlugen. In Wut. Janos engagierte sich schließlich auch für seinen Lehrerberuf und seine Fortbildung und was es sonst noch war, was ihn für sie so verschlossen machte. Unnahbar. Dieses Verschwommene und Undeutliche.

Ihre Gemütsverfassung pendelte von einem Extrem zum anderen. Sie war mürbe und hatte einen schlechten Geschmack im Mund. Janos verließ sie gerade. Vielleicht hatte er das bereits getan. Sie würde allein bleiben. Bald war sie allein. So war es! Vermutlich.

»Nein!«, dachte sie wütend. Ihr Kampfgeist erwachte wieder, und der Zorn kam erneut an die Oberfläche. Sie hatte nicht die Absicht, etwas aufzugeben! Sie würde nicht aufgeben! Jedenfalls nicht ohne weiteres. Sie hatten so viel Mühe in das Zusammenleben investiert. Freude und Trauer, Alltag und Fest. Und die Kinder! Das durfte ganz einfach nicht in die Brüche gehen.

Keine Liebkosungen, keine Umarmungen und kein Zusammenleben. Nicht einmal am Samstagabend. Wie lange konnte das noch so weitergehen, bis das schreckliche Ende kam?

Vielleicht ging es ja von allein vorbei? Vielleicht, vielleicht, vielleicht! Wenn sie nur nichts übereilte. Es zuließ, dass der Schmerz verschwand, dass es abebbte, dieses andere. Eine Ehe verdiente Geduld.

Es brannte ihr immer noch in der Kehle. Sie war müde. Es war eine Qual, Nacht um Nacht das Bett mit jemandem zu teilen, dessen Inneres eine unbekannte Landschaft darstellte. Sie strich sich die Tränen, die sie nicht mehr zurückhalten konnte, aus den Augenwinkeln, nahm ein Papiertaschentuch aus ihrer Tasche und schnäuzte sich. »Ich kann mir im Augenblick wirklich leidtun«, dachte sie. »Sehr, sehr leid.«

Sie ging zum Kaffeeautomaten auf dem Korridor, der nach einer kleineren Reparatur wieder funktionierte. Nach einer Woche ohne Kaffee hatten sie alle vor Abstinenz Kopfschmerzen bekommen.

Sie drückte die Espressotaste, nahm den Pappbecher und erblickte Janne Lundin, der auf sie zukam.

»Hallo! Gut geschlafen?«, fragte er und drückte auf die Taste für Kaffee mit Sahne und Zucker.

Sie war sich hundertprozentig sicher, dass er bereits wusste, dass dem nicht so war. Auch diese Nacht nicht. Sie sah verknittert und verheult aus und hätte ihm sagen können, was Sache war, hatte aber einfach nicht die Kraft dazu. Nicht schon wieder. Der Zusammenbruch vom Vortag musste reichen.

»Geht so«, antwortete sie daher.

»Bloß nicht unterbuttern lassen«, erwiderte er grinsend.

Sie lächelte ihn an. Sein Einfühlungsvermögen erfüllte sie mit Wärme. Sie brauchte ihm nichts zu erklären und ihn auch nicht danach zu fragen, was er eigentlich meinte.

»Heute wird sicher ein langer Tag«, meinte er dann.

Sie nickte.

»Es wäre gut, wenn uns heute zumindest die Identifizierung gelänge.«

»Jetzt haben die Zeitungen und das Fernsehen über die Sache berichtet, das geht heute sicher klar«, erwiderte sie und sah zuversichtlich aus.

»Schon«, meinte er und rührte mit einem Plastiklöffel um. »Mein Nachbar wollte mich übrigens aushorchen, als ich auf dem Weg hierher war. Tote junge Frauen im Wasser findet er einfach Klasse. Du weißt schon!«

Sie nickte und sagte: »Mittlerweile hat man ja Übung darin, sich solchen Fragen zu entziehen. Aber es ist schon seltsam, dass alle immer gleich so beleidigt sind, wenn man ihnen nichts erzählt. Wenn man selbst verwickelt wäre, würde man schließlich auch nicht wollen, dass alles an die große Glocke gehängt wird.«

»Nein. Man muss wirklich aufpassen. Man weiß nie, wo man überall reingezogen werden kann«, sagte Lundin, fuhr sich mit einem Finger unter sein kariertes Hemd und kratzte sich beharrlich auf der Brust.

»Juckt es dich?«

»Das ist vermutlich das Waschmittel.«

»Ach so. Jedenfalls hätte ich keine Lust, in einen Mordfall verwickelt zu werden«, meinte Louise, streckte die Arme über den Kopf und gähnte. »Außer rein beruflich, versteht sich«, ergänzte sie, senkte die Arme und empfand auf einmal eine wahnsinnige Lust, eine bestimmte Person – falls es sie gab – zu ermorden, und zwar Janos' eventuelle Geliebte. Diesen Gedanken würde sie natürlich nie in die Tat umsetzen, aber das Gefühl war da, stark und genüsslich. Mit den Rachegelüsten kehrten ihre Lebensgeister zurück. Ihr Gesicht bekam allmählich wieder mehr Farbe.

»Diesen Namen habe ich auf dem Weg hierher erhalten«, sagte sie. »Eine glaubwürdige Person, die das Opfer kennt. Deswegen bin ich auch so optimistisch.«

»Gut! Hoffentlich sind es brauchbare Angaben«, erwiderte er.

»Das können wir nur hoffen. Das würde uns zweifellos weiterbringen.«

»Dann sehen wir uns also gegen zwölf«, meinte er, drückte leicht ihre Schulter und verschwand wieder in seinem spartanischen, winzigen Büros, das viel zu klein für ihn war. Aber er hatte es behalten wollen, als ihm nach der Renovierung ein größeres Zimmer angeboten worden war. Es war ihm einfach zu anstrengend gewesen, alle Ordner umzuräumen, denn auch er konnte manchmal faul und träge sein.

Claesson hatte verfügt, dass sie sich alle gegen zwölf trafen, denn am Vormittag hatte er etwas vor.

Louise Jasinski würde also gleich Rebecka Eriksdotter empfangen. Diese konnte ihre Ermittlungen möglicherweise ein gutes Stück weiterbringen. Eine Menge Tipps waren eingegangen. Da weder Ferien noch Feiertage waren, hielten sich alle zu Hause auf. Eine getötete junge Frau, die der Polizei bisher nicht bekannt war, beschäftigte nicht nur die Ordnungshüter.

Vielleicht war sie gar nicht aus Schweden, sondern machte nur hier Urlaub? Die Jacke der Toten war in Deutschland hergestellt. Die Jeans stammten von H&M, und die Herkunft des Pullovers und der Schuhe ließ sich nicht feststellen. Die Kleidungsstücke sagten also nicht viel über ihre Herkunft aus. Es sprach jedoch einiges dafür, dass sie Schwedin war. Hellhäutig, blaue Augen, blond und in Schweden aufgefunden.

Der Goldtropfen an der Halskette hatte eine Gravur, eine Katzenpfote, was allerdings nichts über den Ursprung verriet. Die Herstellungsnummer hingegen war aussagekräftiger. Das Schmuckstück war 1932 in Köping, einem recht üblichen

Produktionsort, angefertigt worden. Es gehörte nicht viel Fantasie dazu, sich vorzustellen, dass es sich um ein Erbstück handelte. Das Schmuckstück besaß also einen eher geringen Wert für die Ermittlungen. Dies alles hatte Benny Grahn herausgefunden. Die anderen Schmuckstücke, die Ohrringe und die billigen Ringe, waren ungraviert.

Vielleicht war Rebecka Eriksdotter die Hilfe, nach der sie wie nach einer Nadel im Heuhaufen gesucht hatten. Nina Persson vom Empfang rief an und teilte mit, dass sie eingetroffen sei. Louise ging nach unten, um sie abzuholen. Die bleiche und magere junge Frau war so groß wie ein Model. Rebecka Eriksdotter reichte ihr eine kalte, aber feuchte Hand und lächelte unsicher unter ihrem struppigen, aschblonden Pony.

»Treten Sie ein«, sagte Louise, als sie zu ihrem Büro kamen, aber die junge Frau zögerte, vermutlich aus Unsicherheit.

Louise legte ihr eine Hand auf die Schulter und schob sie behutsam ins Zimmer und zum Besucherstuhl, in dem sie vorsichtig Platz nahm und ihre spindeldürren Beine übereinander legte.

Rebecka Eriksdotter wirkte nicht direkt krank, aber Louise fand sie fast zu mager. Wie ein Grashalm, der im Wind wehte, aber vielleicht war ja auch einfach ihre Größe irreführend. Sie war mindestens eins achtzig groß.

Louise schaute in ihre Papiere und beschloss, sich nicht weiter um den Körperbau der jungen Frau zu kümmern. Nach der Völlerei vergangene Weihnachten hatte sich Louise bei den Weight Watchers angemeldet. War sie inzwischen vielleicht etwas zu fanatisch und zu sehr auf Schmalheit bedacht? Möglicherweise war es ja das, was Janos nicht gefiel: ihre vernünftigen Essensgewohnheiten und ihre Magerkeit.

Sie betrachtete die Informantin vor sich und nahm ein Formular mit der Überschrift *Ermittlung – Gewaltverbrechen* aus der Schreibtischschublade.

»Ich sehe hier, dass Sie eine Mitschülerin ... ich meine, eine Mitstudentin ... vermisst gemeldet haben. Sie soll nicht zum

Unterricht erschienen sein. Stimmt das?«, fragte Louise, nachdem sie in ihre Papiere geschaut hatte. »Ich sehe, dass sie die Schwesternschule besuchen.«

»Die Hochschule für Krankenpflege«, berichtigte sie Rebecka Eriksdotter. »Ich will Krankenschwester werden.«

»Das wollte ich auch mal«, dachte Louise, »ehe ich mich habe umschulen lassen zur Polizistin.« Das Alter und den Tod immer in nächster Nähe zu haben war einfach zu zäh und zu deprimierend gewesen. Es lag einfach nicht allen, sich um andere zu kümmern. Hoffentlich hielt dieses bleiche und zerbrechliche Geschöpf durch, denn im Gesundheitswesen wurden wirklich Leute gebraucht.

»Was möchten Sie mir erzählen?«, begann Louise ganz allgemein.

»Also, sie war die ganze Woche nicht da«, erwiderte Rebecka Eriksdotter mit schwacher Stimme.

»Sie meinen die vergangene Woche?«

»Ja, aber anfangs habe ich mir keine Gedanken gemacht, da wir in der Woche davor Novemberferien hatten. Ich dachte, sie sei vielleicht noch auf Reisen. Das glaubten vermutlich alle anderen auch. Im Ausland oder so ... weiter weg, vielleicht hatte sie einfach noch eine Woche freigenommen, wo sie schon mal unterwegs war, so dachten wir wohl alle. Obwohl das eigentlich nicht erlaubt ist. Wir haben Anwesenheitspflicht, aber nicht alle kümmern sich darum«, sagte sie und wirkte äußerst verlegen. Inzwischen war sie nicht nur im Gesicht hochrot, sondern auch am Hals.

»Ich habe ganz vergessen zu fragen, aber wie heißt Ihre Mitschülerin – entschuldigen Sie, Kommilitonin?«

»Malin Larsson.«

Louise schrieb den Namen auf. Ihr lagen tausend Fragen auf den Lippen, aber es galt, nichts zu übereilen und Rebecka Eriksdotter in Ruhe erzählen zu lassen.

»Wissen Sie, wie alt sie ist?«, musste sie aber doch fragen.

»Ich habe das Jahrbuch dabei«, sagte Rebecka und öffnete die schwarze Wachstuchtasche, die an der Armlehne hing.

»Wahrscheinlich ist sie so alt wie ich«, meinte sie und blätterte. »Dreiundzwanzig.«

Das konnte stimmen, dachte Louise, aber es war wichtig, vorsichtig zu sein, sich ein umfassendes Bild zu verschaffen und keine übereilten Schlüsse zu ziehen.

»Könnten Sie sie vielleicht beschreiben? Größe, Körperbau, Aussehen und eventuell was für Kleider sie in der Regel trug?«

Sie hätte natürlich auch das Fahndungsfoto mit dem Bild aus dem Jahrbuch, das Rebecka dabeihatte, vergleichen können, aber damit wollte sie noch warten und sich zuerst absichern. Fotos aus Schuljahrbüchern konnten peinlich von der Wirklichkeit abweichen.

»Etwa eins siebzig, vielleicht noch kleiner. Normaler Körperbau. Blondes, schulterlanges Haar, glatt, etwa so«, sagte Rebecka und zeigte die Länge mit den Händen, »manchmal zu einem Pferdeschwanz gebunden. Sie trägt normale Kleidung.«

»Normal?«

»Ja, sie richtet sich nicht nach der Mode, sondern kleidet sich mehr normal«, entgegnete Rebecka etwas unpräzise, schien aber genau zu wissen, was sie meinte. »Aber schick«, sagte sie noch, verstummte und starrte durchs Fenster in den bewölkten Himmel. »Sie ist recht still und vorsichtig, könnte man vielleicht noch sagen«, meinte sie und machte eine kurze Pause. »Und ziemlich nett«, fuhr sie dann langsam und nachdenklich fort. Sie wirkte auf einmal sehr zerbrechlich.

Die junge Frau auf dem Besucherstuhl starrte auf ihre Hände und strich dann mit den Fingerspitzen die Hosennaht entlang. Louise fiel auf, dass ihre Unterlippe leicht zitterte. Ob sie je jemanden verloren hatte, den sie kannte, wenn auch nur oberflächlich? Hatte sie Angst?

»Können Sie mir beschreiben, welche Kleider sie trug?«, fuhr Louise fort.

»Tja«, meinte Rebecka, beugte ihren schmalen Hals nach hinten und starrte nachdenklich an die Decke. »Sie trägt fast immer Jeans und einen Pullover.«

»Jeans trägt die halbe schwedische Bevölkerung«, dachte Louise.

»Wie sehen die Pullover aus? Eher eng oder eher weit und schlabberig?«, fragte Louise weiter. »Ist sie... eher gewagt gekleidet?«, wollte sie noch wissen und biss sich augenblicklich auf die Zunge, erhielt jedoch sofort eine Antwort.

»Oh nein!«, wehrte Rebecka Eriksdotter ab. »Sie trägt auch keinen Schlabberlook, mehr so dünne, kurze Pullover, aber der Nabel ist nie zu sehen. Das sind mehr so Tops.«

»Schmuck?«

»Sie trägt Ohrringe und irgendeine Goldkette, glaube ich jedenfalls«, antwortete sie und schaute zögernd aus dem Fenster, als wollte sie niemanden ansehen, während sie sich konzentrierte.

»Können Sie die Halskette näher beschreiben?«

»Eine schmale Kette mit einem Anhänger. Kein Herz... ich glaube, es ist ein Tropfen.«

»Und die Oberbekleidung?«

»Sie hat eine gelbe Daunenjacke«, antwortete Rebecka Eriksdotter. Louise stutzte, was Rebecka nicht entging, woraufhin sie verstummte.

Zwar trug die halbe schwedische Bevölkerung Jeans, aber nur äußerst wenige Leute gelbe Jacken.

»Können Sie sich erinnern, ob sie irgendein besonderes Kennzeichen hat, beispielsweise ein Muttermal, eine Narbe oder eine Tätowierung?«, wollte Louise wissen und ließ die Spitze ihres Kugelschreibers auf ihrem Block ruhen.

Rebecka Eriksdotter senkte den Blick. »Eine vorsichtige junge Frau«, dachte Louise.

»Nicht dass ich wüsste, jedenfalls nichts Auffälliges.«

Louise beugte sich über den Tisch und zog das Jahrbuch an sich heran. Die richtige Seite war aufgeschlagen. Lauter junge Frauen und drei Männer. Wie zum Tode Verurteilte starrten sie geradeaus in die Kamera.

Die junge Frau auf dem Schwarzweißfoto, die sie ernst anschaute, sah der Toten, die sie gefunden hatten, sehr ähnlich.

Falls niemand das Jahrbuch manipuliert und sie keine eineiige Zwillingsschwester hatte, mussten sie ein und dieselbe Person sein. Malin Larsson, dreiundzwanzig. Die Beschreibung stimmte, die Kleider, die Größe, die Haarfarbe.

Louise zog es den Magen zusammen. Eine vertraute Mischung aus Spannung, Entrüstung – wie konnte man so etwas nur tun?! – und Wehmut. Jemand würde eine Trauernachricht erhalten.

Sie legte das Jahrbuch hin und schaute Rebecka Eriksdotter an, ihr verlegenes Gesicht, ihre blinzelnden Augen, ihre schmalen Wangen, die inzwischen wieder rosig waren, ihren mageren Brustkorb, der sich hob und senkte, und ihre Spinnenbeine, die ihre Position verändert hatten.

Die Grenze zwischen den Lebenden und den Toten war sehr schmal.

Louise hielt kurz inne.

»Ich würde mich gern noch etwas über Malin Larsson unterhalten«, sagte sie dann, »aber vielleicht wollen Sie erst einmal etwas trinken? Kaffee, Tee, Wasser? Wahrscheinlich kann ich auch irgendwo etwas Saft auftreiben. Ein paar Kekse?«

»Vielleicht einen Tee«, antwortete Rebecka.

»Zucker?«

»Nein, danke!«

Louise griff zum Telefonhörer und bestellte auch noch zwei Zimtschnecken. Vielleicht wollte Rebecka ja doch noch, sonst blieb eine eben liegen.

»Wollen Sie sich etwas die Beine vertreten?«

»Ja, ich würde gerne auf die Toilette gehen«, sagte Rebecka, und Louise zeigte ihr den Weg.

Danach nahmen sie wieder Platz. Rebecka Eriksdotter nippte an ihrem Tee und aß tatsächlich die Zimtschnecke mit Vanille, die jemand herbeigezaubert hatte.

»Wie Sie sicher verstehen, wollen wir den Umständen von Malins Tod so weit wie möglich auf den Grund gehen. Wir haben vor herauszufinden, was vorgefallen ist. Deswegen ist es von großer Wichtigkeit, dass Sie sich genau zu erinnern versuchen, wann Sie sie zuletzt getroffen haben.«

Louise Jasinski wusste, dass es eigentlich an der Zeit war, etwas zu essen, denn die Mittagszeit war bereits vorbei, aber jetzt wussten sie, wer das Opfer war. Jedenfalls im Großen und Ganzen. Die Angehörigen mussten zwecks endgültiger Identifizierung verständigt werden. Dank dieses Durchbruchs arbeiteten alle noch intensiver. Die Stimmung war gut. Die Energie schien unbegrenzt zu sein.

Nachdem Rebecka Eriksdotter gegangen war, rief Louise Claesson an. Er saß im Auto und war gerade auf dem Weg zum Präsidium. Seine Stimme klang zufrieden, und er gab ihr ein paar knappe Anweisungen.

Lundin, Peter Berg und Erika Ljung versammelten sich im Konferenzzimmer. Technik-Benny und seine Mitarbeiter gesellten sich dazu, unter anderem eine junge Frau, die gerade erst angefangen hatte und so übereifrig war, dass es fast schon komisch wirkte. Ihre Begeisterung würde sicher bald abflauen. Leider. Junge enthusiastische Mitarbeiter waren viel zu schnell müde und verbraucht, und das war keine erfreuliche Entwicklung.

Louise selbst versuchte einem Burn-out vorzubeugen, indem sie sich nie über eine längere Zeit verausgabte. Janne Lundin stellte das beste Vorbild dar. Er war immer verfügbar, und wenn Louise nur ausgeruht genug gewesen wäre, dann hätte sie ihm nacheifern können. »Aber wir sind einfach alle sehr verschieden«, dachte sie. Lundin hatte sich bereits in einem früheren Stadium mit sich selbst abgefunden. Jedenfalls beinahe. Zumindest glaubte sie das. Er hatte vor, bis zu seiner Pensionierung zu arbeiten, das sagte er oft. Fast zu oft. Und um das zu schaffen, müsse er gelegentlich etwas auslassen und schummeln, betonte er gleichzeitig. Man müsse wissen, wo man nachlässig sein dürfe, oder ganz einfach Prioritäten setzen, wie er es etwas eleganter formulierte. Auch das sagte er oft. Seltsam, dass ihr das nie gelang! Und zwar aus dem einfachen Grund, dass sie eine Frau war, wie sie kürzlich aus der Zeitung erfahren hatte. Sie war zu tüchtig – wie alle Frauen, die etwas erreichen wollten. Sie verausgabten sich, wurden müde und deprimiert und ließen sich krankschreiben. Die männlichen Normen durchtränkten die gesamte Gesellschaft. Dagegen half keine Tüchtigkeit. Aber was sollte sie tun? Eigentlich hatte sie immer nur zusammen mit Männern gearbeitet und wusste kaum, wie sie das beeinflusst hatte. Wahrscheinlich positiv und negativ – wie alles im Leben. Lundins Einfluss war vermutlich positiv zu bewerten und der von Claesson auch, seit er Familienvater geworden war und nicht nur Ermittlungen, Berichte und Personalfragen im Kopf hatte.

Aber die Männer auf der Arbeit waren im Augenblick sowieso nicht das Problem, sondern der Mann zu Hause.

Sie hatte die Rektorin der Hochschule für Krankenpflege angerufen und sich die Personenkennziffer und die Adresse von Malin Larsson sagen lassen. Die Rektorin Elisabeth Hübermann würde ihnen im Laufe des Tages zur Verfügung stehen. Claesson würde sie anrufen. Aber erst wollten sie zum Studentenwohnheim, das im Volksmund immer noch »das alte Schülerheim« hieß.

Eine ermordete junge Studentin. Das war keine Bombenreklame. Sowohl Studenten als auch ihre Angehörigen würden sich Sorgen machen, was der Reklamekampagne unter dem Motto *Die freundliche Stadt mit dem großen Angebot* keinen Erfolg verhieß. Weder das eine noch das andere stimmte, dachte Louise.

»Die Studentenzahl ist auch so schon sehr gering«, seufzte sogar der Hausmeister am Telefon. Glücklicherweise war er an diesem tristen Sonntag zu Hause geblieben, und er wurde nun mit den Schlüsseln zum alten Schülerheim beordert.

Louise schaute Peter Berg über die Schulter. Dieser suchte im Melderegister. Die Eltern waren beide tot. Das war ungewöhnlich. Zwei Geschwister, ein Bruder in Växjö. Dort war die Tote im Übrigen auch zur Welt gekommen. Eine Schwester in Malmö. Malin Larsson war die Jüngste gewesen.

Zu Beginn des Herbstsemesters war sie in die Stadt gekommen und hatte das Studentenzimmer bezogen. Sie war eine Studentin gewesen, die keiner Fliege etwas zu Leide getan hätte. Das hatte Rebecka Eriksdotter spontan gesagt, und das bestätigte auch einer ihrer Lehrer.

Aber was wussten die schon?

Claesson bat sie darum, dafür zu sorgen, dass die Kollegen in Malmö und Växjö die Geschwister unterrichteten. Anschließend sollten sie nach Linköping zur Gerichtsmedizin gebracht werden, um die Tote zu identifizieren. Eventuell konnte man sie dann noch im Laufe des Tages verhören, das hoffte zumindest Claesson, aber das war wahrscheinlich zu viel erwartet. Ansonsten musste das eben bis Montag warten. Louise Jasinski, die solche Dinge realistischer beurteilte, hielt das für das Wahrscheinlichste. Schließlich hatte sie jahrelang zu Hause versucht, Termine zu koordinieren. Sie ging schon lange nicht mehr davon aus, dass etwas schnell gehen würde.

Das Studentenwohnheim lag auf einer Anhöhe und wurde aus dem einfachen Grund als das alte Schülerheim bezeichnet, weil es auch ein vor etwa fünfzehn Jahren gebautes, neueres Wohnheim gab, das, weniger naturschön, etwas weiter unten am Hang lag. Beide Schülerheime gehörten ursprünglich zu einer Volkshochschule, nahmen aber inzwischen auch andere Studenten auf.

Dieser Umstand war ihnen anfangs nicht bewusst gewesen, aber Louise Jasinski hatte sich erkundigt und erläuterte den Sachverhalt nun den anderen im Auto. Lundin saß am Steuer, Claesson neben ihm und Louise auf der Rückbank. Lundin legte den zweiten Gang ein und fuhr langsam den Hang hinauf. Hohe, schwankende Bäume säumten den Kiesweg. Der Himmel war grauviolett. Es wehte eine schwache Brise.

Das alte Holzhaus hatte zwei Stockwerke und war hellbeige angestrichen.

»Wie alt mag dieses Schülerheim wohl sein?«, wollte Louise wissen.

»Tja, vielleicht ist es aus den zwanziger- oder den dreißiger Jahren«, schätzte Lundin.

»Gemütlich«, meinte sie.

Claesson nickte. Er war ganz ihrer Meinung. Es war ein schönes Gebäude. Der Komfort sei bescheiden, hatte er sich sagen lassen. Aus diesem Grund war das Heim auch bei Studenten beliebt, denen eine niedrige Miete wichtiger war als eine eigene Dusche und eine moderne Einrichtung. Die Atmosphäre und das Schäbige waren inklusive.

Die Volkshochschule lag nebenan, ein prächtiges rostrotes Gebäude mit Glockenturm und zwei weiß gestrichenen Säulen, die das Entree flankierten. Eine vergleichsweise großzügige Anlage mit Bäumen und Rasenflächen umgab die Gebäude. Der Park war gepflegt. »Hier haben es die Studenten sicher gut«, dachte Claesson. Falls sie überhaupt aus ihren Büchern aufzuschauen oder von ihren sonstigen Betätigungen abzulassen vermochten.

»Im Frühling muss es hier wunderbar sein«, rief Louise, als hätte sie seine Gedanken gelesen.

Zwischen den Bäumen war am Fuß des Hanges ein Mietshaus zu sehen, und wenn man sich richtig anstrengte, dann ließen sich sogar der Kirchturm und ganz weit weg ein Stück Meer ausmachen, braungrün mit weißem Schaum vor einem schwarzen Himmel.

Inzwischen lagen die Gebäude recht zentral, und die Stadt war um sie herumgewachsen. »Es ist ruhig und trotzdem recht nah zum Marktplatz, zum Einkaufszentrum und nicht zuletzt zum Systembolaget, dem staatlichen Alkoholverkauf«, dachte Claesson und sah die feuchtfröhlichen Feste der Studenten vor sich.

Sie mussten auf den Hausmeister warten, der ihnen aufschließen sollte.

»Ein Glück, dass sie das nicht abgerissen haben«, meinte Lundin. »Wirklich schlimm, wie sie einige Jahre lang gewütet haben.«

»Stimmt. Einige Städte wurden vollkommen zerstört«,

pflichtete ihm Claesson bei. »Wahrscheinlich hatte man es einfach zu eilig damit, allen Leuten zu Komfort zu verhelfen.« Er kratzte sich am Kinn.

»Damals haben sie vermutlich auch den Ringvägen um die Stadt gebaut«, meinte Louise. »Der ist gar nicht so schlecht. Da bleiben einem im Zentrum die Autos erspart.«

»Das schon«, stimmte ihr Lundin zu, »aber alle die schönen Holzhäuser, die sie dafür platt gemacht haben! Du erinnerst dich vermutlich nicht, aber die südliche Hälfte des Zentrums war eine richtige Idylle. Jedenfalls nach heutigen Maßstäben. Natürlich waren die Häuser zugig und unbequem, mit Trockenklosett auf dem Hof und nur kaltem Wasser, aber hätte man sie stehen lassen und später renoviert, dann wäre das Zentrum heute ein richtiger Touristenmagnet.«

Das Schulgelände strahlte einen gewissen verkommenen Charme aus, war aber nicht regelrecht heruntergekommen. Ein Meer von Fahrrädern stand an der einen Längswand des Hauses, einige hatte der Wind umgeblasen. In einiger Entfernung lag der Parkplatz. Er war fast leer. Es war Sonntag, und die Lehrer hatten frei.

Sie drehten sich um. Ein Auto kam den Abhang heraufgefahren, aber es war nicht der Hausmeister, sondern Peter Berg mit Erika Ljung. Sie betrachteten das Wohnheim eingehender. Es hatte zwei Stockwerke und einen Speicher. An den Längsseiten lagen die Sprossenfenster relativ dicht. Das Entree befand sich in der einen Giebelwand, genau gegenüber lag ein kleinerer Kücheneingang, wahrscheinlich eine Art Notausgang.

»Man merkt, dass Studenten hier wohnen«, meinte Lundin und betrachtete die Hauswand.

»Du meinst wegen der ganzen Fahrräder?«, wollte Claesson wissen.

»Nein, alle Fenster sind ungeputzt, und irgendwelche Fetzen hängen an den Gardinenstangen«, entgegnete Lundin.

»Da bin ich aber baff, dass dir so etwas auffällt«, meinte Louise. »Bist du etwa derjenige, der bei euch zu Hause die Fenster putzt?«

Darauf antwortete Lundin nicht.

»Es erinnert mich an ein Wohnheim, in dem ich selbst einmal gewohnt habe«, erklärte er und klang altmodisch und feierlich. »Aber das war in der Großstadt. In Stockholm.«

»Ich habe zwei Durchgänge hinter mir, sowohl die Schwesternschule als auch die Polizeihochschule«, sagte Louise. »Als ich Krankenschwester werden wollte, wohnten wir neben der Schule in einem klosterähnlichen Gebäude. Jedenfalls kam es einem so vor. Nur Mädchen. Kein Herrenbesuch. Damals herrschte noch Zucht und Ordnung! Das war wirklich aufregend, wenn man versuchte, seinen Freund einzuschmuggeln. Das Verbotene hat schon immer einen starken Reiz ausgeübt.«

Lundin und Claesson grinsten zustimmend.

»Man könnte glauben, das sei in der Steinzeit gewesen«, warf Peter Berg ein, der sie eingeholt hatte.

Polizeiassistentin Erika Ljung, deren Nasenspitze aus dem Kragen einer riesigen Daunenjacke hervorschaute, war frierend vor dem Haupteingang stehen geblieben. Die anderen hatten eine Runde ums Haus gedreht und bewegten sich jetzt wieder auf Erika zu.

»Scheint wirklich gemütlich hier zu sein«, sagte sie, hielt sich den Kragen mit einer Hand zu und betrachtete die Fassade mit ihren pfefferkuchenbraunen Augen. »Ich würde gerne mal wissen, wie viele von den Fahrrädern geklaut sind«, fuhr sie fort und schaute auf die mehr oder minder glänzenden Lenker.

»Ziemlich viele«, vermutete Lundin.

»Aber das braucht uns jetzt nicht zu kümmern«, kommentierte Louise und stampfte mit den Füßen.

»Vielleicht gehört eines von denen Malin Larsson. Wir sollten auf jeden Fall versuchen, ihr Fahrrad zu finden«, sagte Claesson.

Sie hörten ein Motorengeräusch. Der Lieferwagen der Spurensicherung kam langsam den Berg hoch.

»Dann sind wir bald vollzählig«, meinte Claesson. »Aber

wo zum Teufel bleibt der Hausmeister? Wo sind wir mit ihm verabredet?«

Er wandte sich an Louise.

»Draußen. Also hier. Vermutlich ist er das ja«, erwiderte sie und deutete auf einen Mann, der hechelnd hinter dem Lieferwagen herradelte.

Das sah anstrengend aus. Er kämpfte sich im Gegenwind den Hang hinauf, kam immer näher und hielt schließlich elegant schleudernd vor ihnen, sodass der Kies in alle Richtungen stob. Er grüßte mit gut gelauntem Lächeln und nahm seinen Fahrradhelm ab. Er schwitzte.

Der Hausmeister war ein gut aussehender Mann um die dreißig. Er ließ die Polizisten nicht im Zweifel darüber, dass er genauso hilfsbereit, aber auch neugierig war wie alle anderen Leute in vergleichbaren Situationen. Zurückhaltend betrachteten sie ihn. Trotz seines Eifers, endlich ans Werk schreiten und die geheimnisvolle Tür öffnen zu dürfen, konnte er es nicht unterlassen, Erika ein paar begehrliche Blicke zuzuwerfen, während er sein modernes Bike nach allen Regeln der Kunst am Fahrradständer festkettete. Sie waren diese Art von Flirt gewohnt. Claesson registrierte ihn genau wie die anderen. Erika war die Schönheit der Truppe.

»Eine schöne Frau wird leicht zum Objekt«, dachte Claesson. Nach den Ereignissen des letzten Frühjahrs schienen diese Blicke Erika Mühe zu bereiten. Sie war reserviert und spürbar auf der Hut. Dass sie sich dafür entschieden hatte, unscheinbar zu wirken, machte sie aber kaum weniger attraktiv. Eher im Gegenteil. Diese Unnahbarkeit fanden viele noch aufregender.

Die Aufgabe des Hausmeisters war es, das Zimmer der Toten aufzuschließen. Weder mehr noch weniger. Bereits vor dem Haupteingang zog er einen riesigen Schlüsselbund aus der Jackentasche und klapperte damit. Dann ging er im Vollgefühl seiner Wichtigkeit mit federnden und selbstbewussten Schritten auf die hohe, grün gestrichene Flügeltür unter einem kleinen, ziegelgedeckten Vordach zu. Die anderen folgten ihm schweigend.

Sie stiegen ein paar Treppenstufen hoch, eine Glastür auf einen Korridor wurde aufgeschlossen, und dann ging es durch einen dunklen Gang an geschlossenen und angelehnten Türen vorbei. Aus einem Zimmer dröhnte Hardrock, sonst war es recht still. »Sonntag«, dachte Louise.

Ein dunkellockiger Jünglingskopf schaute am hinteren Ende des Korridors aus einer Tür. Neben ihm tauchte ein weiterer Kopf auf, der einer kurzhaarigen Frau. Die Polizisten kümmerten sich einstweilen noch nicht um sie.

Louise wusste, dass der übermütige Hausmeister bald enttäuscht sein würde. Sie würden ihn nämlich wegschicken, sobald das Schloss zu Malin Larssons einfachem Zimmer geöffnet war.

Technik-Benny trat in Begleitung der ehrgeizigen jungen Dame, die erst kürzlich bei der Spurensicherung angefangen hatte, ins Zimmer. Die anderen blieben in der Tür stehen, aber da der Raum nicht groß war, konnten sie sich von der Schwelle aus einen guten Überblick verschaffen. Der leicht entrüstete Hausmeister verweilte auf dem Korridor und fuhr damit fort, Erika, wenn auch aus dem Halbdunkel, zu betrachten.

»Sehr viel leerer könnte das Zimmer nicht sein«, meinte Claesson.

»Nein«, sagte Lundin.

»Und auch nicht klaustrophobischer«, meinte Louise. »Da ist es ja!«, sagte sie und deutete auf das Handy, das, angeschlossen an ein schwarzes Kabel, auf dem Schreibtisch lag. »Was habe ich gesagt!«

»Niemand hat dir widersprochen«, brummte Lundin und beugte sich vor, um die Toilettentür, die genau neben der Zimmertür lag, mit einem Stoß zu öffnen. Er wollte einen Blick hineinwerfen, aber Benny sah ihn so finster an, dass er sein Vorhaben aufgab.

»Keine Dusche«, sagte Lundin laut.

So viel hatte er nämlich gesehen.

»Wahrscheinlich auf dem Gang«, meinte Benny und wickelte das Handy in Alufolie ein, damit keine neuen Nachrichten die für sie wichtigen Informationen verdrängten. »Eine Goldgrube«, sagte er, als er es wegpackte, um es im Präsidium genauer unter die Lupe zu nehmen.

Sie berieten sich auf dem Korridor.

»Hier ist nichts weiter Auffälliges. Sehr aufgeräumt, wirkt unberührt. Kleines Zimmer. Sehr wenige Habseligkeiten oder persönlicher Besitz, aber schließlich hat sie auch nur ein paar Monate dort gewohnt«, sagte Claesson. »Erika und Berg können damit anfangen, die Mitstudenten vom Korridor zu verhören, und dann im ersten Stock weitermachen«, befahl er. »Wir helfen euch dann. Später kommt noch Verstärkung und hilft ebenfalls mit. Lundin, Jasinski und ich schauen uns das Zimmer näher an, wenn uns Benny endlich reinlässt. Übrigens, die Post! Wo ist der Hausmeister hin?«

»Ich glaube, er ist wieder gegangen«, antwortete Peter Berg.

»Hast du ihn nicht gebeten zu warten?«

Claessons Stimme klang verärgert.

»Da ist er«, sagte Erika Ljung.

Der Hausmeister trat aus einem Raum, der am anderen Ende des Ganges lag. Claesson sah ihn so durchdringend an, dass er meinte, sich rechtfertigen zu müssen.

»Ich war auf der Toilette«, sagte er.

»Die Post, wo landet die?«

»Da draußen«, erklärte der Hausmeister und deutete Richtung Treppenhaus, wo sie in der Tat vorher Briefkästen gesehen hatten.

»Sind die Briefkästen abgeschlossen?«

»Ja.«

»Wer hat die Schlüssel?«

»Der Briefkastenschlüssel wird mit dem Zimmerschlüssel zusammen ausgegeben. Ich müsste aber einen Zweitschlüssel haben«, meinte er.

»Wir wollen es hoffen«, sagte Claesson ruhig.

Der Hausmeister suchte an seinem riesigen Schlüsselbund. Claesson hatte den Verdacht, dass er sehr wohl wusste, um welchen Schlüssel es sich handelte, sie aber auf die Folter spannen wollte. Schließlich steckte er dann aber doch den richtigen in Schloss und sperrte auf. Sie sahen sofort, dass in Malin Larssons Fach nicht sonderlich viel lag. Überwiegend Reklame. Claesson ließ alles liegen. Benny sollte sich später darum kümmern.

»Wir würden den Briefkasten- und Zimmerschlüssel gern behalten, jedenfalls vorläufig«, sagte Claesson an den Hausmeister gewandt.

»Ich darf Ihnen die nicht einfach so aushändigen.« Der Hausmeister zierte sich.

»Natürlich nicht. Aber hier geht es um die Aufklärung eines Verbrechens. Wir wollen sie auch gar nicht behalten, sondern nur eine Weile ausleihen. Wollen Sie erst noch Ihren Chef fragen?«

»Nein, das ist nicht nötig«, entgegnete der Hausmeister immer noch zögernd. »Aber okay, Sie können sie so lange behalten!« Er löste die beiden Schlüssel vom Bund. »Ich muss sie aber zurückbekommen«, unterstrich er noch einmal, als er sie Claesson überreichte.

»Hat außer Ihnen noch jemand einen Schlüssel?«

»Ja. Ein Satz Schlüssel liegt immer in der Verwaltung. Weggeschlossen.«

Claesson nickte.

»Wie viele Zimmer gibt es hier insgesamt?«, fragte er.

Der Hausmeister fuhr sich mit der Hand über den Mund und schien nachzurechnen.

»Acht unten und acht oben«, antwortete er.

»Mit anderen Worten: sechzehn.«

Claesson erhielt ein Nicken zur Antwort.

»Können Sie mir eine Liste der Mieter geben?«

Der Hausmeister sah plötzlich ganz müde aus.

»Es ist nicht so leicht, heute eine aufzutreiben. Die liegen im Büro, bei der Verwaltung.«

»Das geht sicher. Wollen Sie, dass Ihnen einer meiner Beamten dabei behilflich ist?«

»Nein, nicht nötig. Ich kümmere mich drum. Aber ...«
»Aber was?«
»Es sind nicht unbedingt die Leute mit dem Mietvertrag, die hier tatsächlich wohnen. Einige verreisen und untervermieten dann.«
»Wissen Sie, wer?«
»Eigentlich müssen wir Untervermietungen genehmigen, aber manchmal ...«
Er schaute zur Seite.
»Natürlich«, erwiderte Claesson. »Wir beginnen jedenfalls mit einer Liste derer, die offiziell hier wohnen.«
Dann wandte sich Claesson an Peter Berg, der gerade wieder aufgetaucht war.
»Könntest du dafür sorgen, dass beim Verhör der Mieter darauf geachtet wird, wer tatsächlich hier wohnt und wer nur im Mietvertrag steht? Ich möchte eine Auflistung aller Zimmer und sämtlicher Mieter.«
»In Ordnung«, sagte Berg.
Nach und nach durften auch Claesson, Lundin und Jasinski das anspruchslose Studentenzimmer betreten, wobei das Gefühl entstand, es sei überfüllt. Der Raum war sehr klein, es wurde eng.
»Man stelle sich vor, wie einfach das Leben sein könnte, wenn man nur das Allernotwendigste hätte«, sagte Lundin seufzend und ließ den Blick über Wände und Boden schweifen. »Ein Dach über dem Kopf, Heizung, ein Bett und etwas Musik. Dann könnte man sein Leben mit Gedanken füllen statt mit Dingen.«
»Jetzt hält dich auch niemand vom Denken ab«, meinte Claesson trocken und zog eine Kommodenschublade heraus.
Louise hatte begonnen, in einem Tagebuch zu blättern.
»Schau mal!«, rief sie eilig Lundin zurück, der sich überflüssig vorgekommen war und bereits auf dem Weg nach draußen befand. Gleichzeitig wandte sie sich Claesson zu. »Der letzte Eintrag ist von Allerheiligen, Samstag, dem 3. November. Wie viele Tage ist das her?«

Sie schloss die Augen, während sie nachrechnete.

»Fünfzehn«, warf Benny ein und schob sie beiseite.

»Also mehr als zwei Wochen«, fuhr sie fort. »Da lebte sie noch. Hört mal zu!« Sie hielt das Tagebuch hoch und las laut: »›Dieses Jahr endet gut. Ich habe eine Freundschaft geschlossen. Vielleicht mehr als eine Freundschaft‹ ... und dann kommen nicht weniger als ein, zwei ... drei Fragezeichen.«

»Ein Liebhaber natürlich«, sagte Claesson.

»Ja, hat ganz den Anschein«, stimmte ihm Lundin zu.

Die Bedürfnisse und das Leben der Menschen waren recht ähnlich, zu dieser Einsicht waren sie schon lange gekommen.

»Oder eine Liebhaberin«, sagte Louise spöttisch, und Claesson, der gerade den Inhalt des Kleiderschranks in Augenschein nahm, hielt inne und starrte sie an.

»Wir brauchen die Sache ja nicht unnötig zu komplizieren, aber wenn du meinst ...«

Er zuckte mit den Achseln.

»Klar, natürlich könnte das sein«, pflichtete ihr Lundin bei und raufte sich sein dünnes Haar, das zu Berge stand. »Aber Frauen erwürgen ihre Opfer nur im seltensten Fall.«

»Äußerst selten«, sekundierte Claesson. »Egal, welchen Geschlechts sie ist: Wir müssen diese Person ausfindig machen. Steht irgendwo ein Name?«

Louise blätterte und überflog die Seiten.

»Auf die Schnelle kann ich nichts entdecken.«

»Könntest du dir das Tagebuch genau anschauen? Wenn du willst, im Präsidium. Am liebsten noch heute.«

»Okay«, willigte sie ein. Ihr war ohnehin schon klar, dass es spät werden würde.

»Frauen sind nicht stark genug, um jemanden zu erdrosseln«, fuhr Lundin fort, »es sei denn, das Opfer ist eindeutig schwächer, beispielsweise ein Kind.«

Er stand neben der Tür, und wegen seiner Größe hielt er den Kopf – wie er das immer tat – leicht vorgebeugt, um nicht am Türrahmen anzustoßen und allen schräg von oben in die Augen sehen zu können.

Die anderen ignorierten seine Bemerkung. Sie hatten sie aber alle gehört. Es ging um Mütter, die ihre Kinder töteten. Das hatten sie selbst schon erlebt, aber es war so schmerzlich, dass sie sich ungern daran erinnerten.

»Nein, Frauen haben nicht die Kraft, jemanden zu erwürgen«, meinte Louise zerstreut, da sie gleichzeitig im Tagebuch las. »Ein Küchenmesser ist da schon besser«, sagte sie und schaute auf.

Claesson blickte rasch zu ihr hinüber. »Sie ist nicht in Form«, dachte er.

Benny Grahn war fertig. Er würde sich um die Kleider kümmern, Fasern sicherstellen und eventuelle Körperflüssigkeiten analysieren.

»Es herrscht eine vorbildliche Ordnung«, meinte Benny und wandte sich an Claesson. »Du wirst keine Überraschungen finden.«

Wäsche und Pullover lagen sorgfältig aufgestapelt. Die Kleider waren nicht abgetragen, frisch gewaschen, kein Luxus. Nichts Außergewöhnliches.

»Sie muss ihre Habseligkeiten irgendwo anders aufbewahren«, sagte Claesson. »Das hier kann doch nicht alles sein?!«

Er dachte an Cecilia, die seinen und Veronikas Keller komplett mit Kram voll gestellt hatte, den sie in ihrem Studentenheimzimmer in Lund nicht brauchte. Die Kisten und Kartons wäre er gern los gewesen. Sie hätte zumindest mal ausmisten können. Aber taktvoll hatte er es unterlassen, sie darauf hinzuweisen.

Louise blätterte in dem Tagebuch zurück. Der Text ging ihr nahe. Sie wurde wehmütig. Inhalt und Ton kamen ihr schmerzlich bekannt vor.

»Eine ordentliche junge Dame«, kommentierte Claesson erneut und baute sich mitten im Zimmer auf. Methodisch suchte er die Wände mit seinem Blick ab.

Louise hörte ihm nicht zu. Sie stand immer noch mit dem Tagebuch in der Hand da und versuchte ihr eigenes, im Augenblick jämmerliches Leben auf Abstand zu halten.

Ich hatte Pech im Leben. Wieso kam es nur so? Sicher wird es jetzt anders. Sonst gäbe es keine Gerechtigkeit. Ich muss mich selbst mehr mögen. Vielleicht? Mir nicht nur wünschen, dass die anderen mich mögen. Obwohl ich schwierig sein kann!

Malin Larsson verwendete zahlreiche Ausrufe- und Fragezeichen. »Diese kurzen Sätze könnten von mir stammen«, dachte Louise. »Zumindest in meiner jetzigen Verfassung. Obwohl ich es nicht ganz so gefühlvoll ausgedrückt hätte.«

Die ewige Sehnsucht nach jemandem fand sich auf jeder Seite des Tagebuchs. Neunmalkluge Formulierungen, eine Spur kindisch, wenn man bedachte, dass die Frau, die sie niedergeschrieben hatte, schon über zwanzig war. Andererseits war das Tagebuch privat. Die leeren Seiten zu füllen war ihr Ventil und vielleicht auch ihr großer Trost gewesen. Dort hatte sie ihre Schmerzen entladen und ihren Gefühlen freien Lauf lassen können. Leere Seiten, auf die sie die Düsternis ihres Herzens entleeren und auf denen sie Gedanken und Gefühle formulieren konnte, damit das Dasein etwas begreiflicher wurde. »Dafür ist ein Tagebuch vermutlich da«, dachte Louise. »Es ist ein schweigender Freund, der immer verfügbar ist. Liebes Tagebuch! Vielleicht sollte ich ja wieder anfangen?«, kam es ihr in den Sinn. Sie hatte wirklich das Bedürfnis, aber wann sollte sie die Zeit finden? Sie erinnerte sich an einen Versuch in der frühen Jugend, aber daraus war nicht viel geworden. Sie war viel zu unruhig und rastlos gewesen, um etwas zu Papier zu bringen.

Vielleicht waren das ja Spuren von Tränen? Sie blätterte. Zerknittertes Papier oder zerflossene Tinte? Sie fand nichts dergleichen. Benny sollte das anschauen.

Manchmal klang der Text aber auch zuversichtlich. Es gab nicht nur Einsamkeit und Sehnsucht. Am Freitag, dem 7. September, war es Malin Larsson leicht ums Herz gewesen.

Es herrschte klares Wetter, als ich nach Hause ging. Ich fühlte mich frei. Nichts hält mich hier fest. Die anderen in der Klasse sind nett, und mir gefällt der Unterricht. Ich wagte es, geradeaus zu schauen, als ich nach Hause ging. Ich schaute nicht zu Boden. Fühlt man sich so dabei?

Zwischen diesen einzelnen Bekundungen der Freiheit argumentierte Malin Larsson für die eigene Existenzberechtigung und für ein Recht auf Liebe und Gemeinschaft. Das war unschwer zu erkennen. Die Worte standen da, schwarz auf weiß. Außerdem war sie sehr selbstkritisch.

Ich muss mich zusammenreißen. Ich darf nichts überstürzen. Nie wütend werden. Ich muss versuchen, immer fröhlich zu sein. Vielleicht funktioniert es ja dann.

»Die Ärmste!«, dachte Louise. »Das einsame Opfer.« Malin Larsson ließ sich offenbar sehr von den Ansichten ihrer Umgebung beeinflussen. »Da ist sie nicht die Einzige«, erkannte Louise Jasinski und schlug das Tagebuch zu.

»Wie viele Leute wohnen insgesamt hier im Haus?«, fragte Peter Berg Claesson auf dem Korridor.

»Sechzehn Personen«, antwortete dieser und sah den Hausmeister an.

Peter Berg und Erika Ljung wechselten einen raschen Blick, und Erika verzog fast unmerklich die Miene.

»Mit anderen Worten sind noch recht viele übrig«, sagte Peter leise.

Während sie auf Verstärkung warteten, teilten sie die restlichen Zimmer unter sich auf. Der Hausmeister stand immer noch herum, weil er sich der Hoffnung hingab, Erika zumindest mit den Blicken einfangen zu können. Außerdem hielt ihn seine Neugier zurück. Erika bewegte sich immer angespannter, ihre Feindseligkeit war deutlich zu bemerken.

»Sie waren uns wirklich eine große Hilfe«, sagte Claesson schließlich zum Hausmeister. »Es wäre gut, wenn Sie jetzt versuchen könnten, uns eine Liste der Mieter zu beschaffen.«

»Jetzt?«, erwiderte dieser, als hätte er nicht begriffen, dass es eilig war.

»Am liebsten sofort«, sagte Claesson mit Engelsgeduld, wobei er sich über die offensichtliche Begriffsstutzigkeit des

Hausmeisters wunderte. »Wir haben ja Ihre Telefonnummer, falls wir Sie brauchen. Ihr Handy ist doch eingeschaltet?«

»Klar«, erwiderte der andere und deutete auf sein Mobiltelefon, das in einem Etui an seinem Gürtel hing. »Dann werd ich mal die Liste zusammenstellen«, murmelte er und versuchte einen letzten Blick auf Erika Ljung zu erhaschen, während er den Korridor entlangtrottete.

Endlich waren zwei uniformierte Polizisten eingetroffen. Claesson wies sie an, darauf zu achten, wer kam und ging.

Nach einer Weile rief der Hausmeister an und teilte stolz mit, dass er mit der Liste der Mieter im Anmarsch sei. Sie bräuchten nur noch abzuhaken. »Da hat er jetzt wirklich nicht lange gebraucht«, dachte Claesson. »Es kommt halt immer auf den Anreiz an – oder den Druck, dem man ausgesetzt ist.«

Claesson hatte bereits am Morgen mit Gotte telefoniert, der sich um weitere Verstärkung kümmern wollte, zumindest ab Montag. »Es wird viel Zeit in Anspruch nehmen, alle Studenten im alten Schülerheim sowie die Mitstudenten von der Hochschule für Krankenpflege zu verhören«, dachte er, während er versuchte, sich einen Überblick zu verschaffen. Bisher hatten sie nur kurz mit der Rektorin und ein paar wenigen Mitstudenten gesprochen. Das Sekretariat der Hochschule für Krankenpflege war nicht von der Abwesenheit Malin Larssons in Kenntnis gesetzt worden. Claesson selbst hatte mit der Rektorin, der eleganten Elisabeth Hübermann gesprochen, die natürlich entsetzt war. Abgesehen von den tragischen Ereignissen, stand ja der Ruf der Schule auf dem Spiel. Er hatte sie gefragt, ob sie etwas unternommen hätten, wenn sie erfahren hätten, dass eine Studentin unentschuldigt fehlte. Sie hatte sehr unschlüssig gewirkt. Man würde immer erst etwas warten. Normalerweise würden die Studenten früher oder später wieder auftauchen, hatte sie dann ehrlich, aber mit ängstlichem Unterton geantwortet. Sie befürchtete, die Schule könnte etwas verabsäumt haben und dass ihre Vorschriften nicht ausreichten. Sie hatte Angst, dass man der Schule und ihr selbst Vorwürfe machen würde und – was noch schlimmer war – dass die Medien sie durch den Schmutz ziehen würden. Es bestehe immer das Bedürfnis, einen Sündenbock zu finden, hatte sie gesagt, und Claesson hatte sich die Bemerkung verkniffen, dass das genau seinen Erfahrungen entspreche. Stattdessen hatte er versucht, die Rektorin zu beruhigen, ihr zugehört und es vermieden, über eine eventuell bevorstehende öffentliche Schmutzkampagne nachzudenken. Wenn ein Student das Studium an den Nagel hänge, würde die Hochschule das früher oder später erfahren, erzählte sie. Das Studiendarlehen werde nicht ohne Nachweis bestandener Prüfungen ausgezahlt. Das wüssten alle. Aber eine dahin gehende Anfrage sei nie an sie gerichtet worden.

Dieselben neugierigen Gesichter, die bei ihrem Kommen aus der Küchentür geschaut hatten, tauchten jetzt wieder auf. Sie gehörten einem jungen Mann mit dunklem, gewelltem Haar und einer blonden Studentin. Peter Berg ging rasch auf die beiden in der Küche zu.

In Anbetracht der vielen Bewohner war die Küche sehr klein. Nichtsdestotrotz hatte man einen ziemlich großen, rechteckigen Tisch hineingestellt. An der Spüle und vor dem Herd, der schon seit Ewigkeiten nicht mehr geputzt worden war, wie Peter Berg angewidert feststellte, war es sehr eng. Braunschwarze Ablagerungen, Fett und übergekochte Milch hatten sich zwischen den Kochplatten ins Email gefressen. Die türkisfarbenen Türen des darüber hängenden Schrankes waren stumpf und zerkratzt.

Am Tisch saß der lockige junge Mann zusammen mit einer blassen, schmächtigen Frau in einem großen Pullover aus demselben Garn, das man auch für Wollsocken verwendet. Peter Berg stellte sich vor, und sie folgten seinen Bewegungen mit ernstem Blick.

»Malin Larsson ist tot aufgefunden worden«, begann Peter Berg und nahm sich einen Stuhl.

Am Küchentisch wurde es plötzlich vollkommen still. Mit großen Augen sahen sie sich an.

»Es stimmt also«, sagte der junge Mann leise.

»Aber doch nicht hier?«, fragte die überaus zarte Frau mit überraschend kräftiger Stimme.

»Nein, nicht hier. Man hat sie außerhalb der Stadt gefunden, und wir versuchen jetzt herauszufinden, was vorgefallen ist und wann. Deswegen würde ich Ihnen gern ein paar Fragen stellen.«

Die beiden nickten, und Peter Berg zog sein Notizbuch hervor. Er hatte seine gefütterte Winterjacke anbehalten und spürte nun, wie der Pullover, den er darunter trug, zu kleben begann, aber er wollte das begonnene Gespräch nicht damit unterbrechen, seine Jacke abzulegen.

Er wandte sich an die junge Frau, die ihre Beine angezogen und wie ein Kind den Pullover über die Knie gestülpt hatte.

»Wann haben Sie sie zuletzt gesehen?«

Sie zuckte mit den Achseln. Ihr Haar war kurz, fast stoppelig und gelbblond, als sei es gefärbt. Sie hatte Wachs, Fett oder etwas Ähnliches aufgetragen, was ihre Frisur gestreift aussehen ließ.

»Das ist schon eine Weile her. Vor den Novemberferien. Wir haben uns über sie unterhalten, also wir auf dieser Etage.«

»Ja, darüber, dass sie schon eine Weile niemand mehr gesehen hat«, mischte sich der junge Mann ein.

»Wie oft haben Sie sie normalerweise getroffen?«, wollte Peter Berg wissen.

»Jeden Tag«, antwortete die junge Frau, die Sanna hieß.

»Ja, jeden Morgen. Fast. Beim Frühstück«, meinte der Gelockte.

»Vor den Novemberferien, haben Sie gesagt. Also vor Allerheiligen?«, fragte Peter Berg.

Sie nickten.

»Wir sind weggefahren, aber sie ist hier geblieben. Sie erklärte, das sage ihr zu«, meinte Sanna.

»Wissen Sie, wie viele Studenten sonst noch hier waren?«

»Nein«, antwortete der Lockige.

»Ich glaube, nur sie«, sagte Sanna. »Jedenfalls von unserem Stockwerk.«

»Denken Sie doch mal ganz genau nach«, forderte Peter Berg die junge Frau auf, »wann genau haben Sie sie zuletzt gesehen?«

Sie biss sich auf die Unterlippe.

»Am Freitag gegen zwölf. Hier auf dem Korridor. Ich war auf dem Weg zur Bahn, und sie wollte in die Küche. Sie sagte so was wie: ›Gute Reise!‹, und winkte«, erzählte Sanna und wedelte mit einer Hand. »Sie war ganz nett«, meinte sie und schaute zu Boden.

»Und Sie?«, wandte sich Peter Berg an den Lockigen.

»Etwas später, vielleicht gegen drei. Ich habe sie vor dem Haus getroffen. Also hier. Sie kam aus der Stadt, und ich war auf dem Weg dorthin, um von dort den Bus nach Stockholm zu nehmen.«

»Sie meinen, sie war zu Fuß?«

Er nickte. »Sie ist also in der Stadt gewesen und zurückgekommen«, dachte Peter Berg.

»Sie hatte ihr Fahrrad dabei, hat es aber geschoben. Vor dem Wohnheim ist es recht steil«, sagte der Lockige, der Jonathan hieß. »Man muss eine gute Gangschaltung haben, wenn man mit dem Fahrrad da hochkommen will.«

»War sie allein, oder hatte sie Gesellschaft?«

»Sie war allein.«

»Hatte sie eine Tasche oder eine Tüte?«

»Vielleicht hatte sie eine Tüte mit Lebensmitteln am Lenker hängen, aber da bin ich mir nicht sicher. In ihrem Fach im Kühlschrank liegen übrigens noch irgendwelche Sachen.«

Peter Berg sah sie an.

»Dann liegen die da schon eine ganze Weile?«

»Ja«, antwortete Jonathan. »Es passiert nicht oft, dass jemand den anderen hinterherräumt. Höchstens wenn Fredrika Küchendienst hat. Sie ekelt sich so leicht und räumt immer auf. Den anderen ist das egal.«

»Fredrika. Wie heißt sie weiter?«

»Fredrika Holst.«

Berg schrieb den Namen auf.

»Könnten Sie mir Malin Larssons Fach zeigen?«

Sanna sprang auf und öffnete den Kühlschrank. Jedem stand ein Drittel eines Fachs zu. Auf den Milch- und Dickmilchkartons in der Tür standen Namen, mit Filzschreibern draufgemalt. *Malin* las Berg auf einem Literkarton Magermilch, die bis zum 7. November haltbar gewesen war.

In Malins Fach befanden sich eine Tube Kaviarcreme, ein kleines Paket Butter, ein Karton mit sechs Eiern, ein Glas Orangenmarmelade und kleiner Becher Jogurt, der vermutlich ranzig war, sowie zwei abgepackte Koteletts, die ihre besten Tage wahrscheinlich hinter sich hatten. Berg schloss die Tür.

»Fassen Sie bitte nichts an!«, ermahnte er die beiden.

Sie nickten ernst. Peter Berg verließ sie und ging hinaus zu Benny, um ihm mitzuteilen, was noch zu tun sei. Dann kam er zurück.

»Wissen Sie, was sie für ein Fahrrad hatte?«, fragte er dann den Lockigen, der so mager war, dass seine Kleider, ein rotes T-Shirt und eine Cordhose, lose an ihm herabhingen.

»Nicht genau, aber vermutlich würde ich es wiedererkennen, wenn ich es vor mir sähe.«

Peter Berg nahm sich vor, ihn später zum Fahrradständer zu begleiten. Er lehnte sich zurück, wobei die Rückenlehne des Küchenstuhls bedenklich knarrte. Er legte seinen Stift beiseite, verschränkte die Arme auf der Brust und betrachtete sie nacheinander. Beide erwiderten ängstlich und etwas verwundert seinen Blick, und das war auch beabsichtigt.

»Was wissen Sie über Malin?«, fragte Peter Berg dann. »Denken Sie nach. Gründlich. Hatte sie einen Freund? Was wissen Sie über ihre Familie? Über ihre Kollegen?«

Berg sprach so vollmundig wie ein Pfarrer von der Kanzel herab und sah sie abwechselnd aufmerksam an, aber keiner der beiden schien antworten zu wollen.

»Nicht viel«, sagte Sanna schließlich, aber Peter Berg bemerkte, dass sie Jonathan einen raschen Blick zuwarf, als hätten sie sich darauf geeinigt, etwas zurückzuhalten.

Also wiederholte er seine Frage mit genau denselben Worten, aber schaute sie finsterer dabei an.

»Also, gibt es etwas, was Sie mir sagen wollen? Es ist wichtig. Das ist kein Spiel.«

»Als ob sie das je geglaubt hätten«, dachte er dann. Aber man durfte keinen Zweifel daran lassen. Schließlich war nie wirklich abzuschätzen, was den Leuten im Kopf herumging.

»Vielleicht«, antwortete Sanna zögernd, zog ihre Beine aus dem Pullover und stellte ihre Füße auf den Boden.

Peter Berg wartete ab und stellte abermals fest, dass er zu warm gekleidet war. Seine Wangen röteten sich.

»Sie hat nichts über ihren Hintergrund gesagt. Jedenfalls erinnere ich mich nicht«, erzählte Sanna. »Aber es hatte den Anschein, als hätte sie jemanden kennen gelernt.«

»Jemanden?«

»Tja, sie hat nicht darüber gesprochen. Sie gehörte nicht zu den Leuten, die viel erzählen. Sie war recht schüchtern.«

»Und warum glauben Sie dann, dass sie jemanden kennen gelernt hatte?«

»Sie hat sich recht lang mit einem Jungen im Pub unterhalten. Vielleicht war sie ja mit ihm zusammen«, sagte Sanna und ließ ihren Blick aus dem Fenster und dann zur Spüle schweifen. Schließlich sah sie ihren Mitbewohner an.

»Aber darüber weißt du nichts«, sagte dieser unwirsch und blickte sie finster an.

Sie verstummte.

»Raus mit der Sprache!«, ermahnte sie Peter Berg. »Wer ist es?«

»Weiß nicht, wie er heißt«, sagte Sanna mit leiser Stimme und starrte auf das Wachstuch.

Peter Berg wandte sich an Jonathan: »Wissen Sie es?«

»Nein, nicht, wie er heißt, aber er repariert Fahrräder ... und ich bin mir sicher, dass er mit der Sache nichts zu tun hat«, erwiderte dieser mit angestrengter Stimme.

»Wie willst du das wissen?«, dachte Peter Berg, klappte seinen Block zu und bat sie, ihm zu folgen, um nach Malin Larssons Fahrrad zu suchen. Sie fanden es natürlich nicht. Andererseits wusste auch niemand, wie es aussah. Es war wie recht oft ziemlich diffus.

Claesson klingelte an einer braun furnierten Tür im zweiten Stock eines Mietshauses aus den späten Sechzigern, das wirklich niederschmetternd langweilig wirkte. Eckig, einförmig und aufgeräumt. Es ging bereits auf halb acht Uhr abends zu. Endlich wurde die Tür geöffnet.

»Guten Abend«, sagte Isabelle Axelsson ohne die geringste Andeutung eines Lächelns und ließ ihn eintreten.

Sie sah nicht ganz so aus, wie Claesson sie sich vorgestellt hatte, sondern bedeutend robuster, mit breiten Hüften, vollem Busen und einem kräftigen Händedruck. Sie trug lange Hosen, einen Pullover und darüber eine gestrickte Weste. Sportlich und nicht damenhaft oder altjüngferlich. Das wirre, etwas unzusammenhängende Telefongespräch am Morgen hatte in ihm den Eindruck erweckt, sie sei zarter besaitet. Er hatte sie sich regelrecht zerbrechlich vorgestellt. Wahrscheinlich hatte ihn ihre Stimme aufs Glatteis geführt, die ungewöhnlich hell klang für eine Frau im so genannten reiferen Alter. Vermutlich war sie Nichtraucherin.

Automatisch entledigte sich Claesson seiner Schuhe, hängte die tannennadelgrüne Gore-Tex-Jacke auf und folgte Isabelle Axelsson ins Wohnzimmer. Die Wohnung war recht offen gestaltet, zwischen Küche und Wohnzimmer gab es keine Tür. Sauber und aufgeräumt. Regal, Sofa mit Decke, zwei blaue Sessel, Fernseher und Stereoanlage älteren Baujahrs, die aber sicher noch ausgezeichnet funktionierte.

»Darf ich Ihnen was anbieten?«

»Nein, danke«, antwortete er und nahm Platz.

»Ich trinke abends keinen Kaffee mehr«, sagte sie mit leiser Stimme und zwang sich zu einem Lächeln.

Claesson wollte eigentlich nur nach Hause und begann

ohne Umschweife mit ein paar kurzen Fragen, die die letzte Begegnung von Isabelle Axelsson und Malin Larsson betrafen. Sie hatten sich zuletzt am Donnerstag, dem 1. November, auf der Station gesehen, auf der Malin ihr Praktikum absolvierte. Chirurgie. Malin sei, soweit sie sich erinnern könne, nicht weiter auffällig oder ungewöhnlich gewesen, erzählte Isabelle mit ruhiger Stimme. Darauf begann sie sich lang und breit dafür zu entschuldigen, Malins Abwesenheit vom Arbeitsplatz nicht gemeldet zu haben. Sie riss die Augen auf und hob ihre Stimme. Claesson konnte nicht entgehen, wie verzweifelt diese ordentliche Krankenschwester über diese scheinbare Bagatelle war. Er unterbrach sie.

»Sie haben es ja nicht aus bösem Willen unterlassen«, meinte er besänftigend.

Als hätte er ein Feuer gelöscht, verstummte sie.

»Nein, überhaupt nicht. Es lief nur einfach so dumm«, rief sie nach ein paar Sekunden.

Die Haut unter ihren Augen war graublau. Die Unruhe hatte ihr ein paar schlaflose Nächte bereitet. Claesson bat sie, ihm von Malin zu erzählen.

»Was war Ihr erster Eindruck von ihr?«, begann er.

Isabelle knöpfte ihre gestreifte Weste auf und schien darüber nachzudenken, wie sie ihre Worte am besten wählen sollte. Claesson sah, dass sie bei ihren gefühlvollen Erläuterungen in Schweiß geraten war. Ihre Anspannung schien jedoch allmählich nachzulassen. Ihre Augen sahen ihn nunmehr weder kritisch noch abweisend an.

In der Wohnung herrschte eine wohl geordnete Ruhe. Keine Autos waren zu hören. Auch in der Wohnung darüber war es still, abgesehen von einem leise schleifenden Geräusch, als würde ein Möbelstück verschoben, was bei Claesson einen explosionsartigen Schmerz in der Lumbalregion auslöste. Allein die Vorstellung, ein Möbelstück – egal, welches – zu verschieben, überschritt für ihn bei weitem die Grenzen des Erträglichen.

»Malin kam zum ersten Mal an einem Dienstag«, erzählte

Isabelle Axelsson schließlich. »Das war mit der Schule so ausgemacht. Außerdem war vereinbart, dass sie dieselben Schichten arbeiten würde wie ich. Ich hatte wie immer um sieben angefangen. Malin war zu diesem Zeitpunkt die einzige Schwesternschülerin auf der Station.«

Sie verstummte und schien nachzudenken.

»Fiel Ihnen da irgendetwas Besonderes an ihr auf?«, wollte Claesson wissen.

Isabelle schüttelte energisch den Kopf.

»Nein, überhaupt nicht. Wir saßen bei der Übergabe im Schwesternzimmer, und sie sagte so gut wie kein Wort. Sie hörte zu, bis wir fertig waren. Auch nachher stellte sie keine Fragen, soweit ich mich erinnere.«

»Fanden Sie das merkwürdig?«

»Nein, eigentlich nicht. Aber zumeist zeigen Menschen, die diese Arbeit inmitten von Schwachheit und Gebrechlichkeit nicht gewöhnt sind, irgendwelche Reaktionen. Manchmal ekeln sie sich geradezu. Sie wehren sich oder bekommen Angst. Besonders die Jungen. Und das ist auch nicht sonderlich verwunderlich. Junge Menschen wollen lachen, das Gesunde, die Zukunft und die Möglichkeiten sehen und nicht die Begrenzungen und die Gebrechlichkeit der Menschen.«

Claesson nickte zustimmend.

»Die Wirklichkeit holt sie dann schnell genug ein«, warf er ein.

»Genau! Anfänglich finden ausnahmslos alle, dass wir brutal klingen. Unser Berufsjargon, wissen Sie.«

Claesson nickte erneut.

»Wir reden ganz beiläufig über Krebserkrankungen und über Todesfälle, als seien das Bagatellen. Aber so empfinden wir das natürlich nicht. Manchmal sind wir betroffen, fühlen mit unseren Patienten und wünschen uns einen günstigen Verlauf, aber schließlich sind wir tagtäglich von Krankheit und Tod umgeben. Deswegen müssen wir unsere eigenen Grenzen festlegen – genau wie Sie von der Polizei, nehme ich an.«

Er nickte und fragte: »Aber sie zeigte keine Reaktionen?«

»Nein. Sie war, wie gesagt, recht still, aber sie schien mir nicht aus Furcht zu schweigen. Ich glaube, dass sie so gut mit der Situation umgehen konnte, weil sie bereits im Pflegesektor gearbeitet und sich daran gewöhnt hatte, wenn man das so ausdrücken kann. Aber auf eine vernünftige Art. Jedoch reagierte sie auf eine Patientin, eine junge Frau, die wegen einer Appendizitis bei uns lag.«

»Wie bitte?«

»Einer Blinddarmentzündung. Malin fand, dass die Patientin überzogene Ansprüche hatte. Wir sprachen etwas darüber. Ich hatte den Eindruck, dass sie die Patientin geradezu verwöhnt fand.«

Isabelle hielt inne und schien zu zögern.

»Ich weiß, dass Sie auf Grund der Schweigepflicht nichts sagen dürfen, aber Sie könnten mir ja in groben Zügen davon erzählen«, schlug Claesson vor.

»Wir nennen diese Patienten immer die EMLA-Generation«, erklärte ihm Isabelle. Sie verzog den Mund und schaute Claesson an, ob er sie auch richtig verstanden hatte.

»Aha«, erwiderte dieser interessiert. »Und was ist das, wenn ich fragen darf?«

»Das sind die jungen Patienten, denen es nie an etwas gefehlt hat und die nie ein Opfer bringen mussten. Die Wohlstandskinder, die fast alles bekommen haben, worauf sie gezeigt haben. Die verkraften keine Mühsal. Nicht einmal, eine Spritze zu bekommen, und das tut wirklich nicht besonders weh«, erklärte sie leicht verdrossen. »Erst muss man ihnen eine Betäubungssalbe geben, wie man sie bei Kleinkindern verwendet. Diese Salbe heißt EMLA. Dagegen fällt es ihnen nicht schwer, sich überall piercen zu lassen, in die Zunge, am Nabel und an sehr intimen Stellen, und zwar ohne jegliche Betäubung.«

»Das hat wohl was mit der Motivation zu tun«, meinte Claesson.

»Natürlich! Schönheit muss leiden, aber wenn man krank

ist, hat man natürlich keine Veranlassung, sich anzustrengen.«

Er konnte hören, dass sie diese Sätze schon früher ausgesprochen hatte.

»Also, wie war das jetzt mit der Patientin mit dem Blinddarm und Malin?«

»Die junge Frau lag auf unserer Station und hielt ganz einfach Hof. Dauernd klingelte sie, immer wegen irgendwelcher Bagatellen. Und das, obwohl die Behandlung fast abgeschlossen war. Sie musste nur noch auf die Beine kommen und sollte dann nach Hause entlassen werden. Schließlich war sie nicht mehr krank. Nur noch die Narbe musste verheilen. Eigentlich hätte sie von sich aus versuchen sollen aufzustehen, ins Restaurant zu gehen, auf die Toilette und so weiter. Aber bei allem sollten wir ihr helfen. Und mithelfen wollte sie nicht, sie wollte es nicht einmal versuchen. Wenn alle Betten belegt sind, ist man leicht mal gestresst, und so ein Patient ist doppelt anstrengend. Das Maß war voll, als sie darauf bestand, dass ihr Freund bei ihr übernachten dürfe.«

»Ging das nicht?«, erkundigte sich Claesson unschuldig.

»Wohl kaum in einem Vierbettzimmer. Dort lagen noch drei Frauen mit bedeutend düsterer Prognose. Ein Mann im Bett, das geht wirklich nicht! Schließlich sind wir kein Hotel«, meinte sie trocken. »Die Einzelzimmer sind eigentlich immer von den Patienten belegt, denen es richtig schlecht geht, beispielsweise Sterbenden. Malin versuchte ihr gut zuzureden, sie gab ihr Zeit, hörte zu. Deswegen deprimierte sie die kindisch sture und leicht aggressive Art der Patientin ganz besonders. Außerdem fingen die Eltern an, wütend bei uns anzurufen und uns zu drohen, und Malin sagte etwas in der Art von: ›Wie kann sie es nur wagen?!‹«

»Was, glauben Sie, hat sie damit gemeint? Weshalb hätte sie was nicht wagen sollen?«, wollte Claesson wissen.

»Solche Forderungen zu stellen, meinte sie vermutlich. Ich hatte den Eindruck, dass Malin selbst nie gewagt hätte, ihre Umgebung so unter Druck zu setzen.«

»Was hielten Sie davon?«

»Ich hielt es für eine recht natürliche Reaktion. Jedenfalls war Malin nicht anspruchsvoll. Man nahm sie eigentlich kaum wahr.«

Claesson nickte und dachte darüber nach.

»Was wurde eigentlich aus dem Freund, der übernachten wollte?«, fragte er neugierig.

»Ach, der! Der musste zu Hause bleiben, und das war vermutlich das Beste. Die Blinddarmpatientin brauchte Ruhe und nicht so einen Schnösel, der mit ihr im Bett rumgetobt und auch noch auf Aufmerksamkeit gepocht hätte. Am Tag darauf wurde sie nach Hause entlassen. Da war sie trotz allem recht zufrieden.«

Er nickte.

»So ist das oft mit Igeln«, fuhr sie fort. »Man weicht ihnen am liebsten aus, aber wenn man ihnen nahe kommt, dann klappen sie ihre Stacheln nach einer Weile wieder ein.«

»Das klingt klug«, meinte er und bereitete seine nächste, etwas heikle Frage vor.

»Ich möchte Ihnen jetzt eine Frage stellen«, begann er und suchte nach einer Formulierung, die weder plump noch voreingenommen klang, »vielleicht ist sie ja schwer zu beantworten, aber hatten Sie den Eindruck, dass Malin zu den Leuten gehörte, die Risiken eingehen?«

Claesson hörte selbst, wie dumm das klang.

»Was für Risiken?«

»Setzte sie sich irgendwelchen unnötigen Gefahren aus?«

»Die da wären? Fallschirmspringen und so?«

»Nicht direkt. Aber vielleicht war sie bis spätnachts auf Partys und kam erst in den frühen Morgenstunden nach Hause. Vielleicht verkehrte sie in fragwürdiger Gesellschaft, trampte, wenn sie irgendwohin wollte, trank zu viel.«

Er vermied es, nach ihrer Kleidung zu fragen. Das hatte zwei Gründe: Zum einen wussten sie, was sie getragen hatte, als sie ermordet worden war, und was bei ihr im Kleiderschrank hing, zum anderen fiel es ihm immer schwer, sich ein

Urteil über Kleidung zu bilden. Aufreizend gekleidet zu sein mit Minirock und tiefem Ausschnitt war heutzutage in gewissen Altersgruppen und Kreisen vollkommen normal und musste nicht notwendigerweise bedeuten, das andere Geschlecht zu irgendwas ermuntern zu wollen. Was das auch immer bedeuten mochte. Eine schöne Frau zog doch immer alle Blicke auf sich und wurde zum Objekt, wie man die Sache auch drehen und wenden mochte. Aber das hatte nichts mit dem eventuellen Wunsch der Frau nach sexuellen Avancen zu tun.

Isabelle hatte lange nachgedacht.

»Nein, über ihre Risikobereitschaft kann ich wirklich nichts sagen«, meinte sie schließlich mit Nachdruck. »Darüber wage ich mich nicht zu äußern. Aber ich wäre erstaunt, wenn sie irgendwelche Risiken eingegangen wäre.«

»Nein, es ist wirklich nicht leicht, diese Frage zu beantworten, aber vielen Dank, dass Sie es trotzdem versucht haben«, sagte Claesson und blätterte eine Seite in dem vor ihm liegenden Spiralblock um.

»Woran können Sie sich noch erinnern? Hat Malin irgendetwas über ihr Privatleben erzählt, an das Sie sich erinnern können?«, wollte er dann wissen und legte Block und Stift auf die helle Tischplatte.

Isabelle, die bisher recht angespannt und nach vorne gebeugt dagesessen hatte, krempelte jetzt ihre Ärmel hoch und lehnte sich in dem kornblumenblauen Sessel, der moderner als die übrigen Möbel aussah, nach hinten. Ihre Füße in Lammfellpantoffeln ruhten ordentlich auf dem Teppich aus rauer Wolle. Hinter ihr auf dem Fernseher standen Fotos der Kinder. Ein Mädchen und ein Junge, beide im Konfirmationsalter. Sie war geschieden, das wusste Claesson. Hochzeitsfoto und Bild des Mannes fehlten.

Sie runzelte die Stirn.

»Ich würde sagen, dass Malin kaum etwas von sich aus erzählte«, sagte sie. »Aber wir haben eine Schwester auf Station, die Janet heißt, eine patente Person, aber auch sehr neugierig und ziemlich frech«, meinte sie lächelnd. »Janet kennt keine Hemmungen. Sie ist nicht regelrecht aufdringlich, aber sehr intensiv. Als wir einmal beim Kaffeetrinken saßen, hat sie Malin gefragt, warum sie ausgerechnet in unser Kaff gezogen sei, wie sie es ausdrückte. Janet möchte selbst viel lieber in einer großen Stadt wohnen, am liebsten in Stockholm, aber ihr Mann will nicht umziehen ...«

»Aha! Und was hat Malin geantwortet?«, unterbrach Claesson, bevor die Auslassung über Janet ausuferte.

»Sie sagte nur, sie sei hierher gezogen, weil sie einen Studienplatz an der Hochschule für Krankenpflege bekommen habe, und dass es ihr hier gefalle. Und da fragte Janet, ob sie einen Freund habe, und da wurde Malin genauso rot wie ... wie ...«

Isabelle ließ ihren Blick schweifen, bis dieser auf einem tomatenroten Kissen auf dem Sofa landete.

»Wie das da.« Sie deutete darauf. »Genauso rot wurde sie. Aber sie antwortete nicht, und wenn ich mich recht entsinne, war Janet gezwungen aufzuspringen. Ein Patient hatte geklingelt. Sie konnte Malin also nicht weiter ausfragen.«

»Und sonst tat das auch niemand?«

»Nein. Ich lasse die Leute in Frieden. Und wahrscheinlich stand auch jemand in der Tür, der von Malin und mir irgendwas wollte. So ist das immer, gerade wenn man sich hingesetzt hat, klingelt ein Patient und braucht Hilfe. Die haben das im Gefühl. Oder sie bauen sich in der Tür der Kaffeeküche auf und sehen hilflos aus, während wir Kaffee trinken. Und dann muss man aufstehen«, sagte sie, und ihre Wangen röteten sich verärgert.

»Jeder Arbeitsplatz hat so seine Ärgernisse«, stellte er fest und kratzte sich mit der linken Hand am Kinn. Ihm fiel auf, dass sie seine Hand, genauer seine Finger betrachtete. Er trug keinen Ring. Er ließ die Hand sinken.

»Wir haben mit einigen von Malins Mitbewohnern im Wohnheim gesprochen«, fuhr er fort. »Sie fanden sie etwas reserviert. Vielleicht schüchtern. Finden Sie, das trifft zu?«

»Ja«, antwortete sie, ohne zu zögern. »Mir kam sie wie eine ziemlich durchschnittliche und stille junge Frau vor.«

Claesson stand auf und bedankte sich. »Eine ziemlich durchschnittliche und stille junge Frau« – diese Beschreibung hallte auf dem Heimweg im Auto in seinem Kopf wider. Klang wie aus einem Kolportageroman und konnte für vieles verwendet werden. Beispielsweise für Schlagzeilen.

*

Er hätte etwas Stärkeres als ein Bier gebraucht. Seine Gedanken schienen ihm zu groß, sie zerflossen und verunsicherten ihn. Malin drehte ihr Glas. Sie ließ es kreisen, während sie auf die Tischplatte starrte. Ihre Finger bewegten sich methodisch. Er wollte ihre Hand ergreifen und sie dazu bringen aufzuhören. Ihn anzuschauen. Etwas zu sagen. Etwas Gutes, was ihm Sicherheit gab. Aber sie schwieg. Ihr Mund war halb geöffnet, und die Haare hingen ihr ins Gesicht. Verdammt, sie war wirklich wahnsinnig hübsch!

In ihrem Glas war nicht mehr viel Coca-Cola.

»Willst du noch was?«

Er wollte es in die Länge ziehen.

»Nein danke!«, sagte sie und sah ihn endlich an.

»Ein Bier?«, drängte er sie.

Sie schüttelte den Kopf. Stur. Gleichzeitig schaute sie ihn an und sog sich gewissermaßen mit den Augen an ihm fest.

»Bitte!«, flehte er und spürte, wie sich die Adern an seinem Hals mit Blut füllten.

»Ich muss gleich gehen«, sagte sie und starrte, den Kopf etwas auf die Seite gelegt, wieder auf die Tischplatte.

»Ist das wirklich so wichtig? Die Paukerei?«

Er stieß die Fragen hervor, versuchte, nicht so schroff zu klingen, aber das fiel ihm schwer.

»Ja, mir ist das wichtig«, sagte sie. »Ich will bestehen.«

»Aber du bist doch schlau! Du schaffst das doch ohne Anstrengung.«

»Das kann niemand!«

Ihre Augen funkelten. Sie atmete ruckartig ein, richtete sich auf und schob die Brust vor. Er sah, wie sich ihr BH unter dem Pullover abzeichnete. Der Wille, sie zurückzuhalten, wurde noch stärker. Sie durfte ihm nicht entgleiten.

»Du, noch ein Weilchen«, bat er und versuchte unter dem Tisch nach ihren Knien zu fassen.

»Aber meine Arbeitsgruppe trifft sich. Da kann ich nicht fehlen. Morgen müssen wir unser Referat halten«, erklärte sie und schlug die Beine übereinander, sodass seine Hand vom Knie abglitt. »Leider!«, meinte sie noch, rutschte hin und her und verzog etwas den Mund.

»Eine Entschuldigung und ein Lächeln«, dachte er. Hatte sie vielleicht ein schlechtes Gewissen? Wäre sie sonst geblieben, wenn diese Ausbildung nicht wäre? Oder steckte etwas anderes dahinter? Das musste er herausfinden.

»Macht das Studium Spaß?«

Er hätte diese Frage nicht stellen dürfen, aber er konnte sich nicht beherrschen.

»Spaß ist wohl übertrieben«, wehrte sie ab und schaute aus dem Fenster. Lampen spiegelten sich funkelnd in ihren Augen.

»Sie weicht mir aus«, dachte er verbittert, »warum?« Das Gefühl, ausgeschlossen zu sein, lähmte ihn. Er hatte nicht einmal die Kraft, sein Bierglas zu heben.

»Ja und?«, hakte er nach und versuchte jedes Blinzeln und jede kleinste Regung ihrer Miene zu deuten.

Sie antwortete nicht, nicht direkt, sondern spitzte die Lippen und sah wieder so kindlich und wehrlos aus, was ihm an ihr gefiel. Gleichzeitig ließ sie ihren Blick vom Fenster an die Decke und zum Tisch gleiten und richtete zuletzt ihre hellblauen Augen direkt auf ihn. Ihm wurde ganz flau. In diesem Moment hörte er einen Seufzer, fast lautlos, als wäre er nicht für seine Ohren bestimmt gewesen. Aber er hatte ihn gehört. Seine Zweifel übermannten ihn fast. Beinahe wäre er geplatzt.

»Ist es dir wichtig? Ganz im Ernst also?«, beharrte er. Am

liebsten hätte er sie dazu gezwungen, ihm zu sagen, was das Allerwichtigste war, aber das wagte er nicht.

»Wie meinst du das?«, fragte sie, als hätte sie nicht begriffen, aber das tat sie durchaus. Gleichzeitig betrachtete sie ihn. Sah durch ihn hindurch. Verbohrte sich in ihm. Ihre Pupillen waren geweitet, die Augen dunkler.

Ihr Ernst war schwer zu deuten.

Warum wollte sie nicht lieber mit ihm zusammen sein? Seine Gedanken zerfleischten ihn fast. Wieso riskierte sie nicht mal was für ihn? Es war natürlich gut, dass sie diese Schule besuchte, dass etwas aus ihr wurde, aber nur solange sie ihn darüber nicht vergaß. Natürlich war er auch stolz, denn Malin war nicht irgendjemand.

Aber sie hatte ihm immer noch nicht geantwortet. Warum tat sie ihm das an? Begriff sie eigentlich, wie viel sie ihm bedeutete?

Sie schob ihr Haar hinter die Ohren und ließ es über die Schultern hängen. Wurde dadurch noch hübscher. Der Hals nackt. Der Tropfen an der dünnen Halskette lag in ihrem Halsausschnitt. Sie lächelte schwach, fast arglos, und sah ihm mit leicht vorgebeugtem Kopf wieder direkt in die Augen. Die Wärme überwältigte ihn. »Ich wusste es!«, jubelte es in ihm. Sie zwei gehörten zusammen. Für immer!

Zwei Männer an einem Tisch neben dem Tresen schauten schweigend zu ihnen herüber. Von ihren Händen stieg Rauch auf. Sie schienen jünger zu sein als er. Sie aschten auf den Boden und blickten herablassend in ihre Richtung. Aber ihn sahen sie gar nicht, sie hatten nur Augen für Malin. »Sie findet Beachtung«, dachte er. Diese Erkenntnis setzte ihm zu.

»Lernen macht Spaß«, sagte sie plötzlich. »Wirklich!«, fügte sie voller Nachdruck hinzu. »Aber es ist auch stressig. Ich habe Angst, es nicht zu schaffen«, plauderte sie weiter, aber er hörte kaum, was sie sagte. »Und bald beginnt mein Praktikum. Megaspannend.«

Er konnte mit ihrer Begeisterung nichts anfangen. Und dann diese Burschen, die zu ihnen herüberglotzten, besser gesagt, zu Malin, nicht andauernd, sondern immer wieder rasch und durchdringend, was ihn immer mehr ärgerte.

Er musste sich zusammennehmen, um nicht irgendetwas kaputtzumachen.

Die beiden neben dem Tresen erhoben sich und gingen.

»Glück gehabt«, dachte er erleichtert und versuchte Malin zurückzugewinnen.

Aber da erhob sie sich ebenfalls. Sie stand abrupt auf und legte ihre Tasche auf den Tisch. Ein Ringblock schaute heraus. Sie beugte sich über die Tasche und begann, eifrig in ihr zu suchen, bis sie ein zusammengefaltetes Stück Papier fand. Sie glättete es und begann mit gerunzelter Stirn zu lesen. Sie war vollkommen unnahbar. Dann zog sie den linken Pulloverärmel hoch, schaute auf die Uhr, hob die Augenbrauen, als überraschte es sie, dass die Zeit so schnell vergangen war.

»Tut mir Leid, aber ich muss mich beeilen«, sagte sie.

Der Zauber war gebrochen. Er blieb sitzen, schwer und unbeweglich.

Sie bewegte sich rasch und geschmeidig, war eigentlich schon weit weg. Er sah ihr zu, wie sie ihren Pullover über die Jeans herunterzog und in ihre Jacke schlüpfte. Alles, ohne ihn anzusehen. »Da muss ich wohl auch aufstehen«, dachte er. Vielleicht konnten sie ja ein Stück zusammen gehen.

Er war auf gleicher Höhe und streckte die Arme aus, um seine Jacke anzuziehen. Dabei berührte er sie zufällig, aber sie reagierte nicht, wie er enttäuscht feststellte. Sie zog die Haare hervor, die unter den Jackenkragen geraten waren, und als sie auf den Rücken fielen, nahm er ihren Duft und ihre Nähe wahr, aber sie merkte immer noch nichts. Nur er wurde von Sehnsucht verzehrt. Davon, sie besitzen zu dürfen.

Gleich würde sie ihn verlassen, und er konnte sie nicht davon abhalten. Er biss die Zähne zusammen, dass seine Kiefermuskeln spannten. Die Gedanken und das Warten würden ihn zerstören.

Sie öffnete die Tür und trat auf den Bürgersteig.

»Tschüs!«, sagte sie und tätschelte rasch seine Wange.

»Ich kann dich begleiten«, bot er ihr großzügig an.

»Das ist nicht nötig«, sagte sie und entfernte sich einige Schritte von ihm. »Bis dann.« Sie winkte.

»Klar«, sagte er und blieb stehen, sah dabei aber nicht froh aus, sondern ernst und bedrückt, und das war Absicht. Sie sollte merken, wie sehr sie ihn verletzte, sollte ein schlechtes Gewissen bekommen. Sie ging zu ihren lächerlichen Mitstudentinnen und ließ ihn stehen. Das sollte sie bereuen.

Die gelbe Jacke verschwand um die Ecke.

»Ob sie wirklich ihre Mitstudentinnen trifft?«, dachte er und biss sich in die Innenseiten seiner Wangen. Dann knöpfte er seine Jacke zu, steckte die Hände in die Taschen und ging mit raschen Schritten in dieselbe Richtung wie sie.

FÜNFTES KAPITEL

Montag, 19. November

Hat sich gestern eine Krankenschwester bei euch gemeldet?«, fragte Veronika. Ausnahmsweise machte sie das Bett.

»Kann sein«, antwortete Claes ausweichend.

Mühselig versuchte er, sich anzukleiden.

»Du kannst doch wohl noch mit Ja oder Nein antworten? Ich hatte ihr versprochen, dass ihr Polizisten vollkommen ungefährlich seid.«

»Wie heißt sie?«

»Isabelle Axelsson.«

»Doch, die hat sich bei uns gemeldet. Sie hat mir übrigens was Neues beigebracht. Weißt du, was die EMLA-Generation ist?«

»Klar! Cissi gehört dazu, du nicht. Schließlich wirst du mit einem Hexenschuss wie ein Mann fertig«, frotzelte sie. »Du schweigst und leidest.«

Er entschied sich, darauf nichts zu entgegnen.

»Diese Krankenschwester hat sich jedenfalls ganz umsonst geängstigt«, fuhr er fort, als sei nichts geschehen.

»Das passiert leicht, wenn man immer allen alles recht machen und immer sein Bestes tun will«, meinte Veronika.

»Warum?«

»Wenn dann etwas passiert, womit man nicht gerechnet hat, bekommt man leicht ein schlechtes Gewissen.«

»Ist das bei dir auch so?«, fragte er

»Manchmal«, antwortete sie und sah dabei ganz unverzagt aus. Gleichzeitig hob sie Klara hoch, die auf dem Boden saß.

»Vor allem neige ich dazu, das ganze Elend der Welt auf mich zu nehmen, wenn ich müde und unausgeschlafen bin. Und man wird leicht müde, wenn man es allen recht machen will. Einige Leute schaffen es einfach nicht, sich Unglück und Elend vom Leib zu halten. In meinem Beruf gibt es natürlich immer Situationen, in denen Patienten ganz einfach jemandem die Schuld geben müssen. Und wenn man dann nicht gerade in Topform ist, nimmt einen das ziemlich mit.«

Im Augenblick wirkte sie jedoch so, als belastete sie rein gar nichts. Ihre Gesichtszüge waren entspannt, ihr Haar lockte sich an den Schläfen, der Hals war nackt, und der Kopf schaute ein Stück zwischen Klaras Armen hervor. »Meine Frau ist eine Schönheit«, dachte Claes.

Veronika fasste ihre Tochter fester.

»Sie wird schwer«, sagte sie und schaute Klara lachend ins Gesicht. Dann blies sie ihr vorsichtig auf die Wange, und ihre Tochter blinzelte und begann zu kichern.

Klara griff nach dem Armband ihrer Mutter und zog daran.

»Nein, meins«, sagte Veronika in Babysprache und löste das Armband vorsichtig aus Klaras eifrigen, kleinen Fingern. »Ich geh runter«, sagte sie dann zu Claes. »Kommst du auch?«

Er sah ihren grazilen Rücken in die Diele verschwinden und hörte ihre leichten Schritte auf der Treppe. »Manche Leute tänzeln nach unten«, dachte er neidisch.

Veronika war schon vor ihm auf gewesen, hatte es jedoch vermieden, ihn zu wecken. Das wusste er mehr zu schätzen, als ihr vielleicht klar war. Oder war es ihr klar? Er benötigte jedes bisschen Schlaf, das ihm vergönnt war. Seine Gedanken waren im Kreis gegangen, und sein Rücken hatte ihm wehgetan. Er hatte nur schlecht einschlafen können. Schließlich war er in den Morgenstunden in einen tiefen Schlaf gefallen. Er hatte nicht einmal gemerkt, wie Klara erwacht war. Vielleicht hatte er sie durch seine betäubende Müdigkeit hindurch ja doch gehört, aber nicht die Kraft gehabt aufzustehen.

»Es gibt Kaffee«, sagte Veronika, als er sich vorsichtig an den Küchentisch setzte.

»Das war nett, dass ich ausschlafen durfte«, meinte er.

»Nichts zu danken«, erwiderte sie und legte ihm eine Hand auf den Kopf, dort, wo sich sein Haar lichtete.

Der Frühstückstisch war gedeckt, der Kaffee schon vor einiger Zeit gekocht. Alter Kaffee schmeckte ihm nicht. Unbeholfen stand er auf und griff zum Wasserkocher.

»Kann man ihn nicht trinken?«, wollte sie wissen.

»Tja, frischer ist besser«, meinte er und versuchte tapfer zu klingen.

»Setz dich, dann mach ich das«, sagte sie und scheuchte ihn von der Spüle weg. »Es ist übrigens nicht gesund, sich so zu verausgaben wie du.«

»Es gibt so vieles, das nicht gesund ist.«

»Ich weiß.« Sie lächelte.

Der Hexenschuss hatte sich bisher noch nicht auf wunderbare Weise in Wohlgefallen aufgelöst. Etwas besser fühlte er sich jedoch. Vielleicht gewöhnte er sich auch langsam daran. »Es braucht einfach eine große Portion Geduld«, dachte er und sehnte sich bereits nach den harten Fingern von Dennis Bohman auf seiner Wirbelsäule.

»In der Nähe von Stockholm wurde die in ein Haus eingemauerte, zerstückelte Leiche eines Mannes gefunden«, erzählte Veronika.

Ratlos schaute er sie an.

»Das stand in der Zeitung.«

Er sah, dass die neue Schlagzeile etwas kleiner war als die über die angespülte Frauenleiche. Sie lautete: *Jetzt identifiziert.* Er las beide Artikel. Die Kollegen in Stockholm hatten es im Gegensatz zu ihnen vermutlich mit dem organisierten Verbrechen zu tun. Also war die Sache wahrscheinlich etwas klarer, aber vielleicht irrte er sich.

Vieles in dem Artikel über Malin Larsson ärgerte ihn. Die Polizei sei immer noch unsicher, wann sie zuletzt lebend gesehen worden war. Man verfolge gewisse Hinweise, sei aber dankbar für Tipps der Öffentlichkeit. Einen Verdächtigen gebe es nicht und auch kein Motiv. Die Hochschule für Krankenpflege wolle ein Kriseninterventionsteam für Studenten einrichten, die Hilfe benötigten. Auf einem Foto war Elisabeth Hübermann zu sehen, die mit Brille, Kostüm und diskretem Schmuck aussah wie eine Kommunalpolitikerin. Ein Kasten informierte darüber, dass in den Großstädten ungelöste Mordfälle zahlreicher seien als auf dem Land. Dazu hatte sich Lundin geäußert: »*Hier klären wir alles auf*«, *sagt Kommissar Jan Lundin.* »*Vermutlich liegt das daran, dass die Polizei in kleineren Orten über bessere Orts- und Personenkenntnisse verfügt.*«

»Genau«, dachte Claesson, »wenn man Glück hat.« Es blieb abzuwarten, ob ihnen das dieses Mal nützen würde. Im Fall Malin Larsson fehlte die lokale Verankerung, zumindest nach dem bisherigen Stand der Ermittlungen. Malin Larsson war nicht in der Stadt aufgewachsen.

Lundin hatte sich im Übrigen am Vorabend genauso gut im Fernsehen gemacht wie am Tag zuvor. Solide, gesammelt, überzeugend, kein Wort zu viel und trotzdem nicht geizig mit seinen Informationen. Ohne zu blinzeln, hatte er in die Kamera geschaut. Etwas kahl war er geworden. Das war Claesson noch nie so aufgefallen. Das war im Fernsehen deutlicher zu sehen. »Wir werden alle nicht jünger«, dachte er. Das Gefühl, dass die Jahre vergingen, wurde mit einem Mal überdeutlich. Er kam sich plötzlich sehr alt vor.

Wahrscheinlich stimmte ihn der Hexenschuss so melancholisch. Er war fünfzehn Jahre jünger als Lundin, hatte also mehr Jahre vor sich. »Mit einem Kleinkind auf die alten Tage muss man aber aufpassen«, dachte er. Er fand, dass er zumindest dabei sein wollte, wenn Klara das Abitur machte, und dann war er, mal sehen ... er rechnete nach wie schon oft ... dreiundsechzig Jahre alt. Auf diese Zahl kam er auch jetzt wieder. Das war schließlich nicht so schlimm. Dann war er noch nicht einmal in Rente. Er fühlte sich gleich viel fitter.

Er legte die Zeitung beiseite. Die Schilderungen von Gewaltverbrechen in den Massenmedien waren so platt. Unendlich viele Berichte über Folter, Vergewaltigungen, Kriege und Raubüberfälle allerorten. Tagtägliche Beschreibungen von Destruktivität. Hinter diesen Gewalttaten tickte die Verzweiflung, eine sinnlose Wut, ein glühender Hass, schwarz wie die Löcher des Weltalls.

Wie so oft, wenn er sich sammeln wollte, schaute er aus dem Fenster. Er hatte im Vogelhäuschen Futter nachgefüllt. Es gefiel ihm, die Vögel zu beobachten.

Die meisten Gewaltverbrechen wurden in den eigenen vier Wänden verübt. Die Schläge wurden von verzweifelten Ehemännern, Freunden, Vätern und sogar Müttern sowie von älteren Geschwistern ausgeteilt, deren Psyche seit der Kindheit verkrüppelt war. Seine Kollegen entdeckten manchmal die ersten Anzeichen, konnten aber nicht immer etwas unternehmen gegen die Gewalt im Privaten, in dem Milieu, das eigentlich Geborgenheit und Ruhe bieten sollte.

Hände um einen dünnen Hals, die zudrücken und immer weiter zudrücken und sich auch von angsterfüllten Augen nicht bremsen lassen. Die die Todesangst ignorieren. Die so lange nicht loslassen, bis die Luft zu Ende ist. Die nicht aufhören können, weil sich die innere Frustration schon vor zu langer Zeit festgesetzt hat. Bereits in der Kindheit.

Glückliche Kindheiten waren in ihrer Branche seltene Vögel.

Er schaute wieder in die Küche und lächelte Klara zu, die auf ihrem Kinderstuhl saß und an einem Holzlöffel herumkaute. Sie ließ den Löffel sinken, sah ihren Vater fragend an und lachte dann herzhaft, wobei sie ihre Augen fast ganz zukniff. Er beugte sich vor und legte einen Arm um sie. Er atmete den Geruch ihres Flaumhaares ein und blies ihr in den Nacken, und sie lachte noch mehr und wand sich genüsslich.

Er konnte sich nicht daran erinnern, wann er aufgehört hatte, darüber nachzudenken, ob der Mensch gut oder böse sei. Obwohl ihn diese Frage immer noch gelegentlich beschäftigte. Egal, wie es sich damit verhielt: Man musste auf die guten

Kräfte hoffen, sich gegen den Zynismus wehren, sich dem Schlimmsten zuerst stellen und sich dann langsam wieder an die Oberfläche arbeiten. Sein eigenes Leben hatte einen tieferen Sinn erhalten, gleich einer stillen Glut, die ständig sein Herz erwärmte. Er hatte Klara. Er hatte Veronika. Und Cecilia gab es auch noch, obwohl die Kommunikation immer noch nicht so recht klappte. Aber das würde vielleicht mit der Zeit kommen. Cecilia war reserviert. Jedenfalls wurde er immer befangen, wenn sie anwesend war. Ihm war klar, dass auch Veronika das merkte. Sie hatten sogar darüber gesprochen, obwohl es an der Situation nichts änderte.

»Wie geht's?«, fragte Veronika und ließ sich auf ihren Stuhl sinken.

»Es ist noch zu früh, um diese Frage zu beantworten. Es erstaunt mich, dass wir so lange gebraucht haben, um herauszufinden, wer sie ist. Findest du nicht auch? Aber sie lebte offenbar recht zurückgezogen.«

»Ich rufe Cecilia ja auch nicht jeden Tag an. Wenn ihr etwas passieren würde, würde ich das vielleicht auch nicht erfahren. Jedenfalls nicht sofort. Stell dir vor, wenn ihr etwas Schreckliches zustoßen würde, was täte ich dann?«

Ernst schaute sie aus dem Fenster. Dann schüttelte sie diese düsteren Gedanken ab.

»Man kann sich schließlich nicht um alles Sorgen machen«, meinte sie dann. »Studenten leben recht anonym.«

»Viele Menschen sind sehr allein.«

»Es ist vorgekommen, dass Studenten wochenlang tot in einem Wohnheim gelegen haben«, fuhr Veronika fort. »Jedenfalls war davon die Rede, als ich studiert habe. Wie sind eigentlich ihre Geschwister?«

»Sehr betroffen.«

»Das natürlich. Aber waren sie nett?«

»Ob sie nett waren? In so einer Situation kann man sich von so etwas kaum ein Bild machen. Sie trauerten. Aber unfreundlich waren sie nicht.«

Claes Claesson nahm auf dem Rücksitz Platz.

»Du bist stur«, sagte Veronika und schlug die Autotür zu. »Die meisten würden sich krankschreiben lassen.«

Er antwortete nicht, fixierte die Kopfstütze vor sich, um sich gegen den Ruck zu wappnen, der zu erwarten war, wenn sich der Wagen in Bewegung setzte. Veronika war sich dessen bewusst, dass sie einen Pflegefall im Auto hatte. Sanft und vorsichtig ließ sie die Kupplung los, rollte langsam die zu dieser frühen Morgenstunde noch recht dunkle Vorortstraße entlang und kroch im Schneckentempo über die Fahrbahnschwelle hinweg.

Die Nachbarn hatten aus einem unerklärlichen Grund ihre Gartenbeleuchtung nicht an. Wahrscheinlich waren sie verreist, obwohl sie nichts gesagt hatten – oder hatte Claesson es bloß vergessen?

»Sind die Gruntzéns nicht da?«, fragte er.

»Ich weiß nicht. Wieso?«

Sie versuchte ihn anzusehen. Sie sah immer noch verschlafen aus. Ihr Haar war strubbelig. Als sei ihr das Aussehen nicht so wichtig, jetzt, da sie mit Klara zu Hause war. »Das macht nichts«, dachte er. Er würde es sich auch gönnen, etwas nachlässig zu sein, wenn er Erziehungsurlaub nahm. Sie hatte sich rasch die erstbesten Kleider angezogen, Jeans und Pullover, um ihn fahren zu können. Klara saß im Kindersitz neben ihrer Mutter und stieß vergnügte Laute aus. Sie plauderte regelrecht. Cecilia war zu Hause und schlief. Veronika war mit ihrer erwachsenen Tochter noch sehr lang auf gewesen. Er hatte eine Weile ihrer leisen und vertrauten Unterhaltung zugehört und sie dann allein gelassen und sich hingelegt. Sie brauchten Zeit füreinander, dachte er, war aber gleichzeitig etwas eifersüchtig. Cecilia kannte Veronika bedeutend länger als er. Das würde er nie aufholen! Mutter und Tochter hatten allein gelebt und waren sich dabei sehr nahe gekommen. Cecilias Vorsprung war unbestreitbar. Aber es gab verschiedene Arten von Liebe, tröstete er sich. Für alle gab es Raum. Für jede auf ihre Art.

»War nur so eine Frage«, meinte er und ließ das Thema fallen.

Die Gruntzéns waren mit jedem erdenklichen Schutz vor Einbrechern ausgestattet.

Sie setzte ihn vor dem Präsidium ab. Rücksichtsvollerweise wies sie ihn nicht nochmals darauf hin, dass er sich doch krankschreiben lassen solle. Sie hätte es auch nicht wirklich von ihm erwartet, denn sie hätte sich in einer vergleichbaren Situation ebenfalls nicht krankschreiben lassen.

Nina Persson am Empfang blieb die Spucke weg, als Claesson vor dem Fahrstuhl stehen blieb. Er hatte bisher immer die Treppe benutzt. Nina sah im Übrigen etwas verquollen und blass aus. Womöglich hatte sie ihren Lippenstift noch nicht aufgetragen?

Es roch nach Farbe. Der Korridor war frisch gestrichen. Es war hell und sauber. Bald waren die Büros an der Reihe. Das bedeutete Durcheinander, Provisorien und Akten in Kartons, aber es ließ sich nicht ändern. Veronika und er hatten sich gerade erst in ihrem Haus so einigermaßen eingerichtet, in das sie vor knapp einem Jahr eingezogen waren, und jetzt hieß es wieder mobil sein.

Er probierte seinen Schreibtischstuhl aus. Es gelang ihm tatsächlich, darin Platz zu nehmen und die Rückenlehne so einzustellen, dass sie ihrer Funktion gerecht wurde, das Kreuz zu stützen und zu entlasten, statt sich wie ein Folterinstrument anzufühlen.

Claesson ging davon aus, dass Benny Grahn nun noch müder und erschöpfter sein und dagegen wie immer ankämpfen würde, indem er einen Zahn zulegte. »Heute wird er hyperaktiv sein, mit leicht vorgebeugtem Oberkörper herumrennen und wie ein Wasserfall reden«, dachte er. Er mochte Benny, ihren zuverlässigen und fähigen Mann von der Spurensicherung.

Es herrschte allgemeine Müdigkeit in fast allen gesellschaftlichen Bereichen. Ständig wurde in den Zeitungen über die zunehmende Zahl der Krankschreibungen und das Burn-out-Syndrom geschrieben. Claesson wusste nicht recht, was er davon halten sollte. Bisher waren sie ganz gut über die Runden gekommen. Kaum jemand war krankgeschrieben gewesen. Nicht mehr als an anderen Arbeitsplätzen zumindest. Sich halb tot zu arbeiten war natürlich auch nicht erstrebenswert, selbst wenn es einem unter den Nägeln brannte. Er wusste nicht recht, was er als Chef tun sollte. Er kam sich unbeholfen vor. Ohne ihr Zutun brachte jeder Tag neue Arbeit, und trotzdem würden sie nicht mehr als jetzt werden. Man konnte natürlich die Ansprüche herunterschrauben. Noch mehr herunterschrauben, musste er wohl sagen. Das eine oder andere hatte er bereits wegrationalisiert, und gewisse Fälle waren bereits in eine Ecke verbannt worden, zur ewigen Ruhe. Im Großen und Ganzen konnte alles so bleiben, und solange sich niemand direkt bei ihm beklagte, würde er nichts ändern. Sich um nichts zu kümmern war auch eine aktive Entscheidung, auch wenn sie nur ein Ausdruck der Ohnmacht war.

Vom Korridor her hörte er ein wohl bekanntes Keuchen und das Schaben schweren Mantelstoffes. Er wusste, dass der Mantel riesig war. Er gehörte Olle Gottfridsson, dem Polizeichef, der sich bei Nisses einkleidete, dem Laden für große Männer – oder fette.

»Tag«, sagte Gotte und blieb in der Tür stehen.

Sein Bauch quoll unter der Weste hervor, sein Schal war auffällig zitronengelb, vermutlich um dem Maulwurfsgrau einen Farbakzent zu verleihen. Da steckte sicher seine Ehefrau Vanja dahinter.

»Du wirkst niedergeschlagen«, fuhr Gotte fort.

»Der Rücken«, antwortete Claesson und zwang sich zu einem Lächeln.

»Aber du bist trotzdem auf den Beinen?«

»Nein, ich sitze«, erwiderte er und lächelte matt.

»Wie kommt ihr voran?«

»Es geht. Heute wird es etwas eng. Lundin fährt ja zwecks Fortbildung nach Göteborg.«

Er hatte seinen Schreibtischstuhl eine halbe Umdrehung gedreht und saß besser als seit langem.

»Das ist jetzt aber ungünstig. Was meinst du?«, sagte Gotte.

»Ich finde, dass er fahren soll. Er freut sich schon drauf. Wir müssen gelegentlich auch mal auftanken. Wir können nicht immer nur geben, jedenfalls nicht, wenn wir nicht überrollt werden wollen. Wenn wir ihn unbedingt brauchen, dann muss er seinen Kurs eben abbrechen. Wir könnten aber für einige Tage zusätzlich Verstärkung anfordern. Du weißt schon, viele Vernehmungen, aber das können wir vielleicht nach der Konferenz besprechen.«

Gotte blieb stehen.

»Ich hoffe, dass wir den Fall lösen«, sagte er.

»Wir wollen mal davon ausgehen«, meinte Claesson. »Wie immer«, fuhr er fort und machte eine kurze Pause. »Alle sind ziemlich überarbeitet«, sagte er und sah, dass Gotte nicht gefiel, was er hörte, genauso wenig wie es ihm als Chef gefallen hätte, wenn ihn jemand darauf hingewiesen hätte, dass es seinen Mitarbeitern nicht gut ging.

»Bald ist die Weihnachtsfeier, dann wird alles leichter«, meinte Gotte und kniff die Augen zusammen.

Claesson sah ihn mit leerem Blick an. Der Mann war unglaublich! Als könnte eine Weihnachtsfeier etwas gegen das ausrichten, was allgemein als Burn-out-Syndrom bezeichnet wurde. Gotte war einfach schon zu alt, um begreifen zu können, worum es ging. Oder zu gutgläubig. Und das war wahrscheinlich ganz gut so. Man musste in diesem manchmal recht erbärmlichen Leben ja schließlich nicht alles verstehen. Einiges konnte ihm ja ruhig erspart bleiben während dieser letzten Jahre, die ihm als Polizeichef noch blieben. Vor allem, da er es schätzte, zufriedene Mitarbeiter um sich zu haben.

Drei E-Mails ohne Belang löschte Claesson sofort, zwei beantwortete er, dann stand wieder jemand in der Tür. Er vollführte eine Viertelumdrehung mit seinem Stuhl und erblickte Louise Jasinski. Heute erinnerte sie nicht an eine frisch aufgeblühte Rose, sondern glich eher einer welken und traurigen Blume. Ihr Anblick gab ihm einen Stich, und er verspürte das Verlangen, sie zu beschützen.

»Was ist denn los?«, fragte er, ohne sich lange zu besinnen.
»Wieso?«
Fragend schaute sie ihn an.
»Ach, nichts«, entschuldigte er sich eilig.
Sie sah ihn kritisch an.
»Rein gar nichts. Ehrenwort«, verteidigte er sich und breitete die Hände aus. »Was wolltest du eigentlich?«
Sie runzelte die Stirn und schien seine Frage nicht gehört zu haben.
»Man könnte sich schließlich auch fragen, was mit dir los ist«, meinte sie gereizt.
»Meine Güte!«, dachte er. Würde der Tag mit einem Streit mit Louise beginnen?
»Nichts weiter. Ich habe nur verdammte Rückenschmerzen.«
»Hexenschuss. Richtig?« Sie klang regelrecht zufrieden.
»Ja.«
»Wieso bist du dann nicht zu Hause?«
»Weil ich arbeitssüchtig bin. Das weißt du doch. Ich muss herkommen und kann die Finger einfach nicht von diesen Papierbergen lassen. Erst dann geht es mir gut.«
»Na gut«, erwiderte sie mittlerweile gelassener. »Ich habe jedenfalls die ganze Nacht gut geschlafen.«
»Gut«, erwiderte er, obwohl er ihr nicht glaubte.
Irgendetwas stimmte nicht, aber er ließ es auf sich beruhen. »Schließlich haben wir alle unsere geheimen Sorgen«, dachte er.
»Ich werde deine Hilfe benötigen«, meinte er. Sie sah ihn aufmerksam an. Gebraucht und wahrgenommen zu werden, gefiel den meisten Menschen. »Du bist wichtig«, sagte er und kam sich fast dämlich vor, als schmierte er ihr zu viel Honig um den Mund, obwohl das vermutlich gar nicht nötig war.
»Was willst du?«, fragte sie trocken.

»Eigentlich nur, dass du mir in jenen Situationen hilfst, in denen Beweglichkeit von Vorteil ist.«

»Da ist dir dann dein Hexenschuss im Weg.«

»Genau!«

»Ich stehe immer zu Diensten, das weißt du doch«, sagte sie und lächelte zum ersten Mal, zwar spitzbübisch, aber immerhin.

»Irgendwas ist mit ihr«, dachte er, beschloss aber, das vorerst auf sich beruhen zu lassen.

Sie mussten im Konferenzzimmer alle Lampen einschalten. Obwohl es zehn Uhr vormittags war, herrschte immer noch halbe Dämmerung.

»Mit diesem Nebel ist nicht zu spaßen«, sagte Peter Berg.

Alle wirkten recht ausgeruht.

»Was Malin Larssons Post angeht: Sie hat einen eigenen Briefkasten. Er ist abgeschlossen und hängt im Treppenhaus«, referierte Claesson. »Der Hausmeister hat ihn für uns aufgeschlossen. Keine Sendung hatte einen älteren Poststempel als Dienstag, den 7. November. Eine Ansichtskarte von einer gewissen Betty von den Kanarischen Inseln. Diese Karte hat auf ihrem Weg durch Europa vermutlich einige Tage gebraucht. Es gibt keine Tageszeitungen, die uns dabei helfen könnten, den Zeitpunkt ihres Todes festzulegen. Die Bewohner abonnieren die Zeitung gemeinsam. Sie hatte keine eigene. Sonderlich viele Zeitungen hätten in dem kleinen Fach auch nicht Platz gefunden. Es gab ein paar Rechnungen. Nichts Nennenswertes.«

Die Bilder der Toten hingen genau in Augenhöhe. Die Abdrücke auf dem Hals erinnerten an zerlaufene Tintenkleckse. Passfotos der Geschwister waren rechts und links daneben angebracht.

»Das Tagebuch kann uns weiterhelfen«, sagte Louise. »Der letzte Eintrag stammt vom 3. November, einem Samstag, Allerheiligen.«

Louise blickte in die Runde und blinzelte, als hätte sie noch den Schlaf in den Augen oder müsse eine ungewöhnliche Müdigkeit vertreiben.

»Ich habe es durchgelesen«, meinte sie und hielt das Tagebuch in die Höhe. »Ich vermute, dass es noch weitere gibt, die hatte sie aber nicht hier. Sie scheint eine routinierte Tagebuchschreiberin gewesen zu sein. Es gibt allerdings nicht jeden Tag einen Eintrag. Manchmal hat sie ein paar Tage übersprungen und dann eine Zusammenfassung geschrieben. Sie schreibt über ihr Praktikum im Krankenhaus, über das Arbeitsleben, darüber, wie es ist, Krankenschwester zu werden, und so weiter. Offenbar war sie sich ihrer Sache nicht so sicher. Das Erwachsensein gestaltete sich vielleicht nicht ganz so, wie sie es erhofft hatte. Sie fand, dass die anderen Schwestern häufig etwas gemein zueinander waren. Das brauchen wir nicht zu vertiefen. Zusammenfassend lässt sich sagen, dass sie ziemlich einsam wirkt, jedenfalls kommt es mir so vor. Die Einträge sind sehr unterschiedlich. Manchmal klingen sie altklug, manchmal etwas kindisch oder wie die eines Teenagers. Aber sie schreibt leserlich und orthografisch korrekt. Gegen Ende wird ersichtlich, dass sie jemanden kennen gelernt hat. Sie schreibt folgendermaßen«, sagte Louise und räusperte sich. »›Dieses Jahr endet gut. Ich habe eine Freundschaft geschlossen. Vielleicht mehr als eine Freundschaft‹ ... es folgen drei Fragezeichen. Und dann steht in ihrem Tagebuch auch noch Folgendes ...«

Louise legte den nächsten Text auf den Overheadprojektor. Es war mucksmäuschenstill. Nur eine Neonröhre an der Decke knisterte. Sie lasen: *Er hat angerufen und mitgeteilt, ich solle den üblichen Weg nehmen und beim Fahrradschuppen bei der Schule warten. Er weiß also, welchen Weg ich immer nehme. Er spioniert. Es schaudert mich ... (10. Oktober)*

Es war immer noch mucksmäuschenstill. Sie sahen sich an.

»Aha«, brach Claesson das Schweigen. »Haben wir irgendwelche Männer in ihrem Umfeld?«

»Ja, einen mit einer Fahrradwerkstatt. Alf Brink. Sein Vater besitzt das Fahrradgeschäft«, sagte Peter Berg.

Es ging kein Raunen durch die Versammlung, obwohl das nicht verwunderlich gewesen wäre, denn alle kannten Brinks Fahrradgeschäft.

»Aha«, sagte Claesson erneut.

»Im Wohnheim von Malin hieß es, die zwei seien gelegentlich zusammen gesehen worden«, fuhr Peter Berg fort. »Das ist ein paar Wochen her. Es könnte sich um einen Zufall handeln, aber es könnte auch zum Zeitraum vor ihrem Tod passen. Wann immer der nun eingetreten ist. Im Übrigen wussten sie auf ihrem Stockwerk erstaunlich wenig über sie. Sie war nicht sonderlich gesellig. Sie blieb für sich, aber niemand schien sie komisch zu finden«, meinte er und setzte sich so zurecht, dass er den Abstand zwischen Erika Ljung und sich vergrößerte, was Claesson auffiel.

»Noch mehr?«, fragte er.

Peter Berg schüttelte den Kopf.

Claesson nickte Benny zu, woraufhin sich dieser erhob. Er sprach am liebsten im Stehen. Die Tischplatte war ihm im Weg, wenn er gestikulieren wollte.

Mit rasender Geschwindigkeit erläuterte er, was für beziehungsweise gegen den Fundplatz als Tatort sprach. Vieles deutete darauf hin, dass sie nicht identisch waren. Etwas oberhalb des Fundplatzes hatten Zigarettenkippen gelegen. Dort gab es auch Abdrücke in der Erde, die möglicherweise auf einen Kampf hindeuteten. Es handelte sich jedoch nur um Vermutungen. In ihrem Zimmer im Wohnheim war bisher nichts aufgetaucht, was für die Ermittlung von Wert gewesen wäre, mit Ausnahme des Tagebuches und des Handys, das noch nicht ganz ausgewertet war.

»Dann haben wir in einem Kerzenhalter auf dem Fensterbrett eine ziemlich übel zugerichtete Kerze gefunden – was immer das jetzt bedeuten mag –, auf der sich ihre eigenen Fingerabdrücke befinden. Malin selbst hat die Kerze zerstört. Vielleicht war sie nervös. Ich brauche noch ein paar Tage. Natürlich gibt es Spuren von anderen Personen im Zimmer, aber es kostet Zeit, diese zu sortieren. Außerdem haben wir einen Ölfleck auf dem Boden gefunden, fast an der Tür.«

»Und das Fahrrad haben wir auch noch nicht«, warf Erika Ljung ein. »Niemand weiß sicher, was es für ein Modell war. Wir sind mit ein paar Leuten von ihrem Stockwerk zum Fahrradständer gegangen, aber es gelang nicht, Malins Rad in dem Meer aus Rädern, die dort standen, ausfindig zu machen. Ich vermute, dass die Hälfte von ihnen geklaut ist«, meinte sie.

»Vielleicht könnte uns in dieser Frage der Typ mit der Fahrradwerkstatt behilflich sein«, meinte Claesson. »Habt ihr ihn aufgetrieben?«

»Nein«, antworteten Peter Berg und Erika Ljung unisono.

»Dann verteilen wir die Arbeit für heute folgendermaßen«, fuhr Claesson fort, der steif wie eine Gipsfigur dasaß. »Wir konzentrieren uns auf Alf Brink. Er muss ja aufzutreiben sein. Berg soll hinfahren. Erika kann ihn ja begleiten.« Beide nickten. »Bringt ihn her, wenn er nichts dagegen hat. Die anderen fangen mit ihren Mitstudenten an. Ich kümmere mich erst mal um ihren Bruder, und Louise kann mit ihrer Schwester sprechen. Wir haben ihnen gestern eigentlich nur Guten Tag gesagt. Als sie kamen, war es sehr spät. Aus verständlichen Gründen waren sie in keiner sonderlich guten Verfassung. Sie kamen gerade aus Linköping und hatten dort die Tote identifiziert. Anschließend will ich noch versuchen, mit den Lehrern an der Hochschule zu reden. Die weiteren Aufgaben können wir ja nach und nach verteilen. Ich habe vor, hier im Haus zu bleiben. Wenn ich weggehe, sage ich Nina Bescheid. Wir treffen uns um vier wieder hier. Gibt es noch Fragen?«

Die Besprechung war beendet.

Alexander Grenberg saß vor Claes Claesson. Er hatte nicht denselben Nachnamen wie seine Schwester, da er den seiner Frau angenommen hatte. Larsson sei ein so häufiger Name, hatte er erklärt. Das Paar hatte eine knapp einjährige Tochter, die Grenberg mehrfach erwähnte. Sie bedeutete ihm viel, und das konnte ihm Claesson sehr gut nachfühlen.

Der Altersunterschied zwischen Alexander Grenberg und seiner jetzt toten Schwester Malin, der Kleinen, wie er sie mit Tränen in den Augen nannte, betrug drei Jahre. Claesson hatte Verständnis für seine Trauer und entschuldigte sich dafür, dass er trotzdem ein paar Fragen stellen müsse. Claesson war diese Art von Situation gewöhnt. Die Trauerarbeit musste bewältigt werden, aber gleichzeitig durfte die Aufklärung des Verbrechens nicht vernachlässigt werden.

»Das macht nichts«, sagte Grenberg. »Ich will, dass der Fall schnell aufgeklärt wird. Sie müssen den Mann finden, der diese Tat begangen hat«, meinte er und schaute Claesson mit einer Mischung aus Flehen und Aggression, möglicherweise Hass, an. Der Hass richtete sich jedoch nicht gegen Claesson.

»Wir tun, was in unserer Macht steht«, antwortete er. »Sie erwähnten Ihre Frau. Kannte sie Ihre Schwester?«

»Ja. Meine Frau und ich waren schon während unserer Schulzeit zusammen. Sie haben sich also oft getroffen.«

»Welche Schulzeit meinen Sie?«

»Das war wohl in der Oberstufe«, antwortete Grenberg und schien nachzudenken.

»Mann kann also sagen, dass sich Malin und Ihre Frau gut kannten?«

»Was heißt schon gut. Sie trafen sich oft.«

Grenberg ließ erkennen, dass das Verhältnis der beiden so seine Schattenseiten gehabt hatte.

»Haben sie sich gut verstanden?«, wollte Claesson deswegen auch wissen.

»Jedenfalls haben sie nicht gestritten«, antwortete Alexander Grenberg diplomatisch.

»Also ein kühles Verhältnis der Schwägerinnen«, dachte Claesson und beschloss, auch noch mit Grenbergs Frau zu sprechen, um das Bild von Malin Larsson zu komplettieren, falls das nötig sein sollte.

»Sie sollten darüber nachdenken, wann Sie zuletzt Kontakt zu Ihrer Schwester hatten«, fuhr Claesson fort. »Sie hatten die Nacht dazu Zeit. Ist es Ihnen jetzt eingefallen?«

Alexander Grenberg legte die Stirn in tiefe Falten und schaute auf den Tisch. Es ließ sich mit der Antwort Zeit. Claesson überlegte sich gleichzeitig, wann er zuletzt mit seiner großen Schwester, der um einige Jahre älteren Gunilla, gesprochen hatte. Das war eine Woche her. Er erinnerte sich mühelos daran. Sie hatten über das Weihnachtsfest gesprochen. Gunilla hatte sie nach Stockholm eingeladen. Das passte, da Cecilia Weihnachten bei ihrem Vater feiern wollte. Mit einem Kalender vor sich würde er sogar sagen können, an welchem Wochentag das gewesen war.

»Aber Alexander Grenbergs Gedächtnis wird von großer Trauer behindert«, dachte er und schob den Kalender auf ihn zu. Eine Trauerbotschaft konnte dem Gedächtnis allerdings auch auf die Sprünge helfen, falls es nicht gänzlich blockiert war. Wenn Gefühle in Aufruhr waren, in chaotischen Situationen, konnten Bagatellen umso deutlicher hervortreten. Vielleicht prägten sie sich dann für alle Ewigkeit ein. Einfachen, alltäglichen Sätzen wurde später ein tieferer Sinn zugesprochen, weil sie in einem schicksalhaften Augenblick, am Rand des Abgrunds, bei einem Schiffbruch oder in einem in Flammen stehenden Haus ausgesprochen worden waren. Selbst die Leere, die entstand, wenn Dinge nicht ausgesprochen wurden, konnte einem sehr zu schaffen machen und sich festbeißen und an einem zehren. So war es ihm selbst nach der Beerdigung seines Vaters ergangen. Es gab einiges, worüber er gern mit ihm gesprochen hätte, aber plötzlich war es zu spät.

»Das muss irgendwann vor Allerheiligen gewesen sein«, sagte Grenberg schließlich.

»Können Sie das nicht präzisieren?«

»Doch, wahrscheinlich war es am Freitag.«

»Freitag, dem 2. November, mit anderen Worten«, sagte Claesson und deutete auf den Kalender, der vor ihnen lag.

Grenberg nickte.

»Wie sah dieser Kontakt aus?«

»Telefon.«

»Sie haben also miteinander telefoniert?«
Grenberg nickte.
»Wer hat wen angerufen?«
Grenberg kniff die Augen zusammen, als würde ihn etwas blenden, obwohl es im Verhörzimmer recht dunkel war.
»Das war wohl sie«, antwortete er zum Schluss.
»Malin hat Sie also angerufen?«
»Ja.«
Die Antwort klang unsicher.
»Hatte sie einen besonderen Grund?«
»Nein, nichts Besonderes«, erwiderte Grenberg.
»Sie hat also nur angerufen, um etwas zu plaudern.«
Grenberg zuckte mit den Achseln.
»Ja, so könnte man sagen«, meinte er, ohne das näher zu erklären.
»Hat sie Sie oft angerufen?«
»Das kam vor. Aber manchmal habe auch ich sie angerufen.«
Claesson setzte sich gerade hin und begann nochmals. Er wollte es anders versuchen. Die Stimme seines Gegenübers klang eintönig. Offensichtlich war es dem Bruder zu viel, obwohl er versuchte, so gewissenhaft wie möglich zu antworten.
»Sie sprachen also von nichts Besonderem. Es wäre mir trotzdem sehr recht, wenn Sie noch einmal nachdenken könnten, worüber Sie genau gesprochen haben.«
»Über ihr Praktikum.«
»Was hat sie darüber erzählt?«
»Tja, dass es nützlich sei, die Wirklichkeit kennen zu lernen. Was man halt so sagt, nichts Besonderes.«
»Sie hat also nichts gesagt, woran Sie sich speziell erinnern könnten?«
Er schüttelte den Kopf.
»Nein, was hätte das sein sollen?«
»Ich weiß nicht. Irgendetwas, worüber Sie sonst nie sprachen.«
Grenberg schwieg.

»Nein«, meinte er, nachdem er eine Weile nachgedacht hatte.

»Wie klang sie?«, wollte Claesson wissen. »Können Sie das beschreiben?«

»Wie immer.«

»Vielleicht war ja ihre Stimme verändert – klang sie besorgt, traurig, verängstigt, fröhlich? Sie kannten Ihre Schwester doch sehr gut«, meinte Claesson und sah ihn bittend an.

Sie sahen sich ähnlich, soweit Claesson das nach den Fotos von Malin beurteilen konnte. Normaler Körperbau, gelenkig, blondes, eher dünnes Haar, helle Brauen und eine breite Nasenwurzel. Claesson vermutete, dass viele Frauen Grenberg als gut aussehend bezeichnen würden. Er war leger gekleidet, trug einen dunkelblauen Wollpullover mit V-Ausschnitt und darunter ein weißes T-Shirt. Er unterrichtete Werken.

»Meines Erachtens klang sie genau wie immer«, wiederholte Alexander Grenberg schließlich und schob die Ärmel seines Pullovers hoch. Sein Unterarm wies einen länglichen hellrosa Kratzer auf, den Claesson betrachtete, woraufhin Grenberg den Ärmel wieder nach unten zog.

»Was haben Sie selbst über Allerheiligen gemacht?«

Er zuckte leicht mit den Achseln.

»Nichts Besonderes. Sachen im Haus erledigt.«

»War Ihre Frau auch zu Hause?«

»Ja. Vielleicht nicht die ganze Zeit, aber meistens jedenfalls. Unsere Tochter natürlich auch.«

Claesson machte eine kurze Pause.

»Wie würden Sie Ihr Verhältnis zu Ihrer Schwester beschreiben?«

»Wie meinen Sie das?«, fragte Grenberg und errötete.

»Ich würde gern wissen, ob Sie Ihrer Meinung nach ein gutes oder ein weniger gutes Verhältnis hatten. Das kann bei Geschwistern sehr unterschiedlich sein.«

»Es war gut.«

»Ausgezeichnet«, meinte Claesson und lächelte. »Haben Sie sich übrigens verletzt?«

Alexander Grenberg sah auf seine mittlerweile wieder bedeckten Unterarme hinab.

»Nein, das passiert leicht mal bei meiner Arbeit«, sagte er, ohne an der Frage weiter Anstoß zu nehmen, obwohl er natürlich genau wusste, worauf Claesson hinauswollte. Bereitwillig zeigte er seine Hände, die schwielig und mit kleinen Wunden bedeckt waren. Die Fingernägel wiesen Trauerränder auf.

»Sie haben einander also gelegentlich ohne besonderen Grund angerufen?«, wiederholte Claesson.

Er dachte daran, dass Gunilla und er das nur selten zu tun pflegten. Doch, Gunilla rief ihn manchmal an, nur um den Kontakt aufrechtzuerhalten, sich nach Klara und Veronika zu erkundigen und ein wenig mit der neuen Schwägerin zu plaudern. Aber selbst rief er nur äußerst selten einfach so bei Gunilla an, sondern nur, wenn es einen besonderen Grund gab. Aber ihm gefiel dieses Geplauder, und er freute sich immer, wenn Gunilla anrief. Es munterte ihn auf, mit ihr zu sprechen, es war lustiger als mit seinem Bruder. Seine große Schwester war ihm immer näher gewesen. Übrigens beruhten ihre Anrufe nicht darauf, dass sie nichts Besseres zu tun gehabt hätte. Er kannte niemanden, der so viele Eisen im Feuer hatte. Vier Söhne, leitende Position und eine unendliche Zahl Bekannte und Freunde. Alle fühlten sich in Gunillas Gesellschaft wohl. Vermutlich würde sie nicht einsam sterben.

»Doch, das kam vor«, antwortete Grenberg zum Schluss, und Claesson konzentrierte sich wieder auf das Verhör. »Wir hatten schließlich nur einander«, fuhr Grenberg fort, »und unsere Schwester Camilla natürlich. Damals, nachdem wir ganz auf uns gestellt waren. Deswegen war unser Kontakt von solcher Bedeutung.«

»Ehe wir diese Sache weiterverfolgen, will ich Sie noch fragen, ob Ihnen Malin möglicherweise etwas erzählen oder anvertrauen wollte, weil Sie sie so gut kannten. War sie vielleicht traurig, oder benötigte sie Ihre Hilfe?«

»Das wäre schon denkbar gewesen«, erwiderte Grenberg entspannter. Er wirkte ein wenig stolz. »Sie konnte sich mir anvertrauen, wenn ihr danach war. Aber dieses Mal sagte sie nichts Besonderes, sie erzählte von der Schule und den Klassenkameraden und davon, dass sie jemanden kennen gelernt hatte. Das Studieren und das Praktikum machten ihr Spaß ...«

Er verzog das Gesicht.

»Das war unser letztes Gespräch«, sagte er und versuchte erfolglos, seine Tränen zurückzuhalten.

Claesson ließ ihm Zeit.

»Sie erwähnten, Ihre Schwester habe jemanden kennen gelernt. Hat sie gesagt, wen?«, fragte er dann.

»Wie bitte?«

Grenberg sah ihn verständnislos an.

»Erwähnte Ihre Schwester Malin, wen sie kennen gelernt hatte?«

Grenberg wirkte fast beschämt.

»Nein, das tat sie nicht, und ich habe sie auch nicht danach gefragt. Vielleicht hätte ich das tun sollen«, meinte er und sah Claesson an.

»Man kann nicht an alles denken«, tröstete ihn Claesson. »Haben Sie den Eindruck, es habe sich dabei um einen Mann oder eine Frau gehandelt?«

Grenberg holte tief Luft.

»Es tut mir leid, aber ich kann diese Frage nicht beantworten. Sie war mit jener Person abends ausgegangen. In ein Pub. Ich habe nicht so genau zugehört. Ich dachte wohl, dass es sich um einen neuen Mitstudenten oder eine neue Mitstudentin handelte. Jemanden von ihrer Schule. Eine zukünftige Krankenschwester oder einen zukünftigen Pfleger.«

Claesson schaute aus dem Fenster. Das Zimmer lag Richtung Westen. Draußen hatte es aufgehellt. Es war drückend.

»Vielleicht sollten wir uns ein wenig die Beine vertreten«, meinte er, stand auf und öffnete das Fenster.

Auf dem Tisch standen halb volle Mineralwasserflaschen.

»Möchten Sie vielleicht einen Kaffee oder einen Tee?«

»Nein, danke«, erwiderte Grenberg und erhob sich. »Ich müsste erst mal nach draußen und ...«

»Die Toilette ist rechts«, meinte Claesson und folgte ihm mit steifen Schritten auf den Korridor. Sicherheitshalber holte er noch eine Flasche Mineralwasser.

Dann nahmen sie wieder Platz.

»Wer, glauben Sie, ist der Täter?«, fragte Alexander Grenberg mit einer Mischung aus Aggression und Angst.

»Er scheint sich wieder gefangen zu haben«, dachte Claesson. Diese Frage würde noch oft gestellt werden.

»Wir arbeiten intensiv an diesem Fall. Das ganze Präsidium ist im Einsatz. Wir suchen jene Person, die Ihrer Schwester Gewalt zugefügt hat, aber im Augenblick wissen wir noch nicht, wer es war«, erwiderte er, sah Grenberg direkt in die Augen und hielt seinen Blick fest.

»Sie haben nicht den geringsten Verdacht?«

»Aus ermittlungstechnischen Gründen kann ich auf diese Frage leider nicht eingehen«, antwortete Claesson genauso diplomatisch wie in vergleichbaren Situationen. Diese Floskel war wie ein Mantra. »Aber ich kann Ihnen versichern, dass wir viele Spuren verfolgen und nichts unberücksichtigt lassen«, fuhr er fort und beugte sich etwas ruckartig vor.

»Ich dachte, Sie könnten mir jetzt vielleicht Näheres über Ihre Familie, über Ihre Kindheit und Jugend erzählen. Sie erwähnten, dass Sie sich nahe standen.«

»Wir sind drei Geschwister. Die Älteste ist Camilla, dann komme ich und zum Schluss Malin. Ich war zwölf, als unsere Mutter an Krebs starb. Malin war damals neun und Camilla ungefähr fünfzehn. Dann brach Papa einige Jahre später im Eis ein und ertrank.«

»Ein Unfall?«

»Ja, vermutlich. Wir wissen das nicht so genau. Man fand ihn an einer Stelle, wo das Eis aufgegangen war. Er hatte etliche Promille intus.«

»Hatte er Alkoholprobleme?«

»Das kann man wohl sagen. Aber er bewältigte seine Arbeit.«

»Was für eine Arbeit?«

»Er war Monteur.«
»In welchem Bereich?«
»Lüftungsanlagen.«
»Was geschah nach dem Tod Ihres Vaters? Sie waren ja Waisen.«
»Das Sozialamt und viele andere Leute mischten sich ein. Damals war ich fünfzehn und Malin, wie gesagt, drei Jahre jünger, also ungefähr zwölf. Camilla war inzwischen so alt, dass sie es vorzog, von zu Hause auszuziehen. Das konnte man ihr nachfühlen. Obwohl Camilla anfänglich noch zu Hause mithalf – aber nach einer Weile wurde entschieden, dass Malin bei Verwandten wohnen sollte, und da zog Camilla nach Malmö. Malin sollte bei den Verwandten wohnen, solange sie noch zur Schule ging. Auch ich wohnte eine kurze Zeit dort. Also bei den Verwandten, aber dann machte ich mich dünn. Malin wollte dort vermutlich auch so schnell wie möglich weg.«
»Waren sie nicht nett?«
»Doch, das schon. Aber es ist nicht immer so angenehm, nicht dazuzugehören und jemandem zur Last zu fallen. Wir hatten den Eindruck, dass sie es aus Pflichtgefühl taten. Weil der Anstand es von ihnen verlangte – und nicht, weil sie uns mochten, verstehen Sie?«
»Malin hat also bei diesen Verwandten gewohnt, bis sie hierher gezogen ist?«
»Nein, um Gottes willen! Sie wohnte dort nur einige Jahre. Vielleicht bis sie sechzehn oder siebzehn war. Dann besorgte sie sich eine kleine Wohnung, eine billige Mansardenwohnung. Nachdem sie mit der Schule fertig war, arbeitete sie einige Jahre in der Altenpflege, verdiente ihr eigenes Geld und mietete eine etwas bessere Wohnung, obwohl auch die recht billig war.«
»Wohnten diese Verwandten auch in Växjö?«
»Ja, aber in einem anderen Stadtteil als dem, in dem wir aufgewachsen waren.«
Claesson lehnte sich bedächtig zurück und beugte sich

dann schwerfällig wieder vor, womit er zu verstehen geben wollte, dass er jetzt das Thema wechselte.

»Wenn ich Sie richtig verstehe, hatten Sie also einen ... innigen Kontakt zu Ihrer Schwester. Kann man das so sagen?«

»Vielleicht«, meinte Grenberg und sah sowohl verlegen als auch etwas stolz aus.

»Vielleicht könnten Sie mir dabei helfen, mir ein Bild von Ihrer Schwester zu machen. Ich weiß, dass das nicht leicht ist, am allerwenigsten jetzt, aber könnten Sie versuchen, mir zu beschreiben, was für ein Mensch sie war?

»Ich weiß nicht, ob ich das kann.«

»Ich sehe ein, dass es schwierig ist zu verallgemeinern, aber ich wüsste beispielsweise gerne, ob sie neugierig war, ob es ihr leicht fiel, Leute kennen zu lernen, oder ob sie eher vorsichtig war, vielleicht sogar schüchtern.«

»Sie war nicht besonders draufgängerisch, schon eher zurückhaltend.«

Er verstummte und überlegte mit gesenktem Blick. Claesson sah seine Wimpern glänzen.

»Nein, sie gehörte nicht zu denjenigen, die etwas riskierten, falls Sie das meinten«, sagte Grenberg schließlich.

Claesson nickte. Genau darauf hatte er hinausgewollt.

»Kannten Sie ihre männlichen Bekannten?«

»Nein. Sie kümmerte sich um ihre Sachen und ich mich um meine.«

Es entstand eine Pause. Grenberg schien noch etwas hinzufügen zu wollen.

»Sie gehörte nicht zu denen, die sich mit dem ersten Besten einlassen!«, erklärte er.

»Was meinen Sie damit genau?«

»Sie war kein leichtlebiges Mädchen.«

»Leichtlebig, wie meinen Sie das?«

»Sie ließ sich nicht mit irgendwelchen Männern ein.«

Claesson nickte.

»Kennen Sie irgendeinen ihrer Freunde? Vielleicht noch aus Växjö?«

»Nein«, sagte Grenberg. »Möglicherweise erinnere ich mich an einen, aber das ist wirklich recht lange her. Ich weiß nicht, wie er hieß. Sie hat jedenfalls nie einen mit nach Hause gebracht. Die Männer standen ja auch nicht unbedingt Schlange. Sie war schüchtern. Obwohl, was weiß ich schon?« Ratlos breitete er die Hände aus.

»Ja, was weißt du«, dachte Claesson. Im Lauf der Jahre hatte er gelernt, dass nahe Verwandte meist weniger voneinander wussten, als sie glaubten.

»Könnten Sie uns den Namen der Verwandten nennen, bei denen Sie wohnten?«, fragte er und versuchte damit den Eindruck zu erwecken, dass es sich weniger um ein Verhör als um ein gemeinsames Projekt handelte. »Wenn Sie mir sagen könnten, wo sie zu erreichen sind, wäre es gut. Vielleicht könnten Sie uns auch aufschreiben, wo Ihre Schwester gearbeitet hat, falls Sie sich noch daran erinnern.«

»Das ist kein Problem, was unsere Verwandten betrifft, aber bei den Arbeitgebern bin ich sehr im Zweifel«, erwiderte Grenberg und sah plötzlich sehr müde aus.

»Es ist einen Versuch wert«, sagte Claesson aufmunternd.

»Sonst finden wir das auch auf andere Art heraus«, dachte er, »aber das dauert.« Der Schwester würde man natürlich dieselbe Frage stellen.

Claesson war vor Louise fertig, die die ältere Schwester vernahm. Er hatte es eilig, sich mit ihr abzustimmen. Bereits jetzt war ihm klar, dass sie gezwungen sein würden, nach Växjö zu fahren, je früher, desto besser. Es gab jedoch mehrere Gründe dafür, unter anderem seinen Rücken, dass er momentan vor Ort bleiben wollte. Ohnehin wollten sie erst einmal abwarten, was die Vernehmungen der Mitstudenten, Mitbewohner und anderer hiesiger Zeugen ergaben. Manchmal lag die Lösung näher, als man dachte. Nicht alle Verbrechen erforderten langwierige Ermittlungen.

Alexander Grenberg war beim Abschied ebenso erschüttert gewesen wie vor dem Gespräch. »Er kann einem leidtun«, dachte Claesson. Die Familie war langsam, aber sicher immer kleiner geworden. Anfangs waren sie zu fünft gewesen, und jetzt waren nur noch zwei übrig. Tragisch.

Louise öffnete die Tür und begleitete Camilla Larsson nach draußen. Claesson sah und hörte sie, als sie an seinem Büro vorbeigingen.

»Wie ist es gelaufen?«, fragte er, als Louise zurückkam.

»Weiß nicht«, erwiderte sie vage. »Willst du nichts essen?«

»Vielleicht.«

»Lass uns ins Kaffeezimmer gehen«, schlug sie vor.

Sie holte ein Paket Knäckebrot hervor, bestrich ein paar Scheiben mit Butter und stellte sie zusammen mit einer Kanne Wasser auf den vollgekrümelten Tisch. Während sie ihr Gespräch fortsetzten, schob sie die Krümel auf den Fußboden.

»Camilla hat keine Ahnung, was ihrer Schwester zugestoßen sein könnte«, sagte sie. »Auf Grund des Altersunterschieds pflegten sie in den letzten Jahren keinen besonders regen Umgang. Sie lebten in unterschiedlichen Welten, wenn ich sie recht verstanden habe. Außerdem in verschiedenen Städten. Sie hat einen Damensalon in der Gegend von Malmö, in Burlöv, und ist mit einem Mann verheiratet, der sehr viel arbeitet. Er hat eine Installateurfirma oder etwas in dieser Art. Außerdem haben sie zwei schulpflichtige Kinder. Mit anderen Worten hat sie viel zu tun.«

»In diesem Fall kannte ihr Bruder sie vermutlich besser«, konstatierte Claesson.

»Kann sein«, meinte Louise und wandte sich ihm zu. »Denkst du dabei an etwas Bestimmtes?«

»Ich weiß nicht, aber es muss jemand nach Växjö fahren. Die Geschichte von den Eltern hast du gehört?«

»Ja. Erst stirbt die Mutter, dann der Vater.«

»Wir müssen die verschiedenen Versionen vergleichen. Zwischen den Todesfällen lagen schließlich mehrere Jahre, aber es handelt sich trotzdem um eine Familientragödie großen Ausmaßes.«

Sie nickte mit vollem Mund.

»Falls das nun irgendeine Bedeutung haben sollte«, fuhr er fort.

»Das weiß man nie oder erst anschließend«, erwiderte sie.

»Aber vielleicht sollten wir erst einmal an Ort und Stelle wühlen«, sagte er und spürte seinen Rücken, als er sich eine Scheibe Käse abschnitt und auf sein Knäckebrot legte.

»Växjö läuft uns nicht davon. Burlöv vermutlich auch nicht«, sagte Louise.

Es war also Erika Ljung, die sich mit Peter Berg zusammen auf den Weg zu Brinks Fahrradladen machte. Sie saßen im Auto. Die Stimmung war geladen, unausgesprochene Gedanken lauerten unter der Oberfläche. Sie mieden einander. Gleichzeitig fühlten sie sich wie von starken, unsichtbaren Banden angezogen.

Peter war nach seiner Schussverletzung übermütiger, aber auch vorsichtiger geworden. Er war launisch und litt an dieser spürbaren Veränderung. Eigentlich hatte er sich nie in den Vordergrund gespielt und nie danach gestrebt, sich mehr zu exponieren als nötig, obwohl natürlich auch er gern Karriere machen wollte. Er war wissensdurstig und außerdem ein zurückhaltender Mensch. Zu Anfang hatte Erika seine zurückhaltende Art für Schüchternheit und Unsicherheit gehalten. Aber im Augenblick war ihm nicht seine Schüchternheit im Weg. Außerdem war ihm Erika anfänglich ziemlich unnahbar vorgekommen. Das war sie gewöhnt. Einige Männer waren gekränkt, wenn sie sie abwies, das hatte sie bitter zu spüren bekommen. Andere Frauen behandelten sie schlecht, weil sie mit ihrem dunklen Teint und auf Grund ihrer Größe und Figur auffiel. Sie wusste auch, dass sie gut aussah und dass das gelegentlich von Nachteil war. Es kam ganz darauf an. Ein ungeschriebenes Gesetz für Frauen besagte, dass alle möglichst gleich sein sollten. Und war man nicht auf demselben Niveau, tat man eben so. Oder verhielt sich unauffällig. Ignorierte. Das hatte sie Peter einmal in einer vertraulichen Stunde erzählt. Bei ihr zu Hause war das wohl gewesen. Mit Kerzen, Tacos und Bier. Er hatte auf seine bescheidene Art an ihren Lippen gehangen, das war ihr aufgefallen. Er wollte gern mehr darüber erfahren, wie Frauen dachten und handelten, ein Gebiet, das für ihn sowohl Frustration als auch Faszination barg. Er wollte mehr wissen und begreifen, vielleicht um sie zu erobern und ihr näher zu kommen.

Auch sie selbst hatte sich verändert. »Peter Berg und ich gleichen zwei angeschossenen Vögeln, die, so gut es geht, mit den Flügeln schlagen«, dachte sie. Was früher einmal zwischen ihnen gekeimt hatte, gab es nun nicht mehr. Das Gefühl der Erwartung war geschwunden, und sie vermisste es.

Und jetzt würden sie wieder zusammenarbeiten. Nichts würde natürlich wieder so werden wie früher, und das war gut so. Vielleicht würde ja jetzt etwas Besseres, Neutraleres, weniger Geladenes und weniger Anstrengendes folgen. Früher hatten seine sehnsüchtigen Blicke und seine Aufmerksamkeiten, die sie nicht erwidern wollte, sie angestrengt. Sie hatte sich in ihn verlieben wollen, sie mochte ihn, aber das war ihr nicht gelungen, sosehr sie es sich auch gewünscht hatte. Sich selber treu zu bleiben war ihr, nachdem sie misshandelt worden war, immer wichtiger geworden. Aber Peter Berg war kein rücksichtsloser Muskelprotz, sondern ein netter Kerl. »Eigentlich wäre er ja schon ein Mann für mich«, dachte sie, während sie ihn von der Seite ansah. Aber jetzt hatte er diese junge, allein erziehende Mutter getroffen. Hieß sie nicht Sara? Sara Grip?

Manche Leute verbargen ihre Angst hinter einer harten Schale oder strengten sich an, unbekümmert zu wirken – wie Peter. Zweifelte er, nach allem, was vorgefallen war, daran, den Anforderungen zu genügen? Sie sah die fetten Schlagzeilen noch vor sich. *Polizist im Dienst angeschossen.* Er wäre darüber fast zum Star geworden. Wenn das nun ein Grund für Berühmtheit war. Sein Mut, der ihn fast das Leben gekostet hatte. Aber auch seine Waghalsigkeit, die jedoch in der Presse keine Erwähnung fand. Sie wollten ihren Helden. Aber das gesamte Präsidium wusste Bescheid, und Peter Berg war sich dessen bewusst. Erika hatte den Eindruck gehabt, dass ihm das ganze Tamtam unangenehm gewesen war. So wäre es zumindest ihr ergangen.

Sie war ausgesprochen dankbar dafür, dass nicht publik geworden war, dass sie misshandelt worden war. Alle schwiegen eisern, obwohl einem leicht mal ein Wort zu viel rausrutschte. Ihre Kollegen hatten gute Arbeit geleistet und waren bei ihrer Rückkehr angenehm gewesen. Zu ihrer großen Erleichterung verhielten sich alle wie immer. Es kostete sie ohnehin schon genug Zeit, die Angelegenheit zu verarbeiten. Sie wusste, dass auch Peter Berg zu einem Psychologen ging. Claesson bestand darauf, wenn etwas vorgefallen war, denn sonst ließen einen die Erlebnisse jahrelang nicht los, sondern suchten einen ständig wieder heim, was zur Folge hatte, dass man ein schlechter Polizist und vielleicht auch ein schlechter Mensch wurde. Peter hatte es sicher nötig, dachte sie. Er hatte eigenmächtig und ungeschickt gehandelt und versucht, Tarzan zu spielen.

Peter Berg hatte wohl etwas abgenommen, obwohl es hieß, die Ärzte hätten seine Därme ebenso geschickt zusammengeflickt wie ihr Gesicht. Sie sah aus wie früher. Das sagten alle. Sie hatte versucht, sich an die immer wiederkehrenden Kopfschmerzen zu gewöhnen. Eines schönen Tages würden vermutlich auch diese verschwinden, hatte ihr Arzt tröstend gesagt.

Eigentlich hätte sie Verständnis haben müssen, verspürte aber in letzter Zeit Berg gegenüber zunehmend Verärgerung, die ihr nicht gefiel. Es kam ihr vor, als würde er mehr Platz beanspruchen, und obwohl es fast unmerklich geschah – sicher war es niemandem außer ihr aufgefallen –, spürte sie den Unterschied. Hatte ihn der Bauchschuss verändert? »Die Erkenntnis, dass das Leben buchstäblich an einem seidenen Faden hängt, muss notwendigerweise einiges verändern«, überlegte sie, während sie das Auto vor Brinks Fahrradladen parkte. »Entweder wird man ängstlicher oder noch waghalsiger, kommt ganz drauf an.«

Es war Viertel vor elf. Die Tür zur Werkstatt auf dem Hof

stand offen, obwohl ein eisiger Wind wehte. Sie zogen es jedoch vor, durch den Laden zu gehen.

»Hast du hier schon mal ein Fahrrad gekauft?«, fragte sie Peter Berg, als sie aus dem Auto stieg.

»Nein, noch nie.«

»Aber ich.«

»Soweit ich weiß, hat der Laden einen guten Ruf«, sagte er. »Es gibt ihn schon lange.«

Im Schaufenster stand einladend und glänzend ein schwarz lackiertes Damenrad mit weich gerundetem Rahmen, schwarz lackiertem Korb und braunem Ledersattel, das aussah wie zu Großmutters Zeiten.

»Megaschick«, meinte Erika.

»Welches?«

Ein rotes Mountainbike mit hochgestellten Handgriffen und schwarzen Reifen mit starkem Profil stand daneben.

»Das schwarze«, antwortete sie.

»Ich will lieber das rote«, meinte er und öffnete die Tür.

»Ach, wirklich?«, konnte sie gerade noch sagen, als ein Mann auf sie zutrat, und sie ahnte ein schiefes Lächeln auf Peter Bergs Lippen.

Der Mann war um die sechzig, klein, glatt rasiert und strahlte etwas rundum Gesundes aus. Freundlich lächelte er sie an. Er hielt seine Brille in der Hand. Eine Halbbrille mit Goldrand, wie man sie an der Tankstelle kaufen kann.

»Wir suchen Alf Brink«, begann Peter Berg. »Wir kommen von der Polizei.«

Erika Ljung war froh, dass sich keine Kunden im Laden befanden. Ihr missfiel es, in aller Öffentlichkeit ihre Macht zu demonstrieren. Der Mann errötete und begann an den Brillenbügeln herumzufingern. Er tat ihr leid. Sie wollte es schnell hinter sich bringen.

»Er ist da draußen«, sagte der Fahrradhändler Brink und deutete zum Hof, wo die Werkstatt lag.

Peter Berg wandte sich zur Tür, um wieder auf die Straße zu treten, hielt dann aber inne.

»Können wir nicht durch den Laden gehen?«, wollte er wissen.

Vielleicht hoffte er, auf diese Weise weniger aufzufallen und gleichzeitig überraschender einzutreffen. Der Mann nickte schweigend. Sein Blick verriet Angst.

Sie durchquerten rasch den langen und schmalen Laden. Es roch nach Gummi und Öl. Sie erblickten funkelnde Lenker, Felgen, Helme und Körbe in unterschiedlichen Größen an den Wänden. Sie öffneten die Tür zum Hof, gelangten auf einen schmalen asphaltierten Hof, auf dem alte und neue, kaputte und reparierte Fahrräder unter einem Wellblechdach standen.

Durch die Tür der Werkstatt hörten sie ein Radio, jemand hämmerte auf Metall. Sie traten ein und zogen die Tür hinter sich zu.

Alf Brink saß auf einem Rollhocker mit einem umgekehrten Fahrrad vor sich und war gerade damit beschäftigt, den Kettenschutz zu wechseln. Es war warm, obwohl die Tür zum feuchtkalten Hof offen stand.

Erschrocken sah er sie an, zögerte einige Sekunden und fuhr dann mit solchem Schwung hoch, dass der Hocker nach hinten schnellte und bei einem auf dem Boden liegenden Schraubenschlüssel zum Stillstand kam. Einen Moment lang glaubten sie, er wolle wegrennen, aber er blieb dann doch steif und linkisch stehen, zog einen fleckigen Lumpen aus der Tasche und begann sich umständlich die Finger abzuwischen. Er sagte kein Wort. Er hatte Angst.

Es wirkte, als hätte er sie erwartet, sich auf die Begegnung mit der Obrigkeit vorbereitet und Kräfte gesammelt, um den Schein zu wahren und eine Ruhe auszustrahlen, die seine Unschuld verbürgen sollte.

Er trug einen blauen Arbeitsanzug und war schlank, fast mager und vermutlich etwa eins fünfundachtzig groß. Seine schlechte Haltung erweckte den Eindruck von Unentschlossenheit und Vorsicht. Sein blondes Haar war kurz geschnitten, und er hatte freundliche Augen. Erika wusste, dass der

Schein trügen konnte, aber der Blick, den er ihr zuwarf, wirkte nicht berechnend, sondern eher verängstigt und beunruhigt. Mit gesenktem Kopf lugte er unter seinem Pony hervor, der sicherlich mütterliche Gefühle hätte erwecken können.

Es roch gut, fand sie. Eine Mischung aus Gummi und Schmier- und Lösungsmitteln. Vor dem Fenster stand eine lange Werkbank. Auf der gegenüberliegenden Seite lehnten defekte Fahrräder in drei Reihen an der Wand. Auch zwei zusammengeklappte Rollstühle standen dort auf blanken Felgen.

»Wir sind von der Polizei«, begann Peter Berg. Alf Brink nickte fast unmerklich. »Kennen Sie Malin Larsson?«

»Ja«, antwortete er sehr leise, nickte erneut und starrte auf den Betonboden. Seine schmalen Lippen wurden weiß. Er presste sie zusammen, wodurch sie noch schmaler wurden. »Ich habe sie aber schon lange nicht mehr getroffen«, fuhr er mit dünner Stimme fort und sah Peter Berg verängstigt an.

»Ich vermute, Sie wissen bereits, dass sie tot ist«, sagte Peter Berg, und Erika sah, wie der junge Mann zurückwich und wiederum den Blick senkte. Seine Wangen röteten sich. Im Radio wurde ein Stück mit vielen Bläsern gespielt. Marschmusik. Es hätte wirklich nicht schlechter passen können, dachte sie und wartete auf seine Reaktion.

Die Zeit verging im Schneckentempo. Sie standen wie festgefroren in ihren Rollen auf der Bühne.

»Ja«, antwortete Alf Brink schließlich. »Aber ich habe damit nichts zu tun.«

Er verstummte. Peter Berg betrachtete ihn forschend, als versuchte er zu ergründen, ob Alf Brink log oder nicht.

»Es wäre uns recht, wenn Sie uns aufs Präsidium begleiten könnten. Wir möchten Ihnen in aller Ruhe ein paar Fragen stellen«, sagte er nachdrücklich.

»Ja, aber ...«

»Es wäre das Beste, wenn Sie mitkämen«, meinte Peter Berg mit seiner autoritären Polizistenstimme, die Erika ärgerte und ihr nie gelang.

»Schließlich können wir nicht hier stehen bleiben«, meinte sie. »Es könnte jemand kommen.«

Ohne ein weiteres Wort schaltete Alf Brink das Radio aus und begab sich in ein angrenzendes, winziges Büro, um seine Jacke zu holen. Auf der von dunklen Ölflecken übersäten Werkbank lagen Dosen, Plastikschachteln und Werkzeug sowie ein selbst gebasteltes Holzschild, das Brink ergriff. Sie traten auf den Hof. Brink hängte das Schild an die Tür und schloss ab.

»Sie können gern noch Ihrem Vater Bescheid sagen«, sagte Erika Ljung.

»Was denn?«, erwiderte er, ohne sie anzusehen.

»Dass Sie uns begleiten«, meinte sie und versuchte ihrer Stimme einen beiläufigen Klang zu verleihen.

Ein rasches Achselzucken war die einzige Reaktion, dann gingen sie zum Auto.

Als Peter Berg auf die Straße bog, sahen sie ein Mädchen, das ein Fahrrad mit einem platten Vorderreifen zur Werkstatt schob. Auf sie wartete ein Holzschild mit den Worten *Komme gleich*.

Claesson hob den Hörer ab. Peter Berg teilte mit, dass sie mit Alf Brink unterwegs seien.

»Hatte er Einwände?«, wollte Claesson wissen.

»Nein«, antwortete Peter Berg.

»Ich spreche mit ihm«, sagte Claesson. »Sag Bescheid, wenn er hier ist.«

Claesson hatte gehofft, das Opfer nochmals ansehen zu können, aber momentan blieb ihm keine Zeit dazu. Zur Gerichtsmedizin in Linköping brauchte er mit dem Auto zwei Stunden hin und zwei Stunden zurück. So lange konnte er dem Präsidium nicht fernbleiben. Er musste sich mit den Fotos begnügen. Der Gerichtsmediziner wollte sich melden, sobald er mit der Obduktion fertig war. Die wahrscheinlichste Todesursache kannten sie bereits. Tod durch Erdrosseln. Es gab aber noch andere Zeichen von Gewalteinwirkung. Ihr

Körper wies viele Blutergüsse auf, eine Vergewaltigung war jedoch schwer nachweisbar. Die äußeren und inneren Genitalien waren unverletzt, und sie war vollständig angekleidet aufgefunden worden. Es ließ sich nicht feststellen, zu welchen sexuellen Handlungen sie möglicherweise gezwungen worden war. Die Röntgenuntersuchung war noch nicht abgeschlossen, ebenso wenig die DNA-Analysen, aber das würde wahrscheinlich nicht mehr lange dauern. Das staatliche kriminaltechnische Labor wollte sich beeilen.

»Wie einsam so eine Studentin doch sein kann«, dachte er erneut. »Einsam an einem fremden Ort, was aber auch anregend und aufregend sein kann. Kommt ganz darauf an.«

Weshalb hatte niemand in ihrem Wohnheim etwas unternommen? Aber vermutlich lebten dort alle in verschiedenen Welten und waren vollauf damit beschäftigt, ihr Dasein und ihr Image zu gestalten. So war es schließlich auch bei ihm gewesen, daran konnte er sich erinnern. Aber bestimmt hätte jemand nach ihm gefragt, wenn er sang- und klanglos verschwunden wäre, ohne Bescheid zu sagen. Freunde, die ihm nahe standen. Er begann darüber nachzudenken, wer dafür in Frage gekommen wäre. Er versuchte, sich ihre Gesichter vorzustellen, sah sie aber nur ganz verschwommen. Es waren einfach zu viele Jahre vergangen. Vermutlich würde er sie nicht einmal mehr wiedererkennen. Oder vielleicht doch. Gewisse Leute alterten nicht, sie entwickelten sich einfach zu vertrockneten Kopien ihrer selbst.

Vielleicht war Malin Larsson schüchtern und zurückhaltend gewesen. Eine schweigsame Krankenpflegeschülerin, vielleicht mit gewissen Kontaktschwierigkeiten. Das ließ sich ahnen, aber er wollte versuchen, sich, so gut es ging, mithilfe weiterer Aussagen eine eigene Meinung zu bilden. Er wollte versuchen, die Zeit zu finden, sich mit ein paar Leuten aus dem Wohnheim zu unterhalten oder diese Isabelle Axelsson, diese Krankenschwester, anzurufen, die so nervös gewirkt hatte. Veronika hatte nur Gutes über sie zu sagen gewusst, aber weshalb hatte sie so überdreht gewirkt?

Als Nina Persson vom Empfang anrief und mitteilte, Ljung und Berg seien mit dem Mann auf dem Weg zu ihm, stellte er das Telefon ab. Es klopfte. Mühselig erhob er sich und öffnete die Tür. Sie standen alle drei davor, Erika Ljung, Peter Berg und zwischen ihnen Alf Brink.

Nachdem Peter Berg und Erika Alf Brink abgeliefert hatten, gingen sie wieder. Claesson griff zum Telefon und bat wie vereinbart Louise zu sich.

Der Jüngling in blauen Arbeitskleidern sah sich angespannt um und warf ein paar verstohlene Blicke auf Claesson, der ganz gelassen wirkte. Claesson war nicht sonderlich groß, kaum größer als der Durchschnitt. Er wirkte jedoch kompakt und bewegte sich selbst mit Hexenschuss mit geschmeidigen, weichen Schritten. Er war etwas o-beinig, trug schwarze Jeans, ein dunkelgrünes Hemd und hatte seine Brille aufgesetzt, was das Bild von Autorität und Entschlossenheit verstärkte. Veronika hatte ihn einmal darauf hingewiesen. Er wusste nicht, ob sie es ernst gemeint hatte oder nicht – oder ihn vielleicht nur auf den Arm genommen hatte –, aber mit Brille sah er jedenfalls besser als ohne. Sein Haar war kurz, aschblond, an einigen Stellen angegraut und borstig. Er bewegte sich ruhig und beherrscht – wie jemand, der das Sagen hat, der Macht besitzt.

Er deutete auf einen Stuhl.

»Nehmen Sie Platz«, sagte er zu Alf Brink, der sich setzte.

Sie saßen um den Tisch gruppiert. Von einem offensichtlichen Ungleichgewicht, zwei gegen einen, war nichts zu spüren. Auf Louise Jasinskis Knien ruhte ein Block. Claesson legte ein vergrößertes Foto von Malin Larsson, eine Kopie aus dem Jahrbuch, vor den jungen Mann auf den Tisch. Alf Brink schaute es rasch an und senkte dann den Blick auf seine schwieligen Hände mit Trauerrändern unter den Nägeln. Unbeholfen und traurig machte er sich am Stoff seines Overalls zu schaffen.

»Sie kennen sie?«, fragte Claesson.

Alf Brink nickte, ließ seine eigenen Hände aber nicht aus den Augen.

»Sie heißt Malin Larsson. Stimmt das?«, fuhr Claesson fort.
Brink nickte erneut.
»Sie wissen, dass sie tot ist?«
»Ja«, antwortete er kaum hörbar.
»Sie wissen auch, dass wir annehmen, dass sie umgebracht wurde.«
Schweigen.
»Ermordet also«, verdeutlichte Claesson.
»Ja, ich weiß«, antwortete Brink mit geborstener Stimme.
»Wie haben Sie davon erfahren?«
»Ich habe es vor ein paar Tagen im Fernsehen gesehen und dann davon gelesen«, murmelte er kaum hörbar und schaute endlich auf.
»Sie hegten vorher keinen Verdacht, dass etwas nicht in Ordnung sein könnte?«
Er zuckte mit den Achseln.
»Vielleicht«, antwortete er dann. »Ich konnte sie nicht erreichen, und sie hat sich auch nicht gemeldet.«
Schweigen. Louise Jasinski blätterte behutsam um.
»Erzählen Sie uns von Ihrer letzten Begegnung mit Malin Larsson«, bat Claesson.
Alf Brink schaute auf.
»Das war an einem Sonntag«, sagte er. »Allerheiligen.«
Wieder wurde es still.
»Erzählen Sie weiter«, sagte Claesson.
»Gegen elf brach sie auf und ging nach Hause.«
»Sie war also bei Ihnen?«
»Ja.«
»Wann kam sie?«
»Sie war am Abend zuvor mit mir nach Hause gegangen. Wir waren auf den Friedhöfen gewesen«, sagte Alf Brink, »auf beiden ... Friedhöfen also.«
Claesson zog die Brauen hoch.
»Hatten Sie einen besonderen Grund, die Friedhöfe aufzusuchen?«, fragte er.
Alf Brink dachte nach. Er schob die Unterlippe vor, zog die

Achseln hoch und legte die Arme auf die Armlehnen. Dann lehnte er sich gespannt wie eine Feder zurück und faltete die Hände auf dem Schoß.

»Wir wollten uns nur etwas umschauen und ein paar Kerzen anzünden. Bloß weil ...«

Schweigen.

»Bloß weil was?«, wollte Claesson wissen.

»Weil es schön ist«, sagte Brink und errötete.

»Haben Sie irgendwelche besonderen Gräber besucht?«

»Nein. Wir gingen einfach herum.«

Claesson stützte sein Kinn auf und dachte nach. Er beschloss, das Thema Friedhof eine Weile auf sich beruhen zu lassen.

»Und dann sind Sie zu sich nach Hause gegangen?«

»Ja.«

»Was haben Sie dort getan?«

Alf Brink errötete.

»Wir haben nichts Unerlaubtes getan. Wir haben gegessen und geredet und so. Es war nett. Und ich ...«

Schweigen.

»Und Sie?«, wollte Claesson wissen.

»Ich habe ihr nichts angetan, falls Sie das glauben!«

Claesson antwortete nicht. Der Wind pfiff gegen die Fensterscheiben. Sonst war es still.

»Sie ist also über Nacht bei Ihnen geblieben?«, fragte Claesson dann.

»Ja, sie hat bei mir übernachtet. Es war das erste Mal, wir kannten uns schließlich noch nicht so lange ... und ...«

»Und was?«

»Wir haben nur geschlafen«, sagte Brink.

»Sie meinen also, dass Sie nicht miteinander geschlafen haben?«, hakte Claesson nach.

Wieder schwieg Alf Brink, während sich sein ganzes Gesicht rötlich verfärbte.

»Nein. Sie schien keine Lust zu haben, und da dachte ich, dass ...«

»Was?«

»Dass das schon noch kommt«, sagte Alf Brink.

»Er ist wohl recht unerfahren, der junge Mann«, dachte Claesson. »Unerfahren im Umgang mit Damen. Oder er ist ein sehr guter Schauspieler.«

»Sie verließ Sie also am Sonntag, nicht wahr?«, fuhr er fort.

»Ja, sie ging etwa gegen elf.«

»Sie ging, sagen Sie. Meinen Sie, dass sie zu Fuß gegangen ist?«

»Ja. Und das Fahrrad stand bei ihr zu Hause. Ich hatte sie am Vorabend abgeholt.«

»Aber das ist doch recht weit«, wandte Claesson ein.

»Ja, aber wir hatten vereinbart, zu Fuß zu gehen. Ich weiß nicht, wieso, aber ... sie schlug das vor. Vielleicht, damit wir uns besser unterhalten konnten. Außerdem hatten wir keine Eile. Wir hatten den ganzen Abend vor uns.«

»Sie haben sie also nicht begleitet, als sie Ihre Wohnung verließ?«

»Nein.«

»Sind Sie ihr gefolgt?«

»Nein. Warum hätte ich das tun sollen?«, rief er entrüstet und schluckte dann.

Er hatte einen trockenen Mund und schien in Schweiß zu geraten. Louise öffnete eine Flasche Mineralwasser, goss ein und schob ihm das Glas hin.

»Sie blieben also in Ihrer Wohnung?«

»Ja«, antwortete Brink zuerst mit Nachdruck, schien sich dann aber eines anderen zu besinnen. »Ich bin in den kleinen Supermarkt gegangen. Sie wollte nach Hause, um ihr Fahrrad zu holen und Kaffee zu kochen. Sie besaß eine Thermoskanne und ich nicht. Aber ich wollte Kekse besorgen.«

»Aha. Was hatten Sie dann vor?«

»Eine Radtour. Es war nicht so kalt, und beim Fahrradfahren wird einem schließlich warm.«

»Sie wollten also Kekse für ein Picknick besorgen?«

»Ja, und dann wollten wir los. Aber ...«, begann er, und seine Stimme wurde plötzlich ganz leise, »... sie kam nie zurück.«

Die Luft im Zimmer war schlecht. Claesson bat Louise Jasinski, ein Fenster zu öffnen. Er kam sich vor wie ein Pascha, erhob sich aber nur ungern und wenn es unbedingt sein musste.

»Darf ich fragen, warum Sie die Fahrräder nehmen und nicht mit dem Auto fahren wollten?«

»Malin hatte keins und ich auch nicht. Ich habe keinen Führerschein«, fügte er dann hinzu und schien sich deswegen wahnsinnig zu schämen.

Claesson fiel auf, dass er zum ersten Mal ihren Namen genannt hatte.

»Nun gut«, fuhr er fort. »Sie verließ gegen elf Ihre Wohnung an der Fiskaregatan. Dort wohnen Sie doch?«

Brink nickte.

»Was geschah dann?«

»Nichts«, antwortete Brink.

»Sie kam also nicht zurück?«

»Nein.«

»Malin ließ auch nicht von sich hören? Sie hat auch nicht angerufen oder sich anderweitig gemeldet?«

»Nein!«

»Haben Sie sich da keine Sorgen gemacht?«

»Doch, ich habe auf ihrem Handy angerufen, aber sie ist nicht drangegangen.«

»Sind Sie dann nicht zu ihr nach Hause gegangen?«

»Warum?«

»Um sie zu suchen.«

Brink biss sich auf die Unterlippe.

»Nein, das habe ich nicht getan. Ich dachte...« Er schien Zeit zu brauchen, um das, was er sagen wollte, so zu formulieren, dass es nicht ganz unglaubwürdig klang. »Ich dachte, dass sie mich vielleicht nicht mehr sehen will«, meinte er dann, starrte auf den Boden und wirkte so unglücklich wie ein Hund, der sich schämt.

»Sie verzichteten einfach darauf, hinzufahren und nachzusehen, ob sie zu Hause war?«, fragte Claesson zweifelnd.

Alf Brink nickte.

»Sie unternahmen also nichts, um herauszufinden, wo sie sich befand«, fuhr Claesson fort und klang weniger streng.

»Doch, ich rief an, aber sie antwortete nicht, und wir hatten doch gerade erst angefangen, uns zu sehen, und ich dachte, da wird wohl nichts draus ... Das dachte ich«, wiederholte Brink.

»Entschuldigen Sie, aber wie lange kannten Sie sich schon?«

»Einige Wochen. Fünf, vielleicht sechs«, antwortete er.

Claesson und Louise einigten sich mit einem raschen Blick darauf, dass sie übernehmen sollte. Ein Wechsel brachte manchmal neuen Schwung in die Vernehmung.

Also beugte Louise sich zu Alf Brink hinüber, senkte ihre Stimme, milde wie eine behaglich schnurrende Katze.

»Wir wissen, wie unbehaglich das hier ist, aber wir versuchen, einen Mord aufzuklären. Wir wollen, dass Sie uns so viel wie möglich helfen, und wir verstehen beide ...«, dabei sah sie Claesson an, »... dass Sie das ziemlich mitnimmt. Wir wissen auch, dass Sie nach besten Kräften mithelfen wollen, den Schuldigen zu finden. Nicht wahr?«

»Ich hab es nicht getan«, sagte er nochmals in flehendem Ton, damit sie ihm endlich Glauben schenkten. »Ehrenwort! Ich war es nicht! Ich hatte sie doch gern!«

Mit verzweifelter Angst kämpfte er darum, sie zu überzeugen. Er hatte Malin gern gehabt. »Genau solche starken Gefühle lassen einen zum Täter werden«, dachte Claesson. »Die Gefühle kippen um, Gewissheiten werden infrage gestellt. Die Angst, das zu verlieren, was einem lieb ist, lässt die dunklen Kräfte an die Oberfläche treten.«

»Nachdem sie Sie in Ihrer Wohnung in der Fiskaregatan 17 am Sonntag, dem 4. November, gegen elf Uhr zurückgelassen hatte, haben Sie sie nicht mehr gesehen oder anderweitig mit ihr Kontakt gehabt«, fasste Louise zusammen.

»Das stimmt.«

»Nächste Frage: Was, glaubten Sie, war geschehen, da sie sich nicht mehr meldete?«

Brink sah nach unten und bewegte nervös die Hände auf dem Schoß.

»Weiß nicht«, sagte er zögernd. »Dass sie einen anderen hatte«, antwortete er dann und kniff die Augen zusammen.

»Wer hätte das Ihrer Meinung nach sein können?«

»Keine Ahnung. Das war mehr so eine Idee. Sie wollte mich vielleicht nicht mehr treffen, obwohl es so ausgesehen hatte. Also anfangs. Wir hatten es ja ganz nett, obwohl wir nicht...«

Der unvollendete Satz ging in ein verlegenes Schweigen über.

»... miteinander schliefen«, ergänzte Louise. »Meinten Sie das?«

Erneutes Schweigen. Er nickte mit geschlossenem Mund und an die Wand gerichtetem Blick.

»Könnten Sie mir antworten?«, beharrte Louise.

»Ja, das dachte ich. Wir hatten früher schließlich auch nicht zusammen übernachtet.«

»Wo trafen Sie sich normalerweise?«

»Das war unterschiedlich«, meinte er und neigte den Kopf zur Seite. »Manchmal irgendwo im Freien, manchmal im Pub, aber meist zu Hause bei mir.«

»Warum waren Sie nie bei ihr?«

»Sie wollte das nicht.«

»Wissen Sie, warum?«

»Nein«, sagte er erst, überlegte es sich dann aber anders. »Doch, vielleicht. Sie wohnte doch zusammen mit so vielen anderen. Dort hätte man uns nicht in Frieden gelassen.«

»War das so wichtig? Dass man Sie in Frieden ließ?«

Er schien nicht zu wissen, was er antworten sollte, und kratzte sich am Kopf.

»Eigentlich war es wohl nicht so wichtig. Ich weiß nicht, das war einfach nur so ein Gefühl von mir. Aber sie äußerte sich nie direkt darüber. Es kam mir nur so vor«, antwortete er ausweichend.

»Wir wollen jetzt über Ihre erste Begegnung sprechen«, sagte Louise. »Können Sie uns davon erzählen?«

»In der Werkstatt«, antwortete Brink rasch. »Sie kam mit ihrem Fahrrad, hatte einen Platten.«

»Dann wissen Sie also, wie ihr Fahrrad aussieht.«

»Ein DBS, ein Damenrad. Schwarz«, antwortete er.

»Würden Sie es wiedererkennen?«, wollte Louise wissen.

»Vielleicht. Das Modell ist recht häufig. Aber es hatte einen braunen Plastiksattel mit Rissen. Malin wurde immer nass, wenn sie sich draufsetzte, weil das Polster die Feuchtigkeit aufsaugte. Ich hatte vor, ihr einen neuen Sattel zu schenken, aber daraus ...«

Er brachte den Satz nicht zu Ende, sondern biss die Zähne zusammen.

»Sie meinen also, das Fahrrad lässt sich leichter wiedererkennen, weil es einen braunen Sattel hat?«

»Kann sein. Schwarze Fahrräder haben meist einen schwarzen Sattel, wenn es sich nicht um einen Ledersattel handelt. Das Fahrrad war alt. Ich glaube, sie hatte es in Växjö gebraucht gekauft.«

Louise schrieb mit.

»Lernen Sie häufiger Frauen in Ihrer Werkstatt kennen?«

»Was meinen Sie mit häufiger?«

Brink war entrüstet, seine Stimme klang aufgebracht.

»Haben Sie schon früher mal auf diese Art eine Frau kennen gelernt?«, fuhr Louise ungerührt fort.

»Es kommt vor, dass man sich unterhält und so. Schließlich kommen viele einfach nur rein, weil sie sich unterhalten wollen, aber das sind natürlich die Älteren. Alte Männer, die sonst nichts zu tun haben, aber die unterhalten sich lieber mit Papa. Also die Rentner.«

Claesson hob einen Finger, um Louise zu bedeuten, dass er etwas fragen wollte.

»Und die jungen Damen? Mit wem sprechen die lieber?«, wollte er wissen.

»Das weiß doch ich nicht! Die meisten sagen nicht viel. Sie

geben ihr Fahrrad ab, sagen, was kaputt ist, und dann wollen sie alle, dass man es sofort repariert. Niemand will warten. Ich kann auch nicht den ganzen Tag rumstehen und mich unterhalten, schließlich muss ich arbeiten.«

»Sie hatten also noch nie zuvor ein Verhältnis mit einer Frau, die Sie in der Fahrradwerkstatt kennen gelernt hatten?«

Er schwieg.

»Was geht Sie das an?!«, rief er dann wütend, aber Claesson und Louise antworteten nicht. »Es ist schon mal vorgekommen«, sagte er dann. »Aber das ist doch wohl nicht verboten?«

Claesson gab sich fürs Erste zufrieden und bedeutete Louise weiterzumachen.

»Was wissen Sie eigentlich über Malin Larssons Hintergrund?«, fragte sie.

»Nichts«, antwortete er erstaunt, als würde er nicht recht verstehen.

»Man erzählt doch immer aus seinem Leben und so, wenn man sich kennen lernt und sich sympathisch findet.«

Alf Brink schien nachzudenken.

»Sie hat überhaupt nichts erzählt. Nur, dass sie schon früher als Pflegehelferin im Krankenhaus gearbeitet hat. Vielleicht war es aber auch in der mobilen Altenpflege.«

»Fanden Sie das nicht komisch? Dass sie nichts erzählte?«

Louise blickte ihn forschend an.

»Nein«, antwortete Alf Brink und sah die beiden fragend an. »Hätte ich sollen?«

Weder Louise noch Claesson äußerten sich dazu.

Sie fuhren Brink zurück zur Fahrradwerkstatt, damit er das Schild abhängen und weiter Fahrräder reparieren konnte oder was er an diesem einschneidenden Tag sonst vorhaben mochte.

»Das wird nicht leicht für ihn«, sagte Claesson.

»Nein. Das Gerede der Leute wird ihm zusetzen«, meinte Louise, und ihre Stimme klang bekümmert. »Die bösartigen Zungen, die es überall gibt.«

»Was hältst du von der Sache?«

Claesson hatte die Frage absichtlich vage formuliert. Louise sah ihm an, dass er sich bereits ein Urteil gebildet hatte. Ein vorläufiges, schließlich konnte sich alles ändern. Aber eine Linie hatte sich herauskristallisiert.

»Schwer zu sagen«, antwortete sie ausweichend. »Auf den ersten Blick finde ich, dass er einen sympathischen Eindruck macht. Nett. Etwas unsicher. Sicher auch Frauen gegenüber. Vielleicht finden Frauen, die einen harmlosen Mann suchen, das ja anziehend. Ein Mann, der ungefährlich ist oder zumindest so wirkt.«

Claesson erhob sich und entlastete damit sein Kreuz. Er versuchte, sich, so gut es ging, zu strecken und stellte sich ans Fenster.

»Was für ein Motiv könntest du dir im Augenblick vorstellen?«, wollte Louise wissen.

»Die Kehrseite der Liebe. Eifersucht, Kontrollbedürfnis, Besitzansprüche«, zählte Claesson auf, eine Antwort, die sie sich genauso gut hätte selbst geben können. »Ein klassischer Fall«, fuhr er fort, »von unkontrollierten Impulsen. Aber wir müssen abwarten. Jedenfalls haben wir nicht genug für einen begründeten Verdacht gegen ihn.«

»Noch nicht«, ergänzte sie.

Claesson erwähnte nicht, dass er gewisse Sympathien für den jungen Mann hegte, der mit dem anderen Geschlecht so unbeholfen umzugehen schien. Zumindest hatte er diesen Eindruck von Alf Brink gewonnen – von seiner schlaksigen Haltung, seinem hervorlugenden Blick, seinen zögernden Antworten. Gleichzeitig war sich Claesson bewusst, dass sensible, zerbrechliche Personen nur sehr schlecht mit dem Gefühl zurechtkamen, die Kontrolle zu verlieren. Sie wurden dann leicht überschwänglich und aggressiv. Er beschloss, behutsam vorzugehen und sich nicht festzulegen.

Peter Berg brachte die beiden Boulevardzeitungen mit ihren großen Schlagzeilen mit. Ein Foto zeigte die Mitstudenten, und darunter stand geschrieben: *Wagen wir zu bleiben?*, *Schlägt der Täter wieder zu?* und *Hätte es verhindert werden können?* Die Angst hatte um sich gegriffen, aber las man genauer, schienen die meisten trotzdem ihre Krankenpflegeausbildung fortsetzen zu wollen. Jedenfalls hatte Rebecka Eriksdotter das vor. Sie sei eine enge Freundin des Opfers gewesen, erfuhr man.

»So eng, wie es in so kurzer Zeit möglich ist«, kommentierte Louise.

»In jungen Jahren geht das schneller«, meinte Claesson. »Da ist man schon nach einem Abend bestens befreundet und unzertrennlich.«

»Ihre Mitstudenten haben Malin Larsson im Übrigen seit über zwei Wochen nicht mehr getroffen. Das dämpft vermutlich die Angst«, meinte Peter Berg. »Der Vorfall liegt schließlich schon einige Zeit zurück.«

»Ja, das kann natürlich sein«, gab ihm Claesson Recht.

»Es hat nicht den Anschein, als seien sie sonderlich besorgt gewesen. Es fragt sich, ob ihnen überhaupt aufgefallen ist, dass sie nicht da war«, überlegte Louise.

»Malin Larsson ist nicht sonderlich aufgefallen«, sagte Claesson.

»Möglicherweise nur dadurch, dass sie nicht auffallen wollte«, erwiderte Louise und versuchte witzig zu sein.

»Das kann manchmal auch recht angenehm sein«, fand Peter Berg.

Louise sah ihn finster an.

»Es gibt recht viele Kollegen, die wir nicht sonderlich vermissen würden, wenn sie zwei Wochen nicht da wären«, fuhr er fort.

Louise betrachtete ihn und fand, dass er über eine ungewöhnlich realistische Selbsteinschätzung verfügte. Es war ihr nicht weiter aufgefallen, dass er Urlaub im Süden gemacht hatte. Sie hatte es erst gemerkt, als er leicht sonnengebräunt und mit einer frischen Röte im Gesicht zurückgekehrt war.

»Ich habe vor, zu Alf Brink zu fahren«, sagte Claesson.

»Jetzt?«, wollte Louise wissen.

»Nein, später. Gerade jetzt kann ich nicht. Ich gedenke, ohne Voranmeldung zu erscheinen«, sagte Claesson und kratzte sich am Kopf, während er nachdachte. »Ich schaffe es wohl erst morgen«, meinte er schließlich. »Gibt es bei ihm zu Hause etwas von Interesse, dann hat er es ohnehin inzwischen beseitigt. Außerdem will ich, dass jemand mit ihm zusammen die Fahrradständer in der Stadt abklappert. Kannst du dich darum kümmern?«, fragte er Peter Berg, und dieser nickte. »Ihr könnt vor dem Wohnheim anfangen und dann an der Hochschule, beim Bahnhof, Lilla Torget und ... ja, du weißt schon ... weitermachen.«

»Können wir das nicht machen, nachdem er die Werkstatt geschlossen hat? Wir müssen ihn ja auch nicht unnötig unter Druck setzen. Schließlich liegt kein Grund zur Festnahme vor.«

Claesson gefiel Bergs Mitmenschlichkeit.

»Okay«, meinte er.

»In einer Kleinstadt wie dieser wird man Alf Brink ohnehin ohne Beweise verurteilen«, meinte Louise.

»Wahrscheinlich«, erwiderte Claesson seufzend. »Aber das braucht uns jetzt noch nicht zu kümmern. Wir rechnen damit, den Fall zu lösen. Wenn er es nicht war, wird man es vergessen. Das Gedächtnis der Leute reicht nicht weit.«

»Bist du dir da sicher?«, meinte Louise. In diesem Augenblick trat Inspektor Gren durch die Tür.

»Was Neues?«, fragte er und schaute vom einen zum anderen. »Ist Brink der Täter?«

»Nein«, antwortete Claesson. »Sieht nicht so aus. Vielleicht ergibt sich ja später noch was. Was gibt's?«

»Ich hatte gerade einen älteren Mann am Apparat. Das war jetzt schon sein zweiter Anruf. Das letzte Mal sprach er nicht mit mir und hatte wohl nichts von Wert beizutragen. Jedenfalls gibt es darüber keine Aufzeichnungen. Dieses Mal schien er genauer zu wissen, was er uns mitteilen wollte. Er wohnt mit Sicht auf den Hafen in der Hamngatan, recht weit oben, wenn ich ihn recht verstanden habe. Er sagte dritter Stock, aber ich glaube, dass es sich um das Haus handelt, das direkt auf der Anhöhe liegt. Das ergäbe also eine ordentliche Distanz für jemanden mit schlechten Augen.«

»Sieht er schlecht?«, wollte Claesson wissen.

»Nein, das weiß ich nicht. Ich habe ihn noch nicht getroffen. Ich habe soeben aufgelegt, aber ich dachte, dass vielleicht jemand hinfahren könnte. Er sah jemanden mit einer gelben Jacke vorbeiradeln. Wie einen gelben Punkt. Also auf der Hamngatan. Er glaubt, es sei an einem Sonntag gewesen, weil nicht viel Verkehr war. Daran erinnerte er sich. Für gewöhnlich parken dort eine Menge Leute, die zur Krankenkasse oder ins Einkaufszentrum wollen ... Aber nicht an jenem Tag. Es war regelrecht tot – wie sonntags.«

»Außer dem Sonntag gestern haben wir noch zwei zur Auswahl«, meinte Louise.

»Weil er solche Mühe hatte, sich zu erinnern, kamen wir zu dem Schluss, dass es wahrscheinlich eine Weile her ist, und das könnte dann ja vor zwei Wochen gewesen sein. Da lebte sie noch, wenn sie es denn war!«

»Fahr hin«, sagte Claesson an Berg gewandt. Dieser nickte und ließ sich von Jesper Gren den Namen und die Adresse geben.

»Er sagte dann noch, dieser gelbe Punkt habe angehalten«, fuhr Gren fort.

»Angehalten?«

»Und sei vom Fahrrad gestiegen.«

»Fahr sofort hin!«, wiederholte Claesson und sah Peter Berg auffordernd an. »Nimm Erika mit!«

Zeitungsboten, Leute mit Hunden und Rentner, die am Fenster saßen und noch gut sehen konnten, waren ihre besten Informanten. Das stimmte immer, dachte Claesson.

Isabelle Axelsson hatte gerade das geräumige und helle Büro der Stationsschwester am hinteren Ende der Station verlassen. Die Begegnung war nicht sonderlich angenehm gewesen.

Die Stationsschwester hieß Nelly; der Name klang friedfertig und nett, aber leider war sie sehr hochnäsig. Unschwer ließ sich feststellen, dass es ihr an Einfühlungsvermögen mangelte. Vermutlich beruhte ihre kühle Art darauf, dass sie unsicher war, und dies wiederum darauf, dass sie ihrer Aufgabe nicht gewachsen war. Darüber waren sich mit Ausnahme ihrer Günstlinge viele auf der Station einig. Nelly war dreiunddreißig Jahre alt. »Kaum trocken hinter den Ohren«, dachte Isabelle. Der Altersunterschied erschwerte die Situation noch. Isabelles Anspruch auf Respekt für ihr Alter und ihre Erfahrung wurden gänzlich außer Acht gelassen.

Nur zehn Minuten war Isabelle geblieben, dann hatte sie kehrtgemacht und war gegangen. Es hatte wirklich keinen Grund gegeben, weshalb sie als reife Person stehen bleiben und sich dumm vorkommen hätte sollen. Sie war nicht einmal dazu aufgefordert worden, Platz zu nehmen, sondern gezwungenermaßen gleich neben der Tür stehen geblieben und von einem Fuß auf den anderen getreten. Nelly hatte sie schmoren lassen, und Isabelle war verlegen geworden und hatte feuchte Hände bekommen.

»Dumme Ziege!«, zischte Isabelle Axelsson trotziger, als es ihrem Alter anstand. Aber niemand hörte sie. Wie ein verlorenes Schaf stand sie nun am Ende des langen Korridors der Chirurgie. Sie zitterte vor Wut und wusste nicht, was nun zu tun war. Das Feuer in ihrem Inneren würde noch eine ganze Weile lodern, das spürte sie. Das Blut schoss stoßweise durch ihren Körper. Wut und Verdruss klopften an ihre Schläfen, und sie spürte die herannahenden Kopfschmerzen.

Sie musste ein paar Minuten allein sein, um sich zu sammeln und wieder einen kühlen Kopf zu bekommen, bevor sie ins Schwesternzimmer zurückkehrte. Sonst bestand das Risiko, dass sie etwas Unüberlegtes sagte, und das wäre nicht gut. Sie würde sich eine Blöße geben und Dinge aussprechen, die sich anschließend nicht zurücknehmen ließen. Es gab immer Leute, die davon profitieren würden, wenn sie sich mit Nelly stritt.

Zusammenzuhalten war eine schwere Kunst und auf Station im Moment nicht unbedingt angesagt. Nelly besaß Kontaktleute, die ihr Informationen lieferten und es nicht wagten, auf eigenen Beinen zu stehen und sich unbeliebt zu machen. Jetzt saß mindestens eine von diesen im Schwesternzimmer an dem weißen Schreibtisch und wartete nur darauf, in Erfahrung zu bringen, in welchem Zustand Isabelle Nelly verlassen hatte.

Erst wollte sie ins Treppenhaus flüchten und den Fahrstuhl zu dem versteckten Platz an der Rückseite des Gebäudes nehmen, an dem sich alle Raucher trafen, diejenigen, die nicht aufgehört hatten, nachdem das Krankenhaus zur Nichtraucherzone erklärt worden war. Aber dort war es zu kalt, und außerdem war es zu weit. Außerdem wusste man nie, wer gerade eine Zigarette rauchte. Vielleicht der Hausmeister, der dafür bekannt war, Klatsch wie eine Schmeißfliege durchs ganze Krankenhaus zu tragen. Dann wäre sie gezwungen, über Malin zu sprechen und grinsend vorgebrachte Fragen und neugierige Kommentare über sich ergehen zu lassen.

Ihr blieb nur die Toilette neben dem Kaffeezimmer am anderen Ende des Korridors. Wie ein gehetztes Reh jagte sie den Gang entlang, öffnete die Tür zur Toilette, schloss ab, klappte den Klodeckel runter und ließ sich darauf niedersinken. Sofort kamen ihr die Tränen. Die ihr zugefügte Demütigung musste irgendwie aus ihr herauskommen.

Ihr war klar, dass sie keine Schuld an Malin Larssons Ermordung trug. Auch Nelly wusste das, versuchte aber dennoch, Isabelle einen Teil der Schuld aufzubürden und ihr mit großen Worten wie Pflicht, Verrat und Unterlassung eine Entschuldigung zu entlocken. Aber da war sie an die Falsche geraten. Mit verbissenem Schweigen hatte sie Nellys allzu hohen Haaransatz fixiert und den Wortschwall über sich ergehen lassen, als ginge er sie nichts an.

Sowohl Veronika Lundborg als auch Else-Britt Ek hatten bereits beim Weihnachtsmarkt versucht, sie davon zu überzeugen, dass sie wirklich nichts mit dem Tod der jungen Frau zu tun haben konnte. Sie war von den diffusen Schuldgefühlen, die ihr keine Ruhe gelassen hatten, von dem vielen Wein am Vorabend und in der darauf folgenden Nacht sowie vom Schlafmangel so verwirrt und aufgelöst gewesen, dass sie weder ein noch aus gewusst hatte. Jedenfalls da nicht.

Malin Larsson war genauso alt wie Linda, aber das beruhigte sie eigentlich nicht oder nur ganz wenig. Vielleicht ein wenig. Sie waren sehr verschieden. Linda hätte sich nicht für einen Pflegeberuf geeignet. »Sie will ein bequemes Leben führen und Beachtung finden«, dachte Isabelle unsentimental über ihre eigene Tochter. Sie wusste nicht, weshalb Linda so verwöhnt war, vermutlich war es ihre Schuld. Es war einfach so gekommen, als alles in ihrem Leben drunter und drüber gegangen war. Damals hatte sie von einem Tag zum nächsten gelebt und nicht die Kraft gehabt, den Kindern etwas zu verwehren.

Es musste ein verrückter Sexualmörder gewesen sein! Ihre Gedanken überschlugen sich. Jemand hatte sich an Malin Larsson vergangen. Ein fremder, feindlicher, großer und starker Mann. Ziellos suchte sie ihr Gedächtnis nach allen Männern ab, die sie kannte – selbst die Freunde von Tobbe kamen ihr in den Sinn. »Das sind nicht unbedingt alles Engel«, dachte sie. Kleine Betrügereien, Ladendiebstahl, Geschwindigkeitsüberschreitungen und Fahrraddiebstähle kamen schon mal vor, aber keiner von ihnen würde doch wohl ...? Nein, undenkbar!

Es wäre übertrieben gewesen zu behaupten, dass sie um eine Person, die sie kaum kannte, aus tiefstem Herzen trauerte. Sie fand es hauptsächlich scheußlich und natürlich bedauerlich. Es war wie ein Diebstahl. Ein Leben, das lang hätte sein sollen, war verkürzt worden. Was hatte Malin eigentlich für ein Leben gehabt? Hoffentlich waren die wenigen ihr vergönnten Jahre erfreulich gewesen.

»Ist Ihnen klar, dass es von größter Bedeutung gewesen wäre, wenn Sie die Meldung über das Nichterscheinen einigermaßen rechtzeitig abgeschickt hätten? Am besten wäre natürlich gewesen, wenn Sie das unverzüglich erledigt hätten. Vielleicht hätte sich dieses schreckliche Ereignis dadurch vermeiden lassen«, hatte Nelly gesagt und sie aus ihrem Bürostuhl angeschaut, dessen verstellbare Rückenlehne ihre eine hochmütige Haltung verlieh.

Isabelle hatte sich dazu gezwungen, den Blick nicht abzuwenden.

»Und ich vermute, dass Sie wissen, dass wir auf dieser Station das Prinzip haben, dass man sich aufeinander verlassen soll, dass man sein Bestes leistet und seine Arbeit nicht vernachlässigt«, hatte Nelly unbarmherzig hinzugefügt.

Isabelle, die immer noch auf dem heruntergeklappten Toilettendeckel saß, hörte auf zu weinen. Sie hörte Stimmen auf dem Weg zum Kaffeezimmer, konnte sie aber nicht zuordnen. Sie blieb sitzen, hörte eine Schranktür, die geöffnet und geschlossen wurde, dann war es wieder still.

»Keine Nachlässigkeit ist erlaubt, und alles muss rechtzeitig erledigt werden, am besten noch, bevor man die Aufgabe überhaupt erhalten hat«, dachte sie säuerlich, als handelte es sich dabei um ein Gebet oder einen Merksatz, den man beliebig wiederholen konnte. Aber nicht einmal die vortreffliche Nelly wusste, welcher Instanz sie Isabelles Unterlassung melden sollte. Das hatte sie sogar zugegeben. Vielleicht niemandem, hätte Isabelle fast gesagt, Nelly dann aber weiterreden lassen. Nelly hatte vor herauszufinden, welches Formular verwendet werden und wo sie es hinschicken müsste, damit alles seine Ordnung hätte. Man dürfe vor der Wirklichkeit nicht die Augen verschließen. Was nicht dokumentiert werde, existiere nicht, und wie sähe es dann mit der Statistik aus? Während Nelly so sprach, verspürte Isabelle eine gewisse Unruhe darüber, in welchem Register sie wohl landen mochte. Nelly hatte sich immer dessen gerühmt, unzweideutig aufzutreten. Aber die normalen Disziplinarmaßnahmen versagten, wie gesagt, dieses Mal. Weder ein so genannter Vorfallsbericht noch die Lex Maria, eine Art Selbstanzeige, eigneten sich. Selbst Socialstyrelsen, die oberste Aufsichtsbehörde, war die falsche

Adresse. Schließlich handelte es sich nicht um einen Kunstfehler, sondern um eine andere Art der Nachlässigkeit. Das Wort war Nelly langsam über ihre fülligen Lippen geglitten.

Isabelle hatte vorgehabt, die Papiere, in denen stand, dass Malin Larsson an der zweiten Praktikumswoche nicht teilgenommen hatte, am Wochenende abzuschicken. Aber Nelly hatte ihr einfach nicht zugehört. Isabelle hatte vorgehabt, die Abwesenheitsliste entweder am Sonntag in den Briefkasten zu werfen oder eventuell am Montag, also heute, in die Hauspost zu geben. Aber Nelly hatte nicht zugehört, war ihr ins Wort gefallen, wie es sich nur Vorgesetzte erlauben können, und hatte über die Bedeutung guter Vorbilder gesprochen, zu denen sie Isabelle ganz offensichtlich nicht zählte. Nelly zog es vor, sie unter den großen Schlampen einzureihen. Immer gehe etwas schief! Wie jetzt wieder. Nelly deutete auch an, ihr sei in Bezug auf Isabelle so einiges zu Ohren gekommen. Isabelle errötete tief, immer wieder trieb ihre Vergangenheit wie ein Korken an die Oberfläche. Gewisse Dinge schien sie nie loszuwerden!

Sie saß, mit anderen Worten, fest. Sie sah es ganz deutlich vor sich. Ihr Leben auf der Station würde sich nicht verändern. Sie hatte keine Veranlassung, darauf zu hoffen, dass Nelly ihren Lohn je auch nur um eine Krone erhöhen oder sie auf andere Art ermuntern würde. Der Posten der Sektionsleiterin, um den sie sich beworben hatte, würde ihr vorenthalten bleiben. So war es nun mal. Obwohl sie heimliche Hoffnungen gehegt hatte, machte sie sich nichts vor. Nelly würde die Jungen, noch nicht vom Leben Gezeichneten, fördern. Damit musste sich Isabelle ein für alle Mal abfinden. Erfahrung besaß einen relativen Wert. Wissen war zwar gut, hatte aber keinen eigentlichen Preis.

Sie hätte sich schon vor langem, bevor sie ein Teil des Inventars geworden war, aus dem Staub machen sollen. »Vielleicht ist es nun zu spät dafür. Aber wer entscheidet das eigentlich?«, dachte sie dann und sah ein, dass sie selbst es war.

Sie hielt ihr Gesicht unter kaltes Wasser und versuchte, das Gespräch mit Nelly, das einen üblen Nachgeschmack hinterlassen hatte, von sich zu schieben. Dann trocknete sie sich vorsichtig mit den rauen Papierhandtüchern ab und nahm ihren von der Wärme ihres Körpers weich gewordenen Lippenstift aus der Kitteltasche. Vorsichtig tupfte sie ihn auf die Lippen und verteilte ihn dann mit der Fingerspitze.

Warum hatte sie sich nur nicht mehr Zeit genommen, mit Malin Larsson zu sprechen, als sie zusammen auf Station zu tun gehabt hatten? Vielleicht hätte sie so etwas Wichtiges erfahren, das der Polizei weitergeholfen und das sich Kriminalkommissar Claesson auf seinem Block notiert hätte. Etwas Wesentliches, das die Polizei direkt zum Mörder geführt hätte. Vielleicht war Malin ständig bedroht worden und hatte jeden Tag Angst gehabt, auch wenn ihr das nicht anzumerken gewesen war. Man konnte vieles verbergen – auch Dinge, die nur schwer zu ertragen waren –, wenn man nur genug Übung besaß oder sich daran gewöhnt hatte. Nicht viele hatten gewusst, dass Loffe getrunken und sie manchmal geschlagen hatte. Dass sie nicht immer hatte schlafen können. Wie so vieles andere hatte sie es lange mit Geschick geheim gehalten, selbst nachdem er sie die Treppe heruntergeworfen hatte.

»Das führt zu nichts!«, dachte sie, kniff die Augen zusammen und schüttelte den Kopf, bis die schmerzlichen Erinnerungen gewichen waren und sie sich wieder in der Gegenwart befand. Nein, sie hatte nicht viel über Malin erfahren. Einige Menschen reden mit Vorliebe über sich selbst und vertrauen einem alles an. Die Seele ergießt sich wie Münzen aus einer Geldbörse – aber nicht bei Malin. Vielleicht war sie auch nur schüchtern gewesen. Oder sie hatte ein Geheimnis bewahrt, das so groß war, dass sie es niemandem hatte anvertrauen können. Nun waren ihre Lippen ja für alle Zeiten versiegelt.

Isabelle zuckte zusammen. Jemand hatte die Klinke ergriffen und rüttelte wütend an der Tür. Sie richtete sich auf, scheute dann aber doch zurück vor einer Begegnung mit der anderen Person, wer immer sie auch sein mochte. Deswegen ließ sie sich wieder leise auf den Toilettendeckel sinken und rührte sich nicht, bis sie hörte, wie sich die Schritte entfernten.

Sie schaute auf die Uhr. Knapp zehn Minuten waren vergangen, seit sie sich eingeschlossen hatte. Ihr war vieles durch den Kopf gegangen. Jetzt war sie ruhiger und fühlte sich wieder wie ein Mensch. Nachdenklich beugte sie sich vor, stützte die Ellbogen auf die Knie und legte das Kinn schwer in die Hände, dass es wehtat. Der Schmerz war ihr angenehm, denn er fühlte sich irgendwie real an.

Sie hörte es im Korridor klingeln, aber das stresste sie nicht mehr. Es war ihr egal. Wahrscheinlich fluchten die anderen darüber, dass sie nicht verfügbar war, aber sie hatte mitgeteilt, sie müsse zu Nelly ins Büro, und war überzeugt davon, dass die anderen wussten, weshalb. So etwas sprach sich sofort herum. Aber jetzt kümmerte es sie nicht mehr, was sie dachten und was sie sagten. Schließlich konnte sie nicht ihr ganzes Leben auf Nelly und darauf, was diese dachte, ausrichten. »Einen Eintrag in meine Personalakte muss ich eben hinnehmen«, dachte sie beherzter und erhob sich. Ihr Gesicht sah im Spiegel immer noch etwas verquollen aus, aber sie war bereit. Sie hatte einfach keine Kraft mehr für die demütigenden Gedanken voller Selbstmitleid.

Sie schloss auf und öffnete die Tür, wich aber sofort wieder zurück, als sie unerwartet vor sich einen breiten Rücken erblickte, der den ganzen Raum vor den Spinden ausfüllte, in die sie während der Arbeitszeit ihre Wertsachen einschlossen. Sie vernahm leises Schluchzen. Sonja weinte! Sie tat Isabelle leid.

»Was ist los?«, fragte sie vorsichtig und legte ihrer Kollegin einen Arm um die Schultern.

Das Schluchzen wurde lauter, aber sie erhielt keine Antwort. Sonja umklammerte krampfhaft ihre Handtasche, zog mit nervösen Fingern ein Papiertaschentuch hervor und schnäuzte sich.

»Aber liebe Sonja, was ist denn los?«, fragte Isabelle nochmals.

Sie versuchte den Blick ihrer Kollegin aufzufangen, aber es gelang ihr nicht. Sonja drehte ihr Gesicht zum Spind und drückte dann ihre Stirn auf das kalte Metall.

»Die Polizei hat Alf abgeholt«, flüsterte sie schließlich kaum hörbar und mied immer noch Isabelles Augen.

»Was?!«, rief Isabelle.

»Sie verhören ihn.«

»Aber hör mal ...«

»Vielleicht glauben sie ja, dass Alf der Täter ist«, murmelte Sonja. In einem Mundwinkel hing ein wenig Spucke, und ihre Augen waren vom Weinen gerötet.

Isabelle verspürte wieder ein Unbehagen in der Magengegend, aber nun war es anders, denn es ging nicht mehr um sie selbst, sondern um eine strafende Wirklichkeit, vor der sie dieses Mal nicht die Augen verschließen konnte. Es ging nicht um eine Nachlässigkeit, sondern um etwas viel Schlimmeres.

Alf Brink verspürte das dringende Bedürfnis, erst einmal in seiner Wohnung zu verschwinden, ehe er wieder in die Werkstatt ging. Er wollte sich hinsetzen und zwei Sekunden nachdenken, vielleicht auch länger. Sein Vater erwartete ihn vermutlich im Laden und wollte wissen, was auf der Wache passiert war, aber Alf wollte ihn nicht sehen. Nicht jetzt. Die Fragen, die er Alf stellen würde, ließen sich nicht beantworten. Er wollte sich nicht der Angst seines Vaters aussetzen, auch nicht seiner Unruhe und seiner Fürsorge.

Sie hatten ihn auf der Wache freundlich, aber unnachgiebig in die Zange genommen. So war es ihm zumindest vorgekommen. Keine harten Worte, keine lauten Stimmen. Der Polizist mittleren Alters, der eigentlich recht nett wirkte, hatte sich ruhig nach Malin erkundigt, nach ihrem Verhältnis, was sie verband, wann sie sich zuletzt getroffen hatten, was sie gemacht hatten. »Und das geht ihn einen Scheißdreck an«, dachte Alf wütend. »Man hat schließlich noch das Recht auf ein Privatleben! Man muss nicht über die privatesten Dinge Rechenschaft ablegen! Das ist eine Zumutung!«

Zum ersten Mal in seinem siebenundzwanzigjährigen Leben hatte er sich einem polizeilichen Verhör unterziehen müssen. Darüber hatte er bisher immer nur in der Boulevardpresse gelesen oder es in den Abendnachrichten gesehen. Ein winziges Zimmer und viele Fragen, so viele, dass er ganz benommen gewesen war. Als wollten sie ihn aufs Glatteis führen, eine Lücke finden, ihn dazu verleiten, sich zu verplappern.

Hellgelbe Wände, ein Tisch, Stühle und diese freundlichen Polizisten und mittendrin er selbst in all seiner Unbeholfenheit. Es bestehe kein Verdacht gegen ihn, hatte der Kriminalkommissar namens Claesson gesagt, der der Chef zu sein schien. Auch die Frau war freundlich gewesen. Stünde er unter Verdacht, hätte man ihm einen Anwalt besorgt, hatte Claesson gesagt. Sie würden alle verhören, die mit Malin zu tun gehabt hatten. Das tue die Polizei immer, und das sah Alf natürlich ein, auch wenn es irgendwie unangenehm war.

Seine Kiefermuskulatur war so angespannt, dass es im Nacken schmerzte. Er kochte innerlich. Der Kommissar hatte indiskrete Fragen gestellt, aber nicht versucht, ihn einzuschüchtern. Er war weder spöttisch noch neugierig noch ekelhaft gewesen. Man hatte ja schon einiges über Polizisten gehört. Harte Verhörmethoden. Er musste sich seine Antworten merken, falls die Fragen nochmals gestellt würden.

Sein Vater wusste im Übrigen nichts von Malin. Seine Mutter auch nicht, soweit er das beurteilen konnte. Die Mutter hatte nie etwas angedeutet und auch keine beiläufigen Fragen gestellt, was gar nicht ihre Art gewesen wäre, wenn sie nun etwas geahnt hätte. Vielleicht war es ihr ja auch egal gewesen? Aber das wäre auch nicht ihre Art gewesen. Also hatte sie nicht gemerkt, dass er sich eine Freundin zugelegt hatte. Diese Schlussfolgerung beruhigte ihn. Immerhin würde ihm die Besorgnis seiner Eltern erspart bleiben. Sie würden sowieso Himmel und Hölle in Bewegung setzen, wenn sie es erfuhren. Sie würden vollkommen durchdrehen, am Boden zerstört sein, vielleicht auch traurig werden. Das wäre dann noch schlimmer.

Er lebte sein eigenes Leben, auch wenn er in ihrem Haus wohnte. Er hielt auf seine Privatsphäre. Auch in dieser Hinsicht. Er dachte daran, dass Malin seine Freundin war, wiederholte es nochmals, sie war seine Freundin gewesen. Oder wie man das nun nannte. Das war sie doch gewesen? Seine Freundin! Und es hatte geklappt. Fast jedenfalls, und das genügte ihm, und es war nichts, was er rumerzählen wollte. Sie hatten geschmust, zusammen auf seinem Bett gelegen, sich umarmt, immer mehr und immer fester. Dann hatten sie rasch die Kleider ausgezogen, und es war fast von selbst gegangen. Es war nicht so schwierig oder kompliziert gewesen, wie er gehört hatte, mit geheimnisvollen Knöpfen an BHs und so. Sie war auch gar nicht steif gewesen, hatte nichts Dummes gesagt, und er war vollkommen darin aufgegangen, im Pochen seines Körpers und seines Schwanzes in ihrer Spalte, den Brüsten, in dem Geruch, der Feuchtigkeit, in allem. Und sie hatte ihn nicht losgelassen, sondern ganz festgehalten und umarmt. Er war etwas zu schnell gekommen und hatte sich bereits schämen wollen, als er verstand, dass es ihr nichts ausmachte. Nicht das Geringste. Sie mochte ihn trotzdem. So war es gewesen. Und sie waren einfach liegen geblieben und hatten dem Wind gelauscht und waren schließlich eingeschlafen.

Vielleicht hatten seine Eltern sie ja doch durchs Fenster gesehen. Gesehen, dass er sie mit hoch in die Wohnung genommen hatte. Aber sie waren sich zumindest nicht auf der Treppe begegnet. Seine Eltern saßen glücklicherweise abends meist vor dem Fernseher. Sie wohnten ganz unten im Haus, in der Wohnung über dem Laden, dann kamen die Bredviks, darüber die Anderssons. In der einen Dachwohnung ganz oben wohnte er, in der anderen Tobbe. Weder er noch Tobbe gehörten zu den Leuten, die herumschnüffelten, vermutlich die anderen auch nicht. Trotzdem kam er sich immer beobachtet vor. Wie war das jetzt im Übrigen schon wieder mit dem Jungen von den Bredviks? War er nicht aus irgendeiner Uni-Stadt zurückgekommen? Arbeitete er nicht bei der Zeitung? Mama hatte erzählt, er sei ehrgeizig, habe aber jetzt für ein halbes

Jahr sein Studium unterbrochen. Offenbar musste er ein Praktikum machen, aber es gab wohl noch einen anderen Grund. Irgendetwas war geschehen. Er wusste nicht, wie er darauf kam. Irgendwie war der Bursche zu gut, um wahr zu sein. Alf schob die Post auf dem Dielenboden mit dem Fuß beiseite.

Wäre es nicht so billig gewesen, im Haus seiner Eltern zu wohnen, wäre er schon längst ausgezogen. Fest presste er seine Lippen aufeinander. Wäre aus Malin und ihm ein Paar geworden, so hätten sie sich gemeinsam irgendwo anders eine Wohnung gemietet. So weit waren ihre Gespräche allerdings nie gediehen... Aber eine Zweizimmerwohnung hätten sie sich früher oder später zugelegt! Das hätte Malin sicher auch gewollt. Eine Bude am Hang mit Blick über das Meer. Sie hatte viel über das Meer geredet. Da, wo sie hergekommen war, gab es nur Seen. Ausgerechnet sie, die das Meer so geschätzt hatte, war dort gefunden worden!

Er schniefte und schluckte. Sein Hals brannte, ihm war warm, und er war verschwitzt. Er zog seinen Blaumann aus, riss sich seine Kleider vom Leib und stellte sich unter die Dusche. Ihm war der Schweiß heruntergelaufen, als er in seiner Arbeitsmontur in dem warmen Zimmer des Präsidiums gesessen hatte.

Den Traum von einer länger währenden Zuneigung zwischen Malin und ihm hatte ihn über Tage und Wochen nicht losgelassen. Träume waren nie verboten gewesen, vielleicht nur etwas töricht. Gewissermaßen. Außerdem war Alf klug genug, um zu verstehen, dass sie meist nicht in Erfüllung gingen. Menschen gaben sich selten zufrieden und waren ständig auf der Suche nach etwas Besserem. Aber er war da anders, dessen war er sich sicher.

Seine Mutter wäre mit einer Krankenschwester in der Ausbildung zufrieden gewesen, einem Mädchen, das an der Hochschule studierte, da ihm selbst das Lernen nun einmal nicht so lag. Einen kurzen Moment lang erfüllte ihn dieser Gedanke mit Stolz und Zufriedenheit, dann nahm die Trauer überhand. Er seufzte bekümmert, drehte das Wasser ab, entstieg dem Dampf und nahm sich ein Handtuch. Er trocknete sich rasch ab und ging ins Zimmer, um saubere Unterwäsche hervorzuholen. In der Kommodenschublade herrschte ein heilloses Durcheinander. Er durchwühlte die Kleider, bis er zwei Socken von fast gleicher Farbe fand. Er zog sie an und fand auch noch eine Unterhose und ein T-Shirt. Da erblickte er den Handschuh, das Einzige, was er von ihr besaß. Er nahm ihn in die Hand, befühlte ihn vorsichtig und ließ seine Finger über die Wolle gleiten.

Es wurde ihm schwindlig. Er versuchte die Zähne zusammenzubeißen. Diesen Handschuh hatte sie auf seiner Hutablage liegen lassen, als sie an diesem merkwürdigen Sonntag, den er nie vergessen würde, gegangen war. Sie hatte ihm einen Kuss gegeben, unbeholfen seine Wange getätschelt und ihn angelächelt. Dann hatte sie die Tür hinter sich zugeworfen, und er hatte sie leichtfüßig die Treppe hinunterlaufen hören. Er war glücklich gewesen, wie berauscht, aber auch unruhig, als sie verschwunden war. Plötzlich war sie einfach weg gewesen. Sein Mädchen. Sie wollten einen Ausflug im ungemütlichen Novemberwetter unternehmen. »Aber was spielt schon das Wetter für eine Rolle, wenn man ... wenn man ... wenn man sich mag«, hatte sie gesagt. Als er an diese Worte dachte, schnürte es ihm den Hals zusammen.

Der Ausflug war ihre Idee gewesen, und er hatte nicht lang überredet werden müssen, obwohl er sich Angenehmeres hätte denken können. Beispielsweise zu Hause zu bleiben. Wenn sie das doch nur getan hätten!

Plötzlich übermannten ihn überraschend die Tränen. Die düsteren Gedanken, die ihn seit ihrer letzten Begegnung verfolgt hatten, stiegen langsam an die Oberfläche. Sie war nicht mehr da. Doch, als Leichnam irgendwo in einem Kühlraum. Das war so grauenhaft, dass er kaum wagte, daran zu denken, und es doch nicht unterlassen konnte. Wenn sich die Uhr doch nur zurückdrehen ließe.

Natürlich war er nicht gut genug gewesen, obwohl sie ihn das hatte glauben machen wollen. Dieser Gedanke hatte unentwegt an ihm genagt, nicht erst seit diesem unglückseligen Sonntag, als sie die Treppe hinab verschwand, sondern schon vorher. Sie hatte ihm vorgespiegelt, er sei der Einzige. Aber warum hätte er so dumm sein und daran glauben sollen? Der andere, wer auch immer es gewesen sein mochte, war vermutlich aufgetaucht und hatte sie zurückholen wollen! Diesem Risiko hatte sie sich ausgesetzt. Sie hatte nicht über irgendwelche anderen Männer gesprochen, sie war klug genug gewesen, es zu unterlassen. Das hatte er die ganze Zeit gedacht. Sie wollte abwechselnd mit ihnen spielen, sich von mehreren den Hof machen lassen! Ein einfacher Fahrradmechaniker war ihr nicht genug gewesen, obwohl er sowohl seine Werkstatt als auch seine Geschäfte im Griff hatte. Sie wollte vermutlich einen Mann mit mehr Muskeln und mehr Geld haben. Geld war den Frauen wichtig, damit sie sich Kleider und Sachen für den Haushalt kaufen konnten. Und teuren Unsinn für die Kinder.

Sie hätte bei ihm bleiben sollen, nicht weggehen dürfen. Sie hätten diese Thermoskanne zusammen holen sollen! Sie hätte ihn nicht verlassen sollen. Das hatte sie das Leben gekostet.

Weiches, duftendes Haar, zarte Unterarme, hübsche Augen, die ihn anlachten.

Er setzte sich auf die Bettkante. Langsam und wie in Trance zog er die Unterhose, den Pullover und den Overall an.

Sein Herz schlug im Takt mit den Gedanken, die sein Blut in Wallung brachten. In letzter Zeit war das Leben eine einzige Achterbahn gewesen. Er begann, vor Wut zu zittern. In seiner Brust hämmerte es so fest, dass er das Gefühl hatte, sein Herz wolle ihm aus dem Leib springen. Er presste die Lippen aufeinander. Sein Kopf schmerzte, und es brodelte in ihm. Seine Gedanken gingen im Kreis und mischten sich mit allem, wofür er keine Worte fand. Er ballte die Hände zu Fäusten, seine Nägel gruben sich in seine Handflächen, und seine Finger schmerzten. Er platzte fast, er musste das Grauen und die Wut loswerden.

Dann hob er die Fäuste, spannte seinen Körper und stieß

aus der Tiefe seiner Seele einen Schrei aus. Mit aller Kraft hieb er mit den Fäusten auf die Matratze. Ein ... zwei ... drei Mal. Staub wirbelte auf, die Matratze machte einen Satz, sein Kissen fiel auf den Boden. Er schlug so lange, bis der Druck in seinem Inneren langsam nachließ.

Dann richtete er sich langsam auf und wischte sich den Schweiß aus dem Gesicht. Seine schwieligen Händen kratzten auf der Haut. Er schluckte und starrte auf den Handschuh, der während seiner Schläge auf dem Bett getanzt hatte. Er hob ihn vorsichtig hoch und befühlte ihn erneut. Schwarze und weiße Wolle, handgestrickt. Er hielt ihn an die Nase und schnupperte. Beruhigte sich. Geruch von Wolle, Geruch von Winter und vielleicht noch etwas Zusätzliches. Ihr Geruch. Er lächelte vorsichtig. Die Hand, mit der sie ihn berührt hatte, hatte in diesem Handschuh gesteckt. Ihre kleine, etwas kurze Mädchenhand, mit der sie seine Finger gehalten hatte, als sie den Abhang zum Friedhof heruntergegangen waren. »Da war noch alles möglich«, dachte er wehmütig, öffnete den Bund des Handschuhs, steckte die Nase hinein und atmete tief ein. Zweifellos drang ein Geruch von ihr aus der nicht ganz sauberen Wolle.

Er weinte. Seine Wangen brannten. Er schluchzte, dann schrie er.

Er weinte, bis er sich auf einmal durch die offene Tür im Badezimmerspiegel erblickte und fast erschrak. Unheilvoll verschwommen und verquollen, als hätte sich sein Gesicht aufgelöst. Das ging so nicht! Er musste sich zusammennehmen und ganz einfach beruhigen. Dieses Rumgeheule nützte niemandem. Sonst drehte er noch durch. Man wusste nie, wie der Wahnsinn begann. Bei Leonards Mutter war es über Nacht geschehen, dann war sie weg.

Seine Arme hingen jetzt kraftlos und schwer wie zwei Holzstücke herab. Sein Kopf war gebeugt, und die Haare hingen ihm in die Augen. »Nein, das nützt wirklich nichts«, dachte er. »Alles ist nur so verdammt einsam, so sinnlos und gemein.«

Er suchte seine schmutzigen Kleider zusammen und warf sie in den Wäschekorb, der bereits überquoll.

Ihr letzter gemeinsamer Abend ging ihm noch einmal durch den Kopf. Was hatte er vergessen? Langsam ließ er den Film ablaufen, spulte zurück, spulte wieder vor, aber wie auch schon früher, als er versucht hatte, sich zu erinnern, führte es zu nichts. Es kam ihm vor, als sei er teilweise innerlich vollkommen leer, als sei seine Erinnerung auf eine merkwürdige Art ausradiert worden.

Hatte sie eigentlich etwas gesagt? Er konnte sich in der Tat nicht daran erinnern. An diesem Abend hatten starke Gefühle von ihm Besitz ergriffen. Vermutlich hatte sie etwas gesagt, aber was? Er versuchte nachzudenken, bis seine Gedanken nur noch im Kopf herumschwirrten, aber es führte zu nichts.

»Man kommt so leicht auf komische Gedanken, besonders wenn man müde ist«, dachte er. Er war angekleidet und suchte nur noch seinen Kamm. Gleichzeitig machte ihm die Eifersucht zu schaffen. War er wirklich der Einzige gewesen? Oder etwa nicht? Das war die große, schwere und entscheidende Frage. Bedeutete ihre manchmal in sich gekehrte, schweigsame und geheimnisvolle Art, dass sie zwei Männer gehabt hatte? Dass sie an den anderen dachte, wer auch immer der andere gewesen sein mochte?

Manches Mal hatte sie so seltsam abwesend gewirkt, aber es war rasch wieder vorübergegangen, also hatte er sich nicht weiter darum gekümmert. Stattdessen hatte er versucht, es aufregend zu finden, ein Mädchen zu haben, das so unnahbar erschien. Vielleicht etwas geheimnisvoll. Außerdem hatte er den Verdacht, dass alle Mädchen manchmal so waren. Er kannte sich schließlich nicht so gut aus. Jedenfalls wirkte es nicht so, als wollte sie sich zieren. Mädchen, die übertrieben und sich aufspielten, waren wirklich das Schlimmste, weil er sich in ihrer Gesellschaft dumm vorkam. Er begriff nie, was sie eigentlich von ihm erwarteten, was er tun oder wie er reagieren sollte. So war Malin nicht gewesen.

Die Rektorin der Hochschule hatte verfügt, dass für sie am nächsten Tag eine Gedenkveranstaltung abgehalten werden sollte. Das hatte in der Zeitung gestanden. Aber er konnte nicht teilnehmen, obwohl er sie am besten gekannt hatte. Alle anderen, nur er nicht.

Wieder schnürte es ihm den Hals zu, aber jetzt verspürte er kein Bedürfnis mehr zu weinen. Jetzt war es genug. Er musste wieder in die Werkstatt runter, und dort konnte er nicht vollkommen verquollen und verheult herumstehen. Am allerwenigsten jetzt, wo er gerade bei der Polizei gewesen war.

Er schüttelte sein nasses Haar, dann nahm er den Handschuh, hob die Matratze an und versteckte ihn darunter. Er trat aus der Wohnung, schloss ab und ging die Treppe hinunter zur Werkstatt. Er nahm das Schild ab, auf dem stand, dass er gleich zurückkomme, und schloss auf. Der warme Ölgeruch empfing ihn wie ein guter Freund. Er ließ die Schultern sinken. Ein eingefrorenes Tretlager, vier platte Reifen und ein Kettenwechsel harrten seiner. Und vieles mehr.

Er hatte sich gerade den Gehörschutz aufgesetzt, um dem Tretlager des alten Herrenrads mit einem pneumatischen Schraubenschlüssel zu Leibe zu rücken, als ihm einfiel, dass er Tobbe versprochen hatte, für ihn in der Mittagspause Geld abzuheben. Er wollte fünfzehnhundert Kronen von ihm leihen. Schon wieder! Tobbe wollte nicht seine Mutter darum bitten. »Dann muss ich eben nach Feierabend zum Geldautomaten gehen«, dachte er und setzte das pneumatische Werkzeug an. Der ohrenbetäubende Lärm drang durch seinen Gehörschutz, pflanzte sich als Vibration in seinem ganzen Körper fort und brachte ihn auf andere Gedanken.

Als er das Tretlager geöffnet hatte, kam ihm der befreiende Gedanke, dass Tobbe vermutlich gar nicht wusste, was vorgefallen war. Und wenn er es wusste, war es ihm wahrscheinlich egal. Tobbe gehörte nicht zu den Leuten, die sich einmischten, und das fand Alf im Augenblick sehr bequem. Geradezu angenehm und befreiend.

Veronika fühlte sich so grau wie der Himmel. Vielleicht war das Wetter an ihrer miesen Stimmung schuld, wer konnte das schon wissen? Manchmal war das Leben verquer.

Sie hatte das Bedürfnis, ins Badezimmer zu gehen und etwas Wimperntusche und Lidschatten aufzutragen. Bald wollte sie in die Stadt und musste dann einigermaßen zivilisiert aussehen und nicht wie der Inbegriff einer schlampigen Hausfrau. Die Dusche plätscherte jetzt allerdings schon seit mindestens zwanzig Minuten. Es ging auf zwölf zu. Klara hielt ihren Mittagsschlaf, und Cecilia war nach dem Prinzip, je später der Tag, desto schöner die Damen, endlich aufgestanden. Veronika irritierte, dass Cecilia sich so viel Zeit im Bad ließ und so spät aufstand. Es hätte Claes noch mehr irritiert, ein Glück also, dass er nicht zu Hause war.

Er war im Augenblick nur selten daheim. Machte ihr das etwas aus? Sie versuchte, es auf die leicht Schulter zu nehmen, aber die Antwort lautete ja und nein. Manchmal kroch die Zeit, und sie kam sich verlassen vor, ungefähr wie damals, als sie plötzlich allein mit der zweijährigen Cissi dagestanden hatte. Aber diesmal würde alles anders sein. Sie würden die Verantwortung gerecht aufteilen. Eine Mutter, ein Vater, ein Kind.

Sie war sich natürlich dessen bewusst, was es bedeutete, wenn man von seiner Arbeit vereinnahmt wurde, und versuchte, großzügig zu sein. Ein neuer Mord in ihrer kleinen Stadt. Natürlich standen Claes und die übrigen Polizisten unter Druck. Natürlich wollten sie den Fall lösen. Die Ermittlungen würden schon nicht ewig andauern. Weihnachten würden sie zusammen nach Stockholm fahren. Solange sie zu Hause war und Klara gedieh, sollte er seine Freiheit haben. Sie würde ja nicht mehr so lange währen. Bald würden sie tauschen. Dann würde er Klara übernehmen, und sie würde spät nach Hause kommen oder gar nicht, je nach Dienst. Es war in Ordnung, dass sie jetzt etwas in Großzügigkeit und Toleranz investierte. Sie fragte sich, ob es dann noch zum Streit käme.

Veronika zog ihre Jacke enger um sich und blätterte zerstreut in der Zeitung. Die Wolkendecke war zwar dünn, aber die Sonne nicht stark genug, um durchzubrechen. Mit zusammengekniffenen Augen schaute sie in den Himmel und blätterte dann weiter. Sie hatte die Zeitung bereits am Morgen überflogen. Es war angenehm, am Küchentisch zu sitzen, zu trödeln und auch die kleinen Meldungen und die Todesanzeigen zu lesen.

Als ihr Erziehungsurlaub begonnen hatte, war sie ziemlich ratlos gewesen. Sie hatte das Gefühl gehabt, den ganzen Tag lang nichts Vernünftiges zu tun, abgesehen davon, Klara zu füttern und ihre Windeln zu wechseln. Und die Spül- und Waschmaschine aus- und einzuräumen. Das zählte nicht. Dafür wurde man nicht gelobt. Das war selbstverständlich. Aber erstaunlicherweise fand sie diese ziemlich gleichförmigen Tage bald recht erholsam. Niemand erwartete sie zu einem bestimmten Zeitpunkt in einem Behandlungszimmer, und sie musste sich nicht beeilen, um irgendwelche Termine einzuhalten. Sie brauchte sich auch nicht für irgendetwas zu entschuldigen, weder bei Patienten noch bei Angehörigen, Krankenschwestern oder dem Piepser. Sie hatte ein großes, aufgestautes Bedürfnis, herumzutrödeln und die Tage einfach vergehen zu lassen, und das überraschte sie. Ihr war nicht klar gewesen, dass sie sich danach gesehnt hatte.

Cecilia stand immer noch unter der Dusche. Was tat sie da bloß? Bald stand sie dort schon dreißig Minuten. So viel so genannte unerwünschte Behaarung konnte sie doch gar nicht beseitigen müssen. Oder duschte sie sich die Anstrengungen der Nacht vom Leib? Cecilia war spät nach Hause gekommen. Unruhig hatte Veronika Richtung Haustür gelauscht.

Man wusste nie, was passieren konnte! Jeden Tag wurde jemand erstochen, erschossen oder misshandelt. Sie hatte sich immer vorgestellt, dass es diese Gewalt nur in den Vororten der Großstädte gab, unter Kriminellen und Leuten, deren Leben nicht so war wie ihres. Der Gedanke lag nahe, aber die Wirklichkeit sah anders aus. Sie betrachtete eine schmale Spalte in der Zeitung, drei kleine Überschriften untereinander: *Vergewaltigung in Gävle, Vergewaltigung in Nybro, Vergewaltigung in Växjö.* »Was ist eigentlich los?«, dachte sie angeekelt und aufgebracht. Oder war es vielleicht schon immer so gewesen? Und hinter der Schlagzeile der ersten Seite – *Studentin erwürgt* – verbarg sich eine so genannte gewöhnliche junge Frau, die der Polizei bisher nicht bekannt gewesen war. Die Ermordete kam in keinen Registern vor. Die herkömmlichen Schuldzuweisungen versagten in diesem Fall. Setzt man sich Risiken aus, verkehrt in den falschen Kreisen oder kleidet sich aufreizend, dann ist man selber schuld und muss damit rechnen, vergewaltigt oder erschlagen zu werden. Offenbar verhielt es sich so, dass das Begehren gewisser Männer so unbezwingbar war, dass sie sich einfach nahmen, was sie brauchten. »Und mit Gerechtigkeit ist einfach nicht zu rechnen«, dachte Veronika entrüstet. Das Spiel der Wirklichkeit mit den Körpern und dem Leben der Frauen machte ihr Angst. Die Täter kamen meist ungeschoren davon.

War diese Schwesternschülerin einfach nur an jemandem vorbeigeradelt, der stärker gewesen war als sie und dem erstbesten Opfer aufgelauert hatte? War Malin Larsson vergewaltigt worden wie die Frauen in Gävle, Nybro und Växjö? Es hätte Cecilia sein können!

Was sollte sie jetzt tun? Cecilia verbieten auszugehen? Das ging natürlich nicht. Schließlich war ihre Tochter volljährig. Kleine Kinder, kleine Sorgen, große Kinder, große Sorgen, pflegte man schließlich zu sagen.

Falls Cecilia so etwas Schreckliches zustieße, wäre sie zu allem bereit. Das hieß, dass sie eiskalt Rache nehmen würde. Sie würde töten. Das Schwein totschlagen! Der Gedanke und nicht zuletzt das Gefühl kamen aus den dunkleren Tiefen ihres Innern. Sie waren ach so menschlich. Aber vom Gedanken zur Tat war es ein großer Schritt, stellte sie mit einer gewissen Ambivalenz fest.

Warum saß sie da und malte den Teufel an die Wand? Sie hatte doch wohl anderes zu tun! Oder eigentlich nicht. Sie hatte Zeit zu warten.

Stattdessen begann sie, sich auf die Vögelchen im Rosenbusch und im Vogelhäuschen zu konzentrieren. Ein Blatt des Alpenveilchens im Fenster war vertrocknet. Sie pflückte es ab und kontrollierte mit dem Finger, dass die Erde noch feucht war.

»Vielleicht haben sich mehrere Personen an der jungen Frau vergriffen«, dachte sie dann. An der Frau, die Krankenschwester werden wollte. Eine junge Frau, die ihr Leben dem Dienst am Nächsten weihen wollte. Ein schriller Kontrast zu dem Schicksal, das sie ereilte. Vor allem aus Langeweile las Veronika den Artikel ein zweites Mal. Wieder ging die Fantasie mit ihr durch. Sie sah selbst ein, dass sie sich vielleicht nur deswegen für diese Sache interessierte, weil sie nichts Dringlicheres zu tun hatte und ihre Arbeit vermisste.

Sie hörte Klara im Obergeschoss jammern, blieb aber sitzen. Wartete gespannt und hatte keine Lust aufzustehen. Vielleicht würde sie ja wieder einschlafen, jedenfalls für eine Weile. Veronika wollte warten, bis Cecilia aus der Dusche kam.

Ihr fielen Patienten und Opfer ein, denen sie meist abends in der Notaufnahme begegnet war. Es gab weniger spektakuläre Fälle, in denen die Betroffenen einfach verarztet und – wenn nötig – stationär behandelt wurden. Einige wussten nicht einmal, was passiert war, oder sie logen, sowohl was ihre eigenen blauen Flecken anging als auch manchmal die ihrer Kinder. Gewisse Traumata hingegen lösten beim Personal eine aufgebrachte Stimmung aus, deren Bewältigung manchmal sehr viel Zeit erforderte. Woran lag das? Einerseits am Ausmaß der Verletzungen natürlich, aber auch daran, dass man sich irgendwie mit dem Opfer identifizierte. Das konnte sowohl nach Verkehrsunfällen und anderen Unfällen als auch nach Misshandlungen oder Vergewaltigungen passieren.

Was waren das für Bestien, die prügelten und mordeten? Im Grunde genommen, kannte sie die Antwort. »Menschen, die wahrgenommen werden, verletzen und töten nicht«, dachte sie. »Missachtete und ängstliche kleine Jungen werden große, starke Männer, die sich einfach nehmen, was sie haben wollen.« Frauen trugen natürlich auch zu dieser Gewalt bei, manchmal dadurch, dass sie nicht die Kraft aufbrachten, Anzeige zu erstatten, nicht einmal, wenn es um ihre eigenen Kinder ging. Gewalt entstehe aus Ohnmacht und verdrängter Angst, hatte sie irgendwo gelesen. Aber was konnte man dagegen unternehmen?

Sie erhob sich und stellte ihre Kaffeetasse in die Spülmaschine. Es klang so, als sei Cecilia im Begriff, das Badezimmer zu verlassen. Die Dusche lief nicht mehr. Sie setzte sich wieder an den Küchentisch und kam sich dabei recht dumm vor. Wie eine richtige Glucke. Cecilia zögerte ihre Rückkehr in das Wohnheim hinaus, in dem auch der Jüngling wohnte, der jetzt eine andere hatte. Aber sie schien nicht mehr unter Liebeskummer zu leiden, jedenfalls nicht sehr. »In der Pension Sorgentrost hat sie sich schnell erholt«, dachte Veronika etwas säuerlich. Aber die Wirtin der Pension, das hieß sie selbst, war es langsam leid, immer für Cecilia da zu sein und gleichzeitig mit Nichtachtung gestraft zu werden.

Cecilia war wenig zu Hause, und wenn sie dann auftauchte, war sie gestresst und pflaumte ihre Mutter an. Sie hatte Veronika den Spüllappen unter die Nase gehalten, angeekelt ausgesehen und ihn demonstrativ in den Müll geworfen. Außerdem konnte sie es nicht fassen, wie Veronika nur in einem so hässlichen Pullover herumlaufen konnte, und noch weniger, wie Claes und sie es bloß geschafft hatten, ein solches Durcheinander in der Speisekammer zu verursachen. »Regelrecht widerlich«, hatte sie mit selbstgefälliger jugendlicher Direktheit geäußert. Gekränkt hatte Veronika die Zähne zusammengebissen. Sie kam sich beiseite geschoben vor. Die schnoddrige junge Dame hatte die Bühne betreten und teilte mit, wie es um die Welt stand und wie man sich zu verhalten habe.

Jetzt sammelte Veronika ihre Kräfte, um einem neuen Erguss besser standhalten zu können. So behandelte man seine Mutter einfach nicht! Cecilia sollte Claes und sie einfach in Ruhe lassen. Mit oder ohne stinkenden Putzlappen!

»Vielleicht muss ich mich ja von ihr loslösen und nicht umgekehrt«, dachte Veronika dann und versuchte die Angelegenheit mit Vernunft zu betrachten. Sie durfte einfach nicht mehr so empfindlich auf Cecilias Kommentare reagieren, sondern musste Haltung bewahren, nonchalant schweigen und innerlich auf Distanz gehen. »Das Einzige, wovor ich eigentlich je Angst hatte, war, es ihr nicht recht zu machen«, dachte sie und hob den Kopf von der Zeitung, während sie ob dieser Einsicht errötete. Das Bedürfnis der Frauen, sich stets anzupassen, und das Verlangen, zusammenzugehören, sich in den anderen zu spiegeln, können lähmend wirken.

Also saß Veronika nach wie vor wie festgenagelt hinter ihrer Zeitung, als Cecilia aus dem sicherlich vollkommen überschwemmten Badezimmer schwebte und sich in der Tür aufbaute. Veronika warf ihr einen raschen Blick zu – sie hatte sich in ein Badetuch gehüllt, und ihre Schultern glänzten nass –, dann fuhr sie mit dem Lesen fort.

Cecilia rührte sich nicht vom Fleck.

»Du, ich bleibe bis Sonntag«, teilte sie mit.

»Das ist in Ordnung. Wir haben nichts Besonderes vor«, antwortete Veronika und warf ihrer Tochter ein kurzes Lächeln zu, ehe sie wieder mit der Sturheit einer Irren versuchte, sich in einen Artikel der inzwischen recht zerlesenen Zeitung zu vertiefen.

Cecilia verharrte barfuß auf der Schwelle. Zugegeben, die Antwort war nicht unhöflich gewesen, aber auch nicht das, was sie sich vorgestellt hatte. »Wir haben nichts Besonderes vor.« Hätte sie sonst nicht bleiben dürfen? War sie nicht willkommen? Ihre Mutter schien sich nicht darüber zu freuen, dass sie blieb. Aber hatte sie nicht das Recht, hier zu wohnen? Schließlich war dies auch ihr Zuhause. Gewissermaßen. Jetzt, da Veronika das Haus ihrer Kindheit verkauft hatte, um sich mit diesem Typen zusammenzutun. Bei ihrem Vater hatte sie sich nie zu Hause gefühlt. Bald war sie dreiundzwanzig und hatte kein Zuhause! Ein Zimmer im Studentenwohnheim zählte nicht. Das war nur etwas Vorübergehendes auf dem Weg zu etwas Richtigem. Sie fand, man habe sie betrogen. Es fröstelte sie, und sie spürte, wie ihr die Tränen kamen. Deswegen drehte sie sich um und verschwand im Gästezimmer.

Veronika hörte, wie ihre Tochter in ihren Kleidern wühlte.

Kurz darauf erschien Cecilia in schwarzen Jeans und einem engen Topp. Zögernd stellte sie sich auf den Flickenteppich und holte wortlos das Knäckebrot aus dem Fach über dem Kühlschrank. Anschließend nahm sie Butter und Käse und machte sich Brote hinter Veronikas Rücken. Es herrschte krampfhaftes Schweigen, und Cecilia stand ratlos da.

Veronika blieb beharrlich sitzen. Ihre Zeitung raschelte beim Umblättern. Sie blieb sitzen, obwohl jetzt Klaras Jammern vom Obergeschoss zu hören war. Sie trug in ihrem Innern einen recht ungleichen Kampf mit sich selbst aus. Sie würde ihrer Tochter nicht das Frühstück oder das Mittagessen machen – oder wie immer man das um halb eins bezeichnen mochte. Vielleicht war es ja ein Brunch.

Cecilia goss sich ein Glas Milch ein. Sie konnte nicht einfach vor der Spüle stehen bleiben und setzte sich schließlich eher widerwillig an den Küchentisch.

Veronika las. Klara war wieder still – vermutlich war sie wieder eingeschlafen. Cecilia kaute. Das Knäckebrot krachte im Mund. Sie schaute rasch über den Tisch, zog einen Teil der Zeitung zu sich heran und begann ebenfalls zu lesen.

»Wann essen wir heute zu Abend?«, fragte sie dann.

»Sie versucht unbekümmert zu klingen«, dachte Veronika.

»Gegen sechs«, antwortete sie, ohne aufzuschauen, obwohl Klara im Obergeschoss begonnen hatte, Radau zu machen. »Willst du mitessen?«, fragte sie barsch und erhob sich dann, um Klara zu holen. Sie war so schnell, dass Cecilia keine Gelegenheit erhielt zu antworten.

»Darf ich?«, fragte Cecilia unsicher, als Veronika mit Klara auf dem Arm zurückkam.

»Was?«

Veronika hatte nicht die Absicht, es ihr leicht zu machen.

»Mit euch essen.«

»Klar. Natürlich, aber du warst ja bisher nie zu Hause, deswegen war ich etwas erstaunt.«

Ihre Bemerkung schwebte im Raum. Cecilia presste die Lippen aufeinander und starrte auf die Tischplatte.

»Wenn du nicht willst, können wir es auch lassen«, erwiderte sie verbissen. »Ich kann auch mit ...«

»Natürlich will ich«, erwiderte Veronika rasch in versöhnlichem, fast bittendem Ton. Sie vermochte nie besonders lange streng oder hart zu sein, sondern wurde schnell weich. Cecilias Einsamkeit schmerzte sie, ihr Kind hing zwischen all ihren Wohnstätten und gehörte nirgendwo so recht dazu. Am einen Ort ein Freund, der sie abserviert hatte, am anderen ein Vater, dem nur seine Arbeit wichtig war, und eine Stiefmutter, die alle Hände voll mit Kleinkindern zu tun hatte, und am dritten eine strenge Mutter und ein neuer, noch recht unbekannter Stiefvater. Das konnte nicht leicht sein!

Nervös biss Cecilia von ihrem Knäckebrot ab und kaute rasch und geräuschvoll. Sie sah ihre Mutter etwas nervös an. Als versuchte sie, sich einen Reim auf sie zu machen, und vielleicht auch, sie zu erweichen.

»Ich habe jemanden kennen gelernt«, sagte sie schließlich.

Erstaunt und verständnislos sah Veronika sie an.

»Wie nett!«, brachte sie dann doch über die Lippen, nicht übermäßig begeistert, aber mit einer gewissen Aufrichtigkeit. »Manche lassen nichts anbrennen«, dachte sie erschöpft. »Ein Freund tritt ab, ein neuer tritt auf.« Aber diesen Kommentar ersparte sie ihrer Tochter.

»Aha, und wer ist der junge Mann?«, fragte sie stattdessen und nahm ein Kinderglächen und schwarzen Johannisbeersaft für Klara aus dem Kühlschrank.

Langsam kam wieder die alte Gemütlichkeit auf. Es brauchte nicht viel, und die Wärme war wieder da.

»Wir waren gleichzeitig auf dem Gymnasium, aber er war eine Klasse über mir«, sagte Cecilia, und ihre Augen funkelten. »Er hat in Stockholm studiert. Er will Journalist werden und arbeitet bereits bei einer Zeitung.« Sie klang stolz.

»Da schließen sich die Kreise«, dachte Veronika und lächelte. Dan, ihr erster Mann, der Vater von Cecilia, hatte den gleichen Hintergrund gehabt. Sie hatte Dan während des Studiums in Stockholm kennen gelernt. Wie das Leben so spielt!

»Er findet, dass die Polizei, was diesen Malin-Mord angeht, langsam ist«, fuhr Cecilia unerschrocken fort.

»Findet er das? Da muss er sich ja wahnsinnig gut auskennen«, erwiderte Veronika kühl und merkte, wie sie unbewusst Claes verteidigte. »Sie arbeiten ja erst seit ein paar Tagen an dem Fall. Außerdem muss man bedenken, dass das Mordopfer vermutlich schon ein Weilchen im Wasser gelegen hat.«

Cecilia verstummte, senkte den Blick und fand es dann angezeigt, das Thema zu wechseln, damit die Stimmung nicht wieder frostig wurde.

»Wenn ich bis Sonntag bliebe, wäre ich auch an meinem Geburtstag zu Hause«, sagte sie und warf Veronika einen prüfenden Blick zu.

»Das ist aber nett«, rief Veronika, und dieses Mal war es ihr anzumerken, dass sie das auch wirklich meinte. »Willst du jemanden einladen?«, fragte sie neugierig und fütterte Klara mit einem Löffel Kartoffelbrei.

Cecilia nahm dieses Angebot mit einem Kopfnicken an.

»Warum nicht«, meinte sie und rechnete. »Wir wären dann vier – wenn das okay ist?«

»Klar! Dürfen wir mit euch zusammen essen? Klara und ich und vielleicht noch Claes ...«

Veronika zögerte beim letzten Namen. Was sollte sie mit Claes machen? Natürlich hatte sie bemerkt, wie es sich verhielt. Gleichzeitig konnte sie ihre Loyalitäten nicht spalten. Sowohl Claes als auch Cecilia hatten Anspruch darauf.

»Ich meine, falls Claes überhaupt zu Hause ist«, fuhr sie fort. »Oder willst du, dass das Fest ganz privat ist?«

»Nein, überhaupt nicht. Wir essen zusammen«, sagte Cecilia und reichte Klara die Schnabeltasse mit dem Johannisbeersaft und strich ihr gleichzeitig über den Kopf. Klara lachte.

»Sie sind sich recht ähnlich«, dachte Veronika stolz, »Geschwister eben.«

»Ihr könnt ja anschließend immer noch ausgehen«, schlug sie vor.

»Klar«, erwiderte Cecilia und umarmte ihre Mutter.

Cecilia wünschte sich ein Fahrrad zum Geburtstag, ihr altes war geklaut worden. Veronika hatte die Anzeige von Brinks Fahrradgeschäft bereits am Morgen gesehen. Was für eines sie wohl haben wollte? »Wahrscheinlich werden in Lund Fahrräder am laufenden Band gestohlen«, dachte sie und schob die Lippen vor. Man wusste ja, wie das in Universitätsstädten war. Ein gutes Schloss und eine ordentliche Versicherung waren wichtig. Erst hatte sie erwogen, Cecilia das Geld zu geben, damit sie sich ihr Geburtstagsgeschenk in Lund selbst kaufen konnte. Aber da sie nun einmal zu Hause war, war es zu verlockend, ein funkelnagelneues Fahrrad vor sie hinzustellen und die Augenbinde zu lösen, genau wie damals, als sie mit zwölf ihr erstes ganz neues Rad bekommen hatte. Es war rot gewesen, daran konnte sie sich ohne Mühe erinnern. Claes würde natürlich fragen, wie sie es nach Lund schaffen sollte, aber dann musste sie es eben als Gepäck aufgeben. Wenn das nicht ging, konnte man es auch hinten ans Auto hängen. Lund an einem grauen Tag war vielleicht ein Erlebnis, auch wenn Cecilia beteuerte, dass dies nicht der Fall sei.

Guter Dinge begab sich Veronika wenig später mit Klara im Kinderwagen in die Stadt. Es war feuchtkalt, aber sie fror nicht. Sie hatte sich warm angezogen und ging schnell.

In Brinks Schaufenster standen sie, die neuen Fahrräder. Sie hob Klara aus dem Wagen und öffnete die Tür. Eine Glocke klingelte, aber dann war alles still. Keine Menschenseele zu sehen. Langsam ging sie herum und genoss den Anblick von funkelndem Chrom und unzerkratztem Lack. Schließlich kam ein älterer Mann aus dem Büro. Er war fast kahl, trug ein klein kariertes Hemd und sah Veronika forschend an.

Er räusperte sich, als wollte er seine Stimmbänder prüfen.

»Womit kann ich dienen?«, fragte er mit rauer Stimme.

Peter Berg und Erika Ljung standen jetzt schon seit zehn Minuten vor einer verschlossenen Tür.

»Es scheint niemand zu Hause zu sein«, sagte Erika, nachdem sie durch den Briefkastenschlitz von Alfred Axelsson gelauscht hatte.

»Seltsam. Ich hatte ihn telefonisch vorgewarnt«, meinte Peter Berg.

»Er hatte wohl noch was zu erledigen«, meinte Erika und zuckte mit den Achseln. Peter Berg zog sein Handy aus der Tasche.

Eine Streife sollte Axelsson zur Wache bringen, sobald er nach Hause kam, verfügte Claesson enttäuscht übers Telefon. Einen gewissen Zeitverlust musste man einfach hinnehmen.

Sie waren rastlos und spürten die Spannung. Die Arbeit auf der Wache häufte sich – sowohl am Computer als auch in Form von Stapeln von Berichten und Zusammenfassungen, die durchgesehen werden mussten. Sie hatten alles stehen und liegen lassen, um zu diesem Alten zu fahren, zu Axelsson. Und dann war nichts. Eine Niete. Einen Moment lang verging ihnen wirklich die Lust.

Neue Informationen brachen ständig über sie herein. Im Augenblick fügten sie sich jedoch noch nicht zu einem Gesamtbild. Mit anderen Worten: Es war wie immer. Am nächsten Tag wollte Claesson das gesamte Material durchgehen, was sie für gewöhnlich weiterbrachte. Bis dahin wollte Peter Berg die Telefonlisten fertig stellen. Wahrscheinlich musste er den Abend dafür opfern. Dort war immer etwas zu holen, aber was genau, wusste er im Augenblick noch nicht. Auf dem Korridor hatte er aufgeschnappt, dass sich der Gerichtsmediziner gemeldet hatte. Ein alter Beinbruch sei auf der Röntgenaufnahme zu sehen gewesen, und eine kleine Kopfwunde habe man auch noch entdeckt, aber sonst gebe es nicht viel Neues. Davon und auch von anderen Dingen berichtete er Erika im Auto, da er das Gefühl hatte, etwas sagen zu müssen. Dann wurde es still.

Auf dem schnellsten Weg fuhr er zum Präsidium zurück. Leider führte dieser wegen der vielen Einbahnstraßen in einem weiten Bogen am Hafen vorbei, bevor sie auf den Stortorget und von dort in die Ordningsgatan abbiegen konnten, an der das Präsidium lag, ein recht unansehnliches Gebäude aus rotem Backstein.

Das Schweigen dauerte an, als wäre das Gespräch festgefahren. Erika kratzte sich mit langen Nägeln – konnten die echt sein? – am Kopf. Peter Berg registrierte jede ihrer Bewegungen. Er konnte sich nur noch schlecht aufs Autofahren konzentrieren, aber es herrschte nur wenig Verkehr. Ihre Gebärden mit ihren schmalen braunen Händen und die grazilen Bewegungen ihrer Finger waren ihm so vertraut. Sie entfernte das Haarband, schüttelte ihr Haar aus. Locken und Kräuselhaar. Ein Fahrradfahrer zwang ihn zum Bremsen, und Berg murmelte etwas Unverständliches, vergaß aber keine Sekunde, dass Erika neben ihm saß. Die Spannung wuchs.

»Wie geht es dir denn zurzeit?«, fragte Erika schließlich.

»Warum?«, fragte er rascher und abweisender, als er eigentlich gewollt hatte. Gleichzeitig schielte er unsicher zu ihr hinüber.

»Ich mein ja bloß«, sagte sie und schaute durchs Seitenfenster.

»Eigentlich recht gut«, antwortete er ausweichend.

»Das freut mich«, sagte sie und schaute ihn an, und ihm schien, als käme es von Herzen. Sie freute sich, dass es ihm gut ging. Er war so verblüfft und auch ein wenig geschmeichelt, dass er erst nicht wusste, was er sagen sollte. Also konzentrierte er sich auf die Straße, das Lenkrad und den Schalthebel.

»Ziemlich anstrengend, wieder auf die Beine zu kommen«, meinte er zum Schluss.

»Das ist ja nur natürlich«, sagte sie.

»Und du?«

Sie zuckte mit den Achseln.

»Ich finde es recht angenehm, dass alles so ist wie immer«, sagte sie dann.

»Ist es das wirklich? Ich meine, so wie immer?«

»Ich bilde es mir ein. Etwas ruhiger. Zu Hause also.«

Sie schielte zu ihm hinüber, wollte sich nicht deutlicher ausdrücken, nicht alles wieder aufwühlen, Wort für Wort, Erinnerung für Erinnerung. Es sollte liegen bleiben, wo es lag, weit unten auf dem Grund des Meeres. Sie ging davon aus, dass er das verstand, schließlich hatte Peter sie in dem Schuppen gefunden, zusammengeschlagen, verängstigt und erniedrigt, an diesem widerwärtigen Abend vor weniger als einem Jahr.

»Ja, man muss die Dinge hinter sich lassen«, sagte er leise und lächelte sie vorsichtig an.

Sie räusperte sich, fand aber keine Worte. Sie schaute erst auf ihre Knie, dann rasch durchs Seitenfenster, dann wieder auf ihre Knie. Dann blickte sie ihm gerade in die Augen.

Isabelle Axelsson hielt in der einen Hand eine Tüte mit frischen Gebäckstücken mit Zuckerguss, in der anderen eine mit Lebensmitteln. Sie nahm nicht den Fahrstuhl, und ihre Schritte hallten im Treppenhaus.

Dank Gleitzeit hatte sie bereits um halb vier aufhören können. Sie fühlte sich heute nicht ganz wohl. Und jetzt auch noch das mit Alf, dem Jungen von Sonja. Sie hatte ihr versprochen, niemandem etwas zu erzählen, und das fiel ihr auch nicht schwer. Zum einen mochte sie Sonja, zum anderen gab es gewisse Vertraulichkeiten, die einem die Lippen auf ewig versiegelten. Früher oder später würde es ohnehin herauskommen. Das war auch Sonja klar, aber die kurze Gnadenfrist, die den Brinks blieb, war wertvoll. Sie konnten sich wappnen gegen den zu erwartenden Klatsch und das Misstrauen, das sie für einige Zeit ihrer Privatsphäre berauben würde.

Es war ausgeschlossen, dass Sonjas Junge die Tat verübt haben konnte. Er war so lieb, fast schüchtern, was sich früher oder später natürlich auch erweisen würde. »Hoffentlich harrt Sonja bis dahin aus«, dachte Isabelle. Alle in der Familie Brink waren nett. Zuverlässig. Die Fahrradhändlerfamilie. Und sie war immer froh gewesen, dass ihr Tobbe mit Alf befreundet war. Sie hatte immer gefunden, Tobbe sei in guter Gesellschaft, wenn er bei Alf war. In viel besserer Gesellschaft als sonst. Leider. Aber was konnte man schon machen, wenn die Kinder nicht auf einen hörten?

Sie war rasch in die Pedale getreten, hatte den Oberkörper über den Lenker gebeugt, und ihre Rastlosigkeit hatte sich in Wärme und Schweiß verwandelt. Jetzt würde sie sich eine Tasse Kaffee schmecken lassen.

Sie klingelte wie immer nur ganz kurz, um ihren Vater zu warnen, bevor sie aufschloss.

»Hallo!«, rief sie, als sie über die Schwelle trat.

Das Licht in der Diele brannte, und die Badezimmertür stand weit offen. Auch dort brannte Licht, und das war ungewöhnlich. Ihr Vater gehörte noch jener Generation an, die Strom sparte und immer das Licht ausmachte. Strom kostete schließlich Geld.

Sie stellte die Tüte mit dem Gebäck auf die Spüle, räumte das Essen rasch in den Kühlschrank und betrat das Wohnzimmer. Ihr Unbehagen wuchs.

Sie fand ihn bewusstlos auf dem Boden neben dem Bett. So überspannt, wie sie in letzter Zeit war, dachte sie zuerst, jemand hätte ihn niedergeschlagen. Aber dann wurde ihr klar, dass das natürlich nicht der Fall sein konnte. Niemand hatte einen Grund, ihren alten Vater umzubringen.

Der Teppich neben dem Bett war unter ihm verrutscht, wie sie sah, als sie sich über ihn beugte. Wahrscheinlich war er darüber gestolpert. Viele alte Leute wurden mit gebrochenen Knochen ins Krankenhaus eingeliefert, weil sie gestolpert und gestürzt waren. »Kleine Teppiche, vor allem die mit Fransen, sollten verboten werden«, dachte sie, während sie ihm abwechselnd über die Wangen strich und versuchte, ihn wachzurütteln.

Er atmete unregelmäßig und schnarchte dabei. Sie versetzte ihm einen vorsichtigen, aber doch energischen Stoß, als könnte ihn das dazu bewegen, die Sätze auszusprechen, mit denen er sie normalerweise begrüßte. Erst Gemaule darüber, dass sie nicht früher gekommen war, dann die barsche Anweisung: »Setz Kaffee auf, Mädchen!«

Aber ihm war keine Äußerung zu entlocken. Er starrte sie angsterfüllt an, vielleicht schaute er aber auch an die Decke oder ganz woandershin. Er konnte seinen Blick nicht fixieren. Mit großer Trauer im Herzen sah sie ein, dass er sie möglicherweise nicht einmal erkannte. Wahrscheinlich hatte er eine Gehirnblutung oder eine Thrombose erlitten. Eine größere zerebrale Katastrophe, wie man es an ihrem Arbeitsplatz nannte. So musste es natürlich sein. Der Kontakt zur Außenwelt war abgebrochen, die gemeinsamen Stunden, die sie verbracht hatten, ohne sich wirklich miteinander zu unterhalten, legten sich wie ein Gewicht auf ihre Seele. Es war nun mal verdammt schwer, Gewohnheit und Routine hinter sich zu lassen und Neuland zu betreten.

Wie lange hatte er da auf dem Boden gelegen? Unruhig begann sie nachzurechnen, aber es war nicht so schwer. Am Vortag war sie noch bei ihm gewesen. Was für ein Glück, dass sie bei ihm vorbeigeschaut hatte, obwohl sie so viel um die Ohren hatte! Schlimmstenfalls hatte er also vierundzwanzig Stunden auf dem Boden gelegen, wenn er bereits am Vortag gestürzt war und nicht noch ihr Bruder nach ihr bei ihm gewesen war, was recht unwahrscheinlich erschien.

Er hatte dagelegen, ohne sich rühren zu können. »Ich will nicht alt werden«, dachte sie. »Nie im Leben!«

Sie fasste ihn um den Brustkorb, zwängte Hände und Arme unter seine Achseln und hob ihn vom Boden auf. Er war schwerer als erwartet und doch leichter, als er in jüngeren Jahren gewesen war. »Damals hätte ich ihn nicht vom Fleck bekommen«, dachte sie traurig. Ihre Wehmut verursachte ihr Schmerzen, ihr Mund war trocken, und Tränen standen ihr in den Augen. Sie zerrte an ihrem Vater herum und versuchte ihren inneren Aufruhr in Schach zu halten und ihn gleichzeitig bequemer hinzulegen. Unter größten Mühen gelang es ihr, seinen Oberkörper halb aufs Bett zu bekommen. Dann kippte sie seine Beine nach oben und schob ihn in die Mitte, ohne dass er reagierte. Das verhieß nichts Gutes. Er jammerte nur leise. »Vermutlich keine Brüche«, dachte sie und bereute im selben Augenblick, dass sie ihn überhaupt bewegt hatte. Die Sanitäter hätten ihn sicher schonender angehoben, aber jetzt war es zu spät. Er war so leicht geworden, dass er die Matratze kaum eindrückte. Er schien auf der Tagesdecke zu schweben.

Es sei gerade kein Krankenwagen verfügbar, sagte man ihr, man würde aber so schnell wie möglich kommen. Isabelle fand es empörend, dass ihr alter Vater warten musste, war aber mit den Verhältnissen vertraut. Es würde auch nicht mehr Krankenwagen geben, bloß weil sie sich aufregte. Außerdem fanden die Leute bei der Notrufzentrale wohl, dass es auf ein paar Minuten nicht ankäme, da er schon seit Stunden so gelegen hatte.

Sie setzte sich auf die türkisblaue Tagesdecke, die es bei ihnen zu Hause immer gegeben hatte. Mit der Handfläche strich sie über das Frotteemuster, hin und her, hin und her. Es war sehr weich. Es roch nach Zuhause, aber ein scharfer Geruch war hinzugekommen, der Geruch des Alterns. Diesen säuerlichen Geruch kannte sie. Er trat auf, wenn der Körper ermüdete und die Kräfte nachließen, wenn es schwierig wurde, in die Badewanne zu kommen, und gefährlich zu duschen. Schließlich konnte man ausrutschen und zu Tode stürzen. Die Angst nahm zu. Es gab auch Wichtigeres zu tun, wenn die Tage gezählt waren. Dazusitzen und nachzudenken beispielsweise. Danach sehnte sie sich selbst. An die Wand zu starren oder aus dem Fenster, den Himmel und die Bäume zu betrachten.

Sie strich ihrem Vater über die Stirn und dann mit den Fingerspitzen über die trockenen Wangen. Dann kamen die Worte. Sie hörte ihre Stimme Dinge sagen, die sie sonst nicht sagte. Ihre Stimme war weniger schroff, Hemmungen und Skrupel waren gewichen.

»Papa! Ich bin das. Isabelle. Deine Tochter. Hörst du mich? Tust du das? Ich wollte dir etwas frisches Gebäck bringen. Wir wollten doch Kaffee trinken. Du und ich. Du isst doch gern mal was Süßes, nicht wahr?«

Sie bekam keine Antwort. Überhaupt keine. Er starrte immer noch leer in die Luft. Seine Atemzüge waren jetzt regelmäßiger, aber immer noch pfeifend und angestrengt.

Isabelle schaute zum Fenster. Die Rollos im Schlafzimmer waren heruntergelassen und so eingestellt, dass sie etwas Licht durchließen, wie immer in Schlafzimmern. Es war, als hätten das Alter und die Schwäche ihren Vater in einen larvenähnlichen Zustand versetzt. Er hatte sich hinter einer verschlossenen Tür und heruntergelassenen Rollos versteckt. Er war nur selten weggegangen und wollte sie nicht einmal auf Ausflüge mit dem Auto begleiten, sondern saß am Küchenfenster und las und schaute nach draußen.

Als sie zu weinen begann, drehte er langsam seinen Kopf in ihre Richtung, folgte dem Schluchzen mit leerem Blick. Seine Augen waren merkwürdig wässrig und hell geworden, dachte sie, während er seinen Blick wieder an die Decke richtete. Er legte die Stirn in Falten. Dann holte er Luft und seufzte tief, als würde er sich weder um seinen Zustand noch um das, was in der Außenwelt vorging, kümmern. Es gab ihn, und er lebte – mehr ließ sich nicht sagen.

Isabelle ging in die Diele und rief ihren Bruder an. Gerade jetzt fehlte er ihr. Niemand hob ab, nur der Anrufbeantworter ging an, der auf eine Handynummer verwies. Auch unter dieser Nummer antwortete er nicht. »Typisch! Er ist sicher sauer, weil ich mich nicht gemeldet habe, und er wird mir die Schuld geben, obwohl es seine Schuld ist, dass er nicht zu Hause ist«, dachte sie. Die Menschen in ihrer Umgebung verließen sich darauf, dass sie da war. Isabelle regelte das meiste.

Als kleines Mädchen war ihr ihr Vater streng vorgekommen. Als sie älter geworden war, war ihr klar geworden, dass er nicht so gefährlich war, nur zerstreuter und weniger gesprächig als ihre Mutter. Er hatte es nicht leicht gehabt. Isabelles Mutter war eine resolute Person gewesen. Aber er hatte sie schließlich ausgesucht und sich somit schwierige Entscheidungen und heikle Situationen vom Hals geschafft. Seine Frau kümmerte sich um alles. Das war bequem gewesen, hatte ihn gelegentlich aber auch eingeengt. Eigentlich hatten er und Isabelle erst nach dem Tod der Mutter zueinander gefunden. Die Mutter hatte immer zwischen ihnen gestanden, und das war gut, aber auch schlecht gewesen. Isabelle hatte viel von ihrer Mutter gelernt, in vieler Hinsicht war sie ein gutes Vorbild gewesen, selbstständig und ausdauernd, aber sie hatte Platz beansprucht. Sehr viel Platz. Nach ihrem Tod war es ruhiger geworden. Und leerer.

Sie hatten es gut zusammen, Papa und sie. Sie versuchte, die Vorliebe ihres Vaters für ihren Bruder zu akzeptieren, für den einzigen Sohn, den Ingenieur, der so erfolgreich war. Sie hatte schon lange eingesehen, dass es ein ungleicher Kampf war, das musste sie hinnehmen, sonst hätte sie kaum vermocht, ihren Vater fast jeden Tag zu besuchen, um mit ihm Kaffee zu trinken und über Nichtigkeiten zu plaudern.

Für Isabelle gab es keinen Platz im Krankenwagen. Sie radelte keuchend bei Gegenwind nach Hause und nahm von dort das Auto zum Krankenhaus. Es würde sicher spät werden.

»Jetzt bin ich also wieder hier, diesmal allerdings als Angehörige«, dachte sie beim Einparken. Bedeutete dies nun das Ende oder den Beginn einer langen Wanderung durch ein Tal, das vom Tode überschattet wurde? Sie befürchtete Schlimmstes, genau wie alle ihre Freunde mit greisen Eltern. An dem Tag, an dem es so weit war, sollte es schnell gehen, fanden sie. Man wünschte den eigenen Eltern einen schnellen Tod, vielleicht dachte man dabei auch an sich. Bis ins Letzte sollte man effektiv sein. Besser einmal richtig sterben, als Ewigkeiten im Pflegeheim vor sich hin zu vegetieren. Ersteres war einfacher. Die Erinnerungen waren angenehmer, das behaupteten jedenfalls diejenigen, die sich auszukennen glaubten.

Aber noch war es nicht so weit. Weder mit ihrem Vater noch mit ihr.

Sie rief nochmals bei ihrem Bruder an, erreichte ihn aber wieder nicht. Sie hinterließ eine weitere Nachricht. Daraufhin rief sie Linda an. Sie einigten sich darauf, dass sie bei ihr vorbeischauen würde, wenn sie in der Klinik fertig waren. Womit auch immer sie fertig werden mussten. Dass sie ihren Vater stationär behandeln mussten, davon ging Isabelle aus. Sie rief auch bei Tobbe an, der nichts zu sagen wusste und in Eile war. Er sollte aushelfen in der Küche des Restaurants »Forellen«. Sie würden sich später ausführlicher unterhalten. »Jungen Leuten fällt es wirklich schwer, schlechte Nachrichten entgegenzunehmen«, dachte sie.

Auf der Notaufnahme war Flaute. Bereits nach einer halben Stunde erschien eine junge Ärztin und stellte eine rasche Diagnose. Isabelle kannte sie nicht. Sie war höchstens fünfundzwanzig, trug das Haar kurz und ging mit energischen Schritten zwischen den Behandlungszimmern hin und her. Der Ärztekittel war ihr mehrere Nummern zu groß, sie hatte die Ärmel hochgekrempelt, und ihre dünnen Unterarme ragten wie Stöckchen hervor.

»Sie sind also die Tochter?«, fragte die junge Ärztin schroff. Sie hieß Emelie und dann etwas, was mit Sjö begann, Isabelle aber nicht auf dem Namensschild entziffern konnte.

»Es könnte sich um eine Gehirnblutung handeln«, meinte die Ärztin und schaute Isabelle in die Augen. Isabelle nickte. Darauf war sie auch schon gekommen. Sie hatte sich bereits entsprechende Sorgen gemacht. Sie sah vor sich, was auf ihren Vater zukam und schlimmer war als der urtümliche Brauch, die Alten von hohen Felsen zu stürzen, nämlich das Pflegeheim.

Die Ärztin untersuchte den ganzen Körper, tastete und bewegte Gelenke, nahm eine Taschenlampe hervor, leuchtete in die Pupillen, nahm ihren Reflexhammer und schlug an verschiedenen Stellen auf Sehnen und Muskeln.

»Es scheint nichts gebrochen zu sein«, sagte sie und klang dabei neunmalklug, aber vielleicht war sie ja auch nur ehrgeizig, dachte Isabelle. Das Kind versuchte, eine richtige Doktorin zu mimen.

»Er hat ein paar blaue Flecken«, sagte die Ärztin und deutete auf den Hüftknochen. »Wie lange hat er auf dem Boden gelegen, glauben Sie?«

Hilflos zuckte Isabelle mit den Schultern.
»Wissen Sie, ob er irgendwelche Tabletten nimmt?«
»Soweit ich weiß, überhaupt keine.«
»Überhaupt keine?«, wiederholte die junge Ärztin und sah sehr erstaunt aus.

»Es ist möglich, dass ihm Tabletten verschrieben worden sind, aber er nimmt jedenfalls keine«, antwortete Isabelle etwas säuerlich.

»Ach so!«
»Ich weiß, dass ältere Patienten Unmengen Tabletten schlucken. Ich bin Krankenschwester«, sagte sie, damit es endlich gesagt war.

Die Ärztin warf ihr einen raschen Blick zu.
»Dies ist natürlich keine erfreuliche Situation«, meinte sie und klang jetzt ruhiger, nicht mehr so verzweifelt forsch und energisch wie vorher.

Isabelle sah zu Boden und nickte.
»Das ist wohl der Weg, den wir alle gehen werden«, hörte sie sich sagen und sah sofort ein, wie pathetisch das klang. Die Ärztin schien aber nichts gegen diesen Kommentar einzuwenden zu haben.

»Ja, so ist es wohl«, antwortete sie knapp, obwohl es hoffentlich noch dauern würde, bis sie sich – jung, wie sie war – mit dem Tod auseinander setzen musste, dachte Isabelle und folgte dem Bett, das zum Röntgen gefahren wurde.

»So ist es nun«, dachte Isabelle, als sie die Tür zur Wohnung ihres Vaters wieder aufschloss. Mit einem Mal fühlte sie sich sehr einsam und innerlich leer. Inzwischen war es bereits acht Uhr abends, und sie wollte nur etwas aufräumen, den Müll nach unten bringen, die Blumen gießen und sehen, dass alles in Ordnung war. Dann wollte sie zu Linda gehen, bei ihr etwas essen und einen Moment ausruhen.

In den letzten Tagen war viel passiert. Die Leiche einer jungen Frau war angeschwemmt worden, ihr Vater lag im Sterben, und dann auch noch das mit Sonja!

»Es kommen auch wieder andere Zeiten«, dachte sie. »So kann es nicht weitergehen.«

Sie beugte sich unter die Spüle, zog den Müllbeutel hervor und knotete ihn zu, hängte aber keinen neuen in den Drahtkorb. Das war vermutlich unnötig. Als sie sich aufrichtete, entdeckte sie die Tüte aus der Bäckerei auf der Spüle. Ein wenig Gebäck würde den ersten Hunger stillen, bis sie bei Linda war. Die Tüte war jedoch geöffnet. Sie schaute hinein. Sie war leer.

Sie stand in der Küche und versuchte sich vorzustellen, wie die Sanitäter rasch das Gebäck verdrückten. Aber die waren gar nicht in der Küche gewesen. Jedenfalls konnte sie sich nicht erinnern.

Eigentlich war sie nicht sonderlich ängstlich veranlagt, aber jetzt überschlug sich ihr Herz förmlich, fast noch schlimmer als damals, als sie endlich begriffen hatte, dass ihre Schwesternschülerin nicht nur eine Reise unternommen oder geschwänzt hatte, sondern leblos im Meer trieb.

»Hallo, ist da jemand?«, rief sie in die Wohnung.

Natürlich erhielt sie keine Antwort.

Sie verließ die Küche und ging vorsichtig in der Dreizimmerwohnung ihres Vaters von Raum zu Raum. Zwei Zimmer hätten auch genügt oder auch nur eins, aber er war stur gewesen und hatte sich geweigert umzuziehen. Daran dachte sie trotz ihrer Angst und stellte gleichzeitig fest, dass nichts aufgebrochen war und keine Schranktüren offen standen.

Als sie das Licht im Wohnzimmer ausmachen wollte, fiel ihr jedoch auf, dass die eine Schublade in der Anrichte nicht ganz geschlossen war. Sie zog sie resolut heraus und schaute hinein. Sie sah sofort, was fehlte. Ihr Herz hämmerte, und sie schlug die Hand vor den Mund, um einen Schrei zu unterdrücken.

SECHSTES KAPITEL

Dienstag, 20. November

Bernhard Göransson hatte ein bestimmtes Ziel vor Augen. Er wollte Gudrun Ask mit seinem zwanzig Jahre alten Saab abholen. Seine Hände hielten das Lenkrad in festem Griff, die Nägel waren ordentlich geschnitten und sauber. Er hatte sogar die Nagelbürste benutzt. Das würde Gudrun wahrscheinlich nicht weiter auffallen, aber man konnte nie wissen.

Auch das Auto war in tadellosem Zustand. Jährlicher Unterbodenschutz, Inspektionen, regelmäßiges Waschen und Wachsen. Die Schonbezüge mit Schottenmuster auf den Sitzen hatte er immer nur zwecks Reinigung abgenommen. Der Originalbezug war also weder fleckig noch abgenutzt. Mit anderen Worten: Das Auto war im Prinzip wie neu, aber zwanzig Jahre alt – eine Rarität, eine Kostbarkeit.

Schließlich hatte ein pensionierter Witwer Zeit, sein Fahrzeug zu pflegen. Er hatte auch nicht die Absicht, sich weitere Autos zuzulegen, jedenfalls nicht mehr in diesem Leben, und wie das nächste aussah, konnte man nicht so genau wissen. Darüber scherzte er gerne und tat das immer öfter, je älter er wurde und je näher das unvermeidliche Ende rückte, zumindest statistisch gesehen. Er pflegte auch jederzeit darauf hinzuweisen, dass man natürlich totgefahren oder von Halbstarken niedergeschlagen werden oder einer Feuersbrunst zum Opfer fallen konnte. Oder erdrosselt werden. »Armes Mädchen!«, dachte er düster und sah wieder vor sich, was er für eine ICA-Tüte gehalten hatte, eine Blase aus Plastik im Wasser.

Für nichts im Leben gab es Garantien, philosophierte er und zog seinen Schal enger um den Hals. Jedenfalls keine verlässlichen, die auch hielten, was sie versprachen.

Aber jetzt war nicht die Zeit für tiefsinnige und wehmütige Gedanken über das Leben, die Zeit und den Tod. Nichts hätte unangebrachter sein können.

Sein eigenes, höchst geschätztes Leben war zögernd in ein neues Stadium übergegangen. Er wollte unbedingt noch eine Weile dabei sein. Am liebsten noch lange. Länger, als ihm seiner Meinung nach zustand. Andererseits war er immer vernünftig und bescheiden gewesen, was seine Ansprüche betraf, warum also nicht? Eine Belohnung für all die Jahre, die er Zurückhaltung geübt hatte, vorsichtig und ordentlich gewesen war und nichts übertrieben hatte.

Auch dieses Mal hatte er voll getankt. Vermutlich würden sie keinen längeren Ausflug machen, obwohl sie einiges zu besprechen hatten, aber es war besser, auf Nummer sicher zu gehen. Plötzlich gab es einen Grund mehr, das Auto richtig oft aus der Garage zu holen, auszulüften und den Motor durchzupusten. Er selbst hatte selten etwas gegen einen längeren Ausflug einzuwenden. Eine richtige Tour mit dem Auto. Nur sie zwei. Um sie herum die schützende Karosserie, umgeben von der Natur und der beißenden Kälte, die ihnen in der Wärme des Autos nichts anhaben konnte. Man wusste nie, was sich Gudrun in den Kopf gesetzt hatte.

Sie hatten, wie gesagt, einiges zu besprechen. Gudrun hatte ihn angerufen. Sie sprachen auch so jeden Tag miteinander, aber Gudrun hatte diese besondere Frage angeschnitten: Was sollten sie tun? Hätte sie die Frage nicht gestellt, hätte er vermutlich früher oder später das Blatt vom Mund genommen, schließlich war er ein rechtschaffener Mann. Wenn die Schlagzeilen nicht zu gegebener Zeit ausposaunten, dass ein Verdächtiger festgenommen worden sei und gestanden habe, dann wollten sie zur Polizei gehen. So dachte er sich das. Die

Polizei löste den Fall vielleicht auch ohne ihre Hilfe. Sie würden also erst einmal abwarten. Das war sein Plan. Nicht, die Wahrheit für sich zu behalten. Im Übrigen konnten sie sich nicht sicher sein, dass sie richtig gesehen hatten. Das Gelbe im Schilf war vielleicht wirklich nur eine Plastiktüte von Egons Lebensmittelgeschäft gewesen. Wie sie geglaubt hatten. So einfach konnte es auch sein. Die jungen Leute heutzutage waren nachlässig und warfen ihren Müll überall hin. Sie waren unerzogen, ihre Eltern hatten keine Zeit, ein Auge auf sie zu haben, und die Schulen auch nicht. Faul und respektlos, und das bekam keinem. Die Kinder und Jugendlichen lernten nicht mehr, dass man auf die Natur Rücksicht nehmen musste, auf den Wald, den Strand, das Meer und die Wiesen. Die Orte, an denen wir uns alle aufhalten. Manchmal sah es dort wirklich ganz furchtbar aus. Ein Glück, dass sich die Gemeinde immer noch die Straßenreinigung leisten konnte!

Aber Gudrun hatte darauf bestanden, etwas zu unternehmen. Und zwar sofort. Deswegen mussten sie sich treffen und sich unter vier Augen unterhalten. Sie wollten sich überlegen, was sie sagen sollten. Da hatte er nichts dagegen. Nicht im Geringsten! Er ließ sich nicht zweimal bitten, wenn es um Gudrun ging.

Er parkte vor dem Haus und stellte den Motor ab. Nach einiger Zeit wurde es kalt und ungemütlich. Er zog seine Schirmmütze in die Stirn.

Gudrun war angenehm, schlagfertig und lustig. Als sie sich zum ersten Mal bei einem Nachbarn begegnet waren, war die Zeit wie im Fluge vergangen, sie hatten viel gelacht und herumgealbert. Und seitdem er ihr die erste Umarmung abgerungen hatte, war alles immer nur wundervoller geworden. »Man darf auch keine Hemmungen haben«, dachte er zufrieden darüber, dass er so beherzt zur Tat geschritten war. Sie war auf dem unebenen Weg bei der Brücke gestolpert – über eine Wurzel oder einen Stein –, hatte fast das Gleichgewicht verloren und war ihm praktisch in die Arme gefallen, die er natürlich bereitwillig für sie ausgebreitet hatte. Gudrun, die

Weiche und Warme, dachte er in der feuchten Kälte im Auto. Das war bei der Holzbrücke zur Insel Svinö gewesen, einer schmalen Fußgängerbrücke, die eigentlich nur im Sommer von Leuten, die baden oder angeln wollten, benutzt wurde.

Sie hatten den Tag nicht einmal überprüfen müssen. Es war ein Montag gewesen, da waren sich beide einig. Der erste Werktag nach Allerheiligen. Zwei Abende zuvor – doch, es mussten zwei Tage vergangen sein, nicht mehr und nicht weniger, auch wenn einem diese mickrigen Tage wie eine Ewigkeit vorkamen – hatte er sie am Esstisch des Nachbarn betrachtet, der ihn nach dem Friedhofsbesuch eingeladen hatte. Anfangs hatte er sie nur ganz verstohlen angeschaut, ein paar rasche Blicke auf Gudrun mit den goldenen Locken geworfen – vielleicht waren sie auch grau, aber das war wirklich egal! Wie ein Schulbub in kurzen Hosen hatte er sich verhexen lassen und war stiller als sonst gewesen. Es hatte ihm die Sprache verschlagen, aber dann hatte er nicht länger widerstehen können und alles auf eine Karte gesetzt. Im Treppenhaus auf dem Heimweg erhielt er ihre Erlaubnis, sich bei ihr melden zu dürfen. Er hatte bereits am Tag darauf angerufen, an einem Sonntag, aber sie hatte einiges zu besorgen gehabt, also hatte er sie am Montag zum ersten Mal abgeholt. Bereits da war ihm klar gewesen, dass sie stur war, sich um so einiges kümmern musste und sich zu nichts überreden ließ. Am Montag hatte er also zum ersten Mal vor ihrer Tür geparkt und im Auto gewartet. Wie jetzt.

Er fröstelte, stieg aber nicht aus, sondern blieb ruhig sitzen und hielt durch die beschlagenen Scheiben nach ihr Ausschau. Er zog seine dicken Handschuhe über, die ihm seine Tochter zum siebzigsten Geburtstag geschenkt hatte. Braunes Kalbsleder, warm gefüttert. Sie waren vermutlich nicht billig gewesen, aber sie konnte es sich leisten. Sein Schwiegersohn hatte Sinn für Geld und Geschäfte. Vielleicht war er nicht immer so aufmerksam, seine Tochter musste vermutlich mit einem Gefühlsdefizit leben, aber das war der Preis, den sie zahlen musste. »Vermutlich verlässt sie ihn erst, wenn die Kinder mit der Schule fertig sind«, dachte er und wischte mit einem Lappen die Feuchtigkeit von der Windschutzscheibe. Dann setzte er seine Überlegungen fort, während er geduldig wartete. Er wollte den Motor nicht anmachen, nur damit es im Auto warm wurde, wobei es ihm nicht um den Benzinverbrauch und das Geld, sondern um die Luft, den Wald und das Meer ging.

Eine leise Ungeduld machte sich jedoch breit. »Jetzt muss sie wirklich kommen!«, dachte er, als die Haustür geöffnet wurde. Aber es war nicht Gudrun, sondern ein Mann in Trainingsanzug, der im Dauerlauf den Asphaltweg entlanglief. Bernhard schaute auf die Uhr. Es war halb neun an diesem bewölkten Morgen. Es waren erst fünf Minuten vergangen, aber es kam ihm vor wie eine Ewigkeit.

Gudrun hatte natürlich durch das Küchenfenster nach dem Auto Ausschau gehalten. Sie wohnte im zweiten Stock in einem Mietshaus ohne Fahrstuhl, konnte aber glücklicherweise noch Treppen steigen. Und diese lief sie nun so schnell wie möglich hinunter. Das Alter machte sich bemerkbar, sie hatte Mühe beim Atemholen, ihre Hüftgelenke waren ersetzt, aber sonst fehlte ihr nichts, jedenfalls nichts von Bedeutung.

Ihr war entgangen, dass der Saab vorgefahren war. Das Telefon hatte geklingelt. Das Gespräch mit der Freundin war vollkommen belanglos gewesen. Sie hätten sich genauso gut später unterhalten können, aber sie konnte ihr schlecht ins Wort fallen, ohne sie zu kränken und ohne dass sie Verdacht geschöpft hätte.

Sie hatte also nicht gesehen, dass Bernhard vorgefahren war. Das war ärgerlich. Sie wollte es vermeiden, dass er ausstieg. Nicht so sehr, weil sie ihm diese Mühe ersparen wollte – ihm hätte das nichts ausgemacht –, sondern sie wollte nicht, dass die Nachbarn sahen, wer sie abholte.

»Ziemlich ungemütlich draußen«, begann er lächelnd und zeigte dabei sein intaktes Gebiss. Sie ließ sich keuchend auf den Beifahrersitz fallen, zog die Tür zu und holte Luft.

»Dann fahren wir also einfach drauflos«, sagte er.

»Gute Idee.«

Sie nahm die weiße Mütze aus Angorawolle ab und fuhr sich mit den Fingern durchs Haar. Ihre Kopfhaut war von dem für ihre Verhältnisse recht raschen Lauf die Treppe hinunter feucht geworden. Am liebsten hätte sie den Taschenspiegel hervorgezogen, unterließ es aber, da sie nicht eitel wirken wollte. Vor allem nicht jetzt, wo sie entscheiden wollten, was zu tun war. Sie wollten ernsthafte Dinge besprechen. Was sollten sie sagen? Die Polizei würde wissen wollen, warum sie sich nicht früher gemeldet hatten.

Bernhard schaltete den Blinker ein und fuhr auf die Fahrbahn. Endlich verließen sie ihre Straße. Auf dem Bürgersteig entdeckte sie Ohlsson aus ihrem Haus mit seinem Rauhaardackel, der angeleint neben ihm hertrottete. Ohlsson schaute nach unten und sah sie nicht.

Louise Jasinski hob den Hörer ab. Gleichzeitig schaute sie auf die Uhr. In fünfzehn Minuten begann die Besprechung. Bei Nina am Empfang wartete eine Dame, die Informationen zum Malin-Fall hatte.

»Kannst du sie nicht bitten, zu warten oder in einer Stunde wieder zu kommen?«

Sie wollte sich nicht festlegen und hatte keine Lust, noch schnell eine Vernehmung durchzuführen.

»Nein, das geht wohl nicht«, antwortete Nina Persson, und Louise hörte förmlich, wie Nina der Frau reserviert zulächelte.

»Gehört sie zu den Leuten, bei denen ich in ein paar Stunden zu Hause vorbeischauen könnte?«

»Nein.«

»Okay, dann schicke ich jemanden, der sie abholt.«

Sie musste schließlich selbst nach unten gehen und die Dame abholen, denn alle anderen waren bereits auf dem Weg zum großen Konferenzzimmer. Sie nickte Nina zu, als sie am Empfang vorbeikam, und bemerkte, dass diese grünlich bleich im Gesicht war. Es schien ihr was zu fehlen. Vernachlässigte sie etwa ihr Äußeres? Das sah ihr nicht ähnlich! Zu weiteren Überlegungen blieb Louise jedoch keine Zeit, denn sie sah ein, dass ihr eine schwere Aufgabe bevorstand. Sie würde gezwungen sein, einen Fleischberg, wenn man so überhaupt sagen durfte, in ihr Büro zu schaffen. Die auffällig riesige Frau, die auf der Bank saß, hatte es irgendwie zum Präsidium geschafft. Also musste sie auch in der Lage sein, zum Aufzug und dann die wenigen Schritte zu Louises Büro zu gehen. Aber das würde vermutlich dauern, die Besprechung würde sie verpassen.

Louise stand im Fahrstuhl, und die Frau saß neben ihr auf einem Stuhl, den Nina und sie mit Mühe in die Aufzugkabine bugsiert hatten, als ihr plötzlich klar wurde, was ihr schon längst hätte auffallen müssen. Nina war natürlich schwanger. Bestimmt. Diese grüngraue Gesichtsfarbe und der erschöpfte Gesichtsausdruck. Ihr war übel! In anderen Umständen! Aber wer war der Vater?

Louise ging diese interessante Frage nicht aus dem Sinn, während sie die keuchende Frau stützte, die mit ihren riesigen Beinen mit winzigen Schritten auf ihr Zimmer zuwankte. Louise drängte sich rasch vor, brachte den relativ leichten Besucherstuhl in Sicherheit und holte einen stabileren mit Stahlrohrbeinen und ohne Armlehnen. Er krachte gefährlich, als sich die Frau darauf niederließ. Sie wischte sich den Schweiß von der Stirn und seufzte schwer, bevor sie Louise niedergeschlagen anschaute. Vielleicht war der Blick auch als Entschuldigung für ihren grotesken Zustand zu verstehen, für ihren formlosen, abstoßenden und krankhaft aufgequollenen Körper, der auf dem Stuhl kaum Platz hatte. Als ein heimliches, stilles Flehen um Verständnis. Zweifellos war sie ein Mensch.

Trotzdem schlug Louise verlegen den Blick nieder, als sie hinter ihrem Schreibtisch Platz nahm. In diesem riesigen Körper schlug ein Herz, das tapfer Blut bis in die Orangenhaut des Fettgewebes beförderte. Eine Arbeit, die recht anstrengend sein musste.

»Ich habe vergessen, mich vorzustellen, ich heiße Louise Jasinski«, sagte sie, erhob sich halb von ihrem Stuhl und hielt der Frau über den Schreibtisch weg ihre Hand hin. Endlich nahm sie auch ihren Mut zusammen und schaute ihr ins Gesicht.

Sie hatte erstaunlich klare braune Augen mit riesigen Tränensäcken darunter. Das Gesicht war müde und in seinen Konturen unscharf.

»Elona Wikström«, sagte die Frau, und Louise überraschte erneut die Klarheit ihrer Stimme. Sie war hell wie die eines jungen Mädchens und passte nicht zu ihrem Körper.

Louise lächelte sie an. Elona Wikström lächelte fast unmerklich zurück. Ein seltsames, stilles Gefühl von Vertrautheit kam auf. »Vielleicht ist ihr robustes Herz ja aus Gold«, überlegte Louise und ließ sich auf ihren Stuhl sinken. Sie zog ihren Spiralblock zu sich heran.

»Ein Mann stand vor dem Wohnheim und hat hochgeschaut«, begann Elona Wikström. »Ich kann natürlich nicht behaupten, dass er der Täter war, aber das ist doch eindeutig verdächtig! Oder nicht? Ich habe alles über den Mord gelesen, also über Malin, die ermordet wurde.«

»Das klingt interessant. Könnten Sie mir noch etwas genauer erklären, was Sie gesehen haben?«

»Er steht einfach da. Meist am Abend. Hinter den Büschen. Ohne sich zu bewegen.«

Sie verstummte.

»Von wo aus haben Sie ihn gesehen?«, wollte Louise wissen.

»Von meiner Wohnung.«

»Von Ihrer Wohnung?«

Elona Wikström nickte.

»Aha. Da muss ich fragen, wo Sie wohnen.«

»Skarpskyttegatan. In einem der Mietshäuser, die etwas weiter unten am Hang liegen«, antwortete sie und machte eine minimale Kopfbewegung Richtung Fenster.

»Entschuldigen Sie, aber welchen Hang meinen Sie?«

»Den unterhalb des Wohnheims und der Volkshochschule.

Von meinem Wohnzimmer sehe ich schräg über mir das Wohnheim, etwa so«, sagte sie und deutete mit ihrer fleischigen rechten Hand nach rechts oben.

Louise nickte und überlegte sich, warum sie nicht auf diese Zeugin gestoßen waren, als sie von Tür zu Tür gegangen waren. Vermutlich hatte sie nicht aufgemacht, vielleicht waren die Polizisten auch schon weitergegangen, als sie endlich die Wohnungstür erreicht hatte. Vielleicht hatten sie sich diese Häuser auch noch nicht vorgenommen.

»Dann liegt die Hochschule für Krankenpflege etwas weiter links unten.«

»Genau. Der Hang geht schließlich weiter«, sagte Elona Wikström und machte eine Handbewegung nach unten.

»Sie sagen, dass dort abends ein Mann steht und Ausschau hält. Ich überlege mir nur ... um diese Jahreszeit ist es doch schon ziemlich dunkel.«

»Ich kann im Dunkeln nichts sehen, solche Künste beherrsche ich nicht«, meinte Elona Wikström und lachte. Kinn und Bauch gerieten in Bewegung. »Aber es steht eine Laterne an einem recht schmalen Fußweg, der dort verläuft. Ich glaube, er ist geteert und außerdem beleuchtet. Vermutlich, damit sich keine Sittenstrolche dort herumtreiben. Schließlich ist das eine Abkürzung zur Hochschule für Krankenpflege. Da gehen viele Mädchen hin und her. Oder sie fahren Fahrrad.«

Sie verdrehte die Augen und keuchte vor Anstrengung. Offenbar war es mühsam, so viele Worte aneinander zu reihen. Sie sah müde aus. Vermutlich schlief sie schlecht. Wegen des Übergewichts hatte sie beim Liegen wahrscheinlich Schwierigkeiten mit der Atmung.

»Sie konnten also sehen, in welche Richtung er schaute?«, wollte Louise wissen.

»Ja, ich glaube schon. Hoch zum Wohnheim.«

»Wann haben Sie diesen Mann dort zuletzt gesehen?«

»Das ist schon eine Weile her. Ich erinnere mich nicht so genau. Vielleicht vor einer Woche«, erwiderte Elona Wikström, kniff die Augen zusammen und runzelte die Stirn, während sie nachdachte. »Nein, ich erinnere mich nicht genau«, sagte sie dann.

»Aber erinnern Sie sich, wann er zum ersten Mal dort stand?«, beharrte Louise. Sie war es gewohnt, dass die Leute, was Zeitangaben betraf, entweder ihr Erinnerungsvermögen überschätzten oder vollkommen im Dunkeln tappten.

»Das kann ich nicht genau wissen. Also ab wann er dort stand. Das kann schließlich recht lang her sein, ohne dass es mir auffiel, aber ich weiß ungefähr, wann ich ihn zum ersten Mal sah.«

Sie verstummte und sah Louise mit pfiffiger Miene an.

»Und wann war das?«, wollte diese wissen.

»Irgendwann im Oktober, glaube ich.«

»Ist das schon so lange her?«

»Ja! Ist daran etwas nicht in Ordnung?«

»Oh doch, das ist ganz okay«, beeilte sich Louise zu versichern. »Alles, was Sie zu sagen haben, ist von Wert. Ich glaube, sie haben uns wichtige Informationen geliefert. Wie Sie vielleicht verstehen, wäre es für uns von großer Bedeutung, wenn wir zu Ihnen nach Hause kommen und selbst einmal schauen dürften.«

»Aber jetzt steht er doch nicht mehr dort.«

»Aber der Blick. Wir wollen uns die Aussicht ansehen.«

Elona Wikström hatte dagegen nichts einzuwenden. Louise sorgte dafür, dass sie nach Hause gefahren wurde. Sie hatten vereinbart, dass sie im Verlauf des Tages bei ihr vorbeischauen würde.

Die Kollegen kamen nach und nach auf den Korridor. Beim Kaffee erfuhr sie den letzten Stand der Dinge und berichtete ihrerseits von der neuen Zeugin.

»Geh dieser Sache nach!«, sagte Claesson energisch.

»Ist schon eingefädelt«, erwiderte Louise und beugte sich dann näher an ihn heran. »Weißt du, ob Nina Persson mit jemandem zusammen ist?«, fragte sie halblaut.

Er sah sie fragend an und zuckte dann unsicher mit den Achseln.

»Das kann ich mir nur schwer vorstellen. Wieso?«
»Ich glaube, sie ist schwanger.«
Er sah sie an, als glaubte er nicht an die unbefleckte Empfängnis.
»Seltsam«, dachte Louise. »Niemand gibt sich so feminin wie Nina – süß, Schmollmund, gut geschminkt, Riesenbusen –, und trotzdem ist sie für die Männer eine Art Neutrum. Mehr ein Phänomen als eine Frau und mögliche Mutter.«

»Wir scheinen Fortschritte zu machen«, sagte Peter Berg.
»Wir haben die ganze Zeit Fortschritte gemacht«, meinte Claesson. »Gut, dass du gekommen bist. Sie warten unten.«
Sie wollten das ältere Paar begleiten, das meinte, eine gelbe Plastiktüte gesehen zu haben. Falls es sich dabei tatsächlich um Malin Larssons gelbe Jacke gehandelt hatte, ließe sich die vermutete Tatzeit besser festlegen. Sowohl der Mann als auch die Frau waren sich sicher, dass es bei einem kleinen Ausflug am Montag nach Allerheiligen gewesen war, also am 5. November. Malin hatte Alf Brinks Wohnung am Vortag gegen elf Uhr verlassen. Das hatte Brink zumindest behauptet. Sie war losgeradelt und dann nie mehr zurückgekommen. Was in der Zeit danach passiert war, wussten sie nicht.
»Es könnte sich wirklich um eine Plastiktüte gehandelt haben. Vielleicht liegt sie ja immer noch dort«, meinte Peter Berg, der bereits seine Jacke angezogen hatte.
»Stimmt.«
Mühsam zog sich Claesson seine Gore-Tex-Jacke über.
»Immer noch Ärger mit dem Rücken?«, fragte Peter Berg.
»Ja, ich gehe heute Nachmittag zum Chiropraktiker, falls ich die Zeit finde.«
»Was macht der eigentlich?«
Peter Berg war neugierig.
»Er nimmt einen Stab und presst die Muskelstränge zusammen, bis man an die Decke geht.«
Peter Berg sah ihn skeptisch an.
»Und das machst du freiwillig?«

»Ja. Anschließend tut einem alles so weh, dass man gar nichts mehr spürt, wie eine Art Betäubung.«

Peter Bergs Schweigen schien von Zweifeln erfüllt. Sie gingen Richtung Treppe.

»Vielleicht willst du lieber den Fahrstuhl nehmen?«, fragte Berg.

»Nein. Sonst roste ich noch ganz ein«, antwortete Claesson und trat vorsichtig auf die erste Stufe und ging dann beharrlich mit leichtem Schwanken weiter.

»Sie sind nicht verheiratet«, sagte Peter Berg, der ihm langsamen Schrittes folgte.

»Nein, offenbar nicht.«

»Es war ihr peinlich«, fuhr Berg fort. »Sie ist schon recht alt und mit einem anderen verheiratet, aber der Ehemann ist in irgendeinem Heim.«

»Eine Affäre, wenn das Leben seinen Zenit überschritten hat, kann man sich schon mal gönnen«, meinte Claesson, der endlich an der Tür zur Eingangshalle angelangt war.

Bernhard Göransson und Gudrun Ask erwarteten sie bereits.

Draußen war es ungewöhnlich trocken, was daran lag, dass das Wetter umgeschlagen war. Peter Berg öffnete galant die Tür zum Rücksitz und half Gudrun Ask beim Einsteigen. Bernhard Göransson setzte sich neben sie. Schweigend fuhren sie aus der Stadt.

Als sie sich der Küste näherten, gab ihnen das Paar auf der Rückbank abwechselnd Anweisungen. Sie waren sich jedoch hinsichtlich des Weges nicht ganz sicher. Gudrun Ask drückte mehrfach ihre Unruhe darüber aus, dass es ihnen vielleicht nicht gelingen würde, den Polizisten die richtige Stelle zu zeigen. Es war schwer, sich in der Natur zu orientieren, und die gelbe Plastiktüte, die sie am Ufer gesehen zu haben meinten, war vielleicht auch nicht mehr da.

»Wenn uns klar gewesen wäre, dass es sich eventuell um einen Menschen handelt, hätten wir uns natürlich sofort gemeldet«, sagte Gudrun Ask beschämt. »Aber auf diese Idee sind wir natürlich überhaupt nicht gekommen! Einer normalen ICA-Tüte schenkt man schließlich keine weitere Beachtung.«

Peter Berg sah im Rückspiegel, wie die ältere Frau nervös blinzelte, während sie die Umgebung durch das Seitenfenster betrachtete.

»Bernhard und ich unterhielten uns darüber, wie betrüblich es doch sei, dass die Leute heutzutage ihren Müll überall hinschmeißen«, fuhr sie mit leiser Stimme fort, als spräche sie mit sich selbst. »Die Natur muss sauber gehalten werden, damit habe ich es immer sehr genau genommen. Das habe ich auch meinen Kindern und Enkeln beigebracht. Schweden war einmal eines der saubersten Länder der Welt. Aber die Leute wissen einfach nicht mehr, dass Mülleimer und Mülltüten dafür da sind, dass man seinen Müll hineinschmeißt«, murmelte sie.

»Das war früher besser!«, fiel ihr Bernhard Göransson ins Wort. »Man stelle sich vor, was die Boote alles über Bord gehen lassen!«

»Wo sind wir jetzt eigentlich?«, fragte Gudrun Ask verunsichert. »Erkennst du noch was?«

Bernhard legte seine Hand auf die ihrige.

»Müssen wir nicht auf diesen schmalen Weg da einbiegen?«, fragte er und deutete nach rechts, während Peter Berg verlangsamte, damit das Paar sich orientieren konnte.

Claesson hatte ihre Fahrt auf der Straßenkarte verfolgt. Jetzt legte er einen Finger auf die Abzweigung, an der sie sich aller Wahrscheinlichkeit nach befanden.

Gudrun Ask reckte ihren Hals und schaute in alle Richtungen.

»Doch«, stellte sie fest. »Du hast Recht! Wir müssen dahinunter.«

»Du wirst schon sehen, wir werden den Herren von der Polizei schon noch zeigen können, wo wir gestanden haben«, meinte Bernhard Göransson voller Überzeugung. »Du weißt, da auf der Brücke.«

Gudrun Ask verstummte. Sie verkniff sich ihre nervösen

Kommentare und konzentrierte sich stattdessen auf die Landschaft, um den richtigen Weg zu weisen. Claesson konnte sich gut in ihre Lage versetzen. Gudrun Ask war eine rechtschaffene Person und gehörte einer Generation an, die noch an die Obrigkeit glaubte. Mit der Polizei hatte sie bisher nur zu tun gehabt, wenn sie einen Pass benötigte. Die Tatsache, dass ihr eine bedeutende Rolle in einer Mordermittlung zukam, war vermutlich nicht nur spannend, sondern bereitete ihr vor allem Unbehagen und erfüllte sie mit Schuldgefühlen. Wahrscheinlich waren sie an dem armen Mädchen vorbeigegangen, das schon tagelang, vielleicht wochenlang dort gelegen hatte, ohne dass es jemand vermisst hatte. Claessons Gedanken wurden von einem Räuspern Gudrun Asks unterbrochen.

»So ein süßes Ding!«, seufzte sie resigniert. »Und wir dachten, es sei nur eine Plastiktüte!«

»Abwarten«, meinte Bernhard Göransson. »Noch wissen wir überhaupt nichts. Vielleicht liegt die Plastiktüte immer noch da«, sagte er, als könnte seine Hoffnung die Wirklichkeit verändern.

Gudrun hatte sich etwas beruhigt. Die Polizisten waren so höflich und nett. Am sympathischsten fand sie den Älteren. Er schien klug und verständnisvoll zu sein. So einen Mann hätte ihre Tochter heiraten sollen und nicht diesen Stiesel.

Peter Berg bog auf einen holprigen Weg ein, der eigentlich nur aus zwei Radspuren mit Gras dazwischen bestand und sich zum Wasser hinunterschlängelte. »Ein richtiger Sommerweg«, dachte Claesson. Auf solchen Wegen war er vor vielen Jahren gefahren. Seine Assoziationen führten ihn zu brütend heißen Tagen, Sand unter Fahrradreifen, Badesachen auf dem Gepäckträger, Mückenstichen, Saft und Eierbroten. Die Freunde hatten sich am Badesteg getroffen und ihre mageren Glieder in der Sonne ausgestreckt. Sie waren getaucht und zu dem Stein hinausgeschwommen, von dem man ins Wasser springen konnte und der wie eine graue Nase emporragte. Die Sommer seiner Kindheit waren voller Sonne, Spaß und Sorglosigkeit gewesen.

Aber jetzt konnte weder von Sommer noch von Sonne die Rede sein. Die Tannen beugten sich dunkel über den Weg und standen zum Meer hin weniger dicht. Sie näherten sich der Lichtung, auf der Bernhard Göransson angeblich geparkt hatte. Peter Berg stellte seinen Wagen ein gutes Stück davon entfernt ab, um eventuelle Spuren nicht zu zerstören.

Die kleine Schar setzte sich schweigend und mit gewisser Mühe Richtung Strand in Bewegung, auf die schmale Holzbrücke zu, die auf die Insel Svinö führte. Peter Berg war der Einzige, der nicht hinkte, und er fand, dass die anderen komisch wirkten. Als die alte Dame aus dem Auto stieg, erzählt sie von ihren künstlichen Hüftgelenken. Der alte Mann hatte Probleme mit den Knorpeln seiner Kniegelenke und Claesson mit seinem Rücken, obwohl er es unterließ, die anderen von diesem Gebrechen in Kenntnis zu setzen. »Fehlt nur noch, dass ich Wasser in den Knien habe«, dachte Peter Berg. »Wasser in den Knien und eine Dauerwelle im Haar« – so hatte das ewige Sprüchlein seines Vaters gelautet, wenn dieser guter Dinge war.

Vor ihnen lag jetzt die Insel Svinö; sie war knapp einen Kilometer lang, bewaldet und diente hauptsächlich als Badeplatz. Hierher kam man mit dem eigenen Boot oder über die schmale Holzbrücke, vor der sie nun standen. Sie war etwa zweihundert Meter lang und ließ sich zu Fuß oder mit dem Fahrrad überqueren. Vielleicht hätte auch noch ein Mofa mit Ladefläche auf ihr Platz gefunden, aber kein breiteres Fahrzeug. Claesson meinte sich zu erinnern, auf der Brücke schon Angler gesehen zu haben, aber es war viele Jahre her, seit er zuletzt hier gewesen war.

Er wandte sich an Bernhard Göransson und Gudrun Ask.

»Am Montag, dem 5. November, sind Sie hierher gefahren, obwohl Sie das sonst nie tun. Habe ich das richtig verstanden?«

Sie nickten.

»Warum sind Sie hierher gekommen?«

»Das ergab sich einfach«, sagte Bernhard. »Wir sind diesen

Weg entlanggefahren, weil er so abgeschieden lag. Wir wollten niemandem begegnen.«

Gudrun hatte sich bereits dem Ufer zugewandt und fixierte einen Punkt etwas nördlich vom Ende der Brücke. Weder eine Plastiktüte von Egons Livs, einem der örtlichen Supermärkte, noch eine gelbe Jacke waren zu sehen. Bernhards Augen tränten im Wind. Er stellte sich neben Gudrun.

»Weg«, sagte er. Beide nickten.

»Was das Gelbe auch immer war, es ist offenbar nicht mehr da«, meinte Claesson. »Aber vielleicht könnten Sie uns trotzdem zeigen, wo genau Sie an diesem Montag, dem 5. November, entlanggegangen sind und diesen gelben Gegenstand gesehen haben.«

Bernhard und Gudrun sahen sich verlegen an.

»Wir kamen von da drüben«, sagte sie und deutete auf den Weg, den sie eben alle entlanggekommen waren. »Dann gingen wir auf die Brücke.« Sie trat, gefolgt von Bernhard und den beiden Polizisten, auf die Brücke.

»Wir unterhielten uns die ganze Zeit«, entschuldigte sie sich. »Ich weiß also nicht recht, wie weit wir eigentlich gegangen sind.«

Unsicher schaute sie Bernhard an.

»Ungefähr bis hier«, bestätigte er.

»Ja, so war das wohl«, meinte sie.

»Haben Sie dann kehrtgemacht?«, wollte Claesson wissen.

Die beiden älteren Leute wechselten leise ein paar Worte.

»Ja«, sagte Bernhard. »Wir blieben hier eine Weile stehen. Wir unterhielten uns und ...«

Er wurde verlegen.

»Ich habe Gudrun umarmt«, sagte er schließlich und lächelte verlegen.

»Und dabei rückte das Ufer in mein Blickfeld«, erklärte Gudrun. »Anfangs hatte ich nicht so genau hingesehen, aber dann blieben wir ja stehen.«

Bernhard nickte.

»Dann gingen wir wieder zurück, und da sagte Gudrun, wie

schrecklich es doch sei, dass die Leute ihren Müll überall hinschmeißen, und deutete auf die Plastiktüte, die sich deutlich von den Pflanzen abhob«, erklärte er.

Claesson nickte.

»Sie gingen nicht hin?«

»Sie meinen, um die Plastiktüte aufzuheben?«, erwiderte Bernhard. »Nein, in unserem Alter muss man etwas aufpassen. Es war nass und kalt und vielleicht sogar vereist«, erklärte er und wandte sich an die beiden Beamten, die in seinen Augen die Verkörperung der Jugend darstellten. »Das Gelbe schien uns vermutlich etwas zu groß für eine normale Tüte aus dem Supermarkt«, sagte er dann. »Aber darüber sprachen wir in jenem Augenblick nicht.«

»Nein«, warf Gudrun ein. »Wir dachten an andere Dinge.«

»Ja.« Bernhard nickte.

»Genau«, pflichtete ihm Gudrun bei.

»Woran denn, wenn man fragen darf?«, wollte Claesson neugierig wissen.

»Wie herrlich es ist, umarmt zu werden.« Bernhard lächelte.

Claesson merkte, wie er errötete, glaubte aber nicht, dass es bei dem kalten Wind zu sehen war.

»Als wir aber von dem Mädchen lasen, das verschwunden ist, haben wir darüber gesprochen«, sagte Bernhard.

Während sie zurückgingen, überlegte sich Claesson, wie viele Meter die Leiche bis zum Fundplatz nach Norden getrieben war. Handelte es sich bei dieser Stelle um den Tatort oder war sie irgendwo anders getötet und hier oder vielleicht noch weiter südlich nur abgeladen und dann von den Wellen davongetragen worden?

Louise Jasinski nahm den Hörer ab. Es war Gabriella, die ihre Sportsachen nicht finden konnte. Und dann war da noch etwas, der eigentliche Grund, weswegen sie anrief und ihre Mutter bei der Arbeit störte. Sie benötigte ihre Erlaubnis. Sie klang vage und gleichzeitig einschmeichelnd.

»Erlaubnis wozu?«

Louise stand hinter ihrem Schreibtisch. Sie war eigentlich auf dem Sprung und daher etwas kurz angebunden.

»Liebe Mama, darf ich außer Haus übernachten?«

»Bei wem?«

»Bei Lotta.«

Sie sagte den Namen so leise, dass er fast nicht zu verstehen war. Louise wollte sofort Nein sagen, konnte sich aber noch bremsen.

»Wann?«, fragte sie.

»Heute Abend.«

»Mitten in der Woche! Du hast morgen doch Schule.«

»Aber ich kann bis neun Uhr ausschlafen.«

Ein Nein wäre vermutlich die einfachste und beste Alternative gewesen, aber etwas in der Stimme ihrer Tochter ließ sie einlenken.

»Sind Lottas Eltern zu Hause?«

Schweigen.

»Ich glaube schon«, erwiderte Gabriella ausweichend. »Warum sollten sie das nicht sein ...«

»Sie könnten beispielsweise verreist sein.«

»Das glaube ich nicht.«

»Du bist eine schlechte Lügnerin.«

»Nein!«, jammerte ihre Tochter mit gespielt kindlicher Stimme. »Das bin ich nicht. Ich sage doch, dass ich das nicht weiß! Ich kontrolliere doch nicht, ob sie zu Hause sind, es ist mir nicht im Traum eingefallen, danach zu fragen.«

Louise schaute auf die Uhr. Sie musste los. Jesper Gren hatte sie aufgehalten, und jetzt auch noch dieses Gespräch, aber die Kinder gingen trotz allem vor.

»Okay!«, sagte sie resigniert.

»Danke, liebe Mama ...«

Louise konnte förmlich durchs Telefon hören, wie ihre Tochter vor Freude in die Luft sprang.

»Aber versprich, dass ihr keinen Unsinn macht.«

»Ich verspreche ...«

»Und lass dein Handy an!«

Rasch lief sie die Treppen hinunter und brauste mit quietschenden Reifen Richtung Skarpskyttegatan. Elona Wikström erwartete sie. Louise war gewissenhaft und versuchte, immer pünktlich zu sein. Aber die Straßen im Zentrum verliefen kreuz und quer, und sie sah sich gezwungen, nicht nur die Geschwindigkeit des Autos, sondern auch ihr inneres Tempo zu drosseln. In diesen Zeiten von Stress, Burn-out, Depressionen und Krankschreibungen versuchte sie, ihren inneren Signalen Beachtung zu schenken. Es wäre zwar ganz schön gewesen, ausnahmsweise einmal etwas früher nach Hause zu kommen – sie schlief schlecht und war am Ende des Arbeitstages immer ganz erschöpft –, aber sie musste einfach zusehen, dass sie sich nicht unnötig unter Druck setzte. Außer ihr tat das sonst niemand!

Sie fühlte sich in Elona Wikströms Gesellschaft befangen. Beruhte das auf ihrer Unförmigkeit? Nein, das glaubte sie nicht, schließlich begegnete sie allen möglichen Leuten. Es lag wohl eher an den Folgen ihrer Bewegungslosigkeit. »Für die Polizei, die in einem Mordfall ermittelt, ist so eine Zeugin natürlich ein Volltreffer«, dachte Louise. »Aber man stelle sich bloß vor! Jeden Abend ein und denselben Mann zu beobachten. Das wirkt vollkommen sinnlos«, dachte sie, sah aber ein, dass es vielleicht doch der Wahrheit entsprach. Was sollte Elona Wikström auch sonst unternehmen? Aber vielleicht beobachtete sie nicht nur diesen Mann, sondern auch andere Personen und zog dann ihre Schlüsse. Wie ein Eindringling. »In Ermangelung eines eigenen Lebens schnorrt sie von dem der anderen«, dachte Louise, und es schauderte ihr bei dem Gedanken, dass sie selbst einmal unter Beobachtung stehen könnte. Vielleicht gab es ja Menschen, die mehr über die Dinge wussten, die ihr etwas bedeuteten und sie berührten, als sie selbst.

Es fröstelte sie erneut. Was wusste man in der Schule über Janos? Wussten die mehr als sie? Gab es überhaupt etwas zu wissen? Schließlich konnte sie sich nicht ganz sicher sein. Vielleicht war sie auch paranoid.

Vor ihr tauchte die kurvenreiche Straße zur Volkshochschule auf. Die nackten Zweige der Bäume erzitterten im kalten Wind. Sie fuhr nicht bis auf die Anhöhe, sondern bog stattdessen auf einen Parkplatz ein und stellte ihren Wagen auf einem für Besucher reservierten Platz ab.

Die Mietshäuser waren langweilig. Beton. Verglaste Balkons. Sie zählte die Stockwerke. Fünf. Grüne Büsche, Sandkasten und Schaukeln, die nicht benutzt wurden. Keine Menschenseele weit und breit.

Elona Wikström wohnte im dritten Stock. Das Haus besaß einen Fahrstuhl, sonst wäre es für sie vermutlich ein Ding der Unmöglichkeit gewesen, dort zu wohnen. Sie bräuchte natürlich eine Wohnung im Erdgeschoss, dachte Louise. Bei dem Gewicht. Aber viele hatten Angst vor Einbrüchen und wohnten deshalb ungern im Parterre.

Bevor Louise auf die Klingel drücken konnte, öffnete Elona Wikström bereits, was Louise zu der Vermutung veranlasste, sie habe auf einem Stuhl neben der Tür gesessen und auf sie gewartet. Also lächelte Louise besonders herzlich und trat mit einem großen Schritt über ein Paar unglaublich ausgelatschte Schuhe hinweg, die fast ebenso breit wie lang waren. Die Wohnung war hübsch möbliert, vielleicht sogar eine Spur übermöbliert, mit rustikalen Kiefernmöbel, Plüsch und polierten Oberflächen. Alles sah sehr ordentlich aus, als wäre Elona Wikström gerade erst mit Aufnehmer und Scheuerlappen unterwegs gewesen, wie auch immer sie das zeitlich geschafft haben mochte. Rasch durchzuputzen erforderte eine gewisse Beweglichkeit. Andererseits wurde es auch nicht so unordentlich, wenn man sich nur sparsam bewegte. Nicht wie bei Louise zu Hause, wo zwei Kinder ihre Sachen über das ganze Haus verteilten.

Auf dem gedeckten Wohnzimmertisch standen Kaffeetassen bereit, ein eidottergelber Sandkuchen thronte auf einem Teller. Vielleicht hatte sie ja noch rasch und routiniert – wie manche das im Gegensatz zu Louise konnten – einen Teig angerührt. Möglicherweise deuteten der Hausputz und der frisch gebackene Kuchen aber auch darauf hin, dass Elona Wikström den Zeitpunkt ihrer Enthüllung geplant hatte.

Louise war hungrig; beim Anblick des Kuchens lief ihr das Wasser im Mund zusammen. Aber sie wollte die Sache rasch hinter sich bringen.

Durch die großen Fenster an der Schmalseite des Wohnzimmers sah man auf den Hang, der zum Gelände der Volkshochschule hinaufführte. Das rote Schulgebäude war im Hintergrund auszumachen. Auf der Anhöhe lag das Wohnheim, in dem auch die Studenten von der Hochschule für Krankenpflege wohnten und in dem Malin Larsson ein Zimmer gehabt hatte. Hohe Bäume mit entlaubten Kronen umstanden das Wohnheim. Das gefällige Gebäude dominierte das Bild, und Louise hatte es sofort erblickt, als sie ins Wohnzimmer getreten war. Sie ließ ihren Blick den Hang hinaufgleiten. Laub lag wie festgeklebt auf der feuchten Erde zwischen Grasbüscheln und Sträuchern, die vor allem am Fuß des Abhangs standen. Um welche Art von Büschen es sich handelte, wusste sie nicht, sie kannte sich mit Pflanzen nicht aus. Unterhalb der Sträucher führte ein asphaltierter Fuß- und Fahrradweg zur Hochschule für Krankenpflege, deren Flachdach mit etwas Mühe links außen zu erkennen war, wenn man sich direkt vors Fenster stellte.

Die Aussicht wurde teilweise von einem Balkon verdeckt, und der Abstand zu dem Ort, an dem der Mann wahrscheinlich gestanden hatte, war so groß, dass Louise klar war, dass Elona Wikström kaum mehr als die Umrisse eines Menschen gesehen haben konnte.

»Von hier aus haben Sie ihn also gesehen?«, fragte Louise.

»Ja, das stimmt«, bestätigte Elona Wikström vom Sofa aus, während sie gemächlich Kaffee eingoss. »Setzen Sie sich doch!«, meinte sie dann herzlich, und Louise ließ sich in einen durchgesessenen Sessel sinken, von dem aus sie die Aussicht leider im Rücken hatte.

»Haben Sie darüber nachgedacht, wann er für gewöhnlich auftauchte?«, fragte sie und goss Milch in ihren Kaffee.

»Ich kann mich nicht daran erinnern. Aber vielleicht kam er meist an Wochenenden. Ich sah ihn erstmals Anfang Oktober, aber er kann schon früher dort gestanden haben, ohne dass es mir aufgefallen ist.«
»Ja, natürlich.«
Elona Wikström verstummte und starrte vor sich hin. Louise sagte nichts und betrachtete die Wand hinter dem Sofa. »Viele Bilder«, dachte sie. Alle recht gleich, schwarz gerahmt und in kräftigen Farben. Alte Männer und Frauen und knallrosa Himmel. Wahrscheinlich lief das unter naiver Malerei. Es waren sehr viele Bilder, die einen geradezu überladenen Eindruck erweckten. Aber einzeln, jedes für sich betrachtet, waren die Gemälde sehr schön, fand sie. Aber was wusste sie schon? Sie eignete sich nicht dazu, die Kunstwerke anderer Leute zu begutachten. Bei ihr zu Hause gab es kaum ein echtes Gemälde, und wenn jemand über Kunst sprach, kam sie sich meist recht unwissend vor. Irgendwie wirkte das Thema immer so aufgesetzt.
»Bedienen Sie sich!«, forderte die gewaltige Gastgeberin Louise auf und schob ihr den Teller mit dem Kuchen zu.
Als sich Louise vorbeugte, um eines der Riesenstücke zu nehmen, merkte sie, wie locker ihre Jeans um die Taille saßen. Der Kummer hatte sie schon etliche Kilo gekostet. Sie hätte es vorgezogen, aus Liebe und Leidenschaft abgenommen zu haben. Falls er gut sein sollte, hatte sie mühelos für ein weiteres Stück Kuchen Platz. »Aber höchstens zwei«, dachte sie. »Das muss reichen.«
Stille war eingetreten, während sich Louise überlegt hatte, wie sie ihre Frage formulieren sollte.
»Könnten Sie mir den da bringen?«, bat Elona schließlich und deutete auf einen Korb, der neben dem Sofa auf dem Boden stand.
Louise erhob sich und überreichte ihr den Korb, in dem zuoberst das Strickzeug lag. Elona hob es umständlich heraus und legte es neben sich aufs Sofa. Die Farben der Wolle waren wie die der Bilder und der ganzen Einrichtung hell und klar.

»Sie hat Freude an Farben«, dachte Louise, »und mischt sie mit sicherer Hand. Auch die schlimmsten Farben, die grellen und aufdringlichen. Türkise Kommode, löwenmähnengelbes Sofa, Teppich in seltsamem Braun mit Blaugrün und Rot. Merkwürdige Mischungen, aber weder geschmacklos noch hässlich.«

»Ich schäme mich«, sagte Elona, schob ihre fetten Hände in den Korb und zog einen kleinen schwarzen Gegenstand hervor. Ein Fernglas.

»Sie haben es zum Beobachten verwendet«, sagte Louise mit bemüht neutraler Stimme.

Elona nickte.

»Ich musste einfach. Manchmal wird es recht einsam. Schließlich komme ich nicht oft unter Leute.«

»Aber hier gibt es doch wohl nicht so viel zu sehen«, meinte Louise.

»Genau. Kaum Verkehr. Nur den Hang, das Gebüsch und natürlich vereinzelte Passanten, die zum Wohnheim wollen, den Fuß- und Fahrradweg zu den Schulen benutzen oder in die Stadt unterwegs sind. Aber alles begann mit dem Mann, der dort drüben stand«, sagte sie und deutete mit der Hand nach draußen. »Das mit dem Fernglas also. Eines schönen Tages sah ich ihn. Erst wollte ich bei der Polizei anrufen, aber dann dachte ich, er hat ja nichts verbrochen. Er tat schließlich nichts Ungesetzliches. Es hätte also einen komischen Eindruck erweckt, wenn ich angerufen hätte. Als wäre ich eine Klatschtante. Außerdem ...«

Sie keuchte und holte dann tief Luft, während Louise geduldig wartete.

»Außerdem gehört schon viel dazu, bis ich meine Wohnung verlasse, beispielsweise wenn ich Farbe brauche«, fuhr sie fort.

»Farbe?«

»Für die Bilder.«

»Sind Sie Malerin?«

Elona nickte.

»Oder wahrscheinlich eher eine Amateurin«, meinte sie und verzog das Gesicht.

»Dann haben Sie die also alle selbst gemalt«, sagte Louise und schaute sich mit neu erwachtem Interesse die Bilder an. »Vielleicht ist sie ja eine namhafte Künstlerin«, dachte sie und begann die große Dame auf dem Sofa in einem neuen Licht zu sehen.

»Sie gefallen mir! Sie machen einem gute Laune«, meinte Louise spontan. »Oder wie man das nennen mag«, fügte sie noch hinzu, da sie einsah, dass sie sich vielleicht etwas ungenau, vielleicht sogar dumm oder fehlerhaft ausgedrückt hatte.

»Das ist nett, dass Sie das sagen«, erwiderte Elona und schien sich zu freuen.

»Aber da Sie ein Fernglas verwendet haben, können Sie den Mann vielleicht eingehender beschreiben«, sagte Louise, um beim ursprünglichen Thema zu bleiben.

»Es ist immer recht dunkel, wenn er dort steht und glotzt. Er kommt frühestens in der Dämmerung. Aber die Laterne dort am Fahrradweg ist eine gewisse Hilfe. Ich glaube, er ist von durchschnittlicher Größe. Alles ist irgendwie durchschnittlich an ihm, Körperbau und Haarlänge. Normalerweise trägt er einen Mantel mit hochgestelltem Kragen. Zu Anfang, als es abends noch heller war, im Frühherbst, trug er eine Art Parka oder Skijacke – oder wie man diese Sportjacken nennt, die heutzutage alle das ganze Jahr über tragen.«

»Welche Farbe hatte die?«

»Grün.«

Louise notierte sich das.

»Wie lange steht er normalerweise dort?«

»Das ist unterschiedlich, aber meist recht lange. Eine Stunde oder vielleicht zwei. Jetzt ist es abends ja schon recht kalt, er blieb also immer kürzer. Glaube ich zumindest. So kam es mir vor. Ich habe die Zeit schließlich nicht gestoppt.«

Louise machte sich Notizen und kaute dann auf ihrem Stift.

»Haben Sie je darüber nachgedacht, warum er dort steht?«

»Aufrichtig gesagt, habe ich mir das fast jedes Mal überlegt.

Ein perverses Schwein, habe ich gedacht. Ein Spanner, einer der ... Sie wissen schon, sich selbst befriedigt, wie die, die einen anrufen und in den Hörer keuchen. Aber er schien niemandem Schaden zuzufügen. Mir ist nie zu Ohren gekommen, dass jemand hier im Stadtteil irgendwelchen Frauen zu nahe getreten wäre.«

»Können Sie sein Alter schätzen?«

Sie zuckte mit den Achseln.

»Seine Art, sich zu bewegen, wirkt jung. Jedenfalls ist er kein alter Mann.«

»Meinen Sie mit jung einen Jugendlichen?«

»Könnte sein, aber ich glaube es nicht. Mein Gefühl sagt mir etwas anderes.«

Louise war bemüht, suggestive Fragen zu vermeiden, die auf Alf Brink abgezielt hätten, denn das wäre eine unpassende Methode der Vernehmung gewesen, dessen war sie sich bewusst. Trotzdem hatte sie fast das ganze Gespräch lang an ihn denken müssen.

Erst als sie wieder im Auto saß – die beiden Kuchenstücke lagen ihr schwer im Magen –, fiel ihr ein, dass sie Elona Wikström darum hätte bitten können, eine Zeichnung von dem Mann unter der Laterne anzufertigen, die alles wiedergab, was ihr aufgefallen war. Manchmal sagte ein Bild mehr als tausend Worte, und Elona war schließlich Malerin, obwohl ihre Figuren selten wie gewöhnliche Menschen aussahen.

Es dämmerte. Mit etwas Glück musste sie an diesem Tag nichts mehr erledigen. Gemächlich verließ sie den Parkplatz und fuhr langsam an der Abfahrt zur Hochschule für Krankenpflege vorbei. Vor einem Videoverleih stand eine Gruppe Jugendlicher. Sie fuhr Richtung Stadtmitte. Die Uhr am Kirchturm leuchtete, ein vertrautes Bild. Sie konnte jedoch nicht erkennen, wie spät es war, obwohl ihr das sonst immer gelang. Wenn sie die Augen zusammenkniff ging es besser, die Ränder verschwammen, aber es ging. Sie seufzte leise. Es würde ihr nichts anderes übrig bleiben, als zum Optiker zu gehen.

Der große Schulhof des Gymnasiums lag wie ausgestorben da. Bloß in der Nähe des Fahrradständers steckten zwei Personen wie Schattenrisse in der Dämmerung ihre Köpfe zusammen. »Eine angeregte Unterhaltung«, dachte Louise zerstreut und dennoch aufmerksam. Irgendetwas hatte ihr Interesse geweckt. Der Mann legte der relativ kleinen Frau einen Arm um die Schultern, und sie gingen auf das Tor zu. Louise verlangsamte das Tempo und legte den zweiten Gang ein, um dann an der Kreuzung rechts abzubiegen. Sie bremste, bog dann ab, und ehe sie noch einen höheren Gang eingelegt hatte, kamen der Mann und die Frau plötzlich einige Meter vor ihr aus dem Tor. Die Frau, auf deren Schultern der Arm des Mannes ruhte, hatte wallendes Haar. Sie wirkten glücklich.

In ihrem Inneren explodierte etwas. Der Auslöser war weder Schmerz noch Wut, sondern ein stärkeres Gefühl des Hasses, der Eifersucht und der Raserei. Eine Raserei, die ihr das Herz aus dem Leib riss und sie zwang anzuhalten. Sie musste aussteigen, sich hinter einen Busch stellen und sich weiterquälen. Sie hatten sie nicht bemerkt. Sie hatten nur Augen füreinander.

Gedemütigt in einigem Abstand dazustehen und sie mit dem Blick zu verfolgen bereitete ihr eine Qual, die sich nur deswegen ertragen ließ, weil sie das Gefühl hatte, Herrin der Lage zu sein. Die Geheimniskrämerei war nun zu Ende. Sie würde sich nicht mehr in die graue, kalte Luft hineinziehen lassen, die das Versteckspiel und alles, was sich hinter ihrem Rücken abgespielt hatte, umhüllte. Hätte sie ein Fernglas dabeigehabt, hätte sie nicht gezögert, es zu verwenden. Knirschend biss sie die Zähne zusammen.

Janos zusammen mit einer sehr jungen Frau, die das Leuchten derer besaß, die geliebt werden.

Sie ballte die Hände zu Fäusten.

Unbarmherzig hatte sich die nagende Unsicherheit in kalte Fakten verwandelt, in Wahrheit.

Pfui Teufel!

SIEBTES KAPITEL

Mittwoch, 21. November

Alf Brink hatte nicht protestiert, als Claesson ihn angerufen hatte, um ihm anzukündigen, dass er bei ihm vorbeikommen würde. Der Bursche war verängstigt, und wer wäre das nicht an seiner Stelle gewesen, dachte Claesson. Kaum hörbar hatte Alf Brink gemurmelt, das gehe in Ordnung, aber am besten vor zehn, bevor die Fahrradwerkstatt öffne.

Eine Ironie des Schicksals war, dass Veronika noch am Vortag in dem Geschäft gewesen war. Ein gelbes, funkelndes Fahrrad mit rostfreien Felgen stand in der Garage, das sich sowohl für Kopfsteinpflaster als auch Asphalt eignete, aber auch recht geländetauglich war. Es wirkte sportlich. »Hoffentlich freut sich Cecilia darüber«, dachte er, denn ihrer Mutter machte es größten Spaß, dass sie das Rad hatte kaufen dürfen und dass sie es jetzt verschenken konnte. Aber was Cecilia betraf, konnte man sich nie sicher sein. Er war sich bewusst, dass er in dieser Angelegenheit nicht gänzlich objektiv war, aber seiner Meinung nach war sie wählerisch und verwöhnt. In seiner Jugendzeit hatte man sich so etwas nicht erlauben können. Aber jetzt musste es immer das richtige Modell der richtigen Marke sein. Seine Schwester Gunilla mit ihren vier Söhnen sagte jedoch, dass das heutzutage ganz normal sei. Und Veronika kannte ihre Tochter.

»Wenn es ihr nicht gefällt, muss sie es eben umtauschen«, hatte sie lakonisch gesagt. »Wünsche soll man erfüllen. Man darf nicht sentimental und kleinlich sein, schließlich muss nicht ich damit herumfahren.«

»Nein«, hatte Claes etwas reserviert geantwortet.

»Erfreulich wäre natürlich, wenn mir tatsächlich das Kunststück gelungen wäre, genau das richtige Rad zu finden. Sollte es mir jedoch nicht gelungen sein, so war es jedenfalls ein netter Einkauf«, hatte sie sich verteidigt.

Er wusste, dass Veronika sich lieber von kundigem Personal beraten ließ, als in einem Warenhaus herumzuirren, speziell mit Klara im Schlepptau. Vielleicht kostete es ja ein paar Kronen mehr, lief aber letztendlich aufs Gleiche hinaus. Der Fahrradhändler hatte seine Hände auf den Lenker gelegt, dann über den funkelnden Chrom gestrichen und dabei mitreißend die Gangschaltung erläutert. Die Japaner hätten gute Neuerungen eingeführt, hatte er erklärt. Heutzutage seien sieben Gänge nicht anfälliger als früher drei. Sie funktionierten ausgezeichnet. Bisher hätten sie keine Reklamationen bekommen. Das Modell sei ideal für eine junge Dame, genau das, was die jungen Leute heute haben wollten. Das habe ihr der Verkäufer erzählt, hatte Veronika berichtet. »Das kann nur Alf Brinks Vater gewesen sein«, dachte Claesson.

»Er kannte sich wirklich damit aus«, hatte Veronika festgestellt.

»Genau«, dachte Claesson. »Wie man die Ware an den Mann bringt.« Denn der gelbe Lack hatte ein hübsches Sümmchen gekostet. »Ich hätte mitgehen sollen«, dachte er, »damit sie sich nicht übers Ohr hauen lässt.« Vielleicht hätte er auch den Preis runterhandeln oder einen Helm oder Korb rausschlagen können. Aber jetzt wäre das nicht gegangen. Nicht mitten in der Untersuchung eines Mordes.

»Aber er hat gesagt, die einfacheren Räder seien auch nicht zu verachten«, hatte sich Veronika verteidigt, die vermutlich seine Gedanken erraten hatte. »Die waren zwar nicht ganz so schnittig, aber durchaus auch sehr annehmbar.«

Sie wollte eine kleine Geburtstagsfeier veranstalten, bevor ihre Tochter am Wochenende wieder nach Lund zurückfuhr.

Claesson fand es angenehm, dass sie abreiste, obwohl ihm aufgefallen war, wie Veronika mit ihren beiden Töchtern im Haus förmlich aufgeblüht war. Aber für ihn war es nicht ganz unproblematisch, und das merkte sie natürlich, obwohl sie es vermied, darüber zu sprechen. Er hatte das Gefühl, einen Dauergast im Hause zu haben. »Vielleicht könnte Veronika es mir ja etwas einfacher machen«, dachte er, sah aber im nächsten Augenblick ein, dass sie es auch nicht so leicht hatte. Was sollte sie schon tun? Sie geriet zwischen die Stühle. Es brauchte halt alles seine Zeit. Die Gestaltung eines nahen Zusammenlebens erforderte mutige Monate und Jahre. Viel Zeit. Und so wahnsinnig nahe brauchten er und Cecilia sich ja auch gar nicht zu kommen. Aber es war erforderlich, dass sie sich vertrugen.

Die moderne, erweiterte Familie – für alles gab es Worte und Ausdrücke. Reservepapa – dieses erbärmliche Wort blieb ihm aber hoffentlich erspart. Schließlich wohnte Cecilia nicht mehr zu Hause. Heutzutage war ja auch von Bonuseltern die Rede. Wie nannte Cecilia ihn wohl, wenn sie ihren Freunden von ihm erzählte? Von Bonus konnte wohl kaum die Rede sein. »Aber man kann es nie wissen«, dachte er eitel und kratzte sich an seiner frisch rasierten Wange.

Er saß in seinem Auto, und ihm fiel auf, dass er Eva in letzter Zeit fast vergessen hatte. Das Autoradio war nicht angeschaltet, im Wageninneren war es wärmer geworden, und das Gebläse verstummte gerade. Nur das dumpfe Geräusch des Motors leistete ihm einschläfernd Gesellschaft. Und seine Gedanken.

Er wusste, dass Eva überspannt war, aber trotzdem hatte er nicht von ihr lassen können. Herz und Kopf stimmten nicht immer überein. Wie lange war das jetzt her? Er rechnete nach. Inzwischen mussten fünf Jahre vergangen sein. Die neurotische Eva! Die erste Zeit nach der Trennung war natürlich schmerzhaft gewesen, er hatte jedoch auch seine Freiheit genossen. Er hatte die Kraft gehabt, schließlich eine Entscheidung zu treffen. Schließlich war er es gewesen, der gesagt hatte, jetzt sei es aber genug. Oder etwa nicht? Dann hatte er Katina getroffen, und alles war einfacher gewesen. Ein unkompliziertes Intermezzo. Aber er hatte trotzdem nicht von Eva lassen können, nicht in seinen Träumen, nicht in seinen Gedanken. Ihre Augen, ihre Brüste, ihre Hüften. Weder während ihres Zusammenlebens noch anschließend hatte er es ertragen, wenn sie jemand kritisiert hatte. Er hatte sie immer verteidigt. Er war dazu erzogen worden, die eigene Herde zu beschützen. Rückblickend konnte man feststellen, dass sie regelrecht aneinander geklebt hatten. Oder zumindest er an ihr. »Ach ja! Sie ist vermutlich immer noch eine sehr attraktive Frau«, dachte er, machte jedoch eine Entdeckung, als er versuchte, sich ihr Gesicht vorzustellen. Das Bild war etwas verschwommen und farblos, obwohl er sich anstrengte und sich auf dieselben Dinge konzentrierte wie sonst immer – ihren Duft, ihr Haar, ihren Schoß –, aber das wollte ihm nicht recht gelingen, was ihn erstaunte. Er schaffte es nicht mehr, Evas schräge Augen und ihren schlanken Körper heraufzubeschwören, wenn er der Wirklichkeit ein Weilchen entfliehen wollte. Als ihm die Erkenntnis dämmerte, dass dieses Kapitel nun ein für alle Mal abgeschlossen war, breitete sich – trotz der anhaltenden Schmerzen im Rücken – ein Gefühl der Schwerelosigkeit in ihm aus.

»Erinnerung, Zeit und Vergessen«, dachte er. »Und Versöhnung.«

Inzwischen blieb ihm das ermüdende Karussell widersprüchlicher Gefühle erspart. »Bei Veronika weiß man nie, woran man ist«, dachte er und bog in die Fiskaregatan ein, die in einem älteren Stadtteil Richtung Hafen lag. Die meisten Häuser an der kurzen Straße waren renoviert. Erst kamen ein paar alte und kleine Holzhäuser, in denen früher einmal arme Fischer gewohnt hatten. Jetzt waren diese natürlich hübsch renoviert und nicht mehr billig. Dahinter standen zwei- und dreistöckige Häuser aus Holz, aber auch zwei Mietshäuser aus Beton, die nach einem Brand gebaut worden waren und nicht zur übrigen Bebauung passten. In einem der beiden wohnte Alf Brink.

»Was will ich eigentlich von dem jungen Mann?«, überlegte Claesson und versuchte, sich eine Fragestellung einfallen zu lassen.

Brink war als Letzter mit dem Opfer zusammen gewesen. Mal abgesehen von dem Mörder oder den Mördern, falls es nun mehrere waren. Und ganz unwahrscheinlich war es natürlich nicht, dass es sich bei Malins Freund um den Mörder handelte. Ein Motiv ließ sich leicht konstruieren. Das konnte sich selbst ein Amateurdetektiv zusammenreimen.

Jetzt hatte er vor, Alf Brink auf den Zahn fühlen. Er wollte ihn nicht aufscheuchen. Beweise lagen noch keine vor, und bis zu einem Geständnis war es vermutlich noch ein recht langer Weg. Geständnisse kamen erst, wenn die Ungewissheit, das Gewissen und ständige Verhöre einem Verdächtigen längere Zeit zu schaffen gemacht hatten. Wenn das Geständnis nicht sogleich erfolgte oder wenn es überhaupt je eins gab.

Er schlug die Autotür zu und hatte das Gefühl, dass ihm Blicke hinter den Gardinen folgten, als er über die Straße ging und das Haus betrat. Auf der Treppe begegnete er einer rundlichen Frau um die sechzig, die auf dem Weg nach unten war und seinem Blick etwas zu bemüht auswich. Sie nickten sich nicht einmal zu. Ihre graue Strickjacke war nicht zugeknöpft, und er hatte den Eindruck, dass sie sie in aller Eile übergeworfen hatte. Leider hallten seine Schritte so laut im Treppenhaus wider, dass er nicht hören konnte, ob sie das Haus wirklich verließ. Vielleicht war sie auch stehen geblieben, um zu lauschen, wo er klingelte.

Alf trug diesmal keine Arbeitskleidung. In Jeans und Pullover sah er ganz anders aus, durchschnittlich und lieb. Genauso unversehrt und rein wie seine Vergangenheit. Er hatte keinerlei Vorstrafen, und die Erkundigungen, die sie über ihn eingezogen hatten, hatten ebenfalls nichts Anstößiges zu Tage gefördert. Ein Prachtkerl, unauffällig, schüchtern und vorsichtig.

Alf wirkte also ungefährlich und erinnerte mit seinen blauen Augen und seiner treuherzigen Miene ein wenig an den

Kollegen Berg, obwohl er im Moment natürlich verängstigt aussah. Claesson konnte ihm fast ansehen, wie sein Herz hämmerte, als er den Kommissar erblickte.

»Ich komme nicht aus Neugierde oder um Ihre Wohnung auf den Kopf zu stellen. Nur damit Sie das wissen. Dazu bräuchten wir eine Genehmigung«, sagte Claesson, ohne zu erwähnen, dass es ihm ein Leichtes gewesen wäre, diese Genehmigung zu erwirken.

Die Wohnung verblüffte ihn. Nicht von der Einrichtung her, die wohl dem entsprach, was man von einem jungen Mann wie Alf Brink erwarten konnte. Der Fernseher und die Stereoanlage dominierten die Räumlichkeiten, und auf dem Fußboden lag ein Gewirr von Kabeln. Die Möbel passten nicht zusammen, und es herrschte ein ziemliches Durcheinander. Aber die Aussicht! Die beiden winzigen Zimmer seiner Junggesellenwohnung blickten aufs Meer, und da sie ganz oben lag und das Haus davor niedriger war, bot sich vollkommen freie Sicht über die gesamte Küstenlinie.

»Schöner Blick«, sagte Claesson.

»Stimmt«, erwiderte Alf unsicher.

»Genießen Sie ihn?«, fragte Claesson freundlich, stützte seine Hände auf die Fensterbank und versenkte sich in den Anblick der graugrünen Wogen. Ein einsames Segelboot befand sich auf See. Es windete recht stark. Das unbewohnte Inselchen Hästholmen in der Hafeneinfahrt verschwand fast im Dunst. Svinö war nicht zu sehen, da es zu weit entfernt lag.

Claesson drehte sich um, ignorierte die Unordnung und dachte, dass es zumindest nicht nach Abfall roch. Mit einer Geste deutete er an, dass er sich setzen wollte. Alf schob einen Stapel Zeitschriften beiseite, und Claesson nahm auf dem Sofa Platz. Die Hochglanzmagazine widmeten sich Autos, Fahrrädern und der Natur. Claesson zog eines davon hervor, das er wiedererkannte und das halb aus dem Stapel gerutscht war. Es hieß *Jagd*. Schweigend blätterte er darin und sah dann Alf an.

»Ich gehe mit meinem Vater auf die Jagd«, sagte der junge Mann nervös.

»Haben Sie dieses Jahr schon was erlegt?«, wollte Claesson wissen und versuchte, interessiert zu klingen.

»Nein. Ich hatte dieses Jahr noch keine Zeit oder auch keine Lust ... schließlich hatte ich jemanden kennen gelernt«, sagte er und schluckte.

Claesson nickte kommentarlos.

»Jagen Sie sonst gern?«

Alf zupfte nervös an seinem Pullover.

»Das ist schließlich nicht jedermanns Sache«, fuhr Claesson fort. »Manchen Leuten genügt es, zur Jagdgesellschaft zu gehören. Mir geht das auch so«, gestand er.

Alf wurde etwas umgänglicher.

»Genau. Ich gehe eigentlich auch nur mit, weil mein Vater es möchte.«

»Sie wollen Ihrem Vater eine Freude machen«, meinte Claesson, und Alf nickte. »Viele Kinder teilen die Interessen ihrer Eltern nur, weil sie nett sein wollen«, meinte er, um eine Art Einvernehmen mit dem jungen Mann herzustellen, dessen normale Gesichtsfarbe allmählich wiederkehrte. Gleichzeitig überlegte Claesson, ob er wohl nun etwas Unüberlegtes gesagt hatte. Beruflich war Alf Brink schließlich ganz und gar in die Fußstapfen seines Vaters getreten.

»Genau«, bestätigte Alf, schien aber nicht eingeschnappt zu sein. »Mich ermüdet der Wald nur. Ich bin lieber mit meinen Freunden zusammen. Das Schießen liegt mir auch nicht. Da können Sie meinen Vater fragen.«

Er klang übereifrig.

»Wonach soll ich ihn fragen?«

»Dass ich dieses Jahr nicht dabei war. Und dass ich nicht gut schießen kann«, erklärte er übersprudelnd.

»Ach so. Nein, das ist vermutlich nicht so wichtig«, sagte Claesson. »Ich glaube Ihnen auch so.«

Auf der Rückseite der Zeitschrift sah er, dass der Vater sie abonniert hatte, der vermutlich auch die Waffen und den Waffenschein besaß. Falls überhaupt einer vorhanden war. Es lag jedoch kein Grund vor, das anzuzweifeln.

»Dann besitzen Sie natürlich auch keine Waffen«, meinte er beiläufig, während er sein Jackett aufknöpfte.

»Oh nein. Die Gewehre gehören Papa«, antwortete Alf Brink ängstlich.

Claesson verstummte.

»Sie fragen sich vielleicht, was ich hier will«, sagte er dann und faltete gelassen seine Hände.

»Ja«, sagte Alf, der gespannt auf einem Küchenstuhl verharrte und ihn anstarrte.

»Ich will versuchen, Malin kennen zu lernen, verstehen Sie«, erklärte Claesson freundschaftlich. »Bei der Aufklärung eines Mordes ist es wichtig, das Opfer so gut wie möglich kennen zu lernen. Und da sie nicht mehr unter uns ist, muss ich mich an die Leute wenden, die ihr nahe standen und denen sie vertraute. Deswegen komme ich heute zu Ihnen. Malin hatte über Sie in ihrem Tagebuch viel Gutes zu sagen.«

Der junge Mann wurde über und über rot. Seine Neugier und sein Stolz waren ihm anzusehen. Er wuchs regelrecht um ein paar Zentimeter.

»Ist das wahr?«

»Ja.«

»Was hat sie denn geschrieben?«

»Ich kann Ihnen das Tagebuch natürlich nicht aushändigen, das müssen Sie verstehen, denn es ist ein wichtiger Bestandteil unserer Ermittlungen. Aber sie schrieb, dass sie Sie sehr mochte und hoffte, dass es klappen würde.«

»Was?«

Er klang rührend aufmerksam und sensibel. Vermutlich hatte genau das Malin angezogen, dachte Claesson.

»Mit Ihnen beiden. Sie hoffte auf eine Beziehung«, sagte er, was den jungen Mann mit Seligkeit zu erfüllen schien. Versonnen saß er da und versuchte das Gehörte zu verarbeiten.

»Aber damit kann man jetzt auch nichts mehr anfangen«, sagte Brink dann gedämpft.

»Nein«, pflichtete ihm Claesson bei. »Aber das Leben geht trotzdem weiter, Sie werden sehen, auch wenn es Ihnen im

Moment nicht so vorkommt. Aber daran haben Sie vermutlich schon selbst gedacht. Oder Ihre Eltern haben mit Ihnen darüber gesprochen«, meinte er und sah Alf prüfend an. Dieser nickte fast unmerklich.

Claesson besaß eine sehr angenehme Stimme und stellte seine Fragen weder aufdringlich noch streng. Alf entspannte sich allmählich und verspürte das Bedürfnis, sich auszusprechen. Aber was sollte er eigentlich sagen? Denn er wollte diesem Kommissar etwas mitgeben, obwohl er von der Polizei war – und überhaupt. In seinem Inneren ereignete sich so vieles, das er niemandem erzählen und nicht in Worte fassen konnte.

»Erzählen Sie einfach, was Ihnen gerade einfällt«, sagte Claesson, als hätte er den jungen Mann durchschaut und seine Gedanken gelesen, als seien ihm dessen innerer Zwiespalt und dieses Gefühl der Unbeholfenheit bekannt. »Es ist Ihnen vielleicht etwas eingefallen, was Sie nicht erzählen wollten, als Sie bei mir auf der Wache waren. Schließlich ist es ziemlich stressig, dort zu sitzen. Da kann es leicht mal passieren, dass man etwas vergisst.«

Alf nickte.

»Eigentlich war gar nicht so viel zwischen Malin und mir und dann doch wieder«, antwortete er zögernd. »Ich hatte sie schließlich kaum länger als einen Monat gekannt, aber wir ... wir verstanden uns sehr gut«, sagte er schließlich, als hätte er sich alle Ausdrücke der Liebe überlegt und sich gegen die stärkeren entschieden, gegen jene, die lächerlich klingen konnten und einem die Stimme versagen ließen.

»Sie haben sie sehr gern gehabt.«

Er nickte.

»Vielleicht dachte ich, dass sie irgendwie sehr einsam wirkt. Da war es ja gut, dass sie mir begegnete«, meinte er und sah etwas fröhlicher aus. »Ich dachte, wir könnten zusammenhalten. Und ich hatte den Eindruck, dass es ihr ähnlich erging. Sie freute sich immer, wenn ich kam, aber sie wollte immer ganz genau wissen, wann ich auftauchen würde ... Da war irgendwas, ich weiß aber nicht richtig, was.«

»Sie wollte wissen, wann Sie kommen würden, zu welcher Uhrzeit?«

Alf nickte.

»Genau. Es genügte also nicht, einfach zu sagen, ich komm irgendwann im Laufe des Nachmittags.«

»Woran lag es Ihrer Meinung nach, dass sie es mit der Zeit so genau nahm?«

Alf zuckte mit den Achseln und verzog fragend den Mund.

»Erst dachte ich, dass es vielleicht daran lag, dass sie immer alles so gründlich plante.«

»Was zum Beispiel?«

»Wann sie lernen wollte. Ich weiß ja nicht, wie man so etwas organisiert. Ich war schließlich nicht so lang auf der Schule. Ihre Ausbildung schien ihr sehr wichtig zu sein.«

»Sie glauben also, dass sie deswegen so genau mit den Zeiten war?«

»Nein. Eigentlich nicht, aber ich weiß nicht, woran es lag. Manchmal hatte ich den Eindruck, dass sie mir etwas verheimlicht...«

»Was hätte das sein können?«

»Ein ehemaliger Freund.«

»Glauben Sie das immer noch?«

»Ich weiß es natürlich nicht. Nichts ist sicher. Aber gleichzeitig hatte ich nicht den Eindruck, dass es so war.«

»Und Sie haben sie nie gefragt?«

»Oh nein. Aber sie war glücklich, wir verstanden uns so gut, dass ich glaubte, dass sie mich auf alle Fälle mehr mochte. Also spielte es keine große Rolle, ob es noch einen anderen gab. Vielleicht noch dazu einen, den sie ohnehin abservieren wollte. Den sie überhatte.«

»Ja, denn sie hatte ja Sie«, ergänzte Claesson. »Aber rief nie jemand an, wenn Sie zusammen waren? Sie hatte doch ein Handy.«

Alf kratzte sich am Kopf und verhielt sich zusehends ungezwungener.

»Doch, einmal hat eine Mitstudentin wegen einer Hausaufgabe angerufen. Und ein anderes Mal kam ein Anruf, und Malin hat nur ganz kurz geantwortet, sie würde später zurückrufen.«

»Wer war das?«

»Keine Ahnung«, sagte er und zuckte mit den Achseln.

»Erinnern Sie sich, wann das war?«

»Tja, vielleicht irgendwann in der Woche, bevor ... sie verschwand. Im Übrigen hatte sie ihr Handy nicht immer dabei, wenn wir uns trafen.«

»Fanden Sie das nicht merkwürdig?«

»Warum?«

»Ich dachte, dass alle jungen Leute ständig ihr Mobiltelefon dabeihaben.«

Alf schien darüber nachzudenken und sich seine Freunde mit und ohne Handy in der Hand vorzustellen.

»Nein. Schulkinder haben es vielleicht immer dabei, aber nicht die Leute in meinem Alter. Ich lasse es manchmal zu Hause. Aber mir ist noch etwas anderes eingefallen, worüber ich mich wunderte. Wir gingen doch zum Friedhof, um erloschene Kerzen wieder anzuzünden und welche aufzustellen, wo es noch keine gab«, sagte er. »Auf dem Norra Kyrkogården las sie die Namen auf den Grabsteinen und ...«

Seine Stimme erstarb.

»Man kann es fast nicht unterlassen, die Namen auf den Grabsteinen zu lesen, wenn man auf einem Friedhof ist«, half ihm Claesson wieder auf die Sprünge.

»So ist es«, stimmte Alf zu und schien wieder in Schwung zu kommen. »Aber da war etwas mit einer Frau, die schon lange tot war und die bei ihrem Tod nicht alt gewesen war. Malin war dort stehen geblieben. Sie fand es merkwürdig, dass sie allein lag, im Grab also. An so was denkt man doch eigentlich nicht, dachte ich da.«

»Wieso, glauben Sie, dachte sie so?«

»Keine Ahnung. Sie tat ihr wohl irgendwie leid«, antwortete Alf zögernd.

»Glauben Sie, Sie könnten dieses Grab wiederfinden?«

Alf zuckte zögernd mit den Achseln.

»Vielleicht«, erwiderte er.

Claesson beugte sich auf dem Sofa vor, dessen Sprungfedern einiges zu wünschen übrig ließen, und sah ihn durchdringend an.

»Haben Sie irgendeine Erinnerung an sie?«, fragte er vorsichtig.

»Ja, viele.«

»Ich meine einen Gegenstand.«

Alfs Miene veränderte sich, zumindest meinte Claesson eine Bewegung der bleichen Züge wahrzunehmen.

»Was sollte das sein?«, fragte Alf, um Zeit zu gewinnen.

»Das weiß ich nicht«, entgegnete Claesson. »Vielleicht ein Brief, eine CD, etwas, was sie anhatte.«

Alf betrachtete Claesson aufmerksam und gleichzeitig skeptisch. Seine blauen Augen, klar wie Gebirgsbäche, folgten jeder Bewegung des Kommissars. Angespannt wie ein Tier auf der Lauer, saß er auf seinem Küchenstuhl.

»Sie haben also kein Andenken an sie?«, wiederholte Claesson. »Manchmal können solche Gegenstände dazu beitragen, den Täter aufzuspüren.«

Plötzlich sprang Alf von seinem Stuhl auf und begab sich ins Schlafzimmer. Die Tür stand offen, und ein ungemachtes Bett war zu sehen. Die Laken lagen zusammengeknüllt in der Mitte. Claesson sah, dass Alf die Matratze anhob, eine Hand darunterschob und etwas hervorzog. Dann kam er zurück.

»Den hier habe ich«, sagte er und legte einen schwarz-weißen, gestrickten Fausthandschuh vor Claesson hin, der diesen erst schweigend anschaute und dann in die Hand nahm.

»Gut, dass Sie mir den Handschuh gezeigt haben«, meinte er. »Ich würde ihn gern ins Präsidium mitnehmen, damit wir eventuelle Spuren analysieren können.«

Alf sah ihn entsetzt an.

»Sie hatte ihn hier vergessen«, erklärte er.

»Wann? War es am letzten Tag?«

»Ja«, sagte er mit belegter Stimme.

»Na gut, wahrscheinlich finden wir nichts Besonderes, aber so gehen wir nun mal vor. Sie bekommen ihn zurück, sobald der Mord aufgeklärt ist«, erklärte Claesson, und Alf sah mit einem Mal fast kindisch froh und zuversichtlich aus.

Claesson ging die Treppe hinunter und las den Namen Brink auch auf der Tür, aus der die Frau vermutlich gekommen war, als er auf dem Weg zu Alf gewesen war. Das war also Alfs Mutter gewesen. »Die Ärmste!«, dachte er. »Sie wird in den letzten Nächten nicht viel Schlaf gefunden haben. Die Sorge um die Kinder folgt einem durchs ganze Leben. Niemand möchte einen Mörder großziehen.« Er schob diese Gedanken von sich.

Auf dem Rückweg stellte er fest, dass die Straßen inzwischen trocken waren. Der Frost war vorbei. Vielleicht würde ja die Sonne hervorkommen, zumindest nahm laut Wetterbericht die Bewölkung nicht zu. Im Schaufenster des Stoffgeschäfts hingen große, bunte Weihnachtssterne aus Papier. Die Auslage bestand aus fächerförmig drapierten Tischdecken, Rot, Grün und ein wenig Weiß. Warme Farben in dem ganzen Grau. Bald war der erste Advent.

Ein bleiches, aprikosenfarbenes Licht drang zwischen den Wolken hervor. Ja, es würde aufklaren. Erst nächsten Donnerstag würde er wieder zu Dennis Bohman gehen. Es war ihm wichtig, diese Termine zu wahren. Sein Rücken fühlte sich mit jedem Tag etwas besser an, und es war ihm auch nicht mehr peinlich, diesen beneidenswert wohl trainierten Chiropraktiker aufzusuchen. Auf der Wache wussten inzwischen alle, dass sein Körper regelmäßige Betreuung nötig hatte. Dennis war okay. Kein Unsinn, kein esoterisches Gerede über Reflexzonen und falsche Gedankenströme, die umgeleitet werden müssten, und ähnlicher Nonsens, von dem man schon gehört hatte. Sein Körper erhielt, was er benötigte, und damit basta. Dass er sich wohler fühlte, wenn der Schmerz nachließ, wirkte sich natürlich auch auf seine seelische Verfassung aus. Eine gesunde Seele in einem gesunden Körper, vielleicht war es auch umgekehrt! Es war bequem, alles auf einem Tablett serviert zu bekommen. Sich durchkneten zu lassen und nicht selbst kämpfen zu müssen.

Die gemeinsame Lagebesprechung würde an diesem Vormittag nicht viel ergeben. Er wusste, dass Louise etwas zu erzählen hatte, aber im Übrigen befanden sich die Ermittlungen in einer Phase, in der es galt durchzuhalten.

Hinter dem Präsidium stieg er aus dem Auto. Louises Wagen war noch nicht da, hingegen Peter Bergs Fahrrad. Am Nachmittag würde Janne Lundin von seiner Fortbildung zurückkommen.

Claesson steckte die Autoschlüssel in die Jackentasche, ging recht unbeschwert über den Parkplatz zum Hintereingang und drehte sich, bevor er eintrat, schnell noch einmal um und starrte in die schwache Sonne. Er wäre viel lieber draußen geblieben, hätte einen Spaziergang am Strand gemacht, um sich dann ordentlich eingemummt auf einem Felsen niederzulassen und Kaffee zu trinken, die Wellen zu betrachten und den Wind im Gesicht zu spüren. Vielleicht konnte er ja unbemerkt das Büro verlassen und Veronika anrufen, ob sie auch kommen wollte. Sie war heute unterwegs, um für das Geburtstagsessen einzukaufen. Ihm fiel auf, dass er schon seit Tagen kaum mehr draußen gewesen war. Sein Rücken und jetzt der Mord hatten ihn in einen Stubenhocker verwandelt, und das gefiel ihm gar nicht. Und heute Abend würde er auch wieder nur an der Geburtstagstafel sitzen, denn ihm war klar, dass er daran teilnehmen musste, um seinen guten Willen zu demonstrieren.

Claesson war zu Ohren gekommen, Nina Persson sei gesundheitlich nicht auf der Höhe. Wer immer dieses Gerücht in Umlauf gebracht hatte, schien Recht zu haben. Das Gesicht hinter dem Empfangstresen sah graubleich aus, obwohl Augen und Mund wie immer geschminkt waren. War nicht Louise der Meinung gewesen, Nina erwarte ein Kind und ihr sei daher jetzt morgens immer übel? Nina schwanger – ein ungewohnter Gedanke. Aber warum auch nicht? Man hatte ihr die Rolle des hübschen, unnahbaren Vamps zugeschrieben. Aber selbst sie hatte wohl normale menschliche Bedürfnisse und offenbar auch ein heimliches Leben. Aber wer hatte es gewagt, den massiven Panzer aus weiblichen Attributen zu durchdringen?

Als er sein Fenster öffnete, um zu lüften, trat Peter Berg ein.

»Willst du dich erkälten?«, fragte Berg, der nur ein Hemd anhatte, fröstelnd.

»Nein. Ich brauche nur etwas frischen Wind im Oberstübchen.« Claesson deutete auf seine Stirn. »Gibt es was?«

»Ich wollte nur ein paar Gedanken austauschen«, begann Berg vage und betrachtete Claesson forschend, um herauszufinden, ob er ungelegen kam, aber dieser nickte in Richtung seines Besucherstuhls. Berg nahm Platz.

»Insgesamt fünf Personen haben Malin an diesem letzten Sonntag nach Allerheiligen gesehen. Alle Zeugenaussagen stimmen überein. In Anbetracht der Tatsache, dass es sich um einen Feiertag im November handelte, an dem die Sonne nicht schien, also kein Grund vorhanden war, das Haus zu verlassen, sind fünf Personen gar nicht so übel. Zwei Personen haben sie zu einem Zeitpunkt auf der Straße gesehen, als sie auf dem Weg zum Wohnheim gewesen sein muss, nach ihrem Besuch in Alf Brinks Wohnung. Das war zwischen elf und halb zwölf. Eine Person sah sie, als sie den Lilla Torget überquerte, die andere in einer Seitenstraße. Zwei Zeugen haben sie anschließend auf dem Fahrrad im Stadtteil Norrtorn auf dem Weg ins Zentrum gesehen. Da war es zwischen halb eins und eins. Wir nehmen an, dass sie da vom Wohnheim oben auf dem Hügel kam, aber dafür gibt es noch keine richtigen Beweise. Wahrscheinlich hatte sie eine Tasche auf dem Fahrrad. Oder einen Rucksack. Vielleicht hatte sie ihn auch auf dem Rücken. Die beiden Zeugenaussagen stimmen nicht ganz überein, und die eventuelle Tasche haben wir auch nicht gefunden. Es gibt nur eine Person, die sie auf dem Fahrrad unten am Hafen gesehen hat, nämlich den alten Mann, der im Krankenhaus liegt. Anschließend ist etwas passiert«, endete Berg mit bedeutungsschwangerem Ton und schaute auf.

Claesson nickte.

»Ist der Alte übrigens wieder bei Bewusstsein?«, wollte er wissen.

Sie waren sich hinsichtlich der Zeugenaussage des alten Mannes etwas unsicher, da niemand außer dem Wachhabenden, der das Gespräch entgegengenommen hatte, mit ihm geredet hatte. Dieser hatte mit den Details warten wollen, bis man jemanden in die Wohnung des Mannes schickte. Leider, ließ sich rückblickend feststellen, hatten sie dem Bericht des Alten nicht die ihm angemessene Beachtung geschenkt, aber niemand hatte vorhersehen können, dass er einfach umkippen würde. Aber immerhin war er nicht tot. Noch nicht.

»Offenbar kann er sprechen. Erika will heute hingehen«, sagte Peter Berg. »Aber fraglich ist, ob wir dann so viel klüger sind.«

»Mal sehen«, meinte Claesson aufmunternd. »Irgendjemand hat Malin unterwegs aufgehalten, und der Mann kann uns möglicherweise beantworten, wo. Schade, dass wir keinen einzigen Zeugen haben, der sie mit jemandem hat sprechen sehen.«

Peter Berg rieb sich seine müden Augen.

»Aber Alf Brink hätte sie doch jederzeit aufhalten können«, meinte er.

»Wie ist sie dann an den Fundort geraten? Brink hat keinen Führerschein«, entgegnete Claesson.

»Das muss ihn noch lange nicht am Autofahren gehindert haben. Vielleicht ist er nur in der Theorieprüfung durchgefallen.«

»Guter Gedanke«, lobte Claesson, und Berg lächelte zufrieden. »Hast du dich schon bei den Fahrschulen umgehört?«

»Ja«, antwortete Peter Berg und lächelte noch breiter. »Brink hat vor zwei Jahren bei Englund Fahrstunden genommen, sich aber nie zur Fahrprüfung angemeldet. Er kann Auto fahren, sagt Englund, oder konnte es zumindest damals.«

»Hättest du Zeit nachzuprüfen, ob er mit dem Wagen seiner Eltern unterwegs war – ohne seine Eltern also – oder ob er das Auto eines Freundes geliehen hat?«

»Klar. Ich fange mit dem Fahrradhändler an«, erwiderte Berg nachdenklich. »Das sind sehr anständige Leute. Können einem leidtun, falls es wirklich ihr Sohn war.«

»Stimmt«, meinte Claesson, drehte sich um, knallte das Fenster zu, das etwas klemmte, und schaute dann auf die langweilige Straße hinaus, während er mit kreisenden Bewegungen seinen Rücken massierte.

Peter Berg war sitzen geblieben.

»Und das Fahrrad ist nach wie vor spurlos verschwunden«, stellte er fest.

»Man könnte fast meinen, dass wir darauf warten, dass es von selbst wieder auftaucht«, meinte Claesson lachend und wandte sich wieder Berg zu. »Es kann natürlich sein, dass sich jetzt neue Zeugen melden, nachdem die *Allehanda* ausführlich darüber berichtet hat, wie tapfer wir versuchen, den Täter zu finden«, fuhr er fort. »Hast du den Artikel übrigens gesehen?«

Er klang eine Spur verärgert.

»Das ließ sich nicht vermeiden«, meinte Berg grinsend.

Neben dem Foto Malin Larssons in der Mitte der Seite hatte sich eine Abbildung des Wohnheims befunden. Ein schwarzer Pfeil hatte das Fenster gekennzeichnet, hinter dem die junge Schwesternschülerin, vermutlich über ihre Bücher gebeugt, gesessen hatte. Fotos ihrer Mitstudenten hatten den rechten Rand gesäumt, und ganz unten auf der Seite hatte sich anhand eines Stadtplans nachvollziehen lassen, welchen Weg Malin wahrscheinlich durch die Stadt zurückgelegt hatte. Der Artikel erinnerte an eine spannende Schatzsuche.

»War wie ein Rapport aufgebaut«, kommentierte Berg. »Sie müssen einen neuen Kriminalreporter haben.«

»Schon möglich. War vermutlich der Mann, der sich durch die Absperrung gemogelt hatte, als wir die Leiche inspizierten. Er versucht nur sein Möglichstes – wie wir alle.« Claesson seufzte und holte dann Luft, als wollte er noch etwas hinzufügen.

Peter Berg sah ihn neugierig an.

»Ist dir schon aufgefallen, dass so vieles an Malin Larsson vage ist?«

Berg schwieg.

»Schon, aber sie war auch erst kürzlich hierher gezogen«, erwiderte er auf der Suche nach einem klugen Einwand.

»Das meinte ich gar nicht. Es ist doch seltsam, dass niemand während der Wochen, in denen sie tot irgendwo lag, nach ihr gesucht hat, auch wenn sie gerade erst hierher gezogen war«, fuhr Claesson beharrlich fort. Er versuchte seine eigenen Gedanken zu ordnen. »Nicht einmal ihr Freund, frisch verliebt, versuchte herauszufinden, wo sie sich befand.«

»Hat er das gesagt?«, fragte Peter Berg neugierig.

»Vielleicht hat er sich nicht genau so ausgedrückt, aber er deutete an, dass er sie sehr mochte.«

»War er verliebt oder einfach nur geil?«

Claesson sah Berg finster an, und dieser errötete, denn er war nicht so abgebrüht, wie er vorgab. Er hatte mit dieser Frage provozieren wollen, aber aus seinem Mund klangen diese Worte einfach verkehrt, da er freikirchlich erzogen war. Aber selbst er hatte sich inzwischen ein unflätiges Vokabular zugelegt. Was tat man nicht alles, um sich anzupassen!

»Eines kann ich nicht verstehen«, fuhr Claesson unberührt fort. »Alf Brink hebt einen Handschuh als Andenken auf. Einen Handschuh«, wiederholte er. »Was sagst du dazu?«

»Süß!«, meinte Peter Berg und neigte seinen Kopf zur Seite.

»Er hat einen Handschuh aufbewahrt, aber nicht versucht, sie ausfindig zu machen«, führte Claesson weiter aus. »Aus Furcht, abgewiesen zu werden, wagte er es nicht, sich ihr zu nähern, wenn ich ihn recht verstanden habe. Er hegte den Verdacht, sie habe einen anderen und melde sich deswegen nicht mehr bei ihm. Er behauptet, er habe abgewartet.«

Claesson schaute Berg durchdringend an. Er hoffte auf ein Urteil, einen Kommentar, eine Ansicht. Berg ließ den Kopf hängen und sog seine bleichen, pockennarbigen Wangen ein, dann blies er sie auf.

»Es ist nicht leicht nachzuvollziehen, was in ihm vorgeht.

Bei schüchternen Menschen ist das manchmal schwierig«, meinte Peter Berg und wurde über und über rot. Er schien seine Äußerung zu bereuen, weil er befürchten musste, dass Claesson sie auf ihn selbst bezog. »Alf Brink befürchtete vielleicht, sie könnte ihm den Laufpass gegeben haben«, meinte er schließlich. »Aber ich bezweifle, dass er sie getötet hat. Aber vielleicht sollte man einen Psychologen hinzuziehen.«

»Hm«, brummte Claesson.

Es gab unterschiedliche Ansichten, was den Wert von Psychologen bei Ermittlungen anging.

»Im Tagebuch erwähnt sie jedenfalls, dass sie ihn gern hat, sofern sie sich auf Alf Brink bezieht«, murmelte Claesson. »Wir dürfen nicht vergessen, dass sie keine Namen nennt. Alf Brink hat starke Motive ... Er ist schüchtern, gehemmt, hat Angst davor, etwas zu verlieren, das ihm viel bedeutet.«

Berg ergänzte im Stillen, was Claesson nicht ausgesprochen hatte: die Eifersucht, den Besitzanspruch, die gewaltige Kraft, die die ganze Welt zum Einsturz bringen und den Verstand ausschalten konnte.

»Sollen wir ihn uns greifen? Jetzt mit dem Handschuh und ...«

»Noch nicht«, sagte Claesson entschieden. »Einstweilen haben wir nur Indizien. Das Labor soll den Handschuh unter die Lupe nehmen, dann sehen wir weiter ... Beide scheinen recht hilflos gewesen zu sein«, fuhr er nachdenklich fort. »Sowohl Malin Larsson als auch Alf Brink.«

Er suchte nach einer Reaktion in Peter Bergs Miene.

»Vielleicht«, stimmte ihm Berg zu, rutschte auf seinem Stuhl nach vorn, streckte seinen mageren Körper und schlug ein Bein über das andere. »Was wissen wir eigentlich über den jeweiligen Hintergrund der beiden? Abgesehen von greifbaren Fakten wie dem Tod der Mutter und dass der Vater im Eis einbrach.«

Claesson nickte. Er schaute auf die Uhr.

»Zeit für einen Kaffee«, meinte er.

Sie verließen das Zimmer.

»Wo ist eigentlich Louise?«, rief Claesson in den leeren Gang. »Sie müsste schon längst da sein.«

»Keine Ahnung«, log Peter Berg, der gerade telefonisch die Mitteilung bekommen hatte, sie habe Ärger. »Sie taucht schon noch auf ...«

In Zimmer vier auf der inneren Station lagen drei brummige alte Männer und schlummerten, der vierte jedoch war munter. Vielleicht nicht gerade putzmunter, aber in Anbetracht der Umstände eben doch, das hatte der nette Doktor bei der Visite am Morgen zu ihm gesagt. Albert Axelsson erfreute sich immer noch an diesen Worten, wahrscheinlich hatten sie ihn gesünder gemacht.

Er saß in einem Sessel neben seinem Bett, trank langsam heißen Kaffee und versuchte die Lampe so zu drehen, dass er Zeitung lesen konnte. Das ging nicht sonderlich gut. Vielleicht war seine Brille zu schwach, oder er war doch noch zu müde und zu mitgenommen. Die Buchstaben bildeten ein graues Durcheinander, und die Worte schwammen herum und verursachten ihm Übelkeit. Schließlich faltete er die *Allehanda* zusammen und legte sie auf den Nachttisch. Er biss in seinen Zwieback und trank noch einen Schluck des inzwischen lauwarmen Kaffees. Er schaute aus dem großen Fenster. Er hatte keinen Fensterplatz. Der Himmel war wässrig blau, die Sonne schien schwach, die Wolken in der Ferne waren grau umrahmt, aber nicht schwer. Vielleicht würde es am Abend trotzdem Regen geben. Oder Schnee. Er überlegte, welche Temperatur draußen herrschte. Es wirkte frisch, sogar kalt.

Aus den Augenwinkeln sah er eine weiß gekleidete Frau, die sich seinem Bett näherte. Wahrscheinlich teilte sie die Medikamente aus. Aber dann sah er, dass es seine Tochter war.

»Aber hallo, mein Mädchen!«, rief er, und sein Gesicht leuchtete. Er streckte ihr seine sehnigen Hände entgegen.

Isabelle ergriff seine Hand, lächelte ihn wortlos an und wusste nicht recht, was sie sagen sollte. Wäre er einer der Patienten auf ihrer Station gewesen, hätte sie eine Menge Floskeln auf Lager gehabt, aber jetzt ging es um ihren eigenen Vater. Zuneigung, Erleichterung und ein deutliches Gefühl, noch einmal davongekommen zu sein, vermengten sich und machten sie sentimental. Ihre Augen wurden feucht. Wie überrascht man doch noch sein konnte! Vor zwei Tagen hatte sie sich schon auf das Ableben ihres Vaters vorbereitet. Sie hatte sich vorgestellt, wie es sein würde, die Älteste in der Familie zu sein. Auch mit einem eventuellen Aufenthalt im Pflegeheim hatte sie als traurige, aber vielleicht notwendige Lösung gerechnet. Jetzt saß er jedoch da, trank Kaffee und war im Großen und Ganzen wie immer. Er wirkte ein wenig matt und ungeschickt, aber sonst war er ganz der Alte. Der Krankenhauspyjama mit den weiten Hosen unterstrich noch seine Magerkeit. Über die Jahre war er immer knochiger geworden. Er baute ab.

Erstaunt hatte Isabelle die rasche Genesung ihres Vaters verfolgt. Sie fand, dass sie manchmal trotz allem etwas Glück hatte. So oft und so lange wie möglich war sie bei ihm gewesen. Sie hielt sich nicht an die Besuchszeiten – ohne zu fragen oder um Entschuldigung zu bitten. Irgendeinen Vorteil musste es schließlich haben, selbst Krankenschwester zu sein. Aber sie musste aufpassen, dass das Personal auf der Station ihres Vaters sich nicht von ihr genervt fühlte und das Gefühl bekam, sie würde herumschnüffeln, sich einmischen und kritisieren, lästig werden. Deswegen schaute sie jedes Mal im Schwesternzimmer vorbei und sagte was Nettes. Zur Entlassung ihres Vaters wollte sie auch etwas Gutes backen. Eine Schokoladentorte mit Punschgeschmack zum Beispiel. Wenn sie zwei machte, würde es für alle reichen. Dann würden sich alle nach dem Rezept erkundigen, dachte sie zufrieden. Am besten fertigte sie mehrere Kopien an und überreichte sie zusammen mit der Torte.

Ihr Vater wies weder hängende Mundwinkel noch schlappe Glieder auf und hatte auch die Sprache nicht verloren. Das Blutgerinnsel im Gehirn hatte sich wie durch ein Wunder von selbst aufgelöst. Jetzt würde er Medikamente erhalten, die verhindern sollten, dass wieder eines auftrat.

»Weißt du schon, wann du nach Hause darfst?«, fragte sie und zog sich einen Stuhl ans Bett.

Hinter den Worten verbarg sich eine gewisse Sorge – nicht darüber, dass ihr Vater vielleicht nicht überleben würde, sondern über alles, was sie noch organisieren musste.

»Nein, ein paar Tage werde ich wohl noch bleiben müssen«, sagte er und tätschelte ihre Hand auf eine Art, die sie nicht gewohnt war. Sie zuckte fast zusammen unter der Wärme der vertrockneten Finger, die leicht und vorsichtig über ihren Handrücken strichen. Die Berührung war wie ein lauer Wind und wandte sich direkt an sie. Die konfusen Gedanken, mit denen sie sich bereits auf die praktischen Fragen eingestellt hatte, die das Nachhausekommen ihres Vaters aufwerfen würde, gerieten aus ihrer Bahn. Sie hatte eingesehen, dass die mobile Altenpflege sich seiner in Zukunft würde annehmen müssen, denn sie hatte nicht die Zeit, oft genug bei ihm zu sein.

»Und wie geht es dir, mein Mädchen?«, fragte ihr Vater.

»Gut«, antwortete sie und merkte, dass ihre Augen brannten. Sie suchte in der Tasche ihres weißen Kittels nach einem Taschentuch und schnäuzte sich. Er schien vergessen zu haben, dass er der Kränkliche und Genesende war und nicht sie. Aber vielleicht machte ihn auch die ganze Aufmerksamkeit verlegen, die ihm zuteil wurde. So schnell ließ er sich nicht unterkriegen, und noch war er nicht tot!

Forschend betrachtete er Isabelles unregelmäßiges Gesicht mit dem vorspringenden Kinn, das sie von ihm geerbt hatte und das sie leider nicht hübscher machte. Sie lächelte ihn an. Sie saßen ganz nah beieinander. Seine Augengläser waren verschmiert und mussten geputzt werden, sah sie. Es juckte ihr in den Fingern, aber sie beherrschte sich und nahm ihrem Vater die Brille nicht ab. Das schwarze Gestell war ihm ein Stück die Nase heruntergerutscht, als sei es ihm plötzlich zu groß geworden.

»Hast du viel zu tun?«

Respektvoll betrachtete er ihre weiße Tracht.

»Nicht so schlimm«, meinte sie und glättete ihren Kittel. »Ich habe Kaffeepause«, log sie, stellte aber fest, dass er ihr nicht zuhörte, sondern an ihrer Schulter vorbei zur Tür blickte.

Sie drehte sich um und sah eine junge Frau in einem Anorak. Sie war schlank, hatte zurückgekämmtes Haar und goldbraune Haut. Sie sah sehr gut aus, stellte Isabelle fest, als die dunkle Schönheit auf sie zukam. Ihr Vater nickte und lächelte die junge Frau an, als würde er sie kennen.

»Sie sind schon da«, sagte er und gab der Fremden die Hand. »Entschuldige, aber ich bin etwas beschäftigt«, erklärte er Isabelle und wandte sich von ihr ab und der neuen Besucherin zu.

Enttäuscht und schweren Schrittes begab sich Isabelle auf ihre eigene Station zurück.

»Ich habe das Schwein rausgeschmissen«, sagte Louise, zog ihre Jacke aus und warf sie nachlässig auf den Schreibtisch in ihrem Zimmer.

»Wohin?«, wollte Peter Berg wissen und kam sich wie ein Idiot vor.

»Weiß der Teufel, wo er heute Nacht geschlafen hat. Vermutlich bei seiner Geliebten.«

Peter Berg musste diese Information erst einmal verarbeiten. Louise schniefte, aber er hatte nicht den Eindruck, dass sie weinte.

»Wie ging es mit dem Bild?«, fragte er vorsichtig.

»Ich habe es auf dem Weg hierher abgeholt«, sagte sie, riss ihre schwarze Wildledertasche auf und zog eine Bleistiftzeichnung hervor, die einen Mann schräg von hinten ohne Mütze zeigte. Es war die Abbildung eines x-beliebigen Mannes.

Die Zeichnung war mit *E. Wikström* signiert.

»Aha«, meinte er.

»Sagt nicht viel«, pflichtete ihm Louise bei, »aber wir sollten Claesson trotzdem fragen, wie viele Leute er entbehren kann, um die Zeichnung den Nachbarn zu zeigen.«

»Vermutlich kein Vogelkundler«, sagte Berg, »aber vielleicht so ein sexfixierter Typ. Findest du, dass er an Alf Brink erinnert?«

Louise drehte die Zeichnung in ihre Richtung.

»Der Nacken ist etwas zu breit«, fand sie.

»Stimmt.«

»Aber wer weiß. Jedenfalls hat er seit Anfang Oktober wiederholte Male dort gestanden, und das tut man nicht ohne Grund«, sagte Louise.

»Claesson war übrigens bei Alf Brink zu Hause und hat von dort einen Handschuh mitgebracht«, informierte Peter Berg.

Sie sah ihn an, und ihm fiel auf, dass ihre Augen verschwollen und gerötet aussahen.

»Den fehlenden?«, wollte sie wissen.

Er nickte, und sie pfiff durch die Zähne.

»Was hält Claesson davon?«

»Wahrscheinlich zieht sich die Schlinge um den Hals des Fahrradmechanikers zusammen. Es ist nur eine Frage der Zeit, bis ihm die Luft ausgeht«, meinte Berg. »Und zwar nicht nur in den Fahrradschläuchen«, fügte er noch grinsend hinzu.

Louise versuchte, ebenfalls über diesen Scherz zu lächeln, obwohl ihr das in ihrer momentanen Verfassung schwer fiel.

»Abwarten und nichts überstürzen, dann glätten sich die Wogen ganz von selbst.« Das hatte Isabelle vorsichtig zu Sonja gesagt, fast geflüstert, damit sonst niemand es hörte. Mit dieser banalen Weisheit hatte sie sich selbst mehrfach gut zugeredet, ja sogar so oft, dass sie ihre langweilige und vernünftige innere Stimme inzwischen satt hatte. Und nun schienen diese Tage vorüber zu sein. Sie hatte keine Bauchschmerzen mehr, und es war ihr gelungen, eine ganze Nacht zu schlafen, ohne davon aufzuwachen, dass sie in weißen Formularen zu ertrinken drohte. Malin Larssons Tod war bedauerlich, aber auch nicht viel mehr. Jedenfalls nicht, was Isabelle betraf.

Das Leben auf ihrer Station war teilweise wieder zum alten Trott zurückgekehrt, aber sie sprachen immer noch oft über das, was passiert war. Sie spekulierten neugierig darüber, was erfunden und was wirklich geschehen war. Sonja umgab natürlich eine große Unruhe. Man umkreiste sie, aber niemand wagte, zu fragen oder ihr in die Augen zu schauen. Das einzige Kind im Konflikt mit den Gesetzen! Man weiß nie, was sich unter der Oberfläche verbirgt. Aber Isabelle empfand keine Schadenfreude, dafür mochte sie Sonja viel zu gern, ihren Jungen und ihren Mann im Übrigen auch. Das waren keine bösen Menschen.

Alf hatte es in der Schule nicht leicht gehabt. Das Lernen hatte ihm immer Mühe bereitet, das wusste sie, aber Tobbe war es in dieser Hinsicht nicht anders ergangen. Alf hatte viele andere gute Seiten, die Eltern mit Stolz und Trost erfüllen konnten. Dass dieser Junge es zu etwas bringen würde, davon war Isabelle schon immer überzeugt gewesen. Das einzige Kind. Vielleicht verwöhnten sie ihn etwas zu sehr, aber das konnte leicht passieren, und dafür verurteilte sie die Brinks nicht. Alf war ordentlich und geschickt und hatte sich, soweit sie wusste, vorbildlich um die Werkstatt gekümmert. Aber Sonja und Erling hatten immer die Möglichkeit gehabt, ihm zu helfen, viel größere Möglichkeiten als sie jemals. Sie waren wohlhabend und besaßen das Haus und eine Firma, in der der Junge arbeiten konnte. Zuverlässig und angesehen. So gesehen hatten die Brinks es leichter als sie. Aber es war doch seltsam, wie unwichtig Geld wurde, wenn etwas richtig Schlimmes passierte.

»Kinder müssen lernen, auf eigenen Beinen zu stehen«, dachte Isabelle. »Sie müssen Fehler machen und aus den Fehlern lernen. Sie dürfen nicht glauben, dass ihre Eltern ihnen immer alle Probleme aus dem Weg räumen.« Kinder mussten lernen, sich selbst anzustrengen. Sonst wurde nichts aus ihnen. Das hatte sie immer gefunden!

Aber diese ehrgeizigen Erziehungsprinzipien waren ein schwacher Trost, wenn sie an Tobbe und seinen Aushilfsjob in der Küche des Restaurants »Forellen« dachte. Sie hätte ihm gern geholfen, ihn finanziell unterstützt und ihm eine ordentliche Arbeit besorgt, wenn sie das nur gekonnt hätte. Warum stellten sie ihn im »Forellen« eigentlich nicht fest an? Kochen konnte er, dachte sie, schob aber die Probleme ihres Sohnes einstweilen von sich.

Alf hatte also eine Freundin gehabt. Sie versuchte zu analysieren, warum sie das gleichzeitig erstaunte und freute, selbst nach allem, was passiert war. Eine richtige Freundin, eine zukünftige Krankenschwester, ein süßes und nettes Mädchen. Der Traum jeder Schwiegermutter. Ganz so komisch konnte Alf also nicht sein, wenn sich dieses Mädchen in ihn verliebt hatte. »Nur schade, dass alles so gekommen ist«, dachte sie und sah Alfs verletzliches Gesicht vor sich. Er tat ihr leid.

Sie schüttelte den Kopf. Es hätte so schön sein können. Und so nett für alle Beteiligten. Für Alf, Sonja und Erling. Verlobung, vielleicht eine Hochzeit und Enkelkinder. Was würde jetzt aus ihm werden? Hoffentlich ruinierte ihn diese Geschichte nicht vollkommen und ließ ihn für den Rest seines Lebens zum Sonderling werden. Von solchen traurigen Schicksalen hatte man schließlich gehört. Sie musste Tobbe fragen, wie es Alf ging, die zwei sahen sich ja fast jeden Tag. Ihre Wohnungen lagen nebeneinander.

Sonja war ihr netterweise dabei behilflich gewesen, eine Bleibe für Tobbe zu finden, nicht groß und deswegen auch nicht teuer. Die Brinks nahmen keine Wuchermieten. Sie beklagten sich auch nicht darüber, dass Tobbe unordentlich war und dass es bei ihm aussah wie in einem Schweinestall. Vielleicht waren sie es auch gewöhnt. Obwohl sie sich kaum vorstellen konnte, dass es bei Alf genauso schmutzig und unordentlich war wie bei Tobbe. Aber was hätte sie dagegen unternehmen sollen? Der Junge war flügge, aber trotzdem verstimmten sie sein Widerwille, seine Trägheit und die Tatsache, dass er sich nie zusammennahm. Alles war im Fluss. Er entzog sich ihrer Fürsorglichkeit, aber es gelang ihr auch nicht, ihn loszulassen. Wahrscheinlich war es das, was sie ihre ganze Kraft kostete.

Isabelle saß mit ihrer Kaffeetasse in der Pausenküche. Die anderen waren in einer Besprechung, während sie die Station überwachte. Das hatte sie selbst angeboten. Seltsamerweise klingelte nicht einmal das Telefon, und die meisten Patienten hatten Besuch. Eine Illustrierte, *Svensk Damtidning,* lag aufgeschlagen vor ihr, aber sie hatte keine Lust auf das ziemlich vorhersehbare Leben der Promis und des Königshauses. Das interessierte sie im Augenblick überhaupt nicht. Sie versank in Erinnerungen und dachte an die beiden blonden Jungen, die von der Schule nach Hause gekommen waren und sofort ihre Ranzen in die Ecke geworfen hatten. Beide hatten nicht still sitzen können. Sonja und sie hatten darüber gelacht und waren stolz auf ihre wilden Jungs gewesen. Die Zeit war vergangen, und jetzt waren sie groß. Und damit kamen auch die großen Probleme.

Aber immerhin war ihr Tobbe ein netter Kerl, auch wenn seine Einkünfte ziemlich dürftig ausfielen. »Und Alf ist auch nett«, dachte sie etwas wehmütig und sah erneut das gequälte Jungengesicht vor sich. Weder Tobbe noch Alf hatten sich je in den Vordergrund gedrängt. Deswegen waren sie wohl über all die Jahre hinweg Freunde geblieben. Würde sie Tobbe über Alf ausfragen, so würde er natürlich nichts erzählen. Nur selten bekam sie ein Wort aus ihrem Sohn heraus. »Wie sein Vater«, stellte sie fest und schaute mit zusammengekniffenen Augen in die Sonne, die ein paar bleiche Strahlen durch die schmutzige Fensterscheibe warf. »Die Fenster werden erst zu Weihnachten geputzt«, dachte sie und stellte im gleichen Moment fest, dass sie den Vater ihrer Kinder mit größerer Sorgfalt hätte wählen können. Aber damals war sie jung und naiv gewesen. Hoffentlich trank Tobbe nicht so viel wie Loffe, aber darauf hatte sie keinen Einfluss. Die Sorgenfalte zwischen ihren Brauen vertiefte sich. In der Küche des »Forellen« gab es vermutlich viele nicht ganz ausgetrunkene Flaschen. Was sollte sie nur tun? Tobbe war wie ein Stück Seife, das ihr aus den Händen glitt. »Das geht schon in Ordnung, Mama«, antwortete er auf alles, was sie sagte. Wenn er überhaupt antwortete. Aber solange nichts Gefährliches passierte, musste sie sich vielleicht keine Sorgen machen. Es erschien ihr besser, sich die Unruhe für Zeiten aufzuheben, in denen sie wirklich angebracht war. »Und diese Zeiten werden kommen«, dachte sie niedergeschlagen. Die Frage war nicht ob, sondern wann, und dann würde sie mit ihren Sorgen allein dastehen. Das wenige, was sich Loffe von seinem Hirn noch nicht weggesoffen hatte, würde er jedenfalls nicht darauf verwenden, sie zu trösten. Aber sie war es gewöhnt, allein zurechtzukommen.

Sie hatte sogar damit aufgehört, sich darüber den Kopf zu zerbrechen, was Nelly wohl dachte. Wut und Verdruss waren verraucht. Die Zeit heilt alle Wunden, hieß es. Sie wusste das aus Erfahrung. So war es beim letzten Mal auch gewesen, als etwas geschehen war, was eigentlich nicht hätte geschehen dürfen. Aber damals war es ihre Schuld gewesen. Das war ein großer Unterschied. Eine Fahrlässigkeit hinterließ seine Spuren.

Sie konnte inzwischen daran zurückdenken, ohne dass ihre Lider zuckten und sich ihr Herz überschlug. Sie musste auch nicht mehr das Bild des bewusstlosen Patienten im Bett verdrängen. Das waren Sekunden ihres Lebens gewesen, in denen alles stillgestanden hatte, obwohl sich alles im Kreis gedreht hatte. Die schweren Glieder des Mannes, sein blauweißes Gesicht – sie erinnerte sich, wie sie auf ihn eingeboxt hatte, um Leben in ihn zu bringen. Sie hatte um Hilfe gerufen, auf alle Alarmknöpfe gedrückt, während sie mit ungeschickten Händen die Manschette des Blutdruckmessers aufpumpte. Es hatte in ihren Ohren gerauscht, vor ihren Augen geflimmert, und Leute waren angerannt gekommen. Die Wirklichkeit war wie Feuer und Eis gewesen. Wie eine Flamme. Der Mann war in Isabelles Fantasie mehrfach gestorben. Kein Wort des Trostes war gefallen. Keiner von denen, die den Patienten übernommen hatten, hatte in ihre Richtung geschaut. Obwohl ihr klar war, dass alle wussten, dass sie allein die Schuld traf. Und sie wusste auch, dass es alle erleichterte, nicht selber einen Fehler begangen zu haben. »Wir alle, die eine Arbeit haben, bei der es um Leben und Tod geht, müssen solche Feuerproben bestehen – wir alle, die nicht menschlich sein dürfen, denen kein Fehler unterlaufen darf und von denen erwartet wird, dass sie perfekt sind«, dachte sie. Aber Doktor Björk war nett gewesen. Isabelle lächelte bei dieser Erinnerung. Er hatte anschließend im Krankenhaus aufgehört und bei der Gemeinde angefangen. Er hatte ihr gefehlt. Die Jahre waren vergangen, und sie traf ihn nur noch beim Malkurs. »Er ist alt geworden«, dachte sie. Sollte sie ihn vielleicht fragen, ob gerade eine Schwester im kommunalen Ärztezentrum gebraucht wurde?

Damals hatte sie den Beruf der Krankenschwester an den Nagel hängen wollen, es dann aber doch nicht getan. Sie musste Geld verdienen. Das Leben war wie ein Sumpf. Die Kinder, Loffe, der trank, durchwachte Nächte und blaue Flecken, die sie verstecken musste. Warum war es nur so gekommen? Sie hatte damals ihr Leben nicht in der Hand gehabt, sondern umgekehrt. Sie hatte gewusst, warum das so war, aber das hatte ihr nichts genützt. Loffe war gut aussehend und fröhlich, manchmal vielleicht sogar zu fröhlich. Ihre Schulfreundinnen Birgitta, Pia und sogar die kräftige Ann-Christin waren bereits verlobt gewesen, und sie wagte es auch nicht zu warten. Sie war zwar jung, aber keine Schönheit, und für ein hässliches Mädchen bestand immer die Gefahr, keinen abzubekommen. Sie hatte Loffe mit nach Hause gebracht, stolz und frech hatte er im Wohnzimmer gestanden und das Haar aus der Stirn geworfen. Ihre Mutter hatte steif gelächelt und sie anschließend gewarnt: »Dieser Mann macht dich unglücklich.« Da war natürlich Isabelles Widerspruchsgeist erwacht. Sie hatte es mit dem Heiraten eilig gehabt, und vor dem Traualtar war sie bereits mit Linda schwanger gewesen.

Es klingelte, und sie ging nachschauen. Die Frau eines Mannes mit Magenkrebs hatte viele Fragen.

»Warum unternehmen Sie denn nichts?«, wollte sie wissen. »Er liegt ja einfach nur da.«

Um die anderen Betten im Zimmer standen viele Angehörige. Isabelle konnte nicht frei sprechen.

»Haben Sie mit der Ärztin gesprochen?«, fragte sie ausweichend.

»Nein, niemand hat mit uns gesprochen«, erwiderte die Frau aufgebracht. »Man erfährt hier überhaupt nichts.«

Isabelle wusste, dass sich die Ärztin vor ein paar Tagen recht lange mit ihnen unterhalten hatte. Else-Britt Ek war eine Ärztin, die unangenehmen Situationen nicht auswich. Vermutlich hatte sie die Frau über den Stand der Dinge in Kenntnis gesetzt, aber das reichte natürlich nicht. Nichts reichte, wenn es ans Sterben ging.

»Ich kann noch einmal mit Frau Doktor Ek sprechen«, sagte Isabelle ruhig. »Sie wird sich mit Ihnen in Verbindung setzen.«

Es gelang ihr, vom Bett wegzukommen, ohne dass die Frau protestierte. Am Ende des Gangs entdeckte sie Nelly. War die Personalversammlung bereits vorbei? Nein, Nelly hatte nur etwas in ihrem Zimmer geholt. Sie hielt ein Papier in der Hand und verschwand damit im Konferenzzimmer, das so winzig war, dass der Sauerstoff dort sicher schon lange verbraucht war.

Isabelle begab sich ins Schwesternzimmer und vervollständigte die Krankenakten, aber es wollte ihr nicht so recht von der Hand gehen. Sie ärgerte sich über Nelly und auch über die vorige Stationsschwester, die sie mit ihrer harten Stimme um eine Unterredung gebeten hatte, nachdem das, was nicht hätte passieren dürfen, passiert war. Ob Isabelle denn nicht wisse, dass man Insulin nie verabreicht, ohne vorher den Blutzuckerwert zu kontrollieren, hatte sie gefragt und die Augenbrauen hochgezogen.

Das war das einzige Mal gewesen, dass etwas über sie in der Zeitung gestanden hatte, und das wäre ihr lieber erspart geblieben. Natürlich hatte ihr Name gefehlt, aber alle an der Klinik wussten Bescheid. Man bezichtigte sie einer Fahrlässigkeit. Sie hörte damit auf, den Leuten in die Augen zu schauen. Den Zeitungsausschnitt hatte sie noch zu Hause.

Gegen eine Krankenschwester wurde ein Disziplinarver-

fahren bei der Gesundheitsbehörde eingeleitet. Sie soll eine Überdosis Insulin verabreicht haben. Vor der Injektion hatte sie es verabsäumt, den Blutzuckerwert des Patienten zu kontrollieren. Der Mann fiel in ein Insulinkoma, sein Zustand verbesserte sich jedoch sofort nach angemessener Behandlung, und er hat keine bleibenden Schäden davongetragen. Die Schwester, die bereits zehn Jahre auf der Station tätig war, konnte keine Erklärung für den Vorfall abgeben.

Gegenwart und Vergangenheit verschwammen. »Wenn Björk nicht gewesen wäre, hätte ich vermutlich nicht überlebt«, dachte sie, als das Telefon klingelte. Eine Patientin wurde zu einer Computertomografie erwartet. Isabelle stand auf, ging den Gang entlang und öffnete die Tür des kleinen Konferenzzimmers einen Spaltbreit. Die abgestandene Luft schlug ihr entgegen. Sie suchte nach Sonja.

»Kannst du die Frau aus Zimmer drei zur CT bringen?«, wollte sie wissen. »Du kannst einen Rollstuhl nehmen.«

»Klar«, erwiderte Sonja und wirkte erleichtert, dass sie nicht länger bleiben musste.

»Wie geht es im Übrigen?«

»Leidlich«, antwortete Sonja.

»Verstehe«, meinte Isabelle und strich ihr über den Arm.

»Man macht so einiges mit«, sagte Sonja, und ihre Stimme klang brüchig.

»Das ist wohl so«, erwiderte Isabelle, und sie gingen den Korridor entlang.

Auf der Station hatten sie einen hektischen Vormittag gehabt, aber jetzt war es ruhiger geworden. Isabelle überlegte, ob sie noch einmal zu ihrem Vater hochgehen sollte, nachdem sie Sonja dabei geholfen hatte, die Patientin in den Rollstuhl zu heben. Eine junge Polizistin hatte ihn besucht. Was sie wohl gewollt hatte? Ging es um den gelben Punkt, den er auf dem Weg zum Hafen bemerkt hatte? Gelb wie Malins Jacke... Was konnte es sonst sein? Ihre Neugier war erwacht. Früher oder später würde sie es schon erfahren.

Vieles beunruhigte sie, und es fiel ihr schwer, einfach abzuwarten. Als Erstes musste sie mit Tobbe sprechen, und zwar sofort. Sie öffnete die Tür zum Ärztezimmer. Es war leer. Sie setzte sich an den Schreibtisch, auf dem stapelweise Krankenakten, ein Rezeptblock, Handbücher und bekritzelte Notizblöcke lagen. Sie schob die Arzneimittelliste beiseite, um ans Telefon zu kommen. Sie wollte in Ruhe telefonieren, und im Schwesternzimmer war immer der Teufel los. Sie hob den Hörer ab, wählte Tobbes Nummer zu Hause und ließ es klingeln.

Wohin waren die Scheine aus der Schachtel verschwunden? Das Geld musste wieder dort liegen, wenn ihr Vater nach Hause kam. Sie wusste nicht genau, wie viel es gewesen war, und hatte auch kein Geld übrig, um den Betrag zu ersetzen.

Es klingelte immer noch. Natürlich war Tobbe nicht zu Hause. Sie legte auf und wählte seine Handynummer.

»Tobbe.« Seine Stimme klang belegt.

»Hallo! Hier ist Mama.«

»Ah ja. Hallo.«

Sie konnte seine momentane Verfassung nicht beurteilen und verstummte. Sie suchte nach einer guten Formulierung, aber es fiel ihr auf Anhieb keine ein.

»Du«, sagte sie, »ich würde gern vorbeischauen.«

»Wo denn?«

Seine Stimme klang sehr undeutlich. War er nicht nüchtern?

»Dummerchen! Bei dir natürlich«, sagte sie mit kecker Stimme. »Irgendwann nach der Arbeit. Geht das?«

»Warum?«

»Ich würde dich gern etwas fragen.«

Pause.

»Das kannst du genauso gut jetzt tun«, erwiderte er gedehnt.

»Nein. Ich möchte, dass wir uns treffen.«

»Aber ich bin nicht zu Hause. Wann kommst du?«

»Um halb sechs«, antwortete sie. Dann konnte sie erst noch in den Farbenladen gehen und Schwarz und Berliner Blau kaufen. Am nächsten Abend war ihr Malkurs. Sie freute sich schon darauf. Dann konnte sie ihren Kopf ausruhen, indem sie sich auf etwas anderes konzentrierte. Außerdem war Björk fast jedes Mal da.

»Abgemacht«, vernahm sie leise seine Stimme. »Worum geht es denn?«

Etwas ängstlich klang er doch.

»Darüber sprechen wir dann«, antwortete sie in geschäftsmäßigem Ton. »Mach dir keine Sorgen«, fügte sie noch beflissen hinzu. Schließlich war er ihr Sohn, dieser Junge, der nie erwachsen zu werden schien. Er war etwas mürrisch und unsicher. Aber, wie gesagt, ein lieber Kerl.

Draußen war es schwarz. Das gelbliche Licht der Scheinwerfer im Hafen erhellte den Kai. Etwas weiter draußen lag ein Frachter vertäut. Der Parkplatz des Einkaufszentrums war fast voll – und das an einem Mittwochnachmittag! Die Läden mussten eine Goldgrube sein.

Sie kontrollierte mit dem Finger, ob sie die Blumen auf dem Fensterbrett in der Küche ihres Vaters gießen musste. Die Erde war trocken, aber dem Novemberkaktus schien es nicht schlecht zu gehen. Kleine rosa Knospen sprossen ganz zuäußerst an den grünen Verästelungen. Sie legte die Zeitung des Tages auf den Stapel auf dem Küchentisch. Sollte sie alle wegwerfen? Ihr Vater würde doch nicht die Zeit finden, sie zu lesen. Sie würden herumliegen, bis sie sie eines Tages zum Altpapiercontainer trug. Sie legte die Zeitungen in eine Papiertüte und stellte sie neben die Wohnungstür.

Am besten war es vermutlich, nochmals die Schublade zu kontrollieren, bevor sie Tobbe traf.

Sie machte Licht im Wohnzimmer, ging zur Anrichte, zog rasch die Schublade heraus und schaute hinein.

»Ich glaub, ich werd verrückt!«, sagte sie laut zu sich selbst und biss sich auf die Unterlippe.

Was sollte sie jetzt tun? Hatte sie sich vielleicht geirrt? Nein, das hatte sie nicht. Schusselig war sie nicht.

Ganz außen lag der Geldschein. Fünfhundert Kronen. Sie nahm ihn in die Hand, drehte und wendete ihn, als sei er gefälscht.

Ein Fünfhundertkronenschein. Nicht mehr und nicht weniger.

Gottfridsson betrachtete Claesson, sagte aber nichts. Dann senkte er seinen Blick und entdeckte einen Krümel auf seinem sich vorwölbenden Hemd. Gotte war fett. Er hatte gerade ein Stück Hefezopf mit Kardamomfüllung gegessen. Claesson hatte ärgerlicherweise abgelehnt und sich mit einer Tasse Kaffee mit einem Schuss Milch begnügt. Gotte schnipste den Krümel mit dem Zeigefinger weg und räusperte sich. Claesson fand es angezeigt, etwas zu sagen.

»Wir sind uns nicht so sicher«, meinte er schließlich und vermied es, Gotte in die Augen zu schauen.

Der Polizeichef nickte, nahm seine Brille mit den dicken Gläsern ab, fuhr sich mit der Hand über das Gesicht, rieb sich die Augen, setzte die Brille wieder auf und sah Claesson an.

»Aber das kann ich doch der Presse nicht mitteilen«, wandte er ein und sah Claesson flehend an. »Irgendwas musst du doch haben!«

Als könnte Claesson ein Ass aus dem Ärmel ziehen. Das hätte er an sich auch gekonnt, aber die Karte war unsicher. Der Handschuh, der Spion im Gebüsch, die Liebe, die Eifersucht. Aber dafür war es noch zu früh. Vielleicht morgen. Sie mussten sich erst noch einig werden.

»Warum kannst du nicht sagen, wie es ist?«, fragte Claesson. »Das ist doch kein Prestigeverlust. Mir geht dieses ganze Gerede verdammt auf die Nerven. Die Erde dreht sich immer schneller. Eine Ermittlung braucht einfach ihre Zeit. Wir dürfen auch nichts überstürzen.«

»Natürlich nicht.« Gotte seufzte. »Aber es ist immer besser, wenn man etwas in der Hand hat.«

»Reine Eitelkeit, Gotte, du bist viel zu entgegenkommend für einen Polizisten«, meinte Claesson und sah dem alten

Mann in die Augen. »Aber leider kann ich für dich nichts aus dem Ärmel schütteln. Meine Fantasie reicht nicht aus.«

Gotte lachte. Claesson verzog den Mund und warf seinem Chef einen aufmunternden Blick zu. Er war okay, aber einfach viel zu nett. Diese Spezies von Mensch war vom Aussterben bedroht.

»Meinst du wirklich?«, sagte Gotte nach einer kurzen Pause. »Bin ich zu weich?«

»Nein, natürlich nicht«, erwiderte Claesson und befürchtete, das Gespräch könnte entgleiten. »Sonst hättest du es ja nie so weit gebracht. Aber du machst von deinen Ellbogen keinen Gebrauch, Gotte. Freundlichkeit ist unmodern.«

Gotte schaute aus dem Fenster. Noch ein Tag, an dem es nicht richtig hell wurde. Der November war lang und grau.

»Bald ist das alles vorbei ...«

Seine Stimme klang belegt, und Claesson wusste nicht, was er sagen sollte, ohne dass es peinlich geworden wäre.

»Wieso?«, erkundigte er sich daher neutral.

»Man ist fertig.«

Die Wehmut lastete wie eine düstere Decke auf dem Polizeichef Olle Gottfridsson, daran gab es keinen Zweifel.

»Verdammt noch mal! Die meisten Leute leben auch nach der Pensionierung noch recht lange«, rief Claesson. Er versuchte den alten Mann aufzumuntern. »Dann kann man endlich um die Welt reisen und über die Stränge schlagen. Dann geht es einem besser denn je.«

»Die Kameradschaft, du weißt schon«, sagte Gotte und hielt inne. Er schluckte, und Claesson befürchtete bereits, er könnte vor lauter Sentimentalität in Tränen ausbrechen.

Barmherzigerweise tauchte Jesper Gren in der Tür auf.

»Die Frau vom Fernsehen ist jetzt hier«, wandte er sich an Gotte, der seine großen Hände auf die Armlehnen des Sessels legte und sich umständlich erhob. Claesson blieb sitzen. Durch die offene Tür des Kaffeezimmers hörte er die erste Frage.

»Haben Sie einen Verdächtigen?«, wollte sie wissen, und

Claesson fragte sich, warum die Stimmen von Reportern häufig so unnötig aggressiv klangen.

»Nein, noch nicht«, antwortete Gotte mit fester Stimme.

»Haben Sie irgendwelche konkreten Spuren oder Hinweise, denen Sie nachgehen?«

Claesson sah es richtiggehend vor sich, wie die Reporterin Gotte das Mikro förmlich ins Gesicht schob, und wie beide versuchten, einen Knochen abzunagen, an dem schon nichts mehr dran war. Gotte war immer für ein offenes und ernsthaftes Verhältnis zu den Massenmedien eingetreten.

»Wir haben viele Spuren, können sie aber noch nicht deuten«, hörte Claesson Gotte sagen.

»Gibt es Zeugen?«

»Es gibt viele Zeugen, und ich möchte diese Gelegenheit nutzen, allen zu danken, die sich gemeldet haben«, log Gotte und blickte dabei vermutlich dankbar in die Kamera. »Aber es kostet Zeit, die Informationen zu sortieren und zu kontrollieren.«

»Mit anderen Worten: Sie tappen immer noch im Dunkeln«, sagte die Reporterin.

»Da bin ich nicht Ihrer Meinung«, erwiderte Gotte geduldig. »Wir arbeiten intensiv an dem Fall.«

Claesson ahnte, dass Gotte allmählich die Geduld verlor, aber das konnten vermutlich nur diejenigen heraushören, die ihn gut kannten. Gotte wollte es jetzt endlich hinter sich bringen.

»Haben Sie irgendeine Theorie, was genau vorgefallen sein könnte?«

»Wir haben einige Hypothesen, mit denen wir arbeiten, aber worauf diese hinauslaufen, kann ich im Augenblick aus ermittlungstechnischen Gründen leider nicht preisgeben. Auch haben wir gewisse Vermutungen bezüglich des Motivs...«

»Gotte schlägt sich gut«, dachte Claesson, der mit einer fast leeren Kaffeetasse vor sich dasaß. Es galt, sich geschickt aus der Affäre zu ziehen und zu reden, ohne sich zu verplappern.

Es lohnte sich, inhaltslose, gut formulierte, höfliche Floskeln, die man um sich streuen konnte, auf Lager zu haben.

»Er hat vollkommen Recht. Wir haben Spuren, aber keine richtig guten Beweise«, dachte Claesson, der es übrigens richtig bequem hatte. Er saß zugleich tief, aber aufrecht, sodass sich sein Rücken entspannen konnte. Er merkte, dass er ihn gar nicht spürte. Es war so angenehm, dass er gar nicht wagte, sich zu bewegen. Ein Teelicht brannte vor ihm auf dem Couchtisch. Wahrscheinlich hatte eine der Frauen es dort hingestellt. Die Neonröhre an der Decke brannte nicht, und die Stehlampe am einen Ende des Sofas verbreitete ein angenehmes Licht. Er war allein. Es war vier Uhr nachmittags, und draußen herrschte fast vollkommene Dunkelheit. Er genoss die behaglichen Pausen, die sich manchmal plötzlich zwischen Besprechungen und Verpflichtungen ergaben. Ideale Pausen zum Nachdenken. Meist saß er dabei im Auto. Deshalb fuhr er gern.

Die Standardmotive ließen sich in etwa an den Fingern einer Hand aufzählen. Gefühle, die mit aller Kraft hervorbrachen und sich nicht mehr beherrschen ließen. Hass, Eifersucht, eine Kränkung, die Rache erforderte. Und dann natürlich der Traum von Macht. Das grenzenlose Begehren. Dass man sich kaltblütig einfach nahm, was man begehrte. Dinge, Geld, sexuelle Befriedigung oder ein Leben. Eine schwere Kindheit konnte alle möglichen Konsequenzen haben. Einige entwickelten sich zu zuverlässigen Stützen der Gesellschaft, andere zu Psychopathen. In Ermangelung menschlicher Nähe strebten sie nach Kontrolle, nach Macht über einen anderen Menschen, wenn sie keine Macht über ihr eigenes Leben besaßen.

Sie wussten zu wenig über Malins Vergangenheit, die nur aus ein paar erstarrten Bildern zu bestehen schien. »Ein kurzes, aber erstarrtes Leben«, dachte er. Aber erst einmal mussten sie an Ort und Stelle graben.

»Ein weiterer Friedhofsbesucher«, sagte Louise und legte einen Zettel mit einem Namen vor Claesson hin.

»Wirkt er zuverlässig?«

Louise nickte.

»Hatte er was Neues beizutragen?«

»Eigentlich nicht. Auch er hatte Malin und Alf Brink bei dem Gedenkhain gesehen. Kann einem leidtun«, sagte sie und verstummte.

Claesson sah sie von der Seite an.

»Wer?«

»Alf Brink«, sagte sie. »Ich weiß nicht, warum mir das Herz blutet, wenn ich an ihn denke. Ich weiß, dass das unprofessionell ist.«

»Kommt manchmal vor«, sagte Claesson und schaute auf den Zettel.

»Offenbar stand der Mann ganz in der Nähe«, fuhr Louise fort. »Er behauptete, Malin habe so ernst gewirkt. Möglicherweise traurig, sagte er, oder verzweifelt.«

Zweifelnd schaute Claesson sie an.

»Und wie kommt es, dass ihm das aufgefallen ist? Schließlich waren an dem Abend recht viele Leute unterwegs, und recht dunkel war es außerdem.«

»Beim Gedenkhain brannten so viele Kerzen, dass er fast wie von Scheinwerfern beleuchtet wirkte, aber natürlich hübscher. Vielleicht hätte ich ja auch hingehen sollen«, meinte sie träumerisch.

»Vielleicht! Liegt jemand von deinen Angehörigen dort?«

»Nein. Die befinden sich sonst wo«, meinte sie und fuhr sich mit den Händen durchs Haar. Sie strich ihren Pony beiseite, und ihm fiel auf, dass sich die Schatten unter ihren Augen vertieft hatten. »Mein Zeuge erkannte Alf Brink am Gedenkhain, weil er seinen Vater Erling kennt«, fuhr sie fort. »Er wurde ganz einfach neugierig.«

Sie ließ ihr Haar los, und es fiel ihr strähnig ins Gesicht, was sie zu irritieren schien. Sie strich es wieder zurück, und Claesson musste abermals feststellen, wie erschöpft sie aussah.

Und dabei hatten sie noch nicht einmal eine Woche an dem Malin-Fall gearbeitet und machten ständig Fortschritte, obwohl die Leiche wochenlang im Wasser gelegen hatte. »Da muss etwas anderes dahinter stecken«, dachte er. »Vielleicht die Kinder. Oder ihr Mann beschwert sich. Das Übliche. Arbeit und Familie, die ständigen Kompromisse.«

»Jemand hat im Gebüsch unterhalb des alten Wohnheims herumgestanden. Das wissen wir, aber nicht, ob da ein Zusammenhang besteht«, fuhr sie fort und schnitt damit ein neues Thema an.

»Hast du von dieser Malerin ein brauchbares Bild erhalten? Diese ...«

Er breitete die Arme aus, um ihren Umfang anzudeuten.

»Elona Wikström«, sagte Louise. »Warte, ich hole schnell die Zeichnung.«

Sie verließ gerade das Zimmer, als Erika Ljung eintrat. Voller Eifer nahm Erika Platz und schlug rasch ein Bein über das andere. Sie schien geradewegs von draußen zu kommen, denn sie hatte ihren Anorak noch an.

»Dieser Axelsson, Alfred Theodor Axelsson«, las sie von ihrem Block ab, »war angesichts der Tatsache, dass er schon fast den Löffel abgegeben hätte, erstaunlich munter. Jedenfalls hat er erzählt, die Person auf dem Fahrrad habe angehalten und sich mit jemandem in einem Auto unterhalten. Er behauptet, die Person auf dem Fahrrad habe etwas Gelbes getragen, und das Auto sei weiß gewesen.«

Erika Ljung begann beharrlich auf einer Haarsträhne zu kauen, die so fest aufgerollt war, dass man sie zu ihrer vierfachen Länge strecken konnte.

»Hast du die Wohnung überprüft?«, fragte Claesson.
Sie nickte.

»Die liegt im dritten Stock, und das Haus befindet sich oben auf einer Anhöhe. Er hat also freie Sicht über den Hafen. Aber das ist natürlich ein Stück ... recht weit weg. Ich bin mir nicht ganz sicher, wie viele Meter es sind. Er hat mir seine Wohnungsschlüssel geliehen.«

»Wie gut sieht er?«
»Er trägt eine Brille. Schließlich ist er fast achtzig. Wahrscheinlich sitzt er dauernd am Fenster und glotzt. Aber was für ein Auto es war, ließ sich natürlich nicht in Erfahrung bringen. Auch nicht, dass es sich um Malin gehandelt haben könnte, einmal abgesehen von der gelben Jacke. Aber zeitlich kommt es ungefähr hin. Irgendwann nach zwölf, nach dem Mittagessen, das der Alte alleine zu sich nahm, und vor seinem Mittagsschlaf.«
»Ein weißes Auto«, sagte Claesson zögernd, und stellte fest, dass es dämmerte. Es war fünf nach halb fünf. Um sieben Uhr würde das Geburtstagsessen für Cecilia beginnen.

Claesson sah, dass sich im ersten Stock die Gardinen bewegten, als er zum zweiten Mal an diesem Tag auf der Fiskaregatan parkte. Er trat sich die Schuhe ordentlich auf der Matte hinter der Haustür ab. Im Treppenhaus roch es nach Gebratenem, und sein Hunger machte sich bemerkbar. Er klingelte.
Die Tür wurde geöffnet, und vor ihm stand eine füllige Frau zwischen fünfzig und sechzig. Sie war klein, hatte einen Stufenschnitt und trug dunkle Hosen und eine Art Tunika, die vermutlich verdecken sollte, dass ihr die Taille abhanden gekommen war, falls sie je eine besessen hatte.
Er stellte sich vor.
»Oh«, sagte Sonja Brink und lächelte nervös. Sie trocknete sich die Hände an einem Geschirrtuch ab, bevor sie ihn begrüßte. »Treten Sie doch ein. Treten Sie doch ein!«
Claesson stellte seine Schuhe auf die Fußmatte, behielt seine Jacke jedoch an. Er wollte nicht lang bleiben. Sie sollte den Eindruck erhalten, dass es sich nur um einen kurzen Besuch handelte, als hätte er nur zufällig vorbeigeschaut.
»Störe ich beim Essen?«
»Nein, überhaupt nicht. Mein Mann kommt erst kurz nach sechs, wenn er den Laden geschlossen hat.«
»Sie sind natürlich jetzt beunruhigt«, sagte er und setzte sich auf einen weinroten Plüschsessel.

»Oh ja! Das ist wirklich fürchterlich«, antwortete sie. Ihre Wangen röteten sich, und sie knüllte das Geschirrtuch zusammen. »Herr Kommissar, Sie müssen verstehen«, sie zögerte, »unser Alf ist ein schüchterner Junge. Er würde es nie wagen, jemanden zu tö ...«

Sie weinte.

»Darf ich fragen, ob Sie noch andere Kinder haben?«

Sie schüttelte den Kopf.

»Wir hatten ein Mädchen, aber sie lebte nur ein paar Tage.«

»Das tut mir leid«, erwiderte Claesson milde.

»Aber Alf gedieh. Und er ist gesund und stark. Als Kind war er etwas kränklich, aber seither hat dem Jungen nichts mehr gefehlt«, sagte die stolze Mutter mit dem Anflug eines Lächelns.

»Wussten Sie und Ihr Mann, dass er ein Mädchen kennen gelernt hatte?«

Verlegen starrte sie auf den Boden, dann fixierte sie das große Landschaftsgemälde, das in einem goldenen Rahmen über dem Sofa hing. Stromschnellen, dunkler Nadelwald und Flößer.

»Er hat sie uns nicht vorgestellt. Schließlich kannten sie sich noch nicht so lange, einen Monat oder so.«

»Seit Anfang Oktober, hat Alf erzählt. Glauben Sie, dass es so lange gewesen sein kann?«, fragte Claesson, und seine Stimme schien nicht nach größerer Genauigkeit zu verlangen.

»Schon möglich«, erwiderte sie und schien nachzudenken. »Wir haben sie hier draußen auf der Straße zusammen gesehen, mein Mann und ich.«

»Ja, Sie müssen sie gesehen haben, als sie nach Hause kamen. Er wohnt doch hier, etwas weiter oben, oder nicht?«

Sie nickte. Er wusste, dass sie ihn gesehen hatte, als er Alf aufgesucht hatte. Es war Frau Brink gewesen, der er am Vormittag im Treppenhaus begegnet war.

»Hat er des Öfteren Mädchen mit nach Hause gebracht?«

»Nein, nie, deswegen habe ich auch Erling, also meinen Mann, gerufen, als ich die beiden sah.«

»Was haben Sie da gedacht?«

»Oh, wir waren wahnsinnig froh«, rief sie spontan. »Das Mädchen sah so süß aus, und sie lachten so fröhlich, als wir sie sahen. Wir haben uns richtig darüber gefreut, dass Alf endlich jemanden kennen gelernt hatte.«

»Hatten Sie sich in dieser Hinsicht bereits Sorgen gemacht?«

»Nicht gerade Sorgen, aber ... Haben Sie Kinder?«, wollte sie wissen, und Claesson bestätigte das mit einem Nicken. »Ja, dann wissen Sie ja auch, dass man sich manchmal Sorgen macht, dass den Kindern etwas Schreckliches zustößt.«

Sie holte tief Luft.

»Oder dass etwas nicht so ist, wie ...«, fuhr sie mit halb erstickter Stimme fort.

»Natürlich ist das so«, bestätigte Claesson. »Hatten Sie einen Grund für diesen Verdacht?«, fragte er dann vorsichtig.

»Nein, überhaupt nicht«, rief sie. »Man weiß schließlich nicht. Man kommt aus dem Staunen nie heraus.«

Claesson flocht seine Finger ineinander.

»Das kann sein«, meinte er und räusperte sich, bevor er weitersprach. »Vielleicht klingt meine nächste Frage etwas merkwürdig, aber können Sie mir sagen, warum Alf keinen Führerschein hat?«

Sonja Brink lief rot an.

»Er hat es versucht, das können Sie mir glauben. Aber er hat Schwierigkeiten mit den Buchstaben und beim Lernen. Aber an seinem Verstand ist nichts auszusetzen.«

»Nein, ich habe auch keinen Grund, das zu vermuten«, beruhigte Claesson sie.

»Aber er ist sehr praktisch, und es fällt ihm leicht, andere Dinge zu lernen, Dinge, bei denen man seine Hände gebraucht. Und er kann fahren, müssen Sie wissen«, sagte sie stolz. »Und zwar sehr sicher. Mein Mann und ich haben mit ihm geübt, und zwar unzählige Kilometer hier in der Stadt.«

Er nickte und schaute sie etwas zu lange an. Ihr wurde unbehaglich. Hatte sie etwas Falsches gesagt? Sie wurde unsicher.

»Da Alf hier in der Stadt aufgewachsen ist, hat er hier natürlich auch seine Freunde. Oder?«, fragte Claesson dann.

»Ein paar sind weggezogen, aber er ist viel mit Tobbe zusammen. Tobias Axelsson, der Junge, der auch ganz oben wohnt«, sagte sie und zeigte mit der Hand zur Decke. »Und dann ist da noch Fredrik, der Junge von den Grahns, die die Tankstelle besitzen, und Leonard, der Sohn des Pizzeriabesitzers, und Mattias und ... Mehr fallen mir im Augenblick nicht ein«, sagte sie.

»Wissen Sie, ob einer von denen ein Auto hat?«

Zum ersten Mal wirkte Sonja Brink widerwillig.

»Wieso wollen Sie das wissen?«

»Die Frage klingt vielleicht merkwürdig, aber wir stellen alle möglichen Fragen, um uns ein so umfassendes Bild wie möglich zu verschaffen«, sagte er ruhig. »Sie brauchen nicht zu antworten, wenn Sie nicht wollen.«

»Es ist klar, dass ein paar von ihnen einen Wagen haben. Nicht alle, aber Leonard hat jedenfalls irgendeine Klapperkiste.«

»Wissen Sie, was das für ein Auto ist?«

»Keine Ahnung«, winkte sie ab. »Vielleicht weiß ich es ja doch«, meinte sie dann und dachte nach. »Ich glaube, ein alter Volvo oder ein Saab. Braun, man staunt wirklich, dass die solche Fahrzeuge noch auf die Straße lassen.«

»Braun? Ist das nicht eine ungewöhnliche Farbe für ein Auto?«

»Rostbraun«, sagte sie und lachte. »Eigentlich ist das Auto blau. Jedenfalls das, was vom Lack noch übrig ist.«

»Mit Autos hat man so seine Last«, meinte Claesson und kratzte sich am Kinn. »Was haben Sie selbst für ein Auto?«

Sie sah ihn unsicher an.

»Das ist eine Routinefrage«, beruhigte er sie.

»Einen Volvo«, antwortete sie müde.

Er nickte.

»Einen ganz normalen. Er ist grau. Ich glaube, die Farbe heißt Silbermetallic.«

»Ich schreibe mir das mehr der Vollständigkeit halber auf«, sagte er und machte sich Notizen in seinem Block.

»Manchmal leiht sich Tobbe den Wagen seiner Mutter«, nahm sie den Gedanken wieder auf. »Er kann sich kein eigenes Auto leisten. Er lebt von diesem Aushilfsjob im ›Forellen‹, aber da ist im Winterhalbjahr nicht viel los. Das ist ein Kleinwagen«, sagte sie, und Claesson nickte. Er hatte das Thema bereits fallen lassen, aber Sonja Brink fuhr fort. Sie konzentrierte sich darauf, ihm eine erschöpfende Antwort zu geben. »Ein weißer Golf«, sagte sie und begann nervös die Goldkette um den Zeigefinger zu wickeln, die sie um den Hals trug.

Sonja Brink hatte die Pfanne von der Platte gezogen, um die Koteletts zu retten, während der Polizist zu Besuch gewesen war. Der Kommissar hatte eine angenehme, ruhige und aufrichtige Art. Sie stand hinter der Gardine und schaute ihm hinterher. Sie wünschte sich, sie hätte ihn zurückrufen können, um noch etwas länger mit ihm zu sprechen. Sie wusste nicht genau, worüber, aber sie hätte sich sicherer gefühlt, wenn er noch dageblieben wäre, obwohl die Fragen über Alf unbehaglich gewesen waren. Vielleicht hätte es sie beruhigt, wenn er ihr von den Ermittlungen erzählt hätte. Wenn sie ihn doch nur gefragt hätte. Dass sie immer so schüchtern und vorsichtig sein musste. Sie hatte nichts zu verbergen. Bei den Brinks standen Ehrlichkeit und Freundlichkeit hoch im Kurs. So war es immer gewesen, und so sollte es auch in Zukunft bleiben, jedenfalls solange sie das Sagen hatte.

Warum war sie eigentlich so vorsichtig? Das sah ihr gar nicht ähnlich. Sie war vielleicht nachgiebig, aber nicht ängstlich. Ihr war klar, dass Alf in irgendwas reingeraten war. Wie konnte sie ihm nur helfen? Vielleicht konnte sie ja die Ermittlungen weiterbringen, beschleunigen, damit kein Zweifel mehr daran bestünde, dass Alf mit dieser Sache nichts zu tun hatte. Sie konnte nicht einfach nur herumlaufen und sich die Haare raufen. Sie war dazu geboren, einzugreifen, Dinge zu erreichen, zuzusehen, dass sie wieder in Ordnung kamen.

Der Kommissar war ruhig gewesen. Weder streng noch bedrohlich. Er war sehr aufrecht gegangen, fiel ihr jetzt auf. Vielleicht sogar steif, als würde ihm etwas wehtun. Sie konnte Menschen lesen, jeden Tag tat sie das, mehr oder minder im Vorbeigehen. Sie staunte immer noch darüber, wie leicht es ihr fiel, auf einen Blick zu erkennen, ob es mit einem Patienten auf- oder abwärts ging und ob die Kräfte so weit nachließen, dass es für ihn keinen Sinn hatte, weiter am Leben festzuhalten. Kranke brauchten einem nichts vorzumachen.

Ein eisiger Schmerz durchfuhr sie wie bei starkem Zahnweh. Er begann irgendwo in der Herzregion und breitete sich dann zu den Haarwurzeln und zu den Zehennägeln aus. Eine Woge. Eine böse Ahnung. Sie wandte sich vom Fenster ab, ließ sich auf den Küchenstuhl sinken und starrte auf die Fransen des Läufers. Den Flickenteppich hatte sie vor Jahren selbst gewebt. Dunkel- und himmelblau gestreift. Vielleicht sollte sie einen neuen weben?

Dann war der Schmerz vorbei. Für dieses Mal.

»Was sollen wir nur mit Alf anfangen?«, dachte sie immer bedrückter. Man konnte dem Schrecklichen nicht immer ausweichen. Sie konnten ihn nicht seinem Schicksal überlassen. Ihn aufgeben. Er war ihr einziges Kind. Ihr Fleisch und Blut.

Vielleicht sollte sie Erling bitten, mit ihm zu reden, trotz allem. Er sollte versuchen, ihm zu entlocken, was eigentlich passiert war. Alf war bleich und schweigsam und ließ den Kopf hängen. Aber nichts war aus ihm rauszukriegen. Er wollte sie nicht sehen und sonderte sich ab, und das war fast noch schlimmer.

Es war etwas so Schreckliches geschehen, dass dafür die Worte fehlten. Dann brauchte man seine Familie erst recht. Für eine Frau wie sie war es eine Selbstverständlichkeit, dass die Familie zusammenhielt.

Fast hätten sie eine Schwiegertochter bekommen. Der Gedanke war unfassbar. Träumend versuchte sie, sich vorzustellen, wie es geworden wäre, wenn das nun nicht passiert wäre. Sie waren sehr vorsichtig gewesen, Erling und sie. Sie gehörten nicht zu den Leuten, die sich zu früh freuen. Man soll den Tag nicht vor dem Abend loben. Deswegen hatten sie kaum darüber gesprochen, nicht miteinander und mit Alf überhaupt nicht, als sie entdeckt hatten, dass er ein Mädchen mit nach Hause nahm. Aber natürlich hatten sie sich gefreut, und erleichtert waren sie auch gewesen. Mit ihrem Jungen war alles in Ordnung.

Die Gefühlsstürme hatten Alf richtiggehend aus der Fassung gebracht, das hatten sie ihm angesehen. Er war plötzlich nicht mehr derselbe gewesen. Erling und sie hatte das verlegen gemacht. Es war unglaublich gewesen, ihren Sohn so verändert zu sehen. Erling sagte nichts und auch sie nicht. Sie wagten es nicht einmal, sich anzusehen. »Die Zeit wird es zeigen«, hatte sie gedacht. »Falls aus den beiden ein Paar wird, erfahren wir es eines schönen Tages.«

Das war gewesen, bevor Alf grau und bedrückt geworden war. Sie hatte sich etwas zu früh gefreut, das hatte sich nicht verhindern lassen. Sie hatte sich schon daran gewöhnt, ihren eigenen Alf als eine Hälfte eines verliebten Paars zu sehen. Eines Liebespaars. Sie fragte sich, was sie dort oben in der Wohnung getan hatten. Sie gab sich Mühe, sich ihren schlaksigen Sohn als Don Juan vorzustellen, aber das gelang ihr nicht. »Aber lieb ist er«, dachte sie. »Viele Frauen wollen einen lieben Mann.«

Das Mädchen hatte Krankenschwester werden wollen. Dass Alf ein Mädchen kennen gelernt hatte, das eine Ausbildung machte! Vielleicht würde sie sogar eines schönen Tages weiterstudieren und Ärztin werden. Alf kümmerte sich vorbildlich um die Werkstatt. Er verdiente redlich sein Geld und hatte sogar expandiert, obwohl der Laden noch nicht einmal die leichteren und schnelleren Fahrräder im Sortiment führte, die ihnen Alf mehrmals vorgeschlagen hatte. Rennräder, wie sie bei der Tour de France gefahren werden. Sie sollten das Geschäft modernisieren, hatte ihnen Alf in den Ohren gelegen.

Sie schaute auf die Uhr. Es war ein paar Minuten vor sechs.

Jeden Augenblick konnte Erling kommen. Wahrscheinlich schloss er gerade den Laden ab.

Sollte sie Alf fragen, ob er mitessen wollte? Dann war er zumindest nicht allein. Sie hatte ein zusätzliches Kotelett in der Pfanne. Merkwürdig, dass es ihr nie gelungen war, weniger zu kochen. Sie hatte weitergemacht wie früher und für ihre beiden Männer ordentliche Mahlzeiten zubereitet. Als wäre nichts gewesen. Als hätte sie nicht bemerkt, dass Alf meist ablehnte. Er wollte lieber mit seinen Freunden ausgehen. Aber jetzt, unter diesen speziellen Umständen, wollte er vielleicht gerne zu ihnen nach unten kommen und in der Küche sitzen und mit ihnen essen, mit Erling und ihr.

Der Kommissar würde den Fall lösen, das hatte sie im Gefühl. Sie würden erfahren, was der Freundin von Alf zugestoßen war.

»Sie heißt Malin«, murmelte sie stolz. Im selben Augenblick schämte sie sich und bekam Angst.

Malin war tot. Ermordet. Und natürlich war jemand der Täter.

Stumm starrte sie vor sich hin und verspürte die schleichende Angst davor, wieder im tiefen Abgrund der Ohnmacht zu versinken. Eine Woge der Furcht spülte über sie hinweg. Sie holte keuchend Luft und ließ die Woge verebben. Das Gefühl der Katastrophe durfte nicht von ihr Besitz ergreifen. Rastlos lief sie in der Wohnung umher und versuchte, regelmäßig zu atmen, obwohl sie sich einer Ohnmacht nahe fühlte. Sie setzte sich vor den Fernseher und schaltete ihn mit der Fernbedienung ein. Kinderprogramm. Forsche Stimmen und grelle Farben. Sie machte aus und irrte weiter wie eine Besessene durch die Wohnung.

Das Essen wurde kalt. Sie würden es in der Mikrowelle aufwärmen müssen. Weshalb war Erling noch nicht da? Sie schaute erneut auf die Uhr. Es war erst fünf nach sechs. Wirklich furchtbar, wie langsam die Zeit verging. In ihr gärte es. Der Druck nahm immer weiter zu. Sie musste mit jemandem reden. Am liebsten mit jemand anderem als Erling. Er würde sich nur noch größere Sorgen machen als ohnehin schon. Der Ärmste! Er wirkte bedrückt. Für sein Herz und seinen Blutdruck wäre es nicht gut, ihm noch mehr aufzubürden.

Sie brauchte einen vernünftigen Menschen, der zuhören konnte, der sie nicht verriet und irgendwelche Unwahrheiten über Alf verbreitete, jemanden mit Schweigepflicht. Vielleicht einen Arzt, aber ihr fiel keiner ein, den sie hätte anrufen wollen. Schließlich kannte sie die Doktoren nicht so gut. Auf die war auch nicht unbedingt Verlass. Das Krankenhaus war klein, und alles sprach sich herum. Die Einzige, die sie sich vorstellen konnte, war Veronika Lundborg, aber die arbeitete im Augenblick nicht. Sie war mit ihrem kleinen Mädchen zu Hause. Aber die konnte sie auch nicht anrufen. Schließlich lebte sie mit dem Kommissar zusammen, der den Fall lösen sollte. Vielleicht ein Geistlicher? Die mussten doch auch schweigen. Aber welcher? Sie kannte keinen. Sie ging nur am ersten Advent in die Kirche und nur sehr selten in die Christmette. Sie konnte an den falschen geraten, an einen, der jung und unsicher war und Vorurteile hatte. Pfarrer war keine Berufung mehr, sondern nur noch ein Beruf wie jeder andere auch. Sie konnte einfach nicht mit jemandem reden, der sie nicht verstand.

Sie zog ihre Jacke enger um sich. »Isabelle«, dachte sie. Die konnte sie natürlich anrufen. Isabelle würde ihr jedenfalls keine Vorhaltungen machen. Sie würde auch nichts im Krankenhaus oder sonst wo herumerzählen. Der Typ war sie nicht. Isabelle wusste selbst, was bösartige Gerüchte anrichten konnten. Sie hatte gelernt, mit dem Leben anderer vorsichtig umzugehen. Das, was vorgefallen war, schien sie selbst sehr mitgenommen zu haben. Aber Nelly urteilte auch wirklich zu schnell. Sie musste auch immer alles bestimmen. Ständig saß sie über ihren Papieren und in irgendwelchen Besprechungen und rief sie anschließend in ihr Büro, wenn ihr was nicht passte.

Sonja holte das Telefonbuch. »Außerdem hat Isabelle Malin gekannt«, dachte sie. Irgendwie leuchtete ihr das ebenfalls ein. Vielleicht konnte ihr Isabelle dabei helfen, alles zu verstehen, und ihr ein deutlicheres Bild von dem vermitteln, was Alfs Freundin zugestoßen sein könnte. Vielleicht konnte sie es so erklären, dass sie sich noch sicherer wurde, dass ihr Alf mit dem Ganzen nichts zu tun hatte. Alf, der nicht einmal einer Fliege etwas zu Leide tat.

Sie wählte. Am anderen Ende klingelte es.

Janos stand in der Küche. »Verdammt!«, dachte Louise, als sie ihr Auto in der Auffahrt abstellte.

Er stand mit dem Rücken zum Fenster. Gabriella stand, an den Türrahmen gelehnt, ihm gegenüber, warf den Kopf zurück und lachte. »Da stehen sie und sind fröhlich«, dachte Louise bitter. »Das ist verdammt noch mal nicht gerecht.«

Sie merkte, dass das Gelächter verstummte, als sie die Haustür öffnete. Es wurde mucksmäuschenstill. Sie hängte ihre Jacke nicht auf, sondern ging direkt in die Küche und packte den Stier bei den Hörnern.

»Hallo«, grüßte Gabriella lahm, als rechnete sie mit Prügeln. Louise nickte ihr kurz zu.

»Was hast du hier zu suchen?«, pflaumte sie dann Janos an.

Angriff war die beste Verteidigung.

»Ich hole ein paar Sachen«, antwortete er und klang unberührt. Das brachte sie auf die Palme.

»Du bist so nett und lässt dich hier nicht mehr blicken! Wenn du herkommen willst, teilst du mir das vorher mit. Ich wohne hier. Und die Mädchen. Auf ungebetene Gäste kann ich verzichten.«

»Louise, nun mal halblang!«

Trotz allem klang seine Stimme inständig bittend. Aber auf diesem Ohr war sie taub. Sie hatte die Tüte mit den Einkäufen vor dem Kühlschrank auf den Boden fallen lassen und zog jetzt die Jacke aus. Nachlässig warf sie sie auf einen Küchenstuhl, von dem sie lautlos auf den Boden glitt. Sollte sie da doch liegen bleiben!

»Wer soll hier halblang machen?! Du doch wohl!«, schrie

sie, sah ihn finster an und verschränkte die Arme vor der Brust.

Ihre rechte Hand lag auf der linken Brust. Sie spürte ihr Herz schlagen.

»Wir haben doch nicht einmal miteinander gesprochen.« Seine Stimme war immer noch flehend. Das machte sie zwiespältig, und ihre Wut verrauchte zum Teil.

»Und worüber sollen wir sprechen? Dass du eine andere mir vorziehst?«, fauchte sie.

Er schaute zu Boden. Vielleicht sah er unglücklich aus, schwer zu sagen. Gabriella hatte sich ins Obergeschoss verzogen. Lautstarke Auseinandersetzungen der Eltern waren für alle Kinder eine Qual. Davon hatte Louise selbst zu viel abbekommen und sich vorgenommen, ihren eigenen Kinder das zu ersparen. Jetzt stand sie da und schrie Janos an. Aber er hatte es nicht besser verdient!

»Okay«, sagte er schließlich gefasst, »wenn du es nicht anders willst.«

»Das bin doch wohl nicht ich, die es so will. Das bist du!«

Sie sprach laut, schrill und wenig beherrscht.

»Ich meine, wir könnten doch zumindest versuchen, miteinander zu sprechen«, meinte er dumpf.

Er wollte wohl die Kinder nicht verlieren. Vielleicht war es doch nicht so spaßig, mit einer knapp Zwanzigjährigen in einer winzigen Wohnung zu sitzen und jeden Abend so zu tun, als wäre man bis über beide Ohren verliebt. Auch wenn ein Riesenbusen und ein knackiger Hintern ihn sicher anmachten.

»Ich ziehe es vor, dass wir das Reden unseren Anwälten überlassen. Im Übrigen will ich hier im Haus wohnen bleiben, damit die Mädchen nicht die Schule wechseln müssen. Du darfst sie gerne treffen, so oft du willst«, sagte sie nobel. »Aber nicht hier.«

Sie war wirklich vollkommen außer sich, aber es war zu spät, das Gesagte zurückzunehmen. Einer Versöhnung ließ sie keinen Raum. Sie hatte Lust, die Küche zu verlassen und die Tür hinter sich zuzuknallen, damit es im ganzen Haus widerhallte und Decke und Wände vibrierten. Sie wollte deutlich machen, dass sie sich in Zukunft nur noch um ihre Angelegenheiten kümmern würde. Aber sie blieb stehen.

»Wo ist übrigens Sofia?«, fragte sie und begann mit ruckartigen Bewegungen die Sachen aus der Einkaufstüte in den Kühlschrank zu packen. Irgendwie musste sie ihre Energie loswerden.

»Vermutlich bei Vickan«, sagte er.

»Du hast also nicht mit ihr geredet?«

Sie drehte sich zu ihm um. Ihr Ton war ein anderer.

»Nein. Aber es ist auch erst sechs.«

Plötzlich erschien ihr alles unangenehm wie der übliche Trott. Als wäre gar nichts vorgefallen. Sie glaubte, sie müsste verrückt werden.

Janos verließ die Küche und ging ins Obergeschoss. Sie hörte ihn oben herumkramen, stellte Spaghettiwasser auf den Herd und warf das Hackfleisch zusammen mit einer Zwiebel in die Bratpfanne. Nach einer Weile kam er wieder nach unten. Er hatte seine Adidas-Tasche gepackt. Er baute sich mitten in der Küche auf. Sie spürte, dass er sie am Herd beobachtete und noch ihre kleinste Bewegung verfolgte. Vielleicht dachte er, dass das jetzt das letzte Mal war, dass er sie in einem Topf rühren sah.

Sie fragte nicht, ob er etwas zu essen wollte, ob sie wie früher gemeinsam essen und so tun sollten, als sei nichts. Sie war nicht dafür, sich etwas vorzumachen. Da klingelte das Telefon. Sie wandte sich zum Flur, um den Hörer abzunehmen, und Janos verschwand aus der Tür. Er ließ eine nicht unbedeutende Leere zurück. Sie spürte sie im Rücken, versuchte aber, sich zusammenzunehmen, sich auf das Gespräch zu konzentrieren und ihre Stimme wie immer klingen zu lassen.

»Was trauere ich da eigentlich nach?«, überlegte sie, nachdem sie aufgelegt hatte. »Was würde ich am liebsten behalten? Seinen Körper, seine Seele, seine Rolle als Ehemann und Vater, sein Geld?« Nach all den Jahren ... Erinnerungen und

Bilder. Die Analyse verlief schleppend. Natürlich war es nicht so einfach. Aber sie zwang sich dazu nachzudenken. Zu sortieren und abzuwägen. Denn wenn sie einfach den Hahn öffnete, würde das Fass überlaufen. Sie würde nicht aufhören können. Nicht von selbst. Sie würde drei Tage lang heulen. Sie war eine einzige große Wunde.

Gabriella hatte die Stereoanlage voll aufgedreht. Louise stand am Küchenfenster und sah Janos' Rücken den Hang in ihrem Reihenhausviertel hinauf verschwinden. »Traurige Gegend«, kam es ihr in den Sinn. »So ordentlich, dass einen Geborgenheit und Langeweile förmlich betäuben. Ein niedriges Reihenhaus am anderen. Auto in der Auffahrt, Rosenhecke. Die Fassade des Familienidylls.«

Wie viele Nachbarn ihn wohl sehen mochten? Die meisten saßen beim Abendessen. Aber draußen war es dunkel. Die Straßenlaternen verschwanden fast im Nebel. Er war kaum noch zu sehen, aber das war sein rascher, ruckartiger Schritt, das wusste sie, schließlich kannte sie ihn gut. All die Jahre war sie seine Vertraute gewesen. Jetzt hatte er sie gegen ein jüngeres Modell ausgetauscht. Eine neue Vertraute.

Das Essen war fertig. Sie betrachtete die Hackfleischsauce und die Spaghetti auf dem Herd. »Ich will nicht bitter und vergrämt werden«, dachte sie, biss energisch die Zähne zusammen und rief Gabriella. »Ich habe die Kinder, ich habe die Arbeit, ich habe Freunde und Kollegen.« Es musste möglich sein, den tiefen, dunklen und schmerzvollen Graben zu überwinden. Schließlich hatten das vor ihr schon viele geschafft.

Als Gabriella nach unten kam, saß ihre Mutter am Küchentisch. Louise fand ihr eigenes Verhalten unanständig: Im Beisein ihrer Tochter heulte sie wie ein Schlosshund, dabei sollte sie Stärke und Entschlossenheit an den Tag legen. Die Welt ihrer Kinder war ebenfalls aus den Fugen geraten.

Sie sah, dass Gabriella nicht wusste, was sie tun sollte. Unbeholfen stand sie neben ihr und hatte vielleicht das Gefühl, ihre Mutter trösten zu müssen. Umständlich tätschelte sie ihr die Schulter und umarmte sie dann vorsichtig.

Nichts war wie früher, alles bewegte sich in verschiedene Richtungen. Es gab tiefe Verwerfungen. Warum ließ sich die Uhr nicht zurückdrehen? Louise spürte, dass Gabriella sie anstarrte. Sie sah, dass sie sich verändert hatte. Sie war gedemütigt und wehleidig. Nichts stimmte. War es möglich, wieder glücklich zu sein? Louise wollte flüchten. Vermutlich wollte Gabriella das auch. Sie wollte allen Peinlichkeiten entgehen, einem Dasein, das aus den Fugen geraten war.

»Warum kann nicht alles wieder so sein wie früher?«, fragte Gabriella schließlich.

Wer konnte schon den Ball aufhalten, der rollte, dachte Louise ohnmächtig.

»Liebe Gabriella«, sagte sie dann. »Kümmere dich nicht um mich. Das wird eines schönen Tages schon wieder in Ordnung kommen, du wirst schon sehen.«

»Wie denn?«, wollte ihre Tochter wissen.

Dann weinten sie beide.

Claesson legte auf. Louise hatte niemanden mit dem Namen Tobias Axelsson auf ihrer Liste. Sie war kurz angebunden gewesen, und ihre Stimme hatte merkwürdig geklungen, aber wahrscheinlich war sie müde. Auch Erika Ljung hatte ihn nicht auf ihrer Liste. Sie war auf dem Weg ins Fitnessstudio gewesen, als er sie auf ihrem Handy erreicht hatte. Peter Berg saß vor seinem Computer.

»Du bist also noch nicht nach Hause gegangen«, meinte Claesson.

Peter Berg drehte sich um.

»Du offenbar auch noch nicht.«

Claesson legte ein Blatt Papier vor ihn hin.

»Tobias Axelsson«, las Berg laut. »Wer ist das?«

»Ich will, dass du mit ihm redest«, sagte Claesson.

»Und?«

»Er gehört zum Freundeskreis von Alf Brink und hat sowohl einen Führerschein als auch die Gelegenheit, ein Auto zu leihen. Ein weißes.«

Peter Berg fuhr sich mit der Hand durchs Haar. Es war fast farblos, kurz geschnitten und borstig. Sein Hals war für einen Mann recht schmal, der Adamsapfel ragte vor. Er schluckte.

»Ich komm nicht ganz mit«, sagte er. »Wo finde ich ihn?«

»Entweder ist er zu Hause, oder er schnippelt Zwiebeln im ›Forellen‹.«

»Koch?«

»Was in dieser Richtung. Er springt manchmal ein.«

»Was willst du von ihm wissen?«

»Rede einfach mal mit ihm. Er wohnt direkt neben Alf Brink. Wahrscheinlich hat dieser alte Mann, der von den Toten erwacht ist, wirklich Malin gesehen. Sie wurde mit ihrem Fahrrad von einem weißen Auto angehalten. Brink hat zwar keinen Führerschein, aber er kann fahren.«

»Ich verstehe«, sagte Peter Berg.

»Was hat Alf Brink eigentlich abends unternommen, während seine Freundin im Wasser herumtrieb?« Diese Frage konnte sich Claesson nicht verkneifen. Langsam ging er in dem winzigen freien Winkel in Peter Bergs Arbeitsecke hin und her. Dieser teilte sich ein recht geräumiges, aber ziemlich voll gestelltes Büro mit Jesper Gren und Erika Ljung. Erikas Schreibtisch war natürlich tadellos aufgeräumt.

Claesson wollte sich nicht setzen. Zu Hause wartete ein Geburtstagsessen. Er wollte niemanden provozieren, indem er allzu spät kam.

»Wenn er sie vermisst gemeldet hätte, hätte er sich genauso verdächtig gemacht«, sagte Peter Berg. »Erinnerst du dich noch an den Burschen, der sich an der Suche nach seiner Frau beteiligte, die er selbst ermordet hatte, obwohl er dann behauptete, dass er sich daran nicht erinnern könnte?«

»Die Mechanismen des Erinnerns und Vergessens sind höchst interessant«, meinte Claesson philosophisch und ging auf die Tür zu.

»Übrigens«, meinte Peter Berg, drehte sich auf seinem Schreibtischstuhl herum und deutete auf den Monitor. »Bei den Listen mit den Anrufen gibt es Auffälligkeiten.«

»Gut, aber darum kümmern wir uns morgen.«

Claesson machte das Licht in seinem Büro aus und ging auf die Tür zum Treppenhaus zu. Er spürte ein Paket in der Jackentasche. Der Terminplaner für Cecilia. Er war noch nicht kühn genug, selbstständig Geschenke für diese erwachsene Tochter zu erstehen, die er bei seiner Partnerschaft als Dreingabe erhalten hatte. Er hatte einen Wink von Veronika bekommen. Es war ihm wichtig, zumindest nicht ganz danebenzuliegen. Er war in die Buchhandlung gegangen und hatte den gekauft, den er am schönsten fand. Falls der Kleinen das Geschenk gefiel, war es natürlich nett. Geschenke für Frauen waren ein Plage. Sie sollten persönlich sein, und man durfte auf keinen Fall das Falsche schenken. Es war nicht leicht, durch dieses Nadelöhr zu kommen. Für so etwas gab es keine Handbücher, und man konnte sich auch nicht bei sich selbst einen Rat holen.

Er fuhr am Markt vorbei. Der große Granitapfel, der im Sommer ein Brunnen war, war angestrahlt. Das schwächte die Düsterkeit ab. Der achteckige Kiosk am anderen Ende des Markts war ebenfalls beleuchtet. Ein paar Leute standen davor und aßen Junkfood. Er selbst würde, wenn er nach Hause kam, etwas Ordentliches bekommen.

Als er eigentlich nach Nordwesten, wo sie wohnten, hätte abbiegen müssen, fuhr er stattdessen in die entgegengesetzte Richtung, nach Osten. Das war kein größerer Umweg. »Die Abstände sind kurz«, dachte er. Es würde maximal zehn Minuten extra dauern. Er wollte es mit eigenen Augen sehen. Also parkte er in der Skarpskyttegatan, stieg aus dem Auto und schloss es ab. Er trat vorsichtig auf, da er sich immer noch recht unbeweglich und steif fühlte. Aber diese Veränderung war fast schon ein Teil seines Selbst geworden, der schmerzende Rücken ebenfalls. Das Schlimmste war, dass er sich nicht fit halten konnte. Das musste er dann nachholen, wann immer das sein würde.

Die Bäume beim Wohnheim waren fast nicht zu sehen, das Gebäude selbst mit seinen hohen Fenstern, hinter denen Licht brannte, war aber leicht zu erkennen. Das galt auch für die Volkshochschule schräg dahinter. Der asphaltierte Geh- und Fahrradweg schlängelte sich hinter den Mietshäusern zur Hochschule für Krankenpflege und von dort weiter ins Zentrum. Die Wiese hoch zum Gelände der Volkshochschule war recht steil, merkte er, als er näher kam. Man konnte sie hochgehen, aber nur sehr langsam, denn es war bei dem langen Gras wahrscheinlich recht glatt und beschwerlich. Außerdem standen dort Dornenbüsche. Claesson stellte fest, dass er Kindern verbieten würde, den Fahrradweg zu benutzen. Es gab zwar ein paar schwache Laternen, aber in so großem Abstand voneinander, dass sie kaum zu sehen waren.

Er ging den Weg entlang und schaute dabei zum Wohnheim hoch. Malins Fenster war dunkel. Das Zimmer wurde noch nicht wieder vermietet, schließlich hatten sie sie erst vor knapp einer Woche gefunden. Die Polizei würde es noch eine Weile versiegelt lassen.

Direkt neben einer der Laternen hatte man einen sehr guten Blick hoch zum Wohnheim. Er konnte jemanden im Zimmer neben Malins erkennen. Claesson setzte seine Brille auf, um besser sehen zu können. Es war ein Mann. Recht groß. Dann tauchte noch eine Gestalt auf. Kleiner. Eine Frau. Wahrscheinlich standen sie mitten im Zimmer. Claesson wusste, dass diese nicht groß waren.

»Faszinierend, hier zu stehen und zuzuschauen«, dachte er, als ihm auffiel, dass die beiden begonnen hatten, sich zu umarmen. »Meine Güte, was für ein Kuss!«, schoss es ihm durch den Kopf. »Wie im Kino!« Dann ließen sie sich los, und er zog ihr den Pullover aus. Sie hatte einen Pferdeschwanz und trug einen schwarzen BH. Der verschwand ebenfalls. Der Mann begann ihren Busen zu massieren, beide Brüste gleichzeitig. Das wirkte auf Abstand nicht so wahnsinnig erotisch, sondern eher mechanisch. Sie warf den Kopf zurück, und der junge Mann begann, sie leidenschaftlich auf den Hals zu küssen, anschließend ins Gesicht und dann machte er nach unten weiter, bis er verschwand. Claesson, der ahnte, was der Jüngling gerade tat, fühlte sich richtig angetörnt. Dann kullerte die Frau nach hinten. »Hoffentlich fängt eine Matratze sie auf, sonst bekommt sie blaue Flecken«, dachte er und drehte sich um. Er hatte das Gefühl, jemand sei in der Nähe, obwohl er keine Geräusche aus den Büschen gehört hatte, nur leises Rascheln. Vielleicht hatte auch das reifbedeckte Gras gezittert. Aber niemand war da. Vielleicht war es ja eine Krähe gewesen oder ein Hase.

Es war Zeit, nach Hause zu fahren. Er versuchte, auf seiner Armbanduhr zu sehen, wie spät es war, aber es war zu dunkel. Das Gras war glatt, und deswegen schlug er den Asphaltweg ein. Der Scheinwerfer eines Mopeds kam ihm entgegen. Als es vorbeigefahren war, wurde es wieder ganz dunkel. Etwas Schnee hätte wirklich einen großen Unterschied gemacht. Es wäre heller und schöner gewesen. Rein und weiß. Er lief gerne Ski, Langlauf, aber das würde diesen Winter vielleicht nicht gehen.

Er näherte sich dem Parkplatz. Dieser war bedeutend besser beleuchtet. Er konnte in ein Wohnzimmer schauen. Der Fernseher war an, aber keine Menschenseele zu entdecken. »Egal«, dachte er. »Man soll nicht bei anderen Leuten in die Fenster schauen.« Aber es war merkwürdigerweise sehr schwer, das bleiben zu lassen.

Schräg vor ihm waren zwei Gestalten. Sie kamen ihm irgendwie bekannt vor, aber er beachtete sie nicht weiter, sondern ging mit gesenktem Blick auf seinen Wagen zu. Er war hungrig. Veronika hatte den ganzen Nachmittag gekocht. Kochen war zwar nicht ihre starke Seite, aber sie kam recht gut damit klar, wenn man sie nur in Ruhe ließ.

Jemand räusperte sich.

»Was zum Teufel tust du hier?«

Er drehte sich um. Louise Jasinski starrte ihn wütend an.

»Ich schaue mich um«, erwiderte er gelassen.

Sie hatte Jesper Gren dabei.

»Und was macht ihr beiden hier?«

»Wir versuchen, einen Sittenstrolch zu fangen.«

»Schade, dass ihr ihn nicht erwischt habt«, meinte er lachend. »Hat sie wieder von sich hören lassen, die große Malerin?«

Louise nickte.

»Elona Wikström rief an und sagte, dass da wieder ein Mann steht, der zum Wohnheim hochglotzt. Woher hätten wir wissen sollen, dass du das bist?«, erwiderte Louise trocken.

»Jedenfalls ist sie wachsam«, stellte Jesper Gren fest.

»Dann können wir vielleicht zurückgehen, und du kannst mir ihre Wohnung zeigen«, meinte Claesson an Louise gewandt.

»Dann verschwinde ich schon mal«, sagte Jesper Gren. »Ich werde ja nicht mehr gebraucht.«

»Tu das«, antwortete Claesson.

Als sie über den nassen Rasen zurückgingen, merkte er, dass Louise nicht ganz auf der Höhe war. Sie sagte nämlich kein Wort.

»Du bist also gleich losgerast?«, sagte er.

»Ich hatte schon gegessen«, antwortete sie und schwieg wieder.

Er sagte nichts. »Wir müssen auch Dinge für uns behalten dürfen«, dachte er und schaute zu Elona Wikströms Wohnzimmer hoch, das genau auf den Platz ging, an dem er eben noch gestanden hatte.

Als er die Haustür öffnete, schlugen Wärme und Essensduft ihm entgegen. Es roch nach Gewürzen, Wein und Kerzen, und er hörte, dass das Essen in vollem Gange war. Stimmen und lautes Gelächter erklangen aus der Küche. Er hängte seine Jacke auf und nahm das Paket aus der Innentasche. Er hoffte, dass sie noch nicht mit dem Hauptgang fertig waren und sich seine Verspätung in Grenzen hielt.

Veronikas Wangen waren gerötet. Sie war fröhlich und ausgelassen, gab ihm einen Kuss auf die Wange, schob ihn auf einen Stuhl. Mit Klara auf ihrem Kinderstuhl, die das Fest mit den Erwachsenen sehr zu genießen schien, saßen acht Leute am Tisch. Ständig tätschelte ihr jemand den Kopf und schaute sie fröhlich an.

Claes gab Cecilia das Paket und gratulierte ihr mit einer vorsichtigen Umarmung. Zum ersten Mal wirkte das nicht gekünstelt, und er spürte auch keinen kantigen Widerstand. Sie riss das Geschenkpapier auf und kreischte laut und schrill. Das taten jüngere Frauen heutzutage.

»Genau, was ich brauche. Megaschick!«, rief sie und lachte ihn begeistert an.

Er nickte, und sie zeigte ihren Freunden den Terminplaner. Er nahm Braten und Kartoffelbrei. Die Unterhaltung wurde wieder lauter, und der junge Mann neben Cecilia legte ihr einen Arm um die Schultern. Er sah ihr tief in die Augen. Sie saßen ganz dicht nebeneinander. Der Mann war dieser Journalist, der noch nicht ganz trocken hinter den Ohren war, aber das machte nichts. »Er ist sicher okay. Wir waren alle mal jung und unreif«, dachte Claesson.

Es war ein angenehmes Gefühl, zu einem Fest nach Hause zu kommen. Zu einem Haus mit Leben. Sich zugehörig zu fühlen. Er probierte den Wein. Er war schwer und tiefrot und passte ausgezeichnet zu dem grauen und unerfreulichen Novembertag.

ACHTES KAPITEL

Donnerstag, 22. November

Draußen war es, falls das überhaupt möglich war, noch grauer als am Vortag, aber irgendwie machte das nichts. Claesson brummte ziemlich der Schädel, was er jedoch gerne in Kauf nahm. Den gestrigen Abend empfand er als sehr gelungen und sogar recht lustig. Die Tabletten gegen seine Kreuzbeschwerden linderten auch die Kopfschmerzen. Gut gelaunt fuhr er zum Präsidium, um sich mit frischer Energie seinem Mordfall zu widmen. Klara waren in ihrem Kinderstuhl die Äuglein zugefallen, und sie hatte die ganze Nacht durchgeschlafen – zur Freude ihrer Eltern, die sie in dieser Hinsicht wirklich nicht verwöhnte. Mehr als einmal war Claesson der Gedanke gekommen, zu alt für Kleinkinder und durchwachte Nächte zu sein.

Im Verlauf des Abends hatte er sich für die Schlagfertigkeit der jungen Leute, ihren Optimismus und ihr unkompliziertes Verhältnis zum Dasein begeistert. Früher war er auch einmal so gewesen, erinnerte er sich plötzlich. Eine Lachsalve hatte die andere abgelöst. Da war es ihm gleich viel besser gegangen. Einfach ausgedrückt, machte es Spaß, Spaß zu haben. »Lachen verlängert das Leben! Ein Klischee, aber trotzdem wahr«, dachte er. Sogar dieser Mattias Bredvik, der Cecilia etwas penetrant den Hof gemacht hatte, war eigentlich nicht so uneben. Jedenfalls war er das am Vorabend nicht gewesen. Der Bursche hatte ihn mit einem gewissen Respekt behandelt, das war nicht zu übersehen gewesen. Er hatte ihn wachsam und mit einer gewissen Verehrung angeblickt, und er hatte den guten Geschmack besessen, ihn nicht über den Fall auszufragen, der sie beide beschäftigte.

Vor der Morgenbesprechung kam Janne Lundin in sein Zimmer.

»Nett, dich zu sehen. Wie war die Fortbildung?«, polterte Claesson und klopfte Lundin auf die Schulter.

»Was soll ich sagen«, wehrte sich Lundin. »›Avancierte Verhörmethoden‹ hieß der Kurs. Recht theoretisch, aber irgendwie profitiert man doch. Wie steht es hier?«

Er setzte sich, und Claesson lieferte ihm einen sehr summarischen Bericht, den Rest würde er ohnehin bei der Besprechung erfahren.

»Aha«, kommentierte Lundin. »Die Dinge sind in Bewegung geraten. Jedenfalls wirkst du sehr munter. Ist der Rücken besser?«

»Tja, ich gewöhne mich dran. Aber sonst ist alles in Ordnung«, meinte Claesson zufrieden, wurde aber plötzlich ernst.

»Du siehst nachdenklich aus«, meinte Lundin.

Claesson rutschte auf seinem Stuhl hin und her.

»Ich denke nur daran, dass der Täter oft aus der unmittelbaren Umgebung des Opfers kommt.«

»Ja, das ist eine bekannte Tatsache«, meinte Lundin. »Denkst du an Alf Brink?«

Claesson nickte.

»Ich kann mir auf diese Sache mit den Handschuhen keinen Reim machen. Den einen haben wir am Fundort entdeckt, den anderen hatte Brink zu Hause unter der Matratze. Unaufgefordert hat er ihn mir gezeigt.«

»Wie eine Trophäe.«

»Vielleicht. Oder ein Andenken, das behauptet er selbst zumindest.«

Janne Lundin schien Zweifel zu haben.

»Wenn sie den Handschuh vergessen hat, wie Brink sagt«, fuhr Claesson fort, »und eilig aufgebrochen ist, kann man sich vorstellen, dass sie eine Hand in die Jackentasche gesteckt hat, um nicht zu frieren. Aber ist es vorstellbar, dass sie nach Vorbereitung des Picknicks bei dem kalten Wetter mit nur einem Handschuh zu Alf Brink zurückgeradelt ist?«

Lundin zog seine Jacke aus und legte sie auf die Knie.

»Ich hätte ein anderes Paar gesucht oder zwei ungleiche angezogen. Vielleicht waren die Jackenärmel so lang, dass man sie herunterziehen konnte«, meinte er, während Claesson ihn forschend ansah. »Was meinst du?«

»Das, was ich eben gesagt habe. Ein großer Teil der Mordopfer kennt den Täter.«

Lundin nickte.

»Du meinst, dass sie den Handschuh nicht bei ihm vergessen hat und dass er lügt. Aus irgendeinem Grund hat er ihn mitgenommen, nachdem er sie ermordet hat.«

»Ja. Etwas in dieser Richtung«, sagte Claesson.

»Was sagt die Spurensicherung über den Handschuh?«

»Bisher noch nichts.«

»Aber hätte er ihn dir dann gezeigt? Hätte er ihn dann nicht eher verbrannt oder weggeworfen?«

»Es gibt viele Dinge, die man nicht begreift«, konstatierte Claesson und schob sein Kinn vor.

»Und das Fahrrad?«

»Das haben wir noch nicht gefunden«, meinte Claesson.

»Das taucht schon noch auf.«

»Vermutlich. Ihre Schwester rief übrigens an und erzählte, sie habe einige Fotos, unter anderem eines, auf dem Malin mit ihrem Fahrrad vor dem Bahnhof von Växjö steht und das vor einem Jahr aufgenommen worden ist. Ihre Schwester hat das Bild gemacht, bevor sie mit dem Zug abfuhr. Malin hatte sie zum Bahnhof begleitet.«

»Wo wohnt diese Schwester noch gleich?«

»In Burlöv.«

Lundin sah ihn fragend an.

»Das ist ein Vorort von Malmö«, erklärte Claesson. »Ich habe vor, Louise hinzuschicken.«

Jetzt hatte es auf einmal den Anschein, als würde Lundin Zweifel bekommen. Claesson verstand nicht warum und ärgerte sich.

»Peter Berg soll sich schließlich heute mit diesem Freund von Alf Brink unterhalten«, erklärte er, als ginge es darum, die Arbeitsaufgaben gerecht zu verteilen.

»Alles klar«, meinte Lundin und stand auf.

Claesson blieb mit dem unbehaglichen Gefühl zurück, dass sein Kollege ihm etwas verschwieg. Es schien Lundin nicht zu gefallen, dass er Louise nach Malmö schicken wollte, aber sie war die Beste für diese Aufgabe.

Peter Berg trug seine warme, schwarze Jacke, echte Daune. Er zog die Schultern hoch und vergrub sein Kinn, um seinen Hals zu schützen. Es war kalt. Seine Mütze hatte er leider zu Hause vergessen.

Tobias Axelsson stellte sich als Tobbe vor. Seine Handfläche war feucht. Peter Berg wunderte sich, dass er ihn überhaupt reinließ. Nicht, dass er nicht schon Schlimmeres gesehen hätte, ganz und gar nicht, er war Elend und Junkies gewohnt, aber es war unaufgeräumt, schmutzig und stank nach Müll und Zigarettenqualm. Tobbe bemerkte die unausgesprochene Kritik, denn er öffnete sofort ein Fenster. Ein kühler Wind fuhr in die Mansardenwohnung.

Dann blieb er mitten in dem kleinen Zimmer stehen und sah Peter Berg unschlüssig an. Tobias Axelsson war mittelgroß und hatte fettiges, halblanges Haar, das er dringend hätte waschen müssen. Seine Ohren ragten zwischen den Strähnen hervor. Das Gesicht war schmal, der Mund gefühlvoll und der Blick scheu. Der Pullover war hellblau und hatte vorne einen Fleck. Eigentlich sah er nicht mal so übel aus, er bewegte sich ungezwungen und hatte eine sympathische Augenpartie, aber auch etwas Bittendes, fast schon Geprügeltes, als sei er es gewohnt, sich lieb Kind zu machen. Eine gewisse Körperpflege, mehr Hygiene sowie ein geringerer Zigaretten- und Alkoholkonsum hätten sicher einen gewaltigen Unterschied gemacht.

»Sie kennen Alf Brink«, sagte Peter Berg.
»Ja«, antwortete Tobias Axelsson. »Und?«
»Sie wissen sehr gut, was passiert ist«, konstatierte Peter Berg.
»Das schon«, entgegnete Tobias, schaute zu Boden und zündete sich eine Zigarette an.
»Kannten Sie Malin Larsson ebenfalls?«
Tobias zuckte mit den Achseln.
»Hören Sie zu«, sagte er und spie dabei Rauch aus wie ein Drache, »Alf und ich kennen uns schon aus dem Sandkasten. Ich lege für ihn meine Hand ins Feuer.«
Peter Berg dachte sarkastisch: »Als wäre das etwas wert!«, sagte aber nichts.
»Alf ist nett. Hören Sie! Lieb! Wenn einer von uns beiden in Schwierigkeiten geraten würde, dann ich und nicht er«, meinte Tobias Axelsson und versuchte einen ehrlichen Eindruck zu erwecken.
»Wieso das?«, wollte Peter Berg wissen. Diese Selbsterkenntnis imponierte ihm dann doch.
»Alf würde keiner Fliege was zu Leide tun.«
»Sie schon?«
Die Frage kam wie ein Peitschenhieb.
»Zum Teufel! Ich hatte doch wohl keinen Grund, der Tussi was anzutun. Ich kannte sie kaum«, erwiderte Tobias, hochrot im Gesicht.
Peter Berg sah ihn an und versuchte das, was er hörte, zu bewerten. Dass Alf nett war, fast eine Memme, hatte er jetzt schon von vielen gehört.
»Wann und wo haben Sie Malin zuletzt getroffen oder gesehen?«
»Im Treppenhaus, irgendwann um Allerheiligen.«
»Sie hatten jetzt wirklich viel Zeit, um sich zu überlegen, an welchem Tag das gewesen sein könnte.«
»Sagen wir mal am Samstag«, erwiderte Tobbe vorsichtig.
»Um welche Zeit?«
»Recht spät.«

»Wie spät?«

»Zwischen neun und zehn.«

»Am Abend?«

»Ja, genau.«

»War sie allein?«

Tobias schüttelte den Kopf.

»Alf hatte sie mitgebracht. Sie waren auf dem Weg zu ihm. Ich war auf dem Weg nach draußen. Ich wollte ins Pub.«

»Hatten Sie zu Hause schon was getrunken?«

»Was hat das mit der Sache zu tun?«

»Es geht darum, wie zuverlässig diese Aussage ist«, meinte Peter Berg sachlich.

»Ja. Ich hatte schon einiges gekippt, aber deswegen noch lange nicht das Gedächtnis verloren.«

»Danach haben Sie sie nicht mehr gesehen?«

Axelsson schüttelte den Kopf.

»Haben Sie gehört, wann sie am nächsten Tag gegangen ist? Schließlich wohnen Sie Wand an Wand«, sagte Peter Berg und deutete mit dem Kinn auf die Wand.

»Nein. Ich habe nicht hier übernachtet.«

»Wo haben Sie dann geschlafen?«

»Bei einer Bekannten.«

»Und wie heißt die?«, wollte Peter Berg wissen und zog seinen Block aus der Tasche.

»Sie meinen, wie mein Alibi heißt«, sagte Tobbe und grinste.

»Vielleicht auch das«, entgegnete Peter Berg.

»Johanna ...«

»Und weiter?«

»Warten Sie, dann gebe ich Ihnen gleich die ganze Adresse.« Tobbe holte ein schwarzes Adressbuch mit Eselsohren. »Sie arbeitet auch im ›Forellen‹.«

Peter Berg schrieb sich alles auf.

»Wann sind Sie an diesem Sonntag ungefähr nach Hause gekommen?«

Tobbe schaute durch das offene Fenster. Eine Windbö

schlug es zu, und das Glas klirrte. Er stand auf und legte ein Feuerzeug zwischen Fenster und Rahmen.

»Das war irgendwann am Nachmittag.«

Peter Berg notierte das.

»Was können Sie mir über Malin erzählen?«, fuhr er fort und versuchte, nicht provozierend zu klingen.

Tobbe sah ihn mehrere Sekunden lang prüfend an.

»Nichts«, sagte er dann.

»Nichts? Das glaube ich nicht.«

»Ich kannte sie nicht. Alf und ich sind keine Busenfreunde, falls Sie das glauben. Sie war einfach eine Frau, die er kennen gelernt hatte. Das war alles.«

»Sie haben sie also nicht oft getroffen?«

»Ich habe sie eigentlich immer nur gesehen, Hallo gesagt und so. Wir mischen uns gegenseitig in die Angelegenheiten des anderen nicht ein, sind aber füreinander da, wenn es nötig ist.«

»Zum Beispiel?«

»Tja, wenn man etwas leihen will oder so. Oder wir trinken zusammen ein Bier. Oder so«, wiederholte er. »Schließlich sind wir Kumpel.«

»Hm. Was hat er denn von Ihnen geliehen?«

»Tja, ich weiß nicht.«

»Haben Sie etwas von ihm geliehen?«

Tobbe zuckte mit den Achseln und sah zu Boden.

»Vielleicht ab und zu mal ein paar Scheine.«

»Sie leihen also immer mal wieder Geld von Alf?«

»Immer mal wieder ist übertrieben. Es kommt vor«, antwortete Tobbe ausweichend.

»Handelt es sich um größere Beträge?«

»Nein, um Gottes willen! Den einen oder anderen Hunderter.«

Peter Berg sah den jungen Mann an. Er sah aus wie jemand, der sein Leben nicht im Griff hat. Woran man das auch immer sehen konnte. Wahrscheinlich war es der Gesamteindruck, das Durcheinander in der Wohnung, der Fleck auf dem Pullover, die ungepflegten Haare. Aber er hatte keine Vorstrafen, das hatte er überprüft.

»Haben Sie das Gefühl, Alf irgendwie verpflichtet zu sein?«, wollte Peter Berg wissen.

»Was zum Teufel wollen Sie damit andeuten?«

»Weil Ihnen Alf Geld leiht.«

»Natürlich ist das nett von ihm. Aber er weiß, dass ich es früher oder später immer zurückzahle. Er gehört auch nicht zu den Leuten, die etwas von einem erwarten.«

»Was denn zum Beispiel?«

Tobias Axelsson war mittlerweile ziemlich aus der Fassung. Sein Gesicht glänzte hochrot.

»Nichts. Er hat das nicht drauf mit Leistung und Gegenleistung. So ist er nicht.«

»Er hat Sie also nicht gebeten, irgendetwas zu verschweigen?«

»Was sollte das sein?«

Seine Stimme war jetzt eine halbe Oktave höher. Peter Berg schluckte und fuhr sich mit der Zungenspitze über die Lippen. Sie waren rissig von der Kälte, und es brannte.

»Sie wissen doch, dass Malin bei Alf plötzlich nichts mehr von sich hören ließ. Hat er das erwähnt?«

Tobbe beugte den Kopf nach vorn und kratzte sich im Nacken. Die Schuppen wirbelten.

»Nicht direkt.«

»Was meinen Sie damit?«

»Er verstummte vollkommen.«

»Er war also noch stiller als sonst?«

»Ja, das kann man sagen.«

»War er viel zu Hause? Wissen Sie das?«

»Eher im Gegenteil. Er war unterwegs, er machte Spaziergänge oder was auch immer. Sie müssen wissen«, sagte Tobbe und schaute Peter Berg in sein bleiches Gesicht, »dass ich glaube, dass ihn das ziemlich mitgenommen hat, das mit Malin. Ich habe ihn nie so fröhlich gesehen wie in der Zeit, nachdem er sie kennen gelernt hatte.«

Peter Berg sah ihn an. Vielleicht ließ ihn die Art, wie Tobias Axelsson seinen Freund verteidigte, beide in einem anderen Licht sehen. Sie hielten zusammen, und der eine verkaufte den anderen auch nicht meistbietend.

»Ich weiß, dass Alf keinen Führerschein hat. Stimmt das?«, fuhr Peter Berg fort.

»Ja. Sie sagen es ja selbst.«

»Wenn er irgendwohin fahren muss: Was macht er dann? Wissen Sie das?«

Wieder kratzte sich Tobbe im Nacken. Das war eine Gewissensfrage.

»Manchmal fahre ich ihn«, antwortete er diplomatisch.

»Mit welchem Auto?«

»Dem meiner Mutter. Wieso?«

»Sie leihen sich das also gelegentlich?«

»Ja, wann immer ich will. Sie fährt meist mit dem Fahrrad.«

»Was hat sie für einen Wagen?«

»Einen Golf.«

»Farbe?«

Tobbe sah, von den Fragen wie in einer Schlinge gefangen, Peter Berg unschlüssig an.

»Weiß«, sagte er mit kaum vernehmbarer Stimme.

»Haben Sie mit diesem Wagen Alf irgendwohin gefahren an dem Tag, an dem Malin nicht auftauchte?«

»Nein. Ich hatte ihn selbst. Ich war mit ihm zu Johanna gefahren«, antwortete er.

Peter Berg hatte sich ihre Adresse aufgeschrieben: Sie wohnte im Stadtteil Norrtorn, im Viertel unterhalb des Wohnheims. Tobias Axelsson konnte am Steuer nicht nüchtern gewesen sein, dachte Berg und steckte eine Halspastille in den Mund. Etwas anderes war nach einem Abend im Pub vermutlich undenkbar. Außerdem hatte er vorher schon zu Hause getrunken, aber egal, darum brauchte er sich nicht zu kümmern!

Peter Berg hatte Hunger. Das Frühstück hatte er sich gespart, weil er verschlafen hatte. Er war direkt zu Tobias Axelsson gefahren.

Am Vorabend hatte er das Präsidium spät verlassen, war nach Hause gefahren, hatte Trainingsklamotten angezogen und war eine schnelle Runde durch die Stadt gejoggt. Der Asphalt war seinen Fersensehnen nicht bekommen, das spürte er jetzt, am Tag danach. Er sollte sich neue Joggingschuhe kaufen. Die Elastizität der Sohlen seiner alten war bereits auf der Strecke geblieben. Bei dieser Formulierung musste er grinsen. Erst in letzter Zeit hatte er diese Joggingrunden zu schätzen gelernt. Jetzt widerstrebten sie ihm nicht einmal mehr. Nach seiner großen Operation, bei der sie ihm alle Gedärme umgekrempelt hatten, um die Kugel zu finden, hatte er eingesehen, wie wichtig es war, fit zu bleiben. Anfänglich war es anstrengend gewesen, aber nach einer Weile war es wie von selbst gegangen.

Sara hatte ihn recht spät am Abend angerufen. Sie war müde, aber klang wie immer. Johan schlafe, sei aber sonst zurzeit etwas anstrengend, hatte sie ihm erzählt. Er quengle und schlafe schlecht. Vielleicht die Zähne. Peter hatte auch keinen Rat gewusst. Seine Erfahrungen mit Kleinkindern waren sehr begrenzt. Sie beschränkten sich im Großen und Ganzen auf Saras Jungen, und Johan schien ein liebes Kind zu sein. Aber schließlich war ja auch Sara die Mutter. »Der Bursche hat es gut«, dachte er. Johan hatte in letzter Zeit zugenommen. Bei seiner Geburt war er nicht groß gewesen. Er war zu früh gekommen. Das hatte ihm Sara alles erzählt, und er hatte die Entwicklung des Jungen dann teilweise selbst verfolgen können. Den Vater hatte sie nie erwähnt, und er hatte auch nicht gefragt. Vielleicht war das nicht wichtig – außer für Johan. »Eines Tages wird der Junge das wissen wollen«, dachte Peter.

Sara hatte das Gespräch dann abbrechen müssen. Johan hatte angefangen zu quengeln. Das hatte ihm jedoch nicht viel ausgemacht, fiel ihm jetzt auf. Er hatte geduscht, war ins Bett gegangen und fast sofort eingeschlafen.

Der Duft von frisch gebackenem Brot schlug ihm in Nilssons Konditorei entgegen. Er nahm ein Minibaguette mit Schinken, Käse und Leberpastete und ließ es sich einpacken. Es war mit Essiggurken garniert, und die schmeckten ihm besonders gut. Ihm lief das Wasser im Mund zusammen.

Es ging auf elf zu, als er sich einen Kaffee mit Milch aus dem Automaten im Korridor des Präsidiums holte. Er setzte sich ins Kaffeezimmer und nahm sich die Zeitung, die er noch nicht gelesen hatte. »Nichts Neues auf der ersten Seite«, konstatierte er rasch.

Erika Ljung traf ihn mit dem Baguette hinter der Zeitung an. Sie wollte nur ein Glas Wasser trinken.

»Gut?«, fragte sie aus der Kochnische.

»Ja«, antwortete er und kaute weiter.

Noch immer machte sie ihn verlegen, da sie eine dauernde und nagende Erinnerung an seine eigene Unzulänglichkeit darstellte. Obwohl er die Sache beendet und stattdessen Sara gefunden hatte. Oder hatte Sara ihn gefunden? Vielleicht hatten sie sich auch einfach gegenseitig entdeckt.

»Wo warst du?«

Sie hielt ein Wasserglas in der Hand und schob die Hüfte vor, während sie ihr Gewicht auf ein Bein verlagerte. Diese Pose war gleichzeitig entspannt und geladen.

»Bei Tobias Axelsson«, sagte er und kaute beharrlich weiter an seinem Baguette.

»Wie war der?«

Peter Berg zuckte mit den Achseln.

»Sie scheinen sehr gute Freunde zu sein. Loyal, falls man dieses Wort verwenden will. Sie verraten sich nicht gegenseitig an den Meistbietenden. Aber irgendwas stimmt nicht. Bei beiden. Sie decken sich gegenseitig.«

»Irgendwas Besonderes?«

»Dieser Alte, dieser Axelsson, sprach von einem weißen Auto. Diese Zeugenaussage ist zwar mit Vorsicht zu genießen, aber trotzdem. Tobias Axelsson hat Zugriff auf ein weißes Auto, das seiner Mutter.«

»Aber ist der Alte nicht der Großvater von Tobias?«

Erika runzelte die Stirn. Auch das stand ihr, konstatierte Peter Berg. Alles steht einer Schönheit.

»Doch.«

»Er würde seinem Enkel doch nicht schaden wollen?«

»Warum nicht?« Er kaute immer noch, und Krümel fielen auf Tischplatte und Fußboden. »Manchmal ist die Verwandtschaft am schlimmsten. Das Auto befand sich außerdem am Tag von Malins Verschwinden in der Nähe des Wohnheims. Axelsson hatte bei einer Freundin übernachtet.«

Erika setzte sich ihm gegenüber hin und sah ihn an.

»Du meinst also, dass Tobias Axelsson der Täter sein könnte!«, sagte sie und wirkte gleichzeitig ernst und theatralisch.

Er hätte ihr gern die Wange gestreichelt, so im Vorbeigehen und ganz vorsichtig, hätte ihr sagen wollen, man könne es nie so genau wissen und dass das für vieles im Leben gelte.

»Wo liegt Burlöv?«, wollte Louise wissen.

»In der Gegend von Malmö«, antwortete Claesson. »Weshalb?«

»Okay«, entgegnete sie, klang aber nicht sonderlich begeistert. »Sicher eine ausgezeichnete Idee. Außerdem ist es vielleicht nicht schlecht, etwas rauszukommen.«

Er sah sie forschend an.

»So lange brauchst du ja auch nicht gleich zu bleiben«, wiegelte er ab, wieso auch immer, aber sie war etwas aus dem Gleichgewicht. Irgendwas war, aber was?

»Das lässt sich vermutlich an einem Tag erledigen. Vielleicht musst du ja übernachten«, meinte er und versuchte zu sehen, wie sie reagieren würde, aber sie nickte nur schweigend.

Louise Jasinski saß im Hochgeschwindigkeitszug X 2000 Richtung Schonen. Die Planung war etwas überstürzt erfolgt, aber jedenfalls hatte sie sich versichert, dass Malins Schwester Camilla Månsson nicht verreist war und dass Janos über

Nacht bleiben konnte, damit die Mädchen nicht allein waren. Am liebsten würde sie ihn gar nicht mehr ins Haus lassen, aber die Not kannte kein Gesetz. Außerdem waren die Mädchen im Augenblick ungewöhnlich still und friedlich. Sie litten, das fiel auf, aber sie schob es von sich. Was konnte sie schon tun? Kinder überlebten Scheidungen, redete sie sich ein. Manche fanden sogar, das Leben würde besser, wenn die Eltern getrennte Wege gingen und aufhörten zu streiten. Aber Janos und sie hatten nicht gestritten. Jedenfalls nicht viel. Nie hatten sie sich angeschrien oder geprügelt. Aneinander herumgekrittelt vielleicht. Meist sie. Immer hatte sie zu hören bekommen, sie läge ihm mit irgendwas in den Ohren. Aber er sagte ja auch nie was! Reagierte mit einem quälenden Schweigen. Als sei vor langer Zeit alles schon von allein zu Grunde gegangen. Die Gefühle, die Zusammengehörigkeit, die Freundschaft. Es war einfach nur immer weitergegangen. »Für Janos hat die Familie schon lange ihren Wert verloren«, dachte sie gekränkt. Er hatte sich davongestohlen. Hatte sich in die Heimlichtuerei geflüchtet und zu einer Jungen, Neuen, die nicht herumkrittelte. Die ihm schmeichelte und ihn natürlich über alles liebte. Ihn umsorgte. Jedenfalls jetzt noch. Aber sie würde schon noch erleben, wie langweilig er im Alltag sein konnte!

Der Frost lag wie eine dünne Haut über Småland, über den Äckern, den Seeufern und den schweren Ästen der Tannenwälder. Im Hinterland und im Hochland war es kälter. »Schweden ist schön«, dachte sie, obwohl es immer noch diesig und grau war. Nach Alvesta schlief sie kurz ein.

Sie hatte bei einer Kollegin in Malmö angerufen. Als sie in die feuchte Kälte des Bahnsteigs trat, suchte sie mit den Augen nach einem fremden Gesicht, das nach jemandem Ausschau zu halten schien, aber niemand nahm von ihr Notiz. Langsam ging sie Richtung Wartesaal. Ihre Umhängetasche schlug gegen ihre Hüfte. Sie fühlte sich unausgeschlafen und verlassen.

Die Bahnhofshalle hallte. Sie war riesig und ließ einen an lange Bahnreisen auf den Kontinent zur Blütezeit des Zugverkehrs denken. Leben und Bewegung, Koffer, Hüte und lange, rauschende Röcke, Trillerpfeifen und Reisefieber, Träume von Straßencafés, vom Großstadtleben oder vielleicht von Palmen und einem trägen Strandleben. »Einfach wegfahren können«, dachte sie verzückt. Auf dem Nachbargleis hatte, als sie ausgestiegen war, der Zug nach Kopenhagen gestanden, aber ihre Fantasie reichte bedeutend weiter als bis nach Dänemark. Nach Berlin, Prag oder – warum auch nicht? – Rom. Sie kniff die Augen zusammen, und ihre Tagträume wurden immer wilder. Da trat ganz atemlos eine Frau auf sie zu.

»Sind Sie möglicherweise Louise Jasinski?«, fragte sie neugierig.

Da war es auf der Bahnhofsuhr bereits Viertel nach drei, und Louise fühlte sich plötzlich in Malmö sehr willkommen.

Ulla Säwestam war eine kleine, mollige Frau um die fünfzig mit dunklem Haar und Lachfältchen. Sofort fühlte sich Louise in ihrer Gesellschaft wohl. Im Übrigen sah sie auch so aus, als würde sie Ulla heißen. Sie ging mit ihr zum Auto. Während ihre Kollegin vom Parkplatz fuhr, trug ihr Louise ihr Anliegen vor.

Ulla Säwestam hatte natürlich vom Malin-Mord gehört, aber hauptsächlich aus den Massenmedien. Der Schwester des Opfers in Burlöv seien die Journalisten nicht erspart geblieben, erzählte sie. Dann klagte sie kurz darüber, wie schwer es die Polizei in Malmö habe. Es war ungefähr so, wie man es von einer Großstadt in der Nähe des Kontinents erwarten konnte, die mit diesem durch eine hübsch geschwungene Brücke verbunden war, über die sich das eine oder andere, Waren und Menschen, transportieren ließ. Alle seien müde und abgearbeitet, teilte Ulla Säwestam mit, sah dabei aber vollkommen ausgeschlafen aus.

»Haben Sie schon die Öresundbrücke gesehen?«, fragte sie.

»Nein, in der Tat noch nie«, gab Louise zu.

»Dann müssen wir das noch irgendwo unterbringen«,

meinte Ulla Säwestam und fuhr energisch durch die regennassen Straßen der Stadtmitte von Malmö.

Das Präsidium war in einem recht neuen Ziegelbau an einem Kanal. Ulla nickte Richtung Empfang, tippte ihren Kode ins Türschloss und nahm Louise mit zur Kriminalpolizei. Sie stellte ihr eine Tasse Kaffee hin und zeigte ihr Burlöv auf einer Landkarte. Sie hatte abgekaute Fingernägel und trug keinen Ehering, konstatierte Louise. Außerdem sprach sie den weichen, fröhlichen Schonendialekt. Louise stand dieser südschwedischen Mundart positiv gegenüber, da ihr Polizeichef Gotte ebenfalls ein wahrer Schone war – jedenfalls unterstrich er das immer –, und zwar ein gutmütiger Schone. Ullas Umlaute klangen jedoch anders, heller und deutlicher.

»Was haben Sie anschließend vor?«, fragte sie.

Louise schaute auf die Uhr. Sie spürte ihre Müdigkeit.

»Wenn ich es schaffe, nehme ich einen späten Zug nach Hause. Sonst nehme ich morgen früh den ersten Zug.«

»Melden Sie sich, falls Sie bleiben, dann können wir heute Abend ausgehen, eine Kleinigkeit essen und uns unterhalten. Ich habe nichts Besonderes vor«, meinte Ulla und reichte ihr ihre Visitenkarte. »Wir könnten damit anfangen, uns die Öresundbrücke bei Nacht anzusehen«, schlug sie vor und blinzelte, als hätte sie etwas wie »Paris by night« vorgeschlagen.

Louise wollte allein zu Camilla Månsson fahren. Sie erhielt die Schlüssel des Wagens, den sie gerade abgestellt hatten. Sicherheitshalber rief sie noch einmal bei Camilla Månsson an. Sie könne vorbeikommen, sagte diese, sie sei fast mit einer Kundin fertig.

Louise fuhr vom Parkplatz des Präsidiums, geriet in den Berufsverkehr und merkte, dass es nicht leicht sein würde, den Weg zu finden. Hinter dem Hochhaus des *Sydsvenska Dagbladet* sollte sie abbiegen und durch Arlöv fahren. Das gelang ihr.

Nach der hellen, frostigen und weißen Landschaft Smålands erschien ihr das graubraune Schonen deprimierend, nicht zuletzt Burlöv. Gleichförmige Hochhäuser ragten aus der fruchtbaren schonischen Erde in den Himmel. »Öder können Vororte nicht sein«, dachte sie. Dass sie zu weit fuhr und bei einem riesigen Supermarkt mit einem endlosen, schmutzig grauen Parkplatz landete, machte die Sache nicht besser. Sie wendete bei einem Kreisverkehr und dachte, dass sie hier keinesfalls wohnen wollte. Wieso sollte sie auch? Aber irgendwie hatte sie begonnen, sich umzusehen und nach neuen Möglichkeiten Ausschau zu halten. Jedenfalls in Gedanken, aber irgendwo mussten die Veränderungen schließlich anfangen. Umziehen, weiterziehen, da ohnehin alles Kopf stand. Fliehen. Konnte Janos das, dann konnte sie das auch! Sie wusste jedoch, dass es unklug war, alles im Leben gleichzeitig zu verändern. Genauso wenig konnte man gleichzeitig abnehmen und mit dem Rauchen aufhören. »Eine Veränderung nach der anderen!«, rieten die Vernünftigen. Aber was kümmerte sie schon, was die meinten, die zu allem ihren Senf gaben. Sie hatte immer getan, was ihr richtig erschienen war, und sie war stark.

Sie hing ihren Gedanken nach, während sie durch die Windschutzscheibe Ausschau hielt. In der Dunkelheit konnte sie die Straßennamen nur mit Mühe entziffern; schließlich musste sie bei einer Tankstelle halten und nach dem Weg fragen. Sie verstand kaum, was der Mann sagte, er hatte einen dänischen Akzent, aber er deutete in die Richtung, in die sie fahren musste. »Wir hätten Erika schicken sollen«, dachte sie. Diese hatte in Malmö gewohnt, konnte sich orientieren und verstand das Kauderwelsch. Gotte kam irgendwo vom platten Land, von einem großen schonischen Bauernhof. »Er mag Schweinshaxe«, dachte sie. Mochte das außer den Leuten aus Schonen noch jemand?

Als sie vor einem roten Backsteinhaus mit einem Damensalon an der Ecke parkte, war es stockdunkel. Nillas Friseurecke wartete auch mit Maniküre und Pediküre auf. Der Name des Salons leuchtete über der Tür.

Als Louise eintrat, kehrte Camilla Månsson Haare zusammen. Der Salon war klein und schon nicht mehr neu, aber gemütlich.

»Störe ich?«

Camilla schüttelte den Kopf.

»Ich habe heute keinen Kunden mehr. Ich schließe jetzt. Ich bediene hauptsächlich Stammkunden.«

»Haben Sie diesen Salon schon lang?«

»Fast seit zehn Jahren. Vielleicht ist das zu lang. Man sollte sich verändern oder zumindest Kollegen haben, aber ich habe mich daran gewöhnt, mich um alles selbst zu kümmern.«

»Diese dauernden Gedanken, was man tun und lassen sollte«, kam es Louise in den Sinn. »Nichts darf sein, wie es ist.«

»Wenn Sie sich wohl fühlen, haben Sie doch keinen Grund, was zu ändern«, meinte sie. Sie hatte ihre Jacke anbehalten und wartete darauf, dass Camilla fertig wurde. Sie wollten in die Wohnung im Obergeschoss gehen.

»Verheiratete Månsson«, dachte Louise und folgte ihr mit den Augen. Schlank, einfach und praktisch gekleidet, lange Hose, Pullover und bequeme Schuhe. Sie sah gut aus. Strähnchen im Haar, das nachlässig mit rosa Klammern hochgesteckt war, was bei dem Beruf erstaunlich wirkte. Sie war ungeschminkt und genau wie ihre kleine Schwester blond und hellhäutig. Da hörte die Ähnlichkeit jedoch auf. Malin war größer gewesen und sportlicher und hatte ein herzförmiges Gesicht gehabt, soweit sich Louise an die Fotos erinnern konnte. Camilla Månsson holte ihre Schlüssel und zeigte Louise den Weg in die Wohnung durch eine schwere, grün angestrichene Haustür neben dem Salon.

Louise hatte sich bereits über Camilla Månssons Position in der ursprünglichen Familie eine Meinung gebildet. Man hatte ihr einiges aufgebürdet. Sie hat ihren Eltern helfen, vielleicht sogar zeitweilig die Eltern ersetzen müssen, dachte Louise, während sie hinter Camilla die Treppe hochging. Das war nichts Ungewöhnliches in Familien, in denen aus irgendeinem Grund ein Elternteil fehlte, sei es durch Krankheit, Scheidung, Tod oder ganz einfach durch viel Arbeit. Das hatte sie nicht nachlesen müssen, das wusste sie, und das Schlimmste war, dass so etwas vermutlich viel zu leicht passierte. Würde ihre Gabriella deswegen jetzt schneller erwachsen werden? Musste ihre Älteste mehr Verantwortung übernehmen – auch für Sofia? Das war aber vielleicht nicht nur schädlich, verteidigte sie sich vor sich selbst. Man wuchs mit den Aufgaben. Mit größerer Verantwortung hatte man aber auch mehr Macht. Wie viel hatte diese große Schwester wohl früher zu sagen gehabt?

Camilla warf die Schlüssel in einen Korb hinter der Tür, hob ein Paar Handschuhe vom Fußboden auf, öffnete die Tür zum Wohnzimmer und sah Louise energisch und ganz und gar nicht verlegen an. Sie deutete auf das ausladende Ledersofa.

Das Fotoalbum hatte einen dunkelgrünen Einband. Camilla legte es vor sie auf den Couchtisch. Es waren nicht sonderlich viele Fotos darin, die meisten Seiten waren leer, und doch lag es schwer auf dem handgewebten Tischläufer. Camilla schob zwei Kerzenhalter aus Pressglas mit Manschetten aus hellblauen Seidenblumen beiseite.

»Meine eigene Familie ist in diesen«, sagte sie und deutete auf ein paar Alben mit Spiralbindung ganz unten im Bücherregal.

Camillas zwei Kinder schauten herein, sie waren in der Grundschule und der Mittelstufe. Neugierig starrten sie Louise an, und sagten Guten Tag, nachdem sie von ihrer Mutter streng dazu aufgefordert worden waren. Sie schienen wie die meisten Kinder zu sein. Ihr Mann besitze eine Installationsfirma und arbeite viel, erzählte Camilla. Deswegen war er jetzt auch nicht zu Hause.

»Nichts im Leben ist gratis. Man muss sich anstrengen«, sagte sie. »Manchmal ist es anstrengend, aber es geht uns gut«, betonte sie, als müsste das erklärt werden, und deutete dann auf das neueste Bild von Malin. Es klebte auf einer sonst leeren Seite. Davor waren Malin und die anderen beiden Geschwister in unterschiedlichem Alter zu sehen gewesen. Es fiel Louise auf, dass sie selten lachten. Immer dieselbe tiefernste Miene. Wie erfroren. Nach dem letzten Bild kamen leere Seiten, die wahrscheinlich leer bleiben würden.

Das Foto war in Farbe und die Qualität schlecht. Malin stand neben ihrem Fahrrad und hielt den Lenker, an dem nichts hing, mit einer Hand fest. Sie stand sehr gerade und blickte ernst in die Kamera. Ihre Jacke war aufgeknöpft. Es schien Frühling zu sein. Dunkle lange Hosen, wahrscheinlich Jeans. Vielleicht waren es die Jeans, die sie getragen hatte, als sie ermordet worden war. Sie trug nichts um den Hals, ihr Pullover hatte einen runden Ausschnitt und war gestreift. Sie versuchte wohl zu lächeln, denn ihr Mund stand halb offen, und das wirkte so steif und halbherzig, wie es immer dann wirkt, wenn einem gesagt wird, man solle fröhlich aussehen. Malin gehörte nicht zu den Mädchen, die versuchen, vor der Kamera eine gute Figur zu machen. Sie schien nicht geschminkt zu sein. Das Bild war in Kniehöhe abgeschnitten, es war also nicht das ganze Fahrrad zu sehen. Der Sattel schaute hinter ihrer Jacke hervor. Die Jacke war beige und der Sattel braun, das Fahrrad dunkel, wahrscheinlich schwarz. Wenn man das Bild vergrößerte, würde vielleicht die Marke des Fahrrads zu erkennen sein. Ein heller Giebel war im Hintergrund auszumachen.

»Der Bahnhof von Växjö«, erklärte Camilla.

»In Växjö haben Sie Ihre Kindheit verbracht, Sie, Malin und Ihr Bruder«, meinte Louise und hoffte, dass das Wort Kindheit irgendwelche Gefühlsreaktionen auslösen würde. Aber Camilla sah sie nur steif und verschlossen an, vielleicht bedrückt oder möglicherweise abwartend.

»Wollen Sie davon erzählen?«, fragte Louise so vorsichtig, dass sie die Worte kaum über die Lippen brachte, aber Camilla sagte immer noch nichts. Sie starrte auf die gegenüberliegende Wand und auf eine Glasvitrine voller Nippes. Sie blinzelte.

»Sie hatten es nicht leicht, habe ich mir sagen lassen«, fuhr Louise beharrlich fort und sah, dass es begann, in den Mundwinkeln von Camilla Månsson zu zucken.

Ein Lastwagen fuhr am Haus vorbei, und alles vibrierte. Die Autobahn nach Lund war in der Ferne zu hören. »Sie wohnt eingeklemmt zwischen Schnellstraßen«, dachte Louise, »und trotzdem auf einem Acker.« Das Land rundum war eben, viel Landwirtschaft.

»Ich habe viel auf Malin aufgepasst, als sie klein war«, sagte Camilla und klang müde.

Die Worte kamen zögernd, der Blick war immer noch nach innen gerichtet.

Louise saß ganz still und nickte nicht einmal.

»Malin war wahrscheinlich nicht geplant«, fuhr Camilla fort. Ihre Stimme klang jetzt eher eintönig. »Das klingt furchtbar, aber sie hatten schon mit zwei Kindern zu viel um die Ohren. Aber sie war lieb, Malin. Wenn ich sie fütterte, mit ihr spielte, mit ihr im Kinderwagen spazieren ging, blieb es zu Hause recht friedlich. Ich konnte dann sogar gelegentlich Freunde mitbringen, oder Mama erlaubte mir dabeizusitzen, wenn sie jemanden zum Kaffee eingeladen hatte. Oder so«, sagte sie und schlug den Blick nieder. »Aber das passierte nicht so oft. Mama verkraftete keine Leute.«

»Was passierte sonst? Wenn Sie nicht auf Malin aufpassten?«

»Sie vergaß sich«, antwortete Camilla, und ihre Stimme hatte wieder mehr Kraft.

»Ihre Mutter?«

»Ja, sie war fürchterlich launisch. Wahrscheinlich hätte sie gar keine Kinder bekommen sollen. Sie mochte keine Kinder, regte sich über sie nur auf. Fand, dass wir alles schmutzig machten, furchtbare Tischmanieren hatten und so. Sie fand es eklig, Windeln zu wechseln. Manchmal wurden wir krank, Darmgrippe zum Beispiel. Da wurde sie dann wahnsinnig wütend. Fand es abstoßend. Aber Kinder sind schließlich so ... Wir konnten doch nichts dafür.«

»Könnte man sagen, dass sie sehr ordentlich war? Pedantisch?«

»Ich weiß nicht. Vielleicht war sie das. Aber ich weiß eigentlich wirklich nicht ... Sie ertrug ganz einfach diese Belastung nicht. Sie schlug uns zwar nicht, aber wir hatten

Angst vor ihr. Jedenfalls ich. Ich weiß nicht, wie das bei meinem Bruder war. Er ging ihr meist aus dem Weg. Merkwürdig, dass wir trotzdem so normal geworden sind.« Sie seufzte. Louise zog es vor, das nicht zu kommentieren.

»Und Malin?«, fragte sie dann.

»Ich weiß nicht. Sie hing mir meist am Rockzipfel. Und manchmal war sie mit Alexander zusammen, aber nicht sonderlich viel mit Freunden. Aber sie war, wie gesagt, nicht sonderlich anstrengend. Kam in der Schule recht gut zurecht. Jedenfalls kann ich mich an keine Eintragungen ins Klassenbuch erinnern. Vielleicht war sie auch zu wenig selbstbewusst«, meinte Camilla nachdenklich. »Sie ordnete sich rasch unter und wurde mit den Jahren immer stiller, besonders nachdem Mama krank geworden war. Das war wirklich eine Strapaze. Mama wurde natürlich ruhiger, da ihre Kräfte nachließen, aber es war stressig zuzuschauen, wie sie langsam abbaute. Und dann starb sie, aber da war sie in der Klinik. Brustkrebs.«

»Wie alt waren Sie da?«

»Tja, ich war wohl fünfzehn.«

»Und Malin?«

»Neun müsste sie gewesen sein«, antwortete Camilla, nachdem sie nachgerechnet hatte. Dann versank sie in Gedanken. »In diesem Jahr hat sie sich übrigens auch das Bein gebrochen.«

»Aha. Wie kam das?«

»Sie stürzte mit dem Fahrrad. Sie war mit Alex unterwegs, vermutlich fuhren sie zu schnell. Da kam ein Auto, und sie machte eine Vollbremsung sowohl mit der Handbremse als auch mit dem Rücktritt, und … Ich weiß nicht, was eigentlich genau passierte, aber sie bekam einen Gips, und dann wurde sie wieder gesund. War wohl keine größere Sache, außer dass sie eine Weile mit dem Gips herumlaufen musste. Ich musste ihr helfen, aber mehr war nicht. Es blieb auch nichts zurück.«

Louise nickte, jetzt wusste sie endlich, wie es zu dem Beinbruch gekommen war, den man auf dem Röntgenbild sah. Die

Angaben in der alten Krankenakte aus dem Krankenhaus von Växjö waren äußerst dürftig gewesen.

»Man könnte also sagen, dass Sie eine Ersatzmutter für Ihre kleine Schwester waren«, fuhr sie fort.

»Vielleicht«, antwortete Camilla zögernd. »Aber so habe ich das damals nicht gesehen, eher später, besonders seit sie tot ist.«

»Und was ist dann passiert?«, setzte Louise die Befragung fort.

»Nichts Besonderes. Papa arbeitete viel und war selten zu Hause. Er trank, war bis spätnachts unterwegs. Zu Hause war es recht chaotisch. Ich hatte irgendwie nicht die Kraft, für ein richtiges Zuhause, also sauber und ordentlich und mit geputzten Fenstern, zu sorgen. Aber wir mussten wirklich nicht hungern und bekamen Geld, um Kleider zu kaufen. Wir aßen ziemlich viel Fertiggerichte und belegte Brote.«

»Sie hatten sich. War das so?«

»Ja, so war das wohl. Schließlich waren wir das gewöhnt. Es gab viel Streit, aber das meiste mussten wir selber regeln.«

»Wenn ich mal so fragen darf«, begann Louise und bemühte sich, eine gute Formulierung zu finden, da sie das Gefühl hatte, sich auf brüchigem Eis zu bewegen, »könnten Sie mir beschreiben, wie der emotionale Kontakt bei Ihnen zu Hause aussah?«

Die Worte schienen beim einen Ohr Camillas rein- und beim anderen wieder rauszugehen. Sie stießen auf keinerlei Widerhall. Sie reagierte überhaupt nicht, ihre Miene war vollkommen ausdruckslos. »Vielleicht eine Form der Selbstverteidigung«, dachte Louise.

»Das ist möglicherweise nicht so leicht«, fuhr sie fort, »aber wenn ich es einmal so ausdrücke: Hat Sie Ihre Mutter manchmal umarmt – oder auch Ihr Vater natürlich? Ist sie Ihnen übers Haar gefahren oder gab es irgendeinen anderen Körperkontakt?«

Louise hörte selbst, dass das richtig klang, aber falsch gedeutet werden konnte. Das war beabsichtigt.

»Was für Fragen Sie stellen«, entschlüpfte es Camilla. Sie nahm die Klammern aus ihrem Haar.

Dünne Strähnen fielen auf ihre Schultern. Rasch machte sie sich eine elegante Frisur. Sie steckte die Haare wieder hoch.

»Wie eine Psychologin«, meinte sie kritisch.

Louise sah ein, dass sie zu weit gegangen und zu aufdringlich gewesen war, aber sie lenkte trotzdem nicht ein.

»Mit Umarmungen und Zärteleien war nicht viel«, meinte Camilla und schaute betrübt vor sich auf den Tisch, auf das Fotoalbum und das Foto ihrer kleinen Schwester. »Da war eine Leere, wenn man das so sagen kann. Es war hart. Manchmal umarmte sie uns. Aber sie mochte es nicht, wenn wir sie umarmten. Dann zuckte sie zusammen.«

Louise staunte, dass die Frau vor ihr trotzdem so harmonisch wirkte, trotz ihrer gefühlskalten Kindheit. Sie war tüchtig gewesen, vielleicht sogar zu tüchtig. »Wie lange sie das noch durchhält?«, fragte sich Louise. Camilla Månsson sah sich als eine Frau, die mit allem klarkam. Vielleicht würde sich der Schmerz eines schönen Tages in den Schultern zu erkennen geben oder durch andere verspannte oder schmerzende Muskeln. Oder sie würde stechende Magenschmerzen bekommen. Louise schob dieses düstere Zukunftsbild von sich und räusperte sich.

»Vertrug sich Malin mit Ihrem Bruder Alexander ebenso gut wie mit Ihnen?«

»Ja, das kann man vermutlich sagen. Sie sind sich ähnlicher, also was ihre Art angeht, als Malin und ich das sind. Waren«, verbesserte sie sich und wurde rot. »Ich glaube sogar, dass sie weniger stritten als Malin und ich. Sie existierten mehr nebeneinanderher.«

»Sie hatten also nicht so viel Kontakt wie Sie und Malin?«

»Vielleicht nicht. Schwer zu sagen. Alex war viel mit seinen Freunden unterwegs, aber auch viel zu Hause. Dann übernahm er nach Vaters Tod die Verantwortung. Zum Teil jedenfalls, glaube ich. Bis Malin zu unserer Tante zog. Da wohnte ich schon nicht mehr bei ihnen, aber ich bilde es mir zumindest ein.«

Ein weiterer Lastwagen donnerte vorbei, und die Fensterscheiben klirrten. Das Telefon klingelte. Camilla ging, nahm den Hörer ab und sagte, dass sie später zurückrufen werde. Die Wohnung hatte viele Zimmer, die alle recht klein wirkten. Camilla hatte Sinn für Blumen und Nippes. Überall standen Kerzenhalter, Schalen aus Keramik und Figürchen. Auf den Stühlen lagen Kissen, und an den Wänden hingen Gobelins.

»Wenn Sie auf diese Zeit zurückblicken, finden Sie dann, dass man Ihnen zu viel Verantwortung aufbürdete?«

»Vielleicht. Dann ist es einfach so weitergegangen«, meinte sie und lachte. »Aber jetzt habe ich das Sagen. Es gefällt mir, Verantwortung zu tragen und Probleme zu lösen.«

»Wie war Malin zu dieser Zeit? Können Sie sie beschreiben? Was hatte sie für Interessen? Was hatte sie für Freunde?«

»Man kann sagen, dass Mutters Tod alles veränderte, obwohl das meiste blieb, wie es war. Natürlich entstand eine Leere. Malin veränderte sich nicht so sonderlich. Sie war noch immer recht still, igelte sich förmlich ein. Und wenn sie sich eingeigelt hatte, dann war das so. Es konnten Tage vergehen, bis sie wieder etwas sagte. Eigentlich wusste ich nicht so genau, was sie eigentlich tat. Selten brachte sie eine Freundin mit nach Hause – niemanden, an den ich mich jetzt noch erinnern könnte. Vielleicht war sie sehr einsam, aber irgendwie fand ich, dass sie das nicht war. Sie war einfach so. Das war ihre Art. Und wir waren schließlich auch noch da, Alex und ich.«

Louise schaute sich noch einmal die Fotos von Malin als Kind an. Kein einziges Lächeln. Ernste Augen. Leblose Gesichtszüge.

»Sie glauben also, dass das ihre Persönlichkeit war?«

»Woher soll ich das wissen? Und jetzt ist es zu spät«, sagte Camilla, und Louise sah, dass sie wieder die Wehmut ergriff. Ihre Augen füllten sich mit Tränen, und ihre Nase begann zu laufen. Sie schniefte und trocknete sich mit dem Handrücken die Augen.

»Sie haben später nie wieder darüber gesprochen? Wie Sie es damals hatten?«

Camilla schüttelte den Kopf, eilte in die weiße Küche, riss ein Stück Küchenkrepp ab und putzte sich die Nase. Sie weinte still.

»Das Schlimmste ist, dass nichts mehr zu ändern ist. Vielleicht dachte ich, dass wir uns einmal zusammensetzen könnten, um über die Kindheit und die Erinnerungen zu sprechen, wie man das in normalen Familien tut, aber irgendwie wurde nie was draus. Schließlich hatten wir alle mit unserem Leben zu tun. Die Zeit verging einfach. Man rechnet einfach nicht damit, dass einer stirbt. Aber ich hätte für dieses Treffen sorgen sollen.«

»Sie meinen, Sie hätten die Initiative dazu ergreifen sollen?«

»Wer sonst?« Sie brachte ein halbes Lächeln zu Stande. »Malin hielt sowieso kaum Kontakt. Ich war es, die sie gelegentlich anrief. Sie ließ von sich hören, wenn es was wirklich Wichtiges gab, wenn sie Hilfe brauchte oder so, aber sonst nie. Und unserem Bruder wäre es ohnehin nie eingefallen, etwas zu organisieren. Ich glaube nicht, dass Männer sonderliches Talent dazu haben. Und seiner Frau ist die angeheiratete Verwandtschaft nicht so wichtig, als dass sie sich angestrengt hätte. Schließlich erfordert das eine gewisse Planung.«

»Sie haben gesagt, dass Sie mit Malin zum letzten Mal Ende August gesprochen haben, unmittelbar vor ihrem Umzug. Sie brauchte ein paar Ratschläge für die Übersiedlung.«

Camilla nickte.

»Eigentlich war es nur das. Ich glaube, wir kamen zu dem Schluss, dass sie Alex bitten sollte, ihre Sachen zu transportieren. Sie brauchte ohnehin nicht viel. Das Zimmer war möbliert.«

»Wie wirkte sie? War sie fröhlich, nervös oder unruhig?«

Camilla schwieg und dachte nach.

»Genau wie ich früher schon gesagt habe, schien sie hauptsächlich froh zu sein. Sogar ungewöhnlich froh für ihre Verhältnisse. Sie war natürlich unruhig, wie das alles gehen und ob sie das Studium schaffen würde. Sie hatte, glaube ich, schon länger versucht, einen Studienplatz an der Hochschule für Krankenpflege zu bekommen. Wer weiß, warum sie in der Krankenpflege arbeiten wollte. Ich begreife das nicht! Da wird schließlich überall nur gespart, und schlecht bezahlt ist es auch. Die billigen weiblichen Arbeitskräfte werden nach Strich und Faden ausgenutzt.«

Louise kommentierte Camillas Ansichten über den Krankenpflegesektor nicht weiter. Im Grunde war sie ihrer Meinung. Sie hatte sich selbst einmal gegen die Krankenpflege entschieden und umgesattelt, obwohl sie schon fertige Krankenschwester gewesen war. Nicht dass sie jetzt so viel mehr verdient hätte, sie glaubte es zumindest nicht, aber die Arbeit bei der Polizei war eigenständiger und stellte einen vor größere Herausforderungen. Manchmal jedenfalls. Zumindest hatte sie aufgehört, sich einzubilden, dass alles andere notwendigerweise immer besser war.

»Aber sie war wirklich gut dabei«, fuhr Camilla langsam und fast träumerisch fort. »Vielleicht hatte ich sie noch nie so erlebt. Sie war nicht mehr so vorsichtig. Ich beneidete sie fast, dass sie einfach so von vorn anfangen konnte, frei und ungebunden.«

Dieser Gedanke schien vitalisierend zu wirken. Camillas Augen leuchteten, und ihre Gesichtszüge wurden einen Augenblick lang weich.

»Haben Sie darüber nachgedacht, ob Sie sich an einen von Malins Freunden erinnern können?«, wollte Louise wissen.

»Ich weiß oder vermute zumindest, dass sie am Schluss in Växjö einen hatte, ehe sie umzog, aber sie erzählte nie, wer das war.«

»Haben Sie nie gefragt?«

»Nein. Weshalb hätte ich das tun sollen? Schließlich war das ihre Angelegenheit.«

»Aber wie kamen Sie auf diesen Verdacht?«

Camilla neigte den Kopf zur Seite.

»Vielleicht bildete ich mir das auch nur ein. Oder Alex hatte etwas gesagt. Die beiden trafen sich schließlich öfter.«

»Sie haben also keinen Namen oder irgendeine Beschreibung, von der wir ausgehen könnten?«

Sie schüttelte den Kopf und wurde rot.

»Nein«, sagte sie mit Bestimmtheit.

Louise schaute auf ihre hingeschmierten Notizen. Sie hatte das meiste mitgeschrieben, und in der Regel schaffte sie es, ihr Gekritzel zu entziffern, wenn sie es umgehend ins Reine schrieb. Vielleicht konnte sie das ja auf dem Heimweg im Zug erledigen. Sie blätterte um und stellte die nächste Frage.

»Sie haben gesagt, dass Sie recht bald von zu Hause ausgezogen sind. Hierher nach Malmö. Wollen Sie davon erzählen?«

»Växjö ist ein Kaff, und ich saß dort fest. Als würde meine Jugend einfach verschwinden. Ich machte mich aus dem Staub und zog hierher. Lernte Friseuse. Ich hatte hier eine Freundin, deswegen entschied ich mich für Malmö. Die Stadt spielte keine Rolle, solange sie größer war. Zu Hause waren wir irgendwie abgestempelt. Alle wussten, was passiert war. Dass uns zwei Katastrophen heimgesucht hatten. Es gibt eine Menge Leute, denen man dann leidtut. Das ist irgendwie wenig lustig. Die Leute stellen sich irgendwas vor und reden. Irgendwie bleibt man in diesem ganzen dummen Gerede hängen. Man kommt da einfach nicht raus. Dann traf ich meinen Mann hier in Malmö, und dann sind die Jahre einfach vergangen.«

»Was glauben Sie denn, worüber geredet wurde?«

Camilla dachte nach und suchte die passenden Worte.

»So genau weiß ich das nicht. Vielleicht wurde ja auch überhaupt nicht geredet. Was weiß ich? Es wird immer eine Menge Unsinn geredet, wenn was Schreckliches oder Tragisches passiert. Wie das mit Malin zum Beispiel. Die Journalisten haben auch schon bei uns angerufen. Einige waren so aufdringlich, dass man sie nur noch zum Teufel wünschen wollte.«

»Aber damals? Worüber, glauben Sie, wurde damals geredet?«

»Über Papa und so.«

»Zum Beispiel?«

»Was soll ich sagen? Im Grunde war er ganz lieb, aber wenn er trank, wurde er rasend und prügelte. Er verletzte sich auch selbst, stolperte auf der Straße und fiel in Türen und Fensterscheiben und zog sich Knochenbrüche und Verletzungen zu, die genäht werden mussten. Er landete im Krankenhaus und kam auf der Arbeit nicht mehr klar. Er war eigentlich ein guter Monteur.«

»Fehlte ihm Ihre Mutter?«

Camilla zuckte mit den Achseln und zog die Mundwinkel nach unten.

»Vielleicht, und dann geschah dieses Unglück auf dem Eis.«

»Erzählen Sie mir davon.«

»Er brach nicht weit von zu Hause im Växjösjö ein und ertrank.«

»Wie war das genau? Erinnern Sie sich daran?«

Sie antwortete nicht sofort, vermutlich hatte sie keine fertige Antwort und musste jedes Wort auf die Goldwaage legen.

»Wie er lebte, strebte er mit jeder Sekunde schneller dem Tod entgegen«, meinte sie schließlich.

»Könnte man es als eine Art verzweifelte Todesverachtung bezeichnen?«

»Eine Art, sich langsam, aber sicher das Leben zu nehmen. Ist Alkoholismus das nicht immer?«, konstatierte Camilla sachlich.

»In gewisser Weise, ja. Oder es ist ein Hilferuf. Was glauben Sie?«

»Vielleicht. Ich weiß nicht, aber das spielt eigentlich auch keine Rolle mehr. Tote lassen sich nicht zum Leben erwecken. Und – so schrecklich das auch klingen mag – es war auch gut, dass alles ein Ende hatte. Man soll so etwas zwar nicht über seine Eltern sagen, aber dieses Gefühl stellte sich ein. Jedenfalls bei mir.«

»Gedanken und Gefühle sind selten verboten«, meinte Louise lächelnd, »gewisse Handlungen hingegen schon.«

»Ich weiß, aber dann will man doch nicht, dass alle davon erfahren. Die Journalisten fragen dauernd, was das für ein Gefühl ist. Natürlich ist es traurig, wenn die eigene Schwester stirbt. Was denken die sich? Das andere, das mit Vater und dem Eis, habe ich hinter mir gelassen. Das geht die nichts an. Das geht niemanden etwas an.«

»Aber ich würde trotzdem gerne wissen, was genau passiert ist, mehr der Vollständigkeit halber.«

»Ich glaube nicht, dass ich je begreifen werde, was er da eigentlich auf dem Eis zu suchen hatte. Ich war verreist, als es passierte. Sie müssen Alexander fragen. Er erinnert sich besser an die Sache mit der Polizei und das alles.«

»Wollen Sie sich nicht erinnern? Manchmal ist das so.«

»Ich erinnere mich durchaus«, entgegnete sie eine Spur unwillig. »Jedenfalls an einiges. Ich hatte mich mit meinem Freund abgeseilt. Deswegen gab es zu Hause ziemlichen Krach«, erklärte sie. Sie sprach nachdenklich und schien tief in ihrem Innern nach den Erinnerungen zu graben. »Papa fand, ich sei zu jung und der Typ zu alt. Er war drei Jahre älter als ich. Er hatte ein Auto, und das wirkte natürlich gefährlich. Heute kann ich meinen Vater verstehen. Aber ich musste schließlich recht viel hinter mir lassen, verstehen Sie?« Sie sah Louise fragend an. »Deswegen war es auch so schrecklich, dass das passierte«, sagte sie, und ihre Stimme zitterte leicht, aber sie kämpfte dagegen an und begann nicht wieder zu weinen. »Irgendwie kam ich mir schuldig vor«, stellte sie fest. »Ich hatte schließlich keine Möglichkeit mehr, Papa zu beweisen, dass ich wieder ordentlich nach Hause gekommen war. Er war bereits tot«, sagte sie kaum hörbar.

Louise legte den Sicherheitsgurt an und starrte leer durch die Windschutzscheibe. Sie versuchte ihre Unlustgefühle zu unterdrücken. Der Himmel war nachtschwarz. Sie drehte den Zündschlüssel herum und fuhr Richtung Malmö. Gelbe Straßenlaternen säumten den Weg. Es war kaum noch Verkehr, und die Straßen funkelten schwarz.

Sie parkte beim Präsidium, stellte den Motor ab und blieb träge und lustlos sitzen, bis es ihr zu kalt wurde. Dann zog sie Ulla Säwestams Visitenkarte hervor und wählte ihre Nummer. Sie war unendlich dankbar, dass Ulla angeboten hatte, den Abend mit ihr zu verbringen. So entkam sie dem durchdringenden Gefühl des Verlassenseins, das sie in einer fremden Stadt in einem gesichtslosen Hotelzimmer der unteren Budgetklasse immer befiel. Am liebsten wäre sie nach Hause zu den Mädchen gefahren, aber sie hatte den letzten Zug verpasst, da sie es sich erlaubt hatte, zu lange auf dem Sofa von Camilla Månsson zu verweilen. Sie hatte der tragischen Familiengeschichte ihre Zeit geben wollen. Sie hatte sich in ihr festgesetzt, das spürte sie. Sie fühlte sich sehr sensibel.

Sie wartete darauf, dass Ulla sie abholen würde, und ging am Parkplatz auf und ab. Es war feuchtkalt, und sie war müde. Sie griff wieder zu ihrem Handy und rief zu Hause an. Janos war am Apparat. Ihr Herz überschlug sich. Sie hielt den Atem an, um besser hören zu können, damit ihr keine Nuancen und Tonlagen entgehen würden. War da Reue oder Scham über den Verrat? Sehnsucht? Wollte er wieder nach Hause?

Gleichzeitig nahm ihr das Gefühl, die Gekränkte zu sein, jeden Handlungsspielraum. Es war ihm zu gönnen! Hoffentlich geht es ihm hundeelend! Sie war von widerstreitenden Gefühlen erfüllt und recht einsilbig. Ihr Mund war trocken. Janos gab den Hörer rasch an Sofia weiter. Diese hatte es jedoch eilig, das war zu hören. Sie hatte keine Zeit für sie und antwortete einsilbig, sagte aber, alles sei in Ordnung. Dann war das Gespräch vorbei. Auf einem ungemütlichen Parkplatz in Schwedens drittgrößter Stadt kam sich Louise genauso weggeworfen und überflüssig vor wie ein Spielzeug, das auf dem Speicher gelandet ist.

Mit einer gewissen Erleichterung setzte sie sich deswegen

in Ulla Säwestams Privatwagen, einen Renault Mégane. Er war gelb und roch noch ganz neu. Ein kleines, freches Auto.

»Mit dem Geld gekauft, das ich von meinem Vater geerbt habe«, meinte Ulla und tätschelte das Armaturenbrett wie einen anhänglichen Hund. »Und noch so manches andere. Man muss es üben, sich auch mal was zu gönnen, wenn man das nicht gewohnt ist. Man muss sich immer wieder vorsagen, dass man natürlich ein neues Auto kaufen kann, wenn man das wirklich will. Obwohl ich das vorher noch nie getan habe. Irgendwie habe ich mir das nie leisten können. Ich fand das auch unnötig und lächerlich und so.«

»Man ändert vermutlich je nach den Möglichkeiten seine Ansichten«, meinte Louise und dachte daran, dass ihren eigenen Finanzen vermutlich schwere Zeiten bevorstanden. Zwei Teenager und ein Einkommen. Von einem Neuwagen konnte da auf jeden Fall nie mehr die Rede sein.

Ulla kannte ihre Stadt in- und auswendig. Sie fuhr Louise direkt zu einem Hotel, das sie ihr empfohlen hatte. Es hieß »Tempus«. Ulla wartete, während ihre Kollegin eincheckte – »ein Zimmer zum Hof, ruhig und angenehm«, dachte Louise –, und dann fuhren sie am Meer entlang in den Stadtteil Limhamn. Die Hochhäuser älteren Modells, vermutlich aus den Vierzigern, auf der einen Seite, der Öresund, fast ganz von der Dunkelheit verschluckt, auf der anderen. Die Brücke war zu sehen, der niedrige Bogen verschwand über dem Wasser. Ulla bestand darauf, näher an das Ende der Brücke heranzufahren. Die Hochhäuser wurden von protzigen Villen abgelöst, die hohe Fenster und Veranden aufs Wasser hatten.

»Das hier kann unmöglich Malmös größtes Problemgebiet sein«, konstatierte Louise trocken und sah sich die parkähnlichen Gärten an, an denen sie vorbeifuhren.

»Nein«, bestätigte Ulla. »In Bellevue wohnen die Reichen, ein paar Kriminelle natürlich auch. Die russische Mafia hat dafür gesorgt, dass sie bezaubernd wohnt. Vor einiger Zeit gab es in einem der Häuser eine Schießerei. Können Sie übrigens Kopenhagen sehen?«, unterbrach sie sich.

Ulla war munter und betriebsam auf eine angenehme Art. In weiter Ferne, wo vermutlich Himmel und Meer aufeinander stießen, sah Louise einen Lichtschein. Das war also Kopenhagen. Sie bekam wieder Lust zu verreisen. Unbewusst hatte Ulla sie auf angenehmere Gedanken gebracht. Sie fühlte sich besser als seit langem. Ihre beklemmende Unlust hatte sie fast ganz verlassen, als sie durch das eigentliche Limhamn fuhren. Niedrige Häuser im dänischen Stil lagen direkt an der Straße.

»Limhamn war einmal ein idyllischer Fischerort«, sagte Ulla. »Jetzt ist es recht schick, hier zu wohnen.«

Sie stellten den Wagen auf einen leeren und abgelegenen Parkplatz, der seine Existenz der Brücke verdankte. Dann stiegen sie aus. Ein Zug fuhr auf dem unteren Geschoss der Brücke. Der Autoverkehr darüber war spärlich.

»Brücken sind mehr als nur eine Ingenieurleistung«, meinte Louise, während ihr der Wind durch die Kleider fuhr.

»Stimmt! Brücken sind magisch. Sie verbinden Länder und Völker – und sogar Dänen und Schweden.«

»Ja, erstaunlich«, sagte Louise.

»Dänemark ist unsere Brudernation«, meinte Ulla, »und Sie wissen ja, wie oft sich Geschwister zanken.«

Die Herbststürme waren wiederholte Male über die südlichen Landesteile hinweggezogen. Sie setzten sich wieder ins Auto und fuhren Richtung Zentrum, vorbei an Vororten, die ebenso wenig aufmunternd waren wie Burlöv. Grau, gleichförmig und trist. Aber Louise sagte nichts. Sie wusste auch nicht, wo Ulla wohnte. In der platten Landschaft konnten sich die Häuser nicht verstecken. Es gab keine Hügel oder Wälder, die barmherzig etwas abgemildert oder die Kanten verborgen hätten. Sie wusste nicht recht, was sie von Malmö halten sollte. Vielleicht hatte sie auch noch keine Meinung. Sie hatte noch zu wenig gesehen.

Sie landeten in einem italienischen Restaurant im alten Teil des Zentrums. Ulla schien es bereits zu kennen. Ein einfacheres Lokal, genau das Richtige für Louise. Sie bestellte Spaghetti Carbonara, denn sie brauchte etwas Herzhaftes. Den ganzen Tag hatte sie noch nichts Vernünftiges gegessen.

Bereits der erste Schluck Rotwein machte sie etwas beschwipst. Als sie das ganze Glas getrunken hatte, war sie nicht mehr zu bremsen. Ihr gegenüber saß die neue und vor einigen Stunden noch vollkommen fremde Kollegin und schien alles verkraften zu können. Alle Dämme barsten. Ihr ganzes erbärmliches Leben lag auf einmal sturzflutartig vor ihr. Sie blutete regelrecht. Und da Ulla in einem Alter war, in dem man notwendigerweise die eine oder andere Katastrophe selbst erlebt hatte, sowohl große als auch kleine, ohne dabei den Lebensmut zu verlieren, war sie sich nicht zu fein dafür, ihr zuzuhören und ihr den einen oder anderen guten Rat zu geben.

»Sehen Sie nur zu, dass Sie sich selbst ertragen«, meinte sie. »Vergessen Sie das nicht! Wer bin ich? Fragen Sie sich das! Was will ich mit meinem Leben? Über Janos können Sie ja doch nicht mehr bestimmen.«

Alf Brink machte ein Bier auf. Der Schaum spritzte aus der Dose, die auf dem Heimweg durchgeschüttelt worden war. Draußen auf der Treppe hörte er schwere Schritte. Vielleicht Tobbe. Die Schritte verstummten jedoch vor seiner Tür. Es konnte trotzdem Tobbe sein. Vielleicht brauchte er mehr Geld oder wollte ihm das geliehene zurückgeben? Das war ihm im Augenblick gleichgültig. Er musste sich um wichtigere Dinge als um Geld kümmern.

Das Klopfen kam ihm unbekannt vor. Es war unangenehm. Er blieb mit der Bierdose in der Hand in der winzigen Küche stehen und zögerte. Sollte er vielleicht gar nicht aufmachen?

Stur klopfte es erneut. Vielleicht hörte man ja, dass er zu Hause war, obwohl er vollkommen reglos dastand? Schließlich lief Musik.

Mit bedächtigen Schritten ging er zur Tür und öffnete. Erstaunt zog er die Brauen hoch. Vor ihm stand Mattias Bredvik, mit dem er schon seit Jahren nichts mehr zu tun gehabt hatte, und lächelte angestrengt. Stumm starrte Alf ihn an.

»Darf ich reinkommen?«, fragte Mattias betont fröhlich.

»Worum geht's?«, wollte Alf schroff wissen und ließ dabei die Klinke nicht los. Er war auf der Schwelle stehen geblieben und versperrte den Eingang.

»Ich wollte nur, dass wir ein wenig miteinander reden«, sagte Mattias und lächelte weiterhin. Er öffnete seinen schwarzen Parka und stemmte eine Hand in die Hüfte. Seine Jeans und sein Rolli waren ebenfalls schwarz.

Unentschlossen starrte Alf auf seinen dunkel gekleideten ehemaligen Mitschüler, den er so lange nicht mehr getroffen hatte, dass er ihn fast nicht wiedererkannt hätte. Er war so einer, der immer grinste, und eigentlich hatten sie nie etwas miteinander zu tun gehabt. Sie kannten sich nur oberflächlich, so wie man die Gleichaltrigen in einem kleinen Ort eben kennt. Schließlich waren sie beide hier im Haus aufgewachsen. Aber es hatte sie nie etwas verbunden. Mattias hatte andere Pläne für sein Leben und für seine Zukunft. So hatte Alf jedenfalls seine Eltern verstanden. Mattias hatte noch viel vor. Aber nicht darüber wollte er mit ihm sprechen. Alf war nicht dumm, obwohl er nur mit Müh und Not die neunklassige Volksschule geschafft hatte.

»Worum geht's?«, fragte er noch einmal schroff.

»Wir reden bei dir drin weiter«, sagte Mattias, der offenbar nicht die Absicht hatte, sich abwimmeln zu lassen. »Du hast wirklich eine gemütliche Bude«, trug er etwas zu dick auf und versuchte gleichzeitig, Alf über die Schulter zu schauen.

»Okay, aber nicht lang«, erwiderte Alf und ließ ihn eintreten.

»Super Aussicht von hier oben«, fuhr Mattias fort und schaute aus dem Fenster aufs Meer und die Insel Hästholmen.

Alf forderte Mattias nicht auf, seinen Mantel aufzuhängen, und auch nicht, Platz zu nehmen. Er sah den Eindringling kritisch an. Er fand keine Gnade.

»Was willst du?«, fragte er, stellte seine Bierdose auf den Fernseher und verschränkte die Arme vor der Brust.

Er merkte, dass sich Mattias seiner Sache nicht so verdammt sicher war, wie er es mit seinem breiten Lächeln andeuten wollte. Dieses Lächeln würde er ihm schon austreiben.

»Du weißt schon, im Leben geht es manchmal kreuz und quer«, begann Mattias zu schwadronieren.

Alf erstarrte.

»Ja! Na und?«

»Du und ich, wir sind doch alte Freunde ...«

Alf sah ihn skeptisch an, erwiderte aber nichts.

»Wenn ich die Sache recht verstehe, bist du in gewisse ... wie soll ich sagen ... gewisse Schwierigkeiten geraten. Du weißt, die Sache mit Malin. Das ist wirklich überaus bedauerlich. Ein so nettes Mädchen!«

Alf starrte ihn mit einem noch leereren Blick an. Es begann in seinen Schläfen zu pochen.

»Mir ist klar, dass sie wirklich wahnsinnig nett war«, fuhr Mattias fort. Alf spürte, dass sein Ekel immer mehr zunahm. »Vielleicht brauchst du das ja, dass du mit jemandem über Malin sprichst«, fuhr Mattias fort, als hätte er nichts gemerkt. »Dampf ablassen. Dann fühlt man sich gleich besser. Es gibt viele, die sicher gerne genauer wüssten, was für eine fantastische Freundin sie war ... und wie schrecklich es für dich ist, sie verloren zu haben. Das muss wirklich entsetzlich sein!«

»Wer will was über Malin wissen?«, fauchte Alf ihn an und ballte die Hände zu Fäusten.

»Du weißt das vielleicht nicht, aber ich schreibe für die Zeitung«, antwortete Mattias und klang verdammt vorlaut und selbstsicher. »Warst du schon mal irgendwann in der Zeitung?«, wollte er wissen, als sei Alf ein kleines Kind, das man verschaukeln konnte.

»Nein«, antwortete Alf. Er konnte seine Wut nicht mehr bezwingen. »Und ich will auch nicht in dein verdammtes Schmierblatt, verstehst du!«

Er wäre gern einen Schritt auf Mattias' selbstzufriedene Visage zugetreten, hätte seine verdammte Kapuze gepackt und ihn an die Wand geknallt. Oder noch lieber: hätte ihn rausgeworfen und zugeschaut, wie er die Treppe hinuntergekullert wäre. Aber er blieb stehen. Die Wut kochte in ihm, aber er verzog keine Miene. Er hatte Übung darin, sich zu beherrschen, nichts zu überstürzen und keine Dummheiten zu sagen, die man nachher bereute.

»Ach so«, seufzte Mattias. »Aber so schlimm ist es doch auch wieder nicht«, versuchte er den anderen zu besänftigen, sogar mit den Händen, mit denen er fuchtelte.

»Für mich schon. Ich will, dass du gehst«, befahl Alf verbissen, aber Mattias bewegte sich nicht vom Fleck. Alf spürte, dass er einer Explosion gefährlich nahe war.

»Verschwinde, verdammt! Sofort!«, brüllte er, streckte den Arm aus und wies mit der Hand zur Tür.

Mit hängenden Schultern und hochrot im Gesicht begann Mattias Bredvik demonstrativ langsam den Rückzug. In der Tür warf er Alf einen finsteren Blick zu, den dieser aber kaum wahrnahm. Alf schlug die Tür so fest zu, dass der Knall im ganzen Treppenhaus widerhallte.

*

Er hatte Ausschau nach ihr gehalten und sich danach gesehnt, sie zu sehen. Jetzt ging sie mit drei anderen Frauen an der Hochschule für Krankenpflege entlang. Sie blieben einen Augenblick stehen und unterhielten sich. Malins schwer aussehende Tasche hing an ihrer Schulter. Die vier lachten. Der Wind trug ihm ihr Gelächter zu. Es war kühler geworden. Malin warf beim Lachen den Kopf in den Nacken. Sie schien überhaupt nicht unsicher zu sein, dachte er, vielleicht erstaunt. Das war auch schmerzlich. Sie gehörte so selbstverständlich dazu, obwohl ihre Stimme nicht die lauteste, schrillste und unbeschwerteste war.

Dann gingen sie auseinander. Malin und eine recht kleine Frau blieben zusammen. Er hoffte inständig, dass sie sich auch noch trennen würden. Sie ging immer direkt nach Hause. Das wusste er. Wollte wahrscheinlich lernen. Oder was immer sie tat.

Er blieb etwas auf Abstand, damit sie ihn nicht entdecken würde. Nicht jetzt. Das verlieh der Situation eine besondere Spannung, quälte ihn aber auch. Am liebsten wäre ihm gewesen, wenn sie gemeinsam dort gegangen, zusammen gewesen wären, und das wollte er Malin auch erzählen. Falls sich dazu eine Gelegenheit ergab. Dann wollte er auf sie zutreten und sie überraschen.

Bereits beim Fahrradweg zum Wohnheim trennten sie sich, Malin und die kleine Mitstudentin. Er kam sich etwas dumm dabei vor, sie zu verfolgen, und eilte deswegen um das Mietshaus herum, um ihr unerwartet aus der anderen Richtung entgegenzukommen.

Mit einer Hand hielt sie die Tasche fest, die gegen ihre Hüfte schlug. Malin ging fast immer schnell. Sie wirkte ernst und schaute konzentriert auf den Asphalt. Es dauerte daher eine Weile, bis sie ihn entdeckte. Da war sie genau bis zum Anfang der Allee gekommen.

»Hallo!«, sagte er.

»Oh, hallo«, erwiderte sie und blieb stehen. »Bist du hier?«

»Sie scheint sich doch zu freuen«, dachte er. Jedenfalls reagierte sie überrascht, und das war beabsichtigt gewesen.

»Wo willst du hin?«, fragte er.

»Nach Hause«, antwortete sie. »Ich bin eben erst für heute fertig geworden.«

»Ach so!«, sagte er und verstummte. Seine Gedanken verhedderten sich. Er wusste nicht recht, was er sagen sollte, damit sie ihn auch wirklich begleiten würde. Zumindest eine Weile.

Da klingelte ein Handy, eine muntere Melodie, die nicht aufhörte. Sie reagierte nicht.

»Willst du nicht drangehen?«, fragte er.

»Das ist sicher nur eine Mitstudentin«, meinte sie achselzuckend.

»Vielleicht«, dachte er, wurde aber den unbehaglichen Gedanken nicht los, dass es möglicherweise jemand ganz anderer war, aber das würde er anschließend schon noch herausfinden.

»Sollen wir einen Spaziergang machen?«, fragte er.

Bevor sie antworten konnte, klingelte es erneut. Sie klemmte sich ihre Tasche fest unter den Arm, als wollte sie das Geräusch unterdrücken, und sah ihn verlegen an. Es klingelte beharrlich weiter. Schließlich öffnete sie die Tasche und nahm das Handy heraus.

»Malin«, sagte sie und wandte ihm den Rücken zu. Aber er hörte trotzdem jeden Ton. »Du, ich kann jetzt nicht reden«, fuhr sie fort, und er fand, dass ihre Stimme sehr freundlich klang, obwohl deutlich war, dass sie das Gespräch so schnell wie möglich beenden wollte. Sie wickelte eine Haarsträhne um ihren Zeigefinger, während die Person am anderen Ende drauflosredete. »Du, ich ruf später zurück. Bis bald! Tschüs«, sagte sie schließlich und unterbrach die Verbindung.

Dann wandte sie sich wieder ihm zu, und da schien es mit einem Mal, als stünde etwas zwischen ihnen, diffus und unbehaglich, aber deutlich spürbar. Er blieb trotzdem stehen und hoffte, dass es vorbeigehen würde.

NEUNTES KAPITEL

Donnerstag, 29. November

Eine Woche verging. Claesson musste die Reise nach Växjö vorläufig aufschieben. Ein angeschossener Taxifahrer kam ihm dazwischen, dessen Zustand zwar nicht mehr lebensbedrohlich war, der aber wohl kaum wieder der Alte werden würde. Viele günstige Faktoren trugen dazu bei, dass sie den Täter umgehend festnehmen konnten. Er war ungeschickt gewesen, hatte mitten am Tag geschossen, und deswegen hatten viele ihn flüchten sehen. Eine Streifenwagenbesatzung, die sich zufällig in der Nähe befunden hatte, hatte ihn aufgegriffen. Es handelte sich um eine Abrechnung in Unterweltkreisen. »Solange sie sich gegenseitig fertig machen, kann man froh sein«, dachte Claesson zynisch.

Er hatte eben gefrühstückt und stand mit Klara auf dem Arm in der Küche. Veronika war im Bad. Das Radio dudelte leise. Eine Masurka. Aus einer Eingebung heraus probierte er aus, ob sein Rücken gewisse provozierte Bewegungen aushalten würde. Deswegen beugte er sich vorsichtig vor, richtete sich aber sofort wieder auf. Bereits ganz am Anfang tat es betrüblich weh, besonders mit Klara, die in seinen Armen wippte. Stattdessen versuchte er sich zur Seite zu beugen. Das gelang besser, und er verspürte eine winzige Hoffnung aufkeimen. Sein Körper und seine Seele dürsteten nach richtigem Training, nach Tempo, raschem Pulsschlag und Schweiß. Er war in einem Gefängnis der Unbeweglichkeit gefangen.

Klara stopfte ihre Finger in seinen Mund. Prustend befreite er sich von ihnen, und sie strahlte ihn an. Er küsste sie auf die Wange.

»Sollen wir uns die Vögel anschauen?«, fragte er und ging zum Fenster.

Die Vogelfutterschale war fast leer. Er musste nachfüllen.

»Piepmatz«, hörte er sich sagen und deutete gleichzeitig auf den recht zerzausten Fink auf der Stange des Vogelhäuschens. Er staunte über sich. Wo kam auf einmal diese Babysprache her? Sie war einfach da. Vielleicht war sie bereits in der DNA gespeichert und wurde bei der Geburt eines Kindes abgerufen. Er begriff zwar nicht, wie das zuging, aber etwas Fundamentales schien es zu sein.

Es herrschte immer noch Morgendämmerung. Endlich brannte auch wieder Licht bei den Nachbarn. Das buttergelbe Einfamilienhaus hatte längere Zeit unbewohnt gewirkt. Timer hatten hin und wieder Licht gemacht, um den Eindruck zu erwecken, jemand sei zu Hause. Im Übrigen war das Haus mit einer Alarmanlage ausgestattet – Claes waren die Schilder aufgefallen –, und das war vermutlich in Zeiten mit vielen unwillkommenen Gästen das Sicherste. In einem Monat war Weihnachten, dann würde auch die Zahl der Einbrüche ansteigen. Drüben waren die Auffahrt und der Altan erleuchtet.

»Vermutlich sind sie in Urlaub gewesen«, dachte er, »haben Golf gespielt und sind braun gebrannt.« Sie gehörten zu den Leuten, die laut lachten, auffallende Farben und teure Marken trugen, in teuer möblierten Salons verkehrten und immer sonnengebräunt waren. Gesund, jedenfalls äußerlich. Nicht dieser Rohkostfanatismus mit Karottensaft und Luftbädern. »Künstliche Entspannung«, dachte er, »um das Tempo zu ertragen.« Es gab wirklich Leute, die sich das leisten konnten. Auch die teuren Weine. Aber vermutlich tranken sie auch die harten Sachen. Er wusste zwar nichts Genaueres, aber gelegentlich hatten Vorurteile auch ihr Gutes.

Veronika trug ihren Bademantel. Sie duftete frisch geduscht, kam auf ihn zu und stellte sich neben ihn.

»Ich muss die Fenster putzen«, sagte sie mit einem leisen Seufzer, und er zuckte zusammen. Dabei müsste er ihr eigentlich helfen, aber das ging jetzt nicht.

»Warum das?«, fragte er vorsichtig.

»Man kann den Adventsstern nicht vor eine dreckige Scheibe hängen«, antwortete sie sachlich.

Davon hatte er keine Ahnung. »Woher weiß man so was?«, überlegte er.

»Aber es reicht doch, das Fenster zu putzen, in dem der Stern hängen soll«, schlug er vor, und sie sah ihn an, als sei er nicht recht bei Trost. Dann zog sie die Brauen hoch.

»Keine schlechte Idee, aber welches?«

»Tja«, entgegnete er erleichtert, noch einmal davongekommen zu sein. »Warum nicht das hier? Wir sitzen doch sowieso meist in der Küche.«

Sie nickte.

»Ich mach das«, meinte sie. »Ich habe Zeit und außerdem keinen Rücken, der wehtut.«

Sie nahm ihm Klara ab. Sein Rücken federte zurück. Es war Zeit, die Jacke anzuziehen und zu gehen. Er wandte sich Veronika zu. Ihre Haut funkelte im Schlitz ihres Morgenmantels. Er konnte es nicht bleiben lassen, mit einer Hand hineinzufahren, und spürte ihren Busen. Er berührte ihn vorsichtig mit seinen Fingerspitzen. Sie schloss kurz die Augen und sah ihn dann streng an.

»Jetzt nicht«, sagte sie lächelnd.

»Nein, vielleicht nicht.« Er lächelte ebenfalls. »Du bist wirklich eine Schönheit.«

»Ach was!«

»Doch«, beharrte er. »Das finde ich.«

»Dann danke ich für das Kompliment!«

»Komplimente haben keinen Preis. Sie sind gratis. Bitte schön!«

»Bist du dir da so sicher?«

Irgendwann am Vormittag rief Elofsson vom Fundbüro an und sagte, sie hätten ein Fahrrad reinbekommen, das Malin vielleicht gehört haben könnte. Es sei von einem Mann abgegeben worden, der es wiedererkannt und sich gern mit Claesson unterhalten hätte. Aber er sei nicht zu erreichen gewesen. Sein Handy war abgestellt gewesen, aber das sagte Claesson nicht.

»Wie hieß der Mann?«, wollte er wissen.

Claesson hörte das Rascheln von Papier.

»Brink«, antwortete Elofsson, und Claesson zuckte zusammen, verstummte und sah abwechselnd zwei Gesichter vor sich. Ein junges und ein zerfurchteres. Er entschied sich für das ältere und kam zu dem Schluss, dass der Vater jetzt irgendwie seinen Sohn retten wollte.

»Er hat doch wohl auch einen Vornamen«, meinte er schließlich.

»Alf«, sagte Elofsson und buchstabierte, als hörte Claesson schlecht. »Ich habe die Nummer hier, Sie können ihn anrufen«, fuhr er fort.

»Danke, aber die Nummer habe ich«, unterbrach ihn Claesson.

Technik-Benny war bereits informiert, merkte Claesson, als er die Spurensicherung aufsuchte. Von Malins Schwester wussten sie, dass das Fahrrad gebraucht in Växjö gekauft war. Sie besaßen sogar ein Foto. Aber war das das richtige? Räder waren sehr ähnlich oder sehr verschieden. Häufig konnten sie nur die Besitzer auseinander halten oder eventuell ein Fachmann. Einer wie Alf Brink. Aber war er glaubwürdig? Der Schlüssel, den sie in Malins Jackentasche gefunden hatten, passte nicht ins Schloss. Jemand konnte aber das Schloss ausgetauscht haben.

»Das hier ist nicht leicht«, meinte Benny und klang pessimistisch. »Es hat lange im Freien gestanden. Es fragt sich also, was wir finden können. Die Fingerabdrücke sind vermutlich weg. Glaubst du, dass jemand bestätigen kann, dass das wirklich Malins Fahrrad ist?«, wollte er wissen. »Es ist so alt, dass sich der Besitzer nicht mehr mithilfe der Rahmennummer und über die Versicherungen ermitteln lässt.«

Claesson dachte nach.

»Eventuell einer der Mitstudenten oder Mitbewohner, aber die schienen recht unsicher zu sein, als wir nach dem Fahrrad gefragt haben«, sagte er und überlegte, was den so genannten Freund dazu gebracht haben könnte zu lügen.

Als Claesson durch die Tür trat, telefonierte Alf Brink und wischte sich gleichzeitig seine andere, ölige Hand an seinem Blaumann ab. Ein älterer Herr mit karierter Schirmmütze schob ein Fahrrad auf den Hof. »Pech«, dachte Claesson und folgte ihm durch das breite, niedrige Fenster über der Werkbank mit dem Blick. Das Fenster hatte wegen der Einbruchsgefahr ein Gitter. Der Mann mit dem Fahrrad blieb stehen und begann eine Unterhaltung mit dem Fahrradhändler, der die breite Tür zum Laden schräg auf der anderen Seite des Hofs geöffnet hatte. Der Vater hatte natürlich bemerkt, dass Claesson auf dem Weg zu seinem Sohn war. Wachsam beschützten die Eltern ihren Sohn. Zweifellos war ihr Leben aus den Fugen geraten.

»Ich will wissen, wo Sie das Fahrrad herhaben. Aber man wird uns gleich stören«, sagte Claesson und warf noch einen Blick aus dem Fenster.

»Eine Frau hat es abgegeben«, antwortete Alf eifrig.

»Kann ich ihren Namen und so haben?«

Alf Brink wurde feuerrot und biss sich auf die Unterlippe.

»Ich habe nichts.«

»Überhaupt nichts?«

»Nein. Ich schreibe nie was auf. Die Leute kommen doch trotzdem und holen ihre Räder ab, wenn sie repariert sind. Aber sie war recht jung. Um die dreißig. Langes Haar.«

Claesson spürte, wie sein Ärger zunahm.

»Kannten Sie sie?«, fragte er.

Alf Brink schüttelte den Kopf.

»Noch nie gesehen.«

»Wann sollte sie das Rad abholen?«

»Sie wollte, dass ich den Platten im Laufe des Tages repariere. Das wollen alle. Wahrscheinlich muss ich den Mantel und den Schlauch wechseln. Das dauert eigentlich nicht so lang, aber ich wurde nervös, als ich sah, was für ein Fahrrad das war. Ich sagte was in der Art, dass ich es versuche, aber nichts verspreche.«

»Und was antwortete sie?«

»Sie war verärgert und sagte dann, dass sie vorbeikommen würde, bevor ich zumache«, erzählte er und sah etwas zweifelnd aus. »Was soll ich dann sagen? Also wenn sie kommt. Schließlich ist das Fahrrad weg. Sie haben das!«

Claesson sah, dass der Mann vom Hof jetzt auf dem Weg in die Werkstatt war.

»Rufen Sie jetzt am Vormittag an, sobald Sie können, dann erhalten Sie Anweisungen«, sagte er und gab ihm seine Visitenkarte. »Haben Sie das verstanden?«

Das war ein Befehl. Alf Brink blinzelte.

»Übrigens«, sagte Claesson und drehte sich in der Tür um. »Das Schloss. Haben Sie daran gedacht?«

»Ich bat sie, den Schlüssel zu behalten und das Fahrrad nicht abzuschließen. Es ist unmöglich, auch noch bei Schlüsseln Ordnung zu halten. Ich schiebe alle Räder über Nacht in die Werkstatt«, entgegnete er.

»Es hat also niemand bei Ihnen das Schloss dieses Fahrrads austauschen lassen?«

»Nein«, antwortete er verschreckt, und der Mann mit der Schirmmütze räusperte sich, damit Claesson ihn vorbeiließ, während dieser dachte: »Niemand hat es so eilig wie ein Rentner.«

Claesson setzte sich ins Auto und rief Lundin an. Er bat ihn, dafür zu sorgen, dass die Fahrradwerkstatt observiert würde. Dann fuhr er zu der inzwischen wohl bekannten Adresse von Dennis Bohmans Praxis. Er ging jetzt schon viel federnder als beim ersten Mal; da hatte er sich die ausgetretenen Stufen förmlich noch hochquälen müssen. Es gab keinen Fahrstuhl. Er fragte sich, wie die wirklich schweren Fälle, die nicht einmal aufrecht gehen konnten, die Treppe bewältigten. Er hatte eine unglaubliche Geschichte von einem Mann mit Hexenschuss gehört, der auf allen vieren in den Kofferraum seines Kombis gekrochen war, um sich ins Krankenhaus oder wohin auch immer schaffen zu lassen.

Er setzte sich auf einen Stuhl in der Diele und wartete. Die Tür zum Behandlungszimmer war geschlossen. Leise Stimmen waren zu hören. Er ließ die bunten Zeitschriften liegen. Es war wohltuend, dazusitzen und einfach nur an die Wand zu starren, seinen Gedanken nachzuhängen und die Festplatte neu zu formatieren.

Er dachte über das Fahrrad nach. Irgendwas irritierte ihn. In was für einem Ausmaß war eigentlich Alf in die Sache verwickelt? Falls es wirklich das richtige Fahrrad war, was er von ganzem Herzen hoffte. Er versuchte eine Rekonstruktion in Form von Bildern, genauer: von Szenen. Blätterte zurück.

Keine Zeugen hatten Malin am Tag nach Allerheiligen, am Sonntag, dem 4. November, nach der Mittagszeit gesehen. Da war nichts mehr, abgesehen vielleicht von einem gelben Fleck. Und etwas Weißem. Möglicherweise einem Auto. Tobias Axelsson hatte ein Alibi für die Nacht und für einen Teil des Vormittags vor Malins wahrscheinlichem Verschwinden. Erst eine lange Nacht im Pub, die er dann im Bett einer jungen Dame fortsetzte, die dafür garantierte, dass er bei ihr gewesen war. Er war in einem weißen Golf zu ihr gefahren. Vermutlich recht betrunken. Das Auto seiner Mutter, hatte Tobias offen und unbekümmert erzählt. Die Mutter war die ängstliche Isabelle Axelsson, die auf eine verwirrende Art hier und da im Verlauf der Ermittlung aufgetaucht war.

Vielleicht hatte sie das Fahrrad wiedererkannt, kam es ihm in den Sinn.

Er griff zum Handy und rief Louise an, die ihm die Telefonnummer von Isabelle Axelsson gab. Eintönig klingelte es bei ihr zu Hause. Wahrscheinlich war sie bei der Arbeit, dachte er. Er rief die Vermittlung der Klinik an und verlangte Station sechs, Chirurgie. Eine junge Frau nahm das Gespräch entgegen, und er sagte, mit wem er sprechen wollte, ohne seinen Namen zu nennen.

»Geht es um einen Patienten?«, erkundigte sich die mädchenhafte Stimme.

»Nein«, antwortete er, »aber ich will trotzdem sofort mit ihr sprechen.«

»Sie ist gerade unabkömmlich. Können Sie nicht später noch einmal anrufen?«, wollte die Frau wissen.

»Nein, am liebsten nicht«, antwortete er.

»Darf ich fragen, worum es geht? Was für einen Namen soll ich ihr sagen?«

Die Stimme klang neugierig und gleichzeitig scharf. Sie war auf der Hut. Wahrscheinlich riefen viele Verrückte an, dachte er.

»Ich habe nicht die Absicht, Ihnen zu sagen, worum es geht, aber ich bin von der Polizei, und es ist wichtig«, betonte er, als in einiger Entfernung von ihm eine Tür aufging. Eine junge Frau mit einer blonden Mähne trat in die Diele, die gleichzeitig als Wartezimmer diente. Sie trug eine beeindruckende silberne Daunenjacke und verabschiedete sich durch die Tür des Behandlungszimmers. Da hörte Claesson die Stimme von Isabelle Axelsson in seinem Handy. Die Frau trat ins Treppenhaus, und Claesson sah ihr Gesicht. Ausgerechnet Nina Persson! Die Empfangsdame aus dem Präsidium. Einen Augenblick lang war er verwirrt, nickte ihr zerstreut zu und wandte dann Dennis Bohman den Rücken zu, der in die Diele getreten war, um ihn zu empfangen.

»Hier ist Kriminalkommissar Claesson«, sagte er in sein Handy. »Entschuldigen Sie, dass ich Sie bei der Arbeit anrufe, aber könnten Sie uns behilflich sein und sich ein Fahrrad ansehen?«

»Ein Fahrrad?«

Isabelle Axelsson war außer Atem, als sei sie gerannt, und das war sie vielleicht auch.

»Sie sollen sich überlegen, ob es vielleicht das Fahrrad von Malin Larsson ist«, sagte er.

»Vielleicht kann ich mich ja nicht mehr richtig erinnern!« Wie immer sicherte sie sich ab.

»Das sehen wir dann«, erwiderte er.

Sie vereinbarten, dass sie sich nach der Mittagspause eine Stunde freinehmen und zum Präsidium kommen würde.

»Schließlich wäre es Verschwendung von Steuergeldern, wenn wir das falsche Rad unter die Lupe nähmen«, meinte er scherzend, und Isabelle Axelsson lachte tatsächlich am anderen Ende.

Dann ging er ins Behandlungszimmer und zog sich aus. Inzwischen machten ihm die Kontrolle und das Durchkneten nichts mehr aus. Er hatte sich daran gewöhnt. Es machte ihm sogar Spaß.

Eine Dreiviertelstunde später verließ er Dennis Bohman wie immer leicht benommen, aber nicht mehr verspannt. Die Muskulatur war empfindlich, was aber weiter nicht unangenehm war. Die Behandlung war eine Art innerer Reinigung, auch der Druck sank, und jetzt wollte er seinen Körper nicht zu neuen Anspannungen zwingen.

Bald war Zeit zum Mittagessen. Er ließ seinen Wagen stehen und schlenderte durch die Straßen Richtung Hafen. Kühle, westliche Winde wehten ihm in den Rücken, nicht stark, aber ausreichend, um den Stoff seiner Gore-Tex-Jacke in seinen Rücken zu drücken. Es hatte aufgeklart. Etwas Sonne genügte, und schon war der ungemütliche Novembertag erträglich. Bald war Dezember. Schon am Sonntag war der erste Advent.

Die Fähre zu den Hästholmarna lag an ihrem Platz am Kai. Rost lief den weiß gestrichenen Schiffsrumpf herunter. Das große Lagerhaus, umgebaut zum Einkaufszentrum, lag links. Er ging in die andere Richtung den Kai entlang zum Lotsenhaus. Bei dem kalten Wind tränten ihm die Augen. Er schlug den Kragen hoch, da er am Kopf fror. Er versuchte, seine Schritte zu beschleunigen und freute sich über den ersten längeren Spaziergang seit langem, bei dem er sich einigermaßen unbehindert bewegen konnte. »Es kommt wirklich auf die Unterschiede an«, dachte er. Zwischen Großem und Kleinem, zwischen Erwartetem und Unerwartetem, Grandiosem und Armseligem, Traurigem und Lustigem ... Dann fiel ihm nichts mehr ein.

Das alte Lotsenhaus war ein schmales, hohes, rot gestrichenes Gebäude. Seit er sich erinnern konnte, war hier ein Lokal für Leute, die im Hafen arbeiteten, Schauerleute, Zöllner und Lastwagenfahrer, aber er war schon lange nicht mehr dort gewesen. Hier gab es, soweit er sich erinnern konnte, riesige belegte Brote, aber vielleicht hatte sich das inzwischen geändert. Seine Ohren waren mittlerweile fast erfroren. Er trat ein, eine trockene Wärme schlug ihm entgegen. Es duftete nach Kaffee und geschmolzenem Käse, und er merkte, wie hungrig er war. Offenbar verkehrten in dem Lokal überwiegend Arbeiter. Sie schauten ihn an, und an einigen Tischen verstummte das Gespräch. Ein Fenstertisch mit Aussicht auf den Horizont war frei. Nachdem er seine Jacke über den Stuhlrücken gehängt hatte, waren alle Gespräche wieder in Gang.

Das runde Brot aus grobem Mehl mit einem Loch in der Mitte hatte einen ausgeprägten Kümmelgeschmack. Die, die mit Fleischkügelchen belegt waren, konnte eigentlich nur jemand essen, der körperlich hart arbeitete. »Was anderes als diese langweiligen Baguettes«, dachte er. Der sich ständig verändernde Anblick des Meeres mit seinen blanken Wogen und den Schaumkronen faszinierte ihn. Ein Glück, dass er nicht im Hinterland wohnen musste! Die Wolkendecke war aufgebrochen und nicht mehr kompakt grau. Die Wolken zogen schnell vorbei, und während das bleiche Sonnenlicht kam und wieder verschwand, spürte er, dass sich seine Konzentration langsam umstellte. Den angeschossenen Taxifahrer ließ er vollkommen hinter sich und wandte sich wieder dem Fall der jungen Malin Larsson zu. »Wir werden ihn lösen! Vermutlich jedenfalls«, dachte er übermütig, wie um sich Mut zu machen, konzentrierte sich dann aber rasch auf die Wirklichkeit. Ihm kam Alf Brink in den Sinn. Ein etwas bubenhafter, unreifer junger Mann. Es fiel ihm schwer, sich einen Reim auf ihn zu machen. Oder doch nicht? Seine Furchtsamkeit und Verzagtheit, die Spießigkeit seiner Eltern, die Fahrradwerkstatt, in der er sein Auskommen, seine Identität und nicht zuletzt die Möglichkeit fand, Leute kennen zu lernen, unter anderen auch Malin. Unsicher nicht nur, was Frauen anging, sondern auch in fremden Milieus. Jahrelange Freundschaften hatte er jedoch pflegen können. Er traf immer noch seine Schulfreunde, sehr unterschiedliche junge Herren, von denen ihm der bedenklichste, Tobias Axelsson, am nächsten zu stehen schien. Der junge Herr Brink war, hatte er gehört, in der Schule still und etwas gehemmt und auch keine sonderliche Leuchte gewesen, hatte aber den Abschluss geschafft. Er hatte kaum gefehlt, hatte sich nicht schlecht betragen – alles Gerüchte, die ihnen zugetragen worden waren. Und das Wichtigste, wenn man Brink glauben konnte: Er hatte Malin wirklich gern und deswegen natürlich keine Absichten gehabt, ihr irgendwie zu schaden. Eher im Gegenteil. Aus den Telefonrechnungen ging hervor, dass er sie häufig angerufen hatte, manchmal mehrmals täglich. Später seltener. Aber das konnte natürlich auch eine Finte sein. Oder er hatte die Tat vollkommen verdrängt. Schließlich rief man nicht jemanden an, von dem man wusste, dass er tot ist. Aber die Verdrängungsmechanismen konnten ausgeprägt sein, sie glichen schwarzen Vorhängen. Vielleicht hatte er die Fassung verloren und sie gewürgt, aber dann geglaubt, dass sie noch am Leben war. Wie sie ins Wasser geraten war, wäre dann schleierhaft. Laut der gerichtsmedizinischen Einschätzung Zenkmans war sie bereits tot gewesen, als sie ins Wasser geworfen worden war. In ihren Lungen hatte sich kein Meerwasser befunden. Aber ganz sicher konnte man natürlich nie sein. Und wo passte dann das weiße Auto ins Bild? Vielleicht via Tobias Axelsson? Axelsson hatte im Übrigen eine vernünftige Mutter, die sich trotz aller widerstreitenden Gefühle in der Gewalt hatte. Der Vater schien seinem Sohn jedoch ein zweifelhaftes Erbe hinterlassen zu haben, den Hang zum Alkohol und vielleicht auch zu anderen Rauschmitteln.

Wie hatte sich Malin nur mit diesem bleichen jungen Mann einlassen können? Eine Antwort darauf würden sie nie bekommen. Die Irrwege der Liebe waren unergründlich! Bemerkenswert war, dass Malin über ihre neue »Freundschaft«, wie sie in ihrem Tagebuch schrieb, mit keiner Menschenseele gesprochen hatte. Jedenfalls hatten sie darüber nichts in Erfahrung gebracht. Frauen vertrauten sich doch sonst einander an. Die Erklärung konnte jedoch ganz einfach sein: Sie war gerade erst zugezogen und hatte vielleicht noch keine Vertrauten in der Stadt. Oder steckte etwas anderes dahinter? Er wusste nicht, in welcher Richtung er mit seinem sechsten Sinn weitersuchen sollte. Eine neue Liebe musste in Ruhe wachsen können, daran war an sich noch nichts bemerkenswert. Aber trotzdem. Irgendwas steckte dahinter.

»Wenn wir mit den Ermittlungen nicht weiterkommen, muss ich ein Täterprofil erstellen lassen«, dachte er, stand auf und nickte den Männern in Blaumann am Nachbartisch zu. Sie nickten zurück. Vermutlich wussten sie, wer er war.

Seine Glieder taten ihm noch immer weh, und es kostete ihn größere Anstrengung, durch den Hafen zurückzugehen. Der Wind wehte ihm ins Gesicht, er zog den Schal hoch und hielt seinen Kragen zu.

Schon von weitem sah er an der Windschutzscheibe, dass er ein Strafmandat wegen Falschparkens hatte, aber das war ihm egal. Er hatte andere Sorgen.

Louise saß über einen Bericht gebeugt. Als Claesson eintrat, zuckte sie zusammen und schob die Papiere beiseite. Er hatte ihre gewaltigen Gefühlsschwankungen in letzter Zeit ignoriert, hatte sich im Hintergrund gehalten und darauf geachtet, was er gesagt hatte. Aber so konnte es natürlich nicht weitergehen. Obwohl sie den Boden unter den Füßen verloren hatte und zeitweilig nur noch eine Karikatur ihrer selbst gewesen war, ging das Leben außerhalb und innerhalb des Präsidiums auf Hochdruck weiter. Inzwischen wusste er zumindest, was Sache war. Er hatte es als Letzter erfahren, und das kränkte ihn. Heulend hatte sie bei Lundin gesessen. Sie würden sich scheiden lassen. Das war zumindest das Neueste.

»Du, übrigens, ehe ich's vergesse«, sagte sie, »Peter Berg hat jemanden im Wohnheim aufgetrieben, eine junge Frau namens Sanna Öhrstedt. Sie konnte bestätigen, dass es sich vermutlich um Malins Fahrrad handelt.«

»Gut. Ich habe diese Krankenschwester Isabelle Axelsson, du weißt schon, gebeten, ebenfalls einen Blick auf das Rad zu werfen. Wo ist Lundin?«

»Weiß nicht.«

»Wir sehen uns später bei der Besprechung.«

Sie nickte und sah müde aus, aber er fragte nicht, wie es ihr ging. Was würde sie antworten?

»Wenn du bezüglich des Motivs mutmaßen müsstest: Was wäre deine Annahme?«, wollte er stattdessen wissen.

Er sah, dass ihre Lippen bleich waren. Sie trommelte mit dem Stift auf die Tischplatte und machte einen Buckel wie eine Katze.

»Eifersucht«, knallte sie ihm in einem Ton vor den Kopf, der ihn zusammenzucken ließ. Da klingelte das Telefon auf ihrem Schreibtisch. Sie riss den Hörer an sich und antwortete kurz angebunden, fast schon aggressiv. Claesson ging in sein Büro, stellte sich ans Fenster und schaute über die Dächer. »Die Menschen gleichen Ameisen«, ging es ihm durch den Kopf. »Rackern sich ab und bauen auch nach großen Katastrophen alles wieder auf. Nach Naturkatastrophen oder persönlichen Krisen.«

Er setzte sich an seinen Schreibtisch und betrachtete Klara. Inzwischen gehörte er zu den Männern mit einem Kinderfoto im Büro.

Aus einer Eingebung heraus griff er zum Hörer. Veronika war zu Hause. Sie klang überrascht.

»Hallo, was willst du?«, fragte sie.

»Nichts Besonderes«, antwortete er und dachte: »Nur deine

milde Stimme hören.« Die Stimme einer Frau, die sich nicht in Auflösung befand und ihm das Gefühl geben konnte, dass er das auch nicht war.

»Ich bin mir sicher. So sicher, wie man sich nur sein kann«, sagte Isabelle Axelsson. Sie war bei der Spurensicherung, und das schwarz lackierte Fahrrad stand vor ihr.

Sie trug dunkle Hosen und einen dunklen Rolli und sah munterer aus als bisher. Claesson erkannte sie erst nicht wieder. Sie hatte geschlafen – oder war etwas mit dem Gesicht, dem orangen Lippenstift und dem mahagonifarbenen Haar?

»Danke, das ist gut!«, sagte er, und sie wirkte erleichtert, dass sie ausnahmsweise etwas Bestimmtes sagen konnte. »Könnten Sie vielleicht noch einen Augenblick in mein Büro kommen?«

Ihre Miene veränderte sich radikal. Sie kniff die Lippen zusammen.

»Nur noch ein paar Fragen«, sagte er, als sie bei ihm im Zimmer waren.

Sie trug ihre Jacke überm Arm, stellte vorsichtig ihren Fahrradkorb ab, setzte sich, legte die Jacke auf die Knie und beugte sich ängstlich vor.

»Wir würden uns gern Ihren Wagen auf Spuren hin ansehen«, sagte er. »Haben Sie was dagegen?«

Entsetzt schnappte sie nach Luft.

»Warum das?«

»Das Auto ist weiß.«

»Was hat das mit der Sache zu tun?«

»Wir haben den Verdacht, dass ein weißes Fahrzeug in den Fall verwickelt ist.«

»Aber nicht mein Wagen«, sagte sie energisch.

Er sagte nichts, saß einfach da und betrachtete sie. Er wusste, dass sie auch wusste, dass der Wagen gelegentlich verliehen wurde.

»Es gibt Unmengen weißer Autos«, sagte sie schrill. Verzweifelt schien sie nach einem Ausweg zu suchen.

»Hätten wir uns dafür entschieden, einen Verdächtigen festzunehmen, ich sage nicht, wen, dann hätten wir verlangen können, das Fahrzeug zu untersuchen. Der Staatsanwalt hätte uns das genehmigt. Aus verschiedenen Gründen haben wir uns vorerst dagegen entschieden. Es hätte trotzdem große Vorteile für uns, wenn Sie uns einen Blick auf den Wagen gestatten würden.«

Ihre Gedanken gingen im Kreis. Der Kommissar bat sie, trotzdem klang es wie eine Drohung. Was sollte sie sagen?

»Natürlich. Machen Sie das, wenn Sie glauben, dass es Ihnen weiterhilft«, sagte sie knapp und sah plötzlich wieder so müde und abgekämpft aus wie früher. Dann nahm sie sich zusammen. »Ich habe nichts zu verbergen!«

»Das wissen wir.«

»Dann ist es gut, wenn wir diese Sache aus der Welt schaffen. Nehmen Sie den Wagen!«

Er nickte.

Den Nachmittag über warteten sie. »Wird die Frau auftauchen, die das Fahrrad abholen wollte?«, überlegte sich Claesson an seinem Schreibtisch. Gegen sechs trat Benny ein. Draußen war es stockdunkel. Claesson war etwas schläfrig. Er hatte versucht, die Akte über den Überfall auf den Taxifahrer in der Wartezeit abzuschließen. Falls nichts passieren würde, hätte er kurz nach sechs nach Hause gehen wollen.

»Wir sind natürlich noch nicht fertig. Es gibt vermutlich keinen Grund für zu großen Optimismus«, sagte Benny. »Jedenfalls ist uns was aufgefallen, aber ich weiß nicht, ob sich damit etwas anfangen lässt. Das Rücklicht ist gesprungen, als wäre es irgendwo dagegengestoßen.«

»Ist das nicht aus Plastik?«, fragte Claesson.

»Doch. Rotes, durchsichtiges Plastik. Vermutlich bekommt ein Rücklicht leicht mal was ab.«

»Stimmt«, meinte Claesson.

»Es fehlt ein winziges Stück.«

»Ach! Wie groß?«

»Sehr klein, mehr ein Splitter«, antwortete Benny.

Claesson dachte, dass dieses kleine rote Plastikstück irgendwo liegen konnte. Auf dem Weg, im Wald, am Strand. Oder in einem Kofferraum.

»Hast du den Wagen bekommen?«, wollte er wissen.

»Ja«, entgegnete Benny. »Vor einer Stunde. »Das wird einiges an Arbeit machen. Glücklicherweise scheint die Neue recht brauchbar zu sein.«

Claesson war froh, dass niemand sie hörte.

Um Viertel nach sechs gab er auf, zog den Mantel an und ging zu seinem Wagen. Auf dem Lilla Torget stand ein Weihnachtsbaum. Die Beleuchtung brannte jedoch noch nicht, da erst in drei Tagen der erste Advent war.

Der kalte Schweiß war ihr ausgebrochen. Wie besessen lief Isabelle in ihrer Wohnung herum. Sie vermochte es nicht, Tobbe anzurufen. Ihren Vater auch nicht, der gerade erst nach Hause gekommen war und Ruhe brauchte. Sie ging in die Küche und riss die Tür der Speisekammer auf. Sie hatte nur einen Schluck Sherry im Haus. Sie goss sich ein kleines Glas ein, trank es in einem Zug aus und musste husten. Dann goss sie sich noch ein Glas ein, aber als sie es ebenfalls kippen wollte, fühlte sie einen brennenden Schmerz im Magen und beugte sich vor. Sie hatte nichts gegessen, fiel ihr auf. Sie öffnete den Brotkasten und nahm einen Kanten heraus. Sie verzichtete auf Butter, riss das Brot in Stücke und kaute nervös. Dann goss sie Wasser ein und trank, obwohl es nach Chlor schmeckte. Sie ließ das Sherryglas stehen, ging zum Telefon und starrte es an, als ließe sich mit dem Hörer auf der Gabel kommunizieren.

Sie wusste nicht, wo sie sich lassen sollte. Wer würde ihr zuhören? Sie musste ihre eigene Stimme hören, damit ihr Dasein wieder Konturen annahm. Zum Schluss griff sie nach dem Hörer und wählte die Nummer von Sonja Brink. »Eine Hand wäscht die andere«, dachte sie. Sie wurde von ihr angezogen wie vom Feuer. Gleichzeitig hielt sie etwas zurück. Was sollte sie sagen? Sie durfte nicht das Falsche sagen, nur weil sie selbst sich in Auflösung befand, und Sonja und Erling damit einen wahnsinnigen Schrecken einjagen. Sie durfte sich nicht verplappern und etwas sagen, was sie laut Polizei für sich behalten sollte. Aber sie brauchte nicht länger nachzudenken, bei den Brinks ging niemand an den Apparat.

Okay, die Polizisten machten nur ihre Arbeit. Aber es versetzte Isabelle in Unruhe, dass sie kamen und gingen. Sie konnte sich nicht entspannen. Auch Claesson begann ihr auf die Nerven zu gehen, obwohl er höflich und freundlich war. Vollkommen gleichgültig war er ihr natürlich nicht, denn er war der Mann von Veronika Lundborg. Es war ihr lieber, dass sie die Leute mochte, mit denen sie zu tun hatte.

Die Polizei wusste etwas, das war ganz deutlich. Aber was? Ihre Unruhe hatte eine bestimmte Richtung. Ihrem Sohn war der Schweiß ausgebrochen, als sie ihn endlich nach dem Geld gefragt hatte.

»Das kommt in Ordnung, Mama!«, hatte er gesagt und war leichenblass geworden. »Nur ein kleiner Kredit. Vorübergehend. Ich verspreche, ihn zurückzuzahlen. Deswegen brauchst du nicht gleich alles auf den Kopf zu stellen! Großvater brauchte das Geld ja doch nicht.«

»Was weiß Tobbe schon?«, dachte sie. Was hatte er sonst noch auf dem Kerbholz? Nervös hatte er eine Zigarette nach der anderen geraucht. Er schien es jedoch nicht zu bereuen. Hatte er nichts zu bereuen? Natürlich war er nachlässig, aber nie gewalttätig. Er war lieb und unentschlossen. Sogar etwas weich. Leider! Warum bekam er sein Leben nicht in den Griff?

Er hatte den Kopf zur Seite gelehnt und sie angelächelt. Seine Augen hatten gefunkelt. Ein Erwachsener mit einem Kinderblick. Ihr Kind. Sie hatte sich auf das stille Flehen ihres Sohns konzentriert, auf seine Verletzlichkeit, und es hatte ihr fast das Mutterherz gebrochen.

»Lieber Tobbe, mein Freund! Was hast du eigentlich angestellt?!«, heulte sie in ihrer Einsamkeit, sie rang die Hände, und ihre Verzweiflung glich einem schwarzen Abgrund.

Dann weinte sie eine Weile, bis sie nicht mehr konnte, schaute auf die Uhr, schnäuzte sich und packte Farbtuben, Pinsel und die aufgerollte Leinwand in ihren Fahrradkorb. Sie nahm zwar nie das Auto, aber an diesem Abend wäre es auch gar nicht gegangen. Man hatte ihren Wagen weggefahren, und er war Gegenstand einer genauen Untersuchung der Spurensicherung, wie der Kommissar sich ausgedrückt hatte.

In dem Kellerraum roch es nach Terpentin. Die Leuchtstoffröhren an der Decke brannten, der junge Künstler, der die Vertretung übernommen hatte – der ältere war vermutlich wegen exzessiven Alkoholkonsums ausgefallen –, betrachtete mit geübtem und kritischem Blick ihre halb fertigen Werke. Isabelle hatte ihre Leinwand grundiert und mit Bleistift das Hauptmotiv vorgezeichnet, eine rostrote Scheune. Vielleicht sollte sie ja nicht ganz in der Mitte sein, meinte der Künstler. Sie nickte, hörte aber kaum, was er sagte. Sie konnte sich nicht konzentrieren und schaute nervös Richtung Diele.

Dann kam endlich Doktor Björk, eine halbe Stunde verspätet. Manchmal blieb er auch ganz weg. Sie selbst fehlte gelegentlich auch. Sie hatte vor, anschließend mit ihm ein paar Worte zu wechseln.

Eine Stunde verging. In der Pause drängten sie sich um den Tisch in der Diele. Thermoskannen mit Kaffee und heißem Wasser standen darauf. An diesem Abend gab es selbst gemachtes Brot mit selbst gemachter Marmelade, und alle lobten die Sekretärin der Stadtverwaltung, die beides mitgebracht hatte.

»Vorzüglich«, sagte Doktor Björk, der immer alles lobte, und Isabelle hatte das Gefühl, dass er kaum merkte, was er aß, schließlich war es so ungewöhnlich auch wieder nicht.

»Sind der Käse und die Leberwurst ebenfalls selbst gemacht?«, fragte eine Hausfrau des alten Schlags lachend.

»Nein, aber eigenhändig eingekauft«, erwiderte die Angestellte der Stadtverwaltung, um das Lob Björks etwas abzuschwächen.

»Wie ist diese Mordgeschichte eigentlich weitergegangen?«, fragte plötzlich jemand, und Isabelle erstarrte sofort und verkroch sich in sich selbst.

Niemand wusste es.

»Sie haben wohl noch keinen Täter«, sagte ein Mann, der im Elektrogeschäft arbeitete. Er hatte künstlerische Träume, denen jetzt zu ihrem Recht verholfen wurde. Sogar schon ausgestellt hatte er.

»Der Junge des Fahrradhändlers ist in die Sache verwickelt«, sagte ein magerer Mann, der bei der Bahn arbeitete, niemand wusste jedoch, als was.

»Ach«, sagte Björk und belegte mit solchem Eifer ein Brot, dass man nicht geglaubt hätte, dass er je etwas zu essen gesehen hatte, dachte Isabelle zwischen ihren Panikattacken.

»Wie das?«, fragte eine pensionierte Kindergärtnerin und goss Milch in ihren Tee.

»Die beiden waren doch zusammen«, sagte der Magere von der Bahn.

Das Herz sprang Isabelle fast aus der Brust. Was die Leute alles wussten!

»Das ist doch kein Geheimnis«, meinte die Gemeindesekretärin. »Der Ärmste.«

»Ach so«, sagte Björk wieder auf seine neutrale, fast uninteressierte Art und kaute eifrig weiter, während er bereits das nächste Brot belegte.

Isabelle fand seinen Mangel an Neugier angenehm. Björks Frau war vor einigen Jahren gestorben, an Krebs. Wahrscheinlich bekam er zu Hause nichts zu essen.

Eine mütterliche, füllige Schneiderin, die den Mädchen die Ballkleider zum Abitur nähte, sah den Bahnmenschen an und sagte:

»Du meinst also, dass er vielleicht...«

Sie brachte den Satz nicht zu Ende. Niemand sagte was.

»Es gibt zu wenig Polizei«, stellte ein älterer Gymnasiallehrer fest und verschob die Perspektive vom Verbrechen auf die Ermittler. Isabelle war erleichtert.

»Aber die Polizei hat heute bessere Methoden, also rein technisch«, informierte ein Pharmazeut, der immer zu spät kam und dafür seinen vielen Kindern die Schuld gab.

»Aber ich habe gehört, dass sie noch einen anderen Verdächtigen haben«, meinte der Magere von der Bahn.

Isabelle sprang auf, verschwand auf der Toilette, war aber zu nervös, um dort etwas erledigen zu können, wusch sich stattdessen die Hände und spülte nur pro forma.

Als sie zurückkam, sprachen die anderen über Kunst. Sie setzte sich. Niemand sah sie an. Der Kursleiter hielt begeisterte, glühende Reden. Isabelle schwieg, irgendwie kam ihr das so ermüdend bekannt vor, bloß hatte sie das letzte Mal mit ihren Freundinnen vom Lesekränzchen zusammengesessen.

Sie brachte Björk dazu, etwas zu verweilen. Sie standen vor dem Haus, die Kälte rötete ihre Wangen, und Isabelle schlug die Stiefel gegeneinander, um keine kalten Füße zu bekommen. Die anderen waren bereits nach Hause gegangen.

Hinter Björks Kopf verbreitete die Lampe über der Kellertür einen gelben Schein. Sein weißes, dünnes und lockiges Haar erschien wie ein Heiligenschein – oder wie Engelshaar, dachte Isabelle. Der Erzengel Gabriel.

»Könntest du mir ein Schlafmittel verschreiben?«, fragte sie und richtete ihren Blick etwas beschämt auf einen ungefährlichen Punkt schräg hinter ihm. Sie kam sich vor wie eine Bettlerin.

Björk ließ sich mit seiner Antwort Zeit.

»Ich kann nicht einfach so irgendwelche Mittel verschreiben, von denen man abhängig wird. Das weißt du. Nicht dass das wieder so wird wie ...«

Sie wusste, was er sagen wollte. Wie letztes Mal. Sie kaute auf ihrer Unterlippe.

»Aber das ist lang her«, erwiderte sie müde.

»Aber ich muss wissen, worum es geht«, sagte Björk und klang wie der Doktor, der er ja auch war. »Ich will nur dein Bestes, das weißt du doch. Ich muss das ins Krankenblatt eintragen. Ich habe die medizinische Verantwortung ... und meine Verantwortung für dich«, sagte er und versuchte ihren nervös umherirrenden Blick aufzufangen.

Sie wusste nicht, was sie antworten sollte. Er war unbestechlich, und sie wollte nicht zu irgendwelchen billigen Tricks greifen.

»Es sind verschiedene Dinge«, entgegnete sie daher vage. Die Kälte drang durch ihre Schuhsohlen, und ihr war klar, dass sie ihm nicht alles erzählen konnte.

»Ich höre gern zu«, meinte Björk. »Du kannst im Ärztehaus vorbeikommen, wenn du willst ...«

Sie kämpfte gegen die Lust zu schreien an. Brauchte sie wirklich einen Termin? Musste sie wirklich warten, bis sie vor Unruhe vollkommen verrückt wurde?

»Wir können auch irgendwo hingehen«, meinte er. »Hier ist es zu kalt.«

Konnte sie Björk mit nach Hause nehmen? Dort war es nicht aufgeräumt. Sie fragte trotzdem. Manchmal hatte ihr Mund seinen eigenen Willen. Er antwortete, er komme gern mit und könne zumindest einen Augenblick bleiben.

Sie legte die Tüte mit den Pinseln und Farbtuben in den Fahrradkorb und schloss ihr Fahrrad auf. Aber als sie es aus dem Ständer nehmen wollte, hatte es sich an dem daneben verhakt, einem schwarzen mit braunem Sattel.

ZEHNTES KAPITEL

Freitag, 30. November

Es war etwa zehn Uhr am Vormittag, und Claesson legte gerade den Telefonhörer auf.

»Der Teufel soll mich ...«, fluchte er und ging rein zu Louise, aber ihr Büro war leer. Dann klopfte er an die geschlossene Tür von Lundin.

»Herein!«, rief Lundin.

Claesson öffnete vorsichtig einen Spaltbreit, aber Lundin war allein, also trat er ein.

»Es könnte das falsche Fahrrad sein«, sagte Claesson verbissen.

Lundin seufzte.

»Ich erhielt gerade einen Anruf von Isabelle Axelsson. Sie nahm ihre Angaben von gestern teilweise wieder zurück, dass sie ein vergleichbares Fahrrad gesehen habe.«

»Sie schwankt also?«

»Ich weiß nicht. Aber etwas, woran sie schon früher hätte denken sollen, kam plötzlich zur Sprache. Sie behauptete, sie habe vor rund zwei Wochen ein ähnliches Fahrrad vor einem der Wohnwagen auf dem Fröjdeberga-Campingplatz gesehen. Damals, als wir dort draußen waren.«

»Wir scheinen uns bald vor schwarzen Fahrrädern mit braunen Sätteln nicht mehr retten zu können«, sagte Lundin und drehte seinen Schreibtischstuhl zur Seite, um die Beine übereinander schlagen zu können.

»Ja. Keine Ahnung, warum sie nicht schon früher was gesagt hat«, meinte Claesson.

»Vermutlich steht sie unter Druck«, entgegnete Lundin.

»Klar! Wir können nur hoffen, dass die Erklärung so einfach ist. Ich habe zu Beginn der Ermittlungen eine Frau vernommen, die in einem der Wohnwagen wohnt. Erinnerst du dich?«

Lundin nickte.

»Die Kindergärtnerin.«

»Genau. Jeanette Johansson. Ob du es glaubst oder nicht, sie fährt jeden Tag mit dem Fahrrad zu ihrem Job in der Stadt.«

»Es gibt solche Fitnessfanatiker.«

»Ja.«

»Hast du sie erreicht?«

»Nein. Aber ich werde sie aufsuchen. In der Kindertagesstätte Grynet. Kannst du hier bleiben?«

Lundin nickte.

Die Kindertagesstätte lag in einem niedrigen gelben Backsteingebäude am Rand einer kleineren Grünfläche zwischen den Mietshäusern im Süden der Stadt. Den Spielplatz der Kinder mit Sandkasten, Rutschbahn, Schaukeln und einem kleineren Klettergerüst aus Holz umgab ein Lattenzaun. Plastikspielzeug lag überall verstreut, und ein paar stabile Dreiräder standen verlassen auf einem Streifen Asphalt im Kies, als hätten die Kinder sie gerade erst stehen lassen und seien ins Haus gegangen.

Er trat ein. Der Fußboden war sandig. An niedrig hängenden Haken hingen Allwetteroveralls und Jacken. Darüber waren kleine Fächer mit Mützen und Handschuhen. Unter den winzigen Kleidern standen robuste Holzbänke und unter diesen winzige Stiefel, Schnürschuhe und Halbschuhe in allen möglichen Farben. Diese kindgerechte Umgebung, alles in Miniatur, strahlte eine Wehrlosigkeit aus, die ihn rührte und gleichzeitig beklemmte. Eines Tages würde er hier mit Klara auf dem Arm stehen. Wie würde er sich dann fühlen? Darüber brauchte er sich jetzt jedoch noch keine Gedanken zu machen. Er überlegte, ob er die Schuhe anbehalten konnte, als ihm ein Korb mit hellblauen Plastiküberziehern auffiel.

Die Kinder aßen gerade. Einige hatten ein Lätzchen aus Plastik um. Das Alter war unterschiedlich. Eine blonde Frau in einem Pullover mit schwarzen und weißen Punkten, die gerade einen kleinen dunkelhaarigen Jungen fütterte, sah ihn fragend an. Er stand in der Tür und kam sich vor wie ein Elefant.

»Kann ich Ihnen helfen?«

Da drehte sich die Frau um, die mit dem Rücken zu ihm saß. Es war Jeanette Johansson.

»Können wir uns einen Moment unterhalten?«, fragte er, und sie stand wortlos auf und nickte ihrer Kollegin zu. Sie verließen das Zimmer, und alle Kinder schauten ihnen hinterher. Sie führte ihn in ein Zimmer mit einem Schreibtisch in Erwachsenengröße. Das Büro der Leiterin.

»Wir haben uns bereits einmal unterhalten«, begann Claesson.

Sie nickte.

»Ihr Fahrrad«, sagte er und konnte direkt etwas von ihrem Gesicht ablesen. Sie bekam Angst.

»Was ist damit?«, erwiderte sie heftig.

»Wo befindet es sich im Augenblick.«

»Warum?«

»Könnten Sie so freundlich sein und meine Frage beantworten?«

Sie machte eine abwehrende Geste.

»In Reparatur. Warum?«

»Wo?«

»In einer Werkstatt natürlich.«

»Welcher?«

»Der in der Nähe vom Lilla Torget.«

»Brinks.«

»Ja, so heißt die vielleicht«, sagte sie mit einer Stimme wie ein trotziges Kind, dem man alles aus der Nase ziehen muss.

»Wann haben Sie es abgegeben?«

Sie sah ihn finster an.

»Gestern war das vermutlich.«

»Vermutlich?«

Sie seufzte.

»Es war gestern«, bestätigte sie. »Am Vormittag, wenn Sie es genau wissen wollen«, präzisierte sie in säuerlichem Ton. »Ich habe es noch nicht abgeholt, weil ich bei einer Freundin übernachtet habe. Ich habe gestern hier zugemacht, und es wurde spät. Was ist denn mit dem Rad?«

Ihr Blick flackerte.

»Was glauben Sie?«, fragte Claesson, bereute die Frage aber sofort, schließlich veranstalteten sie kein Ratespiel, obwohl das so auch wieder nicht stimmte.

Sie antwortete nicht.

»Es ist schwarz, oder?«, konstatierte er.

»Ja«, antwortete sie und sah ihn misstrauisch an.

»Wie lange haben Sie das Fahrrad besessen?«, wollte er wissen mit einer fast überdeutlichen Betonung des Wortes »besessen«.

Sie kniff die Lippen zusammen. Sagte nichts. Zuckte mit den Achseln.

»Erinnern Sie sich nicht?«, drängte er.

»Einen Monat oder so. Ich ...«

Er nickte und wartete auf die Fortsetzung, es kam aber keine.

»Also ...«, sagte er und änderte die Tonlage. Er schaute sie milde an. »Wie war das jetzt?«

Seine Stimme war ohne jeden Vorwurf. Sie schaute immer noch hin und her, auf den Boden, die Wände, das Fenster, die Tür.

»Ich habe es gefunden«, gab sie schließlich zu und schien wirklich ein schlechtes Gewissen zu haben.

Plötzlich geriet alles in Bewegung.

»Wie war das nun genau mit dem Haargummi, das du draußen auf dem Fröjdeberga-Campingplatz gefunden hast?«, fragte Claesson.

»Mit neunundneunzigprozentiger Sicherheit gehörte es Malin Larsson«, antwortete Benny. »Mit anderen Worten, es war ihres. In der winzigen Klammer haben sich ein paar Haare verfangen, die mit Malins DNA übereinstimmen. Der Test ist im Großen und Ganzen zuverlässig.«

»Und gefunden habt ihr das Gummi am Fröjdeberga-Campingplatz?«, fragte Claesson, obwohl er die Antwort wusste. Er war schließlich selbst dabei gewesen, aber er musste gelegentlich seine Erinnerung auffrischen.

Ihm war dieser Zusammenhang schon eine ganze Weile klar gewesen, aber er hatte nicht gewusst, was er mit dieser Information anfangen sollte.

»Ein Stück von den Wohnwagen entfernt, Richtung Fundplatz«, meinte Benny, dessen Haut auf Grund von Schlafmangel lederartig wirkte.

»Wie kommt ihr mit dem Fahrrad weiter?«

»Noch nichts Neues. Das Auto nehmen wir auch gerade auseinander. Fasern, Haare, Fahrradöl. Die Auswertung ist aber noch nicht fertig.«

»Kann man mit einem Golf ein Fahrrad transportieren?«, fragte Peter Berg.

»Nein, eigentlich nicht«, antwortete Claesson.

»Nicht ganz einfach«, stimmte ihm Benny zu.

»Vielleicht, wenn man es darauf anlegt«, meinte Louise.

»Zweifelhaft«, fand Lundin. »Wir können es doch einfach ausprobieren. Die Hälfte des Fahrrads hängt vermutlich hinten raus. Das hätte jemandem auffallen müssen.«

»Aber das Fahrrad hat sich vielleicht nie in irgendeinem Auto befunden«, meinte Erika Ljung.

»Nein, schwer zu sagen«, meinte Claesson.

»Es gibt wirklich viele offene Fragen«, konterte Lundin.

»Aber glaubt ihr wirklich, dass sie bis nach Fröjdeberga geradelt ist? Das sind doch mindestens zwanzig Kilometer«, meinte Louise, als hätte sie nicht zugehört.

»Es sind genau sechzehn«, erläuterte Peter Berg.

»Wieso sollte Malin dorthin geradelt sein? Wie bekommen wir das außerdem mit dem Auto unter einen Hut? Glaubt ihr, es ist ihr hinterhergefahren?«, sagte Louise, und alle grinsten.

»Wie das ausgesehen hätte«, lächelte Lundin, legte die Arme in den Nacken und begann wie immer mit seinem Stuhl vor- und zurückzuwippen.

»Lundin ist mager geworden«, dachte Louise, mit der im Augenblick nicht gut Kirschen essen war. Sie konnte im Augenblick nur an sich denken, aber ihr war trotzdem aufgefallen, dass Lundins kariertes Hemd nicht mehr über dem Bauch spannte.

»Vielleicht ist überhaupt kein Auto in diese Sache verwickelt«, meinte Benny, der jetzt schon eine ganze Weile versucht hatte, ebenfalls etwas zu sagen.

»Oder die Person mit dem Auto befand sich bereits auf dem Campingplatz und wartete auf sie«, meinte Peter Berg.

»Was hätte sie in diesem Fall verlockt, an einem eisigen Novembertag da rauszustrampeln? Das hätte ich jedenfalls nicht getan«, meinte Louise.

»Ich auch nicht«, pflichtete ihr Lundin bei. »Aber man weiß nie. Vielleicht eine Drohung?«

Sie saßen im Konferenzzimmer und bereiteten sich eigentlich darauf vor, mit der Kindergärtnerin Jeanette zu dem Platz zu fahren, an dem sie das Fahrrad gefunden hatte. Sie hatte geglaubt, es habe keinen Besitzer.

»Aber das haben doch alle Fahrräder«, meinte Louise.

»Es war nicht abgeschlossen und lag im Graben. Ihr Auto war kaputt und sollte verschrottet werden. Sie musste sich also ein Fahrrad zulegen. Ihr Lohn reicht nicht für ein neues Auto, jedenfalls nicht im Augenblick, behauptet sie.«

»Offensichtlich reicht er auch nicht für ein Fahrrad«, warf Louise ein, die immer noch recht streitsüchtig war.

»Kindergärtnerinnen haben es nicht so fett«, meinte Erika.

»Und du? Hast du es so viel besser?«, fragte Peter Berg und warf Erika Ljung einen kurzen, viel sagenden Blick zu.

»Doch. Glaube ich zumindest«, entgegnete sie rasch, ohne ihn anzusehen. »Sollen wir das ältere Paar auch mitnehmen?«

»Warum das?«, meinte Louise gereizt, woran sie sich bereits gewöhnt hatten.

Sie war am Vormittag bei einer Anwältin gewesen, die auf Familienrecht spezialisiert und ihr an sich auch sympathisch war, aber die Trennung war trotzdem mühsam. Das hatte sie erzählt, aber meist schwieg sie. Und fauchte.

»Klar, dass wir mit denen noch mal da rausfahren, aber das ist jetzt nicht so wichtig«, meinte Claesson. »Vielleicht erinnern sie sich besser, wenn wir ihnen genau sagen können, wo sie eventuell etwas gesehen haben könnten.«

»Was eventuell an ein Fahrrad erinnert«, ergänzte Louise genauso beißend wie vorher.

Claesson sah sie finster an.

»Ja. Genau«, sagte er.

»Was ist eigentlich mit dieser Krankenschwester? Sie scheint sich nicht recht entscheiden zu können. Jedenfalls nie sofort«, fuhr Louise fort.

»Das wirkt wirklich sehr obskur«, stimmte ihr Peter Berg zu.

»Ist das nicht immer so, wenn man plötzlich mit der Polizei zu tun bekommt?«, meinte Erika Ljung.

»Was?«, wollte Peter Berg wissen

»Das Dasein gerät aus den Fugen.«

Peter Berg schluckte.

»Die ganze Dame scheint aus den Fugen zu sein«, sagte er dann und sympathisierte mit Louise.

»Mir kommt sie nicht so vor«, meinte Claesson. »Sie lässt sich nur leicht einschüchtern. Sie hat wahnsinnige Angst, etwas falsch zu machen. Sie kannte Malin. Das dürfen wir nicht vergessen.«

»Und dann hat sie diesen Sohn, den sie schützen will«, ergänzte Lundin.

»Genau, das ist das Wichtigste«, bestätigte Claesson.

»Ja, das ist klar«, lenkte Peter Berg nachdenklich ein.

»Glaubt ihr, dass er der Täter ist?«, fragte Erika Ljung neugierig und versuchte, in den Gesichtern ihrer erfahreneren Kollegen zu lesen.

Claesson und Lundin sahen sich unschlüssig an.

»In diesem Fall riskiere ich keine Vermutung«, sagte Lundin, ließ die beiden vorderen Stuhlbeine auf den Boden knallen und stand auf. »Ich muss gehen. Wer fährt mit raus?«, fragte er an Claesson gewandt.

Claesson schaute Benny an, und dieser nickte.

»Dann noch Erika und Berg. Wie ist es mit dir?«, erkundigte er sich an Louise gewandt.

»Ich bleibe hier«, erwiderte sie knapp.

Die anderen standen auf.

»Louise«, sagte Claesson, ehe sie das Konferenzzimmer verließen, »kannst du nicht Nina mitteilen, wo wir sind?«

»Sie ist krankgeschrieben.«

Er sah Louise an und erinnerte sich, dass er Nina am Vortag gesehen hatte, wie sie eine bestimmte Praxis recht unbekümmert verlassen hatte. Da war sie noch vollkommen gesund gewesen.

»Ach«, meinte er.

»Sie liegt zu Hause und kotzt.«

»Geht diese Darmgrippe wieder um?«

»Nein. Sie erwartet ein Kind.«

Plötzlich erinnerte er sich an Veronikas bleiches Gesicht.

»Aha«, meinte er ratlos. »Dann sag halt der Vertretung Bescheid.«

»Willst du nicht wissen, mit wem sie zusammen ist?«, fragte Louise, als sie Claesson auf den Korridor begleitete. Einen Augenblick lang war sie wie immer verspielt und neugierig und nicht so scharf und heftig wie seit dem In-die-Brüche-Gehen ihres Privatlebens.

»Vielleicht«, erwiderte er und erwartete, dass er jetzt den Klatsch des Präsidiums zu hören bekommen würde.

»Das wollen wir auch wissen. Aber sie schweigt eisern«, erwiderte Louise und verdrehte die Augen.

»Das ist natürlich ihre Privatsache«, sagte Claesson und dachte, dass es vermutlich nicht Rückenschmerzen oder Muskelzerrungen waren, die Nina Persson dazu veranlassten, den Chiropraktiker aufzusuchen, aber er sagte nichts. Triumphierend behielt er diese Information für sich.

Auf dem Weg zum Fröjdeberga-Campingplatz – Jeanette Johansson saß im Auto neben ihm – überlegte sich Claesson, wie die super geschminkte Nina Persson mit ihrer Puppenfrisur und ihrer schlanken Figur wohl damit zurechtkommen würde, vollkommen aus den Nähten zu gehen. »Aber ich gönne es ihr«, dachte er, bog zum Strand ab und stellte den Wagen an dem Platz ab, den ihm die etwas schuldbewusste Kindergärtnerin zeigte. Es war immer noch ein wenig hell, heller wurde es zu dieser Jahreszeit auch gar nicht.

ELFTES KAPITEL

Sonntag, 2. Dezember

Es war richtig kalt geworden. Eine Kaltfront aus dem Osten. Trockene, winzige Schneeflocken purzelten still zur Erde. Der Garten wirkte wie mit Puderzucker bestäubt.

Es war erster Advent. Klara betrachtete von ihrem Kinderstuhl aus den dunkelroten Stern im Küchenfenster. Auf dem Küchentisch stand ein Adventsgesteck aus Moos, Fliegenpilzen und vier Kerzen. Veronika hatte Safranschnecken gebacken und war ins Elektrogeschäft gefahren und hatte dort nicht weniger als drei Lichterketten für den Garten erstanden. Claes hatte erst gemeutert, ihr dann aber geholfen. Jetzt leuchtete es traulich, je eine Kette hing in den beiden Büschen vor der Haustür und eine in dem stark beschnittenen Apfelbaum vor dem Küchenfenster. Sie wollten sich die weihnachtlichen Schaufenster in der Stadt ansehen. Danach erwarteten sie Janne Lundin und seine Frau Mona zu Adventskaffee und Glögg. Sie würden sich auf eine kurze Runde in der Stadt beschränken, denn es war eisig draußen.

Claes war ins Präsidium verschwunden. Veronika hatte aufgehört zu fragen, was er für Pläne hatte. »Ein paar Stunden arbeiten«, sagte er immer nur. Es waren in letzter Zeit viele Stunden geworden. Seine Schwester Gunilla hatte angerufen und über die Weihnachtsplanung sprechen wollen. Veronika hatte bislang keine Schwägerin gehabt. Sie mochte sie, und vor allen Dingen imponierte sie ihr. Gunilla hatte vier Söhne, ihre ganze

Familie befand sich in ständigem chaotischem Aufruhr, unbeschwert von jedweder Zeiteinteilung oder dem Streben nach Perfektionismus. Jetzt hatte sie es außerdem noch auf sich genommen, über Weihnachten Gäste zu empfangen.

Um halb drei war Claes endlich wieder zu Hause. Sie zogen lange Unterhosen, warme Pullover und Winterstiefel an und setzten Klara auf das Schaffell im Kinderwagen. Dann begaben sie sich Richtung Stadtmitte. Claes war einsilbig und wirkte abwesend.

»Ist was passiert?«, wollte Veronika wissen.

»Vielleicht«, antwortete er. Zum ersten Mal seit seinem Hexenschuss schob er den Kinderwagen.

Sie hörte ihm an, dass er nichts erzählen wollte, und fragte deshalb nicht weiter. Sie ging einfach neben ihm her und dachte daran, wie sein Schweigen sie manchmal ausschloss, ohne dass sie dagegen etwas ausrichten konnte. Aber früher oder später würde sie erfahren, was vorgefallen war.

Es war dunkel geworden. Auf der Storgatan hingen mit Tannenzweigen umwundene Lichterketten über dem Menschengewimmel, und auf dem Lilla Torget erstrahlte der höchste Weihnachtsbaum der Stadt. Ein Weihnachtsmann mit einer versoffenen Stimme jagte Klara eine Heidenangst ein. Aus vollem Hals plärrte sie in das weißbärtige Gesicht, das sich über den Kinderwagen beugte. Claes nahm sie hoch und tröstete sie. Als er mit dem schreienden Kind auf dem Arm dastand, trat eine Frau mit einem Mädchen im Schulalter an ihn heran.

»Das ist also die kleine Klara?«, sagte die Frau, legte Klara eine Hand auf den Rücken und wandte sich mit einem charmanten Lächeln an Claes.

Ihr Ton klang vertraulich, und Veronika wurde von der Einsicht überrumpelt, dass Claes auch eine Existenz außerhalb der Familie hatte. Das hatte sie natürlich die ganze Zeit gewusst, schließlich war sie selbst lange genug berufstätig gewesen, aber vielleicht hatte sie es sich nie so recht eingestehen wollen.

Claes hatte sich rasch gefangen.

»Darf ich vorstellen«, sagte er, als Klara kurz mal die Luft anhielt. »Das hier ist Louise. Veronika.«

Die zwei Frauen maßen sich mit Blicken und gaben sich gehorsam die Hand.

»Wie nett, Sie kennen zu lernen«, sagte Veronika, wie es der gute Ton vorschrieb, und lächelte.

»Ganz meinerseits«, antwortete Louise, die ganz anders aussah, als Veronika sie sich vorgestellt hatte. Alltäglicher, ein wenig müde, aber alles andere als unattraktiv.

»Ich habe von Ihnen gehört«, meinte Veronika.

»Ebenfalls«, erwiderte Louise und lachte vielleicht eine Spur zu laut.

»Und das ist eine deiner Töchter?«, wollte Claes wissen und wandte sich an das verlegene und mürrische Mädchen. Seine eigene Tochter war auf seinem Arm endlich still geworden und betrachtete alle mit todernster Miene. Ihre Mütze war ihr in die Stirn gerutscht und verdeckte ein Auge. Veronika zog sie gerade, wischte Klara die Nase und stellte sich dann dicht neben Claes.

»Genau«, meinte Louise und räusperte sich. »Das hier ist Sofia.«

Sie legte ihrer Tochter einen Arm um die Schultern. Sie standen da wie zwei steif gefrorene Formationen mit verschiedener Familienzugehörigkeit. Alle lächelten, so viel sie nur konnten.

»Es ist kalt«, meinte Claes. »Wir müssen wohl weiter.«

»Bis dann«, sagte Louise zu Claes und zog mit ihrem Mädchen weiter.

Claes nickte, und Veronika verspürte einen wohl bekannten Stich. Mit abwesendem Blick betrachtete sie dann die mit Schneedekor besprühten Schaufenster voller Weihnachtsgeschirr, Bademäntel, Stereoanlagen, Spielsachen und Kochbücher. Das Gedränge nervte Veronika, sie äußerte sich aber nicht darüber. Die Uhr über dem Uhrmacher Svensson stand auf kurz vor halb fünf. Sie begaben sich wieder heimwärts, schoben den Kinderwagen durch den Pulverschnee, vorbei an elektrischen Kerzen in den Fenstern und Lichtergirlanden auf den Balkons und in den Gärten.

Jetzt war Veronika an der Reihe, schweigsam vor sich hin zu brüten. Claes hingegen dachte nicht mehr an die Arbeit. Er war gut gelaunt und gesprächig und versuchte, sie aufzumuntern.

»Was ist los?«, wollte er wissen.

»Nichts«, antwortete sie und presste die Lippen zusammen.

»Ach nein«, seufzte er.

Erneutes Schweigen.

»Louise ist doch mit einem Lehrer verheiratet?«, fragte sie schließlich und versuchte damit unbewusst, sich dem Thema auf Umwegen zu nähern.

»Sie lassen sich gerade scheiden«, sagte er in einem möglichst alltäglichen, beiläufigen und nicht allzu gewichtigen Ton, gewissermaßen ohne die dunklen Schatten.

»Wieso hast du mir das nicht erzählt?«

Ihre Frage klang nicht unbedingt vorwurfsvoll, sondern eher neugierig. Er sah sie fragend an, und sie sah natürlich ein, dass es sie nichts anging, dass sie die Sache zu wichtig nahm und natürlich auch etwas eifersüchtig war. Sie war sich dessen bewusst, dass dies unter anderem auf das entmutigende Gefühl zurückzuführen war, dass sie momentan keine anderen Aufgaben hatte, als sich um Klara zu kümmern. Eine Beschäftigung, die offenbar nicht ausreichte, um ein gesundes Selbstbewusstsein aufrechtzuerhalten. Der Alltagstrott beengte sie. Sie sehnte sich danach, wieder Probleme zu lösen, nach Konflikten und Kaffeepausen und nach den Dingen, die sie an ihrem eigenen Arbeitsplatz angingen.

»Tja, ich weiß nicht«, antwortete er ausweichend. »Du kennst sie ja gar nicht. Und ich habe es selbst auch gerade erst erfahren.«

»Wirklich nicht lustig!«, meinte sie, um etwas gesagt zu haben.

Klara mit ihren Apfelbäckchen schlief auf dem grauen Schaffell im Wagen. »Mein Häschen«, dachte Veronika.

Am Tag darauf, Montag, dem 3. Dezember, verließ Claes zeitig, als Veronika noch schlief, das Haus. Etwas später schlug sie die Zeitung auf.

Ein Mann, der unter dem dringenden Verdacht steht, die dreiundzwanzigjährige Malin Larsson ermordet zu haben, wurde festgenommen. Der Staatsanwalt hat eine Woche Zeit, die nötigen Beweise beizubringen, um eine längere Untersuchungshaft zu erwirken. Der Verdächtige streitet die Tat ab. Er sei nie an dem Ort gewesen, an dem die Tote aufgefunden wurde. Ergebnisse des SKL (des staatlichen kriminaltechnischen Labors) werden noch abgewartet.

»Hätte die Polizei nicht warten müssen, wäre mein Klient heute bereits wieder auf freiem Fuß«, behauptet die Strafverteidigerin Katarina Rosén. Staatsanwalt Roland Wennberg, der die Ermittlungen leitet, war für eine Stellungnahme nicht verfügbar, sagte jedoch vor dem Beschluss auf Untersuchungshaft, dass die Beweise nur für eine einwöchige U-Haft ausreichten. »Wir müssen noch weitere Zeugen hören«, lautete sein Kommentar.

Da die Verhandlung unter Ausschluss der Öffentlichkeit stattfand, konnte Rechtsanwältin Katarina Rosén nicht darauf eingehen, was der Staatsanwalt gegen den Verdächtigen vorzubringen hatte.

*

Endlich war es ihm gelungen, das CD-Regal an der Wand anzubringen. Lange hatte das Metallregal in seiner Verpackung herumgelegen, aber plötzlich hatte er sich einen Ruck gegeben, und im Nu war es erledigt gewesen, wie in einem Rausch, der ihn umtrieb und ihn weder schlafen noch still sitzen ließ. Das Regal war aber immer noch leer. Er stand da, betrachtete den etwas staubigen Stapel mit CDs und überlegte, ob er auch noch die Kraft aufbrachte, sie einzuordnen, aber plötzlich wurde seine Müdigkeit übermächtig. Er konnte seine Gedanken nicht so weit sammeln, um sich zu überlegen, wie er die CDs am besten sortierte, um sie leicht wiederzufinden.

Aber ihm fehlte nicht nur die Kraft, sondern auch die Motivation. Spielte es denn überhaupt eine Rolle, wie er seine Musik ordnete? Ein Großteil seiner Kraft wurde davon in Anspruch genommen, überhaupt so normal wie möglich zu funktionieren, ein Mensch zu sein, der sich ankleidete und zur Arbeit ging. Damit war es zwar nicht zum Besten bestellt gewesen, aber alle um ihn herum waren sehr verständnisvoll gewesen auf eine fast unbegreifliche Art, die ihn verlegen und manchmal sogar wütend machte. Es war irgendwie widerlich, aber natürlich war er nicht so dumm, dass er den kleinen Spielraum, den ihm das einräumte, nicht ausgenutzt hätte. Alle fanden natürlich, dass ihm da etwas Fürchterliches zugestoßen war. Insbesondere die Tatsache, dass niemand so recht wusste, was eigentlich geschehen war. Unerklärliches erschreckte immer und reizte gleichzeitig. Wer hatte es getan? Wer hatte eine junge Frau so unverzeihlich grausam behandelt? Niemand wusste es. Noch nicht.

Vielleicht würde man es nie erfahren, dachte er mit gemischten Gefühlen. Das Leben musste auch ohne eine Antwort weitergehen. Würde er es schaffen, trotz der Ungewissheit weiterzuleben?

Er ließ den CD-Stapel liegen, ging in die Küche, nahm ein Bier aus dem Kühlschrank und blieb neben der Spüle stehen.

Ihm fiel auf, dass er trotzdem erstaunlich wenig empfand. Als würde die Zeit einfach vergehen – all die Menschen in seiner Nähe, die nichts sagten, die beharrlichen Fragen der Polizei, die durchdringenden Blicke der Leute auf der Straße, die unausgesprochenen Fragen und die Vorsicht, die ihn umgaben. Er spielte mit, unterließ es nachzudenken und unterließ es sogar, etwas zu empfinden, vor allem, in sich zu gehen.

Unbewusst, manchmal auch bewusst schob er alle Gedanken an das, was geschehen war, beiseite und vermied somit, dem eigentlichen Vorfall nahe zu kommen. Er tat dies, um die Leere und das frustrierende Gefühl der Einsamkeit ertragen zu können sowie die alles verzehrende Kälte, die die Tatsache umgab, dass es unwiderruflich war. Es ließ sich nicht ändern, obwohl sie ihm so wichtig und so verzweifelt nahe gewesen war. Aber jetzt nicht mehr. Oder doch, ein wenig vielleicht. In Gedanken. Nahe und gleichzeitig so fern.

Aber es war nicht nur seine Schuld. Wenn sie nicht so stur gewesen wäre, sich nicht geweigert hätte, ihm zu antworten, sich nicht hätte erweichen lassen, sondern stattdessen auf ihn gehört hätte, versucht hätte zu verstehen, was er sagen wollte, dass er ihr eigentlich wohl gesinnt war, dann wäre er nicht so wütend geworden. Aber sie hatte ihn fast höhnisch angelächelt, ihm regelrecht ins Gesicht gegrinst.

Er hatte ganz einfach vollkommen die Beherrschung verloren, aber wem wäre es in vergleichbarer Situation nicht ebenso ergangen? Er war schließlich auch nur ein Mensch, und wenn man berücksichtigte, wie es ihm zeitweise ergangen war, war es noch verständlicher.

Wie konnte sie nur glauben, dass er akzeptieren würde, dass sie keine Rücksicht auf seine Gedanken und Gefühle nahm? Dass sie es sich ganz plötzlich anders überlegt hatte. Als wären seine Gefühle nicht genauso viel wert gewesen. Als wäre es plötzlich nur noch auf ihre Gefühle angekommen. Sie hatte geglaubt, mit seinen Gefühlen spielen zu können, ohne dass er etwas unternahm. Dass er trotzdem noch da sein würde. Wie konnte sie es nur wagen, das zu glauben? Deswegen hatte er es ihr gezeigt.

Er hob die Bierdose an die Lippen, schloss die Augen und trank mit so großen Schlucken, dass ihm die Augen tränten. Sofort wischte er sich mit dem Handrücken über die Wangen, schließlich durfte es nicht aussehen, als würde er heulen.

Die plötzliche Reaktion trat sowohl unerwartet als auch stark ein. Die heftigen Gefühle überfielen ihn förmlich. Er sah sich gezwungen, tief Atem zu holen. Die eigene Hand im Gesicht, eine Berührung Haut an Haut. »Wie man ein Kind tröstet«, dachte er. Er war sich bewusst, dass er ein sehr einsamer Mann war. Zutiefst unglücklich und nicht zuletzt sich selbst unbeschreiblich fremd.

Langsam begannen seine Schultern zu beben. Es war still

im Haus, so still, dass er es in den Wänden knacken hören konnte. Unbewusst umfasste er die leere Bierdose mit den Fingern. Drückte zu und zermalmte das nachgiebige Blech. Sein Arm zitterte, und die Adern an den Schläfen schwollen an. Er biss die Zähne zusammen und prustete dann so, dass die Spucke spritzte. Er zermalmte die Dose, aber auch seine Wut.

Er fühlte einen stechenden Schmerz in der Hand. Er streckte seine Finger aus, warf die Dose in die Mülltüte und stellte dann fest, dass er sich nicht an dem Blech geschnitten hatte. Obwohl es egal gewesen wäre.

ZWÖLFTES KAPITEL

Luciatag, Donnerstag, 13. Dezember

Claesson befand sich in dem leicht gereizten, aufgedrehten Zustand, den zu viel Kaffee, zu wenig Schlaf und zu spärliche Resultate hervorrufen. Er hätte es besser wissen und sich zurückhalten sollen. Trotzdem war er in aller Herrgottsfrühe aufgestanden, hatte Kaffee gekocht, die Zeitung durchgeblättert und dann den Fernseher im Wohnzimmer angemacht. Aus dem Lautsprecher erklang das jahrhundertealte Lucialied wie aus einer anderen Welt. Er betrachtete die Lichtgestalt, die langsam, gefolgt von den Mägden, durch den Dom in Lund schritt. Er hatte den Fernseher ganz leise gestellt, aber trotzdem erwachte Veronika an diesem dunklen, stimmungsvollen Morgen. Verschlafen lehnte sie sich von hinten an seinen Rücken.

»Und wieder ist Lucia«, sagte sie mit belegter Stimme, und er spürte ihren Morgenatem im Nacken.

»Hm.«

»Ich will nicht, dass die Jahre vergehen. Jetzt nicht mehr.«

»Seit wann?«, fragte er.

»Seit ich fünfundvierzig bin.«

»Da werde ich wohl noch warten müssen«, entgegnete er.

Er war drei Jahre jünger als sie. Veronika scherzte immer, sie habe sich an einem Kind vergriffen.

Ein Knabenchor erschien im Bild und sang *Stefan war ein Stallknecht*, und Claes stimmte ein.

»Wir danken ihm so gerne«, sang er, und es klang richtig schön, »er tränkte seiner Fohlen fünf – unter dem hellen Stern – noch war die Dämm'rung fern – die Sterne am Himmel funkelten.«

Das Lied abbrechend, sagte er dann: »Erwachsen werden bedeutet, dass man nicht mehr mit spitzem Hut hinter der Lucia hermarschieren muss.«

»War das so schrecklich?«

»Die Mädchen waren immer so süß mit Lametta im offenen Haar. Und wir mussten mit dieser Narrenmütze herumlaufen. Außerdem saß sie nie richtig, sondern rutschte hin und her.«

»Warum fängst du eigentlich nicht wieder an zu singen«, sagte sie, legte einen Arm um ihn und zog ihn fest an sich, »und trittst einem Chor bei?«

»Wann hätte ich dazu Zeit?«

Sie legte den Kopf nach hinten und zog die Brauen hoch.

»Vielleicht nicht gerade jetzt, aber etwas später«, meinte sie leichthin.

»Wann ist später?«

Sie ließ ihn los. Die Worte hingen in der Luft, während sie in die Küche ging.

»Später, das kann jederzeit sein«, fuhr sie fort, als sie zurückkam. »Fast sofort. Oder nächste Woche. Möchtest du Pfefferkuchen und Safranschnecken?«

»Nein danke. Wahrscheinlich gibt es Luciakaffee im Büro. Ich muss los.«

Sie verstummte.

»Seid ihr nicht bald mit dieser Sache fertig?«

Er hörte aus ihrer Stimme eine Mischung aus Enttäuschung und Sehnsucht heraus. Vielleicht auch den Wunsch, dass das Ganze bald vorüber sein würde. So empfand er es auf alle Fälle selbst. Ein Gefühl der Frustration hatte ihn ergriffen, und er fand, dass es an der Zeit war, wieder mit dem eigenen Leben zu beginnen.

Der Mann, den sie vorläufig festgenommen hatten, war in Ermangelung sowohl eines Geständnisses als auch solider Beweise wieder auf freien Fuß gesetzt worden, denn es gab nur Indizien. Sie hatten ihn gewissermaßen auf gut Glück festgenommen, was vielleicht dumm und außerdem gemein gewesen war. Seine Gefühle waren gemischt. Er fühlte sich hin und her gerissen. Unter allzu großem Druck entwickelte man leicht mal einen gewissen Zynismus, dachte er, trotzdem hatte es ihn erleichtert, als der sensible Fahrradmechaniker – zumindest einstweilen – aus der Untersuchungshaft entlassen worden war.

Draußen war es grau und diesig, aber es lag noch etwas Schnee. Die Tische im Kaffeezimmer waren mit roten Servietten gedeckt, auf denen Pfefferkuchenherzen lagen. Janne Lundin war gerade in ein fröhliches Gelächter ausgebrochen, und alle am Tisch, selbst Claesson, lachten mit. Da klingelte sein Handy.

»Wir haben eine Tasche reinbekommen«, sagte Joelsson am anderen Ende und klang außerordentlich gut gelaunt. »Ich glaube, das ist was«, meinte er fast triumphierend.

Claesson trank einen Schluck alkoholfreien Glögg und aß den Rest seiner gelben Safranschnecke, in der sich nicht die Spur von echtem Safran fand – Veronikas waren besser, sie konnte zwar nicht kochen, aber dafür backen –, und winkte dann Louise zu sich, die an einem anderen Tisch saß.

Auf einem Tisch zwei Stockwerke tiefer stand eine Tasche aus dunkelblauem Nylon, die an einen kleineren Sack erinnerte. Sie besaß einen Schulterriemen, der sich von der einen Seite gelöst hatte. Claesson beugte sich über die Tasche, versuchte reinzuschauen und erblickte eine Thermoskanne. Unter anderem.

Ein älterer, warm gekleideter Herr saß daneben auf einem roten Plastikstuhl. Claesson kam er vage bekannt vor. Er hatte seine karierte Schirmmütze mit Ohrenklappen abgenommen und sie über ein Knie gehängt, seine Jacke jedoch nicht aufgeknöpft. Nichts deutete darauf hin, dass er schwitzte. Sein Gesicht war kreidebleich. »Wahrscheinlich ist man verfroren, wenn man älter wird«, dachte Claesson, beugte sich zu ihm herab und legte ihm eine Hand auf die Schulter.

»Sie haben diese Tasche also gefunden?«, sagte er aufmunternd.

»Wie bitte?«

Der Mann hielt eine Hand hinters Ohr und schaute Claesson mit wässrigen Augen an.

»Also Sie haben diese Tasche gefunden«, wiederholte mit lauterer Stimme.

»Ja, genau«, sagte der Mann. »Mein Name ist Roland Johansson, aber alle nennen mich Rolle.«

»Wir freuen uns, dass Sie diese Tasche gefunden haben«, meinte Claesson. »Wir haben lange nach ihr gesucht.«

Der Mann gehörte vermutlich zu jener großen Anzahl Menschen, die sich ihre spärliche Rente oder ihre Sozialhilfe mit dem Sammeln von Pfandflaschen und -dosen aufbesserten.

»Ich habe die Sache schließlich verfolgt«, sagte Rolle mit Verschwörerstimme. »Das arme Mädchen.«

»Das war gut. Können Sie mir vielleicht erzählen, wo genau Sie die Tasche gefunden haben?«

»In einem Müllsack.«

»Wo?«

»Ein Stück weit weg«, sagte Rolle und deutete mit der Hand Richtung Fenster. Er trug schwarze Handschuhe.

»Wie weit denn?«, fragte Claesson.

»Bei der Statoil-Tankstelle.«

»Der am Kreisverkehr?«

»Nein, der an der westlichen Ortsausfahrt«, antwortete Rolle und deutete mit der anderen Hand in die entgegengesetzte Richtung.

»Ist der Alte so weit gelaufen?«, überlegte Claesson. »Für sein Alter muss er wirklich ganz schön fit sein.«

Im Verlauf des Nachmittags stand fest, dass keiner der Männer, die in erster Linie des Mordes an der jungen Malin Larsson verdächtigt worden waren, irgendwelche Fingerabdrücke auf der Tasche oder ihrem Inhalt hinterlassen hatten. Sie enthielt eine Thermoskanne aus rostfreiem Stahl, zwei Plastikbecher, Würfelzucker in einer Plastiktüte, eine ungeöffnete Rolle Marie-Kekse und eine Glasflasche mit so saurer Milch, dass sie bereits geronnen war. Mit einem gewissen Aufwand ließen sich einige Fingerabdrücke außer denen von Malin sichern. Die Tasche hatte zuoberst und relativ geschützt in dem Müllsack gelegen, in den es weder hineingeregnet noch hineingeschneit hatte, da der Deckel der Mülltonne geschlossen gewesen war. Der Fund war nicht bei der Tankstelle gemacht worden, sondern bei einer Parkbucht, die etwa einen halben Kilometer westlich davon lag. Laut Stadtreinigung wurde die Mülltonne im Winter nur sehr selten geleert, und dafür war Claesson im Augenblick außerordentlich dankbar.

Mittlerweile bewegte er sich wieder recht unbeschwert. Sein Hexenschuss war verschwunden und bremste ihn nicht mehr. Oder nur in ganz bestimmten Augenblicken, aber kaum noch so, dass es aufgefallen wäre. Das konnte sich aber rasch wieder ändern, dessen war er sich sicher. Die geringste falsche Bewegung, ein Ruck, ein zu schwerer Gegenstand oder zu viele Stunden am Schreibtisch, und es würde wieder von vorne anfangen. Er war auf dem Weg zu Louise und überlegte, wie er die Sache angehen sollte.

»Ich fahre heute nirgendwohin«, betonte sie. »Es ist Lucia. Ich muss nach Hause zu den Mädchen. Ich will Janos nicht schon wieder bitten müssen.«

Claesson stand ihr gegenüber. Sie saß an ihrem Schreibtisch und sah nachdenklich aus. Es fiel ihr schwer, Nein zu sagen, das kostete sie Kraft, da sie lieber immer Ja sagen und als zuverlässig und tüchtig gelten wollte. Die meisten Dinge erledigte sie mit links und außerdem oft noch mit einem forschen Lächeln. Aber jetzt zuckten ihre Mundwinkel nicht einmal.

Sie hatte Magen- und Kopfschmerzen. »Hätte ich überhaupt Kraft dazu?«, überlegte sie und wusste, dass er schlimmstenfalls sagen konnte, dass das zu ihren Dienstverpflichtungen gehöre. Da konnte sie dann auf die Märtyrerrolle zurückgreifen.

Der Auftrag lockte sie, nicht zuletzt, weil er schwierig war. Heikle Aufgaben hatten immer eine spezielle Anziehung auf sie ausgeübt. Besonders jetzt. Die Aufgabe war so groß und schwer, dass sie alles andere vergessen konnte, auch sich selbst. Der Versuch, in das psychologische Labyrinth eines Mordes einzudringen, der für Schlagzeilen gesorgt hatte, reizte ihren Kampfgeist. Außerdem hätte es ihrer Eitelkeit geschmeichelt, dem inneren Kreis anzugehören.

Claesson schien nachzudenken. Erika war noch nicht ganz so weit, das hatte er schon mehrfach gedacht. Wenn sie bald einmal zwei voll ausgebildete Frauen im Team hatten, würde alles einfacher werden. Dieses Mal brauchte er unbedingt eine Frau.

»Wie wäre es mit morgen?«, wollte er wissen.

Sie starrte vor sich hin und hoffte auf eine Eingebung. Es bereitete ihr einen gewissen Genuss, jemanden hinhalten zu dürfen. Sie fühlte sich wirklich sadistisch.

»Okay«, antwortete sie schließlich. »Das gibt mir Zeit, meine Mutter um Unterstützung zu bitten. Wir müssen doch wohl übernachten?«

»Vermutlich. Ich weiß es zu schätzen!«, sagte er anerkennend. Er hatte wieder gute Laune und lachte, aber zu seiner großen Bestürzung brach Louise vollkommen unvermutet lautstark in Tränen aus. Er war völlig überrumpelt und wusste weder, was er sagen, noch, was er tun sollte. Vielleicht war es ein Fehler gewesen, sie zum Mitkommen zu überreden. Sie war ganz offenbar aus dem Gleichgewicht.

»Keine Sorge«, sagte sie, als hätte sie seine Gedanken gelesen. »Ich werde Ruhe bewahren. Aber ich bin Anerkennung gar nicht mehr gewohnt. Du weißt schon, das bisschen normale Freundlichkeit«, sagte sie und begann, in ihrem Schreibtisch nach einem Papiertaschentuch zu suchen.

Am nächsten Tag, Freitag, dem 14. Dezember, befanden sie sich auf dem Riksvägen 23 Richtung Växjö. Bis dort waren es knapp zwei Stunden. Der Wald stand in dichter Einförmigkeit, die von einzelnen Kahlschlagzonen, so genannten Erneuerungsflächen, unterbrochen wurde. Eine festgefahrene dünne Schneeschicht bedeckte die Fahrbahn. Der Himmel war düster. Sie rekapitulierten den Fall. Louise hatte ihre Notizen auf den Knien. Sie legten sich, soweit möglich, eine Strategie zurecht. Im Übrigen standen Improvisation und Offenheit ganz oben auf der Tagesordnung.

Das Präsidium war nicht schwer zu finden. Es lag wie ein buttergelber Karton am Oxtorget, flankiert vom Multiplexkino Filmstaden und dem Radisson-Hotel. Auch das Untersuchungsgefängnis und die Staatsanwaltschaft befanden sich im selben modernen Gebäude, das dank seiner Innenausstattung anfänglich ihren Neid erweckte. Aber bei näherem Hinsehen wirkte dann doch alles recht grau.

Inspektor Johan Wilhelmsson empfing sie. Ein sympathischer Mann um die vierzig ohne Ehering, wie Louise, die Männer in letzter Zeit mit ganz anderen Augen betrachtete, feststellen konnte. Sie aßen Käsebrötchen und tranken Kaffee, und sie merkte selbst, dass sie etwas zu wild gestikulierte und zu laut lachte, konnte sich aber nicht bremsen. In der Tiefe ihrer Seele wusste sie, dass man eine langjährige und innige Beziehung nicht einfach von heute auf morgen austauschen konnte. Das war frustrierend. Die Zeit, die alles brauchte, machte ihr wie immer zu schaffen. Es dauerte erbärmlich lange, wieder auf die Füße zu kommen. Nicht Wochen, sondern Monate und vermutlich Jahre. Aber trotzdem ließ sie ihrer Verzweiflung freien Lauf, und es war ihr egal, was Claesson meinte, falls er überhaupt eine Meinung dazu hatte.

Die Akte über Eberhard Larssons Tod im Eis vor vierzehn Jahren war inzwischen im Archiv ausgegraben worden. Sie war nicht sonderlich umfangreich und lag jetzt vor ihnen. Louise blätterte und las hier und da ein paar Zeilen.

»Ist dieser See weit entfernt?«, wollte sie wissen, schlug die Beine übereinander und lehnte sich zu Inspektor Wilhelmsson vor.

»Nein. Der liegt sozusagen mitten in der Stadt«, sagte er

und nutzte die Gelegenheit zur Flucht unter dem Vorwand, eine Karte zu holen.

Louise und Claesson überflogen gemeinsam die Akte.

Larsson wurde um ca. 6.15 h von Hrn. Arnold Agewall, der mit seinem Hund unterwegs war, im Südteil des Sees aufgefunden. Larsson lag etwa 20 m vom Ufer entfernt, das Gesicht im Wasser. Das Eis war aufgegangen, vermutlich auf Grund des Körpergewichts.

Sie lasen weiter. Die Obduktion hatte Erfrieren in Kombination mit Ertrinken als Todesursache ergeben. Nichts wies auf Gewalteinwirkung hin. Eberhard Larsson hatte nicht weniger als eins Komma sechs Promille im Blut gehabt, was dafür sprach, dass er eine gut trainierte Leber gehabt haben musste, um überhaupt noch aufrecht gehen zu können.

»Ein schöner Tod«, sagte Louise träumerisch und mit einem Blick, der den inzwischen wiedergekehrten Inspektor Wilhelmsson dazu veranlasste, verunsichert stehen zu bleiben, während er einen Stadtplan von Växjö vor ihnen ausbreitete.

»Was hatte er eigentlich auf dem Eis verloren?«, fragte Claesson.

»Keine Ahnung«, erwiderte Wilhelmsson abweisend. Er hatte keine Veranlassung gehabt, sich mit dem Fall zu befassen, und wusste also eigentlich gar nichts darüber, wie sich herausstellte, aber er kannte sich in Växjö sehr gut aus.

»Man hielt es für einen Unfall im Suff«, sagte Claesson, ohne den Blick von der Akte zu heben. »Übrigens, der Mann, der sich um die Angelegenheit gekümmert hat, Gösta Stolt, wo ist der?«

»Weiß nicht so genau«, meinte Wilhelmsson, »zu Hause, vermute ich. Er ist in Pension. Als ich ihm zuletzt begegnet bin, wollte er in die Gegend von Ljungby zur Elchjagd. Er ist ein rüstiger Rentner«, konstatierte Wilhelmsson, suchte die Adresse hervor und erklärte ihnen, wie man hinkam. Er beschrieb ihnen auch, wie man zu den Verwandten von Malin, bei denen diese eine Zeit lang gewohnt hatte, und zu ihrem Bruder Alexander kam.

»Wo übernachten wir am besten?«, wollte Claesson wissen.

»Auf der anderen Straßenseite oder im Hotel Cardinal in der Bäckgatan.«

Sie bedankten sich und gingen, nachdem Louise ein letztes Mal versucht hatte, Wilhelmsson mit ihrem Blick zu verschlingen, was dieser jedoch nur mit einem höflichen Lächeln beantwortet hatte.

»Der ist ohnehin nichts für mich«, dachte sie auf der Treppe nach unten. »Wahrscheinlich interessiert er sich gar nicht für Frauen!«

Bis zur Södra Esplanaden war es so nah, dass Louise es vorzog zu laufen. Mit raschen Schritten ging sie an einem Friedhof vorbei, kam über die Bahngleise und hatte dann nur noch ein kurzes Stück Weg vor sich. Es klarte auf. »Würde ich hier wohnen wollen?«, überlegte sie, wie sie das inzwischen immer tat. Darüber ließ sich natürlich nach einer raschen Fahrt durch die Stadtmitte und die Randbezirke nichts sagen. »Würde ich eine Kollegin von diesem steifen Wilhelmsson werden wollen?«

Die Verwandten wohnten in einem netten Reihenhaus an einem Park. Gelb, mit weißen Fensterläden, Vorgarten mit abgedeckten Rosen und frostigem Rhododendron. Die Frau, die ihr aufmachte, war zwischen fünfundsechzig und siebzig. Sie hatte auffällig volles, stahlgraues Haar, das so geschnitten war, dass es in alle Richtungen abstand. Wahrscheinlich hätte es ordentlich in Wellen liegen sollen. Sie war dünn, hielt sich sehr aufrecht und kannte vermutlich kein Pardon. Ihr Händedruck war fest und energisch.

»Liljan Grönroos«, sagte sie und ließ Louise ins Haus.

Die Küche war klein, so wie man in den Fünfzigern gebaut hatte, aber das Wohnzimmer dahinter, von dem man in den Garten und den Park blickte, war geräumig.

»Fantastische Aussicht! Wirklich eine ruhige und schöne Gegend«, begann Louise, aber Liljan Grönroos schien nicht zuzuhören.

»Mein Mann ist bei der Arbeit«, informierte sie ernst. »Das macht er mehr zur Zerstreuung«, fuhr sie fort. »Wir sind beide in Rente. Er hilft auf dem Amt. Er ist Spezialist für Wasserreinigung.«

Louise setzte sich auf ein Chesterfieldsofa auf einem Perserteppich und schaute auf eine schwere, hohe Orrefors-Vase auf einem Mahagonitisch.

»Wie Sie wissen, bin ich hier, um mich nach Malin zu erkundigen«, sagte Louise.

Liljan zog ein Taschentuch hervor und schnäuzte sich.

»Ja, du lieber Himmel, dass es so schlimm enden würde!«, meinte sie.

Eine kurze Pause trat ein.

»Ich bin ihre Tante. Alles war so chaotisch, nachdem Ebbe im Eis einbrach. Schon vorher waren schwere Jahre gewesen, aber da, als zum zweiten Mal innerhalb von so kurzer Zeit eine Trauernachricht kam, sagten uns mein Mann und ich, dass wir helfen müssten.«

»Sie entschlossen sich also, sich um die Kinder zu kümmern?«

»Das Jugendamt war natürlich eingeschaltet. Man kann sich schließlich nicht um die Kinder anderer Leute kümmern, wie es einem gerade einfällt. Aber man traute uns zu, den Kindern die Stütze zu sein, die sie brauchten. Wir nahmen sie also zu uns. Unsere zwei eigenen Kinder waren da schon ausgeflogen, wir hatten also Platz. Vermutlich wäre es nicht leicht gewesen, Pflegefamilien zu finden, und schließlich ist Blut dicker als Wasser.«

Louise nickte.

»Sie zogen also bei Ihnen ein.«

»Malin und Alexander, Camilla aber nicht. Sie zog nach Malmö. Ein patentes Mädchen. Ich fand zwar damals, dass sie noch zu jung war, aber sie hat sich gut gemacht. Vielleicht war es auch schön für sie, für sich sein zu können und sich nicht die ganze Zeit um ihre Geschwister kümmern zu müssen. Eberhard war nicht sonderlich für häusliche Arbeiten. Mit ihm hatte man wirklich seine Last«, sagte sie und zerknüllte ihr Taschentuch.

»Wieso das?«, erkundigte sich Louise vorsichtig.

»Man soll ja von den Toten nicht schlecht reden, aber verantwortungslos war er. Er trank zu viel. Es ist ein Wunder, dass aus den Kindern überhaupt was geworden ist.« Sie starrte leer vor sich hin. »Entschuldigen Sie, ich dachte gerade nicht daran, dass Malin ... von uns gegangen ist.«

Louise nickte.

»Malin und ihr großer Bruder sind also hier eingezogen?«

»Genau. Das ging gut. Sie hatten dann doch ein etwas geordneteres Leben«, sagte sie stolz. »Sie waren sehr anstellig und ruhig. Ich denke da hauptsächlich an Malin, denn Alexander zog nach einem Jahr oder so schon wieder aus ...«

Sie schaute zum Fenster und blinzelte, wie man das tut, wenn man sich in Erinnerungen verliert.

»Vielleicht war es auch nur ein halbes Jahr«, fuhr sie fort. »Man vergisst so leicht. Es fiel ihm wahrscheinlich schwer, sich anzupassen«, meinte sie, wieder an Louise gewandt. »Er war recht mürrisch und aufsässig. Als er ungefähr fünfzehn war, zog er mit einem Freund in eine Wohnung hier in der Stadt.«

Louise hörte eine gewisse Bitterkeit.

»Die Pubertät sind keine leichten Jahre!«, sagte die grauhaarige Dame dann so verächtlich, dass es Louise kalt den Rücken herunterlief.

Die Jugend wurde immer als eine Periode mit Schweiß, Akne und Verzagtheit dargestellt, die man vollkommen aus dem Leben des Menschen ausradieren sollte, dachte Louise. Einige Kinder schienen irgendwie übrig zu bleiben, keiner wollte sie haben, aber irgendeiner ist dann aus Pflichtgefühl oder was immer doch bereit, die Betreuung zu übernehmen, jedenfalls äußerlich. Schlafplatz, Verpflegung und Hilfe mit der Wäsche. Aber dass jemand dann auch noch beschwerlich war, nein, dafür gab es vermutlich keinen Platz.

»Gibt es was Besonderes aus diesen Jahren, das Sie mir erzählen wollen?«, wollte Louise wissen.

Liljan reckte sich, zog ihren Pullover nach unten und begann an ihrer Perlenkette zu nesteln.

»Ich wüsste nicht, was. Es passierte eigentlich nie etwas Besonderes. Die Tage vergingen einfach.«

»Meine Güte!«, dachte Louise. »Zwei Teenager im Haus, und es passiert nichts Besonderes.« Normal wäre gewesen, wenn es im Haus nur so geschappert hätte. Zumindest ab und zu. Aber die Kinder hatten sich vermutlich nicht getraut, dachte sie müde. Eine leise und zurückhaltende Anpassung war das Einzige, was für das fremde Element in einem wohl geordneten und vielleicht etwas gefühlskalten Haushalt in Frage kam.

»Sie erlebten sie also als recht in sich gekehrt?«, fragte sie.

»Das kann man sagen«, sagte Liljan und schaute Louise an. Die bereits niedrig stehende mattgelbe Sonne spiegelte sich in ihrer Brille. »Aber wir tolerierten natürlich nicht alles. Wir waren es immer gewohnt gewesen, dass man aufeinander Rücksicht nimmt. Unsere Kinder sind so erzogen.«

»Wie alt sind Ihre eigenen Kinder?«

»David ist dreiunddreißig und Lotta achtunddreißig.«

»Und sie wohnen beide hier in der Stadt?«

»David schon, Lotta aber nicht. Sie wohnt in Hultsfred.«

»Und sie waren in dieser Zeit nur selten zu Hause?«

»Stimmt. Vor allem David. Ab und zu schaute er mal vorbei. Das tut er immer noch.«

»Ich würde mich gern auch mit ihm unterhalten«, sagte Louise. »Mehr der Vollständigkeit halber«, meinte sie noch. Liljan gab ihr Adresse und Telefonnummer.

»Ich weiß, dass es viele Jahre her ist, aber könnten Sie mir vielleicht trotzdem das Zimmer zeigen, in dem Malin gewohnt hat?«

»Natürlich«, antwortete Liljan Grönroos, erhob sich und strich ihren Faltenrock glatt.

Das Haus hatte anderthalb Stockwerke und Keller. Sie gingen eine schmale und steile Holztreppe hinauf. »Wie die Jakobsleiter aus der Bibel«, dachte Louise. Das Obergeschoss war klein, zwei winzige Zimmer nebeneinander und ein größeres so genanntes Elternschlafzimmer gegenüber mit einer kleinen Diele dazwischen. Eng, fand Louise. Kleine Kinder, die Angst vor der Dunkelheit hatten und ihre Eltern in der Nähe haben wollten, fanden dort vielleicht Geborgenheit. Aber für größere Kinder, denen ihre Integrität und eine gewisse Freiheit wichtig waren, war diese räumliche Nähe zu intim. Besonders wenn man außerdem noch ein fremder Vogel war und eigentlich nicht dazugehörte, dachte sie und hatte Lust, an die Wand zu klopfen, um zu sehen, wie hellhörig es war. Sie nahm jedoch davon Abstand.

»Alex ist dann ins Erdgeschoss gezogen«, meinte Liljan, als hätte sie ihre Gedanken gelesen. »Wir haben noch ein Zimmer neben der Haustür. Malin hätte auch gern dort gewohnt, aber wir fanden, dass sie in ihrem Zimmer bleiben sollte, wo sie schon einmal ein eigenes Zimmer hatte.«

»Die Geschwister hielten also zusammen?«, fragte Louise und betrachtete den kleinen Perserteppich. »Vielleicht ein Gebetsteppich«, dachte sie. Frau Liljan Grönroos mit Pantoffeln mit Spange hielt inne, hörte auf, an ihren Perlen herumzufingern, und zögerte eine halbe Sekunde. Dann presste sie ihre Hand auf die Lammwolle auf ihrer Brust, als wolle sie ihr Herz daran hindern durchzugehen.

»Ja«, antwortete sie knapp, drehte sich um und begann die Treppe hinunterzugehen.

Auf der Jakobsleiter hatte man doch direkt in den Himmel gehen können, aber auch in die entgegengesetzte Richtung. Louise überlegte, ob sie auch in die Hölle geführt hatte, als sie hinter der beherrschten, freundlichen Dame herging, die sich nichts vorzuwerfen hatte, auch wenn ihr nichts sonderliche Freude bereitet zu haben schien.

Ganz hinten im Keller stand der Karton. Malins wenige Habseligkeiten waren ordentlich zusammengepackt. Daneben ein paar Küchenstühle, ein Küchentisch, eine kleine Kommode, die sie vermutlich geerbt hatte, eine Stehlampe, ein zerlegtes Bücherregal sowie eine Kiste mit Küchensachen und eine mit Bettwäsche und Handtüchern. Und dann eben ein Karton mit persönlicheren Gegenständen, darunter auch Tagebücher. Er stand ganz hinten und ganz unten. Niemand schien diesen Umzugskarton geöffnet zu haben, seit Malin ihn dort abgestellt hatte.

Louise hatte die ganze Zeit das Gefühl gehabt, dass es weitere Tagebücher geben müsste, hatte aber nie richtig die Zeit gehabt, nach ihnen zu suchen. »Jetzt habe ich sie doch noch gefunden«, dachte sie. Natürlich hätten sie schon früher nach Växjö fahren sollen, aber besser spät als nie!

Louise rief Claesson an, der das Auto hatte. Sie wollte den Umzugskarton direkt mitnehmen. Falls das strebsame Ehepaar Grönroos noch nicht so neugierig gewesen war, in diesen Sachen zu wühlen, wollte sie es auch gar nicht erst auf den Gedanken bringen.

Claesson und Louise stellten Malins Karton in den Wagen, bedankten sich bei Frau Grönroos für die Zusammenarbeit und fuhren zum Präsidium.

Claesson hatte den Bruder nicht erreicht, dafür aber seine Ehefrau, eine recht bleiche und eher vorsichtige Frau, die bei der Krankenkasse arbeitete. Sie hatte nicht viel zu erzählen gehabt, weder über Malin noch über ihren Ehemann, das war merkwürdig, aber deswegen noch lange nicht verdächtig. Sie hatte ihrem Mann ein Alibi für Allerheiligen gegeben: Sie seien fast das ganze Wochenende zu Hause gewesen. Claesson glaubte, dass sie ihre Schwägerin nicht mochte, hatte ihr aber nichts entlocken können, um das zu untermauern. Dass Malin ermordet worden war, schien sie, wenn überhaupt, äußerst wenig zu berühren.

Im Präsidium durften sie den Karton in einer Ecke abstellen. Dieses Mal half ihnen nicht Wilhelmsson, sondern eine resolute Kollegin, die offenbar von ihrer Anwesenheit und den Grund dafür wusste. Es hatte sich herumgesprochen, was den Vorteil besaß, dass sie nicht mehr das Gefühl hatten zu stören, sondern sich regelrecht willkommen fühlten.

»Ich glaube, dass Alexander irgendwo hier in der Nähe ist«, meinte Claesson, als sie in einem engen Café in der Storgatan saßen, das »Askelyckan« hieß.

Er hatte ein Gebäck mit Zuckerguss genommen, sie nur eine Tasse Kaffee. Es war voll. Überall standen brennende Teelichter in schweren runden Haltern aus rotem Glas, die an Schneebälle erinnerten. Auf den Tischen lagen grüne Deckchen.

»Ich werde auch nicht wieder dort anrufen, sondern einfach hinfahren. Ich habe nämlich zu der Frau gesagt, dass ich mich telefonisch anmelden würde. Ich will, dass du mitkommst.«

»Heute Abend?«, fragte Louise.

Er nickte, knöpfte seine Jacke auf und nahm ein paar zusammengerollte Papiere aus der Innentasche und breitete sie auf dem Tisch aus. Erst schob er jedoch noch die Krümel mit der Hand auf den Fußboden. Eine der Kellnerinnen sah ihn, warf ihm einen müden Blick zu und kam mit einem Lappen.

»Soll ich den Tisch abwischen?«, fragte sie in breitem Småländisch, das aus der Verfilmung eines Heimatromans hätte stammen können.

»Danke.« Claesson lächelte. Er hob die Papiere an, während sie mit dem Lappen herumwischte.

Da hatte Louise auch schon gesehen, worum es sich handelte.

»Die spezifizierten Telefonrechnungen?«

»Genau.«

Sie riss die Papiere an sich und überflog sie rasch, während Claesson seinen Kaffee schlürfte und auf ihre Reaktion wartete.

»Siehst du, was ich sehe?«, wollte er wissen, noch bevor sie etwas gesagt hatte.

»Ich glaube«, erwiderte sie und legte ihren Finger auf einen Punkt unterhalb der Mitte auf einem der vielen Computerausdrucke, »hier hat er aufgehört, die Nummer anzurufen. Ganz und gar. So ein Idiot!«

»Genau!« Claesson nickte zufrieden.

»Hast du das die ganze Zeit gewusst?«, fragte sie kritisch, als hätte er bewusst Informationen zurückgehalten.

»Peter Berg ist das aufgefallen, um ehrlich zu sein. Aber ich habe nicht recht auf ihn gehört, nicht ausreichend jedenfalls. Ich habe das übergangen. Aber jetzt sind wir ja hier«, meinte er, um zu betonen, dass es keinen Sinn hatte, etwas zu bereuen.

Sie nickte und strich sich mit den Fingern über den Nasenrücken, rieb sich die Augen und gähnte hinter vorgehaltener Hand.

»Müde?«

»Ja.«

»Du wirst noch eine Weile nicht ins Bett kommen.«

»Schon okay«, sagte sie und ging Kaffee nachschenken.

»Wie viele Leute!«, dachte sie. Växjö war größer, als sie geglaubt hatte. Das Publikum, das am Tresen anstand, war recht gemischt, altersmäßig, sozial und ethnisch. Wahrscheinlich sah es bei ihnen bei Nilsson an einem Werktag kurz vor Weihnachten genauso aus. Aber sie wusste das nicht, da sie nur selten ins Café ging und höchstens mal Gebäck nach Hause oder in die Arbeit mitbrachte.

»Was machen wir jetzt?«, wollte Louise wissen, nachdem sie sich wieder gesetzt hatte.

»Was anderes. Wenn es stockdunkel ist, fahren wir zu ihm raus, damit wir durchs Fenster schauen können. Wir müssen außerdem mehr in der Hand haben. Die Liste reicht vor Gericht nicht aus«, meinte er und schlug so hart auf die Papiere, dass sie fast zu Boden gefallen wären.

»Dann kann ich vorher auf jeden Fall noch David Grönroos aufsuchen«, meinte sie.

Claesson nickte.

»Womit haben wir es eigentlich zu tun?«, fragte sie und verzog den Mund.

»Wer das wüsste«, erwiderte er geheimnisvoll.

Louise nahm den Wagen, Claesson besorgte zwei Hotelzimmer und streckte sich dann auf seinem Bett aus. Vielleicht hätte er die Stadt anschauen, einen Spaziergang machen und den Dom besichtigen sollen, dessen zwei Türme an die Ohren eines wachsamen Hasen erinnerten, aber seine Trägheit übermannte ihn. In der Gewissheit, nicht gestört zu werden, schlief er sofort ein. Mit dem Schreien eines Babys und auch mit anderen Anforderungen war nicht zu rechnen. Er würde sich einer Weile der Einförmigkeit hingeben. Er hatte das nötig. Nicht einmal seinen Rücken spürte er. Dann wollte er den pensionierten Kriminalinspektor Gösta Stolt aufsuchen, der in der Stadtmitte in der Nygatan wohnte. Er würde zu Fuß gehen.

David Grönroos wohnte in dem südlichen Vorort Teleborg. Louise schaute sich im Auto den Stadtplan an, fuhr auf die Ausfallstraße, vorbei an einer Schwimmhalle und einem weiteren See, allerdings auf der anderen Seite des Växjösjö. Laut Stadtplan hieß er Trummen. Es hatte begonnen, leicht zu schneien, aber auch wieder nur winzige Schneeflocken, die zu Matsch werden würden. Nach links ging es zum Universitätsviertel, aber sie bog rechts in ein Wohnviertel ab. Die Adresse war nicht leicht zu finden. Sie musste anhalten und einen Mann nach dem Weg fragen. Schließlich kam sie, nachdem sie sich etliche Male verfahren hatte, in ein Viertel mit einigen Mietshäusern zwischen den Einfamilienhäusern.

David Grönroos wohnte allein in einer Dreizimmerwohnung. Er wirkte sehr ordentlich und hatte gerade ein Fertiggericht aus der Mikrowelle genommen, ein Bier aufgemacht und sich vor den Fernseher gesetzt. Louise hatte den Eindruck, dass seine Mutter ihn vorgewarnt hatte.

Sie trat ein.

»Störe ich beim Essen?«, fragte sie.

»Das macht nichts«, erwiderte er, aber es war ihm anzusehen, dass er das Gegenteil dachte.

Louise fand, dass er einsam wirkte, aber vielleicht irrte sie sich. Alles war sehr aufgeräumt. Über dem Küchentisch hing ein kleiner Kronleuchter. Das überraschte sie.

»Sie können weiteressen, während wir uns unterhalten.« Sie fand es selbst nicht sonderlich angenehm, sich beim Essen zuschauen zu lassen, schließlich waren Mahlzeiten ein gemeinsames Ritual.

»Ihre Cousine Malin ...«, begann sie. Sie saß auf einem mit schwarzem Leder bezogenen Stuhl, den Block auf den Knien.

Das reichte, um ihn in Gang zu bekommen.

»Betrübliche Geschichte«, sagte er direkt und aß gleichzeitig mit herzhaftem Appetit seine Lasagne. »Das hätte man wirklich nicht geglaubt, dass es einmal so enden würde.«

»Nein.«

»Sie hat sich so gefreut, dass sie reingekommen ist.«

»Wie bitte?«

»Also auf diese Hochschule.«

Louise nickte.

»Hat sie Ihnen das erzählt?«

»Klar. Sie musste hier auch weg. Sie müssen wissen, dass diese Kinder es nicht leicht hatten!«

Louise nickte.

»Aber jetzt sei endlich mal sie an der Reihe, hat sie vor ihrem Umzug gesagt«, fuhr David fort. »Wollen Sie übrigens ein Bier?«

»Nein, danke. Hat sie das gesagt?«, nahm Louise den Faden wieder auf und erinnerte sich gleichzeitig an einen Satz aus Malins Tagebuch: *Jetzt bin ich an der Reihe.*

»Womit hatte sie denn noch Pech, außer dass ihre Mutter starb und ihr Vater im Eis ertrank?«

David Grönroos hörte auf zu kauen und schaute sie durchtrieben an.

»Das ist eine gute Frage«, antwortete er, so wie es alle guten Verkäufer gelernt haben, und das war er auch und zwar durch und durch.

»Vielleicht etwas, was sie nur Ihnen erzählt hat?«

Grönroos starrte sie an, bewertete sie als Frau und fand sie vermutlich uninteressant. Dann betrachtete er durch das schmutzige Wohnzimmerfenster die Baumwipfel.

»Da war irgendwas mit einem Mann, glaube ich«, sagte er und stocherte auffallend graziös mit dem Daumennagel zwischen den Schneidezähnen.

Louise wurde es ganz heiß.

»Das klingt interessant«, sagte sie.

»Ja, aber mehr weiß ich auch nicht«, erwiderte er und kaute weiter.

Sie presste die Lippen zusammen und dachte nach. Hatte es einen Sinn, die Befragung fortzusetzen? Sie entschloss sich, alles auf eine Karte zu setzen.

»Und dieser Mann waren nicht zufällig Sie?«, fragte sie.

Er glotzte sie an und brach dann in lautes Gelächter aus.

»Ich bitte Sie!«, antwortete er im Brustton der Überzeugung.

»Man kann nie wissen«, meinte Louise.

»Aber ich weiß es«, antwortete er. »Früher hatte ich auch gelegentlich mal was mit Frauen, aber jetzt schon lange nicht mehr.«

»Nicht?«

»Nein. Ich hatte endlich mein Coming-out«, sagte er. »Das Doppelspiel ist vorbei.«

Sie nickte und merkte, dass sie hochrot geworden war.

»Erinnern Sie sich an den Tod von Eberhard Larsson auf dem Eis?«, fragte sie.

»Daran erinnere ich mich recht gut. Alle sprachen davon, müssen Sie wissen! Es gab auch eine polizeiliche Ermittlung, allerdings keine Zeugen. In den frühen Morgenstunden war er sturzbetrunken nach Hause getaumelt. Es war wohl nicht zu klären, ob er einfach eingebrochen war oder ob ihn jemand aufs Eis gelockt hatte. Wer das auch immer hätte sein sollen. Was hatte er überhaupt auf dem Eis zu suchen? Man versuchte das Ganze so zu erklären, dass Ebbe so betrunken gewesen sei, dass er den falschen Weg eingeschlagen und den Spazierweg, der um den See herumführt, verfehlt habe. Vielleicht hatte er auch versucht, den Heimweg über den See abzukürzen. Schließlich wohnten sie nicht so weit weg. Er war stockbesoffen, als er aus der Kneipe kam und wollte natürlich rasch nach Hause. Das klingt durchaus nach einer guten Erklärung«, meinte er und sein Blick verlor sich in der Ferne.

Louise holte ihn in die Wirklichkeit zurück.

»Was haben Sie Allerheiligen gemacht?«, fragte sie schroff.

»Sie wollen mein Alibi wissen«, erwiderte er breit lächelnd. Er hatte einen leichten Überbiss.

»Ja, bitte!«, erwiderte Louise etwas spitz und schlug mit ihrem Stift auf den Block.

»Ich war verreist.«

»Wo?«

Sie trommelte immer rascher mit dem Stift auf den Block.

»In Kopenhagen.«

»Kann das jemand bezeugen?«

»Ja.«

»Wer?«

»Stefan.«

»Adresse und Telefonnummer, danke«, sagte sie und bekam beides.

»Warum haben Sie das nicht gleich gesagt?«, fragte sie, während sie schrieb.

»Ich zanke mich gern ein wenig«, antwortete er, und Louise merkte, dass sie wütend wurde.

»Haben Sie Malin oft getroffen, als sie noch bei Ihren Eltern wohnte?«, fragte sie dann aber, um sich von ihrem Ärger abzulenken.

Er zuckte mit den Achseln.

»Manchmal. Aber für mich war sie ein kleines Kind. Wir hatten kaum was gemeinsam. Sie war recht süß und einsilbig. Meine Eltern haben sich in der Notsituation in die Bresche geworfen, und niemand hat es ihnen gedankt«, meinte er. Er unterdrückte ein Aufstoßen.

»Was für einen Dank haben sie sich denn erwartet?«, überlegte Louise auf dem Weg zu ihrem Auto. Ob Liljan Grönroos wohl wusste, dass ihr Sohn schwul war? Sehr viel sprach dafür, dass er seine Mutter darüber im Dunkeln ließ. Es war auch nichts Neues, dass die nächsten Angehörigen sich am längsten betrügen ließen, dachte sie wütend. Man sieht nur, was man sehen will, und hört nur, was man hören will. Sie selbst hatte schließlich auch die Augen zugemacht. Jedenfalls recht lang. Vier oder fünf Monate bei genauerem Nachdenken. Sie hatte die Augen zugemacht und so getan, als sei nichts, bis es nicht länger ging.

Der Schnee war eine Segnung, dachte Claesson, obwohl er aufpassen musste, dass er nicht ausrutschte. In letzter Zeit war er gezwungen gewesen, extra vorsichtig zu sein. »Das Anpassungsvermögen des Menschen ist unglaublich«, dachte er. Er stolperte wie ein Rentner herum, und auch das ging. Es war zwar nicht sonderlich angenehm, aber okay.

Gösta Stolts Frau öffnete. Sie war ganz reizend, wie sein Vater sich ausgedrückt hätte. Wenig später trat Gösta aus dem Badezimmer. Claesson hörte die Spülung.

»Entschuldige, aber das ist so eine Sache mit der Prostata!«, begann er, drückte Claesson fest die Hand und lächelte ihn kollegial an.

Stolt schien ebenso reizend zu sein wie seine Frau, obwohl man Männer wohl nur ungern so charakterisierte. Claesson hatte fast sofort das Gefühl, dass er Stolt gerne in seinem Team gehabt hätte. Mit ihm gab es keinen Ärger. Bescheiden, fleißig und freundlich, Eigenschaften, die im gegenwärtigen Arbeitsleben nicht sonderlich geschätzt wurden. Jetzt waren Flexibilität, Visionen und Durchsetzungsvermögen angesagt. Ob dann noch sonderlich viel gearbeitet wurde, war eine andere Sache. Resultate zählten irgendwie nicht.

Eberhard Larssons Tod auf dem Eis war Gösta Stolt durchaus nicht entfallen.

»Zeit zum Abendessen«, sagte seine Frau und blickte ins

Zimmer. »Ich weiß, dass ihr zu arbeiten habt, aber eine Kleinigkeit würde vielleicht trotzdem schmecken.«

Claesson hätte fast schon automatisch Nein gesagt, da merkte er, dass er Hunger hatte. Außerdem fühlte er sich bei den Stolts wohl. Sie schienen ihr Rentnerdasein zu genießen, und er wurde fast schon neidisch im Voraus. Das wäre auch so etwas gewesen, was sein Vater hätte sagen können, wäre er noch am Leben gewesen. Er nahm also dankend an, und Frau Stolt legte in der Küche los.

»Du hast die Akte gelesen, habe ich gehört«, sagte Stolt.

»Ja.«

»Da steht eigentlich nicht viel drin.«

»Stimmt. Aber das ist ja häufig so. Es gibt immer viel, was sich nicht schriftlich festhalten lässt.«

Stolt nickte.

»Die Sache war wirklich zu bedauerlich, vor allem wegen der Kinder«, sagte er. »Erinnert etwas an das Kinderbuch *Sieben kleine Heimatlose*. Dass Larsson Alkoholiker war, war kein Geheimnis. Darauf kamen wir schnell, und er hatte auch einen wahnsinnigen Alkoholpegel im Blut, als er aufgefunden wurde. Selbst wäre man da vermutlich schon halb bewusstlos gewesen. Zumindest war das die Ansicht des Gerichtsmediziners. Aber Larsson war ein Tier. Er hatte auch nie seine Arbeit verloren. Bei seiner Firma waren sie in der Tat recht bestürzt. Der Mann war tüchtig. Über sein Privatleben wussten sie dort offenbar nicht so viel. Es war eben wie immer. Man redete über Fußball, Pferderennen, den Urlaub und die Jagd.«

Beide lachten.

»Aber du hast die Kinder getroffen. Woran erinnerst du dich?«, fragte Claesson.

»Tja, was soll ich sagen. Sie waren natürlich kreidebleich und am Boden zerstört. Nach Katastrophen verstummen Kinder ja manchmal vollkommen.«

Claesson nickte.

»Ich denke da hauptsächlich an den Jungen. Er nahm sich so wahnsinnig zusammen. Ich drang fast gar nicht zu ihm durch. Er antwortete fast überhaupt nicht. Es war irgendwie ...«

Gösta Stolt verstummte, überlegte, zog seine dunkelblaue Wolljacke glatt, die er über einem Hemd trug, das am Hals aufgeknöpft war. Er war schlank und sehnig und hielt sich sehr gerade. Er suchte die richtigen Erinnerungsbilder und Worte.

»Du kannst einfach sagen, was dir einfällt«, meinte Claesson. »Ich schreibe das schon nicht in den Bericht.«

Der ältere Kollege schaute ihm in die Augen und fasste sich ein Herz.

»Um es einmal so zu sagen«, meinte er, »ich hatte das deutliche Gefühl, dass zumindest der Sohn irgendwie in die Sache verwickelt war.«

»Du meinst, in den Tod seines Vaters?«

Gösta Stolt nickte.

»Das war nur so ein Gefühl«, fuhr er fort. »Absolut nichts Handgreifliches, aber du weißt ja, die Intuition ist gefährlich.«

»Schon, einerseits kann man sich in gewissen Bereichen auf sie verlassen, aber sie kann einen auch auf den Holzweg führen.«

»Genau das«, erwiderte Stolt. »Aber wenn es um diffusere Situationen geht – wir können das mal Gefühle nennen –, dann funktioniert die Intuition besser. Jedenfalls ist das meine Erfahrung. Im Unterschied zu seiner kleinen Schwester – die Älteste war, soweit ich mich erinnere, zum Zeitpunkt des Unglücks nicht zu Hause – hatte der Junge weder gemerkt oder auch nur daran gedacht, dass sein Vater weggegangen war – was sich damit erklären ließ, dass er zu diesem Zeitpunkt selbst nicht zu Hause gewesen war –, noch, dass er nicht nach Hause gekommen war. Die Kleine sagte nicht so viel, sie war recht schüchtern, etwa neun oder zehn, aber sie erzählte zumindest, dass sie gerade Hausaufgaben gemacht habe, als ihr Vater gegangen sei. Sie waren es wohl gewohnt, dass sich niemand um sie kümmerte, dachte ich. Aber irgendwie war da etwas an ihrer stillen Art, stur zu behaupten, dass sie nicht begriffen hätten, dass etwas nicht in Ordnung gewesen sein könnte. Ich weiß nicht ...«

»Was weißt du nicht?«

»Ja, was bloß?«, wiederholte Stolt gedankenversunken. »Ich glaube, die Kinder wussten, schon bevor wir dorthin kamen, was passiert war. Wir weckten sie gegen sieben Uhr morgens, bevor sie zur Schule mussten. Nicht einmal, dass ihr Vater nicht im Bett lag, schien sie zu erstaunen. Ich glaube, dass sich das dadurch erklären lässt, dass sie wussten, was passiert war. Vielleicht sogar ... tja!«, meinte er, und sah Claesson nachdenklich in die Augen. Claesson nickte, dass er verstanden hätte. »Mehrere Nachbarn erzählten nämlich«, fuhr Stolt fort, »dass sie früher hin und wieder gesehen hätten, wie die Kinder nach ihrem Vater gesucht hätten, wenn dieser auf Kneipentour war. Sie hatten ihn dann nach Hause geschleift.«

»Aber dieses Mal nicht?«

»Nein, dieses Mal nicht«, erwiderte Stolt.

Claesson hatte sich trotz der herzerweichenden Geschichte von der Ruhe und Nachdenklichkeit seines älteren Kollegen anstecken lassen. Er ergriff diese äußerst seltene Gelegenheit und entspannte sich, obwohl er im Dienst und an einem fremden Ort war. Außerdem hatte er etwas, worüber er nachdenken musste.

Mit Frau Stolts Kohlrouladen im Magen ging er zurück zum Hotel Cardinal. Frau Stolt gehörte noch zu der Generation Frauen, die kochen konnte. Richtiges Essen, keine Fertigsaucen. Aber die Zeiten hatten sich verändert, und darüber war er eigentlich nicht traurig. Er genoss es, selbst etwas in der Küche glänzen zu können. Kochen sei die einzige kreative Hausarbeit, hatte er einmal eine Kollegin sagen hören. »Das stimmt«, dachte er. Die Luft kühlte seine Wangen, und es war dunkel geworden. Växjö nahm sich mit Schnee auf den Straßen und Weihnachtsbeleuchtung recht gut aus. Es waren viele Leute unterwegs, und auf der Storgatan herrschte beinahe

Gedränge. »Weihnachtseinkäufe«, dachte er. Bis Heiligabend waren es noch zehn Tage, und die Geschäfte hatten länger geöffnet. Was sollte er nur Veronika schenken?

Er nahm die Schaufenster unter die Lupe und hoffte, dass etwas Passendes auftauchen würde, damit er diese Sorge loswurde. Bei näherem Nachdenken gefiel ihm die Aufgabe jedoch auch. Aber so wie viele andere Männer schwarze Wäsche in der falschen Größe und mit zu großen Körbchen kaufen? Damit würde er nicht punkten können. Veronika würde ihn auslachen und fragen, was er von ihr dachte. Er musste grinsen, als er sich die Szene vorstellte. Aber ein Schmuckstück? Das war zwar auch etwas fantasielos, aber warum nicht? Wenn er es in Växjö kaufte, würde er es aber nicht umtauschen können, dachte er praktisch. Aber manchmal musste man eben etwas riskieren, ging es ihm durch den Kopf, als er die Ladentür öffnete.

Natürlich war er nicht allein im Laden, und das war auch gut so. Er hatte Zeit, sich ordentlich umzusehen und sich eine Vorstellung von den Preisen zu machen. Er wusste nicht, was Gold und Edelsteine kosteten. Das Schmuckstück sollte schlicht sein, aber nicht unbedingt billig. Veronika trug nicht viel Schmuck, aber der, den sie besaß, war einfach und schön. Sie war wählerisch.

Er hörte ein junges Paar am Verkaufstisch fragen, was es koste, später weitere Brillanten einsetzen zu lassen. Sie probierten Eheringe an. Er hatte nie einen Ring getragen. Ob er sich daran gewöhnen könnte? Der Gedanke kam ihm, während er dem Gespräch des Paares lauschte. Sie versuchten, sich auf Weißgold oder Rotgold, breit oder schmal zu einigen. Die Verkäuferin war geübt freundlich und geduldig. Sie wusste, dass es sich um einen wichtigen Kauf von großer symbolischer Bedeutung handelte.

Dann war er an der Reihe.

»Ein Paar Ohrringe«, sagte er.

»Für Löcher in den Ohrläppchen?«, wollte die Verkäuferin wissen, und er dachte blitzschnell nach.

»Ja«, antwortete er bestimmt. Veronika hatte doch durchstochene Ohrläppchen. Oder?

Sie legte ihm ein Samttablett nach dem anderen hin.

»Darf ich fragen, für wen die Ohrringe bestimmt sind?«, fragte die Verkäuferin und sah ihn freundlich und überhaupt nicht neugierig an. »Ich meine, wie alt ist die Beschenkte? Oder sind die Ohrringe für eine Heranwachsende oder ein Kind?«

»Sie sind für meine Frau«, hörte er sich sagen und spürte, dass seine Ohrläppchen warm wurden.

Als er später seinen Schlüssel vom Portier in Empfang nahm, hatte er ein kleines Paket in der Jackentasche. »Zu Hause hätte ich die vermutlich nie gekauft«, dachte er. Kleine, mit ein paar Brillanten besetzte Sterne. Er hätte es einfach nicht über sich gebracht, zu einem Goldschmied zu gehen, nur damit anschließend alle wussten, was er gekauft hatte. Manchmal hatte es seine Vorteile, dass einen niemand kannte, dachte er. Man konnte leichter mal spontan sein. Auch in Gedanken offenbar. Warum hatte er gelogen? Veronika und er waren gar nicht verheiratet.

»Wir essen anschließend«, sagte Louise und versuchte ihren Weg auf dem Stadtplan zu verfolgen.

Claesson war die Straße Richtung Norden zu den neuesten Stadtteilen an diesem Tag bereits einmal gefahren, fand den Weg in der Dunkelheit jedoch nicht wieder. Alexander Grenberg und seine Frau und das etwa Einjährige, er erinnerte sich nicht mehr, ob es ein Mädchen oder ein Junge gewesen war, wohnten im Erdgeschoss. Der Stadtplan war veraltet, die für den Autoverkehr gesperrte Sackgasse, nach der sie suchten, war nicht eingezeichnet, Claesson hatte sie aber, so gut es ging, nachgetragen.

So allmählich fanden sie das Haus, parkten aber ein paar Häuser weiter. Gegenüber war noch nichts gebaut, der Wald jedoch schon gefällt, und die Bagger standen in Bereitschaft.

Schweigend gingen sie nebeneinanderher. Kein Mensch war

draußen. Es war kälter geworden, der Schnee war gefroren, und es war glatt.

»Nette Gegend«, meinte Louise mit leiser Stimme.

»Wenn erst mal ein paar Büsche gewachsen sind, wird das schon«, entgegnete Claesson.

Sie kamen von hinten und gingen im Schutz der Dunkelheit über eine Rasenfläche, die von den Häusern umstanden wurde. Claesson zeigte Louise die Wohnung von Alexander Grenberg.

»Da ist es stockdunkel«, sagte Louise.

»Ja.«

»Vielleicht sind sie nicht da. Schließlich ist Freitagabend«, meinte sie.

»Möglich.«

»Was machen wir jetzt?«

Sie sah ihn fragend an. Der Atem stand ihr vor dem Mund.

»Wir warten bis morgen«, antwortete Claesson. »Aber wir können schon mal an den Garagen und am Parkplatz vorbeigehen.«

»Klar. Was fährt er für einen Wagen?«, wollte Louise wissen.

»Einen Saab 9000, Baujahr 1987, mit Heckklappe. Ideal für Familien mit Kindern. Kostet etwa zehntausend Kronen. Guter Preis für einen Lehrer in Werken, der gerade erst angefangen hat.«

»Du klingst wie ein Autoverkäufer«, sagte Louise.

»Schon möglich«, erwiderte er und starrte auf die Erde. Er versuchte zu sehen, wo Eis war.

»Und?«, meinte sie. Sie hatte das Gefühl, dass immer noch eine Frage unbeantwortet war.

»Das Auto ist dunkelrot«, fuhr Claesson fort. Da glitt sein linker Fuß aus, und er wäre beinahe hingeknallt, aber Louise fing ihn im letzten Augenblick auf, indem sie ihn am Arm packte.

Der Schmerz in seinem Rücken war katastrophal.

»Zum Teufel!«, fluchte er.

»Was ist?«

»Der Scheißrücken«, brachte er mit Mühe über die Lippen. Gleichzeitig versuchte er, den Schmerz abzuschwächen, indem er langsam den Rücken streckte und sich dann vorsichtig vorbeugte und mit den Händen auf den Knien abstützte.

Grenbergs Wagen stand nicht auf dem Parkplatz, der zu seiner Wohnung gehörte. Dort stand ein anderer Saab. Er schien neuer zu sein. Und er war weiß.

»Hast du noch Kraft, den Umzugskarton durchzuschauen, oder soll ich das allein machen?«

Louise hatte ihr Handy abgestellt, nachdem sie die Kollegen zu Hause gebeten hatte, den Besitzer des weißen Wagens bei der Zulassungsstelle zu ermitteln. Es war halb neun. Claesson war nur mit Mühe wieder ins Auto gekommen und langsam ins Stadtzentrum gefahren. Sie sahen nicht weniger als zwei Autos im Straßengraben. Es war inzwischen spiegelglatt.

Claesson sagte kein Wort. Er war enttäuscht, dass er seinen Rücken wieder angeknackst hatte und erneut zum Invaliden geworden war. Das machte ihn fertig.

»Soll ich fahren?«, fragte Louise, der seine Niedergeschlagenheit natürlich aufgefallen war.

»Kein Problem«, antwortete er.

»Willst du nicht irgendwas schlucken?«

Ihre Stimme war mütterlich und ihr Blick besorgt.

»Vielleicht«, erwiderte er seufzend.

Sie fuhren beim Hotel vorbei. Claesson nahm ein paar Schmerztabletten und hoffte, nicht zu benommen von ihnen zu werden. Dann wechselten sie sich doch am Steuer ab. Louise parkte auf dem Oxtorget, und nach einigem Hin und Her durften sie den gelben Butterkarton endlich betreten. Das Präsidium war still wie ein Grab.

Sie stellte sich ans Fenster und wollte sich orientieren.

»Von hier aus sehen die direkt auf den Friedhof«, sagte sie. »Man sieht sogar das eine oder andere Grablicht. Stimmungsvoll.«

»Ja«, sagte Claesson, klappte den Deckel hoch und seufzte schwer. »Hat die ganze Sache nicht überhaupt auf dem Friedhof angefangen?«

Louise wandte dem Fenster den Rücken zu und begann in Malins Habseligkeiten zu wühlen. Sie hatten den Karton auf zwei Stühle gestellt, damit Claesson sich nicht bücken brauchte. Eine Schreibtischlampe leuchtete gelb.

»Du meinst Malin Larssons Friedhofswanderung mit dem schüchternen und vorsichtigen Freund Alf?«, fragte sie.

»Ja.«

»Irgendwas ist da passiert«, meinte sie nachdenklich.

»Glaubst du?«

»Ja.«

»Das glaube ich auch«, erwiderte er und nahm einen größeren Metallkasten mit einem recht schlechten Vorhängeschloss aus dem Karton. Er umfasste das Schloss und bog es hin und her, aber es ging nicht auf.

»Sie hatte ihre Geheimnisse unter Verschluss«, meinte Louise.

»Stimmt.«

»An dem Schlüsselbund, den sie bei sich hatte, war ein kleiner Schlüssel.«

»Ich weiß«, fiel er ihr ins Wort, packte das Schloss erneut und machte einen Ruck. Der Bügel ging auf.

»Ein schwaches Schloss. Wir konnten schließlich nicht warten, bis wir den Schlüssel haben«, entschuldigte er sich, nahm das Vorhängeschloss ab und vier dicke Tagebücher in unterschiedlichen Größen aus dem Kasten. Er legte sie auf den Tisch.

Louise machte die Deckenlampe an, und der unbarmherzige blauweiße Schein von Neonröhren fiel auf die Tagebücher. Sie ordneten sie in chronologischer Reihenfolge an und begannen dann zu blättern.

»Wir können gleich alles lesen«, meinte Claesson.

»Das mache ich mehr als gern«, meinte Louise. »Vermutlich geht das schnell.«

Eine konzentrierte Stille trat ein. Irgendwo ratterte ein Zug vorbei.

Louises Blick fuhr über die spärlichen Zeilen. Die Sätze waren recht knapp und mit Bleistift, Kugelschreiber oder verschiedenfarbigen Filzstiften geschrieben. Die Seiten waren liebevoll verziert. Sticker, gemalte Bilder und Muster waren zwischen die Texte gequetscht. Louise begann ihre Lektüre etwa zur Zeit des Umzugs, als man Malin und ihren Bruder gezwungen hatte, ihre Zimmer zu Hause zu räumen, um sie bei Familie Grönroos einzuquartieren. Jedenfalls hatte Malin nicht die Schule wechseln müssen.

Ungefähr zwei Monate nach dem Tod des Vaters stand da:
Es ist jetzt so weit bis zu Lollo. Ich habe keine Lust, bis dahin zu radeln. Liege auf dem Bett. Könnte auch runtergehen und fernsehen, aber Tante Liljan ist vermutlich lieber allein. Alex kommt nie nach Hause. Er will hier nicht wohnen.

Zwei Wochen danach:
Müde in der Schule. Vielleicht kann ich zu Hause bleiben? Aber das geht nicht. Ich kann nicht zu Hause bei der Tante sein. Wohin soll ich nur?

Zwei Monate später war der Bruder ausgezogen.
Heute fragte Roland, warum ich so still bin. Ist er nicht ganz bei Trost? So was kann man doch nicht beantworten. Er packte mich am Oberarm. »Lass das!«, sagte ich und wollte ihm schon sagen, dass Lehrer Schüler nicht schlagen oder zu etwas zwingen dürfen. Er sah mich ernst an. »Du musst essen!«, sagte er zu mir. Alle Lehrer sind verrückt. Sie glauben, dass alle Mädchen an Magersucht leiden. Ich habe keinen Hunger. Warum soll ich dann was essen? Aber Roland ist nett.

Eine Zeile darunter stand mit großen Buchstaben:
Ich träume von jemandem. Ich träume von ihm.

Die Zeit verging, und der Sommer näherte sich seinem Ende. Malin schien mit ihren Klassenkameraden baden gegangen zu sein, vielleicht nicht oft, aber zumindest einige Male. Ob es neue Freunde aus der Gegend, in der sie jetzt wohnte, oder die alten Mitschüler waren, wurde nicht recht deutlich. Sie gehörte wohl an beiden Orten irgendwie dazu. Oder nirgends. Vermutlich konnte es genauso gut auch so sein. Vielleicht war das das Wahrscheinlichste, obwohl das eine düstere Perspektive darstellte, dachte Louise und versuchte das traurige Gefühl der Verlassenheit und des Verrats zu unterdrücken, das sie die ganze Zeit begleitet hatte, während sie mit dem Malin-Larsson-Fall befasst war.

»Was für furchtbare Eltern sie gehabt haben«, kam ihr plötzlich über die Lippen, aber Claesson hörte nicht zu, er brummelte was und überging ihren Kommentar, dem auch kein normaler Mensch widersprochen hätte.

Malin war gezwungen gewesen, ein paar Sommerwochen mit ihren Pflegeeltern in einem Sommerhaus mitten im Wald zuzubringen. Es sei saulangweilig gewesen, las Louise. Malin hatte keine Lust, Blaubeeren oder Pilze in einem Wald zu pflücken, in dem es vor Mücken nur so wimmelte, und man konnte sich wirklich fragen, was ihre so genannten nächsten Angehörigen sich eigentlich dabei dachten. Ihnen schien vollkommen die Gabe abhanden gekommen zu sein, sich in die Bedürfnisse eines Kindes hineinzuversetzen. Wahrscheinlich hatten sie nie irgendwelches Einfühlungsvermögen, Fantasie oder Engagement besessen. Die Tochter hatte Louise nie getroffen, aber den Sohn, David Grönroos, und der war auch nicht gerade die Herzlichkeit in Person, und zu lachen gab es bei ihm auch nichts. Sie hatte die Eifersucht geahnt, als sie bei ihm gewesen war. Zwei neue Kinder, die das Elternhaus okkupiert hatten, um die man sich sorgte und die Geld kosteten. Klaustrophobisch, ganz einfach. Liljan Grönroos wusste, was sie wollte, und wusste vermutlich auch, was das Beste für alle war, und so handelte sie.

Im Übrigen waren die Kommentare in Malins erstem Sommer ohne Eltern eher spärlich. Zu spärlich, fand Louise. Die Stille war fast beklemmend. Vermutlich war es Malin nicht nur unerträglich langweilig, sie war auch irgendwie gelähmt gewesen.

Alex in der Stadt getroffen. Er lud mich auf ein Eis ein. Wie ein Erwachsener. Sonst war er wie immer. Sich das vorzustellen, alles entscheiden zu dürfen, wenn man erwachsen ist. Ich freue mich schon darauf, wenn die Schule wieder anfängt. Es ist langweilig, nichts zu tun zu haben und die ganze Zeit nett sein zu müssen.

So ging es weiter. Einsam, als sei die Luft um sie herum dünn und kalt, jedoch ohne größere Klagen, ohne Wutausbrüche oder Flüche. Eine stille Beschreibung der Lage und die ewige Sehnsucht, endlich erwachsen zu werden und ein eigenes Leben führen zu dürfen.

Louise nahm das nächste Tagebuch, grellrosa Einband, dick und mit runden Ecken. Die Handschrift hatte sich etwas verändert, war aufmüpfiger. Malin hatte mit ihrer Schrift experimentiert, das tat man in diesem Alter, erinnerte sich Louise. Zeitweilig hatte sie selbst versucht, ihre Schrift nach links kippen zu lassen, obwohl das für sie unnatürlich gewesen war, aber sie hatte sich von dem Mädchen an ihrem Pult beeinflussen lassen, das Linkshänderin war. Sie hatte das schick gefunden und hatte versucht, ein eigenes Profil zu finden. Es war ihr damals jedoch noch nicht aufgegangen, dass einem das nicht gelang, indem man andere imitierte. Malin hatte angefangen, sehr gerade zu schreiben, die eckigen Buchstaben waren höher und schmaler, und in den Zeilen stand mehr. Sie war jetzt etwa fünfzehn, und der Inhalt war ungefähr so strukturiert wie früher. Kurz, alltäglich, etwas altklug. »Manche sind schon sehr früh im Leben gezwungen, sich auf ihr eigenes Urteil zu verlassen«, dachte Louise.

Malin schien nicht aus der Bahn geworfen worden zu sein, dachte Louise beim Lesen. Sie hatte nicht protestiert, indem sie herumgebrüllt, mit Sachen geworfen und in den falschen Kreisen verkehrt hatte. Sie hatte keine Drogen genommen und mit Männern rumgemacht. Jedenfalls ging das nicht aus dem Tagebuch hervor, und auch niemand von denen, die sie befragt hatten, hatte davon erzählt. Etwas heikel beim Essen. Das war alles.

Eines war auffällig. Kein Freund wurde mit Namen genannt. Kein einziger. Auch keine Freundin, dachte Louise, die es vermeiden wollte, von vornherein davon auszugehen, dass sie mit einem Mann zusammen gewesen sein musste. Es war immer nur von Freunden die Rede. Seltsam! In Tagebüchern von Teenagern ging es doch sonst um Liebesqualen, um heftige Anbetung aus der Ferne, übertriebene Idealisierung des Angebeteten und Hass und Verzweiflung, wenn was zu Ende war. Kurz und intensiv, gleichgültig, in welche Richtung es ging. Das Objekt dieser Begierde tauchte in der Regel auch mit Namen und mit einer kaum objektiven Beschreibung auf. Glut und Leben und große Pläne. Nichts davon fand Louise.

»Wie kommst du vorwärts?«, fragte sie Claesson.

»Gut.«

Er befand sich gerade in Malins Welt als Pflegehelferin in einem Heim für altersdemente Menschen. Das war das neueste Tagebuch. Die letzte Eintragung hatte sie einige Wochen vor ihrem Umzug gemacht, bevor sie die Ausbildung zur Krankenschwester begonnen hatte.

»Ich glaube nicht, dass es für eine junge Frau, die es schon so schwer gehabt hat, sonderlich konstruktiv ist, mit senilen Demenzkranken zu arbeiten«, meinte er.

»Beklagt sie sich?«

»Nein. Sie scheint eher der Typ zu sein, der nach vorne schaut.«

»Das tut man, wenn man jung ist«, meinte Louise nachdenklich.

»Nicht alle.«

Er blätterte zurück und fasste zusammen.

»Jedenfalls traf sie regelmäßig ihren Bruder. Über ihre große Schwester keine Zeile«, kommentierte er. »Aber die war ja weggezogen, nach Schonen.«

»Auch nichts über irgendwelche Freunde«, meinte Louise, »höchstens indirekt, beiläufig, aber ohne Namen und was sonst noch dazugehört.«

»Zum Beispiel?«

Er schaute von seinem Tagebuch auf.

»Das Schwärmen, du weißt schon«, meinte sie, »die großen Worte.«

Sie verdrehte die Augen.

»Nein, ich weiß nicht«, erwiderte er. »Ich habe keine so große Erfahrung. Ich habe nie Tagebuch geführt, als ich jung war.«

»Tust du das denn jetzt?«

»Natürlich nicht. Ich verfasse nur Schriftstücke. Rapporte und Meldungen. Was fehlt denn, meinst du?«

Er nahm die Brille ab und massierte die roten Flecke auf der Nase. Er sah sie müde und irgendwie vollkommen wehrlos an. Sie wich seinem Blick nicht aus, aber bildete sich auch nichts ein.

»Verliebtes Gefasel«, meinte sie.

»Ach?«

»Das Rumgegurre. Wie süß er ist und so«, meinte sie und übertrieb noch.

»Das stimmt vielleicht«, erwiderte er zögernd. Er war froh, dass es ihm gelungen war, sie zum Mitkommen zu überreden. Genau wegen solcher Details.

»Und woran liegt das?«, wollte er wissen.

Sie zuckte mit den Achseln.

»Weiß nicht.«

»Irgendeine Vermutung?«

»Weiß nicht. Ich wage mich auch nicht an irgendeine Vermutung.«

Claesson sah ihr an, dass sie log. Ihre Vermutung war bereits eine fertige Hypothese. Sie stand auf, beugte sich über Claessons Schulter und las:

Ihm ist klar, dass ich umziehe. Wir können uns nicht mehr treffen. Ich habe Bescheid erhalten, dass ich ein Zimmer bekomme. Im Wohnheim, aber das wird schon gehen. Am liebsten hätte ich natürlich für mich gewohnt. Aber man kann nicht alles haben. Aber vielleicht wird es schwer, ganz allein zu sein.

»Sieh da!«, sagte Louise viel sagend und schaute schräg von hinten auf Claesson, der immer noch nichts begriff, jedenfalls nicht ganz. Aber er hatte doch schon recht viel verstanden, vermutlich ausreichend.

»Vor ihrem Umzug hatte sie schließlich in Växjö in einer eigenen Wohnung gewohnt«, meinte sie, um sich an den Text im Tagebuch zu halten.

»Aber offenbar war sie doch nicht ganz einsam«, meinte er nachdenklich. »Sie hatte Angst vor der Einsamkeit.«

»Das haben doch alle«, sagte Louise. »Aber sie hatte doch ihre Freunde. Und in diesem Alter bekommt man rasch neue, wenn alles noch in Bewegung ist.«

»Es muss irgendeine andere Beziehung gewesen sein, wegen der sie nicht einsam war«, meinte Claesson zögernd und drehte sich zu Louise um.

»Treffer«, sagte sie und richtete sich rasch auf.

Claesson war ihr zu nahe gekommen, dachte sie. Jedenfalls im Augenblick. Ihr Verhältnis war nicht ausgewogen. Er hatte alles, und sie hatte nichts. »Ich darf mich nicht lächerlich machen, bloß weil ich liebeskrank bin«, dachte sie. Sie hatte immer gewusst, dass sie sich in Claesson verlieben könnte, wenn sich eine Gelegenheit dazu bot. Bewusst vergrößerte sie ihren Abstand, indem sie sich das ganz klar machte. Aber diese Gelegenheit würde es nie geben, es war einfach nicht gottgewollt, und das war in Ordnung!

»Weder ein Freund noch ein Kollege«, half sie ihm auf die Sprünge. Er hatte ihr den Rücken zugewandt und schaute auf die Gräber, die von Straßenlaternen umgeben waren und auf denen die Grablichter ganz schwach leuchteten.

»›Aber vielleicht wird es schwer, ganz allein zu sein‹«, memorierte sie laut aus dem Tagebuch.

»Hm«, meinte Claesson und schlug das Buch zu.

DREIZEHNTES KAPITEL

Samstag, 15. Dezember

Als Claesson und Louise ihr Auto auf dem Parkplatz abstellten, war ein Mann damit beschäftigt, den Raureif von seiner Windschutzscheibe zu kratzen. Der Motor seines Audi lief, und das Gebläse blies Warmluft gegen die Scheibe. An diesem Tag war es besonders mühsam gewesen, den Reif von den Scheiben zu bekommen, das wusste Claesson, da er es gerade erst selbst getan hatte. Die Kälte war schneidend, und die Eisschicht saß fest wie ins Glas geschliffen. Sie nickten dem Mann zu und hatten seinen Blick im Nacken, als sie zielbewusst und ohne sich auf dem Übersichtsplan über die Häuserblocks zu orientieren auf den gestreuten Weg zugingen, der zwischen den rot gestrichenen Garagen verlief, die das Wohnviertel einrahmten. Sie verschwanden auf den hintersten Block zu. Dort konnte der Mann, der versuchte, sein Auto warm zu bekommen, sie nicht mehr sehen.

Sie stellten sich vor die Tür und klingelten lange. Sie hatten bereits gesehen, dass jemand am Küchentisch saß. Es ging auf neun Uhr zu.

Alexander Grenberg öffnete, bevor sie noch ein zweites Mal klingeln mussten. Weder Claesson noch Louise sagten etwas. Sie traten ein und gingen an Grenberg vorbei, der völlig entgeistert die Tür hinter ihnen schloss.

»Sie hätten vorher anrufen können«, brachte er schließlich über die Lippen.

Claesson und Louise sagten immer noch nichts.

»Was wollen Sie hier überhaupt?«

Grenberg machte einen sichtlich verwirrten Eindruck.

»Können wir in die Küche gehen?«, fragte Claesson.

»Was? Ja, natürlich!«, erwiderte Grenberg und ging voraus.

Auf dem Küchentisch standen zwei gebrauchte Gläser und ein kleiner Teller. Der Rest des Frühstücksgeschirrs schien bereits in der Geschirrspülmaschine zu sein.

»Setzen Sie sich!«, befahl Claesson und deutete auf einen der Küchenstühle.

Grenbergs Frau tauchte auf, eine etwas mollige und recht hübsche Person. Ein kleines Mädchen, Claesson schätzte es auf etwa ein Jahr, hielt sich schwankend am Hosenbein ihrer Mutter fest.

»Es wäre gut, wenn wir uns allein unterhalten könnten«, sagte Claesson höflich, an die junge Ehefrau gewandt. Diese hob das Mädchen auf den Arm und verschwand im Wohnzimmer.

Louise schloss die Tür. Der Filz unter den Stuhlbeinen schrappte, als sie sich setzte.

»Ihre Schwester hat Ihnen sehr viel bedeutet?«, begann Claesson.

»Was für eine Frage! Das versteht sich doch von selbst«, erwiderte Grenberg gereizt, und eine leichte Röte breitete sich auf seinem bleichen Gesicht aus.

Stille trat ein. Grenberg schaute zwischen Claesson und Louise hin und her. Es ließ sich bereits ahnen, dass ihm der Schweiß auf der Stirn ausbrach. Er war jedoch nicht zu warm angezogen. Er trug ein Polohemd und Blue Jeans. An den Armen hatte er keine Kratzer, jedenfalls keine, die man sofort gesehen hätte.

»Wie oft haben Sie sich getroffen, Sie und Ihre Schwester?«

Claessons Stimme klang energisch. Er erwartete also eine bestimmte Antwort, aber Alexander Grenberg zuckte nur mit den Achseln.

»Ich will, dass Sie antworten«, betonte Claesson, und seine Stimme war scharf.

»Das war verschieden«, entgegnete der Bruder vage.

»Wenn wir uns auf die Zeit konzentrieren, nachdem Malin aus Växjö weggezogen war?«

»Ab und zu vielleicht«, meinte Alexander ausweichend.

Claesson nickte.

»Dann will ich gern wissen, wann Sie sie das letzte Mal getroffen haben.«

»Ich erinnere mich nicht«, erwiderte Grenberg, jedoch etwas zu schnell.

»Würde es Ihnen weiterhelfen, wenn ich Ihnen einen Kalender zur Verfügung stelle?«

»Nein«, antwortete Alexander bestimmt. »Ich schreibe mir nie auf, was ich tue.«

»Aber anhand eines Kalenders kann man sich gut orientieren, wenn man Mühe hat, sich zu erinnern«, beharrte Claesson.

»Mir geht das nicht so«, erwiderte Alexander stur.

»Das habe ich begriffen«, meinte Claesson. »Der Kalender hat Ihnen auch schon nicht geholfen, als Sie damals bei mir im Präsidium waren.«

»Stimmt.«

»Es ist ungewöhnlich, dass jemand einen so schlechten Überblick über sein Leben hat, dass er sich nicht einmal daran erinnert, hundertfünfzig Kilometer gefahren zu sein, um seine Schwester zu treffen.«

»Aber mir geht das so«, fuhr der junge Mann genauso beharrlich fort.

»Wenn ich behaupte, Ihr Auto sei Sonntag nach Allerheiligen in der Nähe des Wohnheims von Malin gesehen worden, was sagen Sie dann?«

»Dass das nicht stimmt. Mein Wagen war zu diesem Zeitpunkt zur Reparatur.«

»Daran können Sie sich also erinnern?«

»Sie können meine Frau fragen. Ich war zu Hause. Hier«,

sagte er und deutete auf den Küchenfußboden. Seine Stimme war etwas schriller, angespannt, er schluckte, und sein Gesicht glänzte noch mehr. »Sie können die Werkstatt fragen«, meinte er noch und war sich vermutlich vollkommen im Klaren darüber, dass sie ihm nicht glaubten.

»Das habe ich bereits getan«, log Claesson und machte eine Pause, um zu sehen, wie der andere reagieren würde. »Ihr dunkelroter Saab war ganz richtig in der Werkstatt«, fuhr er fort, ohne sich zu schämen.

Alexander Grenberg wirkte einen Moment ratlos und fuhr sich mit der Zungenspitze über die Lippen. Seine Augen waren jedoch noch nicht erloschen. Er setzte sich gerade hin.

»Da sehen Sie!«, sagte er und versuchte ein triumphierendes Lachen, das ihm aber nicht gelang.

Claesson war todernst, verzog keine Miene und starrte Grenberg ungefähr genauso munter an wie ein Bestattungsunternehmer. Er bereitete den nächsten Anwurf wegen des Autos vor, überlegte es sich dann aber anders.

»Und Ihre Frau sagt die Wahrheit?«, fragte er stattdessen, und seine Stimme klang plötzlich weicher.

»Natürlich«, antwortete Alexander.

»Das sagen Sie«, meinte Claesson immer noch beherrscht.

»Schließlich können wir nicht beide lügen«, fauchte Alexander erregt.

»Doch, natürlich können Sie das«, stellte Claesson versonnen fest, und seine Milde war wie weggeblasen. Sein Ernst und sein unangenehmer Blick waren zurückgekehrt. »Falls Sie sich darauf geeinigt haben«, meinte er, und dagegen ließ sich im Prinzip nichts einwenden, aber Grenberg war außer sich.

»Aber solche Leute sind wir nicht«, verteidigte er sich mit lauter Stimme.

»Was sind Sie nicht für welche?«, fragte Claesson unberührt weiter.

»Leute, die lügen.«

»Ich glaube, dass die meisten Leute dazu in der Lage sind«,

stellte Claesson fest. »Wenn sie nur einen triftigen Grund haben.«

Grenberg wollte gerade protestieren, als er sich plötzlich anders zu besinnen schien. Er schloss seinen halb offenen Mund und schaute Claesson aufgebracht und verängstigt an.

»Wie fand Ihre Frau das eigentlich, dass Sie Ihre Schwester getroffen haben?«, fuhr Claesson fort.

Grenberg ließ die Frage des Kommissars etwas in der Luft hängen, bevor er antwortete.

»Keine Ahnung«, sagte er dann.

»Keine Ahnung?«

»Nein. Wie hätte sie das finden sollen?«

»Tja, was weiß ich«, meinte Claesson. »Den Leuten kommt so einiges in den Sinn. Eifersucht zum Beispiel.«

»Man ist doch wohl nicht eifersüchtig auf eine Schwester«, meinte Alexander, und es war ihm anzumerken, dass er sich das schon viele Male überlegt hatte.

»Man kann auf alles eifersüchtig sein«, sagte Claesson. »Auf eine Katze, die viel Liebe bekommt, auf ein Auto, das der Ehemann zärtlich pflegt, jedenfalls zärtlicher als die Ehefrau, auf eine Arbeit, die viel Zeit kostet. Warum dann nicht auch auf eine Schwester? Halten Sie das nicht für möglich?«

»Ich weiß nicht«, entgegnete Alexander Grenberg ausweichend. »Die Menschen sind verschieden.«

»Genau«, sagte Claesson. »Und Ihre Frau, die liebt Sie vielleicht.«

Grenberg verzog das Gesicht, um zu bedeuten, dass er das für eine Selbstverständlichkeit hielt, vielleicht sogar für eine Banalität.

»Oder?«, fragte Claesson.

»Ich vermute«, murmelte Grenberg.

»Und Sie«, fuhr Claesson mit derselben heimtückisch ruhigen Stimme fort, »Sie lieben Ihre Frau doch auch?«

Seine Ratlosigkeit brachte Grenberg jetzt beinahe aus der Fassung.

»Das geht Sie doch wohl nichts an«, sagte er trotzig.

»Nein, das stimmt. Aber es geht uns etwas an, dass Malin erdrosselt worden ist«, sagte Claesson und zog die Daumenschrauben an.

»Aber damit habe ich nichts zu tun.«

»Ihre Frau hat eine Schwester, die im Augenblick im Ausland arbeitet«, meinte Claesson.

»Und?«, stöhnte Grenberg. Diese Wendung machte ihn vollkommen konfus.

»Sie braucht also ihr Auto im Augenblick nicht.«

Grenberg wurde es heiß, es war ihm anzusehen, dass es ihn innerlich verzehrte. Er kniff die Lippen zusammen.

»Und mit ihrem weißen Saab sind Sie gefahren.«

Immer noch keine Antwort.

»Sie haben auch Ihre Schwester Malin recht oft angerufen. Geredet. Wissen wollen, wie es ihr geht«, sagte Claesson und stützte sich mit den Händen auf dem Küchentisch ab, lehnte sich mit seinem ganzen Gewicht nach vorne, auf Grenberg zu, der sich wieder nervös mit der Zungenspitze über die Lippen fuhr. Er öffnete den Mund, um den Gegenangriff zu beginnen, aber es kam nichts.

»Sie wollten wissen, woran Sie mit ihr waren«, fuhr Claesson fort. »Stimmt das?«

»Es kann schon sein, dass ich sie gelegentlich mal angerufen habe«, antwortete Grenberg gewollt gleichgültig. »Daran ist doch weiter nichts!«

»Nein, das ist wahr«, stimmte ihm Claesson zu. »Aber ganz plötzlich haben Sie aufgehört, sie anzurufen.«

Jetzt schienen die Gedanken richtig im Kreis zu gehen. Sie ließen sich weder ordnen noch aufhalten. Sie gingen hin und her wie Blitze und unberechenbare Raketen. Der Klumpen in Grenbergs Brust wurde größer und verwandelte sich in Angst und Panik, verlangte nach Erlösung, danach, die wochenlange Ungewissheit hinter sich zu lassen. Claesson sah das.

»Aber sie hörte doch nicht auf mich«, jammerte Alexander. »Sie verstand nicht, wie viel sie mir bedeutete. Ich wollte nie ...«

Das Geständnis löste keine Tränen aus, auch keine Reue. Mit geballten Fäusten hämmerte er auf den Küchentisch, sodass die Gläser nur so tanzten. »Vermutlich ist er stark genug, die Tischplatte zu zerschlagen«, dachte Claesson.

VIERZEHNTES KAPITEL

Montag, 17. Dezember

Es war acht Uhr morgens, und Claesson hatte sich gerade auf der Liege von Dennis Bohman ausgestreckt.

»Wirklich ärgerlich, dass Sie ausgerutscht sind«, meinte Bohman und drückte ihm die Handballen ins Kreuz.

»Ich komme mir wie ein alter Mann vor«, jammerte Claesson, der inzwischen ein stabiles, unkompliziertes Verhältnis zu seinem Therapeuten hatte. Ungefähr so wie zu seinem Friseur Malm, zu dem er jetzt schon seit vielen Jahren ging. Veränderungen schätzte er nicht.

»Das kriegen wir schon wieder hin«, fuhr Bohman optimistisch fort. »Wenn das Ganze vorbei ist, müssen Sie sachte wieder mit irgendeinem Training anfangen.«

»Ich weiß«, sagte Claesson und stöhnte unter Bohmans Händen.

»Der Rücken ist nicht für so viel Sitzen gemacht«, meinte Bohman.

»Aber ich sitze kaum«, protestierte Claesson, sah jedoch sofort ein, dass er phasenweise ständig saß. Trotzdem wollte er sich noch als den jugendlichen und beweglichen Menschen sehen, der er nicht mehr war.

»Nein, aber viele tun das«, antwortete Bohman diplomatisch. »Die ganze heranwachsende Generation.«

»Aber als alle noch auf den Rübenäckern herumkrochen, war es doch auch nicht viel besser.«

Bohman lachte und wechselte das Thema.

»Sie haben also den Täter«, meinte er.

»Ja«, antwortete Claesson und verspürte wie immer großen Widerwillen, über die Arbeit zu sprechen, jedenfalls solange sie nicht abgeschlossen war.

»Das muss ein schönes Gefühl sein«, meinte Bohman.

Claesson wusste nicht, was er antworten sollte. »Schön« war vielleicht nicht das richtige Wort, aber etwas in dieser Richtung.

»Das hat alles nicht viel mit Räuber und Gendarm zu tun«, meinte er munter, und Dennis Bohman lachte ein weiteres Mal an diesem weißen Dezembermorgen eine Woche vor Heiligabend.

Noch war es draußen nicht hell, auch noch nicht, als sich Claesson etwa ein halbe Stunde später wieder auf den Weg machte.

»Haben Sie Sprechstunde über die Feiertage?«, fragte Claesson, als er seine Schuhe anzog.

»Heikel«, meinte Dennis. Er stand am Waschbecken und wusch sich die Hände.

»Schade«, meinte Claesson, »aber vielleicht nicht für Sie.«

»Ich fahre zwei Wochen weg. In den Süden. Wir müssen die Gelegenheit nutzen, solange wir noch können«, meinte Dennis Bohman und nahm ein sauberes Frotteehandtuch aus dem Schrank.

»Ach?«

»Wir erwarten was Kleines«, lächelte Bohman, »zwar erst in einem halben Jahr, aber schließlich will man auch nicht mit einem Riesenbauch am Strand liegen. Ich meine die Frau.«

»Natürlich«, erwiderte Claesson und dachte an Nina Persson, konnte sich jedoch nicht zu der Frage aufschwingen, ob sie wirklich die werdende Mutter war.

In diesem Fall hätte Nina wirklich einen guten Mann gefunden, dachte er, während er mit raschen Schritten aufs Präsidium zueilte.

Alexander Grenberg wurde am Samstag, dem 15. Dezember, in Växjö festgenommen und am darauf folgenden Tag die hundertfünfzig Kilometer transportiert, die er vorher unzählige Male gefahren war, um seine geliebte Schwester zu überwachen. »Er hat das selbst gesagt, und es ist vielleicht was dran«, dachte Claesson. Den weißen Saab hatte man ebenfalls abgeholt, und die Spurensicherung nahm ihn gerade unter die Lupe. Sie durchkämmten ihn Stück für Stück und sicherten mit Klebeband Fasern und Haare, mit denen sich beweisen ließ, dass sich Malin Larsson oder ihr Fahrrad in dem Auto befunden hatte.

Das Material, das dem Untersuchungsrichter vorgelegt werden sollte, war bereits seit Sonntag zusammengestellt. Claesson fühlte sich eher dadurch gestresst, dass Weihnachten kurz bevorstand. Er wollte nicht über die Feiertage arbeiten. Auf keinen Fall wollte er darauf verzichten, in Stockholm Weihnachten zu feiern. Er wollte nicht allein dasitzen und Bereitschaft haben, während Veronika und Klara wegfuhren. Das Leben ließ sich nicht wiederholen, die Arbeit ging nicht immer vor, auch wenn sie das in Wirklichkeit recht oft tat.

Am Montag sollte der Antrag auf Untersuchungshaft möglichst noch vor zwölf Uhr eingereicht werden. Mit etwas Glück war er bereits am Mittwoch genehmigt, und dann konnten sie mit eingehenderen Verhören beginnen. Sie rechneten damit, dass sie zwei Wochen Zeit haben würden, da die Untersuchungshaft dieses Mal auf triftigen Gründen beruhte. Dieses Mal hatten sie bedeutend mehr in der Hand als bei Alf Brink, nicht zuletzt ein in psychologischer Hinsicht zwar etwas vages und diffuses Geständnis, aber immerhin, und ausreichend viele Spuren. Alexander Grenbergs Fingerabdruck befand sich auf der blauen Nylontasche, die in der Mülltonne an der abgelegenen Parkbucht an der Ausfallstraße Richtung Westen gefunden worden war.

Es war kurz vor neun, als Technik-Benny anrief. Claesson war da, vom Markt aus gesehen, bereits zum hinteren Ende der Ordningsgatan gekommen.

»Wo bist du?«, wollte Benny wissen.

»Gleich vor dem Präsidium«, antwortete Claesson.

»Ich hab was für dich. Wir besprechen das später.«

Als Claesson seinen Mantel aufhängte, fiel ihm auf, dass er seine Brille vergessen hatte. Er fluchte leise. Er hatte keine Lust, sofort wieder nach Hause zu rasen, wo er schon einmal so schön in Fahrt war. Er wollte runter zur Spurensicherung. Nach kurzem Zögern rief er Veronika an.

»Du«, sagte er, »ich habe meine Brille vergessen.«

»Ich weiß«, antwortete sie. »Sie liegt auf dem Waschbecken.«

Im Hintergrund hörte er Klara krakeelen.

»Soll ich sie dir vorbeibringen?«, fragte sie, als sei das das Selbstverständlichste auf der Welt. Er fühlte sich von freudiger Dankbarkeit überwältigt.

»Glaubst du, du kannst das?«

»Klar. Ich muss nur erst Klara zur Ruhe bringen.«

Benny Grahn stand an einem Labortisch. Der Abzugsschrank donnerte. Er stellte ihn ab. Die neue Frau, die bei der Spurensicherung angefangen hatte, lächelte ihn an. Sie war ganz süß.

»Schau mal«, sagte Benny und hob eine Plastiktüte hoch, in der ein kleiner roter Plastiksplitter lag.

»Das Rücklicht«, sagte Claesson.

»Genau. Er muss damit irgendwo angestoßen sein, als er das Fahrrad ins Auto hob. Die Kanten stimmen überein.«

Claesson nickte.

»Sonst noch was?«

»Nein, bisher nicht«, sagte Benny. »Etwas Fahrradöl im Kofferraum. Ich glaube nicht, dass er die Leiche von Malin mit dem Auto transportiert hat.«

»Nein«, erwiderte Claesson. »Die war noch am Leben und saß vorne.«

Benny nickte.

Das Telefon klingelte. Claesson stand vor dem Fenster und sammelte sich. Er wollte sich nicht setzen, wenn es sich vermeiden ließ. Langsam nahm die Sache Konturen an. Er hob den Hörer ab.

»Hier ist Nina. Für dich liegt eine Brille hier«, sagte die Dame vom Empfang. »Deine Frau hat sie eben hier abgegeben.«

»Danke, ich komme runter.«

Unglaublich, wie viel in letzter Zeit von »seiner Frau« die Rede war, dachte er auf dem Weg nach unten. Oder hatte sich nur seine Perspektive verschoben? Vielleicht hörte er mit anderen Ohren. Er hatte Nina auch nicht verbessert.

»Hier«, sagte Nina und schob ihm das Brillenetui hin.

Er nahm es sofort an sich und warf ihr einen flüchtigen Blick zu. Ihr Gesicht war vielleicht etwas geschwollen. Aber sonst sah sie aus wie immer.

»Du hast wirklich ein süßes Kind«, meinte Nina lächelnd.

Er war bereits auf dem Weg hoch, blieb aber noch einmal stehen.

»Danke.« Er lächelte stolz und empfand einen Augenblick lang eine gewisse Zusammengehörigkeit mit Nina, eingebildet oder wirklich. Sie würde ebenfalls ein Kind bekommen, nahm er jedenfalls an, denn sein Verdacht war noch nicht bestätigt worden. Bisher handelte es sich nur um Gerüchte. Er hätte die Gelegenheit nutzen und fragen können, aber er konzentrierte sich gerade auf Alexander Grenberg und ging deswegen weiter die Treppe hoch. Wie stellte man außerdem eine solche Frage, ohne zu riskieren, jemanden zu verletzen? »Erwartest du ein Kind?« Und wenn die Antwort nein lautete?

Er setzte sich an den Schreibtisch, fügte die Information über den roten Plastiksplitter dem Antrag auf Untersuchungshaft bei, las ihn noch einmal durch und schickte ihn ab. Da war es noch nicht einmal halb zwölf.

Am Abend feierte er mit Veronika, obwohl nie ausgesprochen wurde, was es zu feiern gab, schließlich wäre es anstößig gewesen zu feiern, dass sie jetzt einen Tatverdächtigen hatten.

Aber vielleicht war es ja doch ein Grund zu feiern. Die Freiheit und seine freien Tage näherten sich. Es gab Rinderfilet in Weinsauce, Kartoffelkroketten, Salat und Johannisbeergelee. Dazu einen chilenischen Rotwein, den Veronika gekauft hatte. Es brannten drei Kerzen. Sie aßen gut und ausgiebig, kauten langsam und nahmen sich Zeit füreinander. Draußen funkelte die Lichterkette im Apfelbaum. Der Himmel war tiefschwarz. Die Sterne leuchteten am Firmament, da es sehr kalt und klar war. Die Erde war schneebedeckt. Er sah, dass die Protzvilla der Gruntzéns wieder teilweise im Dunkeln lag.

»Sind sie wieder weggefahren?«, fragte er.

Er wusste, dass sie viel verreist waren.

»Nein«, antwortete Veronika. »Sie lassen sich scheiden.«

»Ach! Woher weißt du das?«

»Ich habe die Frau vor dem Haus getroffen, und sie hat ihr düsteres Leben mehr oder minder über mir ausgeschüttet.«

»Und das bei so viel Geld«, kam es ihm über die Lippen.

»Dummkopf. Was hat das damit zu tun?«, erwiderte sie spöttisch.

»Nichts«, antwortete er. »Doch, ein wenig vielleicht«, korrigierte er sich. »Man fühlt sich vermutlich besser, wenn man weiß, dass Essen auf dem Tisch steht.«

Sie stießen miteinander an.

»Du«, sagte er und spürte, dass sich sein Herzschlag nervös beschleunigte. »Es ist vielleicht nicht ganz passend, jetzt damit anzufangen... ich meine, wegen der Sache mit den Gruntzéns, aber...«

Er räusperte sich.

»Und?«, wollte Veronika neugierig wissen und fuhr sich mit ihren schmalen Händen durchs Haar.

»Was hältst du davon, wenn wir heiraten?«

Er schaute ihr durchdringend ins Gesicht, damit ihm auch ja keine Veränderung ihrer Miene entgehen würde.

»Machst du mir einen Heiratsantrag?«, sagte sie, um ihn auf die Folter zu spannen.

Er nickte.

»Das klingt gut«, sagte sie und lächelte über das ganze Gesicht.

Und dann begannen sie beide vor Erleichterung laut zu lachen nach dem großen gemeinsamen Beschluss über etwas, was zumindest Claes noch nie erlebt hatte.

FÜNFZEHNTES KAPITEL

Mittwoch, der 19. Dezember, war ein sehr kalter Tag. Der Reif lag wie ein weißer Filz auf den Bäumen. Der Himmel leuchtete kaltgelb, und das war sehr schön. Vor dem Präsidium fuhren die Autos wegen der Glätte ganz langsam auf den Parkplatz auf dem Lilla Torget zu. Das Weihnachtsgeschäft hatte noch nicht seinen Höhepunkt erreicht, aber fast.

Das Verhörzimmer war schlicht. Der Strafverteidiger Kvist war höchstpersönlich erschienen. Claesson kannte ihn und hatte nichts gegen ihn. Alle begrüßten sich und setzten sich. Louise war ebenfalls zugegen. Alexander Grenberg wirkte müde und abgekämpft. Immer wieder faltete er die Hände.

Claesson begann mit den Formalien, machte das Tonband an, und dann konnte das Verhör beginnen. Er wiederholte, was sie bereits in Växjö herausgefunden hatten. Er fragte Alexander, ob er noch etwas hinzufügen oder ändern wolle. Dieser schüttelte nur schweigend den Kopf. Claesson forderte ihn höflich auf, laut und deutlich zu antworten. »Keine weiteren Kommentare«, sagte dieser daraufhin, und Claesson schob seine Papiere zur Seite. Er erklärte ein weiteres Mal, dass er das Verhör leite und dass die anderen beiden zugegen seien, damit alles korrekt ablaufe. Das schien Grenberg etwas aus der Reserve zu locken, seine Gesichtszüge wurden weicher, aber die Situation war sehr anstrengend für ihn.

»Könnten Sie mit eigenen Worten von Ihrer letzten Begegnung mit Ihrer Schwester Malin berichten?«, bat Claesson, der bemüht war, nicht allzu trocken und formell zu klingen.

Grenberg starrte auf die Tischplatte, bewegte die Lippen und begann dann nach einigen Sekunden Verzögerung zu erzählen.

»Ich wusste, dass sie jemanden kennen gelernt hatte. Diesen Alf also, das habe ich später erfahren«, sagte er und schaute auf, um sich bestätigen zu lassen, dass das der richtige Name war. »Ich hatte irgendwie verstanden, dass da was ist, als ich anrief. Das hörte ich an ihrer Stimme. Sie konnte mich nicht täuschen. Vermutlich kannte ich sie am besten«, sagte er und sah plötzlich stolz und selbstsicher aus. »Aber ich hatte das ja auch abgecheckt. War ein paarmal hingefahren, hatte das Auto genommen, das dauerte ja auch nur eindreiviertel Stunden oder so, wenn ich mich dranhielt, ich hatte auch gesehen, dass da jemand in ihrem Zimmer war. Also durchs Fenster.«

»Entschuldigen Sie, dass ich Sie unterbreche. Aber Alf Brink behauptete, er sei Allerheiligen zum ersten Mal bei Malin im Wohnheim gewesen. Haben Sie ihn wirklich dort gesehen?«

Es schien Grenberg zu ärgern, dass jemand seine Aussagen in Zweifel zog.

»Okay. Vielleicht habe ich ihn dort nicht gesehen, aber ich wusste, dass es ihn gab.«

»Von wo aus haben Sie in ihr Zimmer geschaut.«

»Von dieser Stelle aus.«

»Welcher Stelle?«

»Wo ich halt stand. Da am Hang.«

»Danke«, sagte Claesson. »Erzählen Sie weiter.«

»Wo war ich stehen geblieben?«

»Sie sind mit dem Auto gefahren, um zu sehen, was Malin tat.«

»Ich wollte nichts Böses, nur wissen, dass es ihr gut ging«, änderte Grenberg seine Argumentation. »Ich konnte sie schließlich nicht einfach irgendwem überlassen... Ich war gezwungen, das abzuchecken. Sie ist schließlich, Entschuldigung, war schließlich meine kleine Schwester. Wir haben immer zusammengehangen. Und sie antwortete nicht direkt, als ich sie am Telefon fragte, sagte nur, es sei nichts Besonderes. Erzählte, es sei nett mit den Mitstudenten, sie wich jedoch aus, als ich fragte, ob sie einen Typen kennen gelernt hätte. Aber ich hörte schließlich, dass sie das getan hatte. Ich kannte das schon.«

»Sie haben das gehört, sagen Sie?«

»Ja. Mich konnte sie nicht täuschen«, meinte er.

Claesson nahm an, dass es vermutlich nicht das erste Mal gewesen war, dass der Bruder seine Schwester eifersüchtig umkreist hatte, nachdem sie einen Mann kennen gelernt hatte. Das ließ er aber einstweilen auf sich beruhen. Er hatte überdies das Gefühl, dass noch mehr dahinter steckte.

»Sie hatten sie also nicht zusammen gesehen, Malin und ihren Freund Alf?«

»Nein«, antwortete Grenberg, »oder vielleicht doch, aus Entfernung, aber ich war mir nicht sicher.«

»Was passierte an Allerheiligen?«, drängte Claesson.

»Ich sah mich gezwungen, mir einen Beweis dafür zu verschaffen, dass meine Schwester nicht log, dass sie mich nicht täuschte, also fuhr ich zum Wohnheim. Ich hatte am Vorabend kontrolliert, dass sie zu Hause war. Erst sagte ich mir, dass ich sie in Ruhe lassen würde, aber dann konnte ich mich nicht halten. Meine Frau war schließlich auch nicht zu Hause. Sie war mit der Kleinen verreist ...«

Er machte eine Pause, als würde er überlegen, ob er alles auf einmal erzählen sollte.

»Okay«, meinte er zum Schluss. »Wir haben gelogen. Ich kann das genauso gut gleich zugeben. Meine Frau war nicht zu Hause.«

»Aha«, meinte Claesson eher gleichgültig, da er schon lange das Gefühl gehabt hatte, dass es sich so verhielt. »Und weiter?«

»Es war dunkel, als ich zu dieser alten Bruchbude kam, in der die Studenten wohnen. Fast alle Fenster waren dunkel, schließlich stand in den Ferien alles leer. Aber in Malins brannte Licht, das wusste ich, da ich aus dem Auto ausgestiegen war und nachgesehen hatte. Sonst hätte ich bei der Volkshochschule geparkt, die liegt ja schräg hinter dem Wohnheim. Ich rechnete nicht damit, dass sie dort nachschauen würden. Gleichzeitig ist es davor offen, zwar nehmen einem ein paar Bäume etwas die Sicht, aber den Eingang des Wohnheims sah ich. Ich setzte mich also wieder ins Auto und wartete. Dann sah ich diesen Fahrradmenschen kommen. Dachte erst, dass sie über Nacht bei ihr im Zimmer bleiben würden, und erwog schon, aufzugeben, nach Hause zu fahren und im Auto zu versuchen, mich zu beruhigen. Aber da traten sie ins Freie, also folgte ich ihnen ganz einfach. Ich konnte es nicht lassen. Ich weiß nicht, was mich trieb. Das kam einfach so. Irgendwie war es auch spannend«, meinte er und seine Augen funkelten vor Erregung. »Ich war wirklich baff, dass sie auf den Friedhof wollten«, fuhr er fort. »Aber das machte es mir irgendwie auch leichter. Es war schließlich dunkel, und eine Menge Leute waren unterwegs, ich konnte sie also leicht beschatten. Aber ich glaube trotzdem, dass Malin mich sah«, sagte er und strahlte, aber dann hatte er den Faden verloren.

»Malin entdeckte Sie auf dem Friedhof, sagen Sie«, meinte Claesson. »Glauben Sie, dass Alf Brink Sie ebenfalls sah?«

»Nein, nein, überhaupt nicht«, meinte Grenberg abwehrend. »Ich glaube nicht, dass meine Schwester erzählt hatte, dass es mich gab. Ich bin mir da fast sicher«, meinte er und lächelte siegesgewiss.

Claesson erstarrte.

»Aber sie staunte wirklich, als sie mich entdeckte«, fuhr Grenberg fort und verzog zufrieden den Mund. »Das war übrigens bei diesem Gedenkhain. Aber da unternahm ich nichts. Ich fuhr einfach mit dem Auto nach Hause.«

Ein mattes Schweigen trat ein.

»Und dann?«, fragte Claesson.

»Ich kriegte das nicht aus dem Kopf. Ich war irgendwie gezwungen, am nächsten Tag wieder hinzufahren und alles abzuchecken. Ich wusste schließlich, dass sich meine Schwester immer an mich wandte, wenn was Wichtiges war. Ich musste ein ernstes Wort mit ihr reden und abchecken, dass alles in Ordnung war«, sagte Grenberg, und seine Stimme hörte sich Vertrauen erweckend und beschützend an.

Die Sorge des Bruders um die Schwester klang mehr nach der uneingeschränkten Macht des älteren Bruders über die jüngere Schwester. »Wahrscheinlich hat er sich über längere Zeit gegen sie durchgesetzt, vielleicht immer«, dachte Claesson.

Grenberg suchte den Blick der anderen, heischte vermutlich nach Verständnis oder zumindest Zustimmung, damit er es wagte weiterzuerzählen. Aber ihm begegneten nur unbarmherzige, vollkommen ausdruckslose und verschlossene Gesichter.

»Am Tag darauf, am Sonntag, fuhren Sie also zum Wohnheim zurück«, sagte Claesson so neutral wie möglich und brachte so die Erzählung wieder in Gang. Er versuchte den Mann auch als Opfer der Umstände seiner Kindheit zu sehen.

»Ja«, sagte Grenberg und starrte erneut auf die Tischplatte. »Ich fuhr zu diesem Wohnheim, aber dort war keiner. Niemand machte auf. Ich wusste nicht recht, was ich anstellen sollte. Ich überlegte mir, dass ich vielleicht etwas rumfahren sollte, um mich abzuregen, aber dann kam meine Schwester nach einer Weile, machte auf und ließ mich rein.«

»Freute sie sich, Sie zu sehen?«, fragte Claesson, seine tiefe Stimme klang freundlich, fast milde.

»Das weiß ich nicht«, druckste Grenberg herum. »Vielleicht nicht. Übrigens«, er versuchte, ehrlich zu sein, »sie wollte, dass ich wieder gehe. Sie war gerade dabei, Kaffee zu kochen. Ich sollte sofort gehen, aber schließlich ließ sie mich doch rein.«

»War das auf dem Gang?«

»Ja, an dieser Glastür. Wir redeten und so, und dann ging ich mit ihr in die Küche, während sie eine Thermoskanne Kaffee machte.«

»Waren Sie in ihrem Zimmer?«, wollte Claesson wissen.

Grenberg dachte nach.

»Nein. Da war ich nie. Nur in der Küche und im Gang natürlich. Ich wartete dort, während sie ihre Jacke anzog«, sagte er zögernd und in sich gekehrt.

Wieder entstand eine geladene Stille. Grenberg hatte langsam Farbe bekommen. Die Erleichterung, zumindest einiges loswerden zu können, ließ ihn weniger steif und aggressiv erscheinen. Claesson kannte das schon.

»Was ist dann passiert?«, trieb er Grenberg an.

»Also, sie nahm ihr Fahrrad«, antwortete dieser etwas langsamer und vorsichtiger. »Sie radelte den Hang hinunter.«

Grenberg trank einen Schluck Mineralwasser.

»Aha«, meinte Claesson.

»Und ich dachte, dann fahre ich eben nach Hause«, fuhr Grenberg zögernd fort und starrte auf einen Punkt oberhalb der Fußleiste. »Aber irgendwie war es nicht gut, als wir uns trennten. Sie war so kurz angebunden«, sagte er, und sein Ton veränderte sich, er klang hitzig. »Sie wollte nicht mal Tschüs sagen, wollte gar nichts, nicht mal eine Umarm…«

Er schaute auf.

»Eine was?«, fragte Claesson.

»Scheißegal«, fuhr Grenberg wütend fort. »Malin fuhr den Abhang hinunter, und ich konnte es nicht lassen, ihr mit dem Auto zu folgen. So war das«, sagte er hitzig und überlegte wohl, ob das als Geständnis ausreichen würde.

Claesson schien jedoch von Grenbergs Unausgeglichenheit vollkommen unbeeindruckt zu sein.

»Sie sagen also, dass Sie Ihren Wagen nahmen und Ihrer Schwester Malin folgten«, meinte er langsam, um Grenbergs Gereiztheit auszugleichen. »Sie hatten unsere Stadt ja kennen gelernt, zumindest ein wenig. Glauben Sie, Sie könnten versuchen zu beschreiben, wo Sie entlangfuhren? Malin auf dem Fahrrad und Sie hinterher, wenn ich das recht verstanden habe.«

»Ich fuhr in einigem Abstand hinter ihr her. Den Hang runter, Richtung Stadtmitte.«

Er verstummte erneut.

»Wie fühlten Sie sich da?«, fragte Claesson.

»Wie ein Dreck! Ich fühlte mich wirklich beschissen!«, rief Grenberg. »Ich spürte den Druck. Hier also«, sagte er und schlug sich mit der Hand auf die Brust. »Wollte noch mal mit ihr reden, sie bitten, mir noch eine Chance zu geben. Ich konnte nicht einfach aufgeben, ich fuhr also neben ihr, als wir irgendwo zum Hafen gekommen waren. Da ist mehr Platz. Leute waren auch keine da.«

Die Erzählung war wieder lebhafter geworden. Es schien Grenberg warm zu sein.

»Und dann blieb meine Schwester endlich stehen. Wir redeten hin und her«, fuhr er weitschweifig fort. »Schließlich kam sie mit mir mit. Sie sah ein, wo sie hingehörte. Dieser magere Fahrradtyp war schließlich nichts. Nichts für sie jedenfalls«, meinte er und sah unverschämt zufrieden aus.

Claesson wollte sich die Kommentare über die, gelinde gesagt, fast schon krankhafte Nähe für später aufsparen, sah aber dann ein, dass er bereits jetzt ansprechen musste, was offenbar war. Und gleichzeitig verboten.

»Wollen Sie uns sagen, was Sie ... für Wünsche hatten, was den Mann Ihrer Schwester betraf?«

Grenberg wurde über und über rot.

»Jedenfalls nicht der!«

»Glauben Sie nicht, dass Ihre Schwester das selbst entscheiden konnte, mit welchem Mann sie zusammen sein wollte?«, kommentierte Claesson, ohne insinuierend zu klingen.

»Vielleicht«, meinte Grenberg ausweichend. »Es ist klar, dass ich einsehe, dass das ihr Recht ist, schließlich leben wir in einer demokratischen Gesellschaft, aber wir zwei hatten einen eigenen Kontakt. Und der war speziell.«

»Auf welche Art speziell?«

Es trat eine Verzögerung der Bewegungen ein. Eine atemlose Spannung, als habe die Zeit aufgehört.

»Wir haben immer zusammengehalten«, erklärte Grenberg knapp. »Zu Hause war es schließlich chaotisch und irgendwie einsam. Aber wir hielten zusammen. Ich meine, unsere Mutter gehörte ja auch nicht zu den Menschen, die einen umarmen. Sie war recht kühl. Sie wollte das so. Ordentlich und so. Und dann passierte das mit Vater. Dass er im Eis einbrach. Nach diesem Unglück waren wir allein ... Und Malin und ich einigten uns zusammenzuhalten. Sie ist immer zu mir ins Bett gekrochen, als sie klein war«, sagte er versuchsweise und fuhr sich mit der Zungenspitze über die Lippen. »Wahrscheinlich fühlte sie sich bei mir geborgen.«

Immer noch war es vollkommen still. Niemand rührte sich.

»Wenn ich mal so frage«, meinte Claesson und suchte nach den Worten. »Wie würden Sie Malins und Ihr Verhältnis beschreiben, außer dass Sie Geschwister waren?«

Grenberg antwortete nicht sofort, und stritt vor allem auch nichts ab. Claesson sah, dass das, was nie ausgesprochen und unter langjähriger Einsamkeit und schamhaftem Schweigen versteckt worden war, brannte und rauswollte.

»Okay, wir haben miteinander geschlafen«, gestand Grenberg und starrte auf den Fußboden. »Aber es gefiel ihr«, meinte er noch und sah Claesson starr an, der mit seinem Blick nicht auswich.

Claesson beugte sich vor und räusperte sich.

»Wollen Sie jetzt eine Pause einlegen? Dann können wir was zu essen kommen lassen.«

»Nein, verdammt!«, rief Grenberg. »Ich kann diesen Scheiß genauso gut gleich hinter mich bringen.«

»Okay«, antwortete Claesson. »Ich vermute, Sie wissen, wie man das nennt?«

»Ja, Liebe«, antwortete Grenberg herausfordernd.

»Daran dachte ich nicht.«

Grenberg verstummte. Nach einigen Sekunden fragte er schrill: »Wollen Sie nicht wissen, was dann passiert ist?«

»Doch.« Claesson nickte. »Das wollen wir gern. Wir haben viel Zeit. Immer mit der Ruhe«, sagte er und sah, nach Zustimmung suchend, den Verteidiger Kvist an.

»Malin kam also mit mir mit, und ich warf ihr Fahrrad in

den Kofferraum. Sie half mir sogar«, sagte er mit einer gewissen Befriedigung. »Dann fuhren wir herum, bis wir ein Stück aus der Stadt raus waren, wo wir uns in Ruhe unterhalten konnten. Draußen war es recht ungemütlich. Da standen Wohnwagen, in denen Leute wohnten, wir gingen also ein Stück weiter. Meine Schwester fror. Sie hatte keine Handschuhe, doch einen, sie zog also die Ärmel runter. Ich bot ihr meine Handschuhe an, aber sie wollte sie nicht. Sie nahm das Gummi aus dem Haar, damit es im Nacken etwas wärmer würde. Wir gingen am Strand entlang, tatsächlich ein ziemliches Stück, und es wehte ein verdammt starker Wind. Ich versuchte, sie zur Vernunft zu bringen, aber sie sagte, dieses Mal sei es ernst. Sie wolle endlich ihr eigenes Leben führen, sie würde diesen Typen mögen, sie wolle leben wie alle anderen auch... Und als ich einsah, dass es keinen Sinn hatte...«

Seine Stimme zitterte leicht, ständig fuhr er sich mit der Zungenspitze über die Lippen und machte nervös mit den Fingern an der Tischkante herum. Er sah aus, als wollte er aufstehen und flüchten. Aber er blieb sitzen.

»Ich weiß nicht, was in mich gefahren ist«, brach es plötzlich aus ihm heraus, und seine Schultern begannen zu beben. »Ich hatte mich nicht in der Hand... Das wollte ich nicht... Ich wollte sie eigentlich nur etwas unter Druck setzen... Aber dann begann sie zu nerven, ich sollte sie zurückfahren, sie wollte zu diesem Typen, sie wollte, dass wir nur Freunde sind, wie normale Geschwister, und so... Aber da, als ich einsah, dass ich nicht mehr zu ihr durchdrang, dass sie nie mehr mit mir zusammen sein würde, da geriet ich in Panik. Ich wusste nicht, was ich tat«, heulte er und breitete die Arme aus, als sei das eine Beichte, und das war es ja in gewisser Weise auch.

Die anderen verzogen keine Miene. Sie saßen da wie versteinert.

»Und deswegen haben Sie sie erwürgt«, sagte Claesson trocken.

Grenberg nickte, was Claesson laut kommentierte, damit es mit aufs Band kam. Die anderen beiden, die schon eine ganze Weile den Atem angehalten hatten, wagten jetzt endlich, Luft zu holen.

»Ich wusste schließlich kaum, was ich tat«, meinte Grenberg mit belegter Stimme.

»Es ist nicht leicht, jemanden zu erwürgen«, meinte Claesson unbarmherzig.

»Wie bitte?«

Grenberg versuchte ganz plötzlich auszusehen wie ein unschuldiges Kind.

»Ich sagte, es ist nicht ganz leicht, jemanden zu erwürgen. Sie müssen Kraft haben und die Fähigkeit, die Kontrolle über Ihr Opfer zu behalten, also über Malin, bis sie verschied.«

Claesson kannte keine Gnade. Grenberg starrte ihn finster an.

»Ich hielt sie einfach«, sagte er und hob die Hände in einer Greifbewegung in die Luft.

»Malin muss sich gewehrt haben«, fuhr Claesson beharrlich fort.

»Sie riss an der Jacke«, erwiderte Grenberg gedämpft. »Riss die Ärmel an meiner Jacke hoch und kratzte mich. Aber ...«

»Aber was?«

»Ich konnte nicht aufhören. Es ging einfach nicht ...«

Er schaute auf den Tisch, sein Blick irrte herum, er mied den Blick der anderen.

»Und dann? Was geschah dann?«

»Es ging so schnell, ich war gestresst, wusste nicht recht, was ich tat, ich schleppte sie einfach runter ins Wasser. Das war nicht weit, irgendwo in der Nähe einer kleinen Brücke. Da war Schilf. Ich dachte, dass ich sie da verstecken kann. Ich hätte sie noch weiterschleppen sollen, aber ich hatte irgendwie nicht die Kraft, und außerdem musste es schnell gehen.«

Die Stille senkte sich wieder. Nicht einmal der Verkehr von der Ordningsgatan war zu hören.

»Und das Fahrrad?«, wollte Claesson wissen.

»Das warf ich ein Stück weit weg in einen Graben oben am Weg und fuhr nach Hause.«

»Sie fuhren direkt nach Hause?«

»Ja.«

»Ihre Frau hat Ihnen ein Alibi gegeben«, sagte Claesson. »Sie hat gelogen und gesagt, Sie seien beide zu Hause gewesen.«

Grenberg nickte.

»Warum tat sie das? Wissen Sie das?«, fragte Claesson.

»Sie hat Malin nie gemocht«, antwortete er, ohne zu schluchzen oder zu weinen. Seine Augen wurden schmaler, und er wirkte eiskalt, fast zufrieden. »Kein Wunder, dass die Frauen auf ihn reinfallen«, dachte Claesson. »Die Verbindungen sind aber wahrscheinlich oberflächlich, jedenfalls von seiner Seite.«

»Aber haben Sie Ihrer Frau gesagt, was passiert war?«

»Nein«, erwiderte Grenberg energisch. »Ich faselte was davon, dass ich will, dass sie sagen soll, dass wir beide zu Hause gewesen sind, dass das wichtig sei, aber nicht, warum.«

»Und damit gab sie sich zufrieden?«, sagte Claesson zweifelnd.

Grenberg zuckte leicht mit den Achseln.

»Ja«, antwortete er knapp.

»Wusste sie, dass Sie und Malin ein inzestuöses Verhältnis hatten?«

Jetzt war es endlich heraus. Grenberg schien den Ausdruck hin- und herzuwenden. Er versuchte wohl seine Tragweite aus einer anderen Perspektive als seiner eigenen zu erfassen. Aus jener der Gesellschaft, der Strafgesetze und des Gerichts.

»Was weiß ich«, sagte er leise und klang naiv verärgert. »Vielleicht ahnte sie was«, besann er sich dann eines anderen. »Dass wir uns sehr nahe standen, aber nicht, dass wir miteinander schliefen. Das war wohl nicht, wie es sein sollte«, bekannte er und sah Claesson flehend an.

Zum ersten Mal zeigte er so etwas wie Schuldgefühle und Reue, dachte Claesson und beendete das Verhör, um eine kurze Pause einzulegen.

Als sie sich wieder setzten, dieselben Personen, Claesson, Louise und Strafverteidiger Kvist, und zwar auf dieselben Stühle wie vorher mit Grenberg in der Mitte, war die Luft teilweise gereinigt. Aber Claesson hatte weitere Fragen. Er wollte tiefer gehen.

»Ich will zeitlich jetzt etwas zurückgehen«, begann er, »zu dem schmerzlichen Ereignis, dem Tod Ihres Vaters auf dem Eis des Växjösjö.«

»Aha«, antwortete Grenberg. Seine Stimme war matt, farblos und ohne Kraft. »Warum das?«

Claesson antwortete nicht.

»Was können Sie darüber erzählen?«, fragte er stattdessen.

»Das können Sie alles im Polizeibericht nachlesen«, meinte Grenberg ausweichend.

»Das stimmt. Aber ich würde trotzdem gern hören, woran Sie sich erinnern.«

Grenberg sah Claesson finster und zweifelnd an.

»Vater kam nicht nach Hause. Dann kam morgens die Polizei und erzählte, was passiert war«, antwortete er mürrisch. »Das war alles.«

»Was dachten Sie da?«, beharrte Claesson.

»Was ich dachte?«, wiederholte Grenberg und schien plötzlich zu überlegen, sich zu erinnern und die Zeit zurückzuholen. »Ich dachte irgendwie gar nichts.«

»Aber Sie müssen doch etwas empfunden haben, oder?«

»Natürlich, ich bin doch wohl normal!«

Dann sagte er nichts mehr.

»Ihr Vater war gestorben, jetzt war von Ihren Eltern niemand mehr am Leben. Die Gefühle sind oft trotz der Trauer gemischt. Erinnern Sie sich, was vorherrschend war?«

Grenberg sah Claesson skeptisch an. Seine Miene war aber nicht mehr so verschlossen.

»Leere vielleicht«, antwortete er schließlich.

»Hat Sie die Nachricht damals überrascht?«, fragte Claesson schonungslos. Grenberg schnappte heftig nach Luft und wehrte sich mit allen Fasern seines Wesens.

»Was für eine Frage! Natürlich war ich überrascht! Obwohl unser Vater natürlich auch anstrengend war. Er war ziemlich oft betrunken.«

»Ich habe gehört, dass Sie Kinder, vor allem Sie und Malin, dafür sorgten, dass Ihr Vater abends nach Hause fand und mit dem Leben klarkam. Sie waren schließlich damals noch nicht so alt. Das ist eine große Verantwortung für Kinder«, stellte Claesson milde fest.

»So klein war ich auch wieder nicht!«

»Ein Junge, ein Teenager«, fuhr Claesson fort und merkte, dass er Mitleid mit dem jungen Grenberg bekam.

»Okay, es war recht chaotisch. Irgendwie bewegte man sich dauernd durch ein Minenfeld. Wir hatten es ziemlich satt. Wollten uns schließlich nicht ganz unmöglich machen. Vater war ein verdammter Egoist, eigentlich«, meinte Grenberg, der seine Wut nun nicht mehr unterdrücken konnte.

Claesson wartete eine Weile mit der nächsten Frage, bis sich Grenbergs Gefühle wieder etwas beruhigt hatten.

»Hatten Sie Angst?«, fragte er, ohne das näher zu erklären.

»Vielleicht nicht direkt«, antwortete Grenberg. »Nicht vor Vater. Jedenfalls nicht ich. Aber es war ... naja ... hart.«

Claesson nickte.

»Dieser Abend, an dem er nicht nach Hause kam. Erinnern Sie sich an den?«

Grenberg zuckte mit den Achseln.

»Was glauben Sie, woran sich Malin erinnern würde, wenn man sie noch fragen könnte?«, fuhr Claesson fort und merkte, dass Verteidiger Kvist Anstalten machte zu protestieren, dann aber stumm blieb.

»Aber wir hatten uns doch gegenseitig versprochen, nie ...« Grenberg verstummte.

»Was hatten Sie sich versprochen?«

»Gewisse Dinge behält man für sich. Ein Leben lang«, stellte Grenberg fest.

»Wir haben alle unsere Geheimnisse«, stimmte ihm Claesson zu. »Aber einige sind schwerer zu tragen als andere.«

Bockig presste Grenberg die Lippen aufeinander und verschränkte die Arme auf der Brust, als wollte er sich abschotten.

»Sie und Malin waren zu Hause. Vielleicht sahen Sie fern«, fuhr Claesson freundlich fort.

»Nein, das taten wir nicht«, protestierte Grenberg. »Vielleicht eine Weile. Ich war beim Training, Eishockey, und als ich nach Hause kam, sagte meine Schwester, Vater sei ausgegangen. Es war also wie immer. Wir aßen ohne ihn, Tee und Brote. Das war alles.«

Claesson nickte.

»Das war alles?«, wiederholte er und dachte gleichzeitig, dass er den Tod des Vaters auch auf sich beruhen lassen könnte. Der Fall war ohnehin verjährt.

»Ja«, sagte Grenberg, »aber als wir uns hinlegen wollten, fragten wir uns natürlich, wo er steckt. Wir hatten vermutlich ein Video gesehen, und es war recht spät.«

»Sie waren also müde und gingen ins Bett?«, fuhr Claesson fort, und es war deutlich zu hören, dass er auf etwas aus war. »Sie können erzählen, was passiert ist. Das verwenden wir nicht gegen Sie. Es ist so lange her, und außerdem waren Sie damals noch ein Kind. Aber vielleicht fühlen Sie sich dann besser.«

Grenberg, der an diesem Tag bereits mehr hinter sich hatte, als er verkraften konnte, räusperte sich und ergriff wieder das Wort.

»Wir gingen hoch. Zogen uns an. Es war dunkel und kalt, und wir wollten so schnell wie möglich wieder zu Hause sein. Wir fuhren mit dem Fahrrad Richtung Stadt und dann im Stadtteil Söder hin und her. Malin fiel mit dem Fahrrad hin, weil es so glatt war, aber das war nicht so schlimm, denn sie tat sich nichts. Jedenfalls sahen wir Vater nirgends herumwanken. Aber dann, als wir am Växjösjö wieder nach Hause fuhren, entdeckten wir jemanden draußen auf dem Eis ...«

Seine Stimme wurde leiser. Alle im Zimmer warteten auf die Fortsetzung.

»Das war er«, sagte Grenberg.

»Da kommt es«, dachte Claesson wenig überrascht.

»Wissen Sie, warum er da auf dem Eis war?«, fragte er.

»Keine Ahnung! Er wankte, hatte sich wohl verlaufen, dachten wir ... Und dann hörten wir, dass unter ihm das Eis barst. Das war furchtbar!«

Seine Stimme war belegt. Verteidiger Kvist rutschte hin und her.

»Wir wagten nicht, aufs Eis zu gehen. Schließlich hätten auch wir einbrechen können. Es war auch kein einziger Mensch da, der uns hätte helfen können. Es war mitten in der Nacht und eisig kalt ...«

Verstört und mutlos holte er Luft und schaute Claesson fast hasserfüllt an. Dieser räusperte sich.

»Dann ...«, sagte Claesson, der zwar zu wissen glaubte, was weiter passiert war, es aber von Grenberg hören wollte.

»Dann fuhren wir nach Hause.«

Claesson nickte.

»Sie riefen nicht die Polizei?«

Grenberg schüttelte verneinend den Kopf.

»Wir hatten Angst.«

Jetzt sah er aus wie das verwundete Kind, das er vermutlich immer gewesen war, und das war schmerzlich.

»Angst wovor?«, wollte Claesson vorsichtig wissen.

»Irgendwie in die Sache verwickelt zu werden. Schließlich hätten wir in einer Jugendstrafanstalt landen können. Was wussten wir schon?«

»Sie hatten Angst vor der Polizei?«

»Natürlich. Wir wussten schließlich nicht, was passieren konnte. Sie hätten uns vielleicht auseinander gerissen, uns kontrolliert. Schließlich hatten wir wenig gute Erfahrungen mit dem Jugendamt und der Polizei.«

»Sie einigten sich also darauf, nichts zu sagen?«

Grenberg nickte.

»Wir haben uns eigentlich auf niemanden verlassen, nur auf uns«, stellte er fest.

»Hatten Sie die Sorge, dass Malin jemandem das Geheimnis verraten könnte?«

Grenberg war vollkommen erschöpft und zuckte abwesend mit den Achseln.

»Vielleicht«, antwortete er kaum hörbar.

»Sie hatten Angst, dass Malin mit Alf Brink, in den sie verliebt war und der nett zu ihr war, zu vertraut werden und dass sie ihm alles erzählen würde.«

»Weiß nicht«, antwortete Grenberg und starrte leer an die kahle Wand. »Vielleicht«, sagte er dann tonlos.

Da stellte Claesson das Tonband ab.

»Du meine Güte! Das waren wirklich betrübliche Familienverhältnisse!«, rief Louise, mehr, um überhaupt etwas gesagt zu haben.

»Ja«, meinte Claesson müde wie nach einem Marathonlauf. »Nur die Älteste ist einigermaßen klargekommen.«

Sie saßen in seinem Büro, weil es das größte war, und warteten auf die anderen des Teams, Lundin, Peter Berg, Benny und Erika Ljung. Sie wollten ein Bier trinken gehen, wahrscheinlich würde es auf ein dunkles Weihnachtsbier hinauslaufen.

Louise rieb sich die Augen und massierte dann ihren Hinterkopf.

»Meine Güte, wie müde man sein kann!«, sagte sie. »Ich habe Kopfschmerzen.«

Claesson antwortete nicht. Er saß am Schreibtisch und schob seine Papiere hin und her. Das war eine Art Therapie, um wieder auf den Boden zu kommen.

»Aber jetzt ist es vorbei«, meinte sie nachdenklich und schaute auf das Stück grauen Himmel über den Hausdächern. »Das trifft einen irgendwie im Innersten«, fuhr sie fort, als würde es ihr nichts ausmachen, ob Claesson zuhörte oder nicht.

»Natürlich«, meinte er, heftete ein paar Papiere mit einer Büroklammer zusammen und legte sie in das Regal hinter sich. Dann wandte er sich an Louise, die immer noch träumend nach draußen schaute.

»Irgendwie traurig und ungerecht«, fuhr sie fort und sprach ihre Gedanken laut aus. »Malin wollte endlich was aus ihrem Leben machen.«

»Stimmt«, meinte Claesson. »Sie scheint auf dem rechten Weg gewesen zu sein.«

Louise wandte ihren Blick vom Dezemberhimmel ab und sah ihn an.

»Gelegentlich ist es nötig weiterzugehen«, meinte er.

»Man muss schon dankbar sein, dass man sich nur über eine normale, ehrliche Untreue zu grämen hat«, sagte sie, und es sollte wie Galgenhumor klingen.

»Findest du?«, erwiderte er zweifelnd.

»Jedenfalls lebe ich noch. Aber was tun wir nicht alles für etwas Liebe.«

»Denkst du an Alexander Grenberg?«

»Ja.«

»Nennst du das Liebe?«, fragte Claesson.

»Nein, vielleicht nicht. Machtstreben, aus Einsamkeit und Verlassenheit geboren«, stellte sie fest. »Ich frage mich, ob er überhaupt zu tieferen Gefühlen fähig ist.«

»Weiß nicht. Da müssen wir den Psychologen fragen«, meinte Claesson. »Er hatte seine beiden Frauen und nahm sich das Recht dazu. Er akzeptierte nicht, dass die Initiative zur Befreiung von jemand anderem kam als ihm selbst.«

»Kontrolle.«

»Ja, vielleicht.«

»Und Feigheit. Sich nicht zu entscheiden.«

»Vielleicht auch das. Und noch viel, viel mehr«, meinte Claesson.

»Irgendwie tut er mir auch leid. Vielleicht hatte er doch irgendwelche richtigen Gefühle für Malin. Also in echt, obwohl sie anrüchig und verbrecherisch waren. Er hätte sie loslassen sollen, damit sie ihr eigenes Leben leben konnte. Das wollen wir alle«, erklärte sie im Brustton der Überzeugung.

Claesson betrachtete sie.

»Wir wollen selbst bestimmen, wie wir unser Leben leben wollen«, verdeutlichte sie.

Claesson sah sie über den Rand seiner Brille hinweg an. Irgendwie empfand er ein gewisses Unbehagen, war aber trotzdem neugierig. Louises Überlegungen brachten ihn der Denkungsart der Frauen näher. Das war interessant. So allmählich hatte er zu ahnen begonnen, dass das manchmal etwas unterschiedlich sein konnte, aber dann auch wieder sehr ähnlich.

Gerade als Claesson etwas erwidern wollte, kamen die anderen.

EPILOG

Zwei Tage später, am Freitag, nur drei Tage vor Heiligabend, herrschte zu Hause in der Diele bei Kommissar Claesson ein einziges Durcheinander. Auf dem Fußboden standen Tüten aus dem Systembolaget mit Bier und Wein, eine große Schachtel belgische Pralinen und zwei große Papiertüten mit Weihnachtsgeschenken, unter anderem ein Babyschlitten aus rotem Plastik. All das sollte vor der Abfahrt im Auto verstaut werden. Der Weihnachtsbaum war bereits geschmückt, sie hatten schon vorgefeiert, da sie an Heiligabend nicht zu Hause sein würden. Im Übrigen war es ziemlich unaufgeräumt. Vielleicht würden sie noch die Zeit finden, Staub zu saugen, ehe sie abfuhren. Da der Wetterbericht stabiles Wetter ohne Schneestürme und überfrierende Nässe versprochen hatte, hatten sie beschlossen, das Auto zu nehmen. Aber man konnte nie wissen.

Claes fütterte Klara. Veronika war in der Stadt und kaufte mit einer riesigen Liste ein. Claes war es erspart geblieben mitzukommen. Es gab jedoch etwas, was er später noch erledigen wollte. Das hatte er sich am Vorabend vor dem Einschlafen zurechtgelegt, und er war zufrieden.

Klara saute rum. Sie spuckte immer wieder ihren Kartoffelbrei aus, verteilte ihn mit den Händen um den Mund und haute dann auf den Tisch. Wo sie drankam, schmierte sie herum. Das war wenig appetitanregend. Er hatte seine Kaffeetasse ein Stück von seiner Tochter weggestellt, damit sie diese nicht umwerfen würde, und versuchte abwechselnd, einen Schluck

Kaffee zu trinken, sie zu füttern und die Tischplatte mit Küchenkrepp abzuwischen. Gleichzeitig kontrollierte er, wie es seinem Rücken ging. Vorsichtig beugte er sich vor, versuchte, noch etwas weiter zu kommen, und fand, dass er über Weihnachten zurechtkommen müsste, wenn er keine unüberlegte Bewegung machte oder erneut ausrutschte.

Veronika kam durch den Garten auf das Haus zu. Sie hatte den Weg selbst frei geschaufelt, damit Claes seinen Rücken schonen konnte. Das machte ihm nichts aus. Schneeschaufeln gehörte nicht zu seinen Lieblingsbeschäftigungen. Manchmal war es praktisch, faul sein zu dürfen. So etwas nenne man einen Sekundärgewinn, belehrte ihn Veronika, die eine beachtliche Menge Tüten hereinschleppte. »Hoffentlich macht die Kreditkarte nicht schlapp«, dachte er.

»Hallo!«, rief sie fröhlich in die Diele. »Wie geht's?«

»Gut«, antwortete er und wischte Klara ein letztes Mal den Mund ab.

»Weißt du, wen ich in der Stadt getroffen habe?«, fragte sie, und er hörte, wie sie in der Diele ihre Stiefel auszog.

»Nein«, erwiderte er etwas geistesabwesend.

»Jemanden von deinem Fanklub.«

Er horchte auf und war gleichzeitig geschmeichelt und etwas nervös. Vermutlich war das ungefährlich. Veronika klang so gut gelaunt.

»Eine gewisse Dame, auf die du sehr großen Eindruck gemacht hast«, schmeichelte sie seiner Eitelkeit weiter und reizte seine Neugier, während sie mit der Hälfte der Tüten in die Küche trat. »Isabelle Axelsson findet dich so gut aussehend«, fuhr Veronika fort, räumte die Sachen ein und legte einige der in letzter Sekunde gekauften Weihnachtsgeschenke neben die Spüle. »Und da muss ich ihr wirklich Recht geben«, betonte sie und fuhr ihm im Vorbeigehen durchs Haar.

»Ist ja nett«, meinte er und war natürlich geschmeichelt, ja, sogar richtig froh, denn er wurde nicht gerade mit Komplimenten überhäuft und war vermutlich genauso anfällig für Schmeichelei wie die meisten.

»Leider hat sie gekündigt. Jedenfalls hat sie sich beurlauben lassen«, fuhr Veronika fort und ging in die Diele und holte weitere Tüten.

»Ach«, sagte Claesson und wusste nicht recht, ob er Lust hatte, sich dafür zu interessieren. Er wollte lieber Wort für Wort hören, was Isabelle zu Veronika gesagt hatte.

»Sie sagte, der Mord an Malin hätte sie endlich von der Klinik wegbekommen. Sie will im lokalen Gesundheitswesen anfangen«, erzählte Veronika. »Das sei teilweise dein Verdienst, behauptete sie.«

Claesson kratzte sich an der Wange, während er versuchte, das zu verarbeiten. Er war frisch rasiert und hatte sich geschnitten. Aber es hatte sich noch kein Schorf gebildet, an dem er genüsslich hätte herumpulen können. Der Zusammenhang erschien ihm zu kompliziert, es war das Beste, sich nicht näher in die Sache zu vertiefen.

»Das ist ja schön«, sagte er nur, und Veronika merkte, dass sein Interesse nur mäßig war, um nicht zu sagen, nicht vorhanden. Er war mit seinen Gedanken woanders. »Ich muss noch was erledigen«, sagte er plötzlich, stand auf und übergab seiner Frau die Verantwortung für ihre Tochter Klara.

Er entschied sich dafür, zu Fuß zu gehen. Es roch nach Schnee und war bereits dunkel. »Bald werden die Tage wieder länger werden«, dachte er. Die Zeit vor Weihnachten war schön oder vielleicht eher angenehm, von Kerzen erhellt und weihnachtlich geschmückt. Gärten und Fenster funkelten.

Er sah Herrn Brink durch das Schaufenster seines Ladens und dachte, dass er schon sein bestes Weihnachtsgeschenk bekommen hatte, obwohl noch nicht Heiligabend war.

Ein kleiner Weihnachtsbaum mit bunten Lampen stand in einiger Entfernung von dem Wellblechschuppen mit den Rädern auf dem Hof. Er schaute durch das Fenster der Werkstatt, ob irgendwelche Kunden da waren, aber das war schwer zu sehen. Er trat ein.

Alf hatte ihm den Rücken zugewandt, drehte sich auf seinem Hocker um und stand auf. »Genau wie beim ersten Mal«, dachte Claesson. Und auch dieses Mal sah der junge Mann vollkommen verängstigt aus. Sie waren allein.

»Ich wollte Ihnen ein fröhliches Weihnachtsfest wünschen«, sagte Claesson.

»Ach?«

»Ja. Außerdem wollte ich Ihnen sagen, dass ich weiß, wie sehr Sie Malin mochten und wie schwer diese Zeit für Sie gewesen ist. Ich dachte, dass das hier vielleicht Ihnen gehören sollte.«

Er hielt ihm eine Plastiktüte hin, in der ein rechteckiger Gegenstand lag. Zögernd nahm Alf die Tüte entgegen. Er wirkte überrascht und wie immer unsicher. Er schaute hinein, legte die Tüte auf eine Werkbank, zog einen Lumpen aus der Tasche seines Overalls und wischte sich sorgfältig die Hände ab. Dann nahm er langsam das Tagebuch heraus und begann mit vorsichtigen Händen zu blättern. Er las:

Dieses Jahr endet gut. Ich habe eine Freundschaft geschlossen. Vielleicht mehr als eine Freundschaft???

Tödliche Blumen

*Aus dem Schwedischen
von Antje Rieck-Blankenburg*

PROLOG

Er legte die Decke über ihre Schultern. Eine gelbe, recht dünne Baumwolldecke, wie man sie in Krankenhäusern benutzt. Sie registrierte die Fürsorge, erschauerte sogar ein wenig. Als hätte er wie ein Adler seine weiten Schwingen über ihr ausgebreitet.

Sie zog die Decke enger um sich und sank sachte auf den Stuhl nieder. Saß dann ganz still und versuchte, all die schrecklichen Bilder, die wie grelle Blitze in ihrem Kopf abgefeuert wurden, zu verdrängen. Unmöglich zurückzuhalten. Aber vermutlich würde es sich bald legen. In der Zwischenzeit konnte sie immerhin versuchen, in dem nicht gerade unangenehmen Genuss zu schwelgen, jemanden in der Nähe zu haben, der auf sie wartete.

Das Schlimmste war die Erinnerung an die Augen, die sie hilflos angestarrt hatten. Und der Gedanke, dass sie selbst es hätte gewesen sein können, die beinahe zu Tode misshandelt worden wäre. Wie oft hat man im Leben Glück? Neulich war sie auf dem Ringvägen fast von einem Autofahrer, der sie in der Dämmerung nicht gesehen hatte, angefahren worden, als sie von der Arbeit nach Hause radelte. Der Zwischenfall kam ihr wieder in den Sinn, obgleich er überhaupt nichts mit dem schrecklichen Ereignis zu tun hatte, das im Keller ihres Hauses geschehen war.

Sie war rein zufällig diejenige, die als Erste in den Keller gekommen war. Warum gerade sie? Vielleicht Zufall, hatte der nette Polizist gesagt. Konnte sie sich darauf verlassen?

Ihr erster Gedanke war gewesen, dass es sich um einen Verrückten handelte, woraufhin sie es natürlich mit der Angst zu tun bekam. Es liefen ja so viele Junkies und andere seltsame Existenzen herum, die sich verstecken und einem im Dunkeln auflauern konnten. Die Angst trieb sie in die Enge. Sie konnte sich nicht vom Fleck rühren.

Die verängstigten Augen auf dem Betonboden starrten sie geradewegs an. Zwinkerten nicht einmal. Sie schauderte angesichts der Erinnerung. Blutunterlaufene Augen, die sie anklagend fixierten, als wäre sie es gewesen, die hemmungslos zugeschlagen hatte. Ausgerechnet sie, die so ein Feigling war.

In schmalen Rinnsalen rann ein dreckiges Blutgemisch aus dem Hinterkopf auf den Betonboden. Der Ekel verursachte ihr Brechreiz, selbst jetzt, wo sie im Polizeipräsidium einem freundlichen und aufmerksamen Kriminalinspektor gegenübersaß. Er hatte sie angewiesen, ruhig durchzuatmen. Zu warten, bis sich das Schlimmste gelegt haben würde.

Sie und er. Ganz allein. Er hatte noch nicht begonnen, sie zu verhören. Sie würde sich erst ein wenig erholen dürfen. Bald wäre sie wohl bereit. Dann würde er ihr zuhören. Jedes Wort, das sie äußerte, war wichtig, das verstand sie, ohne dass er sie darauf hätte hinweisen müssen.

Wie alt er wohl war? Vielleicht ein paar Jahre älter als sie. Doch er war sicher verheiratet. Oder lebte mit jemandem zusammen. So war es immer. Die Besten waren zuerst weg. Nicht dass er todschick gewesen wäre, aber er war wunderbar zu ihr. Und er trug keinen Ring.

Wenn er ihr seinen Namen gesagt hätte, wäre er ihr in der Verwirrung wahrscheinlich entfallen. Alles war außerdem so schnell gegangen. Sie hatte sich ihm nahezu in die Arme geworfen, als rechnete sie instinktiv damit, dass er sie retten würde. Er war zur gleichen Zeit wie der Krankenwagen in einem Polizeifahrzeug angekommen, und plötzlich hatte es im Haus nur so von Menschen gewimmelt. Wenig später hatte er einen anderen Polizisten gebeten, sie mit auf die Wache zu nehmen. Er selbst war nachgekommen.

Ein dumpfer Kopfschmerz begann sich in ihrem Hinterkopf auszubreiten. Wahrscheinlich, weil sie sich ein wenig entspannte. Außerdem hatte sie ziemlich lange nichts gegessen, doch sie war nicht hungrig. Das rhythmische Hämmern im Kopf mischte sich unbarmherzig mit der Erinnerung an die mühsamen, röchelnden Atemzüge der Nachbarin auf dem Betonboden, ihrem Ringen nach Luft, dem Kampf gegen den Erstickungstod – oder was immer es war. Bei dem Gedanken fröstelte sie.

Nie zuvor hatte sie jemanden sterben sehen. Es war weder friedvoll noch angenehm. Eher das Gegenteil. Panik einflößend und erschreckend.

Eigentlich fror sie nicht mehr, doch sie zitterte immer noch ein wenig. Merkwürdig, wie man reagiert. Sie fühlte sich wie ein Blatt im Wind. Hatte weder ihren Körper noch ihren Willen unter Kontrolle. Irgendein ihr unbekannter Mechanismus hatte eingesetzt. Etwas, das sie nicht greifen konnte. Aber das kannte der blasse Polizist bestimmt, auch wenn er nicht viel redete. Er hatte mit Sicherheit schon viel dergleichen erlebt.

»Kaffee oder Tee?«, fragte er unvermutet.

Was?, dachte sie. Sie wollte weder das eine noch das andere.

»Ich weiß nicht«, antwortete sie kraftlos.

Die Decke wärmte ihre Schultern. Der Polizist war eigentlich sowohl farblos als auch mager, nahezu schlaksig. Mehr der Bürotyp als der patrouillierende Ordnungswächter. So weit konnte sie ihn einschätzen, obwohl sie sich bereits entschlossen hatte, ihn zu mögen. Er hatte das Deckenlicht gelöscht. Nur die Schreibtischlampe brannte. Eine erholsame Dämmerung umgab sie beide. Es war das erste Mal, dass sie mit einem anderen Anliegen als dem Beantragen eines Passes auf der Polizeiwache war. Anliegen? Sie hatte es sich wahrhaftig nicht ausgesucht.

Sie blickte auf ihre Schuhe hinunter, musterte sie angeekelt und gleichzeitig neugierig, um nach Blutspuren zu suchen, was jedoch in diesem Licht fast unmöglich war. Bei dem Gedanken, dass die schwarzen Gummisohlen höchstwahrscheinlich blutverschmiert waren, breitete sich ein Metallgeschmack in ihrem Mund aus. Sie fühlte sich schmutzig und wollte die Schuhe abstreifen. Andere anziehen. Diese in die Mülltonne werfen.

»Es ist gut, etwas Warmes zu trinken, wenn man unter Schock steht«, sagte der Polizist ruhig.

Sie nickte. Er verschwand und kam mit einem Becher dampfend heißem Tee zurück, den er auf den Schreibtisch vor sie hinstellte.

»Zucker?« Dabei beugte er sich über sie, während er eine Hand auf die gelbe Decke irgendwo zwischen ihren Schulterblättern legte.

Sie schüttelte den Kopf und schaute hastig hinauf in das farblose Gesicht. Er richtete sich auf und zog gleichzeitig seine Hand zurück. Die Handfläche hatte leicht ihren Rücken berührt – eine beruhigende Geste, weder zu intim noch zu lang. Sie hatte Angst vor zu viel Nähe, fühlte sich befangen. Doch es schien, dass dieser Polizist das nötige Feingefühl besaß und begriff, wie unterschiedlich Menschen in solchen Situationen reagieren. Manche brauchen liebevolle Umsorgung, andere hingegen wollen allein gelassen werden oder wagen nicht, ihre Bedürfnisse zu zeigen, haben aber dennoch ein wenig Zuspruch nötig.

Sie blieb ruhig auf ihrem Stuhl sitzen und ließ sich von seinem konzentrierten Schweigen leiten, hinein in die erholsame Geborgenheit des Raumes.

Die Zeit stand auf wunderliche Weise still. Ein Büro mit Schreibtisch, PC und einem schwarzen Brett. Sie kam sich vor wie in Trance.

Von weit her vernahm sie das Klingeln eines Telefons. Draußen auf dem Korridor waren Stimmen zu hören. Jemand lachte völlig unpassend laut auf. Vor dem Gebäude startete ein Auto mit quietschenden Reifen. Aber nichts davon nahm sie bewusst wahr. Sie begann schläfrig zu werden. Ihre Augenlider wurden schwer.

»Astrid Hård. Heißen Sie so?«

Sie zuckte zusammen. Er hatte sich an den Schreibtisch gesetzt. Seine Hände ruhten schwer auf der Tischplatte, und er schaute sie prüfend an, wartete auf eine Reaktion. Sie nickte. Dieser Name. Kompakt und hart. Als hätte er gerade jetzt auf ihre Verfassung abgefärbt. Hart.

»Und Sie?«

»Peter«, sagte er. »Kriminalinspektor Peter Berg.«

ERSTES KAPITEL

Freitag, 5. April

Die Mädchen waren zehn Jahre alt, fast elf, und hießen Viktoria und Lina. Sie waren die besten Freundinnen und standen im schneidenden Wind vor den automatischen Glastüren des Eingangsbereiches von Kvantum und fröstelten. Sie hatten nach der Schule schon fast zwei Stunden mit kleinen Kartons aus hellblauer Pappe, die an einer Schnur um ihren Hals hingen, vor dem Supermarkt gestanden. Ängstlich pressten sie die Pappschachteln an ihre Körper, um den Inhalt vor dem Wind zu schützen. Sie verkauften Maiblumen. Jene künstlichen, bunten Blumen, die jedes Jahr vor dem ersten Mai zu Wohltätigkeitszwecken verkauft werden. In diesem Jahr waren sie violett. Die oberen Kronblätter in einer dunkleren, nahezu weinroten Nuance, während die darunter liegenden einen helleren Rosaton besaßen. In der Mitte befand sich ein weißer Punkt. Dort saß die Nadel, mit der man die Blume befestigen konnte. Bei den größeren Blumen fürs Auto war der Punkt in der Mitte gelb. Am schönsten waren die Kränze, darin waren sich Viktoria und Lina einig, aber die waren schwer verkäuflich, denn sie kosteten am meisten. Lina hatte vier verkauft, an jede Tante einen. Viktoria, die nahezu keine Verwandten besaß, war noch gar keinen Kranz losgeworden.

Viktoria trug ihre neue Sommerjacke. Sie war aus hellbraunem Jeansstoff und natürlich viel zu dünn. Es war gerade mal Anfang April und das Wetter wechselhaft. »Richtiges Aprilwetter«, hatte Mama gesagt. Letztes Wochenende hatte die Sonne geschienen, und es war plötzlich warm geworden. Viktoria hatte sich die alte Winterjacke vom Leib gerissen und war nur im Pullover herumgelaufen. Daraufhin durfte sie endlich mit Mama zu H&M gehen.

Im Geschäft steuerte sie direkt auf die Ständer mit jenen Jacken zu, die so neu waren, dass man noch die scharfen Falten ihrer Verpackung erkennen konnte. Viktoria musste nicht lange suchen. Sie war bereits am Tag zuvor mit Lina dort gewesen und hatte sich umgeschaut sowie Verschiedenes anprobiert. Sie hatten den Bus in die Stadt genommen, das durften sie.

Deshalb fand Viktoria auch mit einem Griff, was sie haben wollte. Sie nahm eine Jacke vom Ständer und hielt sie auf dem Bügel vor ihren Oberkörper. Sie wagte kaum, ihre Mutter dabei anzusehen. In Viktorias Fantasie gehörte die Jacke bereits ihr. Zwar hatte sie einen Farbton, den Mama wohl eher nicht so toll finden würde. Viel zu verwaschen zu dem hellen Haar und dem blassen Gesicht, würde sie sagen. Aber Viktoria wollte sie haben. Unbedingt! Deshalb hatte sie alle Argumente, mit denen sie Mama überzeugen würde, bereits parat.

Doch Mama nickte nur. Viktoria war ein wenig enttäuscht, weil es fast zu leicht ging. Mamas Widerstand war so ungewohnt schwach, nur ein müder Blick, ganz anders als sonst. Viktoria wurde unsicher.

Es lag wohl an der Trennung. Mama konnte nicht mehr. Sie weinte meistens den ganzen Tag lang. Sie war völlig am Ende, wie sie ins Telefon seufzte, wenn sie mit Eva sprach. Andauernd telefonierte sie mit Eva. Viktoria blieb währenddessen lieber in ihrem Zimmer. Meistens verhielt sie sich still und rücksichtsvoll. Aber sie hörte alles, was Mama sagte. Sie konnte sich ja nicht die Ohren zuhalten. Gewiss, das hätte sie schon tun können, aber sie wollte nicht, und genauso wenig wollte sie stattdessen rausgehen. Sie verschloss die Augen nicht vor den Problemen ihrer Mutter und machte sich auch keine besonders großen Hoffnungen, dass sich plötzlich alles ändern würde und – Simsalabim! – wieder so wäre wie zuvor. Sie war nämlich weder ein Baby noch blöd – schließlich wurde sie bald elf – und begriff nur zu gut, dass das nicht so einfach möglich sein würde. Und dennoch konnte sie es nicht lassen, darauf zu hoffen, dass alles wieder so sein würde wie früher, selbst wenn da auch nicht immer alles rosig gewesen war.

Eine Mutter, die völlig am Ende war, was sollte man da machen?

Doch dann sagte Mama wieder, dass sie es schon schaffen werde. Ihre Stimme klang dabei allerdings ein wenig gekünstelt. Laut und schrill. Im Moment hörte sie sich wirklich nicht gerade normal an, und Viktoria hatte den Eindruck, dass Mama sich nur einbildete, sich ihr gegenüber so zu verhalten wie immer. Aber Mama würde schon die Kurve kriegen. Weiß Gott! Das sagte sie jedenfalls am Telefon zu Eva. Sie betonte es mehrmals, fast so, als sei sie böse.

Viktoria hoffte nur, dass es nicht allzu lange dauern würde, die Kurve zu kriegen. Sie wusste nicht, ob es ein paar Tage, Wochen oder – noch schlimmer – Monate dauern würde. Länger wagte sie nicht zu denken. Und fragen konnte man auch keinen danach. Lina würde sie nur unsicher anschauen und ihr irgendetwas Essbares unter die Nase halten, Chips oder eine Tüte mit Süßigkeiten oder etwas anderes, womit sie sich trösten könnte. Und die Mütter anderer Kinder belästigte man damit nicht. Sie würden nur mitleidig gucken und sich ihren Teil denken. Was genau sie sich denken würden, wusste sie auch nicht so recht, nur, dass alles Denken grundfalsch war. Das Allerschlimmste war nämlich, dass Mütter laut dachten. Sie würden alles herumerzählen und sich hinter ihrem Rücken beklagen.

Im Augenblick, vor dem Eingang zu Kvantum, dachte sie nicht so viel an Mama, die sich nicht so wie sonst benahm, und an all das andere. Hauptsächlich fror sie und vermisste ihre Winterjacke. Aber da es ja ihr eigener Entschluss gewesen war, die neue, dünne Jacke anzuziehen, versuchte sie, nicht mehr an ihre warme, aber ziemlich hässliche und verschlissene Steppjacke zu denken. Zumindest sah sie in der neuen hübsch aus.

Jedenfalls war klar, dass sie Gunnar keineswegs so vermisste, wie Mama es tat. So viel hatte sie schon begriffen, auch wenn Mama selbst meistens schimpfte, dass er ein ziemlicher Stinkstiefel sei, und andere hässliche Wörter benutzte. Obwohl es stimmte.

Ein wenig leer war es dennoch geworden, seitdem er nicht mehr bei ihnen wohnte. Er hatte ja auch das Auto mitgenommen. Eigentlich waren sie nun keine normale Familie mehr. Jetzt holte sie niemand mehr ab, wenn es nötig war, so wie andere Papas es normalerweise taten. Jedenfalls Linas Papa. Er nahm seinen Ford und holte alle Kinder ab. Deshalb seien die meisten Kinder auch so dick. Es sei wichtig für Kinder, sich zu bewegen, antwortete Mama jedes Mal leicht säuerlich, wenn Viktoria darauf zu sprechen kam. Also war es keine gute Idee, sich zu beschweren, jedenfalls nicht, solange es sich sowieso nicht ändern ließ und sie kein Auto besaßen.

Die neue Jacke war kurz. Ganz plötzlich kam eine eiskalte Windbö und blies ihr gegen den Bauch, wirbelte um den Nabel herum und kroch bis weit unter den Pulli. Sie hatte schon eine Weile überlegt, wie sie Lina würde überreden können, den Maiblumenverkauf an einen anderen Ort zu verlegen, an dem es nicht so kalt und windig war. Oder vielleicht sogar nach Hause zu fahren und am nächsten Tag weiterzumachen, auch wenn sie damit riskierten, dass andere Klassenkameraden ihnen zuvorkamen. Sie hatten beide noch einige Blumen in ihren Schachteln, auch wenn Kvantum ein guter Standort war. Die Nachbarn hatten sie bereits abgeklappert, und die Straßenzüge der näheren Umgebung gehörten zu den Verkaufsbereichen der anderen Klassenkameraden. Es war Linas Idee gewesen, so weit rauszufahren, und Viktoria war überzeugt davon, dass sie nicht so schnell nachgeben würde.

Ihre blau gefrorenen Finger schlossen sich fest um den kleinen Karton. Sie zog eine große Autoblume hervor und hielt sie einer älteren Dame hin, die einen karierten Einkaufstrolley hinter sich herzog.

»Darf es eine Maiblume sein?«, fragte Viktoria mit dem tapfersten Lächeln, das sie aufbieten konnte.

Die Dame schaute sie abwesend an und zuckelte mit ihrem Trolley an den beiden Mädchen vorbei. Viktoria reagierte enttäuscht. Sie war sauer und fand es ziemlich unsinnig, noch länger zu bleiben. Keiner schenkte ihnen und ihren Maiblumen Aufmerksamkeit. Das musste selbst Lina einsehen. Verdammt!

Genau in dem Moment, als sie den Mund öffnen wollte, um Lina zu überreden, blieb die ältere Dame stehen und machte umständlich ein paar Schritte mit ihrem Wägelchen zurück.

»Ich hätte doch gern eine von diesen Maiblumen«, sagte sie genauso schwerfällig, wie sie sich bewegte, und schaute mit freundlichen, vom beißenden Wind tränenden Augen in die Schachtel. »Aber so eine reicht mir«, fügte sie hinzu und zeigte mit einem zittrigen Finger auf eine einfache Blume. »Es ist ja immerhin bald Frühling, auch wenn man es heute kaum glauben kann«, zwinkerte sie Viktoria zu.

Es dauerte eine Weile, bis sie ihr Portemonnaie griffbereit hatte. Viktoria wartete. Die alte Dame hatte weißes Haar und trug eine dunkelbraune, wollene Baskenmütze, die schief auf ihrem Kopf saß. Viktoria half ihr, die Blume am Mantelkragen zu befestigen. Währenddessen musterte die Dame sie eingehend, sodass Viktoria ein wenig unsicher wurde.

»Aber ihr lieben kleinen Kinder«, sagte die Dame, obwohl sie eigentlich nicht mehr besonders klein waren. Jedenfalls Lina nicht. »Ist es nicht viel zu kalt, hier so lange zu stehen?«

Die alte Dame befühlte den dünnen Stoff von Viktorias Jacke. Viktoria wollte im Erdboden versinken, so unglaublich peinlich war ihr das Ganze. Als sei sie bei etwas Verbotenem ertappt worden. Doch bevor sie etwas erwidern konnte – zum Beispiel, dass ihr keineswegs kalt war –, hatten sich die automatischen Eingangstüren des Supermarktes bereits hinter der Dame geschlossen.

Eine weitere halbe Stunde verging. Oder vielleicht auch ein bisschen mehr oder weniger. Jedenfalls kamen heftigere Windböen auf, der Himmel hatte sich grauviolett verfärbt, und ihre Hände sahen inzwischen bläulich weiß aus, wie bei Sterbenden. Sie konnten ja keine Handschuhe anziehen, wenn sie Geld zählen und Wechselgeld zurückgeben mussten. Außerdem hatten sie auch gar keine dabei. Sie hatten nicht einmal einen Gedanken daran verschwendet. Es war doch Frühling!

Viktoria und Lina inspizierten ihre Schachteln. In Viktorias befanden sich noch fünf Autoblumen, vier Kränze und ein paar einzelne Blumen, die auf dem Boden des Kartons raschelten. Die meisten waren also verkauft. Ein Teil der Einnahmen würde in einen gemeinsamen Topf fließen, der für eine Klassenreise vorgesehen war. Es würde lustig werden, mit allen gemeinsam zu verreisen. Viktoria und Lina hatten schon Pläne geschmiedet. Doch der größte Teil des Geldes ging an bedürftige Kinder. Sie wussten nicht genau, um welche Kinder es sich handelte, fanden es aber gut, dass sie es bekamen. Vielleicht froren bedürftige Kinder ständig.

Plötzlich begann es auch noch zu schneien. Große Flocken fielen auf den Asphalt des Parkplatzes, wo sie langsam schmolzen.

Da am Freitagnachmittag alle ihre Großeinkäufe für das Wochenende erledigen mussten, waren trotz des Winterwetters ziemlich viele Menschen unterwegs. Ein günstigerer Platz zum Blumenverkaufen wäre wirklich kaum zu finden gewesen, dachte Viktoria.

Der Wind wurde noch kälter, auch wenn der Hagelschauer, der direkt nach dem Schneefall herunterging, wieder nachließ. Eine dünne Schicht fester weißer Körner bedeckte inzwischen den Parkplatz und schmolz sachte dahin. Mittlerweile war es später Nachmittag geworden, und die Menschen schienen plötzlich gehetzt. Gerade so, als hätten sie keine Zeit, sich auch noch für Maiblumen zu interessieren.

»Sollen wir nicht lieber nach Hause fahren?«, murmelte Lina schließlich, obwohl sie längst nicht so dünn angezogen war wie Viktoria. Sie hatte ihre alte, dicke Winterjacke an, die so spannte, dass Lina darin wie eine Knackwurst aussah. Aber das würde ihr Viktoria nie sagen, denn damit hätte sie Lina traurig gemacht. Lina war nämlich nett. Und ein bisschen dick. Ziemlich dick, eigentlich.

»Ja«, piepste Viktoria. »Lass uns fahren!«

Sie war so steif gefroren, dass sie es nur mit Mühe schaffte, auf ihr Fahrrad zu steigen. Ihre Finger fühlten sich an wie Eiszapfen, die jeden Moment abbrechen konnten, und sie war kaum imstande, den Lenker zu halten. Lina ging es ähnlich.

An der Ampel hinter dem Vergnügungspark trennten sich ihre Wege. Viktoria hätte Lina zwar noch ein Stück begleiten können, doch auf einen Umweg hatte sie heute wirklich keine Lust. Und das verstand Lina, auch wenn sie beste Freundinnen waren und ansonsten so viel wie möglich zusammen unternahmen. Nicht bei diesem Wetter, wo beide auf dem kürzesten Weg nach Hause ins Warme wollten.

Viktoria trat so schnell sie konnte in die Pedale. Mama wartete nicht auf sie, und das war auch gut so. Sie würde ungefähr bis zweiundzwanzig Uhr, wenn Mama von der Arbeit nach Hause kommen würde, sturmfreie Bude haben. Mama hingegen ahnte nicht, dass Viktoria gern allein zu Hause war, und bekam jedes Mal ein schlechtes Gewissen, wenn sie ihre Tochter zu lange sich selbst überließ. Viktoria spürte das und genoss es. Ein bisschen jedenfalls. Es bedeutete zumindest, dass nicht immer dieser dämliche Gunnar im Mittelpunkt stand. Wahrscheinlich zeigte sie Mama deshalb nicht offen, wie wenig es ihr ausmachte, allein zu Hause zu sein und zu malen oder vor dem Fernseher oder Computer zu sitzen. Oder auch zu telefonieren. Zum Glück musste sie in Zukunft nicht länger mit Gunnar allein sein, der immer so dicht neben ihr auf dem Sofa sitzen und sie tätscheln wollte, sodass sie sich nur mit Mühe entziehen konnte.

Sie verkroch sich hinter ihrem Fahrradlenker, um den Luftwiderstand zu verringern und noch schneller zu sein. Auf der rechten Seite passierte sie ein unbebautes Gebiet mit leeren

Tennisplätzen hinter einem hohen Stacheldraht. Sie fuhr weiter über den schmalen Weg, der zum Fußballplatz führte. Von dort hörte sie Stimmen, sah geparkte Autos und konnte bald die Spieler auf dem Rasen erkennen. Sie hatten kurze Hosen an. Aber so wie sie herumrannten, froren sie wohl kaum, mutmaßte sie.

Der Nachhauseweg schien nicht enden zu wollen. So war es jedes Mal, aber heute empfand sie ihn als besonders lang. Der hellblaue Karton war ordentlich verschlossen. Weder die Maiblumen noch das Geld konnten herausfallen. Mit der linken Hand presste sie die Schachtel an sich, während sie mit der rechten den Lenker hielt. Das Ganze war natürlich ein bisschen unbequem, und sie wäre gern zügiger gefahren, aber das wollte sie nicht riskieren, weil sie nur mit einer Hand steuerte. Obgleich sie sogar freihändig fahren konnte. Aber jetzt, wo sie es eilig hatte und so dichter Verkehr herrschte – nicht so wie zu Hause in ihrer Straße –, musste sie besonders vorsichtig sein.

Und plötzlich passierte es. Direkt neben sich hörte sie ein furchtbares Donnern. Weder sah sie etwas, noch konnte sie reagieren. Ein großes schwarzes Motorrad, das wie aus dem Nichts gekommen war, hatte außer dem gewaltigen Lärm einen ungeheuer starken Luftzug verursacht, der sie völlig aus dem Gleichgewicht brachte und ihr Todesängste einflößte. Sie dachte unmittelbar, dass nun ihr letztes Stündchen geschlagen hätte. Als ihr die Bedeutung ihres Gedankens bewusst wurde, bekam sie noch größere Angst und bremste panisch, soweit das mit nur einer Hand am Lenker möglich war. Mit der anderen Hand umschloss sie krampfhaft den Karton, den sie auf keinen Fall verlieren wollte.

Das Motorrad war längst in der Ferne verschwunden, als Viktoria verzweifelt versuchte, der Gehwegkante auszuweichen. Das Vorderrad schlenkerte außer Kontrolle hin und her und prallte schließlich unbarmherzig mit einem schrillen Quietschen gegen den Kantstein. Ein harter Stoß durchfuhr ihren Körper, der Karton wirbelte durch die Luft – sie kniff die

Augen zusammen und dachte eine Millisekunde lang an all die Maiblumen und das Geld, für das sie Rechenschaft würde ablegen müssen, was sollte sie nur tun? –, dann bohrte sich der Lenker in ihre Magengrube, es begann vor Schmerz in ihrem Bauch zu brennen, und ihr wurde gleichermaßen übel und schwindelig. Ihr Kopf wurde heftig nach vorn gerissen, und schon krachte der Fahrradhelm dumpf auf den Asphalt.

Der nachfolgende Schmerz glich einer Explosion in ihrem Inneren. Die Welt begann sich zu drehen, und ihr Herz schlug wie in wilden Trommelwirbeln.

Als sie schließlich wie gelähmt auf der Straße lag, trat merkwürdigerweise für einen Augenblick ein hoffnungsvoller Gedanke in ihr Bewusstsein. Über ihr ergoss sich ein Lichtstrahl wie auf dem Altarbild in der Kirche, in der sie ihren Schuljahresabschluss gefeiert hatte. Sicherlich war sie nicht das todgeweihte Lamm, so schlimm stand es wahrscheinlich nicht um sie, denn dann hätte sie jetzt wohl überhaupt nichts mehr gespürt. Weder das Herzklopfen noch den Schmerz. Ein Toter hat keine Gefühle mehr, hatte Mama ihr erklärt, als Opa gestorben war und so merkwürdig wächsern ausgesehen hatte. Auf dem weißen Laken hatte sein Mund wie ein schwarzer Strich im Gesicht gewirkt.

Aber vielleicht sollte sie, bevor sie starb, erst noch gepeinigt und gequält werden, wie alle Kinder, die als Verkehrsopfer endeten oder gelähmt oder nicht ganz richtig im Kopf waren. Kinder, die sie im Fernsehen gesehen oder von denen sie in Zeitschriften gelesen hatte.

Völlig unbeweglich lag sie auf dem rauen, kalten Asphalt und fühlte sich wie das einsamste Kind auf der Welt. Warum kam keiner und half ihr? Irgendein Erwachsener. Oder ein Engel. Oder wenigstens ein Kind wie sie selbst. Notfalls würde sie auch mit einem kleinen Kind vorlieb nehmen. Wie auch immer, Hauptsache, überhaupt jemand kam!

Sie räusperte sich und versuchte, einen Ton hervorzubringen, um zu testen, ob sie um Hilfe schreien könnte. Doch sie brachte nur ein heiseres Krächzen zustande. Außerdem verspürte sie einen ekligen Blutgeschmack im Mund, und ihre Zunge, die ziemlich pochte, fühlte sich geschwollen an. Sie spuckte und schnaufte, während ihr der warme Speichel langsam das Kinn hinablief. Angewidert verzog sie das Gesicht und warf den Kopf vor und zurück, um das unangenehme Gefühl loszuwerden, während der Klumpen in ihrem Hals wuchs.

Mama! Wo bist du?

Und wenn sie nun so schwer verletzt war, dass sie für den Rest des Lebens behindert wäre? Nicht gehen konnte, sondern an den Rollstuhl gefesselt sein würde? Und keiner kam ihr zu Hilfe.

Mama würde es noch bereuen. Sie hätte hier bei ihr sein müssen und nicht bei ihrer Arbeit mit den Alten. Sogar über Gunnars Anwesenheit hätte sie sich in diesem Moment gefreut. Denn er hätte sie auf der Stelle ins Auto gesetzt, die Heizung aufgedreht und sie nach Hause gefahren.

Behindert! Bei dem Gedanken daran wurde ihr angst und bange. Voller böser Vorahnungen versuchte sie, ihren Körper abzutasten. Dabei musste sie jedoch feststellen, dass ihr Fahrrad auf ihr lag und sie wie in einer Mausefalle einklemmte. Sie griff nach dem Rahmen und rüttelte und zog, um ihn wegzuschieben, doch es gelang ihr nicht. Die Kräfte, die nach und nach wiedergekehrt waren, verließen sie erneut. Sie ließ resigniert den Kopf sinken, kniff die Augen zusammen und versuchte, das Geschehene zu verdrängen. Den wolkenverhangenen Himmel, den groben Straßenbelag, ihren schmerzenden Bauch und das aufgeschlagene Knie. Und schließlich, dass sie allein, mutterseelenallein war.

Es könnte ja sein, dass ihr im Tod etwas Schönes begegnete. Zum Beispiel eine fröhliche Melodie, freundliche Erwachsene und viele Freunde in einem Land, in dem immer die Sonne schien. Wo es einen Swimmingpool gab und ein Pony, das ganz allein ihr gehörte. So schrecklich würde es vielleicht gar nicht sein zu sterben, oder? Es sterben schließlich andauernd Leute. Und außerdem würden dann alle um sie trauern. Mama, Lina, die Lehrerin und all ihre Klassenkameraden. Eventuell auch Gunnar, aber das war ihr egal, denn eigentlich fand sie ihn blöd. Und vielleicht sogar ihr Papa, wer auch immer er sein mochte. Er würde unter einer Palme am blaugrünen Wasser des Swimmingpools stehen und sie umarmen, während er ihr versicherte, dass er sie wahnsinnig vermisst hätte. Er würde viel netter zu ihr sein als Gunnar. Wie Linas Papa. Nur noch ein bisschen netter.

Sie alle würden ganz schrecklich um sie trauern!

Während sie sich vorstellte, wie es wohl sein würde, begann sie zu schniefen. Bei ihrer Beerdigung würden alle Reihen bis zum letzten Platz gefüllt sein, und der Hausmeister würde die Flagge auf dem Schulhof auf Halbmast hissen, genau wie bei dem Sportlehrer, der in den Alpen von einer Lawine verschüttet worden war. Damals war es sehr traurig gewesen. Alle hatten geweint. Und jetzt würde es noch trauriger werden.

Sie wimmerte und heulte, dass die Tränen nur so liefen.

Gerade als sie versuchte, sie wegzuwischen, spürte sie, wie der Druck auf ihrem Körper nachließ. Sie wurde befreit! Ein Schatten legte sich über sie, als das Gesicht einer unbekannten Person vorbeiflimmerte, doch Viktoria konnte nicht erkennen, wer es war.

»Du Ärmste!«

Irgendwo oberhalb ihres Kopfes, im Himmel oder wo auch immer sie sich jetzt befand, vernahm sie eine besorgte Stimme. Sie hörte sich jedoch verdächtig nach einer Frauenstimme an.

»Wie ist das denn bloß passiert?«, fragte die Stimme, ohne von Viktoria eine Antwort zu erwarten. Und dann umfasste jemand ihren Körper und richtete sie langsam auf. »Kannst du dich bewegen?«

Die Frau klang genau wie ihre Lehrerin, wenn diese kurz vor einem Wutausbruch stand und furchtbar böse wurde.

»Versuch es!«, ermahnte sie die Stimme, woraufhin Viktoria das rechte Bein folgsam und so vorsichtig wie möglich anhob, auch wenn sich ihre Knie wie Pudding anfühlten. »Die

Autofahrer sind allesamt verrückt«, schimpfte die Frau, während sie Viktorias kläglichen Versuch beobachtete, auf einem Bein zu stehen.

Langsam dämmerte es Viktoria, dass sie wohl doch nicht von einem Engel gerettet worden war. Aber Mama würde noch viel wütender sein, mutmaßte sie im Stillen. Sehr viel wütender. Sie würde nämlich wahnsinnig werden, wenn sie hörte, was passiert war. Und sie würde nicht aufhören, zu schimpfen und zu schreien.

Oh nein!, dachte Viktoria und verdrehte die Augen.

»Du hast offensichtlich einen Schutzengel gehabt«, stellte die Frau nun in einem milderen Tonfall fest.

Ihre Augen waren fast schwarz und mit grünlichen Ringen darunter versehen, die sie sehr alt wirken ließen. Eine uralte Hexe. Weitaus älter als ihr Körper und ihre Kleidung. Sie trug Jeans und eine Jacke, und bei genauerem Hinsehen merkte Viktoria, dass es sich natürlich nicht um Hexenaugen handelte. Außerdem war sie aus dem Alter heraus, in dem man an Zauberinnen und diesen ganzen Kinderkram glaubte.

Die Frau sah, dass Viktoria geweint hatte, und begann, ihr die Wangen zu reiben, ungefähr in der Art, wie man einen Küchentisch abwischt. Ihre Hände waren rau, aber es tat dennoch gut, und Viktoria beschloss, nett zu ihr zu sein. Eigentlich hatte Mama ihr eingebläut, dass man immer vorsichtig gegenüber Fremden sein sollte. Diese Frau schien nicht viel älter als Mama zu sein, obwohl sich schon eine Menge Falten um ihre Augen abzeichneten.

Im selben Augenblick fielen ihr die Maiblumen ein. Was würde ihre Lehrerin bloß sagen? Wahrscheinlich würde sie sie vor allen anderen Kindern in der Klasse ausschimpfen.

»Und die Maiblumen?«, brachte sie zögernd hervor.

Die Frau hatte den hellblauen Karton bereits aufgehoben und den gröbsten Schmutz abgewischt. Viktoria öffnete den Deckel und starrte verdrossen hinein. Die Frau meinte, Viktoria hätte Glück gehabt, dass der Inhalt heil geblieben war. Aber Viktoria tat es leid um die Schachtel, die jetzt verkratzt und schmuddelig und richtig hässlich aussah. Sie begann zu frieren und sehnte sich nach ihrer Mama. Egal, ob sie sauer sein würde oder nicht.

»Wo wohnst du denn?«, wollte die Frau wissen.

Viktoria antwortete, dass sie im Solvägen vierunddreißig wohne. Hinten an dem neuen Wasserturm.

»Dann müssen wir wohl deine Eltern anrufen, dass sie dich abholen«, sagte die Frau und warf gleichzeitig einen Blick auf ihre Uhr.

Abholen, wenn das so leicht wäre. Die Frau hatte es sicher eilig, dachte Viktoria mit einem gewissen Unbehagen. Erwachsene haben es immer eilig. Jedenfalls behaupten sie das. Vielleicht sollte sie es doch mit dem Fahrrad probieren. Ihr ganzer Körper wehrte sich zwar dagegen, aber wenn es sein musste, dann musste es eben sein. Das sagte jedenfalls Mama, wenn Viktoria etwas erledigen sollte, wozu sie keine Lust hatte. Oder wenn Mama sich etwas nicht leisten konnte. Meistens ging es ums Geld. Beim Essen verhielt es sich ähnlich. Musste man das eklige Essen hinunterwürgen, dann kam man eben nicht drum herum! Das Leben sei, weiß Gott, kein Zuckerschlecken, sagte Mama immer. Je eher Viktoria das lerne, desto besser, fügte sie noch hinzu. Früher hätten die Kinder nämlich nur Grütze zu essen bekommen. Vorausgesetzt, sie bekamen überhaupt etwas und mussten nicht hungern, bis ihnen ganz schwindlig wurde und sie sich völlig geschwächt in einen tiefen Graben legten, um dort einsam und elendig zu sterben. Wieder andere mussten mehrere Kilometer barfuß durch den Schnee wandern, um zur Schule zu gelangen. Damals herrschten noch andere Zeiten, im Gegensatz zu heute, wo die Kinder über die Maßen verwöhnt waren.

An all das musste sie in ihrer Verzweiflung denken.

»Hast du ein Handy?«, wollte die Frau plötzlich wissen.

Viktoria schüttelte den Kopf. Mama hatte ihr keins kaufen wollen. Es sei zu teuer, damit zu telefonieren, argumentierte sie. Doch jetzt würde sie wohl einsehen müssen, wie unüberlegt ihre Entscheidung war. Viktoria wäre beinahe gestorben und besaß nicht mal ein Handy. Alle anderen hatten eins. Lina zwar nicht, aber dennoch. Sogar die meisten in ihrer Klasse besaßen eins.

»Dann musst du wohl mit mir kommen. Meine Werkstatt liegt ganz in der Nähe. Wir rufen von dort aus an«, sagte die Frau, klappte den Fahrradständer hoch und begann das Rad langsam auf den Gehweg zu schieben. Viktoria humpelte neben ihr her.

Der Kettenschutz schabte. Es war noch nicht dunkel geworden.

ZWEITES KAPITEL

Kjell E. Johansson blinzelte im unbarmherzigen Schein der nackten Glühlampe. Gerade hatte er die Birne in die Porzellanfassung an der Wand über dem Badezimmerspiegel geschraubt. Die Splitter des kugelförmigen, milchglasfarbenen Schirms lagen bereits zusammengefegt in einer Papiertüte im Flur. Er war ihm aus den Händen geglitten, als er versuchte, ihn anzubringen, nachdem er einige Mühe investiert hatte, Staub, Fett und Fliegenschiss abzuwischen, die sich im Laufe der Jahre daran festgesetzt hatten. Unmittelbar vor dem Aufprall und dem Zersplittern des dicken Glases auf dem Waschbecken, das glücklicherweise hielt, hatte er sich einen kurzen unbeherrschten Aufschrei gestattet. Reflexartig hatte er die Gesichtsmuskeln angespannt, um zumindest die Augen vor den Glassplittern zu schützen. Danach hatte er sie ganz langsam wieder geöffnet, wie um sich gegen den Anblick der Verwüstung zu wehren. Stumm hatte er den Blick auf den Boden gerichtet, während seine Kiefermuskeln mahlten. Das Werk eines Augenblicks. Dennoch war es ihm gelungen, dem inneren Impuls standzuhalten, mit den Fäusten gegen die Wand zu trommeln, den Duschvorhang herunterzureißen oder mit aller Gewalt gegen den weißen Plastikwäschekorb zu treten, den seine Mutter ihm geschenkt hatte.

Während all dies passierte, hörte er ganz entfernt ein Klingeln, das er in seinem Gefühlschaos nicht richtig zu registrieren vermochte. Es kam von seiner eigenen Haustür. Im Nachhinein fragte er sich, wer es wohl gewesen sein mochte.

Kjell E. Johansson hatte schon immer ein hitziges Temperament besessen. Doch im Allgemeinen legte sich sein Unmut genauso schnell, wie er gekommen war. Als er sich also wieder beruhigt hatte, musste er feststellen, dass ihn wieder einmal seine Ungeduld gestraft hatte. Seine Unfähigkeit, die Dinge mit Besonnenheit und Ruhe anzugehen. Kurz gesagt, sich Zeit zu lassen. Hätte er sich die Zeit genommen, die Glaskugel mit einem Tuch trocken zu wischen, wäre sie ihm sicher nicht aus den Fingern gerutscht und ihm selbst das ganze Chaos einschließlich der Suche nach einem neuen Lampenschirm erspart geblieben.

An seinen nackten Füßen klebten jetzt insgesamt vier Pflaster, um zu verhindern, dass er überall, wo er stand und ging, Blutspuren hinterließ. Auch am rechten Daumen prangte ein Salvekvick. Die kleineren Schnitte verpflasterte er nicht. Ehrlich gesagt, war er ziemlich stolz darauf, dass er überhaupt so etwas wie Pflaster zu Hause hatte und die Schachtel sogar fast auf Anhieb im Badezimmerschrank fand.

Er fuhr sich mit dem Rasiermesser über die Wange. In dem grellen Licht zogen sich seine Pupillen schmerzhaft zusammen. Verdammt alt geworden, dachte er. Jede Runzel oder schlaff herabhängende Hautpartie und nicht zuletzt jede einzelne Falte trat mit einer Deutlichkeit hervor, auf die er nicht gefasst war. Oder die er nicht wahrhaben wollte. Der Anblick war schonungslos. Vor allem die Augenlider und die Bereiche um die Mundwinkel herum, befand er. Er schob das Gesicht weiter vor, bis seine Nase das kalte Spiegelglas berührte. Die Poren waren gröber geworden, tiefer und dunkler. Ergraute Bartstoppeln, die aus der schuppigen, nach der warmen Dusche leicht rot gefleckten Haut hervortraten, boten aus nächster Nähe einen nahezu grotesken Anblick.

Kjell E. Johanssons Augen waren blau. Ein Vorteil, den er sich eifrig zunutze machte. Unschuldige blaue Augen, die gerne lächelten. Die Frauen fuhren regelrecht auf ihn ab. Sie liefen oftmals ohne längere Bedenkzeit geradewegs ihn seine robusten Arme.

Doch angesichts seines eigenen Spiegelbildes war ihm das Lachen vergangen. Auch sein Blick überzeugte im Moment keineswegs. Also spreizte er die Lippen und begutachtete kritisch seine Zähne. Er erschrak über seinen eigenen Atem – ein abgestandener Geruch nach vergammeltem Fisch schlug ihm entgegen. Ein weiteres Zeichen für seinen allmählichen Verfall oder wenigstens dafür, dass selbst vor ihm das Alter nicht Halt machte. Deshalb versuchte er, während der nachfolgenden Gesichtsgymnastik die Luft anzuhalten. Er runzelte die Stirn, weitete die Nasenlöcher, zog die Oberlippe hoch und schob schließlich die Unterlippe vor, um sowohl die obere als auch die untere Zahnreihe inspizieren zu können. Noch einmal beugte er sich zum Spiegel vor und untersuchte minuziös die Zahnoberflächen. Nicht ohne eine gewisse Bitterkeit konstatierte er, dass sich das Zahnfleisch so weit zurückgebildet hatte, dass die Zahnhälse frei lagen und die Emaillefüllungen darüber seinem Gebiss zweifelsohne einen etwas antiken Charakter verliehen.

Es kam ihm vor, als ob er zum ersten Mal ernsthaft begriff, dass das halbe Leben bereits vorbei war und deutliche Spuren hinterlassen hatte.

Vielleicht sollte ich vorsichtshalber doch meine Brille tragen, dachte er und drückte mehr Rasierschaum auf die Wange. Die Schnittwunden mussten ja nicht unbedingt noch zahlreicher werden. Doch wo seine Brille lag, wusste er nicht. Wahrscheinlich im Handschuhfach seines Autos. Er benutzte sie selten, im Prinzip nur dann, wenn er sich gezwungen sah, die Rechnungen seiner Firma durchzugehen, mit der er sich seit ein paar Jahren notdürftig über Wasser hielt. Fensterputzen. Die Büroarbeit, die bei seinem Job anfiel, nämlich debitieren und kreditieren, hielt sich in erträglichen Grenzen. Die Bezahlung ging meistens bar und ohne Rechnung vonstatten. Ein Arrangement, mit dem im Prinzip alle Beteiligten zufrieden waren. Die Firma regulär zu führen hätte sich kaum gelohnt. Und ein weiterer Arbeitsloser würde der ohnehin angespannten Wirtschaftslage seines Landes wohl kaum dienen.

Das Rasiermesser glitt über die Wangen und bahnte sich einen Weg durch den Schaum wie ein Schneepflug auf einem verschneiten Winterweg. Es war gerade erst fünf Uhr nachmittags. Er hatte keine Eile und war froh, dass er nicht hetzen musste und es wenigstens jetzt langsam angehen lassen konnte. Er legte das Messer für einen Augenblick aus der Hand und nahm den letzten Schluck aus der Bierdose, die er geöffnet und auf den Rand des Waschbeckens gestellt hatte, um die Sache mit den Glassplittern überhaupt einigermaßen bewältigen zu können. In seinem Magen gluckerte es. Ein Rülpser drängte heraus.

In der letzten Zeit schienen viele Ereignisse aus der Vergangenheit wieder an die Oberfläche zu dringen, was ihn nachdenklich stimmte. Einiges davon erforderte seine Stellungnahme. Es handelte sich keineswegs nur um finanzielle Entscheidungen. Außerdem hatte sie wieder angerufen. Was für ein Gezeter.

Er spülte das Rasiermesser mit heißem Wasser ab. Kjell E. Johansson war achtundvierzig Jahre alt, wäre jedoch gern zwanzig Jahre jünger gewesen. An diesem Freitagabend würde er mit Alicia ausgehen. Eine Frau, um die es regelrecht Funken schlug. Allein der Gedanke an sie machte ihn scharf. Es war ziemlich lange her, dass ihm so eine Frau begegnet war. Sie wohnte im Nachbarhaus, und er hatte sie vor zwei Wochen auf der Straße abgepasst, als sie gerade aus einem Taxi stieg und mit ihren beiden schweren Taschen Hilfe benötigte. Heute wollten sie zusammen auf einen Maskenball gehen, ausgerechnet. Das Ganze war zwar geradezu kindisch und etwas peinlich, aber das war wohl der Preis, den er zahlen musste, um einer Frau nahe kommen zu dürfen, deren Körper es an nichts fehlte: schmale Taille, feste Brüste und schlanke Beine. Sie war weder verbittert, enttäuscht noch sonst irgendwie fordernd oder missmutig. Und sie hatte keine Kinder. Alicia und er waren ausdrücklich übereingekommen, dass sie eine Weile Spaß miteinander haben wollten. Nicht mehr. Ziemlich umgehend hatte sie dann allerdings geäußert, dass sie gerne auch in

Zukunft ihre Freiheit genießen wolle – keine Kinder, keine Unannehmlichkeiten –, doch er glaubte ihr ungefähr genauso viel, wie er anderen Frauen in ähnlichen Situationen geglaubt hatte. Nämlich gar nichts. Er wusste, dass sich die Dinge von einer Sekunde auf die andere ändern konnten. Es ging oftmals verdammt schnell.

Er kniff die Augenbrauen zusammen und befeuchtete seine glatt rasierten Wangen mit Aftershave. Er hatte sich also überreden lassen, auf diese Party zu gehen, obwohl er sich vermutlich ziemlich blöd und fehl am Platz vorkommen würde, aber mit einem weiteren Bier intus würde es schon gehen. Das größte Problem hatte er so weit bereits gelöst. Nämlich die Frage nach der Verkleidung. In seiner Einfältigkeit waren ihm nur Tarzan, Superman oder Elvis in den Sinn gekommen, doch sämtliche Möglichkeiten bedeuteten einen nicht geringen Aufwand in puncto Ausstattung und Zubehör. Wie immer war er in letzter Minute unterwegs gewesen, um nicht zu sagen in letzter Sekunde. Und das nicht zuletzt deswegen, weil er die Einladung äußerst dämlich fand und das Ganze eigentlich schon bereute und letztlich den Abend viel lieber mit ein paar Bieren vor dem Fernseher verbracht hätte.

Nachmittags war er also wider Willen ins Einkaufszentrum gelaufen und hatte schnell eine Anzahl von Geschäften durchkämmt, um zu gucken, ob er dort ein brauchbares Kostüm fände. Er fand natürlich keins. Jedenfalls hatte er so weit keins entdecken können. Und da er sich nicht blamieren wollte, indem er jemanden ansprach und womöglich seinen Wunsch gegenüber einer Verkäuferin hervorstotterte, die ihn daraufhin mit einem milden Lächeln um die Mundwinkel der Lächerlichkeit preisgeben würde, hatte er auch nicht nachgefragt.

Das Einzige, was er schließlich in einem Spielzeuggeschäft fand, war eine Maske, die er sich vor das Gesicht klemmen konnte. Zwei verschiedene standen zur Auswahl: eine rosafarbene und eine weiße. Er nahm die weiße.

Früher oder später holt einen die Wirklichkeit sowieso ein, philosophierte er und trocknete sich die Hände in dem, gelinde gesagt, nicht ganz sauberen Handtuch ab. An den Baumwollschlingen klebte getrocknetes Blut, wie er sah, doch er ließ es hängen.

Für ihn war allein die Zukunft von Interesse. Man konnte einzig auf die Dame Fortuna hoffen, wie sein alkoholisierter Vater in seinen stillen Räuschen zu sagen pflegte. Für alles andere war es sowieso bereits zu spät. Und er selbst musste gerade mal eine lächerliche Maskerade bewältigen. Was danach auf ihn zukäme, würde sich zeigen.

Es war kein gutes Zeichen, dass sie von sich hatte hören lassen. Schlimmer schienen ihm allerdings die vielen Briefe, die in regelmäßigen Abständen durch den Briefschlitz auf den Boden im Flur segelten. Kuverts mit Fenster von einem Rechtsanwalt. Gerade als er endlich ein wenig zur Ruhe gekommen war. Aber auch das würde sich vermutlich auf die eine oder andere Weise lösen, wie alles andere auch. Kjell E. Johansson war bekannt dafür, auf die Füße zu fallen. Ansonsten würde er immer noch alles abstreiten können. Damit kam man in den meisten Fällen weiter. Mit blütenreinen Lügen. Oder kohlrabenschwarzen wie die Sünde. Die beste Strategie bestand jedenfalls darin, seinen Charme spielen zu lassen, dachte er wie immer, überlegte es sich dann doch anders, nahm das blutverschmierte Handtuch vom Haken und warf es siegesgewiss und mit solcher Wucht in den Wäschekorb, dass dieser umzufallen drohte.

Das Telefon klingelte. Eigentlich hatte er keine Zeit dranzugehen. Besonders dann nicht, wenn ihn schon wieder jemand um einen Gefallen bitten wollte. Wie die alte Dame aus der Nachbarwohnung. Er hatte ihr heute Nachmittag, als er von seiner Shoppingrunde nach Hause kam, geholfen, ein Regal im Flur aufzustellen. Das Ganze war relativ schnell erledigt, doch dann hatte er sich noch zu einer Tasse Kaffee in ihrer Küche überreden lassen, wozu ihm ein tadellos frisches Stück Toscatorte aufgedrängt wurde, das sie natürlich eigens für ihn gekauft hatte. Die Dame war einsam. Eine gewisse Einsamkeit kann man spüren. Ihr Sohn hatte zwei linke Hände, wenn er es recht verstand. Ein hoch gebildeter und zu nichts zu gebrauchender Typ, der nicht einmal einen Nagel für seine teuer erstandenen Gemälde in die Wand schlagen konnte, sondern sich gezwungen sah, einen Handwerker kommen zu lassen.

Das Klingeln hörte nicht auf. Er ging in den dunklen Flur und griff gleichgültig nach dem Hörer. Das schwache Abendlicht fiel durch das Wohnzimmerfenster auf den Linoleumbelag.

»Hallo! Wie gut, dass ich dich erreiche.«

Alicias Stimme. Vielleicht fällt das Kostümfest aus, dachte er optimistisch.

»Könnte ich dich um einen winzigen Gefallen bitten?«, fragte sie und klang dabei wie eine schnurrende Katze. Er stöhnte leise, während er förmlich vor sich sah, wie sie die Lippen spitzte, unschuldig und gleichzeitig flehend, um ihn zu überreden.

Er war immer hilfsbereit, aber es gab auch Grenzen, selbst bei ihm. Und er wusste, weshalb er sich wehrte. Die Familienfalle war dabei zuzuschlagen. Es ging bedeutend schneller, als er gedacht hatte, und deshalb machte er reflexartig einen Rückzieher.

»Es kommt drauf an«, antwortete er vage, um Zeit zu gewinnen.

»Ich bin beim Friseur und werde nicht so schnell fertig, wie ich gedacht habe.«

Herrgott! Warum putzt sie sich dermaßen für eine schnöde Maskerade heraus?, dachte er leicht panisch. Der Abend verlor jetzt jeglichen Reiz.

»Äh«, brachte er hervor.

»Bevor ich ging, habe ich eine Maschine Wäsche angestellt«, setzte sie hinzu, und er glaubte, nicht richtig zu hören. Waschmaschine?

»Aber jetzt, wo ich später dran bin, wollte ich fragen, ob du so nett sein könntest, in die Waschküche runterzugehen und die Wäsche in den Trockner zu werfen?«

Das wollte er definitiv nicht. Die Warnsignale schrillten förmlich in seinem Kopf.

»Bitte«, säuselte sie mit einer lockenden Stimme, die direkt in seine Hoden fuhr.

Er konnte einfach nicht Nein sagen, konnte sich jetzt keinen Rückzieher leisten. Denn dann würde Alicia ihm den Zugang zu ihrem Körper verweigern, jedenfalls in dieser Nacht, und es würde garantiert zum Streit kommen. Das konnte er in diesem Moment nicht auch noch bewältigen. Aber beim nächsten Mal sag ich, verdammt noch mal, Nein, beschloss er und räusperte sich.

»Okay«, hörte er sich mit belegter Stimme sagen, während sich die freie Hand zum Schritt vortastete.

Veronika Lundborg stand mitten in dem Gang, in dessen Regalen sich auf der einen Seite Konserven, Gewürze und Soßen auftürmten und auf der anderen Kaffee, Tee und Kakao. Als sie sich aufrichtete, wirkte sie größer als die einhundertachtundsiebzig Zentimeter, die sie maß. Ausdauernd betrachtete sie die Waren, um zu rekapitulieren, was sie brauchte. Einen Einkaufszettel besaß sie nicht. Ihre Gedanken schweiften ab. Es war Freitagnachmittag. Sie atmete tief durch und schaute in ihren Einkaufswagen.

An Oregano und Kaffee hatte sie sich jedenfalls erinnert. Und Haushaltspapier, eine Riesenpackung. Wie stand es noch gleich um das Toilettenpapier? Sie blinzelte, legte die Stirn in Falten und meinte, vor ihrem inneren Auge eine Reihe von Extrarollen zu erblicken, die sich auf dem Boden der Vorratskammer stapelten. Also schob sie ihren Wagen weiter.

Jedes Mal, wenn sie ihre Füße in den Bereich innerhalb der automatischen Schiebetüren eines überdimensionalen Supermarktes setzte, erlitt sie einen abrupten Energieverlust, und dennoch kaufte sie immer wieder dort ein. Es war bequem – ein großes Sortiment an einem einzigen Ort – und manchmal sogar billiger, wenn man aufmerksam war. Man musste eben das Unangenehme mit dem Angenehmen verbinden. Gerade war sie auf der Suche nach dem Regal mit den Deodorants. Im Übrigen trugen viele Faktoren dazu bei, dass einem die Ausdauer im Supermarkt schwand: der Mangel an Tageslicht, eine enorme Deckenhöhe, die eher an ein Lager als ein Geschäft erinnerte, ewig lange Regale mit einem viel zu umfangreichen Angebot, die überdies einen schlechten Überblick boten, was wiederum lange Wegstrecken mit sich brachte. Kurz, ein Herumirren kreuz und quer, um zu bekommen, was man wollte, und dem auszuweichen, was man nicht benötigte. Darüber war sie sich im Klaren. Doch es kamen weitere, nicht ganz unbedeutende Aspekte hinzu: unzählige Tüten zum Auto schleppen, sie wieder aus dem Auto herausihieven und ins Haus transportieren, um dort schließlich die ganze Ladung in Schränken und Regalen zu verstauen, die leider nicht immer vollkommen leer und aufnahmebereit waren. Insgesamt handelte es sich um mehrere Stunden Arbeit, doch so weit vermochte sie im Moment nicht zu denken.

Endlich fand sie die Hygieneartikel, und ihr fiel ein, dass sie auch noch Zahncreme brauchten. Während ihre Augen nach einer Sorte suchten, welche die Zahnhälse schonte, wurde ihr bewusst, dass sie nicht alle Zeit der Welt hatte. Sie musste weiter.

Zu Hause wartete eine kranke Tochter auf sie. Außerdem konnte jeden Moment eines der Handys in ihren Jackentaschen klingeln und sie mit sofortiger Wirkung an ihren Arbeitsplatz zitieren. Die Wahrscheinlichkeit, dass sie überstürzt würde aufbrechen müssen, war zwar nicht übermäßig groß – eine gewisse Zeitspanne bis zum Erscheinen wurde einem zugestanden –, aber man konnte nie wissen.

Passierte Tomaten mit Tagliatelle – damit war das Abendessen entschieden – entsprachen ungefähr dem Niveau, das ihre Fantasie im Augenblick zuließ. Sie eilte weiter zum Kühlregal und griff rasch nach einigen Beuteln mit gemischtem Wokgemüse. Es war immer gut, so etwas im Hause zu haben, vielleicht für morgen. Reis musste noch im Schrank sein. Da war sie sicher – fast jedenfalls.

Dann schob sie den Wagen in den Gang mit Erfrischungsgetränken, Bier und Wasser, zögerte jedoch eine Sekunde lang. Würde sie es schaffen, auch noch Getränke zu transportieren, oder könnte Claes das möglicherweise an einem anderen Tag übernehmen? Mit einem Mal wurde ihr warm, und sie fühlte sich verklebt. Das dunkelblaue Poloshirt lag eng am Hals an. Sie lockerte mit einem Finger den Kragen, während sie sich gleichzeitig der ebenfalls blauen Windjacke mit dem dicken Winterfutter entledigte und das weiße T-Shirt, das sie unter dem Polohemd trug, aus den Jeans zog. So fühlte es sich besser an. Beim Anziehen hatte sie nicht bedacht, dass es bereits Frühling war.

Veronika hatte das ganze Wochenende lang Rufbereitschaft. Vor einer knappen Stunde hatte sie sich in ihrem Dienstzimmer in der chirurgischen Klinik umgezogen, nachdem sie gemeinsam mit dem Dienst habenden Arzt, der während der kommenden Nacht die Stellung halten würde, Visite gemacht und sich vergewissert hatte, dass auf den verschiedenen Abteilungen alles unter Kontrolle war. Kein Grund zur Unruhe so weit. Der Dienst habende Arzt war ein neuer Stern am Krankenhaushimmel namens Rheza. Er war während ihres Mutterschutzes eingestellt worden und ihr somit unbekannt. Möglicherweise würde er sich als unsicherer Kandidat entpuppen. Vorhin war er die ganze Zeit stumm neben ihr hergeglitten. Hatte keinen Ton gesagt und auch keine Fragen gestellt. Das störte sie ein bisschen, denn sie wusste nicht, woran sie bei ihm war.

Wenn sie nach Hause kam, würde sie ihn kurz anrufen und die Lage checken, entschied sie. Mehr konnte sie nicht tun.

Ein ganzes Jahr hatte sie nicht gearbeitet. Ein Zeitraum, der ihr am Anfang wie eine Ewigkeit erschienen und im Nachhinein wie im Handumdrehen verflogen war. An den vergangenen fünf Tagen, von Montag bis Freitag, war sie bereits wieder früh aufgestanden und spät nach Hause gekommen. Eigentlich war sie nicht besonders müde, eher aufgedreht. Sie lief auf Hochtouren aufgrund all der plötzlichen Stimulation, die sie nicht mehr gewohnt war. Doch bald würde sie wieder in ihren gewohnten Rhythmus finden. Ihre Arbeit machte ihr Spaß.

»Schön, dich wiederzusehen«, hatte Petrén sie am ersten Morgen begrüßt und ihr auf die Schulter geklopft. Und sie fühlte sich einen Moment lang selig vor Wiedersehensfreude. Sie mochte ihren Chef, Professor Petrén. Er besaß eine Geradlinigkeit, die sie zu schätzen gelernt hatte, als vor ein paar Jahren ein Kollege gestorben und ein anderer in Schwierigkeiten geraten war.

Sie las die Schilder über den Gängen. Weiße Schrift auf schwarzem Grund. Man hatte die Waren umsortiert, stellte sie irritiert fest. Wozu auch immer das gut sein sollte!

Sie bog in den Gang mit Säften, Kompott und Konfitüren und nahm ein Glas Orangenmarmelade. Meistenteils aß Claes Marmelade. Sie überlegte, ob sie ein wenig experimentieren und eine neue Sorte ausprobieren sollte, entschied sich aber schließlich für die, von der sie wusste, dass er sie am liebsten mochte.

Allmählich wurden ihre Waden taub. Die Sohlen der flachen schwarzen Boots boten keine Flexibilität. Außerdem schien der Sauerstoffpegel trotz der Deckenhöhe stetig abzunehmen. Sie bekam Hunger und fühlte sich schlapp. Auch war sie langsamer geworden und überlegte, ob sie aufgeben und nach Hause fahren sollte, als ein irritierend munteres Mozart-Menuett metallisch aus einer ihrer Jackentaschen erklang. Ich muss die Melodie wechseln, dachte sie, während sie in erster Linie dankbar war, dass es sich um ihr eigenes Handy und nicht um das vom Krankenhaus handelte. Das Gespräch kam von zu Hause, soweit sie das auf dem Display erkennen konnte.

»Hallo«, meldete sich Claes. »Kannst du eventuell noch Reis einkaufen? Die Tüte ist leer ...«

»Okay«, antwortete sie leicht pikiert. Also stand wohl doch kein großer Beutel Reis im Küchenschrank.

»Und Toilettenpapier.«

Verdammt! Sie befand sich im hintersten Teil des Marktes

bei den Milchprodukten. Jetzt musste sie den ganzen Weg wieder zurück. Sie seufzte.

»Was ist denn?«, fragte er abwartend.

»Nichts«, sagte sie. »Aber reicht nicht erst mal Haushaltspapier?«

»Ja, klar. Nur dass wir irgendwas zu Hause haben. Ach, und übrigens Geschirrspülmittel ...«, fügte er hinzu.

»Natürlich.«

»Und Vanilleeis für Klara. Sie isst nämlich nichts.«

Veronika wurde unruhig. Sie durfte das Vanilleeis nicht vergessen, musste es aber zum Schluss holen, damit es nicht schon auf dem Weg zum Auto schmolz.

»Noch etwas?«, wollte sie wissen.

Eine kurze Stille trat ein. Sie meinte, die schnellen Atemzüge ihrer Tochter am anderen Ende der Leitung zu hören. Ein röchelndes, leises Wimmern.

»Nein, soweit ich weiß, nicht.«

»Sonst kannst du ja wieder anrufen!«

Sie wollte gerade das Gespräch beenden, doch die Sorge nahm überhand, und sie hielt das Handy dichter ans Ohr. Versuchte zu horchen, nach Zeichen zu forschen, die darauf hindeuteten, dass es vielleicht doch nicht so schlimm um Klara stand.

»Wie geht es ihr?«, fragte sie vorsichtig, als wehrte sie sich dagegen, dass der Zustand ihrer Tochter schlechter geworden sein könnte. Gleichzeitig verspürte sie den Drang, ihre Unruhe auszuagieren. Selbst aktiv zu werden. Einen Kollegen von der Kinderstation zu bitten, er möge Klara untersuchen. Im Geiste überlegte sie bereits, zu wem sie am meisten Vertrauen hatte.

»Es geht ihr einigermaßen. Ich versuche, sie wenigstens zum Trinken zu bewegen«, antwortete Claes mit recht besorgter Stimme. »Ich habe ihr übrigens Alvedon gegeben«, kam er ihrer nächsten Frage zuvor.

»Gut! Ich bin gleich da.«

Jetzt wollte sie auf jeden Fall nach Hause. Sofort. Sie bereute, dass sie sich unter all die Wochenendeinkäufer begeben hatte, die sich mit randvollen Einkaufswagen auf der überdimensionalen Geschäftsfläche von Kvantum tummelten. Warum war sie nicht zu Egons Livs gefahren, dem weitaus kleineren Supermarkt? Er hatte nicht das gleiche Angebot, dafür war der Ablauf aber weitaus reibungsloser. Und viel persönlicher.

Sie quälte sich weiter durch die Gänge. Schließlich zupfte sie einen jungen Mann mit roter Nylonjacke am Ärmel und fragte ihn barsch: »Wo haben Sie eigentlich die Geschirrspülmittel versteckt?«

»Kein Problem«, antwortete der Jüngling, der Jocke hieß.

Der Name war mit weißem Garn auf die Nylonjacke gestickt. Sein breites Grinsen ließ sie ahnen, dass er sich besonders auf den Umgang mit genervten Weibern beim Wochenendeinkauf spezialisiert hatte. Veronika lächelte entschuldigend und verschwand in Richtung der Reinigungsmittel.

Jetzt fehlte nur noch das Eis.

Dann würde sie sich endlich zu den Kassen begeben können, wo bereits jede Menge voll beladener Wagen standen. Da nur zwei Kassen offen waren, ging es in der ohnehin langsam vorankommenden Schlange inzwischen gar nicht mehr weiter. Prompt entwickelte sich zwischen einem besonders gewissenhaften Paar mittleren Alters und der Kassiererin beim Bezahlen ein längerer, wenn auch diskreter Wortwechsel. Veronika trat von einem Bein aufs andere und wartete. Ebenso das etwas schwankende Paar vor ihr. Nach dem Inhalt des Wagens zu urteilen, hatten sie vor, eine Party zu geben. Farbenfrohe Papphüte, Tröten, knallbunte Servietten, Erfrischungsgetränke, Bier, Chips und andere überflüssige Dinge. Die Frau hatte ihr zebrafarben gemustertes Tuch so eng um den Hals gewickelt, dass es wie ein Verband aussah. Sie umklammerte ein knallrosafarbenes Portemonnaie, während der Mann den Wagen fest im Griff hielt, um sich überhaupt aufrecht halten zu können. Er war, gelinde gesagt, nicht mehr ganz nüchtern.

Die Kassiererin stand plötzlich auf, klappte die Kasse zu,

schloss ab und verschwand in einem der Gänge. Eine leichte Unruhe breitete sich aus.

»Sie kann doch, zum Teufel noch mal, nicht so einfach abhauen«, sagte der Angeheiterte.

Keiner würdigte ihn auch nur eines Blickes.

»Für so etwas haben wir, verdammt noch mal, keine Zeit«, fügte er in Richtung seiner jungen Partnerin mit dem Zebrahalstuch hinzu.

Sie antwortete nicht. Schien ihn nicht zu hören.

Die Zeit verging, und die Kassiererin glänzte weiterhin durch Abwesenheit.

Doch dann tauchte der kundenorientierte Jocke auf und setzte sich triumphierend an die Kasse, woraufhin sich die Waren auf dem Rollband wieder in Gang setzten. Veronika schob den Wagen weiter und war gedanklich im Prinzip schon zu Hause, wo sie sich zu einem Leichtbier ein Knäckebrot mit Eierscheiben und Kaviar belegte.

Ein keckes Trallala unterbrach abrupt ihre Gedanken. Sie erschrak. Die Töne entsprangen ihrer Jacke und waren definitiv nicht von Mozart, eher etwas auffordernder, doch um welche Melodie es sich genau handelte, wusste sie nicht. Sie griff nach dem Klinikhandy. In dem Augenblick, als sie es zum Ohr führte, wurde ihr schlagartig bewusst, dass sie im Falle eines akuten Einsatzes nicht einfach so davonstürzen und einen vollen Einkaufswagen mit Eis und allem sich selbst überlassen konnte.

Viktoria spürte, wie das Pochen in ihrem Körper langsam nachließ. Selbst die Angst hatte sich gelegt, auch wenn sie noch ein wenig zitterte. Wenn sie mit den Fingern auf ihren Bauch drückte, tat es weh, aber noch schlimmer war es, wenn sie versuchte, den Bauch einzuziehen und die Luft anzuhalten. Gerade deswegen probierte sie es jetzt aus. Sie wollte sich testen. Mit dem Schmerz vertraut werden. Ein und aus, ein und aus. Es schmerzte genau so, wie sie es erwartet hatte. Dennoch war es nicht übermäßig schlimm, nicht so, dass sie weinen musste. Unangenehmer fühlte sich ihr rechtes Knie an, das inzwischen ziemlich geschwollen war. Sobald sie es beugte, begann es zu pochen. Aber gehen konnte sie trotzdem. Es war also nichts, woran sie sterben würde.

Sie saß auf einem Stuhl in der warmen Werkstatt und nippte an einem Becher mit stark gezuckertem, heißem Tee. Dazu hatte sie zwei Zwiebäcke bekommen, die sie mit einem Riesenhunger aß. Sie hätte ohne Mühe die ganze Dose leer essen können, traute sich jedoch nicht, Rita zu fragen.

So hieß sie. Rita Olsson. Ihr Vorname klang irgendwie fremd, aber gleichzeitig bekannt und war leicht auszusprechen. Viktoria wiederholte im Stillen den Namen: Rita, Rita, Rita …

Sie beschloss, ihr nächstes Stofftier Rita zu taufen. Vorausgesetzt, der Name passte zum Tier. Sollte es sich um ein Krokodil handeln, wäre er völlig unpassend. Das Krokodil Rita – nein, das ging nicht. Ihr Ameisenbär, der schon vor einer ganzen Weile verloren gegangen war, hatte Brasse geheißen. Als Viktoria an Brasse dachte, durchströmte sie ein Gefühl der Wehmut. Sie fragte sich, wo er jetzt wohl war. Ob er vielleicht unter einem Baum schlief oder eher in einem Papierkorb zusammen mit alten Bananenschalen oder ob er inzwischen sogar bei einem anderen Kind wohnte, das ihn gefunden hatte? Bei einem Kind, das sich um ihn kümmerte. Das ihn liebevoll behandelte. Vermutlich war es so, tröstete sie sich. Brasse hatte es gut, genauso gut, wie er es bei ihr gehabt hatte.

All ihre Maskottchen waren Tiere. Das ganze Zimmer war übersät mit ihnen: Schweine, Lämmer, Teddybären, Pferde, Hunde, junge Kätzchen, Hühner, eine Giraffe, ein Nilpferd, zwei Elefanten, und sogar einen Tapir besaß sie. Ein Krokodil fehlte ihr noch, dachte sie und blies vorsichtig in den heißen Tee. Es kam natürlich darauf an, ob das Krokodil süß war, ob es ihr gefiel und ob es auch zu ihr wollte. Allerdings besaß sie auch noch keinen Löwen. Vielleicht sollte sie eher einen Löwen kaufen. Oder eine Löwin. Aber eine Löwin konnte sie ebenso wenig Rita nennen. Das würde einfach nicht passen. Aber vielleicht wäre ein Igel gut. Rita, der Igel.

Das alles ging ihr durch den Kopf, während sie sich in der Werkstatt umsah. Überall standen kaputte, verschlissene und eingestaubte Möbelstücke. Ein Stuhl ohne Rückenlehne, ein Spiegel, dem ein Teil des Rahmens fehlte, eine Kommode mit nur drei Beinen. Und alles war alt. Viktoria wusste, dass alte Möbel schöner waren als neue. Oftmals jedenfalls. Aber manchmal auch ziemlich dreckig und vergammelt. Zu Hause hatten sie nicht so viele alte Sachen, bis auf einen Kammerspiegel – sie wusste, dass er so hieß. Mama hatte ihn geerbt. Viktoria durfte den Kammerspiegel zwar nicht anfassen, aber sie war davon überzeugt, dass er eines Tages ihr gehören würde. Wenn Mama starb.

In der Werkstatt war es gemütlich. Die Decke war niedrig, und die Fenster bestanden aus vielen kleinen Scheiben. Außerdem erfüllten angenehme Gerüche nach Sägespänen, Staub und Lack den Raum. Und dennoch erschien es ihr merkwürdig, dass Rita als Frau eine richtige Werkstatt besaß. Das müsste sie Lina erzählen, auch wenn sie ihr nicht glauben würde. Wenn nun aber Rita Stühle zusammenschrauben, alte Kommoden und Spiegel reparieren und abgenutzte Tischplatten lackieren konnte, sodass sie wieder schön wurden, dann würde sie selbst das vielleicht auch können, wenn sie groß war. Anstatt Tierärztin zu werden. Man konnte es auf jeden Fall mal ins Auge fassen.

Rita stand über einen verschnörkelten Stuhl gebeugt, dessen Rahmen sie gewissenhaft von Hand mit kleinen Bewegungen bis in die Verzierungen der Rückenlehne hinein polierte. Danach pinselte sie das Holz mit einer durchsichtigen Flüssigkeit ein, woraufhin es dunkler wurde. Viktoria schaute ihr zu. Rita hatte ihr gezeigt, wie man den Lack mischte. Man goss eine Flüssigkeit, die nach Chemikalien roch, zusammen mit dünnen Flocken, die wie abgeschuppte Haut aussahen, in ein Gefäß. Der Geruch war das Allerbeste, fand Viktoria. Er brannte in der Nase, scharf, aber verlockend. Konnte man sich so auch den Geruch vorstellen, der unglückliche Kinder zum Schnüffeln verleitete? Kinder, die sie im Fernsehen gesehen hatte und die auf der Straße lebten. In der Kanalisation von Moskau oder Paris. Kinder, um die sich niemand kümmerte.

Über der Hobelbank brannte eine Leuchtstoffröhre. An den Wänden hingen Werkzeuge dicht nebeneinander aufgereiht. Meißel, Spatel, Stemmeisen, Zangen und wie sie alle hießen. Rita hatte sie alle aufgezählt. An der anderen Wand befanden sich mehrere Schraubzwingen. Rita hatte ihr erklärt, dass sie Zwingen hießen, weil sie Stuhlbeine und andere Teile, die lose waren, wieder zusammenzwangen. Dann gab es noch Hämmer, Hobel und Sägen in unterschiedlichen Größen.

Stell dir vor, so viel Werkzeug zu besitzen!

»Ich versuche noch einmal anzurufen«, sagte Rita unvermutet, während sie sich aufrichtete, auf die Uhr schaute und einen raschen Blick durchs Fenster warf, bevor sie ihren Pinsel zur Seite legte.

Viktoria spürte, wie sich ihr Magen zusammenzog. Rita hatte schon ein paar Mal versucht anzurufen. Und immer wieder hatte sie aus dem Fenster gesehen, als würde plötzlich jemand auftauchen, der kam, um Viktoria abzuholen.

Hoffentlich, hoffentlich geht Mama jetzt ran, betete Viktoria im Stillen. Rita musste vielleicht die Werkstatt bald schließen. Man merkte ihr an, dass sie rastlos war.

Aber Mama ging auch diesmal nicht ans Telefon.

»Na ja, dann müssen wir eben noch eine Weile warten«, sagte Rita und stellte sich an eines der langen Fenster und schaute auf den Hof hinaus.

Viktoria schwieg. Der Krampf in ihrem Magen wollte sich einfach nicht lösen.

Da erhellte sich Ritas Gesicht. Es schien, als sei ihr eine gute Idee gekommen.

»Du könntest ja versuchen, hier im Haus noch ein paar Maiblumen zu verkaufen, wenn wir ohnehin warten müssen«, schlug sie vor und klang recht energisch. Viktoria begriff, dass es keinen Sinn machte zu protestieren.

Eigentlich hatte sie keine Lust. Für heute hatte sie genug vom Verkaufen. Sie fühlte sich schlapp, ihr tat alles weh, und außerdem war sie hungrig und müde. Doch sie wagte nicht zu widersprechen, weil Rita so nett zu ihr gewesen war.

Also glitt Viktoria vom Stuhl, ganz vorsichtig, sodass ihre Beine nicht nachgaben, nahm die Schachtel mit dem Geld und den Maiblumen und dachte, wie um sich für die bevorstehende Aufgabe zu wappnen, dass es doch eine ausgezeichnete Idee war, die Zeit auf diese Weise zu nutzen, während sie ohnehin warteten. Auch wenn es ihr schwer fiel, die Wärme und den angenehmen Geruch in der Werkstatt zu verlassen.

Die Tür schlug hinter ihr zu. Draußen war es immer noch ungemütlich, und außerdem wurde es langsam dunkel. Der Hinterhof, in dem die Werkstatt lag, war rechteckig und mit Kopfsteinpflaster versehen. In der Mitte stand ein großer Baum, dessen nackte Zweige im Wind wirbelten. Die Knospen waren bereits dick und prall. Bald würden die Blätter ausschlagen. Das feuchte Kopfsteinpflaster glänzte im Licht, das durch die Fenster auf den Hof fiel. An der einen Hauswand stand eine kleine Sandkiste, deren Inhalt zum Teil auf die Steine gerieselt war, und es knirschte unter ihren Schuhsohlen, als sie darüberlief. Die Kinder hatten ihre Spielsachen vergessen, doch soweit Viktoria es beurteilen konnte, waren es hauptsächlich Dinge, um die man sich keine Sorgen zu machen brauchte.

Es gab zwei Eingänge, einen in jeder Ecke, an der die Hausteile zusammentrafen. Die Lampen über den grün gestrichenen Eingangstüren brannten bereits. Sie hörte Wasser die Leitungen herabrinnen, Kinder schreien und Musik aus den Wohnungen dringen. Als Viktoria den Duft von gebratenem Fleisch roch, fiel ihr wieder ein, wie hungrig sie war. Plötzlich fühlte sie sich wie das einsamste Kind auf der Welt. Wie eine armselige Ratte, die verzweifelt nach einem Schlupfloch sucht, während alle anderen Tiere auf dem gesamten Erdball längst ein Zuhause gefunden haben.

Viktoria musste die massive Haustür mit der Schulter aufschieben. Das Haus war alt, viel älter als das, in dem sie und Mama wohnten. Und dennoch wirkte es in gewisser Weise schöner, auch wenn es im Treppenhaus muffig und ein bisschen eklig roch. Sie stellte fest, dass sie durch den Hintereingang gekommen war, und stieg mit großen Schritten die ausgetretene Treppe hinauf.

Die erste Tür, an der sie klingelte, blieb verschlossen. In der Wohnung nebenan war es ebenfalls vollkommen still, also versuchte sie es bei der nächsten. Lärm und Kindergeschrei wechselten einander ab. Sie bekam Angst und wollte gerade die Treppe zur nächsten Wohnung hochsausen, als die Tür aufgerissen wurde und eine junge Mutter mit Pferdeschwanz und einem brüllenden Baby auf dem Arm sie böse anstarrte. Das Licht im Treppenhaus ging aus, und das Kind begann aus vollem Hals zu schreien, sodass Viktorias Botschaft, doch bitte eine Maiblume zu kaufen und damit eine gute Tat für bedürftige Kinder zu leisten, im hallenden Treppenhaus unterging.

»Nein, tut mir leid«, sagte die Mutter und schüttelte den Kopf, sodass ihr Pferdeschwanz wippte.

Dann fiel die Tür krachend ins Schloss.

Missmutig drückte Viktoria auf den Lichtschalter, stieg ein Stockwerk höher und klingelte an der nächsten Wohnungstür. Ein entsetzliches Klirren, viel zu laut für ein am Boden zerspringendes Trinkglas, drang bis auf den Hausflur. Danach hörte sie einen kurzen Aufschrei. Er klang so schrecklich, dass sie schnell an einer anderen Tür klingelte und inständig hoffte, dass diese sofort geöffnet würde. Für den guten Zweck setzte sie sicherheitshalber noch ein keckes, fröhliches Lächeln auf.

Ein älterer Mann mit einem gestreiften Hemd stand unversehens in der Tür und schaute sie verwundert an. Er hatte einen Kugelbauch und trug Hosenträger, genau wie Linas Opa.

»Ach, ist es schon wieder Zeit für Maiblumen? Ja, ja, wie die Zeit vergeht!«

Er gluckste dabei so, wie es alte Leute manchmal tun. Dann versicherte er ihr, dass er auf jeden Fall eine Maiblume nehmen wolle. Viktoria durfte in den Wohnungsflur kommen, während er in einem der Zimmer verschwand, um seine Brieftasche zu holen. Kurze Zeit später erschien er gemeinsam mit seiner Frau wieder im Flur.

»Mein liebes Kind, dass du bei so einem Wetter unterwegs bist«, sagte die Frau mitfühlend, während sie gründlich die Maiblumen inspizierte. »Du, Birger, wir brauchen wohl auch eine fürs Auto, meinst du nicht?«

Viktoria verkaufte den älteren Herrschaften sowohl eine Blume fürs Auto als auch einen Kranz. Sie waren unheimlich nett. Die Frau bot ihr Kekse an, die richtig gut schmeckten und wahrscheinlich selbst gebacken waren, und sie unterhielten sich sogar eine Weile mit ihr. Fragten, wie es in der Schule lief, ob die Kinder in ihrer Klasse nett und wohl erzogen waren, und all das, was alte Leute so wissen wollen. Sie brauchte nur mit Ja zu antworten. In der Schule lief es gut, und die Kinder waren ziemlich nett. Auch wenn das nicht ganz stimmte. Weder das eine noch das andere.

Nachdem Viktoria sich von den beiden freundlichen Alten verabschiedet hatte, sprang sie fröhlich die Treppe hoch, trotz ihres schlimmen Knies, weil es so viel Spaß machte, Maiblumen zu verkaufen. Als sie sich auf halbem Weg ins nächste Stockwerk befand, erlosch plötzlich das Treppenlicht, und es wurde schwarz wie die Nacht um sie herum. Von oben hörte sie Schritte. Da ging das Licht wieder an, und eine schmale Frau kam die Treppe heruntergerannt, geradewegs auf Viktoria zu.

»Huch!«, entfuhr es der Frau, während sie Viktoria anstarrte, als sei sie ein Gespenst.

Sie hätte Viktoria beinahe umgerannt, so eilig hatte sie es. Da machte es natürlich keinen Sinn, überhaupt auch nur zu fragen, ob sie an einer Blume interessiert sei. Doch im obersten Stockwerk verkaufte Viktoria weitere Blumen, sodass sie insgesamt zufrieden war. Als sie danach in die Werkstatt zurückging, sah sie die Frau, die sie auf der Treppe beinahe umgerannt hatte, von dort herauskommen. Sie kannte Rita also.

Rita überbrachte indes gute Nachrichten. Sie hatte Mama

endlich erreicht, die wiederum einen Freund mit Auto benachrichtigen wollte, der sie abholen würde.

Rita war sicher froh, sie endlich loszuwerden. Sie wirkte unglaublich müde und irgendwie abwesend. Ähnlich wie Mama, wenn sie Nachtschicht gehabt hatte.

Als Viktoria auf die Straße trat, sah sie, wessen Auto dort stand. Sie wagte nicht einmal zu fragen, wie es dazu gekommen war.

»Und wie geht's?«, fragte Gunnar und knuffte sie sanft in die Schulter.

Kriminalinspektorin Louise Jasinski rollte auf ihre Seite des Doppelbetts, um an das Telefon auf dem Nachttisch zu gelangen. Es war erst Viertel nach sechs am Abend. Verflixt!, dachte sie und nahm den Hörer ab. Sie hatte nicht erwartet, schon so bald gestört zu werden.

Während sie sich meldete, wippte das Bett, denn Janos setzte sich auf. Ein Mann, den sie im Moment weder als ihre bessere noch schlechtere Hälfte bezeichnen konnte. Im Bett wurde es kühler. Sie war nackt. Sie drehte sich auf den Bauch, stützte das Kinn mit der einen Hand und hielt den Hörer in der anderen. Versuchte, sich zu konzentrieren, doch die Anwesenheit von Janos, der hinter ihr auf dem Fußboden stand und dabei war, sich anzuziehen, irritierte sie. Ein zunehmendes Gefühl von Unlust drängte sich in den Informationsfluss vom anderen Ende der Leitung. Sie konnte Janos nicht sehen, doch ebenso wenig bildete sie sich ein, dass er sie betrachtete, während er umständlich seine Sachen anzog. Natürlich konnte sie auch falsch liegen. Jedenfalls kam sie sich entsetzlich nackt vor. Wenn man nun überhaupt mehr als nackt sein konnte. Mit der freien Hand zog sie die Decke zu sich heran, um wenigstens ihren Po und ihr Kreuz zu bedecken.

Es schien, als wollte sie ihren Körper jetzt, da Janos vermutlich wieder nicht bleiben würde, für sich behalten. Er hatte kein Wort gesagt. Sein anhaltendes, ausdauerndes Schweigen machte sie geradezu verrückt. Unausgesprochene Entscheidungen. Oder das Unvermögen, eine Entscheidung zu treffen. Er zögerte es immer weiter hinaus, womit er sie unfreiwillig auf die Folter spannte. Doch auf die Streckbank gelegt hatte sie sich wahrhaftig ganz freiwillig.

An diesem Nachmittag war er aus eigenem Antrieb gekommen. War das kurze Stück auf die Haustür zugeschlendert und hatte geklingelt. Einen Schlüssel besaß er nicht mehr. Sie hatte ihn beizeiten zurückverlangt. Wenn man in Scheidung lebte, war es besser so. Übrigens hatte nicht sie das Karussell in Gang gesetzt. Im Gegenteil, er war es gewesen. Und die Neue.

Louise wurde bewusst, wie vertraut ihr seine langsamen Bewegungen immer noch waren. Unterhose und -hemd hatte er bereits angezogen, auch wenn es nicht gerade schnell ging. Mit langen Fingern nahm er die schwarzen Jeans vom Boden und schüttelte die Hosenbeine ohne größere Kraftanstrengung aus. Das etwas zögerliche und verhaltene Bewegungsmuster hatte ihre älteste Tochter geerbt, dachte sie. Gabriella und er waren sich in vielem recht ähnlich.

Louise und Janos hatten begonnen, getrennte Wege zu gehen. Statistisch gesehen, war das nichts Besonderes, viele Paare entschieden sich dafür. Und dennoch war es so verdammt schwer.

Sich zu entzweien. Auszubrechen. Auseinander zu gehen.

Worte dafür gab es viele, doch alle klangen ähnlich dramatisch oder traurig.

Im Augenblick lebten sie in einer Art Grenzland, sozusagen am Rande einer Beziehung. In einem ständigen Hin und Her, Vor und Zurück, ging es ihr durch den Kopf, während sie nach Notizblock und Stift griff, sich wieder auf das Telefonat konzentrierte und begriff, dass sie unmittelbar losfahren musste.

Eine Waschküche!

»Friluftsgatan zehn«, wiederholte sie und sah im Augenwinkel, dass Janos' Bewegungen jetzt etwas flüssiger wurden. Er knöpfte rasch seine Hose zu, als hätte er es plötzlich sehr eilig.

Sie legte auf, rollte sich auf den Rücken, verschränkte die Hände hinter dem Kopf und schaute ihn für einen kurzen Augenblick an. Durchbohrte ihn fast mit ihrem Blick. Er wandte ihr das Gesicht zu, sog die Lippen zwischen die Zähne, betrachtete sie und sah dabei aus, als wollte er etwas sagen.

»Ich muss weg«, schleuderte sie ihm entgegen, und im selben Augenblick wurde ihr klar, dass sie selbst diejenige war, die sich unmerklich von ihm entfernte, nicht andersherum. Nicht er war es, der sie verließ. Für sie war unversehens ein deutlicher und gleichzeitig weniger dramatischer Abstand entstanden. Ein Spalt zum Atemholen.

Sie warf die Beine über die Bettkante, schälte sich aus den zerwühlten Laken und verschwand ins Bad. Die Tür ließ sie angelehnt.

»Dann gehe ich«, sagte er kurz.

»Okay«, erwiderte sie, obgleich sie einen Impuls verspürte, ihn wie früher zu bitten, nicht sofort zu gehen. Sie hätte ihn fragen können, ob er nicht noch kurz bleiben wolle, zumindest bis sie selber das Haus verließ. Dann könnten sie die Tür hinter sich abschließen und sich gemeinsam auf den Weg machen. Vielleicht wollte er irgendwo abgesetzt werden. Aber eigentlich hätte er auch warten können, bis die Mädchen nach Hause kamen.

Doch zum ersten Mal spürte sie, dass es ihr tatsächlich am liebsten war, wenn er vor ihr ging, wenn er sie verließ. Sie wollte auf keinen Fall eine Umarmung oder dergleichen erbetteln. Sich nicht an ihn klammern und sich womöglich erniedrigen. Es war tatsächlich das Beste, die Tür selber zuzuschließen, denn jetzt trug sie die alleinige Verantwortung. Außerdem hatte sie einen anspruchsvollen Job, dessen Herausforderungen ihr gefielen.

Sie hatte sich allmählich an Janos' ambivalentes Kommen und Gehen angepasst. Auf sie zu und gleichzeitig immer weiter von ihr weg. Es ging ihr nicht gut damit, doch sie vermochte nicht, sich in irgendeiner Weise dagegen zu schützen. Jetzt empfand sie den Abstand, der sie noch vor kurzem so kläglich erscheinen hatte lassen, als befreiend und sogar ein wenig bequem. Sie konnte ihrer Arbeit nachgehen, ohne dass Janos' stures Schweigen sie länger berührte.

Noch vor ein paar Minuten hatten sie einander zu trösten versucht. Wie Kinder. Fünfzehn gemeinsame Jahre ließen sich nicht so einfach abschütteln und hatten ihre Spuren hinterlassen. In der Erinnerung, der Psyche und selbst in der Art zu trauern. Sie selbst hatte sich an diesem späten Freitagnachmittag nicht zurückhalten können. Schließlich war sie auch nur ein Mensch. Sicher, es war schon öfter vorgekommen. Bereits einige wenige Male hatten sie miteinander geschlafen, hatten sich nicht bremsen können und miteinander im Bett oder auf dem Wohnzimmerteppich wie besessen gevögelt. Als wäre es das letzte Mal. Und jedes Mal hatte er sie halb aufgelöst und mit erstickenden Angstattacken zurückgelassen. Liebte er sie denn letztlich nicht doch am meisten?

Louise schämte sich für ihre Schwachheit und dafür, dass sie es immer wieder zuließ. Es war natürlich ihre eigene Schuld. Das Ganze war ihr derart peinlich, dass sie sich sogar davor scheute, es ihrer besten Freundin anzuvertrauen, die in allen Lagen zu ihr hielt. Während einer Trennung gab es immer jemanden, der einen auffing. Doch ihre Freundin war aus einem anderen, härteren Holz geschnitzt. Sie würde sie nicht gerade schonen und ihr mit Bestimmtheit erklären, dass diese Treffen nun ein Ende haben müssten, da Janos sie letztlich nur ausnutzte. Und sie würde ihr deutlich signalisieren, dass sie, Louise, endlich Grenzen setzen müsse. Als würde sie das nicht selbst begreifen. Aber Grenzen zu setzen fiel ihr am schwersten. Ansonsten hätte sich diese traurige Geschichte wohl schon längst erledigt. Auch wenn sie nicht unbedingt zu ihren Gunsten ausgegangen wäre. Sie hatte immer gedacht, dass er einfach Zeit bräuchte. Wenn sie nur genügend Geduld aufbrächte, würde er eines schönen Tages schon zu ihr zurückkehren.

Die Sehnsucht nach einem warmen Körper, einer Umarmung, einer Liebkosung war weitaus stärker als die widersprüchlichen Gefühle, die sie dabei empfand, immer aufs Neue abgewiesen und zurückgelassen zu werden.

Ihre heftigsten Emotionen – der abgrundtiefe Hass, die glühende Wut und die verletzende Eifersucht – hatten sich mit der Zeit gelegt, wie sie mit einer gewissen Erleichterung feststellte. Es schien, als hätten sich die negativen Energien wie bei einer leeren Batterie entladen. Und sie war bis zum heutigen Tag davon überzeugt gewesen, dass sie ihn, wenn es darauf ankäme, jederzeit zurücknehmen würde. Doch nun zweifelte sie zum ersten Mal daran.

Der Mensch ist ein Gewohnheitstier. Im Guten wie im Bösen. War sie etwa dabei, sich von Janos zu entfremden?

»Ich werde es nie wieder tun«, fluchte sie nun leise im Schlafzimmer vor sich hin, wo sie fertig angezogen in einem schwarzblauen, grob gestrickten Baumwollpulli und farblich passenden Hosen stand. Arbeitskleidung. Sie bürstete ihr Haar und versuchte, den Pony in Form zu bringen. Nicht ein einziges Mal mehr, entschied sie. Aber dasselbe hatte sie sich bereits letzte Woche gelobt. Und in der Woche davor auch.

Doch diesmal meinte sie es ernst.

Resolut warf sie die Bürste auf die Kommode. Und außerdem würde Janos überhaupt nicht das Bedürfnis verspüren, zu ihr zurückzukommen. Wenn es nun tatsächlich so fantastisch mit der anderen war. Aber selbst dieses Phänomen wunderte sie schon nicht mehr. Es kam ihr vor, als hätte sich ihre Vorstellung von dem, was richtig oder falsch oder, besser gesagt, angebracht oder unangebracht war, völlig aufgelöst. Er hatte sie verlassen, war einfach aus dem Haus gegangen und direkt in die Arme einer anderen Frau gelaufen. Aber dass er diesen Schritt getan hatte, bedeutete natürlich nicht, dass er sie für immer verstieß.

Wir alle treffen unsere Wahl, auch ich, dachte Louise, während sie ins Badezimmer zurückging, um die Zahnbürste zu holen.

Als sie die Kiefernholztreppe in ihrem Reihenhaus hinunterstieg, sah sie ihn im Flur stehen. Er war also noch nicht gegangen. Wartete. Harrte aus. Er erschien ihr eher unschlüssig als zögernd. Noch nicht einmal die Jacke hatte er angezogen.

Louise war leicht irritiert und verspürte spontan Lust, ihn vor die Tür zu setzen. Doch gleichzeitig wollte sie es auch wieder nicht, wollte aus unerfindlichen Gründen nicht grob zu ihm sein. Sie wagte nicht, ihn allzu sehr zu verletzen. Andererseits würde sie den Abschied am liebsten so kurz wie möglich gestalten und ihn nicht unnötig in die Länge ziehen.

»Du bist wohl länger weg, oder?«, fragte er prüfend, während es in seinen Augen aufblitzte.

Sie betrachtete ihn nachdenklich. War sein Zögern ein Zeichen dafür, dass er es sich anders überlegt hatte? Wollte er ernstlich zurück zu ihr?

Es ist verdammt kompliziert, die unzähligen Nuancen zwischenmenschlichen Verhaltens auszuloten, dachte sie und verkniff sich sogleich diesen gespreizten Gedanken. Vor allem aber ist es schwer, ständig auf Messers Schneide zu balancieren, zwischen Hoffnung und Verzweiflung.

In der Liebe zählt entweder alles oder nichts.

»Ja, vermutlich werde ich länger weg sein«, antwortete sie, steckte die Zahnbürste in den Mund und ging in die Küche.

»Dann verschwinde ich wohl«, hörte sie ihn endlich sagen, während sie gurgelte und in die Spüle ausspuckte.

Seine Stimme klang krächzend und ein wenig lahm. Sie nickte stumm, als er durch die Tür nach draußen glitt. Nach Hause zu der Neuen. Zu Pia.

DRITTES KAPITEL

Die beiden Techniker wurden sachkundig von Benny Grahn angewiesen. Eine wundersame Ruhe breitete sich am Tatort aus, einer ganz gewöhnlichen Waschküche in einem älteren Wohnhaus aus dem Anfang des zwanzigsten Jahrhunderts.

»Hallo, wie läuft's?«, fragte Louise und steckte vorsichtshalber die Hände in die Jackentasche, um nicht aus Versehen irgendetwas zu berühren und dafür einen Rüffel zu kassieren.

»Hallo«, entgegnete Benny, nickte ihr zu und betrachtete sie eingehend. »Nun bist du auf dich allein gestellt.«

»Meinst du nicht, dass wir das gemeinsam hinkriegen?« Sie lächelte ihn an. »Ganz allein bin ich ja wohl kaum. Außerdem hab ich ja dich.«

Ihr Lächeln war offen und einladend. Claesson befand sich zurzeit in einem unendlich langen Erziehungsurlaub. Zumindest empfanden sie es so. Diese neue Attitüde unter den männlichen Polizisten mit Claessons Dienstgrad war natürlich nicht unkommentiert geblieben. Aber sie würden sich daran gewöhnen, nahm sie gelassen an.

Sowohl daran, dass er nicht jederzeit erreichbar war, als auch daran, dass Louise seinen Posten übernommen hatte.

»Ich habe gerade erst angefangen«, setzte Benny sie ins Bild.

»Sonderbarer Ort«, sagte sie und sah sich, auf der Türschwelle wippend, um.

»Finde ich eigentlich nicht«, hörte sie eine wohlbekannte Stimme sagen.

Janne Lundin tauchte hinter ihr auf.

»Hallo! Schön, dass du gekommen bist«, sagte sie und nickte nach oben.

Janne Lundins Gesicht schwebte ungefähr auf Höhe der Zweimetermarke. Im Augenblick war es unrasiert.

»Ich bin schon eine Weile hier«, sagte Lundin.

Louise blinzelte mit den Augenlidern und überlegte, ob sie ein schlechtes Gewissen haben musste, weil sie sich nicht mehr beeilt hatte.

»Gut«, sagte sie.

»Berg und ich kamen als Erste, aber Peter ist bereits mit der Zeugin, die die Frau hier blutend auf dem Boden liegend entdeckte, zur Polizeiwache gefahren«, berichtete Lundin, während er direkt vor sich auf den Zementboden wies. »Das Opfer heißt übrigens Doris.«

»Aha.«

»Doris Västlund. Sie ist um die siebzig Jahre alt und wohnt hier im Haus«, erklärte er.

Louise blieb in der Türöffnung stehen, mit Lundins langem Körper über sich gebeugt. Obwohl er älter war als sie, würde er weder gegen sie arbeiten noch die Ermittlungen an sich reißen – im Gegensatz zum überwiegenden Teil der männlichen Fahnder, die ihren weiblichen Kollegen nur allzu gern einen Fall aus der Hand nahmen. Aber natürlich völlig unbewusst, einfach so, aus einem Reflex heraus. Früher war Louise in solchen Situationen oft aufgebraust. Das entsprach ihrem leicht cholerischen Temperament und auch ihrem Gerechtigkeitssinn. Da jedoch nur wenige Menschen Zurechtweisungen duldeten, hatte sie sich mit der Zeit ein gemäßigteres Auftreten angewöhnt und hielt sich immer öfter zurück. Sie selbst hatte den Eindruck, ihre Fähigkeit inzwischen so gut zu beherrschen, dass sie nunmehr Weltklasse im Schweigen war – oder jedenfalls klug genug, angemessen zu reagieren. Nicht weil sie es für die beste Methode hielt, sondern weil sie tat, was in ihrer Macht stand.

Völlig unerwartet bemächtigte sich ein krampfartiger

Schmerz ihres Zwerchfells, aber er war auszuhalten. Die Anspannung war nicht ausschließlich unangenehm, sie setzte auch Energie frei. Louise streckte sich und begann sich in den Räumlichkeiten zu orientieren. Sie folgte Janne Lundins Blick zurück in den Korridor. In ihre Richtung hin weitete er sich zu einer rechteckigen Fläche, von der aus mehrere Türen zu Trockenraum, Dunkelkammer, Hobbyraum, Sauna und schließlich zur Waschküche führten, in der sie sich gerade befanden. Außerdem gab es eine weitere Tür auf der gegenüberliegenden Seite, die direkt in den Innenhof führte. Lundin wies auf sie, und Louise nickte.

»Möglicher Fluchtweg«, sagte sie.

»Einer von vielen«, murmelte er.

»Genau.«

Lundin hatte im Übrigen die Vertretung des Chefpostens mit der Begründung abgelehnt, dass er es aus Altersgründen vorzog, sein Leben nicht ausschließlich der Verbrechensbekämpfung zu widmen. Er wollte, so weit möglich, die regulären Arbeitszeiten nicht überschreiten, aber da nahezu alle seine Kollegen sich mehr oder weniger intensiv mit ihrem Job identifizierten, war das Risiko einer Überarbeitung allemal gegeben. So mancher Kollege war im Laufe der Jahre schon die Wände hochgegangen, allerdings noch keiner aus ihrem Team. Dort fanden sie im Allgemeinen rechtzeitig die Tür. Warum es sich so verhielt, hatten sie in der Zwischenzeit immer mal wieder analysiert, und Louise war sicher, dass es auf ihre gute Zusammenarbeit zurückzuführen war. Eine im Grunde kameradschaftliche Einstellung hielt den Arzt und die Krankschreibung fern. Sie wusste, dass das im Zeitalter des Individualismus recht altmodisch klang. Aber es stimmte.

Zwei Scheinwerfer waren in der geräumigen und – den blanken Maschinen und der relativ frischen weißen Wandfarbe nach zu urteilen – erst vor kurzem eingerichteten Waschküche aufgestellt worden. Das grelle Licht brannte in den Augen.

»Es hat sicher Streit um die Waschzeiten gegeben«, sagte

Technik-Benny lakonisch. »Västlund heißt die, die niedergeschlagen wurde«, fügte er hinzu und zeigte auf die Liste an der Wand.

»Ich weiß«, entgegnete Louise und schaute sich die Liste genauer an.

Janne Lundin nickte, während er seine Brille aufsetzte, um besser lesen zu können.

»Man weiß ja, wie zänkisch Weibsbilder sind«, meinte Benny.

»Ist das denn schon sicher?«, kommentierte Louise seine Bemerkung und versuchte dabei nicht allzu spitz zu klingen.

»Sie steht hinter Västlund auf der Waschliste«, erklärte Benny. »Sie war es, die angerufen und die Misshandlung gemeldet hat. Und man kennt das ja ... die Flusen nicht aus dem Flusensieb entfernt, das Waschmittelfach nicht gereinigt und dergleichen mehr. Alles Dinge, über die man sich ärgern kann.«

Louise und Lundin nickten bestätigend. Im Hinterkopf der meisten Polizisten existiert der Verdacht, dass sämtliche Zeugen, die ein Verbrechen melden, potenzielle Täter sind. Auf jeden Fall so lange, bis das Gegenteil bewiesen ist. Dieser simple Gedankengang basiert auf Erfahrung. Außerdem verhält es sich so, dass gewisse Personen – in der Hauptsache Polizisten, die eine Ermittlung starten – die Menschen in zwei Kategorien einteilen: Verhaftete und Nichtverhaftete.

»Eine der Lampen an der Decke ist kaputt«, konstatierte Benny und leitete damit zu einem etwas neutraleren Gesprächsthema über.

Louise sah es. Glassplitter lagen über den Boden verteilt, und die leere Fassung der Neonröhre ragte wie ein nacktes Skelett aus dem Putz.

»Aber die andere funktioniert«, setzte er hinzu. »Zumindest eine der Neonröhren.«

»Wo befindet sie sich übrigens jetzt?«, fragte Louise, zu Lundin gewandt.

»Wer?«, wollte dieser wissen.

»Na, was glaubst du wohl?! Das Opfer, diese Doris!«

»In der Notaufnahme, vermute ich. Oder in der Leichenhalle.«

Sie nickte.

»War es so schlimm?«

»Das weiß ich nicht genau. Sie war bereits weggebracht worden, als ich kam. Der Krankenwagen fuhr gerade ab. Aber frag Gren. Er kam als Erster. Ich hatte den Eindruck, dass es ziemlich schlimm war.«

»Und wo ist Jesper Gren jetzt?«

Janne Lundin zuckte mit den Schultern.

Sie würde sich später darum kümmern, dachte Louise und wandte den Blick wieder in die Waschküche. Ein geflochtener Korb lag umgekippt auf dem Boden. Auf der Anrichte aus rostfreiem Metall erblickte sie neben dem Spülbecken eine schwarze Handtasche, deren Inhalt zum Teil ausgeschüttet war, und über der Kante eines großen Drahtkorbs hing eine Popelinjacke.

Benny glaubte, eine Erklärung geben zu können: »Sie ist vermutlich direkt von draußen gekommen, um die Maschine zu leeren und neue Wäsche einzufüllen, als sie überrascht wurde. Die Jacke hier deutet darauf hin. Sie hat sie wohl ausgezogen, damit sie nicht feucht wird, könnte man annehmen.«

»Oder weil ihr warm war«, ergänzte Louise.

»Ja. Ich wette um einen Zwanziger, dass es ein Streit um die Waschzeiten war. Und wenn das nicht stimmen sollte, handelt es sich wahrscheinlich um Raub. Es ist doch immer dasselbe«, seufzte er wenig enthusiastisch.

»Ja, ja«, entfuhr es Louise, die kaum hingehört hatte.

»Wahrscheinlich Junkies, die sich hereingeschlichen haben, um an ein bisschen Bargeld zu kommen«, spekulierte Benny weiter und verschränkte die Arme vor der Brust, schob die Unterlippe vor und schien für eine Weile abzutauchen. »Dann wollen wir das hier mal abschließen, um endlich nach Hause zu kommen«, sagte er wie zu sich selbst.

»Hast du übrigens ein leeres Portemonnaie gefunden?«, wollte Louise wissen.

»Nein.«

»Wirklich nicht?«

»In der Handtasche befand sich kein Portemonnaie.«

»Okay. Fehlt noch etwas?«

»Weiß nicht. Keine Ahnung, was sie in der Tasche hatte.«

»Nein, natürlich nicht«, sagte Louise lahm. »Dann weißt du also auch nicht, ob sie Geld bei sich hatte?«

»Nein, das ist nur eine Hypothese. Das Altbekannte eben. Ein bisschen Kleingeld lag lose in der Tasche, aber sonst nichts.«

»Soweit ich weiß, zählen Waschküchen zu den Orten, an denen recht häufig Konflikte ausgetragen werden. Letztes Jahr wurden über fünfzig Gewalttaten registriert, die sich in Waschküchen zutrugen«, informierte Janne Lundin sie.

»Tatsächlich?« Benny war aufgeblüht.

»Waren es wirklich so viele?«, fragte Louise zweifelnd.

»Im ganzen Land natürlich. Es ist möglich, dass ich ein wenig übertreibe, aber es waren auffallend viele. Die Leute nehmen keine unnötigen Mühen auf sich. Der alltägliche Lebensbereich ist der naheliegendste«, betonte Lundin, und Technik-Benny nickte zustimmend.

»Ja, vielleicht«, meinte Louise, deren Stimme allerdings tonlos und mechanisch klang. Man merkte, dass sie bereits weitaus konkretere Überlegungen anstellte. »Was hast du noch gefunden?«

»Blutflecken, wie du siehst«, klärte Benny sie auf. »Es hat ziemlich weit gespritzt. Sogar bis an diese Wand hier. Muss sich um massive Schläge mit großer Krafteinwirkung gehandelt haben.«

Er beschrieb eine entsprechende Bewegung in der Luft.

»Und mit was für einem Gegenstand?«

»Keine Ahnung. Wir haben noch nicht so viel Zeit zum Suchen gehabt. Nicht ausgeschlossen, dass die Lampe bei dem Schlag draufgegangen ist.«

Benny beugte sich vor der hinteren Waschmaschine zum grau gestrichenen Betonboden hinunter. Die Trommel stand offen. Auch die Klappe der Maschine daneben war geöffnet, und auf dem Boden davor lag der umgekippte geflochtene Wäschekorb.

»Ist da saubere Wäsche drin?« Janne Lundin nickte in Richtung des Korbes.

»Nein, Schmutzwäsche. Die gehört wahrscheinlich der Zeugin. Derjenigen, die sie gefunden hat, also. Behauptete, dass sie alles, was sie in Händen hielt, fallen ließ, um uns zu verständigen. Das sagte sie jedenfalls. Wer weiß, vielleicht stimmt das ja«, erklärte Benny.

»Ja – vielleicht«, meinte Louise.

Beide Waschmaschinen standen auf Betonsockeln und sahen aus, als fassten sie mindestens fünf Kilo. Ein paar Meter entfernt, auf der gegenüberliegenden Seite, gab es einen Wäschetrockner, der nach wie vor lief.

»Jemand muss sich um die Schmutzwäsche kümmern«, sagte Louise. »Befindet sich Wäsche in den Maschinen?«

»Ja«, sagte Benny. »Die Frau muss damit beschäftigt gewesen sein, diese Maschine hier zu leeren, als sie überrascht wurde«, sagte er und zeigte in Richtung der hintersten Miele. »Ein Teil der feuchten Wäsche liegt hier.« Er wies auf einen weißen Korb. »Vermutlich hat sie es noch geschafft, eine Maschinenladung in den Trockner zu füllen.«

»Wir müssen herausfinden, wem welche Wäsche gehört«, sagte Louise zu Janne Lundin.

»Mit anderen Worten, wer wessen schmutzige Wäsche gewaschen hat«, entgegnete er und entblößte grinsend zwei intakte Zahnreihen.

»Du hast den Nagel auf den Kopf getroffen!«, bestätigte Louise amüsiert.

»Ich werde Erika Ljung bitten, das zu kontrollieren«, schlug er nach dem simplen Prinzip des Delegierens vor.

»Ist sie denn hier?«, wollte Louise erstaunt wissen, da sie sie bisher nicht gesehen hatte.

»Nein, aber sie ist unterwegs. Ich habe sie herbestellt. Sie wird bestimmt bald auftauchen«, sagte Lundin. »Ich dachte, es wäre gut, wenn sie dabei ist«, murmelte er und wandte sich gleichzeitig geniert ab.

Louise nickte zustimmend.

»Okay. Alle werden gebraucht.«

Lundin sorgte ebenso wie Louise dafür, dass Erika Ljung so oft wie möglich mit von der Partie war. Je eher sie sich daran gewöhnte, desto besser. In ihrer Eigenschaft als Verantwortliche musste Louise nur ein Auge darauf haben, dass Erikas Überstundenkonto nicht das Limit überschritt. Sie wollte nicht als Sklaventreiberin angesehen werden, und ebenso wenig wollte sie gleich zu Beginn schon Probleme mit der Rechnungsabteilung bekommen.

Lundin hatte die Funktion eines Mentors für Erika, die dunkelhäutige, schöne Polizistin, übernommen. Und er würde seinen Auftrag gewissenhaft erfüllen. Da konnte sie sicher sein. Ansonsten gestaltete es sich eher schwierig, gute Mentoren für die weiblichen Polizisten zu finden. Die älteren Kollegen unter ihnen wählten spontan und ihrem Geschlecht entsprechend junge Männer, während weibliche Vorbilder unter den Polizistinnen geradezu unmöglich zu finden waren, da sie kaum existierten.

Benny stand immer noch mitten in der Waschküche, als käme er nicht vom Fleck.

»Glaub mir, hier muss es lebhaft zugegangen sein. Sogar auf dem Trockner finden sich Blutspuren. Der Schlag muss ziemlich heftig gewesen sein, wie gesagt.«

In den Rohren an der Wand rauschte Wasser, und durch die beiden Fenster konnten sie Stimmen vom Gehweg vernehmen. Vereinzelt fuhren Autos vorbei. Die rechteckigen Fenster waren direkt unter der Decke quer liegend angebracht. Doch sie waren eher schmal. Es würde nicht leicht sein, durch sie ein- oder auszusteigen, wenn man nicht gerade besonders schmächtig war. Aber auch solche Personen gab es. Sie alle kannten Vesslan, einen mageren, unterentwickelten Mann. Doch der saß im Moment in Haft. Und seine Spezialität waren, soweit sie wussten, nicht gerade Waschküchen, sondern eher Villen, die er in regelmäßigen Abständen aufsuchte und mit ausgesuchtem Geschmack plünderte. Dabei konzentrierte er sich vorwiegend auf kleinere, aber feine Güter wie Schmuck und dergleichen.

»Waren die Fenster geschlossen?«, wollte Louise wissen und sah hoch zu den hellen, mit großen grünen und blauen Punkten bedruckten Gardinen, die vor Einsicht schützten.

»Ja, sämtliche Riegel waren eingehakt. Übrigens kein besonders geeigneter Weg, weder um hinein- noch herauszuklettern. Man kommt nämlich direkt auf dem Gehweg heraus.«

Louise und Lundin verließen Benny und die Waschküche.

»Ich habe mich vorhin bereits ein wenig umgesehen«, sagte Lundin. »Bin ja schon eine Weile hier. Sehr gepflegtes Gebäude, um die Jahrhundertwende gebaut, wie gesagt. Des letzten Jahrhunderts natürlich. Also frühes zwanzigstes. Ursprünglich bestand es überwiegend aus Ein- und Zweizimmerwohnungen, die für die so genannte arbeitende Bevölkerung bestimmt waren.«

»Was du nicht alles weißt.«

»Ich kenne Leute, die hier gewohnt haben«, setzte Lundin hinzu. »Das Haus wurde vor einigen Jahren renoviert. Es handelte sich um eine derart pietätsvolle Renovierung, dass sogar die Zeitungen darüber berichteten. Die verschiedenen Arbeitsabschnitte wurden chronologisch dokumentiert. Ein vorbildliches Beispiel für behutsames Vorgehen im Hinblick auf die Anpassung an einen modernen Standard. Erinnerst du dich nicht mehr?«

Sie überlegte, doch in den letzten Jahren hatte sie nicht allzu viel Zeit zum morgendlichen Zeitunglesen übrig gehabt, denn gerade der Morgen verlief immer ziemlich chaotisch bei ihnen. Hektisches Suchen nach Sportklamotten oder verschwundenen Hausaufgaben und andere banale Tätigkeiten, die das Familienleben so mit sich bringt.

»Nein«, antwortete sie und war ziemlich sicher, dass sie, abgesehen von ihren familiären Umständen, einen Artikel über etwas so Trockenes wie eine Hausrenovierung sowieso überblättert hätte.

»Man hat versucht, so viel wie möglich zu erhalten: Türen, Simse, Kachelöfen. Aber man legte die Wohnungen zusammen. Und zusätzlich baute man den alten Trockenboden zu weiteren Wohnungen um. Ziemlich teuer, glaube ich«, sagte Lundin in einem Ton, der unterstrich, dass die Wohnungen mehr als teuer waren. »Ja, und dann gibt es hier nebenan noch einen Aufenthaltsraum mit Sauna und Dusche, den du vielleicht schon gesehen hast. Und eine Art Klubraum. Weiter hinten im Gang befinden sich die Vorratskeller. Ich werde den Vorsitzenden der Eigentümerversammlung bitten, die Baupläne zu besorgen.«

Sie gingen langsam den Kellergang entlang. Louise empfand eine nahezu sensuelle Geborgenheit neben Jannes wiegenden Schritten. Nichtsdestotrotz war ihr bewusst, dass sie und niemand sonst die heutigen Arbeitsaufgaben würde verteilen müssen. Festlegen, was jeder Einzelne zu tun hatte. Mit anderen Worten: Order geben. Und noch dazu vernünftige.

Gleichzeitig fiel ihr ein, dass sie die Mädchen anrufen und hören musste, ob sie inzwischen nach Hause gekommen waren. Sie kamen damit zurecht, am Abend sich selbst überlassen zu sein, aber nachts wollte sie sie auf keinen Fall alleine lassen. Gabriella, die Älteste, war gerade vierzehn geworden. Sie ging in die siebte Klasse und hatte nur noch wenige Monate bis zum Ende des Frühlingshalbjahres vor sich. Sie war ziemlich genervt von der Schule, und Louise hoffte, dass sich das nach den Sommerferien ändern würde. Gabriella hatte ihr versprochen, sich nicht wegzustehlen und ihre jüngere Schwester Sofia allein zu lassen. Im Grunde würde Sofia schon klarkommen, sie war im Moment sowieso die Vernünftigere von beiden. Doch Louise wollte nicht, dass sie sich einsam fühlte. Auch wenn Sofia ihr mit Bestimmtheit mitgeteilt hatte, dass sie manchmal am liebsten ihre Ruhe hatte. Wie man es auch dreht, so macht man es verkehrt, dachte Louise.

Am nächsten Wochenende sollten die Mädchen bei Janos

sein. Ein Arrangement, das zwischen den Kindern und beiden Elternteilen getroffen worden war. Die Mädchen hatten sich natürlich gewehrt. An und für sich nicht heftig, vielleicht nur pro forma. Allerdings war es nur allzu verständlich, dass sie nicht bei Pia sitzen und Höflichkeitsfloskeln austauschen wollten. Sie wollten ihren Papa lieber für sich alleine haben. Am liebsten hätten sie jedoch, dass alles wieder so wie früher wäre, und sie zögerten nicht, es kundzutun. Louise hatte keine Ahnung, wie diese Gleichung jemals aufgehen sollte. Dementsprechend wand sie sich wie ein Fisch. Wenn die Kinder bei Pia waren, machte sie die Eifersucht rasend, doch sie litt schweigend. Zu allem Übel hatte sie auch noch feststellen müssen, dass Janos ihren Töchtern leidtat. Sie hatten regelrecht Mitleid mit ihm, was Louise allerdings ziemlich ungerecht fand. Schließlich hatte er sie alle im Stich gelassen.

»Der Keller ist ziemlich trocken und gut aufgeräumt«, erwähnte sie, um überhaupt etwas zu sagen und die Gedanken an ihre auseinander gebrochene Familie hinter sich zu lassen. »Bei dem Gedanken an die Anzahl der Wege, die hinunter zur Waschküche und von ihr wegführen, wird mir ganz übel«, fügte sie hinzu. »Insgesamt drei Fluchtmöglichkeiten, wenn man die zwei Treppenaufgänge und die Tür zum Hof mitrechnet«, sagte sie im selben Augenblick, als die Tür aufgerissen wurde und Erika Ljung vor ihnen stand. »Und Verstecke gibt es hier auch jede Menge«, schloss sie, doch Lundin hörte schon nicht mehr zu.

»Mindestens«, sagte er von ferne, während er Erika zulächelte.

Sie stellten sich zwischen Kabel und Koffer, in denen sich die Geräte der Techniker befanden, und teilten die Arbeit unter sich auf, die vor allem darin bestand, die Nachbarn zu verhören. Lundin erhielt Doris Västlunds Wohnungsschlüssel von Benny, der sie in den Taschen ihrer zurückgelassenen Jacke gefunden hatte. Louise und Lundin brachen auf, um sich dort kurz umzusehen.

Es handelte sich um eine geräumige Zweizimmerwohnung

mit hohen Decken und weiß gestrichenen Türen, die geradezu überladen war und dadurch ziemlich eng und klein wirkte.

»Es scheint, als wäre sie aus einem Herrenhaus hierher gezogen und hätte versucht, das gesamte Mobiliar in zwei Zimmern unterzubringen«, brummelte Lundin.

»Pass auf, dass du nichts umreißt«, mahnte Louise ihn, als er versuchte, sich an einem kleinen, ovalen Tisch vorbeizupressen, der übersät war mit Porzellanfiguren – in der Mehrzahl Hunde.

»Es scheint dänisches Porzellan zu sein«, erwiderte er, während er auf die gutmütig dreinschauenden Vierbeiner hinunterstarrte.

»Königlich dänisches.«

Sie hatten die Wohnung direkt durch die Küche betreten. Auf der gestreiften Tischdecke standen zwei Kaffeetassen und ein leerer Kuchenteller. Lundin öffnete die Tür des Unterschranks an der Spüle und erblickte im Mülleimer eine Papiertüte mit dem Emblem der alteingesessenen Konditorei Nilssons.

»Heute nichts Selbstgebackenes«, stellte er fest.

»Wie bitte?«

»Die alte Dame hat nicht selber gebacken, sondern bei Nilssons eingekauft.«

»Vernünftig«, meinte Louise und stellte sich auf den handgewebten Teppich im Nebenraum, der eine Art Wohnzimmer darstellte.

»Ich werde Benny bitten, die Becher mitzunehmen.«

»Ja, tu das. Damit wir erfahren, wer unerwartet zu Besuch gekommen ist.«

Die Zimmer lagen in einer Reihe hintereinander. Zum Besuchereingang am anderen Ende der Wohnung gehörte ein kleiner Flur, in dem sich ein Garderobenständer, an dem einige Jacken und Mäntel hingen, eine in der Wand verankerte Hutablage, ein Rokokostuhl mit weinrotem Samtbezug und ein Spiegel mit mattem Goldrahmen befanden. Die dunkelblaue Tapete war mit breiten Goldrändern versehen.

Schweigend gingen sie durch Schlaf- und Wohnzimmer. Nichts war zerschlagen oder aufgebrochen. Keine herausgezogenen Schubladen oder umgeworfenen Gegenstände. Bilder mit Naturmotiven, alle in ähnlichem Stil, hingen in goldenen Rahmen über dem Sofa.

Auf dem Bett im Schlafzimmer lag ein gesteppter Überwurf mit gelben Rosen auf schwarzem Grund. Fast schon wieder modern, dachte Louise. Drei Kissen in unterschiedlichen Gelbtönen waren dekorativ obenauf drapiert. Am Fußende des Bettes stand ein beleuchtbarer Schminktisch, auf dem sich Haarbürsten, Puderdöschen, Parfümflaschen und ein Korb voller Lippenstifte drängten. Über die Kanten fiel ein faltiger Blumenstoff mit roten und rosafarbenen Rosen auf weißem Grund. Zu dem Arrangement gehörte ein mit weißem Kunstpelz bezogener Hocker. Louise war fasziniert und ganz betört von dieser Schwelgerei in weiblicher Eitelkeit. Vor allem aber erstaunte sie, dass dies alles einer älteren Dame gehörte. Sie fühlte sich wie in einen alten Film versetzt. Der Anblick löste bei ihr sogar eine Art Neid aus, der jedoch nicht so weit ging, dass sie unmittelbar nach ähnlichen Möbelstücken in Antiquitätenläden oder auf Flohmärkten Ausschau gehalten hätte. Auf der anderen Seite des Raums, an einem der beiden Fenster, stand ein alter Schreibtisch aus massiver Eiche, dessen Schubladen fein säuberlich verschlossen waren.

»Den Inhalt heben wir für morgen auf«, entschied Louise.

»Es muss die Alte aus der Wohnung über der Waschküche gewesen sein«, sagte die junge Frau mit selbstsicherer Miene. »Entschuldigen Sie, wenn ich das sage, aber sie ist wirklich eine widerliche Person. Einmal hat sie die Maschinen mitten während des Waschprogramms gestoppt und die nasse Wäsche auf die Spüle gelegt, nur weil es ein paar Minuten nach neun Uhr war. Und das ausgerechnet bei mir, die ich Kleinkinder habe! Wo die Wäscheberge wachsen, dass man dabei zusehen kann. Aber das begreift sie nicht. Sie ist so verdammt egoistisch.«

»Sie dürfen also nur bis neun Uhr abends waschen?«, wollte Louise Jasinski wissen und versuchte mitfühlend zu klingen, um die Aggressivität abzumildern.

»Ja, genau. Sie fühlt sich gestört, behauptet sie, obwohl es doch so schlimm gar nicht sein kann. Leider ist es immer so mit unzufriedenen Menschen. Sie besitzen null Toleranz«, ereiferte sie sich und sah dabei selbst alles andere als zufrieden aus.

Ein ungefähr dreijähriges Mädchen saß auf ihrem Schoß.

»Sie heißen Andrea Wirsén, sagten Sie«, wiederholte Louise und notierte den Namen.

Sie saßen in der Küche. Geschirr mit Essensresten stand auf dem Tisch, und ein schwacher Geruch nach Gebratenem hielt sich im Raum, obwohl eine ansehnliche Deckenhöhe vorhanden und eine große Abzugshaube über dem Herd angebracht war, die den Dunst hätte aufnehmen können. Die Tür zum Zimmer auf der anderen Seite des Flurs war geschlossen. Das Jüngste, ein sechs Monate altes Baby, war erst kurz zuvor eingeschlafen. Sie sprachen leise, Louise flüsterte fast. Sie erinnerte sich nur allzu gut an diese trostlose Zubettbringprozedur. Nach der Zeit, als die Kinder klein gewesen waren, sehnte sie sich wirklich nicht zurück.

Andrea Wirséns Gesichtszüge waren klar und ebenmäßig. Ihr mittelblondes Haar hatte sie zu einem Pferdeschwanz auf dem Oberkopf gebunden, was dazu führte, dass die Haare im Takt ihrer Bewegungen wippten. Sie erzählte, dass sie mit einem Kapitän zusammenlebte. Da Louises Fantasie angeregt wurde, sobald sie das Wort »Schiff« hörte, hatte sie in einer ersten Assoziation gedacht, Andrea Wirséns Ehemann wäre auf den sieben Weltmeeren unterwegs. Doch es stellte sich heraus, dass der Mann die Gotland-Fähre zwischen Oskarshamn und Visby und zwischenzeitlich auch Nynäshamn steuerte. Daran schien nichts weiter auszusetzen zu sein, dachte Louise. Außerdem würde er leichter zu kontrollieren sein.

»Können Sie mit eigenen Worten wiedergeben, wie Ihr heutiger Nachmittag ablief?«

»Es geschah absolut nichts Besonderes«, antwortete Andrea Wirsén spontan. »Was hätte auch sein sollen?«

»Gab es nichts, was Sie zufällig bemerkt haben?«

Andrea Wirsén starrte geradewegs ins Leere, als suchte sie nach etwas Abenteuerlichem in dem relativ eintönigen Tagesablauf mit Kleinkindern.

»Ungewöhnliche Geräusche im Treppenhaus oder jemanden, den Sie sahen, als Sie rausguckten?«, versuchte es Louise.

»Ich habe nicht rausgeguckt«, erwiderte Andrea Wirsén und schüttelte energisch den Kopf, sodass ihr Pferdeschwanz wippte. »Dafür habe ich keine Zeit. Nicht mit den Kindern.«

Sie strich dem Mädchen liebevoll über Stirn und Haare.

»Vielleicht eine Tür, die zuschlug?«

Andrea Wirsén biss sich auf die Unterlippe. Das Mädchen hatte den Kopf an ihre Brust gelehnt und den Daumen im Mund. Es sog so energisch, dass kleine Schmatzlaute zu hören waren. Nach einigen genussvollen Zügen fielen die zarten Augenlider sachte zu. Louise wünschte, sie könnte es ihr gleichtun. Ein kleines Nickerchen halten. Denn vom vielen Sitzen war sie müde geworden.

»Ach, übrigens hat ein Schulkind geklingelt«, sagte Andrea Wirsén unvermittelt.

»Ja?«

»Es wollte Maiblumen verkaufen.«

Louise schrieb.

»Wann war das ungefähr?«

Andrea Wirsén zuckte mit den Achseln.

»Keine Ahnung.«

Louise setzte den Stift erneut an, ohne dass sie etwas aufzuschreiben gehabt hätte, aber sie wollte in Bewegung bleiben, um die Müdigkeit abzuschütteln.

»Und Doris Västlund. Kannten Sie sie?«, wollte sie wissen.

Kopfschütteln.

»Sie hat nicht so viel Aufhebens von sich gemacht. Jedenfalls war sie nicht so mies drauf wie die Frau aus der Wohnung über der Waschküche. Sie hingegen kennen alle. Vielleicht nicht gerade näher, aber jeder weiß zumindest, wer sie ist. Der angebliche Lärm in der Waschküche stand bei so mancher Mieterversammlung auf der Tagesordnung. Wahrscheinlich wohnt sie hier, seitdem das Haus erbaut wurde.«

Das schien Louise eher etwas übertrieben. Die junge Andrea Wirsén hatte vermutlich keinen blassen Schimmer davon, wie alt das Haus tatsächlich war.

»Seit wann wohnen Sie selbst hier?«

Andrea Wirsén nickte in Richtung der Kleinen auf ihrem Schoß: »Seitdem sie auf der Welt ist. Drei Jahre sind es schon. Rund drei Jahre.«

»Ist ja gut«, versuchte Kriminalkommissar Claes Claesson in seiner Eigenschaft als ernstlich beunruhigter Vater seine schniefende Tochter liebevoll zu beruhigen.

Er hatte sie schon etliche Runden durchs Wohnzimmer getragen, während ihr Körper schwer über seiner Schulter hing. Der Fernseher war eingeschaltet. Der Reporter von der Sendung *Rapport* schaute durch die Mattscheibe, sein Mund bewegte sich, aber Claes konnte nicht hören, was er sagte, da er den Ton leise gestellt hatte. Selbst die Bilder aus fernen Krisengebieten zogen lautlos an ihm vorbei. Er hätte genauso gut ausschalten können.

Eine ihm unbekannte Person aus dem Krankenhaus hatte vor einer Weile angerufen und ihm mitgeteilt, dass Veronika später kommen würde. Das hatte er sich zu dem Zeitpunkt bereits selbst ausgerechnet, da sie nicht aufgetaucht war, nachdem er während ihres Einkaufs bei Kvantum mit ihr telefoniert hatte. Irgendetwas musste also dazwischengekommen sein, denn sie war unerreichbar. Ein Verkehrsunfall, eine überfüllte Notaufnahme, eine langwierige Operation. Was auch immer. Es war ihm völlig egal. Im Moment hatte er einzig Augen für das kranke Bündel auf seinem Arm und wollte, dass Veronika so schnell wie möglich nach Hause kam, um Klaras Zustand zu beurteilen und sowohl die Tochter als auch ihn zu beruhigen.

Doch wie es eben so ist mit Pfarrers Kindern und Müllers Vieh.

Klara hatte kurz geschlafen, unruhig und unregelmäßig atmend. Sie war völlig desorientiert aufgewacht, hatte schlaftrunken die Augen geöffnet und verzweifelt versucht zu schreien, bekam jedoch keine Luft. Stattdessen brachte sie nur ein Wimmern zustande. Die Atemgeräusche wurden heftiger und steigerten sich zu einem Pfeifen aus der Luftröhre, was er als Zeichen dafür wertete, dass sie unter Atemnot litt. Oder, genauer gesagt, Schwierigkeiten hatte auszuatmen. Sie brachte gerade mal ein mühsames Röcheln zustande, und er hatte den Eindruck, dass ihr Gesicht eine leicht blaue Färbung annahm. Vielleicht bildete er sich alles auch nur ein, denn er war es nicht gewohnt, sich um Kranke zu kümmern, schon gar nicht um ein krankes Kleinkind.

In diesem Fall handelte es sich außerdem um sein eigenes Kind. Sein erstes und einziges. Sein eigen Fleisch und Blut. Und er litt mit seiner Tochter.

Seine Unterarme umschlossen sicher den Windelpopo, er wiegte sie vorsichtig, um sie zu beruhigen, doch obgleich sie es zu mögen schien, eingelullt zu werden, spürte er, dass es nicht genügte, dass sie weder ruhiger wurde noch leichter atmete. Seine Irritation darüber, dass Veronika nicht zurückkam, nahm zu. Nicht mal auf das Auto konnte er zurückgreifen. Es stand mit ziemlicher Sicherheit auf dem Dienstparkplatz des Krankenhauses. Er würde also ein Taxi bestellen müssen. Seine hauptsächliche Befürchtung aber war, dass er stundenlang in der Notaufnahme zusammen mit anderen kranken Kindern warten müsste.

Sei's drum, beschloss er nach unzähligen weiteren Runden durch das Wohnzimmer mit Klara im Arm. Er traute sich einfach nicht, noch länger zu warten. Konnte es nicht mehr verantworten.

Vor einer guten Stunde hatte er eine Krankenschwester in der Kinderklinik angerufen, die ihm geraten hatte, mit Klara zu kommen, falls ihr Zustand nicht besser wurde oder sich sogar verschlechterte. Und genau das war die Frage: ob es nicht sogar schlimmer geworden war oder zumindest schlimm genug, um kurzfristig einen Arzttermin zu erhalten. Nur: Wie sollte er das als beunruhigter Vater beurteilen können?

Auch egal!, dachte er ungeduldig. Nachdem er sich entschieden hatte, in die Klinik zu fahren, spürte er eine deutliche Erleichterung. Tatkräftig wechselte er Klaras Windel, packte eine Ersatzwindel in den Rucksack und zog seiner Tochter einen frischen Schlafanzug an. Die Farbe um ihre Augen und Wangen herum hatte womöglich einen noch blaustichigeren, durchsichtigen Zug angenommen, befand er, als sie vor ihm auf dem Wickeltisch lag, was ihn in seinem Entschluss noch bestärkte. Sie schaffte es nicht einmal zu protestieren.

Er bestellte ein Taxi, setzte Klara die Wintermütze mit dem Lammfellbesatz auf und wickelte sie in eine Decke.

Als er schließlich in dem etwas ausgekühlten Taxi saß, fragte er sich, warum er nicht früher auf diese Idee gekommen war. Klara schrie weder, noch quengelte sie. Sie hing einfach nur schlaff in seinen Armen. Ihre gesamte Energie benötigte sie zum Atmen.

Er strich ihr sanft über das Gesicht.

»Ist ja gut, jetzt sind wir gleich da«, redete er beschwichtigend auf sie ein.

Veronika Lundborg drückte auf die Cappuccino-Taste.

»Einen schönen Kaffeeautomaten habt ihr bekommen«, sagte sie zu dem Narkosearzt neben sich. »Wohin kann ich das Geld legen?«

Sie suchte nach einer Kaffeekasse.

»Schon okay. Der Chef spendiert.«

»Das ist ja nett! Willst du keinen?«, fragte sie und sah Rheza zum ersten Mal direkt in die fast völlig runden tiefbraunen Augen.

»Nein, danke«, lehnte er höflich ab.

Fast ein wenig zu höflich. Vielleicht traut er sich nicht, dachte sie.

»Oder Tee?«, versuchte sie.

»Nein, vielen Dank«, erwiderte er, und sie wusste nicht, warum sie ihn unbedingt dazu bringen wollte, etwas zu trinken. Vielleicht weil sie ihn in den vergangenen Abendstunden als unterwürfig bis an die Grenze zur Selbstaufgabe erlebt hatte. Sie war sich im Klaren darüber, dass sein Verhalten nicht nur Konflikte mit scharfzüngigen Krankenschwestern auslösen konnte, die ihn herumkommandierten, seine Medikationen infrage stellten und hinter seinem Rücken tuschelten – sie hatte in der Klinik bereits vage Kommentare vernommen, die darauf hindeuteten –, sondern möglicherweise nicht zuletzt sie selbst dazu veranlassen könnte, sich ihm gegenüber vergleichsweise wie ein Bulldozer zu verhalten. Denn sie trat oftmals ziemlich entschlossen und geradezu forsch auf.

Sie saßen im Personalraum der Intensivstation und hatten zum ersten Mal im Laufe des Nachmittags und Abends genügend zusammenhängende Zeit für eine Besprechung. Die grelle Deckenbeleuchtung war gelöscht, und die Leuchtstoffröhre unter dem Hängeschrank in der Kochnische verbreitete ein mildes, indirektes Licht.

»Glaubst du, dass sie es schaffen wird?«, fragte sie den Narkosearzt. Dieser zuckte mit den Schultern.

Zumindest wusste sie selbst, wie sie die Sache einschätzte. Falls die Frau nun wider Erwarten aus ihrer Bewusstlosigkeit erwachte, waren die Aussichten, dass sie vollkommen wiederhergestellt sein würde, nicht besonders rosig. Im schlimmsten Fall eher leichenblass. Sie litt unter umfangreichen Blutungen und Hirnschwellungen.

Aber man konnte natürlich nie wissen.

»Der menschliche Schädel ist wie eine Eierschale«, entfuhr es ihr.

»Vielleicht sollten wir alle mit Helm herumlaufen. Ständig«, entgegnete der Narkosearzt lakonisch. »Doch manchmal erholen sich die Patienten besser, als man ahnt.«

Es war halb neun. Der Krankenwagen mit Doris Västlund, zweiundsiebzig Jahre alt, ohne Bewusstsein und deswegen intubiert und mit provisorischen Gefäßzugängen und in diesem Fall sogar Arterienklemmen versehen, hatte sich gerade auf den Weg zur neurochirurgischen Klinik gemacht, wo sie eine hoch spezialisierte Pflege erwartete. Es handelte sich um eine zweistündige Reise mit Blaulicht.

»In der Pressemitteilung müssen wir es lebensbedrohliche Verletzungen nennen«, sagte Veronika mit deutlicher Ironie.

»Ja«, entgegnete der Narkosearzt. »Hast du schon mit der Polizei gesprochen?«

Sie nickte.

»Hab sie kurz über ihren Zustand informiert.«

Rheza schwieg.

Es war Veronikas Aufgabe, als verantwortliche Oberärztin ein oder zwei kurze Sätze zu formulieren, die an die Medien gingen. Mehr war nicht nötig, und außerdem musste die Schweigepflicht eingehalten werden. Sie erklärte Rheza die Zusammenhänge, und er nickte, sagte aber nach wie vor nichts. Mr. Stoneface, dachte sie. Er vermittelte ihr das Gefühl, bereits alles zu wissen und sie an der Nase herumzuführen.

»Du denkst vielleicht, dass ich dir Selbstverständlichkeiten erzähle?«, kommentierte sie sein Schweigen.

»Nein, überhaupt nicht«, entgegnete er und schaute ihr jetzt sogar in die Augen, wenn auch etwas überrascht.

»Ich habe ja keine Ahnung, was du weißt«, entschuldigte sie sich und richtete den Blick auf das Schild an seinem Kittel, auf dem »Parvane« stand.

Als Antwort hob er die Augenbrauen. Das war alles.

»Es ist nicht so leicht für mich zu wissen, welche Informationen du benötigst. Die Abläufe unterscheiden sich ja von Einrichtung zu Einrichtung.«

Genauso gut hätte sie sagen können: von Land zu Land. Hier galt jedenfalls das schwedische Modell. Recht und Ordnung. Eine Art hochtechnologisches Supermodell. Als befände sich der Standard der Krankenpflege in den restlichen Teilen der Welt auf Entwicklungsländerniveau. Sie repräsentierte vermutlich die schwedische Selbstgefälligkeit und Selbstgenügsamkeit, dachte sie, konnte jedoch auf keinen anderen Referenzrahmen zurückgreifen.

»Wo hast du übrigens vorher gearbeitet?«, fragte sie neugierig.

Ihr wurde bewusst, dass sie sich nie danach erkundigt hatte, und ebenso wenig hatte jemand etwas erwähnt. Doch das Interesse wäre auch nicht größer gewesen, wenn er nun aus Umeå, Gävle oder Borås gekommen wäre. Nur sehr wenige Kliniken interessierten sich wirklich dafür, was an anderen Orten passierte. Meistenteils stufte man die Methoden der anderen sowieso als fremd und deswegen bedrohlich ein oder erachtete sie ganz einfach als uninteressant. Es lag eben in der Natur des Menschen.

»Iran und USA«, antwortete er.

Iran, das durfte sie nicht vergessen. Nicht Irak. Hingegen stutzte sie, als sie hörte, dass er in den USA gearbeitet hatte. Sie besaß nur diffuse Vorstellungen vom Gesundheitssystem der USA. Dort hielt man einen hohen Standard, und ebenso war man auch in der weltweiten Forschung führend, doch die Pflege für die ärmeren Mitglieder der Bevölkerung dürfte sich in Grenzen halten.

»Dein Nachname, Parvane, spreche ich ihn richtig aus?«

Er nickte.

»Das bedeutet Schmetterling.«

»Oh, wie hübsch!«

»Frauen können Parvane mit Vornamen heißen«, erklärte er und sah aus, als würde er ein wenig auftauen.

Ihr Gespräch wurde von einer Schwester unterbrochen.

»Der Sohn ist gekommen«, teilte sie durch den Türrahmen mit.

»Weiß er, dass seine Mutter nicht mehr hier ist?«

Die Schwester hob fragend die Schultern. Gleichzeitig piepste der Sucher der Notaufnahme in Rhezas Brusttasche. Er war fast den gesamten Nachmittag zwischen der Notaufnahme im Erdgeschoss und der Röntgenabteilung sowie der

Intensivstation weiter oben im Haus hin- und hergelaufen, je nachdem wo sie sich mit dem Schädeltrauma befanden. Es war ihm sehr daran gelegen, möglichst bei sämtlichen Behandlungsschritten anwesend zu sein.

»Willst du das Gespräch mit dem Sohn übernehmen?«, fragte Veronika hauptsächlich deswegen, um ihn nicht zu überfahren. »Du kannst ja erst mal gucken, was sie in der Notaufnahme wollen.«

Während er nach dem Telefonhörer griff, um die Suchmeldung zu beantworten, dachte sie zum hundertsten Mal an diesem Abend an Klara. Doch schließlich vertraute sie darauf, dass Claes die Situation im Griff hatte.

»Es ist gerade ein Patient hereingekommen«, erklärte Rheza, nachdem er den Hörer aufgelegt hatte. »Nierenschmerzen.«

Er wies mit dem Daumen in Richtung Rücken.

»Nierensteinschmerzen«, präzisierte sie, um ihm ein neues Wort zu übermitteln, und er wiederholte es, indem er lautlos seine Lippen bewegte. »Dann ist es wohl am besten, wenn du dich auf den Weg machst. Die Patienten leiden oftmals unter so starken Schmerzen, dass sie nicht unbedingt warten sollten. Ansonsten hätten wir das Gespräch gemeinsam führen können«, sagte sie und lächelte.

Rheza trottete von dannen.

Eigentlich war sie erleichtert. Sie fühlte sich freier, wenn sie die Angehörigen der Patienten alleine traf. Denn dann hatte sie keine Zuschauer, deren Anwesenheit im Zimmer sie möglicherweise ablenkte.

Sie griff zum Telefon und rief zu Hause an. Die Signale klingelten beharrlich. Es meldete sich keiner.

Ihre Unruhe wuchs.

In der Wohnung über der Waschküche war nach wie vor alles still, stellte Louise fest, nachdem sie mehrfach an der Tür geklingelt hatte. Auf einem Messingschild stand der Name B. Hammar. Wie sie von mehreren Wohnungsinhabern erfahren hatte, musste diese Frau Hammar eine richtige Schreckschraube sein. Doch die Ansichten gingen zum Teil auseinander. Das ältere Paar aus der Wohnung darüber fand, dass sie gar nicht so schlimm war. Louises Neugier war jedenfalls geweckt.

Plötzlich trat ein Mann ins Treppenhaus. Er stellte sich etwas wichtigtuerisch als Vorsitzender der Mietervereinigung, Sigurd Gustavsson, genannt Sigge, vor. Ein rundlicher Ingenieurstyp um die fünfzig, mit dem man keinesfalls einen so heiteren und gleichzeitig altmodischen Spitznamen wie Sigge verband. Er gab sich künstlich bemüht.

»Können wir uns nicht lieber unter vier Augen unterhalten?«, wollte er wissen, während er Louise aufdringlich anblickte. »Wir können zu mir nach Hause gehen. Ich wohne im Nebeneingang«, erklärte er, woraufhin sie quer über den Hof wanderten.

»Ja, es ist ein bisschen schwierig, diese Sache mit der Waschküche«, sagte er einleitend, nachdem sie sich gesetzt hatten. Seine moderne und spärlich möblierte Wohnung vermittelte den Eindruck, als sei vor kurzem jemand ausgezogen, wahrscheinlich seine Partnerin oder Ehefrau. »Die arme Doris ist ganz einfach zwischen die Fronten geraten«, setzte er hinzu und schüttelte den Kopf. »Eine sehr sympathische Frau, die in der Mietervereinigung niemals negativ auffiel. Im Gegensatz zu ihr da unten.«

Er zeigte in Richtung der Wohnung über der Waschküche.

»Können Sie das näher erklären?«

»Vor einigen Jahren haben wir einen umfangreichen Umbau des Gebäudes durchgeführt«, begann er und hielt inne, um nachzurechnen. »Vor acht Jahren war das. In diesem Zusammenhang wurde auch die Waschküche verlegt. Unter die Wohnung von Frau Hammar.«

»Frau Hammar wohnte also schon vor der Renovierung in der Wohnung?«

»Ja. Sie wohnt da schon seit Ewigkeiten.«

Louise sah zweifelnd aus.

»Verstehen Sie mich nicht falsch, ich weiß nicht genau, wie lange, aber sie ist jedenfalls eine derjenigen, die schon am längsten hier wohnen. Einige Jahre länger als wir ... besser gesagt, als ich«, berichtigte er sich.

»Sie wohnen allein hier?«

»Ja, genau. Seit kurzem.«

»Ach so.«

»Seit wir uns getrennt haben, aber das ist eine andere Geschichte«, beeilte er sich zu sagen. »Aber ... wie auch immer. Zurück zu Britta Hammar ... Wie es sich mit der Information über die Verlegung der Waschküche verhielt, kann ich nicht sagen, das fällt in die Zeit vor meiner Amtsübernahme, aber Frau Hammar muss in jedem Fall darüber unterrichtet gewesen sein. Sie behauptet jedoch, dass keiner sie informiert hat. Dass ihr keine Unterlagen darüber vorgelegen haben. Und dass sie die Veränderung in diesem Fall nicht gebilligt hätte. Als die Verlegung der Waschküche dann perfekt war und die Leute nach der großen Renovierung wieder in die Wohnungen einzogen – sie hatten nämlich alle ausziehen müssen –, ja, da veranstaltete die Alte ein mordsmäßiges Gezeter. Aber da war es leider zu spät!«

»Und worin bestand das Problem?«

»Der Lärm. So sagt sie jedenfalls. Die Erschütterungen beim Schleudern und die Geräusche vom Wäschetrockner und was weiß ich noch alles. Behauptet, sie kann nicht schlafen. Aus reiner Höflichkeit empfahl ich ihr Ohrenpfropfen, Sie wissen, diese gelben oder rosafarbenen, die man in jeder Apotheke erhält, aber es fehlte nicht viel, und sie hätte mich geohrfeigt. Sie wurde jedenfalls blass vor Wut und verlangte, dass wir etwas unternehmen sollten. Und dann spielte sie die Platte aufs Neue ab.«

Louise war sprachlos.

»Wie Sie sich vorstellen können, handelt es sich um einen total durchgedrehten Menschen. Nervös bis dorthinaus. Behauptet, dass der Fußboden vibriert. Hat eine Eingabe nach der anderen geschrieben. Beschwerden, Drohungen und ...«

Er hielt inne. Louise wartete gespannt auf eine Fortsetzung, doch er schien seinen Teil gesagt zu haben. Seine Glatze glänzte im Licht der Deckenbeleuchtung und sah aus wie poliert.

»Was wollten Sie sagen?«, hakte sie schließlich nach.

Sigurd Gustavsson schlug mit den Armen um sich, wie um seine Unschuld zu beteuern.

»Ich weiß nicht, was ich hätte tun können, um zu verhindern, dass sie letztendlich durchdrehte und Doris Västlund angriff.«

»Sie meinen, dass sie ...«, sagte Louise und warf einen Blick in den Notizblock, »dass Britta Hammar es getan hat?«

Er schaute sie enttäuscht an. Schien ihren Mangel an Engagement nicht nachvollziehen zu können. Nicht einmal ein Zeichen stiller Freude konnte er der Polizistin entlocken. Zugeknöpfte Type.

»Ja. Es muss so gewesen sein«, sagte er mit Nachdruck und ließ seine Hände fallen.

»Sie haben also beobachtet, wie sie die Misshandlung durchführte?«

»Äh. Nein, aber mein Gott ... das ist doch klar wie Kloßbrühe.«

Es gibt äußerst wenige Dinge, die klar wie Kloßbrühe sind, dachte Louise.

»Kommen wir noch einmal auf die Waschküche zurück. Wie steht es denn eigentlich um den Geräuschpegel?«, wollte sie wissen.

»Was meinen Sie genau?«

»Ist er denn störend?«

Erstaunlicherweise errötete er achselzuckend.

»Nein, nicht sehr. Es kommt eben drauf an.«

»Dann handelt es sich also um reine Einbildung?«

»Tja, einige Menschen sind eben empfindlicher als andere, wissen Sie.«

Das wusste sie. Einige sind eher bereit, zu einem Eisenrohr, einem Werkzeug – oder was sie sonst in die Hände bekommen – zu greifen und damit andere, die zu so etwas niemals fähig wären, zu erschlagen.

»Um auf die Waschküche zurückzukommen«, begann sie erneut mit einer stoischen Ruhe, denn sie konnte die Tragweite des Streites um die Waschküche, auf den so viele hingewiesen hatten und der offensichtlich dazu geführt hatte, dass Frau Hammar mehr oder weniger ausgeschlossen wurde, genauso gut gleich untersuchen. »Was wurde denn daraufhin unternommen?«

»Unternommen?«

»Ja. Um die Isolierung zu verbessern – oder welche Maßnahmen man nun ergreifen könnte.«

»Nichts.«

Nichts, notierte Louise. Sigurd »Sigge« Gustavsson gab sich ziemlich einsilbig, stellte sie fest und richtete den Blick auf sein aalglattes Gesicht. Schwarzer Bart, gestärkter und aufgeknöpfter Hemdkragen. Wenn er keinen Bart getragen hätte, hätte sie wetten können, dass ihm die Schweißperlen auf der Oberlippe stünden.

»Schließlich ist sie ja die Verrückte«, stellte er dann klar.

»Reif für die geschlossene Anstalt, meinen Sie?«

»Nein, um Himmels willen! Sie ist die Redlichkeit in Person. Arbeitet als eine Art Pflegerin irgendwo. In einem Heim für Entwicklungsgestörte, glaube ich. Das ist ja das Merkwürdige. Dass sie es schafft, angesichts ihrer geringen Toleranzbereitschaft mit Menschen zu arbeiten, meine ich. Aber die – mit denen sie arbeitet – stellen wohl nicht so hohe Ansprüche.«

Louise starrte ihn schweigend an. Gleich sagt er was richtig Dummes, dachte sie.

»Aber wir haben immerhin die Zeiten geändert«, bemerkte er dann zufrieden. »Die neue Regelung ist zwar nicht so angenehm für Eltern mit kleinen Kindern, denn ihnen muss ja so häufig wie möglich Zugang zu den Maschinen gewährt werden, aber wir haben einen Beschluss gefasst, dass die Waschküche um neun Uhr geschlossen wird.«

»Ah ja. Nach neun kommt also keiner mehr rein?«

»Doch. Alle haben einen Schlüssel, aber es ist nicht erlaubt, länger als bis neun zu waschen. Alle Maschinen müssen ausgeschaltet sein. Einschließlich des Trockners.«

Louise notierte eine Neun und klappte ihren Block zu.

»Eine reine Routinefrage noch. Was haben Sie heute Nachmittag gemacht?«

»Alibi, nicht wahr? Genau wie in den Fernsehkrimis«, grinste Sigurd Gustavsson selbstsicher und schob stolz seinen Brustkorb vor. »Ich war bei der Arbeit.«

»Und wo?«

»Technische Verwaltung. Abteilung für Wasser und Abwasser.«

Erraten, dachte sie. Ingenieurtyp.

»In der Byggmästaregatan?«

»Ja. Ich bin für Abonnentenfragen zuständig. Ich gebe Ihnen meine Karte«, sagte er und stand auf.

Sie schlug den Block erneut auf und schrieb sich zur Sicherheit seine Büroadresse auf.

»Ansonsten haben wir nur angenehme Mieter hier«, unterstrich er noch einmal. »Denn man will ja nicht, dass die Adresse einen schlechten Ruf bekommt.«

»Nein, natürlich nicht.«

»Außerdem wollen wir die Preise nicht vermiesen. Eine gute Investition.«

Louise nickte.

»Steht denn gerade eine der Wohnungen zum Verkauf?«

»Soweit ich weiß, ja. Aber man sollte vielleicht lieber noch ein wenig warten«, meinte Sigge und erzeugte mit den Lippen einen Schmatzlaut, während er die Augenbrauen hochzog und sich leicht zurücklehnte.

Louise wurde den Eindruck nicht los, dass er jeden Moment vor Selbstzufriedenheit platzen könnte. Es ist übrigens keineswegs sicher, dass die Preise wegen des Vorfalls hier sinken, dachte sie. Manche zieht es förmlich in die Nähe des Makaberen. Vielleicht passiert also genau das Gegenteil, nämlich dass die Preise in die Höhe schnellen. Man kann nie wissen. Auf jeden Fall hatte sie selbst aufgehört, sich zu wundern.

Eine Wohnung hier wäre vielleicht etwas für sie und die Mädchen, für den Fall, dass sie das Reihenhaus nicht halten konnte, auch wenn ihr Vater ihr netterweise versprochen hatte, sie zu unterstützen. Eine schöne Gegend, relativ zentral und dennoch ruhig und nicht allzu weit von der Schule der Mädchen entfernt. Sie würden den Kontakt zu ihren Freunden ohne größere Probleme halten können. Und wenn erst einmal die Waschküche gereinigt war, würde sie mit ihrer Ausstattung als ziemlich modern gelten.

Als ihr jedoch der Streit um die Waschküche wieder einfiel, fanden ihre Träume ein abruptes Ende. Die Unstimmigkeiten würden vermutlich auch nach dem heutigen tragischen Vorfall nicht abreißen, eher würden sie sich weiter zuspitzen, hochgepuscht werden. Der Mensch ändert sich nicht so schnell. Eine eigene Waschmaschine war da doch weitaus angenehmer.

Der Sohn stand mit dem Rücken zur Tür mitten im Raum für Angehörige auf der Intensivstation. Ein großer, hagerer Mann mit aufrechter Haltung und einem penibel ausrasierten Nacken. Der beigefarbene Trenchcoat hing schwer über seinen schmalen Schultern. Das schwarz glänzende, dicke Haar war nach hinten gekämmt. Seine Arme hingen schlaff herunter. Veronika fiel sofort auf, dass er, wie absurd es auch sein mochte, unablässig auf die einzige Wanddekoration des Raumes zu starren schien. Sie bestand aus einer Stoffapplikation auf Sackleinen in unterschiedlichen Rot-, Rosa- und Orangetönen und hing an der hinteren Wand, solange Veronika denken konnte. Sie überschritt mit ihren schrillen Farben nahezu die Grenze des Erträglichen, ein Hohn mitten in allem Elend, doch andererseits waren die meisten Angehörigen, die sich in diesem fensterlosen Raum aufhielten, vermutlich mit ihren Gedanken ganz woanders. Nach dem Äußeren des Mannes zu urteilen, bevorzugte er wahrscheinlich weniger liebevoll komponierte Handarbeiten, eher Werke, die in erster Linie Klasse, guten Geschmack und Reichtum repräsentierten, dachte sie und räusperte sich.

Er wandte sich um. Sie konnte sich des Eindrucks nicht erwehren, dass er nackt wirkte. Verletzlich, trotz der äußeren Rüstung, der blank polierten Schuhe und der einwandfreien Kleidung.

Ebenso fiel ihr auf, dass er sich zögerlich und nur sehr langsam bewegte, fast schwerfällig, sodass sie das diffuse Gefühl überkam, dass sein Verhalten nicht unbedingt ausschließlich mit dem Versuch zusammenhing, in einer schweren Stunde wie dieser seine Emotionen im Zaum zu halten, sondern eher eine Art Demonstration war, von was auch immer. Macht vielleicht. Er schaute sie an, als sei sie ein Geist, der sie in gewisser Weise auch war. Die Botschaft, die sie ihm überbringen würde, war keineswegs angenehm.

»Sie sind der Sohn von Doris Västlund?«, fragte sie einleitend.

Er nickte und streckte ihr seine Hand entgegen. Sie begrüßten sich kurz.

»Ted Västlund«, sagte er mit Bassstimme, und sie stellte fest, dass seine Finger kalt und seine Hände knochig waren.

Sie prägte sich seinen Vornamen ein, was ziemlich leicht war. Ted. Wie Teddybär. Amerikanischer Einfluss.

Sie blieben stehen. Seine Arme hingen nach wie vor an den Seiten herab, die langen Finger ragten aus den Mantelärmeln hervor. Er sagte nichts und stellte auch keine Fragen, die sie in der bewusst hinausgezögerten Pause durchaus erwartet hätte.

Veronika war nach all den Jahren im Krankenhaus einer Situation wie dieser durchaus gewachsen. Soweit man das nun überhaupt sein konnte. Sie wich allem überflüssigen Smalltalk aus, und da sie nicht garantieren konnte, dass sie in diesem Raum ungestört bleiben würden, sagte sie mit sanfter Entschlossenheit: »Wir gehen in ein anderes Zimmer.«

In dem grellen Licht der Neonröhren draußen im Korridor zogen sich ihre Pupillen schmerzhaft zusammen, und sie spürte plötzlich die Müdigkeit hinter ihren Augenlidern, die vor Trockenheit gereizt waren. Während ihres Erziehungsurlaubs hatte sie die Gewohnheit abgelegt, sich bestimmten Aufgaben verpflichtet zu fühlen und sich gezwungen zu sehen, einen Auftrag nach dem anderen mechanisch abzuarbeiten. Aber jetzt lagen noch zwei ganze Tage und Nächte vor ihr. Das war gerade mal der Anfang. Freitagabend. Doch ihr würde nichts anderes übrig bleiben, als eines nach dem anderen anzugehen, dachte sie. Das Wochenende danach hatte sie zumindest frei.

Der Sohn folgte ihr wie ein stummer Schatten. Sie führte ihn zu einem, wie sie annahm, weniger oft genutzten Besprechungsraum, in dem jedoch einige Schwestern um einen rechteckigen Tisch saßen und irgendeine Festlichkeit vorzubereiten schienen. Auf dem Tisch lagen Krepppapier und Luftschlangen ausgebreitet sowie Servietten, die zu Fächern gefaltet waren, vielleicht stellten sie auch Schwäne oder Königskronen dar. Die Wechselfälle des Lebens hätten nicht deutlicher sein können. Die Schwestern schauten verwundert auf, woraufhin Veronika sich entschuldigte und mit dem groß gewachsenen Mann im Schlepptau auf ein freies Dienstzimmer zusteuerte. Sein Mantel raschelte bei jedem Schritt an seinen Hosenbeinen. Seine Ledersohlen knarrten auf dem Linoleum.

Ihr war aufgefallen, dass sein Hemd trotz der relativ späten Stunde tadellos weiß war. Er hatte nicht einmal seinen Schlips gelockert, der wie ein diskretes, dunkles Anhängsel über seiner etwas eingesunkenen Brust lag. Dunkelblaue Seide mit dezenten bordeauxroten, diagonal verlaufenden Streifen. Möglicherweise kam er direkt von einem Abendessen. Hatte sich unerwartet gezwungen gesehen aufzubrechen und wurde Hals über Kopf in einen völlig anderen Sinneszustand versetzt.

Wie immer in solchen Situationen befiel sie das altbekannte nervöse Unbehagen. Keiner gewöhnt sich daran, einen negativen Bescheid zu übermitteln, wenn das Leben die falsche Richtung eingeschlagen hat oder nicht so verläuft, wie es sollte. Das Los jedes Überbringers. Sie befeuchtete ihre Lippen und räusperte sich zurückhaltend, wie um ihre Stimmbänder geschmeidig zu machen, die auf die trockene Krankenhausluft mit der Zeit empfindlich reagierten.

Einerseits wollte sie das Ganze schnell hinter sich bringen, zum anderen empfand sie jedoch ein gewisses Mitgefühl und wollte den Mann so gut es ging auffangen. Deshalb wählte sie ein angemessenes Tempo. Anstatt zu beschleunigen, schaltete sie einen Gang herunter, zügelte ihre Rastlosigkeit und konzentrierte sich bewusst darauf, langsam zu sprechen und ihre Gesten sorgsam zu wählen. Das war wichtig, weil sie dem Sohn der schwer verletzten Frau keine allzu hoffnungsvolle Prognose für die Zukunft geben konnte. Jedenfalls nicht ohne geradeheraus zu lügen. Während sie darüber nachdachte und nach passenden Formulierungen suchte, wies sie Ted Västlund einen Stuhl vor einem überfüllten Bücherregal in dem kleinen Arztzimmer zu.

Vor ihrem inneren Auge sah sie die freiliegende grauweiße Hirnsubstanz inmitten des zersplitterten Schädelknochens.

Sie zog den Schreibtischstuhl zu sich heran und drehte ihn in Richtung des Mannes, während er mit gewohnter Bewegung seine Mantelschöße nach hinten schwang und auf die Sitzfläche seines Stuhls sank. Er zog den Mantel nicht aus. Vielleicht hätte sie ihn bitten sollen abzulegen, ließ es jetzt jedoch auf sich beruhen.

Ebenso konnte sie ihre Botschaft gleich loswerden.

»Ihre Mutter, Doris Västlund, ist ziemlich schwer verletzt, sie ist bewusstlos und wird gerade mit einem Krankenwagen zur Spezialbehandlung in die neurochirurgische Klinik nach Linköping transportiert.«

Ihre Stimme war leise. Sie sah ihn direkt an. Wollte sehen, ob die Worte zu ihm vordrangen, eine Reaktion ablesen, doch er schaute mit leerem Gesicht an ihr vorbei, ohne etwas zu sagen.

»Es tut mir leid, es Ihnen mitteilen zu müssen, aber ihr Zustand ist ernst.«

Sie hatte die Hände in den Schoß gelegt, machte erneut eine kurze Pause und stellte plötzlich irritiert fest, dass er sie direkt anstarrte. Doch sein Blick zeigte keinerlei Reaktion. Er war leer und ausdruckslos, als schaute er eher durch sie hindurch als in ihr Gesicht.

»Wir wissen noch nicht genau, was passiert ist. Man fand sie auf dem Fußboden der Waschküche in dem Haus, wo sie wohnt. Jemand hat sie niedergeschlagen. Es muss irgendwann am späten Nachmittag geschehen sein.«

Stille. Sie sah davon ab, in pedantischer Korrektheit sämtliche Details offen zu legen. Diese Art Informationen hatten oftmals etwas Sadistisches. Es gab Kollegen, die in penibler Manier und ohne jeden Skrupel einen Krebsbescheid mitsamt dem voraussichtlichen Verlauf vor den Angehörigen ausbreiteten. Wer schaffte es schon, eine solche Botschaft entgegenzunehmen?

Folglich äußerte sie sich nicht dazu, was genau geschieht, wenn jemand mit Kraft und vermutlich in Raserei mit einem harten Gegenstand auf einen ungeschützten Kopf einhämmert. Nichts über die Hirnsubstanz oder das übrige Gewebe. Das hatte Zeit, wenn es überhaupt jemals erwähnt werden musste.

»Wir glauben allerdings nicht, dass Ihre Mutter länger dort gelegen hat, bevor sie von einer Nachbarin gefunden wurde«, sagte sie stattdessen wie zum Trost.

Er saß nach wie vor vollkommen unbeweglich auf seinem Stuhl und starrte sie stumm durch seine in dunklen Stahl gefassten Brillengläser an, die ein wenig den Nasenrücken hinabgeglitten waren. Mit einem wohl manikürten Zeigefinger schob er den Steg sachte, wie in Trance, nach oben, ohne Veronika dabei einen Moment aus den Augen zu lassen. Die Manschettenknöpfe waren aus Gold, wie sie erkennen konnte. Mit großen sattgrünen Steinen besetzt.

Er spreizte die Lippen, sah aus, als wollte er etwas sagen, doch außer einer Speichelblase, die in einem Mundwinkel wuchs und plötzlich platzte, brachte er nichts hervor. War er nicht mehr ganz nüchtern und hatte deshalb Schwierigkeiten zu verstehen, was sie sagte? Darauf deutete jedoch nichts hin, weder sein Gang noch sein Atem, den sie im Vorbeigehen wahrgenommen hatte. Vermutlich stand er ganz einfach unter Schock. Und dennoch kam ihr sein reserviertes Auftreten irgendwie beunruhigend, wenn nicht sogar unheimlich vor. Sie wusste nichts über die Beziehung zwischen Mutter und Sohn, doch das konnte warten. Vielleicht sollte sie versuchen, einen professionellen Gesprächspartner, einen Fürsorger oder einen Psychologen zurate zu ziehen. Eventuell sogar einen Pastor, doch das war nicht ganz einfach an einem späten Freitagabend. Schlimmstenfalls mussten sie ihn stationär einweisen. Als letzten Ausweg.

»Es tut mir sehr leid«, wiederholte sie mit gesenkter Stimme. »Natürlich muss es ein Schock für Sie sein.«

Sie bemühte sich, den Mann irgendwie zu erreichen, seine Gefühle anzuregen, sodass er wenigstens eine winzige Reaktion zeigte. Doch es kam keine, außer dass sich sein Mund langsam wieder schloss.

»Haben Sie irgendwelche Fragen?«, wollte sie wissen.

»Tja«, erwiderte er mit undeutlicher Stimme und schüttelte den Kopf, wie um sich selbst zu wecken. »Was soll ich sagen? Doch. Wie wird es mit ihr weitergehen?«

Endlich eine Frage.

»Wir wissen es nicht.«

»Sie wissen es nicht?«, wiederholte er.

»Nein. Im Moment kann niemand prognostizieren, inwieweit sich ihr Zustand verändern wird.«

Veronika sah, wie sich eine senkrechte Falte zwischen den Augenbrauen des Mannes bildete, und wartete auf die häufigste aller Fragen in einer Situation wie dieser. Ein einziges Wort. Warum? Warum gerade sie?

Doch nichts dergleichen kam.

»Nein«, sagte er stattdessen mechanisch.

»Wir kümmern uns intensiv um sie«, betonte Veronika. Was sollte sie auch anderes sagen. »Sind Sie übrigens der einzige Angehörige?«

Er nickte.

»Es gibt also keinen Ehemann?«

»Äh, nein. Sie waren geschieden, seit ich zehn war. Sie lebt allein.«

Veronika überlegte, ob sie das Wort »Misshandlung« besser vermeiden sollte, obwohl es ihr auf der Zunge lag. Doris Västlund wurde extrem roher Gewalt ausgesetzt. Ein wenig mehr, und sie hätte es nicht überlebt. Dann wäre dieser Fall unter die Rubrik Mord oder Totschlag gefallen. Die Spuren ihrer Gegenwehr waren deutlich auf ihren Unterarmen zu erkennen gewesen.

Arme alte Dame.

»Tja«, sagte Ted Västlund zögernd. »Das hätte ich nicht erwartet.«

»Ja.«

So schnell kann es gehen, dachte sie. Von einer Minute zur anderen kann sich viel ändern. Sehr viel sogar. Ein ganzes Leben kann von einem Moment zum nächsten ruiniert werden.

»Was kann ich jetzt tun?«

Die Augen des Mannes waren sanfter geworden. Die Frage glich eher einer Bitte. Er schien also verstanden zu haben, was geschehen war.

»Wir werden Ihnen alle Informationen darüber zukommen lassen, wo sich Ihre Mutter zukünftig befindet. Sie können zu ihr fahren. Darf ich fragen, ob Sie zu Hause jemanden haben, jetzt, wo das passiert ist? Eine Person, die Sie unterstützen kann?«

»Ja, meine Frau. Vielleicht ist sie jetzt noch nicht zu Hause ...« Er schaute auf die Uhr.

»Ach, Sie waren eingeladen?«

Er nickte.

»Und die Nachricht hat Sie dort ereilt?«

Erneutes Nicken.

»Das ist natürlich besonders unangenehm.«

»Ja«, seufzte er völlig neutral.

Veronika empfand eine gewisse Erleichterung. Vielleicht würde sie ihn in einer Weile sich selbst überlassen können. Sie wollte endlich zu Hause anrufen und hören, wie es Klara ging. Außerdem hatte sie den Arztbericht noch nicht diktiert. Er sollte im Hinblick auf ein bevorstehendes Rechtsgutachten möglichst detailliert sein. Plötzlich wurde sie kribbelig.

Er hob den Kopf und richtete seinen Blick auf die dunkle Fensterscheibe. Veronika nutzte den Augenblick, um verstohlen auf die Uhr zu schauen. Fast zehn. Die Zeit war wie im Flug vergangen.

Gerade wollte sie ihn fragen, ob er eine kurzfristige Krankschreibung benötigte, als ihr Sucher piepste. Was die kommende Zeit betraf, würde ihm einiges bevorstehen. Umfangreiche Operationen, Intensivpflege und nicht zuletzt lange Fahrten nach Linköping. Dazu noch einiges an praktischen Dingen, um die er sich kümmern musste. Sie entschuldigte sich, stand auf, griff zum Telefon und wandte ihm den Rücken zu, um in gewisser Weise abzumildern, dass ein Außenstehender ihr Gespräch störte. Sie wählte die Nummer auf dem Display des Suchers.

»Hallo, hier ist Agneta von der Notaufnahme«, plapperte eine ihr wohl bekannte Stimme los. »Kann ich dich kurz sprechen?«

»Ja.«

»Ich hab es auf gut Glück versucht. Wusste ja nicht, ob du noch da bist oder bereits nach Hause gefahren bist. Glaubst du, du könntest uns hier auf der Notaufnahme ein wenig unter die Arme greifen, bevor du gehst? Hier ist total viel los, und es geht nur langsam voran. Und dann haben wir auch noch Viola Blom wieder hereinbekommen. Sie liegt im Moment noch auf einer Trage. Nichts Besonderes, ungefähr dasselbe wie sonst auch. Es zwickt überall, du weißt schon. Sie kommt anscheinend mit der Einsamkeit nicht zurecht. Also überlegen wir, ob wir ihr nicht ein belegtes Brot und Kaffee geben sollen, um sie ein wenig aufzumuntern. Das hilft ja für gewöhnlich. Aber ich wollte dich zuerst fragen, damit ich nichts verkehrt mache. Außerdem dachten wir, da du sie ja gut kennst, dass du sie bestimmt überreden kannst, danach wieder nach Hause zu gehen. Aber wenn er ... ja, der Neue, du weißt schon, wenn er vorher erst noch die dickste Akte der Klinik durcharbeiten müsste, dann würde es ja Ewigkeiten dauern. Dann wären wir sie nicht vor Jahresende wieder los. Aber du kennst sie ja ...«

Schwester Agneta machte eine Pause. Veronika, die mit dem Rücken zu Ted Västlund stand, musste angesichts des Redeschwalls der Krankenschwester lächeln. Gleichzeitig dachte sie über ihre Anfrage nach, was an und für sich unnötig war, denn sie hatte im Prinzip gar keine andere Wahl. Für sie war es eine Selbstverständlichkeit, in der Notaufnahme zu helfen. Aber dennoch wollte sie sich irgendwie eine gewisse Bedenkzeit verschaffen. Das Ganze etwas setzen lassen.

Sie hörte, wie der Mann hinter ihr aufstand.

»Glaubst du, du könntest es schaffen?«, flehte Agneta erneut und holte Luft für weitere Überredungskünste.

»Ich komme, sobald ich kann«, antwortete sie, legte auf und drehte sich um.

»Entschuldigung!«

Sie sah, dass Ted Västlund im Begriff war zu gehen. Zu ihrer Erleichterung wirkte er verblüffend wenig enttäuscht darüber, dass sie ihn kurzfristig vernachlässigt hatte.

»Keine Ursache«, entgegnete er höflich und lächelte sogar ein wenig.

»Ja, jetzt haben Sie über vieles nachzudenken«, rundete Veronika das Gespräch ab. »Es wird nicht leicht werden.«

»Nein«, seufzte er und sah auf sie hinunter.

Ein stilvoller Mann, dachte sie. Aber für ihren Begriff machten seine Schuhe einen allzu gepflegten Eindruck.

»Ach, übrigens«, erinnerte sie sich. »Vielen fällt es schwer, in einer solchen Situation zu arbeiten. Ich kann Sie gerne krankschreiben, wenn Sie möchten.«

»Nein, danke. Das ist nicht nötig«, antwortete er höflich und ohne zu zögern, was sie stutzen ließ.

Sie überlegte kurz, ob sie ihn darüber in Kenntnis setzen sollte, dass es sich bei Doris Västlund um einen polizeilichen Fall handelte, kam jedoch zu dem Schluss, dass sich das von selbst verstand. Er hatte auch nicht weiter danach gefragt. Vielleicht gehörte Rechtspflege zu seinem Beruf. Sie hatte keine Ahnung, in welcher Branche Ted Västlund tätig war.

Und er wusste nicht, welche Art von Schäden seine Mutter davongetragen hatte. Nicht einmal danach hatte er gefragt, fiel Veronika auf, als sie die Treppen zur Notaufnahme hinunterlief.

Viktoria lag auf dem Bett in ihrem Zimmer, dessen Wände ganz in Gelb tapeziert waren. Sie hatte sich eingekuschelt und blätterte, auf der Seite liegend, in einem alten Comic mit Bamse und Skalman, dem starken Teddybären und dem schlauen Schildkrötenmännchen, das sie irgendwo im Durcheinander des Faches unter ihrem Nachttisch gefunden hatte. Sie fühlte sich zu kraftlos, um nach etwas anderem zu suchen, und vor dem Fernseher im Wohnzimmer wollte sie nicht sitzen. Jedenfalls nicht jetzt.

Der knallrosafarbene Wecker tickte geräuschvoll. Das regelmäßige, wohl bekannte Ticken entspannte sie. Als sie vorhin den Kopf angehoben und auf das Zifferblatt geschaut hatte, war es kurz vor halb zehn gewesen. Mama würde erst nach zehn Uhr nach Hause kommen. Die Zeit kroch förmlich dahin.

Sie spürte ihre Plüschtiere im Rücken. Es war, als bildeten sie einen schützenden, abschirmenden Wall um sie. An der Wand aufgereiht, saßen sie dicht nebeneinander mit den Vorderpfoten und -beinen auf dem hellblauen Bettüberwurf, der mit Hunden bedruckt war und zusammengerollt entlang der Längsseite des Bettes lag. Sie verzichtete darauf, täglich ihr Bett zu machen. Denn dann müsste sie jedes Mal alle ihre kleinen Freunde herunternehmen und hinterher wieder zurechtsetzen. Und das würde ewig dauern. Wenn sie Hausaufgaben machte, legte sie sich angezogen der Länge nach auf das regenbogenfarbene Bettzeug, das sie selbst im Katalog hatte aussuchen dürfen, und hatte somit alle ihre Kuscheltiere um sich versammelt.

Jetzt, wo sie ebenfalls angezogen dort lag, versuchte sie nachzuspüren, was ihr eigentlich fehlte. Vor allem ihrem Bauch. Und ein bisschen auch dem Knie.

Die Tür war angelehnt, sodass das Licht der Flurlampe wie ein blaues Dreieck auf ihren flauschigen Teppich fiel. Er war weiß. Oder, besser gesagt, er war weiß gewesen. Aber Lina hatte eine Dose Coca-Cola über ihm ausgeschüttet, worauf sich die dunkelbraune, klebrige Flüssigkeit über die Fransen ergossen und darin festgeätzt hatte. Ekelhaft. Als es passiert war, war sie ziemlich traurig, denn der Teppich war richtig schön und außerdem fast neu gewesen. Mama hatte sie getröstet und gemeint, er würde schon wieder sauber werden. Hoffentlich, denn Coca-Cola war das reinste Gift. Doch Viktoria musste sich selbst darum kümmern, den Teppich auszuschütteln und ihn in die Waschküche hinunterzubringen, was sie allerdings noch nicht getan hatte. Mama hatte ebenfalls noch nicht die Initiative ergriffen, obwohl sie es versprochen hatte. Im Augenblick war sie mit so vielen trivialen Dingen überfordert, wie sie sagte. Jedenfalls zu dem Zeitpunkt, als Gunnar sie verlassen hatte. Und jetzt, einige Monate nachdem die ungeschickte Lina den Teppich bekleckert hatte, hatte Viktoria sich fast an die Flecken gewöhnt. Es kümmerte sie jedenfalls nicht mehr besonders. Der Teppich sah nun eher wie ein Kuhfell aus, fand Lina. Natürlich nicht genau so, das war Viktoria klar. Aber sie konnte jederzeit so tun als ob, denn schwarzweiß gefleckte Kuhfelle waren gerade besonders in Mode, hatte Lina mit flackerndem Blick erklärt, weil ihr wahrscheinlich unheimlich peinlich war, was sie angerichtet hatte. Lina war nämlich höflich.

Der Teppich liegt schief, dachte Viktoria und überlegte, ob sie es schaffen würde, aufzustehen und ihn zurechtzulegen, doch sie blieb liegen. Es war, als hätte alle Kraft sie verlassen.

Sofort nachdem Gunnar sie nach Hause gefahren hatte, hatte sie eine Weile geschlafen. Schon als sie im Flur stand und alles vorbei war, hatte sie gemerkt, wie schwindelig ihr war. Sie schaffte es kaum, die wenigen Schritte zu ihrem Bett zurückzulegen, da fiel sie schon in tiefen Schlaf. Gunnar hatte keinen Mucks von sich gegeben. Er hatte Mama versprochen zu bleiben, dummerweise. Jedenfalls behauptete er das.

Doch jetzt fühlte Viktoria sich besser. Ein wenig zumindest. Obgleich ihr Bauch noch wehtat und druckempfindlich war. Zum Glück war ihr nicht übel, so musste sie sich wenigstens nicht übergeben. Darüber war sie ziemlich froh. Und dennoch war ihr der Hunger vergangen, obwohl sie nicht mehr gegessen hatte als die Zwiebäcke, die Rita ihr angeboten hatte, und die Kekse von der netten älteren Dame, die den Kranz und die Autoblume gekauft hatte.

Es war noch nicht ganz dunkel draußen, aber es dämmerte bereits. Ihre Augen wanderten im Zimmer umher. Sie konnte sich nicht auf ihr Heft konzentrieren, aber das war nicht so schlimm. Sie hatte es schon so oft gelesen, dass sie die Dialoge zwischen dem Bären und der Schildkröte längst auswendig konnte. Also schaute sie sich nur die Bilder an. Die waren in diesem Heft nämlich besonders schön. Bamse und das große Abenteuer. Vor allem, weil es gut ausging.

Um die Laterne vor dem Fenster bildete sich ein Lichtkegel wie ein Heiligenschein. Auf dem Fensterbrett standen immer noch die beiden Dosen mit Bonbons, die sie von Oma geschenkt bekommen hatte und die ihr nicht schmeckten. Sie hatte die Dosen nicht weggeworfen, weil sie noch nicht leer waren, und dass sie nicht leer waren, lag daran, dass nicht einmal Lina die runden, harten, ekligen Bonbons hinunterbrachte. Mama fand, dass sie angenehm nach Ingwer und Veilchen rochen, doch Viktoria und Lina fühlten sich beim Probieren eher an süß riechendes Parfüm und abgestandenen Muff erinnert.

Sie konnte hören, dass es Sport im Fernsehen gab. Gunnar mochte am liebsten Sportprogramme. Autorennen und Fußball. Gerade hatte er eine Bierdose geöffnet. Jedenfalls hörte es sich so an. Jetzt war er im Begriff, das Sofa zu verlassen, und ging auf Strümpfen über den Flur auf die Toilette. Sie spitzte die Ohren. Er spülte, drehte den Wasserhahn kurz auf und zügig wieder zu, öffnete dann die Toilettentür. Im selben Augenblick, als er in den Flur trat, versuchte Viktoria, für den Fall, dass er durch den Türspalt schauen würde, schnell die Augen zusammenzukneifen. Er sollte nicht mitbekommen, dass sie wach war.

Doch sie war nicht schnell genug, denn schon verdeckte sein breiter Oberkörper das Flurlicht.

»Hier liegst du also und liest«, sagte er.

»Ja«, antwortete sie kurz und hielt ihr Heft näher vor das Gesicht, um ihm zu signalisieren, dass sie sehr beschäftigt war.

Doch er blieb im Türrahmen stehen.

»Brauchst du vielleicht Hilfe bei den Hausaufgaben?«, begann er.

»Aber es ist doch Freitag. Ich habe keine Hausaufgaben«, sagte Viktoria, ohne den Blick von den Sprechblasen ihres Heftes abzuwenden.

»Ach ja, natürlich! Wie blöd von mir«, lachte er und versuchte dabei kameradschaftlich zu klingen, um im selben Atemzug ins Zimmer zu treten. Er stellte sich auf den Coca-Cola-Fleck und schaute zu ihr hinunter.

»Und wie geht es dir jetzt?«

»Gut.«

»Hast du noch Bauchschmerzen?«

Jetzt hatte er sich auf den Rand ihres Bettes gesetzt. Die Matratze wippte.

»Nein, es ist nicht mehr schlimm«, sagte Viktoria steif und tat, als würde sie lesen.

»Nicht mehr schlimm?«

Er rülpste, und sie zog die Knie seitlich zur Brust heran, sodass sie Gunnar beinahe vom Bett stieß. Versuchen konnte sie es zumindest. Doch er war so schwer, dass es natürlich nicht funktionierte. Wie ein Fleischklops hing er auf der Kante.

»Ich muss mir deinen armen Bauch doch mal genauer ansehen«, sagte er und grinste selbstverliebt, so wie sie es überhaupt nicht mochte.

Sie vermied es, ihm in die Augen zu schauen.

»Ich glaube, das ist nicht nötig«, versicherte sie ihm rasch.

»Ich muss doch sichergehen, dass auch wirklich alles in Ordnung ist. Es ist wichtig, verstehst du?«, sagte er und schob ihre eine Hand, die den Pulli festhielt, beiseite, umfasste ihre Knie und drehte sie auf den Rücken.

Sie schüttelte den Kopf, dass ihr Haar auf dem Kissen herumwirbelte, hielt das Heft noch dichter vor die Nase, starrte auf die Seiten und versuchte, sich in die Bilder hineinzuflüchten. Direkt zwischen den Bären und die Schildkröte, in die Gewissheit hinein, den süßesten Teddy auf der ganzen Welt zum Freund zu haben. Mit einem großen Eimer Zauberhonig bewaffnet, würde er ihr das Gefühl vermitteln, dass ihr niemand etwas zuleide tun konnte.

»Wir wissen ja gar nicht, wo du dir überall wehgetan hast und ob du dich nicht doch verletzt hast«, setzte Gunnar hinzu, während sie seinen festen Griff um ihre Knie spürte. »So, nun streck dich schön aus, dass Gunnar dich untersuchen kann.«

Er drückte ihre Knie nach unten. Sie wehrte sich, obwohl sie wusste, dass es keinen Sinn hatte. Nicht wenn er einmal entschlossen war und sich so verhielt wie jetzt. Denn dann ließ er nicht locker und handelte wie ferngesteuert. Sie versuchte, an etwas anderes zu denken, an den Hund, den sie vielleicht irgendwann in naher Zukunft geschenkt bekommen würde. An all ihre Tiere, die ihr sofort zu Hilfe geeilt wären, wenn sie nur gekonnt hätten. Das Schlimmste war jedoch, dass sie sich vor ihnen schämte. Dass all ihre Freunde mit ansehen mussten, was er mit ihr machte. Das war bestimmt nicht gut für sie.

Aber nichts half. Ihre Gedanken irrten planlos umher, während Gunnars Finger über ihre Brustwarzen, die sich wie winzige flache Knöpfe anfühlten, und über ihren Bauch wanderten. Immer weiter. Ihr Herz klopfte so wild, dass ihr angst und bange wurde. Sie biss sich auf die Innenseiten der Wangen, bis es wehtat und sie nicht mehr denken musste und alles um sie herum weiß wurde und die Zeit hoffentlich einen Sprung nach vorne machen würde. Nämlich bis danach. Bis alles vorbei sein würde. All das, was sie so sehr mit Scham erfüllte.

»Nun wollen wir mal sehen«, sagte er mit belegter Stimme und grinste dümmlich. »Hier haben wir ja den armen Bauch, wie ich fühle.«

Er legte seine schwere Hand auf ihren Bauch und drückte, nicht besonders fest, aber dennoch unangenehm. Der Fahrradlenker hatte sich mitten in ihren Nabel gerammt, und sie war dumm genug gewesen, es Gunnar zu erzählen. Sonst wäre er vielleicht nicht auf die Idee gekommen, sie untersuchen zu wollen. Jedenfalls nicht heute. Sie verfluchte sich selbst. Und weil es sowieso schon wehtat, wagte sie nicht, zu treten oder zu schreien, denn dann würde vermutlich alles noch schlimmer werden.

Völlig unbeweglich lag sie auf dem Rücken, die Beine auf die Matratze gepresst. Sie starrte geradewegs an die Decke und hoffte, dass Mama jeden Moment den Schlüssel ins Schloss stecken würde.

»Und nun wollen wir sehen, wie es mit dem armen Bauch weiter unten ist. Dort müssen wir ihn ja auch untersuchen, wie du sicher verstehst.«

Seine belegte Stimme drang irgendwo aus der Ferne, wo keiner hinkam, zu ihr. Und dann spürte sie, wie er ihr die Hose öffnete und flink wie ein Wiesel seine Hand in ihre Unterhose schob. Herumfingerte und wühlte und sie dabei festhielt.

Als Mama nach Hause kam, saß Gunnar vor dem Fernseher. Mama war unglaublich froh, dass er gewartet hatte, bis sie kam, und so nett war, Viktoria nicht allein zu lassen. Sie wiederholte es mehrmals. Mama träumte nämlich davon, dass Gunnar seine Sachen nehmen und wieder zu ihr zurückziehen würde, auch wenn sie Eva am Telefon davon nichts sagte. Es nicht zugeben wollte und stattdessen das Gegenteil behauptete. Nämlich dass Gunnar ein großer Schweinehund war.

Viktoria dachte darüber nach, während sie immer noch mit dem Comic auf dem Bett in ihrem Zimmer lag.

Jetzt konnte sie es endlich wagen einzuschlafen.
Vielleicht.
Ihr Körper fühlte sich schwer und schlapp an. Sie schaffte es nicht aufzustehen. Hatte keine Kraft, sich auszuziehen und ihre Zähne zu putzen.

Die Nachtluft war frisch und voller Sauerstoff. Louise atmete tief durch und warf einen kurzen Blick gen Himmel. Sterne waren nicht zu sehen. Sie stand mitten auf dem mit Kopfsteinpflaster belegten Hof und ließ den Blick über die kaum erkennbare Hausfassade schweifen. Die Lampen über den beiden Eingängen leuchteten.

Sie fühlte sich überhaupt nicht müde, obgleich es auf zehn Uhr zuging und es an ihr zehrte, so vielen Menschen hintereinander zuzuhören. Sich ihr Gerede über die zunehmende Kriminalität anzuhören, dass die Polizisten von heute nicht das taten, was von ihnen verlangt wurde, dass die Ressourcen zu gering waren, dass sie nur auf ihren breiten Ärschen auf der Wache saßen und dass sie jetzt endlich beweisen sollten, ob sie zu etwas taugten. Vor allem sie. Doch damit war nur eine Person ganz ungeniert herausgerückt, gerade so, als sei sie, Louise, besonders darauf getrimmt, derlei Äußerungen zu ertragen. Vielleicht war sie das auch in gewisser Weise, denn sie hatte schon öfter Ähnliches zu hören bekommen. Doch ebenso hatte sie gelernt, selektiv zuzuhören. Vielmehr störte sie sich an dem aufgeblasenen Typen, der das gesagt hatte. Eine Art Handlanger in irgendeinem Büro mit dem fantasielosen Namen Eilert schien es außerordentlich zu genießen, ihr diese »Wahrheit« über sie selbst zu unterbreiten. Oder, besser gesagt, über ihre Berufsgruppe. Und womit hatte er selbst dienen können?, fragte sie sich. Eigentlich mit gar nichts. Ein klassischer Wichtigtuer, ihrer Meinung nach. Außerdem hatte er definitiv nichts zu den Ermittlungen beizutragen. Sie würde ihn also nicht unbedingt wiedertreffen.

Und dann der ganze Tratsch und Klatsch, den die Nachbarn mit dem größten Entzücken verbreiteten. Grob gesehen, konnte man sie in zwei Gruppen einteilen: die Gruppe derjenigen, die Britta Hammar, die Mieterin oberhalb der Waschküche, verdächtigten, und die andere, die zu ihr hielt. Die Verteilung nahm sich jedoch recht ungleich aus. Die Mehrheit war dem Gruppenzwang verfallen und mied mehr oder weniger die Frau, die noch nicht angehört worden war.

Sie war den ganzen Abend lang nicht zu Hause gewesen, doch jetzt konnte Louise Licht in ihrem Küchenfenster brennen sehen.

Der Waschküchendrachen.

Louise musste über ihren völlig befangenen Gefühlsausbruch lächeln. Wenn man keinen Ärger hatte, so musste man sich eben welchen schaffen.

In den Fenstern der Möbelwerkstatt war es ebenfalls dunkel gewesen. Freitags war, dem Schild an der Tür nach zu urteilen, die Öffnungszeit etwas kürzer. Allerdings hatte ein Nachbar bemerkt, dass am Nachmittag jemand dort gewesen war. Nach Aussage des Mannes, der im Übrigen einen vernünftigen Eindruck machte, brannte Licht, als er zufällig aus dem Fenster geschaut hatte. Er konnte es natürlich nicht mit Sicherheit bezeugen, und das konnte auch keiner der anderen Hausbewohner, wie es schien.

Und dann war ein Mädchen aus der Werkstatt gekommen, erzählte derselbe Mann. Kurz danach war es dunkel in den Räumen geworden.

Ein Mädchen.

Wer sie nur sein mochte? Handelte es sich vielleicht um dasselbe Mädchen, das dem netten älteren Ehepaar Maiblumen verkauft hatte?

Louise brauchte sich im Augenblick nicht den Kopf darüber zu zerbrechen. Soweit sie sich erinnerte, hatte keiner, nicht ein Einziger, spontan etwas Unvorteilhaftes über die Frau geäußert, die die Werkstatt betrieb.

Sie kreiste mit den Schultern, um sich zu entspannen, während sie auf die anderen wartete. Erika Ljung tauchte als Erste auf.

»Die Frau über der Waschküche ist gerade nach Hause gekommen«, informierte Erika sie und blickte zum Küchenfenster, in dem eine Halogenlampe ein bläuliches Licht verbreitete.

»Ja, jetzt brennt Licht bei ihr«, bestätigte Louise und schaute in ihren Block. »Sie heißt Britta Hammar.«

»Ziemlich viele reden schlecht von ihr. Einige haben sie bereits regelrecht verurteilt.«

»Ich weiß. Schaffst du es noch, sie anzuhören?«, wollte Louise wissen. »Es wäre sehr hilfreich, wenn du es machen könntest. Ein kurzer Eindruck reicht. Und dann sehen wir uns morgen Früh um acht.«

»Ja, klar!«

Erikas weiße Zähne leuchteten in der Dunkelheit.

»Ich mache mich dann auf den Weg ins Präsidium. Wollte nur noch auf Lundin und Gren warten.«

»Okay«, entgegnete Erika gutmütig und ging auf die grüne Tür zu, die zum Treppenhaus führte.

»Glauben Sie, dass Sie jetzt in der Lage sind zu erzählen?«, wollte Peter Berg wissen.

Astrid Hård nickte und führte den Becher mit heißem Tee zu den Lippen. In ihr Gesicht war wieder etwas Farbe zurückgekehrt.

Er saß auf der anderen Seite des Schreibtisches, bereit, ihr zuzuhören. Seine leuchtend blauen Augen betrachteten sie erwartungsvoll. Alles, was sie sagen würde, war von großem Wert. Das hatte der wohlwollende Polizist mit den vernarbten Wangen betont.

Sie richtete sich auf und stellte den Becher mit einer langsamen und umständlichen Bewegung auf dem Schreibtisch ab, als würde sie in einem Theaterstück mitwirken. Ihre Hand zitterte leicht vor Aufregung.

»Wo soll ich anfangen?«, fragte sie einleitend und blinzelte durch die dunklen Wimpern.

»Sie können anfangen, wo Sie wollen«, erwiderte der Polizist großzügig.

Also konnte sie alles genau so erzählen, wie es ihr sinnvoll erschien. In diesem Fall war sie diejenige, die bestimmte, dachte sie.

»Aber ich möchte, dass Sie die Situation so präzise wie möglich wiedergeben. Alles, was Sie erlebt haben. Erzählen Sie, was Sie tatsächlich gesehen und gefühlt haben, ob Ihnen irgendein Geruch aufgefallen ist und in welcher Stimmung Sie sich befanden. Es hat sich gezeigt, dass man auf diese Weise am meisten verwertbares Material erhält. Informationen, die für uns Polizisten von großer Bedeutung sein können«, erklärte er.

Sie räusperte sich und schaute aus dem Fenster. Die Straßenbeleuchtung lockerte die Dunkelheit etwas auf. Man konnte erstaunlicherweise erkennen, dass der Frühling im Anzug war. Der Himmel hatte nicht mehr diese kompakte Schwärze.

Astrid Hård wog die Worte in ihrem Kopf ab und formulierte im Stillen verschiedene Einleitungen. Wo sollte sie beginnen, wenn nicht ganz am Anfang? Das würde logischerweise das Beste sein.

»Ja, also. Ich kam mit dem Wäschekorb unter dem Arm in den Keller hinunter«, begann sie. »Vor ein paar Tagen hatte ich eine Waschzeit für fünf Uhr eingetragen, doch ich war ein bisschen spät dran und hatte Angst, dass schon jemand anders die Maschinen belegte. Ich wollte doch morgen wegfahren...«

Sie brach ab.

»Wie soll ich denn das nur hinkriegen?«, platzte es aus ihr heraus, und ihr Blick wurde wild.

Peter Berg sah sich gezwungen, die Frau ihm gegenüber so gut es ging zu beruhigen.

»Wollten Sie denn weit wegfahren?«

»Nein, nur übers Wochenende nach Göteborg. Samstag und Sonntag also. Vielleicht bis Montag, da ich sowieso noch Überstunden abbummeln muss. Ich wollte mich mit Freunden treffen.«

»Es wird sicher nichts dagegen sprechen«, besänftigte er sie.

»Und wenn ich nun aber keine Lust mehr habe?«

Ein Paar aufgewühlte Augen starrte ihn an. Sie zog die hellgelbe Decke dichter um ihren Körper, als wäre sie plötzlich wieder ein Kleinkind.

»Sie können ja abwarten, wie es Ihnen morgen geht, und sich dann entscheiden«, sagte Peter Berg mit beherrschter Milde, denn, ehrlich gesagt, begann sie ihn so langsam zu nerven.

»Und die Wäsche?«, wollte sie mit derselben vorwurfsvollen Verzweiflung wissen, als stünde sie unmittelbar vor dem Weltuntergang. Und wiederum sah er sich gezwungen, ihr zu helfen. Oder, besser gesagt, der Wäsche.

»Ja?«

»Die Kleidung liegt bestimmt immer noch dreckig in der Waschküche«, brachte sie hervor, während ihre schriller werdende Stimme einen anklagenden Ton annahm und Peter Berg einsah, dass diese fünfundzwanzigjährige junge Frau, die er eigentlich ganz süß fände, wenn sie nicht einen irritierenden Mangel an innerer Stabilität aufwiese, definitiv aufgeschmissen war, wenn ihre Belastbarkeit auf die Probe gestellt wurde. Trotz des vorsichtigen Umgangs mit ihr und seiner nahezu unendlichen Geduld hatte ihre Unruhe eher zugenommen. Sie saßen nun schon ein paar Stunden hier, und er hatte sie nach besten Kräften umsorgt, doch es schien, als reichte es immer noch nicht.

»Wir werden dafür sorgen, dass sich jemand in irgendeiner Weise um die Wäsche kümmert. Sie brauchen sich nicht zu beunruhigen«, sagte er zum hundertsten Mal an diesem Abend. »Wir werden Ihnen helfen, so gut wir können. Und Sie wissen ja«, lächelte er, »dass Sie eine wichtige Person für die Ermittlungen sind.«

Sie verzog das Gesicht. Er konnte nicht ausmachen, ob sie das zufriedener stimmte. Ohne Zweifel wurde ihr im Augenblick jede Menge Aufmerksamkeit zuteil. Viel mehr war kaum noch möglich.

»Was passierte also, als Sie mit dem Wäschekorb in den Keller gingen?«, nahm er den Faden wieder auf und versuchte, sie in die Wirklichkeit zurückzuholen.

Sie verdrehte die Augen und schnappte etwas beleidigt nach Luft, sah aber so aus, als wolle sie ihren Bericht fortsetzen.

»Also, wir haben in unserem Haus nämlich die Regel, dass es nach zwanzig Minuten Verspätung jedem anderen freisteht, die Maschinen zu benutzen. Auch wenn man sich nicht eingetragen hat. Und genau das ging mir die ganze Zeit durch den Kopf. Dass bloß keiner die Maschinen belegt hat!, dachte ich, als ich die Wäsche hinuntertrug. Der Gedanke trieb mich regelrecht die Treppen runter.«

Peter Berg nickte.

»Dann schloss ich die Kellertür auf. Sie ist schwer. Aus Stahl, glaube ich. Es klingt vielleicht blöd, wenn ich sage, dass mir tatsächlich auffiel, dass es nicht nach Müll stank. Da unten im Keller also. Ich dachte daran, weil wir den Müll nicht mehr unten, sondern draußen auf dem Hof deponieren. Ich war positiv überrascht, dass es ... ja, wie soll ich sagen ... vielleicht nicht gerade angenehm, aber dennoch nach Keller roch. Irgendwie neutral ... Und vielleicht noch nach etwas anderem ...«

»Nach was?«

Sie verstummte.

»Ich weiß es wirklich nicht. Aber nach irgendetwas roch es.«

Erneute Stille. Ihre Gedanken kreisten um den Geruch.

»Wenn Sie nicht draufkommen, erzählen Sie einfach weiter.«

»Ich ging also den Kellergang entlang, und, ob Sie es glauben oder nicht, obwohl ich gehetzt und der Wäschekorb randvoll und ziemlich schwer war, der eine Griff ist außerdem abgegangen, sodass der Korb auch noch schlecht zu tragen ist, hatte ich den Eindruck, dass etwas nicht stimmte.«

Peter Berg gab ihr Zeit, sich zu besinnen und in die Geschehnisse einzutauchen. Doch als sie nicht weitersprach, musste er ihr schließlich auf die Sprünge helfen.

»Etwas stimmte nicht, sagten Sie?«

»Ja, genau. Und was das anbelangt, habe ich meistens Recht. Ich spürte schon, als ich den Fuß in den Kellergang setzte, dass etwas nicht so war, wie es sein sollte«, sagte sie triumphierend.

»Aha«, nickte er.

»Ich kam also in den Keller. Die Tür zur Waschküche stand offen. Das war nicht weiter verwunderlich, auch wenn wir vereinbart hatten, sie geschlossen zu halten. Der Lärm, wissen Sie. Britta Hammar von oben leidet ja ziemlich unter dem Lärm. Alle im Haus behandeln sie ziemlich respektlos, aber keiner hat bisher kontrolliert, wie viel man wirklich in der Wohnung über der Waschküche hört. Niemand nimmt sie ernst, obwohl es nicht gerade lustig sein muss, jede Menge Gedröhne unter sich ertragen zu müssen. Ich versuche zumindest immer daran zu denken, die Tür zur Waschküche zu schließen. Aber einige Mieter denken nur an sich. Besonders die mit kleinen Kindern ...«

Sowohl ihr Blick als auch ihre Gedanken schweiften ab.

»Und zu dem Zeitpunkt stand die Tür also offen?«

»Ja. Und ich hörte das Dröhnen, denn ich weiß noch, dass ich dachte, dass es jetzt auch bis zu Frau Hammar dringen würde.«

»Und wo befanden Sie sich da?«

»Im Kellergang. Er ist ziemlich lang«, antwortete sie und streckte die Arme aus. »Vielleicht zehn Meter.«

»Von wo genau kam das Dröhnen?«

»Von den Waschmaschinen. Nein! Es kam vom Trockner. Er ist am lautesten. Er dröhnt so dumpf. Ich kam also, nichts Böses ahnend, dort an ... auch wenn ich so eine Ahnung hatte, wie gesagt. Und ich merkte, dass es nur schwach aus der Waschküche leuchtete. Die Erklärung sah ich ja dann vor mir. Im ganzen Raum lagen Glassplitter verstreut. Und nicht alle Lampen brannten. Ich kann nicht genau sagen, wie viele Lampen es dort gibt, ich habe nicht nachgezählt, aber dass eine von ihnen kaputt war, konnte ich deutlich erkennen. Das Licht im Kellergang brannte noch, als ich in die Waschküche kam. Es schaltet sich nach einer Weile automatisch ab. Aber zu diesem Zeitpunkt brannte es also, und der Lichtschein fiel durch die Tür direkt auf den Boden. Und was musste ich da erblicken?«

Ihre Augen waren wie zwei große Kugeln aufgerissen.

»Was erblickten Sie?«

»Blut. Oh, es war entsetzlich«, jammerte sie, und Peter Berg nickte.

»Massenweise Blut. Jedenfalls kam es mir so vor. Und dann Doris Västlund. Es war so schrecklich, weil sie sich bewegte. Nicht viel. Es durchzuckte sozusagen ihren Körper, wie bei einem epileptischen Anfall. Nach kurzer Zeit hörte es allerdings auf. Vielleicht nach einer halben Minute oder so. Sie schaute mich die ganze Zeit an. Jedenfalls bildete ich mir das ein. Es war so schlimm, dass ich den Wäschekorb sofort fallen ließ. Sie sah mich an, als sei ich diejenige gewesen, die ihr das angetan hatte, aber sie musste doch wohl begreifen, dass ich niemals so etwas tun würde. Außerdem hatte ich überhaupt keinen Grund dazu.«

Sie hielt inne und betrachtete Peter Berg prüfend, als erwarte sie eine Form der Bestätigung dafür, dass sie nicht im Geringsten verdächtigt wurde. Doch Peter Berg saß schweigend da, nickte ihr zu und hoffte, dass sie weitersprach. Ihr Bericht stockte jedoch erneut.

»Sie sagten, dass Doris Västlund Sie angeschaut hat, was natürlich sehr unangenehm gewesen sein muss. Was geschah dann?«, fragte er.

»Ich bekam Todesangst, denn plötzlich erlosch das Licht im Kellergang, und ich dachte, mein letztes Stündchen hätte geschlagen. Es wurde stockdunkel da draußen. Ich stellte mir vor, wie er in der Dunkelheit lauerte, und war wie gelähmt. Er hätte ja genauso gut mir etwas antun können! Ich hatte solche Angst, dass ich weglaufen oder mich verstecken wollte, aber ich kam nicht vom Fleck. Dann dachte ich, dass es am sichersten sei, die Tür zu schließen und auf Hilfe zu warten. Aber das ging ja auch nicht! Nicht mit ihr, wie sie da am Boden lag. Sie war ja im Begriff zu sterben. Ich wagte nicht zu rufen, sonst hätte ich ein Fenster öffnen und geradewegs zur Straße hinaus um Hilfe schreien können. Doch dann fiel mir ein, dass er ja da draußen stehen und warten könnte, und im selben Atemzug stellte ich fest, dass ich überhaupt nicht ans Fenster herankam. Ich versuchte sogar mehrfach, auf die Spüle zu klettern, rutschte aber jedes Mal wieder ab, bis ich schließlich aufgab ...«

Peter Berg hörte plötzlich seinen Magen knurren und hoffte, dass sie es nicht mitbekommen hatte.

»Sie gaben also auf«, sagte er, um das Knurren zu übertönen.

»Ja.«

»Ja? Aber Sie riefen immerhin bei uns an.«

»Mir wurde klar, dass ich, komme, was wolle, gezwungen sein würde, Hilfe zu holen. Also rannte ich in den dunklen Kellergang zurück, stürzte zum Lichtschalter und raste wie eine Verrückte die Treppe hinauf.«

Sie war ihren Bericht losgeworden und wirkte merklich entlastet.

»Fragen Sie mich nicht, wie, aber irgendwie hat es funktioniert«, fügte sie leise hinzu.

»Sie haben Ihre Sache gut gemacht!«, lobte Peter Berg.

Astrid Hård sah mit einem Mal gestärkt aus, trotz des Schocks.

»Können Sie auch sagen, wohin Sie gelaufen sind?«, wollte er noch wissen.

»Die Treppe hoch. Ich weiß nicht mehr, an wie viele Türen ich geklopft habe. Wahrscheinlich an alle. Aber Birger muss mich gehört haben, trotz seines Alters. Ich habe ziemlich Krach geschlagen. Plötzlich stand er jedenfalls im Treppenhaus und sah aus wie ein Fragezeichen. Ich bin ganz frech in seine Wohnung gestürmt und habe das Telefon an mich gerissen. So ein altes Modell mit Wählscheibe.«

Sie richtete den Oberkörper auf und schälte sich aus der Decke. Ihre Hemmungen schien sie endlich aufzugeben. Ihr Gesicht war hochrot.

»Ja, das war wohl alles«, schloss sie. »Langsam bekomme ich übrigens Hunger.«

»Sie können nach Hause gehen, wenn Sie wollen. Ich sehe zu, dass jemand Sie fährt. Wir lassen dann später von uns hören«, beendete Peter Berg das Gespräch, reichte ihr die Hand und stand auf.

Erika Ljung hielt ihren Polizeiausweis in Richtung der Türöffnung, die sich langsam weitete. Durch eine Brille betrachteten sie verängstigte Augen.

»Ich heiße Erika Ljung und bin Polizistin. Könnten Sie mich bitte hereinlassen?«

Die Tür schloss sich wieder, eine Kette wurde entfernt, woraufhin sich der Spalt erneut weitete. Eine Frau mittleren Alters ließ sie herein. Alles an ihr war ziemlich durchschnittlich, stellte Erika fest. Ihre Größe, die Figur und selbst die Frisur, ein Pagenkopf mit blonden Strähnchen. Sie trug eine schwarze Hose und eine altrosafarbene Bluse darüber. Sie bewegte sich gewandt und sah bedeutend jünger aus, als Erika sie sich aus unerklärlichen Gründen vorgestellt hatte. Vermutlich hatte sie Britta Hammar älter und unbeweglicher eingeschätzt, weil sie die Verunglimpfungen ihrer Person als Hausdrachen, verschrumpeltes Weib und absolute Egoistin im Ohr hatte, aus denen dann in ihrem eigenen Kopf das klassische Modell der griesgrämigen Hexe Form angenommen hatte. Wie der Schreck der Treppenhäuser in schwedischen Schwarzweißfilmen aus den Dreißigerjahren.

Und hier stand sie nun und sah völlig normal aus.

»Sie wollen bestimmt wissen, was ich von Ihnen will«, begann Erika. »Ich möchte Sie zuerst fragen, wo Sie heute Nachmittag und heute Abend gewesen sind.«

Britta Hammar schien nachdenklich.

»Darf man nach dem Grund fragen?«

»Eine Nachbarin wurde brutal zusammengeschlagen. Doris Västlund«, las Erika von ihrem Block ab. »Es handelt sich um reine Routinefragen.«

»Das darf doch nicht wahr sein!«

Britta Hammar zog einen Stuhl zu Erika heran, die sich setzte.

»Ich bin gerade von der Arbeit nach Hause gekommen. Ich weiß also von nichts. Arme Doris.«

Erika bekam alle Informationen, die sie benötigte. Daten zum Arbeitsplatz, der sich in einem Pflegeheim befand, und zu den Arbeitszeiten, die variabel waren. Am heutigen Abend war Britta Hammar von der Spätschicht gekommen.

»Ihnen ist also nichts aufgefallen?«

»Nein. Was hätte mir in diesem Zusammenhang auffallen sollen?«

»Was auch immer. Alles, was über das Gewöhnliche hinausgeht. Aber Sie sagten ja, dass Sie bereits um halb drei von zu Hause weggingen, und wir glauben nicht, dass es vor dem späten Nachmittag geschehen sein kann.«

»Ach so.«

Britta Hammar nahm eine Tube mit Handcreme vom Küchentisch und begann, ihre Hände einzureiben.

»Sie sind ziemlich trocken von dem ewigen Waschen auf der Arbeit«, erklärte sie.

Erika überlegte, ob sie Britta Hammar nach ihrer Meinung zu der aktuellen Lage im Waschküchenkonflikt befragen sollte, ließ es dann aber auf sich beruhen, weil sie keine Ahnung hatte, wie sie es hätte anstellen sollen, ohne dass es eventuell falsch aufgefasst wurde.

»Es hat also jemand bei Doris eingebrochen und sie niedergeschlagen? Das klingt ja abscheulich«, sagte Britta Hammar gefasst. Als sie merkte, dass Erika nicht antworten würde, nickte sie. »Ich verstehe. Sie dürfen nichts sagen.«

»Es geschah nicht in der Wohnung.«

Britta Hammar hielt inne.

»Nicht? Darf man fragen, wo es dann geschah?«

Erika merkte, wie sie nachdachte. Im Treppenhaus, im Hof, draußen auf der Straße, bei einem anderen Nachbarn in der Wohnung?

»Sie wurde in der Waschküche gefunden.«

Britta Hammar hielt die Luft an. Kurze Zeit später folgte die gesamte Geschichte über die Waschküche.

»Sie können gerne wieder vorbeischauen und sich den Lärm anhören«, schloss sie und schien es ernst zu meinen. »Ich weiß, dass Sie als Polizistin anderes zu tun haben, aber ich komme mir recht einsam vor in meinem Kampf.«

Die letzten beiden Worte kamen mit einem gewissen Zittern in der Stimme.

»Hmm.«

»Keiner aus dem Haus hat sich in irgendeiner Weise darum gekümmert. Weder hat man mir geglaubt, noch ist jemand hergekommen, um sich selbst ein Bild zu machen. Stattdessen hat man es vorgezogen, mich als unbequemen Menschen abzustempeln. Eine allein stehende Frau mittleren Alters, Sie wissen schon.«

Erika konnte es natürlich nicht wissen. Noch nicht. Denn sie war zu jung und vielleicht auch zu hübsch.

»Ganz plötzlich hat man im Hinblick auf alles, was um einen herum geschieht, nichts mehr zu sagen. Jedenfalls nicht, wenn man es mit gewissen Herren zu tun hat. Dieser Vorsitzende ist ganz besonders von sich überzeugt«, spuckte sie aus.

»Sie haben nie darüber nachgedacht auszuziehen?«, fragte Erika unvorsichtigerweise und kaute an ihrem Stift.

Britta Hammar schaute sie entrüstet an.

»Nein. Und wissen Sie auch, warum? Wenn andere mir etwas einbrocken, brauche ich ja wohl noch lange nicht auszuziehen«, sagte sie aufgebracht. »Die Waschküche war nicht hier, als ich die Wohnung kaufte. Man entschied über meinen Kopf hinweg, dass sie in andere Räumlichkeiten verlegt werden sollte, damit der Vorsitzende sie nicht selbst unter sich haben musste. Ich fühle mich gründlich betrogen.«

»Ich habe ja nur gefragt, ob Sie darüber nachgedacht haben«, entschuldigte Erika ihren Tritt ins Fettnäpfchen matt.

»Nicht einen Augenblick lang!«

Stellte sich nur die Frage, wie viel dieser alte Konflikt zwischen den Nachbarn nun eigentlich mit den aktuellen Ermittlungen zu tun hatte. Nach Erika Ljungs Auffassung möglicherweise eine ganze Menge. Denn es gibt nichts Gefährlicheres als aufgestaute Gefühle.

»Es liegt auf der Hand, dass die Isolierung zu schlecht ist«, fuhr Britta Hammar in sachlichem Ton fort. »Aber für die Eigentümerversammlung, das heißt, den Vorsitzenden, kommt eine angemessene bauliche Maßnahme nicht in Betracht«, setzte sie mit knallroten Flecken am Hals hinzu. »Und dennoch bin ich der Auffassung, dass, wenn man in der Lage ist, Leute zum Mond zu schicken, es doch möglich sein müsste, eine Waschküche vernünftig zu isolieren.«

»Klingt logisch«, entgegnete Erika Ljung diplomatisch.

»Das ist zumindest meine feste Überzeugung. Wenn der Trockner läuft, vibriert hier oben in meiner Wohnung der Fußboden so stark, dass die Gläser im Schrank klirren.«

»Das muss wirklich unangenehm sein.«

»Aber jetzt habe ich es langsam satt. Nach all den Jahren habe ich endlich Kontakt zum Umweltamt aufgenommen, das verschiedene Messungen veranlassen wird. Das hätte ich schon längst tun sollen. Aber erst einmal vertraut man ja auf die Vernunft seiner Mitmenschen. Auch wenn sowohl der jetzige als auch der vorherige Vorsitzende kein besonderes Interesse an meinem Anliegen gezeigt haben. Der jetzige ist besonders schlimm. Er ist ein richtiger ...«

Britta Hammar hielt inne und verkniff sich das Schimpfwort. Erika konnte »Mistkerl« von ihren Lippen ablesen.

»Also, ich kann jedenfalls behaupten, dass er nie besonders zugänglich war«, änderte Britta Hammar ihre Aussage. »Und wenn man sich erst einmal aufgeregt hat, ist es schwer, sich wieder zu beruhigen.«

Erika Ljung begnügte sich damit, zustimmend zu nicken.

»Das mit Doris tut mir sehr leid«, sagte Britta Hammar daraufhin mit leiser Stimme und kam auf das eigentliche Thema zurück.

»Kannten Sie sie?«

»Nicht näher. Wir haben wohl das eine oder andere Mal im Hof zusammen Kaffee getrunken. Nicht oft ... höchstens zwei- oder dreimal. Sie ist geschieden. Oder ist sie doch verwitwet? Ich weiß es nicht so genau. Jedenfalls hat sie einen Sohn. Das weiß ich mit Bestimmtheit. Sie spricht oft von ihm. Der typische Stolz einer Mutter. Aber viel mehr weiß ich nicht von ihr. Doch, sie arbeitete viele Jahre in einer Parfümerie, bevor sie pensioniert wurde. Man sieht es ihr an. Sehr gepflegt. Und sie ist gerne draußen in der Natur und ist froh darüber, ein Auto zu haben, mit dem sie Ausflüge machen kann.« Sie zögerte kurz. »Wenn mich nicht alles täuscht, hat sie manchmal recht früh am Morgen das Haus verlassen. Als ginge sie zur Arbeit.«

»Ja?« Erikas Stift setzte sich in Bewegung.

»Aber es gibt ja so viele Rentner, die sich ihr Taschengeld aufbessern.«

Erika nickte und schrieb weiter. »Sie haben keine Ahnung, um was für einen Job es sich gehandelt haben könnte?«

Britta Hammar lächelte freundlich. Sie besaß ungewöhnlich ebenmäßige Zähne.

»Nein, keine Ahnung. Da müssen Sie sie wohl selbst fragen«, antwortete sie und achtete sorgfältig auf die Reaktion der Polizistin.

Es wurde still. Die Küchenuhr tickte. Erikas Handy vibrierte in der Hosentasche.

Sie entschuldigte sich, holte es hervor, kontrollierte die Nummer auf dem Display und schaltete es ab. »Wir werden uns vermutlich später noch einmal bei Ihnen melden«, sagte sie dann. »Ich würde nur noch gerne wissen, welche Jacke oder welchen Mantel Sie trugen, als Sie nach Hause kamen.«

»Ja? Wieso?«

»Eine reine Formalität. Wir kontrollieren alle, die sich im Gebäude oder in der Umgebung befanden.«

Erika folgte Britta Hammar durch die beiden hintereinander liegenden Räume ihrer Wohnung in einen Flur, wo sie eine Jacke vom Haken nahm.

»Diese hier«, sagte sie und hielt eine rote Popelinjacke hoch.

Erika steckte ihren Block ein. Draußen roch es nach Frühling. Der Wind war abgeflaut, und es regnete weder, noch hagelte es. Sie spürte eine gewisse Erleichterung. Wie im freien Fall.

Erst am nächsten Morgen, Samstag, musste sie um acht Uhr zur Dienstbesprechung erscheinen. Den restlichen heutigen Abend hatte sie frei. Sie verspürte keine Lust, nach Hause zu fahren. Deshalb setzte sie sich ans Steuer, fuhr von Gamla Väster – oder Orrängen, wie es jetzt hieß – in Richtung Rathaus und Polizeipräsidium. Vielleicht konnte sie noch schnell die Notizen in das Standardformular für Berichte übertragen und schauen, ob Peter Berg noch dort war. Möglicherweise würde er zu einem Bier in einer Kneipe nicht Nein sagen.

In dem Augenblick, als Veronika durch den Eingang der Notaufnahme ins Freie trat, erblickte sie eine ihr bekannte Silhouette, die gerade in der Nähe des Haupteingangs in ein Taxi stieg.

Was suchte Claes denn hier? Sie vermochte nicht, das Taxi zu stoppen, und musste mit ansehen, wie der Wagen hinaus auf den Ringvägen in Richtung Zentrum fuhr.

Die frühlingshafte, leicht feuchte Luft erfrischte sie, als sie zu ihrem Auto lief. Tausend Gedanken wirbelten ihr durch den Kopf, als sie mit quietschenden Reifen auf die Hauptstraße bog.

Als sie schließlich den Wagen auf dem Grundstück parkte, ihn abschloss und die wenigen Schritte über den Rasen zum Haus lief, konnte sie Licht im Küchenfenster brennen sehen.

Auch die Außenbeleuchtung über der Haustür war eingeschaltet.

Vom oberen Stockwerk hörte sie gedämpfte Geräusche. Sie wollte nicht rufen, falls Klara schlief. Also warf sie ihre Jacke über den Stuhl im Flur. Gerade als sie den Fuß auf die erste Treppenstufe setzen wollte, erblickte sie Claes, der auf dem Weg nach unten war.

»Hallo! Wie geht's?«

»Gut. Und selbst?«

Sie machte eine abwehrende Handbewegung.

»Wie geht es Klara, meine ich?«

»Wir beide waren gerade auf einen Abstecher in der Notaufnahme«, antwortete er und sah nicht besonders glücklich aus.

»Und?«

»Tja, es war so weit okay.«

»Und weshalb wart ihr dort? Spann mich nicht auf die Folter!«

Sie gingen in die Küche. Claes stand vor dem geöffneten Kühlschrank, wo er nach einem Bier suchte, was nicht vorhanden war. Veronika sah plötzlich vor ihrem inneren Auge einen voll beladenen Einkaufswagen verlassen vor den Kassen bei Kvantum stehen.

»Sie bekam eine Sauerstoffmaske«, fuhr er fort. »Der Arzt hat vermutet, dass es sich um einen Asthmaanfall handelte.«

»Welcher Arzt?«

»Ich weiß nicht mehr, wie er hieß«, entgegnete Claes und kratzte sich im Nacken.

»Wie sah er denn aus?«

Er hob die Schultern ein wenig und versetzte der Kühlschranktür einen leichten Tritt.

»Ziemlich durchschnittlich.«

»Hieß er vielleicht Rolf Ehrsgård?«, fragte sie auf gut Glück, als ihr einfiel, dass er Dienst hatte.

»Ja, genau.« Claes' Gesicht hellte sich auf. »Ein angenehmer Typ.«

»Ja, er ist ganz okay ...«

Die Diagnose ihrer Tochter war dennoch beunruhigend.

»Asthma!«, wiederholte sie nicht ohne ein Zittern in der Stimme.

»Aber es muss nicht unbedingt erneut auftreten, hat Ehrsgård gesagt. Es kann ein Virus gewesen sein. RS heißt er, glaube ich. Tritt häufig im Winter auf. Aber das weißt du wohl besser als ich, oder?«

»Na ja, der Kurs in Kindermedizin ist schon eine ganze Weile her.«

»Aber da sie bereits aus dem Säuglingsalter heraus ist, besteht keine große Gefahr, behauptet dieser Rolf. Jedenfalls schläft sie jetzt erst einmal tief und fest.«

Er klang nicht im Geringsten irritiert. Veronika fühlte sich ein wenig außen vor.

»Du hättest mich wenigstens anrufen können!«, bemerkte sie.

»Du kannst dich darauf verlassen, dass ich es getan habe.«
Claes schien böse zu werden.

»Wir haben einen Fall von grober Misshandlung hereinbekommen. Es ist nicht mehr viel Hirnsubstanz übrig«, entschuldigte sie sich und überlegte dabei, ob sie nicht doch nach oben gehen und sich mit eigenen Augen davon überzeugen sollte, dass ihre Tochter ruhig schlief, ließ es aber bleiben.

Claes schien die Situation im Griff zu haben.

Er hingegen überlegte, ob er sie nicht etwas zu ihrem Fall fragen sollte, sein Interesse bekunden, ließ es jedoch ebenso auf sich beruhen.

Es ging ihn nichts an. Jedenfalls im Augenblick nicht.

VIERTES KAPITEL

Samstag, 6. April

Gewalt in der Waschküche

Kein ausschließliches
Großstadtproblem

Anlässlich eines Falles von schwerer Misshandlung in einer Waschküche in der Stadt hat unsere Redaktion die Situation im ganzen Land untersucht. Im vergangenen Jahr wurden insgesamt 51 Fälle von Misshandlungen in Waschküchen angezeigt. Der überwiegende Teil von ihnen wurde in Stockholm verübt, aber auch in Malmö gingen mehrere Anzeigen ein, während die übrigen Städte des Landes nicht besonders stark betroffen waren – bis zum heutigen Tag.

»Es handelt sich fast ausschließlich um Konflikte, deren auslösender Faktor die Waschzeiten waren und nicht die Tatsache, dass man vergessen hatte, hinter sich aufzuräumen oder das Flusensieb zu leeren«, sagt Lena Welander von der Polizeipsychologie der Stockholmer Polizei.

Eine Umfrage in den verschiedenen Polizeidistrikten des Landes zeigt, dass Gewalt in der Waschküche am häufigsten in den Großstädten anzutreffen ist. Bedienstete in Växjö, Kristianssstad, Norrköping und Luleå sehen sich mit dieser Problematik nicht konfrontiert.

»Jedenfalls nicht, was die Waschzeiten an sich betrifft. Natürlich erleben wir auch Konflikte in Waschküchen,

doch dabei handelt es sich oftmals um Situationen, in denen Männer mit Hausverbot versuchen, mit ihren früheren Partnerinnen Kontakt aufzunehmen«, meint Lars-Erik Karlsson, Bediensteter der Polizei in Luleå.

Auch in Göteborg kennt die Polizei diese Problematik nicht, während die Kollegen in Malmö mehrfach negative Erfahrungen gemacht haben.

»Ich befasse mich intensiv mit den Anzeigen. Auffallend häufig kommt es zu Handgreiflichkeiten, wenn jemand zum Beispiel seine Wäsche einfach in die Trommel wirft, obwohl sich für die betreffende Zeit ein anderer eingetragen hat«, weiß Bo Ahl, Chef der Polizei in Malmö.

Veronika saß am Küchentisch und blätterte die Samstagszeitung durch. Sie warf einen Blick auf das Foto von dem Gebäude, in dem der Übergriff stattgefunden hatte. Es nahm einen Großteil der Titelseite ein. Am Rand konnte man den hinteren Teil eines Polizeiwagens erkennen. Weiter in der Mitte flatterten die blau-weiß-gestreiften Absperrbänder im Halbdunkel, wahrscheinlich handelte es sich um die Tür zum Keller des Gebäudes.

Die montägliche Besprechung, bei der regelmäßig die Notfälle des vergangenen Wochenendes abgehandelt wurden, würde wohl hauptsächlich von diesem Drama bestimmt werden, schoss es ihr durch den Kopf. Gewalt in der Waschküche. Mein Gott! Die Kollegen würden natürlich neugierig sein. Sie musste also vorher in Linköping anrufen und sich nach dem Zustand ihrer Patientin erkundigen. Bestenfalls würde ihre Lage stabil sein, aber höchstwahrscheinlich gab es keine Hoffnung auf eine gute Prognose. Falls sie überlebte, würde sie mit großer Sicherheit kein normales Leben mehr führen können. Aber wer konnte schon entscheiden, welches Leben lebenswert war?

Ihre Pupillen waren bereits unterschiedlich groß gewesen, als sie in der Notaufnahme eintraf. Die eine weit geöffnet wie die Blende eines Fotoapparates. Zunehmende Schwellung des Gehirns. Quetschungen. Außerdem eine tiefe offene Wunde am Hinterkopf. Die eingedrückte Schädelbasis wies diverse Frakturen auf einer relativ kleinen Fläche auf. Vermutlich verursacht von einem Gegenstand mit geringem Oberflächendurchmesser unter übermäßiger Krafteinwirkung. In gewisser Weise vergleichbar mit dem Vorgehen ihres Vaters, wenn er am Weihnachtsabend eine Kokosnuss mit einem Hammer bearbeitete, nachdem er vorsichtig mit einem Nagel ein kleines Loch gebohrt hatte, um an die Kokosmilch zu gelangen, die er ihr jedes Mal anbot. Sie fand den faden, leicht süßlichen Geschmack jedoch nicht verlockend, im Gegensatz zu dem köstlichen weißen Fruchtfleisch, das sie viel lieber mochte.

Derart starke Aggressionen wegen einer läppischen Waschzeit! Manche schienen nicht mehr ganz bei Trost zu sein. Diese Gewaltbereitschaft kam ihr völlig unverhältnismäßig und regelrecht exaltiert vor. Man sollte sich davor hüten, es überhaupt erst so weit kommen zu lassen.

Der Löffel schabte auf dem Boden des Müslischälchens. Sie stellte die leere Schale auf die Spüle und packte ihre Tasche. Im Haus war es still. Claes und Klara schliefen noch. Klara hatte einiges nachzuholen und musste sich gesundschlafen. Vorhin hatte Veronika an der angelehnten Tür gelauscht. Die verhältnismäßig klaren und rhythmischen Atemzüge ihrer Tochter sprachen dafür, dass sich ihr Zustand verbessert hatte. Und dennoch hatte sie dem Impuls widerstanden, sich zum Kinderbett vorzutasten, ihr über die Pausbäckchen zu streichen und einen Kuss auf die Stirn zu drücken, da die Gefahr, dass sie davon aufwachte, zu groß war. Ebenso ließ sie Claes weiterschlafen, der auf der Seite lag und mit offenem Mund vor sich hin schnarchte.

Über dem Garten lag ein mildes Morgenlicht. Die Wolken hatten sich ein wenig gelichtet, und es würde vermutlich bald ganz aufklaren. Ein Geruch von feuchter Erde schlug ihr entgegen. Kräftig und erfrischend.

Sie schloss ihr Fahrrad auf, schob es über den Gartenweg

und stellte fest, dass die Obstbäume noch nicht beschnitten waren. Claes hatte angekündigt, dass er es in dieser Woche in Angriff nehmen wollte. Sie selbst hatte irgendwann eingesehen, dass sie es aus Zeitgründen ihm weder abnehmen noch ihm dabei helfen könnte, und vorgeschlagen, jemanden kommen zu lassen, doch Claes hatte es abgelehnt. Nun müsste er sich aber allmählich darum kümmern, dachte sie und setzte sich auf den Sattel.

Der Personalraum der Notaufnahme lag genau an der Schnittstelle, an der die beiden Gebäudekomplexe aneinander grenzten. Daher drang so gut wie kein Tageslicht in diesen dunklen Winkel. Doch die Wände waren frisch gestrichen, die Möbel aus hellem Holz und Sofa wie auch Sessel mit taubenblauem Stoff bezogen, sodass die Atmosphäre im Raum keineswegs düster oder beklemmend war. Die Kaffeemaschine blubberte, als der letzte Rest Wasser durch den Filter rann. Veronika goss sich einen halben Becher Kaffee ein.

Es war zwei Minuten nach neun. Rheza Parvane, der inzwischen dunkle Ringe unter den Augen hatte und unrasiert war, wollte möglichst schnell nach Hause. Daniel Skotte, der ihn ablöste, wirkte hingegen wie aus dem Ei gepellt.

»Möchtet ihr auch?«, fragte sie mit der Kaffeekanne in der Hand.

Daniel Skotte nahm einen Becher aus dem Schrank und hielt ihn ihr entgegen.

»Nein, danke«, sagte Rheza genau wie am Tag zuvor, doch heute Morgen hatte Veronika ein gewisses Verständnis dafür.

»Man schläft so schlecht danach«, lächelte sie ihn an. »Gab es heute Nacht viel zu tun?«

»Ihr habt doch diesen Waschküchenfall aufgenommen, oder?«, fragte Daniel Skotte neugierig und gleichzeitig eine Spur neidisch.

Er wäre sicher gerne dabei gewesen, vermutete Veronika. Außergewöhnliche medizinische Fälle sorgten immer für einen gewissen Reiz im Alltagstrott der Notaufnahme. Vor allem für einen relativ frisch gebackenen Arzt, der noch längst nicht mit allen Diagnosen konfrontiert worden war. Ansonsten stellte die Notaufnahme den unbeliebtesten Bereich der gesamten Klinik dar. Nicht umsonst wurde sie »Grube« oder »Grotte« genannt. Und die Kollegen achteten akribisch darauf, dass der Dienst in dieser Abteilung möglichst gerecht unter allen Mitarbeitern aufgeteilt wurde. Und dennoch waren alle Ideen und Vorschläge zur Verbesserung des Images, die im Laufe des Jahres die Runde gemacht hatten, im Sande verlaufen. Sie hatten sich einfach mangels Initiative in Luft aufgelöst. Mit anderen Worten: Alles blieb beim Alten.

»Ich hab in der *Allgemeinen* darüber gelesen. Ist ja unglaublich!«, versuchte Skotte es erneut.

Rheza nickte.

»Wir kommen später darauf zu sprechen«, sagte Veronika, noch bevor Rheza den Mund öffnen konnte. »Du willst dich bestimmt relativ schnell auf den Weg machen und hast wahrscheinlich noch über einige andere Fälle zu berichten, oder?«

»Ja. Ich war mehrfach wach heute Nacht.«

»Du bist also oft aufgestanden?«

»Ja. Eine Art Fest. Mit komischen Kleidern. Viele Leute waren da. Auch viele Promille.«

Veronika und Daniel Skotte tauschten fragende Blicke aus.

»Maskerade«, fiel es Skotte ein. »Verkleidung? Gespenster, Könige, Supermen...!«

Rheza schaute ihn zweifelnd an.

»Zauberer, Hexen... Scheichs«, setzte Daniel Skotte hinzu, doch Rheza blickte ihn nur aus müden und leeren Augen an.

»M-a-s-k-e-r-a-d-e«, sagte Skotte langsam und gedehnt in einem letzten Versuch, wobei er Daumen und Zeigefinger zu Kreisen formte und sie vor die Augen hielt.

»Ja, genau«, nickte Rheza und lachte. »Maskerade. Einige hässliche Menschen, viel Alkohol. Waren gestürzt und hatten sich vielleicht auch gegenseitig geschlagen.«

»Okay. Eine Schlägerei, natürlich. Immer wenn Alkohol im Spiel ist, bleibt die Vernunft auf der Strecke«, kommentierte Veronika trocken. »Und wo haben sie gefeiert?«

»Weiß nicht genau, aber ich glaube, Vergnügungspark.«

»Wahrscheinlich haben sie dort einen Saal gemietet«, schätzte Daniel Skotte.

»Hast du jemanden dabehalten?«, fragte Veronika.

»Nur einen. Kann wohl heute wieder nach Hause gehen«, nickte Rheza. »Hat eine große Platzwunde am Mund. Ich musste nähen. Hat zwei, vielleicht mehr Zähne verloren. Ich weiß nicht genau. Hat Antibiotika bekommen. Sehr hässliche Geschichte. Viel Alkohol, er schläft jetzt. Vielleicht Commotio.«

»Aha«, bemerkte Veronika und sah das übliche Wochenendszenario vor sich. Blutergüsse, ausgerenkte Kiefer, gebrochene Finger, Gehirnerschütterungen. Schlägereien unter Einfluss von Alkohol in rauen Mengen.

»Viele Personen kamen. Freunde im Wartezimmer«, seufzte Rheza. »Ziemlich böse. Sie schrien und wollten reden.«

»Wir bräuchten zusätzliches Wachpersonal an den Freitag- und Samstagabenden«, fand Daniel Skotte. »Einer einzigen Schwesternhelferin kann man ja wohl nicht zumuten, eine Horde wilder, so genannter Freunde, die in ihrem Alkoholrausch im Wartezimmer herumwanken und auch noch aufmüpfig werden, im Auge zu behalten.«

Das Problem war altbekannt. Allerdings hatte sich die Gewaltbereitschaft in der Notaufnahme noch weiter erhöht. Und bisher hatte man immer noch keine Lösung parat. Und natürlich fehlten die Gelder. Wie immer.

»Es wird wohl erst jemand zu Schaden kommen müssen, bevor etwas unternommen wird«, lautete Daniel Skottes Einschätzung.

Bevor Rheza Parvane nach Hause ging, kamen sie auf den Fall der Misshandlung zu sprechen.

»Viel konnten wir nicht unternehmen«, schloss Veronika.

»Traurige Angelegenheit«, entgegnete Daniel Skotte, woraufhin sie sich von Rheza verabschiedeten, den Tresen der Notaufnahme passierten und in Richtung nach oben unterwegs waren, um die Visite auf der Station abzuhalten.

»Wartet mal kurz!«, rief ihnen eine Schwester zu. Sie kamen zurück und erblickten die gewaltige Akte in ihrem Arm. »Viola Blom ist wieder da«, sagte sie und verdrehte die Augen.
»Sorry!«
»Aber ich habe sie doch gerade erst nach Hause geschickt. Gestern war sie noch gesund und munter«, sagte Veronika verwundert.
»Das ist sie heute auch.«
»Täuscht sie wieder Magenprobleme vor?«
Die Schwester nickte.
»Mit anderen Worten, ungefähr dasselbe wie immer.«
»Ja. Möglicherweise ist sie noch etwas magerer geworden. Sie scheint überhaupt nichts zu essen«, sagte die Schwester.
»Hat ihr Sohn sie hergebracht?«
»Nein.«
»Gestern auch nicht«, bemerkte Veronika.
»Er taucht wohl nur auf, wenn sie stationär untergebracht ist«, schaltete sich Daniel Skotte ein.
Alle kannten den Fall Viola Blom. Jedenfalls alle, die lange genug in der Klinik beziehungsweise im Notdienst gearbeitet hatten. Schon viele Ärzte hatten sich mit Enthusiasmus und großer Empathie der Patientin angenommen und geglaubt, eine endgültige Lösung für die zierliche alte Frau parat zu haben. Sie hatten Eingaben an die unterschiedlichsten Institutionen geschickt, an den Bezirksarzt, die Gemeindeschwester, das Sozialamt. Doch alles war letztlich für die Katz gewesen. Der medizinische Befund wurde als zu dünn abgewiesen. Sie litt unter keiner speziellen Krankheit, und körperlich war sie nicht schlechter dran als andere in ihrem Alter, also um die fünfundsiebzig. Ein leicht erhöhter Blutdruck, ein altes, ausgeheiltes Magengeschwür und eine Schilddrüsenerkrankung, die ebenfalls der Vergangenheit angehörte. Noch vor zehn Jahren wäre diese Art von Symptomatik unter die Rubrik »Causa socialis« gefallen, ein Begriff, der heutzutage völlig überholt war. Und jetzt konnten sie unternehmen, was sie wollten,

doch Viola Blom erschien in mehr oder weniger kurzen Abständen aufs Neue. Dem Krankenwagenpersonal war sie bereits bekannt. Die Notaufnahme – und nicht, wie man hätte annehmen können, ihr Sohn – schien ihr einziges Ventil zu sein, ihr Zugang zur Außenwelt. Und diese Tatsache hatte dazu geführt, dass sie sich regelmäßig und unabhängig davon, ob Krankenschwestern oder Ärzte der Meinung waren, dass sie dort hingehörte oder nicht, ins System einschleuste.

Veronika seufzte.

»Genau«, bestätigte sie Daniels Aussage resigniert. »Eigentlich müsste der Pflegedienst seiner Verantwortung gerecht werden. Und vonseiten der Gemeinde müsste ihre Pflegestufe überprüft und möglicherweise korrigiert werden«, stellte sie fest.

»Aber im Augenblick hilft uns das auch nicht weiter«, bemerkte die Schwester.

»Wie viele freie Betten haben wir denn?«, wollte Skotte wissen.

»Vier«, entgegnete die Schwester.

»Können wir sie nicht so lange hier behalten? Ich würde sie dann formell einweisen und mich nach der Visite um sie kümmern«, sagte er.

Veronika warf ihm einen dankbaren Blick zu. Auf ihn war jedenfalls Verlass. Die endgültige Lösung des Problems würden sie eben wie immer auf unbestimmte Zeit verschieben müssen.

»Vertröste du sie so lange mit einer Tasse Kaffee«, trug Veronika der Schwester auf.

Dann setzten sie ihren Weg auf die Station fort.

»Wie sieht's aus, Krümelchen, möchtest du?«

Linas Papa streckte sich über den Tisch und reichte Viktoria eine Toastscheibe, die gerade frisch aus dem Toaster gesprungen war. Heiß und wohl riechend.

Viktoria schüttelte dennoch den Kopf. Sie wollte nichts essen und verkroch sich auf dem Küchenstuhl, wollte lieber im

Erdboden versinken und dort verschwinden wie ein feuchter Fleck.

»Du bist ziemlich blass um die Nase«, scherzte Linas Papa und betrachtete sie prüfend. »Eine kleine Scheibe schaffst du doch wohl, oder? Knabber wenigstens wie ein Mäuschen ein bisschen an ihr herum, damit du nicht völlig vom Fleisch fällst.«

Er legte die Brotscheibe neben sie auf den Tisch.

Linas Papa war nicht so anstrengend wie die Väter anderer Kinder und erst recht nicht so wie Gunnar. Außerdem mochte sie es, wenn Linas Papa sie »Krümelchen« nannte. Wahrscheinlich tat er es, weil sie ein bisschen zierlicher war als Lina. Ziemlich viel zierlicher eigentlich. Sowohl kleiner als auch dünner. Sie nahm es ihm auch nicht übel, wenn er sagte, dass sie so blass um die Nase sei, weil sie wusste, dass er es nicht tat, um sie zu ärgern oder ihr wehzutun. Jedenfalls nicht ernsthaft. Meistens sagte er so etwas wohl, um sie aufzuheitern. Und das gefiel ihr.

Sie überlegte, ob sie von ihrem Fahrradunfall erzählen sollte. Aber was gab es da schon zu sagen? Außerdem hatte sie nicht die Kraft dazu. Ihr ganzer Körper fühlte sich immer noch matt und schlapp an, und ihr Bauch tat weh.

Als sie am Morgen wach geworden war und die Jalousien hochgezogen hatte, war es draußen bereits hell gewesen. Nicht dass die Sonne schien, aber sie hatte den Eindruck, dass sie sich im Laufe des Tages zeigen würde. Solche Tage waren am allerschlimmsten. Sie mochte sie einfach nicht. Das heißt, wenn sie nichts Besonderes vorhatte. Aber das hatte sie heute eigentlich, da sich immer noch einige Maiblumen in ihrer Pappschachtel befanden. Wie in Linas auch. Doch irgendwie war ihr nicht nach Verkaufen zumute.

Gunnars Schuhe standen noch im Flur, und die Tür zu Mamas Schlafzimmer war geschlossen.

Sie fand es ein bisschen langweilig, allein aufzustehen. Auch im Kühlschrank entdeckte sie nichts, worauf sie Lust hatte, außer einem Rest Saft. Sie trank ein Glas, doch es brannte schrecklich im Magen.

Da sie nicht genau wusste, was sie mit sich anfangen sollte, machte sie das, was sie immer tat, wenn sie sich in einer solchen Situation befand. Sie zog sich an und ging zu Lina. Denn dort war immer etwas los, und falls nicht, fand sie es auch nicht weiter schlimm. Dort konnten sie zum Beispiel alle möglichen Comics durchblättern. Linas Brüder besaßen jede Menge Hefte, wie Viktoria gesehen hatte. Und außerdem konnte sie ja die Maiblumen als Vorwand nehmen. Ihre Schachtel hatte sie jedenfalls dabei.

Linas Familie war recht groß, und deshalb war auch meistens etwas los bei ihnen. Es fiel gar nicht auf, wenn sie auch noch dort war. Eine Person mehr oder weniger spielte keine Rolle. Deswegen hielten sie sich auch öfter bei Lina als bei ihr auf. Zu Hause war es einfach nicht so lustig, auch wenn sie ein eigenes Zimmer besaß.

Ihr Fahrrad konnte sie nicht benutzen. Es schepperte wie verrückt, und wenn sie die Pedale bewegte, schleiften und quietschten sie, sodass sie das ganze Viertel aufschrecken würde. Außerdem klemmten sie. Also ließ sie das Fahrrad stehen und ging zu Fuß.

Es war ein ganzes Stück bis zu Linas Haus. Außerdem ein recht langweiliger Weg, auf dem sie inzwischen jeden einzelnen Stein in- und auswendig kannte. Und die Laternenpfähle auch. Sie wusste genau, wie viele es waren. Vierundzwanzig Stück. Sie versuchte zu laufen, um schneller voranzukommen, doch ihr Knie begann zu schmerzen, und ihr Magen geriet in Aufruhr.

Linas Papa trug Pyjamahosen und ein weißes T-Shirt darüber, das über dem kugelrunden Bauch ziemlich spannte. Sein krauses Haar war schwarz, und in seinem Gebiss fehlte ein halber Schneidezahn, den er sich als kleiner Junge abgebrochen hatte, als er die Treppen hinabgestürmt war, wie er selbst erzählte. »Lauft nie die Treppen hinunter!«, warnte er sie stets. »Und wenn ihr doch einmal die Treppen hinunterlaufen solltet, dann lasst nie die Hände in den Hosentaschen!« Daran musste Viktoria jedes Mal denken, wenn sie selbst Treppen hinunterlief. Immer wenn sie sich seinen Sturz vorstellte, verspürte sie geradezu selbst den Schmerz, sodass sie gezwungen war, ihre Lippen schützend über die Zähne zu ziehen.

Linas Brüder aßen Schokopops mit Milch und blätterten nebenher in ihren Heften. Sie schauten kaum auf. Beide waren älter als Lina. Der eine hatte ebenso dunkles krauses Haar wie sein Vater, während der andere blond war und glattes Haar hatte, so wie Lina. Linas Mama trug einen türkisfarbenen Morgenmantel mit einem blumengemusterten Nachthemd darunter. Ihr langes blondes Haar war im Moment ziemlich zerzaust, und sie hatte den Kleinsten auf dem Arm, der gerade die Flasche bekommen sollte.

Lina kaute an ihrem Toast. Sie war bereits beim vierten angekommen, den sie mit Butter und Erdbeermarmelade bestrich. Sowohl in ihren eigenen als auch in Viktorias Becher hatte sie Milch gegossen und sie dann mit Kakaopulver verrührt. Viktoria versuchte, ein paar Schlucke hinunterzubringen.

Bei Lina zu Hause war es eng. Außerdem ging es ziemlich turbulent zu. Linas Papa hatte einmal scherzhaft gemeint, dass das Haus gerade mal für zwei Kinder, aber keineswegs für vier gebaut sei. Oder, besser gesagt, für anderthalb Kinder, denn die Deckenhöhe im oberen Stockwerk schien eher für Pygmäen geeignet. Er sagte, dass dem Haus in jeder Richtung ein Meter fehle. Zu kurz, zu schmal und zu niedrig. So sparsam baute man direkt nach dem Krieg, dem Zweiten Weltkrieg also, wo Baustoffe teuer waren.

»Hast du denn schon zu Hause gefrühstückt?«, wollte er jetzt wissen und richtete seinen Blick auf Viktoria.

»Ein bisschen.«

»Na ja, dann!«

Seine Kaumuskeln setzten sich in Bewegung. Er leckte ein wenig geschmolzene Butter von seinen dicken Fingern ab.

»Dann will ich dich nicht weiter drängen. Ihr könnt spielen gehen.«

Lina besaß kein eigenes Zimmer, aber immerhin einen eigenen Bereich. Ihr Papa hatte ihn mit Bücherregalen abgetrennt. So hatte sie zwar ganz hinten in dem niedrigen Zimmer im Obergeschoss ihre eigene Ecke unter der Dachschräge, doch ihre Brüder bekamen alles mit, wenn sie und Lina sich unterhielten. Manchmal störte es sie, doch irgendwann kümmerten sie sich nicht mehr darum, bis einer der Jungen eine dumme Bemerkung machte.

Heute mussten Linas Brüder jedoch zum Training. Sie spielten Eishockey und besaßen deshalb außer ihren Schlittschuhen riesige Taschen mit Helmen und Knieschützern und allen möglichen anderen Utensilien.

Wenigstens einen Bruder hätte Viktoria schon gern gehabt. Lina hatte drei und sie selbst überhaupt keinen. Jedenfalls soweit sie wusste. Sie wusste nämlich nicht so genau, wer ihr Vater war. Nur dass es sich um einen Tollpatsch handelte. Das hatte Mama einmal gesagt, als sie böse auf Viktoria war. Nämlich dass sie genau so dumm wie ihr Vater, der Tollpatsch, war. Mama hatte ihre Worte sofort bereut und versucht, sie zurückzunehmen, doch da waren sie bereits ausgesprochen.

Vielleicht war der Mann ihr Vater, den sie auf dem Foto gesehen hatte, das Mama in einer Kiste mit ihren eigenen Spielsachen im Keller aufbewahrte. Diese Sachen durfte sie eigentlich nicht anrühren. Aber das war auch nicht weiter schlimm, denn sie gefielen ihr sowieso nicht. Das hatte sie Mama einmal an den Kopf geworfen, als sie sich über sie geärgert hatte, woraufhin Mama sie als verwöhntes Gör beschimpft hatte.

Ihr Magen tat immer noch weh. Schlapp setzte sie sich auf Linas Bett, während Lina sich anzog. Als Lina auf die Toilette ging, legte sich Viktoria vorsichtig mit dem Oberkörper auf das Bett und ließ den Kopf aufs Kissen fallen. Es fühlte sich so angenehm weich an. In Gedanken sank sie immer tiefer. Eigentlich hatte sie die ganze Nacht nicht richtig geschlafen.

Als Lina zurückkam, musste sie feststellen, dass mit ihrer besten Freundin nicht mehr viel anzufangen war, da sie tief und fest schlief. Ihr Kopf lag auf dem Kissen, während ihre

Füße noch auf dem Teppich standen. Lina sog an ihrer Unterlippe. Das hatte sie noch nie erlebt.

Lina hob Viktorias Füße hoch und legte sie vorsichtig aufs Bett. Dann ging sie hinunter zu ihren Eltern. Vielleicht könnte sie eine Weile auf ihren kleinen Bruder aufpassen, während Mama sich anzog.

Alicia Braun. Erika Ljung verglich den Namen an der grau gestrichenen Wohnungstür mit dem auf ihrem Berichtsformular, bevor sie klingelte.

Es war halb zwölf. Während der morgendlichen Zusammenkunft hatten sie neue Anweisungen erhalten, die allerdings wenig überraschend das aktuelle Thema »Gefahren der gemeinschaftlichen Nutzung von Waschküchen« zum Inhalt hatten. Der Zeitungsartikel war in Form von Kopien herumgegangen. Der gewöhnliche Schwede schien keineswegs träge oder gar gleichgültig zu sein, falls jemand das denken sollte, hatte Janne Lundin die Zeilen kommentiert. Im Gegenteil, er konnte mächtig in Rage geraten.

Die Wäscheberge, die inzwischen aus den Maschinen entfernt worden waren, befanden sich weiterhin bei den Technikern. Man hatte immer noch nicht die rechtmäßigen Eigentümer ausmachen können. Von der Schmutzwäsche auf dem Boden hingegen wusste man, dass sie der Zeugin gehörte, die Hilfe geholt hatte, nämlich der verhältnismäßig jungen Mieterin Hård. Nach Auskunft von Peter Berg hatte sie sich den Erwartungen entsprechend verhalten. Vielleicht etwas hysterisch. Es würde wohl noch einige Zeit dauern, bis sie sich erholt hätte, behauptete er jedenfalls.

Einen höheren Spannungsfaktor würde dieser dem Anschein nach unkomplizierte Fall wohl nicht bereithalten, mutmaßte Erika Ljung. Streitigkeiten in Waschküchen zählten eher zu den weniger glamourösen, banalen und oftmals von zänkischen Weibern angezettelten Szenarien. Also würde wohl das Übliche auf sie zukommen. Ihr blieb sowieso nichts anderes übrig, als sich auf den Weg zu machen.

Louise Jasinski hatte betont, dass möglichst alle Nachbarn im Laufe des Wochenendes angehört werden sollten. Nach Auffassung von Technik-Benny war statistisch gesehen einer unter ihnen der Schuldige – welcher Statistik auch immer er sich bediente. Jedenfalls hatte Louise ihm zugestimmt. Sie sah übrigens derart müde aus, dass man meinen könnte, sie leide am Burn-out-Syndrom. Wenn sie allerdings bereits nach so kurzer Zeit der Vertretung von Claesson unter Schlafstörungen litt, war zu befürchten, dass sie nicht mehr lange durchhielt. So schätzte Erika die Sache jedenfalls ein. Jasinski hatte außerdem Probleme zu Hause. Alle wussten davon, doch sie sprach nicht offen darüber. Jedenfalls nicht mit Erika. Lebte wahrscheinlich in Scheidung oder dergleichen. So etwas zehrte natürlich auch am Schlaf.

Erika begann mit den Fingerknöcheln gegen die Tür zu trommeln. Sie wusste nicht, warum sie so sicher war, dass jemand zu Hause war, obwohl keiner öffnete. Sie drückte ein weiteres Mal ihren schmalen Zeigefinger auf die Klingel und ließ die Signale mindestens fünfzehn Sekunden lang durch die Wohnung dringen. Dann hörte sie endlich ein dumpfes Geräusch, und nach einer Weile näherten sich von innen Schritte, woraufhin jemand mit dem Schloss zu hantieren begann. Es handelte sich höchstwahrscheinlich um ein Sicherheitsschloss. Die Schritte entfernten sich, kamen jedoch nach einer halben Minute wieder. Erika wartete geduldig. Ein Glück, dass es sich nicht um Feueralarm handelte, dachte sie. Schließlich wurde aufgeschlossen, und die Tür öffnete sich.

Aus einem verquollenen Gesicht starrten sie rot geränderte Augen fragend an.

»Was gibt's?«

Trotz der relativ fortgeschrittenen Stunde waren die Stimmbänder ihres Gegenübers an diesem Tag offensichtlich noch nicht benutzt worden. Außerdem schien ihre Kehle einer langen und ausgiebigen Imprägnierung mit Zigarettenrauch ausgesetzt gewesen zu sein.

Erika Ljung brachte kurz ihr Anliegen vor und wurde hereingelassen.

Die Luft in der Wohnung war abgestanden. Ansonsten sah es in den Räumlichkeiten recht ansprechend aus. Erika hatte schon die unterschiedlichsten Einrichtungsstile in diesem Gebäude zu Gesicht bekommen, doch dieser gefiel ihr auf Anhieb, was nicht zuletzt daran liegen mochte, dass Alicia Braun und sie ungefähr gleich alt waren.

»Ich habe keine Ahnung«, krächzte Alicia Braun heiser und betrachtete Erika skeptisch, die daraufhin sicherheitshalber ihren Polizeiausweis vorzeigte.

Alicia Braun war klein und derart gut aussehend, dass sie vermutlich sogar aus einer größeren Menschenmenge herausstechen würde. Sie nahm sich wie ein Farbklecks auf einer grauen Wand aus. Erika Ljung, die selber auf ihre Weise mit einer Farbenpracht aufwarten konnte, spürte eine gewisse Verbundenheit mit der jungen Frau. Und doch waren die Unterschiede zwischen ihnen weitaus zahlreicher als die Übereinstimmungen. Erika Ljung war eine hoch gewachsene Frau mit brauner Hautfarbe, während Alicia eher klein war und ihre Haut einen sehr hellen Teint aufwies. In dem auffallend blutleeren Gesicht standen die großen schwarzbraunen Augen etwas hervor. Glupschaugen, befand Erika, die versuchte, sich das Gesicht von Alicia Braun einzuprägen. Ihr Haar war eine einzige Augenweide. Eine riesige Mähne, die genauso voluminös wie lang war und in zwei ganz unterschiedlich gefärbten Nuancen leuchtete. Rabenschwarz und kirschrot. Vom Kopf bis über die Schultern ergoss sich sozusagen eine dunkel leuchtende Farbskala. Das beträchtliche Volumen, das zweifellos und dennoch erstaunlicherweise die Nacht überstanden hatte, ließ ihr Gesicht schrumpfen und an die Trophäe eines Kopfjägers erinnern. Alles in allem eine recht interessante Erscheinung, fand Erika.

Da jedoch Alicias Ausstrahlung im Hinblick auf Erikas Berufsfeld beziehungsweise auf jedes so genannte seriöse Berufsfeld wenig aussagekräftig war und somit nicht als entscheidendes Kriterium galt, begann Erika, Überlegungen bezüglich ihrer Beschäftigung anzustellen. Gesetzt den Fall, dass sie überhaupt einer solchen nachging, was durchaus anzunehmen war, da die Wohnungen in diesem Gebäude keineswegs umsonst waren.

Alicias Wohnung bestand aus zwei Zimmern. Das Haus schien überwiegend mit Zweizimmerwohnungen ausgestattet zu sein. Vereinzelt gab es auch Dreizimmerwohnungen und offensichtlich auch noch größere im Dachgeschoss. Diese war etwas anders geschnitten als die anderen, in denen Erika bereits gewesen war, was wahrscheinlich daran lag, dass die Wohnung im Winkel zwischen den beiden Gebäudeteilen lag. Anstelle des Durchgangszimmers und der Küche am einen Ende der Wohnung gingen hier Küche, Wohnzimmer und Schlafzimmer von einem großen Flur ab. Von allen Seiten fiel Licht ein. Im Wohnzimmer war ein weißer Kachelofen aus der Zeit vor der Renovierung stehen geblieben. Als Erika ihn erblickte, wurde sie blass vor Neid.

»Wer, sagten Sie, wurde niedergeschlagen?«, wollte Alicia Braun wissen, während sie ihren leuchtend gelben Frotteemorgenmantel enger um sich zog und den flauschigen Gürtel knotete.

»Eine Nachbarin.«

»Ach ja. Und wer?«

Die schwarzbraunen Augen blickten sie erwartungsvoll an. Sie konnte ebenso gut gleich damit herausrücken.

»Doris Västlund«, antwortete Erika Ljung.

»Ach die!«, rutschte es Alicia ohne größeren Enthusiasmus in der Stimme heraus. »Mit ihr hatte ich nie etwas zu tun. Weiß kaum, wer sie ist, abgesehen vom Namen.«

»Seit wann wohnen Sie hier?«

»Tja, ungefähr ein Jahr.«

Sie notierte die Auskunft in ihrem kleinen Notizblock.

»Hab ich Sie geweckt?«

»Ja. Es war recht spät gestern. Ich war eingeladen.«

»Wann haben Sie gestern Abend das Haus verlassen?«

»So um sieben. Ich bin zu einem Bekannten hier im Haus gegangen, und ungefähr eine halbe Stunde später sind wir dann aufgebrochen.«
»Hatten Sie dasselbe Ziel?«
»Ja.«
»Ein Fest?«
»Ja.«
»Sie waren also bis um sieben Uhr hier in der Wohnung?«
»Nein.«
»Nein? Wo waren Sie dann?«
»Erst bei der Arbeit. Im Fitnessstudio.«
»Gymnastik?«
»Ja. Um halb vier hab ich dort Schluss gemacht und bin direkt zum Friseur gegangen«, erklärte sie und zog ihre schwarz lackierten Fingernägel durch das melierte Haar, auf das Erika mit einiger Anstrengung zu starren vermied.
»Welcher Friseur?«
»›Haar und mehr‹.«
»Und wann sind Sie von dort nach Hause gekommen?«
»Was weiß ich. Mein Gott, Fragen über Fragen! Sie glauben doch wohl nicht, dass ich es war?«

Ihre Glupschaugen funkelten, jedoch weder vor Belustigung noch im Sinne eines Eingeständnisses.

»Wir befragen alle Bewohner des Hauses. Hauptsächlich möchte ich jedoch wissen, ob Sie vielleicht etwas gesehen oder gehört haben. Wir benötigen Ihre Mithilfe.«
»Wer ist wir?«
»Die Polizei«, antwortete Erika kurz. Sie saß auf einem Sessel aus den Vierzigerjahren, der mit einem modernen Bezug mit großen schwarzen, vogelähnlichen Formationen auf weißem Grund versehen war.

Alicias Füße steckten in rosafarbenen Fellpantoffeln. Sie sollten wahrscheinlich Schweinchen darstellen. Ein recht komischer Anblick, wenn man die rot gesträhnte Mähne, die quietschrosa Schweine an den Füßen und dazwischen den knallgelben Morgenrock betrachtete. Sie hatte sich auf der äußersten Kante eines schwarzen Klappstuhls niedergelassen und hockte mit krummem Rücken da. Überhaupt machte sie einen ziemlich zusammengesunkenen Eindruck. Das Sofa an der Wand könnte ein Schnäppchen von Myrorna, dem Secondhandkaufhaus, gewesen sein. Es war breit und kuschelig und ebenfalls groß gemustert, wenn auch in Rot und Schwarz.

»Sie sagten, dass Sie bei jemandem hier im Hause waren, bevor Sie weggingen.«

»Ja.«

»Wer war das?«

Alicia kniff ihren kleinen Kirschmund zusammen.

»Nur ein Freund.«

»Wenn es also nur ein Freund war, können Sie mir sicherlich auch sagen, wie er heißt.«

»Kjell.«

»Kjell«, wiederholte Erika und notierte. »Wissen Sie auch seinen Nachnamen oder möchten Sie lieber, dass ich ihn auf andere Weise herausbekomme?«

Ihre Stimme war sanft.

»Johansson.«

»Okay«, sagte Erika und notierte den Nachnamen. »Und er wohnt hier?«

»Im Nebeneingang«, antwortete Alicia mit trockenem Mund.

»Gut«, sagte Erika und hörte selbst, wie blöd es klang. »Und dann gingen Sie zusammen weg, sagten Sie.«

»Ja.«

»Wohin, wenn man fragen darf?«

»Zu einem Fest.«

»Aha.«

»Eine private Feier«, verdeutlichte Alicia Braun und versuchte, die Trockenheit hinunterzuschlucken.

»Hier in der Nähe?«

»Vergnügungspark. Ein gemieteter Saal.«

»Es waren also viele Leute eingeladen?«

»Was denken Sie? Selbstverständlich waren viele da. Man mietet ja wohl keinen Saal, um solo zu sein.«

»Nein, natürlich nicht«, lächelte Erika entwaffnend.

»Entschuldigen Sie mich bitte«, sagte Alicia Braun und schnellte von ihrem Stuhl hoch in die Küche, wo sie den Wasserhahn weit aufdrehte. Nach einer Weile kam sie mit einem wassergefüllten Bierseidel zurück. Sie setzte sich wieder und trank in großen Schlucken.

»Wann waren Sie zum letzten Mal in der Waschküche?«

Alicia Braun hielt mit dem Getränk an den Lippen einen Augenblick inne und starrte Erika über den Rand ihres Glases entsetzt an. Dann trank sie gierig die restlichen Schlucke. Es dauerte eine Weile. Als sie ausgetrunken hatte, kniff sie die Augen in einer Mischung aus Schmerz und wollüstigem Genuss zusammen.

»Was zum Teufel hat denn das mit der Sache zu tun?«

»Ziemlich viel«, antwortete Erika mild.

»Gestern«, sagte sie gespannt wie ein Flitzebogen.

»Gestern?«

»Ja, genau! Gestern war ich in der Waschküche.«

Ihre Stimme klang gereizt.

»Wahrscheinlich können Sie meine nächste Frage bereits erraten.«

Alicia Braun nickte steif.

»Irgendwann am Vormittag.«

Woraufhin ein demonstrativer Seufzer und ein halbherzig unterdrücktes Gähnen zu vernehmen waren.

»Um elf herum, glaube ich«, fügte sie hinzu.

»Um elf Uhr«, wiederholte Erika und machte sich Notizen. »Zu diesem Zeitpunkt waren Sie in der Waschküche und befüllten eine Maschine, wenn ich nicht irre?«

»Ganz richtig.«

»Und Sie haben sich vorher in die Waschliste eingetragen?«

»Genau. Aber warum sitzen Sie hier und fragen mich über die Waschküche aus?«, wollte Alicia Braun jetzt mit schriller Stimme wissen.

»Weil man Doris Västlund dort gefunden hat.«

Alicia stieß einen kurzen Pfiff aus. Ihre Hände umklammerten das Bierseidel auf ihrem Schoß, und ihr Gesicht nahm einen gespannten Ausdruck an. Doch dann schien ihr etwas einzufallen, und sie wirkte plötzlich eifriger.

»Haben Sie schon die Frau verhört, die über der Waschküche wohnt?«, lautete ihr Vorschlag, und sie blinzelte Erika zu.

»Wir sprechen mit allen.«

»Dieses Weibsstück ist davon überzeugt, dass die Waschküche ihr gehört.«

»Ach ja«, entgegnete Erika und versuchte den Eindruck zu erwecken, dass ihr das neu war.

»Es würde mich nicht wundern, wenn sie es gewesen ist.«

»Ja? Ist die Nachbarin über der Waschküche denn gewalttätig?«

Alicia Braun hielt inne.

»Vielleicht nicht gerade gewalttätig ...«

»Hat sie sich Ihnen gegenüber jemals so benommen?«

»Nein, nur einmal war sie stinksauer, als der Trockner spätabends noch lief. Aber alle Hausbewohner reden schlecht von ihr.«

»Sie waren also am gestrigen Vormittag in der Waschküche, können wir uns darauf einigen?«, fasste Erika zusammen.

»Ja.«

»Und zu diesem Zeitpunkt haben Sie nichts Auffälliges bemerkt?«

Alicia Braun schüttelte stumm den Kopf, sodass sich ihre Haarpracht hin und her wiegte.

An diesem Punkt beendete Erika das Gespräch. Viel mehr glaubte sie nicht aufnehmen zu können, jedenfalls nicht im Augenblick. Geistig erschöpft und schweren Schrittes ging sie die Treppen hinunter auf den Hof, um frische Luft zu schnappen, bevor sie die nächste stickige Wohnung betreten musste.

Im Hof war es warm. Die Hauswände boten Windschatten. Sie stellte sich auf das Kopfsteinpflaster, lehnte den Oberkörper gegen die roten Backsteine und hoffte, dass keiner durch die Fenster beobachtete, wie sie dort stand und sich ausruhte. Sie spähte in den bewölkten Himmel. Die Sonne schaffte es noch nicht, die Wolkenschicht zu durchdringen, aber das Licht war dennoch so stark, wie es nur an einem frühen Frühlingstag sein konnte.

Gestern in der Kneipe war es recht spät geworden, und sie fühlte sich schlapp, doch das war nicht weiter schlimm. Sie hatte einen lustigen Abend mit Peter Berg verbracht. Die Spannungen von früher hatten sich mittlerweile aufgelöst, und sie waren gute Freunde geworden. Sie musste lächeln und stellte fest, dass es ihr gut ging. Im Großen und Ganzen jedenfalls. Sie war frei, hatte keine Verpflichtungen, keine nervenzehrende Liebesbeziehung, die sie beanspruchte. Im Moment war sie ganz auf sich selbst gestellt, und das war auch gut so. Jedenfalls für eine Weile. Die Kopfschmerzen, die sie seit ihrer schrecklichen Misshandlung vor bald zwei Jahren in regelmäßigen Abständen geplagt hatten, waren inzwischen völlig verflogen. Es handelte sich wohl mehr um einen Spannungskopfschmerz, hatte ihr Arzt gemeint. Verspannungen. Alles braucht seine Zeit. Und das hatte sie wahrhaftig lernen müssen. Vor allem aber brauchte es Zeit, sich zu gewöhnen. Sich auf etwas einzustellen. Dass sich gewisse Bereiche in ihrem Gesicht bei Berührung nach wie vor taub anfühlten, hatte sie am Anfang zum Beispiel stark beunruhigt. Alles sollte exakt wie vorher sein, bevor ihr Gesicht zerschlagen wurde und sie eine Vielzahl von Operationen über sich hatte ergehen lassen müssen. Doch jetzt kümmerten sie die Missempfindungen nicht mehr. Sie hatte sich daran gewöhnt. Darüber hinaus hatte sie sich auch mit dem Gedanken angefreundet, dass es vermutlich für immer so bleiben würde.

Erika schaute auf die Uhr. Es wurde Zeit, sich die nächste Wohnung vorzunehmen, auch wenn sie keine Lust verspürte, sich angesichts des schönen Wetters in geschlossenen Räumen aufzuhalten.

Sie betrat das Treppenhaus des genau gegenüberliegenden Gebäudeteils, um Kjell Johansson aufzusuchen. Auf dem Namensschild an der Tür bemerkte sie, dass eine Initiale zwischen Vor- und Nachnamen geklemmt war. »Kjell E. Johansson« stand dort in großen Druckbuchstaben.

Doch Kjell E. Johansson war nicht zu Hause.

Louise Jasinski war von dem Anruf aus der Gerichtsmedizin in Linköping nicht besonders überrascht. Sie saß gerade mit Lundin im Auto.

Doris Västlund war tot oder zumindest hirntot. Die Ärzte würden nur noch eine so genannte Arteriografie durchführen, bevor man die künstliche Beatmung einstellte, teilte ihr der Gerichtsmediziner mit. Man tat dies, um sicherzugehen, ob tatsächlich keine Blutzirkulation mehr im Gehirn stattfand. Er versprach, wieder von sich hören zu lassen, sobald er die Leiche eingehender untersucht hatte. Louise wollte wissen, ob einer der Angehörigen, in diesem Fall der Sohn, unterrichtet war. Darüber wusste der Mediziner nichts, wollte sich jedoch darum kümmern. Es war einfacher, wenn er es tat, als wenn Louise selbst anrief, denn sie wusste aus Erfahrung, dass das Krankenhauspersonal nicht besonders auskunftsfreudig war. Man hielt sich im Allgemeinen strikt an die Schweigepflicht und äußerte sich nur ungern, wenn man nicht absolut sicher war, an wen die Informationen flossen. Es waren bereits einige Missgeschicke diesbezüglich vorgekommen, unter anderem hatten sich Journalisten zur Klinik durchgelogen, womit sowohl den Patienten als auch ihren Angehörigen unnötig Schaden zugefügt worden war.

Sie beendete das Gespräch.

»Somit läuft der Fall jetzt unter Mord oder Totschlag«, sagte sie geradeheraus.

»Aha. So schnell kann es also gehen!«, lautete Lundins Kommentar.

Sie hatten gerade den Parkplatz des Polizeipräsidiums verlassen und befanden sich auf dem Weg in die Friluftsgatan zu Doris Västlunds Wohnung, die genauer inspiziert werden sollte. Louise, die am Steuer saß, schaltete herunter und hielt an einem Zebrastreifen. Es war Samstag, und dementsprechend waren viele Leute in der Stadt unterwegs. Sie fuhr an der weißen Kirche, die zum Teil von hohen Bäumen des angrenzenden Parks verdeckt wurde, vorbei in Richtung Westen. Schräg hinter dem Park lag die Schwimmhalle. Sie hatte Sofia und zwei ihrer Freundinnen heute Morgen dort abgesetzt, bevor sie ins Präsidium gefahren war. Sie hatten Schwimmtraining. Eine Mutter der Freundinnen würde die Mädchen später abholen.

Sie bahnten sich einen Weg durch den Verkehr und passierten die Bibliothek auf der einen und den Busbahnhof auf der anderen Seite, wo Trauben von Menschen standen und auf die Busse zu den Nachbarorten warteten. Dann bog sie nach rechts ab und fuhr hinunter bis zur nächsten Ampel und weiter bis zur Statoil-Tankstelle, wo sie sich nach links in Richtung Orrängen einordnete.

Ihr wurde bewusst, dass sie zum ersten Mal hauptverantwortlich für eine Mordfahndung war. Eigentlich ein ganz gutes Gefühl. Eine Herausforderung. Wird schon schief gehen, fuhr es ihr in einem humorvollen Versuch, sich selbst anzuspornen, durch den Kopf. Es war ganz einfach an der Zeit, auf eigenen Beinen zu stehen. Und sie war, weiß Gott, reif dafür. Außerdem hätte der Zeitpunkt nicht besser sein können.

Was sie brauchte, war, ihr momentan verkorkstes Privatleben in Arbeit zu ertränken.

»Der Waschküchenmord«, sagte Janne Lundin plötzlich.

»Ja. So wird man ihn nennen.«

»Da kann man nichts machen.«

Als sie in der Friluftsgatan parkten und um das Haus herum in den Hof gingen, klingelte Louises Handy erneut. Es war noch einmal der Gerichtsmediziner, der mitteilen wollte, dass das Krankenhauspersonal weder einen Angehörigen von Doris Västlund gesehen noch mit ihm gesprochen hatte. Als man daraufhin in der Wohnung des Sohnes anrief, hatte sich keiner gemeldet. Sie bedankte sich für die Informationen und beendete das Gespräch.

»Sie können den Sohn nicht erreichen«, sagte sie, zu Lundin gewandt. »Hatte nicht gestern jemand von uns mit ihm gesprochen?«

»Ich glaube nicht. Jesper Gren hatte einen Arzt in der Notaufnahme nach ihm gefragt, der ihn darüber informierte, dass gerade eine andere Ärztin mit dem Sohn sprach. Oder wie auch immer«, antwortete Lundin und fuchtelte mit den Armen.

Louise griff erneut zum Handy und rief Jesper Gren im Präsidium an, der damit beschäftigt war, alle anonymen Tipps aufzunehmen, die vom allgemein bekannten »Detektiv Öffentlichkeit« eingingen.

»Nein, ich habe gestern nicht mit ihm gesprochen«, sagte er und klang, als schämte er sich dafür. »Ich habe allerdings einen Arzt getroffen, mir fällt nicht mehr ein, wie er heißt, irgendein ausländischer Name. Der erklärte mir, dass der Sohn zwar im Hause war, aber gerade ein Gespräch mit einer Oberärztin führte. Also dachte ich mir, dass der Ärmste wohl bis auf weiteres versorgt sein würde. Und in meinen Augen machte es keinen Sinn, das Elend noch zu vergrößern, indem wir auch noch aufkreuzten.«

»Nein. Natürlich nicht«, antwortete Louise matt.

»Der Sohn ist uns jedenfalls nicht bekannt«, sagte Jesper Gren. »Das habe ich überprüft.«

»Gut«, entgegnete Louise Jasinski, wobei ihr einfiel, dass Jesper Gren ansonsten nicht gerade für gedankliche Höchstleistungen bekannt war.

Mit dem Handy am Ohr überlegte sie ihr weiteres Vorgehen.

»Danke«, sagte sie unvermutet zu Jesper Gren am anderen Ende der Leitung.

Nachdem sie das Gespräch beendet hatte, wählte sie direkt Erika Ljungs Nummer. Zu ihrer Verwunderung sah sie sie im selben Augenblick aus der Tür auf sie zukommen. Nur wenige Meter von ihnen entfernt blieb sie stehen und griff ihrerseits zum Handy.

»Du kannst es ausstellen«, rief Louise ihr zu. »Hallo, übrigens!« Louise brachte sie auf den neuesten Stand der Ermittlungen.

»Aha. Sie ist also gestorben«, stellte Erika trocken fest. »Das kam ja nicht ganz unerwartet.«

»Stimmt. Ihr Sohn muss allerdings noch informiert werden, aber irgendetwas ist schief gelaufen. Keiner kann ihn erreichen. Ich glaube, er heißt Ted. Er hat denselben Nachnamen wie seine Mutter. Gestern am späten Abend war er im Krankenhaus und hat erfahren, dass ihr etwas zugestoßen ist. Versuch doch bitte, die Ärztin, die mit ihm gesprochen hat, und danach ihn selbst ausfindig zu machen und ihm die Todesnachricht zu überbringen.«

Erika nickte und ging in Richtung Auto.

»Ach ja«, rief sie und drehte sich um. »Dort wohnt ein Kjell E. Johansson«, sagte sie und wies auf die Fenster weiter oben. »Er ist im Augenblick nicht zu Hause. Nur dass ihr es wisst. Er fehlt also noch in unserer Türklopfaktion.«

Louise sah der Inspektion von Doris Västlunds Wohnung nicht ohne Enthusiasmus entgegen. Bevor sie und Lundin jedoch etwas unternehmen, rief sie Benny Grahn an, um in Erfahrung zu bringen, wo zum Teufel er steckte. Sie hatten verabredet, sich in der Wohnung zu treffen. Er teilte ihr mit, dass er jeden Augenblick eintreffen würde und dass er gemeinsam mit der jungen Perle Lisa, die vor knapp einem Jahr bei ihm angefangen und offensichtlich noch nicht das Handtuch geworfen hatte, zu ihnen unterwegs sei. Doch was die Ausdauer der jungen Assistentin betraf, handelte es sich vermutlich nur um eine Frage der Zeit. In den letzten Jahren hatten sie eine starke Fluktuation im Bereich der Polizeitechniker erleben müssen.

Während sie warteten, fiel Lundins Blick auf das niedrige Hinterhaus, das mit den gleichen warmroten Ziegeln wie das Hauptgebäude gedeckt war.

»Bei Tageslicht sieht alles etwas anders aus«, stellte er fest.

Der Gebäudekomplex war als offenes Rechteck konstruiert. Der lange Wohnblock wies nach Osten zur Friluftsgatan, während die zwei kürzeren nach Norden respektive Süden hin ausgerichtet waren. Am nördlichen Schenkel, der mit einem hohen Giebel abschloss, befand sich ein schmaler Durchgang, durch den man in den Hof gelangte. Das daran anschließende Gebäude, ein niedrigeres mit gelben Ziegeln, war mit einem Garten versehen, der durch eine hohe Bretterwand vor Einsicht geschützt war. Das niedrige Hinterhaus im Hof lag an der Westseite des Grundstücks und beherbergte eine Werkstatt sowie eine Abstellfläche für Fahrräder und Mülltonnen. Zwischen dem Hinterhaus und dem südlichen Gebäudeteil führte eine breite zweiflügelige Tür zur Straße.

Die Waschküche befand sich im südlichen Trakt. Man konnte sie direkt durch eine Tür, die allerdings verschlossen gehalten wurde, und ein paar Treppenstufen nach unten erreichen. Davor flatterte das blau-weiß gestreifte Band der Polizei im Wind. Der Zugang war abgesperrt.

Das Hinterhaus war nach Westen und damit zur Rådmansgatan hin ausgerichtet. Da das Haus nur einstöckig gebaut war, konnte genügend Licht einfallen und den Innenhof erhellen, der sonst dunkel und feucht gewesen wäre.

Das Hinterhaus lag genauso verlassen dort wie am Tag zuvor. Einer der Nachbarn hatte behauptet, dass am Freitagnachmittag in der Werkstatt Licht gebrannt und jemand die Tür geöffnet hatte und in den Hof gegangen war, doch konnte sich der Betreffende nicht mehr an den genauen Zeitpunkt erinnern. Da sich jedoch aus den verschiedensten Anlässen Menschen im Hof bewegten, schätzten sie die Information als nicht besonders wichtig ein. Jedenfalls nicht in dieser unpräzisen Form.

Sie hatten genug zu tun und deshalb der Werkstatt auf Louise Jasinskis Order hin keine Priorität eingeräumt. Dort waren weder Fenster eingeschlagen, noch sahen die Türschlösser aufgebrochen aus. Einen augenscheinlichen Zusammenhang konnte man so weit nicht erkennen. Andererseits würden sie früher oder später gezwungen sein, die Inhaberin der Werkstatt ausfindig zu machen, um Zugang zu den Räumen zu erhalten. Louise hatte bei der morgendlichen Zusammenkunft betont, dass es möglichst bald geschehen sollte. Die Untersuchungen am Tatort würden insgesamt ausgeweitet werden. Besonders in der Werkstatt gab es mehr als genügend potenzielle Waffen. Ebenso konnte die Tatwaffe aber auch aus jedem beliebigen Werkzeugkasten stammen.

Vom Vorsitzenden der Mietervereinigung, dem Herrn, der sich bevorzugt Sigge nannte, hatten sie erfahren, dass das Hinterhaus nichts mit dem übrigen Gebäude zu tun hatte. Die Frau aus der Möbelwerkstatt wohnte an einem völlig anderen Ort. Louise hatte mit diesem Sigge mehrfach telefoniert. Er berichtete, dass die Frau, die die Werkstatt – für eine nicht unbeträchtliche Summe, wie Louise vermutete – angemietet hatte, keineswegs die übrigen Einrichtungen des Hauses nutzte. So war es jedenfalls vereinbart. Demzufolge konnte sie nie in der Waschküche gewesen sein. Besaß nicht einmal einen Schlüssel. Und nach seiner Einschätzung waren beide Parteien sehr zufrieden mit dem Arrangement. Sie war eine zuverlässige Frau, die regelmäßig zahlte und deren Firma gleichzeitig etwas Leben in den Wohnkomplex brachte. Außerdem war sie bedeutend gesetzter und vernünftiger als die Bande von Rotzbengeln, welche die Räumlichkeiten vorher als eine Art Probenkeller genutzt hatten. Natürlich konnten sie irgendwann die Miete nicht mehr bezahlen, hatte Sigge Gustavsson ihnen verraten.

Louise und Lundin bezogen Position auf dem Hof und betrachteten das Dach des Hinterhauses. Es glänzte regelrecht über den roten Ziegelwänden. Unbehandeltes Blech, das noch nicht von Luftverunreinigungen angegriffen war. Auf beiden Seiten der grün gestrichenen, einflügeligen Tür, die in den Hof führte, befanden sich niedrige Sprossenfenster ohne Vorhänge. Größere Möbelstücke wurden vermutlich durch die breite Tür zur Rådmansgatan transportiert.

»Ich kann mir einen Blick nach drinnen einfach nicht verkneifen«, gestand Louise und drückte ihre Nase gegen das Glas.

Sie hörte, wie Lundin sich hinter ihr räusperte. Die junge Mutter mit den beiden Kindern, deren Name Louise gerade nicht einfiel, schob einen Kinderwagen über den Hof. Sie starrte Louise an.

Veronika Lundborg und Daniel Skotte setzten sich auf die Stühle im Schwesternzimmer, das ungefähr in der Mitte der chirurgischen Abteilung lag, einer so genannten Großabteilung, die sich von einem Ende des Gebäudes zum anderen erstreckte. Messungen zufolge betrug die Länge des Korridors hundert Meter. Da kamen für die Krankenschwestern schon einige hundert Meter Beinarbeit an einem Arbeitstag zusammen. Wenn nicht sogar Kilometer.

Während sie auf die Dienst habende Schwester warteten, plauderten sie ein wenig. Kurze, zufällig entstehende Pausen wie diese waren wertvoll. Denn meistens sahen sich die Kollegen im Laufe eines Arbeitstages überhaupt nicht. Eigentlich trafen sie sich nur bei den morgendlichen Zusammenkünften oder während der Operationen.

Veronika war Daniels Mentorin. Ihr Verhältnis zueinander war von Übereinstimmung geprägt. Sie mochte ihn, er war hilfsbereit und zuverlässig, kein Typ, der sich nur die Rosinen aus dem Kuchen pickte, keiner, der nur die Operationen an sich riss und die Verantwortung für die Abteilung auf andere abwälzte.

Der Raum, in dem sie saßen, war hell, obgleich er nach Norden wies. Die Abteilung lag relativ weit oben, im sechsten Stock des Hauptgebäudes. Man blickte überwiegend auf einen Himmel, der am heutigen Tag hell, aber nicht richtig klar war.

»Hoffentlich gestaltet sich heute alles etwas ruhiger«, äußerte Veronika genau in dem Moment, als Schwester Lisbeth kam.

Bingo!, dachte Veronika. Lisbeth gehörte zu den so genannten Veteranen der Klinik und hatte es offensichtlich immer noch nicht übers Herz gebracht aufzuhören, obwohl die neue Stationsschwester tat, was sie konnte, um so viele Kollegen wie möglich zu verscheuchen. Jedenfalls die älteren und routinierteren. Warum noch keiner diese Schreckschraube auf den Pott gesetzt hatte, überstieg Veronikas Verstand. Nelly hieß sie. Ihr Name klang weich und sympathisch, was jedoch keineswegs auf ihren Charakter zutraf. Veronika vermutete, dass die Stationsschwester das Vertrauen einer Person irgendwo weiter oben in der Hierarchie genoss oder dass diverse Paragrafen des Arbeitsrechts, die Veronika nicht kannte, die Verantwortlichen daran hinderten, zu Werke zu schreiten und ihren Posten im Personalbereich gegen einen in der Verwaltung auszutauschen. Sie eignete sich nicht dafür, mit Menschen zu arbeiten, wie viele fantastische so genannte Visionen auch immer sie im Hinblick auf die Stationsarbeit haben mochte.

»Setzen wir uns doch erst einmal«, schlug Veronika vor, woraufhin Lisbeth den Wagen zu sich heranzog und begann, die Krankenakten herauszusuchen.

Zwei Patienten sollten entlassen werden, ansonsten gab es im Vergleich zum Vortag weder Veränderungen bezüglich der Medikation noch der Behandlungsweisen.

Danach befassten sie sich mit der Akte des in der vorangegangenen Nacht eingelieferten Zechbruders, den Rheza kreuz und quer im Gesicht genäht hatte.

»Wie geht es ihm?«, wollte Veronika wissen, während sie mit einem Auge seine Laborwerte studierte, die sich im Großen und Ganzen innerhalb des Referenzbereichs um den Normwert herum einpendelten, abgesehen von den Leberwerten, die mäßig erhöht waren, vermutlich aufgrund von ausdauernder Selbstmedikation mit Alkohol.

»Kopfschmerzen«, sagte Lisbeth und lächelte spöttisch.

»Handelt es sich in diesem Fall um die Sünde, die sich selber straft, oder glaubst du, dass er eher eine Gehirnerschütterung davongetragen hat?«

»Schwer zu sagen.«

»Wir werden persönlich mit ihm sprechen. Vielleicht machen wir sicherheitshalber noch eine CT, jedenfalls, wenn er nach Hause will«, sagte Veronika zu Daniel Skotte, der nickte.

Schließlich standen sie alle drei, Schwester Lisbeth, Daniel Skotte und Veronika, an Johanssons Krankenbett. Er lag in einem Dreibettzimmer, doch die anderen beiden Betten waren leer.

Kjell hieß er. Kjell E.

Trotz seines verunstalteten Gesichts konnte Veronika ihn nach einer halben Sekunde Bedenkzeit einordnen. Sie hoffte allerdings, dass ihr weißer Kittel und die fremde Umgebung ihn verwirren würden, sodass er sie nicht wiedererkannte.

»Und wie geht es Ihnen heute?«, lächelte sie aufmunternd.

Er lächelte mit seinem geschwollenen Gesicht tapfer aus seinem Bett zurück, vermied es dabei aber tunlichst, seine Lippen zu spreizen.

»Haben Sie etwas essen können?«

»Nein. Bin auch nicht hungrig«, antwortete er mit belegter Stimme. »Aber mein Kopf dröhnt so verdammt, als würde er jeden Moment platzen!«

Sie signalisierte ihm, dass sie Verständnis dafür hatte, und versprach ihm weitere Schmerztabletten. Gleichzeitig erklärte sie ihm, dass noch eine Untersuchung durchgeführt werden würde, bevor er eventuell mit einem Rezept für weitere Antibiotika gegen die Verletzungen im Gesichts- und Mundbereich entlassen werden konnte. Man würde eine Röntgenuntersuchung seines Kopfes machen, um auszuschließen, dass die Schädel- und Gesichtsknochen oder auch das Gehirn ernsthaft verletzt waren.

»Vielen Dank auch«, sagte Kjell E. Johansson und kratzte sich durch die Öffnungen zwischen den Knöpfen seines Krankenhausnachthemdes an der Brust.

»Haben Sie eigentlich Anzeige erstattet?«

»Hää?«

»Ich meine, sind Sie misshandelt worden?«

»Nee, zum Teufel, darauf scheiß ich lieber.«

Veronika nickte.

»Wie Sie wollen«, sagte sie milde lächelnd.

»Ganz recht.«

»Es ist im Übrigen nicht zu spät, es nachträglich zu tun«, betonte sie. »Wohnen Sie in der Stadt oder haben Sie es weit nach Hause?«, wollte sie im Zusammenhang mit dem Krankentransport und einer eventuellen Entlassung wissen.

Sie warf einen Blick in die Krankenakte, während Johansson sie darüber aufklärte, dass er zentral wohne. In der Friluftsgatan.

War das nicht die Straße, in der sich am Vortag diese Waschküchengeschichte ereignet hatte? Ihr kam die Adresse aus Doris Västlunds Akte bekannt vor, die sie am vergangenen späten Abend noch diktiert hatte. Im selben Atemzug fiel ihr ein, dass sie die Neurochirurgie in Linköping anrufen wollte, um ein Feedback zu erhalten.

Als sie schon halb aus der Tür war, fiel der Kommentar, dem sie am liebsten entgangen wäre.

»Wie merkwürdig übrigens, Sie hier zu treffen. Ich wusste gar nicht, dass Sie Ärztin sind«, krächzte Johansson.

Seine Augen brannten.

»Woher hätten Sie es auch wissen sollen«, lächelte sie steif als Rechtfertigung und wandte sich dabei wieder halb zu Kjell E. Johansson, der, die Hände hinter dem Kopf verschränkt, in weiße Kissen gehüllt lag.

»Stimmt«, sagte er und probierte erneut sein vormals so charmantes Lächeln, das jetzt, mit zwei fehlenden Zähnen, einen etwas grotesken Zug angenommen hatte. »Sehen wir uns vielleicht wieder?«

»Man kann nie wissen«, antwortete sie und verschwand endgültig durch die Tür.

Draußen im Flur stellte die Schwester natürlich die erwartete Frage.

»Kennst du ihn näher?«, wollte Lisbeth wissen.

»Nein. Kennen kann man eigentlich nicht sagen, aber er half uns vor einiger Zeit mit einer Sache.«

»Ja?«, fragte Lisbeth und klang nicht ganz zufrieden mit der Antwort.

Manchmal ist es besser, sich an die Wahrheit zu halten als sein Gegenüber wilden Fantasien zu überlassen.

»Er hat unsere Fenster geputzt«, erklärte Veronika deshalb.
»Ach so. Das war es nur!«

Lisbeth klang fast ein wenig enttäuscht, doch Daniel Skotte grinste.

»Schwarz natürlich.«
Sie nickte.

»Er wollte es schwarz abwickeln. Claes ist beim Zählen unserer Fensterscheiben auf über fünfzig Stück gekommen – und die natürlich beidseitig. Dabei handelt es sich allerdings um doppelte Verglasung, das macht insgesamt über zweihundert Stück«, rechtfertigte sie sich und zog die Achseln hoch, als sie das Gefühl beschlich, dass man ihr Überheblichkeit unterstellen könnte.

Doch eigentlich war sie selbst es, die reflexartig ein schlechtes Gewissen bekam. Sicherlich war sie gebildet und allein schon deswegen auf unterschiedliche Weise privilegiert. Hatte einen sinnerfüllten Arbeitsplatz, konnte sich dem Job widmen, der ihr Spaß machte, bezog ein festes und überdurchschnittlich hohes Gehalt und genoss all das, was daraus folgte, einen gewissen Status, besondere Freiheiten und so weiter. Und dennoch fühlte sie sich nicht in der besseren, höher gestellten Welt zu Hause. Mit Haushaltshilfe oder diversen erkauften Dienstleistungen. Dieser Dünkel war ihr eher peinlich. Auch ihre soziale Herkunft half ihr da nicht weiter. Die ungezwungene Selbstverständlichkeit, die ihre aus Arztfamilien und anderen wohl situierten Verhältnissen stammenden Studienkollegen seit ihrer Kindheit besaßen, hatte sie sowohl ängstlich als auch neidisch gestimmt. Und vielleicht auch ein kleines bisschen verächtlich. Mit der Zeit hatte sie sich natürlich in gewisser Weise angepasst. Aber nie ganz. Ihre Wurzeln hatte sie niemals aufgegeben, im Guten wie im Schlechten.

»Mein Gott, dafür brauchst du dich doch nicht zu schämen!«, sagte Lisbeth. »Stell dich nicht so an! Daran ist doch nichts. Glaub ja nicht, dass ich es schaffe, unsere Fenster selber zu putzen, auch wenn wir nicht annähernd so viele haben.«

Veronika war so bedacht darauf, nicht als Snob angesehen zu werden, dass sie manchmal geradezu mit ihrer Bodenständigkeit zu kokettieren schien. Sie war in dem Sinne erzogen, ihren eigenen Dreck wegzumachen, und so hatte sie es bisher auch gehandhabt oder, besser gesagt, eine Art ungeordnetes Bohèmeleben geführt, weil das die einzige Lebensform war, die sie verwirklichen konnte. Denn sie hatte mit ihrer jetzt erwachsenen Tochter Cecilia, deren Belange natürlich vorrangig waren, allein gelebt. Vielleicht waren sie es nicht immer, denn manchmal ging zwangsläufig ihre Arbeit vor, wenn sie ehrlich war, aber sie musste sich und das Mädchen versorgen und gehörte dabei zu den Glücklichen, die ihre Arbeit auch noch liebten. Selbst wenn sie sich oft mühevoll gestaltete. Doch sie hatte sich nie selbst leidgetan. Jedenfalls nicht übermäßig oft. Im Gegenteil, sie genoss ihre Situation. Für sie lag ein gewisser Reiz darin, immer etwas zu tun zu haben.

»Das gehört ins Konzept«, witzelte Skotte und knuffte sie scherzhaft in die Seite.

»Welches Konzept?«

»Ins System. Alle, die ein wenig Grips im Kopf haben, lassen schwarzarbeiten.«

»Außerdem kann man nicht alles schaffen«, argumentierte Lisbeth. »Das ist unmöglich. Aber natürlich ist es nicht gerade witzig, damit in die Schlagzeilen zu kommen«, fügte sie hinzu.

Veronika starrte sie an.

»Na, wie die Leute mit dem schwarzen Putzjob in Göteborg. Wenn man höher gestellt ist, muss man eben aufpassen.«

Veronika sagte nichts mehr. Sie konnte nicht einschätzen, ob Lisbeth meinte, dass Claes und sie zu dem Personenkreis der Höhergestellten zählten. Aber als Kommissar und Ärztin aufgrund der illegalen Beschäftigung eines Fensterputzers vor

Gericht gezerrt zu werden, zählte mit Sicherheit zu den Dingen, auf die sie definitiv verzichten konnte.

Louise saß am Schreibtisch in Doris Västlunds Schlafzimmer mit dem großblumigen Bettüberwurf und entdeckte so ungefähr das, was man in Schreibtischschubladen erwarten konnte zu finden. Außer Stiften, Radiergummis, Büroklammern und Papier lagen dort alte Hefte mit Kontoauszügen, Pässe, Briefpapier, Postkarten und einige lose Fotos, unter anderem ein altes Schwarzweißbild von Doris Västlund, das sie als junge Frau darstellte. Es war ein Porträt von einem Fotografen namens Olsson, wie man an der Signatur am Bildrand erkennen konnte. Das Fotoatelier existierte noch immer, doch die Besitzer hatten inzwischen gewechselt und den Namen des Ateliers übernommen.

Das Bild verkörperte den Charme der Vierzigerjahre: kerzengerader Mittelscheitel, das Haar aus der leicht gewölbten, glatten Stirn gestrichen, die krausen Locken hinter die Ohren geklemmt und ein leicht verschleierter Blick durch dichte Augenwimpern. Ein wenig wie Greta Garbo. Doris Västlund war offensichtlich einmal sehr hübsch gewesen.

Louise legte das Foto zur Seite. Sie richtete einen anderen Stapel mit Kontoauszügen und Rechnungen ein, die sich in einer dünnen Plastikmappe befanden. Wahrscheinlich waren die Unterlagen jeden Monat in verschiedene Ordner sortiert worden, da sie nur Auszüge und Belege des letzten Monats finden konnte. Die Miete wurde jeweils um den Fünfundzwanzigsten eingezogen, wie sie sehen konnte. Es befanden sich keine größeren Summen im Umlauf. Vermutlich gab es keinen Grund, Doris Västlund aus finanziellen Gründen zu töten.

Louise fand auch Familienbilder. Die Alben wurden im größeren Raum ganz unten in einem schmalen Bücherregal verwahrt. Eigentlich hatte sie das Schlafzimmer durchsuchen wollen, doch sie konnte sich nicht von diesen alten Fotografien lösen. Zeitdokumente vergangener Jahre regten jedes Mal ihre Fantasie an.

Ein ernst dreinblickender kleiner Junge mit runden Wangen saß in kurzen, sommerlichen Strampelhosen auf einem Schaffell. Wie das gejuckt haben musste! Der Junge kam in die Schule, wurde konfirmiert und machte schließlich das Abitur. Auf einem anderen Bild hielt ein blond gelockter Mann mit einer Pfeife in der Hand den kleinen Jungen stolz und freimütig an der Hand. Sie standen irgendwo draußen, vielleicht in einem Park, im Hintergrund konnte man eine Bank erkennen. Der Mann zeigte ein großzügiges Lächeln, besaß ein schlankes Äußeres und trug ein weißes Hemd mit aufgekrempelten Ärmeln, sodass seine kräftigen Unterarme zu sehen waren. Die weiten Hosenbeine verdeckten mit ihrem großen Schlag fast die gesamten Schuhe. Die Hose wurde von einem Paar breiter Hosenträger gehalten. Das Bild war 1956 aufgenommen. Das musste der stattliche und stolze Vater sein. Louise blätterte weiter, um zu sehen, ob er noch einmal auftauchte. Den Nachbarn und anderen Befragten zufolge hatte Doris Västlund mit keinem Mann zusammengelebt. Jedenfalls nicht in der letzten Zeit. Auf den folgenden Seiten des Albums fehlte er plötzlich. Er muss ziemlich früh aus dem Leben des Jungen verschwunden sein, nur ein paar Jahre nachdem das fröhliche Bild von Vater und Sohn aufgenommen worden war.

Ein dünnes rotes Fotoalbum stand etwas abseits. Die Bilder waren schwarzweiß und so großformatig, dass jedes Foto eine ganze Seite beanspruchte. Es handelte sich um Atelierbilder von Doris Västlund mit variierendem, jeweils zur Kleidung passendem Hintergrund. Bademode, Skianzug oder elegant geschnittener Wollmantel. Sie hatte also als Modell gearbeitet. Ihr Lächeln strahlte dem Betrachter unverdrossen von Seite zu Seite entgegen. Louise fand es schließlich ziemlich ermüdend.

Ansonsten musste es ganz nett sein, so hübsche Fotos von sich selbst zu besitzen. Louise besaß keine, die diesen auch nur annähernd glichen, aber ihr Aussehen zog Fotografen auch nicht gerade an. Auch wenn sie nicht schlecht aussah. Jedenfalls tat sie ihr Bestes. Im Moment jedoch wirkten ihre Gesichtszüge eher müde und waren von scharfen Linien durchzogen. Denn sie schlief schlecht. Aber sie spürte, dass es nur eine Frage der Zeit sein würde, bis sie wieder aufblühte.

Sie schlug das rote Album zu und stellte es zurück ins Regal.

Irgendwie fand sie es auch ein wenig deprimierend, sich so deutlich vor Augen zu führen, was die Zeit aus einem Menschen machte. Zu Hause vermied Louise es seit einiger Zeit, sich ihre eigenen alten Alben anzusehen. Früher hatte sie oft mit den Mädchen zusammengesessen und darin geblättert. Sie hatten auf die Bilder gezeigt, und sie selbst hatte erzählt, wie es war, als sie klein waren. Zum Beispiel, als sie als winzige Bündel gerade von der Entbindungsstation kamen oder wie zufrieden sie im Kinderwagen schliefen oder als Janos ihnen das Schwimmen beibrachte. Doch je älter sie wurde, desto schmerzhafter holte sie jedes Mal das Gefühl von Vergänglichkeit ein, wenn sie Bilder von Weihnachtsabenden, Geburtstagen und Schuljahresabschlüssen der Mädchen, gemeinsamen Fernsehabenden und Skiausflügen betrachtete. Es war beeindruckend, wie die Kinder sich entwickelten, aber gleichzeitig hatte es etwas Wehmütiges, mit der unausweichlichen Tatsache im Leben, dem Tod, konfrontiert zu werden.

Angesichts dieser Gedanken kam ihr die Frage in den Sinn, wie Janos und sie nun mit ihren gemeinsamen Fotoalben verfahren sollten. Man konnte sie ja nicht teilen.

Verdammt!

Mit den Fotos anderer Leute verhielt es sich natürlich völlig anders. Neugierig griff sie nach dem nächsten Ordner mit verblichenen Farbfotografien, blätterte ihn schnell durch und hielt inne, als sie einige Fotos von einem anderen Mann entdeckte, der bedeutend kräftiger war als der vorherige. Doris Västlund saß mit einem strahlenden Lächeln neben ihm auf dem Sofa. Zwei Kinder im Alter von ungefähr fünf und zehn Jahren standen daneben. Der Mann und die Kinder, zwei Mädchen, tauchten auf einer Reihe von weiteren Bildern erneut auf. Die Mädchen wuchsen, wurden Teenager und dann hörten die Bilder von diesen vermeintlichen Verwandten, Freunden oder dem Mann mit Kindern, mit dem Doris Västlund zusammen abgelichtet worden war und vielleicht sogar eine Partnerschaft geführt hatte, abrupt auf. Sie würden es herausfinden müssen, beschloss Louise und legte das Album zur Seite, sodass sie die Bilder vergrößern und anhand der Kopien herumfragen konnten.

Im nachfolgenden Album beschäftigte Louise ein etwas größeres Foto, das auf einer ansonsten leeren Seite eingeklebt war und ihr eine Erklärung für das Schminktischchen mit dem Rosenstoff lieferte. Auf dem Bild, auch dieses ein vergilbtes Farbfoto, erblickte man Doris in einem hellen, kleidsamen Synthetikkittel. Sie stand zusammen mit einer dunkelhaarigen Frau hinter einem Tresen. Die Dunkelhaarige wirkte jünger. Beide schauten direkt in die Kamera. Ihre Augen strahlten. Am auffälligsten waren die Augenbrauen, die bei beiden bogenförmig verliefen und vermutlich nachgezeichnet waren.

Die Regale hinter ihnen waren mit kleinen Schächtelchen, mit Fläschchen, Cremedosen, Parfümflakons, Seifen und anderen Kosmetikartikeln gefüllt. Eine Parfümerie oder vielleicht sogar ein Kosmetiksalon.

Louise unterrichtete Lundin und erzählte ihm auch von den beiden Mädchen und dem neuen Mann. Lundin war gerade dabei, Bücher durchzublättern. Es handelte sich hauptsächlich um belletristische Werke in festen Einbänden.

»Welches Geschäft?«, wollte er wissen.

»Keine Ahnung.«

»Hast du es nicht wiedererkannt?«

»Es handelt sich immerhin um ein altes Foto. Sie haben es inzwischen vielleicht völlig umgebaut. Außerdem kaufe ich nicht so furchtbar viel Schminke«, entgegnete sie, als handelte es sich dabei um etwas Hässliches und Unanständiges.

Doch vielleicht würde sich das jetzt ändern, wo sie sich sozusagen wieder auf den Markt begeben und einen neuen Versuch starten würde, dachte sie.

Lundin stellte sich neben sie, während sie im Album weiterblätterte.

»Vielleicht existiert ja noch ein besseres Bild«, gab sie ihrer Hoffnung Ausdruck.

Doch sie fand keins.

»So viele Parfümerien gibt es doch wohl nicht, als dass man sie nicht nacheinander abtelefonieren könnte«, schlug er vor.

»Nein, natürlich nicht. Gerade jetzt, wo es modern geworden ist, sich selbst zu stylen.«

»Tatsächlich?«

»Du weißt schon, den Körper auf Trab bringen, Whirlpool, Massage, Tiefenbehandlung mit diversen Cremes und Ölprodukten, ein Wochenende im Spa – unsere modernen Kurorte.«

»Wäre durchaus mal einen Versuch wert.«

»Warum nicht? Man braucht nur ein wenig Zeit ... und Geld«, fügte sie mit dem Gedanken an die eigene äußerst knapp bemessene finanzielle Zukunft hinzu. »Aber wo war ich stehen geblieben?«, fragte sie sich selbst und blinzelte, während sie überlegte.

»Alles, was in irgendeiner Weise mit ihrem Leben zu tun hat«, antwortete Lundin, der bemerkt hatte, dass die Frage nicht ihm galt, und leicht mit den Achseln zuckte.

Benny Grahn hatte in der Zwischenzeit die Küche unter die Lupe genommen. Die Kaffeetassen hatte er bereits eingepackt. Lundin rückte unterdessen das Sofa von der Wand und schaute dahinter. Dann verrückte er die Stühle, den blank gewienerten Mahagonitisch, die Bauernstühle, den Nähkorb, die alte Brauttruhe und die nahezu antiken Steingutkrüge. Schließlich versuchte er sogar, die so genannte Musiktruhe aus dunklem Holz zu verschieben.

Louise ging zurück ins Schlafzimmer und öffnete den Kleiderschrank. Sie erblickte die übliche Fülle von Bügeln und Kleidern. Die Leute werfen angesichts der Menge an Kleidung, die sie neu anschaffen, einfach zu wenig weg.

Die Unterwäsche machte einen sehr gepflegten und qualitativ hochwertigen Eindruck. Einiges stammte von Calida.

Auf dem ziemlich modernen Kleiderschrank, der höchstwahrscheinlich im Zuge der Renovierung angeschafft worden war, stand eine Reihe von beschrifteten Pappschachteln unterschiedlichen Inhalts. Handschuhe, Mützen, Tücher. Alte Briefe.

Louise reichte ohne Stuhl nicht an die Schachteln heran und überlegte, ob sie auf eine nähere Inspektion verzichten sollte. Sie beinhalteten vermutlich genau das, was auf den Etiketten stand. Nämlich Sachen, die sie zu Hause in ähnlichen Boxen verstaute.

Dennoch ging sie in die Küche und holte sich einen Stuhl, stieg darauf und hob den ersten der braunen Kartons herunter. Der Deckel war matt vom Staub. Sie fand ungefähr, was sie vermutet hatte: Mützen, unter anderem eine Rotfuchskappe und eine alte Eislaufkappe. Im nächsten Karton befanden sich ein Paar grob gestrickte Wollhandschuhe sowie lederne Autohandschuhe mit Luftlöchern im Handrücken. Staub wirbelte von den Deckeln und der Oberfläche des Schrankes auf.

Als Louise sich nach der letzten Schachtel streckte, fiel sie beinahe vom Stuhl. Sie sah sich gezwungen, die Tür zum Wohnzimmer zu schließen und den Stuhl zu verschieben, um an den Karton heranzureichen. Er war mit der Aufschrift »Alte Briefe« versehen.

Als sie ihn in der Hand hielt, stellte sie fest, dass er vor nicht allzu langer Zeit hervorgeholt worden sein musste. Die Staubschicht auf dem Deckel war merklich dünner, und sie konnte an der einen Ecke deutlich Fingerabdrücke erkennen.

Sie blieb auf dem Stuhl stehen und balancierte die relativ große Pappschachtel mit der einen Hand, während sie mit der anderen den Deckel aufschob.

»Ach du meine Güte!«, rief sie überrascht aus.

Sowohl Lundin als auch Benny eilten herbei, und sie musste schnell vom Stuhl springen, um nicht von der auffliegenden Tür umgestoßen zu werden.

Also stand sie mitten in dem etwas antiquierten, durchaus liebevoll eingerichteten, aber völlig überladenen Schlafzimmer mit der Schachtel fest unter den Arm geklemmt, während Janne Lundin und Benny Grahn sie stumm von der Türöffnung aus anstarrten. Sie kamen näher, richteten ihre Blicke in die Pappschachtel und trauten ihren Augen nicht.

Lundins Mund entwich ein leises Pfeifen.

»Dafür könnte man allerdings schon eher morden«, lautete sein Kommentar.

»Im Gegensatz zu einer überschrittenen Waschzeit«, ergänzte Benny.

»Aber wo hat sie das alles nur her?«, flüsterte Louise fast. »Das sind ja Mengen!«

Die braune Box aus gepresster Pappe war bis zum Rand mit Geldscheinen von unterschiedlichem Wert gefüllt. Sogar mit Tausendern.

Viktoria war noch nie in einem Krankenhaus gewesen, und es entsprach auch nicht ihrem Wunsch, dorthin zu fahren. Sie wäre nie auf eine so dumme und gewagte Idee gekommen. Doch Linas Mama hatte es für notwendig gehalten. Und Linas Papa natürlich auch. Vielleicht sogar auch Lina selbst, jedenfalls winkte sie fröhlich, als Viktoria auf dem Rücksitz in Gunnars Auto in Richtung Krankenhaus davonfuhr. Sicherlich war sie froh, nicht selbst in Viktorias Haut zu stecken. Da war es schon bedeutend angenehmer, in der Schule davon erzählen zu können, wie krank ihre beste Freundin war und dass sie sogar in die Notaufnahme gefahren werden musste. Zwar nicht in einem Krankenwagen, aber immerhin.

Es hatte damit angefangen, dass Linas Mama nachfragte, wo denn Viktoria geblieben sei. Lina berichtete wahrheitsgemäß, dass sie schlief, und ihre Mutter fand sie dementsprechend auch zusammengekauert und tief schlafend in Linas Bett im oberen Stockwerk. Allerdings hielt sie diesen Anblick keineswegs für normal. Jedenfalls konnte sie sich nicht erinnern, Viktoria jemals in einer solchen Verfassung erlebt zu haben. Bisher war sie eigentlich immer recht munter gewesen.

Am Telefon meinte Linas Mama zu Viktorias Mama, dass irgendetwas mit ihrer Tochter nicht stimme, und riet ihr, sie möglichst umgehend abzuholen. Armes kleines Mädchen! Sie klang so mitfühlend, dass Viktoria, die inzwischen geweckt worden war, am liebsten auf der Stelle losgeheult hätte.

Und dann kam Mama. Gunnar war bei ihr, denn er sollte sie in die Notaufnahme bringen. Danach würde er allerdings zurück in seine eigene kleine Wohnung fahren. Und dennoch schien es nicht so, als hätten Mama und er sich tatsächlich getrennt. Jedenfalls nicht richtig. Auch wenn Gunnar schon all seine Sachen in die neue Wohnung, von der er andauernd redete, gebracht hatte. Eine eigene kleine Bude, in der er sein eigener Herr sein würde. Viktoria dachte, dass er, wenn es nach ihr ging, am liebsten für immer sein eigener Herr sein könnte.

Und jetzt lag sie in der Notaufnahme auf einer harten Trage und versuchte, mit ihrem Blick den grellen Neonröhren auszuweichen. Sie hatte Angst. Eine nette Krankenschwester, die Barbro hieß, war gekommen und hatte ihr einen Klecks weiße Betäubungssalbe in die Armbeuge gerieben und darauf ein Pflaster geklebt, damit sie besser wirken konnte. In ein paar Augenblicken würde Barbro ihr mit einer Nadel in die Haut pieksen und ihr aus einer Vene Blut abnehmen. Das klang natürlich ziemlich Furcht einflößend oder, besser gesagt, so schrecklich, dass sie versuchte, Mama zu überreden, lieber wieder nach Hause zu fahren. Doch Mama ließ sich nicht beirren. Wer A sagt, muss auch B sagen, meinte sie, und da sie nun extra gewartet und damit sowieso schon den halben Samstag verdorben hatten, konnten sie es ebenso gut gleich hinter sich bringen. Was genau sie hinter sich bringen würden, wusste Mama hingegen nicht, auch wenn sie einiges über den menschlichen Körper wusste.

Vielleicht war es der Blinddarm, hatte Viktoria aufgeschnappt, als ihre Mama Linas Mama etwas zuflüsterte, bevor sie losfuhren.

Wie schrecklich! Denn dann waren sie gezwungen, ihr den Bauch zu öffnen und sie zu operieren. Sie wusste nicht, ob sie damit einverstanden sein sollte. Lieber starb sie.

Doch dann kam auch schon der Doktor. Er war jung und ebenfalls sehr nett. Er scherzte ein wenig mit ihr und lobte sie, dass sie so mutig gewesen sei, als Barbro alle möglichen Blutproben genommen und sie selbst dabei keinen Mucks gesagt hatte. Im Nachhinein fand sie, dass es gar nicht so schlimm gewesen war. Eigentlich hatte sie sich völlig umsonst geängstigt.

Der Doktor hieß Daniel. Er war unheimlich süß. Wenn sie Lina von ihm erzählte, würde sie vor Neid erblassen, dass sie selbst keine Bauchschmerzen gehabt hatte und deshalb nicht in die Notaufnahme zu diesem netten Doktor gekommen war.

Er fragte, ob Viktoria normal gegessen hätte, ob ihr übel gewesen sei, sie erbrochen oder Durchfall gehabt hätte und ob es beim Pinkeln gebrannt hätte. Das hatte es heute Morgen tatsächlich ein bisschen. Er meinte, dass es sich dabei um eine Harnwegsinfektion handeln könne, deshalb müsse sie eine Urinprobe abgeben. Ihr war außerdem aufgefallen, dass ihr Po ein wenig empfindlich war, aber das hatte sie ihm natürlich nicht gesagt. Es würde schon von selbst wieder weggehen.

Doch ihr war weder übel gewesen, noch hatte sie erbrochen oder Durchfall gehabt. Einfach nur Schmerzen.

Tja, was hatte sie gegessen? Sie schaute ihre Mutter an.

»Du hast doch wohl vernünftig gegessen, als du nach Hause gekommen bist, oder?«, fragte Mama.

Sie nickte.

»Und heute Morgen?«

»Ein Stück Toastbrot«, piepste Viktoria, was völlig der Wahrheit entsprach. Sie hatte am Ende fast eine ganze Scheibe geröstetes Weißbrot bei Lina geknabbert.

Der Doktor hatte warme Hände. Sie musste ihren Pulli etwas hochziehen, damit er vorsichtig ihren Bauch abtasten konnte.

»Er fühlt sich relativ weich an. Das ist schon mal gut. Aber was ist denn das hier?«

Sie hob den Kopf an und schaute über den Pulli, der zusammengeschoben über ihrer Brust lag, in Richtung Magen, wo sie einen lilafarbenen Fleck entdeckte. Als der sympathische

Doktor Daniel vorsichtig mit den Fingerspitzen den verfärbten Bereich abtastete, tat es genau an dieser Stelle weh.

»Das muss vom Fahrradunfall kommen«, meinte Mama.

»Hattest du denn einen Fahrradunfall?«, wollte der Doktor daraufhin wissen und betrachtete sie mit seinen freundlichen Augen.

Sie nickte.

»Und wann war das?«

»Gestern.«

»Es muss passiert sein, als du den Lenker in den Bauch bekommen hast«, ergänzte Mama erklärend.

Viktoria nickte erneut.

»Hast du dir sehr wehgetan?«, fragte der Doktor, der auf der Kante ihrer Trage saß.

»Nein, es war nicht so schlimm.«

Doktor Daniel war noch zehnmal süßer als Micke, der große Bruder von Madde aus ihrer Klasse. Wo doch Micke schon als der Süßeste auf der ganzen Welt galt.

Der Doktor erklärte schließlich, dass Viktoria jetzt auf die Ergebnisse ihrer Blutproben warten müsse und eventuell noch ein anderer Arzt sie untersuchen würde. Es könne also noch eine Weile dauern.

»Möchtest du ein paar Hefte zum Lesen haben?«, fragte er.

Das wollte sie. Mama konnte in der Zwischenzeit in die Cafeteria gehen und etwas trinken. Denn sie hatte ja keine Bauchschmerzen.

Veronika rief ungefähr um zwölf Uhr mittags zu Hause an. Die Sonne hatte sich kurzfristig zwischen den Wolken gezeigt, und Veronika sehnte sich danach, an die frische Luft zu kommen, doch es war noch einiges zu tun, bevor sie nach Hause fahren konnte.

Claes klang fröhlich. Sie empfand es als erleichternd, mit jemandem sprechen zu können, der gute Laune hatte. Klaras Zustand hatte sich verbessert, sie hatte sogar ihren Morgenbrei ganz alleine gelöffelt, wie er aufgekratzt berichtete. Natürlich hatte sie nicht mit ihrem gewohnten Appetit gegessen, aber immerhin aß sie, und das war ein klares Anzeichen für eine Besserung. Deshalb wollte Claes später das Auto nehmen und zu Egons zum Einkaufen fahren. Wenn er Klara ordentlich anziehen und sich damit begnügen würde, nur das Nötigste zu besorgen, würde seine Tochter es schon durchstehen. Veronika sah kaum eine Möglichkeit zu protestieren, vor allem weil sie ihn in dieser Situation sowieso nicht unterstützen konnte. Außerdem trug im Moment er die Verantwortung, erinnerte sie sich. Sie konnte ihn kaum über Monate hinweg vom Dienst aus dirigieren, denn das würde über kurz oder lang jeden verrückt machen.

Jeder muss nach seiner Fasson glücklich werden!, pflegte ihr Vater immer zu sagen. Wie Recht er doch hatte, dachte sie und beendete das Telefonat. Dann suchte sie nach Daniel Skotte in der Notaufnahme und fragte ihn, ob er vorhatte, in der Kantine Mittag zu essen. Er sagte zu, und sie machten eine Zeit aus.

Auf dem Speisezettel stand gekochter Lachs. Der Frühling war jedes Jahr die Hochsaison für Lachsgerichte. In der Kantine saßen relativ wenig Leute, wie immer an den Wochenenden. Außerdem wurden es generell immer weniger, die zum Essen dorthin gingen. Die meisten fanden es einfach zu teuer. Stattdessen brachten sie ihre Mahlzeit von zu Hause mit und wärmten sie in den Mikrowellengeräten der kleinen Personalräume auf, die über die Klinik verteilt waren. Diese Handhabung war einerseits billiger und vielleicht auch praktischer, vermutlich würde sie sich sogar in der gesamten Klinik durchsetzen. Doch andererseits untergrub sie den Zusammenhalt über die Abteilungen hinaus und brachte noch zusätzlich das Risiko mit sich, dass die Mittagszeit immer mehr zur ausschließlichen Essensaufnahme genutzt wurde. Man galt stets als ansprechbar, während man in den beengten Personalräumen in den Abteilungen sein Essen hinunterschlang, um so schnell wie möglich wieder einsatzbereit zu sein, und kam auf diese Weise niemals richtig zur Ruhe.

Veronika setzte sich zum Dienst habenden Röntgenarzt an den Tisch. Er hatte die von Daniel Skotte ausgestellte Überweisung für eine computertomografische Untersuchung von Johanssons Schädel erhalten und plante, diese am Nachmittag durchzuführen, wie er berichtete. Skotte selbst erschien kurze Zeit später. Als die Sonne endgültig hervorkam und den Tisch in goldgelbes Licht tauchte, wechselten sie das Thema und sprachen über ihre Pläne für den Sommer. Die Herren gedachten zu segeln, erfuhr Veronika gerade noch, als ihr Sucher piepste.

Sie machte sich auf den Weg zum Telefon an der Essensausgabe und vernahm am anderen Ende der Leitung Lisbeths Stimme, die wissen wollte, ob Veronika kurz auf die Station kommen konnte, um dem erwachsenen Mistkerl von Sohn ihrer Patientin Viola Blom den Marsch zu blasen.

Skotte hatte also die alte Dame eingewiesen, was wahrscheinlich relativ problemlos vonstatten ging. So wahnsinnig viel Neues über ihren Zustand musste ihrer Akte wahrscheinlich nicht hinzugefügt werden. Er konnte sich damit begnügen, ein paar kurze Sätze unter der Rubrik »Wiederholte Einlieferung« zu diktieren.

Veronika fand die Ärmste halb liegend in ihrem Bett. Ihr kleiner Kopf verschwand fast in den Kissen. Sie war dürr und unansehnlich wie ein Vogeljunges ohne Federn.

Ihr Nachttisch war ausgeklappt und mit einem Tablett versehen, auf dem das Mittagessen – der gekochte Lachs und eine Kaltschale, die Veronika nicht mehr hatte probieren können – serviert war. Dieses appetitliche, mit Soße und Beilagen angerichtete Sonntagsessen verschlang gerade ihr Sohn, ein mindestens fünfzigjähriger Klotz von einem Mann, der vermutlich keineswegs so geraten war, wie seine zierliche Mutter es sich einst erträumt hatte. Nicht einmal richtig erwachsen war er geworden.

Er merkte nicht, dass Veronika ihn von der Tür aus beobachtete, und die Frage war, ob er überhaupt bereit war, Rücksicht auf ihr Erscheinen zu nehmen, solange der Teller noch gefüllt war. Man hatte ihn schon mehrmals erwischt. Doch es half nichts. Für gewöhnlich schlich er sich direkt zur Essenszeit ins Zimmer und verschwand danach genauso schnell wieder. Da das Personal jedoch während dieser Zeit ebenfalls die Gelegenheit nutzte, etwas in den Magen zu bekommen, entdeckte man ihn nur selten.

Doch diesmal hatten sie ihn auf frischer Tat ertappt.

Veronika glitt lautlos auf ihren Birkenstocksandalen in den Raum und stellte sich direkt hinter ihn.

»Schmeckt's?«, fragte sie ihn barsch.

Er wollte gerade den Löffel zum weit aufgerissenen Mund führen und hielt mitten in der Bewegung inne. Die Kaltschale tropfte vom Löffel.

»Sie will doch sowieso nichts essen«, verteidigte er sich und schaute Veronika mit flehendem Blick an.

»Was Sie nicht sagen!«

Veronika kannte keine Gnade.

»Äh, also, ja...«

Er legte den Löffel auf das Tablett. Viola Bloms wässrige Augen fuhren erschrocken zur Decke. Wie kleine Kugeln im Kopf rotierten sie, und das war auch schon das einzige, aber deutliche Zeichen dafür, dass sie tatsächlich lebte, ausgetrocknet und verhungert, wie sie war.

»Ihre Mutter liegt hier, um zu Kräften zu kommen. Oder, Viola? Hatten wir das nicht so besprochen?«

»Doch«, pflichtete sie Veronika bei und versuchte die Decke höher zu ziehen, woran ihr schwerfälliger Sohn, der wie ein Sack auf ihrer Bettkante und dem Bettzeug saß, sie allerdings hinderte.

»Sie sind doch hier, um zu essen, weil er Ihnen zu Hause alles wegisst. Diese Mahlzeit ist für Sie, Frau Blom, und nicht für ihn!«, erklärte Veronika und warf einen bösen Blick in die Richtung des wohl genährten Sohnes, der betreten zu Boden schaute.

»Ja, ja«, murmelte er und erhob sich schwerfällig.

Er verschwand nicht sofort, sondern stand noch eine Weile mit seinem Schmerbauch und den bärtigen Hamsterbacken am Bett und harrte aus. Schließlich schien er jedoch einzusehen, dass er den Rest der Kaltschale, die nach wie vor einladend rot in dem tiefen Teller leuchtete, stehen lassen musste.

»Sie können Ihre Mutter gerne besuchen, aber bitte nicht zum Essen«, rief Veronika hinter ihm her, und ihr lag auf der Zunge, ihn noch darüber zu informieren, dass die Klinik kein Gratisrestaurant für Angehörige sei. Doch sie ließ es bleiben. Es war offensichtlich, dass mit diesem Fleischklops etwas ganz und gar nicht stimmte, und dennoch schien es ihr ungerecht, sich über den Schwächeren herzumachen.

Jedenfalls trottete er endlich von dannen. Im Schwesternzimmer wartete Lisbeth.

»Und wie lief es?«

»Er ist gegangen«, erwiderte Veronika.

»Der Pflegedienst bringt ihr jeden Tag das Essen, aber er liegt wahrscheinlich auf der Lauer, denn kurze Zeit später taucht er auf und schaufelt alles in sich hinein, haben sie berichtet.«

»Vielleicht möchte Viola es so.«

»Meinst du?«

»Auf diese Weise bekommt sie wenigstens Gesellschaft. Erkauft sie sich, sozusagen. Nicht alle können mit ihrer Einsamkeit umgehen.«

»Oder Mutterliebe?«

»In diesem Fall grenzenlose«, stellte Veronika fest. »Wie ein Kuckucksei im Vogelnest.«

Als sie den Korridor entlangging, um Daniel Skotte in der Notaufnahme mit einem Kind zu helfen, hörte sie Viola Blom durch die offene Tür nach ihr rufen. Veronika glaubte, dass die alte Frau sich für ihren Sohn entschuldigen wollte, was Veronika eigentlich weder erwartete noch gewollt hätte – gewisse Phänomene lassen sich nun mal nicht ändern –, doch sie schien etwas anderes auf dem Herzen zu haben.

»Ich traue mich nicht mehr, zu Hause zu sein«, sagte die

ausgezehrte Dame schwach und versuchte sich noch kleiner zu machen, was kaum möglich war.

»Und warum nicht?«, fragte Veronika mit mäßigem Engagement, weil sie sich des Eindrucks nicht erwehren konnte, dass zumindest für den heutigen Tag genug Wirbel um Viola Blom gemacht worden war.

»Gestern waren Polizeiautos in meiner Straße. Sie haben eine alte Frau im Haus gegenüber niedergeschlagen.«

»Ja?«

Veronika dachte nach.

»Kamen Sie deshalb gestern hierher?«

Viola Blom nickte von ihrem Kissen aus.

»Aber warum haben Sie uns nichts davon erzählt?«

»Es hatte wohl keiner die Geduld, mir zuzuhören«, entgegnete sie anklagend.

Veronika überging den Vorwurf und schaute auf das abgemagerte Wesen vor ihr im Bett. Ihr fiel keine einigermaßen kluge Antwort ein, mit der sie die Frau hätte beruhigen können.

»Und woher wissen Sie das alles?«

Der Mund der Patientin verzog sich zitternd zu einem schwachen Lächeln.

»Man verfolgt immerhin das Tagesgeschehen.«

»Ja, und in welcher Form?«

»Fernsehen. Zeitung.«

»Aha«, sagte Veronika und legte beruhigend ihre Hand auf Viola Bloms Schulter. »Sie brauchen keine Angst mehr zu haben. Die Polizei kümmert sich um alles. Aber nun muss ich leider weiter.«

Veronika machte einige Schritte in Richtung Tür.

»Außerdem sitze ich am Fenster und schaue hinaus«, gab Viola Blom von sich, um Veronika zurückzulocken. »Ich habe einiges gesehen«, blinzelte sie verschmitzt.

Veronika kam wieder zurück.

»Und warum haben Sie nicht die Polizei gerufen?«, wollte sie wissen.

»Ich?«

»Ja, Sie. Vielleicht haben Sie etwas zu berichten, das wichtig ist«, meinte Veronika.

»Ich doch nicht«, gluckste Viola Blom und rollte mit dem Kopf auf dem Kissen hin und her.

»Doch, gerade Sie«, entgegnete Veronika mit Bestimmtheit. »Vielleicht haben Sie etwas gesehen, das für die Polizei von Bedeutung ist.«

Viola sah regelrecht hinterlistig aus, als sie mit ihrem zahnlosen Mund begann, Kaubewegungen zu machen.

»Man kann nie wissen«, sagte sie vage.

»Sie können der Polizei doch erzählen, dass Sie Angst haben«, forderte Veronika sie auf und schob damit das Problem einem anderen öffentlichen Sektor zu.

»Darf ich dann trotzdem bleiben?«, flehte Viola mit einschmeichelnder Stimme, während sie mit ihren knochigen Fingern an der Decke zupfte.

»Sie bleiben erst mal übers Wochenende, und am Montag sehen wir dann weiter«, antwortete Veronika, tätschelte ihr die Hand und verließ dann die Abteilung.

Es war Samstagnachmittag, und die Schatten begannen länger zu werden. Janne Lundin drehte noch eine letzte Runde durch den Keller, um alle Schlösser zu kontrollieren. Ihm war für ungefähr die Hälfte aller Räume des Gebäudes Zutritt gewährt worden, das heißt, er hatte die Schlüssel für die einzelnen Kellerabteile erhalten und von pedantischer Ordnung bis hin zum reinsten Chaos alles gesehen. Da fanden sich Eishockeyschläger aus den Fünfzigerjahren – wer wollte noch damit spielen? – und mehrere Meter alter Auflagen von *Reader's Digest*. Er konnte allerdings keinen Gegenstand entdecken, der als Mordwaffe hätte angewendet werden können, nichts, das schwer genug war, die passende Form hatte und dazu noch eine relativ geringe Oberfläche besaß. Mit anderen Worten: ein Objekt, das man leicht mit sich führen und genauso leicht wieder verschwinden lassen konnte.

Er fuhr zurück ins Präsidium, wo er Benny Grahn und Joakim von Anka bei der Untersuchung der Geldscheine im Labor antraf. In den Räumen der erfahrenen Techniker lag ein Wäscheberg, den noch keiner analysiert hatte. Es handelte sich um saubere Wäsche, die aus dem Trockner stammte.

Janne Lundin und Benny Grahn blickten auf ein buntes Wirrwarr, das hauptsächlich aus winzigen Tops und raffinierten Slips bestand, die sie in ihrem Leben oder, besser gesagt, in ihren eigenen vier Wänden noch nicht gesehen hatten. Vor ihnen breitete sich eine Farbpalette von Schwarz über Schweinchenrosa und Weihnachtsrot bis hin zu Schokoladenbraun und Aprikosengelb aus. Die meisten der Dessous waren mit Seidenbändern, Bordüren oder Rosetten versehen. Des Weiteren konnten sie hochwertige Stringtangas und verschiedene ausgefallene BHs mit wattierten Körbchen ausmachen.

»Wow!«, entfuhr es Lundin.

»Schick, oder?«

»Aber so winzig«, entgegnete Lundin und hob mit Hilfe eines Stiftes einen Spitzen-BH am Träger an. »Das ist ja fast Kindergröße.«

»Warum nur die Frau ihre Wäsche bisher nicht vermisst hat?«, wunderte sich Benny.

»Hoffentlich haben die Kollegen die Kleidergrößen aller Befragten notiert.«

»Hier steht jedenfalls ›Small‹ drauf«, las Benny auf dem Etikett eines Slips.

Jesper Gren kam zur Tür herein und staunte nicht schlecht, als er den Haufen von Geldscheinen in der Pappschachtel erblickte.

»Wie viel ist das insgesamt?«

»Keine Ahnung«, erwiderte Benny Grahn. »Wir sollten vielleicht eine Wette abschließen. Wer am dichtesten dran ist, gewinnt einen Kasten Bier, den er allerdings mit den anderen teilen muss.«

Lundin und Gren blickten sich an.

»Okay«, entschied Gren und sah aus, als schätze er im Geiste schon die Höhe der Summe. »Hängst du einen Zettel im Personalraum auf?«

»Ja. Wird gemacht«, antwortete Benny, riss sofort ein Blatt Papier aus seinem Block und griff zu einem Filzstift.

»Was wolltest du eigentlich?«, fragte Lundin.

»Äh, es ist gerade ein anonymer Anruf eingegangen. Du weißt ja, die Leute tun immer so verdammt geheimnisvoll, wenn es um Nachbarschaftsstreitigkeiten geht. Jedenfalls wollte die Frau uns darüber informieren, dass ihr Nachbar jetzt aus dem Krankenhaus zurück sei. Sie hätte ihn gesehen, als er ankam. Vielleicht hat sie sogar mit ihm gesprochen.«

»Und um wen handelt es sich?«, fragte Lundin.

»Johansson, Kjell«, las Gren von einem Zettel ab.

Lundin nickte.

»Es ist der Mann, den Erika befragen sollte, der aber nicht zu Hause war.«

Lundin griff zu seinem Handy und rief Louise Jasinski an, die ihrerseits auf dem Weg zu ihnen war. Sie hatte zwischendurch kurz zu Hause reingeschaut, um etwas zu essen und nach ihren Kindern zu sehen.

»Schaffen wir es denn heute wirklich noch, ihn zu verhören?«, seufzte sie. »Wenn er im Krankenhaus lag, war er wohl eher nicht in den Fall verwickelt. Aber entscheidet nichts, bevor ich komme. Und falls ja, wäre es gut, wenn Peter Berg es übernehmen könnte. Er hat ja heute Innendienst«, erörterte sie aus dem Stegreif und bat sie zu warten, bis sie selbst käme.

Peter Berg und Jesper Gren hatten den Tag hauptsächlich damit verbracht, Zusammenhänge zu finden und alle Namen, die im Präsidium eingingen, zu kontrollieren. Für Berg würde sich die Frage stellen, ob er das Verhör mit einem Nachbarn für einen geeigneten Abschluss seines Arbeitstages hielt, dachte Lundin. Wenn alle Stricke rissen, würde er sich selbst anschicken, es zu führen. Aber wirklich nur, wenn es unbedingt sein musste, denn ein bisschen Familienleben täte ihm zur Abwechslung auch mal ganz gut, und außerdem hatte es auch noch bis zum nächsten Tag Zeit. Er würde versuchen,

Louise zu überreden. Sie sollte Berg morgen zu Johansson schicken. Denn er war noch jung und engagiert genug, um locker darüber hinwegzusehen, dass Wochenende war. Außerdem hatte er keine Kleinkinder. Überhaupt gar keine Kinder, wenn man es genau betrachtete.

»Wie lecker!«, rief Veronika aus und nahm sich genussvoll Spaghetti nach.

Der Lachs vom Mittagessen war längst verdaut, und sie hatte Hunger. Sie zerkleinerte das Essen in Klaras tiefem, mit Katzen verziertem Kinderteller aus stabilem Plastik, goss ihr Milch ein und verschloss den Deckel ihres Trinkbechers. Klara griff vorsichtig mit zwei Fingern nach einer Nudel, zog, bis sie sich vom Teller löste, und stopfte sie dann in den Mund. Ansonsten stocherte sie eher im Essen herum. Und schmierte alles voll. Veronika ließ sie gewähren.

Claes hatte vor, sofort nach dem Essen mit den Bäumen zu beginnen. Er war voller Tatendrang, und Veronika spürte seine Rastlosigkeit. Er wollte einfach nur im Garten arbeiten und seine Ruhe haben. Zwar war es schon später Nachmittag, aber die Tage wurden allmählich länger. Der Wechsel zur Sommerzeit lag schon eine Woche zurück. Es wurde also Zeit für die Obstbäume, die Nachbarn waren längst damit fertig. Claes hatte die Zeitungsbeilage mit Hinweisen zum Beschneiden von Bäumen hervorgeholt und schlug sie nun am Tisch auf.

»Man muss es einfach nur so machen, wie es hier steht.«

Er zeigte auf die schematisierten Schwarzweißbilder von Baumkronen, deren zu kappende Zweige in pädagogischer Manier mit Pfeilen markiert waren, während diejenigen, die auf keinen Fall beschnitten werden sollten, mit Warnkreuzen versehen waren.

»Es geht darum, sie so auszudünnen, dass genügend Licht ins Blattwerk kommt«, lautete Veronikas Erklärung.

Sie wusste, wie es ging, da ihr Vater es ihr beigebracht hatte, auch wenn sie dieses Wissen in späteren Jahren nur selten in die Tat umgesetzt hatte. Als sie mit Cecilia alleine lebte, hatte ihr früherer Nachbar es freundlicherweise für sie übernommen. Folglich hatte sie in diesem Frühjahr Claes wiederholt vorgeschlagen, den älteren Mann anzurufen, denn er wäre mit Sicherheit gern gekommen, doch Claes hatte jedes Mal mit Nein geantwortet. Schließlich hatte sie eingesehen, dass es besser war zu schweigen. Er hatte versprochen, sich um die Bäume zu kümmern, also würde er sein Versprechen auch einlösen. Auch ohne ihr ständiges Nachfragen.

Nun wollte er also zur Tat schreiten.

Veronika räumte den Tisch ab und hob ihre Tochter aus dem Kinderstuhl, woraufhin Klara unmittelbar durch die Tür verschwand. Veronika lief hinterher. Klara stellte sich vor den Fernseher, patschte mit ihren verschmierten Fingern gegen die Glasfront und lachte ihre Mutter dabei fröhlich an. Veronika nahm sie hoch, trug sie in die Küche zurück und wischte ihr die Finger ab. Kurz nachdem sie Klara wieder abgesetzt hatte, verschwand sie erneut. Veronika räumte die Spülmaschine ein und stellte sie gerade an, als sie ein klirrendes Geräusch aus dem Wohnzimmer vernahm – ohne nachfolgendes Geschrei. Sie eilte hinterher.

»Mist!«, fluchte sie dann leise vor sich hin.

Claes hatte eine Kaffeetasse auf dem Wohnzimmertisch stehen lassen. Es war eine von den mit Rosendekor versehenen dünnen Porzellantassen, die er aus seinem Elternhaus geerbt hatte und aus denen er vorzugsweise trank.

Die zerbrochene Tasse war nicht so schlimm. Aber in ihr hatte sich ein Rest kalter Kaffee befunden, der sich gerade unbarmherzig auf dem hellen Leinenteppich ausbreitete. Veronika ging rasch in die Küche und holte Haushaltspapier, schob es unter den Teppich und versuchte gleichzeitig, die Feuchtigkeit obenauf abzutupfen, um so viel wie möglich der teerfarbenen Flüssigkeit aufzusaugen, während sie außerdem bemüht war, Klara von den Porzellanscherben fern zu halten.

Dazu kam, dass der ganze Fußboden übersät war mit Spielsachen. Aus Versehen trat Veronika auf eine Spieldose, was verdammt wehtat. Dabei fiel ihr auf, dass sich die zusammengeknüllten Seiten aus alten Wochenzeitungen, die Klara mit großer Sorgfalt zerkleinert hatte, auf dem Teppich wie tote Winterfliegen ausnahmen.

Claes hätte ja auch wirklich aufräumen können!

Zu allem Übel stieg auch noch ein unverwechselbarer Geruch aus Klaras Hose auf, die gerade breitbeinig und verdächtig still vor dem Bücherregal stand und sich festhielt.

Veronika nahm sie hoch und trug sie mit schroffem Griff ungefähr wie einen zusammengerollten Teppich unter dem Arm in Richtung Treppe. Klara strampelte und fuchtelte mit den Armen, doch Veronika schenkte ihr keinerlei Beachtung und beförderte sie unverdrossen ins Obergeschoss, wo sie das Kind mit einem Plumpsen auf den Wickeltisch setzte. Klara begann wie am Spieß zu schreien, worauf Veronika, die müde und angespannt war, nicht weiter Rücksicht nahm. Sie riss ihr die Windel vom Po, drehte den Wasserhahn des Waschbeckens im Bad auf und kontrollierte die Temperatur. Dann hielt sie den geröteten Babypopo unter den Hahn. Klara schrie aus voller Kehle und wand sich wie ein Fisch. Veronika ließ sich erweichen, prüfte die Temperatur erneut und stellte fest, dass das Wasser zu kalt war. Also drehte sie den Warmwasserhahn weiter auf, rieb den Po mit Seife ab und legte das Kind danach wieder auf den Wickeltisch, wo sie es mit festen und resoluten Bewegungen abtrocknete.

Klara weinte jetzt herzerweichend, wobei sie Veronika sorgsam mit dem Blick auswich.

Mit einem Schlag wurde Veronika klar, was sie da eigentlich tat.

Sie versuchte innezuhalten und sich ein wenig zu entspannen. Klaras Wangen waren inzwischen flammend rot, ihr Weinen klang immer heiserer, und die Nase lief wie ein kleiner Wasserfall. Sie war ja nicht einmal richtig gesund!

Wut stieg in ihr auf. Dass sie so mit ihrer Tochter umspringen musste! Warum konnte sie sich nicht beherrschen? Ruhig und gelassen bleiben und nicht wie gerade eben völlig die Fassung verlieren. Und vor allem ihre eigene Anspannung nicht an anderen auslassen. Schon gar nicht an ihrer eigenen Tochter.

Veronika senkte reumütig ihre Stimme und wählte eine kindgerechte Sprache. Sie blies Klara vorsichtig ins Gesicht, strich ihr liebevoll über Wangen und Haar, hob sie hoch und schmiegte sie dicht an ihren Körper. Wiegte sie dann in ihren Armen und setzte sich schließlich mit ihr auf dem Schoß auf den heruntergeklappten Klodeckel, wo sie ihr mit sanften Händen spielerisch die frische Windel anzog.

»Es tut mir leid, mein Liebes, dass ich so böse war. Das war ziemlich dumm von mir«, entschuldigte sie sich und fragte sich gleichzeitig, an wie viel von diesem Ausbruch sich ihre Tochter später erinnern würde. Sie war immerhin erst dreizehn Monate alt.

Sicherlich besitzt der Mensch die Fähigkeit zu vergessen, und das würde Klara wahrscheinlich auch tun, aber sie selbst würde sich in Zukunft zusammenreißen müssen. Das vorangegangene Erlebnis war ihr eine Warnung.

Klara hatte sich bald wieder beruhigt und weinte nicht mehr, doch sie traute dem Frieden nicht ganz. Die Körpersprache eines gekränkten Kindes ist leicht zu deuten. Klara vermied es, ihrer Mutter in die Augen zu schauen, und stieß vereinzelte halb schniefende Hickser aus, während sie steif auf Veronikas Arm hockte.

Sie gingen zusammen in Klaras Zimmer mit dem Kinderbett, der Kommode und einem niedrigen Regal, auf dem ihre Spielsachen standen. Veronika öffnete eine Schublade und suchte mit einer Hand nach sauberer Kleidung.

Im selben Moment entdeckte Klara Kalle, den Stoffhund, den sie von ihrer großen Schwester Cecilia bekommen hatte. Kalle lag platt auf dem Bauch, die Ohren auf dem Flickenteppich ausgebreitet. Klara zeigte auf ihn und fing an, freudig zu strampeln. Veronika bückte sich, griff nach dem Hund und gab ihn ihrer Tochter. Sie zog ihn zu sich heran und drückte ihn fest an ihren Körper. Gleichzeitig wanderte ihr Daumen in den Mund. Es war, als vermochte einzig dieses Kuscheltier sie vollständig zu trösten.

Als Veronika sich wieder aufrichtete, knackte es in ihren Knien. Sie lächelte ihre zufriedene Tochter an. Eigentlich war es an der Zeit, das Chaos im Wohnzimmer zu beseitigen, doch sie verspürte im Augenblick keinerlei Lust darauf und stellte sich stattdessen mit Klara auf dem Arm ans Fenster. Sie brauchte ganz einfach noch einen Moment, in dem sie die wiedererlangte Nähe zu ihrer Tochter genießen konnte.

»Sollen wir nach den Vöglein schauen?«, fragte sie, auch wenn die Vögel vom oberen Stockwerk aus nicht so gut zu erkennen waren.

Dennoch warf sie einen Blick aus dem Fenster und erblickte Claes, der sich mit einer fremden Frau unterhielt. Sie standen unter dem Apfelbaum. Claes wirkte entspannt in seinen Gummistiefeln und dem Fleecepulli. Die Frau schien gerade etwas Lustiges gesagt zu haben, denn er beugte den Oberkörper leicht nach hinten und lachte.

Die Frau war groß und schlank und schien mit ihrem ganzen Körper zu sprechen. Sie war alltäglich gekleidet und trug dunkle Jeans mit einem hellen Pullover und einer dünnen schwarzen Jacke darüber. Ihr Haar war zurückgekämmt und im Nacken zu einem Pferdeschwanz gebunden. Sie war dunkelhäutig.

Das muss Erika Ljung sein, dachte Veronika. Die vielfach erwähnte Schönheit aus dem Polizeicorps. Nur, was wollte sie hier?

»Was für einen Eindruck hat er auf Sie gemacht?«

Erika Ljung saß mitten in dem wüsten Wohnzimmer, und Veronika war es gelungen, alle Entschuldigungen, die ihr auf der Zunge lagen, hinunterzuschlucken. Ausgerechnet eine Kollegin von Claes! Dennoch gab es keinen Anlass, sich dafür zu schämen, dass das Haus nicht picobello aufgeräumt und spiegelblank geputzt war, um jederzeit unerwarteten Besuch empfangen zu können. Genauso wenig, wie man für den Fall, dass man unvorhergesehen ins Krankenhaus eingeliefert wurde, tadellos gekleidet sein musste. Von derlei Ansprüchen musste man sich einfach frei machen.

Ted Västlund war verschwunden. Das war also das Anliegen, das Erika zu ihnen führte. Er hatte sich ganz einfach in Luft aufgelöst. Jedenfalls hatten sie ihn zu Hause nicht angetroffen und seine Ehefrau ebenfalls nicht. Ihr Reihenhaus schien leer und verlassen. Er hatte sich auch nicht in der neurochirurgischen Klinik bei seiner schwer verletzten, im Sterben liegenden Mutter blicken lassen. Genauso wenig hatte er dort angerufen. Nach Erikas Auffassung machte sein Verhalten einen recht ungewöhnlichen Eindruck. Jedenfalls benahm er sich nicht so, wie man es in so einem Fall erwarten würde. Veronika konnte ihr nur zustimmen.

Da Veronika die einzige Person war, von der die Polizei wusste, dass sie Kontakt mit ihm gehabt hatte, lag die Erklärung für Erika Ljungs Besuch in ihrem liebevoll renovierten Dreißigerjahrehaus auf der Hand.

Veronika erfuhr erst jetzt, dass Doris Västlund es nicht geschafft hatte. Sie selbst hatte vergessen, anzurufen und nachzufragen, nicht zuletzt deshalb, weil sich Doris Västlund, sobald sie die Klinik im Krankenwagen verlassen hatte, nicht mehr in ihrem Verantwortungsbereich befand.

Sie war also an den Folgen ihrer schweren Hirnschäden gestorben. Das verwunderte Veronika allerdings keineswegs. Vielleicht war es sogar am besten so.

Also handelte es sich jetzt um Ermittlungen in einem Mordfall. Verrückte oder verzweifelte Nachbarn?

»Was für einen Eindruck er auf mich gemacht hat«, wiederholte Veronika wie zu sich selbst, woraufhin sie sich bemühte, die richtigen Worte zu finden. »Er war ... sagen wir ... er wirkte gefasst«, antwortete sie kurz.

»Gefasst«, wiederholte Erika Ljung und begann den Kugelschreiber auf dem Block auf ihrem Oberschenkel in Bewegung zu setzen. »Können Sie das näher beschreiben? Oder versuchen, das Gespräch in Ansätzen wiederzugeben?«

»Es handelte sich nicht gerade um ein richtiges Gespräch.«
»Nein?«
»Die meiste Zeit habe ich geredet.«
»Und was haben Sie gesagt?«
»Ungefähr das, was man in so einer Situation sagt.«
»Und das wäre?«
»Ich versuchte ihm zu erklären, was passiert war, oder, besser gesagt, das, was ich darüber wusste, und habe ihn dann über die Behandlung und die eventuelle Prognose aufgeklärt. Und ...«
»Und?«
»Es verlief recht zäh, was an und für sich nicht besonders verwunderlich ist. Ich bekam irgendwie keine Rückmeldung.«
»Sie hatten also den Eindruck, dass ihn Ihre Worte gar nicht erreichten?«
Veronika nickte. Ihr dichtes Haar stand eigenwillig vom Kopf ab. An ihren Ohrläppchen hingen kleine goldene Ringe, doch ihr langer Hals war nackt. Insgesamt wirkte sie recht natürlich, mit einem wachen Blick. Sie strahlte unerschöpfliche Energie aus.

»Oder dass es ihn nicht weiter interessierte, wie es um sie stand. Als sei die Beziehung in irgendeiner Weise gestört«, setzte sie hinzu. »Aber ich finde es immer etwas heikel, sich über die Reaktionen anderer zu äußern. Normalerweise reagieren die meisten Menschen nach einer Weile. Wie Sie sich wahrscheinlich vorstellen können, beginnen sie entweder zu weinen, zu schreien, um sich zu schlagen, irgendwelche Fragen zu stellen oder ganz einfach davonzulaufen. Manche werden auch aggressiv. Der Aggressivität zu begegnen ist mit das Schwierigste, kann man sagen. Aber sie ist dennoch besser zu ertragen als diese zähe, recht betrübliche Blockadehaltung, die Ted Västlund einnahm. Er hat überhaupt keine Reaktionen gezeigt. War nahezu gleichgültig. Völlig unzugänglich.«
»Hat er denn irgendwelche Fragen gestellt?«
Veronika versuchte sich zu erinnern.
»Nein, genau das ist es ja. Man würde es erwarten, aber in

diesem Fall war ich diejenige, die die meiste Zeit gesprochen hat. Ich habe ihn vorsichtig darauf vorbereitet, dass die Prognose nicht die allerbeste ist. Bezüglich näherer Informationen darüber bin ich allerdings davon ausgegangen, dass ihn das Personal in der Neurochirurgie unterrichten würde. Und natürlich nahm ich an, dass er dorthin fahren oder sich zumindest telefonisch auf der Station melden würde. Meiner Erfahrung nach melden sich die meisten Angehörigen umgehend. Ich habe ihm noch die Nummer gegeben, bevor er ging«, schloss sie.

»Und bei der Abstimmung dieses Gesprächstermins gab es keine Schwierigkeiten, ihn telefonisch zu erreichen?«, wollte Erika Ljung wissen.

»Nicht dass ich wüsste. Eine der Schwestern – oder vielleicht war es auch eine Ihrer Kolleginnen – rief bei ihm zu Hause an und erfuhr seine Handynummer auf dem Anrufbeantworter. Er war zusammen mit seiner Frau zum Abendessen eingeladen. Seine Kleidung war korrekt. Er kam direkt vom Essen.«

»Allein?«

»Ja, allein.«

»Seine Frau war also nicht mitgekommen?«

»Nein«, erwiderte Veronika und schüttelte den Kopf.

»Fanden Sie das nicht merkwürdig?«

»Keine Ahnung. Die Beziehungen der Menschen untereinander können, wie gesagt, ziemlich unterschiedlich aussehen.«

»Denken Sie dabei an etwas Besonderes?«

»Nein, eigentlich nicht. Es kann sich um alles Mögliche handeln, angefangen von der Tatsache, dass Schwiegertochter und Schwiegermutter kein gutes Verhältnis hatten, bis hin zu der Vorstellung, dass Ted Västlund den Kontakt zu seiner Mutter lieber ohne seine Ehefrau gepflegt hat ... Aber irgendetwas war komisch mit ihm«, sagte sie dann zögernd.

Erika Ljung wartete auf eine Fortsetzung, die allerdings ausblieb.

Von der Treppe her näherten sich Schritte. Claes hatte es an diesem Abend übernommen, Klara zu Bett zu bringen, die Erika Ljung kurz zuvor zum ersten Mal hatte begutachten können. Das Wunder, wie sie sich ausdrückte. Doch dieses Wunder hatte sich nicht gerade von seiner besten Seite gezeigt, sondern gejammert und geschnieft und wollte ständig herumgetragen werden. Veronika hatte sich selbst reflexartig den mangelnden Charme ihrer Tochter damit entschuldigen hören, dass diese noch nicht wieder ganz gesund war. Und dass sie sogar am Vortag im Krankenhaus gewesen war. Nämlich mit ihrem Papa, wie sie betonte, was Erika Ljung positiv überraschte. Ohne eigenes Zutun erhielt Claes eine nicht zu verachtende Anzahl von Pluspunkten, und vermutlich würde sich diese Heldentat schnell unter den Kollegen im Präsidium herumsprechen. Ob sie jedoch Claes zum Vorteil gereichen oder eher als peinlich gelten würde, war schwer einzuschätzen. Vielleicht sogar sowohl als auch. Man konnte sich unschwer vorstellen, dass ein Held im Erziehungsurlaub von einigen als Weichei und wieder anderen sogar als Bedrohung angesehen wurde.

Erika Ljung machte sich langsam wieder auf den Weg, und Claes erklärte seine Gartenarbeit am heutigen Tag für beendet.

»Ich mache morgen mit den Bäumen weiter«, sagte er.

Das Telefon klingelte.

»Grrr«, knurrte Veronika.

Claes nahm den Hörer ab.

»Für dich«, lächelte er spöttisch und reichte ihr das Telefon.

Wieder ein Bauch. Vermutlich ein Blinddarm. Daniel Skotte erwartete jedoch nicht, dass sie kam, er wollte sie nur informieren. Die Vorbereitungen für die Operation waren noch nicht abgeschlossen, doch wenn es so weit war, würde er sich selbst um den Patienten kümmern. Und wenn er Hilfe bräuchte, würde er natürlich wieder von sich hören lassen.

Es ist immer gut, auf dem Laufenden zu sein, dachte sie. Und vor allem, sich aufeinander verlassen zu können. Auf genau diesem Prinzip baute ihre Arbeit auf. Der eine knüpfte dort an, wo der andere aufgehört hatte. Am nächsten Tag, also am Sonntag, würde sie im Dienst wieder eine neue Ärztin kennen lernen, die sie in dieser Hinsicht zu testen beabsichtigte. Eine junge Frau aus Lund mit einem ausgeprägten akademischen Hintergrund. Sowohl ihre Mutter als auch ihr Vater besaßen einen Professorentitel. Doch sie selbst wirkte trotz allem recht normal, ziemlich munter und keck.

Veronika nutzte die Gelegenheit, Skotte nach dem kleinen Mädchen mit den Bauchschmerzen zu fragen. Es ging ihr so weit ganz gut. Vielleicht war es nichts weiter als eine Drüsenentzündung. Oder noch nicht einmal das.

»Vielleicht sind nur wir es, denen die Sache nicht ganz geheuer ist«, äußerte sie in der Hoffnung auf Skottes Zustimmung.

Doch Daniel Skottes Antwort war eher neutral.

»Man kann nie wissen.«

Dann legten sie auf.

Claes saß auf dem Sofa mit einem Bier vor sich. Klara schlief, und im Haus war es still. Sie waren allein zu zweit. Unfassbar schön.

»Musst du in die Klinik?«

»Nein.«

Sie setzte sich neben ihn.

»Ich fand Erika recht nett. Und hübsch. Ist sie auch kompetent?«, fragte sie neugierig.

»Ja, doch. Sie ist ja noch nicht so lange bei uns, aber sie macht sich ganz gut. Ist nicht übertrieben empfindlich. Eine, die sich nach Rückschlägen schnell erholt.«

»Ist das ein Vorteil?«

»Ja, bei uns ist es das wohl, glaube ich.«

Veronika dachte nach, während sie sich auf dem Sofa ausstreckte, ihre Füße auf Claes' Schoß legte und ihren Kopf auf die Armlehne, sodass sie ihm ins Gesicht schauen konnte.

»Sie hat auch eine gewisse Intuition«, fuhr er fort. »Eigentlich sollte man besser nicht von Intuition sprechen. Software. Hört sich zu diffus an. Wo doch heutzutage alles gewogen, bemessen, belegt und bewiesen werden muss. Aber ein gewisser Spürsinn ist immer von Vorteil. Auch wenn ich mich wiederhole, aber man kann es nicht oft genug betonen. Der sechste Sinn hängt wohl mit einem gewissen Feingefühl zusammen. Menschenkenntnis. Jedenfalls merkt man sofort, wenn er fehlt.«

»Ja, wahrscheinlich. Ist es nicht das, was man heutzutage emotionale Kompetenz nennt?«

»Keine Ahnung. Mir reicht es, wenn man sie besitzt.«

Veronika musste an das Mädchen denken, das sie auf die Station eingewiesen hatten.

»Heute haben wir ein Mädchen mit Bauchschmerzen hereinbekommen«, sagte sie.

»Hatte sie etwas Verdorbenes gegessen?«

»Nein, überhaupt nicht. Hör es dir an! Sie hatte Schmerzen in der Magengegend. Vielleicht der Blinddarm oder etwas in der Richtung. Das wird sich zeigen. Aber die Diagnose spielt in diesem Fall keine Rolle, viel interessanter ist, dass man deutlich spüren konnte, dass da noch etwas anderes im Argen war. Ein zehn-, elfjähriges Mädchen.«

»Und was hat dich misstrauisch werden lassen?«

»Ich weiß nicht, aber Daniel Skotte fand das Mädchen ein wenig seltsam. Angespannt und etwas steif und im Beisein ihrer Mutter eher gehemmt. Irgendetwas schien ihm mit ihr nicht in Ordnung zu sein. Außerdem überraschte ihn die übermäßige Gefügigkeit gegenüber der Mutter, also bat er mich, ebenfalls ein Auge auf sie zu werfen. Es ist ihr erster Krankenhausaufenthalt.«

»Und woran genau dachtet ihr?«

»Keine Ahnung«, sagte sie und starrte an die Decke.

»Inzest? Pädophilie? Kindesmisshandlung?«, ratterte Claes geradewegs herunter.

»Keine Ahnung! Es ist schwer zu sagen. Die Mutter saß völlig verängstigt und überbeschützend da, wie Eltern es eben oftmals tun. Mischte sich ein, wie man es auch von Eltern kennt, die ihre Kinder nicht misshandeln.«

»Aber was hat dich veranlasst zu reagieren?«

Sie überlegte.

»Vielleicht hing es mit der Zurückhaltung des Mädchens zusammen.«

»Ja?«

»Mit dem schweigsamen Verhalten. Und den blauen Flecken an den Beinen. Sie sagte, sie sei vom Fahrrad gefallen.«

»Hast du es ihr geglaubt?«

Sie zog die Schultern hoch und ließ sie wieder sinken, sodass ihr Ausschnitt geringfügig verrutschte und der eine Träger ihres BHs über dem Schlüsselbein sichtbar wurde.

»Tja, warum nicht?«, antwortete sie. »Das Mädchen hatte deutliche Schürfwunden an den Knien. Aber sie kann genauso gut die Treppe hinuntergefallen sein.«

»Gestoßen worden?«

»Oder so.«

»Frag die Mutter aus! So lautet jedenfalls mein Rat. Frag sie einfach ganz direkt!«

»Meinst du wirklich, dass es so einfach ist? Die Mutter wird es, wenn es sich bewahrheiten sollte, sowieso nicht zugeben.«

»Du wirst es nicht erfahren, wenn du nicht fragst.«

»Aber vielleicht erfährt man ebenso wenig, obwohl man fragt. Kinder verhalten sich solidarisch mit ihren Eltern.«

»Sicher, aber man kann wenigstens versuchen zu fragen: Wo bist du vom Fahrrad gefallen? Wie ist es passiert? Und zur Mutter gewandt: Haben Sie Ihr Kind geschlagen? Hat Ihr Mann das Kind geschlagen? Hat jemand anders Ihr Kind geschlagen? Wurde das Kind auf andere Weise schlecht behandelt? Ist das Kind eine Treppe hinuntergefallen? Wie kam es dazu?«

»Sie hatte keinen Mann. Die Mutter, meine ich.«

Doch Claes hörte schon nicht mehr zu, denn er war viel zu beschäftigt mit seinen eigenen Gedanken und damit, ihr gute Ratschläge zu geben.

»Versuch es einfach! Es ist äußerst ungewöhnlich, dass etwas Schlimmes passiert, wenn man nachfragt. Natürlich kann so etwas immer Aggressionen auslösen, das will ich gar nicht bestreiten, aber es geschieht extrem selten, dass man niedergeschlagen wird. Möglicherweise werden die Leute böse, aber das muss man eben wegstecken.«

Veronika zwirbelte eine Haarsträhne zwischen ihren Fingern und dachte nach. Sie wollte definitiv niemanden verärgern. Denn das widerstrebte ihr so sehr, dass sie es vermied, wo sie nur konnte. Außerdem entsprach es nicht ihrem Berufsethos und der Auffassung, die sie von ihrem Job hatte. Nämlich zu lindern, zu unterstützen, zu trösten und manchmal auch zu heilen. Im weitesten Sinne zu helfen. Und dafür nicht notwendigerweise als Gegenleistung Lob oder Dankbarkeit zu erhalten. Aber zumindest nicht mit Vorwürfen überhäuft zu werden. Auch wenn sie im Lauf ihrer Berufsjahre selbst in diesem Punkt geläutert war.

»Wir haben sie auf alle Fälle eingewiesen. Auf diese Weise können wir sie ein wenig länger beobachten«, sagte sie schließlich.

Sie hatten getan, was in ihrer Macht stand. Den Rest würde die Zeit erweisen.

FÜNFTES KAPITEL

Sonntag, 7. April

Peter Berg fühlte sich wie ein Fohlen auf der Weide, als er die Treppe nach unten nahm. Endlich konnte er seinen stickigen Arbeitsraum verlassen. Er hatte sich während des Vormittags in dem spärlich besetzten Polizeigebäude einige arbeitsintensive Stunden lang mit einem Stapel von Berichten befasst. Doch bezahlte Überstunden waren teuer, deshalb hatte man sie von oben bis auf weiteres gestrichen.

Er ging durch die Tür nach draußen.

Frische, klare Aprilluft schlug ihm entgegen und stimmte ihn, wenn auch etwas verfrüht, auf den herannahenden Sommer ein. Gegen Nachmittag würde es wahrscheinlich verhältnismäßig warm werden, dachte er, während er in den Himmel schaute. Plötzlich und gänzlich unvorbereitet versetzte es ihm einen Stich, und unter seine anfängliche Ausgelassenheit mischte sich ein vages Gefühl von Verlassensein. Ausgerechnet an einem schönen Sonntag wie diesem musste er völlig weltabgewandt arbeiten. Ein unbestimmter Eindruck des Ausgeschlossenseins von eventuellen Waldausflügen oder geselligen Gartenrunden beschlich ihn und verleitete ihn zu der Empfindung, nirgends richtig dazuzugehören.

Er fühlte sich unglaublich einsam.

Mechanisch schloss er sein Auto auf. Eigentlich hatte er vorgehabt, sich ein wenig zu bewegen und einen raschen Spaziergang in Richtung Westen in die Friluftsgatan zu machen, doch es dauerte zu lange, wie er fand. Er wollte dieser rastlosen Einsamkeit entkommen. Vielleicht würde er etwas später am Nachmittag oder Abend noch eine Laufrunde einlegen können. Der Gedanke setzte sich unmittelbar fest und entwickelte sich zu einem dringenden Bedürfnis, einer starken Lust, mitten in seiner betrüblichen Stimmung. Während er den ziemlich öden Parkplatz, der von tristen Bürogebäuden eingerahmt wurde, mit dem Auto verließ, setzte er seine Füße in Gedanken schon auf weiche, federnde Waldwege und löschte seinen Durst nach der physischen Anstrengung, einer völligen Verausgabung, die ihn schwitzen ließ und seine Muskeln ordentlich durchblutete und mürbe machte.

In der Rådmansgatan, ein kurzes Stück entfernt vom Haus, fand er eine Parklücke. Andere freie Parkplätze gab es nicht, außer möglicherweise einer Toreinfahrt, die allerdings mit einem Parkverbotsschild versehen war. Auch wenn er es als höchst unwahrscheinlich beurteilte, dass gerade jetzt jemand hinein- oder herausfahren wollte, erschien es ihm etwas vermessen, den Wagen gerade davor abzustellen. Außerdem besaß er gesunde Beine.

Als er sich dem Gebäude näherte, das im Prinzip die halbe Fläche des Viertels einnahm, erblickte er eine zierliche junge Frau mit einer Aufsehen erregenden Frisur, einer schwarzen Mähne mit himbeerroten Strähnchen, die unmittelbar vor ihm aus der Tür stürzte, um in ein Auto zu springen, das mit einem Kavalierstart um die Ecke verschwand. Unterwegs zu einem Ausflug, wie man vermuten könnte. Die Melancholie und das Gefühl, außen vor zu sein, überwältigten ihn erneut.

Ansonsten ruhte ein stiller, beinahe lebloser Sonntagsfrieden über dem Viertel. In der leicht bergab verlaufenden Kvarngatan, einer etwas breiteren Querstraße zur Friluftsgatan, konnte er kein einziges Lebenszeichen ausmachen. Weder einen Menschen noch ein Fahrzeug, nicht einmal eine Katze. Einzig von einem nahe gelegenen Garten vernahm er ein kratzendes Geräusch. Er schaute die Straße hinunter auf die ansprechenden roten Ziegelfassaden. Einige wenige grau oder gelb verputzte Häuser stachen aus dem Bild heraus. Anbauten und Lauben in unterschiedlichen Ausführungen, weiß gestrichene Fenster, grüne Fenster, schmiedeeiserne Gartentore, kleine lauschige Gärtchen zur Straße hin – ein Ort, an dem er selber gern gewohnt hätte. Eine angenehme, nicht zu vornehme Wohngegend. Mit der einzigen Ausnahme, dass in einem Keller in der Nachbarschaft gerade ein Mord begangen worden war.

Doch Peter Berg trug sich nicht mit dem Gedanken umzuziehen, solange er allein lebte. Seine relativ günstige Zweizimmerwohnung in der Nähe des Stadtparks reichte ihm völlig aus.

Dass Kjell E. Johansson überhaupt öffnete, verwunderte Peter Berg, sobald er sein verschwollenes Gesicht zu sehen bekam. Es glich geradezu einem Fußball. Kein besonders schöner Anblick. Johansson musste jemand völlig anders erwartet haben, denn sonst hätte er wohl eher nicht geöffnet.

Kjell E. Johansson wirkte einen Moment lang überrumpelt. Dann musterte er Peter Berg mit einem selbstsicheren, wenn auch blutunterlaufenen Blick, der allen Vermutungen zum Trotz durch die schmalen Schlitze seiner ansonsten gehörig zugeschwollenen Augenlider drang. Peter Berg blickten zwei mustergültige Exemplare von blauen Augen an. Seine Intuition suggerierte ihm jedoch gleichzeitig, dass dieser Mann mit großer Wahrscheinlichkeit nicht zu den Unschuldigsten unter der Sonne gehörte. Sein Spürsinn war nach all den Jahren bei der Polizei geschärft. So konnte er, sobald er einen Raum betrat, ohne große Fehlerquote erkennen, wer von den Anwesenden kriminell war und wer nicht. Er hatte gelernt, die Menschen in gewisser Weise zu durchschauen. Und nun schien ihm zwar kein Prachtexemplar, wohl aber zumindest ein Grenzfall gegenüberzustehen. Jemand, der vorzugsweise Unterschlagungen oder Schwarzhandel betrieb.

»Tja, ich hab keine Ahnung, was Sie zu mir führt«, sagte Kjell E. Johansson barsch, während er die Türöffnung mit seiner breiten Brust ausfüllte.

»Aber ich«, erwiderte Peter Berg. »Ich möchte ein wenig mit Ihnen reden, also lassen Sie mich bitte herein.«

»Haben Sie das schriftlich?«

»Wieso denn das?«, wollte Peter Berg leicht genervt wissen. Er kannte diese Leier und sah ein, dass er jetzt seine Überredungskünste aufbieten musste. Darin besaßen er und seine Kollegen gewisse Fertigkeiten, sie waren sogar so gut, dass sie vor nicht allzu langer Zeit eine Vorlage für die Polizeirechtsstelle als Standardpapier für den zukünftigen Umgang mit dem Thema »Die Bedeutsamkeit der Einwilligung« erarbeitet hatten. »Ich habe nicht vor, eine Wohnungsdurchsuchung bei Ihnen durchzuführen«, setzte er hinzu und versuchte nach allen Regeln der Kunst, offen und freundlich zu klingen, doch das misslang ihm scheinbar gründlich.

»Ach nein, wirklich nicht?«

»Ich möchte mich nur ein wenig mit Ihnen unterhalten«, wiederholte Peter Berg beharrlich.

Doch Kjell E. Johansson blieb stur im Türrahmen stehen.

»Aber das können wir natürlich genauso gut auf der Wache tun«, sagte Peter Berg bestimmt.

Er griff nach seinem Handy, als wolle er Verstärkung holen, woraufhin Johansson ihn sofort, wenn auch widerwillig hereinließ.

Er war entgegen seiner Vermutung nicht in eine Fixerbude gekommen, was ihn verwunderte. Auch wenn es eher zweifelhaft schien, dass Johansson seine Gardinen selbst ausgewählt hatte. Ein kühnes Farbenspiel, hinter dem er die Hand einer Frau vermutete. Die Wohnung sah insgesamt recht ordentlich aus, wenn auch nicht gerade gemütlich. Es roch weder nach Ajax noch nach dieser schmuddeligen Mischung aus abgestandenem Suff, ungewaschener Kleidung und überquellenden Aschenbechern, mit der sich manche Männer mit einem gewissen sozialen Hintergrund oftmals umgaben. Vermutlich rauchte Kjell E. Johansson nicht. Berg konnte jedenfalls keine Aschenbecher erblicken, was die Luft in den Räumen erheblich verbesserte.

Die Lampe über dem Küchentisch, ein orangefarbenes Modell aus den frühen Sechzigerjahren, blendete ihn. Sie hätte niedriger oder vielleicht sogar höher hängen müssen. Ein Kreuzworträtsel lag aufgeschlagen auf dem Tisch, doch es schien nicht mehr ganz neu. Ganz richtig, die Zeitung war von der vergangenen Woche. Kjell E. Johansson hatte mehr als die Hälfte gelöst. Nicht schlecht.

Der Mann ihm gegenüber versuchte mit seinem übel zugerichteten Gesicht gar nicht erst zu lächeln, aber vermutlich war er der Typ, der das ansonsten gerne tat. Breit grinsen. Die Stimmung auflockern und kleine Unstimmigkeiten wegwischen. Der einschmeichelnde Typ, der je nach Belieben die Leute über den Tisch ziehen konnte. Er hätte ohne Probleme hinter einem Stand auf dem Hamburger Fischmarkt stehen können.

Der Mann war groß und gut gebaut und besaß womöglich in einem weniger ramponierten Zustand eine gewisse Ausstrahlung. Ein Frauenheld? Manchmal bedurfte es nicht besonders viel dazu. Bestimmte Frauen schien es regelrecht zu gefährlichen Typen hinzuziehen. Die bekanntesten Psychopathen im Gefängnis erhalten säckeweise Briefe von schmachtenden Frauen, die davon träumen, ihr gesamtes Leben darauf zu verwenden, sie zu bekehren. Unerbittliche Optimistinnen oder solche, die einfach nichts Besseres zu tun haben, dachte er und ließ seinen Blick über die Kratzer auf Johanssons Händen und Unterarmen gleiten. Nicht besonders viele, aber man konnte sie deutlich erkennen. Es sah aus, als sei Johansson durch eine Fensterscheibe geflogen.

»Sie kommen also aus dem Krankenhaus?«, fragte Peter Berg einleitend.

Er hörte selbst, dass seine Frage völlig unbeabsichtigt wie eine Unterstellung klang. Irgendwie schien sein Missmut von vorhin immer noch unterschwellig vorhanden zu sein, er konnte ihn nicht abstreifen.

»Woher wissen Sie das?«, wollte Johansson prompt wissen.

»Es hat mir jemand zugeflüstert.«

»Teufel auch, was die Leute alles mitkriegen!«

»Und wie lange waren Sie im Krankenhaus?«

»Was wollen Sie eigentlich? Ich habe ja wohl niemanden totgeschlagen, oder?«

»Nicht?«, fragte Peter Berg leicht überrumpelt zurück.

»Darauf haben Sie mein Wort. Ich habe auch keine Anzeige erstattet, obwohl nicht ich derjenige war, der angefangen hat. Aber ich hielt es für angemessen, fünfe gerade sein zu lassen.«

»Aha«, nickte Berg, wie um zu bestätigen, dass er zuhörte.

»Er war so ein Spargel wie Sie«, betonte Johansson. »Ich mache keine Witze, es stimmt tatsächlich.«

Kjell E. Johansson schien es nicht zu mögen, unterlegen zu sein. Aber wer mochte das schon, dachte Peter Berg und schwieg.

»Außerdem muss man auf den Schwächeren Rücksicht nehmen. Der Arme! Ein Wurm«, stellte Johansson mit arrogant zurückgelehntem Kopf fest, als handle es sich um Peter Berg, den er niedergeschlagen hatte.

Berg schwieg weiterhin.

»Verdammt blass sind Sie. Gehen Sie denn niemals raus?«, grinste Johansson und entblößte dabei eine lückenhafte Zahnreihe.

Peter Berg sah ein, dass es an der Zeit war, wieder die Initiative zu übernehmen. Eigentlich hätte er eine übergreifendere Frage stellen oder Johansson bitten wollen, von sich zu erzählen, doch es klappte irgendwie nicht.

»Und wer war derjenige, der angefangen hat?«, fragte er völlig fantasielos.

»Er!«, rutschte es Johansson unmittelbar heraus.

Peter Berg sah ein, dass er ihm definitiv nicht folgen konnte.

»Welcher ›er‹?«

»Was weiß ich, wie er heißt. Ein völlig heruntergekommener Typ.«

»Und wann war das?«

»Was?«

Kjell E. wand sich.

»Die Prügelei.«

»Daran kann ich mich nicht mehr erinnern. Sie verlangen eine ganze Menge.«

»Können Sie sich denn erinnern, wo Sie waren?«

Kjell E. starrte Peter Berg an, soweit er in der Lage war zu starren.

»Irgendwo drinnen.«

»Und wo?«

»Im Park.«

»In welchem Park?«

»Verdammt! Es gibt doch wohl nur einen«, schnauzte Kjell E. Johansson ihn an und klang, als spräche er zu einem Idioten.

»Also in welchem?«, seufzte Peter Berg.

»Im Vergnügungspark.«

»Also waren Sie gestern im Vergnügungspark?«

»Nein, nicht gestern. Vorgestern, Freitagabend. Kapieren Sie denn gar nichts?«

»Vielleicht nicht«, gab Peter Berg zu, was sich wiederum positiv auf die Kommunikation auswirkte.

»Genau. Sie geben also zu, dass Sie nichts kapieren«, wiederholte Kjell E. Johansson zufrieden, wie um den schmächtigen Idioten, der offensichtlich keine Ahnung hatte, ein wenig aufzumuntern.

Seine Visage hatte in der Zwischenzeit noch farbenprächtigere Nuancen angenommen, sodass sich ein ganzer Regenbogen auf seinem Gesicht abzeichnete.

»Wir ermitteln in einem Mordfall«, sagte Peter Berg schließlich mündig, obwohl er sofort bemerkte, dass sein Ton nicht angebracht war.

Kjell E. Johansson fuhr von seinem Klappstuhl hoch, öffnete den Kühlschrank und nahm eine Dose Bier heraus. An der Spüle stehend, öffnete er die Dose, dass es nur so spritzte. Als er versuchte, die Öffnung der Blechbüchse an die geschwollenen Lippen zu pressen, um die Flüssigkeit aufzufangen, rann ihm das meiste an den Mundwinkeln herab.

»Kommen Sie zur Sache. Wer ist gestorben? Jemand, den ich vielleicht kenne?«

»Doris Västlund«, klärte ihn Peter Berg auf.

Hätte Kjell E. Johansson die physischen Voraussetzungen besessen zu erbleichen, dann hätte er es nach Bergs Ansicht in diesem Augenblick getan. Doch stattdessen sah er eher aus, als würde er jeden Moment in Tränen ausbrechen, was Peter Berg jedoch allzu pathetisch erschien.

»Das tut mir leid«, brachte Johansson hervor.

»Kannten Sie sie?«, fragte Berg.

Johansson führte die Bierdose erneut zielstrebig zum Mund und machte den Eindruck, als wollte er sich mit dem Saugen des gelbbraunen Gerstensaftes trösten.

»Es kommt drauf an, was Sie mit ›kannten‹ meinen«, erwiderte er und wischte sich vorsichtig mit dem Handrücken über den Mund.

»Sagen Sie selbst, wie es sich verhält.«

»Sie wohnt im Haus. Wir grüßen uns, wenn wir uns sehen.«

»Mit anderen Worten, eine gute Nachbarschaft?«

»Tja, so könnte man es nennen. Eine liebenswerte alte Dame.«

»Wann sahen oder trafen Sie sie zuletzt?«

»Das weiß ich nicht mehr«, antwortete Johansson nach Peter Bergs Einschätzung etwas zu schnell.

»Können Sie sich denn vielleicht an den Zeitpunkt erinnern, an dem Sie am Freitag von zu Hause losgegangen sind, um dieses Fest zu besuchen?«

»So ungefähr um sieben. Wir haben ein Taxi genommen.«

»Wer ist wir?«

»Muss ich das sagen?«

»Es wäre hilfreich zu erfahren.«

»Hilfreich!«, schnaubte er. »Und wofür?«

»Ist sie verheiratet?«

»Nein, zum Teufel! Nur eine Nachbarin, die zum gleichen Fest wollte.«

»Und sie heißt?«

Peter Berg zog sein kleines Schreibheft aus der Jackentasche und zückte den Kugelschreiber.

»Alicia Braun. Sie wohnt auch im Haus.«

»Sie und Alicia Braun verließen also Ihre Wohnung ungefähr um sieben herum, um ein Fest im Vergnügungspark zu besuchen?«

»Ja.«

»Was für ein Fest?«

Johansson wirkte erstaunlicherweise geniert, als hätte er sich auf einem Schulfest für Gymnasiasten rumgetrieben.

»Spielt das eine Rolle?«

Peter Berg dachte nach. Vielleicht nicht, aber aufgrund Johanssons Verlegenheit wurde er plötzlich neugierig.

»Es kommt drauf an.«

»Okay. Ein Kostümfest«, seufzte Johansson.

Peter Berg nickte. Also nichts Aufregendes.

»Das Phantom und so weiter«, erklärte Johansson. »Aber das war mir egal. Ich hab nur eine Maske getragen«, verteidigte er sich, während er Daumen und Zeigefinger zu zwei Ringen vor den Augen formte.

»Lassen Sie uns noch ein wenig über Doris Västlund sprechen. Sie behaupten also, Sie hätten sie am Freitag nicht gesehen?«

»Genau.«

»Und wenn ich Ihnen sage, dass Sie bei ihr in der Wohnung waren?«

Sein gesamter Körper schien zu protestieren.

»Wenn Sie noch länger solche Dinge behaupten, möchte ich einen Anwalt sprechen«, entfuhr es Johansson.

»Natürlich! Dann werden wir dafür sorgen«, antwortete Peter Berg und steckte den Kugelschreiber zurück in die Innentasche seiner Jacke. »Sie haben vielleicht bereits einen?«

Der Mann glotzte ihn an.

»Rosén«, antwortete er.

Peter Berg zog den Stift erneut hervor.

»Katarina Rosén, meinen Sie?«, fragte er ein wenig verwundert, da Rechtsanwältin Rosén überwiegend Familienangelegenheiten betreute und ungehobelte Typen wie Kjell E. – dieses ewige E! – meistens von etwas hartgesotteneren Anwälten in Anzug und Krawatte vertreten wurden.

Bevor Peter Berg die Treppe wieder hinunterstieg, konnte er sich eine letzte Frage nicht verkneifen.

»Wofür steht eigentlich das E?«

»Evert. Ich bin auf den Namen Kjell-Evert getauft, habe aber schon früh am eigenen Leibe zu spüren bekommen, dass man so nicht heißen kann. Jedenfalls nicht, wenn man Prügel vermeiden will.«

Kjell E. Johansson konnte sehr wohl Doris Västlund ermordet haben, bevor er zur Maskerade fuhr, überlegte Peter Berg. Aber was war sein Motiv? Wusste er von dem Geld? Doch warum hatte er dann nicht einfach mehr genommen? Der Karton war doch randvoll.

Er würde eine Wohnungsdurchsuchung beantragen müssen. Da war er sich ganz sicher. Er nahm das Handy und rief die Leiterin der Voruntersuchung, Louise Jasinski, an.

Louise Jasinski war gerade damit beschäftigt, ein Lunchpaket zusammenzustellen, als Peter Berg anrief.

»Johansson hätte natürlich den ganzen gestrigen Tag lang Zeit gehabt, Beweisstücke zu vernichten«, räumte Peter Berg ein. »Er sieht übrigens ziemlich malträtiert aus. Von daher könnte es durchaus sein, dass er zuerst Doris Västlund zusammengeschlagen und sich danach noch an einer weiteren Person abreagiert hat. Dieses Handlungsmuster ist ja nicht ganz untypisch. Aber das Motiv liegt leider noch völlig im Dunkeln. Das Gespräch mit ihm brachte keinerlei Hinweise darauf, doch in diesem Fall kann es ja sein, dass es durchaus reicht, wenn sie ihm in der Waschküche im Weg war. Er gehört wahrscheinlich zu der Sorte Mensch, die so etwas nicht verträgt ...«

»Ja, vielleicht«, erwiderte Louise, legte das Buttermesser zur Seite und leckte einen Klecks Kalles Kaviarcreme von ihrem Fingerknöchel. »Es klingt nachvollziehbar ...«

Vor sich sah sie eine relativ simple Lösung des Falles, unter welcher Rubrik auch immer er geführt werden würde: Totschlag, grobe Misshandlung beziehungsweise schwere Körperverletzung mit Todesfolge oder sogar Mord. Es hing davon ab, inwieweit die Tat geplant war.

»Natürlich besteht immer die Gefahr, dass Beweisstücke vernichtet werden. Doch in diesem Fall wirkt sein unkooperatives Verhalten an sich schon verdächtig«, bemerkte Peter Berg.

Louise hingegen wollte nichts übereilen. In dem Punkt war sie sehr genau. Sie war eine ordentliche Frau, jedenfalls was ihre Arbeit betraf. Doch die Entscheidung über das weitere Vorgehen lag bereits auf der Hand. Wohnungsdurchsuchung und Vorladung zum Verhör. Sie musste nur noch die Arbeitsverteilung koordinieren, denn es war immerhin Sonntag. Also versprach sie, ihn zurückzurufen.

Es war nicht ganz unproblematisch gewesen, ihre beiden Töchter zu einem gemeinsamen Ausflug zu überreden. Sie hätten sich wirklich etwas Aufregenderes vorstellen können, doch Louise war darauf bedacht, die Familie, insoweit sie noch existierte, zusammenzuhalten. Die Mädchen hingegen hatten geplant, ihre Freunde zu treffen, doch sie würden das sonntägliche Beisammensein mit ihrer Mutter überleben, hatte die Ältere nach einigem Hin und Her geseufzt.

Gabriella und Sofia saßen am Küchentisch. Sie waren kurz zuvor aufgestanden und hatten sich gerade angezogen. Doch nun schienen bereits alle Pläne wieder über den Haufen geworfen, und es würde nichts aus ihrem Ausflug werden, diesem zusammenschweißenden Abenteuer im Miniformat. Sie sahen es an der Haltung ihrer Mutter vor der Spüle.

»Sag bloß nicht, dass wir nicht fahren!«, platzte es aus der Jüngeren heraus, sobald Louise aufgelegt hatte.

»Jetzt, wo wir uns gerade darauf eingestellt haben!«, meckerte Gabriella.

Zwei Paar Augen durchbohrten sie vom Küchensofa aus, als sei sie ein Monster.

»Verdammt!«, fluchte sie zwischen zusammengebissenen Zähnen und versenkte das Buttermesser im Margarinepaket.

Eine konfliktgeladene Stille breitete sich aus. Sie drehte ihren Töchtern den Rücken zu, stützte sich mit den Fingerknöcheln auf die Arbeitsfläche, atmete tief durch und drehte sich dann wieder um.

»Okay«, begann sie mit wiedererlangter Gefasstheit. »Es sieht folgendermaßen aus. Ich muss ins Präsidium. Mir ist klar, dass ich euch überredet habe, aber ich habe tatsächlich geglaubt, dass wir ein bisschen rausfahren können. Jedenfalls hatte ich es vor. Aber manchmal kommt eben etwas dazwischen.«

Zwei missmutige Gesichter starrten sie unbarmherzig an.

»Und außerdem müssen wir uns in Zukunft auf so manche unvorhergesehene Veränderung unseres Tagesablaufs einstellen«, setzte sie ihre Litanei fort. »Doch wir werden das schon schaffen ... wir drei ... oder?«

Sie legte den Kopf schräg, als suchte sie nach Bestätigung.

Probleme. Nichts als Probleme! Es machte sie mürbe.

Aber so war das Leben nun einmal. Eine Aneinanderreihung von Kompromissen.

»Und was sagt ihr?«

Wieder dieser fragende Blick. Sie wollte, dass die beiden zufrieden waren. Denn dann würde auch sie zufrieden sein. Oder war das etwa zu viel verlangt?

Nein!, begehrte ihre innere Stimme auf.

Ihre Wut erwuchs aus dem Widerstand, schoss herauf beim Anblick der verständnislosen und enttäuschten Mädchengesichter und erreichte ein Niveau, an dem sie innerlich brodelte, doch eine Zehntelsekunde später legte sich diese Gefühlswallung bereits wieder. Ebbte ab und verschwand.

Es machte keinen Sinn, aus der Haut zu fahren und damit ihre Töchter gefühlsmäßig unter Druck zu setzen. Davon wurde es nur noch schlimmer.

Die beiden Mädchen und sie. Sie war keine allein erziehende Mutter und dennoch allein.

Und wenn sie nun lieber bei Janos wohnen wollten? Etwas anderes als das gemeinsame Sorgerecht war ihr bisher noch gar nicht in den Sinn gekommen, aber wohnen sollten sie natürlich bei ihr. Davon war sie wie selbstverständlich ausgegangen. Aber wenn nun ...

Sie würde von dem Fall zurücktreten. Zumindest die Verantwortung für die Ermittlungen abgeben. Der Gedanke daran war düster. Das innere Pendel schwang.

Verdammter Mist!, fluchte sie innerlich, und der Kloß in ihrem Hals wurde dicker.

»Bitte!«

Wut und Selbstmitleid vermischten sich, wie immer. Oh, Mann, wie sie sich leidtat! Warum war sie plötzlich nur so empfindlich geworden? Und dann kamen die Tränen. Die Mädchen auf dem Sofa wagten sich nicht zu rühren und saßen wie versteinert auf ihren Plätzen. Schauten sie zögerlich an. Die Unruhe brannte in ihren Blicken. Eine doppelte Botschaft.

»Was soll ich denn machen?«, brachte sie niedergeschlagen und mit kraftloser Stimme hervor, als sie sich mit dem Handrücken das Gesicht trocknete.

Sofia, die Elfjährige, kam auf sie zu und schlang ihre Arme um sie.

»Ich kann ja heute zu Lotta gehen«, sagte sie.

Mein Gott, wie tapfer die Mädchen im Augenblick sein mussten. Das schlechte Gewissen schlug wieder zu. Louise spürte den Körper ihrer Jüngsten an sich gedrückt und sah ihr ins Gesicht.

»Das ist gut«, lächelte sie und strich Sofia über den dunklen Pony.

Sie schien sich damit abzufinden.

»Und du, Gabriella?«

Die Älteste blieb auf dem Sofa sitzen.

»Kein Problem. Ich komm schon allein zurecht«, sagte sie langsam, stand auf und verließ die Küche.

Das war ihre Art, mit solchen Dingen umzugehen. Louise wollte sich erkenntlich zeigen, trotz ihrer eher griesgrämigen Reaktion.

»Das ist sehr lieb von dir«, rief sie ihr mit ehrlich gemeinter Dankbarkeit hinterher.

Das Gefühl, ihre Töchter wegorganisiert zu haben, setzte ihr, während sie im Auto saß, noch ein Stück des Weges durch ihr Viertel zu. Der Mazda musste übrigens in die Werkstatt gebracht werden.

Es wäre weitaus unkomplizierter, wenn sie eine Arbeitsstelle ohne Überstunden, Wochenenddienst und Nachtschicht hätte, dachte sie. Doch es handelte sich nur um einen flüchtigen Gedanken. Innerlich wusste sie, dass sie nicht ernsthaft die Absicht hegte, ihren Job aufzugeben. Doch manchmal halfen schon Gedankenspiele wie dieses.

Kjell E. Johanssons Wohnung füllte sich mit Menschen. Die Techniker schauten in jeden Winkel, leerten Papierkörbe und Mülleimer, durchsuchten Schränke, zogen Schubladen heraus, durchkämmten Küchenschränke und Regale, inspizierten die Abstellkammer und den Oberschrank im Flur und leerten schließlich einen proppevollen Wäschekorb, der im Bad stand, wo sie fündig wurden. Es handelte sich um ein helles Oberhemd mit dunklen Flecken auf der Brust. Blut? Verdächtig ähnlich. Man würde es dem SKL, dem staatlichen kriminaltechnischen Labor, in Linköping zur DNA-Analyse vorlegen.

Im Badezimmer wurde ebenfalls Blut gefunden, genauer gesagt, einzelne Spritzer auf dem Fußboden. Und auf einem Handtuch. Auf dem Boden fanden sich des Weiteren Glassplitter. Kleine Partikel aus Milchglas unter der Badewanne.

Das Verhör mit Kjell E. Johansson im Polizeigebäude brachte nicht viel mehr ans Tageslicht als seine Behauptung, sich an dem kaputten Glasschirm seiner Badezimmerlampe geschnitten zu haben und dass er sein Dasein als Fensterputzer fristete. Sie selbst hatten im Register eine Verwarnung für zu schnelles Fahren sowie Trunkenheit am Steuer gefunden. Erstaunlicherweise nicht mehr. Peter Berg hatte auch dieses Verhör geführt, war jedoch diesmal weitaus besser vorbereitet.

Währenddessen rief Louise im Krankenhaus an und erhielt die Bestätigung, dass Johansson, genau wie er behauptet hatte, dort behandelt worden war. Claessons Frau teilte es ihr mit. Das Gespräch verlief entspannt.

Als Louise das Auto wieder zu Hause parkte, lag noch ein Teil des schönen Tages vor ihr. Der Rasen spross schon ebenso wie die Blumen in den Beeten, doch es schien ihr noch zu früh, die Gartenmöbel aus der Garage zu holen. Doch bald würde es endlich so weit sein.

Das Gärtchen auf der Rückseite ihres Reihenhauses war nicht besonders groß, doch sie würde es vermissen, wenn sie nun gezwungen wären umzuziehen. Würde sich wahrscheinlich noch weitaus eingesperrter vorkommen, als sie sich vorstellen konnte.

Aber noch war nichts entschieden. Vielleicht erhielt sie einen Kredit, sodass sie das Haus würde halten können. Um welchen Betrag es sich letztlich handelte, mit dem ihr Vater sie unterstützen wollte, wusste sie nicht. Sie sollte es als vorzeitiges Erbe betrachten, so hatte er sich ausgedrückt. Aber immerhin hatten ihre Geschwister auch noch ein Wörtchen mitzureden.

Tja, ihr Reihenhaus. In keiner Weise besonders, vielleicht sogar ein wenig fantasielos. Zwei lange Reihen mit stereotyp angelegten kleinen Nischen. Doch die Hauptsache war, dass es sich um ihr Zuhause handelte, das durchaus ihr eigenes und das der Mädchen werden konnte.

Schon im Flur sah sie, wer gekommen war. Sie streifte sich die Schuhe ab.

Er saß auf dem Sofa. Seine Füße lagen auf der Kante der Glasplatte, wo er sie immer hinlegte. Gabriella lümmelte sich im Sessel und las in einem ihrer Hefte. Der Fernseher lief. Sport.

Ungefähr wie immer. Und dennoch irgendwie verdreht. Verkehrte Welt.

»Hallo«, sagte Janos lächelnd.

Genau in diesem Moment überkam sie eine Welle der Übelkeit.

SECHSTES KAPITEL

Montag, 8. April

Marianne Bengtsson?«, vergewisserte sich Louise Jasinski und schaute in ein Paar sorgfältig geschminkte Augen über einem Glastresen.

»Ja, kommen Sie«, antwortete die Frau mit ruhiger und fester Stimme. »Wir können hier hineingehen«, flüsterte sie dann fast, was Louises Besuch in der Boutique einen nahezu mystischen Charakter verlieh.

Louise hatte vorher angerufen und sichergestellt, dass es sich um die richtige Adresse handelte, und einen Termin vereinbart. Sie erkannte die Frau auf dem Foto aus Doris Västlunds Album sofort wieder, auch wenn inzwischen eine ganze Reihe von Jahren vergangen war und sich die Ladeninhaberin von ihrem Äußeren her, besonders der Frisur, verändert hatte. Auch ihre Figur war inzwischen etwas fülliger geworden.

Mit weißen Sandalen von Scholl an den Füßen führte Marianne Bengtsson Louise in einen kleinen Raum hinter dem Verkaufsbereich. Sie bat eine junge Verkäuferin mit großen dunklen Augen, die Stellung im Laden zu halten, was an einem Montagvormittag um kurz nach zehn Uhr kein größeres Problem darstellte. Die Parfümerie hatte gerade erst geöffnet, und die Eingangstür stand weit offen, sodass ein frischer Frühlingswind die abgestandene Luft vom Wochenende rasch vertrieb. Kunden befanden sich noch nicht im Laden.

Die junge Verkäuferin lächelte prüfend und möglicherweise etwas geniert, während sie Louise neugierig aus dem Augenwinkel betrachtete. Dann stellte sie sich vor das Schaufenster und arrangierte die Waren ein wenig um, um beschäftigt zu wirken, was zumindest unauffälliger wirkte, als sich hinzustellen und regelrecht zu gaffen.

Hinter einem Vorhang verbarg sich eine winzige Kammer, nahezu ein Kabuff, das zu gleichen Teilen als Personalraum, Abstellfläche und Büro diente. Es roch unwahrscheinlich gut, ähnlich wie hochwertige Seifen in einem luxuriösen Hotelbadezimmer. Oder wie früher bei ihrer Großmutter. Louise wurde von wunderbaren Erinnerungen an die rundliche Dame überwältigt, die sowohl über genügend Geld verfügte als auch immer Zeit für sie hatte und über deren gewaltigem Busen die verschiedensten schönsten Perlenketten prangten. Doch solche Menschen sterben häufig einfach zu früh. Ihre Großmutter siechte an Magenkrebs dahin. Still vor sich hin leidend.

Angesichts dieser Erinnerung fiel Louise ein, dass die Frau, die Doris Västlund im Keller gefunden hatte, möglichst bald erneut mit dem Tatort konfrontiert werden musste. Das heißt, wenn ihr Zustand das zuließ. Hård, so hieß sie. Peter Berg würde das sicherlich übernehmen können, denn er war dafür prädestiniert, mit sensiblen Frauen umzugehen.

Die Wände des kleinen Raumes waren blau gestrichen. Mittelblau.

Ein rechteckiges Fenster wies in einen dunklen Innenhof, und eine Tür führte zur Toilette. An der Wand neben der Tür befand sich eine Garderobe, und ansonsten reichten die mit Kartons gefüllten Regale an den Wänden bis zur Decke hinauf. Die Becher für den Vormittagskaffee standen bereits auf der einen Seite des mit einem ebenfalls blauen Wachstuch bedeckten Tisches, auf dessen anderer Hälfte sich Pröbchen und Werbematerial stapelten. Eine Papiertüte von der angesehensten und konkurrenzlos besten Konditorei der Stadt, Nilssons, lag neben dem Kaffeeautomaten, der dicht an die Wand geschoben war. Der Größe der Papiertüte nach zu urteilen, enthielt sie höchstens zwei Gebäckstückchen.

Louise störte also die Zweisamkeit. Wie immer, wenn sie Dienstbesuche machte.

»Wir sollten darauf achten, möglichst leise zu sprechen«, hob die Inhaberin der Boutique hervor, während sie den Vorhang hinter ihnen zuzog, der im Prinzip nur vor Einsicht schützte. »Setzen Sie sich doch bitte! Sie kommen also wegen Doris Västlund?«

»Ja, genau«, antwortete Louise und nahm direkt gegenüber dem schmalen Fenster Platz.

»Sie verstehen vielleicht, meine Mitarbeiterin kannte Doris nicht, deshalb wäre es vielleicht besser, wenn wir das Ganze nicht so aufbauschen würden.«

Louise war dankbar dafür, dass Marianne Bengtsson die kleine weiße Porzellanlampe über dem Tisch anknipste. Sie bevorzugte es, ihren Gesprächspartnern in die Augen schauen zu können.

»Ich vermute, Sie haben es aus der Zeitung erfahren, dass Doris Västlund tot ist«, begann Louise ohne Umschweife, kam sich dabei jedoch vor wie eine Schallplatte.

»Wie furchtbar!«, rief die Frau aus und schlug die Hände über dem Kopf zusammen. »Dass die Leute so rücksichtslos mit ihren Nachbarn umgehen. Da fragt man sich doch wirklich, wohin das noch führen soll. So etwas müsste, es müsste ...«

Sie schaute Louise Hilfe suchend ins Gesicht, als könnte sie ihr mit den richtigen Worten auf die Sprünge helfen, doch Louise schwieg.

»So etwas müsste ... verboten werden«, brachte sie schließlich mit Nachdruck hervor.

Doch vieles verschwindet nicht einfach, nur weil es verboten ist, dachte Louise matt.

»So etwas ist verboten«, entgegnete sie sicherheitshalber.
»Wie bitte?«
»Zu misshandeln und zu töten.«
»Ja, natürlich. Ich habe mich falsch ausgedrückt, aber man ist einfach so geschockt. Man muss sich wirklich wundern,

was tatsächlich alles passieren kann! Man hätte doch im Leben nicht erwartet, dass gerade Doris so etwas zustoßen würde. Ja, man muss sich wirklich wundern ... Auf jeden Fall ist es entsetzlich tragisch, was da geschehen ist. Und dann natürlich die Art und Weise! Es scheint so, als müsste man heutzutage Wachpersonal in den Waschküchen aufstellen. Damit die Leute einander nicht die Wäsche stehlen und sich gegenseitig Schaden zufügen.«

Die Frau, die Louise gegenübersaß, seufzte hörbar und holte dann Luft, um weiterzusprechen. Louise ließ sie gewähren.

»Früher gab es so etwas nicht«, bemerkte sie daraufhin etwas gefasster. »Die Gesellschaft ist gefährlicher geworden. Komplizierter, wie ich finde. Selbst hier in der Boutique bekommen wir zu spüren, dass die Kriminalität zugenommen hat. Die Verbrecher strömen nur so über die Landesgrenzen. Man könnte vielleicht meinen, dass es hier nicht viel zu holen gibt, keine Computer, keine aufwändige Technik, weder Wertgegenstände wie Schmuck oder Uhren noch andere Dinge, die man weiterverkaufen könnte, und dennoch sind wir in der letzten Zeit mehrfach bestohlen worden. Keine Einbrüche, aber die Kunden lassen so einiges mitgehen. Unverschämte Typen. Neulich waren mehrere Männer aus den Ländern jenseits der Ostsee hier. Esten, Letten, Litauer – oder wie sie alle heißen. Auf jeden Fall Balten. Oder vielleicht waren es auch Russen. Ordentlich gekleidet. Sie gingen vorbei und guckten sich die Auslagen im Schaufenster an. Und als der Laden gerade voll mit Kunden war und wir alle Hände voll zu tun hatten, nutzten sie den Moment, um Wimperntusche, Lippenstifte und teure Parfüms an sich zu reißen. Alles hochwertige Produkte«, erklärte sie Louise. »Dior, Lancôme, Chanel. Französische Marken, die sie da drüben schick finden.«

Ihre Wangen zitterten leicht. Louise nickte, ging jedoch nicht auf das Thema ein.

»Doris Västlund hat also, wie ich unserem Telefonat entnehmen konnte, hier gearbeitet«, leitete sie zu ihrem Anliegen über.

»Das stimmt, aber das ist lange her«, bestätigte ihre Gesprächspartnerin mit einem Nicken.

Marianne Bengtsson war schon zu dieser Zeit Inhaberin der Boutique gewesen, wie sie selbst berichtete. Heute war sie eine Frau um die sechzig mit weichen und freundlichen Zügen. Janne Lundin hätte sie als mütterlich bezeichnet. Eine richtige Mutterfigur. Ihr Erscheinungsbild war, wie auch nicht anders zu erwarten, sehr gepflegt, und sie machte geradezu Werbung für ihre eigene Firma. Sie hatte ein Make-up aufgelegt, das sie nicht gerade jünger, aber interessanter aussehen ließ. Ihr kurzes und volles helles Haar hatte sie aus der Stirn gestrichen, und sie schien ihre Haut mit Pflegeprodukten zu behandeln, deren Preis Louise nur erahnen konnte. Ihre Augenbrauen waren wie auf dem Foto elegant nachgezeichnet, und der Lidschatten war in kontrastreichen Nuancen auf die unterschiedlichen Partien des Lids aufgetragen. Direkt am Wimpernansatz verlief ein mit sicherer Hand geführter Eyeliner Ton in Ton. Ein dezentes Rouge hob die Wangenknochen in dem verhältnismäßig runden Gesicht apart hervor. Der Lippenstift vollendete das perfekte Bild. Geschmackvoll und unaufdringlich. Louise fühlte sich inspiriert. Zusammengenommen dürfte es sich bei der Prozedur jedoch an jedem Morgen um mindestens eine halbe Stunde Arbeit handeln, beurteilte sie und ließ das Projekt gleich wieder fallen.

»Es ist ungefähr acht Jahre her, dass Doris hier gearbeitet hat. Mindestens«, fügte die Inhaberin hinzu.

»Erzählen Sie mir ein wenig von ihr.«

»Doris war eine sehr kundige Fachfrau«, sagte Marianne Bengtsson einleitend.

Nach einer so uneingeschränkt positiven Beurteilung ahnte Louise bereits, dass es nicht lange dauern würde, bis sie die etwas zweifelhaften Züge ansprechen würde.

»Doris arbeitete lange in der Branche«, erklärte Marianne Bengtsson. »Sie kannte sich hervorragend aus und hat ihre Sache von Grund auf gelernt. Sie absolvierte nämlich eine Kosmetikerausbildung, wie man es damals nannte, in einem bekannten Institut in Stockholm. Elizabethschule hieß sie, glaube ich. Dort wurden nur Mädchen aus gutem Hause zugelassen. Einige von ihnen wurden Mannequins, manche sogar bekannte Schauspielerinnen. Ich weiß, dass Doris auch eine Zeit lang als Modell arbeitete. Bei der Präsentation der Frühjahrskollektion im NK, dem renommierten Kaufhaus in Stockholm. Sie war ungewöhnlich hübsch für die damalige Zeit. Groß, aufrechte Haltung, und sie hatte ein perfektes Lächeln. Das besaßen weitaus nicht alle. In der Zeit in Stockholm traf sie übrigens auch ihren Ehemann ... aber ...«

»Aber?«

Jetzt kommt es, dachte Louise.

»Ehrlich gesagt, war sie eine gute Fachkraft, aber ... aber man hatte es nicht ganz leicht mit ihr.«

»In welcher Hinsicht?«

»Das ist gar nicht so leicht zu beantworten. Oberflächlich gesehen, könnte man sagen, dass sie recht wechselhaft in ihren Launen war. Sie ertrug keine Belastung. Manchmal war sie recht lustig und kreativ, doch dann tauchte völlig unvermutet etwas auf, was ihr nicht passte, und sie wurde mürrisch. Phasenweise führte sie sich unmöglich auf. Wurde richtig unverschämt und sagte Dinge, bei denen es einem die Sprache verschlug. Das Schlimmste jedoch war, dass sie überhaupt nicht zu begreifen schien, was sie damit anrichtete. Sie war ganz einfach so«, stellte Marianne Bengtsson fest und legte ihre Hände flach auf die Tischplatte. Sie justierte den Ring an ihrem Finger, sodass der blaue Stein wieder nach oben zeigte. »Alle, die sie näher kannten, wussten natürlich von ihrer etwas flatterhaften Art, doch mit den Jahren legte sich dieser Charakterzug zum Glück ein wenig, wie bei den meisten temperamentvollen Menschen. Sie wurde mit der Zeit richtig vernünftig.«

»Vernachlässigte sie jemals ihre Arbeit?«

»Nein. Nicht so, dass sie zu Hause blieb oder sich krankschreiben ließ«, antwortete Marianne Bengtsson und schüttelte mit Bestimmtheit den Kopf. »Denn sie brauchte ja das Geld.«

»Diese Unbeständigkeit beschränkte sich also nur auf ihr Auftreten?«

»Ja.«

Marianne Bengtsson schien mit ihrem Blick die Regale nach konkreten, glaubhaften und vor allem treffenden Beschreibungen abzusuchen.

»Sobald sie einen Raum betrat, dominierte sie die Stimmung, würde ich sagen.«

»Aber die Boutique gehörte doch Ihnen?«

Marianne Bengtsson schüttelte eifrig den Kopf.

»Das hatte nichts zu bedeuten. Doris konnte sich nicht zügeln.«

»Und dennoch arbeitete sie über einen längeren Zeitraum bei Ihnen?«

»Es ist nicht so leicht, Personal zu kündigen ... und wie es sich oftmals ergibt, so verbindet einen im Lauf der Jahre ja auch manches miteinander. Man gewöhnt sich. Obwohl man es in mancher Hinsicht nicht unbedingt tun und stattdessen lieber mit der Faust auf den Tisch hauen sollte.«

»Haben Sie das denn nie getan?«

»Und ob! Doch dann wurde es nur noch schlimmer. Es lag alles nicht an ihr. Niemals. Ihr fehlte ganz einfach die Einsicht. Was das betrifft, war sie wie ein Kind.«

»Und sie hat nie daran gedacht, eine eigene Parfümerie zu eröffnen?«

»Nein. Es bot sich ihr keine Möglichkeit«, sagte Marianne Bengtsson zögerlich und blinzelte mit ihren getuschten Wimpern.

»Wie meinen Sie das?«

»Ich meine die finanzielle Investition«, verdeutlichte Marianne Bengtsson in einem Ton, als hätte Doris Västlund unter einem angeborenen Gebrechen gelitten.

»Inwiefern?«

»Sie hatte es nicht so dicke nach der Scheidung.«

Nicht?, überlegte Louise und sah den Berg an Geldscheinen vor sich. Vierhundertachtundfünfzigtausend, genauer gesagt. Fast eine halbe Million.

»Doris hatte es in jeder Hinsicht ziemlich schwer nach der Scheidung. Sie war daran gewöhnt, gut gestellt zu sein. Sich trotz ihrer Situation als Hausfrau einiges leisten zu können. Einen gewissen Lebensstandard zu halten. Auf der sozialen Leiter fiel sie ja gleich mehrere Stufen hinunter, wenn ich mich so ausdrücken darf«, flüsterte Marianne Bengtsson kaum hörbar.

»Von welcher Zeit sprechen Sie jetzt genau?«

»Meine Liebe! Von der Zeit vor zwanzig Jahren. Mindestens. Vielleicht auch dreißig. Sie war mit einem Wirtschaftsprüfer verheiratet, bekam einen Sohn und hatte es so weit ganz gut, bis ihr Mann eine andere fand. Während sie verheiratet war, arbeitete sie nicht durchgehend. Trug schöne Kleider, reiste viel ...«

Für Louise war das Thema erschöpft.

»Das ist natürlich nicht gerade erbaulich«, sagte sie dennoch.

»Ich muss sagen, dass ich es ganz und gar nicht befürworte, wenn verheiratete Männer ihre Frauen verlassen. Aber in diesem Fall kann ich ihn gut verstehen.«

»Ja?«

»Ja, so sehe ich das. Denn wer hält es auf Dauer schon aus, mit einer derart launischen Person verheiratet zu sein? Auch wenn sie hübsch ist.«

»Können Sie beschreiben, was genau passierte, wenn Doris schlechte Laune hatte?«, wollte Louise mit dem Gedanken an verschiedene mögliche Szenarien in der Waschküche wissen. »Schrie sie? Schlug sie?«

»Sie war ganz einfach rasend.«

»Und was passierte, wenn sie rasend war?«

»Es war ziemlich unangenehm.«

»Nur unangenehm?«

»Nicht nur. Aufgebrachte Menschen sind immer unangenehm. Sie nehmen einem die Luft zum Atmen. Und man bewegt sich ständig nur auf Zehenspitzen, um sie nicht unnötig zu reizen. Außerdem schaffte sie es immer wieder, eines der Mädchen auf ihre Seite zu ziehen und gegen mich aufzuhetzen.«

»Aber sie schlug niemals? Oder drohte damit?«

»Nein, mein Gott! Möglicherweise erhielt ihr Junge hin und wieder eine Ohrfeige, aber uns tat sie nichts an. Das fehlte gerade noch! Dann wäre sie aber auch sofort rausgeflogen ...«

Marianne Bengtsson hielt inne. Irgendetwas schien ihre Erinnerung angeregt zu haben.

»Obwohl ich mich erinnern kann ... aber das war nur ein einziges Mal. Da warf sie eine Parfümpackung nach einem der Mädchen. Chanel No. 5. Das weiß ich noch genau. Dem Mädchen passierte nichts, und die Parfümflasche blieb sogar ganz, aber Sie können sich ja vorstellen, was da los war. Doris bereute ihren Ausbruch sofort, heulte und jammerte wie ein Kleinkind und versprach, dass so etwas nie wieder vorkommen würde. Sie war ja gezwungen, den Jungen zu versorgen, der Unterhalt ihres Exmannes reichte bei weitem nicht aus ... Ja, das war ein Zirkus«, erklärte sie. »Und ich konnte es einfach nicht übers Herz bringen, ihr zu kündigen, und so blieb sie. Nach einer kürzeren Periode jedoch, in der sie sich übertrieben freundlich gab, war alles wieder beim Alten.«

»Sie sagten, dass sie das Personal gegen Sie aufgewiegelt hat?«

»Ja, das passierte mitunter. Aber das Schlimmste war, dass man nie so genau wusste, wann sie aus dem Lot geriet. Denn sie konnte auch wahnsinnig nett sein. Regelrecht charmant.«

»Sie meinen also, dass sie unberechenbar war?«

»Ja, das kann man wohl sagen. Sie konnte unglaublich strahlen und sehr zugänglich sein, wenn es ihr passte, und die Kunden zum Kaufen animieren, aber ... Es reichte schon, wenn ihr ein Furz quer lag ...«

Louise lächelte, was Marianne Bengtsson wiederum bemerkte.

»Entschuldigen Sie meine Wortwahl«, sagte sie und errötete unter ihrem Make-up.

»Keine Ursache«, erwiderte Louise mit dem Lächeln noch auf den Lippen. Klasse Frau, dachte sie im Stillen.

»Wissen Sie, ob sie nach der Scheidung noch Kontakt zu ihrem Exmann pflegte?«

»Wenn ja, dann jedenfalls keinen engen. Er erhielt ziemlich bald eine höhere Position, eine Art Chefposten in einem großen Wirtschaftsunternehmen, zog nach Stockholm, gründete eine neue Familie und tat sicherlich, was in seiner Macht stand, um einen Strich unter die Vergangenheit zu ziehen. Aber er schickte ihr Geld, Unterhalt. Sowohl für den Sohn als auch für sie, glaube ich. Zu der Zeit konnte man noch verpflichtet werden, lebenslang Unterhalt zu zahlen, aber natürlich nur, wenn die Exfrau nicht wieder heiratete. Sie war ja Hausfrau, als er sie verließ. Und sie hat nie wieder geheiratet.«

»Und ihr Sohn?«

»Ted. Ja, der blieb bei Doris. Als Pfand, sozusagen. Es wäre ihm sicherlich viel besser bei seinem Papa gegangen. Doris hat ihn in gewisser Weise mit ihrer Art verdorben. In ihrer Nähe aufzuwachsen war sicherlich nicht zuträglich für ihn. Sie sprang mit ihm um, wie es ihr beliebte, und gleichzeitig prahlte sie mit ihm. Er war recht begabt. Doch mit der Zeit wurde er ziemlich einsilbig, wenn ich mich recht erinnere. Sah nett aus, ein wenig blass und schüchtern. Mit einer Tendenz, Schatten unter den Augen zu bekommen ...«

»Ja?«

»Völlig unterdrückt von Doris. Ich habe ihn übrigens schon einige Jahre nicht mehr gesehen. Aber ich denke, er hat sich letztlich ganz gut geschlagen. Seine Frau war vor einiger Zeit hier und hat bei uns eingekauft, auch sie wirkte recht nett. Er hat den gleichen Beruf wie sein Vater gewählt. Wirtschaftsprüfer oder ökonomischer Berater oder irgendetwas in dieser Richtung. Wie hat er übrigens die Sache aufgenommen?«

Louise antwortete darauf natürlich nicht.

»Doris lebte also nach der Scheidung allein mit ihrem Sohn?«, fasste sie zusammen.

»Ja. Jedenfalls soweit ich informiert bin. Aber Doris war ja gut aussehend und konnte ganz entzückend sein, sodass sie sich die unterschiedlichsten Männer anlachte... Manche Beziehungen hielten länger, während andere schnell im Sande verliefen. Sie bekamen ja alle früher oder später mit, wie launisch sie war. Das längste Verhältnis unterhielt sie wohl mit einem Witwer, der zwei Kinder hatte. Sie war recht oft bei ihm und schaltete und waltete in seiner Wohnung. Ich glaube, dass sie sogar eine Zeit lang versucht haben zusammenzuwohnen. Ich kann mich noch erinnern, wie wir hofften, dass es diesmal halten und etwas Dauerhaftes daraus werden würde. Folke hieß er, an den Nachnamen kann ich mich nicht mehr erinnern. Sie waren bestimmt zehn oder fünfzehn Jahre lang zusammen. Wenn nicht noch länger. Es fällt einem immer schwerer, den Überblick über die Jahreszahlen zu behalten. Aber er hat offensichtlich den Kontakt abgebrochen... oder wie es nun war. Danach hatte sie jedenfalls lange allein gelebt. Doch sie schien sich ganz wohl zu fühlen. Schätzungsweise besser als zuvor. War ruhiger geworden. Allerdings hat sie in der letzten Zeit auch nicht mehr so oft hereingeschaut.«

Marianne Bengtssons Blick bekam etwas Wehmütiges. Louise stellte fest, dass es Zeit wurde aufzubrechen.

»Tja, so kann es gehen!«, seufzte die Frau auf der anderen Seite des Tisches genau in dem Moment, als Louise im Begriff war aufzustehen. Sie verabschiedete sich, dankte ihr und verschwand hinaus in einen strahlenden Frühlingstag.

Sie ging die Köpmannagatan ein Stück auf der Schattenseite hinunter, wechselte dann die Straßenseite und wurde regelrecht von der Sonne geblendet. Sie blieb stehen, nahm ihren Block und spürte die Wärme in ihrem Gesicht. Sie musste die Augen zusammenkneifen, als sie auf das helle Papier schaute, und überlegte einen Moment lang, wo sie ihre Sonnenbrille hatte und ob sie eventuell schnell zu Åhléns reinspringen sollte, um zu gucken, ob sie dort nicht eine günstige, einigermaßen akzeptable erstehen konnte. Es machte kaum Sinn, eine teure zu kaufen, sie würde sie doch nur verlegen.

»Folke« hatte sie notiert. Und »Berg-und-Tal-Bahn«.

Sie blätterte um. Da stand: »Exmann kontaktieren«.

Man hätte meinen können, sie sei senil geworden, dachte sie flüchtig und verstaute den Block in ihrer Tasche, woraufhin sie mit langsamen Schritten zum Präsidium zurückschlenderte, denn schon bald würde sie für eine Weile im Auto hocken müssen. Sie hatten vor, gegen Nachmittag zur rechtsmedizinischen Abteilung zu fahren, eine Tour von knapp drei Stunden. Doch wie lange es letztendlich dauern würde, hing davon ab, wer fuhr.

Astrid Hård hatte vollständig das Interesse verloren, nach Göteborg zu fahren. Wie sollte sie den Besuch genießen und mit ihren Freunden fröhlich sein, wo sie gerade einen Menschen zu ihren Füßen hatte sterben sehen? Es erschien ihr keine gute Idee, ihre Überstunden zu verschwenden, nur um in der Gegend herumzufahren und sich dabei schlecht zu fühlen. Da war es schon sinnvoller, wie gewohnt arbeiten zu gehen. So hatte sie wenigstens etwas zu tun. Also machte sie sich am Montagmorgen auf den Weg zur Arbeit. Die Schatten unter ihren Augen überdeckte sie mit Schminke.

Während der vergangenen drei Nächte hatte sie das Gefühl gehabt, gespannt wie eine Feder ungefähr zwei Zentimeter über der Matratze zu schweben. Tagsüber war sie dann wie ein unglückseliger Geist in ihrer kleinen Zweizimmerwohnung, die immer mehr zu schrumpfen schien, herumgewandert und hatte voller Furcht abwechselnd zum Hof und auf die Straße hinausgespäht. Hin und her. Mit ängstlichem Blick Ausschau gehalten.

Und wenn er nun ebenso hinter ihr her war?!

Ihre Eltern hatten mehrfach angerufen und sie gefragt, ob sie nicht nach Hause kommen und sich dort ausruhen wolle. Doch was sollte sie in einem Kaff wie Emmaboda?

Sie sehnte sich intensiv nach jemandem, der bei ihr sein

würde. Ein Typ. Ein richtiger Mann. Groß und stark und außerdem einfühlsam. Jedenfalls definitiv keiner wie Sigge Gustavsson, der im selben Treppenaufgang wohnte, dieser typische Bürohocker. Seitdem seine Frau ihn verlassen hatte, konnte sie ihn kaum mehr ertragen. Jedes Mal, wenn sie sein vorsichtiges, eintöniges, aber unerbittliches Geklopfe mit den Fingerknöcheln gegen ihre Tür vernahm, bekam sie Gänsehaut. Es war ungefähr so, als würde er einen Vierviertakt zählen. Natürlich wollte er nicht, dass ihn jemand im Treppenhaus hörte und womöglich bemerkte, dass er wie die Katze um den heißen Brei um sie herumschlich.

Als er zum ersten Mal anklopfte, hatte sie vermutet, dass es im Zusammenhang mit der Mieterversammlung geschah und er als Vorsitzender vielleicht wichtige Informationen benötigte. Doch sie hatte recht schnell feststellen müssen, dass es sich keineswegs darum handelte, und sich jedes Mal wie eine Schlange gewunden. Das Ganze wiederholte sich schließlich in unterschiedlichen Varianten. Eine Peinlichkeit folgte der anderen. Letztlich war es nur seine Selbstgefälligkeit, die ihr seine ständigen Aufwartungen erleichterte. Denn wenn man es genauer betrachtete, bettelte er regelrecht um einen Korb. Seine Ausdauer hingegen bereitete ihr ein echtes Problem. Er schien einfach nicht aufzugeben. War stur wie ein Bock. Und konnte nicht verstehen, dass sie sich auf keinen Fall mit ihm treffen wollte.

Kein Wunder, dass seine Frau abgehauen war!

Jetzt, nachdem das mit Doris passiert war, hatte er natürlich erneut an ihre Tür getrommelt. Erst am Samstag und dann noch einmal am Sonntag. Er wolle wissen, wo sie geblieben sei, hatte er mit seinem selbstsicheren Grinsen gefragt. »Zu Hause. Wo denn auch sonst?!«, hatte sie geantwortet und ihn durch die halb offene Tür abweisend angestarrt, während sie den Türgriff fest umklammerte. Ihn ließ sie jedenfalls nicht so schnell in ihre Wohnung. Denn dann würde sie ihn vermutlich nicht wieder hinausbekommen.

Er hatte natürlich in Wahrheit wissen wollen, welche Rolle

sie in diesem Drama spielte. Mit anderen Worten: ob sie vielleicht die Mörderin war.

Dieser Polizist, Peter Berg, hatte ihr angeboten, jederzeit auf ihn zukommen zu können, wenn sie ihn brauchte. Und sie gebeten, möglichst mit niemand anderem über ihre Erlebnisse zu sprechen. Also hatte sie Sigge gegenüber den Kopf in den Nacken gelegt und ihm direkt ins Gesicht geschleudert, dass sie nichts sagen dürfe. Da war er natürlich platt gewesen.

Sie hatte, weiß Gott, einen anderen Mann als Sigge Gustavsson nötig. Und wenn dieser Mann, von dem sie träumte, bei ihr gewesen wäre, hätte er sie jetzt mit Sicherheit in seine starken Arme geschlossen, und alles wäre um vieles leichter zu ertragen gewesen. Davon war sie hundertprozentig überzeugt. Vielleicht würde er ungefähr so wie der Polizist aussehen. Peter Berg. Nicht wahnsinnig gut, aber immerhin ansehnlich. Das Wichtigste war jedoch, dass er zuhören konnte. Und sie verstehen. Sie würde, sooft sie wollte, von ihren Eindrücken berichten können. Ein ums andere Mal, bis sie die Sache mit Doris nicht mehr so stark bedrückte.

Wie gewöhnlich kam sie recht früh am Morgen in die Abteilung. Doch sie fühlte sich keineswegs so wie immer, und das sah man ihr auch an. Sie war stiller als sonst und ziemlich blass um die Nase. Und so geheimnisvoll, meinte Rose, die sofort nach einer Erklärung verlangte. Nur ein paar Andeutungen würden schon reichen. Aber natürlich brach die ganze Geschichte aus ihr heraus wie ein Sturzbach nach der Schneeschmelze.

»Also bist du die Nachbarin, von der die Zeitungen berichten, dass sie sie gefunden hat«, stellte Rose fest und war ziemlich beeindruckt.

»Ja, das bin ich«, gestand sie.

Die Abteilungsleiterin, die für alle Sekretärinnen zuständig war, entschied, nachdem sie mitbekommen hatte, wie es um ihre Mitarbeiterin Astrid Hård stand, dass sie am heutigen Tag auf keinen Fall an der Kasse sitzen sollte. Diese Aufgabe sollte Rose für sie übernehmen, auch wenn diese schon mehrfach darauf hingewiesen worden war, dass sie nicht freundlich genug auftrat. Denn alle Sekretärinnen hinter der Glasfront repräsentierten schließlich das Ansehen der Klinik in der Öffentlichkeit, hatte die Abteilungsleiterin ihnen wieder und wieder eingebläut, bis ihnen fast die Ohren abfielen. Also war es wichtig, dass sie sich nett und freundlich gaben und immer fleißig lächelten. Wie an der Kasse bei Konsum. Sie hatten sogar diverse Kurse besucht, in deren Verlauf sie gelernt hatten, ihr Gegenüber mit einem strahlenden Lächeln zu begrüßen. Wenn man es genügend übe, komme es irgendwann von selbst, hatte die Abteilungsleiterin versprochen. Doch Rose, die ziemlich selbstsicher und auch ein wenig stur war, wofür Astrid sie manchmal bewunderte, pfiff geradezu auf das ganze Getue mit dem aufgesetzten Lächeln. Wenn sie schlechte Laune hatte, dann konnte sie es eben nicht ändern. Und da sie für das Entblößen einer einwandfreien Zahnreihe, die sie sowieso nicht besaß, auch kein höheres Gehalt bekam, hatte sie sich dafür entschieden, nur dann zu lächeln, wenn ihr auch danach war. Und an diesem frühen Montagmorgen war ihr definitiv nicht nach Kassendienst und schon gar nicht nach Lächeln zumute, wie sie mitteilte, während sie ihre Haarspangen zurechtrückte. Aber, okay, sie würde nicht länger murren und sich an die Kasse setzen.

Astrid wurde stattdessen für die Terminvergabe eingeteilt, was an und für sich nicht schlecht war, weil das Telefon sie die ganze Zeit auf Trab hielt und sie auf diese Weise zwang, an etwas anderes zu denken.

Sie setzte sich das Headset auf und schaltete die Telefonleitung frei. Die Kollegin, die hinter ihr saß, war recht neu und unerfahren, unterbrach sie aber nur selten mit ihren Fragen. Sie war dabei, diktierte Berichte für die Krankenakten über Kopfhörer ins Reine zu schreiben. Ein paar Mal benötigte sie Astrids Hilfe beim Verstehen des Kauderwelschs, das der neue Doktor sprach. Ein fürchterliches Schwedisch, wie sie fand. Sie setzten abwechselnd die Kopfhörer auf und spulten das Band immer wieder zurück, doch bei manchen Passagen konnten sie nicht einmal erraten, was er gemeint haben könnte, obwohl sie beide eine lebhafte Fantasie besaßen. Astrid fand, dass die Kollegin sich nicht weiter den Kopf zerbrechen und die Abschrift des Berichtes, mit einer Reihe von roten Fragezeichen versehen, in sein Fach legen sollte. Sodass er sich in Zukunft ein wenig mehr bemühte! Doch der Neuen tat er eher ein bisschen leid. Astrid war jedoch nicht bereit, sich auf irgendwelche Gefühle einzulassen. Die Berichte mussten korrekt sein, und das war vorrangig.

Das Telefon klingelte, und eine Frau, die unbedingt einen sofortigen Termin bekommen wollte, meldete sich. Das wollten natürlich alle, und Astrid Hård war inzwischen routiniert genug zu erwidern, dass es in den nächsten vierzehn Tagen keine freien Termine gebe. Am liebsten hätte sie die fordernde Person in der Leitung noch darüber aufgeklärt, dass es sich dabei, verglichen mit der Situation in Stockholm, keineswegs um eine besonders lange Wartezeit handelte. Aber zwei Wochen erschienen der Frau, wie freundlich und bestimmt Astrid auch klang, definitiv zu lang. Also blieb ihr nichts anderes übrig, als die Patientin an die Notaufnahme zu verweisen, von der sie jedoch wusste, dass es auch dort Engpässe gab. Doch darauf wollte sich die Frau auf gar keinen Fall einlassen. Einen ganzen Tag lang dort herumzusitzen und kostbare Zeit zu vertrödeln. Soweit Astrid Hård verstand, handelte es sich bei der Anruferin also um eine viel beschäftigte Person. Die Stimme an ihrem Ohr redete weiter auf sie ein. Astrid begann unterdessen an Peter Berg zu denken, er wuchs förmlich vor ihr aus dem Boden, stand ganz plötzlich vor ihr und lächelte sie freundlich an. Die Frau am anderen Ende der Leitung bekam erstaunlicherweise mit, dass Astrid nicht ganz bei der Sache war.

»Sind Sie noch da?«

»Ich höre«, erwiderte Astrid mit gewohnter Freundlichkeit und fand, dass die Frau nicht gerade todkrank klang.

Sie begann erneut, im Terminplan auf ihrem Bildschirm nach dem frühesten freien Termin zu suchen, nicht gerade bei einem der besonders begehrten Ärzte, aber man konnte nicht alles haben. Die Frau am Telefon akzeptierte schließlich notgedrungen den Termin. Astrid bewegte ihren Zeigefinger auf die Stopptaste zu, um das Gespräch zu beenden, und exakt in dem Moment, als sie draufdrückte, sorgte ein raschelndes Geräusch hinter ihr dafür, dass sich ihre Nackenhaare sträubten.

Die Kollegin am Schreibtisch hinter ihr war gerade dabei, eine leere Papiertüte zusammenzuknüllen.

Astrid schluckte und spürte, dass sie völlig verspannt war. Nur wenige Sekunden später kam ein Arzt auf sie zu, um einige Besuchszeiten zu ändern.

»Was ist denn mit Ihnen los?«, wollte er wissen.

Sie runzelte die Stirn.

»Nichts«, antwortete sie und schaute sich sicherheitshalber noch einmal um.

Janne Lundin und Benny Grahn liefen zum hundertsten Mal über den mit Pflastersteinen belegten Innenhof. Er lag zu dieser Tageszeit noch im Schatten, und die Luft war etwas feucht, aber es versprach ein schöner Tag zu werden. Ein weißer Plastikstuhl stand einsam herum. Wahrscheinlich würde das andere Gartenmobiliar, das sie bei ihren Inspektionen im Keller hatten stehen sehen, erst später herausgestellt werden.

Lundin sah auf die Uhr. Um neun sollte die Werkstatt öffnen. Es war fünf Minuten vor neun, und er hatte erwartet, dass die Inhaberin, eine gewisse Rita Olsson, möglicherweise etwas früher kommen würde, doch das war offensichtlich nicht der Fall.

Benny Grahn begann rastlos alle Ecken und Winkel des Hofes zu durchkämmen, was er bereits einige Male zuvor getan hatte, doch sah er keinen Grund, eine weitere Gelegenheit unnütz verstreichen zu lassen. Er warf einen Blick hinter das Wohlriechende Geißblatt, das an der einen Ziegelmauer des Hofgebäudes spärlich rankte, hob die Fußmatte aus grauem Gummi vor der Tür zur Werkstatt an, schaute in die beiden

Keramikübertöpfe mit Osterglocken, die die Treppe zum Eingang gegenüber der Waschküche flankierten, nahm schließlich den weißen Plastikstuhl, trug ihn zur Grundstücksmauer und versuchte in den Nachbargarten hinüberzuschauen.

»Kannst du etwas sehen?«, wollte Lundin wissen.

»Nein. Ich bin zu klein.«

»Lass mich es versuchen«, bot Lundin an, stieg auf den Stuhl und stellte fest, dass man nicht viel mehr als einen Baum, einige Johannisbeersträucher und eine Holzterrasse sehen konnte, die bis auf einige leere, ineinander gestapelte Pflanzgefäße in einer Ecke leer geräumt war.

Rita Olsson, die bisher noch keiner der Polizisten getroffen hatte, war immer noch nicht aufgetaucht. Von sämtlichen Eigentümern im Gebäude hatten sie bisher nur Gutes über sie gehört.

Benny setzte unterdessen sein Stöbern fort, ging mit bestimmten Schritten in Richtung des Schuppens, der an die Werkstatt grenzte und in dem der Müll nach allen Regeln der modernen Trennung deponiert war. Man hatte den Abfall bereits gleich zu Beginn durchsucht, doch es sprach nichts dagegen, es noch einmal zu tun. Beschriftungen in Großbuchstaben sorgten dafür, dass Papier, Metall, Kartons, Kompost und farbiges beziehungsweise farbloses Glas in die richtigen Behälter sortiert wurden. Benny hob einen Deckel nach dem anderen an und stocherte mit einem Metallstab in den Abfällen herum, fand jedoch nichts Aufsehenerregendes. Jedenfalls nicht sofort.

»Ist die Müllabfuhr schon da gewesen?«, wollte Lundin wissen.

»Nein«, entgegnete Benny.

Lundin stellte sich wieder in den Hof. Er wollte es mitbekommen, wenn Rita Olsson erschien. Irgendwie verblüffte es ihn, wie ausgestorben der Hof wirkte, doch alle Bewohner des Hauses schienen bei der Arbeit zu sein. Da erklang ein Pfiff aus der Richtung der Müllcontainer, woraufhin Lundin zu Benny lief und fragte: »Hast du etwas gefunden?«

»Das hier«, sagte Benny und ließ eine ziemlich mitgenommene Faschingsmaske am Finger hin- und herbaumeln.

Er hielt sie an einem dünnen Gummiband. Sie sah aus wie eine tote Ratte.

»Aha«, lautete Lundins Reaktion. »Und?«

»Schau sie dir genauer an!«

Dazu hatte Lundin nicht gerade besondere Lust. Sie schien einmal weiß gewesen zu sein, doch jetzt wirkte sie ziemlich ramponiert und roch muffig.

»Ich nehme sie mit«, sagte Benny und kramte einen Plastikbeutel hervor.

»Tu das«, entgegnete Lundin, als spräche er mit einem Kind, das Regenwürmer aufsammelte.

»Wie hieß noch der Typ, der irgendetwas von einem Kostümfest faselte?«, wollte Benny wissen.

»Keine Ahnung. Ich glaube, Peter Berg hat ihn verhört, aber das können wir ja leicht nachprüfen, wenn wir im Präsidium sind.«

Sie gingen in den Hof zurück und sahen eine schmale Frau und einen Mann mit schwarzer Lederjacke und verschlissenen Jeans am Türgriff der Werkstatt rütteln. Die Tür war immer noch abgeschlossen.

»Sie ist noch nicht da«, sagte Benny Grahn erklärend.

Das Pärchen schaute ihn misstrauisch an, und die beiden Polizisten schauten genauso fragend zurück.

»Dann gehen wir wieder«, sagte der Mann, woraufhin die Frau nickte.

»Können wir etwas ausrichten?«, wollte Lundin wissen.

»Nein. Wir kommen ein anderes Mal wieder. Ich kenne sie«, sagte der Mann in der Lederjacke. Dann verließen sie den Hof.

Sie wirkten irgendwie nervös. Kurz darauf hörten Lundin und Grahn ein Auto starten.

»Wer die beiden wohl sein mögen?«, fragte Lundin seinen Kollegen.

»Jedenfalls scheint keiner von beiden mit Antiquitäten zu tun zu haben«, entgegnete Benny Grahn.

»Und wenn, dann schon eher mit gestohlenen«, mutmaßte Lundin.

Das leichte Quietschen eines Fahrrades, das sich näherte, beendete ihre Unterhaltung. Endlich tauchte die Inhaberin der Möbelwerkstatt auf, eine Frau um die fünfzig. Janne Lundin und Benny Grahn stellten sich vor und standen kurze Zeit später zwischen allerhand Möbeln, wo sie von einem angenehmen Duft umgeben waren: einer Mischung aus frischem Holz, Terpentin, verschiedenen Ölen und altem trockenem Holzstaub.

Rita Olsson hatte sie äußerst wohlwollend hereingebeten. Sie wusste inzwischen, was geschehen war.

»Ich habe nicht besonders viel mit dem übrigen Gebäude zu tun«, sagte sie einleitend.

Sie bestätigte ebenso, dass sie die Werkstatt am Freitag recht früh geschlossen hatte, und gab als Zeitpunkt fünfzehn Uhr an, vermutlich einige Stunden bevor der Überfall stattfand. Jedenfalls nach dem zu urteilen, was die Polizei im Augenblick annahm. Seitdem hatte sie die Räume noch nicht wieder betreten. Am Wochenende war sie unterwegs gewesen, genauer gesagt, zusammen mit ihrem Mann in Småland herumgefahren, um sich alte Möbel anzuschauen.

»Als freie Unternehmerin muss man solche Fahrten auf das Wochenende legen. Sonst geht man unter!«

»Haben Sie Kontakt zu den Eigentümern der Wohnungen?«, fragte Janne Lundin und ergriff die Lehne eines Bauernstuhls und testete seine Stabilität, indem er ihn vorsichtig vor- und zurückbewegte.

»Das hält er aus«, lächelte sie. »Auch wenn er noch einmal geleimt werden muss. Ich kenne die Leute hier eigentlich nicht besonders gut. Manche erkenne ich wieder, wenn sie mich grüßen. Und mit dem einen oder anderen habe ich mich schon bei einer Tasse Kaffee im Garten unterhalten, wenn das Wetter danach war. Aber das ist auch schon alles. Ich weiß zum Beispiel nicht ihre Namen. Nur den des Vorsitzenden, Sigurd Gustavsson.«

Lundin notierte ihre Privatadresse in einem Mietshaus weiter südlich im Långängsvägen. Er hatte sie zwar unlängst im Telefonbuch gefunden, doch das erwähnte er ebenso wenig wie die Tatsache, dass er bereits dort gewesen war und geklingelt hatte.

»Fühlen Sie sich wohl hier?«

»Ja. Die Werkstatt liegt günstig«, erklärte sie.

»Haben Sie etwas dagegen, wenn ich mich ein wenig umsehe?«, wollte Technik-Benny wissen.

»Nein. Keinesfalls. Schauen Sie sich nur um.«

Sie blieb an einer Hobelbank stehen, während die Männer sich vorsichtig durch die Räumlichkeiten bewegten. Von außen hatten weder die Türen noch die Fenster aufgebrochen ausgesehen, wie sie schon am ersten Tag festgestellt hatten. Von innen ebenfalls nicht.

»Besitzt außer Ihnen noch jemand einen Schlüssel zu diesem Gebäude?«, wollte Lundin wissen.

»Nein, soweit ich weiß, nicht.«

»Auch nicht der Vorsitzende ... äh ... Wie hieß er noch gleich?«

»Sigurd Gustavsson.«

»Genau.«

»Nein, ich glaube, er hat keinen Zugang zu den Räumen. Es handelt sich ja um eine eigenständige Firma, völlig unabhängig von den Wohnungen«, hob sie hervor. »Alle Schlüssel, die es gibt, befinden sich, soweit ich weiß, bei mir.«

»Okay.«

»Wir fragen natürlich auch im Hinblick darauf, weil Sie so viele Werkzeuge besitzen. Sozusagen begehrtes Diebesgut. Sie wissen schon, jemand könnte ja auf die Idee gekommen sein, sie auszuleihen«, betonte Lundin sanft und beschrieb mit seinen Fingern Anführungszeichen in der Luft.

»Ja, so etwas kann natürlich passieren«, entgegnete sie und schaute nachdenklich an die Wände.

»Sie haben wirklich hochwertige Werkzeuge«, erkannte Benny an, während er seine Fingerspitzen sachte über die langen Holzgriffe verschiedener Sägen gleiten ließ, die nach Größe geordnet an der Wand hingen und ein symmetrisches Bild abgaben.

Daraufhin inspizierte er die Oberfläche seines Zeige- und Mittelfingers, entdeckte eine sehr dünne Schicht Holzstaub, nahm seine Lampe aus der Jackentasche und strahlte beide Fingerkuppen zuerst direkt von vorne und dann schräg von der Seite an, um die Staubpartikel zu analysieren.

»Einen Teil des Werkzeugs hab ich auf meinen Reisen gekauft. Vor allem in England, wo ich meine Ausbildung absolviert habe«, erzählte sie. »Sie stellen sowohl formvollendete als auch funktionstüchtige Werkzeuge und Geräte her. Und die Preise sind ganz andere als hier.«

Ihr mit vielen Schnörkeln versehenes Diplom hing gerahmt an der Wand. Es war sehr ansprechend gestaltet. Benny war fasziniert von ihrem Können und betrachtete sie mit neuem Respekt.

»Und Ihnen ist nichts abhanden gekommen, soweit Sie das im Moment beurteilen können?«, hakte Janne Lundin nach.

»Nein, ich glaube nicht«, entgegnete sie und schüttelte den Kopf, während ihr Blick über die Wände mit den aufgehängten Gerätschaften glitt.

Sie war nicht zusammengezuckt, was er auch nicht unbedingt erwartet hatte, aber ihre Antwort kam einen Sekundenbruchteil zu schnell.

»Es handelt sich um eine Menge Werkzeug«, stellte Lundin fest und ließ seinen Blick ebenfalls über die Wände schweifen. »Ich meine, ich stelle es mir nicht leicht vor, den Überblick zu behalten.«

»Das stimmt. Aber soweit ich es überblicken kann, fehlt nichts«, hielt sie an ihrer Aussage fest.

»Lassen Sie von sich hören, wenn Sie feststellen, dass etwas verschwunden ist!«

»Ja.«

»Und es ist keines der Fenster aufgebrochen?«

»Nein.«

»Und keine Tür?«

Sie schüttelte den Kopf.

»Aber so genau habe ich noch nicht nachsehen können«, entschuldigte sie sich, woraufhin die beiden Polizisten sich erneut langsam in Bewegung setzten. Der eine in Richtung Eingang und der andere zum Ausgang hin. Sie inspizierten Schlösser, hoben Fußmatten an, untersuchten Fensterhaken und Fensterbretter, beugten sich hinunter und schauten unter Tische, Stühle und Kommoden und leuchteten schließlich mit ihren Taschenlampen in alle Ecken und Winkel.

Rita Olsson stand mit hängenden Armen im Raum und schaute ihnen mit ihren dunklen Augen zu.

Als sie ihren Rundgang so weit beendet hatten, ging Janne Lundin noch einmal zu ihr, beugte sich ein wenig hinunter und sah sie eindringlich an.

»Sie haben also am vergangenen Freitag nichts Ungewöhnliches hier draußen im Hof bemerkt?«

Sie wich seinem Blick aus und schaute stattdessen durch das rechteckige Fenster nach draußen.

»Nein«, antwortete sie kurz. »Aber die Waschküche kann man ja ebenso gut über das Treppenhaus erreichen.«

Er konnte nicht mit Sicherheit ausmachen, ob sie leicht errötete, denn sie hatte ansonsten eine Haut wie weißes Leinen, die nur von dünnen Linien um Augen und Mund durchzogen war.

»Also nichts Besonderes?«

Sie schwieg.

»Haben Sie etwas dagegen, wenn ich mir einen Teil Ihres Werkzeugs genauer ansehe?«, fragte Benny.

»Nein, das geht schon in Ordnung«, erwiderte sie, sah dabei aber eher zweifelnd aus.

»Ich darf mich also noch ein wenig länger umschauen?«, vergewisserte er sich.

»Ja, sicher.«

»Könnte ich vielleicht auch den einen oder anderen Gegenstand leihweise mitnehmen? Nur zur Kontrolle, also?«, fragte er, ohne genauer zu benennen, was er nun kontrollieren wollte. »Sie bekommen alles zurück. In der Hinsicht brauchen Sie sich nicht zu beunruhigen.«

Er drehte erneut eine Runde durch die Werkstatt, begutachtete, leuchtete mit seiner Taschenlampe, befühlte vorsichtig, ging dann zum Auto hinaus und holte diverse verschließbare Plastikbeutel, in die er drei Hämmer unterschiedlicher Größe und genauso viele Meißel mit kräftigen geriffelten Holzgriffen beförderte.

Als er den letzten Meißel vorsichtig in den Beutel gleiten ließ, lautete sein Kommentar:

»Ein ansehnliches Teil! Ist sicher schon von vielen Möbeltischlern vor Ihnen benutzt worden.«

»Ja, das stimmt«, erwiderte sie. »Man empfindet wirklich Freude darüber, tagtäglich eine uralte Handwerkstradition fortsetzen zu dürfen.«

»Dürfte ich vielleicht auch einmal Ihre Toilette benutzen, bevor wir uns wieder auf den Weg machen?«, bat Benny, ohne dabei besonders bedürftig auszusehen.

»Natürlich.«

Die Tür zur Toilette befand sich hinter einer kleinen Trennwand, vor der noch unbearbeitete Möbelstücke gestapelt waren. Auf einem Büfett standen eine Kaffeemaschine und ein elektrischer Wasserkocher. Und ein Telefon. Darüber hing eine kleine Pinnwand mit Telefonnummern und einigen Visitenkarten von anderen Handwerksbetrieben. Am seitlichen Rand der Pinnwand steckte eine Maiblume.

Aha, dieses Jahr sind sie also rosafarben, dachte er und verschwand in die Toilette.

Das Warten war nervenaufreibend. Es machte sie ganz verrückt.

Er hatte angekündigt, von sich hören zu lassen. Da war sie sich ganz sicher. Hatte es sogar versprochen. Komme, was wolle.

Astrid Hård saß mit den Stöpseln ihrer Kopfhörer im Ohr

da und schaute hinaus. Vergangene Woche waren die Fensterputzer da gewesen, sodass das Sonnenlicht nun ungehindert den Raum durchfluten konnte.

Hätte sie sich aufgrund ihres traumatischen Erlebnisses doch nur krankschreiben lassen, dann würde sie bei diesem schönen Wetter spazieren gehen können. Aber nun musste sie sich damit abfinden, drinnen zu sitzen. Ein wenig bereute sie ihre Entscheidung schon.

Wenn er tatsächlich den ganzen Tag nichts von sich hören ließ, würde sie selbst anrufen, entschied sie. Die Nummer der örtlichen Polizei wählen und nach Peter Berg fragen. Sobald ihre Leitung frei wäre, könnte sie es probieren. Leider war das nicht oft der Fall, was ein gewisses Problem darstellte, denn wenn er seinerseits sie erreichen wollte, musste er es schon auf ihrem Handy versuchen. Ihre Abteilungsleiterin hatte ihnen untersagt, während der Arbeitszeit ihre privaten Handys eingeschaltet zu lassen. Bei der letzten Patientenumfrage hatte sich nämlich herausgestellt, dass die Patienten es als besonders rücksichtslos empfanden, wenn das Personal private Telefonate führte, während sie selbst in die Warteschlange geleitet wurden. Dennoch hatte Astrid, genau wie alle anderen, ihr betriebsbereites Handy in der Schreibtischschublade versteckt. Und in dieser besonderen Situation sah sie sich geradezu gezwungen, es eingeschaltet zu haben. Also würde sie der Abteilungsleiterin erklären, dass die Polizei darauf bestand, dass sie erreichbar war, denn sie stellte eine wichtige Zeugin für die Ermittlungen in einem Mordfall dar.

Kurz bevor sie Kaffeepause machen wollte, stand Veronika Lundborg vor ihr.

»Einen Moment, bitte. Ich bin gleich wieder für Sie da«, teilte Astrid Hård dem Anrufer am anderen Ende der Leitung mit ihrer Telefonistinnenstimme mit und drückte den Knopf für die Warteschleife, noch bevor die Person am anderen Ende antworten konnte.

»Wie geht es Ihnen?«, wollte Veronika wissen. »Ich habe erfahren, dass Sie diejenige sind...«, flüsterte sie, während sich die Neue am Schreibtisch hinter Astrid mucksmäuschenstill verhielt und so tat, als sei sie keineswegs an dem Gespräch der Ärztin mit ihrer Kollegin interessiert.

»Es war schon ein ziemlicher Schock«, antwortete Astrid. »Aber jetzt geht es einigermaßen, auch wenn ich nicht besonders gut schlafe. Doch man kann ja auch nicht den ganzen Tag in der Wohnung hocken.«

Veronika umarmte sie leicht. Viel mehr brauchte nicht gesagt zu werden. Und dann rauschte die Ärztin auch schon weiter, um die Sekretärin ausfindig zu machen, die das Rechtsgutachten ins Reine geschrieben hatte.

Als Astrid Hård schließlich um zehn Uhr gemeinsam mit den anderen Kaffee trinken ging, hatte er immer noch nicht angerufen. Also steckte sie ihr Handy in die Hosentasche. Die Sekretärinnen trafen sich im kleinsten Raum in der hintersten Ecke des Kellers, wobei sie sich jedes Mal wie Hühner vorkamen, die zusammengepfercht in einem Käfig hockten. Doch sie hatten es selbst so gewollt. Da es außerdem recht dunkel dort unten war, konnten sie sich zumindest an dem nicht ganz unerheblichen Vorteil erfreuen, dass die Schwestern, die oben im lichtdurchfluteten Personalraum Kaffee tranken, durchwegs mit einem schlechten Gewissen leben mussten. Natürlich hatte ihnen keiner verboten, ebenso wie diese dort oben ihren Kaffee einzunehmen, doch sie hatten sich von den Schwestern, die sich ziemlich ausbreiteten, schon immer etwas an den Rand gedrängt gefühlt.

Am meisten machte ihr jedoch zu schaffen, dass sie sich während der Kaffeepause zurückhalten musste, um nicht zu viel preiszugeben. Am besten gar nichts, darum hatte sie der Polizist gebeten, aber das war nahezu unmöglich, wie sie fand. Ein wenig musste sie schon erzählen, denn alles andere käme nicht gerade gut an, und man würde sie womöglich für wichtigtuerisch halten.

Und dennoch spürte sie deutlich, dass zwei der Sekretärinnen fanden, sie spiele sich unnötig auf, doch sie konnte ja wirklich nichts dafür, dass sie eine sterbende Frau gefunden hatte und sich angesichts dessen ziemlich mies fühlte. Hätten sie doch einfach nicht nachgefragt, dann wäre sie auch nicht unter Zugzwang geraten.

Der Waschküchenmord.

So wurde er jetzt genannt, und bald würde die ganze Stadt aufgrund dieses makaberen Ereignisses, das sich ausgerechnet in ihrem Haus abgespielt hatte, bekannt sein. Man hatte das Thema bereits im Fernsehen aufgegriffen und natürlich in den Zeitungen darüber berichtet. Konflikte in Waschküchen waren zwar nicht ungewöhnlich, doch nie zuvor hatten sie zu einem Mord geführt. Es war einfach typisch, dass es gerade bei ihr zu Hause passieren musste.

Jetzt würde sie also berühmt werden, lautete die feste Überzeugung einer der Sekretärinnen. Genau wie diejenigen, die bei *Robinson* mitmachten. Wie albern! *Robinson* war doch eine ganz andere Geschichte. Dort ging es doch um einen Teamwettbewerb – oder was immer es auch war.

Wenn sie genauer darüber nachdachte, fand sie es im Nachhinein ein wenig gemein, dass alle Hausbewohner den Mord Britta Hammar aus der Wohnung darüber in die Schuhe schoben. Und das sagte sie ihren Kolleginnen auch. Gewiss hatte sich Frau Hammar mehrfach über den Lärm in der Waschküche beschwert und darüber, dass sie sich tagsüber nicht ausruhen könne, wenn der Wäschetrockner lief und der Fußboden vibrierte, sobald das Schleuderprogramm startete, aber der Schritt dahin, dass sie hinuntergegangen war und Doris Västlund mit einem harten Gegenstand den Schädel eingeschlagen hatte, erschien ihr doch etwas groß. So etwas tut man einfach nicht! Jedenfalls Britta Hammar nicht. Auch wenn Sigge daran glaubte, doch er wollte sich wahrscheinlich nur aufspielen und wichtig tun, nur weil er der Vorsitzende der Gemeinschaft war. Ihn hingegen sollte man lieber im Auge behalten! Kein Wunder, dass seine Frau ihn verlassen hatte. Denn das dachten nämlich im Großen und Ganzen alle Hausbewohner.

Es war wohl das Beste, Sigge weiterhin gehörig auf Abstand zu halten. Wenn er es nämlich tatsächlich gewesen sein sollte?

Doch jetzt ging ihre Fantasie wohl endgültig mit ihr durch. Denn ganz so einfach war es vermutlich auch wieder nicht.

Eine der Sekretärinnen kannte Doris, wie sie erzählte. Also, ein bisschen jedenfalls. Oder besser gesagt, kannte sie ihren Sohn, wie sich herausstellte. Das allerdings auch nur flüchtig. Sie wohnte jedenfalls in seiner Nähe und behauptete, dass sie mit Bestimmtheit sagen konnte, dass er nicht zu Hause war. In seinem Haus war es nämlich völlig dunkel. Sie sagte, er sei mit seiner Frau in den Urlaub gefahren. Sowohl er als auch seine Frau waren am frühen Samstagmorgen in ein Taxi gestiegen und zum Flughafen gefahren.

»Das kann nicht sein«, entgegnete Astrid stirnrunzelnd.

Das überstieg bei weitem ihren Verstand.

»Doch, so war es.«

»Auf die Kanarischen Inseln fliegen, wenn die eigene Mutter im Sterben liegt!«

»Doch, ich bin mir ganz sicher. Es erscheint zwar in gewisser Hinsicht etwas mysteriös. Denn Doris war immer so nett und großzügig. Tat alles für ihn, habe ich jedenfalls von einem Bekannten, der näheren Kontakt zu ihnen hat, gehört. Aber dennoch. Ted heißt ihr Sohn übrigens. Doris war oft bei ihm, folglich muss er sie enorm vermissen. Ich hab sie jedenfalls manchmal gesehen. Sie wirkte immer so frisch. Und voller Energie.«

In Astrids Hosentasche begann das Handy zu vibrieren.

»Entschuldigt mich bitte«, sagte sie, erhob sich mit einer leichten Röte im Gesicht vom Kaffeetisch und ging hinaus auf den Korridor.

Sie presste das Handy dicht ans Ohr.

Es war er.

Sie dachte, dass sie jeden Moment im Erdboden versinken müsste. Um ein Uhr wollte er sie abholen.

»Können Sie das einrichten?«

Und ob!, dachte sie.

Ludvigson hatte sich hinter den Schreibtisch geklemmt, die Kopfhörer aufgesetzt, Papier und Stift in bequeme Reichweite gelegt und sich in den Computer eingeloggt. Er hatte den Telefondienst übernommen und würde dort, wo er jetzt saß, noch eine ganze Weile lang ausharren müssen. Doch er tat dies ohne Murren. Die Formulare lagen in der untersten Schublade, er arbeitete allerdings lieber direkt am Bildschirm.

Ludvigson war ein heller, fast rötlicher Typ mit empfindlicher Haut, die im Sommer leicht zu Sonnenbrand neigte. Deswegen setzte er meistens eine Kappe auf, allerdings nicht in geschlossenen Räumen und schon gar nicht zur Uniform. Heute trug er anstelle der Uniform jedoch dunkle Hosen und dazu ein helles Poloshirt.

Gerade hatte er ein paar Geleehimbeeren genascht, die sein Vater immer »Jungfrauenbrüste« genannt hatte, eine genussvolle Anstößigkeit, die ihn seine Kinderohren hatte spitzen lassen. Und er genoss sie noch immer. Den Beutel verwahrte er in der obersten Schreibtischschublade. Er leckte gerade seine klebrigen Finger ab, als das Telefon klingelte.

Er drückte auf den Knopf und nahm das Gespräch an. In der Leitung rauschte es.

»Hallo?«, fragte er.

Es hörte sich an wie Atemzüge, die kamen und gingen, ungefähr so, als hätte jemand aus Versehen den Hörer fallen lassen. Er wartete ein wenig, doch als nichts passierte und er im Begriff war aufzulegen – falls es etwas Wichtiges war, würde sich der Betreffende sicher noch einmal melden –, vernahm er eine raue, schwache Stimme.

»Hallo?«

Es klang nach einer Frau. Eine gealterte Stimme. Ludvigson sagte seinen Namen.

»Ist dort die Polizei?«, fragte die Stimme, woraufhin Ludvigson sich erneut vorstellte, diesmal jedoch langsamer und deutlicher. Er dachte sogar daran, seinen Namen zu buchstabieren.

»Bin ich also richtig?«

»Ja, das sind Sie«, bestätigte Ludvigson und versuchte klar und deutlich zu sprechen, ohne zu schreien.

»Dann ist es ja gut.«

»Darf ich fragen, wer Sie sind?«, wollte Ludvigson in genauso bedächtigem Tonfall wie zuvor wissen.

»Viola«, antwortete die Stimme. »Ich wollte nur sagen, dass ich ein Mädchen gesehen habe.«

Ludvigson hielt inne und erwiderte nichts, während er gleichzeitig den Namen Viola auf ein leeres Blatt Papier kritzelte.

»Ein Mädchen, also«, wiederholte er dann.

»Ja. Hier draußen.«

Die Galerie merkwürdiger Personen war groß. Ähnlich wie der Kreis derjenigen, die lange nicht mehr unter Menschen gewesen waren und sich einfach nur ein wenig unterhalten wollten.

»Aha, was Sie nicht sagen«, entgegnete er und versuchte dabei, sowohl engagiert als auch aufrichtig interessiert zu klingen, was er ziemlich gut beherrschte.

»Ja ...«

»Jetzt haben Sie mich aber richtig neugierig gemacht, Viola.«

»Ja«, sagte sie und klang eher zweifelnd.

»Und wissen Sie, Viola, am meisten wäre mir daran gelegen zu erfahren, wo Sie dieses Mädchen gesehen haben.«

»Hier draußen. Auf der Straße.«

»Können Sie mir denn vielleicht sagen, wo Sie wohnen?«

»An der Ecke.«

»Aha! Da ist mir klar, dass Sie von dort einen besonders guten Überblick haben. Und wie heißen Sie weiter, Viola?«, versuchte er ihr zu entlocken.

»Blom«, sagte die Frau, woraufhin Ludvigson begann, sich im Computer voranzuklicken.

»Und Sie wohnen hier in der Stadt?«, wollte er weiter wissen.

»Ja.«

»Okay«, sagte er und blickte auf den Bildschirm. »Und was ist mit diesem Mädchen, dass es Ihnen besonders auffiel?«

»Ich habe ein Mädchen gesehen«, sagte sie erneut, als ob sie die Frage nicht verstanden hätte.

»Können Sie mir erzählen, was mit diesem Mädchen war?«

»Nichts. Sie stieg in ein Auto, und dann fuhren sie weg.«

»Wer war außer dem Mädchen noch dabei?«

»Erst eine Frau und dann ein Mann.«

»Aha. Können Sie mir auch sagen, wann das passierte?«

»Ja, es ist schon eine Weile her. Vielleicht am Freitag oder auch am Samstag. Danach bin ich ins Krankenhaus gefahren.«

»Oh, sind Sie das?«, fragte Ludvigson und überlegte gerade, ob er sie fragen sollte, weswegen sie dort war, als eine Adresse auf dem Bildschirm erschien.

»Viola, wohnen Sie in der Länsmansgatan?«

»Ja.«

Bingo, dachte Ludvigson.

»Nummer acht. An der Ecke«, verdeutlichte sie, und Ludvigson vernahm plötzlich ein dumpfes Poltern im Hintergrund. »Jetzt habe ich leider keine Zeit mehr«, beeilte sich Viola Blom zu sagen und legte brüsk auf.

Ludvigson tippte diese sparsamen Informationen in ein elektronisches Berichtsformular und machte sich auf den Weg, um Kaffee zu holen.

Louise Jasinski kaufte sich auf dem Rückweg einen Salat und eine Dose Ramlösa und setzte sich dann an ihren Schreibtisch. Als sie die Dose öffnete, spritzte es nur so, und das perlende Nass lief quer über ihren Tisch. Sie seufzte, stand auf, ging hinüber in den Personalraum, riss dort etwas Haushaltspapier von der Rolle ab und kam mit lustlosen Schritten zurück.

Glücklicherweise begegnete ihr niemand auf dem Korridor. Knappe zwei Stunden blieben ihr noch, bevor sie zusammen mit Lundin und Grahn in die gerichtsmedizinische Abteilung fahren würde.

Sie ließ die Tür zu ihrem Zimmer angelehnt. Das hätte sie besser nicht tun sollen, denn ihr Chef Olle Gottfridsson, allgemein Gotte genannt, schlenderte gerade vorbei und steckte unvermutet seinen Kopf zur Tür herein. Wahrscheinlich wollte er sich nur ein bisschen unterhalten. Doch das wollte sie nicht.

»Wie läuft's?«

Diese ewig wiederkehrende Frage.

»Keine Ahnung ... Doch, es läuft ganz gut«, entgegnete sie und versuchte, Vertrauen erweckend zu wirken.

»Du kriegst das schon hin«, redete er ihr gut zu und stand schließlich in voller Größe in ihrer Tür. Gottes Umfang war nicht gerade unbeträchtlich, auch wenn er seine Körperfülle in letzter Zeit deutlich reduziert hatte.

»Sei dir da nicht so sicher«, lächelte sie, obwohl ihr etwas ganz anderes auf der Zunge lag: Warum sollte sie es eigentlich nicht schaffen, wenn man bedenkt, was für außergewöhnlich engagierte Mitarbeiter sie hatte?

»Feige Antwort«, kommentierte er ihre Aussage und blinzelte ihr zu.

Sie seufzte.

»Ich weiß. Und typisch weiblich ist sie noch dazu.«

»Das hab ich nicht behauptet.«

»Es ist doch nie gut, sein Licht unter den Scheffel zu stellen«, leierte sie herunter, doch sie erwähnte nichts davon, dass es ebenfalls nicht gerade einen Pluspunkt mit sich brachte, eine Frau zu sein und damit von der gängigen Norm – mit anderen Worten: der männlichen – abzuweichen, wenn es wirklich darauf ankam. Denn das vertrugen die männlichen Kollegen ganz einfach nicht, und außerdem wollten sie sich nicht dafür schämen müssen, dass sie nun einmal männlichen Geschlechts waren. In gewisser Weise konnte Louise sie verstehen.

»Aber es ist auch nicht so viel besser, damit anzugeben«, erwiderte Gotte.

»Nein.«

»Sag, wenn du Hilfe brauchst«, lächelte er und meinte es ernst, denn Gotte war ein wohlwollender Chef.

»Ja, sicher!«, versprach sie.

»Du sollst wissen, dass ich jederzeit für dich da bin«, betonte er, als wüsste sie das nicht bereits.

Er ging mit federnden Schritten davon, zwölf Kilo leichter als noch vor kurzem. Allerdings würde er eine nochmalige Reduzierung seines Gewichts um mindestens genauso viel mühelos und ohne zu verschwinden überstehen.

Immerhin habe ich Claes noch nicht um Hilfe bitten müssen, dachte Louise zufrieden. Doch es hinderte sie nichts daran, falls es nötig werden würde. Über diese Art von Prestigedenken war sie mittlerweile erhaben.

Sie rief Peter Berg an und fragte ihn, ob er im Zusammenhang mit den Ermittlungen schon von einem Folke gehört hatte. Die Antwort lautete Nein, doch er versprach, Augen und Ohren offen zu halten. Sie fragte ihn auch, ob er die Telefonnummer von Doris Västlunds Exmann besaß, was er wiederum verneinte, da der Mann bereits tot war.

»Wann hast du das erfahren?«

»Heute Morgen. Ich habe die Information eben erst nachprüfen können. Aber seine Witwe lebt noch. Sie wohnt in Stockholm. Irgendwo auf Kungsholmen. Möchtest du, dass ich Kontakt mit ihr aufnehme?«

Louise dachte nach, sah jedoch schließlich ein, dass sie selbst nicht dazu kommen würde.

»Ja, gern, wenn du Zeit dafür findest. Hast du übrigens Astrid Hård schon erreicht?«

»Ja, ja.«

»Wirst du sie heute noch einmal zum Tatort führen?«

»Ja. So habe ich es jedenfalls geplant. Wir hatten es doch besprochen.«

»Gut.«

Am heutigen Morgen hatten sie eine kurze Besprechung abgehalten, die allerdings etwas chaotisch ablief, wie es oftmals in der Anfangsphase von Ermittlungen der Fall war. Alle waren halb auf dem Sprung zu diversen Interviews, wie ein modernes Genie die Verhöre nunmehr nannte, um ihnen die Härte zu nehmen und sie gleichberechtigter erscheinen zu lassen. Louise allerdings stieß sich an dem Begriff. In polizeilichem Zusammenhang konnte es sich niemals um gleichberechtigte Gespräche handeln, denn sie hatten einfach nichts mit Freiwilligkeit zu tun. Also war ein Verhör für sie nach wie vor ein Verhör, auch wenn die Methodik etwas moderner geworden war. Vor allem aber waren die Ausführenden inzwischen in psychologischer Hinsicht besser geschult.

Sie schaute auf ihren Plan. Sie hatte Erika damit beauftragt, die Banken zu kontaktieren und Doris' Konten zu kontrollieren. Erika hatte den Auftrag als Extrabonus dafür erhalten, dass sie so treffsicher geschätzt hatte, wie viel Geld sich im Pappkarton in der Wohnung des Opfers befand, nämlich eine halbe Million, was annähernd stimmte. Die anderen waren viel zu geizig gewesen; Benny Grahn lag mit zweihunderttausend weit daneben, Janne Lundin kam mit dreihunderttausend auf den dritten Platz, knapp hinter Louise selbst, die dreihundertfünfzigtausend wettete, während Peter Berg den Betrag am großzügigsten, nämlich auf eine Million Kronen, schätzte. Erika würde also das Bier spendieren müssen, wenn sich die Lage ein wenig beruhigt hätte.

Louise krempelte ihre Ärmel hoch und kippte das Fenster. Die Sonne schien direkt ins Zimmer, und es war heiß. Sie griff zum Telefon und rief ihre eigene Bank an, um ihren Nachmittagstermin auf den nächsten Tag zu verlegen.

Ihr graute vor diesem Bankbesuch, und dennoch wollte sie ihn hinter sich bringen. Sie musste ihn hinter sich bringen. Diese Unschlüssigkeit sollte endlich ein Ende haben.

Ihre Rechtsanwältin, eine ziemlich pragmatische und realistische Frau, hatte ihr deutliche Anweisungen gegeben, welche Unterlagen sie im Auge behalten sollte: Kontoauszüge, Verträge über mögliche Besitztümer, Rechnungen. Wenn man sich trennte, ging es nicht darum, nett zueinander zu sein. Allerdings auch nicht gerade unverschämt. Eher fair. Vermutlich ahnte die Frau, dass Louise diese Prozedur hinausschob, das spürte sie, doch war sie professionell genug, es nicht zur Sprache zu bringen.

Wenn man sich scheiden ließ, handelte es sich, rein praktisch gesehen, um das Auseinanderdividieren eines gemeinsamen Haushaltes. Keine Halbheiten. Auch wenn sie sich diesbezüglich schon in anderer Hinsicht etwas vorgemacht hatte. Nämlich dass es möglicherweise weniger schmerzhaft sein würde, wenn sie sich in einem Anflug seltsamen Verhaltens aus allem herauswand.

Die vorrangige Frage war, ob sie es sich leisten konnte, in ihrem Haus wohnen zu bleiben. Jeden Tag, wenn sie nach Hause kam, testete sie ihr gefühlsmäßiges Verhältnis zu ihren eigenen vier Wänden. Und zu der Trauer, die es für sie mit sich brächte, die Mädchen in ein neues Umfeld zu verpflanzen.

Aber alles ist letztlich machbar, wenn ein Muss dahintersteht.

Sie versank diesmal nicht in ihrer persönlichen Krise, wie eine von ihren Freundinnen es neulich bezeichnet hatte. Sie war nicht ganz sicher, ob sie diesen Ausdruck mochte. »Krise« klang allzu gefällig und außerdem recht klinisch. In ihrem Inneren fühlte es sich jedoch mehr wie kontinuierlich auftretende Vulkanausbrüche an, fast wie eine kleine Hölle. Gewaltig, heiß und nach Schwefel stinkend. Ein Ort oder eher ein Zustand, den man so schnell wie möglich hinter sich lassen wollte.

Sie ging zur Toilette und erfrischte ihr Gesicht. Das kühle Wasser auf ihrer Haut tat gut. Sie suchte in den Abgründen ihrer schwarzen Schultertasche nach ihrem Schminktäschchen, legte eine dezente Schicht blassgrünen Lidschatten auf und erneuerte die Mascara auf ihren Wimpern. Das Ergebnis war weit entfernt von dem der Inhaberin der Parfümerie, aber sie fühlte sich sichtlich wohler.

Im Korridor hörte sie Janne Lundins Stimme und wandte sich um. Er hatte Benny Grahn im Schlepptau. Sie hatten sich nur mäßig verspätet, wie sie mit einem Blick auf ihre Uhr feststellte.

»Seid ihr startklar?«, wollte sie wissen.
»Ja«, entgegnete Lundin.
»Okay, dann fahren wir los.«
Die Sonne senkte sich langsam. Lundin saß am Steuer. Benny Grahn machte es sich auf der Rückbank bequem. Louise vermisste erneut ihre Sonnenbrille.

Gute zwei Stunden Autofahrt – oder wie lange es dauern würde. Hervorragend.

Sie begann, ein wenig von ihrem Besuch in der Parfümerie zu berichten, über die schöne Doris Västlund und ihre Vergangenheit in der Welt der Modelle.

»Und wo bleibt das Biest?«, wollte Benny wissen.
»Das kann man sich wirklich fragen.«

Ganz spontan ließen sie ihren Fantasien freien Lauf. Sie begannen im Spaß eine Geschichte über einen alten Bewunderer zusammenzuspinnen, der unverhofft wieder auftauchte und herumzuspuken begann, weil er wusste, dass Doris vermögend war. Sie besaß zwar freilich keine bis zum Rand gefüllte Kiste mit Goldmünzen, aber immerhin einen Karton, der mit Scheinen voll gestopft war, und es stellte sich die Frage, ob das nicht sogar die bessere Alternative war. Doch ihre Überlegungen scheiterten letztlich leider daran, dass die Pappschachtel mit dem Geld die Wohnung des Opfers nicht verlassen hatte, bevor sie sie fanden. Und die Vorstellung, dass es noch einen weiteren Karton geben könnte, der stattdessen abhanden gekommen war, überzeugte sie alle drei nicht. Außerdem war die Schachtel allzu gut gefüllt, als dass man den Verdacht hegen konnte, jemand hätte sich bereits daraus bedient. Und warum hätte derjenige nicht einfach ordentlich zugreifen sollen? Vorausgesetzt, der Betreffende war nun nicht unterbrochen worden oder hatte es wegen anderer widriger Umstände nicht rechtzeitig geschafft, das Geld an sich zu nehmen. Der Karton schien, wie auch immer, unangetastet, jedenfalls was andere Personen als die Besitzerin betraf, deren Fingerabdrücke sich verständlicherweise darauf wiederfanden.

Das Gespräch leitete über zu allen möglichen Fällen, die in

irgendeiner Form mit verstecktem Geld zu tun hatten und auf die sie im Lauf der Jahre gestoßen waren.

»Vielleicht ist es das Sammeln allein, das den Reiz ausmacht«, mutmaßte Benny Grahn vom Rücksitz aus.

»Und das Gefühl von Sicherheit. Dass man versorgt ist«, fügte Louise wie zu sich selbst hinzu, da sie kein eigenes Kapital in irgendwelchen geheimen Kisten vorweisen konnte.

»Man müsste einfach ein kleines Vermögen besitzen«, meinte Lundin.

»Und was würdest du damit machen?«, wollte sie wissen.

»Einen Buchhandel gründen.«

Sie starrte ihn schweigend von der Seite an.

»Tatsächlich?«, fragte Benny. »Ich wusste gar nicht, dass du dich so für Bücher interessierst.«

»Tja, im Lauf der Zeit hat man schließlich das eine oder andere gelesen. Aber es wäre hauptsächlich, um Mona eine Chance zu geben, ihren Tabakladen zu erweitern.«

»Vom Gift zum geschriebenen Wort«, philosophierte Benny Grahn, der wie die meisten ehemaligen Raucher inzwischen ein rabiater Gegner von Zigaretten geworden war und folgerichtig den Vorschlag von rauchfreien Restaurants begrüßte, ein Thema, das sie vor einiger Zeit mit recht kontroversen Auffassungen diskutiert hatten.

»Ja, das kann man wohl sagen«, stimmte Lundin zu.

Louise wusste, dass Lundins Ehefrau im Zusammenhang mit der Schließung oder Umorganisierung der Postfiliale, in der sie gearbeitet hatte, ein kleines Geschäft eröffnet hatte.

Sie lenkte schließlich das Gespräch zurück auf den Mord und erzählte von Folke.

»Doris hat wohl keinen Mangel an Männern gehabt«, kommentierte Lundin.

»Nein«, entgegnete Louise. »Aber sie war ja auch nicht mehr blutjung, also ist es nur natürlich, dass sie im Verlauf der Jahre einige gehabt hat. Außerdem war sie gut aussehend.«

»Ja, das ist natürlich ein Vorteil«, entfuhr es Benny.

»Und bei Männern ist es egal, meinst du?«

»Nein, so hab ich es nicht gemeint«, entgegnete Benny, ohne beleidigt zu sein.

»Glaubst du, dass wir vor unserer Ankunft noch eine kleine Kaffeepause einlegen können?«, lenkte Janne Lundin vom Thema ab.

Louise warf vom Beifahrersitz aus einen Blick auf die Uhr im Armaturenbrett.

»Eher nicht. Können wir das nicht machen, bevor wir zurückfahren?«

»Okay.«

Es entstand eine kleine Pause. Louise und Benny dösten ein wenig vor sich hin.

»Im Übrigen habe ich auch schon von diesem Mann gehört. Aber keiner hat mir bisher gesagt, dass er Folke heißt«, nahm Lundin den Faden wieder auf.

»Vielleicht ist er derjenige auf den Fotos«, schlug Louise vor. »Der Mann mit den beiden Mädchen.«

»Nicht ausgeschlossen«, stimmte Lundin zu.

»Was auch immer er mit der Sache zu tun haben mag«, kommentierte Benny trocken.

»Man kann nie wissen«, entgegnete Lundin, was er übrigens recht oft sagte und was Louise immer wieder daran erinnerte, nicht nur die offensichtlichen Fakten zu berücksichtigen.

»Wir werden jedenfalls alle infrage kommenden Personen berücksichtigen«, erklärte sie. »Aber wir kümmern uns später darum, Folke aufzusuchen. Was ergab übrigens euer Besuch in der Tischlerwerkstatt? Ihr seid doch dort gewesen, oder?«

»Ja«, sagte Lundin. »Ach, nichts Besonderes.«

»Nicht viel mehr, als dass die Wände voll mit denkbaren Mordwerkzeugen hingen«, sagte Benny. »Wir werden abwarten müssen, was dabei herauskommt. Die Inhaberin der Werkstatt schien allerdings keine näheren Kontakte zu den Hausbewohnern zu pflegen.«

»Was mir etwas merkwürdig erscheint«, fand Lundin.

»Ja, genau«, stimmte Benny Grahn zu. »Aber sie hatte

nichts dagegen, dass wir uns im Hinblick auf ihre Gerätschaften ein wenig näher in ihren Räumen umgesehen haben.«

Die weiße Maske erwähnte er nicht. Er wollte erst die Ergebnisse der technischen Analyse abwarten.

»Ist der Sohn eigentlich schon aufgetaucht?«, wollte Lundin schließlich wissen.

»Nein«, erwiderte Louise. »Nach Aussage der Nachbarn ist er im Urlaub. Sie hatten diese Reise schon länger geplant.«

»Einige Menschen sind unglaublich unflexibel. Geradezu rigide«, befand Janne Lundin.

»Man fragt sich nur, wovor er flüchtet«, sagte Louise gedankenverloren und sah hinaus über die von der schwachen Nachmittagssonne beschienene Ebene von Östergötland.

Eine andächtige Stille breitete sich im Auto aus.

»Schweden ist herrlich«, sagte sie schließlich mit leichtem Zittern in der Stimme.

»Ja«, pflichtete ihr Benny bei.

»Wir haben eine unglaublich vielfältige Natur. Hoffentlich bekommen wir in diesem Jahr einen schönen Sommer«, sagte Lundin.

»Es gibt doch nichts, was über einen schwedischen Sommer geht, wenn das Wetter schön ist«, sagte Benny träumerisch.

»Das stimmt«, bestätigte Louise.

Der Gerichtsmediziner wartete bereits auf sie.

»Ja, die Todesursache ergibt sich, wie ich schon früher sagte, aus dem totalen Zusammenbruch der Hirnfunktionen aufgrund von Schwellungen, die von den Blutungen der offenen Frakturen im Schädelknochen hier am Hinterkopf herrühren.«

Er zeigte ihnen die Frakturen. Sie standen in gelben Schutzkitteln und mit Plastiküberzügen an den Schuhen vor der Leiche von Doris Västlund und betrachteten ihren leblosen Körper.

»Man sieht deutlich, dass es sich um Stempelfrakturen handelt, vermutlich durch einen Hammer oder einen ähnlichen

Gegenstand verursacht. Massive Krafteinwirkung auf einer relativ geringen Oberfläche. Anzunehmenderweise repetitiv. Also nicht nur ein Schlag, sondern mehrere. Man sieht, dass sie versucht hat, sich mit den Händen und den Armen zu wehren.«

Er wies auf diverse Unterhautblutungen auf den Unterarmen. Ein geschwollener Finger erinnerte an eine pralle Wurst.

»Und sie hat Frakturen der Phalangen«, setzte er hinzu und zeigte auf den geschwollenen Finger sowie auf einen weiteren. »Dazu kommt ein Haarriss in einem der Unterarmknochen auf der rechten Seite.«

Da sie den Ausführungen des Gerichtsmediziners nicht allzu viel hinzufügen konnten, standen alle drei gedankenversunken neben der Bahre und betrachteten das völlig erstarrte Gesicht, das einmal sehr hübsch gewesen sein musste. Selbst im Tod besaß sie noch eine gewisse Schönheit, dachte Louise. Geglättete Züge. Für ihr Alter hat sie sich ziemlich gut gehalten, wie man so sagt.

»Des Weiteren haben wir einen alten Herzinfarkt gefunden. Eine fibröse Narbe an der Hinterwand des Herzens. Da sich der Infarkt an dieser Stelle ereignete, ist es nicht einmal sicher, ob sie ihn überhaupt bemerkt hat. Möglicherweise hat sie nur etwas gefröstelt, wie bei einer schwächeren Erkältung.«

Während des Heimwegs wurde es dunkel. Die Stimmung im Auto war gedämpft, und es herrschte eine ganze Weile Schweigen.

»Man lebt nur einmal«, unterbrach Benny plötzlich die Stille.

Janne Lundin nickte.

»Im Hier und Jetzt«, fügte er hinzu.

»Ja. So ist es«, bestätigte Louise Jasinski mit Nachdruck.

Peter Berg und Astrid Hård hielten mit dem Auto vor dem Haus, in dem Doris Västlund gewohnt hatte, und blieben noch eine Weile sitzen.

»Sie sind also seit Freitag nicht mehr in der Waschküche gewesen?«, fragte er, woraufhin sie verneinend den Kopf schüttelte. »Und welche Empfindungen haben Sie angesichts unseres Vorhabens?«

Er suchte ihren Blick von der Seite.

»Ich bin etwas nervös.«

Ihre Stimme schwankte. Sie hielt die Hände zu Fäusten geballt vor dem Mund und blies auf ihre Fingerknöchel.

»Ich werde die ganze Zeit bei Ihnen sein«, versicherte er ihr.

»Irgendwann muss ich ja sowieso wieder dorthin. Früher oder später.«

Ihre Stimme offenbarte jetzt, wie angespannt sie war.

»Das stimmt. Aber jetzt können wir uns viel Zeit lassen. Nur dass Sie das wissen«, erläuterte Peter Berg. »Sind Sie bereit?«

Sie nickte, woraufhin beide aus dem Auto stiegen. Er schloss ab und ließ seinen Blick die Hausfassade hinaufgleiten, was ihm unmittelbar ein Gefühl verlieh, als verbargen sich viele Gesichter hinter den Gardinen.

»Tja. Was halten Sie davon, wenn wir ganz am Anfang beginnen?«, schlug er vor.

»Wo genau, dachten Sie?«

»Vielleicht im Treppenhaus? Oder was meinen Sie? Vielleicht eher bei Ihnen in der Wohnung? Dann können wir rekapitulieren, wie Sie mit dem Wäschekorb nach unten gegangen sind.«

Ihr Gesicht erstarrte. Sie schaute stumm auf die rote Ziegelfassade.

»Das war nur ein Vorschlag«, sagte er irritiert. »Sie bestimmen.«

Sie standen immer noch auf dem Gehweg.

»Wir können im Treppenhaus anfangen«, nickte sie.

Peter Berg wandte sich dem schmalen Gang zum Hof zu, der zwischen dem Gebäude und dem Nachbargrundstück hindurchführte.

»Ladies first«, sagte er und beschrieb eine Geste mit seinem Arm.

Astrid Hård ging mit zögernden Schritten vor ihm her. Sie überquerten den Hof mit dem Kopfsteinpflaster, die Tür zur Werkstatt stand offen, und Geräusche von Hammerschlägen hallten zwischen den Hauswänden wider.

Das Einzige, was daran erinnerte, dass hier vor kurzem ein Mensch zu Tode misshandelt worden war, waren die blau-weißen Bänder, die nach wie vor schlapp vom Geländer der Kellertreppe herabhingen.

Sie stiegen die Stufen der Steintreppe hinauf, die sich dort befand, wo die beiden Gebäudeteile aneinander grenzten, und kamen zu einer grün gestrichenen Haustür, durch die man in ein Treppenhaus oder eher in einen Kücheneingang gelangte, der zu den südlichen und östlichen Wohnungen führte. Ein paar Meter rechts von der Tür befand sich die Treppe, die direkt vom Hof in den Keller führte.

Es roch nach Essensdünsten. Aus den oberen Wohnungen war dumpfer Lärm zu hören. Von irgendwoher vernahm man schwaches Klaviergeklimper.

»Also«, begann Peter Berg, als sie sich im Treppenhaus befanden. »Bleiben Sie hier ruhig ein wenig stehen und versuchen Sie nachzuspüren.«

Sie blickte die Steintreppe hinab.

»Sie können auch gerne laut denken«, forderte er sie auf.

»Hier habe ich eigentlich noch nichts Besonderes empfunden. Na ja, außer dass ich an dem Tag ein wenig gestresst war. Wie immer, kann man sagen. Ich versuchte mich mit dem Wäschekorb unterm Arm zu beeilen«, sagte sie und zeigte in Richtung der Treppe. »Er war nämlich schwer, und der eine Griff ist abgegangen, sodass ich ihn an der Kante festhalten musste. Dann lief ich also hier hinunter und hoffte die ganze Zeit, dass in der Zwischenzeit keiner die Maschinen belegt hatte. Es war ja Freitag. Vielleicht hatte jemand früher Dienstschluss und den Moment abgepasst, um sie mir direkt vor der Nase wegzuschnappen, ging mir durch den Kopf. Der Gedanke daran machte mich ganz verrückt.«

Die ersten paar Schritte stieg sie zögerlich die Treppe hinunter, dann arbeitete sie sich weiter voran, bis sie vor der verschlossenen Tür zum Keller stand. Peter Berg folgte dicht hinter ihr.

»Ja, dann kam ich also hier an ...«
Sie hielt inne.
»Ist alles in Ordnung?«
Sie griff sich mit der Hand an den Hals.
»Mein Herz klopft wie wild.«
»Das ist nicht verwunderlich.«
Er ließ sie etwas zur Ruhe kommen.
»Haben Sie übrigens den Schlüssel dabei?«, wollte er wissen.
Sie nickte.
»Es ist derselbe wie für die Wohnung.«
»Okay. Möchten Sie, dass ich aufschließe?«
Sie schüttelte den Kopf, wobei sie seinem Blick auswich, und nahm den Schlüssel aus der Jackentasche. Schloss auf und drückte die schwere Eisentür mit ihrer Schulter auf.

Der Kellergang lag im Dunkeln, abgesehen von dem schwachen Tageslicht, das durch ein kleines Fenster in der Tür fiel, die direkt zum Hof hinausführte.

Sie blieben stehen. Wechselten nicht viele Worte. Die ganze Zeit über bemühte sich Peter Berg, sie nicht zu hetzen.

»Erinnern Sie sich, ob das Licht an war?«, fragte er.
»Ich habe es angeschaltet. Da bin ich mir ganz sicher«, antwortete sie und drückte auf den roten Lichtschalter. »Aber ein wenig Licht drang auch aus der Waschküche. Es war nicht so dunkel wie heute, und dort brannte ein eher gelbliches Licht.«

Sie ging langsam weiter, hielt aber plötzlich erneut inne.

»Es klingt komisch, nahezu hellseherisch, aber bereits hier schien es mir, als sei etwas nicht so wie sonst. Irgendetwas war anders. Ich glaubte, dass sich vielleicht jemand in der Waschküche aufhielt oder etwas in der Art. Dass meine schlimmsten Befürchtungen sich bewahrheitet hätten und jemand die Maschinen belegt hatte.«

»Können Sie sagen, was genau anders war? Das Licht, ein Geräusch, ein Geruch?«

»Der Wäschetrockner lief ja. Er ist dermaßen laut, dass er alle anderen Geräusche überdeckt, also muss es etwas mit dem Licht gewesen sein.«

»Stärker? Schwächer? Eine andere Farbe? Greller? Gelblicher?«

»Schwächer.«

»Das Licht in der Waschküche?«

»Ja.«

»Okay«, sagte er und hielt sich nach wie vor dicht hinter ihr, ließ sich von ihr führen.

»Irgendwie roch es auch anders«, fiel ihr ein, als sie sich der Waschküche näherten.

»So wie jetzt?«

Sie schüttelte den Kopf.

»Ein anderer Geruch?«

Sie nickte, blieb wieder stehen, drehte den Kopf hin und her und schnüffelte wie ein Hund.

Irgendwo weit weg schlug eine Tür zu, und sie zuckte zusammen.

»Haben Sie Angst bekommen?«

Sie nickte. War kreideweiß im Gesicht und gespannt wie eine Feder.

»Da war auch ein Geräusch«, flüsterte sie, wie um die Erinnerung daran nicht zu verjagen. »Keine Tür. Doch, eine Tür. Aber ein Rascheln – oder wie ich es nennen soll. Ich hörte es erst, als ich ungefähr hier war. Nicht vorher.«

Er merkte, dass ihr Mund ausgetrocknet war. Ein Stresssymptom. Er wartete.

Vor der angelehnten Tür zur Waschküche ging sie ein paar Schritte auf und ab. Der kleine Ausläufer des Ganges direkt gegenüber der Tür führte zum Ausgang in den Hof. Sie schielte sogar in diese Richtung, spähte dann jedoch vorsichtig in die Waschküche hinein, wirkte erleichtert und wagte schließlich, die Tür ganz zu öffnen.

»Es ist ja alles sauber!«, brachte sie verwundert hervor. »Das Blut ist weg.«

Peter Berg nickte bestätigend. Der Boden sah extrem frisch geschrubbt aus, wie auch die Waschmaschinen. Sie glänzten geradezu.

»Und wie geht es Ihnen jetzt?«

Er hatte inzwischen begriffen, dass sie ein sensibles Geschöpf war. Fast ein wenig zu sensibel. Es war also angebracht, feinfühlig zu reagieren. Machte er Druck, so würde sie sich nur verschließen und schlecht fühlen, alles würde zu einem einzigen Brei zusammenfließen, und er würde ihre Ahnungen nie erfahren. Stattdessen würde er nur mit einem schlechten Gewissen herumlaufen, und die ganze Prozedur müsste in Begleitung eines anderen Polizisten von neuem durchgeführt werden.

Sie zuckte überraschenderweise mit den Achseln.

»Es ist eigentlich ganz okay!«

»Erinnern Sie sich, was Sie hier drinnen gesehen haben? Sie können Ihren Assoziationen freien Lauf lassen.«

»Ich habe eigentlich nur nach unten geschaut«, antwortete sie und wies auf die Stelle, wo Doris Västlund gelegen hatte. »Es war, als existierte der Rest nicht, als hätte nur sie hier gelegen, wie in einem kleinen Ausschnitt. Und das Blut natürlich. Und die Wunde.«

Sie griff sich selbst vorsichtig an den Hinterkopf, als würde sich die Wunde dort befinden, und verzog gleichzeitig angeekelt das Gesicht.

»Brr, war das schrecklich!«, entfuhr es ihr mit schriller und zitternder Stimme. »Es war, als wäre alles andere wie weggeblasen. Stillstand. Ihr Wimmern. Die Augen ... mein Gott!«

Die Bewegung ihrer Hand stoppte, und ihr Mund schloss sich.

»Da war irgendein Rascheln, wie von Papier«, sagte sie plötzlich. »Und, wie gesagt, der Geruch.«

»Von dickem Papier? Festem? Oder war es mehr wie Zeitungspapier?«

»Ich weiß nicht. Dickes, glaube ich. Aber es könnte auch von einem raschelnden Stoff gewesen sein ... nein, eher wie wenn ein herabhängendes Plakat im Zug flattert. Das Kalenderblatt mit den Waschzeiten vielleicht ...«

»Und wonach roch es? Waschmittel vielleicht? Oder ging der Geruch eher vom Trockner aus?«

»Nein. Auf keinen Fall. Doch, das auch. Hier drinnen. Aber da draußen«, sie zeigte in Richtung Tür, »roch es irgendwie nach Chemikalien.«

»Ein Geruch, der Ihnen bekannt vorkam?«

Sie rümpfte die Nase, dachte nach.

»Nein, nicht direkt.«

Als Peter Berg endlich nach Hause kam, war er so müde, dass er sich angezogen aufs Sofa fallen ließ und sofort einschlief, obwohl es noch nicht einmal später als sieben war. Er hatte es als sehr energieraubend empfunden, derart intensiv zuzuhören. Sich zu konzentrieren und gleichzeitig seelische Unterstützung zu bieten.

Als das Telefon gegen halb neun klingelte, wachte er mit einem Ruck auf. In seiner Wohnung war es inzwischen dunkel. Er stolperte über seine Sporttasche, die mitten auf dem Boden im Flur stand, machte Licht, schob die Tasche mit dem Fuß beiseite und nahm den Hörer ab.

»Hallo!«

»Hallo?!«, erwiderte er unsicher, weil er nicht genau einordnen konnte, wer anrief.

Es war doch jedes Mal eine Wohltat, wenn sich die Leute mit Namen meldeten.

»Hier ist Astrid.«

»Ach ja. Hallo«, sagte er mit etwas mehr Elan. Vielleicht war sie in der Zwischenzeit auf etwas Wichtiges gekommen. »Wie geht's?«

»Na ja, so einigermaßen«, antwortete sie und klang etwas unentschlossen. »Nicht gerade blendend.«

»Nein, aber das hat ja auch seinen Grund.«

»Ich wollte einfach nur ein bisschen reden.«

Ihr Ton war mädchenhaft, und er wurde etwas unruhig, weil er vermutete, dass sie jeden Moment in eine Kindersprache verfallen könnte.

»Ach so«, sagte er. »Wollten Sie etwas Bestimmtes loswerden?«

»Vielleicht stör ich ja auch?!«

»Äh, nein ... aber ...«

»Es tut einfach gut, Ihre Stimme zu hören«, kicherte sie.

»Das freut mich«, bedankte er sich höflich, während seine Energie wieder schwand.

»Sie haben sich heute übrigens prima geschlagen«, sagte er dann etwas engagierter.

»Danke. Dann bin ich ja beruhigt.«

»Ja, das können Sie wirklich sein.«

Stille.

»Na, dann leg ich mal wieder auf«, sagte sie plötzlich.

Hinterher wunderte er sich, was sie eigentlich auf dem Herzen gehabt hatte.

Allgemeine Nachrichten, Mittwoch, 10. April

Waschküchenmord noch nicht aufgeklärt

Der Mord an der 72-jährigen Frau, die am vergangenen Freitag in einem Haus im Stadtteil Väster schwer misshandelt wurde, ist noch nicht aufgeklärt. Die Frau war noch am Leben, als man sie fand, starb jedoch am Samstag an den schweren Schädelverletzungen, die man ihr zugefügt hatte.

Am Freitagnachmittag alarmierte eine 25-jährige Frau die Polizei und berichtete, dass sie ihre ältere Nachbarin mit schweren Kopfverletzungen in der Waschküche ihres Hauses gefunden hätte. Die 25-Jährige war in die Waschküche gekommen, um ihre Wäsche zu waschen. Zu dem Zeitpunkt lebte die ältere Frau noch, doch sie verlor kurz darauf das Bewusstsein. Sie wurde unmittelbar in ein

Krankenhaus gebracht und wenig später zur Spezialbehandlung in die neurochirurgische Klinik in Linköping verlegt. Ihre Verletzungen erwiesen sich als lebensgefährlich. Die 72-Jährige starb am folgenden Tag.

Der Pressesprecher der Polizei, Jan Lundin, bestätigt, dass der Frau Schläge auf den Kopf zugefügt worden waren. Bisher hat man die Mordwaffe nicht gefunden. Auch das Motiv ist noch unklar.

Es wurde eingeräumt, dass aufgrund der Lage der Waschküche innerhalb des Gebäudes Konflikte unter den Hausbewohnern entstanden waren. Nachbarn hatten sich über den Lärm beschwert und darüber, dass gewisse Bewohner nicht die vorgeschriebenen Waschzeiten respektierten und die Maschinen bis spät in die Nacht hinein liefen.

»Es ist schrecklich, wenn so etwas im eigenen Haus passiert«, sagt der Vorsitzende der Mietervereinigung, Sigurd Gustavsson. Gleichzeitig betont er, dass der Konflikt um die Waschküche nicht von dem Ausmaß war, das diese entsetzliche Form der Gewalt erklären könnte. »Das Verhältnis der Nachbarn untereinander ist im Großen und Ganzen entspannt. Das Gebäude ist äußerst gepflegt. Wir tun, was wir können, um alle Betroffenen zu beruhigen«, versichert Sigurd Gustavsson.

Die befragten Bewohner bestätigen, dass sie sich in der Hausgemeinschaft sehr wohl fühlen. Doch angesichts des Vorfalls sind die Nachbarn natürlich sowohl traurig als auch beunruhigt und hoffen, dass die Polizei den Schuldigen so schnell wie möglich findet, damit sie eine Erklärung für das Geschehene erhalten.

»Es soll ja nicht so weit kommen, dass wir einander schräg angucken«, sagt ein Nachbar. »Deswegen ist es besonders wichtig, die Hintergründe der Tat zu erfahren.«

Alle Nachbarn berichten nur Gutes über die Verstorbene, die allein gewohnt hat. Die Frau erfreute sich bester Gesundheit und besaß ein gutes Verhältnis zu den anderen Bewohnern.

»Sie lebte nicht isoliert«, sagt Sigurd Gustavsson. »Wir kümmern uns umeinander. Noch an dem Tag, als sie misshandelt wurde, hatte zum Beispiel ein anderer Nachbar ihr geholfen, ein Regal an die Wand zu schrauben«, berichtet er.

Der genaue Tathergang bleibt vorerst im Dunkeln. Bisher weisen keine Spuren auf Vandalismus oder Raubmord hin.

»Wir gehen bisher nicht davon aus, dass es sich um einen Raubmord handelt«, erklärt Jan Lundin. »Mehr kann ich im Augenblick nicht sagen.«

Er betont, dass sich die Polizei in einer breit angelegten, intensiven Ermittlung mit dem Fall beschäftigt und dass unterschiedliche Spuren verfolgt werden. Bisher wurden viele Menschen befragt, und es gehen täglich neue Hinweise ein.

SIEBTES KAPITEL

Donnerstag, 11. April

Kriminalkommissar Claes Claesson lud die letzten Zweige auf den mit einem Gitter versehenen Anhänger, den er gemietet und bei der Statoil-Tankstelle am frühen Morgen abgeholt hatte, noch bevor Veronika zur Arbeit geradelt war.

Heute war nach fast zwei Wochen Dienst am Stück ihr vorläufig letzter Arbeitstag, und ihre Augen hatten nach dem Aufstehen nicht gerade geleuchtet, doch über die Maßen zu leiden schien sie auch nicht. Soweit er es beurteilen konnte, war sie froh, nach ihrem Mutterschaftsurlaub wieder etwas zu tun zu haben, und würde sich relativ schnell erholen. Am folgenden Tag, dem Freitag, wollte sie ihre Überstunden vom Wochenenddienst abbummeln und nach Lund fahren, wo sie ihre älteste Tochter besuchen würde, die dort zurzeit Skandinavistik studierte. Klara würde sie mitnehmen. Die beiden Schwestern sollten den Kontakt miteinander pflegen, oder wie man es nun nannte, wenn eine Dreiundzwanzigjährige und eine Einjährige sich treffen.

Er selbst hatte vor, sich in den Zug nach Stockholm zu setzen, wo ein lange geplantes Treffen mit alten Kumpels stattfinden sollte, die inzwischen über das ganze Land verstreut lebten. Zur Hauptstadt hin gab es die besten Verkehrsverbindungen, deshalb hatten sie sich dort verabredet. Er wusste nicht so genau, ob er sich auf die Zusammenkunft freuen sollte. Wie sich Treffen dieser Art entwickelten, konnte man nie im Voraus absehen, aber er hatte zumindest aufgehört, nach Vorwänden zu suchen, die ihn davor bewahren könnten, sich mit seiner eigenen Vergangenheit auseinander setzen zu müssen. Denn die Erlebnisse aus früheren Jahren waren doch eigentlich nichts anderes als Erinnerungen, und die Konfrontation damit musste ja nicht zwangsläufig und ausschließlich Peinlichkeiten zutage fördern. Verdammt, es konnte sogar ziemlich lustig werden!

Es war kurz vor neun. Er hatte den Anhänger so weit es ging mit dem Auto auf das Grundstück gezogen. Ein ganzes Stück. Als das Haus in den Dreißigerjahren erbaut worden war, besaßen die meisten kein Auto. Folglich hatte man auch keine Garage errichtet. Irgendwann in den Fünfzigern jedoch wurde der Geräteschuppen dann mit einem Anbau versehen, der als Garage fungierte, sodass sowohl der Schuppen als auch die Garage nun mitten auf dem Grundstück lagen. Die Zufahrt bestand aus in Spurbreite verlegten Betonplatten, die sich zum Teil abgesenkt hatten. Als Veronika und er vor gut anderthalb Jahren einzogen, hatte er einen Neubau skizziert, der näher an der Straße lag, damit sie ihren Grund und Boden nicht mit Autoabgasen verpesten mussten. Doch aus dem Bau war bisher nichts geworden, und daraus würde auch nie etwas werden, das war ihm klar geworden. Nicht nur aus dem Grund, dass es ziemlich kostenaufwändig wäre, sondern auch deswegen, weil das freistehende Holzgebäude, das inzwischen zugegebenermaßen reichlich nach Farbe dürstete, eigentlich recht charmant war. Warum sollte man also etwas verändern, das wunderbar funktionierte?

Das Grundstück war insgesamt ziemlich groß. Diese Tatsache konnte man natürlich von zwei Seiten betrachten: entweder als Reichtum oder als Zwangsjacke. Nachdem er sich endlich darauf eingestellt hatte, dass der Garten nicht notwendigerweise tipptopp gepflegt sein musste, hatte er sich für die erste Alternative entschieden.

Er schaute über seine Besitztümer, die in der einen Richtung aus einer unebenen Rasenfläche, einer alten Fliederhecke, die sie nicht zu entfernen gedachten, und acht Obstbäumen bestand, wovon der überwiegende Teil Äpfel trug – Winterobst. Mäßig gut erhalten. Über einen Gartenweg gelangte man zu einem noch weniger gepflegten Beet auf der Rückseite des Hauses. Mit anderen Worten, ein idealer Ort für den, der sich mittels Ausübung praktischer Arbeit entspannen wollte.

Klara saß im Augenblick zufrieden in ihrer Kinderkarre auf dem Rasen. Die Mütze war ihr etwas ins Gesicht gerutscht, und sie knabberte an einem Zwieback, den sie in der Hand hielt. Gespannt verfolgte sie seine Arbeit mit ihrem Blick. Es schien, als wolle sie ihn regelrecht anfeuern.

Sie waren bereits über eine Stunde lang draußen, und er war inzwischen durchgeschwitzt. Er hatte sich mit den abgesägten Ästen abgekämpft, sie über das Grundstück geschleift, auf den Hänger gewuchtet, sich dann auf die Ladefläche gestellt, um Äste und Zweige herunterzupressen, daraufhin die nächste Fuhre angeschleppt und gleichzeitig ein Auge auf seine Tochter geworfen, die sich auf unsicheren Beinen über den Rasen bewegt hatte, gestolpert und schließlich herumgekrabbelt war, sodass ihr Overall aussah, als würde er niemals wieder sauber werden. Aber sie war sowieso schon fast aus ihm herausgewachsen, und außerdem würde es bald so warm draußen werden, dass sie ihn nicht mehr benötigte.

Morgens war es immer noch recht frisch, aber der Frühling nahte merklich. Die Blumenzwiebeln, die er im vergangenen Herbst in die Erde gesteckt hatte, zeigten sich bereits mit Stängeln und Blättern. Osterglocken, Narzissen und Tulpen würden bald in allen Farben erblühen. Er erwartete mit Spannung, dass sie zu knospen begannen.

Er warf die letzten Zweige auf den Anhänger und hakte das Gitter ein. Jetzt konnte er also losfahren. Das versuchte er auch seiner Tochter klar zu machen.

»Also«, sagte er zu ihr. »Jetzt nur noch zur Kippe.«

Sie schaute ihn mit großen Augen an. Er redete den ganzen Tag mit ihr, also war sie es gewöhnt. Sollte sie doch begreifen, was sie wollte, dachte er.

Er setzte sich in die Hocke neben sie und wiederholte, was er gesagt hatte.

»Zur Kippe, verstehst du, Klara?«

Im Vorbeigehen drückte er ihr einen Kuss auf die Wange.

»Tiii ... tiii«, rief sie fröhlich.

Er deutete ihren Ausruf als »Kippe«. Er hatte ihr schon so viel von diesem Ort erzählt – und sie waren in der letzten Zeit auch schon mehrfach wegen anderem Müll dort gewesen –, dass »Kippe« bereits zu Klaras festem Wortschatz gehörte. Mama, Papa und Kippe. Auch wenn die Reihenfolge nunmehr Papa, Mama und Kippe lautete. Er wusste, dass der Ausdruck »Müllkippe« nicht mehr existierte, jetzt hieß es »Recyclingzentrale«, aber wer konnte seinem Kind diesen Begriff schon beibringen.

Er schaute zum Himmel. Leicht bewölkt, aber dennoch ein schöner Tag.

Ein dunkelblauer Rucksack mit frischen Windeln, Kleidung zum Wechseln für Klara und unter anderem einer Banane für den kleinen Hunger stand im Hausflur. Er holte ihn, nahm außerdem das Handy mit, schloss die Tür ab, setzte Klara in den Kindersitz und schnallte sie an. Sie versuchte sich wieder herauszuschlängeln. Er drückte sie herunter. Sie schrie. Dann versuchte er es mit der Banane, die sie jedoch nicht wollte. Autofahren wollte sie auch nicht. Also schaltete er das Radio an, in dem gerade Popmusik lief. Das Schreien verstummte, und sie wurde still, drehte ihren Kopf und suchte nach der Geräuschquelle. Er nutzte den Augenblick, um den Motor zu starten, und rollte langsam mit dem Anhänger hinter sich auf die ruhige Straße ihres Wohnviertels. Klara erblickte plötzlich die Banane, doch er konnte sie mit den Händen am Lenkrad schlecht schälen. Also griff er mit der einen Hand in den Rucksack zu ihren Füßen, bekam einen alten Zwieback zu fassen, gab ihn ihr und stellte sie damit erneut ruhig, während ihm gleichzeitig der Gedanke kam, dass sie wahrscheinlich den gesamten Sitz voll krümeln würde. In dieser Hinsicht war er richtig froh, dass sein Auto mit Ledersitzen ausgestattet war.

Noch dazu dunkles Leder. Das war ein Verkaufsargument gewesen, das ihn überzeugte, als er vor knapp anderthalb Jahren den Volvokombi gebraucht kaufte, nachdem er mit Wehmut seinen altbewährten Toyota, der ihm bis dahin treue Dienste leistete, hatte verschrotten müssen.

Trotz seiner Bemühungen, Klara bei Laune zu halten, hatte er ein wenig Muße, seinen eigenen Gedanken nachzuhängen. Sogar ziemlich ungestört. Unter anderem stellte er fest, dass er immer noch mit dem angenehmen Gefühl herumlief, verlängerten Urlaub zu haben. Also hatte er noch nicht begonnen, sich zu langweilen oder sogar zu leiden – warum sollte er auch? –, was ihm im Großen und Ganzen alle prophezeit hatten. »Wart's ab!«, hatte Veronika gemeint. »Es kommt schleichend: die Langeweile, das Gefühl, außen vor zu sein, der Mangel an Kontakten zu Erwachsenen, das Verlangen nach befriedigenderen und weniger selbstverständlichen Aufgaben, als für Kind und Heim zu sorgen. Wart's ab!« Also wartete er.

Oder hatte er in seinem Leben und insbesondere in der letzten Zeit vor seinem Erziehungsurlaub so viel erlebt, dass er es nicht unbedingt mehr nötig hatte, im Zentrum der Handlung zu stehen, das heißt, sich als Chef einer Fahndung in einem Verhör, inmitten von Konfliktsituationen, Trauer und Trübsinn zu befinden? Vielleicht war es ein Vorteil, nicht mehr ganz so jung zu sein, wenn man Kinder bekam. Seine berufliche Karriere war zu diesem Zeitpunkt bereits zum großen Teil absolviert, und der Rest würde sich schon von selbst ergeben, was so natürlich auch nicht ganz stimmte. Er mochte seine Arbeit. Aber er genoss auch die Zeit mit Klara.

Er hatte es kaum geschafft, über den Mord in dieser Waschküche – oder unter welcher Rubrik die Tat am Ende geführt werden würde – in der Zeitung zu lesen, was ihn selbst einigermaßen verwunderte. Wenn man bereits die Resultate verschiedenster Gewalttaten aus nächster Nähe gesehen hatte, gewöhnte man sich zwar nicht gerade daran, ganz so emotional abgestumpft hoffte er noch nicht geworden zu sein. Aber um dabei nicht selbst unterzugehen, hatte er – genau wie seine Kollegen und vermutlich auch Veronika in ihrem Job – immer wieder daran gearbeitet, eine gewisse Distanz zu halten, die möglicherweise auch eine gewisse seelische Verarmung nach sich gezogen hatte. Doch das konnte er nicht ändern. Er war im Verlauf seiner Dienstjahre mit der ganzen Palette von Beweggründen, angefangen mit Neid und Missgunst böswilliger und niederträchtiger Menschen bis hin zu Erniedrigungen aller Art inklusive verstümmelter Körper konfrontiert worden. Und nun hatte er einen triftigen Grund, das alles hinter sich zu lassen. Jedenfalls für eine Weile. Und das wollte er wahrhaftig genießen.

Das Einzige, was ihn möglicherweise etwas beunruhigte, war, dass Louise Jasinski gerade zu diesem Zeitpunkt die Vertretung für ihn übernehmen musste. Hauptsächlich eigentlich deswegen, weil sie nämlich zurzeit schon genügend Widrigkeiten erlebte, was ihr eigenes Familiendrama anging. Er hoffte, dass sie der Belastung gewachsen sein würde, denn wie so oft im Leben war das Timing keineswegs perfekt. Doch sie hatte die Aufgabe übernehmen wollen, was er gut verstehen konnte. Und außerdem beherrschte sie ihren Job, das wusste er. Es würde schon alles gut gehen.

Als er schließlich auf das Gelände des Recyclingzentrums in Mockebo einbog – die Fahrt hatte nicht länger als gute fünfzehn Minuten gedauert –, war die Sonne hervorgekommen, und Klara war bestens aufgelegt. Sie lächelte und plapperte vor sich hin.

Er mochte diesen Ort. Fand es angenehm, seinen Abfall in einer so wohl organisierten Müllabladestelle zu entsorgen. Wie eine Reinigung der Seele. Schweren Ballast abwerfen. Veronika hatte einmal in einem Buch gelesen – oder vielleicht war es auch in einer Zeitschrift –, dass man durch die Prozedur des Wegwerfens eine innere Freiheit erlangen konnte. Die These entstammte irgendeiner japanischen Philosophie und hatte sicherlich mit dem Thema Einrichten zu tun. Wie die Möbel im Verhältnis zur Himmelsrichtung angeordnet waren und wie man es anstellte, sich in seiner Wohnung lauter unnötiger Dinge zu entledigen. Er konnte sich in etwa vorstellen, worum es ging. Befreiung. Die Herstellung einer gewissen Ordnung. Ähnlich wie in der Recyclingzentrale, dem Wegwerfparadies, wo alles seinen vorgeschriebenen Platz hatte; Papier, Zeitungen, Wellpappe, unbehandeltes Holz, Gartenabfälle, Brennbares, nicht Recycelbares, größere Elektrogeräte, Batterien.

Er fuhr rückwärts mit dem Anhänger an den Container heran, über dem ein Schild mit der Beschriftung »Gartenabfälle« hing, und ließ die Autotür offen stehen, damit Klara ihn sehen oder zumindest hören konnte und er sie. Er stieg auf den Anhänger und begann abzuladen.

Schon ziemlich bald schlug ihm ein Zweig von einem Apfelbaum ins Gesicht, und es begann im einen Auge zu brennen. Die Schmerzen waren fast unerträglich, ihm wurde kurz schwindelig, und die Tränen liefen, sodass er befürchtete, nicht weiterarbeiten zu können. Bei dem Gedanken daran, möglicherweise gar nicht Auto fahren zu können, wurde er noch unruhiger. Glücklicherweise rieb es beim Blinzeln nicht, es befand sich also kein Dreck im Auge. Er bewegte mehrmals hintereinander die Augenlider, bis der Schmerz nachließ und er mit dem Abladen weitermachen konnte. Er zog und zerrte an Ästen und Zweigen, einige waren recht dick und unhandlich. Da er versuchte, sie rückengerecht zu heben, bekam er auch keine Probleme mit dem Kreuz. Sein erster Hexenschuss lag nämlich noch nicht allzu lange zurück.

Gerade wehte ihm eine leichte Windbö ins Gesicht, die mit Salz angereichert war und seine erhitzte Haut angenehm erfrischte, als er eine ältere Dame erblickte, die neben dem Anhänger stand und zu ihm hochschaute. Sie winkte ihm vorsichtig mit einer Hand zu. Er blickte zu ihr hinunter.

»Entschuldigen Sie, wissen Sie, ob die Anlage beaufsichtigt wird?«, fragte sie.

Ihre Stimme klang hell und wohl artikuliert. Er trocknete sich die Stirn mit dem Jackenärmel, ließ seinen Blick über das

Gelände in Richtung Büro schweifen und erblickte dabei die Abstellfläche für Elektrogeräte, konnte aber keinen Menschen sehen. Sie waren nur zu zweit beziehungsweise zu dritt, wenn man Klara mitrechnete.

»Eigentlich müsste jemand hier sein, aber ich kann niemanden entdecken. Sie werden sich wohl da hinten im Büro aufhalten«, antwortete er und hoffte, dass die Frau sich damit zufrieden geben und er nicht gezwungen sein würde, das Gelände nach einer Ansprechperson abzusuchen.

Sie drehte ihren Kopf, schaute allerdings wenig überzeugt in die Richtung, in die er gezeigt hatte, und blieb stehen. Sie trug genau wie er selbst typische Arbeitskleidung: eine verschlissene, aber robuste Jacke, festes Schuhwerk, ausgebeulte Hosen, die sie offensichtlich aus der hintersten Ecke ihres Schranks hervorgekramt hatte, und derbe Arbeitshandschuhe. Ihr Gesicht war von Furchen durchzogen, und sie selbst war zierlich, sah jedoch ziemlich rüstig aus. Er schätzte sie so um die siebzig.

»Denn in dem Container dort hinten liegt ein Kleiderbündel«, erklärte sie und wies mit dem Finger in die Richtung, wo ihr betagter, aber offensichtlich rostfreier Volvo 740 mit geöffneter Heckklappe stand.

»Ja und?«

»Vielleicht täusche ich mich. Aber es sieht aus, als befände sich Blut auf der Hose ... oder was es nun ist. Irgendetwas Dunkles. Und auf dem Mantel oder der Jacke ebenso. Man sollte vielleicht besser die Polizei rufen, oder was meinen Sie? Wenn man liest, was in der Zeitung steht ...«

Claes Claesson gab nicht sofort zu erkennen, wer er war. Aber er sah ein, dass er nicht drum herumkommen würde, ihr zu helfen, und kletterte vom Hänger. Dann hob er Klara aus dem Kindersitz im Auto.

»Oh, was für ein süßer Kleiner ... Ist es ein Junge?«, fragte die Frau und lachte Klara mit freundlichen Augen an, um die herum sich fächerförmig Fältchen bildeten, während diese mürrisch zurückschaute.

Seine Tochter war eher scheu und gegenüber Fremden nicht besonders zugänglich.

»Sie heißt Klara«, klärte er sie auf.

»Oh, Entschuldigung! Es ist gar nicht so leicht, den Unterschied zu erkennen. Nicht, wenn sie noch so klein sind. Das hab ich mit meinen Kindern auch erlebt. Ich habe insgesamt vier. Und sechs Enkelkinder.«

»Da sind Sie ja reich beschenkt worden«, entgegnete Claesson und lächelte sie an, während er ihr zum Container folgte.

Die Frau neben ihm schlug ein schnelles Tempo an. Ziemlich fit, die alten Damen heutzutage!, dachte Claesson.

Dort angekommen, beugten sie sich über den Rand und schauten in die Tiefe. Nur der Boden war mit Müll bedeckt. Ein alter Gartenstuhl, eine abgewetzte, gefütterte Wildlederjacke, diverse Bücher, ein kaputtes Regal, rote Weihnachtsbaumkugeln und anderes Gerümpel.

»Da ist es«, rief sie aus und zeigte auf das Kleiderbündel, doch das wäre gar nicht nötig gewesen.

Claesson erblickte die helle, khakifarbene Jacke sofort. Hingegen war es schwer auszumachen, ob es sich um eine Herren- oder Damenjacke handelte. Der Stoff war, soweit er es sehen konnte, hauptsächlich auf der Vorderseite mit Flecken beschmutzt. Daneben lagen hellblaue, verschlissene Jeans mit dunkelbraunen Spritzern auf den Hosenbeinen. Inwieweit auch der Pulli verschmiert war, konnte er nicht erkennen. Er war schwarz.

Über dem Container hing ein Schild, auf dem in großen Lettern »Brennbares« stand.

Louise saß an ihrem Schreibtisch im Polizeipräsidium, hatte die Tür geschlossen und das Telefon abgestellt, aber keineswegs ihren Geist.

Bereits am Tag zuvor hatte sie damit begonnen, die wichtige Besprechung vorzubereiten, die am heutigen Nachmittag stattfinden würde und die sie selbst einberufen hatte, und abends hatte sie zu Hause weitergearbeitet. Sie hatte relevante

Berichte, Mappen und Ordner mit nach Hause geschleppt und sie auf dem Küchentisch ausgebreitet, wo sie sie in verschiedene Stapel sortiert, durchgeguckt und schließlich gewisse Partien gründlicher gelesen und angestrichen hatte. Sie stellte sich die unterschiedlichsten Fragen, sortierte erneut, fand Zusammenhänge, verwarf sie wieder, sortierte um, analysierte. Ließ sich völlig absorbieren und weder von ihren Töchtern noch vom Fernseher stören. Nicht einmal von ihrer unangenehmen, anhaltenden Übelkeit.

Letztlich suchte sie nach einer Struktur. Wollte sich ein eigenes Bild machen. Zusammenhänge erkennen und beurteilen, was die einzelnen Arbeitsansätze ergeben hatten. Welche noch keine positiven Ergebnisse mit sich gebracht hatten, aber dennoch eine brauchbare Spur darstellten, die verfolgt werden musste. All die Dinge, die sie bisher noch nicht in Angriff genommen hatten, aber unbedingt angehen mussten, und schließlich die Spuren, die sich als vollkommene Sackgassen erwiesen, denen sie aber nach wie vor wie verirrte Schafe hinterherliefen. Der Sohn von Doris Västlund machte zum Beispiel einen der noch nicht erledigten Punkte aus. Er war noch nicht wieder aus dem Ausland aufgetaucht, wurde aber für den kommenden Samstag zurückerwartet.

Wie immer gingen ihr die zwei wichtigsten Fragen durch den Kopf: Wer? Warum? Und in diesem Fall musste sie hinzufügen: Mit welchem Gegenstand?

Da sie minuziös vorbereitet sein wollte, setzte sie ihr konzentriertes Arbeiten nun im Präsidium fort. Wenn sie wollte, war sie in der Lage, einiges an Energie freizusetzen. Sie konnte ohne größere Probleme alles andere zur Seite schieben, wenn sie dazu gezwungen war. Sie hatte zum Beispiel immer noch nicht ihren eigenen Termin bei der Bank wahrgenommen, wollte ihn jedoch am nächsten Tag, dem Freitag, ganz bestimmt einhalten. Der Termin war bereits zum zweiten Mal verschoben worden. Ihre Ansprechpartnerin bei der Bank hatte bei der letzten Änderung nicht mehr besonders viel Verständnis gezeigt.

Louise gehörte zu jenen nicht seltenen Typen, die große Befriedigung darin finden, sich zu sammeln, Papiere in Händen zu halten, zu sortieren und zu fokussieren. Und sie gewann trotz der Zerstreuungen, die ihr Privatleben mit sich brachte, dadurch an Energie. Schließlich geriet sie wie in eine Art Rausch und hätte bis zum Umfallen weitermachen können.

Um halb elf war sie dennoch leicht müde geworden. Sie hatte nicht gefrühstückt und musste etwas in den Magen bekommen, auch wenn es nur etwas zu trinken war.

Sie stand vom Schreibtischstuhl auf und ging schnellen Schrittes in den Personalraum. Sie wollte sich jedoch nicht zu den anderen Kollegen setzen, falls überhaupt jemand dort saß. Stattdessen wollte sie ihren Kaffeebecher lieber mit in ihr Zimmer nehmen. Vielleicht sollte sie sich heute doch lieber einen Tee kochen, überlegte sie, denn in ihrem Körper vibrierte die Übelkeit wie Wackelpudding. Es fehlte nicht viel, und der Brechreiz würde ausgelöst werden. Zu allem Übel war sie gleichzeitig auch noch hungrig.

Genau so war es beim letzten Mal auch. Vor über zwölf Jahren. Die Symptome waren leicht wiederzuerkennen. Mein Gott! Warum auch noch das? Warum gerade sie?

Plötzlich war ihr zum Heulen zumute, und ihr Atem stockte. Aber die Tränen blieben, Gott sei Dank, aus. Sie konnte sie gerade noch zurückhalten. Schluckte und versuchte, an etwas anderes zu denken.

Ihr fiel ein, dass sie noch einen Apfel in der Tasche hatte, vielleicht konnte sie ein wenig daran knabbern, aber als sie in Gedanken in das säuerliche Fruchtfleisch biss, brannte es in ihrem Magen, und ein kräftiger Beigeschmack füllte ihren Mund, als hätte sie Säure getrunken. Also musste sie es wohl mit einem Stück Brot versuchen. Das würde den Magen wieder etwas beruhigen. Leider hatte sie aber keines dabei. Vielleicht lag ja noch ein geöffnetes Paket Wasa-Knäcke oben im Schrank des Personalraumes.

Morgen, dachte sie. Morgen ist ein neuer Tag. Da würde sie aufhören, die Augen zu verschließen.

Sie empfand es jedes Mal als Wagnis, ihr Büro zu verlassen und sich im Korridor, im Personalraum oder im Treppenhaus zu zeigen, sah sich jedoch gezwungen, das Risiko einzugehen. Jederzeit konnte sie angesprochen, aufgehalten und in lange Diskussionen verwickelt werden, die ihr die Energie raubten und sie derart ablenkten, dass sie es oftmals danach nicht mehr schaffte, sich wieder an ihren Schreibtisch zu setzen und sich erneut zu konzentrieren. Und heute war ihre Zeit knapp bemessen.

»Hallo«, grüßte Jesper Gren sie von seinem Platz auf dem relativ hart gepolsterten Sofa im Personalraum.

Sie nickte angespannt zurück.

»Wir sehen uns dann um zwei Uhr«, erinnerte sie ihn.

Sie hätte gern mehr zu sagen gewusst, auch wenn sie es eilig hatte. Vielleicht konnte man ihr in dieser Hinsicht unterstellen, sie wolle sich nur einschmeicheln, aber sie legte in der Tat besonderen Wert darauf, nicht kurz angebunden zu wirken. Immerhin war sie die Chefin.

Sie streckte sich nach einem Teebeutel, Lipton, wie sie las, während Jesper Gren in seiner Zeitung blätterte. Das heiße Wasser holte sie sich aus dem neuen Automaten, zog den Teebeutel darin hin und her, bis es sich leicht braun färbte. Sie wollte ihren Tee möglichst schwach trinken. Keine Gerbsäure. Sie fand das Knäckebrotpaket und nahm zwei Scheiben heraus, verzichtete jedoch auf Butter. Dann eilte sie zurück in Richtung ihres Zimmers.

Auf dem Korridor sah sie Peter Berg aus einer der hinteren Türen kommen und merkte ihm an, dass er etwas von ihr wollte, tat aber in dem Moment so, als sähe sie ihn nicht und ging weiter in ihr Zimmer. Doch noch bevor sie die Tür zuzog, hörte sie, wie seine Schritte sich ihrem Dienstraum näherten.

Sie würde um seinen Besuch nicht herumkommen.

Ein leichtes Klopfen bestätigte ihre Befürchtung. Sie brauchte nicht einmal »Herein!« zu rufen, da stand er auch schon in der Tür.

»Du«, sagte er, »Claesson hat gerade eben angerufen.«

Sie schaute ihn mit mahlendem Unterkiefer und einem noch saureren Gefühl in der Magengegend an.

»Er konnte dich nicht erreichen. Aber sie haben blutverschmierte Kleidungsstücke auf der Müllkippe gefunden.«

Verdammt! Mischte Claesson sich jetzt schon ein?, fuhr es ihr durch den Kopf, während sie Berg stumm anstarrte.

»Wen meinst du mit ›sie‹?«, wollte Louise wissen, während sich zwei steile Falten zwischen ihren Augenbrauen bildeten.

Zur Antwort erhielt sie ein Achselzucken.

Sie wählte Claessons Handynummer, und seine Erklärung war einfach und dazu noch erfreulich. Ihr Herz begann vor reiner Aufregung zu pochen, und sie nickte Peter Berg aufmunternd zu, der daraufhin von dannen trottete.

Auf der Liste der noch nicht erledigten Dinge, das heißt der Auskünfte, die sie noch nicht eingeholt, oder Beweisstücke, die sie nicht gefunden hatten, befanden sich nämlich außer dem Mordwerkzeug, dem vermutlich abhanden gekommenen Portemonnaie des Opfers und dem ebenfalls verschwundenen oder zumindest abwesenden Sohn vor allem noch technisch schlüssige Beweismittel.

Und nun war ausgerechnet Claesson auf eine Spur gestoßen. Bei der Kleidung konnte es sich natürlich auch um völlig andere Stücke handeln, aber dennoch war ihre Hoffnung entfacht.

Die Ergebnisse der DNA-Untersuchungen, die sie bisher vorgenommen hatten, waren nämlich in der Hinsicht niederschmetternd, als man die kreuzweise Verbindung zueinander, vor allem die des untersuchten Blutes, nicht nachweisen konnte.

Die Blutspuren, Sekrete und Fasern, die Kjell E. Johansson hinterlassen hatte – und das waren, weiß Gott, nicht wenige –, hatten sich ausschließlich auf seinen eigenen Habseligkeiten, hauptsächlich auf seiner Kleidung befunden – und auf der übel zugerichteten Faschingsmaske, die man in der Mülltonne gefunden hatte. Johansson hatte sie nach eigenen Angaben selbst in den Müll geworfen. Spritzer seines Blutes und verschiedene andere Spuren hatte man außerdem auf einem Handtuch in seinem Badezimmer und auf dem Fußboden desselben Raumes gefunden. Doch nichts deutete darauf hin, dass diese Gegenstände in Doris Västlunds Nähe gewesen waren. Und auch keines der untersuchten Sekrete des Opfers deutete seinerseits darauf hin, dass Johansson sich in ihrer Nähe aufgehalten hatte. Jedenfalls nicht mit unmittelbarem Körperkontakt. So einfach war das! Das SKL musste also weitere Analysen vornehmen, doch die Kollegen hegten keine größeren Hoffnungen, was diesen Punkt betraf.

Eine Tatsache hingegen war recht interessant. Auf der weißen Faschingsmaske fanden sich außer Johanssons Blut noch die Spuren einer weiteren Person, die allerdings nicht Doris Västlund war. Vermutlich stammten sie jedoch von dem Mann, mit dem er sich während dieser Party geprügelt hatte.

Eine Ausnahme konnte jedoch festgestellt werden. Auf einer der Maschinen in der Waschküche, nämlich auf der Tür des Trockners, hatte man einen winzigen Fleck von Johanssons Blut gefunden.

Johansson hatte natürlich beteuert, dass weder Doris Västlund noch irgendeine andere Person zusammengeschlagen auf dem Boden der Waschküche lag, als er hinunterkam, um Alicias Wäsche in den Trockner zu füllen. Er hatte kein Schwein gesehen, wie er sich ausdrückte. Und in diesem Punkt begann zumindest Louise ihm zu trauen. Wenn er während seines Besuchs in der Waschküche tatsächlich gezwungen gewesen wäre, über die am Boden liegende Doris hinwegzusteigen, wären seine Kleider und Schuhe kaum sauber geblieben, nicht bei diesem Blutbad. Vorausgesetzt, dass er sich nicht umgezogen und daraufhin alles verbrannt oder sich auf sonstige Weise seiner Kleidung entledigt hatte.

Mit anderen Worten: Die Misshandlung musste stattgefunden haben, kurz nachdem Johansson die Waschküche verlassen hatte.

An Kjell E. Johanssons unglaubwürdiger Schilderung der Verkettung von unglücklichen Umständen konnte also trotz ihrer scheinbaren Konstruiertheit durchaus etwas Wahres dran sein. Die ganze Geschichte von der unglückseligen Rasur, dem gläsernen Lampenschirm, der zersplittert war, der Schlägerei und blutenden Wunden sowie von anderen Missgeschicken auf dem Kostümfest und nicht zuletzt von seinem Glück oder Unglück – wie man es betrachten mochte – mit Frauen. Soweit Louise es verstand, war Johansson ein richtiger Frauenheld mit mehreren in der Weltgeschichte verstreuten Kindern, jedenfalls mit einer eindeutig höheren Anzahl als der, von der er selbst wusste. Eine alte Flamme, wie er sich ausdrückte, hatte ihm unlängst mitgeteilt, dass er der Vater ihrer mittlerweile zehnjährigen Tochter sei. Sie wollte, dass das Kind einen Vater bekommt, und vor allem selbst natürlich finanzielle Unterstützung.

Doch es gab noch einen weiteren Haken mit Johansson. Er hatte nur wenige Stunden vor ihrer Ermordung mit Doris Västlund Kaffee getrunken. Das konnte er natürlich in dieser prekären Lage nicht leugnen. Erst recht nicht, als sie ihn mit knallharten Fakten konfrontierten. Sein genetischer Code befand sich nämlich auf den Tassen.

»Aus welchem Grund haben Sie Doris Västlund aufgesucht?«, wollte Peter Berg wissen, der ihn bereits mehrfach verhört hatte, zuletzt am Vortag.

»Ich habe ihr geholfen, ein Regal an die Wand zu schrauben«, entgegnete Johansson trocken. »Als Dankeschön lud sie mich zum Kaffee ein, und außerdem war sie einsam.«

»Und warum sind Sie nicht gleich zu Beginn damit rausgerückt?«, wollte Peter Berg natürlich wissen.

»Keiner hat danach gefragt«, grinste Johansson schief.

Peter Berg konnte einen Seufzer nur knapp zurückhalten. Wie oft hatte er Johansson gefragt, ob er in der letzten Zeit bei Doris Västlund gewesen sei, und dieser hatte jedes Mal mit Nein geantwortet. Doch Johansson war der Typ Mann, der nur sah und hörte, was er selbst mitbekommen wollte.

Zusammengenommen gab es relativ viele Indizien, die Johansson an Doris Västlund banden. Das fand Louise ebenso wie der Staatsanwalt. Es fehlte ihnen jedoch ein Geständnis, und die technischen Beweise waren wie immer nicht ausreichend. Sie hatten kein gutes Gefühl dabei, ihn auf freien Fuß zu setzen, doch sie hatten keine andere Wahl. Jedenfalls vorläufig nicht.

In der Zwischenzeit war es ihnen gelungen, die Wäscheberge ihren Besitzern zuzuordnen, was eigentlich auch kein größeres Problem darstellte, wie Erika Ljung fand. Die Reizwäsche konnte nur einer Person gehören. Zum einen trugen nicht so viele andere Frauen im Haus die Kleidergröße »Small«, und zum anderen schienen sie nicht verwegen genug, so delikate Stücke auszuwählen wie die farbenfrohe Alicia Braun. Aber die Dame schien nicht besonders an ihrer Wäsche interessiert zu sein. Und als man sie direkt darauf ansprach, behauptete sie, dass es ihr nichts ausmachen würde, wenn ihr ein paar Teile abhanden kämen, was Louise recht merkwürdig vorkam. Vor irgendetwas schien sie Angst zu haben. Oder war ihr Verhalten letztlich vielleicht auf die allgemein vorherrschende Polizeiphobie zurückzuführen?

Wie es Alicia Braun gelungen war, das Mannsbild von Johansson wegen einer so banalen Aufgabe wie der Beförderung ihrer Unterwäsche in den Trockner in den Keller zu locken, überstieg definitiv Louises Verstand. Es imponierte ihr geradezu. Wahrscheinlich hatte sie ein Händchen mit Männern. Oder sie besaß etwas anderes.

Wie Doris.

Vielleicht Geld?

Aber außer Alicia gab es noch weitere Hausbewohner, aus denen nicht besonders viel herauszubekommen war. Sie bildeten regelrecht eine Mauer aus Schweigen um sich. Abgesehen von den Gefühlsentladungen, die der Konflikt um das Lärmproblem von Britta Hammar ausgelöst hatte, in den alle Bewohner des Gebäudes hineingezogen zu sein schienen. Man hatte also einen Streitpunkt gefunden und projizierte nun offenbar jeglichen Ärger darauf.

Die Übelkeit nahm zu. Louise versuchte sich zu beherrschen beziehungsweise sich abzulenken, doch es gelang ihr nur für drei Sekunden, woraufhin sie hinausstürzte und gerade noch die Toilettentür hinter sich abschließen konnte, bevor sie sich in die Toilettenschüssel übergab.

Während sie ihren Mund unter dem Wasserhahn ausspülte, zitterten ihr die Knie. Das Wasser hatte einen Beigeschmack von Chlor und Rost.

Als sie in ihr Zimmer zurückkam, fühlte sie sich ziemlich ausgelaugt. Sie stellte sich ans Fenster und schaute hinaus. Die Sonne zeigte sich. Schräg vor ihrem Fenster saß ein Vogel in einer Ulme. Sie wusste nicht, was für einer es war, denn sie kannte sich nicht besonders gut aus, was Vögel anging. Auf jeden Fall saß er dort unbekümmert und bewegte seinen Kopf hin und her. Er konnte sich jederzeit aufmachen und davonfliegen, wann er wollte, während sie mit einem verpfuschten Leben und einem ungewollten Zellklumpen in ihrem Schoß dastand und weder aus noch ein wusste.

So konnte es einfach nicht weitergehen. Sie durfte nicht länger warten und sich dabei selbst betrügen.

Also griff sie nach dem Hörer, wählte die Nummer des Krankenhauses und bat darum, mit der gynäkologischen Ambulanz verbunden zu werden. Entgegen allen Erwartungen wurde sie nahezu ohne Wartezeit durchgestellt. Sie teilte ihr Anliegen mit und fragte nach einem Termin für eine Abtreibung, woraufhin ihr die Sprechstundenhilfe ohne größere Neugier drei kurze Fragen stellte. Sie wollte wissen, ob Louise einen Schwangerschaftstest gemacht hatte, wann sie zum letzten Mal ihre Periode hatte und ob sie bereits mit einem Seelsorger gesprochen habe. Da das nicht der Fall war, fragte die freundliche Stimme weiter, ob sie einen Gesprächstermin vereinbaren wolle, denn vor einem solchen Entschluss sei es normal, dass man recht ambivalente Gefühle bezüglich einer eventuellen Schwangerschaft hege. Doch Louise antwortete, dass sie keinen Gesprächstermin brauche und dass sie bereits wisse, was sie wolle. Sie gab zu, dass sie zwar bei der Apotheke gewesen war und einen Test gekauft hatte, aber dass sie die

Verpackung nicht geöffnet hatte, weil sie sich ihrer Sache sowieso sicher war.

Anhand ihres Taschenkalenders konnte sie nachvollziehen, wann das »Unglück« höchstwahrscheinlich passiert und wie weit die Schwangerschaft bereits fortgeschritten war.

Dreimal waren sie zusammen gewesen, seitdem Janos ausgezogen war. Drei Mal!

Während des gesamten Verlaufs einer langjährigen Ehe hatte sie es geschafft, eine ungewollte Schwangerschaft zu vermeiden, und ausgerechnet jetzt, mitten im Chaos der Trennung, war sie daran gescheitert. Dabei war es ihr irgendwie so sinnlos vorgekommen, Tag für Tag weiterhin die Pille zu nehmen, obwohl sie keinen Partner hatte.

Es war ganz allein ihre Schuld.

Sie erhielt bereits für den folgenden Montag einen Termin in der Ambulanz, was ihr völlig unglaublich erschien. Sie notierte die Uhrzeit und klappte den Kalender mit einer gewissen Erleichterung zu. Jetzt hatte sie endlich aufgehört, die Augen zu verschließen, doch das änderte nichts an ihrer Befindlichkeit. Außer dass sie sich möglicherweise nicht mehr ganz so niedergeschlagen fühlte.

Unmittelbar danach suchte sie Peter Berg auf und bat ihn, ein paar Techniker aufzutreiben, die zum Recyclingzentrum Mockebo fahren konnten, woraufhin sie nach ihren eigenen Autoschlüsseln griff, sich die Jacke anzog, die Treppe nach unten nahm und auf dem Weg zum Ausgang der neuen Rezeptionistin zunickte, einer bedeutend farbloseren Person als Nina Persson, die sich zurzeit im Mutterschutz befand. Sie hatte einen großen Jungen geboren. Er wog fast fünf Kilo und sah aus wie ein Boxer, doch Nina strahlte nur angesichts ihres Wunderknaben.

Einigen Menschen gelingt es anscheinend, glücklich zu sein. Wenigstens eine Zeit lang, dachte sie. Jedenfalls machten sie einen zufriedenen Eindruck.

Eigentlich hätte sie an ihren Schreibtisch zurückgemusst und jemand anders schicken sollen, aber ihr ganzer Körper verlangte danach, rauszukommen und sich zu bewegen.

Im Auto begannen die Gedanken wieder zu kreisen. Sie konnte nicht umhin, einen gewissen Druck zu verspüren. Konnte einfach nicht loslassen. Es war ihr erster Fall als Vertretung für Claes.

Einige Übereinstimmungen bezüglich der Zeit und des Ortes hatte sie ja bereits finden können. Wieder andere hatten sich als Sackgassen oder Hinweise ohne jeglichen Zusammenhang erwiesen. Aber die Ermittlungen waren bis jetzt noch nicht ins Stocken geraten. Noch lange nicht. Es war gerade mal eine knappe Woche vergangen, also lagen sie gut in der Zeit.

Die neuerliche Konzentration auf Kjell E. Johansson, dessen Akte unter der Bezeichnung KJE lief, hatte sie insgesamt ein Stück weitergebracht, wenn auch nur so weit, dass sie ihn höchstwahrscheinlich abschreiben konnten, was ihnen natürlich nicht besonders leicht fiel. Doch so war es jedes Mal, wenn sie gezwungen waren, eine viel versprechende Spur aufzugeben. Ihnen blieb nichts anderes übrig, als sich bestenfalls auf eine neue einzuschießen. Eine Kehrtwendung um hundertachtzig Grad.

Louise dachte an das Mädchen mit den Maiblumen. Vielleicht war sie eine mögliche Zeugin. Sie hatten diese Spur noch nicht weiterverfolgt. Das Mädchen, wer auch immer sie sein mochte, war von mehreren Nachbarn erwähnt worden. Und dann stand noch der Sohn, Ted, aus. Merkwürdiges Mutter-Sohn-Verhältnis. Sie hatten inzwischen sein Hotel irgendwo auf den Kanarischen Inseln über ein Reisebüro ausgemacht. Um welchen Ort es sich genau handelte, wusste sie allerdings nicht, da sie selbst noch nie ihren Urlaub dort verbracht hatte und folglich die unterschiedlichen Inseln nicht auseinander halten konnte. Die Kollegen hatten schließlich eine lebhafte Diskussion darüber geführt, ob ein örtlicher Polizist informiert werden sollte, um die Todesnachricht der Mutter zu überbringen, oder nicht. War es unangemessen? Der Mann hätte sich im Übrigen selbst ausrechnen können, dass es eventuell darauf hinauslaufen würde, hatten noch einige außer ihr geäußert. Eigentlich hätte er im Krankenhaus anrufen und sich über den Zustand seiner Mutter erkundigen müssen, doch manchmal schien alles irgendwie verdreht. Auf jeden Fall hatten sie über die Hotelleitung in Erfahrung gebracht, dass er und seine Frau am Samstag, also in zwei Tagen, nach Hause kommen würden.

Louise erreichte das Recyclingzentrum vor den Technikern. Claes stand mit Klara zwischen den Beinen dort, und eine ältere Frau befand sich an seiner Seite. Er hatte bereits relevante Zeitangaben von der Frau in Erfahrung gebracht und einen Mitarbeiter der Anlage aufgetrieben. Natürlich hatte der Mann Wichtigeres zu tun, als darauf zu achten, welche Fahrzeuge durch das offen stehende Tor herein- und wieder hinausfuhren, aber eine gewisse, wenn auch diffuse Erinnerung konnte er dank des relativ geringen Verkehrsaufkommens an Donnerstagvormittagen dennoch wiedergeben.

Er glaubte, sich an einen grünen Renault zu erinnern, der neben dem betreffenden Container geparkt hatte. Aber auch ein weißer Ford und ein Kastenwagen hätten dort gestanden.

Aber die Kleidungsstücke konnten auch an einem der beiden anderen Tage weggeworfen worden sein. Der Container war seit Dienstagnachmittag nicht mehr geleert worden. Louise erhielt die Namen der Angestellten, die an den infrage kommenden Tagen Dienst gehabt hatten, insgesamt sechs Personen.

»Dieser Renault ist ziemlich bald wieder weggefahren«, informierte sie der Mann in dem orangeblauen Arbeitsanzug.

»Und wie deuten Sie das als jemand, der sich hier auskennt?«, fragte Louise.

»Tja, er hatte wohl nicht so viel wegzuwerfen. Einige kommen hierher, nur um einen Müllbeutel loszuwerden, denn hier ist es gratis, wissen Sie? Und für die Müllabfuhr zu Hause muss man bezahlen. Wenn die Tonne also voll ist, tja, dann kommen sie eben hierher.«

Im Raum befanden sich Lundin, Berg, Ljung, Gren, Grahn, Larsson und Jasinski. Sie setzten sich. Ein Tablett mit Bechern stand in der Mitte des großen Konferenztisches. Lundin hatte einen geflochtenen, mit Mandelmasse gefüllten Zopf besorgt. Er war derjenige, dem es am wichtigsten war, während der Besprechungen etwas Süßes zum Kaffee zu essen, was die geistigen Funktionen anregte.

Draußen schien an diesem hoffnungsfrohen Apriltag eine klare Nachmittagssonne. Benny Grahn schenkte Kaffee aus. Conny Larsson stand auf, um Zucker zu holen.

Louise war voller Tatendrang und wollte möglichst viel aus der Besprechung herausholen, vielleicht legte sie ein wenig zu viel Ehrgeiz an den Tag. Nicht minder legte sie Wert darauf, dass die Gruppe sich zusammengehörig fühlte, auch wenn ihr eigentlicher Chef, Claesson, fehlte. Sie wusste, dass es nicht entscheidend war, hätte es aber am liebsten gesehen, dass es keinen Unterschied machte und die Besprechung wie gewöhnlich ablief, selbst wenn das so natürlich nicht möglich war. Auf eventuelle Neuerungen oder umwälzende Veränderungen war sie hingegen nicht aus, auch wenn viele in ähnlichen Positionen oftmals genau dies bezweckten, nämlich alte Abläufe durch neue, mit ihrer eigenen Prägung versehene zu ersetzen.

Als Benny ihr Kaffee einschenken wollte, lehnte sie unter Vortäuschung von Magenbeschwerden ab. Ein kurzes »Nein, danke!« hätte durchaus gereicht. Während der Besprechung nippte sie an ihrem Tee, der so schwach aussah, dass man sich fragte, ob die Teeblätter das Wasser auch nur gestreift hatten.

Sie verteilte die von ihr verfassten Hand-outs und betrachtete dabei ihre Kollegen, versuchte zu erforschen, ob jemand kritisch guckte oder eine skeptische Haltung annahm. Aber alle sahen aus wie immer.

»Ihr könnt kurz die Punkte durchgehen, für den Fall, dass jemand etwas hinzuzufügen hat«, sagte Louise.

Alle begannen in den allgemein gehaltenen, aber wohl durchdachten Unterlagen zu lesen, die hauptsächlich als Diskussionsgrundlage dienen sollten. Die einzelnen Punkte waren in einem Versuch der Strukturgebung und natürlich unter dem Aspekt, Impulse zu setzen und Ideen anzuregen, sorgfältig untereinander aufgeführt.

Einleitend wies Louise darauf hin, dass bezüglich des Tathergangs in der Waschküche vor einer knappen Woche noch vieles im Dunkeln lag. Dann folgte eine Beschreibung der Verletzungen. Dem Opfer waren äußerlich sichtbare Schäden zugefügt worden, vor allem am Kopf. Die Art des Schädeltraumas legte nahe, dass beispielsweise ein Hammer oder ein ähnliches Werkzeug benutzt worden war. Dieses Werkzeug könnte in der Weise geschwungen worden sein, dass die Deckenlampe in der Waschküche dabei zerstört wurde. Weitere Verletzungen deuteten darauf hin, dass das Opfer sich gewehrt oder es zumindest versucht hatte.

In einem nächsten Abschnitt wurden die Lücken in der technischen Beweisführung behandelt. Kreuzweise Treffer der DNA-Spuren sowie die Mordwaffe fehlten bislang. In diesem Zusammenhang hob Louise die Nähe des Tatortes zur Möbelwerkstatt hervor, welche einen Zugang zu einer imponierenden Zahl an Werkzeugen ermöglichte. Könnte es sein, dass die Mordwaffe ganz einfach gereinigt und fein säuberlich an ihren ursprünglichen Platz zwischen den anderen Werkzeugen zurückgelegt worden war? Und wie konnte das in diesem Fall vonstatten gegangen sein? War die Möbeltischlerin möglicherweise involviert? Sie hatte jedenfalls behauptet, mit dem Opfer nicht näher bekannt zu sein.

Darauf folgten verschiedene weitere Punkte. Kjell E. Johanssons eventuelle Unschuld, Geld als mögliches Motiv, wie das Verschwinden des Sohnes zu deuten sei und welche Bedeutung dem bisher unbekannten Mädchen mit den Maiblumen innerhalb der Ermittlungen zukam. Hatte sie möglicherweise etwas gesehen? Hatte sich in dem Haus nur das eine Mädchen befunden oder waren es sogar mehrere? Schließlich folgte eine grobe Zusammenfassung des Lebenslaufs von Doris Västlund. Worauf mussten sie noch achten? Frühere Bekanntschaften, Freunde? Unter dem Punkt »Bericht über die finanzielle Situation« stand Erikas Name.

Louise ließ ihre Mitarbeiter alles in Ruhe durchlesen. Die Schnellleser Grahn und Ljung schauten zuerst auf, während Lundin am meisten Zeit benötigte – alle wussten, dass er von jeher mit einer Lese-Rechtschreib-Schwäche zu kämpfen hatte – und noch in seinen Text versunken dasaß, als die anderen bereits mit leisen Stimmen begannen, sich zu unterhalten.

»Und dann haben wir da noch den neuen Fund. Die Kleidungsstücke aus dem Recyclingzentrum«, eröffnete Louise die Diskussion.

»Klingt viel versprechend. Bleibt nur abzuwarten, was die Untersuchungen ergeben«, bemerkte Lundin, der endlich zu Ende gelesen hatte.

Er legte seine Papiere auf den Tisch und begann mit einer schlafwandlerischen Sicherheit mit seinem Stuhl zu wippen, was Louise unglaublich irritierte, zumal sie im Moment unter chronischem Schlafmangel litt und sich nur schwer konzentrieren konnte. Eigentlich hätte sie über solchen Nichtigkeiten stehen müssen, jedenfalls jetzt, in ihrer neuen Position, das wusste sie, aber sie konnte es dennoch nicht lassen, ihm einen bösen Blick von der Seite zuzuwerfen, und zu ihrer Erleichterung kam er ihrer indirekten Aufforderung unmittelbar und ohne Murren oder eventuelles Verdrehen der Augen nach.

»Ja. Und die letzte Zeugin, die das Mädchen gesehen hat ... diese alte Dame, die anrief ... Ist übrigens jemand von euch bei ihr gewesen?«, wollte Louise wissen, wobei sie sich wie eine Mutter vorkam, die ihre Kinder fragte, ob sie auch brav ihre Betten gemacht hätten.

Keinerlei Reaktionen im Raum. Es wurde mucksmäuschenstill. Sie ließ ihren Blick über die vollständig ausdruckslosen Gesichter schweifen.

»Dann wird sich wohl jemand darum kümmern müssen«, entschied sie und versuchte dabei gelassen und positiv zu klingen, während sie ihre blauen Augen ziemlich schnell auf Erika Ljung richtete, was sicher auch damit zusammenhing, dass diese sich selten quer legte und außerdem noch keine genügend hohe Position innehatte, die ihren Widerstand unangenehm oder geradezu unüberwindlich hätte werden lassen können. Erika jubelte nicht gerade, sah aber auch nicht aus, als würde sie die ihr zugeteilte Aufgabe als wahre Herausforderung auffassen. Eher als eine Strafe.

»Die ältere Dame, die bei Ludvigson angerufen hat, meinst du?«, vergewisserte sie sich mit deutlichem Unwillen, sowohl was ihre Stimme als auch ihre Körpersprache betraf. Ihre Mundwinkel wanderten dabei keinen Deut nach oben, während die Augenbrauen sich in dem ansonsten so hübschen und glatten braunen Gesicht zweifelnd zusammenzogen.

»Genau«, bestätigte Louise und blätterte in ihren Unterlagen. »Hier«, sagte sie und reichte ein Blatt Papier über den Tisch. »Viola Blom, Länsmansgatan acht. Okay?«

Erika Ljung bestätigte den Auftrag mit einem stummen Nicken.

»Ja, und nun zur finanziellen Situation des Opfers. Du hattest dich darum gekümmert, Erika, oder?«, setzte Louise die Besprechung fort und lächelte Erika etwas angestrengt an, die sich jedoch recht schnell davon erholt zu haben schien, dass man ihr Viola Blom aufgebrummt hatte.

»Die Unterlagen sind wahrscheinlich noch nicht ganz vollständig. Mein Ansprechpartner bei der Bank, der Föreningssparbanken im Übrigen, muss noch sicherstellen, ob alle Unterlagen vollständig sind. Im Großen und Ganzen scheint es, dass ihre Einkünfte altersgemäß und somit als durchschnittlich zu bezeichnen sind. Das heißt, dass sie nicht gerade arm war, aber dass sie auch nicht die finanziellen Mittel für größere Ausschweifungen besaß. Was jedoch nach Auskunft des Bankbeamten Rentner selten haben ... Tja, aber das wisst ihr ja selbst«, sagte sie und blätterte in ihren Unterlagen. »Sie hatte zumindest keine größeren Schulden, weder ungedeckte Konten noch sonstiges, außer einem kleineren Kredit von einhundertfünfzigtausend Kronen auf der Wohnung. Sie gehörte also ihr, aber die Nebenkosten waren gering, und sie hatte außerdem schon recht lange dort gewohnt. Soweit wir wissen, gab es keine geheimen Konten außer einem Sparkonto ohne Zinsen mit achtundfünfzigtausend darauf. Keine Aktien oder Fonds. Mit anderen Worten, nichts Aufsehenerregendes.«

Erika führte die Ergebnisse ihrer Nachforschungen weiter aus und berichtete, dass Doris eine langjährige Kundin bei der Bank war und zumindest bei den langjährigen Angestellten bekannt war. Eine feste Kundin, die ihrer Bank seit den Zeiten, als die meisten Geschäfte noch über den Tresen abgewickelt wurden, treu gewesen war.

»Doris Västlund erhielt, das muss ich vielleicht noch hinzufügen, bis vor einem Jahr Unterhalt von ihrem Exmann, von dem sie sich vor über dreißig Jahren hatte scheiden lassen, wenn es nicht sogar noch länger zurückliegt ... Jedenfalls eine Unterhaltszahlung, zu der er bis zu seinem eigenen Tod verpflichtet war. Und der trat im Mai vorigen Jahres ein.«

»Hat er später wieder geheiratet?«, wollte Conny Larsson wissen.

»Ja. Er hinterließ eine Witwe in einer Wohnung auf Kungsholmen. Ich habe mit ihr telefoniert, aber sie hatte kaum Kontakt zu Doris, weder guten noch schlechten. Das Thema Unterhalt schien innerhalb der Familie zu den Akten gelegt. Die Bank des Mannes überwies die Zahlungen automatisch per Einzugsermächtigung, und damit war die Sache erledigt. Die Witwe wies übrigens darauf hin, dass ihre Kinder versorgt seien, da ihr Gatte ein umfangreiches Erbe hinterlassen hat. Und da Doris' Sohn ebenfalls Leibeserbe war, erhielt er auch einen Teil.«

»Und er wird noch mehr bekommen!«, kommentierte Lundin. »Fast eine halbe Million, um genau zu sein.«

»Zum Glück gibt es diese Klausel mit dem Unterhalt für Exfrauen nicht mehr!«, äußerte Benny Grahn.

Erika Ljung schaute ihn fragend an.

»Nein, ich lebe nicht in Scheidung, falls du das meinst«, betonte er und griff nach der Thermoskanne, um Kaffee nachzuschenken.

»Aber all die Scheine in der Schachtel, sind das wirklich ihre?«, hinterfragte Lundin ihren Reichtum. »Kann nicht irgendjemand ganz einfach das Geld bei ihr zu Hause deponiert haben?«

Einen Augenblick lang schwiegen alle.

»Der Sohn, zum Beispiel«, schlug Peter Berg vor, und alle Blicke richteten sich auf ihn.

»Wir wissen einfach nicht genug über ihn«, fand Louise.

»Eigentlich überhaupt nichts«, ergänzte Benny Grahn, und Lundin holte Luft, um etwas zu sagen.

»Aber er kommt ja am Samstag«, kam ihm Louise zuvor. »Wer hat übrigens mit dem Reisebüro gesprochen?«

»Ich«, meldete sich Erika und wedelte mit einer Hand in der Luft, sodass plötzlich der Eindruck entstand, als sei sie die Einzige, die hinsichtlich der Ermittlungen etwas in Bewegung setzte.

Louise sah ein, dass sie sich bemühen musste, die einzelnen Aufgaben gerechter zu verteilen. Daher schlug sie vor: »Dann machst du am besten mit dem Sohn weiter, Erika, und vielleicht kann jemand anders Viola Blom übernehmen.«

»Ja, klar! Ich kann zu ihr hinfahren«, bot sich Peter Berg freiwillig an.

Erika nickte ihm erleichtert zu, und Louise schien zufrieden.

»Da wird aber einiges an Überstunden zusammenkommen. Wofür sammelst du die?«, stichelte Jesper Gren, was Peter Berg wiederum mit einem geheimnisvollen Lächeln beantwortete.

»Du wirst abwägen müssen, ob der Sohn bereits weiß, was vorgefallen ist. Ansonsten überbringst du ihm die Todesnachricht«, fuhr Louise fort, und Erika nickte.

»Und was geschieht mit den Scheinen in dem Karton?«, wollte Peter Berg wissen.

»Sie werden auf Fingerabdrücke untersucht. Oder, Benny?«, fragte Louise nach, woraufhin Benny Grahn nickte. »Schon was gefunden?«

»Massenweise«, entgegnete Technik-Benny. »Aber bisher nichts Verwendbares. Einige Scheine sind recht alt.«

»Danach wird das Geld auf einem Konto deponiert, von wo aus der Nachlassverwalter es verteilen kann. Eigentlich sind wir verpflichtet, darauf zu achten, dass kein Verlust entsteht. Wir müssen das Geld also so hoch wie möglich verzinsen lassen. Wir werden sehen, was die Bank anzubieten hat.«

»Ich werde nie den Fall vergessen, wo sich die Kinder im Wohnzimmer um das Geld und die Sparbücher ihrer toten Mutter gezankt haben, während diese noch auf dem Bett in der Wohnung lag«, erinnerte sich Janne Lundin und nahm ein weiteres Stück vom Mandelzopf.

»Ja, im Zusammenhang mit Geld kommen rasch Emotionen auf«, bemerkte Grahn.

»Und besonders unter Geschwistern«, betonte Erika.

»Aber in diesem Fall gibt es doch gar keine Geschwister«, kommentierte Jesper Gren.

»Doch, die Halbgeschwister in Stockholm«, sagte Conny Larsson, ein groß gewachsener Mann aus Värmland, der neu in der Gruppe war. »Aber ansonsten keine. Hatte das Opfer selbst noch lebende Geschwister?«

Sie schauten einander an.

»Weiß jemand etwas darüber?«, fragte Louise in die Runde. Keiner sagte etwas.

»Dann müssen wir es herausfinden. Jesper!«

Er signalisierte, dass er verstanden hatte, während Louise auffiel, dass ihnen solche Versäumnisse immer wieder unterliefen. Dazu kam, dass sich ihnen oftmals ein Teil der Fakten überhaupt nicht erschloss, während wieder anderes erstaunlich schnell ans Licht kam. Doch insgesamt konnte man sagen, dass die meisten Menschen ein ziemlich vorhersagbares Leben führten.

Es entwickelte sich eine freie Diskussion, die nach einer Weile wieder abebbte und eine spontane Pause entstehen ließ.

»Gibt es noch etwas zu besprechen?«, ergriff Louise die Gelegenheit.

»Merkwürdiger Typ, dieser Sohn«, äußerte Jesper Gren. »Wirkt irgendwie dubios, finde ich zumindest.«

»Er ist vielleicht nicht ganz gesund«, schlug Erika Ljung vor. »Psychisch, meine ich«

»Kann er auch kaum sein, wenn er in den Urlaub fährt, während seine Mutter im Sterben liegt«, meinte Gren.

»Wer weiß?! Nicht alle Menschen lieben ihre Eltern«, sagte Lundin.

»Und nicht alle Eltern sind es wert, geliebt zu werden«, fügte Louise hinzu.

»Vielleicht ist er froh, dass seine Mutter das Zeitliche gesegnet hat, und feiert das auf den Kanarischen Inseln«, schlug Lundin vor, während er den Rest seiner Scheibe Mandelzopf in den Mund schob.

»Oder es handelt sich um etwas ganz anderes«, warf Conny Larsson ein. »Etwas, von dem wir noch gar nichts wissen.«

»Wir werden sehen!«

»Und dieses Mädchen mit den Maiblumen. Wir müssen herausbekommen, wer sie ist«, hob Louise hervor, um wieder zur Tagesordnung zurückzukehren. »Ihr teilt die Aufgabe am besten unter euch auf. Beginnt damit, in den Schulen nachzufragen, vielleicht am besten in der nächstgelegenen, der Valhalla-Schule. Die Kinder verkaufen solche Dinge meist in der näheren Umgebung. Sie begeben sich nur selten in entfernt liegende Gebiete. Vergesst nicht, die Lehrer zu fragen. Wir wissen ja nicht, was das Mädchen gesehen haben könnte, ohne es vielleicht selbst verstanden zu haben. Sie liest mit Sicherheit weder Zeitung, noch schaut sie die Nachrichten im Fernsehen.«

Wieder überkam sie eine Welle der Übelkeit. Allein das Wort »Fernsehen« machte sie nervös. Sie hatte nämlich noch ein Fernsehinterview vor sich.

»Dieser Mann, mit dem Doris Västlund ein Verhältnis hatte. Was ist mit ihm?«, wollte Janne Lundin wissen.

»Stimmt«, sagte Louise, die innerlich schon auf dem Sprung war. »Ich habe seinen Namen von der Inhaberin der

Parfümerie erhalten, in der Doris Västlund vor langer Zeit gearbeitet hat.«

Sie suchte ein weiteres Mal in ihren Unterlagen, während sich die Übelkeit im Takt mit dem Stress bezüglich des Treffens mit dem Fernsehreporter steigerte. Schließlich fand sie das Papier.

»Folke Roos heißt er«, klärte sie Lundin auf. »Vielleicht schaffe ich es, ihn am Wochenende zu kontaktieren.«

Sie schaute auf die Uhr und stellte fest, dass sie die Zusammenkunft beenden musste, auch wenn sie ein diffuses Gefühl beschlich, dass sie etwas Wichtiges übersehen hatte, das aufgrund komplizierter Nachbarschaftsverhältnisse, merkwürdiger Verwandter und einer nicht zu verachtenden Menge Bargeld noch zu sehr in Dunkel gehüllt war.

Und dann natürlich das Opfer selbst, diese fröhliche Frau, die in ihrem kleinen Auto durch die Gegend gefahren und die der Polizei bis dato unbekannt gewesen war, was aufgrund ihres so genannten vollkommen gewöhnlichen Rentnerdaseins und einem relativ guten Ruf nichts Ungewöhnliches darstellte. Das Auto, ein Toyota Starlet, ein Siebenundachtziger-Modell, war übrigens auch untersucht worden, jedoch ohne verwertbare Spuren.

Um gewisse Menschen herum entwickelt sich manchmal eine Art Unruhe, die schwer zu definieren und deshalb auch nicht ganz einfach zu erklären ist. Etwas in der Richtung hatte auch die Frau in der Parfümerie nicht nur beschrieben, sondern ebenso versucht, für Louise nachvollziehbar zu machen. Louise erinnerte sich nicht mehr an den exakten Wortlaut, aber an das, was sie sich selbst dazu notiert hatte: Berg-und-Tal-Bahn. Extreme Stimmungsschwankungen, hatte sie gemutmaßt, und sie wusste nur allzu gut, was das bedeutete. Eine Launenhaftigkeit, die nahezu unmöglich zu beeinflussen war. Mit einigem Druck in der Magengegend musste sie an ihre eigene Mutter und nicht zuletzt an einige Erlebnisse aus ihrer Kindheit denken, die beängstigende Erinnerungen weckten, die sie lieber hätte schlummern lassen.

Doch ihre Mutter war zum Glück mit den Jahren sanfter geworden. Und außerdem konnte sie stets auf ihren weitaus stabileren Vater zurückgreifen.

Vielleicht verhielt es sich ja mit Doris ähnlich? Vielleicht war sie einmal eine äußerlich betrachtet wohl organisierte, jedoch seelisch gestörte Person gewesen, ein richtiges Reibeisen. Oder vermutlich noch schlimmer.

Aber wer hatte in dem Fall eine Abreibung von Doris erhalten? Vielleicht besaß jemand einen Grund, sich aufgrund früherer Ereignisse an ihr zu rächen?

Der Gedanke kam ihr unsinnig und noch dazu stark von ihren eigenen Erfahrungen beeinflusst vor, von denen sie sich nicht ganz frei machen konnte. Doch sie wusste darum, und das machte es für sie selbst leichter erträglich. Und vielleicht erwies sich ihre eigene Verletzlichkeit in diesem Fall nicht nur als Klotz am Bein, sondern bestenfalls sogar als Bereicherung. Vorausgesetzt, dass sie ihre Intuition in Fakten – sprich: Beweismaterial – umwandeln konnte.

Berg und Grahn räumten die Becher zusammen und trugen das Tablett und das Kuchenbrett heraus. Zwei Scheiben von dem Hefezopf mit Mandelfüllung waren übrig geblieben. Doch sie würden nicht mehr lange dort liegen.

Louise verließ den Raum als Letzte, schaltete das Licht aus und stürzte dann förmlich zur Toilette. In sechsunddreißig Minuten würde sie selbst im Rampenlicht stehen. Die Berichterstattung in den Medien war in den vorangegangenen zwei Tagen etwas abgeflaut, aber in den Abendnachrichten des lokalen Fernsehens erwartete man von ihr einige zusammenfassende Worte samt einer deutlichen Bestätigung, dass man vonseiten der Polizei keine weiteren Morde befürchtete. Der Polizei lagen keine Anhaltspunkte darüber vor, dass ein Serienmörder, dessen Spezialität gerade Waschküchen waren, in der Gegend unterwegs war. Sie würde ruhig und geradewegs in die Kamera blicken, wie sie es gelernt hatte. Nicht die Sätze herunterrattern. Je mehr ihr Herz klopfte, desto wichtiger war es, die Nervosität mit einer äußeren Gelassenheit zu überspielen, mit Langsamkeit und wohl bedachten Pausen.

Dann ging sie in ihr Zimmer zurück, legte die Mappe mit den Unterlagen auf den Schreibtisch und zog sich eine weiße Bluse und einen dunklen Rock an. Zuletzt band sie ihren Uniformschlips um.

Nach einer Stunde war alles vorbei. Sie hatte es überlebt, und es war richtig gut gelaufen. Blieb nur noch zu hören, was ihre schärfsten Kritiker, nämlich die eigenen Töchter, sagten. Sie sammelte ihre Sachen zusammen, war zu geschafft, um sich umzuziehen, stieg wie sie war ins Auto und fuhr hinaus auf die Ordningsgatan.

Das Frühlingslicht schien ihr direkt in die Augen und regte sie an, ohne sie aufzuwühlen. Eher milderte es den Druck ab, von unlösbaren Konflikten und Schwierigkeiten verfolgt zu werden. Gefühle, die sie nicht einfach abschalten konnte, Unvollkommenheiten und Streitigkeiten. Die Tatsache, dass Janos ihr eine Geborgenheit vermittelt hatte, die es nicht mehr gab, und dass ein ehemals stabiles Geflecht nun nicht mal mehr aus losen Fäden bestand.

Und dennoch gab es viel, wofür sie dankbar sein konnte, fand Louise. Das Leben. Die Jahreszeiten. Zum Glück war es Frühling. Nichts konnte mit dieser langsam ergrünenden und erblühenden Jahreszeit mithalten.

Aber die Übelkeit. Auch das würde sich regeln. Sie musste letztlich nur einen Eingriff über sich ergehen lassen, den schon unzählige Frauen vor ihr durchgemacht hatten. Und die meisten schienen es überlebt zu haben.

Peter Berg war nicht der Typ, der die Dinge aufschob. Außerdem war sein Leben recht einsam geworden, seitdem er und Sara aufgehört hatten, sich zu treffen. Allein schon deshalb hatte er nichts dagegen, die Zeit mit Arbeit auszufüllen.

Er schnappte sich seine Jacke aus dunkelblauem Segeltuch und ging in Richtung Ausgang, um sich zu Viola Blom zu begeben. Eine verdrießliche alte Dame, wie er verstanden hatte.

Das Gespräch würde wahrscheinlich eine Weile dauern. Vielleicht konnte er sich danach den Feierabend mit einer Trainingseinheit oder einer Laufrunde versüßen und hinterher möglicherweise ein Bier trinken gehen, vielleicht sogar zusammen mit Erika, vorausgesetzt, dass sie von sich hören ließ.

Zwischen ihnen hatte sich ein klares Muster herauskristallisiert. Wenn sie sich in ihrer Freizeit trafen, war es jedes Mal Erika, die die Initiative ergriff. Nur sehr selten meldete er sich bei ihr. Ansonsten war ihr Umgang inzwischen ziemlich unproblematisch. Alter Groll hatte sich aufgelöst, oder wie man nun das Ende ihrer früheren Faszination füreinander nennen sollte – sein Engagement war am Anfang bedeutend größer gewesen als ihres. Davon ging er jedenfalls aus. Sie war sehr hübsch.

Komischerweise veränderte sich der Kontakt zwischen ihnen weder zum Besseren, noch wurde der Umgang leichter, als Berg später anfing, sich mit Sara zu treffen. Eigentlich hätte das der Fall sein müssen, da er den Eindruck gehabt hatte, dass Erika seine Blicke und Träumereien als aufdringlich empfand. Doch als Sara ins Bild kam, schien es, als nähmen die Spannungen zwischen ihnen eher noch zu.

Zwischenmenschliche Verhaltensweisen waren manchmal erstaunlich schwer zu durchblicken. Wie auch immer, im Moment war jedenfalls keiner von beiden mit jemandem zusammen. Jedenfalls nicht, dass er wüsste.

Obwohl sie sich mittlerweile nur als gute Freunde betrachteten und sich letztlich doch ein spontanerer und natürlicherer Umgang eingestellt hatte, war es dennoch so, dass er dastand und wartete. Nicht sie. Er war ständig bereit für den Fall, dass sie ihn anrief.

Und trotzdem hegte er nicht länger Träume, die Erika betrafen, weder sexuelle noch andere. Aber er fühlte sich einsamer, als er sich eingestehen wollte. Den Kontakt zur Kirche hatte er fast vollständig aufgegeben. Sein Vater hatte ihn am Telefon gefragt, wie es denn um die Gemeinde bestellt war, vielleicht wollte er ein wenig Tratsch aus einem anderen Pfarrbezirk als dem eigenen erfahren. Doch Peter Berg hatte sich feige aus der Affäre gezogen. Und während er so mit dem Hörer am Ohr dastand und irgendetwas erzählte, wurde ihm möglicherweise noch klarer, dass er die hohen Erwartungen, die von seiner eigenen Kirche ausgingen und die sein gesamtes Denken und Handeln beeinflussten, nicht länger ertrug. Indirekt stellte man sogar Erwartungen daran, was er nicht tun sollte. Unter anderem wollte man ihn verlobt sehen. Wenigstens das. Man wollte eine gewisse Normalität wahren. Und was das beinhaltete, hatte er recht klar vor Augen.

Sein Auto stand nicht auf dem Parkplatz, sondern auf der Straße, fiel ihm ein. Ludvigson hatte es ausgeliehen und danach irgendwo vor dem Präsidium auf der Straße abgestellt.

Er trat nach draußen in die nach wie vor klare und viel versprechende Frühlingsluft und verspürte für eine Zehntelsekunde eine so starke Wehmut, dass er glaubte umzufallen. War es das, was man Frühjahrsdepression nannte?

Dann entdeckte er jedoch wie durch einen Zufall Astrid Hård auf der anderen Straßenseite. Sie stand mit ihrem Fahrrad dort. Den Helm hatte sie abgenommen und an den Lenker gehängt. Sie sah ihn sofort, schien erwartungsfroh, gespannt.

»Hallo!«, rief er und winkte, woraufhin sie ihr Fahrrad in seine Richtung schob.

»Hallo!«, rief sie zurück und sah erstaunlich verlegen aus.

»Wollten Sie zu uns?«, fragte er sie und nickte zu den Eingangstüren des Polizeigebäudes.

»Na ja. Ich wollte nur mal vorbeischauen.«

»Ja?«

Er steckte seine Hände in die Taschen seiner Jeans.

»Und wie geht's?«

»Geht so«, sagte sie und schaute auf den Asphalt hinunter. »Ziemlich müde.«

»Schlafen Sie immer noch schlecht?«

Sie blieb stumm.

»Manchmal.«

Er nickte und sah gleichzeitig aus dem Augenwinkel, wie

eine alte Frau mit einem gewaltigen Buckel und geschwollenen Beinen sich mithilfe ihres Rollators langsam von einem Taxi zum schräg gegenüberliegenden Eingang des Ärztehauses Slottsstaden auf der anderen Straßenseite bewegte.

»Arbeiten Sie denn ...?«

»Ja, ich gehe zur Arbeit, und das ist auch gut so«, antwortete sie, obwohl sie nicht sehr zufrieden dabei aussah.

Er wusste nicht so genau, was er noch sagen sollte und wie er ihr innerhalb seines Kompetenzbereichs als Kriminalinspektor in einem Mordfall, zu dem sie angehört worden war, weiterhelfen konnte. Erwartete man etwa von ihm, dass er sich um sie kümmerte? Und wie verhielt es sich eigentlich mit diesem Psychologen?

»Haben Sie schon Kontakt zu einem Psychologen oder Seelsorger aufgenommen?«

»Nein ... aber das will ich auch nicht.«

»Ach so«, entgegnete er und betrachtete die schwarzen Buchstaben auf weißem Hintergrund über dem Eingang schräg gegenüber. »Ärztehaus«, las er laut, als sähe er das Schild zum ersten Mal. »Sie können vielleicht dort Hilfe bekommen«, schlug er vor, woraufhin sie sich umdrehte und verständnislos auf Doktor Björk starrte, der in diesem Augenblick mit seinem dünnen, im Wind flatternden Haar und einer großen, schweren Tasche unter dem Arm aus der gläsernen Eingangstür trat.

Jeder im Polizeipräsidium kannte ihn.

»Wer ist dieser Mann?«

»Doktor Björk. Wahrscheinlich ist er gerade unterwegs zu einem Hausbesuch«, mutmaßte Peter Berg.

Er warf einen Blick auf seine Uhr, hatte keine Ahnung, wie er sich der Situation entziehen konnte.

»Ich bin in einem Auftrag unterwegs«, signalisierte er ihr schließlich, traute sich jedoch nicht, sich auf den Weg zu machen.

»Na dann«, erwiderte Astrid Hård und wirkte äußerst unangenehm berührt, wenn nicht sogar verletzt.

»Tschüss, bis bald vielleicht«, rundete er endlich das Gespräch ab, machte ein paar Schritte die Straße entlang und deutete mit dem angehobenen Arm ein Winken an.

Sie schien nicht zu reagieren, jedenfalls nicht, bis er schon fast die halbe Ordningsgatan hinter sich gebracht hatte.

»Ach übrigens!«, hörte er sie rufen. Sie umfasste ihren Lenker und kam mit ihrem Fahrrad wieder zurückgelaufen. »Lackbenzin«, brachte sie hervor und sah ihm erwartungsvoll in die Augen, als hätte sie ihm gerade eine Überraschung in die Hand gedrückt.

»Wie bitte?«

»Es roch nach Lackbenzin.«

Er versuchte sich anzustrengen, ihr einigermaßen folgen zu können.

»Und wo?«

»Im Keller.«

Merkwürdiges Mädel, dachte er im Auto. So einsam war er jedenfalls nicht, dass er auch nur auf die Idee kommen würde, sich mit ihr einzulassen. Sie war nicht hässlich, es war auf keinen Fall ihr Aussehen, das ihn abstieß. Eher musste er wohl zugeben, dass sie ziemlich gut aussah. Besser als er selbst. Jedenfalls war er nicht eingebildet. Aber irgendetwas störte ihn an ihrer Ausstrahlung. Sie war zu energisch. Sie wollte zu viel. Oder was es nun war, das ihn irritierte.

Er parkte ein Stück entfernt. Viola Blom wohnte in einer Eckwohnung des Hauses schräg gegenüber von dem Gebäude, in dem Doris Västlunds Wohnung lag.

Zwei Frauen standen vor einem der Hauseingänge weiter unten und unterhielten sich. Als er an ihnen vorbeiging, würdigten sie ihn nicht einmal eines Blickes, selbstsicher und übermütig, wie sie dort in der neuesten Mode gekleidet standen. Vom Hof hallten Hammerschläge wider, vermutlich aus der Möbelwerkstatt. Ein Vater kam mit jeweils einem Kind an der Hand die Kvarngatan hinauf. Peter Berg wusste nicht, warum ihn ausgerechnet ihr Anblick so stark beeindruckte. Sie wirkten irgendwie innerlich froh. Der Vater beförderte mit einer Kopfbewegung eine Haarsträhne aus seinem Gesicht, sagte etwas und umfasste schließlich liebevoll die Hand des Kleineren, eines Jungen, woraufhin dieser vor Lachen fast erstickte und beinahe umfiel. Das Mädchen an der anderen Hand begann zu springen, von der Freude oder dem Glück des Augenblicks – oder worum es sich handelte – angesteckt.

Diese Dinge sind es, die den Einsamen noch einsamer werden lassen, dachte Berg nicht ohne Bitterkeit und schob die schwere und extrem hohe Eingangstür auf, woraufhin er sich mehr oder weniger von einer kompakten Dunkelheit umgeben sah. Das Treppenhaus war sowohl düster als auch von einem muffigen Geruch erfüllt. Als er wieder einigermaßen die Orientierung gefunden hatte, stieg er über einen Stapel zusammengebundener alter Zeitungen, die vermutlich in den Behälter für Altpapier befördert werden sollten, schritt über abgenutzte, diagonal verlegte graue und weiße Steinplatten, nahm die Treppe nach oben und ließ sich nach ein paar Stufen von der intensiven rosaroten Farbe der Wände faszinieren. Fleischfarben, assoziierte er spontan, und ihm kamen sofort lichtscheue Wirkungsbereiche wie Bordelle, Spielhallen oder Ähnliches in den Sinn. An und für sich hatte er keine großen Erfahrungen im Hinblick auf Bordelle, vor allem keine persönlichen, worauf er gegenüber anderen und nicht zuletzt sich selbst geradezu peinlich genau Wert legte. Zumindest keine anders gearteten Erfahrungen als einige Razzien in der Zeit, als er direkt nach seiner Ausbildung in Stockholm gearbeitet hatte. Den Rest kannte er aus dem Kino.

Er hatte sich vorgenommen, mindestens dreimal zu klingeln. Auf der anderen Seite der Wohnungstür war es totenstill. Hätte er nicht kurz vor Verlassen des Präsidiums bei Viola Blom angerufen, dann würde er sich spätestens jetzt auf die Suche nach dem Hausmeister machen. Alte Damen können jederzeit ins Gras beißen oder zumindest stürzen und irgendwo hilflos auf dem Boden liegen.

Doch Viola Blom lag weder verletzt noch tot in ihrer Wohnung. Es rasselte schließlich hinter dem geflammten Glas. Die zweiflügelige Tür war sehr hübsch, fiel ihm auf. Sie war mit kleinen Sternen verziert, die in das Glas eingraviert waren. Endlich wurde die Tür einen Spaltbreit geöffnet, und Peter Berg erblickte eine nahezu zusammengefallene alte Dame, deren Kleider an ihr herabhingen wie an einer Vogelscheuche. Doch Viola Blom konnte sowohl stehen als auch gehen, und das sogar ziemlich aufrecht, und ihre Gesichtsfarbe war weder gelblich blass, noch wirkte sie so ausgemergelt wie seine krebskranke Großmutter, bevor sie gestorben war.

»Sie sind also Polizist«, begrüßte sie ihn mit einem Blick, der weder misstrauisch noch besonders neugierig war. Als er endlich seinen Ausweis parat hatte, war sie bereits auf dem Weg ins Wohnzimmer, und er folgte ihr artig.

Man konnte auf den ersten Blick erkennen, dass es sich um lange bewohnte Räumlichkeiten mit einer fantastischen Lage über Eck handelte. Die Fenster wiesen in zwei Richtungen, durch die eine warme Nachmittagssonne fiel. Doch sie schienen geradezu hermetisch abgeriegelt, und die staubige, beißende Luft im Raum war so abgestanden, dass man sie nahezu greifen konnte. Über dem Sofa, einem solide gepolsterten, aber nach all den Jahren verschlissenen Möbelstück in braun gemustertem Plüsch, lag ein dickes rosafarbenes Synthetikplaid, das dunkle Fasern und Haare statisch anzuziehen schien. In der einen Ecke war ein mit gestickten Rosen versehenes Zierkissen drapiert, das allerdings aussah, als würde es als Kopfkissen benutzt. Wenn sich der dicke, handgewebte Teppich in einem etwas repräsentativeren Zustand befunden hätte, wäre er in einer Boutique für Secondhandartikel der Renner gewesen. Alte Teakholzmöbel, unter anderem typische Stringregale mit nylonbespannten Metallbügeln aus den Fünfzigern an den Wänden, sowie mehr oder weniger dekorative Gegenstände aus schwerer, dunkler Keramik mit auffälliger, farbenfroher Lasur dominierten den Raum. Die stark geblümte Tapete erschlug den Besucher fast, doch Peter Berg war nicht wegen des Interieurs gekommen.

»Sie wohnen aber schön«, sagte er einleitend.
»Wie bitte?«
»Sie wohnen aber schön«, wiederholte er etwas lauter.
Sie nickte, während er sich an das eine Fenster stellte, das auf die Länsmansgatan wies, die sich in ihrer ganzen Breite, aber auch in der Länge bis zur Rådmansgatan hin unter ihm ausdehnte, wo sie endete. Sogar die Gehwege auf beiden Seiten konnte man einsehen, und vor allem die Einfahrt zum Hof, die der Täter vermutlich auf dem Weg zur Waschküche passiert hatte.
»Ja, es ist ganz schön hier«, antwortete Viola Blom hinter ihm.
Er wandte sich zu ihr um.
»Können Sie mir noch einmal erzählen, was Sie gesehen haben?«
»Die im Krankenhaus hat es gesagt«, begann Frau Blom, doch Peter Berg konnte ihr nicht ganz folgen.
»Wen meinen Sie genau?«
»Die Ärztin.«
»Aha. Können Sie wiedergeben, was genau sie gesagt hat?«
»Sie sagte, dass ich die Polizei anrufen und nicht ins Krankenhaus fahren soll.«
»Und wann waren Sie im Krankenhaus?«
Viola Blom blieb stehen – ihre trüben Augen wurden durch die Brillengläser noch vergrößert – und schaute nachdenklich abwechselnd ihn und die Decke an. Ihre Schultern wölbten sich dabei leicht nach vorn, und der Rücken bekam einen leichten Buckel. Sie hatte gelblich graues Haar, das auf Höhe der Ohren zu einer Art Pagenfrisur gestutzt war.
»Wollen wir uns nicht setzen?«, schlug sie vor.
Sie wählte einen dunkel gebeizten Eichenstuhl mit einem dicken Kissen, von dem Peter Berg annahm, dass sie es vom Pflegedienst erhalten hatte. Die anderen Stühle um den Tisch herum waren nur mit einer einfachen braunen Lederpolsterung versehen.

»Ich habe Angst bekommen«, fuhr sie mit leicht zitternder Stimme fort.

»Sie haben Angst bekommen?«

»Ja. Es fuhren plötzlich ein Krankenwagen und Polizeiautos vor, und dazu liefen jede Menge Leute herum. Und außerdem habe ich gesehen, wie sie jemanden heraustrugen.«

Peter Berg nahm an, dass es sich um die Ereignisse am Freitag vor einer knappen Woche handelte, fand es jedoch ziemlich sinnlos, die Frau nach dem Wochentag oder dem Datum zu fragen.

»Und was dachten Sie da?«

»Dass etwas Gefährliches passiert ist. Ein Mörder vielleicht. Es geschehen ja so viele Morde neuerdings. Jeden Tag, wenn ich den Fernseher einschalte, ist wieder etwas neues Schreckliches geschehen. Früher war das nicht so. Und wenn man alt und einsam ist, bekommt man Angst. Es kann ja jeden Augenblick jemand hereingestürzt kommen und einen einfach niederschlagen.«

Sie blickte sich rasch im Wohnzimmer um. In der Küche tropfte ein Wasserhahn, und eine Wanduhr tickte.

»Sahen Sie den Krankenwagen und die Polizeiautos?«

Sie nickte.

»Sie saßen also dort am Fenster?«, wollte er wissen und zeigte auf einen anderen, bequemeren Stuhl mit hoher Rückenlehne und Armstützen sowie einer gepolsterten Sitzfläche. Der Abnutzung des Sitzes nach zu urteilen, musste es sich um einen Lieblingsplatz handeln.

»Ja. Und da bekam ich Angst, und es begann in diesem Bereich ziemlich zu schmerzen«, führte sie aus und betastete mit der einen Hand vorsichtig ihren Brustkorb. »Und hier«, fügte sie hinzu und legte die stark geäderte Hand flach auf den Bauch. »Ich dachte, dass man ja nie wissen kann, ob es sich nicht um etwas Ernstes handelt.«

»Ja?«

Stille legte sich über die stickige Wohnung. Peter Berg warf erneut einen Blick durch das Fenster und sah, wie die Türen zum Laderaum eines weißen Kastenwagens geöffnet wurden und zwei Personen begannen, einen Sekretär herauszuheben.

»Und was haben Sie dann gemacht?«
»Den Krankenwagen gerufen.«
»Und der kam dann?«
»Ja. Aber ich durfte nicht bleiben.«
»Im Krankenhaus?«
»Nein.«
»Sie haben Sie nicht ins Krankenhaus eingeliefert?«
»Nein. Sie sagten, dass es nichts Schlimmes sei. Ich solle etwas essen und versuchen, mich wieder zu beruhigen.«
»Haben Sie dort erzählt, was Sie gesehen haben?«
Erneute Stille.
»Nein.«
»Was haben Sie dem Krankenhauspersonal denn gesagt?«
»Dass ich Schmerzen habe.«
»Und was hat man daraufhin mit Ihnen gemacht?«
»Nichts.«
»Nichts?«
»Doch. Ich habe ein belegtes Brot bekommen.«
»Und dann mussten Sie wieder nach Hause fahren?«
»Ja, aber ich hatte immer noch Angst. Vielleicht würde derjenige, der es getan hat, auch zu mir nach Hause kommen.«
Ihre Stimme brach.
»Woher wussten Sie eigentlich, was genau geschehen war?«
»Fernsehen«, sagte sie, und Peter Berg erblickte das große Monstrum, auf dem sich eine gewebte Decke mit einer Lampe darauf befand.

»Manchmal ist es gar nicht so gut fernzusehen«, versuchte er das Ganze in einem eher witzigen Tonfall zu kommentieren.
»Das stimmt«, entgegnete sie.
»Kannten Sie sie ...?«
»Doris, meinen Sie?«
»Ja?«
»Wir trafen uns aber nicht mehr.«
Peter Berg spürte sofort die federleichte Pulserhöhung und

das Gefühl, dass die Zeit für einen Moment stillstand, ein Gefühl, das ihn jedes Mal durchströmte, wenn völlig unerwartet neue Aspekte die Ermittlungen bereicherten.

»Ich gehe schon lange nicht mehr nach draußen«, erklärte die spindeldürre Dame, während Peter Berg auffiel, dass sie Viola Blom aus irgendeinem Grund bei ihren letzten Befragungen in der Nachbarschaft übersehen haben mussten.

»Aber die Schmerzen wurden stärker«, wechselte sie wieder das Thema. »Also musste ich am nächsten Tag wieder ins Krankenhaus fahren, und dann durfte ich bleiben. Meine Beine haben mich nicht mehr getragen«, erklärte sie, was ihm schließlich den Grund dafür lieferte, warum man sie nicht befragt hatte. Sie hatte also zur fraglichen Zeit im Krankenhaus gelegen.

»Sie wissen also nicht so viel über Doris?«
»Nein. Aber sie hat immer für alles gesorgt.«
»Ja? In welcher Hinsicht?«
»Sie war sehr genau.«
»Können Sie ein Beispiel geben?«
»Nein.«
»Wofür hat sie gesorgt?«
»Dass jemand kam und ihr half.«
»Und mit was, zum Beispiel?«
Viola Blom verstummte.
»Ich weiß nicht.«
»Mit praktischen Dingen wie Einkaufen oder nahm sie sich auch für andere Verrichtungen Hilfe?«
»Für alles Mögliche. Sie hatte ihre Leute. Mehr will ich dazu nicht sagen. Jetzt ist sie ja tot.«

Ihr Mund verschloss sich. Dünne, blutleere Lippen pressten sich aufeinander. Ihr Blick wich dem des Polizisten aus.

Peter Berg ließ das Thema, das offensichtlich brisant war, fallen. Er würde darauf zurückkommen. Später. So gesehen, waren Polizisten schonungsloser als andere professionelle Gesprächspartner. Sie bissen sich fest, hakten nach und fragten erneut, obwohl sie so manches Mal die Antwort bereits wussten. Zeitangaben und andere Beweismittel längst besaßen. Oftmals wollten sie nur die Wahrheit testen.

»Wie lange waren Sie im Krankenhaus?«, fragte er.

Viola Blom schob ihre Brille hoch, der Rahmen aus durchsichtigem Kunststoff sah aus, als sei er mindestens drei Größen zu groß. Er musste aus einer anderen Zeit stammen, dachte er.

»Eine Nacht wohl«, glaubte sie sich zu erinnern.

»Nur eine Nacht also.«

»Ja. Sie schicken einen immer viel zu früh nach Hause. Früher war das anders ...«

Er ignorierte den Kommentar.

»Wenn wir noch einmal auf den Tag zurückkommen, an dem Sie hier saßen und aus dem Fenster schauten. Der Tag, an dem Doris ...«

Erst wollte er »überfallen wurde« sagen, doch das schien ihm nicht angebracht. Es klang zu stark und bedrohlich und konnte diesem gebrechlichen Geschöpf, das nun nahezu kerzengerade vor ihm auf dem Stuhl saß, möglicherweise den Rest geben.

»Der Tag, an dem Doris niedergeschlagen wurde«, sagte er stattdessen. »Wenn wir also auf diesen Tag zurückkommen. Was haben Sie gesehen, bevor der Krankenwagen eintraf? Sie haben ja mit einem Polizisten am Telefon darüber gesprochen.«

»Ja. Ich saß einfach nur hier«, sagte sie und zeigte auf den Stuhl am Fenster. »Manchmal schaffe ich es nicht aufzustehen, dann bleibe ich einfach sitzen. Schaue hinaus, und manchmal döse ich ein wenig. Und als ich dort saß, sah ich, wie eine Frau mit einem Mädchen kam. Sie gingen in den Hof hinein.«

»Wann ungefähr glauben Sie, war das?«

Die blassblauen Augen blinzelten.

»Das weiß ich nicht.«

»Können Sie sich daran erinnern, ob es vor oder nach dem Mittagessen war?«

»Es war nach dem Essen, denn Anton war bereits da gewesen«, sagte sie und sah plötzlich aus, als hätte sie etwas Falsches gesagt.

»Anton?«

»Mein Junge.«

»Ja. Er kommt immer und besucht mich.«

»Kommt er jeden Tag?«

Ihr Nicken war kaum zu erkennen.

»Wie lange blieb er?«

»Eine Weile. Vielleicht eine halbe Stunde«, antwortete sie vage.

»Sie aßen also zusammen.«

»Ja.«

»Dann kommt er also und kocht das Mittagessen für Sie. Wie nett!«

Seine Vermutungen waren zu voreilig gewesen, denn Viola Blom winkte ab.

»Das Essen bekomme ich fertig geliefert. Ich muss es mir redlich von meiner Rente absparen.«

»Sie sahen die Frau und das Mädchen also nach dem Essen?«

»Ja.«

»War Anton zu dem Zeitpunkt noch bei Ihnen?«

»Nein! Da war er schon fertig mit dem Essen.«

Die Antwort kam kurz und bündig, und dennoch machte sie erneut den Eindruck, als hätte sie ein Geheimnis ausgeplaudert.

»Aha. Er isst also bei Ihnen und geht danach wieder?«

Darauf antwortete sie nicht.

»Wie alt, glauben Sie, könnte das Mädchen gewesen sein?«, nahm er den Faden wieder auf.

»Vielleicht zehn. Oder auch fünfzehn.«

»Ist Ihnen noch etwas aufgefallen? Haben die beiden zum Beispiel etwas in den Händen gehabt? Taschen, Beutel ...?«

»Nein. Sie schoben ein Fahrrad.«

»Was für ein Fahrrad?«

»Ein gewöhnliches Fahrrad. Aber es war eher klein.«

»Ein Kinderfahrrad?«
»Nicht ganz so klein.«
»Ein mittelgroßes Fahrrad? Das des Mädchens vielleicht?«
»Vielleicht.«
»Haben Sie das Mädchen schon einmal zuvor gesehen?«
»Ich weiß nicht. Die Kinder wachsen ja alle so schnell.«
»Ich meine: neulich.«
Sie versank in Gedanken.
»Nein«, sagte sie dann bestimmt. »Aber danach kam sie, also das Mädchen, zurück.«
»Aha!«
»Ja. Ein Mann holte sie ab, legte das Fahrrad ins Auto, und dann fuhren sie weg.«
»Wie viel Zeit war bis dahin vergangen?«
»Ich weiß nicht. Ein paar Stunden vielleicht.«
Er nickte und konnte sich vorstellen, wie sie eingedöst war, geträumt und darüber die Zeit vergessen hatte.
»Können Sie sich daran erinnern, ob es noch hell war, als der Mann das Mädchen abholte?«
»Es war kalt und bewölkt an dem Tag. Es hagelte sogar. Also war der Himmel fast die ganze Zeit über dunkel.«
»Sie hatten nicht zufällig das Radio laufen?«
»Nein, warum?«
»Wenn Sie Radio gehört hätten, würden Sie mir vielleicht sagen können, welches Programm zu dem Zeitpunkt lief.«
Sie starrte geradewegs vor sich hin.
»Aber ich habe kein Radio gehört. Ich schalte das Radio inzwischen nicht mehr ein. Ich höre schlecht, und außerdem berichten sie nur über bedrohliche Dinge.«
»Können Sie noch mehr zu den Vorkommnissen an diesem Tag sagen?«
»Es liefen noch mehr Leute dort herum, die man sonst nicht zu Gesicht bekommt.«
Er blickte sie erneut an, zückte seinen Kugelschreiber und wartete. Es zischte leicht, wenn sie durch die Nase atmete. Aus ihren Nasenlöchern lugten schwarze Haarbüschelchen.

Vielleicht waren sie im Weg. Auch auf ihrem Kinn sprossen einzelne schwarze Barthaare. Sowohl Hände als auch Gesicht der alten Frau waren vereinzelt mit dunklen Pigmentflecken versehen.

»Also«, begann sie nach einer Weile Bedenkzeit. »Eine Frau, eine ziemlich magere, die in den Hof ging ... und nach einer Weile wieder zurückkam.«

»Das klingt interessant.«

»Sie hatte es eilig«, setzte Frau Blom hinzu.

»Woher wissen Sie das?«

»Wie bitte?«

Sie hielt eine Hand hinter ihr Ohr.

»Warum glauben Sie, dass Sie es eilig hatte?«

Sie schaute ihn verwundert an.

»Weil man es sah, natürlich.«

»Ging sie schnell?«

»Ja, und sie war böse.«

Peter Berg nickte. Der Wasserhahn in der Küche tropfte noch immer.

»Dann setzte sie sich ins Auto, woraufhin ein Mann aus dem Wagen sprang und in den Hof ging.«

Peter Berg entschied sich, sie nicht zu unterbrechen, auch wenn es ihm unter den Nägeln brannte. Seine Geduld war bereits einigermaßen strapaziert, und eine träge Müdigkeit machte sich bemerkbar.

»Und er kam dann auch zurück«, fügte sie nach einer Weile hinzu. »Und dann fuhren sie weg. Viel zu schnell. Solche Leute müsste man einsperren. Stellen Sie sich vor, es wären Kinder auf der Straße gewesen. Sie hätten überfahren werden können ... wie furchtbar«, schloss sie mit einem Seufzer und sackte daraufhin zusammen.

»Können Sie sich daran erinnern, wie das Auto aussah? Was für eine Farbe es zum Beispiel hatte?«, fragte Peter Berg ohne größere Hoffnung auf eine ergiebige Antwort.

»Es war ein ganz gewöhnliches Auto«, antwortete sie erwartungsgemäß.

»Es war gewöhnlich, sagten Sie. Ein Pkw?«
»Ja. Und er war auf jeden Fall nicht weiß.«
Nicht weiß, notierte er.
»Sondern er war dunkel ... aber nicht schwarz.«
Auch das notierte Peter Berg in seinen Block.

Er begann sich nach frischer Luft zu sehnen. Er schaute in seinen Notizblock und richtete sich darauf ein aufzubrechen.

»Fällt Ihnen noch mehr dazu ein?«, fragte er.

»Nein«, antwortete sie mit ausgetrockneten Lippen, die an den Zähnen zu kleben schienen.

»Gut«, sagte er, nachdem er noch einmal in seinen Block geschaut hatte. »Wenn ich Sie richtig verstanden habe, kam Ihnen das Mädchen, das Sie eben erwähnt haben, nicht bekannt vor, oder?«

»Nein.«

»Und die andere Person? Die Erwachsene, die mit dem Mädchen zusammen gekommen ist?«

»Sie sieht man jeden Tag. Sie arbeitet irgendetwas in diesem Hof.«

Es begann in seinen Ohren zu klingeln.

»Wissen Sie auch, was sie dort arbeitet?«

»Nicht genau. Ich bin ja lange nicht mehr dort gewesen, aber Anton behauptet, dass irgendein Weibsbild im Hof eine Tischlerei betreibt.«

ACHTES KAPITEL

Freitag, 12. April

Louise Jasinski war im Großen und Ganzen mit allem ins Hintertreffen geraten. Doch das war ihr im Moment egal. Sie trieb sich voran, solange ihre Energie reichte. Es war, als müsse sie ihre Unlust durch Aktivität abschütteln, sie regelrecht von ihrem Körper abstreifen.

Heute endlich nahm sie ihren Termin bei der Bank wahr. Bei ihrer persönlichen Bankbeamtin beziehungsweise Janos' und ihrer gemeinsamen Bankberaterin, einem sehr pflichtbewussten und blassen Geschöpf. Die Frau saß in ihrem ergonomisch korrekt eingestellten Bürostuhl mit dem Flachbildschirm ihres Laptops seitlich neben sich.

»Und Sie werden weiterhin Vollzeit arbeiten?«, fragte sie Louise über ihren Bildschirm hinweg.

»Ja, sicher!«

Diese Tatsache schien allerdings die Lage nicht nennenswert zu verändern. Ohne einen weiteren Kommentar ließ die beflissene Dame ihre Augen wechselweise über die Zifferfolgen auf ihrem Bildschirm und auf den Unterlagen, die Louise mitgebracht hatte, wandern. Die Bankbeamtin war definitiv keine Person, die unmittelbare Wärme ausstrahlte. Möglicherweise nahm ihre Distanziertheit noch zu, weil die ökonomischen Voraussetzungen für einen neuen Kredit nicht die allerbesten waren, auch wenn Louise ein Vollzeitgehalt vorweisen konnte.

»Andere Einkünfte haben Sie nicht?«

»Nein«, antwortete Louise mit einer gewissen Kraftlosigkeit, weil sie die Möglichkeiten, von ihrem Vater Geld zu leihen, nicht genügend erfragt hatte, und es am liebsten auch vermeiden wollte.

Schließlich fiel das Beil.

»Wir können Ihnen den Kredit leider nicht gewähren, um den Sie gebeten haben«, teilte ihr die flachbrüstige Frau mit, gnädigerweise ohne den Kopf in einer mitleidigen Geste schräg zu legen.

Sie hatte ihren Stuhl jetzt vom Bildschirm weg- und zu Louise hingedreht, denn diese schien als Kundin der Bank immerhin einer gewissen persönlichen Aufmerksamkeit würdig.

Das geschmeidige Lächeln, das die Bankbeamtin bei früheren Besuchen Louises aufgeboten hatte, fehlte jetzt völlig. Aber früher waren sie auch zu zweit gewesen, und es hatte noch dazu ein Mann an ihrer Seite gesessen. Nun galten also andere Spielregeln, und es war offensichtlich angebracht, sich daran zu gewöhnen. Die Zukunft lag definitiv in ihren eigenen Händen, auch wenn sie im Augenblick ziemlich leer waren.

Louise hatte nicht vor, sich selbst zu demütigen, indem sie um alternative Möglichkeiten bat und bettelte. Deshalb stand sie auf, schwang ihre Tasche über die Schulter und streckte ihre Hand vor.

»Dann bedanke ich mich recht herzlich«, sagte sie und war auch schon aus dem Raum, bevor die Frau auch nur ihre Hand zurückziehen konnte.

Sie ging schnellen Schrittes und erhobenen Hauptes den Korridor entlang, nahm die Treppe nach unten und fand sich schließlich auf dem Lilla Torget, dem Marktplatz, wieder. Überquerte dann mit aufgestauter Energie – oder eher Aggressivität – den kopfsteingepflasterten Platz, merkte nicht einmal, dass der Marktbetrieb in vollem Gang war und die Farben des Frühlings an den Ständen prangten und selbst die Stimmen der Menschen sanft und leicht klangen, weil die Sonne sie beflügelte. Sie stapfte die leicht ansteigende Östra Torggatan hinauf, passierte nacheinander das Gebäude der Freikirche Filadelfia und das Stadshotellet, das erste Hotel am Platz, und bog in die Ordningsgatan ein. Dort nickte sie Doktor Björk zu – dem so genannten ruhenden Pol und Sinnbild der wahren Menschlichkeit –, der auf seinem Fahrrad in Richtung des Ärztehauses unterwegs war. Schließlich riss sie die gläserne Eingangstür zum Polizeigebäude auf, nickte der Frau an der Rezeption, die Nina Persson vertrat, flüchtig zu, nahm die Treppen nach oben, während sich ein ekelhafter Geschmack in ihrem Mund ausbreitete, warf die Tasche in ihr Zimmer und stürzte zur Toilette. Dachte im Stillen, dass am Montag alles vorbei sein würde. Jedenfalls hatte sie dann ihren Termin für eine medizinische Beratung. Und würde erfahren, ob es sich so verhielt, wie sie vermutete. Konnte einen Abbruch planen. Dieses kühle Wort, trocken wie Zunder, ein Fachterminus, den man nur der Distanz wegen anwendete. Und wenn das schließlich überstanden war, dann würde sie sich um alles andere kümmern. Dann.

Neue Abschlüsse. Sie wollte ihre eigenen Grenzen ausloten, eines nach dem anderen abhaken.

Janos hatte verlangt, dass sie ihn ausbezahlte, wenn sie weiterhin im Reihenhaus wohnen wollte. Er hatte darauf hingewiesen, dass schließlich sie es war, die eine Scheidung anstrebte, was sie natürlich explodieren ließ. Er war es doch, der eine Affäre angefangen hatte, und nicht sie! Und die Mädchen? Waren sie ihm plötzlich völlig egal?

Ein logischer Umkehrschwung, mit dem Janos sie geradezu rasend machte.

Sie musste in Zukunft besser aufpassen.

Ebenso würde sie gezwungen sein, sich allmählich daran zu gewöhnen. Denn wie sie die Dinge, und vor allem das, was man Gerechtigkeit nannte, auch drehte und wendete, sie würde seine Art von Logik nie nachvollziehen können.

Eine angemessene Form der Gerechtigkeit würde sie niemals finden.

Monicas Worte klangen ihr in den Ohren. Ihre Freundin

hatte natürlich Recht, sie konnte das, was Louise im Moment aufgrund ihres eigenen Involviertseins und nicht zuletzt ihrer Verzweiflung nicht zu sehen vermochte, viel besser überblicken. Janos war ihr bester Freund gewesen. Ihr Vertrauter. Aber jetzt verhielt sich anscheinend alles anders. Weiß war plötzlich schwarz geworden. Oder, besser gesagt, rot wie Blut.

Janos wollte von ihrem gemeinsamen Kredit zurücktreten. Mit anderen Worten: ein Verkauf zum marktüblichen Preis, was erfreulicherweise eine höhere Summe bedeutete als die, für die sie das Reihenhaus gemeinsam gekauft hatten. Und das war zehn Jahre her. Üblich wäre es allerdings in einem Fall wie diesem gewesen, seinen Anteil des Kredits zu behalten und Louise in Zukunft für die Betriebskosten aufkommen zu lassen. Kredite wurden selten umgeschrieben, das hatten sowohl der Rechtsanwalt als auch die Bank bestätigt.

Louise leerte den Inhalt ihrer Tasche auf dem Schreibtisch aus, suchte zwischen Papieren und Müll und fand schließlich das lose Blatt, auf dem sie die Telefonnummer von Folke Roos notiert hatte. Sie sah sich gezwungen, ihre Energien anderweitig einzusetzen, um nicht in ein tiefes Loch zu fallen.

Sie wählte seine Nummer und wartete eine halbe Ewigkeit. Schließlich nahm er ab. Er sprach langsam und bedächtig. Sie erklärte, wer sie war und dass sie gerne vorbeikommen würde. Sie war sich nicht ganz sicher, ob die Information bei ihm ankam, aber so wusste sie zumindest, dass er zu Hause war.

Folke Roos wohnte im Marieborgsvägen, relativ dicht am Meer, in einer eingeschossigen Villa mit mindestens ein paar hundert Quadratmetern, wie sie schätzte. Das Haus war über Eck gebaut und besaß eine windgeschützte Terrasse zum Wasser hin. Nicht mal in ihren kühnsten Träumen konnte sie sich vorstellen, so zu wohnen. Sie wusste nicht einmal genau, ob sie es wirklich wollte, denn es war sicherlich mit viel Mühe und enormem Aufwand verbunden, das Anwesen in Schuss zu halten. Doch Folke Roos schien in den letzten Jahren weder besonders viel Mühe noch Aufwand investiert zu haben. Der Garten sah zwar nicht völlig verwildert aus, da er auf eine einzige öde Grasfläche reduziert worden war, die so früh in der Saison noch nicht gemäht werden musste. Aber die gräulich weiße, ziemlich marode Fassade, die mit Unkraut überwucherte Auffahrt und die fadenscheinigen Gardinen, die an den Fenstern hingen, deuteten auf eine schon länger vorherrschende Kraftlosigkeit ihres Besitzers hin. Es handelte sich nicht direkt um Verwahrlosung, aber es ging in die Richtung. Ein mit den Jahren verschwundener Glanz. Louise konnte gut verstehen, dass der Mann dort wohnen bleiben wollte. Sie gehörte nicht zu denjenigen, die meinten, man sollte ältere Menschen in altersgerechte kleine Wohnungen mit pflegeleichtem Fußboden verpflanzen, wenn sie nicht selbst davon überzeugt waren. Man musste eben die Nachteile in Kauf nehmen.

Folke Roos war um die achtzig. Er ging schwerfällig. Was seine geistige Verfassung betraf, schien er jedoch keine größeren Einschränkungen aufzuweisen.

Louise Jasinski brachte ihr Anliegen vor und wurde umgehend durch die Eingangstür aus massiver Eiche hereingebeten. Herr Roos trug eine Hose, die etwas schlaff von seinem Gesäß herabhing, vermutlich war er einmal ein sehr stattlicher Mann gewesen. Ansonsten sah seine Kleidung gepflegt aus. Aus dem Ausschnitt seines gestreiften Oberhemds lugte ein weißes Unterhemd hervor. Darüber trug er eine graue Strickjacke.

»Doris, ja«, sagte er wie zu sich selbst.

Sie durchquerten den recht großen Flur mit weinrot-gold gestreiften Tapeten an den Wänden und setzten sich in die Küche.

Die Küchenschränke waren aus dunklem Holz, die Kacheln in einem matten Grün gehalten. Die gesamte Einrichtung wirkte von ihrer Farbgebung etwas gedämpft und leicht deprimierend, sie war jedoch hochwertig und insgesamt ziemlich luxuriös und sicher einmal sehr teuer gewesen. Louise hätte in einer chronischen Melancholie gelebt, wenn sie tagtäglich ihren Morgenkaffee von diesen düstern Wänden umgeben hätte einnehmen müssen.

»Sie wissen, was Doris passiert ist?«, begann sie vorsichtig, für den Fall, dass die Nachricht ihres Todes den Mann noch nicht erreicht hatte.

Er rückte den Stoff seines Hosenbeins zurecht, strich entlang der tadellosen Bügelfalten, zog ein weißes Taschentuch aus der einen Hosentasche, schnäuzte sich geräuschvoll und steckte es schließlich umständlich wieder zurück.

»Doch, ich weiß«, antwortete er, den Blick auf den Boden gerichtet.

»Wir suchen nach dem Grund für ihre Misshandlung«, erklärte Louise und machte eine Pause. »Wir versuchen herauszufinden, wer sie niedergeschlagen hat. Alle Informationen, die Sie uns zu Doris geben können, sind wichtig.«

Er räusperte sich.

»Tja, was soll ich sagen ...«

»Vielleicht können Sie damit beginnen, wann Sie sie zuletzt getroffen haben?«

»Das war wohl letzte Woche.«

Er hatte einen weichen Dialekt, der klang, als käme er aus dem Norden.

»Aha. Und an welchem Tag?«

Er schwieg.

»Vielleicht ist es nicht so leicht, sich daran zu erinnern«, sagte Louise sanft.

»Es war wohl am selben Tag, als ...«

Eine Stille, bleich wie der Tod, breitete sich aus, in der Louise in einiger Entfernung ein Flugzeug hören konnte.

Sie entschied sich, nicht danach zu fragen, warum er sich nicht bei der Polizei gemeldet hatte.

»Wo trafen Sie sie?«

»Sie kam immer zu mir«, antwortete er. »Und dann sind wir ein Stück mit dem Auto herumgefahren.«

»Wie oft taten Sie das?«

»Das war unterschiedlich.«

»Und sie ist also am Freitag letzter Woche bei Ihnen gewesen?«

Er nickte. Für sein Alter hatte er ungewöhnlich dickes und dichtes Haar, das nach hinten über den Kopf gekämmt war. Ein stilvoller Mann. Sein Gesicht war natürlich von Falten durchzogen, besaß aber Charakter.

»Darf ich fragen, wann Doris Västlund an dem Freitag, als sie zuletzt hier war, wieder gefahren ist?«

»Ich habe wirklich versucht, mich zu erinnern. Eigentlich jeden Tag neu«, antwortete er und schaute hastig zu Louise auf. »Es war nicht gerade angenehm, sich mit diesen Gedanken zu befassen ... Das war es wahrhaftig nicht«, betonte er wie zu sich selbst.

»Das kann ich verstehen.«

Sie fühlte sich plötzlich nicht länger ungeduldig, im Gegenteil. Hier konnte sie im Halbdunkel mit einem einsamen Mann sitzen und reden, der keine schnellen Lösungen vom Leben erwartete. Eine Art Akzeptanz der Langsamkeit, die in dieser schnelllebigen Zeit fast schon wieder modern wirkte. Noch dazu ging es in ihrem Gespräch keinesfalls um sie selbst, im Gegenteil, sie konnte sich ein wenig darin ausruhen.

»Und zu welchem Ergebnis sind Sie gekommen?«

»Es muss um sechzehn Uhr herum gewesen sein, glaube ich. Möglicherweise etwas früher. Sie wollte nach Hause in die Waschküche«, erklärte er, während seine Augen liefen, doch es handelte sich nicht um Tränen. Das Taschentuch kam erneut zum Vorschein.

Louise kramte einen kleinen linierten Spiralblock aus ihrer Jackentasche. Solche Blöcke hatte sie überall herumliegen; in allen Hand- und Jackentaschen, im Handschuhfach, neben dem Telefon, auf ihrem Nachttisch.

»Wie lange haben Sie Doris eigentlich gekannt?«

»Oh, oh, oh, das ist eine lange Geschichte«, antwortete er und klang, als sei diese Geschichte sowohl zu exaltiert als auch zu umfangreich, um sie geradewegs vor einer Polizistin und noch dazu am Küchentisch aus dem Ärmel zu schütteln.

»Lassen Sie mich hören!«, lächelte Louise ihn auffordernd

und mit einer nicht geringen Portion Neugier in der Stimme an.

Erzählen zu dürfen war das, wonach die meisten Menschen sich sehnten. Viel schwerer hingegen war es, jemanden zu finden, der die Zeit und noch dazu genügend Geduld besaß, um zuzuhören.

»Tja, wo soll ich anfangen?«

»Von Beginn an, das ist vielleicht am einfachsten.«

»Wir begegneten uns, als meine Kinder noch klein waren. Ich lebte ja allein. Meine Frau Catherine war verunglückt. Ein Autounfall.«

»Das ist tragisch.«

»Aber es war nicht ihre Schuld! Ein Raser ... ja ... und dann stand ich da mit den Kindern. Sie waren noch nicht so alt, fünf und zehn Jahre. Und dann lernte ich Doris kennen. Sie war eine hübsche Frau«, sagte er und lächelte versonnen angesichts der Erinnerung, woraufhin er seine Zähne entblößte, die noch die eigenen zu sein schienen, ein natürliches, ebenmäßiges Gebiss mit einer dem Alter entsprechenden Verfärbung ins Gelblichgraue.

»Und dann begannen Sie sich regelmäßig zu treffen?«

»Tja, wie soll ich sagen. Erst einmal sahen wir uns nur sporadisch. Sie war ein unglaublich lebensfroher Mensch. Und sie konnte ausgesprochen gut kochen! Außerdem wusste sie, was sich gehört ... Ja, und nach einer Weile zog sie dann zu mir und den Mädchen.«

Sein Bericht stockte plötzlich. Die leicht bläulichen Lippen bewegten sich, er befeuchtete sie mit der Zunge, doch die Fortsetzung blieb aus.

»Darf ich fragen, wie Sie sich kennen lernten?«, versuchte Louise ihn wieder in Gang zu bringen, wobei sie beide Unterarme auf den Küchentisch legte und sich etwas vorbeugte.

Er sah ein wenig verlegen aus.

»Ach, das war gar nicht so außergewöhnlich. Ich habe eine Anzeige in die Zeitung gesetzt.«

»Da kann man mal sehen! Das tun offensichtlich mehr Leute, als man meint. Und es war doch bestimmt auch gut für Ihre Kinder, oder?«

Er schaute sie zweifelnd an, woraufhin sein Blick auf den ziegelsteingemusterten Bodenbelag wanderte.

»Wie Sie wissen, ist es nicht immer leicht.«

»Nein, ganz gewiss nicht«, stimmte sie zu und klang dabei verständnisvoll.

»Das Leben läuft nicht immer so, wie man es sich denkt.«

Nein, weiß Gott nicht, dachte Louise.

»Aber was genau war denn nicht so leicht?«

»Wenn man Kinder hat und eine neue Frau ins Haus kommt ... Es war sehr tragisch, als Catherine starb. Sie war eine sehr umgängliche Person.«

»Und das war Doris nicht, wollten Sie sagen?«

»Ja, wie soll ich es ausdrücken?«

Stille.

»Doris konnte extrem wechselhaft sein«, stellte er schließlich fest.

»In welcher Hinsicht?«

»Ihre Launen. Weder für meine Kinder noch für Doris selbst war es einfach. Meine Töchter fühlten sich überhaupt nicht wohl mit ihr hier zu Hause, und wenn man ehrlich sein soll, war sie, offen gesprochen, manchmal abscheulich, furchtbar launisch, aber vielleicht hing es damit zusammen, dass sie nicht ausgelastet war. Und dann wieder konnte sie einfach wunderbar sein. Damit konnte ich ja noch umgehen, aber die Kinder nicht. Sie waren ja viel mehr mit ihr zusammen als ich, da ich zu der Zeit sehr oft beruflich auf Reisen war. Ich arbeitete die meiste Zeit, und das bereitete mir phasenweise auch ein ziemlich schlechtes Gewissen, aber was soll man machen? Ich hatte ja einen Glasereibetrieb, einen recht großen, wenn ich das mal so sagen darf«, führte er aus und sah dabei genauso stolz aus, wie er klang. »Das Geschäft lief gut, und es fliegen einem ja bekanntlich keine gebratenen Tauben in den Mund, sondern man muss hart dafür arbeiten! Das habe ich schon als kleiner Junge gelernt.«

»Doris hatte aber doch einen Sohn«, warf sie ein.

»Ted, ja. Er war damals schon erwachsen und wohnte nicht mehr zu Hause. Wie es ihm wohl ergangen sein mag?«

Er schaute mit leeren Augen auf den avocadofarbenen Kühlschrank vor sich.

Louise kommentierte seine Frage nicht, schloss aber daraus, dass Folke Roos keinen Kontakt zu ihm pflegte.

»Ich musste schließlich dafür sorgen, dass Doris nach einiger Zeit wieder auszog. Das war nicht ganz leicht«, betonte er jetzt aufgewühlter und in etwas höherem Tonfall; seine Stimme war kurz davor zu brechen, und die Atemfrequenz steigerte sich, als regte er sich angesichts der Erinnerungen eher auf, anstatt wehmütig zu werden.

»Nein, natürlich nicht«, entgegnete Louise und hoffte, dass er sich wieder beruhigen würde.

»Es zog natürlich den reinsten Eklat nach sich.«

Von seinen Lungen ging jetzt ein schwacher Pfeifton aus, rau und beunruhigend.

»In welcher Form?«, fragte sie vorsichtig, da sich seine Gesichtsfarbe zu verdunkeln begann und sie befürchtete, dass er aufgrund dieses Gefühlsausbruchs jeden Moment einen Herzinfarkt oder etwas Ähnliches erleiden könnte.

»Sie brüllte und schrie und ...«

Er unterbrach sich abrupt, schaute erneut zu Boden und keuchte, als er nach seinem Taschentuch griff. Er schnäuzte sich und schien sowohl seinen Körper als auch seine Seele zu sammeln, seine Atemfrequenz regulierte sich allmählich, und er sank etwas zusammen, woraufhin sich seine Gesichtsfarbe wieder normalisierte.

Folke Roos schüttelte den Kopf.

»Hu«, brachte er hervor, wobei er wieder sanfter und nachsichtiger klang. »Das war eine Zeit, die ich nicht noch einmal erleben möchte!«

Wir alle haben wahrscheinlich Zeiten erlebt, die wir kein zweites Mal durchmachen möchten, dachte Louise. Und in genau so einer Phase befinde ich mich im Augenblick.

»Es legte sich also nach einer Weile wieder?«
»Ja.«
»Und das war wohl auch gut so, oder?«
»Ich hatte keine andere Wahl. Doris war wieder allein, ob sie wollte oder nicht, aber wir hatten dennoch immer wieder schöne Erlebnisse miteinander. Sie nahm ihre Arbeit als Kosmetikerin wieder auf, aber nur als Teilzeitkraft. Es war wohl nicht ganz einfach für sie zurechtzukommen. Rein wirtschaftlich gesehen, meine ich.«

Dieser betagte Gentleman hatte Doris auf jeden Fall nicht umgebracht, da war sich Louise sicher. Rein physisch gesehen, war er sowieso kaum in der Lage dazu, er konnte sich ja selbst nur mit Müh und Not fortbewegen. Und wenn er es getan hätte, dann zu einer anderen Zeit.

»Und später hatten Sie dann wieder mehr Freude aneinander?«
»Oh ja! Wenn man älter wird, lassen die Streitereien nach.«
Das klingt beruhigend, dachte sie.
»Aber wir haben uns viele Jahre lang nicht getroffen«, fügte er hinzu. »Es war zu schwierig mit meinen Töchtern, sie mochten sie einfach nicht. Doch einige Zeit später ließ Doris wieder von sich hören, ja, und dann sahen wir uns wieder. In der Zwischenzeit habe ich mich auch ziemlich einsam hier gefühlt. Wir tranken wieder zusammen Kaffee, und sie brachte selbst gebackenes Hefegebäck mit. Sie war eine fantastische Bäckerin«, sagte er, und seine Augen begannen zu leuchten. »Und sie besaß einen Führerschein. Doris hatte ein Auto, sie ist ... ich meine, war ja sowohl jünger als auch agiler als ich. Wir machten lange Ausflüge zusammen.«
»Wie schön!«
»Man wollte ja wenigstens ein bisschen herumkommen.«
»Und nicht zuletzt ein wenig Gesellschaft haben«, setzte Louise hinzu.
»Ja.«
Ihr Blick wanderte zum Fenster. Leider war es nicht möglich hinauszuschauen, die dünnen Stores bedeckten das Fens-

ter, aber wenn man sie zur Seite schieben würde, könnte man mit Sicherheit irgendwo zwischen den Nachbarvillen und den hohen Bäumen das Meer erblicken.

Das Meer, graugrün und aufgewühlt, direkt vor der Haustür. Sie sehnte sich nach draußen. Überlegte, ob sie noch mehr Informationen benötigte, konnte jedoch ihre Gedanken nur schwer zusammenhalten. Schaute in ihren Block. »Berg-und-Tal-Bahn« hatte sie ein weiteres Mal notiert. Doris' inneres Chaos. Musste das noch von weiteren Personen belegt werden? Nein. Konnte das eventuell der Grund dafür sein, dass sie ermordet worden war? Überschießende Gefühle waren immer gefährlich. Hass, Rache, Eifersucht. Warum eigentlich nicht? Man konnte nie wissen, wozu Menschen in der Lage waren, wenn sie in Bedrängnis gerieten. Aber wen konnte Doris dermaßen aufgebracht haben?

Louise erhob sich ebenso wie Folke Roos, der sie nach draußen begleitete. An der offenen Haustür schlug ihr die frische, salzhaltige Luft entgegen. Ihr Gehirn wurde mit einem Schlag wieder wach.

»Ich würde gern noch wissen, wo Ihre Töchter jetzt wohnen.«

»Natürlich, sie wohnen in der Stadt«, antwortete er.

»Wäre es möglich, mit ihnen Kontakt aufzunehmen?«

»Natürlich«, entgegnete er.

Im Auto kam die Einsamkeit über Louise. Diese beiden Seelen hatten sich wiedergefunden, um sich gemeinsam ihren Lebensabend zu vergolden. Und das war wohl auch gut so. Folke Roos' Tage würden sich nun wohl noch länger und unausgefüllter gestalten, doch darauf war er nicht weiter eingegangen. Man wird sich wahrscheinlich auch daran gewöhnen, dachte sie und bog in Richtung der Bucht Havslättsbadet ab, um die Wellen zu sehen.

Ohne es eigentlich geplant zu haben, auch wenn die Sehnsucht bereits unterschwellig vorhanden gewesen sein musste, stand sie plötzlich mit dem Auto neben dem gelb angestrichenen Café am Wasser, das noch für ein paar weitere Monate geschlossen sein würde.

Die Übelkeit schien sich für eine Weile gelegt zu haben. Sie stieg aus und spürte den kühlen Wind, der stark nach Tang roch, welcher sich in dunklen Flecken entlang der Wasserlinie auf dem Strand ausbreitete. Vor Beginn der Badesaison würde der Strand gereinigt werden, der Sand würde durch die Wärme weicher und das Gras trocken werden, bis es unter den Füßen knisterte. Hoffentlich würde in diesem Jahr nicht wieder eine Kolonie von Kanadagänsen landen und die ganze Bucht mit ihrem Kot verschmutzen.

Sie spazierte langsam über die Grasfläche, die noch nicht zu wachsen begonnen hatte und stellenweise von Büscheln mit Großem Wegerich verdrängt worden war, der sich durch die feste Erdkrume gekämpft hatte. An der Wasserkante hielt sie inne. Der Wind fuhr durch den Stoff ihres Pullis. Sie knöpfte ihre Jacke zu. Blieb stehen.

Sie schaute geradewegs aufs Meer. Dem Horizont, der unendlichen Linie um den Erdball entgegen. Schaute zum Himmel, in die Sonnenstrahlen, die im Wasser glänzten, sich brachen und ihr direkt in die Augen fielen und die Pupillen dazu zwangen, sich zu verengen.

Sie blinzelte, als die Tränen sachte hinabrannen.

Viktoria merkte, wie sich die Lehrerin neben sie stellte. Sie roch nach Handcreme.

»Wach auf«, flüsterte sie mit freundlicher Stimme und berührte leicht ihre Schulter. »Du bist ja eine richtige kleine Träumerin geworden, Viktoria!«

Die Lehrerin schaute sie mit einem Blick an, den Viktoria nicht richtig deuten konnte. Sie nahm folgsam ihren Stift in die Hand, kaute ein wenig auf ihm herum und begann, die Zahlen aus dem Mathebuch abzuschreiben. Die Lehrerin strich ihr leicht über den Kopf, bevor sie zum nächsten Tisch ging.

Die Zahlen standen ordentlich untereinander aufgereiht im

Rechenbuch, aber als sie versuchte, die Aufgaben auszurechnen, fühlte sie sich völlig leer im Kopf. Eine ganze Reihe von Ziffern sollte miteinander multipliziert werden, und noch dazu hohe Zahlen, eine nach der anderen. Drei mal vier oder vier mal drei wusste sie ja noch, aber als sie zu den höheren Tabellen kam, wurde es schon komplizierter. Sieben mal acht war genauso schwer wie acht mal sieben, wenn nicht noch schwerer, auch wenn letztlich dasselbe herauskam, so viel hatte sie schon begriffen. Aber bei dieser Aufgabe musste sie wohl raten. Manchmal hatte sie dabei Glück. Sie notierte eine Vier und eine Neun, neunundvierzig, spürte jedoch sofort, dass das nicht stimmte. Aber besser konnte sie es eben nicht. Sie bekam es einfach nicht heraus, und um Hilfe bitten wollte sie nicht. Es war ihr unangenehm, es immerzu tun zu müssen. Und das große Einmaleins konnte sie deswegen auch nicht besser.

Lina war ziemlich gut in der Schule. Man sollte es nicht glauben, denn sie sah nicht gerade wie eine Streberin aus, sie war weder mager, noch trug sie eine Brille. Nicht wie Helga, die Klassenbeste, die einen Papa hatte, der alles wusste und einen besonders anspruchsvollen Posten in irgendeinem Unternehmen bekleidete.

Lina hingegen hatte abgekaute Fingernägel mit abgeplatztem Nagellack in Knallrosa und noch dazu strähniges Haar. Aber sie war supernett und half Viktoria oft, wenn diese Hilfe benötigte. Und außerdem waren sie beste Freundinnen. Man musste sich seine beste Freundin gut aussuchen. Es war auch deswegen besonders gut, dass sie beide zusammenhielten, weil es nicht so viele in der Klasse gab, unter denen man wählen konnte. Und die mit ihnen zusammen sein wollten.

Lina merkte oftmals, wann sie Viktoria anstupsen und ihr unter die Arme greifen musste, aber heute schien es, als ob nicht einmal das helfen würde, da Viktoria kaum ihren Stift halten konnte. Obwohl sie heute Mittag etwas gegessen hatte. Daran konnte es also nicht liegen. Spaghetti mit Hackfleischsoße. Das Lieblingsgericht aller Kinder auf der ganzen Schule.

Obwohl die Spaghetti heute klebrig waren. Aber der Ketchup schmeckte wie immer prima.

Lina machte kein großes Aufheben und schrieb die Zahlen einfach herunter, sobald sie sie ausgerechnet hatte. Lina brauchte anscheinend überhaupt nicht nachzudenken, und es kam Viktoria vor, als sei alles von selber richtig und genauso makellos, wie sie es selbst gern gekonnt hätte. Lina war ein ganzes Mathebuch weiter als Viktoria, allerdings musste man dazusagen, dass sie weiter war als die meisten in der Klasse, sogar noch vor Fred und Helga, deshalb konnte Lina sich manchmal auch ein bisschen ausruhen oder in Viktorias Heft schauen und sehen, wie sie sich mit den Zahlen abrackerte, und ihr helfen.

Aber heute erklärte Lina ihr nicht, wie sie es machen sollte. Ließ sie einfach gewähren. Sie musste sich also allein um ihre Rechenaufgaben kümmern und selber überlegen, während sie auf ihrem Stift herumkaute, der an und für sich recht gut schmeckte.

Das war auch nicht weiter schlimm, denn sie kam sich irgendwie so unwirklich vor, als sei sie nicht ganz da, nicht richtig wach. Und außerdem spielte es auch keine so große Rolle, wie es nun um ihre Aufgaben stand.

Jedenfalls hatte sie Lina mehrfach erzählen müssen, wie es im Krankenhaus war. Sie hatten sie nun doch nicht operiert, zum Glück war sie von selbst wieder gesund geworden, aber um ein Haar hätten sie es getan. Die Vorstellung allein war schon schauderhaft und schrecklich genug, aber sie war froh, drum herumgekommen zu sein.

Also konnte sie schon am nächsten Tag wieder nach Hause. Gunnar und Mama waren gekommen, um sie abzuholen, und der Doktor, also der süße mit den lockigen Haaren, sagte, dass sie sich ein wenig ausruhen und es langsam angehen lassen und erst dann wieder zur Schule gehen solle, wenn ihr danach sei. Wenn sie reif dafür sei, sagte er wörtlich, obwohl es gar nicht so leicht war zu wissen, wann das sein würde.

Die andere Ärztin hatte sich ebenfalls mit ihr unterhalten,

doch das war, bevor Mama und Gunnar kamen, nämlich ganz früh. Sie setzte sich auf die Bettkante und fragte, wie es ihr im Allgemeinen ging. In der Schule, mit ihren Freunden und dergleichen. Viktoria antwortete, dass alles so weit in Ordnung sei, und erzählte ihr dann, dass sie die beste Freundin der Welt hätte. Lina war natürlich glücklich, als Viktoria ihr wiederum anvertraute, dass sie so mit ihr geprahlt hatte.

Aber ihr war es zu langweilig gewesen, sich zu Hause auszuruhen, sie konnte genauso gut zur Schule gehen. Außerdem würde sie sowieso nicht ihre Ruhe haben. Jedenfalls nicht den ganzen Tag. Also fühlte sie sich fast umgehend wieder reif für die Schule.

Im Krankenhaus war es recht eintönig gewesen, da sie allein in einem großen Zimmer lag. Sie hatten ihr einen Fernseher hereingeschoben und einen Stapel mit Comics sowie einigen ziemlich kindischen Büchern. Und die Hefte mit Bamse hatte sie ja bereits zu Hause gelesen. Also lag sie dort völlig allein und starrte vor sich hin, denn Mama musste wieder fahren, weil irgendjemand auf der Arbeit etwas von ihr wollte. Oder was sie nun gesagt hatte.

Schätzungsweise aber wollte sie zu Gunnar, dachte Viktoria. Mama war so froh und regelrecht überdreht, weil Gunnar wieder von sich hatte hören lassen, dass sie es wahrscheinlich nicht wagte, ihn aus den Augen zu lassen. Und sie selbst konnte genauso gut allein im Krankenhaus liegen, zu Hause wäre sie doch nur mit Gunnar allein gewesen.

Sie hatte Lina außerdem noch erzählt, dass man ihr Nadeln in die Haut gestochen hatte. Das mit den Nadeln fand Lina am aufregendsten, und sie ließ es sich wieder und wieder berichten.

Die Lehrerin hatte es nicht kommentiert, als sie ihr das Geld von dem Verkauf ihrer Maiblumen überreichte. Weder lobte sie sie, noch hob sie anderweitig hervor, dass sie es besonders gut gemacht hätte. Aber das war auch nicht weiter schlimm, obwohl sie doch ein wenig gehofft hatte, dass Lina und sie am meisten verkauft hätten.

Und Viktoria hatte außerdem nicht alle ihre Maiblumen selbst verkaufen können, da sie ja zwischenzeitlich ins Krankenhaus gekommen war. Lina war so freundlich gewesen, ihre restlichen Blumen zu übernehmen, und sie war sie auf wunderliche Weise auch losgeworden. Ihre Mama und ihr Papa hatten sie auf jeden Fall nicht gekauft, denn sie besaßen nicht viel Geld, das wusste Viktoria. Nur Schulden und viele Kinder, pflegte Linas Papa scherzhaft zu sagen. Und das stimmte auch. Aber Viktoria hätte tausendmal lieber eine Familie mit hohen Schulden und vielen Kindern gehabt als eine kleine Familie und Gunnar.

Der Schultag wollte nicht vergehen. Er zog sich hin wie ein altes Kaugummi ohne Geschmack. Es schien ihr, als würde er niemals enden. Obwohl draußen die Sonne schien und sie ihre neue Jacke trug und zumindest zwei aus ihrer Klasse, Carita und Elinor, gesagt hatten, dass sie fesch sei.

Schließlich neigte sich auch die letzte Stunde ihrem Ende zu.

Viktoria und Lina gingen gemeinsam über den Schulhof, aber Viktoria war so müde und desorientiert, dass sie kaum ein Wort über die Lippen brachte. Schweren Schrittes setzte sie einen Fuß vor den anderen. Bemühte sich. Kämpfte. Sah sich selbst aus der Vogelperspektive ihre Füße anheben, Schritt für Schritt vorwärts stiefeln. Sich auf dem Kies zum Fahrradständer schleppen wie eine mechanisch aufgezogene Puppe.

Lina schloss ihr Fahrrad auf, hängte sich den Rucksack um und drückte ihren Helm auf den Kopf. Viktoria stand einfach nur da. Sie sehnte sich nach ihrem Fahrrad. Doch die Pedale ließen sich immer noch nicht bewegen. Mama hatte ihr versprochen, es zur Reparatur zu bringen, doch daraus war noch nichts geworden, und wie sie ihre Mutter kannte, würde daraus auch nicht so schnell etwas werden. Also musste sie es wohl selber wegbringen. Aber das Fahrrad war schwer zu schieben, weil sich das Hinterrad verklemmt hatte, und der Weg zu Brinks Fahrradwerkstatt war weit. Und schließlich müsste sie den ganzen langen Weg wieder zurücklaufen, was ihr wie eine Ewigkeit vorkam. Gunnar besaß zwar ein Auto, doch er war der Letzte, den sie bitten wollte.

Lina setzte sich auf ihr Fahrrad und fuhr los. Natürlich sagte sie vorher tschüss, aber sie musste sich beeilen, da sie einen Termin hatte.

Drei große Jungen aus der Klasse über ihr überholten Viktoria mit ihren Fahrrädern, während sie langsam ihren Heimweg antrat. Keiner von ihnen machte sich über sie lustig. Einer hatte einen Fußball auf seinen Gepäckträger geklemmt, und sie brausten in Richtung Fußballplatz davon, während sie sich lautstark Witze erzählten. Es staubte regelrecht, als sie an ihr vorbeipreschten.

Ihre Schule lag mitten in einem Park. Die Bäume ringsum waren hoch und wiegten sich im Wind. Sobald man die Straße erreichte, lag die Bibliothek gleich auf der anderen Seite. Viktoria überlegte, ob sie hineingehen und ein wenig lesen sollte, fühlte sich aber so schlapp, dass sie befürchtete, hinterher den Heimweg nicht mehr zu schaffen. Schaffen oder nicht schaffen, sie hätte ihn wohl in jedem Fall irgendwie bewältigt. Genau wie die Kinder, die damals barfuß durch den Schnee gingen. Aber es hätte sie doch einige Anstrengung gekostet. Also wählte sie die andere Richtung und bog in die Kikebogatan ab und ging ihren gewohnten Weg.

Und das war auch gut so, dachte sie. Sie war noch nicht weit gekommen, als plötzlich etwas Lustiges passierte. Ein weißer Kastenwagen stand mit geöffneten Hintertüren am Straßenrand geparkt, und eine ihr wohl bekannte Person war gerade dabei, einige Stühle einzuladen.

Es war Rita Olsson. Ob Rita mich wohl wiedererkennen wird?, dachte Viktoria genau in dem Augenblick, als Rita Olsson sich umschaute und sie erblickte. Sie wirkte sowohl verwundert als auch froh.

»Nein, was für eine Überraschung!«, rief sie aus.

»Ja«, stimmte Viktoria etwas geniert zu.

»Was machst du denn hier?«

»Ich bin auf dem Nachhauseweg«, antwortete Viktoria.
»Aha. Und wo hast du dein Fahrrad?«
»Das ist kaputt«, erklärte Viktoria und sah auf ihre Schuhe.

Rita Olsson schloss die Türen, während Viktoria stehen blieb, als sei sie auf dem Asphalt festgewachsen. Ein Auto fuhr an ihnen vorbei, ansonsten war es ruhig auf der Straße. Hier standen zum größten Teil Wohnhäuser. Auf der anderen Straßenseite führte eine Frau ihren Hund aus. Der Hund war dick und hatte kurze Beine.

»Es ist ganz schön weit bis zu dir«, sagte Rita Olsson. »Du wohnst doch im Solvägen, ist es nicht so?«

»Ja«, antwortete Viktoria.

Weit – das kam darauf an. Heute kam es ihr jedenfalls endlos vor.

»Dann spring doch rein, ich fahre dich«, schlug Rita Olsson lächelnd vor, setzte sich hinters Steuer und öffnete die Beifahrertür.

Viktoria dachte, dass sie manchmal doch Glück hatte. Absolutes Glück.

»Das Ganze ist ja fast ein bisschen lächerlich. Regelrecht pathetisch, mit Faschingsmasken und einer halben Million in einem Karton, und was weiß ich noch alles«, gab Erika Ljung leicht genervt von sich, bevor sie in einen knallroten Apfel biss. »Ziemlich einfältig, finde ich.«

»Was ist das für eine Sorte?«, wollte Peter Berg wissen und schaute dabei gierig auf das Obst.

»Keine Ahnung.«

»Ingrid Marie«, klärte Lundin ihn auf, während er die rote Schale inspizierte.

Er saß auf seinem Stuhl und hatte die Beine so bequem von sich gestreckt, dass es aussah, als wollte er jemandem ein Bein stellen.

»Vielleicht eher dramatisch als lächerlich oder pathetisch«, stellte er dann klar.

»Wie bitte?«, fragte Erika nach.

»Ich meine, dass die Requisiten in diesem Fall mehr an Theater erinnern und weniger als lächerlich oder pathetisch zu bezeichnen sind.«

»Sei nicht so spitzfindig«, entgegnete Erika sauer. »Du weißt genau, was ich meine!«

»Man denke zum Beispiel an das achtzehnte Jahrhundert, an den Mord an Gustav III.«, führte Lundin weiter aus.

»Anckarström«, ergänzte Peter Berg.

»Genau!«, stimmte ihm Lundin zu und schnalzte mit den Fingern. »Der Kostümball.«

»Nur dass Kjell E. Johansson auf einer bedeutend bescheideneren Veranstaltung war«, meinte Erika.

»Stimmt.«

Sie saßen in Louises Zimmer. Sie selbst war gerade auf die Toilette gegangen, wohin sie in den letzten Tagen andauernd lief. Außerdem war keinem entgangen, dass sie ziemlich grünlich um die Nase herum aussah. Aber keiner, absolut keiner würde auf den Gedanken kommen, sie zu fragen, was mit ihr los sei. Es schien, als trauten sie sich nicht einmal, darüber zu tuscheln. Dass sie in Scheidung lebte, wussten alle. Das hatte sie zumindest an die Oberfläche dringen lassen.

»Wo ist eigentlich Ludvigson?«, wollte Lundin wissen.

»Er hat frei«, antwortete Erika.

»Und was ist mit den Blutspuren, die außer Johanssons noch auf der weißen Maske gefunden wurden?«, fragte Peter Berg, der mit breit gegrätschten Beinen in männlicher Manier dasaß.

Lundin wandte sich im Raum um.

»Weiß jemand etwas darüber?«

Alle schüttelten den Kopf.

»Im Labor haben sie jedenfalls keine Übereinstimmungen mit Abdrücken aus dem Register gefunden«, klärte Lundin sie auf. »Sonst hätte man uns schon unterrichtet.«

»Das unidentifizierte Blut auf Johanssons Maske kann aber auf keinen Fall aus der Waschküche stammen«, wandte Berg ein.

»Nein. Eher aus dem Vergnügungspark. War jemand von euch in der letzten Zeit eigentlich mal dort gewesen?«, wollte Erika wissen.

Lundin schaute sie schräg von der Seite an.

»Was denkst du eigentlich von uns?«

»Was weiß ich, was du in deiner Freizeit unternimmst.«

»Was meint ihr? Wir können doch ein bisschen herumfantasieren«, schlug Peter Berg vor, um das Ratespiel in Gang zu bringen.

Lundin fuhr sich mit der Hand über das Gesicht.

»Dieses Geld macht mich noch fertig.«

Peter Berg schaute ihn an.

»Tatsächlich?«

»Ja. Ich glaube, dass der Mord in irgendeiner Weise damit zu tun hat«, sagte er. »Aber es gab weder einen Einbruch noch einen Raub. Das Geld aus dem Karton ist ja nicht weggekommen. Der Täter schien nicht kaltblütig genug gewesen zu sein, die Schlüssel an sich zu nehmen und in aller Ruhe vom Keller in die Wohnung des Opfers hochzugehen und dort die Schachtel an sich zu nehmen. Dann hätte nämlich keiner wissen können, dass sie verschwunden ist.«

»Woher willst du das wissen?«

»So oder ähnlich könnte man sich doch das Szenario vorstellen, oder?«

»Aber er hätte in jedem Fall eine Menge Spuren hinterlassen«, merkte Peter Berg genau in dem Moment an, als Louise in die Tür trat und sich auf ihren Schreibtischstuhl setzte, den sie ihr freigehalten hatten.

»Worüber sprecht ihr?«, fragte sie sofort.

»Wir machen Brainstorming. Das war ja der Grund für unsere Zusammenkunft«, erklärte Lundin und vermied dabei, in ihr bleiches Gesicht zu schauen. »Wir ... oder jedenfalls ich glaube nicht, dass es sich um einen Psychopathen handelt, der in erster Linie auf Geld aus war. Jedenfalls nicht auf das aus dem Karton. Möglicherweise auf das aus ihrem Portemonnaie. Denn das ist ja wohl weggekommen. Also eher ein Stümper, den die Panik übermannt hat. Vielleicht sogar ein Halbwüchsiger. Wenn jemand es auf die halbe Million abgesehen hätte, würde derjenige seinen Einbruch in die Wohnung eher fein säuberlich geplant und vorsichtig den Karton vom Schrank gehoben haben. Und hätte nicht vorher wie ein Verrückter um sich geschlagen und dabei den ganzen Keller eingesaut.«

»Der einzige Verhörte, der sich, theoretisch gesehen, relativ leicht einen Zugang zur Wohnung hätte verschaffen können, ist nach wie vor Kjell E.«, rief sich Peter Berg in Erinnerung.

»Nur merkwürdig, dass er das Geld nicht an sich genommen hat«, entgegnete Erika.

»Doris Västlund setzte vielleicht so großes Vertrauen in ihn, dass sie ihm sogar einen Schlüssel überlassen hat«, schlug Peter Berg vor.

»In dem Fall ist es ja noch unverständlicher, dass der Karton noch da ist«, konterte Erika.

»Er scheint ein Händchen für Frauen zu haben, der gute Johansson. Wie seltsam uns das auch erscheinen mag«, warf Lundin ein.

Erika und Louise wechselten einen Blick.

»Er besitzt eben eine gewisse Ausstrahlung«, zog ihn Louise auf.

»Frauen sind schon merkwürdig«, entgegnete Lundin.

»Ja, manchmal sind wir das. Heiraten zum Beispiel die völlig falschen Typen.«

Alle zuckten zusammen. Man hätte eine Stecknadel fallen hören können.

»Okay. Wie könnte das Motiv lauten?«, nahm Louise schließlich den Faden wieder auf.

»Extreme Emotionen«, schlug Erika vor.

»Begründung?«, wollte Louise wissen.

»Doris' Charakter.«

Louise nickte.

»Der Meinung bin ich auch.«

»Ich auch«, schloss sich Peter Berg an. »Das mit ihrem Sohn erscheint mir wirklich suspekt.«

»Ich bin übrigens heute bei Folke Roos gewesen. Ein achtzigjähriger, ziemlich taktvoller Gentleman, der früher einmal eine Glaserei betrieben hat«, berichtete Louise.

»Das muss Roos im Industriegebiet West sein«, bemerkte Lundin. »Beziehungsweise sein Nachfolger oder eines seiner Kinder, das den Betrieb übernommen hat.«

»Ich weiß es, ehrlich gesagt, gar nicht so genau«, gab Louise zu und sah zweifellos aus, als hätte sie etwas vergessen. »Verdammt! Ich hätte ihn danach fragen müssen. Aber das werde ich leicht herausbekommen. In dem Fall müsste es der Schwiegersohn sein. Folke Roos hat nur zwei Töchter.«

»Warum sollte nicht auch eine Frau eine Glaserei betreiben können?«, hakte Lundin nach.

Louise wirkte einen Moment lang verdutzt und blickte stumm an die Wand, während sie gleichzeitig ihren Haaransatz unter dem Pony mit kleinen kreisförmigen Bewegungen massierte.

»Folke hat, kurz nachdem er Witwer geworden war, einige Jahre lang mit Doris zusammengelebt«, berichtete sie und erzählte dann von der Trennung und dass sie wegen der Kinder nötig geworden sei, weil sie sich nicht mit ihrer Stiefmutter, welch schreckliches Wort, verstanden.

Louise berichtete weiter, dass der Kontakt zwischen Folke Roos und Doris nach ihrem Auszug erst einmal abebbte, später aber wieder aufgenommen wurde und dass ihm ihre Gesellschaft gut tat. Dennoch bezeichnete er Doris unter anderem auch als hitzig und launisch, was die Inhaberin der Parfümerie ebenfalls bestätigt hatte.

»Aber das Geld«, beharrte Peter Berg. »Vielleicht hat sie Folke geholfen, einen Teil seiner Steuern dem Finanzamt vorzuenthalten?«

»Nicht ganz unwahrscheinlich.«

Louise notierte es. Im selben Augenblick betrat Jesper Gren den Raum.

»Ich wollte nur mitteilen, dass von den Geschwistern des Opfers keines mehr lebt. Sie sind bereits gestorben. Alle vier«, erklärte Gren.

Gespannte Stille.

»Anzunehmenderweise eines natürlichen Todes. Sie waren alle älter als Doris. Niemand von ihnen starb jünger als mit siebzig Jahren.«

Der Abend verlief ruhig, sogar so bedrohlich still, dass Louise befürchtete zusammenzuklappen. Dabei hatte sie jedoch nicht bedacht, dass in einem Haushalt mit Schulkindern ziemlich oft das Telefon klingelt. Jedes Mal, wenn sie den Hörer abnahm und die Anruferin mit sanfter Stimme darüber aufklärte, dass die Mädchen nicht zu Hause waren, stieg ihre Irritation. Doch gleichzeitig fand sie Trost darin, dass ihre Töchter es gut hatten, dass sie sich nicht ausgestoßen fühlten, nicht gemobbt wurden oder gar einsam waren. Sie entschied sich dagegen, den Stecker herauszuziehen, weil sie erreichbar sein wollte, und sie zog die vielen Anrufe der Unkenntnis darüber, ob den Kindern etwas zugestoßen sein könnte, durchaus vor.

Hauptsächlich jedoch wollte sie dienstlich erreichbar sein, falls nun entgegen ihrer Vermutung etwas Ungewöhnliches eintreten sollte. Ihr Handy hatte sie in der Schreibtischschublade in ihrem Dienstraum im Präsidium vergessen. Sie wurde den Eindruck nicht los, dass ihr Erinnerungsvermögen einer Batterie glich, der der Saft ausgegangen war.

Die Ermittlungen hatten sie übers Wochenende auf Eis gelegt, da sich schon genügend Überstunden angesammelt hatten. Einzig Peter Berg würde Dienst schieben; er hatte versprochen, Ted Västlund am Samstag abzufangen, wenn er von seinem Urlaub auf den Kanarischen Inseln zurückkam. Falls er nun tatsächlich auftauchte.

Rastlosigkeit machte sich in ihr breit. Sie konnte nur schwer allein sein, ohne beschäftigt zu sein.

Sie schlug die Zeitung auf, blätterte sie am Küchentisch stehend hektisch durch und riss dabei die Seiten beinahe heraus. Erblickte die Überschrift »Allein erziehende Mütter ökonomisch gesehen benachteiligt« und vertiefte sich in den Text, der wie für sie geschrieben zu sein schien.

Dort stand, dass man, unabhängig davon, welcher sozialen Schicht man angehörte, als allein erziehender Elternteil immer einen Abstieg auf der sozialen Schiene vollzog. Und sie zweifelte keinen Augenblick an dem Wahrheitsgehalt dieser Aussage, auch wenn es ihr einen Stich versetzte, diese Tatsache anzuerkennen.

Gierig studierte sie die Zeilen: »Kaufen Sie Lebensmittel und Kleidung möglichst im Angebot. Verzichten Sie erst einmal auf eine Altersvorsorge. Die Zeit, in der die Kinder noch zu Hause leben, gehört zu der zehrendsten. Leben Sie im Hier und Jetzt, an Ihre Altersvorsorge können Sie später denken. Trauen Sie sich, um Hilfe zu bitten. Denken Sie positiv. Denn sobald Sie sich als Opfer betrachten, geraten Sie in eine Spirale, in der die Unannehmlichkeiten nur noch zunehmen.«

Nein! Sich als Opfer zu sehen war das Letzte, was sie wollte.

Sie legte die Zeitung zur Seite und ging ans klingelnde Telefon. Es war wieder einmal nicht für sie. Natürlich nicht.

Louise hatte eine Kiste Rotwein gekauft und sie in den Flur gestellt. Als sie daran vorbeiging, betrachtete sie die Flaschen so argwöhnisch, als könnten diese sie jeden Moment verschlingen oder augenblicklich zur Alkoholikerin machen.

Doch dann kam ihr die Übelkeit zu Hilfe, die sich wieder bemerkbar machte. Jetzt bloß keinen Wein! Das hatte Zeit bis danach. Doch dann würde sie sich sinnlos betrinken. Ihren Kummer und ihre Ängste und alles andere, was ihr zusetzte, in weinseliger Umnebelung ertränken. Sie würde es tun, wenn die Mädchen nicht zu Hause waren und sie freie Bahn hatte, denn mit dem, was sie tat oder ließ, wenn sie alleine war, konnte sie niemandem einen Schaden zufügen. Außerdem mussten einem wenigstens noch ein paar Geheimnisse bleiben.

Gabriella und Sofia waren mit verschiedenen Freundinnen unterwegs, hatten aber hoch und heilig versprochen, zur verabredeten Zeit wieder zurück zu sein. Hoffentlich begriffen die beiden, dass sie selbst kaum in der Lage war, noch mehr Probleme zu meistern, und dass sie gut daran täten, pünktlich zu kommen!

Noch hatte sie ihnen gegenüber nichts von einem eventuellen Umzug erwähnt. Kinder sollte man nicht unnötig beunruhigen. Sie hatte nicht einmal das Thema berührt, weder sich dezent über Umwege genähert noch eine ausgeklügeltere Variante gewählt, indem sie gefragt hätte, wie es ihnen denn dort gefiel, wo ihre Freundinnen wohnten. Außerdem wusste sie das bereits. Sie kannte ihre Stadt in- und auswendig. Und das war ihren Töchtern auch klar. Alles, was mit diesem Thema zu tun hatte, war leicht zu durchschauen, weshalb die Mädchen es wahrscheinlich auch nicht von sich aus anschnitten. Alle drei schwiegen im Hinblick auf ihre persönliche Katastrophe. Bis jetzt jedenfalls. Und sie hatte auch keine Ahnung, was Janos ihnen erzählte.

Im Moment fühlte sie sich in gewisser Hinsicht wie unter einer Käseglocke. Sie nahm das Leben um sich herum wahr, konnte aber nicht aktiv daran teilnehmen. Jedenfalls nicht voll und ganz.

»Du musst Geduld haben!«, hatte Monica ihr Mut gemacht. »Das wird schon wieder kommen.«

Gute Freundinnen waren das Beste, was es gab.

Sie überlegte, ob sie ihren Vater anrufen und mit ihm über die Finanzierung sprechen sollte, doch bei genauerer Betrachtung erschien es ihr aus verschiedenen Gründen nicht angebracht, nicht zuletzt deshalb, weil sie ihm so leidtat. Er war regelrecht betrübt, und ein Gespräch mit ihm würde wahrscheinlich eher darauf hinauslaufen, dass am Ende sie es war, die ihn trösten musste. Armer Kerl. Er war mit den Jahren immer sentimentaler geworden.

Sie beschloss, das Telefonat auf später zu verschieben. Wenn der Montag vorbei wäre. Vielleicht.

Sie lief planlos durch die Wohnung, riskierte einen Blick in die Waschküche, sortierte dort die Schmutzwäsche, die sich in der vergangenen Woche angehäuft hatte, und startete eine Maschine mit Buntwäsche. Auf diese Weise würden ihre Jeans, die sie zurzeit am liebsten trug, wieder sauber werden. Dann drehte sie eine Runde im Wohnzimmer, das mit seinen großen, nach wie vor ungeputzten Fenstern direkt nach Westen auf einen kleinen Garten wies, dessen Bepflanzung sich in diesem Jahr für sie wohl kaum lohnen würde.

Die tagsüber so wunderbar strahlende Sonne war gerade dabei, hinter den Baumkronen zu verschwinden. Sie betrachtete den matten, goldfarbenen Himmel. Und genau wie vor einigen Stunden an der Badestelle von Havslätt brach es jetzt aus ihr heraus. Wie ein leichter Schlag von einer Fischflosse. Nicht stärker. Ihre Tränen spiegelten das Licht in ihren Augen, brachten es zum Leuchten und ließen sie dadurch nicht zuletzt die schönen Seiten des Lebens betrachten.

Es hätte allerhand aufzuräumen gegeben, Zeitungen, Pullis, löcherige Strümpfe, eine leere Popcornschale, aber sie ließ alles liegen, wie es war. Aus der Vertiefung des Polsters ihres ziemlich abgenutzten Ecksofas mit dem hellen, im Laufe der Zeit fleckig gewordenen Lederbezug – sie hatten es vor vielen Jahren zum Sonderpreis erstanden – lugte eines von Gabriellas Schulbüchern hervor, nach dem sie am Morgen wie verrückt gesucht hatten. Sie nahm das Buch und legte es auf die rot gestrichene Kommode im Flur.

Daneben auf dem Fußboden stand ihre schwarze Schultertasche mit offenem Reißverschluss. Die grün-weiß gemusterte Tüte aus der Apotheke schaute heraus. Manchmal hatten die Dinge eine Neigung zu sprechen, besonders dann, wenn man verzweifelt und einsam war. Mach es!, schien die Schachtel in der Tüte ihr zuzurufen. Jetzt sofort!

Sie beugte sich hinunter und zog die Tüte aus der Tasche, öffnete die Verpackung, las die Gebrauchsanweisung und ging unmittelbar auf die Toilette.

Veronika spürte an der Schwere ihrer Tochter auf dem Schoß, an diesem entspannten Loslassen, dass sie eingeschlafen war. Sie wurde selbst etwas schläfrig. Vor dem Zugfenster bereitete sich die Landschaft auf den Frühling vor. Der Frost war aus dem Boden gewichen, das Gras auf den Wiesen richtete sich langsam auf, Huflattich und Leberblümchen begannen zu blühen.

Die ersten beiden Arbeitswochen waren recht intensiv gewesen, ein klassischer Blitzstart. Sie mochte es, viel zu tun zu haben, aber vielleicht war es doch ein bisschen zu viel gewesen. Das Tempo war zu hoch gewesen. Während sie im Zug saß und Småland an sich vorbeiziehen sah, beschlich sie das Gefühl, etwas vergessen oder möglicherweise sogar versäumt zu haben, doch es handelte sich dabei mehr um eine Vermutung als eine konkrete Unterlassung. Vermutlich hatte sie vollkommen verdrängt, wie es war, zunehmend von diesem unterschwelligen und völlig sinnlosen schlechten Gewissen ausgehöhlt zu werden. Ein Gefühl, nicht zu genügen und dabei viel zu hohe Ansprüche an sich selbst zu stellen. Allen ständig zu Diensten sein zu wollen. Aber das funktionierte natürlich in der Praxis nicht. Darüber war sie sich vollständig im Klaren.

Auf Höhe von Alvesta begann sich die nagende Missstimmung zu legen. Sie dachte eher über allgemeine Dinge nach. Lehnte ihren Kopf gegen die Nackenstütze und versuchte, ihre Beine ein wenig auszustrecken, ohne dass Klara herunterrutschte und sie den rundlichen Mann ihr gegenüber einengte.

Sie nahm ein Buch zur Hand, doch ihre eigenen Gedanken drängten sich zwischen die Zeilen.

In der Klinik hatte sich die Stimmung im Vergleich zu der Zeit vor ihrem Mutterschutz vor einem Jahr verändert. Dass sie so schnell umschwingen konnte! Sie versuchte zu ergründen, worin die Veränderung eigentlich genau bestand. Eine Erklärung zu finden, doch das war nicht ganz leicht.

In der Zwischenzeit waren zwei weitere Ärztinnen in der Klinik angestellt worden, was ihr entgegenkam, da die Frauen ansonsten erheblich in der Minderzahl gewesen wären. Nur Else-Britt und sie hatten die weibliche Ärzteschaft repräsentiert, nachdem Maria Kaahn vor ein paar Jahren gestorben war. Doch man hatte auch mehr männliche Ärzte eingestellt, hoch qualifizierte, aber vor allem alte Freunde von Petrén. Interessante Persönlichkeiten, die das Arbeitsumfeld insgesamt mit Wissen und Erfahrung bereicherten. Aber nicht ausschließlich damit. Es hatte sich außerdem eine neue Konkurrenzsituation herausgebildet. Ein auf den ersten Moment nicht erkennbares, aber spürbares Ungleichgewicht.

Ihr unterschwelliger Missmut gründete sich darauf, dass diese äußerliche Veränderung ihr eigenes Arbeitsfeld mehr und mehr zu beeinflussen begann. Das war ihr in den letzten Tagen immer klarer geworden. Seitdem ihre neuen männlichen Kollegen im Dienst waren, hatte sich die Unterscheidung von Aufgaben in solche, die zählten, und andere, die es nicht taten, geändert. Diese Tatsache schien nicht gerade zu ihrem oder Else-Britts Vorteil zu gereichen. Doch sie würden es niemals wagen, aufzumucken und die neuen Strukturen in Zusammenhang mit der Geschlechtersituation zu bringen. Nicht ohne eine gewisse innere Bereitschaft dazu, sich eine Menge Ärger von ihren männlichen Kollegen aufzuhalsen. Jedenfalls von einem Teil von ihnen. Nur wenige Gebiete waren so spannungsgeladen wie die Gleichberechtigung, dachte sie. Sagten sie nichts, würde sich auch nichts ändern. Erhoben sie aber ihre Stimmen, stopfte man ihnen mit Sicherheit das Maul.

Wenn sie Petrén recht verstanden hatte, stellte er sich vor, dass ihr Verantwortungsbereich in Zukunft weniger anspruchsvolle Chirurgie und dafür mehr kleinere Eingriffe umfassen sollte. Zahlreichere poliklinische Operationen, unter anderem Knopflochchirurgie, und mehr Fürsorge.

Sie hatte mit einem Kloß im Magen vor ihm gesessen und beobachtet, wie er seine Botschaft lächelnd in schöne Worte hüllte. Davon sprach, wie prädestiniert gerade sie im Vergleich zu allen anderen Kollegen der Klinik für diese Aufgabe war. Aber es half nichts, sie wusste, was das bedeutete. Nämlich dass er vorhatte, andere Ärzte mit den bedeutungsvolleren Aufgaben zu betrauen, mit dem, was Spaß machte und, anstatt ein müdes Gefühl der Leere zu hinterlassen, Befriedigung verschaffte. Wer könnte genau diese Untersuchungen besser durchführen, wenn nicht sie, sagte Petrén und lächelte noch breiter, doch je mehr er lächelte, desto größer wurde ihre Irritation. Taugte sie etwa nichts? Wollte er sie nicht länger beschäftigen?

Während sie mit Klara auf dem Schoß dasaß und Zeit für all diese schmerzhaften Gedanken hatte, sah sie ein, dass sie eigentlich eine Geisel war. Denn keiner ihrer männlichen Kollegen würde jemals im Traum daran denken, diese so genannten schwierigen psychischen Fälle zu übernehmen. Sie waren kaum deswegen an die Klinik gekommen!

Der Zug war voll besetzt. Klara und sie hatten zwei Plätze direkt gegenüber eines dicken und spürbar gutmütigen älteren Herrn bekommen, der während der ganzen Fahrt Augenkontakt gesucht hatte. Sie wartete regelrecht auf den Moment, in dem er sich nicht länger zurückhalten konnte, da sie innerlich spürte, dass er sich gerne unterhalten würde.

Es war das reinste Vergnügen, in den Gesichtern fremder Menschen zu lesen. Im Abteil schräg gegenüber wurde eine lebhafte Gesellschaftsdebatte geführt, an der alle anderen Fahrgäste unfreiwillig teilhaben konnten. Eine ausufernde Diskussion über die Gier der Gesellschaft auf allen Ebenen, die steigende Kriminalität, Polizisten, die mit verschränkten Armen dasaßen und nichts unternahmen, ein Gesundheitswesen, das seinen Pflichten nicht nachkam, Pflegepersonal, das in verantwortungsloser Manier seine Patienten zu früh nach Hause entließ, sodass sie starben, sobald sie die eigene Türschwelle erreicht hatten, und nicht zuletzt die alten Menschen, die in Pflegeheimen dahinsiechten. Es nahm kein Ende. Und alle Äußerungen entsprachen natürlich der Wahrheit. Jedenfalls überwiegend. Es wurde nicht gerade gelogen, aber man unterschlug eben die andere Seite der Medaille.

Als noch mehr Leute zustiegen und ein junger Mann fragte,

ob er sich auf Klaras Platz setzen dürfe, sagte der Mann ihr gegenüber, der höchstwahrscheinlich schon längere Zeit Rentner war: »Es ist schön, dass so viele Menschen Zug fahren.«

»Ja, das stimmt«, antwortete Veronika.

»Welch ein Glück, dass wir einen Sitzplatz haben«, meinte er dann. »Ich lasse mir immer einen reservieren, denn ich bin alter Eisenbahner.«

»Sie haben also bei der Schwedischen Bahn gearbeitet?«, fragte sie und wurde neugierig, denn gerade die alten redlichen Berufe, die sie aus ihrer Kindheit kannte, beflügelten nach wie vor ihre Fantasie.

»Und ob!«, sagte der Mann. »Ich bin Lokführer«, setzte er mit sichtlichem Stolz hinzu, woraufhin Veronika befreiend lachte, denn dieses Thema würde wohl eher keine ausufernden Diskussionen nach sich ziehen. Und selbst der junge Mann, der auf Klaras Platz saß, wurde hellhörig. Dieses Thema gehörte nämlich zu seinen Hobbys. Die Männer begannen ihre Erfahrungen und ihr Wissen über alte Loks auszutauschen. Große, schwere und antriebsstarke weckten die größten Gefühle. Sie erinnerten sich an Schienenstrecken, die verlegt und wieder abgerissen worden waren, Ortschaften an den unterschiedlichsten Bahnlinien, die gewachsen oder verschwunden waren, verschiedene Brennstoffe, die aufkamen und wieder abgeschafft wurden. Veronika wurde ebenso in das Gespräch einbezogen, auch wenn sie nicht so viel zum Thema beizutragen hatte. Sie hörte lieber gespannt zu. Unterdessen passierten sie Älmhult, Osby und Hässleholm in eine interessante Unterhaltung vertieft, ohne dabei auch nur ansatzweise das leidige Thema Zugverspätungen gestreift zu haben. Die nächste Station hieß Eslöv, und danach hielten sie schon in Lund. Klara quengelte ein wenig, weil sie geweckt wurde, und der junge Mann half ihr beim Aussteigen mit der Kinderkarre.

Schon als sie auf den Bahnsteig trat, spürte sie, dass der Frühling hier bereits Einzug gehalten hatte. Skåne war mindestens zwei Wochen weiter, was die Vegetation betraf. Cecilia stand am Gleis und wartete auf sie, groß und schlank und fröhlich. Veronika wurde plötzlich gewahr, dass sie ihre älteste Tochter in gewisser Weise immer vermisste. Sie war unendlich froh darüber, sie zu sehen.

Die Gedanken an ihren Job hatte sie irgendwo um Älmhult herum hinter sich gelassen, und sie fühlte sich leicht wie eine Feder, als sie Cecilia umarmte. Klara schaute stumm und abwartend abwechselnd ihre Mutter und die ihr unbekannte Frau an, die sie nicht so recht einzuordnen wusste, und begann schließlich aus voller Kehle zu brüllen.

Veronika nahm sie hoch.

»Das ist Cecilia«, erklärte sie ihr. »Deine Schwester.«

Cecilia lächelte und strich ihr über die Wange.

»Das wird sich schnell geben«, vermutete Veronika, klemmte ihre Tasche auf den Gepäckträger von Cecilias Fahrrad und setzte Klara in die Karre.

Sie verließen den Platz vor dem Bahnhofsgebäude, auf dem sich Fahrräder und Taxis in einem lebhaften Treiben drängelten, und spazierten in Richtung Süden am Stadtpark entlang, bis sie zu den hohen Häusern mit der eleganten Adresse Gyllenkroks allé kamen, die um die Jahrhundertwende erbaut worden waren. Die Entfernung zum berühmten Dom der Stadt war so gering, dass man nahezu dorthin spucken konnte.

Cecilia teilte sich mit zwei Studienkollegen eine Vierzimmerwohnung, die sie von einer Forscherfamilie, die zurzeit in den USA lebte, gemietet hatten. Übers Wochenende stand ein Zimmer leer. Dort stellten sie erst mal die Tasche ab und machten sich dann zu einem gemütlichen Spaziergang durch den Stadtpark auf, beobachteten die Enten im Weiher und gingen später zum Spielplatz, wo Klara schaukeln und zusammen mit anderen Kindern spielen konnte.

Danach schlenderten sie langsam wieder nach Hause, genehmigten sich ein Glas Wein, und Veronika bezog das Bett, das sie mit Klara teilen würde. Dann begannen sie zu kochen. Veronika rief Claes an, der gerade in Stockholm angekommen war, und erfuhr, dass es ihm gut ging. Sie schaltete schließlich ihr Handy ab, goss sich ein weiteres halbes Glas Wein ein und stellte fest, dass auch sie sich wohl fühlte. Abwechselnd warf sie einen Blick auf Klara und das Essen auf dem Herd. Im Übrigen konnte Cecilia inzwischen viel besser kochen, als sie selbst es jemals gelernt hatte, wozu im Prinzip nicht gerade viel gehörte.

In dieser Nacht schlief Veronika wie ein Stein und wachte nicht einmal davon auf, dass Klara neben ihr rumstrampelte.

Exakt um zweiundzwanzig Uhr vierundfünfzig ging bei Lennie Ludvigson, der Telefondienst hatte, eine Vermisstenmeldung ein. Es handelte sich um ein fast elfjähriges Mädchen mit dem Namen Viktoria. Ihre Mutter rief von zu Hause aus an.

Ludvigson informierte Conny Larsson, der mit dem Polizeiwagen Streife fuhr und irgendwo in der Stadt oder den Außenbezirken unterwegs war, und bat ihn, die Adresse anzusteuern. Solvägen vierunddreißig.

Larsson und seine Beifahrerin, Polizeiaspirantin Lena Jönsson, wendeten beim Schiffsanleger Skeppsbron und machten sich unmittelbar auf den Weg. Der Wagen glitt langsam durch die Dämmerung, da die Straßenbeleuchtung im Hafen recht spärlich war. Das Meer breitete sich schwarz zu ihrer Linken aus, und vor dem gelblichen Licht des hinteren Kais zeichneten sich einige Schiffsrümpfe ab. Zumindest Conny Larsson wusste aus Erfahrung, dass jederzeit ein Betrunkener zwischen den Lagerschuppen hervortorkeln konnte, denn er fuhr schon seit einigen Jahren in der Stadt Streife.

Es war später Freitagabend, und im Hafen herrschte zwar kein reges Treiben, doch immerhin waren einige Menschen unterwegs, und die wenigen, aber recht beliebten Kneipen im Hafenviertel waren gut besucht. Es kam schon einmal vor, wenn auch nicht übermäßig oft, dass jemand ins Wasser fiel und sie ihn herausfischen mussten. Doch meistens hingen diese Vorfälle eher mit Schlägereien und Auseinandersetzungen zwischen verschiedenen Gangs zusammen.

»Sie wird früher oder später schon wieder zu Hause eintrudeln«, sagte Conny Larsson in seinem breiten värmländischen Dialekt zu seiner Kollegin Jönsson, die sich nichts anderes traute als zurückzunicken. Was hätte sie auch sagen sollen? »Meistens enden derlei Ausflüge jedenfalls so. Vielleicht ist das Mädchen einfach nur sauer auf seine Mutter«, fügte Larsson hinzu, nicht ohne ein wenig Hoffnung im Hinterkopf, dass es tatsächlich so sein möge.

Conny Larsson hatte dennoch die Statistik klar vor Augen. Er gehörte zu denen, die frühzeitig eine Spezialausbildung nach einer amerikanischen Methode für das Auffinden Verschwundener durchlaufen hatten, die einem strikten systematischen Plan folgte, der sich auf langjährige Beobachtungen und Erfahrungen im Hinblick auf ähnliche Situationen stützte. Seitdem die Suchaktionen der Polizei nach dieser Methode verliefen, hatte sich die Anzahl der Wiedergefundenen schlagartig verdoppelt. Sie erforderten allerdings einen Arbeitseinsatz mit voller Bereitschaft über ganze drei Tage und Nächte. Danach teilte man die Sucharbeiten den jeweiligen Umständen entsprechend ein, die natürlich von Fall zu Fall variierten.

Doch Larsson wusste ebenso, und das belastete ihn in dieser Situation nicht gerade wenig, dass von denen, die sich verlaufen hatten und innerhalb von vierundzwanzig Stunden wiedergefunden wurden, statistisch gesehen, die Hälfte nur noch tot gefunden werden konnte. Die meisten der Opfer waren natürlich alte Menschen. Ein Herzleiden oder ein anderes Gebrechen verschlechterte sich rapide unter langfristiger Stresseinwirkung, die oftmals durch Angst und Panik ausgelöst wurde.

Aber mit Kindern verhielt es sich etwas anders. Ihnen konnte alles Mögliche zugestoßen sein. Deshalb mussten sie auch mit größeren Schwierigkeiten rechnen, als dass sie sich nur verlaufen hatte. Dazu kam, dass es sich um ein Mädchen handelte! Es liefen viele bösartige Menschen herum, auch psychisch kranke oder verrückte. Und solche, die sich an Kindern vergriffen. Und die nicht einmal davor zurückschreckten, sie danach zu töten.

All diese Gedanken schossen dem friedfertigen Conny Larsson durch den Kopf, und er versuchte mit aller Macht, sich dagegen zu wehren. Auf eine andere Alternative, als das Mädchen lebend zu finden, war er im Augenblick nicht eingestellt. Ganz und gar nicht. Höchstens darauf, dass sie über ihr Fernbleiben möglicherweise selbst erschrocken war. Am liebsten sähe er es natürlich, dass sie von selbst wieder zurückkam.

Der Solvägen war eine Straße mit ungefähr dreißig Jahre alten, in Massenproduktion erbauten Mietshäusern, die der kommunalen Wohnungsbaugesellschaft gehörten und deren Mieten nicht gerade niedrig waren, auch wenn die Wohnungen zum Teil bereits abgeschrieben und noch dazu schwer zu vermieten waren. Die Mehrheit der Bewohner erhielt Wohngeld, sodass die Mieteinkünfte relativ stabil waren. Allerdings war die Infrastruktur in diesem Gebiet nicht besonders ausgeprägt, und die Straßen wirkten regelrecht ausgestorben, vor allem um diese Tageszeit.

Als sie das Treppenhaus betraten, roch es nach Essensdünsten, die sich jedoch schon im ersten Stock wieder verflüchtigten. Larssons und Jönssons derbe Schuhe hallten bei jedem Schritt. Sie nahmen in der Eile wie synchronisiert jeweils zwei Stufen auf einmal, obwohl sie sich beide versuchten einzureden, dass das Mädchen die Zeit vergessen hatte und zu lange bei einer Freundin geblieben war.

Conny Larsson klingelte an der Wohnungstür, die unmittelbar aufgerissen wurde, woraufhin ihnen ein verweintes und völlig verängstigtes Gesicht entgegenblickte.

»Es ist noch nie vorgekommen, dass sie nicht mal einen Zettel geschrieben hat«, schluchzte die Mutter, deren ganzer Körper vor Unruhe stoßweise zusammenzuckte.

»Wir setzen uns erst einmal«, sagte Conny Larsson bestimmt.

»Ich spüre ganz genau, dass ihr etwas passiert ist!«, schrie die Mutter nahezu, obwohl man ihr anmerkte, dass sie sich aufgrund der fortgeschrittenen Uhrzeit zurückhielt.

Sie stand wie ein Flitzebogen gespannt vor der Spüle in der Küche. Conny Larsson fasste sie freundlich um die Schultern, beförderte sie sanft auf einen Küchenstuhl und setzte sich dann selbst. Er nahm einen Block aus der Tasche, legte ihn auf den Tisch, bedeutete Lena Jönsson, neben der Mutter Platz zu nehmen und ihr ein wenig Zuspruch zu geben.

Gerade als er beginnen wollte, Fragen an sie zu richten, tauchte ein Mann in der Türöffnung auf. Larsson nahm an, dass der Mann der Vater des Kindes war, erhob sich, knöpfte seine Uniformjacke auf, die über der Brust spannte, und reichte ihm die Hand.

»Setzen Sie sich doch bitte dazu«, wies er ihn an. »Wir werden Ihnen einige Fragen stellen, sodass wir uns ein Bild machen und Ihnen weiterhelfen können.«

»Ich heiße Gunnar«, stellte sich der Mann vor.

Larsson nickte stumm.

»Viktoria heißt also Ihre Tochter?«, fragte er einleitend.

»Meine Tochter«, berichtigte ihn die Mutter und leierte die Daten des Mädchens herunter. »Gunnar ist nur ein guter Freund«, erklärte sie und warf einen Blick auf den Mann, der sich kurz zuvor selber vorgestellt hatte.

»Und sie war noch nie zuvor weggeblieben?«

Sie schüttelte heftig den Kopf, die Tränen kamen, und die Küche um sie herum bebte vor Angst und Ungewissheit.

»Erzählen Sie mir doch bitte, wann Sie angefangen haben, misstrauisch zu werden.«

»Ich kam ungefähr um halb zehn von der Arbeit. Und da war sie nicht zu Hause. Kein Zettel. Nichts.«

»Ist Viktoria Ihr einziges Kind?«

Sie nickte krampfartig.

»Und sie ist sonst immer da, wenn Sie nach Hause kommen?«

»Immer! Und sonst schreibt sie einen Zettel. Wir haben es so abgesprochen, und normalerweise hält sie sich daran.«

»Was haben Sie bisher unternommen, um sie zu finden?«

»Ich bin hier herumgelaufen«, sagte sie und zeigte aus dem Fenster. »Habe gesucht, bin mit dem Fahrrad herumgefahren, aber ... Dann habe ich Lina angerufen, ihre beste Freundin, aber sie haben sich heute Nachmittag nicht getroffen.«

»Treffen sie sich denn sonst?«

»Ja ... meistens.«

»Besitzt Ihre Tochter ein Handy?«

Kopfschütteln. Also konnten sie in diesem Fall nicht auf die Spuren zurückgreifen, die ein Handy hinterlässt.

»Es ist also noch niemals vorgekommen, dass Viktoria wegging, ohne vorher mit Ihnen abzusprechen, wo sie sich aufhalten würde?«

»Nein, das habe ich doch gerade gesagt!« Die Tränen liefen, und ihr Mund verzog sich schmerzhaft.

Larsson fand es nicht gerade angemessen, die Frau darüber aufzuklären, dass sich der Anteil an Kindern, die von zu Hause wegliefen, vor allem Mädchen zwischen zwölf und vierzehn, in der letzten Zeit erhöht hatte. Sie hielten sich im Durchschnitt ungefähr eine Woche lang fern von zu Hause und kamen dann oftmals von allein wieder. Möglicherweise ein Großstadtproblem. Konflikte innerhalb der Familie. Streitigkeiten mit den Eltern, Ärger mit möglichen Stiefeltern.

Nun war dieses Mädchen jedoch etwas jünger, aber irgendwann war schließlich immer das erste Mal. Diese Möglichkeit war immer noch erträglicher, als wenn ihr wirklich etwas Unangenehmes zugestoßen wäre, schützte sich Larsson in Gedanken.

Doch er wusste innerlich, dass es sich in diesem Fall um etwas Ernstes handelte. Gerade weil sie noch nie zuvor verschwunden war. Für ihn ging es im Moment darum, das Risiko einzuschätzen.

»Das Beste wäre, wenn wir versuchen könnten, uns ein Bild davon zu machen, wie Viktorias Tag abgelaufen sein könnte.«

»Sie ist wie immer zur Schule gegangen, was danach passierte, weiß ich nicht«, heulte die Mutter.

»Haben Sie sie denn heute Morgen gesehen?«
Sie nickte.
»Geschah da etwas Besonderes?«
»Nein, es war genau wie immer«, antwortete sie und starrte nachdenklich in die Luft.
»Sie hatten keine Auseinandersetzung? Es passiert ja immer wieder, dass Kinder und Eltern sich uneinig sind, ohne dass es etwas zu bedeuten hat«, erklärte er vorsichtig.
»Nein«, antwortete sie beharrlich. »Wir hatten keine Auseinandersetzung. Ich glaube auch nicht, dass sie sauer auf mich war. Ich kann es mir jedenfalls nicht denken.«
»Und sie ist wie sonst auch zur Schule gegangen?«
»Ja.«
»Ging sie zu Fuß?«
Die Mutter zögerte.
»Doch, ja. Ihr Fahrrad ist in der Werkstatt ... oder ... soll in die Werkstatt gebracht werden ... Sie war nämlich vor ein paar Tagen vom Fahrrad gefallen, und dabei hatte sich etwas verklemmt ... Ja, die Pedale laufen nicht mehr rund ... oder was es nun ist.«
Ihre Stimme sackte ab, ihr Blick verlor den Fokus, und sie wurde unkonzentriert.
»Okay«, antwortete Larsson. »Sie kann also nicht mehr damit fahren?«
»Nein.«
»Welche Schule besucht Viktoria?«
»Valhalla.«
»Wissen Sie, welchen Schulweg sie für gewöhnlich nimmt?«
»Den kürzesten. Sie nimmt wohl die Abkürzung hier entlang«, sagte sie und zeigte auf die Grünfläche vor dem Fenster. »Und dann den Ingenjörsvägen entlang, glaube ich.«
»Sind Sie sicher?«
»Man kann ja nicht alles kontrollieren, wenn die Kinder älter werden. Ich habe ihr auf jeden Fall gesagt, sie soll den Fahrradweg nehmen ... aber ...«

»Eben sagten Sie aber, dass sie heute zu Fuß ging«, hakte Conny Larsson nach.

»Ja.«

»Glauben Sie, dass sie denselben Weg nimmt, wenn sie zu Fuß geht?«

Die Frau starrte ihn mit rot unterlaufenen Augen an, in denen die Tränen standen.

»Ich wünschte, ich könnte Ihnen diese Frage beantworten ...«

Sie riss ein Blatt Küchenpapier von der Rolle auf dem Tisch, schnäuzte sich und wischte die Tränen ab. Es verging eine halbe Minute.

»Besitzen Sie vielleicht ein Schulverzeichnis?«, fragte Larsson mit tatkräftiger und kompetenter Stimme weiter, Hoffnung auf eine schnelle Lösung signalisierend, beziehungsweise eine Art Zuversicht, dass sie die Lage unter Kontrolle hatten oder diesen Zustand zumindest anstrebten.

»Könnte ich vielleicht auch Viktorias Stundenplan und die Namen ihrer Freunde sowie der Lehrer bekommen?«, fügte er hinzu.

»Lina ist wohl die einzige Freundin«, entgegnete die Mutter, und ihr Gesicht verzog sich angesichts ihrer Verzweiflung wieder. »Sie sind immer zusammen. Ständig. Sie gehen in dieselbe Klasse.«

Sie stand auf und ging leicht schwankend in den Flur hinaus. Larsson und Jönsson hörten, wie Schubladen herausgezogen und wieder zugeschoben wurden, woraufhin die Frau in ein anderes Zimmer verschwand.

In der Küche wurde es still. Es herrschte eine angespannte Atmosphäre.

»Und wie gut kennen Sie Viktoria?«, nutzte Conny Larsson die Gelegenheit, Gunnar zu fragen.

»Ziemlich gut, kann man wohl sagen«, erwiderte er und zog seine Mundwinkel hoch.

Irgendetwas an dem zweideutigen und allzu glatten Lächeln irritierte Larsson. Es gefiel ihm nicht.

»Wohnen Sie auch hier?«, wollte er wissen.

»Nein, nein. Ich bin hergekommen, um sie zu unterstützen. Wir treffen uns manchmal«, lächelte Gunnar erneut.

»Und wann haben Sie Viktoria zuletzt gesehen?«

Er schwieg einen Moment.

»Vor zwei Tagen war das wohl. Ich habe hier zu Abend gegessen.«

»Haben Sie eigene Kinder?«

»Nein. Aber ich kann mir gut vorstellen, wie schrecklich so etwas ist. Und ich kenne sie ja schließlich wie meine Tochter«, sagte Gunnar großspurig.

Und dennoch klang es, als dächte er mehr an sich als an die arme Viktoria. Gerade weil seine Stimme etwas zu wichtigtuerisch klang, dachte Conny Larsson, und er wurde das Gefühl nicht los, dass es klug wäre, diesen Mann im Auge zu behalten.

Die Mutter kam mit dem Schulverzeichnis zurück. Conny Larsson blätterte darin, und sie zeigte ihm die Klasse ihrer Tochter, während Aspirantin Jönsson sich vorbeugte, um besser sehen zu können. Reihen von abwechselnd ernst dreinschauenden und lächelnden Kindern, ein Teil von ihnen schnitt sogar Grimassen, als wehrten sie sich gegen die gestellte Situation. Die Lehrerin, eine große, breitschultrige Frau, die einen quer gestreiften Pulli trug, stand mit einem fröhlichen Lächeln ganz hinten.

Die Mutter hatte auch ein großes Porträtfoto in Farbe von Viktoria mitgebracht, eines der Art, die jedes Jahr in den Schulen im ganzen Land in Auftrag gegeben werden. Der Hintergrund war grau meliert, wie ein traurig bewölkter Himmel, aber das Foto war nicht im Freien aufgenommen, sondern vor einer Art Fototapete oder Leinwand. Das Mädchen hatte helles halblanges Haar, das ihr glatt und schwer auf die Schultern fiel, ihr Pulli war rosafarben und schien eine Kapuze zu haben. Sie lächelte nicht, vermutlich hatte der Fotograf es eilig gehabt oder musste unter widrigen Bedingungen viele Gesichter innerhalb kurzer Zeit ablichten. Die Augen, die, ähnlich wie der Hintergrund, graublau zu sein schienen, saßen dicht über einer rundlichen Nase, auf der sich Sommersprossen abzeichneten.

Der Blick, mit dem sie ins Objektiv schaute, war weder klar noch selbstsicher. Erstaunlich, worüber ein Foto alles Aufschluss geben konnte!

Larsson erhielt Angaben über Viktorias Körpergröße und Konstitution, die eher mager war, und bat darum, das Foto bis auf weiteres behalten zu dürfen. Darüber hinaus wollte er noch wissen, welche Kleidung Viktoria trug, als sie am Morgen das Haus verlassen hatte. Die Mutter wusste, dass sie Jeans und Pullover angezogen hatte, konnte sich aber nicht mehr genau daran erinnern, welchen Pulli sie gerade an diesem Tag ausgewählt hatte. Hingegen wusste sie, um welche Jacke es sich handelte. Sie hatten sie gerade erst neu gekauft. Sie besaß einen neutralen Farbton, war beige oder vielleicht khakifarben, wie eine Jeansjacke, nur eben nicht blau.

»Also war sie recht dünn angezogen?«

Die Mutter nickte.

»Ich befürchte, dass sie ziemlich frieren wird.«

Sie schniefte erneut, ihr Gesicht war ganz rot und feucht, und die Tränen liefen ohne Unterlass. Ihre Seelenqual war offensichtlich.

»Darf ich fragen, wo sich Viktorias Vater zurzeit befindet?«, wollte Larsson wissen.

»Wir haben keinen Kontakt zueinander«, schnitt sie das Thema ab.

»Viktoria könnte sich also nicht eventuell bei ihm aufhalten?«

»Nein«, antwortete die Mutter knapp und bestimmt.

»Wie lange sind Sie geschieden?«

»Wir waren nie verheiratet.«

»Haben Sie zusammengewohnt?«, versuchte er es erneut. »Das ist wichtig«, betonte er, doch sie antwortete nicht. »Wir müssen wissen, ob Viktoria möglicherweise zu ihrem Vater gegangen ist, auch wenn Sie vielleicht nicht gerne darüber sprechen«, beharrte er.

»Das ist sie aber nicht.«

Ihr Mund verschloss sich, und mit einem Mal verschwanden auch die Tränen. Ob sie ängstlich oder verärgert war, konnte man schwer einschätzen, aber ihre Gemütslage hatte sich definitiv gewandelt. Sie war abwartend und misstrauisch geworden.

»Okay. Möchten Sie vielleicht, dass wir uns unter vier Augen darüber unterhalten?«, wollte Larsson mit einem kurzen Blick in Gunnars Richtung wissen, der ihn jetzt ernsthaft zu irritieren begann.

»Es ist schon in Ordnung, wenn er dabei ist. Er weiß Bescheid«, sagte die Mutter und schaute Gunnar an, der zustimmend nickte.

»Ja, schon klar. Wie du willst.«

»Viktoria weiß überhaupt nicht, wer ihr Vater ist.«

»So verhält es sich also«, bemerkte Larsson und dachte, dass sie auch gleich damit hätte rausrücken können.

Das Telefon klingelte. Die Mutter schreckte auf, sprang in den Flur, aber ihre Stimme sank, sobald sie den Hörer abgehoben hatte. Sie teilte dem Anrufer mit, dass sie im Augenblick nicht länger sprechen könne.

»Jetzt rufen sie an, um zu erfahren, ob sie wieder zu Hause ist«, schluchzte sie. »Es war mein Vater.«

Larsson und Jönsson sahen sich im Kinderzimmer um. Mein Gott, was die Gören heutzutage alles für Zeug besitzen, dachte Conny Larsson und kam sich zwischen all den Spielsachen wie ein riesiger Klotz vor.

An den gelb tapezierten Wänden waren zwei Poster mit Stecknadeln festgeheftet. Von dem einen blickte ein Hundewelpe mit schräg gelegtem Kopf herab, und auf dem anderen schleckte ein Teddybär Honig. Über dem Bett hingen eine Wandlampe aus Kunststoff in Form eines roten Herzens sowie ein Wandbehang, auf dem mit grünem Kreuzstich der Name Viktoria gestickt war. Sehr wahrscheinlich hatte sie ihn im Handarbeitsunterricht selbst angefertigt. Auf dem ungemachten Bett häuften sich Stofftiere aller Art in den unterschiedlichsten Ausführungen. Den Fußboden bedeckte zum Teil ein heller flauschiger Flokati, auf dem sich ein dunkler Fleck befand, der an die Form des afrikanischen Kontinents erinnerte. Diverse Kleidungsstücke lagen über einen Sessel ausgebreitet, Zeitschriften waren über den Boden verteilt, Nippes standen auf dem Fensterbrett sowie dem kleinen Schreibtisch. Ein rosafarbener Wecker tickte schicksalsträchtig auf dem Nachttisch.

Sie erhielten die Telefonnummer von Lina auf einem Zettel, obwohl sie auch im Schulverzeichnis aufgeführt war. Die Nummer der Lehrerin stand ebenso auf dem Papier.

Sie hatten sich gar nicht so lange in der Wohnung aufgehalten, doch Conny Larsson kam es wie eine Ewigkeit vor, als seine Kollegin und er endlich wieder ins Polizeiauto vor dem Haus stiegen.

Um den Wagen herum hatte sich bereits ein kleiner Pulk Menschen angesammelt, und Larsson und seine Kollegin waren immer wieder aufs Neue erstaunt, woher diese Leute bloß alle kamen. Hatten sie ausgerechnet an einem Freitagabend nichts Besseres vor?

Draußen herrschte klare Luft, die Nacht würde also kalt werden. Das Mädchen war noch relativ jung, ziemlich mager und noch dazu dünn bekleidet. Die Nacht würde nicht gerade gnädig zu ihr sein, wenn sie sich nun im Wald verirrt haben sollte. Aber warum sollte sie das ausgerechnet? Sie schien nicht gerade in einer Familie aufgewachsen zu sein, die besonders viel Zeit in der Natur verbrachte.

Irgendetwas musste ihr zugestoßen sein! War sie möglicherweise irgendwohin gelockt worden?

Conny Larsson nahm Kontakt zu Lennie Ludvigson auf und klärte ihn darüber auf, dass das Mädchen nie zuvor von zu Hause weggeblieben war, was allein schon bedenklich war. Ebenso übermittelte er ihm die Auskünfte der Mutter, die ihre Tochter zuletzt am Morgen gesehen hatte, wobei ihre beste Freundin sie wahrscheinlich noch später, nämlich nach der

Schule, gesehen hatte. Es waren also bereits viele wertvolle Stunden verstrichen.

Nach Ansicht ihrer Mutter schien das Mädchen nach der Schule nicht in der Wohnung gewesen zu sein. Aber sie konnte es nicht sicher sagen, wie sie angemerkt hatte. Vermutlich wollte sie daran glauben, dass Viktoria sich zu Hause aufgehalten hatte, nahm Larsson an. Ihre Schultasche konnten sie jedenfalls nicht finden. Und es geschah nach Auskunft der Mutter nicht gerade oft, dass Viktoria eine andere Freundin als Lina besuchte. Ein einsames Kind, befand Conny Larsson. Lena Jönsson stimmte ihm zu.

Ludvigson seinerseits informierte Polizeichef Olle Gottfridsson, der in eigener Person erscheinen und zumindest anfänglich als Koordinator der Suchaktion fungieren wollte. Bis sie Aufschluss darüber hatten, welche Kollegen kurzfristig einsatzbereit waren. Unterdessen weckten Larsson und Jönsson die Menschen in der Nachbarschaft, um sie zu befragen. Larsson bereitete sich außerdem darauf vor, als Einsatzchef vor Ort Position zu beziehen.

Sie hatten alles Personal, was verfügbar gewesen war, eingesetzt, woraufhin Gotte seine Rolle als Koordinator der Suchaktion unmittelbar an Brandt delegierte. Lennie Ludvigson hatte unterdessen Kontakt mit dem Krankenhaus aufgenommen, doch es war kein Mädchen mit dem Namen Viktoria eingeliefert worden.

Ein Mädchen – oder überhaupt ein Kind –, das völlig gesund und noch dazu zuverlässig war und unerwartet verschwand, bedeutete für die Einsatzkräfte der Polizei Arbeit unter Hochdruck. Sämtliche vorhandenen Ressourcen wurden eingesetzt und die erforderlichen Maßnahmen für die Mithilfe der Bevölkerung eingeleitet.

Die Personenbeschreibung Viktorias wurde dem lokalen Radiosender übermittelt, jedoch vorerst anonym gehalten. Sowohl die Landwehr als auch der Klub der Orientierungsläufer wurden mobilisiert. Sie waren ebenfalls nach der neuesten amerikanischen Methode ausgebildet, im Übrigen von Conny Larsson selbst, der als Einsatzchef vor Ort fungierte. Ebenso wendeten sie sich an den Verein der Hundebesitzer. Andere Freiwillige wurden ebenso aufgefordert, sich an der Suchaktion zu beteiligen. Gern auch mit Hund.

Mit anderen Worten: Jegliche Hilfe, die man erhalten konnte, wurde dankbar entgegengenommen.

Suchtrupps wurden organisiert. Die Bereiche um die Wohnung und die Schule des Mädchens, wo man es zuletzt gesehen hatte, wurden als primäres Suchgebiet eingestuft. Ebenso legte man einen äußeren Radius fest, eine ungefähre Grenze, von der man nicht annahm, dass das Mädchen sie bereits überschritten haben konnte. Freiwillige mit starken Taschenlampen, Polizeiwagen mit Suchscheinwerfern und Hundeführer mit ihren Tieren verteilten sich über den dunklen Stadtpark, die Gebiete um den Schulhof herum sowie auf dem nahe gelegenen Friedhof.

Lichtkegel, die durch die Nacht leuchteten, abgerichtete Hunde, deren Spürsinn eine Reichweite von fast einem halben Kilometer umfasste, flößten Hoffnung ein. Sie würden Viktoria finden! Doch keiner konnte irgendetwas versprechen, und deshalb herrschte überwiegend gespannte Stille. Man suchte. Und noch gab es keinen Grund, die Hoffnung aufzugeben. Doch alle Beteiligten rechneten damit, dass möglicherweise sogar das Schlimmste, was passieren konnte, bereits eingetroffen war.

Brandt hatte sich in einer ersten Maßnahme darum gekümmert, die Lehrerin von Viktoria zu erreichen. Er hatte sie aus dem Schlaf gerissen, und sie wollte, natürlich außer sich vor Unruhe, wissen, ob sie oder ihr Mann in irgendeiner Weise mithelfen konnten. Leider konnte sie nicht viel mehr berichten, als dass Viktoria den ganzen Tag in der Schule gewesen sei, dass das Mädchen einen etwas müderen Eindruck als sonst gemacht hätte, jedoch immerhin erst vor kurzem im Krankenhaus gelegen hätte. Viktoria sei wohl noch nicht wieder ganz gesund, meinte sie erklärend, was letztlich einen weiteren beunruhigenden Faktor darstellte. Lag das Mädchen irgendwo krank oder sogar bewusstlos, ohne dass jemand davon wusste? Sie befanden sich immerhin in der Jahreszeit, in der die Temperaturunterschiede zwischen Tag und Nacht am größten waren.

Die Lehrerin bestätigte, dass Viktoria meistens mit Lina zusammen war, was sie begrüßte, da Lina eine geeignete Freundin für sie sei. Sie war zuverlässig und recht gut in der Schule. Die Lehrerin war bemüht, Positives über ihre Schülerinnen zu sagen, und natürlich wollte sie mit ihren Informationen dazu beitragen, dass man Viktoria fand. Viktoria war keine besonders starke Persönlichkeit. Eher ein zerbrechliches Wesen. Nicht so selbstsicher wie Lina. Aber Viktoria war auf ihre Weise auch zuverlässig. Sie machte nach Auskunft der Lehrerin nie Schwierigkeiten und schwänzte nicht den Unterricht. Kam regelmäßig und arbeitete mit, so gut sie konnte. Sie erwähnte nicht, dass Viktoria nicht gerade ein großes Licht war und Schwierigkeiten mit dem Lesen und mit Mathe hatte. Sagte nichts darüber, da es sowieso keine Rolle spielte. Jedenfalls im Moment nicht.

Conny Larsson wurde in seinem Auto über Funk angerufen und gebeten, jemanden zu schicken, der die Mutter über den Krankenhausaufenthalt der Tochter befragen konnte, auch wenn dabei notfalls die Schweigepflicht verletzt werden musste. Eventuell würde es sogar nötig werden, dass die Polizei das Krankenhauspersonal nach dem Grund ihrer Einlieferung befragte, auch wenn sie natürlich erst einmal dem vertrauten, was die Mutter berichtete. Doch man konnte nicht vorsichtig genug sein. Alles, was sie über Viktoria in Erfahrung bringen würden, konnte von Bedeutung sein.

Das Mädchen besaß dummerweise kein Handy. Ansonsten hätten sie mithilfe ihrer Techniker den Standort des Kindes ermitteln können beziehungsweise Informationen über die aktuelle Ladekapazität oder einen eventuellen abrupten Funktionsstopp, zum Beispiel bei konstantem Wasserkontakt, herausfinden können, solange es nicht abgeschaltet war. Das war ein erheblicher Nachteil, fand Larsson.

Über ihrer Arbeit schwebte ein Gefühl von Unbehagen. Der Ausgang der Suchaktion war in alle Richtungen offen, und die Diskrepanz zwischen der einen und der anderen Alternative versuchten sie sich möglichst nicht vor Augen zu halten. Stattdessen zogen sie sich hinter den Schutzmantel ihrer Professionalität zurück, denn sie hatten gelernt, am Rande der Katastrophe zu arbeiten – und, wenn es die Situation erforderte, sogar in ihrem Zentrum.

Die Suche setzte sich ohne Pause fort. Sie wurde vom Polizeipräsidium aus organisiert und vor Ort in die Tat umgesetzt. Für den folgenden Tag beziehungsweise den Beginn der Morgendämmerung war bereits ein Helikopter angefordert. Man würde einen Hubschrauber entweder aus Stockholm oder Malmö schicken. Alles brauchte seine Zeit.

Ebenso wurden weitere Suchaktionen in angrenzenden Gebieten vorbereitet. Benachbarte Polizeidistrikte wurden informiert, man erbat Verstärkung in allen Bereichen.

Um halb drei Uhr morgens war Lennie Ludvigson, der die Stellung im Polizeipräsidium gehalten hatte, recht ausgelaugt. Seine Augen waren rot wie die eines Kaninchens, doch er fühlte sich nicht direkt müde. Eher aufgekratzt. Und endlich schienen sie einen interessanten Hinweis erhalten zu haben! Eine Frau hatte angerufen und berichtet, dass sie in der Nacht aufgewacht war und nicht wieder einschlafen konnte. Daraufhin sei sie in die Küche gegangen und hatte das Radio eingeschaltet und in ihrem verschlafenen Zustand erst nicht verstanden, um was es ging. Doch nach einer Weile, als die Suchmeldung wiederholt wurde, hatte sie schließlich reagiert. Sie hatte ein einsames Mädchen, deren Aussehen mit der Beschreibung des Profils im Radio übereinstimmte, die Hantverksgatan in der Nähe der Bibliothek überqueren sehen. Es war ungefähr gegen drei Uhr nachmittags gewesen, erklärte die Frau. Und wenn sie sich nicht getäuscht hatte, war das Mädchen in Richtung Kikebogatan weitergegangen. Sie war sich sogar ziemlich sicher.

Erika Ljung war ebenfalls in den Dienst beordert worden. Kurz vor Mitternacht hatte man sie gebeten, zu Lina nach Hause zu fahren, denn Linas Familie spielte offensichtlich eine große Rolle in Viktorias Leben. Sie wohnten in einem typischen Eigenheim aus den Vierzigerjahren. Das Haus war klein, aber es lag in einer schönen Umgebung mit gepflegten, eingewachsenen Gärten und relativ zentral. Im Moment konnte Erika allerdings nicht viel vom Garten erkennen. Es war zwar sternenklar, aber dunkel und kühl, und sie hatte es eilig.

Sie fröstelte, als sie an diesem späten Abend, der eigentlich schon Nacht war, an der Tür klingelte. Auf der Straße vor dem Haus stand ein Ford Escort. Ein nahezu kugelrunder Mann öffnete. Sie trat ein, streifte sich in dem engen Flur die Schuhe von den Füßen, woraufhin ihre nicht gerade kleinen Einundvierziger in einem Gewühl von Schuhen auf dem Boden verschwanden. Meistenteils handelte es sich um Kinderschuhe. Genauer gesagt, um die gesammelten Exemplare von vier Kindern, wie man sie informierte.

Sowohl die Mutter als auch der Vater waren noch wach gewesen, wie auch Lina, ein dickliches Mädchen, die für ihr Alter ziemlich groß zu sein schien. Sie war außerdem recht aufgeweckt, schien jedoch angesichts der Situation eher ängstlich und traurig. Weder ihr Vater noch ihre Mutter waren von besonders zierlicher Statur. Außerdem vererbte sich Korpulenz, das war allgemein bekannt.

Das Erste, was Erika auffiel, waren die große und ernst gemeinte Hilfsbereitschaft sowie die aufrichtige Betroffenheit der Eltern.

»Wir können sowieso nicht schlafen«, erklärte der Vater. »Wenn Sie Hilfe brauchen, bin ich dabei. Ich nehme mir gern einen Tag frei. Viktoria gehört so gut wie zu unserer Familie...«

Seine Stimme versagte, die Augen waren aufgrund seiner Unruhe rot gerändert. Er informierte Erika darüber, dass er Maurer sei und eine eigene Firma besaß.

»Meine Frau ist mit der Kleinsten noch zu Hause«, fügte er hinzu, und Erika bedankte sich für sein Angebot zur Mithilfe. Er wurde gebraucht.

»Es ist erträglicher, etwas zu tun, als nur dazusitzen und zu warten«, unterstrich er seine Überzeugung.

»Sie kennen Viktoria also gut?«, lenkte Erika das Gespräch auf das Mädchen.

»Sie ist fast jeden Tag hier«, erläuterte die füllige Mutter, deren Haarmähne gigantisch war. Dick und weizenblond fielen ihr die Strähnen wie einer Waldhexe über die Schultern bis hin zur Taille. Sie bat Erika, am Küchentisch Platz zu nehmen.

Sie blinzelte mit den Augen, als leide sie unter einem unkontrollierten Muskelzucken, doch es handelte sich wahrscheinlich nur um ein Zeichen ihrer Nervosität. Sie zog die rote Strickjacke enger um ihre Schultern. Auf dem T-Shirt darunter kletterte ein Männchen mit schwarzem Hut eine Leiter hinauf.

»Gestern war sie jedoch nicht hier. Lina musste direkt nach der Schule zum Zahnarzt«, klärte sie die Mutter auf.

»Stimmt das?«, fragte Erika an Lina gewandt, um sie in das Gespräch mit einzubeziehen.

»Ja«, hörte sie Lina aus ihrem kleinen Kirschmund zwischen runden und rosigen Ballonwangen antworten.

»Kannst du mir sagen, wann du sie zuletzt gesehen hast? Ich meine zuallerletzt. Wo wart ihr da?«

»Das war direkt vor dem Schulgebäude. Sie hatte ihr Fahrrad nicht dabei, weil es kaputt ist. Wir gingen zusammen zum Fahrradständer. Ich bin auf mein Fahrrad gesprungen, weil ich es ja eilig hatte ... und dann haben wir nur tschüss gesagt ... und ...«

»Und dann bist du weggefahren?«

»Ja.«

»Hast du noch sehen können, was Viktoria dann tat? In welche Richtung sie ging?«

»Nein, ich war etwas spät dran. Musste um drei beim Zahnarzt sein.«

»Du hast dich also nicht umgeschaut?«
»Nein.«
»Das kann ich gut verstehen. Wenn man es eilig hat und schnell fährt, muss man sich auf den Verkehr konzentrieren und kann sich nicht unnötig umschauen.«
Das Mädchen schien beruhigt zu sein.
»Du sagtest, dass du um drei Uhr beim Zahnarzt sein musstest?«
»Ja. Und ich bin auch nicht zu spät gekommen. War genau pünktlich ... na ja, fast.«
»Dann kommt es also ungefähr hin, wenn ich sage, dass ihr euch zirka um Viertel vor drei am Fahrradständer vor der Schule getrennt habt?«
»Ja, das kommt hin.«
»Wenn du nun schätzen solltest, Lina«, begann Erika und richtete ihre großen, samtweichen Augen auf das Mädchen, »was glaubst du, wo sie hingegangen sein könnte?«
Lina schaute auf das lindenblütenfarbene Wachstuch auf dem Tisch. Sie saß mit ihrem türkisfarbenen Pyjama, dessen Hose sich über den kräftigen Oberschenkeln spannte, auf einem gewöhnlichen Klappstuhl. Der Tisch war lang, aber auffallend schmal, höchstwahrscheinlich damit er überhaupt in die Küche passte. Auf der langen Seite zur Wand hin stand ein altes Küchensofa mit abgeblätterter blauer Farbe.
Das Mädchen schwieg.
»Du hast keine Ahnung, in welche Richtung sie gegangen sein könnte? Dann brauchst du auch nicht zu antworten«, sagte Erika sanft.
»Ich weiß nicht«, begann Lina daraufhin mit leiser, fast flüsternder Stimme. »Vielleicht ist sie direkt nach Hause gegangen ... vielleicht aber auch in die Bibliothek.«
»Geht sie manchmal dorthin?«
»Ja. Manchmal gehen wir auch gemeinsam hin. Man kann Musik hören und so. Außerdem sind sie nett dort. Und sie haben gute Bücher.«
Erika hatte noch nichts in ihr Berichtsformular eingetragen,

begann aber jetzt, die Informationen zu notieren, und las sie daraufhin noch einmal durch. Die Eltern hielten sich im Hintergrund. In der Küche herrschte eine Stimmung des Zusammenhalts und der Geborgenheit. Man schien in diesem Haushalt keinen Wert darauf zu legen, unnötig Fehler oder Mängel hervorzuheben.

»Du, Lina«, fragte Erika weiter, »war Viktoria heute in der Schule irgendwie anders als sonst? Hat sie vielleicht mit einer Freundin geredet oder gespielt, mit der sie sonst nicht zusammen ist?«

Das Mädchen verschränkte die drallen Hände vor sich auf dem Tisch und legte ihren Kopf darauf.

Es war bereits recht spät für eine Elfjährige.

»Nein. Da war nichts«, antwortete Lina dann. »Sie war nur etwas müde, vielleicht.«

»Inwiefern?«

»Ich habe mir nicht einmal die Mühe gemacht, ihr mit den Matheaufgaben zu helfen«, erklärte das Mädchen und hob den Kopf.

»Tust du das denn sonst?«

Sie nickte.

»Viktoria hat ja im Krankenhaus gelegen. Sie musste beinahe operiert werden«, erklärte Lina, und ihr Blick wurde auf einmal ganz ernst, die Augen groß wie Untertassen. »Deshalb war sie noch nicht wieder ganz fit«, erklärte sie mit einer Stimme, die sowohl ängstlich dünn als auch ein wenig altklug klang.

NEUNTES KAPITEL

Samstag, 13. April

Es war so ein Tag, an dem man schon beim Aufwachen nicht genau wusste, was er einem bringen würde. In keinerlei Hinsicht.

Peter Berg lag in seinem Bett und schaute aus dem Fenster, betrachtete den wankelmütigen Himmel und die Wolken, die die Sonne verdeckten. Er fühlte sich schwer im Kopf. Unausgeschlafen. Auf dem Wecker, der ihn gerade mit seinem unangenehmen Klingeln geweckt hatte, konnte er erkennen, dass es Viertel nach zehn war. Er hatte unmittelbar das Rollo hochgezogen, das nach oben geschnellt war, sodass der Bommel immer noch in der Luft schwang. Er fühlte sich ungefähr so wie der Himmel, bewölkt.

Eigentlich fühlte er sich recht oft so, war ihm in letzter Zeit aufgefallen. Erwachte oftmals traurig und müde, auch wenn er ausgeschlafen war. Diese Unlust überfiel ihn, genauer gesagt, an fast jedem Morgen, legte sich jedoch zum Glück meistens später am Tag wieder. Er fragte sich, wo sie wohl herrührte. Vielleicht war sie ganz einfach angeboren. Sobald er sich aufgerafft und gefrühstückt, sich angezogen und auf den Weg gemacht hatte, schien es, als ginge alles etwas leichter.

Während er im Bett lag und sich nicht überwinden konnte, endgültig aufzustehen, überlegte er, wo in seinem Körper dieses Gefühl, das sich wie eine bleierne Schwere anfühlte, eigentlich seinen Ursprung hatte. Er konnte sich an das Auftreten dieses Phänomens in schwächerer oder stärkerer Ausprägung zurückerinnern, seitdem er ein Teenager war. Vielleicht hatte er sogar schon früher darunter gelitten.

Jedenfalls saß es irgendwo in der Nähe des Zwerchfells. Direkt unter dem Herzen.

Er legte seine Handfläche auf die Stelle und rieb sie mit dem Handballen, doch es machte keinen Unterschied. Er wusste, dass es nichts bewirken würde.

War es die Einsamkeit, die an ihm nagte? Diese eiskalte Einsamkeit. Nicht die selbst gewählte, sondern die aufgezwungene. Die angeborene.

Heute kam noch erschwerend hinzu, dass er müde war. Er war erst um drei Uhr morgens ins Bett gekommen. Man hatte die Suchaktion in seiner Gruppe nach einigen Stunden abgeblasen, und alle waren nach Hause geschickt worden, um sich auszuruhen und später wieder fit zu sein, während andere sie ablösten. Die Suchaktion an sich wurde ohne Unterbrechung fortgesetzt.

Heute jedoch stand ihm eine andere Aufgabe bevor. Er musste sich auf das Verhör mit Doris Västlunds Sohn vorbereiten. Sein Flugzeug von den Kanarischen Inseln war vor einigen Stunden in Kastrup gelandet. Die Charterflüge landeten oftmals so unchristlich früh oder extrem spät, doch seitdem die Öresundbrücke eröffnet worden war, hatten sich zumindest die Verbindungen verbessert. Man musste nicht mehr stundenlang auf der anderen Seite des Sundes sitzen und warten, bis eine Fähre fuhr. Vor ziemlich genau einem Jahr hatte er ungefähr die gleiche Reise gemacht. Damals war er mit Sara unterwegs gewesen, und ohne es eigentlich anzusprechen, hatten sie beide gewusst, dass ihr Verhältnis vorbei sein würde, sobald sie aus dem Urlaub zurück waren und festen Boden unter die Füße bekamen. Es war, als hätte sich irgendetwas Unbestimmtes zwischen sie gedrängt. Sie hatten einander plötzlich nicht mehr viel zu sagen. Merkwürdig, wie sich die Dinge entwickelten.

Doch so unerwartet war die Veränderung nun auch wieder nicht gekommen. Außerdem hatte Sara ja ihren Sohn, den eigentlich auch er sehr mochte. Das Kind war jedenfalls nicht die Ursache dafür, dass sie Schluss gemacht hatten, glaubte er zumindest.

In der Zeit danach hatte er ständig darüber nachgegrübelt, was er möglicherweise falsch gemacht hatte. Und manchmal passierte es auch heute noch. Doch er war bisher zu keinem Ergebnis gekommen. Außer dass er manchmal eine gewisse Erleichterung darüber empfand, dass es so gekommen war. Wie merkwürdig es auch erschien, er wollte tief in seinem Inneren nicht länger mit ihr zusammen sein, auch wenn er anfangs zu feige gewesen war, sich das einzugestehen. Er war einfach nicht mutig genug gewesen, Schluss zu machen. Die Worte auszusprechen.

Trotz seiner ständigen Einsamkeit, die vielleicht zu seinem Leben gehörte, wollte er diese Beziehung nicht mehr. Auch wenn er sich manchmal ziemlich wohl fühlte, wenn er sie besuchte und sie zusammen zu Abend aßen oder Kaffee tranken und er mit dem Jungen spielte. Aber das reichte offensichtlich nicht aus, und das hatte Sara wahrscheinlich auch gespürt. Diese Unzulänglichkeit, die ihn nie von selbst die Initiative ergreifen ließ. Er war eher der Typ, der die Dinge auf sich zukommen ließ.

Um zwölf Uhr dreiunddreißig würde der Zug mit dem Ehepaar Västlund am Bahnhof eintreffen, wie Peter Berg im Reisebüro erfahren hatte. Sie würden voraussichtlich ein Taxi vom Bahnhof nach Hause nehmen, und kurz darauf würde er bei ihnen klingeln.

So hatte er es geplant, und daran wollte er sich halten, auch wenn die Sache mit dem vermissten Mädchen dazwischengekommen war. Er hatte sich mit Louise Jasinski in Verbindung gesetzt, und sie waren übereingekommen, dass er den Sohn auf jeden Fall über den Tod seiner Mutter informieren sollte. Sie sahen sich gezwungen, es zu tun.

Die anderen Aspekte der Ermittlungen im Mordfall Doris Västlund mussten ein paar Tage ruhen. Nicht auf Eis, sondern vorläufig zur Seite gelegt werden. Bis sie das Mädchen wiedergefunden hatten. Aber vielleicht fanden sie es ja bald. Eventuell sogar am heutigen Tag. Bei dem Gedanken an ein glückliches Ende dieses Dramas überkam ihn ein plötzlicher Eifer. Sie würden das Mädchen unversehrt und wohlbehalten auffinden! Er lächelte.

Hoffentlich würde es tatsächlich so kommen! Er schloss die Augen und betete zu Gott.

Ted Västlund wirkte gefasst. Vorbereitet.

Peter Berg saß dem Sohn von Doris Västlund und seiner Ehefrau, die jeweils in einem der Ledersessel Platz genommen hatten, auf einem Sofa gegenüber. Ochsenblut hieß wohl die Farbe. Sie war nicht ganz so rot wie Menschenblut. Eher bräunlicher.

Der persische Teppich unter dem Glastisch war riesig. Er bedeckte fast das gesamte Parkett und dämpfte somit alle Geräusche in dem überkultivierten Raum. Eine Atmosphäre, in der sich Peter Berg plump und fremd vorkam.

Er hatte aufgehört zu zählen, wie viele Todesbescheide er als Polizist schon übermittelt hatte, doch er wusste, dass er sich niemals daran gewöhnen würde.

Er hatte sich vorbereitet. Seinen Kopf frei gemacht. Sich darauf eingestellt, für alles offen zu sein, auch wenn es länger dauern würde, und so gut es ging auf die Fragen, die in solchen Situationen immer gestellt wurden, zu antworten. Doch auf die häufigste aller Fragen hatte er keine Antwort parat.

Warum?

Die Sonnenbräune des Paares stand in scharfem Kontrast zu der übrigen Situation. Ebenso die sommerliche Farbe ihrer Kleidung. Ted Västlund trug ein hellgrünes Poloshirt und seine Frau ein rosafarbenes. Ihr Haar war blond gelockt, die Lippen mit rotem Lippenstift gefärbt, ihren braun gebrannten Hals schmückte eine Perlenkette, und die Oberweite darunter war recht üppig. Sie wirkte insgesamt mütterlich und war dabei ziemlich gut aussehend. Recht fröhlich sogar, wie unpassend es auch erscheinen mochte.

»Wir können uns denken, weshalb Sie gekommen sind«, begrüßte sie ihn, sobald sie ihm die Tür geöffnet hatte, was ihn leicht irritierte.

Das Ehepaar Västlund machte den Eindruck, als wollte es schnellstmöglich allen Kummer aus der Welt schaffen.

Nun saßen sie alle drei vor ihren Saftgläsern, die auf der blank geputzten Glasplatte des Wohnzimmertisches standen. Saft war das Einzige, was sich nach der Reise im Kühlschrank befunden hatte. Peter Berg war gerade sein Anliegen losgeworden und hatte sich immer noch nicht ganz von der Absurdität seines Auftritts erholt.

»Ja, ich habe mir schon gedacht, dass es so kommen würde«, sagte der Sohn ohne spürbare Gefühlsreaktionen und ohne sich näher nach den Umständen zu erkundigen. »Die Ärztin hatte sich ja ziemlich deutlich ausgedrückt, was die Schwere der Verletzungen betraf«, erklärte er und klang weder aufgewühlt noch traurig.

Peter Berg betrachtete ihn fasziniert. Keine gespielten Seufzer oder vor Trauer herabgezogene Mundwinkel, nichts dergleichen.

»Na ja«, war alles, was er hervorbrachte.

»Sie haben vielleicht den Eindruck, dass wir etwas unbeteiligt wirken«, erklärte die Ehefrau, »aber wir haben zu ihren Lebzeiten für Doris getan, was wir konnten. Uns bemüht, sie zu ertragen, deshalb hatten wir kein schlechtes Gewissen, als wir wegfuhren.«

»Nein?«

»Wir hatten wirklich Urlaub nötig«, fügte sie hinzu. »Und hatten ihn lange geplant.«

Berg griff nach Papier und Stift, um in irgendeiner Weise zu signalisieren, dass die Situation dennoch ernst war und es sich nicht um einen gewöhnlichen Todesfall handelte.

»Nun geht es aber um die Ermittlungen in einem Mordfall«, betonte er, wie um das entspannte und braun gebrannte Paar auf die Plätze zu verweisen und die peinliche Situation in dem elegant eingerichteten Wohnzimmer ein wenig aufzurütteln.

»Ja, das ist mir klar«, antwortete Ted Västlund. »Aber wir sind in keiner Weise in den Tod meiner Mutter involviert. Die Reise war seit langem geplant, wie wir bereits erwähnten. Und wir hatten sie bitter nötig«, wiederholte er, während seine Frau nickte und mit ihrem Lippenstiftmund lächelte. »Meine Mutter hatte uns vorher bereits an so vielem gehindert, dass wir schon vor einer Weile beschlossen haben, uns nicht mehr nach ihr zu richten. Dieses Mal nicht. Also fuhren wir. Genau wie wir es uns vorgenommen haben.«

Was nicht bedeuten musste, dass sie sie nicht getötet haben könnten, bevor sie losfuhren, dachte Peter Berg. Nach dem Motto: Erst morden, dann fliehen.

Doch das Paar besaß offensichtlich glaubwürdige Alibis. Noch bevor die Kollegen von der Polizei erfuhren, dass der Sohn mit seiner Frau entschwunden war, hatten sie sich bei ihren jeweiligen Arbeitsplätzen erkundigt und die Bestätigung erhalten, dass beide während der vermuteten Zeit der Misshandlung zugegen gewesen waren. Am Abend waren sie dann gemeinsam mit guten Freunden zu einem Essen eingeladen.

Sie hätten natürlich zwischendurch zur Waschküche fahren können, was nicht ganz unmöglich war, wenn man es genauer betrachtete. Doch im Innersten spürte Peter Berg, dass sie nicht logen. Und das Gefühl war stark. Aber er konnte sich natürlich auch täuschen.

»Wir haben natürlich während unseres Urlaubs eine ganze Menge darüber geredet, da es trotz allem nicht spurlos an einem vorübergeht, wenn die eigene Mutter im Sterben liegt. Oder, noch schlimmer, zu einem Pflegefall wird. Wir haben natürlich eine gewisse Leere gespürt. Nicht zuletzt, weil sie es gewohnt war, Platz einzunehmen. Viel Platz«, betonte er.

»Ja? In welcher Weise?«

»Meine Mutter ist schon immer eine Nervensäge gewesen. Entschuldigen Sie bitte den Ausdruck.«

Berg nickte.

»Sie hat ständig ihre Umgebung manipuliert. Sich eingemischt. Das bekommen, was sie wollte. Wenn wir planten wegzufahren, ist sie krank geworden oder hat sich dermaßen aufgespielt, dass wir sie nicht allein lassen konnten. Eine Person, die sich so verhält, hat ihre Umgebung fest im Griff. Es ist ziemlich schwer, damit umzugehen. Sie besitzt keine Selbsterkenntnis, wenn man es mit den Worten eines Psychologen ausdrückt«, erläuterte Ted Västlund, der Peter Bergs fragenden Blick bemerkt hatte. »Ja, wir sind bei einem Psychologen gewesen. Meine Mutter verschaffte uns ständig ein schlechtes Gewissen. Alles war immer der Fehler der anderen. Und lange Zeit habe ich das auch geglaubt. Wenn ich nur tat, was meine Mutter wollte, und das am besten schon im Voraus wusste, würde alles Friede und Freude sein, denn sie konnte sowohl lustig als auch ziemlich fröhlich sein. Zwischen diesen beiden Extremen bin ich aufgewachsen. Wie in einem ewigen Morast. Man konnte nie abschätzen, wann ihre Stimmung umschlug. Wenn man außerdem wie meine Mutter veranlagt ist ... war, sieht man ausschließlich sich selbst als Opfer. Sie war also immer die arme Mutter. So bin ich aufgewachsen, und damit habe ich versucht zu leben, aber schließlich genauso versucht, es abzuschütteln. Dass ich mich relativ unbeschadet aus diesen Strukturen gelöst habe, liegt daran, dass ich ... wir Hilfe bekommen haben. Doch leider erst in späteren Jahren. Aber ich trauere nicht um sie. Nicht viel jedenfalls. Einmal muss es genug sein!«

Seine Ausführungen klangen wie die Beschreibung einer klassischen Psychopathin, dachte Peter Berg, doch er hatte nicht erwartet, dass man eine Frau in diesem Alter noch als Psychopathin klassifizieren würde. Denn normalerweise pflegten sich derart ausgeprägte, auffällige Züge mit den Jahren zu verwischen, abzumildern.

Peter Berg fiel es mit einem Mal schwer, weitere Fragen zu formulieren. Als würde ihm das Verhör regelrecht aus den Händen gleiten.

»Wenn ihr also jemand mit einem harten Gegenstand den Schädel eingeschlagen hat, so kann ich es irgendwie verstehen«, sagte der Sohn mit neutraler Stimme, was einerseits ziemlich herzlos klang, andererseits, wenn man seinen Worten Glauben schenken sollte, verständlich schien.

Die Frage war nur, ob Ehrlichkeit tatsächlich immer am längsten währte.

»Und Sie wissen nicht zufällig, wer das gewesen sein könnte?«, wollte Peter Berg wissen.

Der Mann schüttelte sachte den Kopf.

»Nein. Keine Ahnung.«

Berg schaute ihm prüfend in die Augen hinter den stählern eingefassten Brillengläsern.

»Aber ich als ihr Sohn werde mich wenigstens um ein anständiges Begräbnis kümmern«, fügte Ted Västlund mit ruhiger und fester Stimme hinzu.

Das war immerhin etwas, dachte Peter Berg und überlegte, wer es auch sonst hätte übernehmen sollen. Vielleicht die Gemeinde.

»Kennen Sie Folke Roos?«, wollte er wissen.

»Kennen ... ja und nein.«

Ted Västlund hielt inne, schien zögerlich.

»Was wissen Sie über ihn?«

»Ein netter Mensch, der meiner Mutter zufällig über den Weg gelaufen ist.«

»Wissen Sie etwas darüber, dass sie sich getroffen haben? In der letzten Zeit?«

»Ja. Meine Mutter kam recht oft bei uns zu Hause vorbei. Suchte Gesellschaft. Das konnten wir ihr kaum verwehren. Im Allgemeinen redete sie jedoch nur von sich, was sehr ermüdend war. Sie fragte selten danach, wie es anderen ging. Und sie erwähnte Folke natürlich. Und dass sie wieder begonnen hatten, sich zu treffen.«

»Was können Sie darüber berichten?«

»Absolut gar nichts.«

»Und Sie hatten nichts dagegen?«

»Nein. Warum sollte ich?«

Sein Erstaunen wirkte echt.

»Glauben Sie, dass irgendjemand etwas dagegen hatte?«

Er betrachtete seine Fingernägel, bevor er antwortete.

»Nein.«

Die Antwort war kurz, die kürzeste bis jetzt. Berg notierte sie.

Ansonsten würde er genau dieses Detail vergessen, wenn er Louise Jasinski über das Gespräch informierte.

»Wissen Sie ungefähr, wann sie ihren Kontakt wieder aufnahmen?«

Ted Västlund schaute durch das große Wohnzimmerfenster nach draußen.

»Nein. Aber ich glaube, es war vor ein paar Jahren.«

»So lange schon!«, sagte Berg mehr zu sich selbst.

»Wie bitte?«

»So lange schon«, wiederholte Berg etwas lauter.

»Es kann gut sein, dass es sich um mindestens fünf Jahre handelt«, rechnete Ted Västlund nach, während er erneut seine Nägel betrachtete. »Wie die Zeit vergeht.«

Peter Berg begnügte sich mit einem bestätigenden Nicken.

»Es könnte also ein paar Jahre, aber ebenso gut auch eine längere Zeitspanne sein?«

»Vermutlich. Oder was meinst du?«

Ted Västlund wandte sich an seine Frau, die unsicher ihre Schultern hochzog.

»Wenn es wichtig ist, wäre es besser, ihn selbst zu fragen. Aber es könnte sein, dass sein Gedächtnis nicht mehr einwandfrei funktioniert.«

»Ist er senil?«

»Das weiß ich nicht. Ich habe ihn lange nicht gesehen. Ein angenehmer Mann übrigens. Sicherlich leicht zu beeinflussen. Aber das sind nette Menschen ja oftmals.«

So leicht übers Ohr zu hauen kann er kaum gewesen sein, wenn er eine erfolgreiche Firma betrieb, fiel Peter Berg ein. Auch wenn der geschäftliche Bereich und das Familienleben natürlich völlig unterschiedliche Lebensbereiche darstellten und der Mann inzwischen gealtert war. Möglicherweise nachgiebiger geworden war. Wahrscheinlich spielte die Einsamkeit auch eine Rolle, dachte er und konnte sich mit einem Mal die Tragweite einer anderen Form von Einsamkeit als die, unter der er selbst litt, vorstellen. Dieses endgültige Verlassensein, das Gefühl von Leere, wenn alle um einen herum wegsterben.

»Eins würde ich gern noch wissen«, begann Peter Berg. »Können Sie mir sagen, ob Doris Alkohol trank oder ungewöhnlich hohe Dosen an Medikamenten einnahm?«

»Nein, sie trank weder viel, noch schluckte sie besonders viele Schmerztabletten. Wenn Sie das meinen. Sicher nicht mehr als viele andere in ihrem Alter. Sie war eher gesünder als die meisten.«

Berg machte sich auf seinem Block Notizen. Spuren von Alkohol hatte man in ihrem Blut nicht gefunden, aber stattdessen gewisse Beruhigungsmittel, die man ihr während ihres Aufenthalts in der neurochirurgischen Klinik verabreicht hatte.

»Ihr Vater starb vor gut einem Jahr«, wechselte Peter Berg das Thema.

»Sie sind gut informiert«, kommentierte Ted Västlund Bergs Aussage, ohne dabei boshaft zu klingen.

»Das gehört zum Standard innerhalb der Ermittlungen zu einem Mordfall.«

»Das klingt beruhigend und außerdem Vertrauen erweckend. Ich habe nichts dagegen, dass Sie denjenigen, der meine Mutter ermordet hat, festnehmen, falls Sie das annehmen sollten.«

»Was können Sie über die Beziehung zu Ihrem Vater berichten?«

»Wessen? Ihre oder meine?«

Peter Berg biss sich auf die Unterlippe.

»Warum nicht die von Ihnen beiden?«

»Mein Kontakt zu meinem Vater war recht gut, kann man sagen, wenn man bedenkt, dass wir uns nur wenig gesehen haben, als ich klein war. Meine Mutter verhinderte es nämlich, so gut sie konnte. Die Scheidung war bitter für sie. Ich glaube, dass sie nie darüber hinweggekommen ist, von einem Mann verlassen worden zu sein. Außerdem bedeutete es einen sozialen Abstieg für sie. Sie war ja recht gut aussehend in jungen Jahren und war es gewohnt, umworben zu werden. Und da sie eher aus so genannten ärmlicheren Verhältnissen stammte, legte sie besonderen Wert auf ihr Aussehen, das sozusagen ihre einzige Chance war, sozial aufzusteigen. Ihr eigener Vater war zur See gefahren und verschwand, als sie gerade erst ein paar Jahre alt war. Auf welchem der sieben Weltmeere, ist nicht sicher. Ihre Mutter hatte sich fortan mit Gelegenheitsjobs, Sparsamkeit und Hartnäckigkeit über Wasser gehalten, was zu der Zeit nichts Ungewöhnliches war. Die Frau hatte wirklich Feuer unterm Hintern. Ich glaube, dass sie es sogar geschafft hat, ihre Kinder zu verwöhnen, auch wenn sie nicht aus dem Vollen schöpfen konnte. Für meine Mutter, die mit der Heirat meines Vaters, der eine solide Ausbildung absolviert hatte und reiche Verwandte besaß, einen sozialen Aufstieg erlebte, bedeutete es viel, zu den Vornehmeren zu gehören. Nach der Scheidung musste sie zu ihrem großen Kummer wieder in ziemlich ärmlichen Verhältnissen leben, jedenfalls anfänglich. Auch wenn mein Vater ihr Unterhalt zahlte, reichte das Geld nicht, um den Standard, den sie gewöhnt war, aufrechtzuerhalten. Doch als sie dann begann, in der Parfümerie zu arbeiten, und nach einiger Zeit eine Festanstellung erhielt, funktionierte es ganz gut, glaube ich. Sicherlich hatten sie es dort auch nicht immer leicht mit ihr. Aber sie konnte eben auch phasenweise charmant und schmeichlerisch sein. Und aufgrund der Gesetzeslage war sie wahrscheinlich nicht so leicht kündbar.«

Ein Telefon klingelte, woraufhin die Ehefrau in den Nebenraum verschwand. Peter Berg hatte beim Hereinkommen einen kurzen Blick in das Zimmer geworfen und festgestellt, dass es sich um ein Arbeitszimmer oder eine Bibliothek handelte, die, wie er wusste, von vielen aus steuertechnischen Gründen offiziell vorzugsweise Büro genannt wurde. Die Stimme der Frau klang gedämpft. Sie hatte die Tür angelehnt.

»Aber im Nachhinein kann ich verstehen, dass mein Vater

abhaute«, führte Ted Västlund weiter aus. »Es musste die Hölle sein, mit ihr verheiratet gewesen zu sein. Aber immerhin hat er damit auch mich verlassen.«

Er saß nun vornübergebeugt. Sein dunkles, glattes Haar war nach hinten gekämmt, die Geheimratsecken am Haaransatz stark ausgeprägt. Der große, nahezu hagere Mann stützte seine Unterarme schwer auf die Oberschenkel und schaute zu Boden, während er seine braun gebrannten Hände ineinander verschränkte.

Alle Menschen haben ein Bedürfnis, sich mitteilen zu dürfen. Wenn ihnen nur jemand zuhört. Das gilt auch für die Schuldigen, das wussten alle Polizisten.

Erzählen zu können, wie es war. Sich zu dem, was man verbrochen hatte, zu bekennen. Es galt zwar nicht unbedingt in allen Kreisen als ritterlich, seine Schuld zu sühnen, dachte er. Kein Mensch hat eine völlig weiße Weste. Und dennoch war es die beste Methode, sich mit sich selbst auszusöhnen. Sich selbst die Möglichkeit zu verschaffen, nach vorn zu schauen.

»Er ließ mich mit ihr allein, wie eine Art Pfand«, sprach Ted Västlund weiter. »Und das habe ich ihm in gewisser Weise nie verziehen.«

Peter Berg sagte nichts. Wenn er lange genug wartete, würde der Mann von allein weitererzählen.

»Er lernte eine vernünftige Frau kennen, verließ meine Mutter, und das war vermutlich das Beste, was ihm passieren konnte. Er bekam erneut Kinder, meine Halbgeschwister. Lange habe ich in dem Glauben gelebt, mein Vater sei ein Teufel, da meine Mutter sich entschieden hatte, mir den Kontakt zu ihm zu verweigern, und ich ihn deswegen nicht kennen lernen konnte. Eifersüchtig wachte sie über mich. Und in einer Hinsicht kann ich sie auch verstehen, denn sie wurde ja einfach sitzen gelassen, als er die Nase voll hatte. Er kaufte sich sozusagen frei, wie Männer es zu allen Zeiten getan haben… Doch als ich ins Teenageralter kam, fand ich seine Telefonnummer heraus. Zu der Zeit gab es ja noch keine Handys, und meine Mutter beäugte akribisch das Telefon beziehungsweise hielt mich davon fern, könnte man sagen. Ich musste also einen Moment abpassen, in dem sie außer Haus war. Als ich dann älter wurde, ging ich in die Telefonzelle. Aber das war nicht so einfach, denn die Stadt ist klein, und eines Tages sah mich eine Freundin meiner Mutter an der Telefonzelle bei Kirres Würstchenbude, was sie natürlich gleich ausplauderte. Die Frau dachte, ich hätte eine neue Flamme angerufen. Ich befand mich auch ungefähr in dem Alter, und deshalb benutzte ich die Freundin auch als Ausrede. Ich log also. Und dennoch verfolgte meine Mutter mich mit ihren Fragen. Nörgelte den lieben langen Tag an mir herum. Man ist ja als Kind ziemlich festgenagelt, solange man zu Hause wohnt. Besonders, wenn man wie ich eine Mutter hat, die sich andauernd einmischt.«

»Der Kontakt zu Ihrem Vater bestand also heimlich?«

»Ja.«

»Die ganze Zeit über?«

Er nickte.

»Im Großen und Ganzen. Sie hat bestimmt mitbekommen, dass wir Kontakt zueinander aufnahmen, aber ich glaube, dass sie es nicht wahrhaben wollte. Mit der Wahrheit konnte sie nicht umgehen. Jedenfalls nicht, was meinen Vater und mich betraf. Die Angst vor der Gewissheit war ihr zu groß, nehme ich an. Ich gehörte ihr, alles andere war ausgeschlossen. Da mein Vater sie ja bereits nahezu ruiniert hatte, so sah sie es jedenfalls immer, weil er ihr ihren Stolz genommen hatte, sollte er nicht auch noch mich bekommen. Dass man allerdings nicht über das Leben anderer bestimmen kann, kam ihr niemals in den Sinn. Kein einziges Mal ... Doch, möglicherweise später«, änderte er seine Meinung. »Und das Tragische an der Sache für sie war, dass ich ein weitaus besseres Verhältnis zu meinem Vater entwickelt habe, als ich es je zu ihr hatte. So ungerecht kann das Leben sein! Der Kontakt war natürlich nicht gleich von Beginn an optimal. Ich hatte mir zu viel erhofft und mir anfänglich ein Bild zurechtgelegt, das in keinster Weise der Realität entsprach. Mein Vater war natürlich auch kein Übermensch. Aber ich war ihm ganz ähnlich. Und dann kam natürlich noch die Eifersucht auf meine Halbgeschwister hinzu. Denn sie konnten ja die ganze Zeit mit ihm zusammen sein. Und sie hatten von Geburt an ein natürliches Verhältnis zu ihm. Mussten nicht beweisen, dass sie es wert waren, geliebt zu werden.«

Er seufzte tief, und selbst bei Peter Berg löste diese traurige Schilderung, die man leider heutzutage in ähnlichen Varianten immer häufiger zu hören bekam, einige Emotionen aus. Nicht alle Trennungen verliefen glücklich, auch wenn sie geglückt waren. Berg selbst war mit beiden Elternteilen aufgewachsen, aber auch das war definitiv kein hundertprozentiger Glücksfall, nicht einmal besonders zuträglich, wie er fand. Vielleicht war er deswegen oftmals so schwermütig? Zwischen Doris und seiner eigenen Mutter fielen ihm gewisse Ähnlichkeiten auf. Sein Vater hingegen war bedeutend passiver gewesen. Er hatte nicht einmal den Versuch unternommen, seine etwas überdrehte und egozentrische Ehefrau zu verlassen. Vielleicht liebte er sie ganz einfach?, fiel ihm plötzlich ein. Er wollte es auf jeden Fall gerne glauben. Denn es fühlte sich besser an, aus einer liebevollen Beziehung entsprungen zu sein, auch wenn sie irgendwie verrückt war. Oder hielt sein Vater gar das Unterfangen einer Scheidung für praktisch undurchführbar? Sie waren ja viele Geschwister zu Hause. Und natürlich konnte man die soziale Kontrolle durch die Kirchengemeinde nicht ganz außer Acht lassen. Jedenfalls nicht, ohne das Risiko einzugehen, ausgeschlossen zu werden.

»Aber das Kapitel ist jetzt zum Glück abgeschlossen«, rundete Ted Västlund seine Ausführungen ab und nickte Peter Berg stumm zu, der sich beeilte, den gedanklichen Ausflug in seine eigene Kindheit zu beenden.

Die Sonne zeigte sich zwischen den Wolken, gelblich weiße Strahlen brachen sich im Glas des Kronleuchters im Wohnzimmer und ließen ihn in allen Farben des Regenbogens erstrahlen.

Peter Berg wollte es nicht versäumen, Ted Västlund einige

Fragen über die finanzielle Situation seiner Mutter zu stellen, um eventuellen Aufschluss über das Geld in dem Karton zu erhalten. Doch er wusste nicht, wie er das Thema ansprechen sollte, ohne dass die Stimmung kippte.

»Was wissen Sie über die finanzielle Situation Ihrer Mutter?«, fragte er schließlich geradeheraus.

»Was sollte damit sein?«

»Was wissen Sie über ihre Finanzen?«

»Eigentlich nichts Besonderes. Sie war wohl ähnlich gestellt wie die meisten anderen auch«, meinte der Sohn schließlich.

Berg fragte ihn, was genau er damit meine.

»Tja, sie war nicht gerade freigebig. Sie hatte wohl ein Händchen, was den Umgang mit Geld betraf. Kam mit dem aus, was sie besaß. Hatte nicht viel über, besonders dann nicht mehr, als mein Vater starb und sie nicht länger den Unterhalt bezog, zu dessen Zahlung er zu seinen Lebzeiten verpflichtet war. Aber sie hatte genügend, um über die Runden zu kommen. Vielleicht sogar ein wenig Erspartes. Aber nicht viel, würde ich meinen. Ich kann es allerdings nur annehmen. Wir haben selten über Geld gesprochen.«

Was Peter Berg merkwürdig fand, wo Ted Västlund doch beruflich mit Geld zu tun hatte, als Wirtschaftsprüfer – oder wie seine Berufsbezeichnung nun genau lautete. Aber vielleicht stand das Private auf einem ganz anderen Blatt.

»Vielleicht besaß sie ein wenig Erspartes«, wiederholte Ted Västlund nicht ohne eine gewisse Neugier, als mutmaße er, dass die Polizei ihm womöglich Informationen über das ausstehende Erbe vorenthielt. »Aber um viel kann es sich dabei nicht handeln«, fügte er erneut hinzu.

Peter Berg sah das Ersparte vor seinem inneren Auge. Fast eine halbe Million. Die Ansprüche der Menschen waren unterschiedlich.

»Also besaß sie keine größeren Ersparnisse, von denen Sie wussten?«

»Ich weiß es nicht, aber ich vermute, dass sie etwas Geld auf die hohe Kante gelegt hat. Aber es kann sich wirklich nicht um größere Summen handeln«, sagte er zum dritten Mal, wobei er jetzt sowohl unsicher als auch deutlich verlegen wirkte.

Er begriff wahrscheinlich, dass die Polizei mehr wusste als er. Doch Peter Berg enthielt sich jeden Kommentars.

Kjell E. Johansson stand erneut vor dem Badezimmerspiegel und versuchte sich zu rasieren. Das letzte Mal lag über eine Woche zurück, wie ihm einfiel. Genauer gesagt, war es vor dieser Veranstaltung gewesen, diesem makaberen Kostümfest, das er im Nachhinein schon unzählige Male verflucht hatte – nicht zuletzt, weil er dumm genug gewesen war, überhaupt dort hinzugehen. Er hatte sich überreden lassen. Und noch bevor er sich auf den Weg gemacht hatte, hatten ihn bereits böse Vorahnungen beschlichen. Er war einfach nicht der Typ für Kostümfeste. In den Kreisen, in denen er verkehrte, legte man keinen Wert darauf, sich zu verkleiden und so zu tun, als sei man Seeräuber oder Haremsdame. Kein Wunder, dass ihm die Galle übergelaufen war und er mit diesem Typ aneinander geriet, der meinte, für alle Fragen des Lebens eine Antwort parat zu haben. Maschinenbauingenieur. Er hatte seine Berufsbezeichnung mit einer solchen Selbstgefälligkeit ausgespuckt, dass Kjell E. Johansson es nicht anders deuten konnte, als dass dieser Mann geradezu nach Schlägen verlangte.

Er drehte den Hahn weit auf und spülte das Rasiermesser unter heißem Wasser ab. Es war sogar so heiß, dass er sich beinahe verbrannte. Vorsichtig massierte er dann den Rasierschaum oberhalb seiner Oberlippe ein.

Die Stelle tat nach wie vor weh. Einige Partien waren wie betäubt. Doch das Gefühl würde wohl nach einer Weile wiederkommen. Und ansonsten konnte er auch damit leben. Seine Gesichtsfarbe hatte sich allmählich von einem satten Lila zu einem grünlich gelben Farbton hin verändert. Es juckte, und das war ein gutes Zeichen. Er kratzte sich vorsichtig mit seinem abgekauten Fingernagel. Die Wunden waren dabei zu verheilen. In der kommenden Woche hatte er erneut einen

Arzttermin. Wollte ihn auch wahrnehmen. Nur zur Sicherheit.

Die Rasur war ein heikles Unterfangen. Er ließ das Messer vorsichtig über seine Wangen gleiten, um kein neuerliches Bluten oder zusätzliche Schnitte zu verursachen oder gar einige der unzähligen Schorfpartien aufzureißen. Mied die verletzten Bereiche, deren Heilungsprozess schon fortgeschritten war und die jetzt als hellrosafarbene Narben im Wangenbereich prangten. Manche waren mit einem dünnen Faden genäht, andere nur mit chirurgischen Pflastern geklebt, die sich an den Enden gelöst und eine Farbe wie schmutziger Schnee bei Tauwetter angenommen hatten, also hatte er sie kurzerhand abgerissen.

An Alicia hatte er nicht gerade große Freude gehabt, was ihn jedoch nicht länger bekümmerte. Er hatte sie bereits als zu jung abgeschrieben und konnte sich mittlerweile sogar eingestehen, dass er sowohl dumm als auch viel zu eitel gewesen war. Frischfleisch in allen Ehren, doch war er durchaus nicht bereit, sich wegen ihrer Person geradezu der Lächerlichkeit preiszugeben.

Das Kostümfest gehörte somit zu einem Kapitel in seinem Leben, das er so schnell wie möglich aus seiner Erinnerung streichen wollte. Sobald sein Gesicht einigermaßen wieder hergestellt war und er einen Termin beim Zahnarzt bekäme, würde sich alles wieder einrenken. Aber es würde teuer werden. Zwei Zähne. Er hatte vorsichtig die verbliebenen Stümpfe befühlt und mit Zufriedenheit festgestellt, dass sie saßen, wo sie hingehörten, wenn auch etwas lose.

Während der vergangenen Woche hatte er nach einigen betrüblichen Nächten in Untersuchungshaft trotz allem seinem Job nachgehen können. Der Frühling gehörte neben Weihnachten zur Hochsaison für einen Fensterputzer. Seinen Auftraggebern, die ihn neugierig fragten, was denn mit seinem Gesicht passiert sei, antwortete er, ohne zu zögern, dass er eine Leiter heruntergefallen sei. Leider. Doch er hatte Glück im Unglück gehabt, wie er trotz der unvollständigen und somit nicht gerade ansehnlichen Zahnreihe mit einem Grinsen hinzufügte. Denn er hatte sich nicht das Genick gebrochen. Inzwischen hatte er diese Geschichte schon so viele Male heruntergeleiert, dass er beinahe selbst daran glaubte.

Auf diese Weise erhielt er ein gewisses Maß an Mitleid, auch wenn er nicht direkt darauf aus war. Im Moment war ihm eigentlich in erster Linie am Geld gelegen.

Doch am heutigen Samstag hatte er keinen Auftrag eingeplant. Er musste sich also irgendwie beschäftigen, damit er weder in ein tiefes Loch fiel noch sich über eine mögliche neuerliche Festnahme den Kopf zerbrechen musste. Polizisten gehörten zu einer unberechenbaren Spezies. Da half es auch nichts, dass er ein blütenreines Gewissen hatte.

Als er an diesem Morgen das Radio einschaltete und die Suchmeldung hörte, erweichte sein Herz, das an und für sich auch sonst nicht gerade hart war, und eine Ritterlichkeit ergriff sein Gemüt. Er würde mithelfen! Er würde sich der Suchaktion anschließen, auch wenn das beinhaltete, dass er erneut in den Blickpunkt der Polizei geriet. Doch mit ein wenig Glück würde ihn niemand wiedererkennen. Und wenn doch, so konnte er den Bullen allemal beweisen, dass er ein seriöser Typ war, einer, der sich nicht davor scheute, sich für andere stark zu machen.

Deshalb kleidete er sich entsprechend und zog seine Turnschuhe an. Einen kurzen Augenblick überlegte er, ob er nicht besser Gummistiefel nehmen sollte. Denn er würde schließlich in Wald und Feld unterwegs sein. Doch diese Überlegung scheiterte letztlich an der Feststellung, dass er gar keine besaß. Wem er sie möglicherweise geliehen haben könnte, fiel ihm nicht ein. Vielleicht hatte er sie auch einfach irgendwo vergessen. Egal! Er machte sich auf den Weg in Richtung Zentrum, wohin es nicht besonders weit war. Ein hoch gewachsener Mann mit federndem Gang und einer selbstsicheren, aufrechten Haltung. Er ging an Kirres Würstchenbude vorbei und passierte eine Plakatwand, an der gleich mehrere Aushänge nebeneinander aufgereiht waren.

Abrupt hielt er an. Besaß er etwa hellseherische Fähigkeiten? Hatte er das nicht bereits im Gefühl gehabt? Seine Intuition war eigentlich schon immer ziemlich gut gewesen. Doch manchmal wiederum konnte er sich leider überhaupt nicht auf sie verlassen. Zum Beispiel letzten Freitag, als er nicht begriffen hatte, dass er im Vergnügungspark nichts zu suchen hatte. Jedenfalls nicht auf diesem Kostümfest.

Aber jetzt ging es schließlich um etwas anderes.

Das Bild mit dem verschwundenen Mädchen stach ihm von sämtlichen Aushängen ins Auge. Viktoria hieß sie, wie er in großen Lettern lesen konnte. Schwarze Druckbuchstaben, wie auf einer Traueranzeige.

Das war sie. Das Mädchen.

Ihn erfasste unmittelbar eine nahezu übermächtige Luftnot, doch nach ein paar tiefen Atemzügen erlangte er schließlich wieder die Kontrolle über seinen Körper.

Sie mussten sie finden! Dafür würde er sich persönlich einsetzen. Die neue Aufgabe erfüllte ihn mit Tatendrang und drängte sein eigenes Gefühl, zu kurz gekommen zu sein, beiseite. Er würde das Mädchen retten, dafür sorgen, dass sie gefunden wurde, und wenn er dafür Tag und Nacht schuften musste.

Eine starke, aufwühlende Unruhe breitete sich in seinem Körper aus. Brachte seinen Kreislauf in Schwung. Trieb seine Schritte voran.

Manchmal war es eben wichtig, nicht zu spät zu kommen.

Jesper Gren war an der Reihe mit Telefondienst, nachdem Lennie Ludvigson Feierabend gemacht hatte. Gerade kam er mit einem Becher Kaffee vom Automaten zurück, als ein Anruf von einem gewissen Birger Berg einging. Einen kurzen Moment überlegte er, ob es sich um Peter Bergs Vater handeln könnte, sah dann aber ein, dass der Nachname ziemlich häufig vorkam.

Birger Berg, der langsam und in breitem Småländisch sprach, kannte das verschwundene Mädchen, wie er berichtete. Sie hatte ihm und seiner Frau in ihrer Wohnung Maiblumen verkauft.

»Und wann war das?«, wollte Jesper Gren wissen, der das Adrenalin in seine Adern schießen spürte. Es konnte wohl kaum heute Morgen gewesen sein, aber vielleicht gestern Nachmittag.

Seine Hoffnungen wurden jedoch schnell zunichte gemacht. Er erhielt zur Antwort, dass das Mädchen vor über einer Woche bei ihnen gewesen war.

Sein Hinweis war nach Jesper Grens Ansicht nicht besonders aufschlussreich, da Viktoria noch am gestrigen Tag gegen drei Uhr nachmittags gesehen worden war. Doch er trug pflichtschuldigst alle Informationen die Adresse des Mannes betreffend sowie Zeitpunkt und Datum in ein Formular ein, bedankte sich höflich für sein Engagement und beantwortete den nächsten Anruf. Er kam von einer Dame, die am selben Tag, an dem Birger Berg dem Mädchen die Blumen abgekauft hatte, ebenso eine Blume von Viktoria erstanden hatte, allerdings vor dem Supermarkt. Auch das notierte er, nahm daraufhin einen Schluck Kaffee, brach sich dazu ein Stückchen Schweizer Nussschokolade ab, zerkaute es genüsslich und steckte sich schließlich noch ein Stück in den Mund. Zur Sicherheit hatte er sich mit einer großen Tafel eingedeckt, zweihundert Gramm. Denn der Abend konnte lang werden. Um ganz sicherzugehen, besaß er noch eine weitere in Reserve. Die Schokoladentafeln waren jeweils im Zweierpack auf einem Extrastapel bei Kvantum zum Sonderpreis angeboten worden.

Er wischte seine klebrigen Finger an den Hosenbeinen ab und nahm schließlich ein weiteres Gespräch entgegen. Ein Mann, der ein Stück weiter oben in der Kikebogatan wohnte, meldete sich. Er behauptete mit Bestimmtheit, dass das betreffende Mädchen am Nachmittag zuvor in seiner Straße in ein Auto gesprungen sei, was daraufhin wegfuhr.

»Zu welchem Zeitpunkt geschah das?«

»Ich denke, um kurz nach drei. Ich hatte gerade die Dreiuhrnachrichten gehört.«

»Konnten Sie erkennen, wer sie mitgenommen hat?«

»Nein. Die Fahrerin wurde von meinem Blickwinkel aus von dem Auto verdeckt, als sie sich ans Steuer setzte.«

»Konnten Sie erkennen, um welches Modell es sich handelte?«

»Nein, sie sehen ja alle ziemlich gleich aus, aber es handelte sich um einen weißen Kastenwagen.«

»Und was für einen Eindruck machte sie? Also das Mädchen. Sah sie aus, als stiege sie aus eigenem Antrieb ein?«

»Ja, auf jeden Fall. Sie stieg selbst ein, setzte sich auf den Beifahrersitz und zog die Tür zu, und dann sind sie losgefahren. Ihre Bewegungen wirkten ... wie soll ich sagen ... energisch. Als hätte sie sich gefreut einzusteigen. Aber ich kann mich natürlich auch täuschen.«

Jesper Gren notierte die Hinweise des Mannes und bat ihn, erreichbar zu bleiben. Dann nahm er das Formular und reichte es an Brandt weiter, der nach einer endlosen Nacht immer noch die Stellung hielt, wie lange auch immer er noch durchhalten würde. Brandt nahm wiederum Kontakt zum Einsatzchef vor Ort auf, und sie einigten sich darauf, einen Kollegen zu dem Mann nach Hause zu schicken, um einen Blick aus dem erwähnten Fenster zu werfen und eventuell bei diversen Nachbarn zusätzliche Erkundigungen einzuholen. Außerdem sollte erneut ein Hundeführer in die Kikebogatan abkommandiert werden. Man hatte den Bereich bereits am frühen Morgen durchsucht, würde es aber ein weiteres Mal tun. Es war durchaus möglich, dass sie beim ersten Mal etwas übersehen hatten.

Es gingen noch einige weitere Zeugenaussagen ein, die bestätigten, dass ein Mädchen, auf welches die Personenbeschreibung Viktorias passte, in der Kikebogatan in einen weißen Kastenwagen gestiegen war. Unter anderen von einer Dame, die ihren Hund ausführte und nach eigenen Angaben nur ein paar Meter von dem Mädchen entfernt gewesen war.

Man begann sich auf diese Straße zu konzentrieren. Mit anderen Worten: Das Gebiet wurde immer erfolgversprechender.

Wenn nun das Mädchen in einem Auto weggefahren war, stellte sich natürlich die Frage, ob es sich um eine Bekannte handelte, die sie aufgelesen hatte. Und warum hatte die Person in diesem Fall noch nichts von sich hören lassen? Oder war das Mädchen doch mitgelockt worden? Und was hatte das wiederum zu bedeuten?

Nach kurzer Zeit tauchte Conny Larsson im Präsidium auf. Er sah übermüdet aus, strahlte aber dennoch sowohl Optimismus als auch Besonnenheit aus. Er hätte sich selbst auch nichts anderes gestattet, was wahrscheinlich auch für die darauf folgenden Stunden galt.

Gren und Larsson unterhielten sich über die aktuell eingegangenen Hinweise. Gren fragte, was sie unternehmen sollten, wenn diese nun nirgendwohin führten.

»An einer anderen Stelle weitersuchen«, antwortete Larsson folgerichtig.

»Die Eltern tun einem am meisten leid«, bemerkte Gren.

»Stimmt«, bestätigte Larsson. »Der Mutter geht es so schlecht, dass ich Jönsson, also Lena Jönsson, du weißt schon, die kecke Aspirantin, bitten musste, sie zum Arzt zu bringen.«

»Und was haben sie mit ihr angestellt?«, fragte Gren skeptisch.

»Doktor Björk hat mit ihr gesprochen.«

»Und? Konnte er ihr helfen?«

»Nein. Nicht einmal der gute Doktor Björk kann das Mädchen wieder hervorzaubern, auch wenn er es sicher gerne getan hätte. Aber er konnte ihr zumindest ein Schlafmittel verschreiben.«

»Ach so. Aber schlafen wird sie vermutlich dennoch nicht können. So würde es mir jedenfalls gehen.«

»Nein. Höchstwahrscheinlich nicht. Nicht bevor wir sie gefunden haben.«

»Aber noch haben wir die Hoffnung nicht aufgegeben, oder?«, vergewisserte sich Gren.

Er schaute Conny Larsson von der Seite an und erforschte seine Reaktion.

Louise Jasinski und Peter Berg saßen sich gegenüber. Zwischen ihnen befand sich Louises Schreibtisch, der ungewöhnlicherweise aufgeräumt war. Sämtliche Akten und Mappen waren wegsortiert. Die beiden hatten im Lauf der Jahre schon ziemlich oft in dieser Weise zusammengesessen.

Louises Töchter schauten ihnen aus roten Bilderrahmen von der Fensterbank aus fröhlich entgegen. Die beiden Mädchen hatten glänzendes schwarzes Haar, lächelten geniert und waren ziemlich süß. Peter Berg warf einen Blick auf die Fotos.

»Wie geht es ihnen?«

Sie sah ihn fragend an.

»Deinen Mädchen«, verdeutlichte er.

»Ach so, denen! Danke, es geht ihnen gut. Sie sind bei Janos an diesem Wochenende«, erläuterte sie, wobei ihr Ton knapp genug war, um Peter Berg davon abzuhalten, weitere Fragen in dieser Richtung zu stellen.

Ihm war in den Sinn gekommen, dass man als Elternteil möglicherweise besonders beunruhigt war, wenn ein Mädchen im Schulalter verschwand, und dachte einen Augenblick darüber nach. Aber was wusste er schon? Er hatte ja keine Kinder.

Louise gehörte zu den Menschen, die nicht besonders lange still sitzen konnten. Sie machte mitunter einen ziemlich rastlosen Eindruck. Deshalb irritierte sie die Nervosität anderer auch besonders. Sie gehörte zum Beispiel zu denen, die Lundins ewiges Wippen mit seinem Stuhl am wenigsten ertragen konnten. War die, die sich als Erste beschwerte. Doch für gewöhnlich drehte sich Louise selbst auf ihrem Schreibtischstuhl hin und her, wandte sich der Tür zu oder schaute aus dem Fenster, wenn sie mit jemandem sprach, unabhängig davon, um welches Thema es ging. Doch heute schien sie stiller als sonst. Sie unterhielten sich über das vermisste Mädchen. Das Gespräch verlief zäh und mit langen Pausen. Er hatte den Eindruck, als sei Louise nicht ganz bei der Sache. Ob es aber darauf beruhte, dass sie alle übermüdet waren, oder ob es mit dem Mädchen oder gar dem Västlund-Fall, der zwischenzeitlich niedergelegt worden war, zusammenhing, war schwer zu sagen. Aber Berg glaubte nicht daran, dass es der Job war, der sie so geknickt erscheinen ließ. Es musste in irgendeiner Weise mit ihrem Privatleben zu tun haben. Private Dinge berühren einen immer am meisten.

Die Pausen zwischen ihren Wortwechseln schienen immer größer zu werden, und er hatte eigentlich nicht vor, noch länger sitzen zu bleiben, aber auf der anderen Seite war es nicht ganz leicht, einfach aufzustehen und zu gehen. Er fand es immer unangenehm, mit einer Person in einem Raum zu sitzen, die es aus der Bahn geworfen hatte. Besonders dann, wenn man nicht genau wusste, was der Grund dafür war. Die Situation erschien ihm zunehmend unerträglich, doch er konnte es nicht ändern. Und dennoch schienen beide die Stille in gewisser Weise zu akzeptieren, wahrscheinlich weil sie sich gut kannten. In mancher Hinsicht kam es ihm sogar entspannter vor, nicht immerfort irgendwelche möglichst glaubwürdigen Fakten von sich geben zu müssen, sich anzubiedern oder ständig auf der Hut zu sein.

Er hatte sich gerade einen Plastikbecher mit Kaffee geholt, während Louise sich immer noch an Tee hielt. Natürlich fiel ihm diese neue Gewohnheit auf, doch er kommentierte sie nicht. »Tee ist nur etwas für Kranke«, pflegte Louise noch vor einiger Zeit zu sagen. Es war ihr Standardkommentar über die Teetrinker unter ihren Kollegen. Es wäre ein Leichtes gewesen, sie darauf anzusprechen. Fragen, wie es sich denn nun mit den Kranken verhielte. Aber er tat es natürlich nicht. Sein Fingerspitzengefühl suggerierte ihm, dass es besser wäre, sich den Kommentar zu sparen.

Vom anderen Ende des Korridors hörte man Stimmengemurmel. Die Aktivität im Hause war zur Zeit groß. Fast so, als vibrierten die Wände. Aus verschiedenen Richtungen war Verstärkung eingetroffen. Neue Gruppen wurden zusammengestellt und losgeschickt, um weitere Gebiete zu durchkämmen. Menschenketten wurden gebildet, die aus ausgeruhten Suchenden und Hundeführern bestanden, die alle nur einen

Gedanken hatten: das Mädchen finden. Am besten lebend. Peter Berg würde sich selbst bald mit einer Gruppe auf den Weg machen.

Plötzlich näherte sich das Knattern rotierender Hubschrauberflügel und unterbrach die Stille. Peter Berg und Louise Jasinski stellten sich ans Fenster und blinzelten in den Himmel, konnten aber außer einigen aufgeschreckten Vögeln, die flüchteten – Krähen vielleicht –, nichts erkennen.

»Aha, der Helikopter ist eingetroffen«, stellte Berg fest und schaute auf seine Uhr.

»Er ist schon eine Weile vor Ort«, entgegnete Louise.

»Und hat bisher noch nichts gefunden?«

»Nein.«

Die Stimmung im Raum wurde wieder gedämpfter. Doch dann überwand sich Berg schließlich, ließ das Unbehagen hinter sich und begann, von seinem Besuch bei Ted Västlund zu berichten. Eigentlich war er deswegen in Louises Zimmer gekommen. Er schilderte ihn eingehend, weil er sich selbst so stark von der merkwürdigen Form des Trauerns um eine Frau, die ermordet worden war, und ihrem Sohn, der angesichts des Vorfalls vollkommen unberührt wirkte, hatte faszinieren lassen.

»Er sagt jedenfalls, dass es ihn nicht berührt, dass man seine Mutter erschlagen hat. Und er sieht auch nicht besonders mitgenommen aus«, meinte Berg.

Louise hörte plötzlich intensiv zu, absorbierte seine Worte und ihre Zusammenhänge, ungefähr so, als würde sie sich sehr langsam einen Bonbon auf der Zunge zergehen lassen. Jetzt hatte sie anscheinend etwas gefunden, an das sie ihre Gedanken heften konnte.

Als sich sein Bericht dem Ende näherte, verschränkte sie die Hände hinter dem Kopf, hielt die Luft an, bis sie puterrot im Gesicht wurde, und ließ daraufhin ihre Arme mit einem lauten Seufzer fallen.

»Ziemlich herausfordernde Situation«, war Peter Bergs abschließender Kommentar.

»Stimmt, man bildet sich ja immer ein, dass zumindest die eigenen Kinder um einen trauern, wenn man stirbt«, hob Louise hervor.

»Ja, genau«, entgegnete Berg vage und fragte sich im Stillen, wer in diesem Fall ihn vermissen würde.

Die Geräusche im Korridor ebbten ab. Die Leute waren vermutlich nach draußen gegangen.

»Jetzt besitzen wir ja bedeutend mehr Informationen über das Leben von Doris Västlund, als man ahnen konnte«, meinte Louise froh.

»Ich glaube nicht, dass ich überhaupt etwas geahnt habe«, entgegnete Peter Berg neutral.

Ihre Augenlider flackerten.

»Stimmt, ich eigentlich auch nicht. Es war einfach nur ein dummer Spruch.«

Ihre Worte klangen merkwürdig. Sie fluchte im Stillen selbst darüber, dass sie sich so kindisch verteidigen musste. Aber sie war äußerst empfindlich, was die Kommentare anderer betraf. Wollte alles richtig machen. Am liebsten immer. Besonders jetzt, wo sie wusste, dass sie in gewisser Hinsicht Glück gehabt hatte. Denn sie hätte niemals diesen Posten erhalten, wenn Claesson nicht auf seine alten Tage noch Vater geworden wäre. Wer hätte das auch ahnen können? Nach ihrem Dafürhalten machte es keinen großen Sinn, die eigene Karriere im Voraus zu planen. Denn man konnte nie wissen, was dazwischenkam. Oder, besser gesagt, was in manchen Fällen niemals eintraf, einigen verbitterten älteren Kolleginnen nach zu urteilen. Sie hatten bis um die vierzig herum geglaubt, dass es ausreiche, intensiv zu arbeiten. Und dennoch hatten die Männer die verantwortungsvollen Posten erhalten.

Sie selbst hatte zumindest Glück gehabt. Auch wenn es sich wieder einmal um eine typisch weibliche Sichtweise handelte, in Kategorien wie Glück zu denken, sobald man einen beruflichen Aufstieg verbuchen konnte. Das hatte auch ihre Freundin Monica mehrfach versucht, ihr begreiflich zu machen.

»Du hast Ahnung von deinem Job«, hatte sie gesagt. »Kapier das doch endlich! Du bist gut! So einfach ist das.«

Und dennoch war es mit großer Anspannung verbunden, die aktuellen Ermittlungen voranzubringen, dabei nicht übereifrig zu sein und nicht zu viele Spuren auf einmal zu verfolgen, ohne zwischendurch innezuhalten. Obwohl sie schon so lange dabei war und ihren Job von der Pike auf gelernt hatte, machte sie ihre neue Position in gewisser Weise nervös. Und gleichermaßen aufgekratzt. Spornte sie an, setzte sie unter Stress, beunruhigte sie und störte nicht zuletzt ihren Nachtschlaf. So wie es Herausforderungen eben an sich hatten. Was ihren Schlaf anbelangte, so hätte der allerdings auch ohne diese Herausforderung gelitten.

Die Spannung, der Nervenkitzel, der Zusammenhalt und das Teamwork in der Gruppe waren wohl die Gründe dafür, dass sie überhaupt bei der Polizei arbeitete und sich dort immer noch wohl fühlte. Als sie Krankenschwester gewesen war, was schon einige Zeit zurücklag, hatte sie sich eher eingesperrt gefühlt. Wie ein Tier in einem Käfig. All diese Frauen, die von Fürsorge und Wohlwollen erfüllt waren und sich gegenseitig in ihren Positionen klein hielten. Keine durfte sich hervortun, besser als die anderen sein. Nein, sie hatte ihren Berufswechsel nie bereut.

Sie wusste, dass sie kämpfen konnte, das war schon immer so gewesen, doch der Weg nach oben war in den letzten Jahren tendenziell zu lang und vielleicht auch etwas zu steil gewesen.

Zum Glück hatte sie im Moment Peter Berg vor sich sitzen. Ein fester Bezugspunkt. Genau wie Janne Lundin.

»Was denkst du?«, wollte sie in einem Versuch, zum Thema zurückzukehren, wissen.

Selbst Louise spürte, dass eine gewisse Vorsicht im Raum stand. Sie wusste außerdem, dass es mit ihr zusammenhing. Sie drehte ihren Kopf dem Kollegen zu, suchte Blickkontakt, lächelte kurz, als wollte sie ihn bitten, ein wenig Nachsicht mit ihr zu üben.

Meine Güte, wie blass sie war, fiel es Peter Berg auf.

Tja, was dachte er? In der Tat ging ihm so einiges durch den Kopf. Er versuchte seine Gedanken zu sortieren.

Was denkst du? Dieser Begriff wurde von sämtlichen Mitgliedern ihrer Gruppe häufig benutzt und bedeutete ungefähr, dass man frei assoziieren konnte, ohne dafür etwas auf die Finger zu bekommen. Also raten, Annahmen äußern und fantasieren.

»Ich denke, dass man in der Lebensführung der meisten Menschen einen Grund finden könnte, der einen dazu verleitet, sie zu ermorden. Jedenfalls wenn man lange genug sucht. Und zusätzlich gibt es Leute, und die wird es immer geben, überempfindliche, leicht zu kränkende, die sich über Kleinigkeiten aufregen, die man selbst kaum nachvollziehen kann. Ein falsches Wort oder eine Waschzeit, die nicht eingehalten wurde, was wir in unserem Fall ja bereits zu den Akten gelegt haben. Ein Mensch, der einem anderen, hitzigeren Typ den Parkplatz vor der Nase wegschnappt, ein Kind, das vernachlässigt wurde und sich als Erwachsener rächt, und so weiter ... Doch das Leben von Doris Västlund scheint zu weiten Teilen wohl geordnet und relativ normal abgelaufen zu sein, was immer das auch bedeuten mag. Oder?«

Louise nickte.

»Und dennoch gefährlich, wenn man ihre labile Art berücksichtigt. Sie muss so einigen Leuten auf die Füße getreten sein. Aber um jemanden zu töten, bedarf es doch wohl einer Verbitterung größeren Ausmaßes. Einer unmäßigen Wut. Wir sehen es ja selbst an dem Ausmaß ihrer Schädelverletzungen. Jemand, der von einer starken Aggressivität oder großem Hass getrieben ist, geht über den Hof und verliert aus irgendeinem Grund die Besinnung, sobald er Doris erblickt ... So nehme ich es jedenfalls an. Es kann sich natürlich auch um einen Verrückten handeln. Einen, der psychisch krank ist, vielleicht.«

»Und wer sollte das sein?«

»Im Moment würde ich für den Sohn plädieren. Denn die Beziehung zwischen Mutter und Sohn war keinesfalls emotionslos. Eher extrem komplex.«

»Aber er kann es nicht gewesen sein.«

»Nein. Er besitzt ja ein Alibi.«

»Soweit wir wissen. Aber vielleicht können wir es entkräften.«

»Ja. Wir müssen also noch einmal die Zeiten und die Personen überprüfen, die den Sohn decken. Darüber hinaus müssen wir andere Personen befragen, die ihm nahe stehen. Oder Nachbarn. Nach dem Prinzip, dass man den Täter oftmals im näheren Umkreis des Opfers findet.«

»Und das verschwundene Portemonnaie?«

»Stimmt! Es kann sich natürlich auch um einen Raub gehandelt haben.«

»Die Mordwaffe, wie schätzt du sie ein?«, fragte Louise weiter.

»Meiner Meinung nach liegt die Werkstatt in dieser Hinsicht recht günstig«, antwortete Peter Berg.

»In der Tat. Sie befindet sich ja sozusagen direkt auf dem Weg. Ein Zusammenhang mit der Möbelwerkstatt ist ziemlich nahe liegend«, sagte sie etwas abwesend. »Vielleicht war Rita Olsson einen Moment lang nicht da. Auch wenn sie angibt, dass sie sich in den Räumen befand. Ein unbeobachteter Augenblick.«

»Genau.«

»Oder es gibt eine Verbindung. Hast du in der Hinsicht etwas gefunden?«

»Nein. Lundin ist gemeinsam mit Technik-Benny dort gewesen. Vielleicht sollte er noch ein paar weitere Informationen über die Möbeltischlerin einholen. Oder möglicherweise hat Benny auch etwas gefunden. Tja, und dann natürlich das Geld. Woher stammt es?«

»Tja, das Geld hat bestimmt eine gewisse Bedeutung. Direkt oder vielleicht auch indirekt. Eine halbe Million ist immerhin nicht zu verachten. Oder aber es hat überhaupt nichts mit der Sache zu tun. Vielleicht war es purer Zufall, dass sich so viel Geld in dem Karton befand. Wie bei Leuten, die ihr Erspartes unter der Matratze aufbewahren. Bei der Bank bekommt man ja sowieso keine Zinsen. Wenn sie also nicht ermordet worden wäre, hätte ihr Sohn oder ein Nachlassverwalter das Geld nach ihrem Tod gefunden. In dieser Hinsicht bringt es Ted Västlund kaum einen Vorteil, dass sie auf diese Weise starb. Sonst hätte er nämlich das Geld heimlich beiseite schaffen und davon leben können. Er hätte einfach nur den Deckel anheben und jedes Mal so viele Scheine, wie er benötigte, herausnehmen müssen.«

»Gar nicht so dumm«, kommentierte Louise. »Aber woher kommen alle diese Scheine?«

Sie legte ihre Unterarme auf die Schreibtischplatte aus Birke und beugte sich zu ihm vor. Er antwortete, indem er seine Augenbrauen hochzog.

Sie dachten oftmals in denselben Bahnen.

Das Klingeln des Telefons unterbrach ihr Gespräch. Louise nahm den Hörer ab und nickte Peter Berg zu, der aufstand und den Raum verließ. Es war eine ihrer Töchter, die sie bitten wollte, Lebensmittel für einen Proviantbeutel einzukaufen, weil sie planten, am Montag mit der Schule einen Ganztagesausflug zu unternehmen.

Beide Mädchen waren mit Janos übers Wochenende in Stockholm. Er hatte Pia, die Neue, zu Hause gelassen und war mit ihnen allein gefahren. Jedes Mal flackerte die Wut in Louise auf, wenn sie an diese Pia dachte. Sie waren mit dem Schnellbus hochgefahren und würden in einer Jugendherberge übernachten.

Der Proviantbeutel bildete sicherlich nicht den ausschließlichen Grund für ihren Anruf, wie Louise verstand. Sofia fragte nämlich sofort, wie es mit der Suche nach Viktoria voranging und ob die Polizei sie schon gefunden hatte. Ihren Töchtern konnten die Plakate unmöglich entgangen sein. Ein verschwundenes Mädchen aus ihrer Stadt. Die Suchmeldung auf den Aushängen stach ihnen wahrscheinlich förmlich ins Auge.

»Kennst du sie?«

»Nein. Aber ich weiß, wer sie ist.«

»Ach, das weißt du? Wo hast du sie denn getroffen?«

»Ich selbst habe sie noch nie getroffen«, gestand ihre Tochter. »Aber Malla aus meiner Klasse weiß, wer sie ist. Sie sind irgendwie verwandt, glaube ich. Vielleicht Kusinen«, vermutete sie mit großem Engagement in der Stimme.

Die Welt war klein in ihrer Stadt. Wie in allen Kleinstädten. Dieses Ereignis würde nicht an ihren Töchtern vorbeigehen, ohne dass es sie ernstlich berühren würde, dachte Louise. Wahrscheinlich spätestens, wenn sie aus Stockholm zurückkehrten.

»Mama, du glaubst doch auch, dass ihr sie findet, oder?«

Louise kaute auf ihrer Unterlippe. Was sollte sie antworten?

»Wir suchen, so gut wir können, Sofia. Und natürlich werden wir sie finden«, tröstete sie ihre Tochter.

»Zum Glück«, entgegnete die Tochter etwas beruhigter. »Das werde ich Gabriella erzählen.«

Nein, Louise zweifelte keinen Augenblick daran, dass sie das Mädchen wiederfinden würden. Die Frage war nur, wo und in welchem Zustand.

Die Medien waren natürlich schon damit beschäftigt, jede Menge Spekulationen zu verbreiten. Aber sie hatte aufgehört, sich darüber aufzuregen. Viele Reportagen waren recht gut, doch an manchen störte sie wahnsinnig, dass man versuchte, reine Fantasien als Fakten zu verkaufen. In den letzten Tagen hatten einige Zeitungen Fälle aus den vergangenen Jahren wieder aufgegriffen, von denen längst nicht alle ein glückliches Ende gefunden hatten. Ist ein Sexualtäter unterwegs?, fragte man sich natürlich. Keiner der polizeibekannten Gewalttäter oder Pädophilen war, soweit man es wusste, zurzeit auf freiem Fuß. Aber all diejenigen, von denen man nichts wusste? Die nur darauf warteten zuzuschlagen!

Sie stand auf und ging hinunter zu den Kollegen, die die Suchaktion koordinierten. Dort angekommen, wurde sie von dem hohen Tempo und der offensichtlichen Arbeitsintensität mitgerissen.

Brandt bat sie unmittelbar, mehr über den Krankenhausaufenthalt des vermissten Mädchens in Erfahrung zu bringen. Bisher hatte es noch keiner geschafft, sich darum zu kümmern. Möglicherweise brachten sie diese Auskünfte auch nicht weiter, doch sie mussten so viele Informationen wie möglich einholen und alle Eventualitäten prüfen. Zusätzlich sollte sie sich ein wenig mehr nach Viktorias familiärer Situation erkundigen.

Peter Berg war den Korridor entlanggetrottet, vorbei an relativ frisch gemalten Bildern, die von einer Kunstvereinigung stammten und jetzt die hellen Wände schmückten. Farbenfrohe Motive, die das neutrale, öffentliche Gepräge des Gebäudes belebten.

Im Personalraum standen vier Leute in einem Grüppchen zusammen. Alle mit dem obligatorischen Becher lauwarmen Automatenkaffees in der Hand. Peter Berg kannte keinen von ihnen und nickte kurz. Alles ausgeliehene Leute, uniformierte Polizisten, drei Männer und eine relativ klein gewachsene Frau mit blondem Pferdeschwanz.

Nach einer Weile tauchte Brandt auf, teilte ihn der Gruppe zu und informierte sie darüber, dass sie gemeinsam aufbrechen würden. Sie sollten die westlichen Waldflächen absuchen und zusammen mit Freiwilligen, die sich schon vor Ort befanden, ein größeres Gebiet abdecken.

»Wir haben eine Spur, die irgendwo in der Kikebogatan abrupt endet«, klärte Brandt sie auf. »Es stimmt vermutlich, dass sie von einem Auto aufgegriffen wurde. Aber wir müssen bei unserer Suche dennoch breit gefächert vorgehen, da wir ja noch nicht wissen, wohin sie gebracht worden ist. Es ist natürlich möglich, dass sie sich irgendwo in einem Gebäude befindet. Und dann wird es lange dauern, bis wir sie finden.«

Peter Berg reichte einem nach dem anderen die Hand. Der Frau mit dem Pferdeschwanz zuerst und danach den Männern, die alle ungefähr in seinem Alter waren, außer möglicherweise einem, der vielleicht zehn Jahre älter war.

Zum Schluss stellte sich Nicko vor.
»Schön, dich zu sehen«, entfuhr es Peter Berg.
Nickos Händedruck war fest.
»Ebenso«, entgegnete er.
Peter Berg bekam noch mit, dass Nickos Augenfarbe ins Grünliche ging.

Veronika schlenderte an diesem klaren Samstag neben Cecilia den Bürgersteig entlang. Sie spazierten durch die Innenstadt von Lund, passierten die Domschule und gingen weiter in Richtung Grandhotel. Sie ließen sich Zeit, und Veronika schob Klara in ihrer Kinderkarre vor sich her. Eine warme Frühlingssonne schien, und es wimmelte von Menschen, der Verkehr war hier bedeutend dichter als zu Hause, und es gab weitaus mehr Fahrradfahrer. Einige Cafés hatten bereits weiße Plastikstühle nach draußen gestellt. Veronika durchströmte ein ausgelassenes Gefühl, als befände sie sich im Ausland. Eine undefinierbare kontinentale Stimmung erfüllte diese südschwedische Stadt, die ihr eigentlich gar nicht fremd war. Doch das war lange her.

Vor gut fünfundzwanzig Jahren hatte sie für eine kürzere Zeit in Lund studiert, bevor sie ihr Medizinstudium in Stockholm fortgeführt hatte. Und jetzt betrachtete sie die Stadt einerseits wie eine Touristin und zum anderen, als machte sie in heimischen Gefilden Urlaub.

Cecilia hatte sich im Voraus informiert, wohin sie gehen würden. Ihr eigenes Anliegen war ein wenig delikat, wie Veronika fand. Es erforderte zumindest etwas Mut. Aber sie wollte sich vorerst sowieso nur umschauen. Das hatte sie betont. Nur gucken. Keine Entscheidung treffen.

Sie gingen die Bytaregatan, eine schmale, schattige Straße, entlang in Richtung Clemenstorget. Cecilia hatte sie abgelöst und schob nun ungeniert die Kinderkarre mit ihrer kleinen Schwester. Sie gingen langsam, blieben hier und dort stehen und begrüßten Freunde von Cecilia, denen sie ihre Mutter und ihre kleine Schwester vorstellte.

Sie überquerten den Platz und kamen schließlich zu der kleinen Boutique in der Karl XI.s gata, die Cecilia empfohlen worden war.

Das Geschäft war nicht besonders geräumig, aber, was die Auslagen betraf, recht viel versprechend. Veronika und Cecilia staunten über die Kreationen, folgten den schwer fallenden Seidenstoffen mit ihren Blicken, betrachteten perlenbesetzte Taillen und Chiffon, der so hauchdünn war wie Spinnweben.

Cecilia hob Klara aus der Karre, und sie begaben sich in den Laden.

Sie waren die einzigen Kunden. Die Kleider hingen dicht gedrängt und mit Plastikhüllen geschützt an den Ständern vor den Wänden. Eine sympathische Frau mit elegant hochgestecktem Haar kam auf sie zu.

»Womit kann ich Ihnen dienen?«, fragte sie interessiert und lächelte ihnen zu, wie sie dort in einem kleinen Grüppchen direkt an der Tür standen.

Als trauten sie sich nicht, näher zu treten.

»Wir möchten uns nach einem Brautkleid umschauen«, stammelte Veronika.

»Ja, gern!«, entgegnete die Frau einladend. »Darf ich fragen ... für wen von Ihnen beiden?«

Ihre freundlichen Augen wanderten neugierig zwischen Veronika und Cecilia hin und her, die Klara auf dem Arm hatte. Das war natürlich nicht gerade leicht zu erraten, wie Veronika feststellte.

»Äh, für mich«, antwortete sie und kam sich wie ein Elefant im Porzellanladen vor.

»Da werden wir etwas Schönes für Sie heraussuchen«, lächelte die Inhaberin der Boutique. »Und Sie können gerne dort Platz nehmen«, bedeutete sie Cecilia. »So etwas dauert natürlich immer eine kleine Weile, und man soll sich ja auch Zeit lassen, wenn man ein so wichtiges Kleidungsstück kauft.«

Cecilia sank in den Rokokostuhl und setzte Klara auf ihren

Schoß. Sie knöpfte ihrer kleinen Schwester die Jacke auf und nahm ihr die Mütze ab. Denn es würde, wie gesagt, ein wenig Zeit in Anspruch nehmen.

»Und was hatten Sie sich vorgestellt?«, wollte die Dame an Veronika gewandt wissen, die eigentlich an gar nichts gedacht hatte und wie ein verlorenes Schaf mitten in der Boutique stand und nicht imstande war, irgendeine Initiative zu ergreifen.

Claes war es, der auf die kirchliche Trauung Wert legte. Das hatte sich nach und nach herausgestellt. Zwar in einem kleineren Kreis, aber dennoch. Noch vor fünfzehn Jahren hätte sein Wunsch einen ziemlichen Konflikt in ihrer Beziehung ausgelöst, denn sie hätte sich strikt geweigert. Entweder standesamtlich oder überhaupt keine Hochzeit. Doch mit zunehmendem Alter war sie weicher und etwas offener für andere Lösungen geworden. Hatte inzwischen eingesehen, dass Prinzipien nicht nur dazu da waren, ihnen treu zu bleiben, sondern manchmal auch, um verworfen zu werden.

»Wir haben eine Menge Kleider, unter denen Sie wählen können. Sie sind ja sowohl groß als auch schlank, sodass Sie die verschiedensten Modelle tragen können«, erklärte die Frau einleitend und begann, eine Anzahl von Kleidern der Reihe nach von den Stangen zu nehmen und sie ihr anzuhalten.

»Aber es soll schlicht sein«, wehrte sich Veronika. »Und auf keinen Fall weiß.«

»Nein, natürlich nicht! Es gibt viele andere elegante Farben«, meinte die Dame.

Kirschrot, Smaragdgrün, Sonnengelb, ein eher zarteres Zitronengelb, Bordeauxrot sowie ein hellerer Graugrünton, der »sage« – »Salbei« auf Englisch – hieß. Die ganze Farbpalette hing nebeneinander auf einer Stange aufgereiht. Lauter Prinzessinnenkleider. Doch sie war keine Prinzessin. Der äußerliche Glanz und die Eitelkeit waren eher auf Cecilia, ihre bildhübsche Tochter, abgefärbt. Aber nicht auf sie selbst.

Mit einem Mal erschien ihr ihr Alter wie ein Hemmnis. Sie

war eine Frau in mittleren Jahren und brauchte sich nicht einzubilden, dass sie jung und schön war.

Und dennoch gefielen ihr die sanften Farben, die schlichten Linien, die Eleganz und der weiche Fall der Röcke. Sie strich mit den Fingerspitzen über die feinen Strukturen der Stoffe, befühlte ihre Zartheit und spürte, wie es in ihren Mundwinkeln zuckte, wie sie sachte erwachte und wie der Gedanke, einen sinnlichen Genuss zu erleben, indem sie sich richtig herausputzte, in ihr Form annahm. Den alten, aber vor langer Zeit begrabenen Kindertraum, eine Prinzessin zu sein, dennoch wahr werden zu lassen, wenn auch nur für einen Tag. Und das sicherlich in einer ganz anderen, verspäteten Form. Aber für vieles im Leben war es, trotz allem, nie zu spät.

Sie entdeckte ein Kleid in einem beigefarbenen Ton, einer etwas dezenteren Farbgebung, die dennoch nicht langweilig wirkte, ihr aber auch nicht allzu bizarr vorkam. Sie berührte den Stoff.

»Ja, das hier ist eine wunderschöne Farbe. Wir haben sie neu im Programm. Toffee wird sie genannt. Oder dunkler Champagner. Ein warmer und edler Ton. Und das Kleid ist aus einem sehr hochwertigen Satin geschneidert.«

Sie hielt Veronika das Kleid an. Es war ärmellos, aber mit einer breiten Schulterpartie, die Veronika recht ansprechend fand. Der Stoff fiel schwer. Es war nicht allzu weit ausgeschnitten, und das Dekolletee war eckig.

»Dieses Modell steht Ihnen sicher ausgezeichnet. Der Ausschnitt gibt dem Kleid einen weniger eleganten, eher sportlichen Touch. Und dann gehört noch dieses dünne Jäckchen dazu«, informierte die Dame sie und nahm eine Jacke aus durchsichtigem Stoff in demselben Ton vom Bügel. »Das ist Chiffon... falls man nicht ganz ohne Ärmel gehen möchte«, erklärte sie.

Veronika war sich im Klaren darüber, dass sie es einfach anprobieren musste. Nun gab es kein Zurück mehr. Vorsichtig versuchte sie zu erfragen, was denn andere Frauen in ihrem Alter zu wählen pflegten, und erhielt die diplomatische

Antwort, dass es sich ganz unterschiedlich verhielt. Vom ganz diskreten Kleid, zum Teil sogar Kostüm, bis hin zu bodenlangen weißen Brautkleidern mit Schleier, Schleppe und Brautkranz.

Die Frau half ihr beim Anprobieren des Kleides, richtete den Saum und half ihr mit dem Reißverschluss und den Häkchen. Veronika dachte im Stillen, wie gut es war, dass Claes nicht dabei war. Das Ganze wäre ihr unangenehm gewesen. So ähnlich, wie Faschingskostüme vor Publikum anzuprobieren. Cecilia hingegen ermunterte sie geradezu von ihrem Stuhl aus und versuchte sie dazu zu bringen, sich zu entspannen, sie zu der Einsicht zu bringen, dass dieses Unterfangen nicht nur ganz nett war, sondern sich sogar zu einem richtigen Glückskauf entwickeln konnte. Geradezu nach Veronikas Fasson. Eine superschicke Braut! Reif, aber nicht überreif.

»Überreif wird man nie«, lautete der Kommentar der Frau, während sie einen Schritt zurücktrat, um besser sehen zu können.

Klara wurde es langsam zu warm. Sie quengelte und wand sich auf Cecilias Schoß. Cecilia setzte sie auf den Boden.

»Ein so süßes Mädchen!«, rief die Boutiqueninhaberin, vermied dabei jedoch mit Bedacht zu fragen, wer denn die Mutter sei.

Veronika lächelte Klara an.

»Ich bin gleich fertig«, beruhigte sie ihre Tochter, während sie sich in ihrem Kleid vor dem Spiegel drehte. »Findest du, dass ich hübsch bin?«, fragte sie und wirbelte mit der toffeebraunen Pracht vor ihrer Nase herum.

Klara starrte sie nur staunend an. Veronika hatte auch keine Antwort erwartet.

»Wir werden an dieser Partie ein paar Änderungen vornehmen müssen«, sagte die Frau und griff nach dem Stoff unter den Achselhöhlen. »Sie haben ja einen recht schmalen Rücken. Wann wird denn die Hochzeit stattfinden, wenn ich fragen darf?«

»Erst Ende August«, antwortete Veronika.

»Das ist gut. Da bleibt uns reichlich Zeit für die Änderungen.«

Woraufhin sie begann, Vorschläge für eine Frisur zu machen, was Veronika jedoch veranlasste, unmittelbar die Bremse zu ziehen. Doch auch in diesem Punkt ließ sie sich nach einer Weile umstimmen. In einem Korb auf dem Glastresen lagen verschiedene sehr hübsche, kleine und mit Perlen verzierte Spangen, die auch für kurzes Haar geeignet waren.

»Man kann sie zum Beispiel auch mit frischen Blumen versehen«, erklärte die Frau und zeigte ihr ein Bild in einer Zeitschrift, auf dem kleine Vergissmeinnicht an den Schläfen festgesteckt waren. »Es gibt so viele Möglichkeiten«, lächelte sie Veronika an.

Veronika fragte sich unterdessen, warum sie die ganze Zeit die Bremse zog. Warum traute sie sich nicht, ihren inneren Wünschen nachzugeben? Warum nicht den uneitlen, so genannten natürlichen Look einfach mal für einen Tag ablegen? Sich davon frei machen. Was hinderte sie eigentlich daran? Handelte es sich um eine Art Scham darüber, eitel zu sein?

»Okay«, sagte sie schließlich. »Ich nehme die Spangen. Beide.«

Egal wie Claes es finden würde, aber sie wollte so schön sein wie nur irgend möglich.

Als sie kurz darauf wieder auf dem Marktplatz standen, waren sie ganz berauscht von all den schönen Kleidern, die sie angeschaut hatten, und der netten Bedienung. Veronika hatte sich ihr Kleid bestellt, und sie freuten sich an ihrem Entschluss.

»In meinem Job bin ich leider von einem weitaus weniger schönen Ambiente umgeben«, bedauerte Veronika. »Wie erfüllend es sein muss, andere Menschen hübsch zu machen! Träume zu verwirklichen. Ein Hauch von Organza und ein Kuss auf der Kirchentreppe. Genau wie im Märchen. Schade nur, dass so viele hinterher enttäuscht sind.«

Gerade als sie sich neben der Kunsthalle auf dem Mårtenstorget an einen Tisch in der Sonne gesetzt hatten, klingelte ihr Handy.

Der Anruf kam aus dem Polizeipräsidium. Veronika war verwirrt. Louise Jasinski war am Apparat und wollte ihr einige Fragen zu einer Patientin stellen. Sie wollte abwehren, doch Louise Jasinski war beharrlich und fragte, ob Veronika sich an eine Schülerin erinnern könne, die vor einer Woche im Krankenhaus gelegen hatte, und ob sie sich in der Lage sehe, sich ohne die Akte im Hintergrund über das Mädchen zu äußern.

»Ihren Kollegen Daniel Skotte kann ich nämlich nicht erreichen«, erklärte Louise Jasinski.

»Er ist in London.«

An das Mädchen erinnerte sie sich jedoch recht genau.

Und dann kam auch schon die schwierige Frage: »Hatten Sie den Eindruck, dass das Mädchen unter einer Krankheit litt, die sie besonders verletzlich erscheinen ließ?«

»Inwiefern?«

Veronika spürte die kalte Angst in ihrer Brust aufsteigen. Hatte sie etwas übersehen?

»Sie ist vermisst gemeldet«, klärte Louise Jasinski sie schließlich auf und setzte sie kurz ins Bild.

Veronika fühlte sich wie gelähmt. Wusste nicht, was sie darauf antworten sollte.

»Zu dem Zeitpunkt, als ich das Mädchen zusammen mit seiner Mutter traf, konnte man eigentlich nicht genau sagen, was mit ihr los war«, brachte sie schließlich hervor. »Aber ich hatte nicht den Eindruck, dass sie besonders schlimm dran war. Rein körperlich betrachtet. Jedenfalls nicht zu diesem Zeitpunkt. Aber ob sich nachträglich eine Krankheit entwickelt hat, kann ich natürlich nicht sagen. Ich habe die Mutter angewiesen, in diesem Fall wiederzukommen.«

Ihre Gedanken überschlugen sich. Sie hielt sich mit einem Finger das freie Ohr zu, um den Verkehrslärm um sie herum abzudämpfen. Außerdem war der Wochenmarkt in vollem Gange. Lauter fröhliche, entspannte Menschen.

»Glauben Sie, dass Sie sie finden werden?«
»Früher oder später schon«, antwortete Louise Jasinski.
Mehr brauchte nicht gesagt zu werden.

ZEHNTES KAPITEL

Sonntag, 14. April

Louise schaltete das Transistorradio auf der Arbeitsfläche in der Küche ein und hatte sich gerade mit einem dürftigen Frühstück, Tee und Knäckebrot ohne Belag, an den Tisch gesetzt, als der Gottesdienst übertragen wurde. Sie stand wieder auf und stellte einen anderen Sender ein. Gottes Wort würde sie an diesem Tag unter keinen Umständen erreichen. Sie war viel zu unkonzentriert. Im Übrigen würde Gottes Wort sie auch nicht an anderen Tagen erreichen. Denn sie war Atheistin.

Vor sich auf dem Küchentisch hatte sie einen Stapel von Ausdrucken aus dem Internet über zur Miete oder zum Kauf angebotene Wohnungen liegen. Sie blätterte darin, informierte sich über die jeweilige Lage und die Aufteilung der Räume. Ein Teil der Prospekte wanderte direkt in den Papierkorb. Es handelte sich um Wohnungen oder Wohngebiete, von denen sie schon im Voraus wusste, dass ein Umzug dorthin eine zumindest leichte Depression in ihr auslösen würde. Denn sie kannte sich in ihrer Stadt aus. War viele Jahre lang mit dem Polizeiwagen Streife gefahren. Sie war sich im Klaren darüber, dass sie trotz allem zu den Privilegierten zählte. Nicht viele hatten überhaupt die Möglichkeit zu wählen.

Eine Vierzimmerwohnung, die zentral, aber nicht an einer der Hauptstraßen der Stadt lag, sah ganz ansprechend aus. Sie befand sich in einem Haus aus der Zeit der Jahrhundertwende. Dritter Stock ohne Aufzug. Vielleicht schied sie damit für andere schon aus, doch ihr würde es nichts ausmachen, da die Mädchen und sie gut zu Fuß waren. Ihr Preis war relativ hoch, aber sie würden sie sich leisten können, wenn sie das Reihenhaus mindestens zu demselben Preis loswurden wie eines der Nachbarhäuser, das zuletzt verkauft worden war.

Ihr Widerwillen gegen den Verkauf des eigenen Reihenhauses hatte sich ein wenig gelegt. Es zu halten würde ihre Finanzen unglaublich belasten, und die Mädchen und sie würden sich überhaupt nichts mehr leisten können. Der negative Bescheid der Bankangestellten – kein neuerlicher Kredit – hatte sich so langsam in ihrem Bewusstsein festgesetzt und sie dazu bewogen, sich für andere Alternativen zu öffnen.

Es brachte sogar einen nicht ganz unerheblichen psychologischen Faktor mit sich, der sich nach und nach bemerkbar machte. Wenn sie nun das Reihenhaus behielte, würde sie gar nicht unbedingt empfinden, dass sie und Janos getrennte Wege gingen. Janos' Zugang zu ihrer vormals gemeinsamen Welt würde sie mit der Zeit zermürben, auch wenn er keinen Schlüssel besaß, sondern sie nur hin und wieder besuchte.

Die Wohnung besaß sogar einen Balkon, wie sie im Grundriss entdeckte, während sie an ihrem Tee nippte. Doch er schien zur Straße hin zu liegen. Abgase gratis zum Morgenkaffee. Die Mädchen würden zwar einen bedeutend längeren Schulweg haben, aber immerhin war es näher zur Schwimmhalle, wo ihr Training stattfand. Sie zu überreden würde vermutlich dennoch nicht leicht werden, sah sie ein. Ein Aufbruch mitten in einer Familienkrise. Sie selbst würde einen Weg von ungefähr vierhundert Metern zum Präsidium haben, wofür sie kaum das Auto benötigte. Dadurch könnten sie eine Menge Geld einsparen.

Die Kalkulationen ergriffen Besitz von ihr. Munterten sie regelrecht auf. Sie warf einen Blick durch das Küchenfenster nach draußen und sah, wie der Nachbar von gegenüber gerade Wasser über sein Auto goss und begann, es mit einem

Schwamm einzuseifen, sodass sich dicke Schaumflocken bildeten. Ihr Magen hatte aufgehört zu rumoren. Die morgendliche Übelkeit begann sich langsam zu legen.

Als sie aus der Tür trat, war sie guten Mutes. Sie holte ihr Fahrrad aus der Garage und fuhr relativ zügig zum Badestrand von Havslätt, wo sie einige Minuten lang einfach nur auf die Wellen hinausblickte, bevor sie wieder auf ihr Fahrrad stieg und genauso schnell heimradelte. Sie steckte sich eine Banane für den Hunger zwischendurch in die Tasche und fuhr dann mit dem Auto zum Polizeipräsidium.

Würde die Suche nach Viktoria sich zu einer Mordermittlung entwickeln? Der Gedanke beschäftigte sie sehr, während sie innerlich hoffte, dass es nicht so weit kommen würde. Doch die Zeit verging, und die einzige Spur, die sie von dem Mädchen hatten, endete irgendwo in der Kikebogatan in der Nähe der Bibliothek und der Valhalla-Schule. Ein weißer Kastenwagen. Die Techniker waren schon einige Zeit unterwegs und durchkämmten das gesamte Gebiet, suchten nach Schuhabdrücken und Reifenspuren auf dem Asphalt.

Sie hatte aus der Telefonzentrale eine Mappe mit der Auflistung sämtlicher Hinweise zum Verbleib Viktorias, die in der Zwischenzeit eingegangen waren, erhalten. Darüber hinaus hatte man ihr weitere Informationen zukommen lassen, unter anderem über den familiären Hintergrund des Mädchens. Sie schloss die Tür zu ihrem Dienstzimmer. Las und blätterte, versah einige Passagen mit Anmerkungen und führte diverse Telefonate. Sie arbeitete mehrere Stunden hintereinander konzentriert.

Irgendwann gegen drei Uhr nachmittags stellte sich das erste, noch recht diffuse Gefühl von eventuellen Zusammenhängen ein. Die Spannung stieg.

Deshalb hatten ihre Wangen ziemlich Farbe bekommen, als sie das Präsidium verließ und zum Auto ging. Zuerst fuhr sie am Kiosk an der Ecke vorbei und kaufte für alle Eventualitäten noch ein paar Bananen, um sich dann in Richtung Wasserturm auf den Weg zu machen.

Die Kupplung schleifte, als sie in den dritten Gang schaltete. Nicht auch noch das!, fluchte sie innerlich. Sie hatte eiskalt kalkuliert, dass ihr Auto es noch eine ganze Weile machen würde.

Morgen würde sich zumindest schon mal eine Sache klären. Um elf Uhr hatte sie ihren Termin in der gynäkologischen Ambulanz. Sie überlegte, was sie den Kollegen erzählen sollte, ohne dass ihr Verschwinden auffiel. Vermutlich konnte sie sich jedoch die volle Konzentration auf die Suchaktion zunutze machen. Sie gehörte zum Glück nicht zur Einsatzmannschaft, was ein Davonschleichen sicherlich um einiges erschwert hätte.

Das Wohngebiet mit den Mietskasernen am Solvägen wirkte derart ausgestorben, als sei gerade ein Trupp von Anticimex, dem Unternehmen für Schädlingsbekämpfung, dort gewesen und hätte alles ausgeräuchert. Und das, obwohl Sonntag und bestes Wetter war, sodass man sich ohne Probleme auf den Terrassen oder Balkonen hätte aufhalten können. Im Villengebiet hingegen, das sich ein paar Straßen weiter anschloss, waren die Vorbereitungen für den Frühling in vollem Gange. Man hatte Feuer gemacht, um alte Zweige und Laub zu verbrennen, und Louise beobachtete die Rauchsäulen, die gen Himmel stiegen. Es war nicht mehr lang bis zum letzten Apriltag, der Walpurgisnacht.

Louise sehnte sich danach, selbst zu einem Spaten zu greifen, ihre eigene kleine Rasenfläche zu harken, Zweige zurückzuschneiden und die Rosen zu stutzen. Es gab ihrer Meinung nach nur wenige Beschäftigungen, die so entspannend waren wie Gartenarbeit. Doch sie erinnerte sich auch an Zeiten, in denen sie ihren Garten eher als Belastung empfunden hatte. Es war natürlich kein Zufall, dass er gerade jetzt in den Fokus ihrer Überlegungen rückte. Jetzt, wo sie im Begriff war, ihn aufgeben zu müssen, nahmen die Dinge eine andere Dimension an. Wie sehr würde sie ihr kleines Fleckchen Grün vermissen? Aber vielleicht würde sie sich ja einen Kleingarten zulegen können. Eine eigene Parzelle. Nicht allzu pflegeintensiv, aber dennoch groß genug, um ihrem Pflanzeifer freien Lauf zu lassen.

Selbst im Treppenhaus war es totenstill. Ihre Absätze hallten. Das Geklapper flößte ihr Scham ein, als wäre sie gekommen, um alles aufzuschrecken, regelrecht auf den Gefühlen anderer herumzutrampeln und den Schmerz somit von neuem anzufachen. Sie versuchte, ihre Schuhe so lautlos wie möglich aufzusetzen, während sie langsam Stockwerk für Stockwerk erklomm. Sie hatte nicht vorher angerufen und sich angemeldet, wahrscheinlich weil sie selbst ihrem Besuch mit gemischten Gefühlen entgegensah.

Bevor sie klingelte, holte sie tief Luft. Sie stand vor der Wohnungstür des verschwundenen Mädchens, und ihr Herz pochte nervös. Sie würde der Frau keinen Trost spenden können.

Doch es öffnete keiner. Sie klingelte erneut und wartete. Schließlich sah sie ein, dass sie aufgeben musste. Als sie jedoch auf halbem Weg nach unten war, hörte sie, wie sich ein Schlüssel im Schloss bewegte, woraufhin die Tür einen Spaltbreit geöffnet wurde. Ein schmaler Spalt, durch den sie zwei verschreckte Augen im Halbdunkel musterten.

Louise beeilte sich, ihren Polizeiausweis vorzuzeigen. Sie wedelte regelrecht vor ihrer Nase mit ihm, um die Frau davon zu überzeugen, dass sie Polizistin war. Nach einem neuerlichen Zögern öffnete sich die Tür ganz, woraufhin die nahezu gebrochen wirkende Mutter von Viktoria sie mit ihrem Blick festnagelte.

»Haben Sie sie gefunden?«, lautete ihre erste Frage.

Louise spürte, wie ihr eigener Mut sank. Sie hatte gesehen, wie die Hoffnung in den Augen der Mutter erlosch, und verfluchte sich dafür, dass sie so dumm gewesen war, nicht vorher anzurufen.

»Nein«, gestattete sie sich zu antworten.

Die Frau zitterte wie Espenlaub, als sie mit hilflos herabhängenden Schultern durch das Halbdunkel ihrer Wohnung ging. Louise folgte ihr auf Strümpfen.

»Die ticken nicht ganz richtig«, begann Viktorias Mutter. »Journalisten sind wie Kletten. Drängen sich immerzu auf. Eine Zeit lang war ich kurz davor umzuziehen. Dass man nicht mal in seinen eigenen vier Wänden in Ruhe gelassen wird! Aber ich möchte ja hier sein ... mit Viktorias Habseligkeiten in der Nähe ... möchte bereit sein, wenn sie kommt.«

Die Tränen schossen hervor, ein Ausdruck ihrer ständig brodelnden Angst um das Leben der eigenen Tochter. Das Zählen der Minuten, die vorankrochen, gute vierzig Stunden inzwischen, ganze anderthalb Tage. Dazu kam, dass der Abend sich näherte, die Nacht mit ihrer unausweichlichen Kälte, die sich über das zarte Mädchen legen würde. Der Frost würde ihr zusetzen, ihr zu schaffen machen. Die Sehnsucht nach ihrem Zuhause noch vergrößern. Die Sehnsucht nach einer Mutter, die nicht bei ihr sein konnte.

Viktorias Mutter stand steif wie ein Stock da und streckte die Arme aus. Leere Hände, bereit für eine Umarmung, während sich ihr Gesicht verzog und der ganze Körper vor Anspannung bebte.

Louise sagte nichts. Sie sah, dass die Frau kurz vor dem Zusammenbruch stand.

»Und was wollen Sie nun?«, fragte sie.

Ihre Stimme war belegt, und sie schaute Louise mit ihren rot geäderten Augen an, während ihre Arme langsam herabsanken.

Der Anblick war schmerzlich.

»Sie sind allein?«, vergewisserte Louise sich.

»Ja, im Augenblick bin ich allein. Eva kommt später wieder. Ich habe versucht, mich ein wenig auszuruhen.«

Louise legte einen Arm um die dünnen Schultern der Frau, setzte sie sanft auf einen Stuhl und nahm neben ihr Platz.

»Wer ist Eva? Ihre Schwester?«

»Nein. Meine Freundin. Aber sie muss ja auch zwischendurch mal nach ihrer eigenen Familie gucken.«

»Sie kommt also bald zurück?«

»Das sagte sie jedenfalls.«

Louise saß da, den Arm um die Frau gelegt, und wusste nicht, wie sie sich verhalten sollte. Fühlte sich selbst recht zitterig, obwohl sie solche Situationen eigentlich gewohnt sein müsste. Doch an Trauer und menschliche Tragödien gewöhnt man sich niemals.

»Ich wollte Ihnen gern ein paar Fragen zu Viktorias Vater stellen«, brachte sie schließlich ihr Anliegen vor.

»Was sollte mit ihm sein?«

Die Augen in dem rot geschwollenen Gesicht starrten sie an.

»Sie wollten uns neulich nicht erzählen, um wen es sich handelt.«

»Das hat doch gar nichts mit dieser Sache zu tun, oder?«

»Darauf kann ich nicht antworten«, entgegnete Louise ruhig.

»Viktoria wird wohl auch nicht eher zurückkommen, nur weil Sie ihn in die Sache hineinziehen. Oder? Sie kann sich gar nicht bei ihm aufhalten. Denn sie weiß nicht einmal, wer ihr Vater ist. Sie hat ihn niemals gesehen. Ich habe sie allein erzogen«, erklärte sie, und man konnte den Stolz in ihrer Stimme mitschwingen hören.

Die Sätze kamen in schneller Folge und mit einer nur mäßig zurückgehaltenen Aggressivität.

»Aber haben Sie auch schon darüber nachgedacht, dass er wissen könnte, wer sie ist?«, fragte Louise.

Die Mutter, die möglicherweise ihr Kind verloren hatte, starrte geradewegs ins Leere.

»Das glaube ich nicht«, sagte sie dann.

Doch plötzlich hörte sie auf zu weinen und blinzelte mit den Augenlidern. Ein kleiner Lichtstrahl in der Dunkelheit. Eine Möglichkeit.

»Warum bin ich nur nicht vorher darauf gekommen?«, stellte sie ihre Frage in den Raum.

Ein Fünkchen Zuversicht schien in ihr aufzuglimmen. Eine Hoffnung, die noch nicht zunichte gemacht worden war. Und diese Hoffnung ruhte jetzt auf dem Vater des Mädchens, den sie damals mit solcher Energie gehasst hatte, dass sie niemals mehr mit ihm zu tun haben wollte. Und außerdem viel zu stolz dafür gewesen wäre. Sie hatte sich eingebildet, dass er Viktoria möglicherweise zu sich nehmen wollte. Ihr kleines Mädchen, um das sie sich bisher ganz allein gekümmert hatte. Doch die Bitterkeit und die Wut hatten sich mit den Jahren gelegt.

»Wann hatten Sie zuletzt Kontakt zu ihm?«, fragte Louise weiter.

Die Mutter schaute geniert zu Boden. Saß ganz steif da. Bewegte sich nicht. Louise wartete. Ließ ihren Blick durch den Raum schweifen, in dem die Luft völlig abgestanden war, und sah die übervollen Aschenbecher und die ungespülten Kaffeetassen. Die Balkontür war geschlossen, aber die Lüftungsklappe gekippt. Und dennoch war die rauchgeschwängerte Luft zum Greifen dick.

»Können Sie sich daran erinnern?«, hakte Louise nach.

»Vor einiger Zeit«, flüsterte sie.

»Vor wie langer Zeit genau?«

Viktorias Mutter antwortete nicht. Louise wiederholte ihre Frage.

»Vor wie langer Zeit haben Sie Kontakt mit ihm aufgenommen?«

»Vor ein paar Wochen vielleicht«, flüsterte sie erneut.

»Und was hat er da gesagt?«

Erneutes Zögern.

»Nichts.«

»Nichts?«

»Nein.«

»Was wollten Sie von ihm?«

Ein kurzes Achselzucken, woraufhin sich die Frau aufrichtete.

»Dass er seiner Verantwortung nachkommt.«

»Aber warum wollten Sie gerade zu diesem Zeitpunkt, dass er seiner Verantwortung nachkommt? Ich meine, Sie sind doch bisher auch ohne seine Hilfe zurechtgekommen.«

»Darum«, antwortete sie wie ein Kleinkind.

»Warum?«

»Weil es ziemlich teuer ist, allein erziehend zu sein. Besonders jetzt, wo Viktoria älter wird. Sie braucht so vieles ... und ich kann mir, weiß Gott, nicht alles leisten. Nicht jetzt, wo ...«

»Wo was?«, hakte Louise erneut nach.

»Wo Gunnar ausgezogen ist.«

Ihr Mund bebte, und sie griff nach einer Zigarette.

»Er ist vor einiger Zeit ausgezogen«, erklärte sie, und die Tränen begannen erneut zu laufen.

»Sie haben also keinen Kontakt mehr zueinander, Sie und Gunnar?«, fragte Louise.

»Doch. Nur, wir wohnen nicht zusammen. Nicht mehr.«

»Wann ist Gunnar ausgezogen?«

»Vor fünf, sechs Wochen.«

»Seitdem haben Sie ihn nicht mehr getroffen?«

»Doch. Zuerst nicht, aber dann. Wir haben wieder angefangen, uns zu treffen.«

»Und wer hat bezüglich seines Auszugs die Initiative ergriffen?«

»Er. Er wollte seine Freiheit, wie er sagte, und außerdem hatte er eine Wohnung gefunden.«

»Und Sie?«

»Ich hab ihn vermisst. Es wurde ziemlich einsam ohne ihn.«

»Und wer hat den Kontakt wiederhergestellt?«, wollte Louise wissen.

Die Mutter zog intensiv an ihrer Zigarette.

»Das war wohl er.«

»Er kam also zu Ihnen und Viktoria zurück?«

»Ja.«

»Wie ist es dazu gekommen?«

»Ich habe ihn gebeten, Viktoria abzuholen, als sie mit ihrem Fahrrad gestürzt war. Er besitzt ja ein Auto, und ich saß bei meiner Arbeit fest, allein mit all den Menschen, die ich zu betreuen hatte, also konnte ich dort nicht weg.«

»Sie haben ihn also angerufen?«

»Ja.«

»Wann war das?«

»Vor einer Woche, eine hilfsbereite Frau kümmerte sich inzwischen um Viktoria.«

»Aber Sie hatten bereits vorher, also bevor Gunnar zurückkam, Viktorias Vater kontaktiert? War das so?«

»Ja.«

»Aber Sie haben ihn nicht persönlich getroffen?«

Kopfschütteln.

»Wenn ich Ihnen nun sage, dass wir in Erfahrung gebracht haben, wie er heißt, und vorhaben, ihn auf dieses Thema anzusprechen, was sagen Sie dann?«

Louise parkte ihr Auto in der Friluftsgatan. Ein ziemlich umständliches Unterfangen, da die einzige freie Parklücke recht klein war, was ihr schließlich, nicht ohne einen gewissen Stolz zu empfinden, gelang.

War es Zufall, dass sie sich schon wieder hier befand? Vermutlich nicht.

Sie schaute zu Doris Västlunds Wohnung hoch. Die Grünpflanzen waren von den Fensterbänken entfernt worden, ansonsten sah es immer noch so aus, als würde jemand dort wohnen.

Die Gardinen hingen genau so wie vorher, man hatte sie weder abgehängt noch zugezogen. Die Fenster waren geschlossen. Sie gingen nach Süden, sodass die Sonne den ganzen Tag darauf geschienen und die Wohnung erwärmt haben musste. Die meisten Nachbarn hatten ihre Fenster gekippt.

Doch dieses Mal wollte sie keinen Besuch in der Wohnung von Doris Västlund machen, sondern ein Stockwerk höher. Sie benutzte den so genannten Besuchereingang und nicht den Eingang vom Hof her, auf welchen sie sich konzentriert hatten während der Ermittlungen im Waschküchenmord, die, nebenbei gesagt, ziemlich an Schwung verloren hatten. Doch noch war nichts verloren, da gerade mal eine gute Woche vergangen war. Doch das Risiko, dass ihnen noch ein weiterer Fall dazwischenkam oder eine andere Sache, die unmittelbar ihre Aufmerksamkeit erforderte, war ständig gegeben. Sie hatte das mehr als einmal erleben müssen. Das wäre besonders unangenehm, da das Verbrechen in der Waschküche weder eine relevante gesellschaftliche oder politische Dimension im Zusammenhang mit berühmten Persönlichkeiten einnahm noch das Interesse der Massenmedien aus dem einen oder anderen Grund übermäßig ausgeprägt war.

Doch andererseits kam es vor, dass ein besonders pedantischer oder für den Moment nicht ausgelasteter Kollege die Akten alter ungelöster Fälle hervorholte, sei es durch ihren Inhalt oder das Phänomen des Problemlösens an sich motiviert. Es war ungefähr vergleichbar mit dem Lösen eines Kreuzworträtsels, wie Lundin sich einmal ausdrückte. Louise selbst war kein Freund von Kreuzworträtseln, verstand jedoch ohne weiteres den tieferen Sinn seines Kommentars. Sie selbst jedoch schätzte die meisten ihrer Kollegen als äußerst pflichtbewusst ein. Man wollte einfach gute Arbeit leisten. Und alle von ihnen kannten die Frustration, die ungelöste Fälle in einem auslösten. Sie nahmen sich wie ein trauriges Symbol für das Unvermögen der Polizei aus.

Während sie die Treppen zur Wohnung von Kjell E. Johansson hochstieg, sah sie sich selbst schon im Geiste um die Weihnachtszeit herum die Mappe mit dem Västlund-Fall zur Hand nehmen. Doch sie würde sich, was das Hier und Jetzt betraf, nicht so schnell geschlagen geben. Sobald das Mädchen wieder auftauchte, würde sie dafür sorgen, dass die Ermittlungen unmittelbar in Gang kämen. Wenn sich nun nicht schon vorher ein Zusammenhang ergab. Der Gedanke daran war ihr allerdings so neu und fremd, dass sie kaum daran zu glauben wagte. Jedenfalls noch nicht.

Es roch nach Reinigungsmitteln, als wäre die graue Steintreppe nach dem Putzen gerade erst getrocknet. Ein ansprechender Ort. Ein so genanntes Arbeiterhaus, das behutsam renoviert worden war.

Sie klingelte, doch es öffnete keiner. Kjell E. Johansson war also nicht zu Hause, was sie auch nicht weiter verwunderte. Vielleicht stimmte ja, was sie gehört hatte, nämlich dass er in einer der Gruppen unterwegs war, die das westliche Waldgebiet durchkämmten. Zuerst hatte sie gedacht, nicht richtig gehört zu haben oder ihr Kollege hätte sich vertan. Aber warum nicht?

Sie traute Johansson nicht recht über den Weg. Er gehörte zu der Sorte Mensch, die das Lügen zur hohen Kunst erhoben hatte. Aber auch in einer rauen Schale steckt manchmal ein weicher Kern.

Sie würde es etwas später noch einmal versuchen, dachte sie und trat hinaus auf den Gehweg, um Luft zu schnappen. War unentschlossen und wusste nicht richtig, was sie jetzt anfangen sollte. Es war geringfügig kühler geworden. Die Wärme würde sich auf keinen Fall über Nacht halten. Dafür war es noch viel zu früh im Jahr. Auf der Straße war es immer noch ruhig.

Sie zögerte, sich wieder ins Auto zu setzen. Wahrscheinlich stand in einem der Häuser auf der anderen Seite jemand hinter den Gardinen und beobachtete, wie sie dort unschlüssig herumstand, mutmaßte sie. In einiger Entfernung hörte sie das Geräusch fegender Besen und kratzender Harken. Es schien aus dem Hof auf der Rückseite des Gebäudes zu kommen. Deshalb ging sie am Gebäude entlang in Richtung Norden, bog an der Länsmansgatan um die Ecke und nahm den schmalen Durchgang zum Hof, der an das Nachbargebäude grenzte und den sie in der letzten Woche des Öfteren benutzt hatte. Ihr war klar, dass sie mit ihrem erneuten Erscheinen Aufmerksamkeit erregen würde.

Im Hof herrschte volle Aktivität. Die Eigentümer schienen eine gute Woche nach dem Mord an Doris Västlund eine allgemeine Reinigungsaktion ins Leben gerufen zu haben. Die Pflastersteine wurden geschrubbt, in die Tontöpfe pflanzte man Pelargonien, Gartenmöbel wurden gescheuert und neu gestrichen. Louise erkannte einige der Teilnehmer wieder, nicht zuletzt den geschäftig herumlaufenden Vorsitzenden Sigge, der im Moment eigentlich mit nichts anderem beschäftigt war, als die Arbeit zu überwachen. Typisch, dachte sie und wurde mit einem Mal verlegen. Alle Tätigkeiten schienen plötzlich zum Stillstand gekommen zu sein, und die Bewohner schauten sie unsicher an. Ihre Anwesenheit löste offensichtlich Beunruhigung aus.

Sie entschied sich dafür, allen unverbindlich zuzunicken. Dann sah sie, dass die Tür zur Möbelwerkstatt angelehnt war, und fasste den Entschluss hineinzugehen. Hauptsächlich, weil sie neugierig war, aber nicht zuletzt deswegen, weil sie so den Eindruck vermitteln konnte, dass sie in einem Anliegen unterwegs war. Sie war nie zuvor in der Werkstatt gewesen. Das gehörte in Janne Lundins und Benny Grahns Aufgabengebiet.

Genau in dem Moment, als sie eintreten wollte, klingelte ihr Handy. Es war Janne Lundin, der aufgrund des vermissten Mädchens natürlich auch mobilisiert worden war. Zurzeit befand er sich im Präsidium und rief an, um ihr eine Information zu übermitteln. Ein Zeuge, der in der Straße wohnte, in der Viktoria höchstwahrscheinlich von einem Auto aufgegriffen worden war, meinte, dass es sich um einen weißen Kastenwagen handelte. Das wusste sie bereits, entgegnete Louise. Doch jetzt behauptete ein anderer Nachbar, dass das Auto von einer Frau gefahren worden war, die kurz zuvor etwas eingeladen hatte. Ein Möbelstück. Einen Stuhl oder so etwas.

Louise war sprachlos und drückte das Handy fester an ihr Ohr, während sie sich mit dem Rücken zum Hof stellte.

»Hörst du mich?«, fragte Lundin.

»Ja«, antwortete sie und spürte die Blicke im Nacken.

»Kannst du im Moment reden?«

»Nein, aber warte einen Augenblick«, entgegnete sie und ging zurück in die Länsmansgatan. »Hat man herausfinden können, wer mit der Abholung des Möbelstücks beauftragt war?«, wollte sie wissen, glaubte aber schon selbst die Antwort zu kennen.

»Ja, unsere Freundin in der Friluftsgatan. Rita Olsson.«

»Ich befinde mich gerade hier. Direkt vor der Möbelwerkstatt. Der Hof ist voll mit Leuten. Hofreinigung.«

»Wie hat es dich denn dorthin verschlagen?«

»Ich war auf der Suche nach dem eventuellen Ursprung des Mädchens.«

»Dem Vater?«

»Ja.«

»Kennen wir ihn?«

»Ja. Aber darüber können wir später reden. Ich gehe jetzt in die Werkstatt und spreche mit ihr. Kommst du?«

»Ja, klar.«

Sie ging zurück in den Hof, öffnete zielstrebig die Tür zur Werkstatt, rief nach Rita Olsson und dachte im Stillen, dass die Puzzleteile irgendwie absolut nicht zusammenpassten. Jedenfalls für den Moment noch nicht, aber vielleicht würden sie es ja bald tun.

»Sie ist gerade nicht da«, kam ihr die junge Mutter zu Hilfe, die Louise selbst vor einer Woche befragt hatte und die angesichts der Misshandlung in der Waschküche ziemlich mitgenommen gewesen war, wie sie sich erinnerte. Und das nicht ohne Grund, möchte man meinen. Louise fiel nicht sofort ein, wie sie hieß, aber erinnerte sich umso deutlicher, wie erstaunt sie selbst gewesen war, dass die junge Mutter so schnell einen Sündenbock gefunden hatte. Ohne zu zögern, hatte sie die Dame aus der Wohnung über der Waschküche, die sich über den Lärm beschwert hatte, herausgegriffen. Britta Hammar. Doch der Zwist schien nicht länger zu existieren. Die beiden Frauen standen mit erdverschmierten Händen einträchtig nebeneinander über einer Ansammlung von Tontöpfen in verschiedenen Größen, einige mit blauer Glasur, andere wiederum terrakottafarben, und waren dabei, rosafarbene Pelargonien einzupflanzen. Mårbacka hieß die Sorte. Das wusste Louise.

»Wo ist sie denn?«, fragte Louise.

»Sie ist kurz zum Auto gegangen. Sie können, soweit ich weiß, geradewegs durch die Werkstatt gehen«, erklärte Britta Hammar.

Ob die Hausbewohner sich wohl jetzt entschieden hatten, etwas gegen den Lärm in der Waschküche zu unternehmen? Louise war sich nicht sicher. Oft blieb alles beim Alten, insofern keine Behörden eingeschaltet und Messungen vorgenommen wurden, damit der Geräuschpegel anhand von Messwerten und Gesetzen analysiert werden konnte. Was wahrscheinlich das Einzige war, das den Vorsitzenden Sigge einigermaßen beeindrucken würde. Er schien ein richtiger Paragrafenreiter zu sein.

Als Louise die Werkstatt betrat, war sie von den verschiedenen Gerüchen angenehm überrascht. Es roch nach ihrer Kindheit. Ein schwacher Duft nach Chemikalien. Ihr Vater hatte sich oft in seine Tischlerwerkstatt zurückgezogen, wo er sich ziemlich wohl fühlte. Heute würde sie sagen, er war geflohen. An ihrer Mutter waren Hausarbeit und Kinderbetreuung hängen geblieben, während er es genoss, kreativ zu sein, kleine Männchen zu schnitzen, Hocker und Spiegelrahmen und schließlich Regale für sie und ihre Geschwister herzustellen. Als Kinder saßen sie gerne dort auf einem Stuhl und ließen die Beine baumeln, griffen in die weichen Sägespäne, sahen ihm bei der Arbeit zu, beim Hobeln oder dabei, wie er ruhig und systematisch die Bretter mit Schmirgelpapier abschliff, zärtlich über sie strich, woraufhin sie das Holz befühlen durften und feststellten, wie samtweich es geworden war. Im Hintergrund hörten sie das Radio laufen, ein altes schwarzes Gerät von Grundig, das unter einer dicken Schicht Holzstaub fast verschwand und mit einer silbernen Gabel als Verlängerung der Antenne ausgestattet war. Das Radio lief eigentlich immer.

Auch in dieser Werkstatt hörte man dezente Radiomusik im Hintergrund. Ein Stuhl stand aufgebockt mitten im Raum. Er schien zur Hälfte fertig zu sein. Die Rückenlehne und ein

Teil der Sitzfläche sahen sauberer aus und besaßen eine dunklere Nuance.

Noch bevor Louise die Tür zur Straße öffnen konnte, stand Rita Olsson bereits vor ihr. Sie sah sie überrascht an.

»Wir haben heute geschlossen«, klärte sie Louise auf, während ihre Augen sich zu schmalen Strichen zusammenzogen.

»Ich weiß«, entgegnete Louise und stellte sich vor.

Rita Olsson betrachtete sie skeptisch. Plötzlich wusste Louise nicht mehr genau, wie sie das Gespräch beginnen sollte. Es fiel ihr nichts anderes ein, als direkt zur Sache zu kommen.

»Was für eine Automarke fahren Sie?«

Die Frau wurde blass.

»Darf ich fragen, warum Sie das wissen wollen?«

»Reine Routine. Wir suchen nach einem Mädchen, wie Sie vielleicht wissen.«

Rita Olsson starrte sie ungläubig an.

»Wir haben gehört, dass sie eventuell von einer Frau aufgegriffen worden ist, die Möbelstücke in der ...«

»Volkswagen«, unterbrach sie Rita Olsson mit monotoner Stimme.

»Farbe?«

»Weiß.«

»Steht es hier?«

»Ja. Auf der Straße.«

»Besitzen Sie noch ein anderes Auto?«

»Nein.«

»Können Sie sich daran erinnern, ein Mädchen namens Viktoria mitgenommen zu haben?«

»Ja, natürlich. In der Kikebogatan stieg sie ein«, sagte sie, als sei es das Natürlichste auf der Welt. »Ich habe sie nach Hause gefahren.«

Louise dachte, sie hörte nicht richtig.

»Sie wissen also nicht, dass das Mädchen verschwunden ist?«

Rita Olsson schaute sie entsetzt an.

»Nein. Davon hatte ich keine Ahnung«, antwortete sie und sah aufrichtig beunruhigt aus.

Einige Verbrecher hatten das Lügen zu einer der schönen Künste erhoben. In den meisten Fällen jedoch war ihr Verhalten in Verhörsituationen ziemlich nervig und regelrecht ermüdend.

Jetzt hingegen saß Louise Jasinski eine, soweit sie es beurteilen konnte, vollkommen unbefleckte und selbstsichere Möbeltischlerin mittleren Alters in ihrem Dienstzimmer im Präsidium gegenüber. Louise hatte in dem einen, Rita Olsson im anderen Sessel Platz genommen. Sie saßen ein wenig abgewandt voneinander mit einem kleinen Tisch zwischen sich. Man konnte also seinen Blick immer mal wieder von der Verhörleiterin abwenden und nachdenken.

»Sie haben Viktoria also am Freitag gegen drei Uhr nachmittags in der Kikebogatan aufgegriffen und sie in der Nähe ihres Zuhauses wieder abgesetzt. Stimmt das so?«, fragte Louise.

»Ja.«

»Und Ihre Erklärung dafür, dass Sie uns das nicht früher mitgeteilt haben, hängt damit zusammen, dass Sie nicht wussten, dass das Mädchen als vermisst galt?«

»Genau. Es tut mir wirklich leid, aber ich bin die meiste Zeit in der Gegend herumgefahren und habe Möbel abgeholt und ausgeliefert. Am Freitag hab ich bis spätabends gearbeitet und mich hingelegt, sobald ich nach Hause kam.«

»Sie haben also weder die Plakate bemerkt noch Nachrichten geschaut?«

Rita Olsson schüttelte mit dem Kopf. Wer's glaubt, wird selig!, dachte Louise.

»Wie kam es dazu, dass Sie sie mitgenommen haben? Können Sie dazu etwas sagen?«

»Wir kannten uns ja von letzter Woche. Ich hatte ihr geholfen, als sie einen Fahrradunfall hatte. Ich hatte sie auf der Straße gefunden, sie konnte nicht aufstehen, und ich dachte zuerst, dass ich einen Krankenwagen rufen müsste, aber es war dann doch nicht so schlimm. Da keiner ihrer Angehörigen sie direkt abholen konnte, musste sie mit mir zur Werkstatt kommen und dort bleiben, bis ein Mann kam und sie nach Hause brachte.«

»Wer war dieser Mann?«

»Ich weiß es nicht. Ich erinnere mich nicht mehr an seinen Namen.«

»Aber es war jemand, den sie kannte?«

»Ja, natürlich. Da bin ich mir absolut sicher.«

»Aber nicht ihr Vater?«

»Ich hatte den Eindruck, dass er es nicht war.«

»Aus welchem Grund?«

»Viktoria hat nur von ihrer Mama gesprochen. Wir haben die ganze Zeit versucht, sie zu erreichen. Ihren Vater hat sie überhaupt nicht erwähnt.«

»Dieser Mann hat also sie und das Fahrrad abgeholt?«

»Ja.«

»War sein Name möglicherweise Gunnar?«

»Ja, richtig. So hieß er. Oder jedenfalls so ähnlich. Ein gewöhnlicher Name.«

»Zu welcher Zeit wurde Viktoria abgeholt?«

Rita Olsson schob ihr Kinn vor und schaute aus dem Fenster.

»Vielleicht so gegen fünf oder sechs.«

Louise ließ sich die Antwort auf der Zunge zergehen.

»Es war am selben Tag, als Doris Västlund in der Waschküche gefunden wurde«, klärte sie die Frau ihr gegenüber schließlich auf.

Rita Olsson zuckte zusammen.

»Ja, das stimmt wohl.«

»Warum haben Sie uns vorher nichts darüber gesagt?«

»Worüber?«

»Dass Viktoria bei Ihnen war. Warum haben Sie Ihre Informationen während des Verhörs im Zusammenhang mit der Misshandlung von Doris Västlund nicht preisgegeben?«

»Es hat keiner danach gefragt, und ich konnte auch keinen direkten Zusammenhang zu der Sache erkennen. Als an dem betreffenden Abend die Polizei eintraf, waren sowohl sie als auch ich längst gegangen.«

Louise schluckte ihre Erklärung, jedoch nicht ohne eine gewisse verbleibende Skepsis.

»Was hatten Sie insgesamt für einen Eindruck von dem Mädchen? Erzählen Sie einfach, was Ihnen zu ihr einfällt.«

Rita Olsson schob ihre Ärmel hoch. Sie war ziemlich mager. Frauen in ihrem Alter wirkten oftmals recht müde, wenn sie zu dünn waren. Dunkle und unscharfe Konturen unterlegten ihre Augen und ihren Mund.

»Sie schien mir ein wenig ängstlich. Aber dennoch schien sie es gewöhnt zu sein, allein zurechtzukommen. Ihre Mama hat in ihrem Job offensichtlich ziemlich oft Spätschicht. Aber beschwert hat sie sich darüber nicht. Trotzdem fand ich, dass sie recht einsam wirkte. Ich glaube nicht, dass sie Geschwister hat. An dem betreffenden Tag war sie mit ihrer Freundin unterwegs gewesen und hatte bei Kvantum Maiblumen verkauft. Ich glaube kaum, dass sie ihrer Mama erzählt hat, wie weit weg sie mit dem Fahrrad von zu Hause war. Es geschah auf dem Heimweg, dass sie angefahren wurde. Ihre beste Freundin wohnt in einer anderen Richtung, deshalb haben sie sich vorher getrennt, wenn ich es richtig verstanden habe.«

»Erzählte sie Ihnen, wem im Haus sie Maiblumen verkauft hatte?«

Erstaunlicherweise errötete Rita Olsson.

»Nein. Sie erwähnte nur, dass der Verkauf gut lief.«

Louise beugte ihren Kopf vor und begann mit den Fingern, eine Locke aus ihrem Haar aufzuzwirbeln.

Rita Olsson saß stumm auf ihrem Stuhl.

»Gut. Dann habe ich fürs Erste keine weiteren Fragen mehr an Sie«, schloss Louise, ließ die Locke los und wandte ihr Gesicht wieder der Möbeltischlerin zu. »Haben Sie noch Fragen?«

»Nein«, antwortete diese knapp.

Louise schaltete ihr Handy wieder ein. Zwei Gespräche in Abwesenheit. Sie wählte die erste Nummer. Es meldete sich Peter Berg, der ihr mitteilte, dass Ted Västlund von sich hatte hören lassen. Der Sohn hatte sich trotz allem entschieden, seiner toten Mutter einen letzten Besuch abzustatten, wozu er eine Genehmigung benötigte.

»Dann scheint er ja doch nicht völlig neben der Spur zu sein«, lautete Louises Kommentar. »Soweit ich es beurteilen kann, liegen keine Hinderungsgründe vor.«

Doris Västlunds Leiche befand sich zurzeit im Kühlraum der gerichtsmedizinischen Abteilung in Linköping.

»Die Frage ist nur, ob wir heute jemanden auftreiben können, der sich darum kümmern kann. Es ist ja Sonntag«, wandte sie ein.

»Er wird sicher auch noch bis morgen warten können«, entgegnete Berg. »Oder bis zu einem anderen Wochentag. Er ist ja selber eine Woche lang weggeblieben, also ...«

»Bist du so nett und nimmst Kontakt mit der Gerichtsmedizin auf?«

»Klar.«

Kriminalkommissar Claesson kam den Gartenweg entlang. Er zog seine Tasche hinter sich her. Sein Kopf war schwer, die Nächte waren lang geworden, und sie hatten insgesamt ein paar Biere über den Durst getrunken. Er hatte sogar geraucht, woraufhin sein Hals sich ziemlich rau anfühlte, und er hatte sich geschworen, es nicht wieder zu tun.

Allerdings war das Treffen ziemlich lustig gewesen. Fast während der gesamten Rückfahrt hatte er in Erinnerungen geschwelgt. An die verschiedensten Erlebnisse aus früheren Zeiten zurückgedacht und dabei sein Labyrinth von Gedächtnis auf Trab gebracht.

Mindestens einmal im Jahr müssten sie sich wiedersehen, da waren sich alle einig gewesen. Keiner von ihnen wurde jünger, und irgendwie hatte ihnen allen dieser ungezwungene Kontakt richtig gut getan. Es war also hoffentlich nur der Anfang einer wiederbelebten alten Freundschaft, und sie würden abwarten müssen, wie es weiterging. Eigentlich brauchten sie nur darauf zu achten, dass der Kontakt nicht abriss, wie so oft. Was dieses Treffen anging, hatte einer von ihnen seine überzählige Energie und ein ungewöhnliches Maß an sozialem Engagement aufgeboten und sich darangemacht, die Leute zusammenzutrommeln. Sie hatten sogar schon ein vorläufiges Datum für das nächste Jahr ausgemacht, also konnten sie zuversichtlich sein, dass es auch funktionierte. Nur allzu oft hatte Claesson erlebt, wie groß der Enthusiasmus direkt nach gelungenen Treffen dieser Art war, um danach ganz unbemerkt abzukühlen. Der reinste Todesstoß allerdings war, wenn der Job des Organisierens reihum wechselte. Denn sobald ein etwas weniger engagierter Typ an der Reihe war, der es eher vorzog, sich mitziehen zu lassen, anstatt selbst die Initiative zu ergreifen, verlief sowieso alles im Sande. Was eigentlich keiner wollte.

Fünf waren gekommen, alle aus seinem eigenen Kurs bei der Polizeihochschule. Claesson begriff eigentlich erst im Nachhinein, wie groß der psychologische Nutzen war, den er aus diesen Treffen ziehen konnte. Das Gefühl der Zusammengehörigkeit war nahezu physisch greifbar gewesen. Ein beruhigendes Gefühl, nicht allein zu sein. Trotz ihrer unterschiedlichen Persönlichkeiten zeigte es sich, dass sie alle ein Bedürfnis hatten, ihren jeweiligen Ärger loszuwerden und auch ein wenig über den einen oder anderen herzuziehen. Keiner von ihnen war jedoch der Typ, der in der Vergangenheit stehen blieb. Vor allem Claesson nicht. Mit einem Kleinkind zu Hause war das sowieso nicht möglich. Da musste man den Blick immer nach vorn richten. Zwangsläufig!, dachte er.

Alle von ihnen bekleideten einen ordentlichen Job, was natürlich nicht hieß, dass auch alle zufrieden waren. Er fand es recht interessant, darüber nachzudenken, was einige Kollegen zufriedener als andere erscheinen ließ. War die jeweilige Position auf der Karriereleiter dafür verantwortlich? Zum

Teil vielleicht. Wie viel hatte die eigene Zufriedenheit überhaupt mit dem Inhalt der Arbeit zu tun? Oder mit anderen Faktoren wie zum Beispiel der jeweiligen Persönlichkeit? Den unterschiedlichen Erwartungen, der Fähigkeit, mit Rückschlägen umzugehen. Es schien, als liefe ein Teil aller Polizisten mit einer angeborenen Unzufriedenheit herum, während wiederum anderen ihre Frustration als Antriebskraft diente. Wenn man feststellte, dass man nur ungern am Schreibtisch arbeitete, sollte man eher keinen Bürojob annehmen, auch wenn dieser möglicherweise einen höheren Status repräsentierte. Und andersherum. Der ausgeglichenste von ihnen allen, ein breitschultriger Mann aus Norrland, der im Übrigen recht lustig war, hätte im Prinzip in jeder Branche arbeiten können, ohne sich zu beschweren. Diese Sorte Mensch war natürlich beneidenswert. Er glich in gewisser Hinsicht einem Löwenzahnsamen, der sich wohl fühlte, wo immer der Wind ihn auch hinblies.

Für Claesson persönlich war es zweifellos das Familienleben, das ihm in den letzten Monaten Auftrieb gegeben hatte. Klara und Veronika. Er dachte an das Foto, das er im Sommer von den beiden gemacht hatte und das seitdem an der Kühlschranktür hing. Ein wenig unscharf, aber in warmen Farbtönen. Eine satte goldgelbe Nachmittagssonne spiegelte sich in den Augen der Tochter und seiner Lebensgefährtin.

Es hatte ihn einigen Mut gekostet, so weit zu kommen, denn er war in der Zwischenzeit ein richtig nach innen gekehrter Junggeselle geworden. Schätzungsweise war es Veronika, die im Hinblick auf ihre Liaison die Mutigere von ihnen gewesen war, dachte er mit einem schiefen Lächeln. Die es gewagt hatte, sich mit ihm einzulassen. Warum hatte er eigentlich das Unternehmen, eine Familie zu gründen, so lange vor sich hergeschoben? Es von einem Jahr aufs nächste verschoben? Es konnte doch nicht nur daran gelegen haben, dass er über die Maßen an seiner früheren Freundin Eva gehangen hatte? Damals hatte er schließlich – wenn auch unter großen Qualen – eingesehen, dass er gezwungen sein würde, sich von ihr zu trennen, um sich nicht von ihr zugrunde richten zu lassen. Und mit ihr hatte er eben keine Kinder zeugen können. Immer wieder nur Blutungen.

Er schloss die Haustür auf. Die erwärmte, abgestandene Luft schlug ihm wie eine Wand entgegen, also ließ er die Tür offen stehen. Seine Tasche stellte er im Flur ab, woraufhin er quer durch das Haus ging und zusätzlich die Terrassentür auf der Rückseite öffnete. Die Sonne verschwand gerade hinter dem Dach des Nachbarn. Das Ehepaar, das vor Jahren das Haus gebaut hatte, wohnte noch immer dort. Sie kamen nur noch mit Mühe und Not allein zurecht, aber Claesson hatte das Gefühl, dass in jedem Fall der Mann auf der Stelle sterben würde, wenn man ihn dazu brächte umzuziehen. Der alte Greis konnte sich in seinem Garten das ganze Jahr über beschäftigen, und manchmal, wenn ihm danach war, hackte er ein wenig Holz. Beide schienen zufrieden zu sein. Der Nachbar zur anderen Seite hingegen, Gruntzén, hatte andere Ansprüche ans Leben. Er stand gerade vor seiner buttergelben Villa mit der elegantesten Gartenanlage des Viertels und war dabei, einem Mann, der hoch oben in einem der Bäume saß, Anweisungen zu geben. Ein ziemlich komischer Anblick. Der Mann sollte höchstwahrscheinlich die Krone lichten. Gruntzén schien es nicht riskieren zu wollen, seinen tipptopp angelegten Rasen zu zerstören, indem er einen Hänger aufs Grundstück zog, der die Arbeit vermutlich bedeutend erleichtert hätte, dachte Claesson. Gruntzéns hatten Veronika und ihm im Übrigen schon so manche Überraschung beschert. Die rein äußerliche Idylle hatte nämlich mit der Zeit Risse bekommen und war schließlich geplatzt. Frau und Kinder waren ausgezogen. Sowohl Veronika als auch er mussten allerdings zu ihrer Scham eingestehen, dass sie ein gewisses Gefühl der Zufriedenheit darüber empfanden, wie sehr der gesamte Schein getrogen hatte.

Claesson fühlte sich eigentlich zu kraftlos, um auszupacken, tat es aber dennoch. Trug seine Schmutzwäsche in die Waschküche, schaltete die Maschine jedoch nicht ein, sondern wollte warten, bis Veronika nach Hause kam und er ihre und die Wäsche der Tochter gleich mitwaschen konnte.

Er schaute auf die Uhr. Er durfte nicht vergessen, Veronika und Klara in knapp zwei Stunden am Bahnhof abzuholen. Er sehnte sich nach seinem Kind. Mit einer gewissen Zufriedenheit stellte er fest, dass er am nächsten Tag nicht zur Arbeit gehen musste. Er und Klara. Sie beide würden zusammen sein.

Stellte sich nur die Frage, ob er sich zusammenreißen und das Auto aus der Garage holen konnte, um sich auf den Weg zum Einkaufen zu machen. Er müsste wenigstens etwas Brot, Milch und Dickmilch besorgen. Gleichzeitig spürte er, wie sich die Müdigkeit in ihm breit machte. Er schloss die Haustür wieder, nahm die Zeitung, die er aus dem Briefkasten gefischt hatte, und streckte sich auf dem Bett aus. Doch zuvor stellte er sich den Radiowecker, um nicht zu verschlafen, falls er nun eindösen sollte.

Er schlug die *Allgemeine* auf und stellte fest, dass die Massenmedien nur in der Lage waren, jeweils ein aktuelles Verbrechen aufzugreifen. Der Västlund-Fall war in Vergessenheit geraten. Stattdessen wurde nun über das verschwundene Mädchen berichtet.

Natürlich hatte er die Plakate gesehen und bereits in Stockholm die Abendzeitungen gelesen. Sowohl die Spannung als auch das Engagement waren gestiegen, weil die Zeit drängte. Nachbarn, Freunde, Klassenkameraden, ja, die ganze Stadt schien beunruhigt zu sein. Lina, die beste Freundin von Viktoria, war abgebildet, ein dickliches Mädchen, das den Blick scheu niedergeschlagen hatte. Selbst von dem Wohnhaus, in dem Viktoria mit ihrer Mama wohnte, brachte man ein Bild.

Die Dramaturgie wurde gratis dazugeliefert. Keiner wusste, wie es ausgehen würde, und ein Ende war nicht abzusehen. Ansonsten beschlich ihn eher das Gefühl, dass die Präsentation von Verbrechen immer mehr zur reinen, makaberen Unterhaltung verkam, woraufhin er überlegte, wann diese Veränderung eigentlich begonnen hatte. Auch wenn sich die Journalisten an die Wahrheit hielten, stellte sich beim Leser oftmals ein Gefühl von aufregender Zerstreuung ein. Nur selten tauchten glatte Lügen oder haarsträubende Fehler auf. Jedenfalls wenn die Artikel von routinierteren Journalisten stammten. Doch es gerieten immer stärker die Opfer und ihre Angehörigen in den Fokus, während die Täter, die eigentlichen Schurken und Verbrecher, immer mehr in den Hintergrund rückten.

Jetzt fiel es ihm bedeutend mehr auf als zu der Zeit, wo ihn seine eigene Arbeit für so etwas blind gemacht hatte.

Aber hier handelte es sich um die Realität. Das Mädchen war tatsächlich verschwunden. Bei dem Gedanken an Viktoria und ihre Mutter durchfuhr ihn ein eisiger Schmerz, ein starrer Schreck, den zu empfinden er früher gar nicht fähig gewesen wäre. Nicht, bevor Klara geboren worden war. Jedenfalls nicht so existenziell. Ein tiefer, angeborener Instinkt. Er hatte die Veränderung an sich bemerkt, als er eines Tages einen Mann beobachtete, der so stark an dem Arm seines Kindes zog, dass er abzureißen drohte. In dem Moment war er selbst kurz davor gewesen, dem Vater eine Ohrfeige zu verpassen.

Er erschauderte bei dem Gedanken, dass die Mutter des verschwundenen Mädchens wahrscheinlich schon seit geraumer Zeit mit einem permanenten Gefühl der Ungewissheit lebte. Stunde um Stunde ohne jegliche Gewissheit, ein endloses, unruhiges Warten, das man sich kaum vorstellen konnte, dachte er vage.

Eine Sekunde später war er eingeschlafen.

Es war nicht sein Wecker, der ihn aufrüttelte, sondern ein ausdauerndes Klopfen an der Haustür. Er war nur für eine Viertelstunde eingenickt, wie er mit einem schlaftrunkenen Blick auf das Zifferblatt feststellte. Er strich sich das Haar aus dem Gesicht und ging die Treppe auf Socken hinunter.

Auf dem Treppenabsatz vor der Haustür stand Louise. Die Tasche hing ihr schwer über der Schulter.

»Darf ich reinkommen?«

Ihre Stimme war entschlossen und kam ihm ziemlich laut vor. Sie sah mitgenommen aus, wie er feststellte, schien jedoch guten Mutes zu sein.

Er erklärte ihr, dass er ungefähr eine Stunde Zeit hätte, während sie in die Küche gingen und sich setzten. Sie würde auch nicht viel länger bleiben können, da ihre beiden Töchter in Kürze von einem Wochenendausflug mit Janos zurückkämen. Claesson hätte sie gerne gefragt, wie es ihr eigentlich ging, doch sowohl ihr verschlossener Gesichtsausdruck als auch ihre knapp bemessene Zeit bewirkten, dass er es sein ließ.

Louise war noch nie bei ihm zu Hause gewesen. Sie äußerte ohne Scheu, dass sie neugierig sei, wie das Haus wohl von innen aussah. Wenn man draußen vorbeiging, sagte sie, sähe es nämlich ziemlich ansprechend aus, woraus er schloss, dass sie vielleicht während eines Abendspaziergangs schon einmal an ihrem Grundstück vorbeigekommen sein musste. Sie sah sich im Erdgeschoss um, warf einen Blick ins Wohnzimmer sowie ins Gästezimmer, in dem Cecilia wohnte, wenn sie bei ihnen war. Schließlich öffnete sie sogar die Tür zum Bad und schaute in die Speisekammer, als würde sie eine Hausdurchsuchung vorbereiten. Sie unterließ es jedoch, sich im oberen Stockwerk einen Überblick zu verschaffen.

»Gemütlich«, befand sie.

»Ja. Wir fühlen uns recht wohl.«

Er klang sowohl zufrieden als auch ein wenig geniert. Ansonsten war Veronika diejenige, die durchs Haus führte, wenn Gäste kamen.

Er fand, dass Louise von einer starken Rastlosigkeit befallen war. Sie lief anscheinend auf Hochtouren. Vermutlich war sie immer so und er selbst möglicherweise auch, denn bei der Arbeit musste eigentlich immer alles schnell gehen, sodass er es wahrscheinlich nie bemerkt hatte. Im Augenblick allerdings war er die Ruhe selbst. Doch leider würde es vermutlich nicht so bleiben, wenn er wieder zu arbeiten begann.

»Kann ich dir etwas anbieten?«

»Nein, danke«, antwortete sie bestimmt.

Louise schaute durchs Küchenfenster nach draußen. Sie saß auf Claessons Lieblingsplatz und hatte den frisch beschnittenen Apfelbaum im Blick. Der noch nicht geharkte Gartenweg endete an einer ausgeleierten hölzernen Gartenpforte, die er noch nicht geschafft hatte, weiß anzustreichen. Mit dem Kappen der Hecke hingegen hatte er bereits an einer Ecke begonnen. Was sich als nicht ganz leichtes Unterfangen herausgestellt hatte. Wenn sie nämlich zu hoch wuchs, kam sich Claesson eingesperrt vor, wenn er sie allerdings zu stark beschnitt, bot sie keinen ausreichenden Sichtschutz mehr.

»Ja, es ist ziemlich hektisch im Moment«, leitete sie zum Thema über. »Du hast ja sicher über Doris Västlund gelesen, die Frau, die man vor einer Woche schwer misshandelt in der Waschküche fand.«

Sie klärte ihn in groben Zügen über den Fall auf. Die Absicht ihres Besuches bestand darin, dass er sie, indem er ihre Thesen hinterfragte, in ihren Überlegungen weiterbrachte. Sie selbst sah den Wald vor lauter Bäumen nicht, wie sie behauptete.

»Du fragst dich also, ob die Misshandlung, die zu Doris Västlunds Tod führte, und das Verschwinden des Mädchens eventuell in irgendeiner Weise zusammenhängen. Das heißt, du hast also eine Theorie, dass es so sein könnte?«, fragte Claesson.

»Ja. Und die Zeit drängt.«

Er nickte. Bald waren zwei Tage und Nächte vergangen, seitdem das Mädchen verschwunden war.

»Und ihr seid noch nicht sicher, welches Mordwerkzeug angewendet wurde?«

Sie schüttelte den Kopf.

»Aber das ist vielleicht im Moment auch nicht so wichtig, da es erst im Zusammenhang mit der Beweisführung vor Gericht relevant sein wird«, meinte er.

»Ja, obwohl es nicht schlecht wäre, wenn wir es herausfänden. Ich persönlich glaube ja, dass es sich um ein Werkzeug aus der Möbeltischlerei handelt. Einen schweren Hammer beispielsweise. Frag mich nicht, warum, aber ich habe es so im Gefühl.«

»Was für ein Zusammenhang existiert zwischen dem Mädchen und den Nachbarn?«

»Möglicherweise ist einer von ihnen ihr Vater.«

Claesson schwieg.

»Erklär es mir noch einmal genauer.«

Louise berichtete, dass Johansson der fleißigen Verbreitung seines Erbgutes gefrönt hatte und nun einige Kinder irgendwo in Norrland sowie eins in Skåne besaß. Vermutlich war er ebenso der Vater des verschwundenen Mädchens. Es war nicht ganz sicher, aber die Mutter hatte im Hinblick auf Unterhaltszahlungen einen Rechtsanwalt aufgesucht. Bis dahin hatte sie sich irgendwie selbst über Wasser gehalten und offensichtlich auch Angst davor gehabt, dass ein Vater möglicherweise Ansprüche bezüglich des Umgangs mit seinem Kind stellen könnte.

»Was die Mutter sich genau vorgestellt hat, ist natürlich unklar, sie kann ihre Meinung nach all den Jahren ja auch geändert haben. Und um die Sache noch zu verkomplizieren, ist Johansson als Verdächtiger im Misshandlungsfall Västlund immer noch nicht ganz abgeschrieben. Wir haben keine zwingenden Beweise, aber er ist noch nicht aus dem Schneider. Ein ziemlich verzwickter Fall. Wie so manches Mal.«

»Und an welches Motiv hast du gedacht?«

»Weiß nicht genau. Vielleicht Streitereien. Doris war offensichtlich recht zänkisch und konnte ihre Umgebung erheblich unter Druck setzen ... Und außerdem besaß sie eine halbe Million in einem Pappkarton.«

In ihren Augen blitzte es auf, und sie wartete gespannt auf seine Reaktion. Doch seinem fragenden Blick nach zu urteilen, war anscheinend kein einziges Wort über das Geld an die Presse durchgesickert. Sie hatten sich bemüht, dieses delikate

Faktum geheim zu halten, und es war ihnen, so unglaublich es auch sein mochte, geglückt.

Claesson pfiff durch die Zähne. Für eine Sekunde vermisste er seinen Job unerhört und war versucht, sich einzubilden, dass er ganz offiziell in die aktuellen Ermittlungen eingebunden wäre. Hier saßen sie nun, er und Louise, die er so gut kannte, und versuchten, ein Problem zu lösen. Eine harte Nuss zu knacken, eine der Triebfedern ihrer Arbeit.

»Die halbe Mille verändert die Lage, oder?«, meinte sie.

»Sie lässt jedenfalls einiges in einem anderen Licht erscheinen«, erwiderte er. »Aber das muss nicht notwendigerweise so sein. Ihr habt euch bestimmt gefragt, woher sie das Geld hat?«

»Ich glaube jedenfalls nicht, dass sie es beim Bingospielen gewonnen hat.«

»Und wem könnte sie es ansonsten abgenommen haben?«

»Der Einzige, den ich kenne und der reich genug ist, ist der alte Mann, mit dem sie sich ab und zu traf.«

»War er möglicherweise nicht länger an ihr interessiert, wollte sie loswerden?«

»Schwer zu glauben. Seine Tage waren hauptsächlich von Einsamkeit geprägt.«

»Ging sie vielleicht anschaffen?«

»Es kommt drauf an, was du damit meinst.«

»Prostitution.«

»Wer weiß? Möglich wäre ja alles, aber es scheint nicht besonders glaubwürdig. Sie war immerhin zweiundsiebzig. In dem Fall hätten wir wohl schon irgendwelche Gerüchte gehört.«

»Sie kann ja auch seine Gesellschaftsdame gewesen sein. Also gegen Bezahlung. Sie können sich ja dennoch gemocht haben.«

»Wenn, dann käme mir diese Variante realistischer vor.«

»Aber eine so große Summe«, überlegte er und kratzte sich nachdenklich am Kinn.

»Ich denke, er hat ihr wahrscheinlich immer mal den einen

oder anderen Tausender zugesteckt. Da kommt schon einiges zusammen. Nach dem Prinzip des kleinen Mannes. Geringe Beträge ansparen, die einem letztlich zu Reichtum verhelfen, wenn man ein wenig Geduld hat. Aber Zinsen fallen dabei natürlich nicht ab.«

»Die hätte sie bei der Bank auch nicht bekommen«, meinte Claesson. »Hast du den Eindruck gehabt, dass der Mann ein schlechtes Gedächtnis besaß? Kann er möglicherweise vergessen haben, dass er ihr bereits Geld gegeben hatte?«

»Keine Ahnung. Das kann man natürlich nicht ganz ausschließen. Ich bin kein Experte, aber er wirkte ziemlich helle im Kopf. Als ich mit ihm sprach, waren seine Äußerungen und Kommentare sowohl zusammenhängend als auch logisch. Er wiederholte sich nicht und antwortete, wie man es erwarten würde. Aber man kann ja nie wissen. Das mit dem Langzeit- und Kurzzeitgedächtnis ist wohl eher eine Wissenschaft für sich, und er ist ja bereits über achtzig.«

»Kann man noch ein bisschen mehr aus ihm herauspressen?«

»Vermutlich.«

»Schau dir die Personen um ihn herum genauer an. Vielleicht hat sie emotionale Erpressung betrieben.«

»Schon möglich. Menschliche Schicksale sind manchmal infernalisch miteinander verflochten.«

»Und wie steht es um ihren Charakter? Repräsentiert sie die Sorte Mensch, die sich nicht ziert zu nehmen, was sie kriegen kann?«

»So ungefähr«, antwortete Louise mit einem gewissen Zögern. »Allerdings war sie mitunter sehr charmant. Das Übliche eben. Ihr Sohn beschrieb sie als kompliziert. Sie hat wohl hart durchgegriffen. Ließ es nicht zu, dass er nach der Scheidung seinen Vater traf. Doch als er ins Teenageralter und damit in ein Alter kam, in dem die meisten neugierig auf ihre Herkunft sind, nahm er heimlich selbst Kontakt zu ihm auf. Seine Mutter hatte offensichtlich eine Art Bedürfnis nach sozialer Rache, war mein Eindruck. Sie verlor im Rahmen der Scheidung ziemlich viel. Nicht nur finanziell gesehen, natürlich. Sie ist ja immerhin verlassen worden«, erklärte Louise.

Claesson spürte eine unterschwellige Aggressivität hinter ihren Worten. Sie beide hatten ihre jeweiligen Rollen im beruflichen Umfeld inne und spielten sie gut. Er hörte also, was sie sagte, aber darüber hinaus eben auch das, was sie nicht aussprach, entschied sich jedoch dennoch, sich an die Fakten zu halten. Ihre Andeutung, dass ihr Privatleben in Aufruhr war, hatte ihn nur verlegen gestimmt.

»Du sagtest, dass der Sohn immer noch in der Stadt wohnt«, kam er zum Thema zurück.

»Ja.«

»Warum ist er nicht weggezogen? Befreiungsprozesse bringen die Menschen dazu, sich über den halben Erdball zu verteilen. Oder zumindest in einen anderen Teil des Landes zu ziehen. Aber er wohnt immer noch hier. In der Nähe seiner armen Mutter.«

»Das ist mir auch aufgefallen. Aber er besitzt ein perfektes Alibi«, gab Louise zu verstehen. »Leider! Doch man kann es natürlich noch einmal kontrollieren, indem man es Minute für Minute auseinander nimmt.«

Plötzlich musste sie lachen. Eine stille Wärme schien in ihr aufzusteigen, sanft und sonnengelb. Sie schien sich in Claessons Gesellschaft wohl zu fühlen. Ein deutliches Zeichen, welch starken Stimmungsschwankungen sie unterlegen war. Ihre Mundwinkel wanderten nach oben, sie versuchte sich an einem vorsichtigen Lächeln, hauptsächlich aus Erleichterung darüber, dass sie sich einen Augenblick lang so fühlte wie vor dem Eintreffen ihres persönlichen Elends.

»Ich habe schon lange nicht mehr gelacht«, entschuldigte sie sich nahezu.

»Schade«, erwiderte er.

Mehr sagte er dazu nicht.

Er warf einen Blick auf die Uhr. Die Scheidung setzte ihr unglaublich zu, dachte er und stand auf, um Zettel und Stift zu holen. Aber er hatte dennoch nicht vor, sie zu fragen, ob sie sich freinehmen, krankgeschrieben oder in einer anderen Form entlastet werden wollte, da sie es als Beleidigung empfunden hätte. Also musste sie schon selbst den Vorschlag anbringen. Im Übrigen wusste er aus eigener Erfahrung, dass es von Vorteil war, nicht gerade dann aus der Gemeinschaft ausgeschlossen zu werden, wenn es einem am schlechtesten ging, weil man somit vermied, zu Hause zu sitzen und zu grübeln.

»Fünfhunderttausend, sagtest du?«, fragte er nach.

Er setzte sich wieder und schrieb die Ziffern auf den oberen Rand des Papiers.

»Schreib vierhundertfünfzigtausend«, berichtigte sie ihn.

Sie legte ihre Unterarme auf die Tischplatte.

Es hatte etwas Befreiendes, Zahlen vor sich zu haben. Konkrete Werte, mit denen man jonglieren konnte. Das hätten sie schon lange tun sollen, dachte sie. Oder eher gesagt, hätte sie selbst sich schon längst darum kümmern sollen, dass jemand eine Kalkulation erstellte.

Claesson strich die erste Zahl durch und notierte die neue.

»Es könnte ja sein, dass Folke ... so hieß er doch, oder?«

»Ja«, nickte sie.

Sie spürte, dass Claesson es jetzt eilig hatte, dass er halb auf dem Sprung war, und doch konnte er das Spiel mit den Zahlen nicht lassen.

»Wenn wir nun annehmen, dass er ihr mehrmals in der Woche Geld gegeben hat, sagen wir zweimal, der Einfachheit halber. Und nehmen wir weiter an, dass er das zwei Jahre lang getan hat ... das macht hundertvier Wochen. Vermutlich fallen davon einige Wochen aufgrund von Urlaub weg, aber egal ...«

Er drehte sich um, zog eine der Küchenschubladen heraus und streckte sich nach einem Taschenrechner.

»Das macht ungefähr viertausenddreihundert Kronen in der Woche«, las er auf seinem Display.

»Klingt erst mal viel.«

»Wenn wir uns aber stattdessen denken, dass die vierhundertfünfzigtausend im Laufe von fünf Jahren übergeben wurden, macht das ...«

Sein Zeigefinger bewegte sich auf den Tasten des Rechners hin und her.

»Rund eintausendsiebenhundert Kronen hätte er ihr in diesem Fall pro Woche gegeben«, rechnete er aus. »Vielleicht bekam sie jedes Mal, wenn sie sich sahen, fünfhundert. Scheint nicht besonders viel für einen von seinem Kaliber, aber Kleinvieh macht schließlich auch Mist.«

»Wäre denkbar.«

»Außerdem könnte es sich ja auch um einen noch größeren Zeitraum gehandelt haben. Wenn wir annehmen, dass sie jedes Mal Bargeld erhalten und der Alte die Mäuse nicht von seinem Konto überwiesen hat, können wir davon ausgehen, dass keiner etwas von ihrem Deal erfahren hat.«

Er stand auf.

»Es tut mir leid. Aber ich muss gehen.«

Sie folgte ihm in den Flur, wo er seine Jacke überwarf, und verließ gemeinsam mit ihm das Haus. Er schloss die Tür ab. Mit einem Mal fühlte sie sich entsetzlich nackt und geradezu hinausgeworfen. Sie hätte gern noch länger mit ihm zusammengesessen und diverse Möglichkeiten erwogen und sich dabei an seinen Hinweisen festgehalten, an den Fragen, die er stellte, an seinem gesunden Menschenverstand, der letztlich auch seine Persönlichkeit ausmachte.

»Wenn das Geld einem Geldautomaten entnommen worden ist, muss es sich übrigens um glatte Beträge handeln«, meinte er auf dem Weg zu seinem Auto.

»Ja, genau«, entgegnete Louise, die unabhängig davon in Erfahrung gebracht hatte, dass es sich auf keinen Fall um Beträge handeln konnte, die per Überweisung auf das Konto eingegangen waren.

»Habt ihr Roos verhört? Die Familie? Die Beziehungen untereinander? Die finanziellen Verhältnisse?«

»Nein, aber wir hatten bisher auch keinen Grund, ihn zu verdächtigen ...«

»Ich muss los, die Familie abholen«, brach Claesson das Gespräch ab und schloss das Garagentor auf.

Sie ging zu ihrem Auto, das an der Straße geparkt war, und stieg ein. Im Rückspiegel sah sie ihn seinen V 70 rückwärts aus der Garage manövrieren und in die schmale Straße des Wohnviertels biegen, wo er zügig verschwand. Die Familie abholen. Der Stachel des Neides bohrte sich tief in ihre Seele.

Noch immer war es Sonntag. Doch bald würde es dunkel werden. Der Tag war ihr wie eine Ewigkeit vorgekommen. Sie ließ schließlich den Motor an, schaltete das Autoradio ein und drehte es voll auf. Ließ ihren Kopf mit Hardrock bombardieren. Versuchte ihren Schädel freizupusten. Ihn wieder klar zu bekommen, während sie langsam nach Hause fuhr.

ELFTES KAPITEL

Montag, 15. April

Lina saß auf ihrem Platz. Es war die erste Schulstunde, und sie hatten Schreiben.

Sie hätte eigentlich nicht zur Schule gehen brauchen. Mama und Papa hatten ihr angeboten, zu Hause zu bleiben. Die Lehrerin hatte es ebenfalls gesagt, als sie Lina gestern besuchte. Sie sei ganz außer sich, wie sie hinzufügte, als sie gemeinsam mit Mama und Papa mit einem Becher Kaffee vor sich am Küchentisch saß. Dabei sah sie sehr traurig aus. Viel mehr wurde nicht geredet. Jedenfalls nichts, was darüber hinausging, dass alles ganz schrecklich sei. So unbegreiflich! Viktoria war verschwunden! Gerade sie, die sich immer so im Hintergrund gehalten hatte! Die immer nett und so ordentlich war. Kein einziges Mal auch nur die Schule geschwänzt hatte. Mitarbeitete, so gut sie konnte, wie die Lehrerin kopfschüttelnd bemerkte. Linas Mama und Papa schüttelten ebenfalls den Kopf. Alle drei Erwachsenen saßen da und waren entsetzt. Lina hingegen stand mucksmäuschenstill im Flur und lauschte durch die angelehnte Küchentür.

Der Platz neben ihr war leer. Lina hielt den Kopf gesenkt, schaute weder zur Tafel noch die Lehrerin oder ihre Klassenkameraden an und erst recht nicht zur Seite. Der Stuhl schrie förmlich vor Sehnsucht. Nur Luft. Die Leere breitete sich wie ein unsichtbarer Fächer in ihr aus. In ihrem gesamten Körper. Keine, die auf ihrem Stuhl saß und mit offenem Mund atmete, wie Viktoria es zu tun pflegte. Keine, die sich unruhig hin und her bewegte oder eine Haarsträhne zwischen den Fingern zwirbelte. Und auch keine, die mit den Wörtern auf dem Papier oder mit den Rechenaufgaben kämpfte. Stattdessen war es kalt und einsam.

Lina versuchte die Tränen zu unterdrücken. Überlegte, welchen Kindern aus ihrer Klasse sie gewünscht hätte, verschwunden zu sein. Ihr fielen gleich mehrere ein. Miesepeter und kleine Kriecher. Solche, mit denen sie und Viktoria in den Pausen nie spielten. Jene, die nicht mit ihnen zusammen sein wollten. Tessan, Mia und Elin. Zum Beispiel.

Doch nun war irgendwie alles anders. Verdrehte Welt. Es schien, als seien plötzlich ganz andere Schülerinnen aus ihrer Klasse am besten mit Viktoria befreundet. Tessan, Elin und Mia hatten schon am Morgen, als sie in die Schule kamen, Sturzbäche geweint. Sie waren vorne am Lehrerpult stehen geblieben und hatten sich von der Lehrerin umarmen, trösten und beruhigen lassen, während die anderen zu ihren Plätzen gingen. Als Lina stumm auf ihren Platz glitt und zu vergessen versuchte, dass Viktoria nicht dort saß, standen sie immer noch vorne bei der Lehrerin. Lina vermisste Viktoria so stark, dass ihr die Zunge am Gaumen klebte und ihre Gedanken zäh wie Kaugummi wurden.

Die Lehrerin war sehr nett. Sie hatte ihr eine Tafel Schokolade und eine Tüte Gummibärchen mitgebracht, als sie zu Besuch gekommen war, obwohl sie selbst ja gar nicht verschwunden war. Lina hatte, genau wie die Erwachsenen es ihr rieten, bis zum Morgen abgewartet, wie sie sich fühlte, und dann entschieden, in die Schule zu gehen. Sie hätte zu Hause sitzen, auf Viktoria warten und sich dabei ein wenig bemitleiden können. Einen ganzen Tag lang hätte sie zu Hause bleiben können. Sogar mehrere Tage, so lange, bis Viktoria wiederkäme. Vielleicht hätte sie malen oder ihrer Mama zur Hand gehen können. Doch es wäre verdammt einsam gewesen, das spürte sie. Der Tag wäre unendlich langsam vergangen. Keine besonders erbauliche Vorstellung. Eher kaum zu ertragen. So, als bliebe die Zeit stehen. Das Warten auf Viktoria und die Sehnsucht nach ihr wären nicht auszuhalten gewesen.

Ihr Papa war jeden Tag draußen gewesen und hatte mitgeholfen zu suchen. Er hatte sich für die Suchaktion einteilen lassen und war jedes Mal stumm wieder zurückgekehrt.

»Stellen Sie sich nur vor, wenn Viktoria nun einsam im Wald liegt«, hatte die Lehrerin, als sie gestern bei ihnen war, zu Mama und Papa gesagt. Lina hätte es besser nicht mitbekommen.

Einsam im Wald. Schwarze Nacht. Kälte und all die unheimlichen Geräusche.

Als sie die Lehrerin so reden hörte, bildete sich ein eisiger Klumpen in Linas Magen, und ihr Körper begann wie Feuer zu brennen. Sie stürzte nach draußen und rannte so schnell sie konnte, sodass ihre Oberschenkel aneinander rieben und es beim Luftholen in ihrer Lunge pfiff und brannte. Mit zunehmender Entfernung bekam sie Atemnot, sah plötzlich lauter rote, schwarze und gelbe Punkte und dachte, dass sie jeden Moment in Ohnmacht fallen würde. Sie hastete zum Fußballplatz, der verlassen dalag, und überquerte ihn. Ein Fuß tat ihr weh, sodass sie humpeln musste, während sich unter ihr Keuchen kleine wimmernde Laute mischten, doch sie weinte nicht. Noch nicht. Das Brennen und Stechen in ihrem Hals nahm zu, während sie in Richtung der Holzbaracke mit den Umkleideräumen stolperte, hinter der sie Zuflucht zu nehmen gedachte. Keiner hatte sie gesehen. Die Erde war feucht und mit Unkraut und dornigen Büschen bedeckt. Schließlich lehnte sie ihren Rücken gegen das gelb gestrichene Holz. Holte tief Luft und begann jämmerlich zu weinen. Die Tränen rannen ohne Unterlass ihre Wangen hinab, bildeten regelrechte Sturzfluten. Und es kamen immer noch mehr. Unendliche Mengen, sodass sie dachte, es würde niemals enden.

Das war gestern. Lina sog nun vorsichtig ein wenig Luft ein, sodass es nicht auffiel, und gestattete sich von ihrem

Platz im Klassenraum aus einen traurigen Seufzer. Sie hatte ihr Schreibheft hervorgeholt, blätterte bis zu einer leeren Seite vor und versuchte, den Worten der Lehrerin zu folgen. Mitzubekommen, welche Aufgaben sie ihnen stellte. Eine Menge Worte strömten auf sie ein. Unglaublich viele Worte, aber keines von ihnen blieb hängen. Vor ihr auf dem Tisch lag das Heft mit der aufgeschlagenen leeren Seite, doch sie schaffte es nicht, den Stift zur Hand zu nehmen.

Tessan gab ihr den Umschlag schon in der ersten Pause. Steckte ihn ihr regelrecht zu, sodass sie sehen würde, dass er für sie bestimmt war. Sie standen unter dem Holzdach des Schulhofes, weil es regnete.

»Willst du ihn nicht öffnen?«, fragte sie.

Ihre Stimme klang auffordernd, obwohl sie eigentlich beabsichtigte, nett zu Lina zu sein, damit diese sie mögen würde.

Lina sah Elin und Mia im Hintergrund zusammen mit den anderen Mädchen stehen. Sie standen mit gespannten Gesichtern da und warteten. Wollten sehen, wie sie reagierte. Ob sie sich darüber freute, dass sie nett zu ihr waren. Dass sie sich um sie kümmerten, jetzt, wo Viktoria verschwunden war.

Lina fingerte an dem rosafarbenen Kuvert herum und öffnete es. Darin lag eine Einladung. Tessan würde eine Geburtstagsparty geben. Und Lina war eingeladen, stand dort. In großen silbernen Buchstaben. Sie war zu Tessans Fest eingeladen, was nie zuvor geschehen war. Natürlich würden ebenso Elin und Mia kommen. Und viele andere Mädchen aus ihrer Klasse. Sogar einige Jungen. Eben diejenigen, die einander regelmäßig zu Partys einluden.

Sie fummelte an ihrer Einladungskarte herum. War sich im Klaren darüber, dass sie eine fröhliche Miene aufsetzen musste. Tessans Blick durchbohrte sie.

»Freust du dich etwa nicht?«, fragte sie enttäuscht, und ihr Mund zog sich zu einem Strich zusammen.

»Doch«, nickte Lina, traute sich dabei jedoch nicht, Tessan

in die Augen zu schauen, weil sie überhaupt nicht in der Lage war, sich zu freuen. Sie war eher verwirrt.

Es war zehn Uhr. Das Polizeigebäude war in einen grauen Regenschleier gehüllt. Das Team um Louise Jasinski war gerade dabei, die Besprechung über das vermisste Mädchen zu beenden, das immer noch nicht aufgefunden worden war. Sie war nun bereits seit drei Tagen verschwunden. Im Raum herrschte eine beklemmende und gleichzeitig rastlose Stimmung. Die Zeit war dabei, ihnen davonzulaufen. Die Polizisten führten einen ungleichen Kampf gegen die Uhr. Die Unruhe nagte an ihnen. Handlungsbedarf machte sich breit. Alle wollten in irgendeiner Form aktiv werden, anstatt in ihren Büros zu sitzen und Däumchen zu drehen. Es drängte sie nach draußen, um zu suchen. Der Eindruck, dass sie untätig waren, täuschte natürlich, aber es würde dennoch erst das Resultat zählen. Polizisten, Militär, Orientierungsläufer, Freunde der Familie des Mädchens, Freiwillige, alle suchten unverdrossen weiter. Keiner ließ sich entmutigen. Noch nicht. Aber unterschwellig breitete sich dennoch Zweifel aus.

Das Mädchen war und blieb spurlos verschwunden. Es stellte sich mehr und mehr die Frage, ob man sie irgendwo leblos auffinden würde. Und wenn ja, wo? Möglicherweise vergraben? Ins Meer oder in einen See geworfen? Noch hatten sie nicht begonnen, die Gewässer zu durchsuchen. Wie lange würde es in dem Fall dauern, bis sie an irgendeinem Ufer wieder auftauchte? Oder würde ihre Leiche erst viel später an den Strand gespült werden?

Diejenigen, die in Gummistiefeln im feuchten Blaubeergestrüpp unterwegs waren, agierten ihre Unruhe aus. Linas Papa, die Väter und Mütter anderer Kinder und alle anderen freiwilligen und professionellen Helfer, die sich an der Suche beteiligten. Blicke, die nach einer Hand, einem Gesicht, einem Körper Ausschau hielten. Unterkühlt, schlafend, vielleicht bewusstlos. Wenn sie nur am Leben wäre, würde sich alles Weitere schon finden. So dachte jedenfalls Linas Papa. Und so dachten die meisten anderen auch. Aber keiner sprach es aus. Hoffentlich hatte nur keiner ihr etwas zuleide getan. Dieser Gedanke hing wie ein Damoklesschwert über ihnen.

Sie hatten inzwischen damit begonnen, weniger verdächtige Bezirke zu durchsuchen, und näherten sich der äußeren Grenze des abgesteckten Gebietes. Abschnitt für Abschnitt war systematisch durchkämmt worden. Neue Gruppen von ausgeschlafenen Menschen wurden in die Suchaktion einbezogen und rückten aus. Jedes Fleckchen Erde der Umgebung wurde abgesucht.

Was Gunnar tatsächlich durch den Kopf ging, wusste niemand. Doch sie hatten genau gehört, was er sagte. Er war ebenfalls an der Suchaktion beteiligt, weil, wie er hervorhob, es wichtig für ihn sei, dabei zu sein. Er bezeichnete es als ein persönliches Anliegen, dass Viktoria wiedergefunden wurde. Als Gunnar seine wohl formulierten Ängste an der Langlaufloipe vor der Holzbaracke mit dem Umkleideraum vor einer kleinen Gruppe von drei Personen äußerte, fand Conny Larsson, der einer seiner drei stummen Zuhörer war, dass er ein wenig zu unbeteiligt wirkte, um seine Worte glaubhaft erscheinen zu lassen. Das war vor vierundzwanzig Stunden gewesen. Sie hatten bei dem schönen Frühlingswetter an der Baracke gestanden und auf den Rest der Gruppe gewartet, um aufbrechen zu können. Ein persönliches Anliegen.

»Klang eher wie leere Worte«, kommentierte Larsson, der immer noch seine wetterfeste Einsatzuniform trug, Gunnars Ausspruch.

»Persönlich, in welcher Hinsicht?«, hakte Janne Lundin nach. »Ist es das, was du meinst?«

»Ja.«

Ansonsten hatte man viel Energie investiert, der falschen Fährte mit dem weißen Auto, Rita Olssons Firmenwagen, nach ihrem abrupten Ende eine erfolgversprechendere Spur entgegenzusetzen. Vorausgesetzt, es handelte sich um eine falsche Fährte. Rita Olsson war erneut verhört worden, doch das Gespräch ergab keine neuen Aufschlüsse.

Wer hatte Viktoria vor ihrem Zuhause oder dort, wo Rita Olsson angegeben hatte, sie abgesetzt zu haben, aufgegriffen? Jemand, der das Mädchen kannte? Der sie dazu gebracht hatte, freiwillig einzusteigen? Oder war es vielleicht doch nicht ganz freiwillig gewesen? Viktoria war mit großer Sicherheit nicht in ihrer Wohnung gewesen, bevor sie verschwand. Ihre Schultasche befand sich nach Aussage der Mutter nicht in der Wohnung. Sie hatten sie auch nicht in den durchsuchten Gebieten gefunden, und die Nachbarn hatten das Mädchen ebenfalls nicht gesehen.

Log Rita Olsson?, fragten sie sich. Hatte sie das Mädchen doch nicht nach Hause gebracht? Wo könnte sie Viktoria sonst hingefahren haben?

»Verschwundene Erwachsene hinterlassen immer Spuren«, bemerkte Brandt. »Sie tanken ihr Auto auf, benutzen Geldautomaten, führen Gespräche von ihren Handys aus, kaufen Fahrscheine für den Bus, die Bahn oder das Flugzeug. Aber Kinder tun das alles nicht.«

Er verstummte.

Rita Olssons weißer Kastenwagen war von den Technikern gründlich durchsucht worden. Benny Grahn hatte sich die halbe Nacht damit um die Ohren geschlagen, sodass er vor Müdigkeit nahezu grün im Gesicht war. Das Mädchen hatte tatsächlich auf dem Beifahrersitz gesessen, Haare und Fasern sprachen dafür. Zumindest einen positiven Bescheid hatte die Untersuchung des Wagens ergeben. Keine Blutspuren. Nicht ein einziger Tropfen konnte gefunden werden.

Vielleicht stimmte also Rita Olssons Behauptung, dass sie das Mädchen nach Hause gefahren und am Solvägen abgesetzt hatte. Sie beharrte darauf, dass sie selber nicht aus dem Auto gestiegen, sondern hinter dem Steuer sitzen geblieben war. Auch hatte sie nicht gesehen, in welche Richtung das Mädchen ging, weil sie selbst gleich wieder losgefahren sei. Denn Rita Olsson hatte es eilig gehabt. Sie musste ein Regal termingerecht ausliefern, was durch eine Kontrolle bestätigt worden war.

»Aber sollten wir uns nicht noch einmal diesen Mann, der mit Viktorias Mutter liiert ist, vorknöpfen? Der, den du vorhin erwähnt hast. Gunnar, oder wie er heißt«, schlug Lundin zu Larsson gewandt vor. »Wir müssen doch sowieso alle, die mit dem Mädchen in irgendeiner Form zu tun haben, verhören, oder?«

»Ich denke, ja«, antwortete Conny Larsson. »Gunnar scheint ein wenig bedrückt zu sein, wirkt aber nicht gerade betroffen, wie ich finde.«

»Du meinst also, er tut nur so?«, wollte Peter Berg wissen.

»Möglicherweise«, entgegnete Larsson.

»Aber hat denn nicht schon jemand mit ihm gesprochen?«, wollte Janne Lundin wissen und strich sich mit der Hand übers Gesicht.

Er sah müde aus.

»Ich habe nur kurz ein paar Worte mit ihm gewechselt, als ich am ersten Abend bei der Mutter war«, antwortete Conny Larsson. »Aber wir müssen ihn unbedingt zum Verhör bestellen. Das versuche ich ja schon die ganze Zeit zu sagen.«

»Sie wohnen nicht zusammen, oder? Also die Mutter und er?«, lautete Lundins anschließende Frage.

»Nein«, entgegnete Larsson.

In der Gruppe um den Tisch herum wurde es still. Louise fasste kurz die Verbindung zum Västlund-Fall zusammen. Das Mädchen hatte im Treppenhaus, in dem sich auch Doris Västlunds Wohnung befand, Maiblumen verkauft, was jedoch Zufall sein konnte.

»Aber eben auch ein möglicher Zusammenhang«, schloss sie.

»Was kann Viktoria also gesehen haben? Ist es das, was du meinst?«, wollte Brandt wissen.

»Ja, genau. Vielleicht hat sie sogar beobachtet, wie der Täter die Treppe zur Waschküche hinunterging, aber seine Absicht nicht geahnt. Und dieser oder meinetwegen auch die Täterin ist daraufhin unruhig geworden, vielleicht sogar paranoid. Hatte sich eher vorgestellt, ein leichtes Spiel zu haben. Andererseits muss man sagen, dass das Mädchen ja immerhin noch ein Kind ist. Und einige halten Kinder für blind und taub, nur weil sie klein sind.«

Louise spürte, wie ihre Handflächen klebten. Sie ließ ihren Blick über die abgearbeiteten Gesichter ihrer Arbeitskollegen schweifen, die ihrerseits hohläugig zurückstarrten. Die Luft im Raum war jetzt merklich abgestanden. Dazu kam noch, dass sie aufgrund der Enge geradezu aufeinander hockten. Ihre Gedanken verloren sich in Relation mit dem sinkenden Sauerstoffgehalt.

»Also kommt schon!«, appellierte sie an alle. »Ein bisschen Resonanz, bitte!«

»Dieser Johansson. Wie passt er eigentlich in unser Puzzle?«, fragte Lundin, um der Diskussion auf die Sprünge zu helfen. »Wie schätzt du ihn ein?«

»Viktorias Mutter ist der Meinung, dass Kjell E. Johansson endlich seine Verantwortung, also die finanzielle, für seine Tochter übernehmen muss«, begann Louise. »Sie behauptet nämlich, dass er Viktorias Vater ist«, verdeutlichte sie. »Wir haben noch einiges an Fakten zu überprüfen, was ihn betrifft, wie ihr euch denken könnt. Unter anderem, die Vaterschaft zu bestätigen. Außerdem müssen wir die Mutter noch ein wenig mehr unter Druck setzen, ihre Daten mit dem Personenregister und den Informationen vom Sozialamt abgleichen. Ist er also ihr biologischer Vater, was mittels einer Blutprobe, um die sich das Sozialamt kümmern wird – vielleicht haben sie sie auch schon durchgeführt –, leicht festgestellt werden kann, oder versucht sie aus dem einen oder anderen Grund zu bluffen? Aus gefühlsmäßigen Gründen oder rein finanziell gesehen, was weiß ich! Ich hab jedenfalls noch nichts aus Johansson herauskriegen können, weil ich ihn gestern nicht angetroffen habe. Er war sicherlich draußen und ist durch den Wald gerannt. Hat an der Suchaktion teilgenommen. Ist zufällig jemand von euch ihm begegnet?«

»Wie sieht er denn aus?«, wollte Lennie Ludvigson wissen.

Louise zog ein Bild von Kjell E. Johansson aus ihrer Mappe.

Ein vergrößertes Passfoto, das gleiche, das sie auch im Västlund-Fall aufgehängt hatten.

»Obwohl er im Moment etwas anders aussieht«, informierte sie ihn. »Er ist nämlich am letzten Wochenende einer Schlägerei zum Opfer gefallen und von daher grün und blau im Gesicht. Außerdem fehlt ihm der eine oder andere Zahn. Aber im Großen und Ganzen ...«

»Was wissen wir sonst noch über ihn?«, fragte Ludvigson weiter.

»Keine besonderen Einträge im Register. Er bewegt sich überwiegend innerhalb der Grenzen des Legalen. Schwarzarbeiter, Charmeur, keine geregelten Verhältnisse, weder was seine Liebesbeziehungen noch seine Jobs angeht. Na ja, ihr könnt euch vielleicht denken, welche Art Typ ich meine.«

»Hängt sein Bild doch ebenfalls auf!«, schlug Brandt vor, nahm das Foto und reichte es Jesper Gren, der es mithilfe eines Magneten auf der Übersichtskarte befestigte.

In der Mitte der Karte hing das vergrößerte Klassenfoto von Viktoria, von dem alle eine kleinere Ausführung in Kopie erhalten hatten.

»Uns fehlt allerdings noch die Mordwaffe«, fügte Louise hinzu. »Nach dem Gutachten der Gerichtsmedizin und den Schäden an der Deckenlampe sowie anderen Spuren aus der Waschküche zu urteilen, könnte man sich einen Hammer oder ein entsprechendes Werkzeug mit runder Schlagoberfläche vorstellen. Einen ganz einfachen, zum Beispiel, wie man ihn zum Nägeleinschlagen verwendet. Nicht gerade schwer, so ein Gerät verschwinden zu lassen. Man könnte ihn einfach in einen See werfen oder zu Hause in die Werkzeugkiste legen oder auch einem anderen unterjubeln, dem man den Verdacht in die Schuhe schieben möchte ... Doch zu diesem Punkt kann Benny näher Auskunft geben.«

Sie wandte sich dem Techniker zu.

»Ich habe ein paar Werkzeuge von den Wänden in der Möbeltischlerei, oder wie sich der Betrieb nun nennt, mitgenommen. Rita Olsson, die mit dem weißen Kastenwagen, besitzt so einige schöne Gerätschaften. Ihr wundert euch vielleicht, wie ich unter all den Stücken meine Auswahl getroffen habe«, begann er und machte eine Pause, um die Spannung zu erhöhen. »Aber es war der Mangel an Staub.«

Plötzlich wurde es absolut still. Keiner bewegte sich. Alle saßen wie angewurzelt auf ihren Stühlen.

»Alle Werkzeuge außer einem Hammer, einem Zimmermannshammer aus Hultafors ...«

Er stand auf, zog ein Overheadbild aus dem Stapel, den er vor sich liegen hatte, ging nach vorne und schaltete den Projektor ein und legte das abfotografierte Bild, das in den Augen aller einen vollkommen gewöhnlichen Hammer mit schwarzem Schaft darstellte, auf die Projektionsfläche. Grafit hieß das Metall, wie sie erfuhren.

»Dieser Hammer unterschied sich von den anderen Werkzeugen an der Wand in einem Punkt«, erläuterte Benny Grahn und schaute auf die Gruppe, die in diesem fortgeschrittenen Stadium der Besprechung geradezu eine außergewöhnliche, brandheiße Neuigkeit benötigte, um sich überhaupt noch einigermaßen aufrecht halten zu können. Der Gegenstand seiner Ausführungen war nämlich thematisch ein ziemliches Stück von dem entfernt, mit dem sie sich im Moment beschäftigten, nämlich dem verschwundenen Mädchen.

»Aber gehört das denn wirklich hierher?«, fragte folgerichtig einer der Kollegen von der Kripo. »Kannst du das nicht in der Gruppe, die sich mit dem Waschküchenfall beschäftigt, erläutern?«

Unruhe machte sich breit. Benny Grahn wirkte einen Augenblick lang unschlüssig. Er hatte sich vorbereitet, regelrecht darauf eingestellt, das sah man ihm an. Und er hatte einiges zu berichten, so belesen, wie er war. Aber wenn sie ihm nicht zuhören wollten, gehörte er zu den Letzten, die sich anbiederten.

»Okay«, sagte er, zog das Bild von der Glasfläche, schaltete den Projektor aus und setzte sich, noch bevor Brandt oder Louise ihn zurückhalten konnten.

Louise fand es nicht gerade okay, doch die Gruppe verhielt sich plötzlich wie eine Herde Schafe, die durch die Maschen ihres Geheges nach draußen drängten und sich nicht einfangen ließen, und sie besaß offenbar nicht das Talent, ihnen Einhalt zu gebieten. Sie war selbst nicht dazu gekommen, ihre Themen anzusprechen, das heißt, von einer Hose und einer Jacke zu berichten, die auf der Müllkippe gefunden worden waren und Blutspuren von Doris Västlund aufwiesen. Auch hatte sie das Fahrzeug nicht erwähnt, mit dem derjenige, der die Kleidung weggeworfen hatte, dort hingefahren war. Ein grüner Renault. Höchstwahrscheinlich. Auf jeden Fall ein dunkelgrünes Auto. Sie hatten mittlerweile Bilder von unterschiedlichen Automodellen mit genau dieser Farbgebung angefordert. Vielleicht bestand doch ein Zusammenhang zu dem Verschwinden Viktorias?

»Gute Arbeit geleistet, Benny«, erkannte Louise mit lauter Stimme an und übernahm damit wieder ihre leitende Funktion, zumindest für eine Weile. »Es besteht ein Zusammenhang, da bin ich ziemlich sicher. Wir müssen nur noch herausfinden, welcher.«

Die Augen sämtlicher Besprechungsteilnehmer ruhten auf ihr.

Die Zusammenkunft war beendet. Louise Jasinski bat Peter Berg und Erika Ljung, in einigen Minuten in ihr Dienstzimmer zu kommen. Sie selbst drängte sich zu Brandt vor, unterbrach einen etwas perplexen Ludvigson, da sie es nämlich eilig hatte, und erwähnte das dunkelgrüne Auto. Es sei möglich, dass es von Bedeutung war, betonte sie. Brandt, der im Hinblick auf eine geregelte Arbeitszeit schon vor langem die Grenzen gesprengt hatte, notierte das Wort »dunkelgrün« auf einem Blatt Papier, das er gerade in der Hand hielt, und antwortete vage, dass er sich darum kümmern würde, die Daten in den Computer einzugeben. Louise bezweifelte, dass er das tatsächlich tun würde, so geschäftig, wie er wirkte, doch im selben Augenblick fasste er einen uniformierten Kollegen, der gerade an ihm vorbeiging, beim Ärmel und steckte ihm den Zettel zu.

»Halt Ausschau danach«, befahl ihm Brandt, der sich nicht in der Lage sah, weitere Worte darüber zu vergeuden, während der uniformierte Polizist auf das Papier starrte.

»Ein Auto«, erklärte Brandt kurzerhand.

Brandt beherrschte wahrhaftig die Kunst des Delegierens, dachte Louise. Vor dem Besprechungszimmer stand Benny Grahn und unterhielt sich mit Gotte, der der Zusammenkunft als stiller Teilnehmer beigewohnt hatte. Er wartete auf Lundin, der sich erst kurz zuvor in sein Zimmer zurückgezogen hatte, um die anschließende Pressekonferenz vorzubereiten. Gotte sollte in »unterstützender Funktion« mit von der Partie sein, was er durchaus sehr genau nahm.

Olle Gottfridsson war nach wie vor der Überzeugung, dass es keine schönere und erfüllendere Arbeit gab, als Polizist zu sein. Seine Mannschaft konnte stolz auf ihren Beruf sein. Und in seinem Präsidium sollte die Lust am Arbeiten spürbar sein, auch zu Zeiten, in denen der Stress am größten war.

Louise zupfte Benny an seinem karierten Hemdsärmel, er trug ausschließlich karierte Hemden, genau wie Janne Lundin. Auch wenn der eine von ihnen kleinere und der andere größere Karos bevorzugte.

»Was wolltest du vorhin berichten?«, flüsterte sie, sodass sie ihn nicht öffentlich blamierte. »Etwas, das ich wissen muss?«

»Ich hatte nicht die Absicht, dir etwas vorzuenthalten, falls du das denkst«, entgegnete er immer noch ein wenig konsterniert. »Es kam nur einfach nicht dazu, da uns ja das verschwundene Mädchen dazwischengekommen ist. Was ich da drinnen sagen wollte, war, dass der Hammer abgespült worden ist.«

»Tatsächlich?«

»Oder abgewischt.«

»Ist das wahr?«

Sie hatte die Hände in den Hosentaschen und ihre Mappe mit den Papieren unter dem Arm, sodass sich ihre Schultern spitz vorschoben. Ihre andauernde Übelkeit hatte sie innerhalb kürzester Zeit ziemlich ausgemergelt.

»Die anderen Gegenstände, die ich aus der Werkstatt mitgenommen habe, waren nämlich mit einer dünnen Staubschicht überzogen.«

»Fingerabdrücke?«

»Nix.«

Sie starrte ihn an.

»Wir kümmern uns dann in unserer Gruppe darum, sobald das Mädchen wieder aufgetaucht ist, okay? Sehr interessant, jedenfalls«, gestand sie und lächelte ihm hastig zu.

»Okay«, entgegnete Benny, nachgiebig wie immer.

Sie eilte zurück zu ihrem Zimmer. Peter Berg und Erika Ljung hatten bereits Platz genommen.

»Ich werde während des Vormittags für eine kurze Zeit außer Haus sein«, klärte Louise sie auf. »Bin ungefähr gegen Mittag zurück. Ich möchte, dass ihr das Personenregister bezüglich Folke Roos durchgeht und seine Angehörigen ausfindig macht. Wie ihr euch den Job aufteilt, ist eure Sache. Soweit ich weiß, hat er zwei Töchter. Ebenso wäre es gut, wenn ihr Kjell E. Johansson noch einmal persönlich aufsuchen und ihn nach seinem Verhältnis zu dem verschwundenen Mädchen befragen könntet. Hört euch an, was er selbst dazu zu sagen hat. Gestern war er leider nicht zu Hause, wie ich vorhin schon sagte. Ich habe versucht, ihn zu erreichen, doch er war offensichtlich in einem Suchtrupp irgendwo in den westlichen Waldgebieten unterwegs, und danach war es zu spät, um bei ihm zu klingeln. Es könnte allerdings auch sein, dass Lundin sich nach der Pressekonferenz darum kümmern kann«, räumte sie ein, schaute auf ihre Uhr und stellte fest, wie knapp sie dran war. »Ruft mich an, falls etwas schief laufen sollte! Ich lasse mein Handy eingeschaltet«, versicherte sie ihnen, nahm ihre Jacke vom Haken und ging zur Tür. »Ach übrigens! Versucht wenn möglich herauszufinden, wer diese Person war, mit der sich Johansson auf dem Kostümfest geprügelt hat. Wir haben sein Blut auf der weißen Maske. Es könnte sich um eine weitere Spur handeln. Ihr wisst ja, wir müssen alle Möglichkeiten untersuchen. Und das grüne Auto müsst ihr auch im Hinterkopf behalten!«

»Welches?«, wollte Erika Ljung wissen und hob fragend die Augenbrauen.
Louise hielt im Türrahmen inne und drehte sich um.
»Alle«, entgegnete sie. »Alle dunkelgrünen Autos.«

Veronika schaute rastlos den Korridor hinunter. Die Deckenbeleuchtung der Neonröhren spiegelte sich in dem frisch gebohnerten Fußboden. Die Leute von der Reinigungsfirma hatten sich den Korridor entlang in Richtung der Bereiche vor den Fahrstühlen bewegt. In einiger Entfernung hörte sie das dumpfe Dröhnen der Putzmaschinen.

Sie hatte Sprechstunde, und ihr nächster Patient war noch nicht erschienen. Die Schwesternhelferin war gerade dabei nachzusehen, ob der darauf folgende Patient schon gekommen war, und ging deshalb den Korridor entlang ins Wartezimmer. Die Liste der Patienten war wie immer endlos. Sie hatte sie heute ausnahmsweise durchgesehen, was sie ansonsten lieber bleiben ließ. Denn sie wollte die Menge an Patienten nicht schwarz auf weiß vor sich sehen, sondern behandelte lieber einen nach dem anderen und hakte sie dann ab, um das Gefühl zu bekommen, dass sie sich immerhin vorwärts arbeitete. Das Pensum war im Allgemeinen kaum zu bewältigen, wenn nicht gerade jemand absagte, was jedoch so gut wie nie eintrat. Im Moment trafen also zwei völlig entgegengesetzte Phänomene aufeinander: Einerseits nahmen die Warteschlangen zu, während es andererseits Patienten gab, die ihren Termin nicht wahrnahmen. Beides höchstwahrscheinlich zeittypische Entwicklungen, eine Form der negativen Auswirkungen des Wohlfahrtsstaates, vermutete sie. Aber auf diese Weise kam sie wenigstens kurz dazu, einen Kaffee zu trinken. Tagein, tagaus zusammen mit Menschen, die auf einen angewiesen waren, in einem Raum eingesperrt zu sein konnte manchmal ziemlich ermüdend sein, vor allem nach einer gewissen Anzahl von Berufsjahren.

Sie hielt die Akte in der Hand. Blätterte darin. Eine kurze Kontrolle nach diversen Gesichtsverletzungen, einige Fäden waren zu ziehen. Rheza hatte den Patienten genäht, wie sie an seiner Unterschrift am Rand erkennen konnte. Nichts Kompliziertes, dachte sie. Doch ungefähr eine Zehntelsekunde bevor sie die Akte zuklappen wollte, die nicht gerade dünn war, viele kleinere Blessuren im Lauf der Jahre, wie sie feststellte, wurde sie von einer gewissen Vorahnung befallen. Sie schaute sich den Namen etwas genauer an.

Dieser Tag zählte nicht gerade zu jenen, an denen sie mit Lockerheit und professionellem Geschick böse Überraschungen und Unannehmlichkeiten meistern konnte. Rein fachlich gesehen, sah sie sich der einen oder anderen Komplikation durchaus gewachsen. Sie hasste das Wort »professionell«. Verabscheute seine Widersprüchlichkeit. Der Mensch als ständig gut getrimmter Motor.

Doch sie war müde und fühlte sich keineswegs souverän. Am gestrigen Abend war sie mit einer quengelnden Klara nach Hause gekommen, die so überdreht war, dass es eine gute Stunde gedauert hatte, sie zu Bett zu bringen. Danach hatte sie lange neben Claes gelegen und sich bis spät in die Nacht hinein mit ihm unterhalten und dabei versucht zu verdrängen, dass sie am nächsten Morgen früh aufstehen musste. Er hingegen, der Glückliche, hatte ja frei. Zu guter Letzt begann Klara irgendwann zu weinen, woraufhin Claes sie in ihr gemeinsames Bett holte, wo sie unruhig weiterschlief und dermaßen strampelte, dass Veronika kaum ein Auge zubekommen hatte.

Direkt nachdem sie morgens in die Klinik gekommen war, ereilte sie gleich ein Tiefschlag. Sie hatte im Archiv nach der Akte des verschwundenen Mädchens gefragt. Sie wollte sich vergewissern, was genau im Arztbericht stand und was möglicherweise zwischen den Zeilen zu lesen war. Daniel Skotte hatte den Bericht diktiert, wenn sie sich richtig erinnerte. Doch die Akte lag leider zur Abschrift bei einer der Sekretärinnen, wie sie erfuhr. Es war gerade mal eine gute Woche vergangen. Doch man versprach, sie ihr noch am selben Tag zukommen zu lassen.

Ganz hinten im Korridor, vor dem Wartezimmer, in dem Bereich, der zu den Fahrstühlen führte, stand gerade ihr Chef, Petrén. Dieser Teil des Korridors lag im Halbdunkel, und dennoch konnte sie alles gut erkennen. Wie in einer kleinen Formation, einer Insel, wurde sie plötzlich der neuen inneren Struktur der Klinik gewahr, die Kollegen wie Else-Britt bereits versucht hatten zu beschreiben. Petrén in so genannter trauter Dreisamkeit mit den beiden neuen Oberärzten. Zwei alte Kameraden, handverlesen von ihm selbst. Petrén war von der Statur her am stattlichsten, einer von ihnen wirkte neben ihm sogar ziemlich klein, obwohl er breitschultrig war, doch ihrer Physiognomie zum Trotz waren sie sich ziemlich ähnlich. Die Eleganz, der Stil, die bewusste Körperhaltung. Manchesterhosenbeine beziehungsweise dunkelblaue Chinos unter dem Arztkittel und dazu blank geputzte Schnürschuhe. Bald, nämlich wenn die warme Jahreszeit kam, würde es Zeit für Segelschuhe werden, dachte sie leicht sarkastisch. Die Situation kam ihr irgendwie bekannt vor, nahezu klassisch, ein Triumvirat. Und gleichsam unglaublich dünkelhaft, jedenfalls für ihr Empfinden.

Endlich eilte die Schwesternhelferin in ihrem weißen Kittel herbei. Hinter ihr folgte der besagte Patient, ein groß gewachsener Mann mit großen Schritten und federndem Gang, bedeutend sicherer und gleichzeitig welpenartiger in seinem Auftreten als beim letzten Mal. Er bewegte sich wie ein sehr junger Dandy, aber sie wusste, dass er die vierzig längst passiert hatte.

Sie bat ihn ins Untersuchungszimmer und schloss die Tür. Sein Gesicht wirkte, abgesehen von den Verletzungen, windgegerbt. Oder vielleicht handelte es sich auch um einen beginnenden oder wahrscheinlich eher fortgeschrittenen Alkoholismus, der ihm diese dunkelrote Nuance verlieh. Seine Jacke war feucht. Er roch nach Wald.

»Hallo!«, begrüßte sie ihn und ging davon aus, dass er sie wiedererkannte. »Setzen Sie sich doch!«

»Hallo«, entgegnete er und nahm auf der mit grauem Kunststoff bezogenen Behandlungsbank Platz.

Die Wunden in seinem Gesicht waren relativ gut geheilt. Nur schade, dass die beiden Schneidezähne fehlten. Ansonsten sah er recht ansprechend aus. Ein gut gebauter Mann mit einem entwaffnenden Händedruck und einem Lächeln, das man gratis dazubekam, auch wenn er heute ein wenig rastlos wirkte.

»Haben Sie es eilig?«, fragte sie.

»Ja, bin ein bisschen unter Druck«, antwortete er.

Obwohl sein Lächeln mit einem dunklen Schatten versehen war, gelang es ihm höchstwahrscheinlich mit Leichtigkeit, mehr als einer Frau den Kopf zu verdrehen, nahm Veronika an.

»Wie geht's?«

»Man kann nicht klagen.«

»Das ist gut. Legen Sie sich bitte hin, sodass ich Ihnen die Fäden ziehen kann. Wie steht's um die tauben Stellen? Können Sie einigermaßen kauen?«

»Kein Problem.«

Er machte es sich auf der papierbespannten Bank bequem und ließ seine ehemals weißen Turnschuhe über das Ende der Bank hängen. Sie setzte ihren Fuß auf das Pedal und pumpte die Bank nach oben auf Arbeitshöhe, sodass sie sich rückenschonend bewegen konnte. Sie schaltete die Lampe über ihrem Kopf ein, zog den rostfreien Drehstuhl zu sich heran und setzte sich. Streifte sich ihre Arbeitshandschuhe über die Finger, streckte sich nach Pinzette und Skalpell und hob den ersten Stich direkt über der Kante des Amorbogens vorsichtig an. Es sah ordentlich aus, fand sie. Eine dichte gleichmäßige Reihe von Stichen, die sich von der Oberlippe zum Nasenflügel hin fortsetzte. Rheza Parvane hatte ihn exzellent verarztet. Keine Infektionen. Nur eine leicht bläuliche Verfärbung, die sich mit der Zeit legen würde.

»Schreien Sie ruhig, wenn es wehtut«, forderte sie ihn munter auf.

»Das würde Ihnen aber nicht wirklich gefallen«, murmelte er und schickte ihr im Licht der Arbeitslampe einen Blick wie ein klarer Sommerhimmel.

»Nein, das stimmt«, pflichtete sie ihm bei. »Nur noch ein paar Stiche, dann sind Sie erlöst.«

»Gut.«

»Man sollte sich davor hüten, verprügelt zu werden«, sagte sie scherzhaft.

»Ist mir auch schon aufgefallen. Weiß auch nicht, welcher Teufel mich geritten hat!«

»Es waren also Sie, der angefangen hat?«

Er zuckte mit den Schultern.

»Ich kann mich nicht mehr erinnern. Aber etwas anderes, Frau Doktor, wollen Sie nicht Ihre Fenster zum Frühjahr so richtig frisch geputzt haben?«

Da kam es, dachte sie und war zum Glück einigermaßen darauf vorbereitet, sich herauszuwinden.

»Mein Mann wird es diesmal übernehmen«, entgegnete sie, hörte jedoch selbst, wie wenig überzeugend es klang.

»Ach, kommen Sie mir nicht mit Ihrem Mann, hören Sie? Ihn können Sie sicher zu etwas anderem viel besser gebrauchen. Mein Rat: Lassen Sie einen Spezialisten ans Werk! Sie wissen, ich brauche die Knete. Gerade jetzt, wo ...«

Sie entfernte den letzten Knoten, schnitt den Faden ab und legte ihn zu den anderen, die wie tote Fliegen auf dem weißen Papier lagen, und inspizierte dann das Resultat. Eine kleine Erhebung, die sich möglicherweise etwas stark hervorwölbte, zeigte sich über der Lippe, was aber auch damit zusammenhängen konnte, dass seine Zähne nicht in Ordnung waren. Die Schwellung würde sich im Übrigen legen.

»Sie lassen von sich hören, wenn etwas sein sollte«, wies sie ihn freundlich an, während er sich aufsetzte und sich das unbändige Haar nach hinten strich.

»Übrigens«, begann er dann und wirkte mit einem Mal verbissen. »Sie sind doch Ärztin«, holte er weiter aus und wandte ihr zwei unglückliche Augen zu.

»Ja?«

»Da wissen Sie doch bestimmt, dass das Leben manchmal die reinste Hölle sein kann, oder?«

»Ja, vielleicht.«

»Ich muss Ihnen etwas anvertrauen. Meine Tochter ist verschwunden«, brachte er schließlich hervor.

Wie furchtbar, dachte sie spontan. Entsetzlich.

Vorausgesetzt, es stimmte.

Und im selben Augenblick stellte sie fest, wie komplex und verworren sich das Dasein doch manchmal gestaltete. Wie hingen nur alle diese losen Fäden miteinander zusammen?

»Das tut mir leid«, entgegnete sie deshalb vage.

Er schüttelte den Kopf und seufzte, als sei er kurz davor, in Tränen auszubrechen. Sie hingegen wagte nicht, weitere Fragen zu stellen. Der Raum war erfüllt von Vorsichtigkeit. Von Rücksicht. Dieser hoch aufgeschossene Kerl sah aus, als könnte er jeden Moment zusammenbrechen.

Sie wartete gespannt auf eine Fortsetzung.

»Sie sagt jedenfalls, dass sie von mir ist. Aber das tun andererseits ziemlich viele Frauen heutzutage«, setzte er dann hinzu, als spräche er zu der Wand. »Sie will mich zur Verantwortung ziehen«, stellte er in einem Ton fest, der Veronika den Eindruck vermittelte, als handle es sich um einen Sachgegenstand.

Der Seufzer, der darauf folgte, klang wehmütig. Möglicherweise gemischt mit etwas, das man im besten Fall als Stolz bezeichnen konnte. Der Vater aller Kinder! Der Mann, der seine Erbmasse weiträumig gestreut hatte.

Die Stadt war klein. Man begegnete also gezwungenermaßen Menschen, die man vielleicht lieber nicht getroffen hätte. Veronika dachte, dass sämtliche der zweiundfünfzigtausend Einwohner vermutlich auf die eine oder andere Weise miteinander in Beziehung gebracht werden konnten. Unsichtbare Fäden hielten sie zusammen. Wenn nicht durch biologische Verwandtschaft, dann durch soziale Bindungen oder andere Kontakte unterschiedlichster Art.

Kein Mensch ist ein Einsiedler. Nicht einmal der, der sich so fühlt.

Louise Jasinski ging zur Rezeption, um zu bezahlen. Vor ihr in der Schlange stand ein Mann mit einem eingegipsten Unterarm. Als sie an die Reihe kam, legte sie ihre Patientenkarte auf den Tresen.

Die junge Frau an der Kasse kam ihr irgendwie bekannt vor. Im Hinblick auf ihr Anliegen war sie jedoch nicht zu mehr gewillt, als ihr kurz zuzunicken. Sie schob den Fünfhundertkronenschein durch die Luke und nahm das Wechselgeld entgegen. Die Frau hinter der Glaswand informierte sie mit einem Lächeln darüber, dass sie in den ersten Stock fahren und dann geradeaus durch eine Tür gehen musste. Louise brachte ansatzweise ein Lächeln zustande, während ihr flüchtig durch den Kopf schoss, dass sie mit ihrem Vorhaben in eine andere Stadt hätte fahren sollen. Die Schweigepflicht hatte ihre Grenzen und war noch nie wasserdicht gewesen, würde es auch nie werden, wie viele Gesetze und Vorschriften man auch immer erlassen würde. Das wusste sie. Der Mensch war, wie sie auch, von Natur aus neugierig. Eigentlich war es auch nicht weiter verwunderlich, dachte sie. Man musste eben selber vorbeugen.

Die Wegweiser hingen klar und deutlich von der Decke herab. Sie fand es unnötig, den Fahrstuhl zu nehmen, also entschied sie sich für die Treppe. Gerade als sie die erste Stufe erklimmen wollte, sah sie einen Mann aus einem der Fahrstühle treten und mit zugeknöpfter Jacke auf die Eingangstür zusteuern.

Kjell E. Johansson. Was führte ihn denn hierher? Augenblicklich erwachte die Polizistin in ihr. Ihr eigener Termin veranlasste sie jedoch dazu, nicht zum Handy zu greifen und Peter und Erika anzurufen, um sie zu bitten, den Mann in der Eingangshalle aufzugreifen oder ihn zu beschatten. Sie wollte nicht unbedingt preisgeben, wo sie selbst sich gerade aufhielt.

Im Wartezimmer saßen drei Frauen mit ernsten Gesichtern über halb zerfledderte Wochenzeitschriften gebeugt. Als sie eintrat, schauten alle drei wie auf Kommando von ihrer Lektüre auf. Und alle drei gingen wie synchronisierte Puppen wieder dazu über, in ihren Zeitschriften zu blättern, als sie sich hingesetzt hatte. Louise kannte keine von ihnen.

Sie vermochte nicht, sich auf ihre Lektüre zu konzentrieren. Die Worte standen schwarz und unbeweglich vor ihren Augen. Sie blätterte zerstreut in dem abgegriffenen Exemplar, das in ihrem Schoß lag. Dann wurde sie aufgerufen.

Die Ärztin war zwischen fünfunddreißig und vierzig und hieß Irma. So viel hatte sie behalten, ihr Nachname hingegen war ihr sofort wieder entfallen. Sobald sie das Behandlungszimmer betrat, wurden ihre Handflächen feucht, und die Übelkeit überfiel sie. Sie stand unmittelbar vor einer der Situationen in ihrem Leben, in der sie sich wünschte, die Zeit vorstellen zu können, sodass alles bereits überstanden wäre.

»Ich werde Sie nicht fragen, warum Sie diesen Beschluss gefasst haben«, klärte sie die Ärztin einleitend auf und klang dabei weder böse noch kritisch. »Wir haben freies Recht auf Abtreibung in Schweden. Nichtsdestotrotz möchte ich Sie aber darauf hinweisen, dass Sie die Möglichkeit wahrnehmen können, einen Seelsorger zu sprechen.«

Sie hielt ihr eine Visitenkarte hin.

»Nein, danke, die benötige ich nicht«, antwortete Louise und legte die Karte zurück auf den Tisch.

»Behalten Sie sie nur. Man kann nie wissen!«, lächelte die Ärztin. »Auch wenn Sie sich bereits entschieden haben, können die Gefühle gemischt sein. Das ist völlig normal.«

Louise wurde gefragt, wie viele Kinder sie hatte, ob sie gesund war und ob sie schon vorher in ihrem Leben eine Abtreibung hatte vornehmen lassen.

»Nein«, antwortete sie.

»An was für Verhütungsmittel haben Sie gedacht?«

»An keine«, entgegnete sie. »Wir leben in Scheidung.«

Die Ärztin betrachtete sie mit einem ruhigen Blick aus ihren braunen Augen.

»Aber es kann doch passieren, dass man einander vermisst, auch wenn man in Scheidung lebt und ... tja, ganz einfach im Bett landet, auch wenn es nicht beabsichtigt ist.«

Louise verstand, dass die Ärztin schon öfter mit solchen Fällen konfrontiert worden war. Ganz so bizarr war also ihre Situation gar nicht.

Nicht eine Andeutung einer Verurteilung bestimmte das Klima im Raum, aber auch keine Gleichgültigkeit, und das erleichterte es Louise, ihren Unterkörper frei zu machen, sich auf den Behandlungsstuhl zu begeben und ihre Beine auf die Beinstützen zu legen. Die Ärztin besaß routinierte Hände, sodass Louise sich nicht zu verkrampfen oder anzuspannen brauchte. Ihre Stimme war leise und beruhigend.

Louise schaute an die Decke, versuchte ihr Gehirn auszuschalten und an nichts zu denken, konnte jedoch ihre Empfindung, dass die Nachricht, die sie gleich erhalten würde, der Beginn von etwas Großartigem war, nicht zurückhalten. Etwas, das allerdings unmittelbar entfernt werden musste. Voller Distanz und Effektivität. Ein vollkommener Kontrast zu ihren innersten Gefühlen. Dieses Unglück, das beendet werden sollte. Nicht einmal ein Winzling werden durfte. Nichts. Ganz einfach entfernt werden musste.

Und danach würde alles wieder wie immer werden. Es gab keine andere Alternative. Keine gute. Überhaupt keine.

Doch sie weinte nicht. Blieb heil.

»Jetzt führe ich den Ultraschallstab ein.«

»Ich will es nicht sehen«, entgegnete Louise.

»Das brauchen Sie auch nicht ... gut, dass Sie so entspannt auf der Bank liegen«, fügte die Ärztin hinzu und drückte verschiedene Knöpfe. »So, jetzt bin ich fertig. Setzen Sie sich bitte wieder auf!«

Ein wenig schwindelig kam sie wieder hoch. Hürde Nummer eins war genommen. Die Feststellung an sich.

Als sie die Ambulanz verließ, hatte der Druck über ihrer Brust ein wenig nachgelassen. Sie hatte einen Operationstermin für den übernächsten Tag erhalten. Am Mittwoch. Für einen medizinischen Abbruch war es leider schon zu spät. In dem Zusammenhang würde sie dann auch, während die Betäubung noch wirkte, eine Spirale eingesetzt bekommen.

Das Ganze hatte etwas von einer Strategie, einem Plan. Selbst für sie gab es eine Möglichkeit. Wie auch immer sie das Ganze am Mittwoch organisieren sollte!

Peter Berg hatte eine ganze Weile vor seinem Computer gesessen und Adressen kontrolliert. Die älteste Tochter von Folke Roos hieß Ann-Christine und war mit einem gewissen Åkesson verheiratet, der offenbar die Glaserei weiterführte. Oder sie leiteten sie gemeinsam, was am wahrscheinlichsten war, da ihr Vater die Firma gegründet hatte.

Die andere Tochter hieß Clary Roos. Sie war knappe fünf Jahre jünger und unverheiratet. Ein Sohn von vier Jahren war auf ihren Namen gemeldet. Unter derselben Adresse war ein Mann mit dem Namen Per Olsson geführt. Dieser Name kam Peter Berg ziemlich bekannt vor, woraufhin er sich durch andere Programme weiterklickte und schließlich eine ganze Menge über ihn fand, meistenteils kleinere Diebstähle. Vermutlich auch Drogenmissbrauch. Er hatte den Mann als charmant, aber völlig unzuverlässig in Erinnerung. Und vor allem als ewigen Nörgler, wie alle Drogensüchtigen. Er war so um die dreißig und würde sich und seine Umgebung vermutlich noch eine Weile lang zugrunde richten, wenn er nicht aus dem einen oder anderen Grund früher draufging. Zum Beispiel aufgrund einer Überdosis.

Berg ging in den Personalraum, um Erika Ljung abzuholen. Sie stand am Fenster.

»Ich musste meine Beine ein wenig strecken«, erklärte sie und wedelte mit einem Papier.

»Was liest du?«

»Ich ziehe mir gerade das letzte Monatsheft von Gotte rein. Man kann über ihn denken, was man will, aber lustig ist er.«

Sie lächelte übers ganze Gesicht.

»Ein Glück, dass wenigstens einer hier lustig ist!«, entgegnete Peter Berg.

Ansonsten war nämlich den meisten weniger nach guter Laune zumute, dachte er. Fröhlichkeit wurde im Moment geradezu als suspekt betrachtet. Passte nicht zu der Verschlankung der verschiedensten öffentlichen Organisationen und dem ganzen Gerede über Einsparungen.

Auch wenn Gotte sich weigerte, sich darauf einzulassen, da er, wie er behauptete, zu alt und schon zu lange dabei war, um sich noch umstellen zu können. Sie hatten wirklich Glück, dass es noch einen Mann mit Pfadfinderblick unter ihnen gab. Gotte hielt zu seinen »Jungen« und mittlerweile auch »Mädels«, deren Zahl zugenommen hatte, auch wenn sie noch immer in der Minderheit waren. Bei der Arbeit galt es zusammenzuhalten, und sie sollte nach Gottes Dafürhalten möglichst jeden Tag Spaß machen. Das war typisch Gotte in seiner Nussschale, was allerdings immer dann ein Problem darstellte, wenn schwer wiegende Personalentscheidungen anstanden oder Ärger innerhalb des Kollegenkreises auftrat. Dann mussten sich andere stark machen. Claesson zum Beispiel. Gotte konnte das ganz einfach nicht, verstand sich nicht auf so etwas, faselte in solchen Situationen immer nur davon, dass sie »zusammenhalten mussten«, was kaum als ernst zu nehmender Vorschlag in einer Gruppe streitlustiger Einzelkämpfer anzusehen war.

Alle hatten sie ihre Macken, nicht zuletzt Gotte. Er war unmodern, was manche von ihnen oft kritisierten. Aber es waren gerade diese unmodernen Züge, die sie manchmal an ihm schätzten und vermutlich vermissen würden, sobald er in Pension ging. Diejenigen, die sich am meisten beschwerten, wollten einen modernen Chef mit Visionen. Peter Berg seinerseits hielt Gottes Prestigelosigkeit und ansteckenden Optimismus gerade für äußerst wesentlich. Im Übrigen waren diejenigen, die diese Ungezwungenheit am meisten zu schätzen wussten, größtenteils Kollegen, die aus den Revieren der Großstadt kamen. Sie empfanden die Atmosphäre bei ihnen im Präsidium vergleichsweise als das reinste Himmelreich, wie sie immer wieder behaupteten.

Peter Berg nahm eine Dose Ramlösa aus dem Kühlschrank, öffnete sie und kippte die Hälfte auf einen Zug hinunter.

»Wollen wir nicht zusammen fahren?«, schlug er Erika vor.

Sie ging, ohne zu zögern, auf sein Angebot ein, was ihn wiederum aufmunterte. Das Lächeln als Quelle der Ansteckung, dachte er und stapfte mit jungenhaften Schritten den Korridor entlang, um sich die Autoschlüssel zu holen. Dann gingen sie die Treppen hinunter, unterhielten sich munter und lautstark, sodass es im Treppenhaus hallte.

Im Foyer stand eine Gruppe wetterfest gekleideter Polizisten. Einer von ihnen war Nicko. Peter Berg erblickte ihn sofort, als hätte er sich ihn dort hingeträumt. Und er spürte, wie ihm die Röte ins Gesicht stieg, noch bevor Nicko seiner gewahr wurde. Sie nickten sich kurz zu, nahezu unmerklich. Ein Blinzeln schoss wie ein gut gezielter Pistolenschuss quer durch den Vorraum, mitten durch die Ansammlung von Polizisten, die auf ihren Einsatz warteten.

»Wer war das?«, wollte Erika wissen, als die Tür hinter ihnen zuschlug.

Sie hatte den Treffer mitbekommen.

»Wen meinst du?«, stellte er sich unwissend.

Er wollte Zeit gewinnen. Versuchte bewusst, seinen Puls wieder zu beruhigen. Fühlte sich nackt und durchschaut. Sie überquerten den Parkplatz auf der Rückseite des Gebäudes. Die Luft war von grauer Feuchtigkeit erfüllt, aber es regnete nicht länger. Sie fragte nicht weiter.

Die Glaserei lag in dem älteren Teil des westlichen Industriegebietes, nicht allzu weit entfernt, soweit sie es auf ihrem Stadtplan ausmachen konnten.

»Hätte es nicht diese Verbindung zu dem verschwundenen Mädchen gegeben, dann müssten wir uns jetzt nicht auch noch mit dieser Sache herumschlagen«, maulte Erika Ljung. »Ich frage mich, ob wir uns nicht vergaloppieren und damit eine Menge Zeit verschenken, anstatt uns ausschließlich auf die Suche nach Viktoria zu konzentrieren.«

»Das werden wir erst hinterher wissen«, entgegnete Peter Berg.

»Ich finde es zwar ein wenig weit hergeholt, aber wir werden tun, was sie sagt.«

Sie, das war Louise.

Peter Berg hatte auf die Karte geschaut. Das Industriegebiet war innerhalb der letzten drei, vier Jahre enorm gewachsen und hatte immer größere Teile des umgebenden Waldes eingenommen. Inzwischen hatten neu erbaute Firmen eine der vier beleuchteten Langlaufstrecken der Stadt, die sich im Dunkeln wie ein Leuchtwurm tapfer zwischen den Gebäuden hindurchschlängelte, fast vollständig umringt. Er hatte die Strecke vor einiger Zeit selbst ausprobiert und einen gewissen Vorteil darin gesehen, dass es offensichtlich möglich war, sich direkt aus der Werkstatt oder dem Bürostuhl nach draußen in einen alten, gewachsenen Wald zu begeben, der sichtlich unberührt inmitten der modernen Gesellschaft zwischen Metallfassaden und Betonkomplexen stand. Doch letztlich zog er die Laufstrecke oben bei Havslätt vor. Sie war länger und führte außerdem durch urwüchsigere Natur. Am allerbesten gefiel es ihm jedoch, direkt am Meer entlangzulaufen und den Wind im Gesicht zu spüren.

Die Scheibenwischer glitten in längeren Intervallen über die Windschutzscheibe. Die Feuchtigkeit legte sich wie ein Film über das Glas. Peter Berg war aufgekratzt und plapperte einfach drauflos, spürte selbst, wie ein großer Eifer ihn vorantrieb, eine innere Kraft, die Form annehmen und zur praktischen Tat schreiten wollte. Er besaß plötzlich ein unglaubliches Potenzial an Energie.

Gerade deshalb war es wichtig, unmittelbar zu handeln. Er konnte nie wissen, wann seine Stimmung wieder umschlagen und es grau und düster in seiner Seele werden und sein Körper sich zäh wie Kaugummi anfühlen würde.

Die Ermittlungen benötigten einfach einen neuen Kick, dachte er. Er fühlte sich rastlos, wollte sich nicht immer wieder dasselbe Geleier anhören. Auch wenn sie erst etwas mehr als eine Woche lang an dem Fall gearbeitet hatten, eine verschwindend geringe Zeit für derart komplexe Zusammenhänge.

Er musste nur aufpassen, dass er in seinem plötzlichen Energieschub nichts überstürzte. In seinem Hinterkopf machten sich ganz schwach die Warnsignale bemerkbar. Er hatte schon einmal voreilig gehandelt. Mit einem Pistolenlauf auf sich gerichtet dagesessen und seine Dummheit bitter bereut. Damals hatte er einen hohen Preis zahlen müssen. Nicht nur der Bauchschuss und die Operationen, die darauf folgten, sondern noch dazu das ganze Dilemma, in seinen Beruf zurückzufinden. Den Kollegen wieder in die Augen sehen zu können, Opfern und anderen Menschen in bedrohlichen Situationen gerecht zu werden. Und nicht zuletzt mit sich selber klarzukommen. Obwohl er Hilfe in Anspruch genommen hatte, hatte es eine ganze Weile gedauert, bis er sich wieder sicher fühlte und die Schuldgefühle hinter sich lassen konnte.

Aber jetzt schien es, als sei all das vergessen, auch wenn sich die Erinnerung natürlich noch in ihm befand, für immer, wie ein steinharter Kern.

»Wo wollte Louise eigentlich hin? Weißt du das?«, fragte Erika.

»Keine Ahnung.«

»Sie wirkte ziemlich angespannt.«

»Ja«, antwortete Peter Berg kurz, und man konnte hören, dass er mit seinen Gedanken weit weg war.

»Aber sie hat am Wochenende augenscheinlich eine Menge guter Ideen gehabt«, setzte Erika hinzu.

Neben dem Gebäude der Glaserei Roos waren sechs Autos geparkt. Sie stellten das Auto auf den Kundenparkplatz auf der Vorderseite. Die Fassade sah aus, als sei sie erst vor kurzem erneuert worden. Die Front war mit einer kalksteinfarbenen gleichmäßigen Oberfläche versehen.

»Ich mag solche Gebäude«, stellte Erika fest und knallte die Beifahrertür mit so einer Wucht zu, dass der Wagen leicht schwankte.

Er hätte sie gerne etwas gezügelt, ließ es aber bleiben. Im Übrigen handelte es sich ja auch nicht um sein Auto.

»Ja?«

»Ich meine Werkstätten im Allgemeinen. Mein Vater arbeitet in einer Werkstatt. Autowerkstatt. Vielleicht bin ich romantisch veranlagt, aber mir gefällt die Atmosphäre. Kann sein, dass ich neidisch auf die Männerwelt bin, auf diesen speziellen Ton unter Männern«, erklärte sie mit tiefer Stimme. »Verlässlich und geradeheraus. Wenn man mit irgendeiner Sache, die am Auto nicht funktioniert, kommt und Hilfe benötigt, schaffen sie das Problem so mir nichts, dir nichts aus der Welt.«

Peter Berg hatte das Ganze noch niemals von dieser Seite betrachtet. Sich immer gefühlt, als hätte er zwei linke Hände, weil er keineswegs so praktisch veranlagt war, wie er es gern gewesen wäre. Oder hätte sein müssen, um ins Bild zu passen. Vor einem defekten Motor oder einem losen Auspuff fühlte er sich, ehrlich gesagt, immer ziemlich hilflos.

Direkt hinter der Eingangstür lagen zwei kleine Büros nebeneinander auf der rechten Seite. Gleich auf der ersten Tür, die angelehnt war, stand der Name Ann-Christine Åkesson. Der Schreibtischstuhl in dem engen Raum war leer. Nicht einmal im Polizeigebäude hatten sie es fertig gebracht, so kleine Kabuffs für ihre Angestellten bereitzustellen. Im Nebenraum, der ebenso winzig war, saß eine junge Frau und bediente die Tastatur ihres Computers. Ihre Ohren standen erstaunlich weit ab, sodass sie mitten aus dem langen glatten Haar herauslugten. Sie erkundigten sich nach Frau Åkesson.

»Sie muss irgendwo in der Nähe sein und taucht sicher gleich wieder auf«, informierte sie das Mädchen mit den abstehenden Ohren und betrachtete sie ohne Scheu. Besonders ungeniert blickte sie Erika an, die auffallend groß und schlank war und heute ihr krauses Haar stramm nach hinten zu einem buschigen Pferdeschwanz gebunden hatte, sodass ihr charaktervolles ebenmäßiges Profil zur Geltung kam.

Sie stellten sich der jungen Frau nicht vor, sondern gingen geradewegs weiter in das Gebäude hinein, vorbei an der Toilette, die besetzt war, was man an dem roten Halbmond im Schloss erkannte. Der Korridor war kurz, woraufhin sie eine breite, offene Doppeltür passierten und schließlich in die eigentliche Werkstatt gelangten, die mit einem Garagentor nach außen verschlossen war. Im Augenblick waren gerade zwei Männer damit beschäftigt, eine neue Frontscheibe in einen Saab einzubauen. Peter Berg und Erika Ljung blieben stehen und schauten zu. Die Männer bedienten jeweils ihr Justiergerät, eine Art Saugpfropfen, von dem sie annahmen, dass er mittels eines Vakuums mit dem Glas verbunden war. Die beiden Männer, die hundertprozentig auf ihre Arbeit konzentriert waren, bemerkten die Polizisten in Zivil nicht.

Unterdessen kam eine kleine, untersetzte Frau aus der Toilette. Erika Ljung und Peter Berg folgten ihr in Richtung Büro und stellten sich vor. Dummerweise bekam die junge Frau im Nebenraum mit, was sie sagten, doch das konnten sie auch nicht ändern. Unmittelbar wurden sie in den winzig kleinen Raum befördert, woraufhin Frau Åkesson schnell die Tür schloss.

»Wir haben nichts mit der Polizei zu schaffen und hatten es auch nie«, ging sie unmittelbar zum Angriff über, wobei sie ihre Arme unter der Brust verschränkte.

Berg und Ljung übergingen ihre Bemerkung von ihren Stehplätzen aus, dicht an die Innenseite der Tür gedrückt.

»Doris Västlund, was können Sie mir über sie sagen?«, versuchte es Berg.

Die Frau errötete trotz ihres relativ abgeklärten Äußeren, griff nach der Schreibtischkante, stolperte auf den gepolsterten Bürostuhl mit kugelförmigen Rollen zu und landete schwer auf dem Sitz, sodass sie um ein Haar nach hinten ins Bücherregal gerollt wäre. Woraufhin sie zum Schreibtisch zurückruderte, ihre Ellenbogen auf die Eichenplatte stützte und ihren Kopf in den Händen vergrub.

Eine Frau, die gerade dabei war zusammenzubrechen. Berg und Ljung betrachteten unangenehm berührt, wie sie mit ihrem ergrauten, kurz geschnittenen Haar, bekleidet mit einem Pullover und einer Strickjacke darüber, einem dunkelbraunen Rock, neutralen Strümpfen und braunen Schuhen mit halbhohen breiten Absätzen dasaß.

»Ich weiß, dass Doris gestorben ist. Und noch dazu auf eine grausame Art. Aber wir haben nichts damit zu tun«, brachte Ann-Christine Åkesson schließlich hervor.

»Darf ich fragen, wen Sie mit ›wir‹ meinen?«, fragte Erika vorsichtig.

Unter diesen Umständen schien eine Konfrontation unnötig, sie behinderte nur die Befragung.

»Mein Mann und ich, natürlich. Wer sonst? Wir haben nichts damit zu tun.«

Das ist es auch nicht, was wir glauben, hätte Peter Berg gerne gesagt, doch dann hätte er gelogen. Zumindest eine Person, nämlich Louise Jasinski, war davon überzeugt, dass eine mögliche Verbindung bestand.

»Und außerdem ist es für die Firma und die Geschäfte nicht gerade förderlich, wenn Sie hier herumspringen«, setzte Ann-Christine Åkesson hinzu und schaute sie müde an.

Darauf konnten sie nichts erwidern.

»Können Sie uns erzählen, inwieweit Sie Doris Västlund kannten?«, fragte Berg.

»Ein schrecklicher Mensch!«, entfuhr es der Frau ungeniert. »Vollkommen pervers.«

Sowohl Peter als auch Erika verschlug es für einen Moment die Sprache.

»Aha. Können Sie das näher beschreiben?«, wollte Erika Ljung wissen.

»Falsch.«

Sie spuckte das Wort nur so aus.

»Sie können nicht zufällig erklären, was Sie damit meinen?«, versuchte es Peter Berg.

»Nein.«

Sie starrte sie mit hasserfüllten Augen an, wie eine Person, die geradewegs in die Hölle geschaut hatte und um keinen Preis erneut mit diesem Anblick konfrontiert werden wollte.

»Okay«, sagte Peter Berg matt.

Das hier kann dauern, dachte er. Muss wohl in verschiedenen Anläufen geklärt werden. Offensichtlich eine absolute Psychopathin, diese Tante, die gestorben war.

»Wann haben Sie sie zuletzt gesehen?«, fragte Erika weiter.

»Vor ein paar Wochen.«

»Wo war das?«

Sie antwortete nicht.

»Können Sie mir sagen, wo es war?«, wiederholte Erika ihre Frage. »Bitte antworten Sie.«

»Zu Hause bei meinem Vater«, brachte sie schließlich schwer seufzend hervor. »Dem Armen hat sie vollständig den Kopf verdreht.«

»In welcher Hinsicht?«

»Männer, die sich auf ihre alten Tage verlieben, benehmen sich wie die Kinder. Leicht zu beeinflussen. Doris bekam ihn dorthin, wo sie ihn haben wollte. Sie nutzte ihn nach Strich und Faden aus.«

»Ja? Aber hatte Ihr Vater nicht auch Freude an Doris? Sie trafen sich doch freiwillig, oder?«

»Sicherlich. Sie fuhr ja immer mit ihm herum, damit er nicht alleine zu Hause sitzen musste. Aber das tat sie nicht umsonst, darauf können Sie Gift nehmen!«

Das Erbe, dachte Peter Berg. Die Angst davor, dass sich ihr Erbe in Luft auflösen könnte. Im Raum war es bereits stickig geworden. Erika schielte zum Fenster und dann zu dem Stuhl. Es stand nur ein Besucherstuhl vor dem dunkel gebeizten Schreibtisch, auf den keiner von ihnen sich zu setzen getraut hatte.

»Entschuldigen Sie, aber darf ich mich setzen?«, fragte sie.

Ann-Christine Åkesson reagierte erst nicht, schien dann jedoch aus ihren Gedanken zu erwachen.

»Entschuldigung, aber Sie möchten sich vielleicht auch setzen?«, fragte sie daraufhin Peter Berg in einem versöhnlicheren Ton. »Draußen im Korridor steht noch ein Stuhl.«

Er öffnete die Tür und schlug sie um ein Haar der jungen Frau mit den abstehenden Ohren vors Gesicht, die offensichtlich davorgestanden und gelauscht hatte. Sie wurde feuerrot im Gesicht und zog sich schnell in ihr Büro zurück. Ann-Christine Åkesson nahm in der Zwischenzeit ein Telefongespräch entgegen, stellte dann das Telefon ab und kippte das Fenster, sodass die schwere feuchte Luft hereinkam und für ein wenig Frische sorgte.

»Ich könnte Ihnen alles Mögliche über Doris erzählen«, fuhr sie mit einem schiefen Lächeln fort. »Es würde allerdings eine ganze Weile dauern, und außerdem wollen Sie das alles sicher gar nicht hören.«

»Doch«, entgegnete Erika.

»Papa hatte Doris kennen gelernt, als er Witwer wurde, sie war recht hübsch und sprühte regelrecht vor Lebensfreude. Doris war geschieden, und einer Verbindung stand nichts im Wege. Also zog sie zu uns nach Hause. Meine Schwester war gerade erst fünf und ich neun Jahre alt. Es war die reinste Hölle. Doris' Sohn, der Arme, ein völlig verschüchterter Junge, war gerade zum Wehrdienst eingezogen worden. Ted heißt er. Sie haben vielleicht schon mit ihm gesprochen?«

Sie antworteten nicht.

»Er absolvierte nach dem Abitur also seinen Wehrdienst und wohnte dann einige Jahre in Uppsala«, erklärte sie. »Ihn konnte sie also nicht mehr dressieren. Erstaunlicherweise zog er danach wieder in die Stadt zurück, warum auch immer – aber das gehört nicht hierher. Doch wie es sich so entwickelte, hielt nicht einmal mehr mein Vater ihre Macken länger aus, auch wenn er sich sicherlich zu ihr hingezogen fühlte. Das verstand ich als Kind natürlich noch nicht, doch später wurde es mir klar. Die Angst vor Einsamkeit treibt die Menschen bekanntlich zu allen möglichen Handlungen. Sie zog jedenfalls aus, und die Jahre vergingen, bis sie ihn eines Tages wieder aufsuchte. Als er alt und leicht zu führen war und es eigentlich keine Hindernisse mehr gab. Keine Kinder. Der geeignete Zeitpunkt, um ihn dorthin zu bekommen, wo sie ihn haben wollte.«

Ann-Christine Åkesson versuchte nicht einmal, ihre Wut zu unterdrücken. Sie war außer sich und schien plötzlich wieder neun Jahre alt und gleichzeitig erwachsen zu sein. Sie hatte nichts vergessen und dachte auch nicht daran, es zu tun.

»Was passierte dann? Damals, als Sie ein Kind waren?«

»Papa arbeitete, musste viel für seine Firma tun, war den ganzen Tag lang unterwegs, während Doris meiner Schwester und mir das Leben zur Hölle machte. Und ihm ebenfalls. Sie schrie, schimpfte, bekam Wutausbrüche, schlug uns sogar. Die Nächte waren der reinste Albtraum. Ich habe immer noch ihr Keuchen zwischen den Schlägen im Ohr. Wir beiden Kinder haben nie verstanden, warum sie uns das angetan hat.«

Sie schaute aus dem Fenster, schaute in ihr Inneres.

»Als Kind ist man in so einer Situation ziemlich ausgeliefert. Besonders wenn der eigene Vater nicht begreift, was da eigentlich geschieht. Papa wollte natürlich nicht, dass wir schlecht behandelt werden, aber er verstand es anscheinend nicht besser oder verschloss seine Augen davor. Denn das war wohl das Einfachste.«

Als Peter Berg und Erika Ljung eine halbe Stunde später die Glaserei verließen, waren sie regelrecht benommen. Merkwürdigerweise hatte der Ehemann von Ann-Christine Åkesson, der Glasermeister selbst, während des gesamten Gesprächs nicht zu ihnen hineingeschaut. Entweder war ihm ihre Anwesenheit nicht aufgefallen, was recht unwahrscheinlich schien, oder das Paar Åkesson hatte bereits darauf gewartet, dass sie auftauchen würden, und sich entsprechend vorbereitet. Eine Strategie aufgestellt, ganz einfach. Berg und Ljung hätten gerne ein paar Worte mit ihm gewechselt, doch er befand sich mitten im komplizierten Prozess der Auswechselung der Frontscheibe. Daraufhin informierten sie die Ehefrau, dass sie vermutlich noch einmal auftauchen würden, eventuell sogar bei ihnen zu Hause, wogegen sie keine Einwände erhob.

»Ziemlich typisches Muster! Sie hat geradezu ihren Vater geheiratet«, stellte Erika vor der Tür fest. »Beide sind Glaser von Beruf.«

»Aha«, entgegnete Peter Berg, der von ihren schnellpsychologischen Schlussfolgerungen nicht gerade begeistert war, vor allem weil er weder selbst auf die Idee kommen würde, seine Mutter zu heiraten, noch von anderen hören wollte, dass er selbiges tun würde. Seine Mutter gehörte nämlich zu der Sorte Frauen, der er als Erwachsener eher auswich. So glaubte er jedenfalls. In gewisser Hinsicht hatte er sich mit ihrer Art abgefunden und damit, dass man sie nicht würde ändern können, genauso wenig, wie sie selbst dazu bereit wäre. Aber der Schritt dorthin, eine Frau wie sie zu heiraten, erschien ihm genauso lang wie eine Ewigkeit. Das war jedenfalls seine feste Überzeugung.

»Es handelt sich auf jeden Fall nicht um ihre blutverschmierte Kleidung, die man im Container auf der Müllkippe gefunden hatte.«

»Warum nicht?«, fragte er, während er den Rückwärtsgang einlegte.

»Die Größe. Sie waren bedeutend kleiner und vom Stil her ganz anders. Jeans, wenn ich mich recht erinnere. Ich schätze, sie da drinnen trägt mindestens Größe vierundvierzig.«

»Okay«, pflichtete Peter Berg ihr bei, da er sich mit Damengrößen nicht besonders gut auskannte. »Was denkst du ansonsten?«

»Einen Grund hätte sie ja. Oberflächlich betrachtet zumindest. Und sie hat sich ja nicht gerade davor gescheut, dick aufzutragen. Aber als Motiv benötigt man wahrscheinlich etwas mehr als eine schreckliche Kindheit. Jedenfalls wenn man einigermaßen normal veranlagt ist. Ich meine, etwas, das den Hass schürt. Missbrauch? Geld? Etwas, das die eigene Existenz extrem bedroht! Es könnte ja sein, dass die Firma nur Miese macht, während Doris ihren Vater regelrecht aussaugt. Vielleicht hat er sich ab einem bestimmten Zeitpunkt nicht länger um seine Töchter gekümmert. Sie zugunsten von Doris vernachlässigt. Oder Doris hat sich einfach dazwischengedrängt. Schätzungsweise gab er ihr alles, was er besaß. Und Doris hat die Töchter mit ihren eventuellen Geldforderungen systematisch um ihr Erbe gebracht. So etwas kann Menschen zur Verzweiflung treiben. Denk doch mal an die vielen Scheine im Karton! In dieser Hinsicht war sie eine ziemlich abgebrühte Geschäftsfrau. Kein Wunder, dass die Töchter wahnsinnig wurden.«

»Doris war anscheinend recht geschickt darin, sich festzubeißen. Nicht aufzugeben. Und Ausdauer zahlt sich am Ende aus!«

»Genau.«

»Ich frag mich nur, was sie mit dem ganzen Geld wollte. Sie brauchte doch gar nicht so viel, denn ihr Auskommen schien ja gesichert«, meinte Peter Berg.

»Man kann nie wissen. Und außerdem ist es ein gutes Gefühl, flüssig zu sein.«

Erika zuckte mit den Achseln und schaute durch das Seitenfenster in den Stadtpark mit seinen langsam ergrünenden Bäumen.

»Manche kriegen eben nie genug«, reflektierte sie weiter. »Reichtum verlangt nach mehr! Sparen und Geldanhäufen kann zu einer regelrechten Manie werden. Man beginnt sich mit anderen zu messen, unter denen sich garantiert immer einer befindet, der besser gestellt ist, mehr Geld besitzt, erfolgreicher ist. Vielleicht träumte sie davon, dass man sie nach ihrem Tod als reiche Frau bezeichnen würde. Eine, die ihrem Sohn ein umfangreiches Erbe hinterlässt.«

»Mit anderen Worten, es ihrem Exmann gleichzutun. Am Ende nicht schlechter dazustehen als Ted Västlunds Vater.«

»Ja, vielleicht. Es könnte aber auch sein, dass sie sich die Nähe ihres Sohnes erkauft hat. Seine Distanz zu ihr schmerzte sie vielleicht.«

Erika blickte verträumt durch die Windschutzscheibe.

»Was man alles mit einer halben Million anstellen könnte!«, seufzte sie. »Ich würde reisen. Eine Weltreise machen.«

Er sagte nichts.

»Aha«, entfuhr es ihm dann.

»Doris war vielleicht eifersüchtig auf Roos' Töchter«, fantasierte Erika weiter. »Einige Menschen kommen mit einem konstanten Neid auf die Welt. Streben ihr Leben lang nach etwas, das sie doch nie erreichen können. Dass die Töchter von Folke Roos besser gestellt waren als Doris und ihr Sohn, setzte ihr vielleicht mehr zu, als man meinen könnte. Roos' Mädchen würden ein umfangreiches Erbe erhalten, wovon ihr Sohn Ted nur träumen konnte. Eine so offensichtliche Diskrepanz, gegen die sie kaum etwas unternehmen konnte. Den alten Mann daraufhin auszunehmen war vielleicht eine späte Rache. Oder sie hat es ihm für etwas anderes heimgezahlt. Vielleicht dafür, dass er sie vor langer Zeit rausgeschmissen hatte. Oder weil sie offenbar nicht dazu taugte, sich um seine Töchter zu kümmern.«

Es war an der Zeit, die andere Roos-Tochter aufzusuchen. Clary. Peter Berg bat Erika, kurz bei Lundin anzurufen und sich zu erkundigen, ob er Kjell E. Johansson schon verhört hatte. Sie bekam ihn sofort an die Strippe. Lundin hatte sich jedoch noch nicht auf den Weg gemacht, weil er davon überzeugt war, dass Johansson entweder Fenster putzte oder sich im Zusammenhang mit der Suche nach Viktoria noch im Wald befand. In einem der Suchtrupps unterwegs war. Wahrscheinlich würde er später am Abend eher erreichbar sein.

»Sie lebt wohl nicht mehr.«

»Wahrscheinlich. Auch wenn es einem schwer fällt, das zu glauben.«

Sie bogen auf einen Parkplatz für Anwohner und suchten der Ordnung halber nach einer Parklücke für Besucher.

»Ist der nicht grün?«, rief Erika plötzlich und schaute durch die Seitenscheibe auf einen dunklen Renault.

»Der auch«, entgegnete Peter Berg und zeigte auf ein anderes, ein Stück entfernt stehendes Fahrzeug.

»Was für eine Marke ist das?«

»Renault.«

»Also noch einer!«

»Aber es sind zwei unterschiedliche Modelle.«

Sie hegten keine größeren Hoffnungen, Clary Roos oder ihren Freund Per Olsson zu Hause anzutreffen. Und sie sollten Recht behalten.

Als sie wieder aus der Haustür traten, war einer der beiden Renaults verschwunden.

»Erinnerst du dich zufällig an die Autonummer?«, fragte Peter Berg.

»Verdammt!«, fluchte sie. »Wie konnten wir nur so dumm sein?«

Keiner von ihnen hatte sie notiert.

Veronika Lundborg machte es sich auf dem Sofa bequem, zog das Plaid über die Beine, schaltete die Stehlampe an und zündete die beiden Teelichter in den dunkelblauen Gläsern auf dem Tisch an. Klara schlief, und Claes war draußen, um eine kurze Runde in der Dämmerung zu joggen. Im Haus war es still. Veronika hatte ein Buch vor sich liegen, griff jedoch bald zur Fernbedienung und schaltete die Abendnachrichten an, wo das Weltgeschehen weitab vom heimischen Krankenhaus präsentiert wurde. Probleme eines ganz anderen Kalibers. Massenvernichtungswaffen, Hungerkatastrophen, brennende Wolkenkratzer, Dächer, die einstürzten und Massen von Menschen unter sich begruben. Firmengebäude, die aufgrund von Wasserschäden mit Dränageleitungen versehen werden mussten, fingierte Krankschreibungen, betrogene Menschen und schließlich Politiker mit entschlossenen Gesichtern, aalglatt und offenbar unschuldig, in perfekt sitzenden Anzügen und dazu passenden dunkelblauen Krawatten. Veronika konnte sich des Eindrucks nicht erwehren, dass sie alle gleich aussahen. Unattraktiv, weil es ihnen an Profil und festem Boden unter den Füßen fehlte. Sie wagten es nicht, den Menschen in die Augen zu schauen. Kümmerten sich nur um die Zahlen auf ihren Laptops oder lächelten geradewegs in die Fernsehkameras. Angepasst. Genau wie sie selbst sich manchmal fühlte, wenn der Druck zu stark wurde und sie zu viele Patienten innerhalb eines kurzen Zeitraums zu behandeln hatte, wenn sie ihrer überdrüssig wurde und ihr zum Schluss alles nur noch banal erschien. Dann kam es vor, dass sie in Konflikt mit ihrer Glaubwürdigkeit geriet.

Kurz bevor die Lokalnachrichten angekündigt wurden, hörte sie Claes die Haustür aufschließen. Er keuchte und schnaufte im Flur. Die Tür fiel mit einem dumpfen Schlag ins Schloss.

»War es gut?«, rief sie ihm halblaut vom Sofa zu.

»Ja. Genau das, was ich gebraucht habe«, hörte sie ihn zufrieden stöhnen. »Am Ende hab ich noch einen Schlusssprint hingelegt. Mich völlig verausgabt ...«

»Warte«, unterbrach sie ihn. »Im Fernsehen geht es um das Mädchen.«

Janne Lundin präsentierte sich auf der Mattscheibe, sicher und wie die Ruhe selbst. Er war daran gewöhnt, in den Medien aufzutreten, da er schon seit langen Jahren als Pressesprecher der Polizei fungierte. Claes kam in Socken über den Fußboden gelaufen und hinterließ feuchte Flecken auf dem Parkett. Mit dem Blick auf den Fernseher gerichtet, hockte er sich mit einem Knie auf den Teppich, streckte das andere Bein nach hinten und begann seine Muskeln zu dehnen. Der Schweiß rann, sein Gesicht war knallrot und sein T-Shirt völlig durchgeschwitzt.

Nach fast drei Tagen und Nächten hatten sie die zehnjährige Viktoria immer noch nicht gefunden. Der Reporter wirkte ernst und Lundin noch ernster. Noch immer fehlte jede Spur von dem Mädchen, obwohl die Suchaktion sorgfältig durchgeführt worden war und man im Großen und Ganzen alle Ressourcen, die man auftreiben konnte, mobilisiert hatte. Leider ohne Resultat.

Dann wurde Conny Larsson, dem Koordinator der Suchaktion, wie man der Bildbetitelung entnehmen konnte, das Mikrofon unter die Nase gehalten. Er sah ziemlich übernächtigt aus. Auch er beschrieb die Lage als prekär, beeilte sich aber zu betonen, dass man beabsichtigte, die Suche unter Hochdruck fortzusetzen. Er garantierte in gelassenem värmländischen Dialekt, dass man Viktoria am Ende finden würde. Der Frage des Reporters nach seiner Einschätzung, ob man sie denn auch lebend finden würde, wich er galant aus.

»Wie entsetzlich für die Mutter«, kommentierte Claes und begann das andere Bein zu dehnen.

Schließlich kam Lundin wieder ins Bild. Über einem hellblauen Hemd trug er einen dunkelblauen Pullover, auf dem in goldenen Lettern das Wort »Polizei« gestickt war. Er wirkte sowohl ansprechend gekleidet als auch verlässlich und Vertrauen erweckend.

»Trägt er immer diese Dienstkleidung?«, wollte Veronika wissen.

»Nein. Die Sachen hängen meistens auf einem Bügel in seinem Dienstzimmer.«

Lundin richtete eine abschließende Bitte an die Öffentlichkeit.

»Melden Sie sich umgehend, wenn Ihnen in den vergangenen Tagen irgendetwas Außergewöhnliches aufgefallen ist. Zögern Sie nicht! Auch wenn Sie selbst nicht den Eindruck haben, dass Ihr Hinweis interessant sein könnte. Wir nehmen alle Tipps entgegen und entscheiden dann, welche für die Suchaktion von Bedeutung sein könnten.«

Janne Lundin hatte sich nach der Pressekonferenz und dem Fernsehinterview in seinem Raum umgezogen. Der Journalist, der den Beitrag aufgezeichnet hatte, musste sich beeilen, um rechtzeitig zu den Abendnachrichten mit dem Zusammenschneiden des Materials fertig zu werden. Eventuell würde der Beitrag nicht nur in den regionalen Ostnachrichten, sondern auch in den Sendungen *Rapport* und *Aktuell* gebracht werden.

Lundin blieb noch eine Weile im Präsidium und plauderte mit Gotte und Brandt. Sie unterhielten sich über andere Dinge als das verschwundene Mädchen. Unter anderem über ihre Pläne für den Sommer und diverse Automarken. Der Fall Viktoria war außerdem so betrüblich, dass ihnen dazu langsam, aber sicher die Worte ausgingen.

Am liebsten wollte er auf dem schnellsten Weg nach Hause zu Mona fahren, rief sie aber pflichtbewusst an und informierte sie darüber, dass mit ihm nicht vor einer oder zwei Stunden zu rechnen sein würde. Denn er hatte noch etwas zu erledigen. Sie könne ja unterdessen die Zeit nutzen und mit dem Hund rausgehen, sodass er es später nicht auch noch tun musste. Es wäre nett, wenn sie mit dem Essen auf ihn warten würde, fügte er noch hinzu.

»Es ist doch viel schöner, gemeinsam zu essen«, meinte er.

Sie stimmte ihm zu, wie immer. Man musste eben die kleinen Vorzüge des Alltags genießen. Ein gemütliches Abendessen mit der Ehefrau in den eigenen vier Wänden. Vielleicht mit einem Gläschen guten Weins.

Mona hatte im Übrigen im Moment ziemlich viel um die Ohren, nachdem sie eine Zeit lang Leerlauf gehabt hatte, da sie in ihrem Job als Kassiererin bei der Post arbeitslos geworden war. Seit einiger Zeit betrieb sie nämlich einen kombinierten Tabak- und Geschenkartikelladen, und nun plante sie, auch Bücher ins Sortiment aufzunehmen. Die wurden ihrer Meinung nach nicht so schnell gestohlen. Bisher hatte sie unerfreulicherweise schon drei Einbrüche miterleben müssen, wobei ihr etliche Stangen Zigaretten abhanden gekommen waren.

Janne Lundins Auto fand den Weg unterdessen fast von selbst. Er stieg die Treppe hinauf, nachdem er schon von draußen gesehen hatte, dass in der Wohnung Licht brannte. Er klingelte. Einen Augenblick später starrte ihn ein verwundertes Männergesicht an.

»Sie erkennen mich vielleicht nicht wieder«, begann Lundin, streckte seine Hand aus und stellte sich vor.

Ausgerechnet Lundin war an den früheren Verhören mit Johansson nicht beteiligt gewesen, er hatte sich mehr mit diversen Vorgängen in der Peripherie befasst. In dieser Situation konnte es ihm zum Vorteil gereichen, sich aber genauso gut als Nachteil erweisen.

»Ich würde gerne hereinkommen«, sagte er, als sei es die

selbstverständlichste Sache der Welt, und war über die Schwelle getreten, noch bevor Johansson protestieren konnte.

Lundin duckte sich unter der Flurlampe. Er war immer darauf gefasst, mit seinem Kopf irgendwo anzustoßen.

»Ich möchte Sie nur ein paar Minuten sprechen«, erklärte er und wandte sich Johansson im Halbdunkel des Flurs zu.

Die Lampe schien ein Modell zu sein, das kaum sich selbst erhellte. Oder die Glühbirne besaß einfach zu wenig Watt. Johansson wirkte irgendwie nervös. Er fummelte mit seinen Fingern an einer Narbe an der Oberlippe und sah aus, als benötigte er dringend eine Dusche und eine Extraportion Schlaf.

»Tja, wir können uns hierher setzen«, schlug Johansson vor, schlenderte in die Küche und faltete die Abendzeitung *Aftonbladet* zusammen, ließ sie aber auf dem Küchentisch liegen. Lundin ahnte, warum. Die Hälfte des Fotos von Johansson auf der Titelseite zeigte nach oben, und das war wohl auch beabsichtigt. Eine geöffnete Bierdose stand daneben. Auf der Fensterbank plärrte das Radio. Ein ziemlich ermüdendes Gedudel beschallte den Raum und überschritt bei weitem das Maß, das Lundin nach einem langen Arbeitstag bereit war zu ertragen. Er bat Johansson, das Gerät abzuschalten, was er ohne Widerrede tat.

Lundin setzte sich. Er strahlte eine gewisse Autorität und eine Kompetenz aus, die Johansson unmöglich entgehen konnten und unmittelbar ihre Wirkung entfalteten. Seine Körpergröße, das Alter und nicht zuletzt sein ruhiger und professioneller Blick sprachen für sich. Sein Auftreten bewirkte unter anderem, dass Johansson nicht einmal wagte zu protestieren. Im Gegenteil, er saß brav auf seinem Stuhl, wie ein Hund, dem man befohlen hatte, Platz zu machen. Mit dem Schwanz wedelte er jedoch nicht. Das wäre auch zu viel verlangt. Lundin würde dennoch aus ihm herausbekommen, was er wissen wollte.

Johansson taxierte ihn mit seinem Blick und wartete auf seine Fragen.

Lundin rechnete im Allgemeinen nur selten damit, dass die

Leute die Wahrheit sagten. Auf der anderen Seite war ihm klar, dass es kaum möglich war herauszufinden, wann sie logen. Bisher hatte jedenfalls noch keine Studie erwiesen, dass man es den Menschen ansehen konnte. Also entschied er sich für die Variante, so lange davon auszugehen, dass sie logen, bis das Gegenteil bewiesen war. Im Übrigen war es nicht immer so leicht mit der Wahrheit. Zwischen dem, was sich als wahr und falsch erwies, existierte eine nicht zu unterschätzende Grauzone, aus der er letztlich das Weiße herausfischen musste. Das, was wahr, aber aus dem einen oder anderen Grund nicht ausgesprochen, zurückgehalten oder gar übersehen wurde.

»Das Mädchen ... Viktoria ... Ich habe gehört, dass Sie in irgendeiner Weise mit ihr in Verbindung stehen. Ich meine natürlich nicht mit ihrem Verschwinden, denn ich weiß ja, dass Sie in einem Suchtrupp unterwegs waren. Aber ansonsten?«, fragte Lundin, ohne seine Augen auf das Bild in der Zeitung zu richten.

»Ja«, antwortete Johansson und fingerte weiter an dem Schorf an seiner Oberlippe. »Das ist nicht so leicht, das Ganze«, begann er. »Sie ist ... ja ... wie soll ich sagen. Ihre Mutter hatte über einen Rechtsanwalt von sich hören lassen, bevor das Ganze passiert ist. Sie behauptet, dass ich der Vater bin.«

Ein paar blaue Augen blickten Lundin nervös an, der wiederum nickte.

»Und sind Sie das?«

»Sie behauptet es jedenfalls.«

»Und was sagen Sie selbst?«

»Tja«, entgegnete Johansson gedankenverloren. »Das ist nicht so leicht zu ergründen.«

»Nein.«

Johansson legte seine Hände auf die Tischplatte und verschränkte seine langen Finger ineinander.

»Es ist ja immerhin eine ganze Weile her. Nicht im Leben würden Sie sich erinnern, mit wem Sie vor elf Jahren zusammen waren!«, behauptete er und war sichtlich auf die Bestätigung Lundins aus.

Die er jedoch nicht erhielt. Lundin hingegen erinnerte sich nämlich sehr gut, mit wem er sich wann im Bett gewälzt hatte. Selbst vor elf Jahren. Denn auch zu dieser Zeit gab es für ihn keine andere als seine Mona. So einfach war das. Aber das gehörte natürlich nicht zu den Dingen, die er Johansson unter die Nase zu reiben gedachte.

»Wie war das für Sie, als sie von sich hören ließ? Viktorias Mutter, meine ich?«

»Zuerst war ich natürlich stinkwütend. Eine Schweinerei, so viel später damit anzukommen. Sie war anscheinend nur auf Geld aus.«

»Aha. Und jetzt?«

»Seitdem sie verschwunden ist, denke ich ein wenig anders darüber.«

»Wie meinen Sie das?«

»Es ist fast so, als sei sie tatsächlich mein Kind. Besonders, nachdem ich ihr Gesicht auf den Plakaten gesehen habe. Das Mädchen macht einen völlig verängstigten Eindruck. Ich begann mich ernsthafter für sie zu interessieren, wenn ich das so sagen darf. Ich dachte, dass es schlimm wäre, ihr keine Chance zu geben.«

»Inwiefern?«

»Die Chance, einen Vater zu bekommen.«

Wie ritterlich, dachte Lundin.

»Aha. Sie haben also Ihre Meinung geändert ...?«

»Ja. Als ich sie vor mir sah, war sie für mich nicht länger nur ein Name mit einer übereifrigen Mutter, die ein armes Schwein wie mich jagt. Sie erwachte sozusagen zum Leben. Auch wenn im Moment natürlich keiner sagen kann, ob sie noch lebt«, schloss er und starrte ausweichend in die Luft.

Gefühlsbetont wollte er sich eher nicht geben.

»Aber könnte es denn sein, dass Sie ihr biologischer Vater sind, ich meine rein technisch gesehen?«, hakte Lundin nach.

»Technisch?«

»Sie wissen, was ich meine. Sind Sie mit ihr zusammen gewesen?«

»Vielleicht.«

»Vielleicht?«

»Wie, zum Teufel, soll ich mich an alle Details erinnern? Wir waren ein einziges Mal zusammen. Behauptet sie jedenfalls. Und danach bin ich für eine Weile nach Stockholm gezogen. Das war ihr aber egal. Sie ließ nie von sich hören, obwohl sie einen dicken Bauch hatte. Wollte wohl das Kind für sich alleine behalten. Aber dagegen sage ich auch gar nichts, in keinster Weise!«, beteuerte er und klang dabei so dermaßen generös, wie nur ein Vollblutegoist klingen konnte. »Ich reagierte wohl nicht so besonders überschwänglich, als sie etwas davon andeutete. Das gebe ich ja zu«, sagte er und setzte in demselben unberührten Ton hinzu: »Und außerdem gab es in ihrem Leben noch andere Männer. Ich weiß genau, was für eine sie war.«

Seine Augen verengten sich.

Und was für einer bist du selbst?, dachte Janne Lundin.

»Zu der Tageszeit, als Ihre Nachbarin misshandelt wurde, war ja eine ganze Menge los im Treppenhaus«, griff Lundin einen andern Faden auf.

»Ja, schon verrückt, was für ein Trubel«, stimmte Johansson zu und sah plötzlich um einiges lebhafter aus.

»Sie glauben nicht zufällig, dass Viktoria wusste, wer ihr Vater ist, und Sie daraufhin aufsuchte?«

Johansson starrte Lundin an. Lundin entging nicht, dass der Gedanke ihm nicht wenig zu schmeicheln schien. Eine kleine Tochter, die ihn aufsuchte! Ein armes Mädchen, für das sich inzwischen halb Schweden interessierte. Und das ihm nun ebenfalls zu gewisser Berühmtheit verhalf. Das Journalisten dazu brachte, bei ihm anzurufen, als gehörte er zu den Hauptdarstellern einer Soap im Fernsehen.

»Ich kann mir nicht vorstellen, dass sie etwas wusste«, antwortete er leise. »Aber man kann ja nie wissen«, korrigierte er schnell seine Meinung.

»Sie hat also nie bei Ihnen geklingelt? Das wissen Sie mit Sicherheit?«, beharrte Lundin.

»Nein«, antwortete er und klang glaubwürdig. »Herrgott, daran hätte ich mich doch wohl erinnert!«

Ja, das durfte man wirklich hoffen, dachte Lundin. Doch im Alkoholrausch war die Welt oftmals eine andere. Und mit dem Erinnerungsvermögen verhielt es sich ebenso.

»Sie war also an dem Tag, als Doris Västlund starb, nicht bei Ihnen und verkaufte Maiblumen?«, versuchte Lundin es ein letztes Mal.

»Nein«, antwortete Johansson und schüttelte bestimmt den Kopf.

»Und Doris, mit der Sie ja auch bekannt waren, hatte ebenfalls nichts mit dem Mädchen zu tun?«

Johansson starrte ihn mit leerem Blick an. Es schien, als ginge er mit seinen grauen Zellen dort oben im Schädel hart ins Gericht.

»Jetzt wird es mir ein bisschen zu kompliziert«, brachte er schließlich hervor. »Das kriege ich nicht zusammen.«

»Wenn ich es nun folgendermaßen ausdrücke: Sie hörten niemanden bei Doris Västlund klingeln? Vielleicht hat das Mädchen versucht, ihr eine Maiblume zu verkaufen? Sie hat ja schließlich auch anderen im Treppenaufgang welche verkauft.«

»Woher soll ich denn das wissen? Ich sitze nicht gerade mit dem Ohr an der Wohnungstür und lausche. Da hab ich wirklich Besseres zu tun.«

Johansson schaute nach unten und kratzte sich an der Brust, als würde er plötzlich von Läusen angefallen, wahrscheinlich kribbelte es ihn nach all den Stunden im Wald. So viel frische Luft war sicher für eine Person wie Kjell E. Johansson ermüdend, dachte Lundin flüchtig, doch dann erinnerte er sich daran, dass der Mann in seinem Job höchstwahrscheinlich immer bei offenem Fenster arbeitete. Es war wohl eher das ungewohnte Engagement für seine eventuelle Tochter, das an ihm zehrte.

Lundin hatte heimlich einen kurzen Blick auf das Bild in der Zeitung geworfen, wobei er den auf dem Kopf stehenden Text nicht lesen konnte. Vor allem nicht ohne Brille. Johansson besaß sicherlich gewisse Qualitäten, um für einige Zeit das Hätschelkind der Presse zu werden, schätzte er. Zumindest für einige Tage. Er hatte alles, was die Leser interessierte. Ein Vater, der über seine Vaterschaft in Unwissenheit gelassen wurde und der jetzt wie ein Robin Hood hervortrat und buchstäblich um seine verschwundene Tochter kämpfte. Vielleicht würde das Ganze sogar ein glückliches Ende nehmen, auch wenn es nicht gerade der Zielsetzung der Abendzeitungen entsprach, die sich mehr auf Katastrophen eingeschossen hatten.

»An eine Sache erinnere ich mich ganz schwach«, sagte Johansson vage. »Aber ich weiß nicht, ob sie etwas zu bedeuten hat. An dem Tag, als Doris erschlagen wurde, hatte tatsächlich jemand an meiner Tür geklingelt.«

Da sieht man mal, dachte Lundin. Alles kommt irgendwann ans Licht.

»Haben Sie geöffnet?«, wollte Lundin wissen.

»Nein. Das ganze Badezimmer lag ja in Scherben. Ich hatte diese verdammte Glaslampe fallen lassen und war gerade dabei, den Scheiß aufzufegen. Und dann musste ich noch in die Waschküche wegen Alicia. Aber das wissen Sie ja alles. Ich habe es schon hundertmal auf der Wache erzählt.«

Er kniff seine Lippen zusammen. Man sah ihm an, dass er nicht gewillt war, die Geschichte noch einmal zu berichten.

»Sie haben also einer Schülerin, die Maiblumen verkaufen wollte, nicht geöffnet?«, fragte Lundin beharrlich.

»Nein, wie ich schon sagte. Ich habe sie nie gesehen, bevor ihr Bild in der Zeitung auftauchte. Außerdem habe ich überhaupt keinen Grund, deswegen zu lügen! Ich weiß, dass sie bei den Nachbarn geklingelt hat und dort Maiblumen verkauft hat. Nicht an alle vielleicht ... aber ... aber hier war sie jedenfalls nicht.«

»Was würden Sie sagen, wenn sich erweisen sollte, dass sie Ihre Tochter ist?«

Die Frage war mehr philosophischen Charakters, aber Lundin konnte sich nicht verkneifen, sie zu stellen.

»Tja, was soll ich sagen?!«

Johansson blickte düster nach unten auf seine kaputten Strümpfe. Er saß schräg vor dem Tisch, den Ellenbogen auf das *Aftonbladet* gestützt und die Beine vor sich auf dem verschlissenen Flickenteppich ausgebreitet. Auf der Spüle standen nicht weniger als fünf ausgetrunkene Bierdosen neben einer Flasche mit Spülmittel und einer Rolle Haushaltspapier, doch ansonsten war die rostfreie Oberfläche sauber. Johansson fühlte sich offensichtlich am wohlsten mit einer gewissen Ordnung um sich herum.

»Etwas ganz anderes noch, bevor ich gehe«, wechselte Lundin das Thema. »Mit wem haben Sie sich eigentlich auf diesem Fest gestritten? Dieses Kostümfest oder was es war?«

»Ach! Weiß der Teufel, wie er hieß. Er war einfach nur verdammt provokant.«

»Ja?«

»Ja. Er hat mich gereizt. Verlangte geradezu nach Schlägen.«

»Jetzt aber raus mit der Sprache. Wer war er?«

»Ein kleines Häufchen Scheiße. Voll wie eine Haubitze und obendrein ein schrecklicher Spötter. Ziemlich schmächtiger Typ. Er hat sich an die Frau, mit der ich gekommen war, herangemacht und baggerte sie an. Sein Name war jedenfalls recht gewöhnlich.«

Er studierte erneut seine Zehen, die wie kleine Frühkartoffeln aus seinen Socken hervorlugten.

»Per oder Jan oder irgendwas in der Richtung.«

»Nachname?«

Schulterzucken.

»Keine Chance, es aus mir herauszubekommen. Ich weiß es nämlich nicht. Fragen Sie Alicia Braun.«

Das hatten sie bereits getan, aber auch sie wusste nicht, wie er hieß. Außerdem hatte er sich nach der Schlägerei ziemlich schnell vom Acker gemacht. Als gehörte er nicht dorthin.

Louise stand in der Küche und buk Pfannkuchen, ein Gericht, das es gab, wenn sie es nicht geschafft hatte einzukaufen. Eier und Milch hatten sie eigentlich immer vorrätig. Und Marmelade. Sowohl Erdbeer- als auch Himbeer- und sogar Waldbeermarmelade. Ihr stand gerade der Sinn nach Pfannkuchenbacken, und ihre Pfannkuchen gerieten eigentlich immer perfekt, goldbraun und mit knusprigen Rändern. Die Mädchen konnten nie genug davon bekommen, und sie freuten sich jedes Mal, wenn sie die Pfannen hervorholte. Sie benutzte zwei gleichzeitig, sodass ihre Töchter nicht sitzen und warten mussten. Sie selbst verzichtete heute lieber, und das nicht, weil sie ihr zu kalorienreich waren. Es verhielt sich eher so, dass sie nur mit Müh und Not den Geruch von gebratenem Fett ertragen konnte. Aber bald würde die Übelkeit ein Ende haben.

Gabriella hatte Kerzen auf dem Tisch angezündet. Draußen war es bereits dunkel.

»Hier kommen zwei frische Neue«, sagte Louise und ließ die beiden Pfannkuchen auf die Teller der Mädchen gleiten, woraufhin sie neuen Teig in die Pfanne goss, sodass es ordentlich zischte.

»Mein Gott, wie lecker!«, rief Sofia mindestens schon zum dritten Mal aus, woraufhin sie einen Löffel Marmelade nahm und ihren Pfannkuchen mit Zucker bestreute.

Als sie hineinbiss, knirschte es.

Louise bekam unterdessen eine plötzliche Eingebung. Warum nicht jetzt?, dachte sie, an den Herd gelehnt. Sie wandte sich an Gabriella und Sofia.

»Ach ja, ich habe übrigens eine schöne Wohnung in einer Anzeige gesehen. Sie liegt im Zentrum«, begann sie und lächelte ihre Töchter an, als präsentierte sie ihnen eine unglaubliche Überraschung.

Und so war es auch. Der Effekt kam postwendend, als hätte man eine Kanne Wasser über dem Feuer ausgegossen. Gabriella legte ihr Besteck zur Seite und starrte sie hasserfüllt an, als sei sie dabei, eine Rolle in einem Theaterstück einzuüben.

»Was meinst du damit?«, fauchte sie sie an.

»Tja«, entgegnete Louise und entschied sich dafür, der Situation nicht auszuweichen, indem sie einen Versuch unternahm, die Wogen zu glätten. »Es wird vermutlich etwas schwierig, das Haus alleine zu halten ... Es wird in der Tat schwierig«, berichtigte sie sich. »Unmöglich, um genau zu sein.«

Die Abzugshaube über dem Herd dröhnte. Die Pfannkuchen waren kurz davor anzubrennen. Louise war gerade dabei, sie zu wenden, als Gabriella demonstrativ aufstand und aus der Küche stürmte.

Louise blieb am Herd stehen. Sie lief ihr nicht hinterher. Sofia indes war sitzen geblieben und schaute sie unter ihrem dunklen Pony ernst an.

»Davor hab ich schon die ganze Zeit Angst gehabt«, gestand ihre jüngste Tochter so leise, dass Louise sie bei dem Lärm der Abzugshaube kaum verstand.

»Das verstehe ich gut«, entgegnete sie. »Mir graut auch davor. Aber manchmal hat man eben keine andere Wahl.«

Sie verspürte große Lust, ihre Tochter auf Janos zu verweisen, ihrem Hass gegen ihn auf die eine oder andere Weise Ausdruck zu verleihen, doch dafür war sie zu stolz. Es wäre unter ihrer Würde gewesen. Denn billige Tricks waren nicht ihre Sache. Die Mädchen sollten sich später nicht an eine Menge dummer Beschuldigungen gegen ihren Vater erinnern. Eher biss sie sich die Zunge ab.

»Aber die Wohnung ist wirklich ganz nett«, versuchte sie es erneut. »Ich habe sie mir zwar noch nicht angeschaut, das wollte ich auf keinen Fall ohne euch tun. Denn sie muss ja schließlich uns dreien gefallen. Von dort habt ihr es allerdings weiter in die Schule und zu euren Freunden, aber dafür besitzt sie vielleicht andere Vorteile.«

Sie war völlig erschöpft, aber jetzt war es wenigstens ausgesprochen. Was auch immer daraus wurde, wohin sie auch zogen, vielleicht sogar in eine ganz andere Wohnung als die, für die sie so viel Begeisterung empfand, so hatte sie auf jeden Fall den gedanklichen Prozess in Gang gesetzt. Sie waren auf dem Weg zu etwas Neuem.

Lennie Ludvigson strich sich mit den Fingern durch das rötliche Haar und öffnete eine Dose Coca-Cola light, sodass es zischte. Es war seine erste an diesem Tag. Er hatte drei Dosen dabei, die vor ihm auf dem Schreibtisch aufgereiht standen und in doppelter Hinsicht ihre Funktion erfüllten. Zum einen trug ihr Inhalt dazu bei, ihn einigermaßen wach zu halten, und zum anderen war er kalorienreduziert, was ihm bei seiner sitzenden Tätigkeit entgegenkam.

Seit seiner Hochzeit vor ein paar Monaten hatte er Schwierigkeiten, sein Gewicht zu halten. Denn seine Frau und er kochten für ihr Leben gern. Bald würde die letzte Runde des Kochwettbewerbs für Paare beginnen. Alle Teilnehmer waren Amateure. Als sie die erste Ausscheidung gewonnen hatten, waren sie auf die Titelseite der *Allehanda* gekommen. Da es sich um einen landesweiten Wettbewerb handelte, konnten sie einigermaßen stolz auf ihren Erfolg sein. Gotte war damals Feuer und Flamme gewesen und hatte sofort sein Diplom geholt, das er vor einer Reihe von Jahren erhalten hatte, als er mit seinem Pfefferkuchenhaus einen Wettbewerb der Gourmetzeitschrift *Allt om Mat* gewonnen hatte. Das Diplom hing in seinem Dienstraum. Alle kannten es. Doch nun schien er endlich einen ebenbürtigen Kameraden auf dem Gebiet der Schwelgerei – oder eher auf dem Parnass der feinen Geschmacksnerven – gefunden zu haben und hatte seinem Bruder im Geiste so freundschaftlich auf die Schulter geklopft, dass Ludvigson glaubte zu ersticken.

Langsam begann sich die Aufregung bei ihm bemerkbar zu machen. Am kommenden Wochenende würden seine Frau und er sich auf die Endrunde vorbereiten, die Rezepte noch einmal durchgehen und schließlich Probe kochen. Das Dumme war nur, dass die Freuden des Kochens dazu geführt hatten, dass er insgesamt ein wenig fülliger geworden war, unabhängig davon, wie hart er nebenbei trainierte. Er nahm trotzdem zu.

Unmittelbar nach der Nachrichtensendung war die Leitung für die Tipps aus der Öffentlichkeit vollkommen überlastet gewesen. Inzwischen war es fast elf Uhr abends, und das Telefon hatte sich ein wenig beruhigt. Ludvigson rechnete nicht damit, sich die ganze Nacht am Telefon um die Ohren schlagen zu müssen. Er hatte mehrere in der Stadt patrouillierende Polizeistreifen kontaktiert, um seine Kollegen zu bitten, diverse relevant erscheinende Tipps zu überprüfen, von denen sie jedoch bis jetzt keiner weitergebracht hatte. Das Corps war immer noch mit Verstärkung von außerhalb besetzt, doch vermutlich würde dieser Zustand nur noch bis zum nächsten Tag andauern.

Drei Tage und Nächte waren bereits vergangen, seitdem das Mädchen als verschwunden gemeldet worden war. Jedes Mal gestaltete es sich gleich schwer aufzugeben. Die Intensität der Suchaktion herunterzufahren. Es kam ihm vor, als müssten sie eine Beerdigung vorbereiten, nur eben ohne Leiche.

Makaber.

Während der vergangenen Tage war mitunter neue Hoffnung aufgeflammt, die jedoch ebenso schnell wieder erlosch. Solange sie beschäftigt waren, schien es besser zu gehen. Viele Menschen meldeten sich bei der Polizei, ein Zeichen, dass die Bevölkerung sich Sorgen machte.

Eigentlich nahm er nur deswegen alle eingehenden Telefonanrufe mit einem gewissen Enthusiasmus entgegen. Denn eine unsichere Spur war immer noch besser als gar keine. Wie auch immer, Hauptsache, es gingen überhaupt noch Hinweise bezüglich des Mädchens ein.

Er führte sich mittels einer halben Dose Coca-Cola neue Energie zu und nahm mit Entschlossenheit den nächsten Anruf entgegen. Er kam aus der Gegend um Kristdala. Ein Mann, der aus seinem Fenster geschaut hatte, hatte Licht im Haus seines Nachbarn bemerkt. Obwohl es eigentlich dunkel hätte sein sollen. Klang wenig aufregend, dachte Ludvigson. Es schien, als riefen die Leute plötzlich wegen jeder Kleinigkeit an. Die Stimme des Anrufers war etwas brummig und krächzend, der Mann war vermutlich nicht mehr der Jüngste. Er war gerade dabei gewesen, zu Bett zu gehen, wie er berichtete, ging jedoch noch einmal ins Badezimmer im oberen Stockwerk, um zu pinkeln. Ludvigson vergegenwärtigte sich, wie viele nichts sagende Details er sich in den vergangenen Tagen hatte anhören müssen. Und dieses war noch nicht einmal das schlimmste.

Er wartete geduldig auf die Fortsetzung, um zu erfahren, dass es ein Fenster im Badezimmer gab. Hauptsächlich konnte man dadurch den Himmel sehen. Sterne, wenn es klar war, den Großen Wagen und den ganzen Krempel, teilte ihm die raue Stimme am anderen Ende der Leitung mit. Ludvigson fand die Ausführungen nicht besonders interessant, ließ ihn aber ausreden. Draußen hätte es schwarz wie die Nacht sein müssen, da der Wald dicht war, setzte der Mann seinen Bericht fort. Doch stattdessen leuchtete es aus dem Haus schräg gegenüber auf der anderen Seite des Weges. Vielleicht kam der Lichtschein aus den Fenstern, aber möglicherweise handelte es sich auch um Autoscheinwerfer. Er wusste es nicht so genau.

Aber es leuchtete. Was nicht dem gewohnten Bild entsprach.

»Das Haus ist also sonst nicht beleuchtet?«, wollte Ludvigson der Ordnung halber wissen.

»Nicht zu dieser Zeit.«

»Um was für ein Gebäude handelt es sich?«

»Es ist ein gewöhnliches Wohnhaus, rot angestrichen, das nur während des Sommers und manchmal während der Jagdsaison bewohnt ist. Sonst leben die Besitzer in Malmö. Sie bitten meine Frau oder mich regelmäßig, die Heizung aufzudrehen, bevor sie kommen.«

»Und das haben sie diesmal nicht getan? Ich meine, Sie darum zu bitten?«

»Nein.«

»Sie haben also nicht angerufen?«

»Nein, das sagte ich doch.«

»Besitzen Sie deren Telefonnummer in Malmö?«

»Ja«, antwortete er etwas zögerlich, und Ludvigson konnte hören, wie er eine Schublade herauszog.

»Sie haben noch nicht dort angerufen und sich vergewissert, ob sie zu Hause sind?«

»Nein. Um diese Zeit kann man doch nicht mehr anrufen. Ich würde sie ja aus dem Schlaf reißen.«

»Wenn man beunruhigt ist, kann man durchaus anrufen«, erklärte Ludvigson, kam jedoch gleichzeitig auf den Gedanken, dass der alte Mann wahrscheinlich um seine Telefonrechnung besorgt war.

»Man traut sich ja kaum, rüberzugehen und nachzusehen«, meinte der Mann. »Denn man kann nie wissen, auf was für Typen man dort stößt. Könnten ja durchaus Ausländer sein, die einen Einbruch begehen. Und wer weiß, später kommen sie auch noch zu mir. Diese Kerle schrecken ja auch nicht unbedingt davor zurück, Leute umzulegen.«

Ludvigson kommentierte die Bemerkung nicht, verstand aber recht gut, was dem Mann im Kopf herumspukte. Die Sicherheit auf dem Lande war einfach nicht mehr das, was sie mal war. Vor einem guten Monat war ein Landwirt auf seinem eigenen Hof von irgendwelchen Dieben auf ihrer Tournee durch Schweden erschlagen worden.

Ludvigson ließ sich seine Telefonnummer und Adresse geben und erhielt eine Wegbeschreibung. Ihm war die Gegend bekannt. Man musste auf der E 23 neun Kilometer geradewegs nach Westen bis zur Abzweigung nach Århult fahren, dann nach Kristdala hoch, an Björnhult und dem See Stor-Brå vorbei, bevor man sich auf der Höhe von Kråkenäs rechts halten musste, bis man ungefähr nach einem weiteren Kilometer dort war, wie er erfuhr. Er erhielt ebenso die Telefonnummer der Besitzer des Nachbarhauses in Malmö. Ludvigson versprach, dort anzurufen, konnte jedoch für nichts garantieren. Vielleicht würden sie eine Streife zu ihm hinausschicken, er müsse jedoch erst mit seinen Kollegen Rücksprache halten, wie er sagte. Hingegen sicherte er ihm zu, dass er sich wieder bei ihm melden würde. Damit gab sich der Mann schließlich zufrieden, nachdem er etwas in der Richtung gebrummelt hatte, dass die Polizei heutzutage nie zur Stelle war, wenn man sie brauchte. Jedenfalls nicht wie früher. Er hatte immerhin sein Leben lang Steuern bezahlt, doch Ludvigson wollte sich diese Debatte nicht unbedingt zu Gemüte führen und beeilte sich, das Gespräch zu beenden.

Die Frage war, ob sie genügend Zeit investieren und Einsatzkräfte für diese Aktion abziehen wollten. Unabhängig davon wählte er erst einmal die Nummer in Malmö. Umgehend meldete sich eine verschlafen klingende Frau. Sie war gerade zu Bett gegangen, informierte sie ihn. Nein, sie waren seit längerer Zeit nicht mehr in ihrem Ferienhaus gewesen. Genauer gesagt, seit Weihnachten. Sie klang irritiert. Ludvigson beruhigte sie, so gut es ging, versprach, wieder von sich hören zu lassen, und legte auf.

Danach nahm er Kontakt zu Brandt auf, der noch nicht zu Bett gegangen war, und sie beschlossen, eine Streife loszuschicken. Nicht weil sie glaubten, dass diese Sache mit dem verschwundenen Mädchen zu tun hatte, aber zwei Kollegen würden zumindest hinfahren und sich einen Überblick verschaffen müssen. Wahrscheinlich ein gewöhnlicher Einbruch, meinte Brandt.

Conny Larsson saß mit Lena Jönsson als Beifahrerin im Auto. Sie hatten nicht besonders viel zu tun und fuhren langsam durch die Straßen. Gerade hatten sie einen Hausfriedensbruch im Stadtteil Södertorn geschlichtet. Ihre kurzen Unterhaltungen wurden von langen Phasen des Schweigens abgelöst.

Sie waren wieder einmal gemeinsam unterwegs. Das letzte Mal war vor drei Nächten gewesen, als sie die Mitteilung über das Verschwinden von Viktoria erhalten hatten, woraufhin hektische Arbeitseinsätze folgten. Die vergangene Nacht hatten sie jedoch frei gehabt, sodass beide ein wenig Schlaf nachholen konnten.

Jönsson war ein aufgewecktes Mädchen. Zumindest in Larssons Augen. Allerdings fühlte er selbst sich wie hundert, wenn er sich mit seiner jungen Kollegin verglich. Und dennoch fühlte er sich wohl in ihrer Nähe. Kein dummes Geschwafel. Und außerdem war sie eine gute Schützin, was man im Übrigen von vielen weiblichen Polizisten behaupten konnte. Sie hatte sich in den verschiedensten Wettbewerben qualifiziert. Allerdings hatte nicht sie selbst damit angegeben, sie war einfach nicht der Typ dafür. Irgendeiner der Kollegen im Präsidium, der selbst an einem Wettbewerb teilgenommen und sie auf dem Siegerpodest gesehen hatte, hatte es ausgeplaudert.

Sie befanden sich auf dem Weg nach Westen, passierten gerade das Krankenhaus und Döderhult. Dann fuhren sie durch ein dunkles Waldstück. Um diese Zeit begegneten ihnen, wie vorauszusehen war, nicht besonders viele Autos. Die Gotland-Fähre hatte ihre Abendfahrten inzwischen auf einen früheren Zeitpunkt verlegt, ansonsten bildeten sich für gewöhnlich am späten Abend lange Schlangen von Lkws, die in diese Richtung unterwegs waren und die man nur schwer passieren konnte. Doch Larsson wusste aus eigener Erfahrung mittlerweile genau, wo sich Möglichkeiten zum Überholen boten. Er kannte die Strecke in- und auswendig.

Doch jetzt hatten sie es nicht besonders eilig, wie er Ludvigson verstanden hatte. Sie sollten eigentlich nur einen alten einsamen Mann in seiner Hütte beruhigen.

In der lang gezogenen Kurve vor der Kreuzung von Århult verbreiteten vereinzelte Straßenlaternen ihren gelblichen Schein. Larsson mochte diesen Landstrich. Man hatte freie Sicht, und der Blick wurde nicht von dichtem Nadelwald beengt, sondern konnte ungehindert über die freien, leicht abschüssigen Wiesen hinweggleiten, die sich nach Süden hin ausbreiteten. Normalerweise standen dort Pferde, doch nun war es zu dunkel, um sie erkennen zu können. Die roten Häuser mit ihren leuchtend weißen Giebeln und geschnitzten Veranden lagen weithin sichtbar in ihrer wohl proportionierten

Idylle. Immer wenn er sich hier befand, empfand er keinerlei Sehnsucht nach Värmland.

Sie bogen bei Kristdala ab, und der schwarze Wald breitete sich erneut um sie herum aus. Bald passierten sie die Kiesgrube zu ihrer Rechten, fuhren an einzelnen Häusern und Hütten vorbei, erahnten, schwarz und glänzend zu ihrer Linken liegend, den See Stor-Brå, dessen Stege an der Badestelle noch nicht ausgelegt waren. Sie bogen schließlich in Kråkenäs nach rechts ab und folgten der Wegbeschreibung, die sie von Ludvigson erhalten hatten. Auf der gesamten Strecke kamen ihnen insgesamt zwei Autos entgegen.

An der eingeschalteten Außenbeleuchtung des zweigeschossigen, rot gestrichenen Wohnhauses erkannten sie, dass sie richtig waren. Larsson parkte den Polizeiwagen, und sie stiegen aus. Der Kiesweg unter ihren Schuhen knirschte. Sie klopften an der Tür. Im oberen Drittel der Haustür befand sich ein Fenster, das von innen mit einer Gardine bedeckt war, die jetzt zur Seite geschoben wurde, woraufhin sie ein Augenpaar direkt oberhalb der Kante musterte. Danach wurde die Tür geöffnet.

Der Mann gehörte zu der zähen, nahezu unsterblichen Sorte von Menschen, die nicht dahinschieden, sondern eher austrockneten und immer sehniger und gebeugter wurden, bis schließlich nichts mehr von ihnen übrig blieb.

Er reichte ihnen nacheinander seine große und schwielige Hand, kratzte sich dann am nahezu haarlosen Kopf und bemerkte schließlich, dass der ganze Aufwand bei näherer Betrachtung möglicherweise ein wenig zu groß für eine so unbedeutende Sache war. Plötzlich war es ihm peinlich, die Polizei gebeten zu haben zu kommen. Das Licht im Haus gegenüber war inzwischen gelöscht worden, wie er leider zugeben musste, doch als er es entdeckte, war es bereits zu spät gewesen. Da waren sie schon unterwegs gewesen.

Ja, der Mann befand sich zurzeit allein im Haus. Seine Frau hatte sich den Oberschenkelhals gebrochen und lag gerade frisch operiert im Krankenhaus. Conny Larsson nahm sich

Zeit. Irgendetwas, er bekam nicht so richtig zu fassen, was es war, hielt ihn davon ab, die Unruhe des alten Mannes auf die leichte Schulter zu nehmen. Es musste etwas vorgefallen sein, das ihn dazu veranlasst hatte anzurufen. Denn der Mann schien ihm nicht gerade von der ängstlichen Sorte zu sein.

Larsson bat ihn, ihm und seiner Kollegin zu zeigen, von wo aus sich die beste Aussicht auf das Nachbarhaus bot, was natürlich vom Obergeschoss aus war, woraufhin sie die Treppe hinaufstiegen. Der gebeugte Mann ging ohne Mühe voraus, während er sich mit festem Griff am Geländer hielt, er schnaufte lediglich ein wenig. Schätzungsweise war er ein gutes Stück über achtzig. Oben angekommen, stellten sie sich ans Fenster und schauten hinaus. Selbst den Weg konnte man in der Dunkelheit kaum erkennen.

»Ist Ihnen schon vorher etwas aufgefallen?«

»Was genau meinen Sie?«, fragte der Mann und kratzte sich erneut am Kopf.

»Was auch immer Ihnen ungewöhnlich erscheint.«

Der Mann blickte in die Richtung von Lena Jönsson und schien nicht gerade begeistert von einer weiblichen Polizistin. Höchstens eins sechzig groß und schmächtig. Dieser neumodischen Regelung, nach der auch junge Frauen zu Ordnungshütern ausgebildet wurden, konnte er höchstwahrscheinlich nichts abgewinnen. Lena Jönsson schien ihm seine stille Kritik an der Nasenspitze abzulesen und verspürte plötzlich das Bedürfnis, sich etwas zu strecken. Sie zog die Vorderseite ihrer Polizeiuniform zurecht, reckte sich und schob ihren Oberkörper vor, als versuchte sie, auf diese Weise einige Zentimeter an Länge zu gewinnen.

»Tja«, entgegnete der Mann und riss seinen Blick endlich von Lena Jönsson los. »Vor ein paar Tagen habe ich hier ein Auto gesehen. Es bog genau in dem Moment um die Ecke, als ich mit meinem Saab kam, aber ich konnte nicht erkennen, was für ein Modell es war. Es fuhr auf alle Fälle in die andere Richtung. Vielleicht kam es von dem Weg weiter oben. Da verläuft ein Waldweg zu den etwas entfernt stehenden Häusern.

Ich sehe leider nicht mehr so gut, und außerdem war es schon dämmerig. Aber gewundert hat es mich dennoch ... Ja, das stimmt«, schloss er nachdenklich.

Der alte Knochen fährt immer noch Auto, dachte Larsson und hoffte im Stillen, dass er sich damit begnügen würde, ein wenig auf dem Land herumzufahren.

»Es hat Sie gewundert, sagten Sie. Warum, wenn man fragen darf?«, wollte Larsson wissen.

»Weil ich das Auto noch nie zuvor gesehen habe.«

»Nein?«

»Hier oben fahren ja nicht so viele Autos. Und man weiß, wem sie gehören.«

»Und Sie sagten, dass Sie nicht mehr genau wissen, wann es war?«, fragte Larsson und stellte fest, dass es gut war, dass er das Gespräch führte und nicht Jönsson. Er rechnete es ihr jedoch hoch an, dass sie ein Gespür dafür besaß, wann es angebracht war, sich nicht einzumischen.

»Können Sie sich daran erinnern, ob es vor ein paar Tagen war oder ob es sich gar um Wochen handelte?«

»Es war vielleicht vor zwei Tagen. Oder drei ... glaube ich. Ich habe ihn aber danach noch einmal gehört.«

»Wen?«

»Den Wagen. Ich habe gehört, dass jemand auf dem Weg hier gegenüber gefahren ist.«

»Aber gesehen haben Sie ihn nicht?«

»Nein, da lag ich gerade im Bett. Hörte nur den Motor ... ja, so war es.«

»Und das Auto erkannten Sie nicht? Das Modell oder so?«

»Nein, jedenfalls keine Details. Es war auf jeden Fall dunkel. Auf einem dunklen Auto ist der Dreck ja viel deutlicher zu erkennen ... aber die Farbe konnte ich aus dieser Entfernung nicht erkennen. Nur, dass es dreckig war.«

»Handelte es sich um einen Personenwagen?«

Larsson war sich im Klaren darüber, dass er mit Grundsatzfragen kam, aber was sollte er machen? Der alte Mann nickte.

»Ich glaube nicht, dass es sich um einen Kombi handelte. Die Heckklappe sah nicht danach aus.«

Larsson schwieg. Sie gingen wieder hinunter.

»Tja, dann bleibt uns wohl nichts anderes übrig, als rüberzugehen und nachzuschauen. Aber Sie bleiben lieber hier«, bedeutete Larsson dem älteren Mann, der gerade dabei war, seine Schirmmütze aufzusetzen. »Wir kommen zurück, bevor wir wieder fahren, und berichten Ihnen, was wir gesehen haben.«

Draußen war es etwas kälter geworden. Es war sternenklar.

Larsson startete den Motor, und sie fuhren die kurze, mit Schlaglöchern versehene Auffahrt rückwärts wieder hinunter, wendeten und erblickten nach kurzer Zeit die Reflektoren an der Einfahrt des Nachbarhauses, das ein Stück vom Weg entfernt lag. Vor dem Haus befand sich ein kleiner brachliegender Acker. Der Wagen schlingerte auf der Auffahrt, die aus zwei Reifenspuren im lehmigen Boden bestand.

»Hier ist es ja schwarz wie die Nacht«, stellte Conny Larsson fest und parkte das Auto mit laufendem Motor.

Die Scheinwerfer strahlten zum Haus hinauf. Die Gardinen schienen zugezogen.

»Es sieht ziemlich verrammelt aus«, fand Lena Jönsson.

»Ich kann jedenfalls kein Auto sehen.«

»Vielleicht steht es auf der Rückseite«, entgegnete sie. »Doch dorthin müssten wir übers Gras fahren. Oder es steht in der Garage.«

Das Licht der Scheinwerfer reichte nicht weit genug und ließ deshalb nicht viel mehr als die Konturen eines niedrigen Schuppens sichtbar werden, von dem sie annahmen, dass er zumindest zu einem Teil als Garage diente.

»Wir werden hingehen und nachsehen müssen«, schlug Larsson vor.

Sie nahmen ihre Taschenlampen und ließen sie über das buschige Gras schweifen, das bis zu einem Zaun an der Vorderseite den Boden bedeckte. Bogen um die Hausecke und gingen auf den Wald zu, der bis an die Rückseite des Gebäudes reichte. Am Giebel des Hauses gab es einen weiteren Eingang, einen Kücheneingang, wie sie vermuteten. Überwucherte Steinplatten, die offensichtlich schon lange niemand mehr betreten hatte, waren in das hohe Gras eingelassen. Larsson beleuchtete einen Papierfetzen vor sich auf dem Boden und stieß ihn mit der Schuhspitze an. Eine Art Bonbonpapier, Dajm. Er beugte sich hinunter, hob es auf und hielt es in den Lichtkegel der Taschenlampe.

Es sah erstaunlich sauber aus. Jönsson betrachtete es ebenfalls.

»Scheint nicht besonders lange dort gelegen zu haben«, meinte sie.

»Nein.«

Er nahm einen Plastikbeutel aus der Jackentasche, beförderte das Dajm-Papier hinein und steckte den Beutel zurück in die Tasche. Ihre Neugier war entfacht, und sie suchten weiter. Ließen die Lichtkegel ihrer Taschenlampen über einen alten Brunnen gleiten, der nur noch zur Zierde dazustehen schien.

Jönsson richtete schließlich ihre Lampe auf den hinteren Bereich des Grundstücks, in Richtung Waldrand, wo sie ein Nebengebäude mit Heuboden und Plumpsklo erblickte. Die Schlüssel steckten nicht im Schloss. Das Klo wurde, nach dem Mangel an Gerüchen zu urteilen, vermutlich nicht mehr benutzt.

»Alles wirkt irgendwie so verlassen, oder?«, stellte Lena Jönsson fest.

Sie spürte, wie Larsson sich näherte. Gleichzeitig hatte sie aus einem unergründlichen Gefühl heraus den Eindruck, dass sie nicht allein waren. Doch das äußerte sie nicht. Wollte sich nicht lächerlich machen und bereits als ängstlich verschrien werden, noch bevor ihre Karriere überhaupt richtig begonnen hatte.

Ein Windstoß ergriff die Baumkronen, und es rauschte über ihren Köpfen.

»Bleibt uns wohl nichts anderes übrig, als uns wieder auf

den Weg zu machen«, meinte Larsson. »Aber wir können ja vorsichtshalber noch einen Blick durch die Fenster werfen.«

Beide Haustüren waren verschlossen. Nichts schien aufgebrochen, weder Türen noch Fenster. Die Gardinen waren überall außer in der Küche zugezogen. Sie stellten sich jeder vor eine Scheibe und pressten ihre Taschenlampen und Nasen an das Glas.

Auf der Spüle stand eine Flasche Fanta.

»Komisch, dass sie die stehen gelassen haben«, bemerkte Jönsson.

»Sie ist noch halb voll«, stellte Larsson fest. »Es passiert schnell, dass man etwas vergisst, wenn man es eilig hat.«

Der nahezu bläuliche Lichtkegel leuchtete die Küche ab und blieb auf eine Anrichte geheftet stehen.

»Siehst du die Tüte?«, fragte Jönsson.

»Sieht aus wie von Nilssons.«

»Ich hab jedenfalls gelernt, dass man nie etwas offen stehen lassen sollte, das Mäuse anlocken könnte«, war ihr Kommentar.

»Stimmt«, pflichtete Larsson ihr bei. »Sie scheint geöffnet zu sein.«

»Vielleicht altes Brot. Jedenfalls die reinste Bescherung für Mäuse.«

»Sie hatten es vielleicht eilig, du weißt schon! Gehetzte Großstädter. Aber wir sollten vielleicht sicherheitshalber bei den Besitzern in Malmö anrufen und nachfragen, oder? Wir haben sie ja schon einmal geweckt.«

Sie überquerten eine Terrasse und strahlten die Tür zur Veranda an, deren Vorhänge ebenfalls ordentlich zugezogen waren. Sie schlenderten weiter in Richtung Garage.

»Danach gehen wir aber«, drängte Larsson.

Das Gras war durch die Feuchtigkeit rutschig geworden, doch beide trugen feste und mit groben Sohlen versehene Schuhe.

Jönsson zuckte zusammen und wandte sich um.

»Hast du das gehört?«

Larsson schaute sie an und wandte sich ebenfalls um.

»Nein, was war denn?«

»Es klang wie das Knarren einer Tür.«

»So etwas kann man sich hier schnell einbilden«, meinte Larsson, jedoch ohne jegliche Kritik in der Stimme. »Ist ja auch dunkel wie im Kohlenkeller.«

Sie richteten ihre Taschenlampen auf den Boden.

»Die Reifenspuren wirken allerdings frisch«, stellte er fest, während ihn ein vages Gefühl beschlich, dass möglicherweise doch nicht alles so war, wie es sein sollte. Ein Unbehagen, das er abstreifte, indem er seine Wahrnehmung unmittelbar als reine Einbildung einstufte.

Sie gingen in die Hocke, leuchteten den Boden gründlicher ab und befühlten die Reifenabdrücke mit ihren Fingern.

»Der Alte hat Recht. Jemand ist hier gewesen.«

»Vielleicht einer, der das Haus gemietet hat.«

»Ja«, stimmte Larsson ihr zu und spürte, wie seine Besorgnis zunahm.

Die doppelte Holztür zur Garage war geschlossen. Lena Jönsson überprüfte den Griff und ging, als die Tür nicht nachgab, davon aus, dass sie abgeschlossen war.

»Die Feuchtigkeit. Sie klemmt vielleicht«, meinte Conny Larsson und sah sich ebenfalls veranlasst, es zu versuchen.

Er drückte den Türgriff mehrfach hintereinander hinunter und zog und rüttelte schließlich an ihr. Doch auch auf diese Weise ließ sich die Tür nicht öffnen. Er ließ den Griff los, starrte die Tür an, trat mit einem Fuß gegen das Holz, gab sich nicht so schnell zufrieden und versuchte es ein weiteres Mal, zog und riss mit aller Kraft, bis es krachte und die Tür mit einem Ruck und einem heiseren Kreischen auffuhr.

Die Lichtkegel ihrer Taschenlampen fielen auf das Auto. Sie hatten einen dunklen Renault vor sich. Viel mehr konnten sie jedoch nicht ausmachen. Denn im selben Moment löste sich ein Schuss, und Conny Larsson sackte zusammen. Die Lampe fiel aus seiner Hand und rollte mit dem Lichtkegel in die Nacht gerichtet ein Stück weg.

Als der Notruf einging, wusste zuerst keiner, worum es sich eigentlich genau handelte. Außer dass eine Schießerei in der Gegend um Kristdala stattgefunden hatte und Larsson und Jönsson darin verwickelt waren. Brandt konnte kaum noch blasser werden, da ihm bereits vor einigen Tagen sämtliche Farbe aus dem Gesicht gewichen war. Er sprang umgehend in eins der bereitstehenden Polizeiautos. Ein Krankenwagen war schon unterwegs, so weit hatte man für alles gesorgt, doch reagierte Lena Jönsson beunruhigenderweise nicht auf die Funksprüche der Kollegen. In ihrer Fantasie lagen die beiden Kollegen mit Schusswunden irgendwo in den umliegenden Wäldern, schwer verletzt, vielleicht sogar tot.

»Wahrscheinlich ein Jäger, der durchgedreht ist«, brummte Brandt vom Beifahrersitz aus.

Jesper Gren, der hochkonzentriert fuhr und, sooft es ihm möglich war, das Gaspedal voll durchtrat, konnte nicht antworten.

Lena Jönsson bekam ihren rasenden Pulsschlag so langsam wieder in den Griff. Eben noch hatte ihr Herz so entsetzlich gepocht, dass sie weder hören noch etwas anderes außer den Sternen vor ihren Augen erkennen konnte.

Dennoch hatte sie schließlich lokalisieren können, woher der Schuss gekommen war, und kauerte nun wie ein Hasenjunges hinter der Garage. Sie wähnte sich relativ geschützt und versuchte ihre Gedanken zu sortieren, sich zu organisieren. Sie wollte möglichst geschickt vorgehen. Wollte überleben.

Doch der Stress schien sie nahezu auseinander zu reißen.

Eins nach dem anderen, dachte sie. Versuch, alles wegzuschieben, was nicht hierher gehört. Nur eine Sache zur Zeit, nicht mehr.

Sie presste ihr Ohr an die Garagenwand und versuchte gleichzeitig den Atem anzuhalten, um besser hören zu können. Doch hauptsächlich vernahm sie das Dröhnen ihres eigenen Pulses im Kopf.

Sie meinte, Connys Körper schräg vor den Garagentüren liegend ausmachen zu können, und als sie genauer hinhorchte, glaubte sie sogar, seine keuchenden Atemzüge zu vernehmen. Oder bildete sie sich das Ganze nur ein? Er lag vermutlich halb verdeckt im hohen Gras. Sie wusste nicht, wo ihn der Schuss getroffen hatte. War er etwa tot?

Sie riss sich erneut zusammen, versuchte sich mucksmäuschenstill zu verhalten, hielt die Luft an und konzentrierte sich. Sie war fest davon überzeugt, ein rasselndes Atemgeräusch und ein nahezu lautloses Wimmern zu vernehmen.

Er lebte! Dass er nur nicht dalag und verblutete, bevor sie Hilfe holen konnte! Sie betete im Stillen, dass der Alte im Nachbarhaus den Schuss gehört und die Polizei alarmiert haben möge. Hoffentlich war er nicht taub!

Jetzt konnte sie ein etwas lauteres Stöhnen hören. Sie wünschte, sie hätte den Mut gehabt, sich zu Conny Larsson zu schleichen, um ihn zu beruhigen, schätzte jedoch das Risiko als zu groß ein. Also musste sie sich mit der Gewissheit begnügen, dass er lebte. Gegen den Schmerz, der ihn plagte, konnte sie im Moment sowieso nichts unternehmen. Also beschloss sie, sich stattdessen zum Weg vorzuarbeiten und im Schutz der alten Steinmauer zum Haus des alten Mannes zu kriechen.

Unter Einsatz ihres Lebens. Die Phrase kam ihr plötzlich in den Sinn. Genau dafür war sie ausgebildet worden. Es war ihr Job, und sie hatte ihn selbst gewählt. Sogar darum gekämpft, einen Ausbildungsplatz zu erhalten. Sie schob den Gedanken daran, gerade diesen nahezu lähmenden Zustand, der sie angezogen und nach dem sie sich regelrecht gesehnt hatte, als sie zur Polizeihochschule gekommen war, angestrebt zu haben, brüsk von sich. Als wenn das Leben an sich nicht schon genügend Herausforderungen böte. Als würde sie den Tod in Sichtweite benötigen, um leben zu können, und wäre ständig auf ultimative Herausforderungen aus. Unter Einsatz ihres Lebens.

Die realen Katastrophen konnte man sowieso nicht simulieren, doch das bedeutete nicht, dass ihr gesamtes Training umsonst gewesen war. Ohne ihre Ausbildung hätte sie in dieser Situation vermutlich schon längst die Fassung verloren. Hätte sich vielleicht auf den Boden geworfen und aus voller Kehle geschrien. Oder wäre wie eine Verrückte geradewegs auf den Weg und ins Visier des Schützen gelaufen.

Nun hielt sie sowohl den Schrei als auch ihren Fluchtinstinkt zurück. Ihr Mund war völlig ausgetrocknet, und die Beine taten ihr weh. Sie saß in der Hocke und war kurz davor, einen Wadenkrampf zu bekommen. Musste dringend die Stellung wechseln, ihre Hüften strecken, doch sie wagte es nicht.

Die sie umgebende Stille war verräterisch. Was tat der Schütze wohl gerade? Sie spitzte die Ohren, hörte jedoch nur die Bäume im Wind rauschen, einige Zweige, die knackten, und das schwache Geräusch eines Flugzeugs in einiger Entfernung.

Grob geschätzt, beurteilte sie den Abstand zum Schützen als gering. Maximal hundert Meter. Aber hoffentlich groß genug, sodass sich ein eventueller Kugelhagel verteilen würde. Falls er nun eine Schrotflinte bei sich hatte. Es handelte sich auf jeden Fall nicht um einen Elchstutzen, denn dann hätte Larsson den Schuss nicht überlebt und keinerlei stöhnende Laute mehr von sich geben können, die immer noch aus seiner Richtung kamen.

Die Sicht im Dunkeln war extrem schlecht. Es war nicht leicht zu treffen. Weder für sie, die zugegebenermaßen eine geschickte Schützin war, noch für den, der den Schuss abgefeuert und einen Treffer gelandet hatte. Zufall? Oder war er tatsächlich ein geübter und treffsicherer Jäger, der auf der Lauer gelegen hatte? Vielleicht ein Krimineller mit einem ganzen Waffenarsenal?

Ihr Gegner war die große Unbekannte in ihrer Rechnung. Lena Jönsson umfasste ihre Sig-Sauer fester. Vergegenwärtigte sich nochmals, dass sie eine schnelle Sprinterin und eine noch bessere Schützin war. Allmählich hatte sie sich von dem kräftigen Adrenalinrausch erholt und überlegte erneut, ob sie es wagen könne, sich zum Nachbarhaus zu schleichen. Die

Dunkelheit würde ihr Schutz bieten und ihr somit zum Vorteil gereichen. Fortkriechen, sowohl das Auto als auch Conny zurücklassen, um Hilfe zu holen. Die Autoschlüssel hatte sie sowieso nicht bei sich, sie befanden sich in Conny Larssons Hosentasche. Bevor sie sich auf den Weg zur Garage gemacht hatten, hatte er den Motor abgestellt und sie abgezogen. Es wäre völlig idiotisch, auch nur anzunehmen, dass sie an die Schlüssel gelangen könne, um dann unbeschadet mit dem Auto wegzufahren.

Vorsichtig steckte sie die ausgeschaltete Taschenlampe ein. Ihre dunkle Kleidung half ihr, sich von der Nacht absorbieren zu lassen. Der Boden war weich und an einigen Stellen matschig, sodass ihre Kleidung unmittelbar feucht und schwer wurde, doch solange sie sich bewegte, fror sie nicht, solange das Adrenalin sie anzutreiben vermochte und sie wach und warm hielt.

Langsam, aber stetig arbeitete sie sich mit ihren Ellenbogen und Unterarmen vorwärts, geriet unversehens in einen stacheligen Busch und riss sich die Wange auf, versuchte sich ein wenig aufzurichten, doch im selben Moment prallte ihre Handwurzel an etwas Scharfkantiges, und ihre Hand begann zu schmerzen. Sie konnte keine Rücksicht darauf nehmen, dass sie vermutlich blutete, und traute sich auch nicht, sich umzusehen, richtete ihren Blick stur nach vorn.

Sie schaute so eindringlich in Richtung des Hauses des alten Mannes, das in einiger Entfernung leuchtete, dass sich ihr Ziel bald wie eine Fata Morgana ausnahm. Sie presste sich gegen die niedrige Steinmauer, die die Auffahrt säumte, ging hinter einigen Steinblöcken in Deckung, merkte jedoch bald, dass das Gelände nur schwer zugänglich war. Dichtes Zweigwerk von Büschen, scharfkantige Steine und umgestürzte Baumstämme hielten sie immer wieder zurück.

Sie wog noch einmal ihre Möglichkeiten ab. Zögerte davor, über die Steinmauer zu springen und auf dem Weg weiterzugehen. In der Zwischenzeit war sie bereits ein gutes Stück weit gekommen. Wenn sie den Rest des Weges rennen und auf die erleuchtete Lampe über der Haustür zustürmen würde, gelänge es ihm vermutlich nicht, sie zu stoppen und sie mit einem möglichen Schuss zu treffen.

Plötzlich hörte sie einen Motor aufheulen. Sie warf sich unmittelbar flach auf den Boden und duckte sich hinter der Steinmauer. Das Motorengeräusch wurde lauter, es schien von der Garage zu kommen. Sie griff nach ihrer Pistole, richtete sich vorsichtig wieder auf und riskierte einen Blick über die Steinmauer. Die Scheinwerfer des Autos blendeten sie, woraufhin sie erneut hinter der Mauer in Deckung ging und sich nicht wieder aufrichtete, bevor das Auto an ihr vorbeigefahren war.

Ihr wurde schwindelig. Conny Larsson! Hoffentlich ist er nicht auch noch überfahren worden, dachte sie und hielt ihre Sig-Sauer fest umklammert. Sie zielte auf den Wagen. Folgte ihm mit dem Blick. Ihre Hand zitterte, und sie sah sofort ihre Unüberlegtheit ein. Polizisten schießen ausschließlich in Notwehr. Wie konnte sie überhaupt geglaubt haben, dass sie einen Treffer landen würde?

Das Motorengeräusch war längst hinter der Kurve in Richtung Norden verschwunden.

Immerhin hatte sie das Nummernschild registriert. Im Stillen ratterte sie unermüdlich die Buchstaben- und Zahlenkombination herunter, während sie zurück zu Conny Larsson humpelte. Idiotische Nummer, ohne jedes System. BTR 183. Jedenfalls keine, die man sich leicht hätte einprägen können. Schließlich steckte sie ihre Pistole zurück in das Halfter.

Als sie endlich neben Larsson niederkniete, hörte sie in einiger Entfernung die Martinshörner herannahender Polizeiwagen. Über ihr Funkgerät nahm sie Kontakt zur Zentrale auf und erklärte, wie sie fahren mussten.

»Der Mistkerl ist in Richtung Norden verschwunden, ein dunkler Renault BTR 183«, schimpfte sie, bevor sie ihr Funkgerät wieder abschaltete.

Larsson hingegen war nicht ansprechbar. Sie leuchtete den groß gebauten Mann aus Värmland mit ihrer Taschenlampe ab. Entdeckte, dass er aus einer Wunde im linken Oberschenkel blutete. Sie befühlte sein Bein, woraufhin er stöhnte und die Augen aufschlug.

»Es tut verdammt weh«, murmelte er und musste husten.

Dann wurde er bewusstlos.

Der Krankenwagen, in dem Conny Larsson transportiert wurde, fuhr sachte los und erhöhte erst auf der befestigten Straße seine Geschwindigkeit. Langsam ebbte der Klang des Martinshorns ab.

An der Unfallstelle trafen mehrere Polizeiwagen nacheinander ein, während die Suche nach dem Fluchtfahrzeug bereits auf Hochtouren lief. Weder der Krankenwagen noch die Polizeiautos waren ihm unterwegs begegnet. Der Täter hatte sich höchstwahrscheinlich kaltblütig über den schmalen Waldweg in die entgegengesetzte Richtung abgesetzt.

Eine Anzahl uniformierter Polizisten machte sich bereit, ins Haus einzudringen, wo sie ein Versteck für Diebesgut vermuteten. Sie leuchteten das von kompakter Dunkelheit umgebene Haus von allen Seiten mit Taschenlampen ab, um einen geeigneten Zugang zu finden. Sollten sie eine der Türen aufbrechen oder eher ein Fenster einschlagen? Ein Riese von einem Mann mit dem Namen Frid griff schließlich zu einem Kuhfuß und hebelte die Verandatür des Hauses mit einer Nonchalance auf, dass man meinen konnte, es handelte sich um eine Konservenbüchse.

Sie gingen zu dritt hinein, unter ihnen Brandt.

»Sollen wir Licht machen?«, murmelte Frid.

»Nein«, entgegnete Brandt.

Im Haus war es kühl, maximal zehn Grad. Die Taschenlampen flackerten. Die Männer befanden sich in einem so genannten Herrenzimmer mit diversen Sofas und Sesseln, das in einen Raum mit einem überdimensionierten Elchkopf an der Wand führte. Frid stieß sich an dem ausgestopften Tier beinahe den Schädel, gab allerdings kurze Zeit später einen viel sagenden Pfiff von sich. Die Türen des Waffenschranks, der fest im Fußboden verankert war, standen weit geöffnet. Ein einsamer Elchstutzen lehnte majestätisch in seiner Verankerung.

»So einen kann man doch gar nicht aufbrechen«, bemerkte Brandt.

»Möglicherweise hat jemand vergessen, ihn abzuschließen«, entgegnete Frid.

Brandt schwieg. Diese Art von Nachlässigkeit duldete er nicht.

Sie gingen weiter in die Küche, erblickten sowohl die leere Tüte von Nilssons Konditorei als auch die halb ausgetrunkene Fanta-Flasche, folgten Frid in einen kleinen Flur im Erdgeschoss und inspizierten die Haustür von innen, die mit einem gewöhnlichen Schnappschloss versehen war. Das Schloss wirkte unversehrt.

»Möglicher Fluchtweg«, mutmaßte Brandt. »Aber wie ist er hineingekommen?«

»Vielleicht hat er in einem der Nebengebäude einen Ersatzschlüssel zum Haus gefunden. Wie es auf dem Lande üblich ist. Es wird uns wohl nichts anderes übrig bleiben, als danach zu suchen«, stellte Frid fest.

Sie ließen ihre Taschenlampen über Schlüsselleisten und Haken gleiten und durchsuchten eine Schale auf einem kleinen Tisch.

»Eine ganze Menge Schlüssel«, befand Frid.

Sie hörten Jesper Gren die Treppe nach oben hochsteigen. Die Bodendielen im Obergeschoss knarrten unter seinen schweren Schritten. Brandt leuchtete in einen Garderobenschrank. Dort waren Mäntel und Jacken nebeneinander auf Bügeln aufgereiht. Unterdessen schaute sich Frid in der Toilette um.

Bis jetzt war ihnen jedenfalls noch kein Diebesgut untergekommen.

»Kommt!«, hörten sie Gren von oben rufen.

Sie liefen nacheinander die Treppe hinauf. Jesper Gren stand mit dem Rücken zu ihnen in der Türöffnung zu einem

Schlafzimmer. Er trat ein wenig zur Seite, um sie vorbeizulassen, und richtete seine Taschenlampe auf das Bett.

Dort lag mit friedlich geschlossenen Augenlidern, wie ein gestrandeter Vogel, ein kleines Mädchen zusammengerollt auf der Seite. Sie traten näher und hoben vorsichtig die dünne Decke an. Strahlten ihr Gesicht an und glaubten zu erkennen, wie sich ihre Augen unter den blassen Augenlidern träge bewegten. Sie stellten fest, dass die Arme des Kindes auf dem Rücken zusammengebunden waren. Ein Strick schnitt in die Haut über den dünnen Handgelenken. Ihre Füße waren mehrfach mit weißer Wäscheleine umwickelt und ebenfalls zusammengebunden. Auf dem Fußboden stand ein Glas mit einem klebrigen gelben Inhalt.

Frid legte vorsichtig seine riesige Hand auf ihr Gesicht. Befühlte die Elastizität der Wangen.

»Sie ist warm. Sie lebt. Wir benötigen einen Krankenwagen!«

Louise Jasinski war es entgegen allen Erwartungen endlich gelungen einzudösen. Schlaftrunken griff sie nach dem Telefonhörer. Es war kurz nach zwei Uhr nachts.

»Wir haben sie gefunden«, teilte die Stimme am anderen Ende mit.

Louise begriff nichts.

»Hier ist Brandt. Viktoria ist in einem Haus in der Nähe von Kristdala gefunden worden. Zwar in relativ schlechtem Zustand, aber sie lebt. Leider ist in der Zwischenzeit noch etwas anderes vorgefallen. Kannst du ins Präsidium kommen?«

Sie glaubte, jeden Moment zu explodieren, da sie sich hin- und hergerissen fühlte. Sie wollte unbedingt zusagen und dabei sein, jetzt, wo sich alles zuzuspitzen schien, mochte aber ihre beiden Töchter nicht allein lassen, auch wenn sie nicht mehr ganz so klein waren.

»Ich bin leider allein mit den Kindern«, antwortete sie und klang jetzt ein wenig entschlossener. »Worum geht es denn?«

Brandt informierte sie in groben Zügen über den Schuss, der Conny Larsson getroffen hatte, und das Fluchtfahrzeug.

»Wie geht es Larsson?«

»Er wird es überleben, aber es stecken mehrere Kugeln von einer Schrotflinte in seinem Oberschenkel. Vielleicht sogar in beiden. Wir wissen noch nicht, wie es sich entwickeln wird.«

»Der Fahrzeughalter?«, wollte sie wissen. »Habt ihr den Halter des Wagens ausfindig gemacht?«

»Sicher gestohlen«, meinte Brandt. »Er ist auf eine Frau mit dem Namen Clary Roos angemeldet.«

Louise wurde mit einem Mal hellwach und empfand ihre Unabkömmlichkeit als noch größeren Hemmschuh. Doch ihr Beschluss stand fest, sie konnte ihre Töchter ganz einfach nicht allein lassen. Erklärte Brandt ihre missliche Lage erneut und fügte hinzu, dass sie sich liebend gerne in zwei Hälften geteilt hätte. Er ging nicht weiter darauf ein, was bewirkte, dass sie sich auf ihrem Platz an der Bettkante mit den Füßen auf dem Wollteppich aus der Türkei sowohl dämlich vorkam als auch ihre eigene Unzulänglichkeit überdeutlich spürte. Als sie endlich genügend zu Kreuze gekrochen war, fiel ihr das einzig Richtige ein.

»Peter Berg und Erika Ljung müssen unbedingt angerufen werden. Sie wissen schon, worum es geht. Ich bleibe hier zu Hause erreichbar und werde mich bei ihnen melden. Wie viele waren es übrigens?«

»Wo?«, fragte Brandt nach.

»Im Fluchtfahrzeug.«

»Aspirantin Jönsson war sich ziemlich sicher, dass es sich nur um eine Person handelte. Aber sie kann sich natürlich auch vertan haben. Es war immerhin dunkel, und sie stand unter Schock.«

Louise rief zuerst bei Peter Berg an. Innerhalb von einer halben Sekunde war er hellwach.

»Entweder sind beide auf der Flucht oder nur einer von ihnen, und in dem Fall wohl eher der Mann«, meinte Louise. »Er ist nach meiner Einschätzung der Hartgesottenere von beiden. Clary Roos könnte sich möglicherweise zu Hause versteckt haben, oder warum nicht bei ihrem Vater?«, schlug sie vor. »Halt mich auf dem Laufenden!«

Danach holte sie Erika Ljung mit ihrem Anruf aus dem Tiefschlaf, die anfänglich mehr tot als lebendig klang, jedoch bald zu sich kam und versprach, ins Präsidium zu fahren. Sie gehörte noch nicht so lange dem Dezernat für Gewaltverbrechen an und befand sich in der angenehmen Phase, in der man als Polizist nahezu jeden Auftrag spannend fand.

Louise legte sich wieder ins Bett, hatte jedoch große Mühe, wieder einzuschlafen. Sie lag da und starrte in die Dunkelheit und überlegte, ob ihre Kollegen sich wohl bei ihr melden würden, war jedoch realistisch genug, um einzusehen, dass diese vermutlich Wichtigeres zu tun hatten, als die Mutter ihrer Abteilung telefonisch zu wecken und über den neuesten Stand der Dinge in Kenntnis zu setzen.

Sie fröstelte. Ihr fiel auf, dass sie seit langem nicht mehr eine Nacht zusammenhängend oder erholsam geschlafen hatte. Es schien ihr, als hätte sich ihr Körper zu einem Teil abgeschaltet, während ihr Herz vor lauter Aufregung wie verrückt schlug.

Sie rollte sich auf die Seite und versuchte zur Ruhe zu kommen und ihr ganzes Elend zu verdrängen. Doch stattdessen stieg die Bitterkeit zusammen mit dem schalen Gefühl, vollständig außen vor zu sein, in ihr auf und machte sich breit. Ungefähr in der Art, wie sie es als Kind erlebt hatte, wenn sie krank war und drinnen bleiben musste, während ihre Freunde draußen waren, wo sich das Leben ohne sie abspielte.

Langsam döste sie weg. Wachte jedoch mit einem Ruck von selbst wieder auf. Drei Stunden waren vergangen. Keiner hatte angerufen, und sie sah schließlich ein, dass sich mitten in der Nacht auch niemand mehr bei ihr melden würde. Sie versuchte, dem aufkommenden Bedürfnis, die Sache selbst in die Hand zu nehmen, zu widerstehen, konnte sich aber schließlich nicht zurückhalten und wählte Peter Bergs Nummer. Er würde am wenigsten irritiert sein.

»Völlig unglaublich«, begann er müde und gleichzeitig mit

einem Eifer in der Stimme seinen Bericht, der bewirkte, dass Louise sich noch mehr außen vor fühlte. »Sie haben das Auto in der Nähe von Norrköping stoppen können. Irgendein Typ in einem Kaff in der Gegend hat die Suchmeldung gehört und beobachtet, wie der Fahrer des Wagens an einer ansonsten völlig verlassenen Tankstelle tankte. Er wurde sofort misstrauisch, prägte sich das Nummernschild ein und stellte fest, dass es der Beschreibung im Radio entsprach. Daraufhin alarmierte er die Polizei, die gerade noch rechtzeitig einen Nagelteppich auf der Strecke nach Stockholm auslegen konnte.«

Louise verzog in ihrer Einsamkeit den Mund. Verdammt! Sie hatte wirklich den besten Job der Welt, auch wenn sie im Moment nicht mit von der Partie sein konnte.

»Und die Frau?«, wollte sie wissen.

»Wir haben sie noch nicht finden können, aber sowohl Leute auf ihre Wohnung in Kristineberg als auch auf das Haus ihres Vaters angesetzt. Wir warten einfach, bis sie auftaucht.«

»Ja, sie wird schon kommen.«

Louise ging ins Bad und nahm eine halbe Schlaftablette. Wenn sie schon nicht im Einsatz war, hielt sie es doch zumindest für angebracht, in den verbleibenden Stunden wenigstens zu versuchen, ein wenig Schlaf nachzuholen. Sie strich das Laken glatt, ihre Daunendecke fühlte sich leicht an, und das Kopfkissen war angenehm kühl. Sachte glitt sie in einen Schlummerzustand.

Genau im Übergang zwischen Wachsein und Traum lief ein grobkörniger, zerkratzter Schwarzweißfilm vor ihren Augen ab, geriet dann jedoch ins Stocken, woraufhin die betreffende Sequenz irritierenderweise noch einmal gezeigt wurde. Aber sie begriff sowieso nichts. Immer wieder wurde dieselbe Stelle abgespult.

Ein Innenhof aus der Perspektive vom Boden aus. Kein Mensch weit und breit. Graublaue Dämmerung. Feucht glänzendes Kopfsteinpflaster im gelben Schein eines Fensters. Leere. Völlige Stille. Keine Geräusche, weder der schwache Frühlingswind in den noch kahlen Baumkronen noch Verkehrsgeräusche von ferne oder Wasser, das in den Abflussrohren rauscht, oder das kaum hörbare Weinen eines Kindes, das Trost sucht. Einzig ein Mensch, eine unruhige Seele, die sich nur als Schatten abzeichnet, hebt voller Zorn einen Arm, in dessen Verlängerung eine Hand einen Griff umklammert, sodass die Fingerknöchel weiß werden, und lässt seiner Raserei freien Lauf. Tut, was niemals wieder gutgemacht werden kann. Hämmert und schlägt. Wieder und wieder. Hämmert seinem Gegenüber den Verstand aus dem Kopf. Ergötzt sich an dem Schreck in den Augen des anderen.

ZWÖLFTES KAPITEL

Mittwoch, 24. April

Alle Handys und anderen Störfaktoren waren abgestellt oder entfernt worden. Die Tür war geschlossen. Louise Jasinski hatte sich sorgfältig vorbereitet, und ausnahmsweise hegte sie einmal keinerlei Zweifel. Sie hatten etliche Indizien zusammengetragen. Die technische Beweisführung war absolut ausreichend, und dennoch war dieses Verhör zumindest als seelische Reinigung für die Person, die ihr gegenübersaß, von großer Wichtigkeit. Louise betrachtete es jedenfalls so, und ihre Erfahrung hatte sie gelehrt, dass es auch genau so funktionierte. Die Menschen fühlten sich nach einem Geständnis, nach der Übernahme der Verantwortung für das, was sie getan hatten, mehrheitlich erleichtert. Doch das sahen natürlich nicht alle so. Jedenfalls nicht alle Täter. Und nicht zuletzt auch nicht alle Rechtsanwälte, doch deren Auftrag war ein anderer.

Der Pflichtverteidiger hatte sich ebenfalls vorbereitet. Er besaß eine kühle, intellektuelle Ausstrahlung, ein arrogantes Profil mit einer hohen Stirn, aus der das Haar zurückgekämmt war, und trug eine rahmenlose Brille, die Louise sofort an einen Nazioffizier im Film denken ließ. Klischees. Zu seinem Outfit gehörte ein breiter dunkelblauer Schlips auf einem weißen Oberhemd mit schmalen roten Streifen samt einem dunklen Blazer. Seine frische, leicht rötliche Gesichtsfarbe deutete möglicherweise auf übermäßigen Alkoholkonsum hin, doch sie wusste, dass seine beruflichen Qualitäten sein

Aussehen um einiges überragten, jedenfalls was seine Wortgewandtheit anbelangte. Phasenweise konnte er sogar ein gewisses, von Einfühlsamkeit geprägtes Verständnis für Klienten aus der sozialen Unterschicht aufbringen, was darauf schließen ließ, dass er sich nicht nur für seinesgleichen interessierte. Louise stand zwar absolut nicht auf Typen wie ihn, aber das war in diesem Zusammenhang zum Glück auch nicht relevant. Außer dass eine gewisse Übereinstimmung der Chemie die Zusammenarbeit möglicherweise etwas erleichtert hätte. Doch völlig gegensätzlich waren sie nun auch wieder nicht.

Die Gardinen im Raum waren nicht zugezogen. Gerade hatte sich eine Wolke vor die Sonne geschoben, ansonsten war das Wetter recht passabel. Vielleicht hätte jedoch ein düsterer, bewölkter Himmel besser zur aktuellen Situation gepasst.

Louise Jasinski wies mit sachlicher Stimme auf die Formalitäten des Verhörs hin und informierte Clary Roos über den technischen Ablauf, schaltete dann das Tonband ein und nannte Datum, Ort und Zeit sowie die Namen der anwesenden Personen.

»Wir haben genügend Zeit, genau wie beim letzten Mal«, erklärte sie daraufhin und wandte sich an Clary Roos. »Wir müssen uns nicht hetzen. Und Sie sagen bitte Bescheid, wenn Sie etwas benötigen.«

Clary Roos reagierte nicht. Schaute an ihr vorbei, irgendwo in die Luft. Ihr Haar war frisch gewaschen und zu einem Zopf geflochten, der bis zu ihrem Rücken reichte und flach am Kopf anlag. Ihre zierliche Statur ließ sie jünger aussehen, als sie eigentlich war, was unter anderem mit ihrem mageren, nahezu mädchenhaften Körper zusammenhing.

»Ich kann keine Nacht richtig schlafen«, brachte sie gepresst hervor. »Ich will hier raus! Die Wände der Zelle erdrücken mich.«

Louise nickte ihr zu.

»An welcher Stelle möchten Sie mit Ihrem Bericht beginnen?«

»Egal. Ich kann mich sowieso kaum daran erinnern, wo wir aufgehört haben.«

»Sie können anfangen, wo Sie wollen, unabhängig davon, wo wir aufgehört haben.«

Der Verteidiger verdrehte zum Glück nicht die Augen, was er wahrscheinlich gern getan hätte, und stützte sich stattdessen auf seine Armlehnen.

»Dieses verdammte Weib hat uns viele Jahre lang terrorisiert«, begann Clary Roos vorsichtig, doch man merkte, dass sowohl die Intensität ihrer Stimme als auch ihr Redetempo noch steigerungsfähig waren. »Es begann, als wir klein waren. Später hatten wir dann für eine Weile Ruhe, doch plötzlich fing es vor einigen Jahren wieder an, als sie Papa zu Hause besuchte und ihm das Geld aus der Tasche lockte.«

Ihre Stimme klang einförmig.

»Er ist ja inzwischen alt geworden und flog bestimmt jedes Mal auf ihre Methoden herein. Er war eine leichte Beute«, spuckte sie dann nahezu aus. »Sie fuhr ihn geradewegs zum Geldautomaten, das war das Erste, was sie taten, wenn ich es richtig erinnere. Ich habe jedenfalls mit eigenen Augen gesehen, wie sie vor der Bank in der Storgatan geparkt hat und Papa behilflich gewesen ist, indem sie seine Kreditkarte in den Automaten führte und anschließend das Geld herauszog, während er im Auto sitzen blieb. Er ist ja nicht mehr so gut zu Fuß.«

Ihre Augen begannen zu blitzen.

»Sowohl meine Schwester als auch ich wussten, seitdem wir klein waren, dass es keinen Sinn machte, sie zur Rede zu stellen. Mit ihm kann man jetzt allerdings auch nicht mehr vernünftig reden. Doris verdrehte die Wahrheit immer so, dass die anderen die Fehler gemacht hatten. Niemals war es ihre eigene Schuld. Nicht ein einziges Mal. Nicht dass wir jemandem etwas davon erzählt hätten, meine Schwester und ich, aber wenn wir irgendwem gesagt hätten, dass sie uns terrorisierte, uns anlog und ständig die Wahrheit verdrehte, hätte uns sowieso niemand geglaubt. Nicht einmal unser Vater.

Wenn er nicht zu Hause war, brüllte sie los, bekam Wutausbrüche, schlug um sich und schrie und konnte munter damit weitermachen, weil sie wusste, dass unsere Worte nichts nutzen würden. Keiner hätte uns geglaubt, wenn wir gesagt hätten, wie es sich tatsächlich verhielt. Wir waren ja noch Kinder. Und Erwachsene glauben sowieso nur das, was andere Erwachsene sagen, und nicht den Äußerungen von Kindern.«

Louise öffnete den Mund, als wollte sie etwas sagen.

»Sie brauchen gar nicht zu widersprechen«, kam ihr Clary Roos zuvor und wandte Louise ihr inzwischen hochrotes Gesicht zu. »Ich weiß nämlich, dass es so ist. Hundertprozentig. Denn einmal habe ich meiner Klassenlehrerin gesagt, dass Doris mich die Treppe hinuntergestoßen hat. ›Dann bist du wohl ungehorsam gewesen‹, hat die Lehrerin geantwortet. So war es immer, und so wird es jetzt auch wieder sein.«

Der Pflichtverteidiger sah inzwischen ziemlich gelangweilt aus, seine Augenlider hingen herab, und er unterdrückte ein Gähnen, was Louise ärgerte. Das Interesse für die psychische Verfassung seiner Klientin schien für den Moment erloschen, dachte sie zynisch und versuchte daraufhin, ihn zu ignorieren.

»Es war einfach schrecklich«, setzte Clary Roos hinzu und machte dann eine Pause.

Sie schaute aus dem Fenster und blinzelte im Gegenlicht. Louise musste zwangsläufig über die Ironie nachdenken, die darin lag, dass gerade diese Frau dazu fähig war, ein Kind zu kidnappen. Noch dazu ein vollkommen unschuldiges Mädchen großen Qualen auszusetzen und ihr damit möglicherweise sogar bleibende Schäden zuzufügen.

»Und was ist später geschehen?«, fragte Louise, um sie in die Gegenwart zu versetzen, auch wenn sie wusste, dass es nicht viel Zutun brauchte, um Menschen dazu zu bewegen, ihre Geschichte vor andächtigen Zuhörern auszubreiten.

»Nichts ist geschehen. Doch, wir ärgerten uns darüber, dass unser Vater begann, ihr Geld zuzustecken, und uns leer ausgehen ließ. Jedenfalls mich. Meine Schwester ist allein klargekommen. Sie besitzt ja die Glaserei.«

»Wie kommen Sie darauf, dass Ihr Vater ihr Geld gegeben hat?«

»Das war nicht besonders schwer.«

Irritiert schaute sie Louise an.

»Er war schon immer ein netter Mensch. Eigentlich viel zu nett. Als ich meinen Job verlor, hat er mich unterstützt, was ja auch das Natürlichste von der Welt ist. Ich habe wirklich versucht, alleine zurechtzukommen, aber verdammt! Es war eine ziemlich harte Zeit ohne Job, hab mal hier und mal dort ausgeholfen, zuletzt in einer Schulkantine. Doch dann geriet ich mit der Miete in Verzug, und er sagte plötzlich einfach Nein, woraufhin ich versucht habe, meine Schwester anzupumpen, die allerdings behauptete, nichts damit zu tun zu haben. Sie müsse ja immerhin ihre eigenen Kinder versorgen. Und mein Charles ist eben nicht so wie alle anderen, und dennoch möchte ich ihn an den Wochenenden zu mir nehmen. Jedenfalls manchmal. Er soll wenigstens ein Zuhause haben. Und obwohl wir uns die Miete teilten, war es schwer genug. Per ist ja auch arbeitslos. Plötzlich schien sich das ganze Leben nur noch um Geld zu drehen. Man besitzt kein einziges Öre und ist bettelarm, obwohl man einen reichen Vater hat, von dem alle denken, dass er einen unterstützt. Dass man es doch gut haben müsste. Wahrscheinlich hat Doris veranlasst, dass er mir nicht helfen wollte. Meine Schwester glaubt das auch. Sie gibt es nur nicht offen zu, aber wir haben schon darüber gesprochen. Doris hat uns nie gemocht. Sie war von Beginn an eifersüchtig.«

»Charles ist Ihr Sohn, oder?«, wollte Louise wissen, woraufhin Clary Roos nickte und sich eine seltsame Mischung aus Stolz und Ohnmacht in ihrem Blick widerspiegelte. »Wie geht es ihm?«

»Gut«, erwiderte sie, und ihr Mund zog sich wie eine Rosine zusammen. »Er hat nichts mit dem Ganzen zu tun. Er wohnt bei Pflegeeltern und hat es gut dort. Vielleicht kann er später ja wieder bei mir wohnen. Wenn sich alles ein wenig eingerenkt hat«, fügte sie leise und mit niedergeschlagenem Blick und dennoch so großer Gewissheit hinzu, dass ihren Zuhörern kaum die Sehnsucht hinter ihren Worten entgangen sein konnte.

Louise wusste nicht, wie schwer er behindert oder verhaltensgestört war, wollte jedoch nicht weiter nachfragen. Sie hatte nur gehört, dass seine Probleme vom Alkoholkonsum seiner Mutter während der Schwangerschaft herrührten.

»Können Sie berichten, was am Freitag, dem fünften April, geschah?«

Das Gesicht vor ihr verschloss sich. Gleichzeitig konnte Louise beobachten, wie die Müdigkeit sie schwächte. Die Nacht in der Zelle hatte ihren Widerstand ein wenig aufgeweicht.

»Warum soll ich davon erzählen? Was macht es denn schon für einen Sinn, die Wahrheit zu sagen?«

Als Louise nicht antwortete, kam ihr der Pflichtverteidiger zu Hilfe.

»Mit der Wahrheit kommt man immer am weitesten«, erklärte er. »Wir haben uns ja schon darüber unterhalten.«

»Wo, bitte schön, kommt man mit der Wahrheit am weitesten?«

Ein Ablenkungsmanöver, das zu einer ermüdenden Wortklauberei führen konnte, wegen der sie kaum hier saßen. Wer von ihnen würde die geschickteste Antwort parat haben?

»Wir wissen, dass Sie in die Misshandlung von Doris Västlund verwickelt sind«, sagte Louise schließlich. »Und Sie wissen, dass wir darüber informiert sind. Wir haben technische Beweise, Blutspuren an der Kleidung, die wir gefunden haben. Wir wissen auch, dass Sie an der Entführung von Viktoria beteiligt waren, doch wir möchten, dass Sie selbst darüber berichten. Es kann befreiend sein, die Wahrheit zu sagen, das erleben wir recht oft. Danach können wir uns gemeinsam weiter vorantasten.«

Louise befeuchtete ihre Lippen.

»Was geschah, bevor Sie zum Gebäude in der Friluftsgatan

kamen?«, fragte sie dann und stützte ihre Unterarme auf den Tisch.

Ein tiefes Seufzen erfüllte den Raum.

»Muss ich es noch einmal sagen?«

»Wir bitten Sie, es noch einmal zu berichten.«

»Ich bin dort hingefahren worden.«

»Von wem?«

»Das ist doch egal.«

»Ich möchte, dass Sie es uns sagen.«

»Von Pelle.«

»Per Olsson?«

Clary Roos nickte.

»Er parkte das Auto auf der Straße. Ich wollte nur kurz bei Doris reinschauen. Ich war wahnsinnig vor Wut.«

Ihre Augen blitzten ein weiteres Mal. Der Verteidiger richtete sich in seinem Stuhl auf und faltete die Hände über dem Bauch.

»Ich war gerade bei Papa gewesen. Pelle war mit. Wir hatten nicht ein einziges Öre mehr. Doris war da, bei meinem Vater also, da konnten wir ihn natürlich schlecht fragen. Doch dann machte sich Doris auf den Weg und fuhr mit ihrem Auto nach Hause.«

»Und Sie blieben noch?«

Sie nickte.

»Würden Sie uns sagen, wie lange?«

»Nur eine kurze Weile, weil ich so wütend und Per noch aufgebrachter war. Ich fragte Papa höflich, ob er uns einen Tausender leihen könne, woraufhin er sein Portemonnaie zückte und mir zeigte, dass es leer war. Da platzte mir der Kragen, und ich sagte ihm auf den Kopf zu, dass ich wusste, dass er das Geld vom Automaten abgehoben hatte.«

»Woher wussten Sie das?«

»Weil ich ihn dort beobachtet habe. Das hab ich ihm auch gesagt, und da war er platt. Es war zwar nicht am selben Tag, aber da er ja ein wenig vergesslich ist ... die Wochentage verwechselt und, na ja ...«

»Ja?«

»Daraufhin entschuldigte er sich bei mir und erklärte, dass Doris diesmal tatsächlich alles bekommen hatte und er ein anderes Mal, an einem anderen Tag, Geld für mich abheben würde. Doch er weigerte sich, sofort mit mir und Pelle loszufahren. Wir boten uns an, ihn direkt zum Geldautomaten zu bringen, da wir wirklich blank waren. Aber er sagte, er schaffe es nicht, und zwingen konnten wir ihn ja auch nicht. Da ahnte ich schon, dass Doris ihre Finger im Spiel hatte und er sich ihretwegen nicht traute. Vielleicht würde sie bei ihm anrufen und sich erkundigen oder später noch einmal auftauchen. Da unsere Lage aber so verzweifelt war, sind wir ausgerastet. Ich weiß nicht, wie es kam, aber ich wurde plötzlich so wütend, als hätte sich alles über die Jahre aufgestaut ...«

»Was haben Sie dann gemacht?«

»Ich weiß nicht, was in mich gefahren ist, aber Charles sollte am nächsten Tag nach Hause kommen. Er ist einmal im Monat samstags bei mir, und ein bisschen was zum Naschen möchte man ja vorrätig haben, damit es gemütlich wird. Chips und Limo, wie eine normale Mutter eben ...«

Und vielleicht einen reellen Schluck für sich selbst, dachte Louise bissig.

»Und was haben Sie unternommen?«

»Mich ins Auto gesetzt.«

»Allein?«

»Nein.«

»Wer war noch dabei?«

»Pelle natürlich. Mein Vater jedenfalls nicht.«

»Und dann sind Sie weggefahren?«

»Ja, genau.«

»Wohin?«

»Zu dem Weibsstück.«

»Und als Sie bei dem Haus, in dem Doris wohnte, ankamen?«

»Pelle parkte, blieb aber im Auto sitzen. Es war nicht gerade angebracht, ihn mit nach oben zu nehmen.«

Schweigen. Ihr Blick flackerte.

»Was wollten Sie genau bei Doris zu Hause?«

»Ihr sagen, dass Sie zur Hölle fahren kann!«

»Sonst nichts weiter?«

»Nein. Sie einfach nur auf den Pott setzen. Ihr die Wahrheit ins Gesicht sagen. Vielleicht würde sie dann meinen Vater in Ruhe lassen.«

»Und was geschah dann? Pelle parkte also das Auto auf der Straße, in der Friluftsgatan?«

»Ja. Ich ging über den Hof. Doris nimmt meistens diesen Weg, also benutzte ich auch den Hintereingang. Dann ging ich die Treppe hinauf und klopfte an, doch es öffnete keiner.«

»Begegnete Ihnen jemand im Treppenhaus?«

Sie biss sich auf die Lippe.

»Eine.«

»Eine Person?«

Sie nickte.

»Ihnen begegnete also eine Person. Wer war das?«

»Tja, das war Viktoria, obwohl ich da noch nicht wusste, dass sie so heißt.«

»Sie haben sie nie zuvor gesehen?«

»Nein. Nie. Aber wir standen plötzlich beide mitten auf der Treppe. Starrten uns an, ansonsten hätte sie mir ja ...«

Pause.

»Hätte sie Ihnen was?«

»Egal sein können.«

»Okay, Sie gingen also wieder hinunter in den Hof?«

»Ja.«

»Und das Mädchen?«

»Keine Ahnung. Sie ist wohl weiter nach oben gegangen. Trug so eine Schachtel vorm Bauch. Hat etwas verkauft. Maiblumen wahrscheinlich.«

Schweigen.

»Sie gingen also in den Hof?«

»Ja.«

»In welcher Verfassung waren Sie da?«

»Stinksauer, natürlich! Fast noch wütender als vorher. Ich hab mich regelrecht da reingesteigert, aber alles ging so furchtbar schnell. Es war, als müsse es unbedingt raus.«

»Und was passierte weiter? Sie standen im Hof?«

Plötzlich schien es, als hätte Clary Roos jeglichen Halt verloren. Ihre Augen suchten die des Pflichtverteidigers, der ihren Blick mit Bestimmtheit erwiderte.

»Soll ich es sagen, wie es ist?«

»Die Wahrheit ist immer am besten, wie wir bereits vorher besprochen haben«, entgegnete er.

»Die Tür zum Keller war nur angelehnt. Also ging ich hinunter, in die Waschküche.«

»Woher wussten Sie, dass Sie Doris dort finden würden?«, wollte Louise wissen.

»Bevor sie von meinem Vater wegfuhr, erwähnte sie, dass sie nach Hause müsse, um ihre Wäsche aus der Waschmaschine zu holen. Ich wusste, wo sich die Waschküche befand. War ja schon öfter bei ihr gewesen.«

»Aha. Sie gingen also hinunter?«

»Ja, ich ging hinunter und brauchte nur reinzugehen, da die Tür offen stand, und fand Doris sofort. Sie war, wie erwartet, mit ihrer Wäsche beschäftigt.«

Stille.

»Dann redeten wir«, fügte Clary Roos hinzu.

»Redeten? Handelte es sich um ein ruhiges Gespräch?«

»Nein, natürlich nicht. Ich sagte ihr die Wahrheit und ...«

»Wie reagierte sie?«

»Krakeelte. Schrie wie ein abgestochenes Schwein.«

Louise tat sich schwer, eine Grimasse zurückzuhalten.

»Und Sie? Was taten Sie?«

»Schrie zurück und ...«

»Und was?«

Erneutes Schweigen.

»Sie schrien zurück, sagten Sie«, wiederholte Louise ihre Worte. »Und was taten Sie dann? Blieben Sie in der Waschküche?«

»Nein, ich bin abgehauen.«
»Sie haben sie also nicht angefasst?«
»Nein. Nicht einmal berührt. Das schwöre ich!«
Ihre Augen verengten sich.
»Wie lange sind Sie geblieben? Können Sie das ungefähr sagen?«
»Weiß nicht. Vielleicht eine Minute.«
»Eine Minute blieben Sie?«
»Ach, ich weiß nicht. Vielleicht drei Minuten. Nicht lange jedenfalls, denn da zu stehen und herumzukeifen führte ja zu nichts. Also haute ich schließlich wieder ab. Ging zum Auto, in dem Pelle in der Zwischenzeit eingedöst war. Dann erzählte ich ihm, wie es war. Woraufhin er sich furchtbar aufregte. Er wurde fuchsteufelswild. Besonders, weil ich herausgekriegt hatte, dass dieses Weibsstück da unten all das Geld bei sich trug, das sie meinem Vater abgenommen hatte. Da sie in ihrer Jacke dort stand, schien sie geradewegs vom Auto in die Waschküche gegangen zu sein.«
Plötzlich stockte ihr Bericht.
»An mehr kann ich mich nicht erinnern. Alles ist so verworren. Könnte ich etwas zu trinken bekommen?«
»Was möchten Sie denn?«
»Wasser.«
Louise stand auf und holte eine Dose Ramlösa. Clary goss die Hälfte in ihr Glas und trank es in einem Zug aus.
»Könnte ich bitte auch auf die Toilette gehen?«
Auch das wurde möglich gemacht. Danach setzten sich alle drei wieder. Die Entrüstung hatte Clary ein wenig Farbe verliehen.
»Okay. Sie haben also die Waschküche verlassen«, fasste Louise zusammen.
»Hmm. Aber darüber regte sich Pelle so auf, dass er die Autotür aufriss und selbst in den Hof stürmte. Und ich hinterher. Er sah, dass die Tür zur Möbeltischlerei angelehnt war, weil Rita wahrscheinlich gerade für einen Moment hinausgegangen war. Alles passierte so schnell, dass ich mich nicht mehr

genau an alle Details erinnern kann. Er ging also einfach rein, griff sich einen Hammer, bekleckerte sich dabei mit irgendeiner Flüssigkeit aus einer Plastikdose und ... Tja, das war alles.«

»Wo befanden Sie sich zu diesem Zeitpunkt?«

»Ich hatte mich wieder ins Auto gesetzt. Seine Wut machte mir Angst. Er kann nämlich ziemlich gewalttätig sein, das weiß ich«, sagte sie mit aufgerissenen Augen. »Aber er kann manchmal auch unheimlich lieb sein.«

Louise bezweifelte ihre Aussage keinen Augenblick lang. Sie fragte sich eher, wie oft er Clary wohl schon verprügelt hatte. Männer solchen Kalibers pflegen ihre Frauen regelmäßig zu schlagen.

»Okay. Wohin ging er? Das haben Sie uns noch nicht gesagt.«

»Er ging zu ihr hinunter. In die Waschküche. Mehr weiß ich nicht, nur, dass er nicht sofort zurückkam ...«

Sie kniff ihren Mund zusammen.

»Aha. Und was haben Sie daraufhin unternommen?«

»Nichts.«

»Wo waren Sie, als Sie ›nichts‹ gemacht haben?«

Clary wich ihrem Blick aus.

»Im Auto.«

»Sie befanden sich also die ganze Zeit im Auto?«

Stille.

»Sie kamen nicht auf die Idee nachzugucken, was geschehen war?«

Clary Roos holte tief Luft.

»Doch.«

Erneute Stille.

»Wohin gingen Sie?«

»In den Hof. Und da sah ich Pelle schon die Kellertreppe hochkommen und ... und er sah furchtbar wild aus, also ...«

Es folgte ein Augenblick, in dem man eine Stecknadel hätte fallen hören können.

»Natürlich kapierte ich, dass etwas passiert sein musste, und da Rita noch nicht wieder zurück war, ging er ein zweites Mal in ihre Werkstatt, wusch den Hammer und hängte ihn wieder an seinen Platz. Er war genau in dem Moment fertig, als Rita zurückkam. Fragte aber nicht, wo sie gewesen sei. Draußen, auf der Straße, glaube ich.«

Doch Rita Olsson hatte an dem Tag, als Doris misshandelt worden war, kein Auto zur Verfügung gehabt, dachte Louise. Sie hatte angegeben, dass sich ihr Wagen in der Werkstatt befand, was man dort auch bestätigte. Dann war sie also entweder auf der Toilette oder bei einem Nachbarn gewesen oder hatte telefoniert.

»Wie kam es, dass Pelle gerade die Tischlerei aufsuchte?«, wollte Louise wissen.

»Das wissen Sie doch bereits. Sie haben es ja selber überprüft. Rita Olsson ist seine Halbschwester. Beide haben denselben Vater.«

Das Netzwerk innerhalb der Kleinstadt, dachte Louise.

»Hat Per Ihnen erzählt, was genau er getan hatte?«

»Er hat ihr eins mit dem Hammer verpasst.«

»Nicht mehr?«

»Nein.«

»Es wird behauptet, dass ein Portemonnaie weggekommen ist. Wissen Sie etwas darüber?«

»Okay. Er hat es genommen, aber es war ja eigentlich sowieso unser Geld. Sie hatte die Kröten ja gerade von meinem Vater geklaut.«

Clary Roos wirkte jetzt extrem müde. Möglicherweise aber auch erleichtert.

»Sie wissen also, dass es sich um einen Hammer handelte?«

»Er hat es jedenfalls behauptet.«

»Sahen Sie das Werkzeug denn?«

Sie machte eine Pause. Versuchte abzuwägen, welche Antwort die bessere sei.

»Nein, ich habe es nicht gesehen.«

»Und wie kam Viktoria ins Bild?«

»Das war Pers Schuld, ich selbst wollte auf keinen Fall ein Kind in die Sache reinziehen.«

»In welcher Hinsicht war es Pers Schuld? Können Sie das näher ausführen?«

»Wir sind erst mal nach Hause, wo wir irgendwann in Streit gerieten, weil Per so nervös war. Vielleicht, weil ihm aufging, dass er knallhart zugeschlagen hatte ...«

»Und was ist dann passiert?«

»Wir haben was getrunken ... und ... am nächsten Tag sagte er zu mir, dass man mich festnehmen könne, weil dieses Mädchen mich gesehen hat.«

»Und wie haben Sie darauf reagiert?«

»Ich bekam eine Scheißangst, weil er begann, mich damit zu terrorisieren, und andauernd wieder mit dem Mädchen anfing, und dass sie mich wiedererkennen könne, und ich wusste nicht, was ich tun sollte. Richtig unheimlich wurde es allerdings erst, als wir in der Zeitung lasen, dass Doris nicht nur in Ohnmacht gefallen, sondern tot war, und man plötzlich von Mord sprach und so weiter ... Und Pelle redete immer nur von diesem Mädchen, aber ich wusste ja nicht einmal, wer sie war.«

Sie leckte ihre gesprungenen Lippen. Ihre Augenfarbe ging ins Grünlichbraune.

»Und wie erfuhren Sie es?«

»Wir dachten, dass wir vielleicht Rita hintenherum darauf ansprechen könnten, doch das brauchten wir gar nicht. Denn als Pelle dort war ... er ging nämlich nach ein paar Tagen, als sich nicht mehr so viele Polizisten im Hof herumtrieben, in die Werkstatt, da sah er, dass Rita Viktorias Adresse auf einen Notizblock geschrieben hatte. Es fiel ihm auf, als er auf die Toilette ging. Der Block lag einfach so da. Per hatte bei Rita Kaffee getrunken. Vielleicht hatte sie ja geahnt, dass er etwas mit der Sache zu tun hatte, aber sie würde sich niemals dazu herablassen, es auszuplaudern. So ein Typ ist sie nicht. Also fuhren wir zu der Adresse, hielten unsere Augen offen und hatten eines Tages Glück. Rita kam mit Viktoria im Auto angefahren, setzte sie ab und fuhr dann wieder weg, sodass wir sie regelrecht serviert bekamen.«

Clarys schiefes Lächeln offenbarte den miserablen Zustand ihrer Zähne. Zu viele Zigaretten und das eine oder andere überzählige Gläschen Rotwein.

Doch Clary Roos war noch jung und wahrscheinlich lebenshungrig genug, um sich einer Entziehungskur zu unterziehen. Und dennoch fiel Louise zum wiederholten Mal auf, wie ermüdend doch Menschen, die Missbrauch betreiben, sein können.

»Bitte sprechen Sie weiter. Sie nahmen also Viktoria mit. Wie ging das vor sich?«

»Sie ließ sich leicht mitlocken, und außerdem hatte uns keiner gesehen, also dachten wir, das Problem gelöst zu haben ...«

Louise nickte unmerklich.

»Aber gleichzeitig war es ziemlich unheimlich, weil wir nicht wussten, was wir mit ihr machen sollten«, fügte Clary Roos hinzu. »Und ebenso wenig, wo wir mit ihr hin sollten. Darauf hatten wir uns nämlich nicht vorbereitet. Immer nur darüber geredet, wie wir sie finden können. Pelle war letztendlich ziemlich sauer auf mich, weil er wohl dachte, dass ich das Problem lösen könnte, nur weil ich ein Mädchen bin. Schließlich fuhren wir auf gut Glück aufs Land raus. Er kannte dieses Haus, hatte es schon vorher ausgekundschaftet und wusste, dass es um diese Zeit leer stand und wo sich der Schlüssel befand. Er hing auf einem Haken in der Garage. So einfach wie nur was. Also mussten wir sie nur noch dort hinbringen. Aber es war gar nicht so leicht, weil sie total verängstigt war. Ich konnte das nicht mit ansehen, also hielt ich mich da raus. Letztlich musste Pelle alleine hinfahren und versuchen, sie zu füttern. Er ist nun wirklich kein strenger Typ, und ich glaube, dass er ziemlich fertig war, weil sie nicht essen wollte. Sie legte sich sozusagen hin, um zu sterben. Aber das wollten wir natürlich nicht. Also musste er sie mehr oder weniger zum Essen zwingen.«

Louise schaute auf die Uhr.
»Das reicht für heute«, erklärte sie und schaltete das Tonband ab.

DREIZEHNTES KAPITEL

Montag, 29. April

Louise Jasinski hatte das Autoradio eingeschaltet und wartete auf das angekündigte Interview mit ihrem Kollegen Lennie Ludvigson, das allerdings weder das Verschwinden Viktorias thematisieren noch sich mit den beiden wegen Mord beziehungsweise Beihilfe zum Mord an Doris Västlund Verdächtigen beschäftigen würde, denn zu diesem Zeitpunkt waren jene Geschehnisse bereits Schnee von gestern. Es lag ganze neun Tage zurück, dass Clary Roos und Per Olsson festgenommen worden waren.

Die Sonne schien ins Auto und legte sich über den Staub auf dem Armaturenbrett. Louise hatte keine weite Strecke vor sich, sie war auf dem Weg zu Claesson. Als sie das letzte Mal vor knapp zwei Wochen bei ihm gewesen war, hatte sie sich in einer völlig anderen Verfassung befunden. Ihr wurde bewusst, mit welcher Sprunghaftigkeit sich das Leben verändern konnte. Von der inneren Ruhe und Stabilität, die sie jetzt verspürte, war sie meilenweit entfernt gewesen. Der Unterschied zwischen ihrer Deprimiertheit und ihrem jetzigen Wohlbefinden war geradezu frappierend, und sie genoss ihre gute Stimmung.

Doch konnte sie nicht leugnen, dass noch einige wichtige Schritte vor ihr lagen. Zum Beispiel der juristische Abschluss einer langen Ehe, was eher trocken klang, aber korrekt war, denn genau darum ging es zumindest in einer Hinsicht bei ihrer Scheidung. Außerdem der Hausverkauf und der nachfolgende Umzug. Alles andere als kleine Projekte, doch sie erschienen ihr längst nicht mehr so gewaltig und belastend, jetzt, wo sie begonnen hatte, sich damit auseinander zu setzen. Sie hatte sich neue Ziele gesteckt und wusste, was sie wollte.

Janos hingegen war etwas verwirrt über ihre plötzliche Entschlossenheit. Er wollte sich mit ihr treffen und alles noch einmal durchsprechen, worin sie allerdings keinen großen Sinn sah. Vermutlich wollte er sein schlechtes Gewissen erleichtern, doch das musste er schon mit sich selbst ausmachen.

Sie blinzelte und stellte das Radio lauter. Das kurze Interview mit Polizeiinspektor Lennie Ludvigson begann. Es wurde im Hinblick auf eine Weiterbildungsmaßnahme zum Thema taktisches Verhalten geführt, die für die Polizisten im Umkreis angeordnet worden war, wie die Stimme des Radioreporters in breitem Småländisch erklärte. Danach erläuterte Lennie Ludvigson das Ziel der Maßnahme. Wie er darlegte, gerieten Polizisten heutzutage immer öfter in bedrohliche Situationen, weshalb die Art ihres Agierens von großer Bedeutung für ihre persönliche Sicherheit und die ihrer Umgebung sei. Früher wurden beispielsweise bewaffnete Bankraube meistens in Großstädten verübt, doch heutzutage kamen sie genauso oft in kleineren Orten vor, weil die Täter davon ausgingen, dass es dort weniger Polizisten gab. Louise hörte aufmerksam zu und fragte sich gerade, ob der Journalist wohl das Schussdrama der vergangenen Woche erwähnen würde, als er auch schon darauf zu sprechen kam. Ludvigson betonte, dass gerade dieses unglückliche Schussdrama ein Beispiel dafür sei, welcher Gefährdung Polizisten heutzutage ausgesetzt waren. Doch er empfinde es nach wie vor als spannend, Täter zu stellen, ergänzte er seine Erläuterungen. Was im Übrigen seine Kollegen genauso sähen, wie er hinzufügte. Letztlich handle es sich sogar um eine sehr befriedigende Arbeit, als Polizist tätig zu sein. Doch man müsse eben zunehmend vorsichtiger sein.

Claesson erwartete Louise draußen im Garten. Er saß auf einer Gartenbank im Windschatten an der Hauswand, die aussah, als benötigte sie einen neuen Anstrich, und las Zeitung. Eine Kinderkarre mit hochgeklapptem Verdeck und ein paar winzigen roten Kinderstiefeln, die auf einem Lammfell herausragten, stand unter einem Apfelbaum.

Er hielt seinen Zeigefinger vor die Lippen.

»Soll ich lieber flüstern?«, fragte sie.

»Es reicht, wenn wir leise sprechen. Sie ist gerade eingeschlafen.«

»Schläft sie denn hier draußen?«

»Ja, warum nicht? Sie mochte auch im Kinderwagen schon gerne schlafen. Man muss sie nur je nach Wetterlage anziehen. Wir haben sie sogar im Winter nach draußen gestellt.«

Louise warf ihm einen skeptischen Blick zu und dachte, dass Eltern doch zu allem bereit waren, wenn sie nur ihre Ruhe bekamen.

Sie öffnete ihre Tasche und zog die schriftlichen Unterlagen mit dem einleitenden, recht kurzen Verhör von Viktoria heraus. Das Mädchen hatte sich rasch erholt, da es jung und insgesamt gesund war, fühlte sich aber natürlich immer noch erschöpft und musste regelmäßig Termine bei einer Psychologin wahrnehmen, die auch noch eine Weile fortgesetzt werden würden.

Louise erhoffte sich von Claesson ein wenig Hilfe beim Sortieren ihrer Gedankengänge, erwartete sozusagen, dass er ihren Überlegungen etwas entgegensetzte. Das Mädchen hatte sich in der Zeit nach seiner Entführung extrem bedroht gefühlt. Glücklicherweise gehörten Verhöre mit Kindern zu Louises Spezialgebiet, doch sie fand es dennoch nicht gerade leicht. Hinzu kam, dass sie gerade erst mit den Gesprächen begonnen hatte. Das Mädchen war sich allerdings im Klaren darüber, dass Louise wiederkommen würde, und sie hatten inzwischen einen persönlichen Kontakt etabliert.

»Haben die Täter eigentlich gestanden?«

»Zum Teil«, antwortete sie.

»Und stimmt ihre Version?«

»Im Großen und Ganzen ja. Die Besitzerin der Möbelwerkstatt ist Per Olssons Schwester. Er nennt sich Pelle. Halbgeschwister, nicht gemeinsam aufgewachsen. Der Bruder war während seiner Kindheit einer gewissen Belastung ausgesetzt, soziale Schwierigkeiten, seine Mutter war allein erziehend und fühlte sich immer wieder zu gewalttätigen Männern hingezogen ... Olsson drang jedenfalls in die Werkstatt seiner Schwester ein und griff sich einen Hammer. Rita Olsson vermochte ihn nicht zurückzuhalten und entschied sich dafür, sich rauszuhalten. Sie hatte auch bemerkt, dass Clary über den Hof lief. Alles ging anscheinend ziemlich schnell. Wir wissen noch nicht genau, wo Rita sich zum Zeitpunkt der Tat befand. Ihr Bruder stürmte jedenfalls hinunter in die Waschküche und verlor die Beherrschung, hämmerte auf Doris ein, bis sie bewusstlos wurde, und nahm dann ihr Portemonnaie an sich, in dem sich zweitausend Kronen befanden. Doris muss wirklich erstaunliche Fähigkeiten besessen haben, zu Geld zu kommen. Tja, und Per besaß die Geistesgegenwart, den Hammer nach der Tat in der Werkstatt seiner Schwester abzuwaschen und ihn an seinen Platz zurückzuhängen. Ich muss zugeben, dass Benny Grahn tadellose Arbeit geleistet hat, er ahnte nämlich recht früh, dass sich das Szenario so abgespielt haben könnte, und stellte bei näherer Betrachtung fest, dass auf dem betreffenden Hammer jeglicher Staub fehlte. Das Traurige ist nur, dass seine Schwester, Rita Olsson, die nie zuvor mit der Polizei zu tun gehabt hatte, extrem nervös wurde und den Hammer erneut schrubbte und zusätzlich auch noch das Waschbecken säuberte, sodass keine Spuren mehr zu finden waren. Dafür wird sie natürlich auch zur Rechenschaft gezogen werden.«

Louise atmete tief durch.

»Es dauerte eine Weile, bis Viktoria in die Werkstatt zurückkam. Die Leute im Haus hatten sich wohl mit ihr unterhalten, und irgendjemand hat ihr Kekse angeboten, als sie ihre Maiblumen verkaufte.«

»Sie hätten gut daran getan, sie nicht zu kidnappen«, bemerkte Claesson.

»Ja, vor allem auch deshalb nicht, weil ich kaum glaube, dass Viktoria in der Lage gewesen wäre, Clary wiederzuerkennen. Aber du weißt ja, wie es ist: Sie werden nervös, steigern sich in das Gefühl hinein, verfolgt zu werden, bis sie es mit der Angst zu tun bekommen und der ganze Prozess ins Rollen kommt. Zu ihrer Verteidigung muss ich allerdings sagen, dass es ihnen verdammt schwer fiel zu entscheiden, was sie mit dem Mädchen machen sollten. Sie hätten es auf keinen Fall übers Herz gebracht, es zu töten. Außer natürlich indirekt. Denn Viktoria verweigerte immerhin die Essensaufnahme.«

Claes Claesson und Louise Jasinski philosophierten schließlich ein wenig über allgemeinere Themen, unter anderem über die Gefahren, die Alkohol- und Drogenmissbrauch sowie eine schwierige Kindheit nach sich ziehen. In ihrer beruflichen Welt zählten glückliche Kindheitserlebnisse nicht gerade zur Massenware.

»Tja, jetzt werde ich mich aber erst einmal um Viktoria kümmern«, sagte Louise abschließend und sammelte ihre Papiere ein. »In zwei Stunden beginnt das Verhör. Irgendetwas belastet sie. Die Frage ist nur, wie weit ich gehen kann.«

»Heute ist Montag, der neunundzwanzigste April, und es ist fünfzehn Uhr null drei«, sagte die Frau, die Polizistin war.

Obwohl sie keine Uniform trug, sondern ganz normale Kleidung, ungefähr wie Mama, was eigentlich schade war, wie Viktoria fand.

Die Stimme der Polizistin wurde ebenso wie ihre auf Tonband aufgenommen, das wusste sie, und sie selbst wurde zusätzlich noch gefilmt. Sie saß in demselben Sessel wie letztes Mal, als sie verhört wurde. Die Videokamera stand ein wenig entfernt. Manchmal vergaß sie sogar, dass sie eingeschaltet war.

Am liebsten wäre sie heute nach der Schule mit zu Lina gegangen, genau wie gestern. Linas Mama und Papa verhielten sich genau wie immer, so wie sie es gewohnt war. Und das gefiel ihr richtig gut.

Auch ihre Lehrerin hatte sich wie immer verhalten, wie im Übrigen auch die meisten in ihrer Klasse. Nur einige waren jetzt ein bisschen netter zu ihr. Doch sie hatte keine Lust, ihnen zu erzählen, wie es war, gefangen zu sein. Das brauche sie auch nicht, hatte die Psychologin gemeint. Viktoria war nämlich das ganze Getue bald ziemlich leid. Selbst ihre Mama nervte sie ungeheuerlich. Sie rief sie andauernd auf ihrem Handy an, um sicherzustellen, wo sie selbst sich gerade befand. Und Gunnar, der war wie immer. Wollte sich natürlich um sie kümmern.

Uff!

Sie fand es nicht gerade angenehm, dass ihr so viele Fragen gestellt wurden. Hatte langsam die Nase voll von der ewigen Fragerei. In ihrem Kopf drehte sich sowieso schon alles und begann langsam zu einem einzigen dicken Brei zu werden. Dazu kam, dass es zu Hause mindestens genauso stressig war, da sie sich vor Gunnar in Acht nehmen musste, der fast noch aufdringlicher als zuvor war. Er würde demnächst wieder bei ihnen einziehen. Mama und Gunnar hatten es gemeinsam entschieden, und das war auch gut so, wie Mama sich ausdrückte. Denn dann würde Gunnar ihr helfen können, sich um Viktoria zu kümmern. Mama war dermaßen verzweifelt gewesen, als Viktoria weg war, dass sie dringend ein wenig Unterstützung benötigte. Und dieser Johansson war leider doch nicht ihr Vater, wie sich herausgestellt hatte. Was sie eigentlich ziemlich schade fand, denn er war viel lustiger als Gunnar.

All diese Gedanken wirbelten ihr in ihrem Sessel im Verhörraum durch den Kopf. Manchmal fragte sie sich, ob die Polizistin eigentlich davon ausging, dass sie log. Denn sonst hätte sie ja nicht andauernd die gleichen schrecklichen Fragen gestellt.

»Gehst du jetzt wieder in die Schule?«

»Ja.«

»Und, gefällt es dir?«

»Ja.«

»Was habt ihr denn heute gemacht?«

»Nichts Besonderes. Zum Mittagessen gab es Fleischbällchen. Und danach bin ich mit zu Lina gegangen. Bei ihr zu Hause ist es lustig. Später kam Gunnar und holte mich ab und brachte mich hierher.«

Die freundliche Polizistin, die Louise hieß, nickte.

»Obwohl Gunnar nicht mein Papa ist und ich froh darüber bin.«

Louise kommentierte ihre Aussage nicht. Wartete.

»Denn er ist überhaupt nicht nett ... aber er besitzt immerhin ein Auto.«

Louise spürte eine gewisse Zerrissenheit, versuchte jedoch, sie nicht offen zu zeigen. Ihre Intuition ließ sie plötzlich aufhorchen. War sie denn bisher blind gewesen, dass sie das Mädchen nur auf ihre Entführung angesprochen hatte?

»Aha«, tastete sich Louise vor. »Du findest also, dass Gunnar nicht nett ist?«

Viktoria erforschte ihren Blick, versuchte herauszulesen, wie vertrauenswürdig sie war.

»Nein«, antwortete sie dann und schlug die Augen nieder.

Die Videokamera lief. Irgendwo im Gebäude ertönte ein dumpfer Knall.

»Er keucht immer so«, murmelte sie. »Und hört einfach nicht auf, kümmert sich überhaupt nicht um mich ... macht einfach weiter.«

Viktoria musterte Louise erneut mit ihrem Blick.

»Er ist nicht gut zu dir, meinst du?«, fasste Louise zusammen und achtete darauf, nicht auszuweichen.

»Manchmal ist er schon gut zu mir«, räumte Viktoria ein. »Zum Beispiel fährt er mich hierher, weil Mama kein Auto hat.«

»Aber vielleicht ist er nicht immer gut zu dir?«

Viktoria verkroch sich in ihren Sessel und schaute auf ihre

abgekauten Fingernägel. Hob dann den Blick wieder. Zum ersten Mal nach allen vorangegangenen Verhören weinte sie, während sie stumm den Kopf schüttelte.

btb

Der preisgekrönte Krimi-Bestseller aus Schweden

Åsa Larsson

Sonnensturm

Roman. 352 Seiten
ISBN 978-3-442-73600-3

Zwischen Schnee und Eis und ewiger Nacht geschieht ein schreckliches Verbrechen: Viktor Strandgard liegt tot in der Kirche vor dem Altar, brutal ermordet. Die hochschwangere Kriminalinspektorin Anna-Maria Mella nimmt die Ermittlungen auf. Und auch die Anwältin Rebecka Martinsson, eine alte Freundin des Toten, kehrt kurz entschlossen in ihre ehemalige Heimat zurück. Sie ahnt nicht, dass auch ihr die Vergangenheit gefährlich werden kann …

»Die Bücher von Larsson sind kleine Wunder.«
Tobias Gohlis, DIE ZEIT

www.btb-verlag.de

btb

Der neue große Roman von

Ulrich Ritzel

Forellenquintett
Roman. 384 Seiten
ISBN 978-3-75182-2

Die enthauptete Leiche einer Frau in Krakau.
Ein Mann ohne Vergangenheit in Berlin.
Ein verschollener Junge vom Bodensee.
Was haben die drei Ereignisse miteinander zu tun?
Wo laufen die Fäden zusammen?

Kriminalkommissarin Tamar Wegenast, Nachfolgerin des in Rente gegangenen Kommissar Berndorf, ermittelt in ihrem bislang schwierigsten und undurchsichtigsten Fall. Wer spielt ihr Informationen zu? Und warum? Wegenast hat allen Grund zur Vorsicht. Offensichtlich will ihr jemand Böses. Seit Wochen wird sie mit Drohbriefen überschüttet, als deren Verfasser ein Kai Habrecht firmiert. Doch Kai Habrecht ist tot, und zwar seit Jahren – Tamar Wegenast selbst hat ihn erschossen …

www.btb-verlag.de